国家社会科学基金项目（10BZW046）

宋代笔记中的文学思想

张瑞君　著

華文出版社
SINO-CULTURE PRESS

图书在版编目（CIP）数据

宋代笔记中的文学思想 / 张瑞君著. -- 北京：华文出版社，2024.6

ISBN 978-7-5075-5591-2

Ⅰ. ①宋… Ⅱ. ①张… Ⅲ. ①中国文学—文学思想史—研究—宋代 Ⅳ. ①I209.44

中国国家版本馆CIP数据核字(2024)第111785号

宋代笔记中的文学思想

著　　者：张瑞君
责任编辑：刘超平　寇　宁
出版发行：华文出版社
地　　址：北京市西城区广外大街 305 号 8 区 2 号楼
邮政编码：100055
网　　址：http://www.hwcbs.cn
电　　话：总编室 010-58336239　责任编辑 010-58336222
发行部 010-58336267
经　　销：新华书店
印　　刷：三河市航远印刷有限公司
开　　本：710mm × 1000mm　1/16
印　　张：46
字　　数：710 千字
版　　次：2024 年 6 月第 1 版
印　　次：2024 年 6 月第 1 次印刷
标准书号：ISBN 978-7-5075-5591-2
定　　价：186.00元

目　录

绪论

宋代笔记中的文学思想研究概述

第一节　宋代笔记中文学思想的分类

研究本课题，首先要明确划分“笔记”的范围。研究宋代笔记的学者，有的将《韵语阳秋》《对床夜语》等明显是诗话者归入笔记。这样的情况之所以出现，有深层的历史原因。

笔记与诗话有着千丝万缕的联系，例如，惠洪的《冷斋夜话》是一部笔记，但郭绍虞的《宋诗话考》却将其归入诗话一类。有的作品虽为笔记，如洪迈所著《容斋随笔》，但后人又从中辑录，编出了《容斋诗话》。笔者认为，区分笔记与诗话，首先要尊重历史的判断，如历朝历代哪些作品被归入诗话，哪些作品被判定为笔记，应该成为辨别笔记的参考标准之一。其次，从内容上看，笔记的内容比较庞杂。如果一本书全部内容都是论诗、论文的，则应归为诗话而非笔记。

经过对宋代笔记的认真审读，本书将宋代笔记分为有丰富的文学思想、有比较丰富的文学思想、有部分文学思想、无文学思想四大类。需要特别说明的是：第一，这里的“丰富”是就全部宋代笔记相比较而言的，不能与专门的文学理论类著作，如《文心雕龙》等相提并论。第二，这里的“丰富”是就某部笔记中文学思想相关内容占全篇的分量而言的。有的笔记篇幅长达几十万字，如洪迈《容斋随笔》；有的则很短，如欧阳修《欧阳文忠公试笔》；最短的只有几百字。各笔记在量上没有可比性。

另需说明的是，由于笔记在宋代尚未步入正统文学的行列，不同的作家对待笔记的态度有所不同，这就导致一些重要的文学家，如黄庭坚、范成大等人的笔记著作中包含的文学思想有限，而一些次重要的作家，如马永卿、王明清等人的笔记中文学思想反而比较丰富。笔者本着不唯历史地位，只唯书中文学思想含量多寡的标准，将各种宋代笔记互相参照，细加甄别，做如下分类，以期为学界对本课题进一步深入探讨提供便利。

一、有丰富的文学思想

孙光宪《北梦琐言》（《全宋笔记》1编1册）
陶谷《清异录》（《全宋笔记》1编2册）
钱易《南部新书》（《全宋笔记》1编4册）
宋祁《宋景文公笔记》（《全宋笔记》1编5册）
田况《儒林公议》（《全宋笔记》1编5册）
欧阳修《欧阳文忠公试笔》（《全宋笔记》1编5册）
欧阳修《归田录》（《全宋笔记》1编5册）
释文莹《湘山野录》（《全宋笔记》1编6册）
释文莹《玉壶清话》（《全宋笔记》1编6册）
司马光《涑水记闻》（《全宋笔记》1编7册）
苏轼《东坡志林》（《全宋笔记》1编9册）
苏轼《商刻东坡志林》（《全宋笔记》1编9册）
苏轼《仇池笔记》（《全宋笔记》1编9册）
王得臣《麈史》（《全宋笔记》1编10册）
晁说之《晁氏客语》（《全宋笔记》1编10册）
吴处厚《青箱杂记》（《全宋笔记》1编10册）
佚名《道山清话》（《全宋笔记》2编1册）
孙升《孙公谈圃》（《全宋笔记》2编1册）
王辟之《渑水燕谈录》（《全宋笔记》2编4册）
孔平仲《续世说》（《全宋笔记》2编5册）
孔平仲《珩璜新论》（《全宋笔记》2编5册）
孔平仲《谈苑》（《全宋笔记》2编5册）

陈师道《后山谈丛》(《全宋笔记》2编6册)
朱彧《萍洲可谈》(《全宋笔记》2编6册)
赵令畤《侯鲭录》(《全宋笔记》2编6册)
张耒《明道杂志》(《全宋笔记》2编7册)
李廌《师友谈记》(《全宋笔记》2编7册)
邵伯温《闻见录》(《全宋笔记》2编7册)
魏泰《东轩笔录》(《全宋笔记》2编8册)
方勺《泊宅编》(《全宋笔记》2编8册)
惠洪《冷斋夜话》(《全宋笔记》2编9册)
叶梦得《石林燕语》(《全宋笔记》2编10册)
汪应辰《石林燕语辨》(《全宋笔记》2编10册)
叶梦得《避暑录话》(《全宋笔记》2编10册)
彭口《墨客挥犀》(《全宋笔记》3编1册)
彭口《续墨客挥犀》(《全宋笔记》3编1册)
王谠《唐语林》(《全宋笔记》3编2册)
何薳《春渚纪闻》(《全宋笔记》3编3册)
黄朝英《缃素杂记》(《全宋笔记》3编4册)
吕本中《师友杂志》(《全宋笔记》3编6册)
吕本中《紫微杂说》(《全宋笔记》3编6册)
马永卿《懒真子》(《全宋笔记》3编6册)
朱弁《曲洧旧闻》(《全宋笔记》3编7册)
苏籀《栾城先生遗言》(《全宋笔记》3编7册)
龚明之《中吴纪闻》(《全宋笔记》3编7册)
施德操《北窗炙輠录》(《全宋笔记》3编8册)
张邦基《墨庄漫录》(《全宋笔记》3编9册)
蔡绦《铁围山丛谈》(《全宋笔记》3编9册)
朱翌《猗觉寮杂记》(《全宋笔记》3编10册)
徐度《却扫编》(《全宋笔记》3编10册)
王灼《碧鸡漫志》(《全宋笔记》4编2册)
姚宽《西溪丛语》(《全宋笔记》4编3册)
王铚《默记》(《全宋笔记》4编3册)

陈长方《步里客谈》（《全宋笔记》4编4册）
沈作喆《寓简》（《全宋笔记》4编5册）
曾慥《高斋漫录》（《全宋笔记》4编5册）
曾敏行《独醒杂志》（《全宋笔记》4编5册）
吴宏《独醒杂志》（《全宋笔记》4编5册）
百岁老人袁褧《枫窗小牍》（《全宋笔记》4编5册）
邵博《邵氏闻见后录》（《全宋笔记》4编6册）
庄绰《鸡肋编》（《全宋笔记》4编7册）
袁文《瓮牖闲评》（《全宋笔记》4编7册）
程大昌《演繁露》（《全宋笔记》4编8—9册）
程大昌《演繁露续集》（《全宋笔记》4编9册）
程大昌《程氏考古编》（《全宋笔记》4编10册）
程大昌《程氏续考古编》（《全宋笔记》4编10册）
吴埛《五总志》（《全宋笔记》5编1册）
释晓莹《罗湖野录》（《全宋笔记》5编1册）
释晓莹《云卧纪谈》（《全宋笔记》5编2册）
龚颐正《芥隐笔记》（《全宋笔记》5编2册）
费衮《梁溪漫志》（《全宋笔记》5编2册）
吴曾《能改斋漫录》（《全宋笔记》5编3—4册）
洪迈《容斋随笔》（《全宋笔记》5编5册）
洪迈《容斋续笔》（《全宋笔记》5编5册）
洪迈《容斋三笔》（《全宋笔记》5编6册）
洪迈《容斋四笔》（《全宋笔记》5编6册）
洪迈《容斋五笔》（《全宋笔记》5编6册）
陆游《老学庵笔记》（《全宋笔记》5编8册）
陆游《入蜀记》（《全宋笔记》5编8册）
陆游《家世旧闻》（《全宋笔记》5编8册）
周辉《清波杂志》（《全宋笔记》5编9册）
周辉《清波别志》（《全宋笔记》5编9册）
周辉《北辕录》（《全宋笔记》5编9册）
陈善《扪虱新话》（《全宋笔记》5编10册）

王明清《挥麈录余话》(《全宋笔记》6编2册)
赵彦卫《云麓漫钞》(《全宋笔记》6编4册)
陈鹄《耆旧续闻》(《全宋笔记》6编5册)
王楙《野客丛书》(《全宋笔记》6编6册)
叶绍翁《四朝闻见录》(《全宋笔记》6编9册)
赵与时《宾退录》(《全宋笔记》6编10册)
张端义《贵耳集》(《全宋笔记》6编10册)
张淏《云谷杂记》(《全宋笔记》7编1册)
刘昌诗《芦浦笔记》(《全宋笔记》7编2册)
孙奕《履斋示儿编》(《全宋笔记》7编3册)
岳珂《桯史》(《全宋笔记》7编4册)
陈郁《藏一话腴》(《全宋笔记》7编5册)
俞文豹《吹剑录》(《全宋笔记》7编5册)
俞文豹《吹剑续录》(《全宋笔记》7编5册)
俞文豹《吹剑三录》(《全宋笔记》7编5册)
俞文豹《吹剑四录》(《全宋笔记》7编5册)
俞成《萤雪丛说》(《全宋笔记》7编5册)
王应麟《困学纪闻》(《全宋笔记》7编9册)
周密《齐东野语》(《全宋笔记》7编10册)
周密《癸辛杂识》(《全宋笔记》8编2册)
周密《浩然斋雅谈》(《全宋笔记》8编1册)
周密《浩然斋视听钞》(《全宋笔记》8编1册)
罗大经《鹤林玉露》(《全宋笔记》8编3册)
吴自牧《梦粱录》(《全宋笔记》8编5册)
叶寘《爱日斋丛抄》(《全宋笔记》8编5册)

二、有比较丰富的文学思想

江休复《江邻几杂志》(《全宋笔记》1编5册)
范镇《东斋记事》(《全宋笔记》1编6册)
宋敏求《春明退朝录》(《全宋笔记》1编6册)
王钦臣《王氏谈录》(《全宋笔记》1编10册)

吕希哲《吕氏杂记》(《全宋笔记》1编10册)
夷门君玉《国老谈苑》(《全宋笔记》2编1册)
张舜民《画墁录》(《全宋笔记》2编1册)
沈括《梦溪笔谈》(《全宋笔记》2编3册)
沈括《梦溪补笔谈》(《全宋笔记》2编3册)
沈括《梦溪续笔谈》(《全宋笔记》2编3册)
庞元英《文昌杂录》(《全宋笔记》2编4册)
吕颐浩《燕魏杂记》(《全宋笔记》2编8册)
程俱《麟台故事》(辑本)(残本)(《全宋笔记》2编9册)
叶梦得《岩下放言》(《全宋笔记》2编9册)
叶梦得《玉涧杂书》(《全宋笔记》2编9册)
苏象先《丞相魏公谭训》(《全宋笔记》3编3册)
孙宗鉴《西畬琐录》(《全宋笔记》3编4册)
王观国《学林》(《全宋笔记》4编1—2册)
张知甫《可书》(《全宋笔记》4编3册)
李石《续博物志》(《全宋笔记》4编4册)
洪遵《翰苑遗事》(《全宋笔记》4编8册)
范成大《吴船录》(《全宋笔记》5编7册)
周必大《二老堂杂志》(《全宋笔记》5编8册)
高文虎《蓼花洲闲录》(《全宋笔记》5编10册)
马纯《陶朱新录》(《全宋笔记》5编10册)
李如篪《东园丛说》(《全宋笔记》5编10册)
王明清《挥麈后录》(《全宋笔记》6编1册)
王明清《挥麈第三录》(《全宋笔记》6编1册)
王明清《玉照新志》(《全宋笔记》6编2册)
范公偁《过庭录》(《全宋笔记》6编5册)
高似孙《纬略》(《全宋笔记》6编5册)
韩淲《涧泉日记》(《全宋笔记》6编9册)
王栐《燕翼诒谋录》(《全宋笔记》7编1册)
萧参《希通录》(《全宋笔记》7编2册)
佚名《朝野遗记》(《全宋笔记》7编2册)

陈昉《颖川语小》(《全宋笔记》8编4册)
赵善璙《自警编》(《全宋笔记》7编6册)
叶大庆《考古质疑》(《全宋笔记》7编7册)
张世南《游宦纪闻》(《全宋笔记》7编8册)
谢采伯《密斋笔记》(《全宋笔记》7编8册)
廖莹中《江行杂录》(《全宋笔记》7编8册)
车若水《脚气集》(《全宋笔记》7编8册)
史绳祖《学斋占毕》(《全宋笔记》8编3册)
赵升《朝野类要》(《全宋笔记》8编3册)
戴埴《鼠璞》(《全宋笔记》8编4册)
陈世崇《随隐漫录》(《全宋笔记》8编4册)
耐得翁《都城纪胜》(《全宋笔记》8编5册)
吴自牧《梦粱录》(《全宋笔记》8编5册)
佚名《东南纪闻》(《全宋笔记》8编6册)
罗璧《识遗》(《全宋笔记》8编6册)
晁迥《法藏碎金录》(《全宋笔记》8编7册)
晁迥《昭德新编》(《全宋笔记》8编8册)
苏易简《续翰林志》(《全宋笔记》8编8册)
苏耆《次续翰林志》(《全宋笔记》8编8册)
祖士衡《西斋话记》(《全宋笔记》8编8册)
张君房《丽情集》(《全宋笔记》8编8册)
杨亿、黄鉴、宋庠《杨文公谈苑》(《全宋笔记》8编9册)
龚鼎臣《东原录》(《全宋笔记》8编9册)
张师正《倦游杂录》(《全宋笔记》8编9册)
司马光《温公日录》(《全宋笔记》8编10册)
司马光《温公手录》(《全宋笔记》8编10册)
郭思《林泉高致集》(《全宋笔记》8编10册)
张舜民《郴行录》(《全宋笔记》8编10册)
陈贻范《范文正公鄱阳遗事录》(《全宋笔记》8编10册)
李献民《云斋广录》(《全宋笔记》9编1册)
朱胜非《秀水闲居录》(《全宋笔记》9编1册)

董弅《闲燕常谈》(《全宋笔记》9编2册)
罗烨《醉翁谈录》(《全宋笔记》9编8册)
黄震《黄氏日抄》(《全宋笔记》10编6—10册)

三、有部分文学思想

周羽翀《三楚新录》(《全宋笔记》1编2册)
张洎《贾氏谭录》(《全宋笔记》1编2册)
张齐贤《洛阳搢绅旧闻记》(《全宋笔记》1编2册)
佚名《江南余载》(《全宋笔记》1编2册)
乐史《广卓异记》(《全宋笔记》1编3册)
龙衮《江南野史》(《全宋笔记》1编3册)
李上交《近事会元》(《全宋笔记》1编4册)
史□《钓矶立谈》(《全宋笔记》1编4册)
传为丁谓《丁晋公谈录》(《全宋笔记》1编4册)
旧题梅尧臣《碧云騢》(《全宋笔记》1编5册)
王素《文正王公遗事》(《全宋笔记》1编5册)
欧阳修《笔说》(《全宋笔记》1编5册)
赵抃《御试备官日记》(《全宋笔记》1编6册)
司马光《温公琐语》(《全宋笔记》1编7册)
强至《韩忠献公遗事》(《全宋笔记》1编8册)
张唐英《蜀梼杌》(《全宋笔记》1编8册)
曾布《曾公遗录》(《全宋笔记》1编8册)
苏轼《渔樵闲话录》(《全宋笔记》1编9册)
苏辙《龙川略志》(《全宋笔记》1编9册)
苏辙《龙川别志》(《全宋笔记》1编9册)
杨彦龄《杨公笔录》(《全宋笔记》1编10册)
莫君陈《月河所闻集》(《全宋笔记》1编10册)
黄休复《茅亭客话》(《全宋笔记》2编1册)
刘斧《青琐高议》(《全宋笔记》2编2册)
传庞元英《谈薮》(《全宋笔记》2编4册)
米芾《海岳名言》(《全宋笔记》2编4册)

米芾《书史》(《全宋笔记》2编4册)
米芾《画史》(《全宋笔记》2编4册)
王巩《闻见近录》(《全宋笔记》2编6册)
王巩《甲申杂记》(《全宋笔记》2编6册)
王巩《随手杂录》(《全宋笔记》2编6册)
钱世昭《钱氏私志》(《全宋笔记》2编7册)
范致明《岳阳风土记》(《全宋笔记》2编7册)
李朴《丰清敏公遗事》(《全宋笔记》2编8册)
黄庭坚《宜州家乘》(《全宋笔记》2编9册)
罗从彦《遵尧录》(《全宋笔记》2编9册)
李格非《洛阳名园记》(《全宋笔记》3编1册)
高晦叟《珍席放谈》(《全宋笔记》3编1册)
张礼《游城南记》(《全宋笔记》3编1册)
黄伯思《东观余论》(《全宋笔记》3编4册)
李纲《靖康传信录》(《全宋笔记》3编5册)
陈东《靖炎两朝见闻录》(《全宋笔记》3编5册)
赵鼎《建炎笔录》(《全宋笔记》3编6册)
赵叔问《肯綮录》(《全宋笔记》3编6册)
徐兢《宣和奉使高丽图经》(《全宋笔记》3编8册)
康与之《昨梦录》(《全宋笔记》4编3册)
胡铨《经筵玉音问答》(《全宋笔记》4编3册)
丁特起《靖康纪闻》(《全宋笔记》4编4册)
韩元吉《桐阴旧话》(《全宋笔记》4编7册)
石茂良《避戎夜话》(《全宋笔记》4编8册)
王若冲《北狩行录》(《全宋笔记》4编8册)
佚名《南窗纪谈》(《全宋笔记》5编1册)
范成大《骖鸾录》(《全宋笔记》5编7册)
范成大《桂海虞衡志》(《全宋笔记》5编7册)
周必大《淳熙玉堂杂记》(《全宋笔记》5编8册)
周必大《乾道庚寅奏事录》(《全宋笔记》5编8册)
周必大《泛舟游山录》(《全宋笔记》9编8册)

崔敦礼《刍言》（《全宋笔记》5编10册）
王明清《挥麈前录》（《全宋笔记》6编1册）
李元纲《厚德录》（《全宋笔记》6编2册）
李季可《松窗百说》（《全宋笔记》6编3册）
周去非《岭外代答》（《全宋笔记》6编3册）
吴箕《常谈》（《全宋笔记》6编3册）
杨简《石鱼偶记》（《全宋笔记》6编4册）
倪思《经鉏堂杂志》（《全宋笔记》6编4册）
程卓《使金录》（《全宋笔记》6编5册）
李心传《建炎以来朝野杂记》（甲集）（《全宋笔记》6编7册）
李心传《建炎以来朝野杂记》（乙集）（《全宋笔记》6编8册）
李心传《旧闻证误》（《全宋笔记》6编8册）
魏了翁《经外杂钞》（《全宋笔记》6编10册）
释道融《丛林盛事》（《全宋笔记》7编1册）
赵希鹄《洞天清录》（《全宋笔记》7编2册）
陈录《善诱文》（《全宋笔记》7编2册）
吴枋《宜斋野乘》（《全宋笔记》7编2册）
岳珂《愧郯录》（《全宋笔记》7编4册）
俞文豹《清夜录》（《全宋笔记》7编5册）
陈槱《负暄野录》（《全宋笔记》7编5册）
赵葵《行营杂录》（《全宋笔记》7编7册）
刘克庄《后村杂记》（《全宋笔记》7编7册）
释圆悟《枯崖漫录》（《全宋笔记》7编7册）
江万里《宣政杂录》（《全宋笔记》7编8册）
邢凯《坦斋通编》（《全宋笔记》7编8册）
周密《云烟过眼录》（《全宋笔记》8编1册）
周密《武林旧事》（《全宋笔记》8编2册）
张仲文《白獭髓》（《全宋笔记》8编3册）
赵崇绚《鸡肋》（《全宋笔记》8编3册）
李之彦《东谷所见》（《全宋笔记》8编4册）
施清臣《东洲几上语》《东洲枕上语》（《全宋笔记》8编4册）

俞德邻《佩韦斋辑闻》(《全宋笔记》8编4册)
赵溍《养疴漫笔》(《全宋笔记》8编4册)
西湖老人《繁盛录》(《全宋笔记》8编5册)
刘一清《钱塘遗事》(《全宋笔记》8编6册)
佚名《咸淳遗事》(《全宋笔记》8编6册)
佚名《昭忠录》(《全宋笔记》8编6册)
陶岳《五代史补》(《全宋笔记》8编8册)
佚名《文酒清话》(《全宋笔记》8编10册)
释昙秀《人天宝鉴》(《全宋笔记》8编10册)
佚名《真率记事》(《全宋笔记》8编10册)
佚名《言行拾遗事录》(《全宋笔记》8编10册)
张商英、朱弁《续清凉传》(《全宋笔记》9编1册)
吴幵《漫堂随笔》(《全宋笔记》9编1册)
释惠洪《林间录》(《全宋笔记》9编1册)
董弅《侍儿小名录拾遗》(《全宋笔记》9编2册)
叶适《习学记言》(《全宋笔记》9编9—10册)
真德秀《西山读书记》(《全宋笔记》10编1—5册)

四、无文学思想

郑文宝《南唐近事》(《全宋笔记》1编2册)
郑文宝《江表志》(《全宋笔记》1编2册)
佚名《五国故事》(《全宋笔记》1编3册)
王曾《王文正公笔录》(《全宋笔记》1编3册)
陈彭年《江南别录》(《全宋笔记》1编4册)
勾延庆《锦里耆旧传》(《全宋笔记》1编5册)
滕元发《孙威敏征南录》(《全宋笔记》1编8册)
佚名《寇莱公遗事》(《全宋笔记》2编1册)
程颐《家世旧事》(《全宋笔记》2编1册)
方勺《青溪寇轨》(《全宋笔记》2编8册)
章炳文《搜神秘览》(《全宋笔记》3编3册)
夏少曾《朝野佥言》(《全宋笔记》3编4册)

李纲《建炎进退志》(《全宋笔记》3编5册)
李纲《建炎时政记》(《全宋笔记》3编5册)
佚名《建炎复辟记》(《全宋笔记》3编5册)
赵鼎《家训笔录》(《全宋笔记》3编6册)
赵鼎《辩诬笔录》(《全宋笔记》3编6册)
郑刚中《西征道里记》(《全宋笔记》3编7册)
洪皓《松漠纪闻》(《全宋笔记》3编7册)
侯延庆《退斋笔录》(《全宋笔记》3编10册)
曹勋《北狩见闻录》(《全宋笔记》3编10册)
孔传《东家杂记》(《全宋笔记》3编10册)
廉布《清尊录》(《全宋笔记》4编3册)
释祖秀《华阳宫记事》(《全宋笔记》4编3册)
汪若海《麟书》(《全宋笔记》4编3册)
旧题辛弃疾《南烬纪闻录》(《全宋笔记》4编4册)
旧题辛弃疾《窃愤录》(《全宋笔记》4编4册)
旧题辛弃疾《窃愤续录》(《全宋笔记》4编4册)
佚名《宣和乙巳奉使金国行程录》(《全宋笔记》4编8册)
佚名《呻吟语》(《全宋笔记》4编8册)
韦承《瓮中人语》(《全宋笔记》4编8册)
佚名《建炎维扬遗录》(《全宋笔记》4编8册)
程大昌《北边备对》(《全宋笔记》4编8册)
佚名《中兴御侮录》(《全宋笔记》5编1册)
刘忠恕《裔夷谋夏录》(《全宋笔记》5编1册)
孟元老《东京梦华录》(《全宋笔记》5编1册)
张棣《正隆事迹记》(《全宋笔记》5编2册)
范成大《揽辔录》(《全宋笔记》5编7册)
陆游《避暑漫抄》(摘录唐宋著作)(《全宋笔记》5编8册)
陆游《放翁家训》(《全宋笔记》5编8册)
陆游《斋居纪事》(《全宋笔记》5编8册)
田渭《辰州风土记》(《全宋笔记》5编10册)
王明清《投辖录》(《全宋笔记》6编2册)

佚名《摭青杂说》（《全宋笔记》6编2册）
李邦献《省心杂言》（《全宋笔记》6编3册）
员兴宗《采石战胜录》（《全宋笔记》6编3册）
蹇驹《采石瓜州毙亮记》（《全宋笔记》6编3册）
佚名《采石毙亮记》（《全宋笔记》6编3册）
佚名《炀王江上录》（《全宋笔记》6编3册）
吕祖谦《卧游录》（《全宋笔记》6编3册）
楼钥《北行日录》（《全宋笔记》6编4册）
倪思《重明节馆伴语录》（《全宋笔记》6编4册）
何坦《西畴老人常言》（《全宋笔记》6编9册）
葛洪《涉史随笔》（《全宋笔记》6编9册）
李壁《中兴战功录》（《全宋笔记》6编9册）
吴如愚《准斋杂说》（《全宋笔记》6编9册）
赵万年《襄阳守城录》（《全宋笔记》6编9册）
魏了翁《读书杂钞》（《全宋笔记》6编10册）
魏了翁《古今考》（《全宋笔记》6编10册）
赵汝适《诸蕃志》（《全宋笔记》7编1册）
赵珙《蒙鞑备录》（《全宋笔记》7编2册）
赵与容《辛巳泣蕲录》（《全宋笔记》7编2册）
彭大雅《黑鞑事略》（《全宋笔记》7编2册）
王致远《开禧德安守城录》（《全宋笔记》7编7册）
许棐《樵谈》（《全宋笔记》7编7册）
周密《澄怀录》（《全宋笔记》8编1册）
沈俶《谐史》（《全宋笔记》8编3册）
鲁应龙《闲窗括异志》（《全宋笔记》8编4册）
方凤《野服考》《金华游录》（《全宋笔记》8编4册）
赵□《就目录》（《全宋笔记》8编5册）
徐铉《稽神录》（《全宋笔记》8编7册）
吴淑《江淮异人录》（《全宋笔记》8编7册）
路振《乘轺录》（《全宋笔记》8编8册）
佚名《灯下闲谈》（《全宋笔记》8编8册）

释延一《广清凉传》(《全宋笔记》8编8册)
王逵《蠡海录》(《全宋笔记》8编8册)
张君房《乘异记》(《全宋笔记》8编8册)
上官融《友会谈丛》(《全宋笔记》8编9册)
旧题欧阳修《庐陵杂说》(《全宋笔记》8编9册)
张师正《括异志》(《全宋笔记》8编9册)
林希《林文节元祐日记》《林文节绍圣日记》(《全宋笔记》8编10册)
佚名《五色线》(《全宋笔记》8编10册)
佚名《释常谈》(《全宋笔记》9编1册)
韩拙《山水纯全集》(《全宋笔记》9编1册)
洪炎《侍儿小名录》(《全宋笔记》9编1册)
陈规《守城录》(《全宋笔记》9编1册)
王铚《补侍儿小名录》(《全宋笔记》9编2册)
温豫《续补侍儿小名录》(《全宋笔记》9编2册)
佚名《宗忠简公遗事》(《全宋笔记》9编2册)
万俟卨《皇太后回銮事实》(《全宋笔记》9编2册)
赵构《翰墨志》(《全宋笔记》9编2册)
沈某《鬼董》(《全宋笔记》9编2册)
郭彖《睽车志》(《全宋笔记》9编2册)
李昌龄《乐善录》(《全宋笔记》9编2册)
龚颐正《续释常谈》(《全宋笔记》9编8册)
吕祖谦《入越录》(《全宋笔记》9编8册)
佚名《碧湖杂记》(《全宋笔记》9编8册)
储泳《祛疑说》(《全宋笔记》9编8册)
释惠彬《丛林公论》(《全宋笔记》9编8册)
朱辅《溪蛮丛笑》(《全宋笔记》9编8册)

第二节　宋代笔记中文学思想的研究价值、目标、思路及总体特点

一、宋人笔记作为文学思想观照材料的重要意义及价值

文学思想研究一直是学术界关注的热点之一，然而，人们研究的多为诗文评或别集、总集，其他文体的文献受到的关注较少。左东岭《中国文学思想史研究的文体意识》指出，研究文学思想所用材料的文体可以包括话体、序跋体、尺牍、诗歌作品等，强调应该“扩展至所有的文体类型”，不同文体之间应予综合性的考察。笔记作为宋人记录学术见解的重要载体，对于文学思想的研究有着不容忽视的价值与意义。且笔记与话体文献类似，多是作者“以资闲谈”的作品，往往体现其真实的文学主张与追求，这构成了笔记作为文学思想重要载体的可能性。

宋代的笔记，在文体上逐渐与笔记小说分离。其正式独立的标志，是宋祁创作明确以“笔记”作为书名的《宋景文公笔记》。相比前代，宋人笔记呈现出传奇诡谲色彩大为减弱，实录考证色彩较大幅度增强的显著特色。不少作者将笔记当作史料，如欧阳修《归田录后序》中指出：“唐李肇《国史补序》云：‘言报应，叙鬼神，述梦卜，近帏箔悉去之；纪事实，探物理，辨疑惑，示劝戒，采风俗，助谈笑，则书之。’余之所录大抵以肇为法。”[①]值得注意的是，四库馆臣著录宋人笔记时，将其中的一些，如《东京梦华录》及《梦粱录》归入史部。[②]撰写笔记如撰写史料般认真谨严，是宋代笔记的突出特征之一。

相比前代，宋人身份明显呈现学者、文人、官员的混合型特征，受其影响，笔记的考辨色彩较为突出。考辨文学本事，考释意象含义，揭橥诗句源流，成为宋代笔记中文学思想的突出特点。四库馆臣的著录语可以与此观点相互印证，其评价《珩璜新论》说：“是书皆考证旧闻，亦间托古事以发议，其说多精核可取。”[③]学术考据类笔记在明清大为盛行，宋代具有开启山林之功。在感性妙悟、评点中理性思辨，是宋代笔记的另一突出特征。

---

①欧阳修：《归田录》，载《全宋笔记》第一编第5册，大象出版社，2003，第269页。

②两部笔记均被四库馆臣归入“史部　地理类三”，参见《四库全书总目》。

③永瑢等：《四库全书总目》卷一二〇，中华书局，1965，第1037页。

生于唐后的宋人，面前矗立着唐代文学这样一座巍巍高峰，既有受其影响的焦虑，也有自我树立的自信精神，因而同其诗文评一样，在笔记著作中提出一些重要的美学范畴，如《珩璜新论》注重的“精切”“高奇”。与诗文评相得益彰，自我树立的理论自信，同样是宋代笔记的鲜明时代特征。

以上三点构成了以笔记作为重要载体研究文学思想的必要性，也展现了本课题的价值和意义所在。

二、本课题的研究目标及其价值

本课题的研究目标，举其要者，有如下几点。

第一，开拓新的宋代文学研究领域，丰富中国文学批评史的内容，以笔记作为文学思想的重要载体，与诗文评、宋人别集相结合，进行综合考察，对宋代文学研究的深入有方法论的意义。本课题把笔记中的文学思想与作家的创作实践联系起来，做整体考量，使许多问题能够论析得透彻深刻。

第二，力求做到前后贯通、呼应，对每一部笔记中的文学思想，既放在中国文学史的长河中分析其传承流变，又在同时代的对比中研究其独特的个性价值。

第三，拓宽传统纯文学的视野，综合文学思想的内、外部研究，以大文学观构建宋代笔记中的文学思想，既主要用中国独特的文学理论话语体系分析、阐释，又适当借鉴、改造西方的文艺成果，突出表现在本课题对“文学生态”这一理论的新的诠释上。关于文学生态的理论建构，可以参考论述孔平仲及王明清笔记思想时的相关表述。

三、本课题的研究思路及设计

总体思路上，本书本着回到笔记文学思想“现场”的原则，不只做形而上的理论建构，不只根据作家的后世文学地位来排名定次，而是实事求是，不湮没文学地位不高的作家所创作的包含丰富文学思想的笔记，从每部笔记包含的文学思想多少的实际情况出发，将本课题所研究的宋代笔记分为重要笔记及次重要笔记两类。凡包含丰富或较丰富文学思想的笔记属于重要笔记，包含部分文学思想或无文学思想的笔记归为次重要笔记。这样便明确了本课题主要的研究对象，也为学界继续深入探讨提供了便利。

在具体设计上，有宋一代有三百余年的历史，时间之长，决定了宋人笔记中的文学思想不是不变的，而是呈现阶段性特征。本课题将宋代笔记的发展阶段分为北宋前期、北宋后期、南宋前期、南宋后期四段。北宋前期是指太祖、太宗、真宗、仁宗、英宗五朝统治时期，时间跨度为960年至1067年；北宋后期指神宗、哲宗、徽宗、钦宗四朝，跨度为1068年至1126年；南宋前期指高宗、孝宗、光宗三朝，跨度为1127年至1194年；南宋后期指宁宗、理宗、度宗、恭帝、端宗、帝昺六朝，跨度为1195年至1279年。

关于具体笔记的分期，本课题根据宋人笔记中自述的写作时间，或书名及内容中的明显线索，如周必大《乾道庚寅奏事录》，叶绍翁《四朝闻见录》，或根据相关史料及同时期人的文集记载来判断，对于一定数量的难以确定写作时间的宋人笔记，则以其内容记载的最晚时段，结合作者的卒年及他人序跋中的相关信息进行判断，归入某一时期，力争做到笔记归期科学、客观。

需要说明的是，在本课题的分期中，有同一作家创作的不同笔记归属于不同时期的情况。本课题的处理方式是：如果不同时期的笔记彼此创作时间距离较近，且作者在这段时期内未经历人生的重大波折，笔记中文学思想及主张没有明显变化，则将后一时期的笔记归入前一时期予以统论，如本课题对于王明清笔记的处理便是遵照此例；如果该作家前后时期的笔记创作间隔较久，如洪迈自述其“容斋”系列笔记①的创作，“始予作《容斋随笔》，首尾十八年，《续笔》十三年，《三笔》五年，而《四笔》之成，不费一岁”②，且笔记中有明显的文学思想的演进③，则予以分论。本课题之所以如此处理，是为了兼顾论述作家文学思想的系统性，同时又以历时性的眼光来探究作者文学思想的演进，采用实事求是、静态与动态相互结合的思路来思考，并与本课题所探讨的不同时代文学思想演进相呼应。

---

①“容斋”系列笔记指洪迈创作的包含丰富文学思想、考辨精审的《容斋随笔》《容斋续笔》《容斋三笔》《容斋四笔》《容斋五笔》。

②洪迈：《容斋四笔》，《全宋笔记》第五编第6册，大象出版社，2012，第204页。

③如洪迈在南宋后期创作的“容斋”系列笔记中的文学体裁论，展现了对在一个时代中代表性不强的文学体裁的重要思考。详见本课题对《容斋三笔》《容斋四笔》《容斋五笔》的具体论述。

在立论及研究成果陈述方面，为了既有宏观上的概要把握，又避免概括研究的空泛，笔者采取概述研究与具体篇目阐释相结合，以篇目阐释为主体的立论方式。之所以如此设计，是因为研究该课题需要从研究对象出发，而不是从研究模式出发，应有一分材料说一分话。有宋一代历时漫长，北宋、南宋的文学思想又有较大不同，既有主流文学思想，又有非主流文学思想；每部笔记中既有当时普遍的文学思想内容，又有笔记作者独特的审美追求，因此，概括归纳后，虽然表面上看体系严密、结构完整，但是面对如此规模宏大的笔记内容，不免会产生以偏概全的情况，有时甚至会忽略每位笔记作者独特的文学思想。加之宋代笔记中文学思想的研究基本处于起步阶段，可供参考的研究成果很少，因此采取以个案研究为主的方法，既是对研究对象的尊重，更是针对研究状况所做的慎重选择。采取这种方式，既可以保持理论性概括的高度，又可以全方位地展现宋人笔记中具丰富多彩文学思想的内容。

四、宋代笔记的总体概貌

总体而言，宋代笔记中的文学思想，虽然缺乏内在的严格体系，但是思想更自由，论述中更少受到文体的严格限制，比起诗话，其包含的内容更广泛。本课题从宋代近400种笔记出发，注重从没有系统的、零碎的一条条材料中，仔细挖掘其蕴含的文学思想。有些材料表面上仿佛看不到有价值的地方，但若仔细比较分析或联系作者的诗文创作实践，却能够看出其中有价值的文学思想。有些材料单个看不觉得有太大价值，但若分类归纳，就整部笔记或作者的全部笔记宏观看，却十分有价值。有些笔记虽然没有直接阐释文学思想，但是通过它们在摘篇、摘句、摘词时的审美判断，也可以探寻其独特的文学思想。同时，每一时代的士人必然带上该时期的鲜明特点与烙印，宋代士人沐浴在宋代的时代思潮及王朝气质中，身上不免带有一定的共通性，具有共同的宋代气质。反映在笔记中，有如下特点：

宋代笔记论及继承与创新，大多认为博采众长是手段，自出机杼是目的。从北宋后期到南宋灭亡，宋人笔记中的观点大多反对拘泥一家一派。宋人主要推崇大小雅、三颂，不提《国风》，更不提《离骚》，甚至对屈原有非议，批评其性情偏激；比较推崇《文选》。杜甫也是在这一时期奠定了诗圣的地位。从北宋后期以来，笔记中对杜甫的道德光辉与诗法成就都多有论述，他作为诗圣的意义超过诗史的意义。杜甫忠君内敛的人格、忧国忧民的情怀符合宋人的道德规范。宋人虽然对李白的诗歌艺术进行总结，但对李白钟情自由、狂傲叛逆的性格不大肯定，非议不少。不少人，尤其是理学家，认为《庄子》《离骚》不足法。整个宋代笔记中有关《庄子》的内容，主要是理学家融合儒道的思想进行综合思考的产物，涉及《楚辞》的论述则很少。

重视推溯源流是宋代笔记最重要的特点之一。涉及这一内容的笔记最多，其所占分量也很大。

从理性精神出发论诗，绝不仅仅是理学家的专利，特别是从北宋后期至南宋，这种风气在笔记中变得越来越流行。具有个性的作家，如庄子、屈原、李贺等，常常被指责；将咏史、咏怀熔为一炉的诗歌遭到的批评最多；用政治伦理标准否定艺术独创性的不在少数；发展到极致，甚至将事物的客观之理与艺术的无理之理的界限相混淆，要求艺术亦步亦趋遵循物理，贬低甚至否定艺术的想象、夸张、比喻等，有个别笔记的立论相当迂腐，甚至到了令人啼笑皆非的地步。

还有一个很值得重视的现象，苏轼作为宋代文化的代表，在笔记中受关注的程度绝对是宋代第一，有时甚至超过诗圣杜甫。宋代笔记对于杜甫的评价，主要是在道德与诗歌方面；对苏轼的关注则十分全面，其坎坷的生平、广阔的胸怀、丰富的生活情趣、思想性格的成因、务实的官吏作风、所受的爱戴、真诚无私的政治品格、豁达幽默的风范、文学艺术成就、各地的纪念遗迹、生动的身后传说、各方面深远的影响等都有所涉及。苏轼相关元素成为宋代笔记的一个显著标志。

宋代笔记广泛涉及对科举文化、科举与文学关系的论述，有对唐代科举制度的总结；有对本朝科举制度沿革变化的分析；有对发解试、省试、殿试的发展变化的陈述；有对科举内容变化得失的考量；有对科举利弊的评价；有对举子形形色色心态的描绘；有对科举作弊与除弊的论述；有对科举与文学家素养的论析；有对科举与地缘关系的阐释；有对科举内容与时代风气之关系的反思；等等。将本书中的个案分析汇集起来，就是一部生动的科举风俗与精神史。

重视文学生态也是宋代笔记中十分重要的内容。统治者对文化的重视程度、文化政策的变化、对读书的推崇、对文官的优待、与大臣的酬答唱和，以及或宽松或严厉的文化政策等都是笔记所关注的对象，这是诗话涉及不深的内容。

宋代笔记的文学创作论，在从作家修养，到构思、结构、语言、修辞等方面多有卓见。宋代笔记的文学体裁论涉及广泛，多有自见。其特点是对文学的批评与欣赏不断深化，理性思辨色彩不断增强。

由于宋代笔记卷帙浩繁，仅文本阅读、原始材料分类，就费去很大精力，加之可供参考的资料很少，论述难度也很大，本书对于宋代笔记中文学思想的研究难免有瑕疵，希望学界同人不吝赐教。

| 第一章 |

北宋前期（960—1067）笔记的文学思想

第一节　概述

北宋前期指太祖、太宗、真宗、仁宗、英宗统治时期。宋朝刚立国时，臣民仍是旧日臣民，文化也是旧日文化。五代多年的战乱，对统一的封建文化的破坏不能小视。欧阳修在《新五代史·晋家人传》中指出：“礼乐崩坏，三纲五常之道绝，而先王之制度文章扫地而尽于是矣。”在五代，大规模的文化建设是不具备条件的，虽然五代的一些统治者对文化也做过贡献，但全局性、开创性的文化建设却无法进行。作为传统文化的载体，图书更是遭受毁灭性的破坏。文化的建设不是一蹴而就的，也不可能立竿见影。直到宋代开国几十年后，图书的极度匮乏仍然是制约文化建设的重要因素之一。宋代初期，五代文化的影响仍然占据主导地位。然而，从皇帝和重臣开始，统治阶层已经感到了文化的相对滞后及其与政治、经济发展水平的不相称。

首先，他们由朦胧到逐步自觉地感到，此时的国家文化气息不浓、文化人才短缺、文人素质不高、知识阶层读书少等，宋初许多笔记对此有记载。宋太祖、宋太宗号召读书，鼓励读书，摆出以文立国的大架势，自己也身体力行，认真读书，十分用功。这看在大臣的眼里，体现在朝政议论中的引经据典上，表现在皇帝与大臣的诗文唱和、赠答中。此外，宋代前期的笔记中记载皇帝重视图书建设的不在少数。收集、整理、印刷书籍的积极影响逐步体现出来。宋初笔记让我们对宋代初期几位皇帝勤勉读书、重视文化的态度刮目相看，其中的文学思想表现为对读书自上而下的倡导，以及社会上普遍的对文化建设的重视。

其次，学校教育在文化建设中的意义越来越得到统治者的重视，除了官办学校规模逐步扩大，民间的四大书院也在历史上留下了光彩的一笔。无论是《南部新书》对唐代科举制度的全面梳理，还是宋代前期笔记中大量记载的宋代皇帝对科举制度的重视，以及富有责任感的大臣对科举考试的内容及考试制度的改革与完善提出的一系列意见与建议，均体现了全社会急于提高文化水准的时代风尚。此外，据当时笔记记载，宋初皇帝对宗室子弟的教育也十分重视。

最后，皇帝对文士优待有加，朝廷、地方官上行下效，文士无论物质生活还是精神的自由都比五代有了很大提升。再加上经济逐步恢复和繁荣、政治稳定，战争主要是局部战争，不影响天下太平的大环境，从皇帝到重臣，再到一般读书人，都得以把目光转向文化建设，逐步开始不满五代绮丽柔弱的文风。然而，树立自己王朝独特的时代风格，远不是一项政策、一个措施或一位想有作为的皇帝就能做到的，这是一个缓慢的过程。文化修养、文化素质的提高不是一朝一夕之功，社会从上到下必须面对现实。于是，在诗歌创作中，白居易的诗风受到宋初作家的青睐，这既是他们摆脱五代文风影响的自觉意识的体现，也是在缺乏引领风气、开创新时代的文化自信时所做的一种合情合理的时代选择。对于这个时候的文人来说，李白、杜甫高山仰视，可望而不可即，学习、模仿白居易是更加切合实际的做法。

评价历史有时候需要还原当时的历史环境，不能站在现在的角度、根据现在的标准去下定义。五代体既是时代的产物，也是文学自身规律的体现。从宋代笔记看，当时对于写五代体的文人并非全盘否定，态度是比较客观的，西昆体的出现更是时代的选择，在某种意义上体现了宋代文人创新的自觉意识，且有取代五代体之功。宋初笔记对于西昆体的评价，与当代的文学史和各类专著有很大差异，肯定和赞扬的声音比较多，因为西昆体诗文的文化含量明显增强，引经据典，体现作者博览群书的学问，比起司空见惯的五代体更令人耳目一新。

从宋初的笔记看，重视创新是各笔记一致的思想倾向，这表明宋代文人急于建立区别于五代的时代风格。他们一方面赞扬有个性的诗文，另一方面不完全以唐代诗文的标准来衡量诗歌审美价值，主动地逐步以异于唐代作为审美判断的标准，容忍和鼓励诗文创作风格的多样化，体现了一种建立文化大格局的心态。对于模仿，宋初笔记却多持否定甚至严厉的批判态度。例如，惠崇在宋初的名气很大，这在当时的笔记中能看出来。然而，宋初笔记对惠崇模仿唐诗、创新性不足的批评也是十分深刻的。

对于唐代文化与唐代诗文的关注是宋代前期笔记的共同取向，但是总结学习唐代是手段而不是目的，学习唐人是为了建立自己朝代的新风尚。《南部新书》《北梦琐言》等笔记对唐代科举文化的重视，以及其他一些笔记对李白、杜甫、白居易等唐代诗人的关注和评价，无不以此为目的。

从宋代四个阶段整体来看，这一阶段笔记的数量并不很多，类型已经比较丰富，且已经出现了篇幅比较长的笔记，然而，宋代笔记中有代表性、影响力巨大的作品，如《梦溪笔谈》《容斋随笔》《鹤林玉露》《困学纪闻》等还没创作出来。就这一时期笔记中的文学思想看，无论是内容的丰富性，还是见识上的开创性、立论上的科学性，欧阳修的笔记都是最具代表性的。

第二节　重要笔记的文学思想

孙光宪《北梦琐言》

孙光宪（？—968），字孟文，自号葆光子，著有《北梦琐言》。此书中包含一些文学思想相关内容。

例如，唐代统治阶级重视进士。《宣宗称进士》载："唐宣宗皇帝好儒雅，每直殿学士从容，未尝不论前代兴亡。颇留心贡举，尝于殿柱上自题曰：'乡贡进士李某。'或宰相出镇，赋诗以赠之，词皆清丽。"[①]

唐朝统治者爱好写诗和赐予大臣诗作，对文学的繁荣起到促进作用。《天子赐勋臣诗》载："德宗皇帝好为诗，以赐容州戴叔伦。文宗、宣宗皆以诗赐大臣。昭宗驻跸华州，以歌辞赐韩建，以诗及《杨柳枝》辞赐朱全忠。所赐一也，或以敬，或以惮，受其赐者，得不求其义焉。"[②]

---

①孙光宪：《北梦琐言》卷一，载《全宋笔记》第一编第1册，大象出版社，2003，第15页。

②孙光宪：《北梦琐言》卷十五，载《全宋笔记》第一编第1册，大象出版社，2003，第166页。

此书记载了唐代一些大臣对诗人的赏誉。《薛逢赏王助》载："唐大中初，绵州魏城县人王助举进士，有奇文，蜀自李白、陈子昂后，继之者乃此侯也。尝撰魏城县道观碑，词华典赡。于时薛逢牧绵州，见而赏之，以其邑子延遇，因改名助，字次安，壮其文类王勃也。自幼妇刊建，薛使君列衔于碑阴，以光其文。虽兵乱焚荡，而螭首岿然。好事者经过，皆税驾而览之。助后以瞽废，无闻于世，赖河东公振发增价，而子孙荣之。其子朴仕蜀，至翰林学士。"①

此书记载了中唐朋党之争对文坛、文人命运的影响。如《李太尉抑白少傅》载，白居易虽有经纶之才，文章冠世，却"为时所排""不跻大位"，原因在于白氏是杨虞卿、牛僧孺密友，故而李德裕抑之，"虑其朋比而掣肘也"②。《北梦琐言》卷二《宰相怙权》载，"令狐绹最受恩遇而怙权"，"尤忌胜己"，故意打压温岐、李商隐、罗隐等人。③《哭麻刘舍人事》载："唐李相磎，高才奥学，冠绝群彦，为朋党所排。洎登岩廊，似涉由径，虽然，亦才授也。制下之日，刘舍人崇鲁抱麻而哭之。李相斥其祖祢，条上其事，具表论之。又以彭城先德受贿饮酖，乃作《鹦鹉杯赋》，丑词讦切，人为寒心。朝士有识者阅其表曰：'何必多言，但云倒策侧龟于君前有诛，彭城子何所逃刑。'时以为然。"④

此书记载了一些文人交往的趣事，重视记录文人之间的雅谑。《李远讥曹唐》载："唐进士曹唐《游仙》诗，才情缥缈，岳阳李远员外每吟其诗而思其人。一日，曹往谒之，李倒屣而迎。曹生仪质充伟，李戏之曰：'昔者未睹标仪，将谓可乘鸾鹤，此际拜见，安知壮水牛亦恐不胜其载。'时人闻而笑之。"⑤

此书同情文人的不幸遭遇。《李磎行状》载："司空图侍郎撰李公磎行状，以公有出伦之才，为时辈妒忌，罹于非横。其平生著文……仓卒之辰，焚于贼火，时人无所闻也，惜哉。《阳春白雪》，世人寡和，岂虚言也。葆光子曰：唐代韩愈、柳宗元，洎李翱、李观、皇甫湜数君子之文，凌轹荀、孟，

---

①孙光宪：《北梦琐言》卷五，载《全宋笔记》第一编第1册，大象出版社，2003，第60页。
②孙光宪：《北梦琐言》卷一，载《全宋笔记》第一编第1册，大象出版社，2003，第19页。
③孙光宪：《北梦琐言》卷二，载《全宋笔记》第一编第1册，大象出版社，2003，第24页。
④孙光宪：《北梦琐言》卷四，载《全宋笔记》第一编第1册，大象出版社，2003，第48页。
⑤同①，第58页。

糠秕颜、谢。其所宗仰者，唯梁浩补阙而已，乃诸人之龟鉴。而梁之声采寂寂，岂《阳春白雪》之流乎。是知俗誉喧喧者，宜鉴其滥吹也。”[①]《孟浩然赵嘏以诗失意》载：“唐襄阳孟浩然，与李太白交游。玄宗征李入翰林，孟以故人之分，有弹冠之望。久无消息，乃入京谒之。一日，玄宗召李入对，因从容说及孟浩然。李奏曰：‘臣故人也，见在臣私第。’上令急召赐对，俾口进佳句。孟浩然诵诗曰：‘北阙休上书，南山归敝庐。不才明主弃，多病故人疏。’上意不悦，乃曰：‘未曾见浩然进书，朝廷退黜。何不云“气蒸云梦泽，波动岳阳城”？’缘是不降恩泽，终于布衣而已。宣宗索赵嘏诗，其卷首有《题秦皇》诗，其略云：‘徒知六国随斤斧，莫有群儒定是非。’上不悦。”[②]以上虽为小说家之言，但表现出对二人怀才不遇的同情。

此书记载了晚唐的文学倾向，如皮日休“窃比大圣”“以复兴儒学为己任”“咸通中，进士皮日休进书两通。其一请以《孟子》为学科”。

此书对文学家齐名现象有详细记载，探索文学家荣辱境遇不同的自身性情原因，《北梦琐言》卷四《温李齐名》载：“温庭云字飞卿，或云作‘筠’字，旧名岐，与李商隐齐名，时号曰‘温李’。才思艳丽，工于小赋，每入试，押官韵作赋，凡八叉手而八韵成。多为邻铺假手，号为‘救数人’也。而士行有缺，缙绅薄之。……宣宗爱唱《菩萨蛮》词。令狐相国假其新撰密进之，戒令勿泄，而遽言于人，由是疏之。温亦有言云：‘中书堂内坐将军。’讥相国无学也。宣皇好微行，遇于逆旅，温不识龙颜，傲然而诘之曰：‘公非司马、长史之流？’帝曰：‘非也。’又谓曰：‘得非大参、簿尉之类？’帝曰：‘非也。’谪为方城县尉，其制词曰‘孔门以德行为先，文章为末。尔既德行无取，文章何以补焉？徒负不羁之才，罕有适时之用’云云。竟流落而死也。”[③]文人当以德行为先，自身艺术修养之外尤应重视自身品德建设。温庭筠为后代文士提供前车之鉴。

此书对晚唐文人文坛地位的高低有记载，《北梦琐言》卷四《张曙戏杜荀鹤》载：“唐右补阙张曙，吏部侍郎褧之子，祎之侄。文章秀丽，精神敏俊，甚有时称。所生母常戴玉天尊，黄巢乱离，莫知存没。或有于枯骸中头上见有玉天尊，以曙未访遗骸，不合进取，以此阻之。后于裴贽侍郎下

①孙光宪：《北梦琐言》卷六，载《全宋笔记》第一编第1册，大象出版社，2003，第82页。
②孙光宪：《北梦琐言》卷七，载《全宋笔记》第一编第1册，大象出版社，2003，第87页。
③孙光宪：《北梦琐言》卷四，载《全宋笔记》第一编第1册，大象出版社，2003，第54—55页。

擢进士第，官至右补阙。曾戏同年杜荀鹤曰：'杜十四仁贤大荣幸，得与张五十郎同年。'荀鹤答曰：'张五十郎大荣幸，得与荀鹤同年。天下只闻杜荀鹤名字，岂知张五十郎耶？'彼此大咍。是知虚名不足定人优劣。曙有《击瓯赋》，其警句云：'董双成青琐鸾飞，啄开珠网；穆天子红缰马解，踏破琼田。'又有《鄠郊赋》，叙长安乱离，亦《哀江南》《悲甘陵》之比，区区之荀鹤，不足拟伦。"①

此书给予了晚唐诗人陆龟蒙较高的评价，《北梦琐言》卷六《陆龟蒙追赠》载："龟蒙幼精六艺，弱冠攻文，与颜荛、皮日休、罗隐、吴融为益友。性高洁……丞相李公蔚、卢公携景重之。罗给事寄陆龟蒙诗云：'龙楼李丞相，昔岁仰高文。黄阁今无主，青山竟不焚。'盖尝有征聘之意。"②诗艺与道德方面均高度赞扬陆龟蒙。

此书记载了一些晚唐诗人求名的奇思妙想。《北梦琐言》卷十《李昌符婢仆诗》载："唐咸通中，前进士李昌符有诗名，久不登第，常岁卷轴，怠于装修。因出一奇，乃作婢仆诗五十首，于公卿间行之，有诗云：'春娘爱上酒家楼，不怕归迟总不留。推道那家娘子卧，且教留住待梳头。'又云：'不论秋菊与春花，个个能噇空肚茶。无事莫教频入库，一名闲物要些些。'诸篇皆中婢仆之讳。浃旬，京城盛传其诗篇，为奶妪辈怪骂腾沸，尽要掴其面。是年登第。与夫桃杖、虎靴，事虽不同，用奇即无异也。"③

此书记载了唐代文人润笔的相关事例。《北梦琐言》卷十二《柳大夫不受润笔》载："唐柳大夫玭，清廉耿介，不以利回。家世得笔法，盖公权少师之遗妙也。责授泸州牧，礼参东川元戎顾彦朗相公，适遇降德政碑，顾欲濡染，以光刊刻。亚台曰：'恶札固无所吝，若以润笔先赐，不敢闻命。'相国钦之，书讫，竟不干渎也。梁世兖州有下猛和尚，聚徒说法，檀施云集，时号'金刚禅'。他日物故，建塔树碑。庐岳道士李德阳善欧书，下猛之徒请书碑志，许奉一千缗。德阳不允，乃曰：'若以一醉相酬，得以施展。千缗之遗，非所望也。'终不肯书。斯亦近代一高人也。"④

---

①孙光宪：《北梦琐言》卷四，载《全宋笔记》第一编第1册，大象出版社，2003，第57页。
②孙光宪：《北梦琐言》卷六，载《全宋笔记》第一编第1册，大象出版社，2003，第81页。
③孙光宪：《北梦琐言》卷十，载《全宋笔记》第一编第1册，大象出版社，2003，第129页。
④孙光宪：《北梦琐言》卷十二，载《全宋笔记》第一编第1册，大象出版社，2003，第141—142页。

此书记载了唐代文人唱和的事迹。《北梦琐言》卷四《赵师儒与柳大夫唱和》载："唐柳玭大夫之任泸州，溯舟经马骁镇。土豪赵师儒率乡兵数千，凭高立寨，刑讼生杀，得以自专，本道署以军职。闻五马经过，乃棹扁舟，被褐衫，把杖子迎接。参状云：'百姓赵师儒。'亚台以其有职，非隶属邑，怪而辞之。师儒曰：'巴蜀乱离，某怀集乡人拒他盗，非敢僭幸，妄徽戎职。'亚台欣而接之，乃驻旌旆，馆于寨中，供亿丰备，钦礼弥勤。师儒亦有诗句，皆陈素心，亚台悉为和之。睹其清俭，不觉嗟叹曰：'我他年若登廊庙，必为斯人而致节察。'盖赏其知分任真也。"① 相比诗话，笔记往往更详尽记载文人唱和的渊源始末，更为生动形象。

从此书摘篇论诗的倾向上，能看出作者对反映民生疾苦之诗的偏爱。《北梦琐言》卷二《放孤寒三人及第》载："咸通中，礼部侍郎高湜知举。……最奇者有聂夷中，河南中都人，少贫苦，精于古体，有《公子家》诗云：'种花于西园，花发青楼道。花下一禾生，去之为恶草。'又《咏田家》诗云：'父耕原上田，子斸山下荒。六月禾未秀，官家已修仓。'又云："锄禾当日午，汗滴禾下土。谁念盘中餐，粒粒皆辛苦。'又云：'二月卖新丝，五月粜新谷。医得眼前疮，剜却心头肉。我愿君王心，化为光明烛。不照绮罗筵，只照逃亡屋。'所谓言近意远，合三百篇之旨也。"②

此书摘句论诗，突出诗人的个性风格。《北梦琐言》卷五《陈陶癖书》载："大中年，洪州处士陈陶者，有逸才，歌诗中似负神仙之术。或露王霸之说。虽文章之士，亦未足凭，而以诗见志，乃宣父之遗训也。其诗句云：'江湖水深浅，不足掉鲸尾。'又云：'饮冰狼子瘦，思日鹧鸪寒。'又云：'中原不是无麟凤，自是皇家结网疏。'又云：'一鼎雄雌金液火，十年寒暑鹿霓衣。寄与东流任斑鬓，向隅终守铁梭飞。'诸如此例，不可殚记。著《癖书》十卷，闻其名而未尝见之。"③

此书推崇清淡，反对奇险。《北梦琐言》卷七《高蟾以诗策名》载："进士高蟾，诗思虽清，务为奇险，意疏理寡，实风雅之罪人。薛许州谓人曰：'倘见此公，欲赠其掌。'然而落第诗曰：'天上碧桃和露种，日边红杏

①孙光宪：《北梦琐言》卷四，载《全宋笔记》第一编第1册，大象出版社，2003，第53—54页。
②孙光宪：《北梦琐言》卷二，载《全宋笔记》第一编第1册，大象出版社，2003，第26—27页。
③孙光宪：《北梦琐言》卷五，载《全宋笔记》第一编第1册，大象出版社，2003，第61页。

倚云栽。芙蓉生在秋江上，不向东风怨未开。’盖守寒素之分，无躁竞之心，公卿间许之。”①

此书摈弃男尊女卑的思想，记载了一些女诗人的作品。《北梦琐言》卷九《鱼玄机》载：“唐女道士鱼玄机，字蕙兰，甚有才思。咸通中，为李亿补阙执箕帚，后爱衰下山，隶咸宜观为女道士，有怨李公诗曰：‘易求无价宝，难得有心郎。’又云：‘蕙兰销歇归春浦，杨柳东西伴客舟。’……有集行于世。江淮间有徐月英，亦娼者。其送人诗云：‘惆怅人间事久违，两人同去一人归。生憎平望亭中水，忍照鸳鸯相背飞。’又云：‘枕前泪与阶前雨，隔个闲窗滴到明。’亦有诗集。”②

陶谷《清异录》

陶谷（903—970），字秀实，邠州新平（今陕西彬州）人。晚唐诗人陶彦谦之孙，著有《清异录》二卷。此书文学思想内容丰富。

《清异录》中最值得注意的是对于诗词特殊用语的引证，这方面内容可以为后来诗词的解释提供参考。此书记载了“艳阳根”“琉璃变”“绿参差”“黄奴”“凤凰京”等用语的出处，颇有意味，在考究这些诗词用语出处的过程中，可以看出历代文人想象的特点；卷上记载了有诗人把芭蕉唤作草帝（《草木门·草帝》）③，唐懿宗把菊花誉为金刚不坏王（《百花门·金刚不坏王》）④，温庭筠用“花贼玉腰奴”（《百虫门·花贼》）⑤形容蜜蜂等。卷下记载，胡峤用“破睡当封不夜侯”赏茶，还记录了不少诗人的妙语，对于研究诗歌的技巧颇有价值。

晁迥《法藏碎金录》《昭德新编》

晁迥（951—1034），字明远，澶州（今河南濮阳）人，著有《法藏碎金录》十卷，《昭德新编》三卷。据作者自序，《法藏碎金录》完成于天圣九年（1031），“天圣九年仲冬月，稍量字数，分为十卷”。二书有比较丰富的文

---

①孙光宪：《北梦琐言》卷七，载《全宋笔记》第一编第1册，大象出版社，2003，第96页。
②孙光宪：《北梦琐言》卷九，载《全宋笔记》第一编第1册，大象出版社，2003，第112页。
③参见陶谷：《清异录》卷上，载《全宋笔记》第一编第2册，大象出版社，2003，第34页。
④同③，第39页。
⑤同③，第60—61页。

学思想。

晁迥善于将儒释道三家思想融会贯通：“学法之人，或未能深入妙境，但且师老子之‘日损’，庄子之‘鞭后’，蘧子之‘知非’，颜子之‘改过’。若能致力悉备，自然暗合于道。”[①]“予于晚节，胜进弥坚，历观《庄子》微言，兼采《楞伽》妙法。吉祥止止，但悟于心斋；正智如如，自符予成相。道释二典，责实同归，夫何末流，妄有分别。”[②]“孔子罕言命与仁，《易》称‘穷理尽性，以至于命’。窃详命者，正是佛书所说理性之法也，人鲜能及之。又仁为五德之首，正是佛书所说能仁之事，此亦人鲜能及。故皆罕言，非全不言也。又对门人云：‘未知生，焉知死。未能事人，焉能事鬼？’盖为力行世教，不欲言人所不及之理，非不知也。达识之士，宜体至圣密意。”[③]他认为，“《周易》之乐天知命，《老子》之少思寡欲，《庄子》之安时处顺，释氏之背尘合觉。若能四者不失，久而弥坚，斯亦非常之人也。”[④]“乐天知命故不忧，穷理尽性故不疑，少私寡欲故不贪，澄神定灵故不动。四者备矣，以贯之。此参用诸书，助修善行。”[⑤]“儒家立一切法，以为规检，目曰名教。此于佛家门中，有如相宗。道家破一切法，贵乎混一，复归虚无。此于佛门中，有如空宗。若乃立一切法，不碍真空，破一切法，不妨妙有，并包广大，唯佛法之性宗焉。”[⑥]晁迥自由地驰骋在儒道经典中，“孔子曰：‘克己复礼，天下归仁焉。’予拟之，别立句：‘克情复性，众妙归本焉。’”[⑦]这是从儒家经典中悟佛。“佛书之言菩提，如道书之言大觉。庄子云‘有大觉而后知此其大梦’是也。佛书之言涅槃，如道书之言至乐，庄子云‘至乐无乐，至誉无誉’是也。吾好旁达于理也如此。”[⑧]这是从道家经典中悟佛。

晁迥的思想体现了宋代学者追求三教融合的倾向。这一点从晁迥对

---

①晁迥：《法藏碎金录》卷三，载《全宋笔记》第八编第7册，大象出版社，2017，第217页。

②晁迥：《法藏碎金录》卷一，载《全宋笔记》第八编第7册，大象出版社，2017，第177页。

③同①，第219页。

④晁迥：《法藏碎金录》卷四，载《全宋笔记》第八编第7册，大象出版社，2017，第241页。

⑤晁迥：《昭德新编》卷上，载《全宋笔记》第八编第8册，大象出版社，2017，第27页。

⑥同④，第244页。

⑦晁迥：《法藏碎金录》卷二，载《全宋笔记》第八编第7册，大象出版社，2017，第207页。

⑧同②，第184页。

唐朝大诗人白居易的接受态度中也可见一斑。晁迥以白居易的诗歌参悟佛理，而不是学习其诗艺。“白氏诗云：‘自从苦学空门法，消尽平生种种心。’予因此语，晓悟学空之理，乃是无碍法门。何以故？夫学人有明智，有果断，谛观在外随时过去者，事事尽空，不执其事，则心无碍也。身心外内无碍无缚，更去何处别求解脱？譬如云翔之鸟，在空中自然自在，人若不能以空破有，自取隔阂，乃是凡愚知见，于自有何所利？所以佛许须菩提解空第一，斯人足可景慕。若能于空不著空，此又妙之又妙也。”[①]晁迥认为，白居易的诗歌能与道家、儒家思想打通，“白氏有诗句云：‘华簪与高盖，复在外物外。’又庄子宗旨，以轩冕为得志而丧自失性者，谓之倒置之民。予历观群趣，轩冕之外，更加五欲乐具，重复冗饰，伐德祸深而不悟者，又何如哉？”[②]白居易的不少诗歌看似通俗，其实颇有哲理，常常能够融会儒释道三家，这无疑是晁迥十分珍爱其诗的原因。“纯动者躁人也，纯静者道人也，动静相济者吉人也。夫人在仕宦之途，固难纯静，即须动中息之以静。故白氏有《动静交相养赋》，庄子有‘恬智交相养’言。《论语》云：‘文质彬彬，然后君子。’予拟之而成句云：‘动静均均，然后吉人。’”[③]这里晁迥明显是以《论语》注“我”，而非客观地引用孔子的观点。

晁迥在谈论文艺作品时，注重构思，追求格高意远。“画工之格致高妙，有能注思落笔，传声写照而逼真者。文士之格致高妙，有能注思落笔，穷理尽性而臻极者。此二事颇相类也。吾常览唐贤著述，有陈心法宗趣，而立言颖利，明白凿出大意，使其晓畅文义者，了了见妙道之源。信知才俊精敏，有资助发扬之力。”[④]此处打通文学与绘画的壁垒，与其他文论相比，虽然玄妙，但是不艰深。

晁迥还强调立意在诗文创作中的重要作用，“吾著文立意，欲如国宝庄严为妙器；求法练心，欲如国工锻炼成真金。此比别欲，不亦优乎？”[⑤]

---

①晁迥：《法藏碎金录》卷三，载《全宋笔记》第八编第7册，大象出版社，2017，第216—217页。

②晁迥：《法藏碎金录》卷五，载《全宋笔记》第八编第7册，大象出版社，2017，第277页。

③同①，第230页。

④晁迥：《法藏碎金录》卷一，载《全宋笔记》第八编第7册，大象出版社，2017，第175页。

⑤同①，第226页。

如此举例说明，很有新意。

苏易简《续翰林志》

苏易简（958—997），字太简，绵州盐泉（今四川绵阳）人，有《续翰林志》二卷。据作者后序，此书完成于淳化二年（991），“时皇宋龙集辛卯淳化纪号之二年孟冬朔日”。此书记载翰林院的建制与沿革、功能等，涉及学士选任、学士活动、皇帝恩宠等内容，其中包含一些文学思想相关内容。

翰林学士的职位十分荣耀，此书对此做了总结性的描述，有重要价值。卷下载：“夫学士之称，职之至美也，至于列位黄阁，尚带大学士之号，唐张说犹让而不处焉，则为儒之贵莫越于此。唐朝侍讲、侍书、侍读皆带此职。”①

书中关于翰林学士选拔程序的内容，对我们深入研究唐五代的文学生态有重要参考意义。卷上载：“后唐长兴元年二月，翰林学士刘昫奏：‘臣伏见本院旧例：学士入院，除中书舍人即不试，其余官资皆须先试，麻制、答番书、批答各一道，诗、赋各一首，号曰“五题”，所试并是当日内了，便具进呈。从前虽有招试之名，而无考校之实。每值招试新学士日，或有援者，皆预出五题，暗令宿构，致时但写净本，便取职名。若无援者，即临时特出五题，旋令起草，纵饶富艺，罕能成功。去留皆系于梯媒，得失尽由于偏党。此乃抑挫孤寒之道，开张巧伪之门，积弊相沿，浇风未改。将裨圣政，须立新规，况今伏值皇帝陛下德合乾坤，明悬日月，大兴淳化，尽革浇风，矧惟翰墨之司，专掌丝纶之命，宜从正直，务绝阿私。至今后，凡有本院招试新学士，欲请权停诗赋，只试麻制、答番书并批答，共三道，仍请内赐题目，兼定字数，付本院招试，然后考其臧否，定其取舍，贵从务实，以示均平。庶令孤进者得展勤劳，朋比者不能欺罔，事关稳便，合贡刍荛。’从之。”不难看出，唐代选拔翰林学士，虽然程序不是很严格，但诗赋是必考内容；五代时期诗赋的地位则有所下降，统治者更重视翰林学士的应用文体写作能力。

---

①苏易简：《续翰林志》卷上，载《全宋笔记》第八编第8册，大象出版社，2017，第188页。

苏耆《次续翰林志》

苏耆（987—1035），字国老，苏易简次子，著有《次续翰林志》一卷，书中包含一些文学思想。

此书记载了宋初皇帝重视文化、优待文学之士的事迹。

其一，淳化年间，苏易简为翰林学士，宋太宗用白龙笺草书宋玉《大言赋》赏赐苏易简："公乃自撰《大言赋》以进，词曰：'皇帝书白龙笺，作《大言赋》赐玉堂臣易简，玉笔煌煌，雄词洋洋，瑰玮博达，不可备详。'"①不仅如此，苏易简还把太宗的御笔勒石于翰林院后庑。

其二，苏易简性嗜酒，宋太宗亲笔书写戒酒诗歌劝诫他，厚爱之心可见一斑。"公书诏之暇，日饮醇酎。上御草书《戒酒》《劝酒》诗二章以赐，仍令与祖母读之：'何人肯立杜康庙，又拉刘伶在畔头？愿得黄金千万铤，一时送与酒家休。''九酝香醪一曲歌，本图闲放养天和。后人不会先贤意，破国亡家事极多！'"②

当时翰林院人才济济，多文学之士，酬答成为主要的诗歌创作活动之一。"先公于丙戌岁始入翰林，时翰长宋公白，副翰贾公黄中皆先达巨儒，同在鳌署，公乃作古诗数百首，二公也以歌答之。"③这无疑对北宋诗歌的繁荣起到了一定的促进作用。

钱易《南部新书》

钱易（968—1026，一说976—1026），字希白，钱塘（今浙江杭州）人。《南部新书》是钱易于大中祥符间知开封县（今河南开封）时所作，记载唐及五代朝章国典、文学故实、逸闻趣事。《四库全书总目》称《南部新书》"皆记唐时故事，间及五代，多录轶闻琐语，而朝章国典，因革损益，亦杂载其中，故虽小说家言，而不似他书之侈谈迂怪，于考证尚属有裨"④。其文学思想突出表现在记载了颇多唐代科举及文学与科举关系的相关情况，可使后世研究者以大文学的视角深入了解科举对文学的影响，近距离地感受唐时科举、文学情况，走进唐代士子的独特世界，从他们身上寻觅时代

①苏耆：《次续翰林志》，载《全宋笔记》第八编第8册，大象出版社，2017，第196页。

②同①，第199页。

③同①，第194页。

④永瑢等：《四库全书总目》卷一百四十，中华书局，1965，第1189页。

印记，统观当时时代风貌、社会习俗，追溯中国封建社会的文化形态。

一、唐代科举发展缘由

1. 科举的设置

《南部新书》记载了唐代设置选官考试的相关信息。庚卷载："天授三年，始置试衔。"[①]壬卷载："开成二年十二月癸卯，诏曰：'应万言、童子等，朝廷设科取士，门目至多。有官者令诣吏曹，未仕者即归礼部。此外更或延引，则为冗长。起今更不得荐闻。'"[②]

唐代科举在唐高祖时就有了。不论常选还是制科，考试科目都很多，考试内容则几经变化。《新唐书·选举志》载："唐制，取士之科，多因隋旧，然其大要有三。由学馆者曰生徒，由州县者曰乡贡，皆升于有司而进退之。其科之目，有秀才，有明经，有俊士，有进士，有明法，有明字，有明算，有一史，有三史，有开元礼，有道举，有童子。而明经之别，有五经，有三经，有二经，有学究一经，有三礼，有三传，有史科。此岁举之常选也。其天子自诏者曰制举，所以待非常之才焉。"其中，进士、明经和制举三科是唐代科举制的主要科目，也是唐代高级官员入仕的重要途径；相比之下，秀才、明法、开元礼、道举等科的重要性就远远不及了。而在以上诸多科目中，进士科又是重中之重。赵傪《登科记序》"武德五年，帝诏有司特以进士为选士之目"[③]，即指进士科。

唐初，进士只考策文。到高宗后期武则天实际掌握政权时有了变化。《南部新书》戊卷载："进士试帖经，自调露二年始也。"[④]《唐会要》载："调露二年四月，刘思立除考功员外郎。先时，进士但试策而已，思立以其庸浅，奏请帖经，及试杂文。自后因以为常式。""永隆二年八月敕：如闻明经射策，不读正经，抄撮义条，才有数卷。进士不寻史籍，惟诵文策，铨综艺能，遂无优劣。自今已后，明经每经帖十得六已上者，进士试杂文两首识文律者，然后令试策。其明法并书算举人，亦准此例。即为常式。"《通

---

①钱易：《南部新书》庚卷，载《全宋笔记》第一编第4册，大象出版社，2003，第82页。

②钱易：《南部新书》壬卷，载《全宋笔记》第一编第4册，大象出版社，2003，第110页。

③李昉：《文苑英华》，中华书局，1966，第3481页。

④钱易：《南部新书》戊卷，载《全宋笔记》第一编第4册，大象出版社，2003，第52页。

典》卷十五《选举》三说进士，“其初止试策，贞观八年，诏加进士试读经史一部，至调露二年，考功员外郎刘思立始奏二科，并加帖经，其后又加《老子》《孝经》，使兼通之”。从开元时起，进士科考试分帖经、杂文（诗赋各一）及时务策五条三场，后逐渐成为定制。

关于杂文，徐松《登科记考》卷二“永隆二年”条载：“按杂文两首，谓箴铭论表之类。开元间，始以赋居其一，或以诗居其一，亦有全用诗赋者，非定制也。杂文之专用诗赋，当在天宝之季。”至于诗赋成为考试内容，则是8世纪初开始的，开元十二年（724）才开始有考诗赋的记载。《南部新书》乙卷载：“祖咏试《雪霁望终南》诗，限六十字成。至四句纳主司，诘之，对曰：‘意尽。’”①天宝时，以诗赋取士就成为固定的了。

2. 教育的发展对文学的影响

《南部新书》壬卷载：

> 贞观元年，改国子学为国子监，分将作为少府监，通将作为三监。
>
> 大历十一年，制：国子监置书学博士，立《说文》《石经》《字林》之学，举其文义，岁登下之，亦古之学也。②

随着科举不断发展，唐代教育行政组织体系也在逐步完善。中央有国子学，州县有州县学，乡有乡学，而村学在社会上更是十分普遍。由学校培养出来的人才，通过科举考试后将成为朝廷命官。据《唐六典》《新唐书·选举志》等记载，唐代中央一级的学校，是隶属于国子监的六学。玄宗开元后期所设的广文馆同属国子监。教育的普及，使得唐朝文学气息甚浓。上自皇帝大臣，下到平民百姓，莫不以学为荣。人们日常讨论的话题也常涉及文章之流。《南部新书》丙卷载：“李元宾言：‘文贵天成，强不高也。’李翰又言：‘文章当如千兵万马，而无人声。’”③再如，“李德裕镇浙西，刘三复在幕。一旦令草《谢御书表》，谓之曰：‘立构也，归创之。’三复

---

①钱易：《南部新书》乙卷，载《全宋笔记》第一编第4册，大象出版社，2003，第19页。

②钱易：《南部新书》壬卷，载《全宋笔记》第一编第4册，大象出版社，2003，第114、115页。

③钱易：《南部新书》丙卷，载《全宋笔记》第一编第4册，大象出版社，2003，第35页。

曰：‘文理贵中，不贵其速。’赞皇以为当”[①]。这种风气浸入一个个家族，世代传承。《南部新书》辛卷载：“吕衡州温，祖延之，父渭，俱有盛名重任。而吕氏家风，先世碑志不假于人，皆子孙自撰，云：‘欲传庆善于信词，儆文学之荒坠也。’”[②]风气熏染个人，则使人好学。《南部新书》丙卷载：“倪曙有赋名，为太学博士，制词萤雪服勤，属词清妙。因广明庚子避乱番禺，刘氏僭号，为翰林学士。”[③]又如，书中记载：“王起鸿博，文皇尝撰字试之，起曰：‘臣中国书中所不识者，惟八骏图中三五字而已。’”[④]

唐朝国子学、太学、四门学中都有修进士业者，而进士科自中唐后又特别看重诗赋，所以诗歌的学习与创作在唐代蔚然成风，无论长幼，都欣然从之。《南部新书》乙卷载，韩偓“七岁裁诗走马成”[⑤]。辛卷载：“章八元尝于邮亭偶题数言，盖激楚之谓也。会严维至驿，问元曰：‘汝能从我学诗乎？’曰：‘能。’少顷，遂发，元已辞家。维大异之，乃亲指喻。数年间，元擢第。”[⑥]已卷载：“郑颢尝梦中得句云：‘石门雾露白，玉殿莓苔青’，续成长韵。此一联杜甫集中诗。”[⑦]从中可以看出，生活在诗歌盛世的唐人，少小学诗也好，半路出家也罢，每个人心中都怀有一个诗歌梦，以至于在梦中得句，诗歌风气之醇，唐人用功之深，于此可见一斑。如果学业难成，不仅是本人，连老师都会伤痛异常，如《南部新书》丁卷载：“郑俶依阳城读书，经月余，与论《国风》，俶不能往复一辞，因缢于梁下。城哭曰：‘我虽不杀俶，俶因我而死。’为之服缌麻。”[⑧]其行止也如此。

3. 统治者的支持

科举制度在唐代的发展，与唐朝统治者对科举取士的认同、支持密不可分。《南部新书》癸卷载：“大中酷好科名，帝于内中题‘乡贡进士李

---

①钱易：《南部新书》丙卷，载《全宋笔记》第一编第4册，大象出版社，2003，第36页。
②钱易：《南部新书》辛卷，载《全宋笔记》第一编第4册，大象出版社，2003，第89页。
③同①。
④同①。
⑤钱易：《南部新书》乙卷，载《全宋笔记》第一编第4册，大象出版社，2003，第21页。
⑥同②，第99页。
⑦钱易：《南部新书》己卷，载《全宋笔记》第一编第4册，大象出版社，2003，第70页。
⑧钱易：《南部新书》丁卷，载《全宋笔记》第一编第4册，大象出版社，2003，第40页。

道龙'，内官近多知书，自文、宣二帝。"[①]《唐语林》卷四《企羡》也记载："宣宗好儒，多与学士小殿从容议论。殿柱自题曰：'乡贡进士李某。'或宰臣出镇，赋诗以赠之。"[②]此书又载："宣宗爱羡进士，每对朝臣，问：'登第否？'有以科名对者，必有喜，便问所赋诗赋题，并主司姓名。或有人物优而不中第者，必叹息久之。"[③]中第者在朝中备受青睐。如《南部新书》己卷载："崔群在翰苑，为宪皇奖遇最深。有宣云：'今后学士进状，并取崔群连署，方得进来。'"[④]丁卷载："韦澳与萧寘，大中中同为翰林学士，每寓直，多召对。内使云：'但两侍郎入直，即内中便知宣旨。'又澳举进士时，日者陈子谅号为陈特快，云：'诸事未敢言，惟青州节度使不求自得。'果除拜。"[⑤]

4. 藩镇幕府的重视

科举入仕的途径是多样的。唐朝安史之乱后，地方藩镇军事实力与权力都渐趋强大，常聘请读书人为其幕僚或文吏，而且中唐之后，走藩镇辟召的道路极容易得到升迁或美差。故南宋人洪迈讲："唐世士人初登科或未仕者，多以从诸藩府辟置为重。"[⑥]不论藩镇一方，还是文人一方，对这个问题的认识可以说都是一致的。韩愈《唐故河中府法曹张君墓碣铭》说："初举进士，再不第，因去，事宣武军节度使，得官至监察御史。"[⑦]柳宗元《故试大理评事裴君墓志》云："长子曰某。射进士策，不中，去，过汴，韩司徒宏迎取为从事，以闻，拜太子通事舍人，进大理评事。"[⑧]《南部新书》癸卷载："刘坦状元及第，为维扬李重进书记。好酒，李常令酒库：'但书记有客，无多少供之。'寻为掌库吏颇吝之，须索甚艰，因大书一绝于厅之屏上云：'金殿试回新折桂，将军留辟向江城。思量一醉犹难得，辜负扬州管记名。'未几，重进望日复谒于坦，读之忽悟曰：'小吏吝酒于书

---

①钱易：《南部新书》癸卷，载《全宋笔记》第一编第4册，大象出版社，2003，第122页。
②王谠：《唐语林》，上海古籍出版社，1978，第136页。
③同②。
④钱易：《南部新书》己卷，载《全宋笔记》第一编第4册，大象出版社，2003，第61页。
⑤钱易：《南部新书》丁卷，载《全宋笔记》第一编第4册，大象出版社，2003，第39页。
⑥洪迈：《容斋续笔》卷一，载《全宋笔记》第五编第5册，大象出版社，2012，第230页。
⑦韩愈：《韩昌黎文集校注》，马其昶校注，马茂元整理，上海古籍出版社，1986，第384页。
⑧柳宗元：《柳宗元全集》，上海古籍出版社，1997，第83页。

记也。’立命斩之。坦不怿，凡数月，悔而成疾。”[①]从中足以看出文人在幕府所受的厚待。丁卷载：“李山甫，咸通中不第，后流落河朔，为乐彦祯从事。”[②]走这条路，同样是可以功成名就的，就连唐时很有名望的知贡举许孟容，也曾是张建封的幕僚。这一现象反映了时代的变化，以及封建统治机构在权力分配上的新趋向——地主阶级中下层中不少人参加到政权机构中来，有的还做了高官。这种变化尤其表现在所选拔的人才社会阶层的广泛性上，这些人才出身、经历各异，来自的地区也不同。正因如此，当时的政治生活、社会风气乃至文学艺术的发展表现出某种活力。

二、科举对文学发展的作用

1. 对文学的促进作用

科举很显然促进了文学的发展。唐朝诗赋创作大盛，如前所述，唐人在这个大氛围的熏陶下，人人都可以吟上几句诗。《南部新书》庚卷载：“裴说应举，只行五言诗一卷。至来年秋，复行旧卷，人有讥者，裴曰：‘只此十九首，苦吟尚未有人见知，何暇别行卷哉！’咸谓知言。”[③]这里说的诗作指的是行卷之作。可以看出，举子们每年呈献的作品是逐渐编次，慢慢积累的，而且每年都需要有新作。这对于增长学问、提高创作水平的积极影响是毋庸置疑的。《唐语林》卷二《文学》门引刘禹锡语云：“牛丞相奇章公初为诗，务奇特之语，至有‘地瘦草丛短’之句。明年秋，卷成呈之，乃有‘求人气色沮，凭酒意乃伸’，益加能矣。明年乃上第。”[④]这是诗文的创新要求在科场中的体现。同时，科试诗赋讲究声韵对偶，刺激了文人对声律的研究，从创作到形式，都有值得肯定的一面。中唐时起，韵书就广泛普及，《切韵》及相关的补缺刊谬本在社会上广为流行。唐人往往把开元、天宝年间的进士科与文学发展联系起来，极言其盛况，如梁肃《侍御史摄御史中丞赠尚书户部侍郎李公墓志铭》说：“开元中，以多才应诏，解褐授秘书省正字，时海内和平，士有不由文学而进，谈者所耻。”[⑤]这是把开

---

①钱易：《南部新书》癸卷，载《全宋笔记》第一编第4册，大象出版社，2003，第129页。

②钱易：《南部新书》丁卷，载《全宋笔记》第一编第4册，大象出版社，2003，第45页。

③钱易：《南部新书》庚卷，载《全宋笔记》第一编第4册，大象出版社，2003，第78页。

④王谠：《唐语林》，上海古籍出版社，1978，第136页。

⑤李昉：《文苑英华》，中华书局，1966，第3481页。

元、天宝年间进士科得人之盛与文学的发展联系起来谈，在开元前没有这种情况。

除诗赋之外，科举还促进了多种文学体裁的发展，使文人的视角投向社会现实。《南部新书》甲卷载："李景让典贡年，有李复言者纳省卷，有《纂异》一部十卷。"[①]戊卷载："武黄门之死也，裴晋公为盗所刺，隶人王义扞刃而毙。度自为文祭之。是岁，进士撰《王义传》者三之二。"[②]《晋公祭王义》条亦记载此事。这是当时应进士科之人写作传奇小说的两个实例，同时也体现了这些士人对现实的关注。这种行为虽非主流，但其存在说明了科举所带来的巨大影响。

2. 座主与门生关系的形成与朋党之风的兴起

唐代科举制带来的座主和门生的关系，承袭了两汉察举制遗留下来的知举者和被举者利害攸关的封建性质。因为知举者对举子的留放进退有很大的决定权，举子又可以在试前进行各种交际活动，可向知举者投诗献文，而试卷是不糊名的，所以举子能否及第，带有极大的偶然性；一旦登第，即会感恩终身。这种关系后来发展成一种新的官僚势力互相依存与结合的关系。《南部新书》戊卷载："杜审权，大中十二年知举，放卢处权。有戏之曰：'座主审权，门生处权，可谓权不失权。'又乾符二年，崔沆放崔瀣，谭者称：'座主门生，沆瀣一气。'"[③]门生不仅在掌权后要为座主及座主之子安排美任，甚至要为座主讳，很容易结成朋党，因此这种关系在唐朝一度被拆开："不欲令及第进士呼有司为座主，趋附其门。兼题名、局席等条疏进来者。伏以国家设文学之科，求贞正之士，所宜行敦风俗，义本君亲，然后申于朝廷，必为国器。岂可怀赏拔之私惠，忘教化之根源！自谓门生，遂成胶固。所以时风浸薄，臣节何施？树党背公，靡不由此。"[④]

除了座主与门生的关系，其他如抄袭、代作行卷等现象的存在，也都对科举结果有着较大的影响。举子结成朋党，自天宝时已开始。《南部新书》戊卷载："大和中，朋党之首：杨虞卿、张元夫、萧瀚。后杨除常州；张，汝州；萧，郑州。"朋党中人互通声气，结交权贵，造舆论，扩大影响，以

①钱易：《南部新书》甲卷，载《全宋笔记》第一编第4册，大象出版社，2003，第14页。

②钱易：《南部新书》戊卷，载《全宋笔记》第一编第4册，大象出版社，2003，第55页。

③同②，第59页。

④王定保：《唐摭言》，上海古籍出版社，1978，第14页。

获得主司的注意。此风后来愈演愈烈，到晚唐时已成气候，不参与其中则有时难免落第，仕进道路渐渐闭塞。《南部新书》壬卷载：“贞元中，仕进道塞，奏请难行。东省数月闭门，南台唯一御史。令狐楚为桂府白身判官，七八年奏官不下。由是两河竞辟才隽，抱器之士往往归之，用为谋主，日以恣横。元和以来，始进用有序。”①

面对科举考试中的这些流弊，正直的文人们当然是群情激愤，但在权贵、宦官、强藩等联合结成的强大势力面前，反抗者只能处于被毁谤的境地。《南部新书》丁卷载：“宣皇好文，尝赋诗，上句有‘金步摇’未能对。进士温岐续之，岐以‘玉跳脱’应之。宣皇赏焉，令以甲科处之。为令狐绹所沮，遂除方城尉。初，绹曾问故事于岐，岐曰：‘出《南华真经》，非僻书也。冀相公燮理之暇，时宜览古。’绹怒甚。后岐有诗云：‘悔读南华第二篇。’”②由此可见，科举结果变化莫测。温岐即温庭筠，他曾多次得罪权贵。据《唐诗记事》卷七十《温宪》条记载：“温宪员外，庭筠子也。僖、昭之间，就试于有司，值郑相延昌掌邦贡也，以其父文多刺时，复傲毁朝士，抑而不录。”③由于温庭筠“文多刺时，复傲毁朝士”，以致其子也不被录取。中晚唐科场风气之腐朽可见一斑。

三、唐代科举对文人的广泛影响

1. 科举本身的巨大号召力

科举及第后的举子已经和普通百姓不同了，除了可免除差役、征兵，还在政治、经济上享有一定的特权。尤其是进士，在社会上更是备受推崇。由于进士及第者有优越于其他科目中试者的升迁机会，所以中唐以后此科更是备受关注，所谓“国家取士，远法前代，进士之科，得人为盛”④“进士为时所尚久矣。是故俊乂实集其中，由此出者，终身为闻人”⑤。开成元年（836）十月，中书门下奏，说到进士科时，说：“台阁清选，莫不由

①钱易：《南部新书》壬卷，载《全宋笔记》第一编第4册，大象出版社，2003，第107页。
②钱易：《南部新书》丁卷，载《全宋笔记》第一编第4册，大象出版社，2003，第43页。
③计有功：《唐诗纪事》，中华书局，1989，第707页。
④王钦若：《册府元龟》，中华书局，1960，第7802页。
⑤李肇：《唐国史补》，上海古籍出版社，1957，第55页。

兹。”[①]所以当时驰逐于科场，争名于进士的风尚甚浓。《南部新书》癸卷载：“清泰朝，李专美除北院，甚有舟楫之叹。时韩昭裔已登庸，因赐之诗曰：‘昭裔登庸汝未登，凤池鸡树冷如冰。何如且作宣徽使，免被人呼粥饭僧。’”[②]丁卷载：“先天中，王主敬为侍御史，自以才望华妙，当入省台前行。忽除膳部员外，微有惋怅。吏部郎中张敬忠咏曰：‘有意嫌兵部，专心望考功。谁知脚蹭蹬，却落省墙东。’盖膳部在省最东北隅也。”[③]已卷载：“孟宁，长庆三年王起放及第，至中书为时相所退……至会昌三年，起至左揆，再知贡。宁以龙钟就试而成名。”[④]

2. 科举对社会风气的深刻影响

科举的影响不仅表现在社会地位、社会风气上，而且及于家庭生活，人们的价值观念、伦理观念。

(1) 科举对人的价值观念的影响。

《南部新书》丁卷载：

> 于志宁为仆射，预修史，恨不得学士。
>
> 杜羔妻刘氏，善为诗。羔累举不第，将至家，妻先寄诗与之曰：“良人的的有奇才，何事年年被放回？如今妾面羞君面，君若来时近夜来。”羔见诗，即时回去。寻登第，妻又寄诗云：“长安此去无多地，郁郁葱葱佳气浮。良人得意正年少，今夜醉眠何处楼？”可谓能勉其君子以正矣。[⑤]

于志宁身为仆射，但却一心要当学士；刘氏虽“善为诗”，但却如此迂腐，而钱易亦认为其做法正确，是“能勉其君子以正矣”，足见此风气对人的价值观念、是非观念的深刻影响。

《南部新书》丁卷载：“关图有一妹，有文学，善书札。图尝语同僚曰：‘某家有一进士，所恨不栉耳。’后适常氏，修之母也。修，咸通六年登

---

①王溥：《唐会要》，上海古籍出版社，1991，第1633页。

②钱易：《南部新书》癸卷，载《全宋笔记》第一编第4册，大象出版社，2003，第126页。

③钱易：《南部新书》丁卷，载《全宋笔记》第一编第4册，大象出版社，2003，第37页。

④钱易：《南部新书》已卷，载《全宋笔记》第一编第4册，大象出版社，2003，第65页。

⑤同③，第48、46页。

科。”[1]庚卷载：“吉顼之父哲，为冀州长史，与顼娶南宫县丞崔敬女。崔不许，因有故胁之。花车卒至，崔妻郑氏抱女大哭曰：‘我家门户底不曾有吉郎。’女坚卧不起。小女自当，登车而去。顼后入相。”[2]辛卷载：“大历来，自丞相已下出使作牧，无钱起、朗士元诗祖送者，时论鄙之。”可以看出，不论是日常闲谈、婚姻嫁娶，还是朝廷举送，科举在唐人心目中的地位都是毋庸置疑的。当然，文人的社会地位在这样的风尚中也就不断提升了。

（2）科举对社会风气的影响。

首先谈避讳。避讳之风自古有之，在官场中尤为盛行。

《南部新书》丙卷载：“凡进士入试，遇题目有家讳（谓之文字不便），即托疾，下将息状来出，云：‘牒：某忽患心痛，请出试院将息，谨牒如的。’”[3]如此避讳，则举子当年的科举成绩将作废，但如果隐瞒犯讳的情况，一旦查出，则犯了清议，会影响一辈子的前途。丁卷载：“李含光善书，或曰：‘笔迹过其父。’一闻此语，而终身不书。”[4]这些都是避家讳的例子。

再如，丁卷载：“裴谈过苏环，小许公方五岁，乃试庾信《枯树赋》，将及终篇，避‘谈’字，因易其韵，曰：‘昔年移柳，依依汉阴。今看摇落，凄怆江浔。树犹如此，人何以任。’”[5]可见连小孩子都已经知道避讳了。至于举子向达官名卿行卷，那就更要注意了，尤其要注意避显人的讳。

其次谈看相。看相是唐以前就有的，唐代科举制兴起后，看相行业意外得到发展。《南部新书》丙卷载：“于邵，善知人。樊泽举制科至京，一见之，谓人曰：‘将相之材也。’后五年，而泽建节。崔元翰赴举，年五十，亦曰：‘不十年当掌诰。’皆如其言。其知人也如此。”[6]《南部新书》庚卷载：“乔琳，天宝初，自太原赴举。过大梁，有申屠生，善鉴人，谓之曰：‘惜其情反于气，心不称质。若交极位，不至百日。年过七十，当主非命。’咸如

①钱易：《南部新书》丁卷，载《全宋笔记》第一编第4册，大象出版社，2003，第47页。

②钱易：《南部新书》庚卷，载《全宋笔记》第一编第4册，大象出版社，2003，第81页。

③钱易：《南部新书》丙卷，载《全宋笔记》第一编第4册，大象出版社，2003，第31—32页。

④同①，第38页。

⑤同①，第40页。

⑥同③，第28页。

其言。后在相位八十七日，七月七日生，七月七日诛。”[①]《南部新书》癸卷载：“卢群，居郑之圃田。读书业成，东游淮海，求索得千缣，西之长安。闻桑道茂善相术，车马阒门，群倾囊奉之。……群答曰：‘少为业已就，西来求官。以天下之人信先生之口，将求一言，得乎？’桑生曰：‘有何不可？’群曰：‘乞自三事以下造问公者，唯言近有一卢群自东来，十年持世间重柄，贵不可及，即是愿分。’于是桑生昌言于时贤。不旬辰之内，凡京国重位名士，皆造群门，同力申荐。代宗闻其名，召见，一拜拾遗，累官至郑滑节度使。”[②]此人就很会借势，利用相术制造名人效应，由此成就了自己的仕途。

最后谈自然现象对科举考试的影响。《南部新书》戊卷载：“大中九年，日官李景亮奏云：‘文昌暗，科场当有事。’沈询为礼部，甚惧焉。至是，三科尽覆试，宏词赵拒等皆落，吏部裴谂除祭酒。”[③]甲卷载：“中书省柳树久枯死，兴元二年，车驾还而柳活。明年，吕渭以为礼部赋题，上甚恶之。”[④]这是人们把科举考试同自然现象联系起来，以辨吉凶的迷信行为。

四、科场逸事及作为文学创作主体的士子的百态人生

1. 科场逸事拾撷

考场内外发生的一些事是很有趣的。如《南部新书》己卷载：“罗隐、邺、虬共在场屋，谓之‘三罗’。”[⑤]辛卷载：“郑珏，第十九，应进士十九年，及第十九人。及第十九年后入相。”[⑥] 不论是“三罗”的称号，还是“十九”的巧合，与科场联系起来，都别有一番风味。其实，举子们在科场内是相当自由的，不仅能在考场壁间题诗，而且在试诗赋完成后，还能接受其他举子的请教。《太平广记》卷二六一“梅权衡”条载：“唐梅权衡，吴人也，入试不持书策，人皆谓奇才。及府题出《青玉案赋》，以‘油然易直子谅

---

①钱易：《南部新书》庚卷，载《全宋笔记》第一编第4册，大象出版社，2003，第87页。
②钱易：《南部新书》癸卷，载《全宋笔记》第一编第4册，大象出版社，2003，第126页。
③钱易：《南部新书》戊卷，载《全宋笔记》第一编第4册，大象出版社，2003，第58页。
④钱易：《南部新书》甲卷，载《全宋笔记》第一编第4册，大象出版社，2003，第16页。
⑤钱易：《南部新书》己卷，载《全宋笔记》第一编第4册，大象出版社，2003，第70页。
⑥钱易：《南部新书》辛卷，载《全宋笔记》第一编第4册，大象出版社，2003，第92页。

之心'为韵，场中竞讲论如何押谅字，权衡于庭树下，以短棰画地起草，日晡，权衡诗赋成。张季遐前趋，请权衡所纳赋押谅字，以为师模。权衡乃大言曰：'押字须商量，争应进士举？'"[①]此外，《南部新书》甲卷载："施肩吾与赵嘏同年，不睦。嘏旧失一目，以假珠代其睛，故施嘲之曰：'二十九人同及第，五十七只眼看花。'元和十五年也。"[②]这是同科之间颇有特色的相互嘲讽。

2. 士子之百态人生

(1)出身及仕途。

进士出身各异，而从后天发展来看，有的人仕途亨通，平步青云；有的人依然坎坷困顿，很不得意。

《南部新书》丁卷载："张裼尚书牧晋州，外贮营妓，生子曰仁龟，乃与张处士为假子，居江淮间。后裼死，仁龟方还长安，云'江淮郎君'。至家，皆愕然。苏夫人收之，齿诸兄之列。仁龟后以进士成名，历侍御史，因奉使江浙而死。"[③]这是进士张仁龟的坎坷人生路。辛卷载："苏涣，本不平者，善放白弩。巴中号为'弩跖'，賨人患之。比壮年后，自知非，变节从学，乡赋擢第。累迁至侍御史，佐湖南幕。崔中丞遇害，涣遂逾岭扇动。"[④]苏涣改过自新，走上科举仕进之路，观其一生，也算是有成就。

进士的仕途顺利与否和个人品性大有关系，《南部新书》壬卷载："章八元及第后，居浙西，恃才浮傲，宴游不恭。韩晋公自席械系之，来晨将议刑。时杨于陵乃韩女壻，以同年救之，曰：'为杨郎屈法。'"[⑤]章八元正是因为放荡不羁，才会招致此祸。此外，还有进士卷入权力斗争，或被贬谪，或死于非命。癸卷载："韦执谊败，八司马：韦执谊崖州，韩泰虔州，陈谏台州，柳宗元柳州，刘禹锡播州，韩晔饶州，凌准连州，程异郴州。"[⑥]丙卷载："有进士邱绛者，尝为田季安从事，后与同府侯臧相持争权。季安怒，

①李昉：《太平广记》，上海古籍出版社，1990，第2044页。
②钱易：《南部新书》甲卷，载《全宋笔记》第一编第4册，大象出版社，2003，第9页。
③钱易：《南部新书》丁卷，载《全宋笔记》第一编第4册，大象出版社，2003，第47页。
④钱易：《南部新书》辛卷，载《全宋笔记》第一编第4册，大象出版社，2003，第99页。
⑤钱易：《南部新书》壬卷，载《全宋笔记》第一编第4册，大象出版社，2003，第109页。
⑥钱易：《南部新书》癸卷，载《全宋笔记》第一编第4册，大象出版社，2003，第120页。

斥绛摄下邑尉。使人先路，穴地以待，至则排入而瘗之。”[①]更有士子死得蹊跷。己卷载：“张不疑登科后，江西、东川、淮南交辟，而不疑就淮南之命。到府未几，卒，卒时有怪。”[②]

《南部新书》壬卷载：“张去华，谊之子。显德三年，年十八，著《南征赋》，于淮南行在献之。召试，除台簿。未几，因台中议事，不得预三院坐，遂弃官，归圃田。后状元及第，建隆二年也。”[③]像张去华这样在宦海中几经沉浮的还算不错，有更多举子久试不第，困顿终生。《南部新书》戊卷载：“陈峤，字景山，闽人也。孑然无依，数举不遂，蹉跎辇毂，至于暮年。逮获一名还乡，已耳顺矣。乡里以宦情既薄，身后无依，乃以儒家女妻之。至新婚，近八十矣。合卺之夕，文士竞集，悉赋催妆诗，咸有生荑之讽。峤自成一章，其末曰：‘彭祖尚闻年八百，陈郎犹是小孩儿。’座客皆绝倒。峤颇负诗名，尝有闲居诗云：‘小桥风月年年事，争奈潘郎老去何。’”[④]陈峤为了科名奔波了一生，到老还是茕茕孑立，形影相吊。耄耋新婚，难免让人心酸。辛卷载：“杜荀鹤，第十五，字彦之，池州人。大顺二年正月十日，裴贽下第八人，其年放榜日，即荀鹤生日。故王希羽赠诗云：‘金榜晓悬生世日，玉书潜纪上升时。九华山色高千尺。未必高于第八枝。’后入梁，为主客员外郎、翰林学士，怀恩思报，未几暴卒。”[⑤]其命运如此。

（2）性格及行为。

唐代进士之中，不同人的性格、喜好大不相同，言行亦有独特之处。

《南部新书》庚卷载：“郑致雍未第，求婚于白州崔相远。初许，而崔有祸，女则填宫。至开平中，女托疾出本家。致雍复续旧好，亲迎之礼，亦无所阙。寻崔氏卒，杖绖朞周，莫不合礼，士林以此多之。场中翘首，一举状头，脱白授校书郎，入翰林，与邱门同敕。不数年卒。”[⑥]此人人品、学识，可谓兼而有之。庚卷载：“进士周逖，改次《千字文》，更撰《大宝应道千字文》，将进之请颁行天下。先呈宰执，右相陈公迎问之曰：‘有添换

---

①钱易：《南部新书》丙卷，载《全宋笔记》第一编第4册，大象出版社，2003，第29页。
②钱易：《南部新书》己卷，载《全宋笔记》第一编第4册，大象出版社，2003，第61页。
③钱易：《南部新书》壬卷，载《全宋笔记》第一编第4册，大象出版社，2003，第117页。
④钱易：《南部新书》戊卷，载《全宋笔记》第一编第4册，大象出版社，2003，第59—60页。
⑤钱易：《南部新书》辛卷，载《全宋笔记》第一编第4册，大象出版社，2003，第97页。
⑥钱易：《南部新书》庚卷，载《全宋笔记》第一编第4册，大象出版社，2003，第80页。

乎？’逖曰：‘翻破旧文，一无添换。’又问：‘翻破尽乎？’对曰：‘尽。’右相曰：‘枇杷二字，如何翻破？’逖曰：‘唯此两字依旧。’右相曰：‘若如此，还未尽。’逖逡巡不能对。”①这是进士治学不谨之例。

《南部新书》己卷载：“李詹，大中七年崔瑶下进士，与狄慎思皆好为酷。以灰水饮驴，荡其肠胃，然后围之以火，翻以酒调五味饮之。未几，与膳夫皆暴卒，慎思亦然。”②此人实属性情乖僻之士，有魏晋之遗风。此外，还有性情暴虐之人。庚卷载：“萧颖士，开元中，年十九擢进士第，儒释道三教，无不该通。然性褊，躁忽忿戾，举世无比。常使一佣仆杜亮，每一决责，使至力殚。……卒至于死耳。”③至若行为放荡者，那就更多见了。己卷载：“武翊皇以三头冠绝一代，后惑婢薛荔，苦其冢妇卢氏。虽李绅以同年为护，而众论不容，终至流窜。状头、宏词头、敕骰，是谓‘三头’。”④

此书还记载，当时举子至京赴试所用的交通工具有过变动，戊卷载：“咸通中，举子乘马，惟张乔跨驴。后敕下不许骑马。故郑昌图肥，是有嘲咏。”⑤《嘲举子骑驴》诗云：“今年敕下尽骑驴，短袖长秋满九衢。清瘦儿郎犹自可，就中愁杀郑昌图。”⑥

综上所述，从《南部新书》中，可以窥见唐代文人士子的生活道路、思想状况，唐代的时代风貌，以及时代与文学间的互动关系。唐代作为我国封建社会的鼎盛时期与科举制度高度发展的一个时代，其丰富的文化思想值得我们进一步探讨。

张君房《丽情集》

张君房（约964—1045），字尹方，安州安陆（今湖北孝感）人，有《丽情集》一卷、《乘异记》一卷。《丽情集》的内容以人物传奇为主，其中也包含一些文学思想。

---

①钱易：《南部新书》庚卷，载《全宋笔记》第一编第4册，大象出版社，2003，第84页。
②钱易：《南部新书》己卷，载《全宋笔记》第一编第4册，大象出版社，2003，第64页。
③同①，第87页。
④同②，第61页。
⑤钱易：《南部新书》戊卷，载《全宋笔记》第一编第4册，大象出版社，2003，第53页。
⑥彭定求等：《全唐诗》，上海古籍出版社，1986，第1505页。

第一，书中保存了晚唐诗人杜牧的一些相关材料，有《张好好》[①]《杜牧之睹张好好》[②]《湖州髻髻女》[③]《恨别》[④]《约妓愆期》[⑤]，从中可见杜牧的风流倜傥，对杜牧诗歌的传播研究也有一定的参考价值。

第二，书中保存了一些著名的唐传奇，如陈鸿《长恨歌传》[⑥]、沈亚之《湘中怨解并序》[⑦]及《冯燕传》[⑧]等，在对唐代小说的传播情况做深入研究方面有价值。

这些材料早已引起唐代文学研究者的关注，也产生了一些研究成果，此处不赘述。

祖士衡《西斋话记》

祖士衡（991—1026），字平叔，蔡州上蔡（今河南南阳）人，著有《西斋话记》一卷。此书记载作者所见所闻，内容多不载于他书，对研究北宋初年历史及文学有较大参考价值。书中有一些文学思想。

此书记载，宋真宗重视文学，自己也积极进行诗歌创作。“真宗好文向学，孜孜不倦。祥符、天禧之际，宸章睿藻，宣示臣下者不间于三五日，自宰执至贴职于三馆者皆得与赓载。”[⑨]皇帝与大臣的唱酬及互赠促进了文学活动的普及与社会对文学的重视，成为推动北宋初文学繁荣的原因之一。

对于诗歌典故，作者认为必须使用准确，不能为用典而用典，乃至为了形式的考虑而不顾典故与内容、感情的符合度，那样用典得不偿失。“古人作诗引用故实，或不原其美恶，但以一时中的而已。如李端与郭暖席上赋诗，其警句云：‘新开金埒教调马，旧赐铜山许铸钱。’善则善矣，铸钱乃比邓通尔，既非令人，又非美事，何足算哉！大凡用故事多以事浅语

①张君房：《丽情集》，载《全宋笔记》第八编第8册，大象出版社，2017，第319页。
②同①，第337—338页。
③同①，第319—320页。
④同①，第334页。
⑤同①，第333页。
⑥同①，第328—331页。
⑦同①，第327—328页。
⑧同①，第331—332页。
⑨祖士衡：《西斋话记》，载《全宋笔记》第八编第8册，大象出版社，2017，第302页。

熟，更不思究，便率尔而用之，往往有误矣。只如李商隐《路逢王二十入翰林诗》云：‘定知欲报淮南诏，急召王褒入九重。’汉武帝以淮南王安属为诸父，善文辞，尊重之，每为报书即赐，常召司马相如等视草，乃遣褒，是宣帝时人。迩者王禹偁作《笋诗》亦云：‘稚川龙过频回首，认得青青数代孙。’稚川即葛洪之子，投杖化龙乃费长房尔，盖是使葛陂之事，此乃不思之由。又孙仅《傅岩诗》云：‘刑人一旦起幽深，功业煌煌照古今。’且傅说已非刑人，盖当时有胥靡修筑岩道，而说在困约中代之以假其资，是为胥靡佣赁也。岂可谓说为刑人哉！”[①]这些批评未必都言之成理，但是对用典的精益求精是有指导意义的。

宋祁《宋景文公笔记》

宋祁（998—1061），字子京，著有《宋景文公笔记》三卷。谢琰《〈宋景文公笔记〉的字学好尚与文章观念——兼论唐宋散文发展中的语言革新问题》认为，“该书体现了宋祁在学术方面的字学好尚”[②]。此篇论文以《说文》为中心，分析了《宋景文公笔记》的字学好尚，认为其强调本字、本音、本义，同时吸收金石学、音韵学相关成果，注重一个个字的应用、经典音义之考辨，呈现出较为全面且深厚的字学素养，进而总结出《宋景文公笔记》的文章观念是以用字为本位，强调用字的准确性，崇尚以故为新的语言效果，所论细致深入，但仍有只见树木不见森林之憾。宋祁的文章观念及相关创作实践，其实可以烛照整个唐宋散文语言革新过程中的复杂生态。宋祁的文章观念与创作成就，虽不足以主导宋代散文发展之大势，但为散文语言的发展留下了弥足珍贵的参照与提醒。《宋景文公笔记》中的文学思想十分丰富。

此书认为，只有追求独创，自成一家，作品才会传之久远。“精思十余年，尽见前世诸著，乃悟文章之难也。虽悟于心，又求之古人，始得其崖略。因取视五十已前所为文，赧然汗下，知未尝得作者藩篱，而所效皆糟粕刍狗矣。夫文章必自名一家，然后可以传不朽。若体规画圆，准方作矩，终

①祖士衡：《西斋话记》，载《全宋笔记》第八编第8册，大象出版社，2017，第306—307页。

②谢琰：《〈宋景文公笔记〉的字学好尚与文章观念——兼论唐宋散文发展中的语言革新问题》，《文学遗产》2016年第6期。

为人之臣仆。古人讥屋下作屋，信然。陆机曰：‘谢朝花于已披，启夕秀于未振。’韩愈曰：‘惟陈言之务去。此乃为文之要。’‘五经’皆不同体，孔子没后，百家奋兴，类不相沿，是前人皆得此旨。呜呼！吾亦悟之晚矣。虽然，若天假吾年，犹冀老而成云。”[①]从中可以看出，宋祁继承了中国古代文学理论的传统，追求独树一帜的风格。

在语言创新上，作者甚至不惜矫枉过正：“柳州为文，或取前人陈语用之，不及韩吏部卓然不丐于古，而一出诸己。”[②]宋祁虽然不排斥学习、继承佳句，但认为真正意义上的独创才是最值得称道的，《宋景文公笔记》卷中载：“柳子厚《正符》《晋说》，虽模写前人体裁，然自出新意，可谓文矣。刘梦得著《天论》三篇，理虽未极，其辞至矣。韩退之《送穷文》《进学解》《毛颖传》《原道》等诸篇，皆古人意思未到，可以名家矣。”[③]在比较柳宗元、刘禹锡、韩愈之文章时，宋祁认为，从内容到形式都为独创的文章格调最高，“莒公言欧阳永叔推重《归去来》，以为江左高文，丞相以为知言”[④]。

在内容与形式的问题上，宋祁特别强调形式应该为表达感情服务，切不可削足适履、以辞害意。“蜀人谓梔师为长年三老，杜甫用之。诗人不以事害意。古者用事简而当，亦不以字害句，故音韵清浊随宜改易。‘刘在薪中’入张韵，‘留宴汾阴西’入先韵，直取意顺则已。至唐人以律格自拘，不复敢用，惟白居易用其音于语中，如‘照地麒’用佶音，‘麒袍血摆胡’用鹘音，‘眷衫红栏干三百六十桥’用谌音等，往往有之。晏丞相殊尝许之曰：‘诗人乘语俊，当如此用字。’”[⑤]

“莒公尝言：王沂公所试《有教无类》《有物混成》赋二篇，在生平论著绝出，有若神助云。”[⑥]律赋可以训练士子的基本功。宋代大多数时候以

---

①宋祁：《宋景文公笔记》卷上，载《全宋笔记》第一编第5册，大象出版社，2003，第47页。

②同①，第48页。

③宋祁：《宋景文公笔记》卷中，载《全宋笔记》第一编第5册，大象出版社，2003，第55—56页。

④同③，第57页。

⑤同③，第61—62页。

⑥同①。

诗赋考试进士，因为诗赋讲究用典，不熟读经史子集，就难以驾轻就熟地完成，这么做大大有利于提高宋代士人的文化水平。

杨亿、黄鉴、宋庠《杨文公谈苑》

杨亿（974—1020），字大年，建州蒲城（今福建南平）人；黄鉴（约996—1034），字唐卿，是杨亿的同乡；宋庠（996—1066），宋祁之兄。此书原本由杨亿口述、黄鉴笔录而成，名为《南阳谈丛》，后由宋庠删定改编为《杨公谈苑》，后世因杨亿谥“文”而尊称此书为《杨文公谈苑》。此书版本不一，今人李裕民整理为八卷。据宋庠序，此书最终改定于庆历七年（1047），“庆历丁亥孟春，中书后阁宋庠书”。书中包含比较丰富的文学思想。

杨亿在当时是文坛领袖，不仅文坛地位高，而且敢于直谏，为官耿直正派，社会认可度颇高。他是在历史现场论述北宋文坛的，其记载应该比较接近当时的实际情况，因此意义不可低估。

杨亿对宋太宗以来的北宋诗歌做了概括性的论述，认为诗歌在当时并未进入全面繁荣的时代，诗人数量不多，大家并未出现。卷五《雍熙以来文士诗》载：“公言：自雍熙初归朝，迄今三十年，所闻文士多矣，其能诗者甚鲜。如侍读兵部，夙擅其名，而徐铉、梁周翰、黄夷简、范杲皆前辈。郑文宝、薛映、王禹偁、吴淑、刘师道、李宗鄂、李建中、李维、姚铉、陈尧佐，悉当时侪流。后来之著声者，如路振、钱熙、丁谓、钱易、梅询、李拱、苏为、朱严、陈越、王曾、李堪、陈诂、吕夷简、宋绶、邵焕、晏殊、江任、焦宗古。布衣有钱塘林逋、缙云周启明。钱氏诸子有封守惟济、供奉官昭度。乡曲有今南郑殿丞兄故黎州家君，及高安簿觉宗人字牧之子。并有佳句，可以摘举，而钱惟演、刘筠特工于诗，其警策殆不可遽数。”[①]从杨亿所摘诗句看，宋初诗歌整体以浅易流畅为尚，才学不高，格局、气魄也不算大，不过有一定可读性。笔者选一些比较有代表性的摘录下来。杨亿摘录了杨徽之《春望》“杳杳烟芜何处尽，摇摇风柳不胜垂”，以及《江行》《嘉阳川》《元夜》共4首；徐铉《游木兰亭》“蓝烟破浪城阴直，玉勒穿花苑树深”，

①杨亿、黄鉴、宋庠：《杨文公谈苑》卷五，载《全宋笔记》第八编第9册，大象出版社，2017，第86页。

以及《观习水战》《病中》《谪居》《陈秘监归泉州》《宿山寺》共6首；梁周翰《应制》1首；黄夷简《题人山居》1首；范杲《讲圣》1首；郑文宝《春郊》“百草千花落，华风细雨天”，以及《重经贬所》《洛城》等共11首；刘师道《寄别》“南浦未伤春草碧，北山仍愧晓猿惊”等9首。李维《渚宫亭》“故宫芳草在，往事暮江流”等4首；陈尧佐《潮州征还》“君恩来万里，客路出千山”等4首；丁谓《和钱易》“珊瑚新笔架，云母旧屏风”等4首；吕夷简《早春》“梅无驿使飘零尽，草怨王孙取次生”等3首；晏殊《与张临川》“篱边菊秀先生醉，桑下雏娇稚子仕”等3首；林逋《湖山》“片月通萝径，幽云在石床”①。从上述杨亿摘录的句子看，他并非像后来研究者描绘得那样重视典故。

如果如此多的例证仍不足以说明问题的话，西昆体的代表人物钱惟演、刘筠的警句也能说明问题。卷五《钱惟演刘筠警句》载：“近年钱惟演、刘筠首变诗格，学者争慕之，得其标格者，蔚为嘉咏。二君例句绝多。钱惟演《奉使途中》云：‘雪意未成云著地，秋声不断雁连天。’又云：‘客厅厌见名长短，村酒那能辨圣贤。’《送僧游楚》云：‘宿舍孤烟起，行衣梦雨惊。’《张并州》载：‘戈矛巡雾夕，钟鼓宴箫晨。’……《高泉州》云：‘东南一尉霄烽息，西北高楼晚望迷。’”杨亿所选句子均自然流畅，20多首诗歌只有《汉武》《公子》《荷花》等几首用典。选取的刘筠的40多首诗——《禁直》《陕州从事》等半数以上平易自然而不用典故，如《无题》“荷心出水终无定，萝蔓春风莫自持”，《柳絮》“平沙万里经春雪，广陌三条尽日风”②。

对于宋初的僧人诗歌，杨亿也有总结性的评述，如卷五《近世释子诗》载：“公常言，近世释子多工诗，而楚僧惠崇、蜀僧希昼为杰出。其江南僧元净、梦真，浙右僧宝通、守恭、行肇、鉴微、简长、尚能、智仁、休复，蜀僧惟凤皆有佳句。”杨亿所选僧人诗歌都是五言，对仗工整，但气魄不大，如惠崇《明大师》“门掩前朝树，心悬别郡峰”，希昼《寄人》“山日秋光

---

①杨亿、黄鉴、宋庠：《杨文公谈苑》卷五，载《全宋笔记》第八编第9册，大象出版社，2017，第86—90页。

②同①，第92—94页。

短，江虹晚影低”[①]。

宋代重文轻武，特别是北宋，社会相对稳定，仅仅有局部战事，社会上也没有唐代“功名只向马上取”的人生价值取向。卷四《一佛出世》载：“太宗尤重内外制之任，每命一舍人，必咨询宰辅，先召与语，观其器识，然后授之。尝谓近臣曰：‘词臣之选，古今所重，朕尝闻人言，朝廷命一舍人，六姻相贺，谚以谓一佛出世，岂容易哉？’”[②]风气所及，武士也以有文采为荣。卷八《本朝武人多能诗》载：“本朝武人多能诗，若曹翰句有：‘曾经国难穿金甲，不为家贫卖宝刀。’刘吉父诗云：‘一箭不中鹄，五湖归钓鱼。’”[③]这种诗句明显是复制前人意象而勉强创作出来的。

此书对中国经典文献的域外传播也做了不少有价值的记载。卷三载：“公言：雍熙初，日本僧奝然来朝，献其国《职员令》《年代记》，奝然依录自云：姓藤原氏，为真连，国五品官也。奝然善笔札而不通华言，有所问，书以对之。国有五经及释氏经教，并得于中国。有《白居易集》七十卷。”[④]卷三又载：“景德三年，予知银台通进司，有日本僧入贡，遂召问之。僧不通华言，善书札，命以牍对，云：‘住天台山延历寺，寺僧三千人，僧名寂服，号圆通大师。国王年二十五，大臣十六七人，郡僚百许人。每岁春秋二时集贡士，所试或赋或诗，及第者常三四十人……书有《史记》《汉书》《文选》《五经》《论语》《孝经》《尔雅》《醉乡日月》《御览》《玉篇》《蒋鲂歌》《老》《列子》《神仙传》《朝野佥载》《白氏六帖》《初学记》。’”[⑤]从中不难看出，从思想文化到科举，日本皆学习中国。

---

①杨亿、黄鉴、宋庠：《杨文公谈苑》卷五，载《全宋笔记》第八编第9册，大象出版社，2017，第95—96页。

②杨亿、黄鉴、宋庠：《杨文公谈苑》卷四，载《全宋笔记》第八编第9册，大象出版社，2017，第65页。

③杨亿、黄鉴、宋庠：《杨文公谈苑》卷八，载《全宋笔记》第八编第9册，大象出版社，2017，第148页。

④杨亿、黄鉴、宋庠：《杨文公谈苑》卷三，载《全宋笔记》第八编第9册，大象出版社，2017，第47页。

⑤同④，第48页。

田况《儒林公议》

田况（1005—1063），字元均，冀州信都（今河北衡水冀州区）人，著有《儒林公议》，此书记载太祖建隆年间至仁宗庆历年间数十年重大政事，比较客观。

在宋代笔记中，田况是比较早地关注到皇帝对文学的重视的。“太祖既下江南，得徐铉、汤悦、张洎辈，谓之曰：‘朕平金陵，止得卿辈尔。’因问曰：‘朕何如卿国主？’张洎对曰：‘陛下生而知之，国主学而知之。虽学知与生知不同，然其知一也。’”[①]南唐旧臣能在新主面前大胆陈言，宋太祖之宽容可见一斑。

宋太宗更是十分重视科举，尤其重视科举考试前几名，以至于整个社会也对科举登第者尊崇到无以复加的地步。“太宗临轩放榜，三五名以前皆出贰郡符，迁擢荣速。陈尧叟、王曾初中第，即登朝领太史之职，赐以朱韨。尔后状元登第者，不十余年皆望柄用，人亦以是为常，谓固得之也。每殿庭胪传第一，则公卿以下无不耸观，虽至尊亦注视焉。自崇政殿出东华门，传呼甚宠，观者拥塞通衢，人摩肩不可过，锦鞯绣毂角逐争先，至有登屋而下瞰者，士庶倾羡，欢动都邑。洛阳人尹洙，意气横跞，好辩人也，尝曰：‘状元登第，虽将兵数十万，恢复幽蓟，逐强虏于穷漠，凯歌劳还，献捷太庙，其荣亦不可及也。’”[②]

为了复兴文化事业，宋初皇帝十分重视学校、重视文化的传承。“国朝以来，京都虽有国子监为讲学之地，然生徒不上三十人，率蒙稚未能成业者。遇秋试诏下，则四方多士竞投牒于学，干试求荐，罢则引去，无肯留者。初，试补监生，虽大芜谬无不收采，生员得牒以归，则自称广文馆进士。监出一牒，生员输缗二千余，目为光监，利为公廨之用。直讲置员，但躐为资地，希迁荣耳。自景祐以来，天下州郡渐皆建学，规模立矣。庆历初，令贾相国昌朝判领国庠，予贰其职。时山东人石介、孙复皆好古醇儒为直讲，力相赞和，期兴庠序。然乡学者少，无法例以劝之。于是史馆检讨王洙上言，乞立听书日限，宽国庠荐解之数以徕之，听不满三百日者，则屏不得与。由是听徒日众，未几遂盈数千。虽祁寒暑雨，有不却者。诸席分讲，坐

①田况：《儒林公议》，载《全宋笔记》第一编第5册，大象出版社，2003，第86页。
②同①，第88页。

塞阶序，讲罢则书名于籍以记日，固已不胜其哗矣。讲员众白判长，奏假庠东锡庆院以广学舍为太学，诏从之。介、复辈益喜，以为教道之兴也。”①朝廷对学校既重视又宽容，这对提高士人的知识文化水平有很大的促进作用。

《儒林公议》在对文学发展现象进行分析时，能客观公正地结合文学发展的规律及文学生态具体情况具体分析，而不是简单地肯定或否定。

宋初承袭五代文风，文人少，作品大多浅陋，宋太祖、宋太宗除厚待文人外，还倡导用功读书、贮备知识，重文的观念逐步成为上下统一的思想，“西昆体”正是适应这一时代潮流的产物，既不能片面地抬高其地位，也不应忽视西昆体在改变晚唐五代以来的芜鄙文风，构建重视学识的宋调中的先导作用。许多文艺理论著作及文学史论著否定西昆体的价值，甚至简单地斥之为形式主义，田况却能够辩证地看待西昆体：

> 杨亿在两禁，变文章之体，刘筠、钱惟演辈皆从而敩之，时号“杨刘”。三公以新诗更相属和，极一时之丽，亿乃编而叙之，题曰《西昆酬唱集》。当时佻薄者谓之“西昆体”。其它赋颂章奏，虽颇伤于雕摘，然五代以来芜鄙之气，由兹尽矣。②

田况首先肯定西昆体具有超越旧体的创新意义，即变五代体为新体，扫荡了五代体的浅陋芜鄙之气。虽然有些西昆体诗文雕饰过多、用典过繁，但西昆体在文学发展史上仍有不能忽视的价值。它对宋代文学的启发意义很大，因为不破除旧体，新体就难以确立；反之，没有出现比旧体更有号召力、水平更高的新体，旧体也很难被破除，这就是文学发展的辩证法。

对于文学现象，《儒林公议》虽然不会系统地论述，但会穷根溯源地多角度分析。书中介绍了一些西昆体作家的人格影响力。“天禧末，真宗圣躬多不豫，丁谓当国，恣行威福。时刘筠在翰林，守正不为阿附，谓深嫉之。筠乃求出为郡，止授谏议大夫，守庐州。筠拜章求兼集贤院学士，谓沮

①田况：《儒林公议》，载《全宋笔记》第一编第5册，大象出版社，2003，第95—96页。
②同①，第87页。

之不与。筠舟至淮上，遇水暴涨，作诗云：‘行行极目天无柱，渺渺横流浪有花。客子方思舟下碇，阴虬自喜海为家。村遥树列晴川荠，岸阔牛分触氏蜗。鸢啸风高诚可畏，此情难谕坎中蛙。’识者美其忧思之深远焉。谓败，复召入翰林为学士，以诗别同僚云：‘一辞銮署忝英藩，两见黄华媚翠樽。政懦每怜民若子，岁丰还喜稻成孙。离愁且饮贤人酒，密对须求长者言。入奉清朝咸一德，晨趋岂叹鬓霜繁。’”[①]刘筠忧国忧民，刚正不阿，不依附权贵，不以个人进退为怀，体现出很高的人格魅力。

《儒林公议》特别推崇文人之间的诤言切磋，既反对文人相轻，更不齿于互相吹捧。“张咏正直少合，与杨亿颇相知善。尝遗亿书，云：‘世之才豪，须藉智识主之，则豪气不暴，纵不与伊、吕并辔，正合著名，垂范不朽。屑屑罹祸者，自古何限？盖智不及气耳。’‘大年负绝世之才，遇好文之主，迹系中禁，声驰四方，苟加顺气于和，啬精于漠，了然独到，邈与道俱，必臻长世之期，足为瑞时之表。’亿文词侈博，落笔即成，生平纂集数百卷，其劬至矣。然皆声韵偶属编组事实，鲜及理之文。咏之书意，真益友之言欤。”[②]杨亿当时已是文坛领袖，张咏却不阿谀逢迎，而是直言其短，由此可以看出宋初文坛风气之正。

宋朝处于五代之后，前朝灭亡的教训既是一种重要的警示，又是一笔活生生的遗产。《儒林公议》特别重视五代十国灭亡与文学的关系，“伪蜀欧阳炯尝应命作宫词，淫靡甚于韩偓。江南李煜时，近臣私以艳薄之词闻于王听，盖将亡之兆也。君臣之间其礼先亡矣”[③]。上有所好，下必效之，君臣不议民生而喜淫靡之词，国家必然走向衰亡。文学与政治之互相影响可见一斑。

《儒林公议》并非沉迷历史、回避当代，恰恰相反，它对历史的观照是从现实出发的。此书虽然并非有意地记载文坛之事，但是保存了许多有关宋初文学思潮兴衰情况及文学与时代思潮复杂关系的资料，其中不乏独特的文学观念。

田况是较早注意到北宋文学的繁荣与科举兴盛之间关系的人之一。

---

①田况：《儒林公议》，载《全宋笔记》第一编第5册，大象出版社，2003，第123—124页。
②同①，第101—102页。
③同①，第131页。

“连辟礼闱，收采时俊，每临轩试士，中第者不下数百人。”[①]唐代进士每榜最多一百二十人，少则二三十人，及第之后，大多任县尉或入幕府，而整个宋代科举录取人数接近唐代的十几倍，达十多万人。[②]

科举既是文坛好尚的晴雨表，更是文章内容与形式、风格发展的指挥棒。科举考试的内容与录取的标准，与文学的关系微妙而复杂，不能简而论之。科举制度不是静止不变的，维护也好，改革也好，内在的利益关系十分复杂。田况不仅对科举的情况做了描述性说明，他还仔细分析了科举的动态变化及其原因，以及对于文学的影响。

田况特别重视作家的人格对文学创作的决定作用，称颂爱国爱民、富有正义感、敢于直谏的作家。北宋多朋党，欧阳修《朋党论》最能站在国家与民族的角度来分析朋党的问题：“大凡君子与君子以同道为朋，小人与小人以同利为朋，此自然之理也。”“故为人君者，但当退小人之伪朋，用君子之真朋，则天下治矣。”[③]田况与欧阳修持同样观点，认为君子结党有利于江山社稷：“范仲淹以天章阁待制权尹京府，自以言事被用，以谏诤为己责，吕夷简作相，气势熏炎，无敢迕者。仲淹屡犯其锋，夷简深怀忌惮，但博示含容，以亲仲淹。仲淹终不合，每对上言夷简纤邪不忠，宜制其渐，因泛论汉世莽、卓阶乱有胎，由辨之不早致然。其语漏泄，谮诉者日至矣。上遂疑仲淹离间大臣，侥幸进取，落待制职，出知饶州。言事官无敢辨之者，皆言仲淹不当指夷简为莽、卓。时尹洙、余靖、欧阳修皆雠书三馆，相与愤切。洙遂诣政府，请与仲淹皆贬为党人。”[④]余靖上书历陈利弊，认为范仲淹“秉忠朴之心，怀直谅之节，不识忌讳，有可矜愍。观其临事不苟，言必忤上，竭忠奉国，夫岂私其身哉？”[⑤]他认为皇帝对范仲淹的贬斥太过武断。

江休复《江邻几杂志》

江休复（1005—1060），字邻几，开封陈留（今河南开封）人，著有《江邻几杂志》，内容多记杂事。此笔记篇幅不长，但摘句论诗、摘篇论诗的特

①田况：《儒林公议》，载《全宋笔记》第一编第5册，大象出版社，2003，第88页。
②参见龚延明、祖慧：《宋登科记考》，江苏教育出版社，2009。
③欧阳修：《欧阳修全集》，中华书局，2001，第297页。
④同①，第125页。
⑤同①，第125页。

点显著。

此书用摘句的方式，揭示了诗歌与政治的关系，如以李后主歌“楼上春寒水四面”，暗寓江山半壁易主。

江休复在此书中摘录了不少诗句，例如，“王文穆罢相知杭州。朝士送诗，唯陈从易学士云：‘千重浪里平安过，百尺竿头稳下来。’冀公重称之。”①“晏相有‘春风任花落，流水放杯行’之句。”②“惠崇游长安诗，有‘人游曲江少，草入未央深’之句。”③“夏英公少年作诗，语意惊人，有‘野花无主傍人行’之句。”④江休复对这些诗句虽未加评论，但从中不难看出，他倾向于欣赏内涵含蓄、语言平易通畅，在典型的景物意象中融入深厚情思的诗歌。

对于诗歌的艺术风格，江休复持有一种开放的心态，这从其摘篇论诗中可见一斑。他摘录了“吕文靖诗：‘贺家湖上天花寺，一一轩窗向水开。不用闭门防俗客，爱闲能有几人来。’”⑤这是轻松明快的风格。他也摘录“长安姚嗣宗诗：‘踏碎贺兰石，扫清西海尘。布衣能办此，可惜作穷鳞。’韩稚圭安抚关中，荐试为大理评事。”⑥这是豪迈奔放的风格。凡此种种，不拘一格。

在诗歌创作上，江休复反对剽袭，主张创新：“诗僧惠崇多剽前制，缁弟作诗嘲之：‘河分岗势司空曙，春入烧痕刘长卿。不是师兄多犯古，古人言语似师兄。’”⑦惠崇在宋初九僧中地位很高，名气很大，宋初诗文、笔记对其称赞有加，江休复却指责其模仿唐诗，创新性不足，表现了宋初有识文人自觉提高文化水平的意识。

欧阳修《归田录》《欧阳文忠公试笔》《笔说》

欧阳修（1007—1072），字永叔，号醉翁，晚号六一居士，庐陵（今江西

---

①江休复：《江邻几杂志》，载《全宋笔记》第一编第5册，大象出版社，2003，第143页。
②同①，第140页。
③同①，第140页。
④同①，第142页。
⑤同①。
⑥同①，第140页。
⑦同①，第169页。

吉安）人，著有《归田录》《欧阳文忠公试笔》《笔说》三种笔记，后两种主要论书法，包含丰富的书法理论。[①]据作者自序，《归田录》创作完成于治平四年（1067），“治平四年九月乙未庐陵欧阳修序”。

皇帝既是国家的统治者，又是大臣命运的掌握者，有时还是文学风尚的掌握者、科举的风向标，其好恶直接决定着举子的命运。然而，皇帝是人，不是一成不变的，其态度变化的原因常常很复杂，欧阳修十分重视这一点。“太宗时亲试进士，每以先进卷子者赐第一人及第。孙何与李庶几同在科场，皆有时名，庶几文思敏速，何尤苦思迟。会言事者上言：‘举子轻薄，为文不求义理，惟以敏速相夸。’因言：‘庶几与举子于饼肆中作赋，以一饼熟成一韵者为胜。’太宗闻之大怒，是岁殿试，庶几最先进卷子，遽叱出之。由是何为第一。”[②]

欧阳修记载，为了防止科举考试的名次影响举子，形成模仿之风，宋真宗亲自督查销毁科举考试前十名的卷子，以冀来年有真正的人才脱颖而出，断绝举子的模仿之路。“真宗尤重儒学，今科场条制，皆当时所定。至今每亲试进士，已放及第，自十人已上，御试卷子并录本于真宗影殿前焚烧，制举登科者亦然。”[③]

欧阳修记载，即使举进士，没有应制举，举子也会觉得不够荣耀，“夏英公（竦）虽举进士，本无科名，以父没王事授润州丹阳簿，即上书乞应制举，其略曰：‘边障多故，羽书旁午，而先臣供传遽之职，立矢石之地，忘家徇国，失身行阵。陛下哀臣孤幼，任之州县。唯陛下辨而明之，若陛下以枕石漱流为达，则臣世居市井；若陛下以金榜丹桂为材，则臣未忝科第；若陛下以鸠杖鲐背为德，则臣始逾弱冠；若陛下以荷戈控弦为勇，则臣生不绵历；若陛下令臣待诏公车，条问急政，对扬紫宸，指陈时事，犹可与汉唐诸儒方辔并驱而较其先后矣。’真庙再三赏激，召赴中书，试论六首，一曰《定四时别九州圣功孰大论》，二曰《考定明堂制度论》，三曰《光武二十八将功业先后论》，四曰《九功九法为国何先论》，五曰《舜无为禹勤事功业孰优论》，六曰《曾参何以不列四科论》。是岁遂应中制科”[④]。

---

①参见张瑞君：《欧阳修的书法审美思想》，《中国书法·书学》2016年第10期。

②欧阳修：《归田录》卷一，中华书局，1981，第2页。

③欧阳修：《归田录》卷二，中华书局，1981，第22页。

④欧阳修：《归田录·佚文》，中华书局，1981，第51页。

欧阳修记载，在当时大型类书的编纂中，皇帝身体力行，提倡编类书，钻研文史。宋太宗尤重视文史，下旨编纂了宋代四部大部头类书中的三部——《太平御览》《太平广记》《文苑英华》。真宗继位后，又修了另一部大型类书《册府元龟》。面对这样的好文之主，不读书、读书少之人很难步入仕途，更难以成为皇帝的近臣。虽然宋初晚唐五代文风依然盛行，但文学创作已有学问化的倾向，作品质量逐步提升，用典精切，对仗工整，辞藻丰富华丽。

为了纠正宋朝立国之初士人芜鄙浅薄的痛弊，除皇帝身体力行外，朝廷中的重臣也发挥了榜样作用，社会上逐渐形成一种重文的风气，为宋代文学的繁荣打下基础。“钱思公虽生长富贵，而少所嗜好。在西洛时，尝语僚属言：‘平生惟好读书，坐则读经史，卧则读小说，上厕则阅小辞，盖未尝顷刻释卷也。’谢希深亦言：‘宋公垂同在史院，每走厕，必挟书以往，讽诵之声琅然闻于远近，其笃学如此。’余因谓希深曰：‘余平生所作文章，多在三上，乃马上、枕上、厕上也。’盖惟此尤可以属思尔。”[①]再如，《欧阳文忠公试笔·作诗须多诵古今诗》载：“作诗须多诵古今人诗。不独诗尔，其他文字皆然。”[②]

宋初的五个皇帝，太祖、太宗、真宗、仁宗、英宗，均十分喜欢文艺。由五代入宋的一批文人从自身仕途的角度考虑，也愿意投其所好，将诗歌作为君臣相娱的工具。由于皇帝与大臣唱和的风气之影响，唱和成为宋初文人交往的一大手段，对文人提高诗歌技巧也有一定的促进作用。嘉祐二年（1057），欧阳修知贡举，在锁院五十日，与梅尧臣等人唱和了一百七十多篇，“嘉祐二年，余与端明韩子华、翰长王禹玉、侍读范景仁、龙图梅公仪同知礼部贡举，辟梅圣俞为小试官。凡锁院（一有经字）五十日。六人者相与唱和，为古律歌诗一百七十余篇，集为三卷。禹玉，余为校理时，武成王庙所解进士也，至此新入翰林，与余同院，又同知贡举，故禹玉赠余云：‘十五年前出门下，最荣今日预东堂。’余答云‘昔时叨入武成宫，曾看挥毫气吐虹，梦寐闲思十年事，笑谈今此（一作日）一樽同。喜君新赐黄金

①欧阳修：《归田录》卷二，中华书局，1981，第24—25页。

②欧阳修：《欧阳文忠公试笔》，载《全宋笔记》第一编第5册，大象出版社，2003，第228页。

带，顾我宜为白发翁’也。天圣中，余举进士，国学南省皆忝第一人荐名，其后景仁相继亦然，故景仁赠余云‘澹墨题名第一人，孤生何幸继前尘’也。圣俞自天圣中与余为诗友，余尝赠以《蟠桃诗》有韩、孟之戏，故至此梅赠余云：‘犹喜共量天下士，亦胜东野亦胜韩。’而子华笔力豪赡，公仪文思温雅而敏捷，皆勍敌也。前此为南省试官者，多窘束条制，不少放怀。余六人者，欢然相得，群居终日，长篇险韵，众制交作，笔吏疲于写录，僮史（一作隶）奔走往来，间以滑稽嘲谑，形（一作加）于风刺，更相酬酢，往往烘堂绝倒，自谓一时盛事，前此未之有也。”①

欧阳修重视记载宋朝的御制文学及臣僚的应制文学。宋代皇帝不仅爱好文学，还著述颇丰。有《御集》三万卷的宋真宗，为了表明自己不同于那些让词臣代笔的皇帝，有意向大臣透露自己进行文学创作的信息。“杨文公亿以文章擅天下，然性特刚劲寡合。有恶之者，以事谮之。大年在学士院，忽夜召见于一小阁，深在禁中。既见赐茶，从容顾问，久之，出文藁数箧，以示大年云：‘卿识朕书迹乎？皆朕自起草，未尝命臣下代作也。’大年惶恐不知所对，顿首再拜而出。乃知必为人所谮矣。由是佯狂，奔于阳翟。真宗好文，初待大年眷顾无比，晚年恩礼渐衰，亦由此也。”②宋真宗向杨亿表明自己的作品均为本人创作，可能也是旨在获得当时文坛领袖对自己文学才能的认可。

宋朝皇帝喜欢赏花钓鱼，并借此机会，让群臣应制，成为一时文学风尚。“真宗朝岁岁赏花钓鱼，群臣应制。尝一岁，临池久之，而御钓不食，时丁晋公谓《应制诗》云：‘莺惊凤辇穿花去，鱼畏龙颜上钓迟。’真宗称赏，群臣皆自以为不及也。”③在应制的过程中，臣子能得到皇帝的称赞，固然是美事；皇帝与群臣的品评，也无疑是对写作水平，尤其是诗歌技巧提升的促进。

不仅皇帝如此，太后、皇后对文学的喜爱、对文人的尊崇，以及皇亲国戚的附庸风雅，在宋初百年间也成为一种时尚。“王副枢畴之夫人，梅鼎臣之女也。景彝初除枢密副使，梅夫人入谢慈寿宫，太后问：‘夫人谁家

---

①欧阳修：《归田录》卷二，中华书局，1981，第31—32页。

②欧阳修：《归田录》卷一，中华书局，1981，第6—7页。

③同①，第21页。

子？’对曰：‘梅鼎臣女也。’太后笑曰：‘是梅圣俞家乎？’由是始知圣俞名闻于宫禁也。圣俞在时，家甚贫，余或至其家，饮酒甚醇，非常人家所有，问其所得，云：‘皇亲有好学者，宛转致之。’余又闻皇亲有以钱数千购梅诗一篇者。其名重于时如此。”①

宋初的笔记对于还原当时的文学生态具有不可低估的意义。“真宗好文，虽以文辞取士，然必视其器识。每御崇政赐进士及第，必召其高第三、四人并列于庭，更察其形神磊落者，始赐第一人及第。或取其所试文辞有理趣者，徐奭《铸鼎象物赋》云：‘足惟下正，讵闻公悚之攲倾；铉乃上居，实取王臣之威重。’遂以为第一。蔡齐《置器赋》云：‘安天下于覆盂，其功可大。’遂以为第一人。”②

由于唐宋科举考试的律赋（即骈赋）形式上限制很严，后世文学作者皆斥而不取，认为无价值可言。然而在宋初，诗赋比较，宋人更看重赋，王安石云：“圣世选才终用赋。”（《临川先生文集》卷三十《试院中》）欧阳修《六一诗话》云：“自科场用赋取人，进士不复留意于诗，故绝无可称者。”③《宋史·路振传》载路振应试后作《卮言日出赋》，“尤为典赡，太宗甚嘉之，擢置甲科”。刘克庄云：“唐世以赋诗设科，然去取予夺一决于诗，故唐人诗工而赋拙。……本朝亦以诗赋设科，然去取予夺一决于赋，故本朝赋工而诗拙。”（《后村先生大全集》卷九八《李耘子诗卷》）

由于科举考试的选拔结果主要以赋来定夺，在科场以外，文人们也重视赋的写法，“咸平五年，南省试进士《有教无类赋》，王沂公为第一，赋盛行于世，其警句有云：‘神龙异禀，犹嗜欲之可求；纤草何知，尚薰莸而相假。’时有轻薄子，拟作四句云：‘相国寺前，熊翻筋斗；望春门外，驴舞柘枝。’议者以谓言虽鄙俚，亦着题也”④。

宋初文学模仿之风仍十分盛行。为了纠正此现象，欧阳修力图创新。“杨文公尝戒其门人，为文宜避俗语。既而公因作表云：‘伏惟陛下德迈九皇。’门人郑戬遽请于公曰：‘未审何时得卖生菜？’于是公为之大笑而易

---

①欧阳修：《归田录》卷二，中华书局，1981，第24页。

②欧阳修：《归田录》卷一，中华书局，1981，第14页。

③何文焕：《历代诗话》，中华书局，1981，第272页。

④同①，第25—26页。

之。”[①]欧阳修力荐“三苏”，是因为“三苏”的文学思想、创新主张与他一脉相承。曾巩也是由他推荐进而名满天下的。推举新人，正是实现文坛创新的有力举措，《欧阳文忠公试笔·苏氏四六》载：“往时作四六者，多用古人语及广引故事，以炫博学，而不思述事不畅。近时文章变体，如苏氏父子以四六述叙，委曲精尽，不减古文。自学者变格为文，迄今三十年，始得斯人，不惟迟久而后获，实恐此后未有能继者尔。自古异人间出，前后参差不相待。余老矣，乃及见之，岂不为幸哉？”[②]

欧阳修喜好通过摘句论诗表达自己的文学思想。摘句论诗不是欧阳修首创的，钱易《南部新书》等均早于欧阳修，但欧阳修笔记中大量摘句讨论本朝诗，特别值得研究。例如，“晏元献公喜评诗，尝曰：‘老觉腰金重，慵便枕玉凉。’未是富贵语，不如‘笙歌归院落，灯火下楼台’，此善言富贵者也。人皆以为知言”[③]。从中不难看出，比较同类题材的不同诗作，有助于提升对诗歌的审美能力，对于诗歌创作水平的提升无疑有不可低估的促进作用。

对于诗歌名句的摘录赏评，无疑对诗歌的传播有重要的意义，不少人会由赏名句进而赏全篇。林逋在宋代的地位与欧阳修等文坛领袖的鼓吹不无关系。“处士林逋居于杭州西湖之孤山。逋工笔画，善为诗，如‘草泥行郭索，云木叫钩辀’，颇为士大夫所称。又《梅花诗》云：‘疏影横斜水清浅，暗香浮动月黄昏。’评（一作能）诗者谓：‘前世咏梅者多矣，未有此句也。’又其临终为句云：‘茂陵他日求遗槁（稿），犹喜曾无《封禅书》。’尤为人称（一作传）诵。自逋之卒，湖山寂寥（一作寞），未有继者。”[④]

与后来许多笔记累篇摘句而不加分析不同，欧阳修善于对诗句反复体味，妙笔点评，慧眼独具。《笔说·峡州诗说》载：“‘春风疑不到天涯，二月山城未见花。’若无下句，则上句何堪？既见下句，则上句颇工。文意难评，盖如此也。”[⑤]欧阳修自评《戏答元珍》首联，讲诗歌理论的关联照

①欧阳修：《归田录》卷一，中华书局，1981，第16页。

②欧阳修：《欧阳文忠公试笔》，载《全宋笔记》第一编第5册，大象出版社，2003，第228—229页。

③欧阳修：《归田录》卷二，中华书局，1981，第21页。

④同③，第22—23页。

⑤欧阳修：《笔说》，载《全宋笔记》第一编第5册，大象出版社，2003，第211页。

应，十分巧妙。

欧阳修在笔记中表露了自己对于李杜优劣的观点。李杜优劣是一个千古公案，人们或扬李抑杜，或扬杜抑李，或认为李杜齐名，不外乎这三种观点。其中最后一种最见公允。欧阳修是持有此观念的宋代学者代表之一。其《笔说·李白杜甫诗优劣说》云："'落日欲没岘山西，倒着接篱花下迷。襄阳小儿齐拍手，大家争唱白铜鞮'，此常言也，至于'清风明月不用一钱买，玉山自倒非人推'，然后见其横放。其所以警动千古者，固不在此也。杜甫于白，得其一节而精强过之，至于天才自放，非甫可到也。"[①]李白以天才胜，杜甫以精强胜，欧阳修一语中的，言简意深，认为二人是双星争辉，各有千秋。

第三节　次重要笔记的文学思想

周羽翀《三楚新录》

周羽翀（约1010年前后在世），生平事迹不详，著有《三楚新录》三卷，记载五代时长沙马殷、武陵周行逢、江陵高季兴等据楚地称王事，有一定历史参考价值。书中很少有文学思想相关内容。卷三载词人孙光宪自负文学才华，怏怏不得志，吟刘禹锡诗歌自抒其志，有一定价值。

张洎《贾氏谭录》

张洎（934—997），字师黯，滁州全椒（今属安徽）人，著有《贾氏谭录》一卷。书中包含少量文学思想相关内容。

此书记载司空图曾由三峰迁到中条山王官谷隐居，王官谷深十余里，泉水清冽，泉中奇石优美，北山岩上飞挂瀑布。当时司空图子孙犹存。[②]又记载刘禹锡曾盛赞唐代大儒文中子王通能明王道。[③]此书对研究唐代文学思想有参考价值。

---

①欧阳修：《笔说》，载《全宋笔记》第一编第5册，大象出版社，2003，第211页。

②参见张洎：《贾氏谭录》，载《全宋笔记》第一编第2册，大象出版社，2003，第140页。

③同②，第141页。

张齐贤《洛阳缙绅旧闻记》

张齐贤（943—1014），字师亮，曹州冤句（今山东菏泽）人，著有《洛阳缙绅旧闻记》五卷。据作者自序，此书作于景德二年（1005），“宋朝乙巳岁夏六月营丘自序”，其中包含一些文学思想相关内容。

卷一记载了梁太祖优待文士之事，以及他对杜荀鹤的厚爱，从中可以看出五代皇帝的文化价值取向。[①]其中还包含对杨凝式之佯狂放荡、不拘小节的记载，可补正史之缺。[②]

黄休复《茅亭客话》

黄休复，生卒年不详，著有《茅亭客话》。此书推崇隐士人格。“唐末，蜀州青城县味江山人唐求，至性纯悫，笃好雅道，放旷踈逸，几乎方外之士也。每入市，骑一青牛，至暮，醺酣而归，非其类不与之交。或吟或咏，有所得，则将藁撚为丸内于大瓢中。二十余年，莫知其数，亦不复吟咏，其赠送寄别之诗布于人口。暮年，因卧病索瓢，致于江中，曰：‘斯文苟不沉没于水，后之人得者，方知我苦心耳。’漂至新渠江口，有识者云：‘唐山人诗瓢也。’探得之，已遭漂润损坏，十得其二三，凡三十余篇行于世。《题郑处士隐居》云：‘闻说最清旷，及来愁已空。数点石泉雨，一溪霜叶风。业在有山处，道成无事中。酌尽一樽酒，病夫颜亦红。’《赠行如上人》云：‘不知名利苦，念佛老岷瀸。补衲云千片，香焚篆一窠。恋山人事少，怜客道心多。日日斋钟后，高悬滤水罗。’《题青城山范贤观》云：‘数里绿山不厌难，为寻真诀问黄冠。苔铺翠点仙桥滑，松织香梢古道寒。昼傍绿畦锄嫩玉，夜开红灶撚新丹。钟声已断泉声在，风动瑶花月满坛。’《赠僧》云：‘曾闻半偈雪山中，贝叶翻时理尽通。般若常添持戒力，药叉谁算念经功。云开晓月应难染，海上孤舟自任风。长说满庭花色好，一枝红是一枝空。’夫草泽间有隐逸得志者，以经籍自娱，诗酒怡情，不耀文彩，不扬姓名，其趋附苟且，的无愧赧唐山人乎？”[③] 可以看出宋初对逸世情趣的崇尚。

---

①参见张齐贤：《洛阳缙绅旧闻记》卷一《梁太祖优待文士》条，载《全宋笔记》第一编第2册，大象出版社，2003，第148—150页。

②参见张齐贤：《洛阳缙绅旧闻记》卷一《少师佯狂》条，载《全宋笔记》第一编第2册，大象出版社，2003，第150—152页。

③黄休复：《茅亭客话》卷三，载《全宋笔记》第二编第1册，大象出版社，2006，第26—27页。

“任先生名玠，字温如，蜀人也。学识广博，人皆师仰之。大中祥符初，乐安公中正镇蜀日，请先生于文翁石室，大集生徒，讲说六经，以绍文翁之化，由是蜀中儒士成林也矣。大中祥符末，集贤谏大夫凌公策莅蜀，闻先王之名，表荐于上，诏入京。先生进《龙图纪圣诗》一千韵，酬以汝州团练推官。三让，辞官表云：‘伏念臣早年发白，悲老态之遽臻；触事心阑，觉死期之将至。乞授一子官，蒙圣恩与子偕任醴泉主簿。’天禧元年，欲就居嵩山，般家之蜀，因与乡人前秦州陇城主簿张逵中行，秩满归川，二人同访愚茅亭。观旧题之处云：‘昔日高年有道之士，今已物故，未逾一纪，故友将尽。我虽存也，余生几何？’先生留一绝于亭壁云：‘聚散荣枯一梦中，西归亲友半成空。唯余大隐茅亭客，垂白论交有古风。’天禧二年，先生游宁州，卒于旅舍。扬子《法言》曰：‘通天地人曰儒。’诚哉！是天地间万类中惟人最灵，然愚蒙者万，而贤智者一，处贤智而志于道者，复几何人？如任先生者，可谓通天地人而知命守道者也。”①宋初士人推崇超然物外的人格，是因五代战乱的余悸仍深深影响士人的价值取向。

郑文宝《南唐近事》《江表志》

郑文宝（953—1013），字仲贤，一字伯玉，汀州宁化（今福建三明）人，有《南唐近事》二卷、《江表志》三卷。《江表志》完成于大中祥符三年（1010），“庚戌岁闰三月二十三日”，记载南唐各代的朝廷大政，多为治南唐史者采用，无文学思想内容。

据作者自序，《南唐近事》二卷完成于太平兴国二年（977），“太平兴国二年岁次丁丑夏五月一日，江表郑文宝序”，用小说家笔法写历史，有一定参考价值，无文学思想内容。

陶岳《五代史补》

陶岳，字舜咨，一字介立，永州祁阳（今属湖南）人，著有《五代史补》五卷。据作者自序，此书完成于大中祥符五年（1012），“时皇宋祀汾阴之后，岁在壬午序”。宋太祖时，薛居正等修成五代史，即所谓《旧五代史》，陶岳嫌其尚多缺略，因而取诸国创业割据事迹，撰成此书。书中有部分文

---

①黄休复：《茅亭客话》卷十，载《全宋笔记》第二编第1册，大象出版社，2006，第78页。

学思想相关内容。

此书特别重视记载作家特立独行的品格。

卷一《罗隐东归》载："罗隐在科场恃才傲物，尤为公卿所恶，故六举不第。时长安有罗尊师者，深于相术。隐以貌陋，恐为相术所弃，每于尊师接谈，常自大以沮之。及其累遭黜落，不得已始往问焉。尊师笑曰：'贫道知之久矣！但以吾子决在一第，未可与语。今日之事，贫道敢有所隐乎？且吾子之于一第也，贫道观之，虽首冠群英亦不过簿尉尔，若能罢举东归霸国以求用，则必富且贵矣。两途吾子宜自择之。'隐懵然不知所措者数日。邻居有卖饭媪见隐惊曰：'何辞色之沮丧如此？莫有不决之事否？'隐谓知之，因尽以尊师之言告之，媪叹曰：'秀才何自迷甚焉！且天下皆知罗隐，何须一第然后为得哉？不如急取富贵，则老婆之愿也。'隐闻之释然，遂归钱塘。时钱镠方得两浙，置之幕府，使典军中书檄，其后官给事中。"[①] 科举入仕并不是唯一选择，在多次失意后，罗隐的故事无疑是一剂心灵的良药。

卷一《杜光庭入道》载："杜光庭长安人，应'九经'举不第，时长安有潘尊师者，道术甚高，为僖宗所重，光庭素所希慕，数游其门。当僖宗之幸蜀也，观蜀中道门牢落，思得名士以主张之，驾回，诏潘尊师使于两街求其可者，尊师奏曰：'臣观两街之众，道听途说，一时之俊即有之，至于掌教之士，恐未合应圣旨。臣于科场中识"九经"杜光庭，其人性简而气清，量宽而识远，且困于风尘，思欲脱屣名利久矣。以臣愚思之，非光庭不可。'僖宗召而问之，一见大悦，遂令披戴，仍赐紫衣，号曰广成先生，即日驰驿遣之。及王建据蜀，待之愈厚。又号为天师。光庭尝以《道》《德》二经注者虽多，皆未能演畅其旨，因著《广成义》八十卷，它术称是，识者多之。"[②] 杜光庭因道术而实现人生价值，也为一途。

乐史《广卓异记》

乐史（930—1007），字子正，抚州宜黄（今江西宜黄）人。生平不详。《广卓异记》虽然多记载帝王、后妃、公主及大臣显贵之事，但是由于其每

---

①陶岳：《五代史补》卷一，载《全宋笔记》第八编第8册，大象出版社，2017，第85—86页。

②同①，第87—88页。

条下面均标有出处，具有较高的文献价值。还记录了不少皇帝重视文学、皇帝与群臣唱和以及皇帝好尚对文学的促进作用。

《翰林学士联句诗好》载：“右按《唐书》，文宗夏日与学士联句，帝曰：‘人皆苦炎热，我爱夏日长。’公权续曰：‘薰风自南来，殿阁生微凉。’时丁、袁五学士皆属继，帝独讽公权两句：‘辞清意足，不可多得。’乃令公权题于殿壁，字方圆五寸，帝视之叹曰：‘钟、王复生，无以加焉。’”①同卷还记载唐德宗中和节朝臣奉和，诏写本赐戴叔伦之事。②虽然这里记载的是唐代皇帝重视文学及与文人联句之事，但是可以从中看出宋代初年，五代文人在进入新的时代后，渴望得遇像唐代皇帝那样重视文人的统治者的心态。这种心理倾向，也是宋初重文轻武、优待文人、重视文化的反映，是宋初文学生态的折射。

王素《文正王公遗事》

王素（1007—1073），字仲仪，大名莘县（今属山东）人，撰《文正王公遗事》，记录其父王旦的生平行事。王旦在真宗咸平初入相，在相府十余年，卒赠太师魏国公，谥文正。此书包含的文学思想内容不多，然而保存了皇帝、宰相保护文士、宽容文士的材料，“杨文公亿少以文进，而以方直自守，乃以母病有阳翟之行。公恐人害之，白上，遣使赐医药。既而言者日有弹击，以亚卿分司。上语辅臣曰：‘闻杨亿好谤时政。’公曰：‘杨亿文人，幼荷国恩。若谐谑过当，臣恐有之，讪谤则保其不为也。’公器重文公至深，颇欲其归，乃因中书斋宿，览文公近诗而作诗，赵文定与时贤继和。上知之，乃谕公诏文公还秘书监。久之，有问公者曰：‘杨大监何不且与旧职？’公曰：‘大年向以轻去，上左右人言可畏，赖上终始保全之。今此职欲出自清衷，以全君臣之契。’公薨后，杨文公方复禁署”③。杨亿直率纯真，口无遮拦，又善于戏谑，宋真宗与宰相王旦不但不加罪，而且对他关心备至，充满理解、宽容。

按此书记载，不但皇帝、宰相对文士宽容、优待，地方官也以与文士交

---

①乐史：《广卓异记》卷三，载《全宋笔记》第一编第3册，大象出版社，2003，第28页。
②参见乐史：《广卓异记》卷三《赐戴叔伦中和节唱和诗》，载《全宋笔记》第一编第3册，第31—32页。
③王素：《文正王公遗事》，载《全宋笔记》第一编第5册，大象出版社，2003，第190—191页。

游为务。“处士魏野，陕州人，居于东郊，构草堂，有水竹之胜，好弹琴，作诗清苦，名闻于时，前后郡守皆所礼遇。上祀汾阴，召之，辞疾不至。以诗贽公曰：‘从来辅相皆频出，君在中书十五秋。西祀东封今已毕，此回好伴赤松游。’公览之，喜见于色，以酒茗药物为答。”①

赵抃《御试备官日记》

赵抃（1008—1084），字阅道，衢州西安（今浙江衢州市）人。撰《御试备官日记》。此书详细记载了嘉祐六年（1061）二月二十六日至三月九日殿试阶段的活动。录全文如下：

> 二月二十六日，晴。宣赴崇政殿后水阁，同直孺内翰、贯之杂端充编排官。御前札子三道下编排所。
>
> 二十七日，晴。上御崇政殿，试进士、明经诸科举人。《王者通天地人赋》《天德清明诗》《水几于道论》（出老子《道经》）。圣驾幸后苑，往来迎驾。御药院公文二道，传宣精加考校。内臣二人传宣赐食并酒。编排三、四、五等，第一百二十七等。
>
> 二十八日，晴。内臣传宣赐“文儒”二字。圣驾卯刻幸考校所。编排经生，特奏《毛诗》十一人，特奏《尚书》九人，特奏明法四人。传宣赐食，二酒、一茶。
>
> 二十九日，阴。旬休。传宣赐酒、七宝茶。初考经学官：王维熙、祝谘谘、夏璋。覆考经学官：王彭、张兑、朱从道。详定官：贾寿、吴中复。弥封官：傅求、王陶。出义官：王逢、傅卞、卢士宗。
>
> 三月一日，微寒，风。圣驾幸考校所，起居四拜，编排诸科卷子。宣赐酒食、果子。
>
> 二日，晴。圣驾幸覆考所，起居。宣赐酒食、果子。考到诸科卷子（以上六字据《芦浦笔记》补）。第一，谓学识优长，辞理精绝，出众特异，无与比伦。第二，谓才学该通，文理周密，于群萃中堪为高等。第三，谓艺业可采，文理俱通，须得及第者。第四等，谓艺业稍次，文理精通，于此等中仍分优劣，优即为第四等上。第五等，须必

①王素：《文正王公遗事》，载《全宋笔记》第一编第5册，大象出版社，2003，第188页。

然合落者。谓文理疏浅，退落无疑。不考，谓犯不考式。纰谬，谓所试之文并皆荒恶。

三日，晴，上巳日。圣驾幸覆考所，起居。赐上巳酒各二，果子一。

四日，微雨，春寒。圣驾幸覆考所，起居。赐酒食、果子。

五日，阴，寒。（从三日起至本日止，据《芦浦笔记》补）

六日，阴，寒。驾幸详定所，起居。点检官：孙坦、郑穆。进士初考官：沈遘、司马光、裴煜、陆经。进士覆考官：祖无择、郑獬、李綖、王瓘。点检官：孙洙、王广渊。详定官：杨畋、何郯、王安石。对读官：胡稷臣、苏衮、傅尧俞、张次立、宋迪、周孟阳。特奏名进士三十八人。作《乐荐上帝诗》《谨用五事以明天道论》。编排特奏名进士卷子。赐酒果，寒食节食。

七日，晴。驾幸详定所，起居，赐寒食节上酒各二壶、果子一合，又酒果、冷食，编排进士卷子共一百号、特奏名一号。

八日，晴。驾幸编排所，起居讫，进呈进士卷子二道。御药录白中书札子、进士以下等第云云，编排进士诸科等卷子。赐食、酒、果。

九日，清明，雨。奏乞送焆字号卷重详定。封弥关详定五号，奏取旨。御药院关奉圣旨，看详定夺鞨、䙴、觥、觧、蛁五号等事。赐酒食、果子。①

此书以仁宗皇帝的活动时间为序，详细记录了殿试中监考的机构，初考、覆考、详定、弥封、出义等程序，如何分第一、第二、第三、第四、第五、纰谬等，以及点检官、进士初考官、进士覆考官、详定官、对读官，编排名次者的姓名等。据此书记载，殿试中每个关键环节，皇帝必须在场亲自把关，可见其严格。

强至《韩忠献公遗事》

强至（1022—1076），字几圣，钱塘（今浙江杭州）人，著有《韩忠献公遗事》一卷，以记载韩琦事迹为主，但也包含一些文学思想内容，值得重视。

---

①赵抃：《御试备官日记》，载《全宋笔记》第一编第6册，大象出版社，2003，第246—247页。

本书重视皇帝在文学发展中的作用，“太宗、真宗尝猎于大名之郊，赋诗数十篇，贾魏公时刻于石。公留守日，以其诗藏置于班瑞殿之壁。既成，或请打石本以进”①。书中记载，太宗、真宗倡导文学，常常亲力亲为，为推动文学繁荣做了贡献。

本书推崇士大夫的高尚人品及在创作中的决定意义。赞扬欧阳修、范仲淹、尹洙、富弼等，斥责小人，泾渭分明，表现了敏锐的政治嗅觉。此书注重摘句论诗，尤其重视托物言志、含义深邃的诗作。

张唐英《蜀梼杌》

张唐英（1026—1068），字汝功，自号黄松子，蜀州新津（今四川成都）人，有《蜀梼杌》二卷。

此书记载前蜀、后蜀史事，有较高的史料价值。其中包含部分文学思想相关内容。卷上包含介绍唐代绝句在宋代的传唱情况的资料，对唐诗的传播研究有参考价值。

①强至：《韩忠献公遗事》，载《全宋笔记》第一编第8册，大象出版社，2003，第18页。

| 第二章 |

北宋后期（1068—1126）笔记的文学思想

第一节　概述

北宋后期指神宗、哲宗、徽宗、钦宗统治时期。宋代文学思想的发展，大略以仁宗朝（1022—1063）为重要的时间节点，之前是“婴儿期”，总体尚处在五代文学思想的笼罩之下，虽萌发了自我树立的意识，但尚未形成明确的理论自觉。仁宗朝，随着欧阳修等人的大力构建与积极探索，具有自家面貌的宋代文学思想渐具雏形。北宋后期，随着苏轼、王安石、曾巩、黄庭坚等人的创作及理论主张步入成熟，文学思想呈现明显的宋代特点。这一时期，笔记也与诗、文、诗话等文学体裁同步发展，其中的文学思想越来越能体现宋学别具一格的特征。同时，党争成为文学生态的重要一环，身兼官员及作家身份的文人不可避免地被卷入其中。表现党争的政治环境对文人心理潜移默化的影响，以及这种心态在诗文作品中的体现，成为北宋后期笔记相比于前期的突出特征与“新质”。这是北宋后期笔记中文学思想的历史定位与阶段特征。

文学思想的发展并非“断崖式”的前后割裂。各个时期不是彼此独立、相互绝缘的，而是在融通中有所开拓，在继承中有所突破。其继承主要体现在如下几点上。

其一，重视诗人的人格修养，关注现实。自宋太宗、真宗朝后，随着王禹偁、田锡、张咏等一大批直臣、诤臣的涌现，五代的浇薄之气得到驱散。士人中形成了尽忠为国的时代思潮，国家主人翁的责任感明显增强。尤其是庆历以后，随着欧阳修、范仲淹等人的积极提倡与亲身示范，关注现实成为宋代文人的优秀传统。北宋后期的重要文人如苏轼、黄庭坚等与仁宗朝士人有着较为密切的联系，身上不可避免地带有仁宗朝士人的诤言之风。苏轼笔记中对于杜甫的推崇，《麈史》对作家人格志向影响创作的重视，莫不体现着这种传统思潮。

其二，注重创新。自宋祁《宋景文公笔记》明确提出“夫文章必自名一家”后，北宋后期的笔记更加注重强调自成一家。相比于北宋前期文人虽有初步的意识，却尚无明确的方法论指导，北宋后期的文人找到了创新的要领，突出体现在惠洪《冷斋夜话》中对于黄庭坚“夺胎换骨”理论的具体记述上。“夺胎换骨”的理论对江西诗派及整个北宋后期文坛影响极为深远。

其三，持续关注文学与政治的关系。与北宋前期类似，文学发展与政治的紧密关系也是北宋后期笔记津津乐道的话题之一。如夷门君玉《国老谈苑》所记述的太宗、真宗爱好文艺，促进文学发展，孔平仲《谈苑》中所记述的闻喜宴上仁宗鼓励士人积极报国的御制诗，都为我们探讨北宋后期文学大繁荣的政治动因提供了鲜活生动的材料。

经过了太祖、太宗、真宗、仁宗四朝积极的文化建设，以及如杨亿、欧阳修等文坛盟主对于士人提高知识素养的倡导与示范，北宋后期的文人普遍具有极为深厚的学识素养。表现在笔记创作中，宋朝后期笔记中的文学思想呈现出与前期较大的区别。

第一，标举审美范畴的词语由感悟式的“清丽”“高妙”等向义理式的“句中眼”等转变。北宋后期的诗歌理论明显强调句法及炼字。如《观林诗话》对诗句中双声叠韵使用之妙的论述：“谢灵运有‘萍苹泛沉深，菰蒲冒清浅’，上句双声叠韵，下句叠韵双声。后人如杜少陵‘卑枝低结子，接叶暗巢莺’……皆出于叠韵，不若灵运之工也。”相比于北宋前期诗句多直寻语，注重自然天成；北宋后期的创作更多强调诗法的磨砺及运思，更加注重苦求句。与此相呼应，北宋后期的笔记如《冷斋夜话》等，明确提出了“句中眼”的概念。

第二，开始注重揭橥诗句典故的出处及其化用、源流。这是北宋后期文人强调的“无一字无来处”在笔记中的折射与体现。如王得臣《麈史》、晁说之《晁氏客语》、孔平仲《珩璜新论》、方勺《泊宅编》……翻阅北宋后期的重要笔记，几乎每一部都有重视文学源流的痕迹。这正是北宋前期笔记相对不足之处。

第三，虽然北宋后期的笔记如前期一般，依然存在处于唐诗阴影下的“焦虑”，很多将是否具有唐诗之风作为评价诗歌的重要标准，然而其所标举的具体诗人由白居易向杜甫潜在转移。北宋后期的文人多崇杜，他们所崇尚的，除了杜甫忧国忧民的崇高人格，还有杜甫“语不惊人死不休”的对于诗艺的精炼与不懈探求。如苏轼《东坡志林》推许杜甫的七律语言壮丽，王得臣《麈史》赞扬杜甫既积极向祖父杜审言学习诗艺，又超越了祖父自成一家。这体现了北宋后期文人对磨砺自身诗艺的重视及对诗歌句法和章法的讲求。

第四，北宋后期，新党、旧党之间的党争成为政治生活的主调，不少文人被卷入其中。伴随着党派势力的浮沉，文人的命运往往经历时荣时辱的转换。同时，随着党争日渐由政见之争“变味”为党同伐异，北宋前期所形成的良好的政治生态受到极大的破坏，北宋后期的文人对此感到忧虑，所以不约而同地在笔记中记述了党争及身处其中的文人的命运。这是文学生态视角下北宋后期的文学思想与前期的显著不同之处。

综上所述，北宋后期的笔记与前期相比，数量众多，带有鲜明的宋学特征：强调知识义理、重视士人自身道德修养、注重诗文立意及句法、关注政治生活中的党争等。这些对南宋笔记中的文学思想也有一定的先导作用。北宋后期笔记是深入了解宋代文学思想史不容忽视的重要材料，也是一座丰富多彩的宝库。

第二节　重要笔记的文学思想

苏轼《东坡志林》《仇池笔记》《渔樵闲话录》

苏轼（1037—1101），字子瞻，一字和仲，自号东坡居士，眉山（今属四川）人。一生著作丰富，诗、词、散文、书、画均为一流，是中国文化史上难得的文艺全才。当前学界对苏轼的研究已经比较深入，然而对其笔记中的文学思想少做专门论述。[①]

苏轼论诗文创作，提倡有为而作，反对无病呻吟、卖弄风雅、追求奇险，“诗须要有为而后作，当以故为新，以俗为雅。好奇新乃诗之病”[②]。苏轼特别重视文学反映社会现实的功能，因此，他特别推崇杜甫诗歌的诗史意义：“《悲陈陶》云：‘四万义军同日死。’此房琯之败也。《唐书》作陈涛邪，不知孰是。时琯临败，犹欲持重以有所伺，而中人邢延恩促战，遂大败。故次篇《悲青坂》云：‘焉得附书与我军，留待明年莫仓卒。’又《北征》诗云：‘桓桓陈将军，杖钺奋忠烈。’此谓陈元礼也。元礼佐玄宗平内难，又从幸蜀，首建诛杨国忠之策。《洗兵马行》云：‘张公一生江海客，身长九尺须眉苍。’此张镐也。明皇虽诛萧至忠，然常怀之。侯君集云‘蹭蹬至此’，至忠亦蹭蹬者耶。故子美亦哀之云：‘赫赫萧京兆，今为时所怜。’及《后出塞》云：‘我本良家子，出师亦多门。将骄益愁思，身废不足论。跃马三十年，恐辜名主恩。坐见幽州骑，长驱河洛昏。中夜间道归，故里但空村。恶名幸脱免，投老无儿孙。’详味此诗，盖禄山反时，其将校有脱身归国而禄山尽杀其妻子者。不知其姓名，可恨也。”[③]他细考杜甫安史之乱时期的诗歌，突出体现杜甫反映时事的及时性、针对性和准确性。苏轼还认为，文学艺术创作要真实，“蜀中有杜处士，好书画，所宝以百数。有戴嵩《牛》一轴，尤所爱，锦囊玉轴。一日曝书画，有一牧童见之，拊掌大笑，曰：‘此画斗牛也。牛斗，力在角，尾搐入两股间，今乃掉尾而斗，谬矣。’处士笑而然之。古语云：‘耕当问奴，织当问婢。’不可改也”[④]。这里虽然是讲绘画，但表现的却是文艺的普遍规律。

苏轼推崇创新，反对平庸：“欧阳文忠公言：‘晋无文章，唯陶渊明《归去来兮》一篇而已。’予亦谓：‘唐无文章，唯韩退之《送李愿归盘谷序》

---

①苏轼一生笔记主要有《东坡志林》《仇池笔记》，由于苏轼一生不太重视自己的笔记，无意传世，随作随散，故各种版本多寡不一，而万历间商濬所刻《东坡先生志林》又与《仇池笔记》有重出现象，今据孔凡礼先生整理《东坡志林》《商刻东坡志林》《仇池笔记》进行研究。

②苏轼：《商刻东坡志林》卷九，载《全宋笔记》第一编第9册，大象出版社，2003，第168页。

③苏轼：《商刻东坡志林》卷一，载《全宋笔记》第一编第9册，大象出版社，2003，第126页。

④同②。

一篇而已。'平生欲效此作一文，每执笔辄罢，因自笑曰：'不若且放，教退之独步。'"[①]许多论者觉得苏轼此论过于偏颇，其实苏轼之所以发出此论，是为了鼓励创新。韩愈这篇文章打破了赠序的固有体式，从语言到结构都显示出大胆的创新，主题虽为送别，内容却是借题发挥的时论，大段的对比显示了主题，巧用对话，大量运用排比、对偶句法，笔法灵活，气势奔放。苏轼还提及："是日有以陈令举《庐山记》见寄者，且行且读，见其中云徐凝、李白之诗，不觉失笑。旋入开先寺，主僧求诗，因作一绝云：'帝遣银河一派垂，古来惟有谪仙辞。飞流溅沫知多少，不与徐凝洗恶诗。"[②]单看徐凝的《瀑布诗》，其实不能算是下乘之作，然而在与李白的对比中，苏轼极赏李白《望庐山瀑布》中的独创精神。对于前辈作家具有创新性的诗句，苏轼在笔记中用摘句的方法，点出其妙处，并把自己的佳作与之比较，"七言之伟丽者。杜子美云：'旌旗日暖龙蛇动，宫殿风微燕雀高。''五更鼓角声悲壮，三峡星河影动摇。'尔后寂寥无闻焉。直至欧阳永叔'苍波万古流不尽，白鹤双飞意自闲'，'万马不嘶听号令，诸番无事乐耕耘'，可以并驱争先也矣。小生亦云：'令严钟鼓三更月，野宿貔貅万灶烟。'又云：'露布朝驰玉关塞，捷书夜到甘泉宫。'亦庶几焉耳。"[③]杜甫、欧阳修、苏轼的这些诗句凝练生动，意象典型，富有表现力，艺术感染力极强。一个作家从开始创作的时候，就面临如何超越前人的课题。前人的遗产越丰富，超越前人就越难。在苏轼看来，一味拟古模仿没有多大价值，他常常一针见血地指出模仿的缺陷。

苏轼论文特别反对狂怪，追求平易："作诗狂怪，至卢仝、马异极矣，若更求奇，便作杜默矣。"[④]对于科举考试的程式化和险怪之风，苏轼也极为反对，"郑君先辈知其俊敏笃学，向观所为诗文，非止科场手

①苏轼：《商刻东坡志林》卷七，载《全宋笔记》第一编第9册，大象出版社，2003，第157页。

②苏轼：《东坡志林》卷一《记游　记游庐山》，载《全宋笔记》第一编第9册，大象出版社，2003，第15页。

③同①。

④苏轼：《商刻东坡志林》卷一，载《全宋笔记》第一编第9册，大象出版社，2003，第124页。

段也”[1]。

苏轼特别重视作家的人品修养，评论前辈作家往往一针见血，慧眼独具，他不因司马相如和卓文君的所谓爱情佳话而失去自身的判断能力，“司马相如归蜀临邛，令王吉谬为恭敬，日往朝相如，相如称病，使者谢吉。及卓氏为具，相如又称病不往。吉自往迎相如。观吉意，欲与相如为率钱之会尔。而相如遂窃妻以逃，大可笑。其《谕蜀父老》，云以讽天子。以今观之，不独不能讽，殆几于劝矣。谄谀之意，死而不已，犹作《封禅书》，相如真所谓小人也哉”[2]。在苏轼看来，司马相如去卓文君家赴宴是有预谋的，赴宴是手段而不是目的。“率钱之会”也就是敛钱之宴。苏轼在历史上第一次全面分析了这一事件，揭露了司马相如敛钱又窃妻的不道德行为。苏轼在另一则笔记中指出：“司马长卿始以污行不齿于蜀人，既而以诗赋得幸天子，未能有所建明，亡丝毫之善以自赎也。而创开西南夷逢君之恶，以患苦其父母之邦，乃复矜其车服节旄之美，使邦君负弩先驱，岂诗人致恭桑梓、万石君下里门之义乎？”[3]虽然苏轼没有客观公正地肯定司马相如的文学成就，但是从其对司马相如的评价中，可以看出苏轼对作家人品的要求。对于有高尚气节的作家，苏轼加以肯定。“欧阳文忠公撰《范文正神道碑》，载章献太后临朝时，仁宗欲率百官朝太后，范公力争乃罢。其后某先君奉诏太常因革礼，求之故府，而朝正案牍具在，考其始末，无谏止之事，而有已行之明验。先君质之于文忠公。公曰：‘文正公寔谏而卒不从，《墓碑》误也，当以案牍为正。’今日偶与客论此事，夜归乃记之。”[4]苏轼一生以博大的胸怀接受文化遗产，主儒术不为所愚，杂佛老不为所溺，然而他在政治上仍主要以儒家道德作为是非判断的标准。“王巩云：‘张安道说苏子瞻比予孔北海、诸葛孔明。孔明吾岂敢望，北海或似之，然不至若是之蠢也。’北海以忠义气节冠天下，其势足与曹操相轩轾，决非两立者。北

---

①苏轼：《商刻东坡志林》卷十一，载《全宋笔记》第一编第9册，大象出版社，2003，第177页。

②苏轼：《商刻东坡志林》卷四，载《全宋笔记》第一编第9册，大象出版社，2003，第141页。

③苏轼：《商刻东坡志林》卷十，载《全宋笔记》第一编第9册，大象出版社，2003，第172页。

④同②，第144页。

海以一死捍汉，岂所谓轻于鸿毛者，何名为蠢哉。”[①]他在这里明显是以汉为正统，鞭笞曹操，称颂孔融的气节。

苏轼在评论作家时特别重视作家的性格。“退之有言：‘我宁诘曲自世间，安能从汝巢神仙。’如退之性气，虽出世间人亦不能容，叔夜婞直，又甚于退之也。”[②]他善于将作家的性格和其创作联系起来，如“径山长老维琳，行峻而通，文丽而清”。又如：“苏州仲殊师利和尚，能文，善诗及歌词，皆操笔立成，不点窜一字。予曰：‘此僧胸中无一毫发事。’故与之游。”“苏州定慧长老守钦，予初不识。比至惠州，钦使侍者卓契顺来问予安否，且寄十诗。予题其后曰：‘此僧清逸绝俗，语有璨、忍之通，而诗无岛、可之寒。’予往来吴中久矣，而不识此僧，何也？”[③]从中可以看出，苏轼不仅常同僧人往来，而且能根据其性格论诗，很有针对性。

在评价一个作家的历史地位时，苏轼往往不受传统结论的束缚，实事求是地论析其在文学发展史上的价值。“舟中读《文选》，恨其编次无法，去取失当。齐、梁文章衰陋，而□萧统尤为卑弱，《文选序》斯可见矣。如李陵书、苏武五言，皆伪而不能辨。今观渊明集，可喜者甚多，而独取数首。以知其余人忽遗者多矣。渊明作《闲情赋》，正所谓《国风》好色而不淫，正使不及《周南》，与屈、宋所陈何异？而统大讥之，此乃小儿强作解事者。”[④]苏轼以独特的审美眼光，发现了陶渊明在文学史上的意义，认为陶渊明可与屈原、宋玉并肩，这是有识之见。

苏轼在论文学时，能将自己的不幸遭遇与前代作家相联系，实现精神的超越，“吾昔谪黄州，曾子固居忧临川，死焉。人有妄传吾与子固同日化去，且云：‘如李长吉时事，以上帝召他。’时先帝亦闻其语，以问蜀人蒲宗孟，且有叹息语。今谪海南，又有传吾得道，乘小舟入海不复返者，京师皆云，儿子书来言之。今日有从广州来者云，太守柯述言吾在儋耳，一日忽失

---

①苏轼：《仇池笔记》卷下《孔北海》条，载《全宋笔记》第一编第9册，大象出版社，2003，第213页。

②苏轼：《东坡志林》卷二《异事上·王烈石髓》，载《全宋笔记》第一编第9册，大象出版社，2003，第50—51页。

③上引三段文字，均见苏轼《东坡志林》卷二。

④苏轼：《商刻东坡志林》卷一，载《全宋笔记》第一编第9册，大象出版社，2003，第125页。

所在，独道服在耳，盖上宾也。吾平生遭口语无数，盖生时与韩退之相似，吾命在斗牛间而身宫在焉。故其诗曰：‘我生之辰，月宿南斗。’且曰：‘无善声以闻，无恶声以扬。’今谤我者，或云死，或云仙，退之之言良非虚尔”①。诙谐幽默中，对比韩愈，苏轼淡化了苦难，实现了精神的超越。伟大的文学诞生于深重的苦难里。苏轼虽然没有明确揭示出这一点，但已经在笔记里展示出了这种人格升华的心理体验。

苏轼特别重视文学家观察外物的细致度和体味个性的深入度，认为只有细心体验，才能创造出独具特色的作品。“陶靖节诗云：‘平畴交远风，良苗亦怀新。’非古人之耦耕植杖者，不能道此语；非予之世农，亦不能识此语之妙也。”②“诗人有写物之功。‘桑之未落，其叶沃若。’他木殆不可以当此。林逋《梅花》诗云：‘疏影横斜水清浅，暗香浮动月黄昏。’决非桃、李诗。皮日休《白莲》诗云：‘无情有恨何人见，月晓风清欲坠时。’决非红莲诗。此乃写物之功。若石曼卿《红梅》诗云：‘认桃无绿叶，辨杏有青枝。’此至陋语，盖村学究体也。”③

谪居黄州是苏轼人生悲剧的顶点，在黄州，苏轼的物质生活极度贫乏，而且孤独寂寞，不敢与朋友来往，精神极度痛苦，然而诗人超越苦难，蔑视人生的不幸，超越外在的功名利禄，注重内在的生命体验和精神的自由，实现了人生境界的升华。④在这段时间，他对外物与作家的关系进行了深刻的理性思考，提出了许多新鲜而富有创造性的文学观念。“临皋亭下不数十步，便是大江，其半是峨嵋雪水，吾饮食沐浴皆取焉，何必归乡哉！江山风月，本无常主，闲者便是主人。”⑤从官场的忙人，到被贬的闲人，苏轼有时间真正走进大自然、领略自然美，同时发现自我、超越自我，

---

①苏轼：《东坡志林》卷二《异事上　东坡升仙》，载《全宋笔记》第一编第9册，大象出版社，2003，第52—53页。

②苏轼：《商刻东坡志林》卷十，载《全宋笔记》第一编第9册，大象出版社，2003，第176页。

③苏轼：《商刻东坡志林》卷十，载《全宋笔记》第一编第9册，大象出版社，2003，第175—176页。

④参见张瑞君：《从“寒食帖”看苏轼诗书相通的审美追求》，《中国书法》2010年第6期。

⑤苏轼：《东坡志林》卷四《亭堂　临皋闲题》，载《全宋笔记》第一编第9册，大象出版社，2003，第84页。

创作出物我相融而独具面目的山水诗词。[①]

对于文学鉴赏，苏轼也有独到的见解，他认为，必须走进作家的心灵世界，耐心体味，方可悟出个中三昧。“近世人轻以意改书，鄙浅之人，好恶多同，故从而和之者众，遂使古书日就讹舛，深可忿疾。……陶潜诗：‘采菊东篱下，悠然见南山。’采菊之次，偶然见山，初不用意，而境与意会，故可喜也。今皆作‘望南山’。杜子美云：‘白鸥没浩荡，万里谁能驯。’盖灭没于烟波间耳。而宋敏求谓余云‘鸥不解“没”’，改作‘波’字。二诗改此两字，便觉一篇神气索然也。”[②]可谓立论准确，入木三分。

对于前人的作品，苏轼主张在阅读时一定要一丝不苟。他的笔记中留下了不少这方面的实践典范，“柳子厚诗云：‘盛时一失贵反贱，桃笙葵扇安可常。’不知‘桃笙’为何物。偶阅《方言》，簟，宋魏之间谓之笙，乃悟桃笙以桃竹为簟也。梁简文《答湘南王献簟书》云：‘五离九折，出桃枝之翠笋。’乃谓桃枝竹簟也。桃竹出巴渝间，杜子美有《桃竹杖引》”[③]。从中可以看出苏轼阅读作品的细微程度。对于前人的结论，苏轼从不盲从：“昔先友史经臣彦甫谓余：‘阮籍登广武而叹曰：“时无英雄，使竖子成其名。”岂谓沛公竖子乎？’余曰：‘非也，伤时无刘、项也，竖子指魏、晋间人耳。’其后余游润州甘露寺，有孔明、孙权、梁武、李德裕之遗迹，余感之赋诗，其略曰：‘四雄皆龙虎，遗迹俨未刓。方其盛壮时，争夺肯少安！废兴属造化，迁逝谁控抟？况彼妄庸子，而欲事所难。聊兴广武叹，不得雍门弹。’则犹此意也。今日读李太白《登古战场》诗云：‘沉湎呼竖子，狂言非至公。’乃知太白亦误认嗣宗语，与先友之意无异也。嗣宗虽放荡，本有意于世，以魏、晋间多故，故一放于酒，何至以沛公为竖子乎？”[④]苏轼对前辈作家的作品多方钻研、认真体会，在游历的过程中又结合山水地貌与之相互印证。“司空表圣自论其诗，以为得味外味。‘绿树连村暗，黄花入麦

---

①参见张瑞君：《论庄子思想对苏轼人生境界的影响》，《山西大学学报》2010年第6期。

②苏轼：《商刻东坡志林》卷五，载《全宋笔记》第一编第9册，大象出版社，2003，第147—148页。

③苏轼：《商刻东坡志林》卷一，载《全宋笔记》第一编第9册，大象出版社，2003，第127页。

④苏轼：《东坡志林》卷一《怀古·广武叹》，载《全宋笔记》第一编第9册，大象出版社，2003，第17—18页。

稀。’此句最善。又云：‘棋声花院闭，幡影石坛高。’吾尝独游五老峰，入白鹤观，松阴满地，不见一人，惟闻棋声，然后知此句之工也。但恨其寒俭有僧态。若杜子美云：‘暗飞萤自照，水宿鸟相呼。’‘四更山吐月，残夜水明楼。’则材力富健，去表圣之流远矣。”①他不但深入体会司空图诗歌的妙处，而且在与杜甫诗歌的比较中，指出其缺陷，这种态度值得我们在分析诗歌时学习。

苏轼特别重视作家的修养、学养：“顷岁孙莘老识欧阳文忠公，尝乘间以文字问之，云：‘无它术，唯勤读书而多为之，自工。世人患作文字少，又懒读书，每一篇出，即求过人，如此，少有至者。疵病不必待人指擿，多作自能见之。’此公以其尝试者告人，故尤有味。”②苏轼除了特别强调作家的社会和人生体验，对于作家深厚的文化积淀也特别重视。

对于前代的伟大作家，苏轼不会空洞地赞扬与顶礼膜拜，而是会认真分析其成就，且能够大胆直言，一分为二地对其加以分析。“杜甫诗固无敌，然自‘致远’已下句，甚村陋也。世人雷同，不复讥评，过矣，然亦不能掩其美也。”③诗圣杜甫也是人，不可能所有诗歌都是一个水平，评价优劣比盲目肯定更有价值。对于名气不大的诗人，苏轼也能欣赏其佳作，“眉山矮道士李伯祥，好为诗，诗格亦不能高，往往有奇语。如‘夜过修竹寺，醉打老僧门’之句，皆可爱也”④。这种科学的态度特别值得学习。

在笔记中，苏轼虽然没有对文学思想完整地进行系统论述，然而其笔记思维活跃、生动具体，很有价值。

释文莹《湘山野录》《续湘山野录》《附录》《玉壶清话》

释文莹（以下称文莹），字道温，一说字如晦，钱塘（今浙江杭州）人。

---

①苏轼：《商刻东坡志林》卷十，载《全宋笔记》第一编第9册，大象出版社，2003，第176页。

②苏轼：《东坡志林》卷一《学问·记六一语》，载《全宋笔记》第一编第9册，大象出版社，2003，第31页。

③苏轼：《仇池笔记》卷下《杜甫诗》，载《全宋笔记》第一编第9册，大象出版社，2003，第217页。

④苏轼：《商刻东坡志林》卷十一，载《全宋笔记》第一编第9册，大象出版社，2003，第177页。

曾居杭州西湖之菩提寺，史籍罕见关于其生平的记载，著有《湘山野录》及《玉壶清话》。据作者自序，《玉壶清话》完成于元丰元年（1078），“书成于元丰戊午岁八月十日，余杭沙门文莹湘山草堂序”。文莹笔记内容颇丰，或论政治、经济、军国大事，或述名公显宦的遗闻轶事。目前对文莹笔记的研究大多集中在文献整理、错误订正、版本考证，以及对笔记个别条目的研究等方面，尚未有学者对其中的文学思想做专题研究。

一

文莹笔记中的文学思想，在创作论方面，表现为注重诗歌的意境美。《湘山野录》卷上《金陵赏心亭》一条，对于王琪描写“秦淮绝致”的诗歌——“千里秦淮在玉壶，江山清丽壮吴都。昔人已化辽天鹤，旧画难寻卧雪图。冉冉流年去京国，萧萧华发老江湖。残蝉不会登临意，又噪西风入座隅”评价道：“此诗与江山相表里，为贸画者之萧斧也。”[①]他认为，这首清绝秀丽的诗与如画的江山胜景相互映衬、融为一体。

在风格论方面，文莹主张在“唐人风格”的基础上加以创新，从而形成宋诗独特的风格。

首先，文莹对唐诗进行过深入的研究，注意到宋诗学习唐诗的现象。如《湘山野录》卷上载寇莱公诗“野水无人渡，孤舟尽日横”之句，文莹评价为“深入唐人风格”[②]。（笔者认为，寇莱公此诗化用了晚唐诗人韦应物《滁州西涧》中的“春潮带雨晚来急，野渡无人舟自横”。）《湘山野录》卷下也提及“皇祐间，馆中诗笔石昌言扬休最得唐人风格，余尝携琴访之”[③]。

其次，文莹指出作诗不应专事模仿唐人诗作，而应该在“学唐”的基础上“变唐”，另辟天地，方能自出新意。《湘山野录》卷中记载：

> 宋九释诗惟惠崇师绝出，尝有“河分岗势断，春入烧痕青”之句，传诵都下，籍籍喧著。馀缁遂寂寥无闻，因忌之，乃厚诬其盗。

①释文莹：《湘山野录》卷上，载《全宋笔记》第一编第6册，大象出版社，2003，第18页。
②同①，第14页。
③释文莹：《湘山野录》卷下，载《全宋笔记》第一编第6册，大象出版社，2003，第47页。

闽僧文兆以诗嘲之，曰："河分岗势司空曙，春入烧痕刘长卿。不是师兄偷古句，古人诗句犯师兄。"[①]

诗僧惠崇的名句"河分岗势断，春入烧痕青"[②]，在宋初风靡文坛，连许多士大夫都惊讶于他的诗写得如此出色。闽僧文兆发现，惠崇的这两句诗袭取了唐代诗人司空曙的"河分岗势"句和刘长卿的"春入烧痕"句，于是便写了一首诗嘲讽他："河分岗势司空曙，春入烧痕刘长卿。不是师兄偷古句，古人诗句犯师兄。"文莹却在这里明确指出，时人是因为嫉妒，才"厚诬其盗"的。惠崇的诗句确实对唐人的诗句有所化用，不过能自出新意，仍不失为佳句。后人的品评也证明了这一点。方回《瀛奎律髓》卷四十七以为"虽取前人二句合成此联，为人所诋，然善诗者能合二人之句为一联，亦可也，但不可全盗二句一联者耳"。《带经堂诗话》卷二十《禅林类》曰："大抵'九僧'诗规模大历十子，稍窘边幅，若'河分岗势断，春入烧痕青'，自是佳句；而轻薄子有司空曙、刘长卿之嘲，非笃论也。"惠崇之诗，是在广泛学习唐人诗句之后的信手拈来之作，字虽同而骨已换，文兆的嘲讽，恐怕更多是出于私怨。文莹评诗眼光独到，也让我们看到了宋诗对唐诗的学习和创新过程。

文莹还注意到宋初诗人在向唐人学习过程中出现的一些问题。具体表现为两个方面。

一是反对宋初晚唐派枯寂淡薄、清悲怨感的风格，推崇积极向上的文风。文莹作为宋初的诗僧，自然对文坛上一度势头颇盛的晚唐诗派有较多的关注。晚唐诗派宗法晚唐诗人贾岛、姚合等，从唐人的诗句中汲取营养，加以创新，形成了独特的清奇雅静的风格。明《诗源辩体》后集《纂要》卷一曰："宋初谭用之、胡宿、林逋及'九僧'之徒，五七言律绝尚多唐调。"[③]胡应麟《诗薮》外编卷五亦持此说。[④]方回《桐江续集》卷三二

①释文莹：《湘山野录》卷中，载《全宋笔记》第一编第6册，大象出版社，2003，第36—37页。

②惠崇：《访杨云卿淮上别墅》，载《全宋诗》卷一二六，北京大学出版社，1991，第1464页。

③许学夷：《诗源辩体》后集《纂要》卷一，人民文学出版社，1987，第387页。

④胡应麟：《诗薮》外编卷五《虽时有宋气，而多近唐人》条，上海古籍出版社，1979，第209页。

《送罗寿可诗序》中也提到："九僧诗乃唐韵。"在《湘山野录》与《玉壶清话》中，有多条关于宋初九僧中的惠崇，以及潘阆、魏野、寇准等人诗歌的记载。《湘山野录》卷下《潘逍遥阆，有诗名》一条[①]和《续湘山野录》如《处士魏野，貌寝性敏，志节高尚》[②]等多条，记载了潘阆和魏野的诸多生活逸事和佳句。然而，同为僧人的文莹，却对他们诗中所表现出的枯寂之风和悲凉伤感的情调并不认可，这也是文莹创作的诗句中没有诗僧普遍的"蔬笋气"和"酸馅气"，却具有一种至味归于平淡之感的原因。关于这一点，他的方外之友郑毅夫在《文莹师诗集序》中说："尽观莹师之诗，得其佳句，则必回复而长吟，窈若幺弦，瞥若孤翻，遂与夫溪山之灵气，相扶摇乎云霞缥缈之间，而亦不知履危石而涉寒渊之为行役之劳也。浮屠师之善于诗，自唐以来，其遗篇传于世者班班可见，缚于其法，不能闳肆而演漾，故多幽独衰病枯槁之辞。予尝评其诗如平山远水，而无豪放飞动之意。若莹师则不然，语雄气逸，而致思深处，往往似杜紫微，绝不类浮屠师之所为者。"[③]同样，在刘挚的《文莹师集序》中，也有相似的评价："其辞气象巧，尤不觉其为穷人老夫之所作，是可喜也。"[④]文莹在笔记中多次表达了对诗坛文人追求清悲怨感风格的不满，如在《湘山野录》卷上评价寇准《江南春》二绝：

寇莱公……然富贵之时，所作诗皆凄楚愁怨，尝为《江南春》二绝，云："波淼淼，柳依依，孤村芳草远，斜日杏花飞。江南春尽离肠断，苹满汀洲人未归。"又曰："杳杳烟波隔千里，白苹香散东风起。日落汀洲一望时，愁情不断如春水。"余尝谓深于诗者，尽欲慕骚人清悲怨感以主其格，语意清切脱洒孤迈则不无。殊不知清极则志飘，感深则气谢。莱公富贵时，送人使岭南，云："到海只十里，过山应万重。"人以为警绝。晚窜海康，至境首，雷吏呈图经迎拜于道，

①释文莹：《湘山野录》卷下，载《全宋笔记》第一编第6册，大象出版社，2003，第54—55页。

②释文莹：《续湘山野录》，载《全宋笔记》第一编第6册，大象出版社，2003，第75—76页。

③郑毅夫：《郧溪集》（《四库全书》第1097册），上海古籍出版社，1987，第246页。

④刘挚：《忠肃集》（《四库全书》第1099册），上海古籍出版社，1987，第558页。

公问州去海近远？曰："只可十里。"憔悴犇窜已兆于此矣。予尝爱王沂公曾布衣时，以所业贽吕文穆公蒙正，卷有早梅句云："雪中未问和羹事，且向百花头上开。"文穆曰："此生次第已安排作状元宰相矣。"后皆尽然。①

在此则材料中，文莹明确指出，正是由于寇准诗的风格过于凄楚愁怨、悲凉感伤，造成诗歌"清极则志飘，感深则气谢"，格调卑弱。在文莹看来，这样的诗作"尽欲慕骚人清悲怨感以主其格，语意清切脱洒孤迈则不无"。古人向有"和平之音淡薄，而愁思之音要妙；欢愉之词难工，而穷愁之言易好"的说法，穷愁之言多了，就会易于伤神，导致气谢。《湘山野录》卷中，师鲁也强调"大抵文字所忌者，格弱字冗"。文莹认为，一方面，晚唐诗歌中那种优柔凄婉的笔调、惆怅感伤的情思、迷离凄艳的景色、以悲怨愁苦为主的表现风格，会造成诗歌境界的狭小、气格的卑弱；另一方面，这种风格也与宋初繁荣兴盛的时代格局格格不入。与此种风格相对照，文莹更喜爱吕蒙正的《早梅》"雪中未问和羹事，且向百花头上开"。他认为，好的诗歌应用来表现积极向上的精神、高远的意志和昂扬向上的气概。"气"是贯注在诗词中的血脉，只有血脉畅通，诗词才能一气呵成、行云流水。

重视养气，可谓是中国古代诗论的传统，孟子就曾说"我善养吾浩然之气"；刘勰在《文心雕龙》中，也十分重视"养气"的作用，除了有《养气》一篇专门论述，"气"字散落于书中31篇，共有81处，如《神思》篇就明确指出："神居胸臆，而志气统其关键；物沿耳目，而辞令管其枢机。"②文莹也继承了这一传统。他认为，必须用"志高""养气"来纠正诗歌中气格卑弱的弊病，因此推崇诗文中的"雄豪之气"。在《湘山野录》卷中，记载了"性磊落，豪于诗酒"的石延年，让我们领略到一股昂扬向上的雄风；记载了慷慨激昂、侠气自任的乖崖公的事迹和多条诗文，让我们看到了一种大丈夫的豪气。卷上对元厚之诗"九重侍从三明主，四纪乾坤一老臣"，及"过庐都失眼前人"之句更是赞赏有加："虽向老，而男子雄赡之

①释文莹：《湘山野录》卷上，载《全宋笔记》第一编第6册，大象出版社，2003，第14页。
②刘勰：《文心雕龙·神思》，中华书局，2012，第320页。

气殊未衰歇。”可见文莹对豪放之气情有独钟，难怪其友人苏舜钦称其作“篇篇清雄”。一方面，这与当时的时代风气不无关系。宋代实行右文政策，开放了寒门士子晋身的通道，士大夫们普遍心怀壮志。庆历时期更是一个昂扬的时代，义薄云天、气凌霄汉，成为那个时代士人的整体风貌。另一方面，随着与性格豪放磊落的苏舜钦交往的密切，文莹必然受其诗风的影响。此外，受禅宗平等观念的影响，禅僧容易生发出自信无求、雄猛奔放的气质，这也是一个重要的原因。因此，文莹特别钟爱那种“高吟大笑意猖狂，潘阆骑驴出故乡。惊起暮天沙上雁，海门斜去两三行”[①]的雄豪之风。

二是反对以“西昆体”为代表的典雅华丽的浮艳文风，推崇古文，提倡文风简洁。“西昆体”是晚唐五代诗风的延续，师法李商隐诗的雕润密丽、音调铿锵，呈现出整饬典丽的艺术特征，但缺乏深厚的内涵。文莹对宋初文坛流行的这种“雕章丽句”“徒事藻饰”的文风多有批判，认为这是“磔裂雕篆”。《玉壶清话》卷四提及“朱台符……所作文字，其雕篆皆类于赋”[②]；卷七也有类似的记载：

> 文莹至长沙，首访故国马氏天策府，诸学士所著文章，擅其名者，惟徐东野、李宏皋尔。遂得东野诗，浮脆轻艳，皆铅华妩媚，侑一时尊俎尔。其句不过“牡丹宿醉，兰蕙春悲。霞宫日城，剪红铺翠”而已，独《贻汪居士》一篇，庶乎可采，曰：“门在松阴里，山僧几度过。药灵圆不大，棋妙子无多。薄雾笼寒径，残风恋绿萝。金乌兼玉兔，年岁奈君何？”又得宏皋《杂文》十卷，皆胼枝章句，虽龌龊者亦能道。信乎，文之难也。[③]

文莹评价徐东野的诗“浮脆轻艳，皆铅华妩媚，侑一时尊俎尔”“皆胼枝章句，虽龌龊者亦能道。信乎，文之难也”，可见他对浮艳雕琢、徒事藻绘的文风非常不满。宋初，为反对这种卑弱浮艳的文风，柳开、石介、王

---

①释文准：《偈十二首》第五首，载《全宋诗》卷一二六五，北京大学出版社，1997，第14267页。

②释文莹：《玉壶清话》卷四，载《全宋笔记》第一编第6册，大象出版社，2003，第117页。

③释文莹：《玉壶清话》卷七，载《全宋笔记》第一编第6册，大象出版社，2003，第149页。

禹偁等人发起了古文运动，传承唐代韩愈、柳宗元宗经明道、重散反骈的旨趣，首倡文风复古。受此影响，文莹亦十分追慕古风。他虽为方外之人，却提倡古文，反对骈文，企图用古文来纠正文坛之弊，这在笔记中多有表现："石守道介，康定中主盟上庠，酷愤时文之弊，力振古道。"[①]卷下载："张晦之景以古学尚气义。"[②]"王昭素，酸枣县人，学古纯直，行高于世。"[③]可以看出，文莹对提倡古文、力振古道的文人是十分歆慕的，好友苏舜钦称他的作品"有古作者气态"。

与"西昆体"的雕饰文风相反，文莹较为推崇简洁明了的文风，并在笔记的写作过程中实践了这一主张。文莹的语言文字功底很深，评论往往一语中的。他的笔记中，说明文字简洁明白，议论文字雅洁简朴。对于诗文创作，他也以简为美，《余顷与凌叔华郎中景阳登襄阳东津寺阁》一条，评价东津寺阁诗"其语数句又简而有法"[④]；又如，《钱思公镇洛》一条评价师鲁之文"止用三百八十余字而成，语简事备，复典重有法"[⑤]，体现了文莹对文风的要求；再如，"真宗尝以御制《释典文字法音集》三十卷，天禧中诏学僧廿一人于传法院笺注，杨大年充提举注释院事。制中有'六种震动'之语，一僧探而笺之，暗碎繁驳将三百字，大年都抹去，自下二句止八字，曰：'地体本静，动必有变。'其简当若此"[⑥]。为追求简洁，文莹在笔记著述中多使用春秋笔法，微言大义，一字褒贬：

> 陈郎中亚有滑稽雄声，知润州，治迹无状，浙宪马卿等欲按之，至则陈已先觉。廉按讫，宪车将起，因觞于甘露寺阁，至卒爵，宪目曰："将注子来郎中处满着。"陈惊起遽拜，宪讶曰："何谓，何谓！"陈曰："不敢望满，但得成资保全而去，举族大幸也。"马笑曰："岂有此事！"既而竟不敢发。有陋儒者贡所业，举止凡下，陈玩之曰："试请口占盛业。"生曰："某卷中有《方地为舆赋》。"诵破题曰：

---

①释文莹：《玉壶清话》卷七，载《全宋笔记》第一编第6册，大象出版社，2003，第26页。
②释文莹：《湘山野录》卷下，载《全宋笔记》第一编第6册，大象出版社，2003，第52页。
③释文莹：《玉壶清话》卷三，载《全宋笔记》第一编第6册，大象出版社，2003，第111页。
④释文莹：《湘山野录》卷中，载《全宋笔记》第一编第6册，大象出版社，2003，第30页。
⑤同④，第40页。
⑥同④，第41页。

“粤有大德，其名曰坤。”陈应声曰：“吾闻子此赋久矣，得非下句云：‘非讲经之座主，乃传法之沙门乎？’”满座大笑。陈尤工药名诗，有“棋为腊寒呵子下，衫因春瘦缩纱裁”“风月前湖近，轩窗半夏凉”之句，皆不失风雅。[①]

陈亚凭借一句戏言，使上司最后“竟不敢发”，化解了一场危机。这一条中作者虽然着墨不多，但“惊”“遽”“竟”三字，却把陈亚的机智与上司的惊恐描摹得淋漓尽致。《湘山野录》卷中也有类似的写法：“崔公谊者，邓州德学生也，累举不第，后竟因舅氏贾魏公荫，补莫州任丘簿。”[②]一个“竟”字，作者的态度便尽显无遗，可以看出文莹对这种不公平待遇是愤愤不平的。

二

文莹笔记中的文学思想另一个重要的方面，是对“清雅”“风骨”的审美追求。

首先，他在笔记中多次提到“清雅”“闲雅”“风雅”“博雅”“和雅”等与“雅”有关的概念，“雅”成为他品评人物诗歌的关键词。如《湘山野录》卷上评价陈中亚的药名诗等“皆不失风雅”；又如《湘山野录》卷中评价安鸿渐的《秋赋》警句“陈王阁上，生几点之青苔；谢客门前，染一溪之寒水”为“有才雅”；还有《玉壶清话》卷一说“黄夷简闲雅有诗名”；卷三说“折御卿虽为云中北州大族，风貌厖厚，揖让和雅”；等等。文莹“尚雅”有以下三个原因：第一，这与宋初偃武重文的政策密切相关，文人的地位提高，由“文”而“雅”，实属必然；第二，“雅儒”精神的确立，决定了文学“尚雅”的倾向。宋代雅士大多在精神品格上求雅，日常生活中随俗，品格高雅，达到了精神品格和诗歌艺术品格的圆融、统一，才使宋诗得以持续发展；第三，这与文莹的生平与交游有密切的关系，他虽然为佛门中人，却“交游尽馆阁名士”。在当时，“忌俗尚雅”是士人的精神倾向，是宋

①释文莹：《湘山野录》卷上，载《全宋笔记》第一编第6册，大象出版社，2003，第14—15页。

②释文莹：《湘山野录》卷中，载《全宋笔记》第一编第6册，大象出版社，2003，第33页。

代士大夫独特的品格。与文莹交游密切的凌叔华郎中，就被他称为“博雅君子”，因此，文莹崇尚风雅，也是不足为奇的。

其次，与“雅”相对应，文莹对于“清”也有独特的爱好。如《湘山野录》卷中评价王至道之子“器格清粹”；评价寺阁旧题字“势格清美，无一点俗字”。《湘山野录》卷下《潘逍遥阆有诗名》一条中也提到：

> 阆有清才，尝作《忆余杭》一阕，曰：“长忆西湖，尽日凭阑楼上望，三三两两钓鱼舟，岛屿正清秋。笛声依约芦花里，白鸟几行忽惊起，别来闲想整渔竿，思入水云寒。”钱希白爱之，自写于玉堂后壁。①

《忆余杭》这首词，体现了潘阆词风自然平淡的一面，语言通俗，很少雕琢，不同于晚唐五代的柔媚之风，在山水风光的描写中，将士大夫的情怀巧妙地融入其中，给宋初沉寂的词坛带来一股清新之风。这正是文莹对他推崇备至的原因。文莹在笔记中表现出的对于“清诗”的推崇，实际蕴含着一种对于平淡自然审美风格的追求。在《玉壶清话》中，这样的记录还有很多。例如，《玉壶清话》卷一评李建中《杭州望湖楼》诗“清淡闲暇”，卷七评郑獬“晚年诗笔飘洒清放”，卷八评郑文宝之诗“篇篇清绝，不能尽录”。不难理解，文莹作为僧人，对清新自然的风格有独特的追求。他以清论人，是状其品格清高，正直廉洁；以清论诗，则是喜爱至清无隐的清境，旷然天真的意趣，淡泊高雅、不坠浊俗的精神。其实，清美的意识，在当时的士人中十分普遍，时人作诗大都追求清新明净的自然意象、清丽雅洁的自然语词、清新淡泊的自然意境。对他们而言，“清”是一种疏远世事、高雅绝俗、纯净淡泊、洒脱旷放、通达旷逸的个性化的品质。

总而言之，“清”和“雅”向来是不可分割的。“雅”是一种文化追求，“清”则是一种精神形态。清雅的志趣，是自由的士人实在的生命价值内涵，正所谓“达者优雅，穷者清雅”。值得注意的是，文莹在笔记中也常常“清雅”并举，如《玉壶清话》卷一评价刘综“敷奏清雅，辞荣秀彻”。文莹追求“清雅”的文学审美倾向，代表了宋初文坛的主流。

---

①释文莹：《湘山野录》卷下，载《全宋笔记》第一编第6册，大象出版社，2003，第55页。

再次，文莹笔记中还表现出提倡“风骨”的审美倾向。早在魏晋时期，刘勰《文心雕龙·风骨》就指出：“《诗》总六义，风冠其首，斯乃化感之本源，志气之符契也。”[①]“故练于骨者，析辞必精；深乎风者，述情必显。捶字坚而难移，结响凝而不滞，此风骨之力也。”[②]只有“风清骨峻”之作，才能妩媚动人。文莹认为，好的诗歌应该能表现作者的风神气韵。如《玉壶清话》卷五《文莹丙午岁访辰帅张不疑师正》一条评张师正武陵赠别之诗，“忆昔荆州屡过从，当时心已慕冥鸿。渚宫禅伯唐齐己，淮甸诗豪宋惠崇。老格疏闲松倚涧，清谈萧洒坐生风。史官若觅高僧事，莫把名参伎术中”，以及断句“碧嶂孤云冉冉归，解携情绪异常时。余生岁月能多少，此别应难约后期”为“风义见于诗焉”[③]，可见他认为诗文作品可反映作者的风度仪态。又如《杨侍读徽之》一条，对于杨徽之书御屏的十联诗，文莹评价其“以天地浩露，涤其笔于冰瓯雪碗中，则方与公诗神骨相附焉”[④]，表达了对他的高度赞赏。虽然，杨徽之这首诗也不脱晚唐窠臼，但却于清俊之中可见峭拔的一面，后来，清代纪昀甚至说在当时诗坛的“一望黄茅白苇之中”，他的诗“如疏花独笑”（《瀛奎律髓刊误》卷四十二）。乾嘉时期诗人谢启昆则以论诗绝句的形式对他的诗表示推崇：“冰瓯雪碗浣清词，学士声名上赤墀。牢落晚年叨宠遇，御屏风写十联诗。”（《读全宋诗仿元遗山论诗绝句二百首》）可见文莹评诗之远见卓识。

三

文莹在笔记中，还注重考辨、搜集前人忽略的作品，考证佚诗，记录残章断句。在他的笔记中收录的诗歌，大多是文人集中未录的遗诗。这些诗作，借助文莹的记载而得以保存、流传，具有重要的史料价值，从中也可见其独到的史家之识。在这类条目中，作者讨论的对象或是无名诗人，或是佚名诗，有些作品也许只有支离破碎的几句，却有很高的艺术价值。例

---

①刘勰：《文心雕龙·风骨》，中华书局，2012，第339页。

②同①，第340页。

③释文莹：《玉壶清话》卷五，载《全宋笔记》第一编第6册，大象出版社，2003，第135—136页。

④同③，第127—128页。

如，《湘山野录》卷上考证“平林漠漠烟如织，寒山一带伤心碧。暝色入高楼，有人楼上愁。玉梯（阶）空伫立，宿雁（鸟）归飞急。何处是归程，长亭连短亭”是李白的作品。这是除五代《尊前集》外，最早记录李白此词的著作。《湘山野录》卷中，还考证了“《玉树》歌沉王气终，景阳兵合曙楼空。梧楸远近千家冢，禾黍高低六代宫。石燕拂云晴亦雨，江豚翻浪夜还风。英雄一去豪华尽，唯有江山似洛中”之诗是杜牧的《金陵怀古》，为古今学者所重视。另外，书中记录了少年神童杨亿的断句“七闽波渺邈，双阙气岧峣。晓登云外岭，夜渡月中潮”“愿秉清忠节，终身立圣朝”，从中可以对杨亿的生平和诗风有进一步的了解。

值得注意的是，作者对这类作品的考证，持有非常严谨的态度，所记大多是自身耳闻目睹的，且会多方访求证实：

> 余顷与凌叔华郎中景阳登襄阳东津寺阁，凌，博雅君子也，蔡君谟、吴春卿皆昔师之，素称翰墨之妙。时寺阁有旧题二十九字在壁者，字可三寸余，其体类颜而逸，势格清美，无一点俗气。其语数句，又简而有法，云：“杨孜襄阳人，少以词学名于时，惜哉不归！今死矣，遗其亲于尺土之下，悲夫！”吾二人者徘徊玩之，不忍去。恨不知写者为谁，又不知所题之事。后诘之于襄人，乃杨庶几学士，死数载，弃双亲之殡在香严界佛舍中，已廿年。①

上述材料说明，文莹是在“诘之于襄人”后，才在笔记中详细记录此事的。又如，《续湘山野录》载：“文莹亲于平甫处得花蕊夫人诗词副本，凡三十二章，因录于此。”可见，文莹是怀着实录的精神去记载的，旨在唤起人们对这些被遗忘的作者的重视。由于作者以治史的态度写作笔记，加上笔记具有私人性和随意性，书中所记材料可信度颇高，许多材料还可以补正史之缺，史学价值颇高。

文莹在严谨考证文学作品的同时，还十分重视知人论世。文学作品和作家本人的生活、思想及写作背景有着极为密切的关系，因而只有知人论

①释文莹：《湘山野录》卷中，载《全宋笔记》第一编第6册，大象出版社，2003，第30—31页。

世，才能客观准确地把握文学作品的思想内容。首先，文莹在笔记作品中，很注意对诗人、诗歌创作背景的介绍，这有利于我们更好地理解和欣赏诗歌，对后人考证诗文本意和编年也有重要的意义。如《湘山野录》卷上《又欧阳公顷谪滁州》一条，就详细介绍了欧阳修的传世名作《临江仙》的写作时间和背景："一同年将赴阆倅，因访之，即席为一曲歌以送，曰：'记得金銮同唱第，春风上国繁华。而今薄宦老天涯，十年歧路，孤负曲江花。闻说阆山通阆苑，楼高不见君家。孤城寒日等闲斜，离愁无尽，红树远连霞。'"[①]除此之外，对于作家本人的生活思想，文莹笔记中也有多处体现：

> 孙集贤冕，天禧中直馆几三十年，江南端方之士也，节概清直。晚守姑苏，甫及引年，大写一诗于厅壁，诗云："人生七十鬼为邻，已觉风光属别人。莫待朝廷差致仕，早谋泉石养闲身。去年河北曾逢李，今日淮西又见陈。寄语姑苏孙刺史，也须抖擞老精神。"题毕，拂衣归九华，以清节高操羞百执事之颜。[②]

在这一则材料中，文莹于开头便指出，孙冕是"江南端方之士，节概清直"，接着用他的厅壁诗充分印证了这一论述。可见，文莹评诗是由人品而及诗文。反过来，一个作者的文章风格，也可以反映其性格。在《湘山野录》卷中《杨文公由禁林为汝守》条中，文莹评价张乖崖文章"其语直气劲如乖崖之在目"[③]，可见他的评论，并不局限于文章本身，而是由诗品及人品的。但是，他也注意到，文品有时并不能真实地反映一个人的人品。《湘山野录》卷中《安鸿渐有滑稽清才》就明确地指出了这个问题。一方面，文莹认为安鸿渐有"清才"，有"才雅"，对他的秋赋警句十分赏识，另一方面也指出："以凉德尽掩之，然不闻有遗行。"[④]诗歌作品的成就并不一定能表现一个人的人品，所以不能一味地"以诗论人"。与之类似，《续湘

---

①释文莹：《湘山野录》卷上，载《全宋笔记》第一编第6册，大象出版社，2003，第20—21页。

②同①，第7页。

③释文莹：《湘山野录》卷中，载《全宋笔记》第一编第6册，大象出版社，2003，第33页。

④同③，第27页。

山野录》中，也有一则材料反映了这个问题：

> 姚嗣宗关中诗豪，忽绳检，坦然自任。杜祁公帅长安，多裁品人物，谓尹师鲁曰："姚生如何人？"尹曰："嗣宗者，使白衣入翰林亦不忝，减死一等黜流海岛亦不屈。"姚闻之大喜，曰："所谓善评我者也。"时天下久撤边警，一旦，忽元昊以河西叛，朝廷方羁笼关豪之际，嗣宗也因写二诗于驿壁，有"踏碎贺兰石，扫清西海尘。布衣能效死，可惜作穷鳞"。又一绝"百越干戈未息肩，九原金鼓又轰天。崆峒山叟笑不语，静听松风春昼眠"之句。韩忠献公奇之，奏补职官。既而一庸生张，亦堂堂人，猬髯黑面，顶青巾緇裘，持一诗代刺，摇袖以谒杜公，曰："昨夜云中羽檄来，按兵谁解扫氛埃？长安有客面如铁，为报君王早筑台。"祁公亦异之，奏补乾祐一尉，而胸中无一物，未几，以赃去任。①

此条记载有一个张姓庸生，诗篇中洋溢着英雄之气，获得了杜祁公的赏识，得以奏补乾祐一尉，但是此人人品却不佳，"胸中无物"，最后"以赃去任"。因此，文莹认为，不能用诗作作为考察人品的标准，同时说明宋代以诗赋取士，存在一定的弊端。

四

作为禅门僧人的文莹，必然会受到禅宗的影响。禅宗特别重视平凡恬淡的平常心，认为真正得道之人的心境，是"闲来石上观流水，欲洗禅衣未有尘"②，是自在自为的自由心境。与这种心境相契合，文莹的诗句亦是超凡脱俗、清新自然的，连一向不喜浮屠的欧阳修对文莹都评价甚高，高度赞扬其"平淡之风"可与杜甫相媲美。如《湘山野录》卷上载：欧公曾以诗送于他，有"孤闲竺乾格，平淡少陵才"，以及"林间著书就，应寄日边来"之句。在厉鄂的《宋诗纪事》中，保存了他的一首诗《宝积寺小雨》：

---

①释文莹：《续湘山野录》，载《全宋笔记》第一编第6册，大象出版社，2003，第70—71页。

②普济：《五灯会元》卷十六《若冲》，苏渊雷点校，中华书局，1984，第1039页。

“老木垂绀发，野花翻曲尘。明霞送孤鹜，僻路少双鳞。天近易得雨，洞深无早春。山祇认来客，曾是洞中真。”[①]他对于山居生活的描写富有诗情画意，格调十分清新优美，充满了情思韵致，诗中的物象飘逸空灵，显示了淡泊悠闲的心境。禅宗提倡山水真如，水月相忘，对于静谧美好的风月山水，文莹可谓情有独钟。在他的笔记中，不论是《湘山野录》卷中记载的惠崇的诗歌“雨绝方塘溢，迟徊不复惊。曝翎沙日暖，引步岛风清”，还是《湘山野录》卷下所载赠别石昌言的诗歌“古意为师复，清风寻我来。幽阴竹轩下，重约月明开”，都表现了一颗纯明无染的素心，一种返于自然、至味淡泊的悟性，一种“但自无事，自然安乐，任运天真，随缘自在”[②]的情趣。

不容忽视的是，由于受到禅宗“因果报应”思想和时代局限性的影响，文莹笔记著作中的文学思想带有一定的神秘色彩。其中一个很明显的表现，就是其中记录了一些“诗谶”的例子。所谓“诗谶”，其中有吉兆，有凶兆，文莹记载的绝大多数诗谶是凶兆，这类作为凶兆的诗谶主要和两方面的内容有关。一种是谶死亡，如《湘山野录》卷中载：

> 潘佑事江南，既获用，恃恩乱政，谮不附己者，颇为时患。以后主好古重农，因请稍复井田之法，深抑兼并，民间旧买之产使即还之，夺田者纷纷于州县。又按《周礼》造民籍，旷土皆使树桑，民间舟车、碓硙、箱箧、镮钏之物悉籍之。符命旁午，急于星火，吏胥为奸，百姓大挠，几聚而为乱。后主寤，急命罢之。佑有文而容陋，其妻右仆射严续之女，有绝态。一日晨妆，佑潜窥于鉴台，其面落鉴中，妻怖遽倒，佑怒其恶己，因弃之。佑方丱未入学，已能文，命笔题于壁曰：“朝游苍海东，暮归何太速。只因骑折玉龙腰，谪向人间三十六。”果当其岁诛之。[③]

此例提到了潘佑少年时的一首题壁诗，中间有一句“谪向人间

---

①厉鄂：《宋诗纪事》卷九十一《宝积寺小雨》，上海古籍出版社，1979，第2180页。
②普济：《五灯会元》卷十五《化城鉴禅师》，苏渊雷点校，中华书局，1984，第960页。
③释文莹：《湘山野录》卷中，载《全宋笔记》第一编第6册，大象出版社，2003，第31页。

三十六”，后来潘佑果然于三十六岁就去世了。这样的例子书中还有很多。从理性的角度看，所谓的“诗谶”是牵强附会，故作神秘地把偶然碰上的诗句当成宿命来解释，为的是追求奇特的说诗效果。还有一种“诗谶”则是谶仕途偃蹇。

> 丁晋公释褐授饶倅，同年白稹为判官。稹一日以片幅假缗于公，云：“为一故人至，欲具飧，举箧无一物堪质，奉假青蚨五镮，不宣。稹白谓之同年。”晋公笑曰：“是给我也。榜下新婚京国富室，岂无半千质具邪？惧余见挠，固矫之尔。”于简尾立书一阕，戏答曰：“欺天行当吾何有，立地机关子太乖。五百青蚨两家阙，白洪崖打赤洪崖。”时已兆朱崖之谶。①

丁谓曾经在朝中显赫一时，后因为逞才扬己，卷入政治斗争中，被贬朱崖，终成身累。文莹在此把戏言当成谶语，实属无稽之谈。追根究底，这些谶语都只是无意识的巧合，反映的是古代文人深层的心态，是他们对于生命与偃蹇的关切。文莹在笔记中流露出的这些思想虽然有一定的时代局限性，但是通过它们却可以窥视当时人们的社会心理和民俗风情。

总体而言，文莹笔记的内容丰富、见解深刻，涉及宋初政治经济、军国大事、社会生活的方方面面，反映了宋代社会文化思潮的情况，进而让我们一览宋初的时代风貌。笔记中的文学思想，不乏创见，思路活跃、议论精辟，对于研究宋代文学具有不容忽视的参考价值。

王得臣《麈史》

王得臣（1036—1116），字彦辅，自号凤台子，安陆（今属湖北）人，著有《麈史》。据作者自序，此书最终完成于政和五年（1115），“时行年八十，皇宋政和，岁在乙未，中元日，追为之序。凤台子王得臣字彦辅”。此书有比较丰富的文学思想，如重视字句的源流。“古善诗者善用人语，浑然若己出，唯李、杜。颜延年《赭白马赋》曰：‘旦刷幽燕，夕秣荆越。’子

---

①释文莹：《湘山野录》卷下，载《全宋笔记》第一编第6册，大象出版社，2003，第45页。

美《骢马行》曰：‘昼洗须腾泾渭深，夕趋可刷幽并夜。’太白《天马歌》曰：‘鸡鸣刷燕晡秣越。’皆出于颜赋也。退之曰：‘李杜文章在，光焰万丈长。’信哉。”[①]

此书认为，前人的遗产越丰厚，可借鉴、超越的东西就越多，超越前人就越难，但成功者总能变化出新。“《逸史》载，唐李适之《罢相诗》云：‘避贤初罢相，乐圣且衔杯。试问门前客，今朝几个来。’适之，饮中八仙之一也。子美诗曰：‘左相日兴费万钱，饮如长鲸吸百川，衔杯乐圣称避贤。’盖用其诗也。”[②]杜甫学习前人，却不盲目照搬，而是整合化用、旧意翻新，堪称典范。“杜子美善于用事，及常语多离析或倒句，则语峻而体健，意亦深稳。如‘露从今夜白，月是故乡明’是也。白乐天工于对属，《寄元微之》曰：‘白头吟处变，青眼望中穿。’然不若杜云‘别来头并白，相见眼终青’，尤佳。”[③]

王得臣认为，杜甫曾认真学习自己的祖父杜审言，从中汲取营养。“杜审言，子美祖父也。则天时，以诗擅名，与宋之问倡和，有‘雾绾青条弱，风牵紫蔓长’。又‘寄与洛阳风与月，明年春色倍还人’。子美：‘林花著雨胭脂落，水荇牵风翠带长。’又云：‘传语风光共流转，暂时相赏莫相违。’虽不袭取其意，而语脉盖有家风矣。”[④]

对于宋人向唐人学习的现象，王得臣在此书中多有记述，不掩盖唐人的开创之功：“仁宗嘉祐末，宴群臣，赋《赏花钓鱼诗》，群臣奉和。丞相韩魏公诗云：‘轻云阁雨迎天仗，寒色留春送寿杯。’唐罗邺诗云：‘春排北极迎仙驭，日捧南山入寿杯。’”[⑤]王得臣更推崇学习前人并青出于蓝的作品，“郑武仲侍郎尝从刘宾学。宾有父，尤善于诗。尝云：‘人从别浦经年去，天向平芜尽眼低。’郑诗有‘江横塞外悠悠去，天落秋边处处低’，语句惊人。盖出于蓝矣”[⑥]。

王得臣不仅重视诗歌的源流，也特别重视文章的传承流变，“王勃

---

①王得臣：《麈史》卷中，载《全宋笔记》第一编第10册，大象出版社，2003，第44页。

②同①。

③同①。

④同①，第43—44页。

⑤同①，第45—46页。

⑥同①，第46页。

《滕王阁序》，世以为精绝。曰：‘落霞与孤鹜齐飞，秋水共长天一色。’予以为唐初缀文，尚袭南朝徐庾体。故骆宾王亦有如此等句。庾子山《三月三日华林园马射赋》，序云：‘落花与芝盖齐飞，杨柳共春旗一色。’则知勃文盖出于此。”[①]“里人传宋景文未第时，为学于永阳僧舍连处士，因问曰：‘君好读何书？’答曰：‘予最好《大诰》。’故景文率多谨严。至修《唐书》，其言艰，其思苦，盖亦有所自欤。”[②]

对于文体的起源，王得臣十分重视，多有独到之见。“梁钟嵘作《诗评》，掎摭本根，总核华实，收昭明之所遗，可谓至矣。其序云：‘夏歌曰郁陶乎余心，楚辞曰名余曰正则，虽诗体未全，然略是五言之滥觞。’予以为不然。《虞书》载赓歌之词曰：‘元首丛脞哉。’至《周诗》三百篇，其五字甚多，不可悉举。如《行露》曰：‘谁谓雀无角，何以穿我屋。谁谓女无家，何以速我狱。’《小旻》曰：‘匪先民是程，匪大犹是经。惟迩言是听，惟迩言是争。’至于《北山》之篇，其下三章率皆五字。又《十亩之间》，则全篇五字耳。然则始于虞，衍于周，逮汉专为全体矣。”[③]“世言七言诗肇于柏梁，而盛于建安。考之，岂独柏梁哉。《鄘风》曰：‘送我乎淇之上矣。’《王风》曰：‘知我者谓我心忧。’《郑风》曰：‘还予授子之粲兮。’《齐风》曰：‘遭我乎猺之间兮。’又曰：‘尚之以琼华乎而。’《魏风》曰：‘胡取禾三百廛兮。’《豳风》曰：‘二之日凿冰冲冲，三之日纳于凌阴。’《小雅》曰：‘以燕乐嘉宾之心。’又曰：‘如彼筑室于道谋。’《大雅》曰：‘维昔之富不如时，维今之疚不如兹。’‘昔也日辟国百里，今也日蹙国百里。’《颂》曰：‘学有缉熙于光明。’又曰：‘予其惩而毖后患，仪式刑文王之典。’又曰：‘自今以始岁其有，君子有穀贻孙子。’楚狂接舆歌曰：‘今之从政者殆而。’项籍歌曰：‘力拔山兮气盖世，时不利兮骓不逝。’汉高歌曰：‘大风起兮云飞扬。’皆七字之滥觞也。然则柏梁之作，亦有所祖袭矣。唐刘存乃以‘交交黄鸟止于棘’七言之始，盖合两句以言，误也。”[④]同时，王得臣重视作品对文体的继承创新，这方面尤其推崇韩愈，“梁任昉集秦汉以来文章名之始，目曰《文章缘起》，自诗、赋、离骚至于艺，约八十五题，可谓

①王得臣：《麈史》卷中，载《全宋笔记》第一编第10册，大象出版社，2003，第54页。

②同①，第53页。

③同①，第43页。

④同①，第50页。

博矣。既载相如《喻蜀》，不录扬雄《剧美》，录《解嘲》，而不收韩非《说难》，取刘向《列女传》，而遗陈寿《三国志》，评至韩、柳、元结、孙樵，又作原，如《原道》《原性》之类，又作读，如《读仪礼》《读鹖冠》之类，又作书，如《书段太尉逸事》，讼，如《讼风伯》，订，如《订乐》等篇。呜呼，文之体可谓极矣。今略疏之，续彦昇之志也。任昉以三言诗起晋夏侯湛，唐刘存以为始于'鹭于飞，醉言归'。任以颂起汉之王褒，刘以始于周公《时迈》。任以檄起汉陈琳《檄曹操》，刘以始于张仪《檄楚》。任以碑起于汉惠帝作《四皓碑》，刘以《管子》谓无怀氏封太山刻石纪功为碑。任以铭起于始皇《登会稽山》，刘以蔡邕《铭》论黄帝有金几之铭其始也。若此者尚十余条。或讨其事名之因，或具成篇而论。虽有不同，然不害其多闻之益"①。

此书重视作家人品对创作的影响，重视在作品中探寻作家的人格志向。"唐柳冕尝言：'文章当以气为主。'而世以为赋者古诗之流，亦足以观其志。如王沂公作状元，殿试有《物混成赋》，其间曰：'得我之小者，散而为草木；得我之大者，聚而为山川。'此有陶镕品物之度，后果为相。范文正赋《金在镕》曰：'若令区别妍媸，愿为轩鉴；傥使削平祸乱，请就干将。'人以为有出将入相之器，果为名臣。"②

王得臣的诗歌风格论开放包容，主张诗歌风格多样化，推崇含蓄委婉、有内涵的诗歌，"鼎州武陵县北二十里，有甘泉寺，行人多谒焉。寇莱公往雷州，凡题三十字，曰：'庚申年秋九月，平仲南行，至甘泉院。僧以诗板示予，征途不暇吟咏，代记年月。'后丁晋公谪朱崖，过寺，题云：'翠影疏疏度，波光瑟瑟凝。帝家金掌露，仙府玉壶冰。晓钵侵星汲，宵厨向月澄。岂惟蠲肺渴，灌顶助三乘。'因而至寺者多所赋咏。如殿中丞范讽诗云：'平仲酌泉曾顿辔，谓之礼佛向南行。山堂下瞰炎蒸路，转使高僧薄宠荣。'又刑部郎中崔绎诗云：'二相南行至道初，记名留咏在精庐。甘泉不洗天涯恨，留与行人鉴覆车。'可谓言婉而意达矣"③。他又称道平淡空灵之作："予熙宁初调官，泊报慈寺。同院阳翟徐秀才出其父屯田忘名所为

---

①王得臣：《麈史》卷中，载《全宋笔记》第一编第10册，大象出版社，2003，第51—52页。

②同①，第53页。

③同①，第47页。

诗。见其清苦平淡，有古人风致，不能传抄。其《过杜工部坟》一诗云：‘水与汨罗接，天心深有存。远移工部死，来伴大夫魂。流落同千古，风骚共一源。江山不受吊，寒日下西原。’”[①]他欣赏的诗风或豪迈奔放，或新颖独创，或奇崛冷艳，不一而足，“庆历间，宋景文诸公在馆。尝评唐人之诗，云太白仙才，长吉鬼才，其余不尽记也。然长吉才力奔放，不惊众绝俗，不下笔”[②]。

王得臣记载，对于前代的文学遗产如《文选》等，宋代士人十分重视。“予幼时，先君日课令诵《文选》，甚苦其词与字难通也。先君因曰：‘我见小宋说手抄《文选》三过，方见佳处。汝等安得不诵。’由是知前辈名公为学，大率如此。”[③]

王得臣《麈史》对《诗论》做过大量的评论，其中理学思想的影响很明显。他推崇孔子删诗之功，用儒家的政治功用说诗，明显打上了北宋《诗经》学的烙印。“世之说《诗》者，以序子夏所为，盖始于毛公耳。班固《汉书》曰‘晚有毛公者。自以为子夏所传，河间王好之，未得立’，是也。则子夏序《诗》独出于毛公而已。后汉卫宏亦以为子夏序盖袭毛说耳。毛承秦火之余，去古道为近，必有所本，但今无以考焉。或曰：孔子言‘商、赐可与言诗’。于子夏独曰‘起予者，商也’。是说者之所本与？予以为，序非出于子夏。且圣人删次风、雅、颂，其所题曰美、曰刺、曰闵、曰恶、曰规、曰诲、曰诱、曰惧之类，盖出于孔子，非门弟子之所能与也。然若《关雎》，后妃之德也；《葛覃》，后妃之本也，此一句孔子所题，其下乃毛公发明之言耳。详于逐篇，自可以见。何以知之，六篇之下云：‘有其义而亡其词。’康成以为出于毛公之言，此可以知矣。故《诗》序止存一句者，若《召南》则《草虫》，《邶风》《燕燕》及《式微》，《王》之《采葛》，《桧》之《素冠》《小雅》《出车》《杕杜》等二十七篇，《大雅》《文王》《大明》等一十篇，《周颂》《维清》等二十五篇，《鲁颂》《有驰》《泮水》《闷宫》三篇，《商颂》《烈祖》《元鸟》《长发》《商武》四篇，皆止于元题一句，盖非孔子不能作也。其余篇序，察其文势，反复相明。自是二公之

①王得臣：《麈史》卷中，载《全宋笔记》第一编第10册，大象出版社，2003，第50页。
②同①，第46页。
③同①，第38页。

作明矣。抑予见于史传，齐鲁解《诗》，以《关雎》本于衽席，又曰：‘佩玉不鸣，《关雎》刺之。’若《韩诗》则以《汝坟》为思亲之诗。三家者，盖皆不得孔子真。独毛公得之，其自以为子夏所传，必有传受之自。惜乎，世远莫得而见也。”①

对于科举与文学的关系，以及皇帝对科举的重视，王得臣做了不少记录，反映了当时的文学生态。对考中进士后如何任职，此书有明确的交代，“祖宗以来选人磨勘者，进士出身为著作佐郎，余人为大理寺丞，谓之京官。……若寺丞再迁太子中舍，谓之升朝官，始奉朝请。既行官制，即无所谓京官者，惟自承务郎以上。然承务至宣德，若任七寺监、主簿、太学博士、两赤丞之类，亦得奉朝请。盖亦以职事官论也”②。

宋仁宗特别重视科举选才，尤其重视状元：“神文重于选士。皇祐五年廷试，既考定前一日，取首卷焚香祝曰：‘愿得忠孝状元。’洎唱名，乃郑獬也。故郑谢启曰：‘何以副上心忠孝之求。’”③“郑内翰久游场屋，辞藻振时。唱名之日，同试进士皆欢曰‘好状元’，神文为之慰悦。后将召富、韩二公复相矣，因问近侍所以召状，对曰：‘愿密遣内侍以采外议。’上曰：‘然。’借如郑獬作状元满庭称善，况命相哉。”④而社会对几代登科的科举家族更是推崇备至，“苏子容言：士大夫三世登科者盖有之，未有一朝者，独刘沆天圣八年、其子待制瑾皇祐五年、其孙倩治平元年并及第，皆在仁宗朝。安厚卿言：张文孝之孙保常锁听不第，然应举时家状内三代皆具庆，亦世所无也”⑤。然而，得官后的举子命运又如何呢？回忆及第时的荣宠心理，再看当时的风云人物，仁宗嘉祐四年（1059）赐第的王得臣感慨万千，“予嘉祐四年蒙赐第，初行间岁取士第一榜也。南省放合格二百人，殿试内考落三十五人。比前后累榜最为人少。后蒙朝廷显擢，亦累榜所罕。故蔡持正、刘莘老、章子厚并拜相。安厚卿两至枢府，一为门下侍郎。胡完夫作右辖，出守成都，还为吏部尚书以卒。如持正、莘老并谪死新州。子厚近自雷州司户得散官，徙居桐庐，亦卒。厚卿以散官居沔，又迁建昌，后得

①王得臣：《麈史》卷中，载《全宋笔记》第一编第10册，大象出版社，2003，第40—41页。
②王得臣：《麈史》卷上，载《全宋笔记》第一编第10册，大象出版社，2003，第10页。
③同①，第33页。
④同②，第12页。
⑤王得臣：《麈史》卷下，载《全宋笔记》第一编第10册，大象出版社，2003，第71页。

还洛，复大中大夫。其次至侍从者亦数人，若俞公达、吴子中、李奉世，皆先亡。张正甫、姚晖中、盛中叔，亦以责死。丰相之、王明叟，今俱贬夺，丰居台，王居南安。盖宠利保功名，自古所难哉”①。此书中尤为值得称道的是，特别关注进士录取后为官的政绩，“鄂州诸邑皆有茶税，民苦之。独崇阳一县不产茶，而民间率艺桑，而税以缣，人甚乐输。盖兴国初，九河张公咏登进士第，以大理评事知县事，禁民种茶，而教以植桑，易税以缣。夫贤臣君子所至利民亡穷也”②。

功名天定的心理，折射出科举考试中举子患得患失、对前途命运难以把握的心态。“故相刘沆文忠公，吉州人。乡荐数上，不第。年逾四十，不欲复试。乡人共为投纳文字，迫期，强之使就试。已而，又预首选。明年，礼部中选，殿试讫。一夕，梦游天宇间，闻殿上唱云：‘刘沆南斗下立。’又言：‘北斗下立。’觉自占曰：‘历象南斗司生，北斗注死，我其死乎。’唱名，状元太师王拱寿赐名拱辰，沆第二，乃悟所梦。天圣八年也。”③这既是一种功名天定的自我心理安慰，又可以看出举子面对殿试结果的惶恐心态。

追捧状元心态的另一种社会表现形态，便是相信梦验。“余少时同伯氏从学于里人郑毅夫，假馆京师景德寺之白土院。皇祐壬辰，是岁秋试，郑与予兄弟皆举国学进士。时已差考试官矣。一日，院僧德珍者言：‘昨梦院内南，忽有池水中一龙跃而起，与空中龙斗。池龙胜而归。’其时旁院书生有曰：‘某当作状元。’毅夫微笑曰：‘状元当出此院。’于是伯氏书僧梦与日月在于寝室门，时八月也。明年癸巳，春殿，郑公果状元。予自东华门迓郑归白土院坐定，僧乃取所记梦贴。予曰：‘果验矣。’”④“赵孝廉令畤景贶言：景祐元年同廖献卿赴试春闱。一日献卿谓孝廉曰：‘某必不利于南宫。昨梦榜出，上有先人名氏。’景贶贺曰：‘献卿必登甲科，继先君矣。’未几，省榜出，献卿乃第十人。献卿名子孟，淳之长子也。淳天禧三年第十人及第。今校理君正一，乃献卿第三子，元丰戊午国学第十人荐。三世之间

①王得臣：《麈史》卷中，载《全宋笔记》第一编第10册，大象出版社，2003，第35页。

②王得臣：《麈史》卷上，载《全宋笔记》第一编第10册，大象出版社，2003，第22页。

③同①，第34页。

④同①，第34页。

及第、过省、取解，并同名次，亦世罕有也。”[①]

范镇《东斋记事》

范镇（1008—1088），字景仁，华阳（今四川成都）人，著有《东斋记事》。

此书特别重视科举制度在宋王朝文化复兴中的重要作用。此书记载，宋初重进士：“曹利用先赐进士出身，而后除仆射，乃知进士之为贵也如此。”[②]宋真宗特别爱惜人才，以发现人才为人生最大之快事。“蔡文忠公齐状元及第，真宗视其形貌秀伟，举止安重，顾谓寇莱公曰：‘得人矣！’因诏金吾给驺从传呼。状元给驺从，始于此也。”[③]“真宗东封，放梁固以下进士及第；祀后土汾阴，放张师德以下进士及第。固，状元梁颢子；师德亦状元张去华子。魏野以诗贺曰：‘封禅汾阴连岁榜，状元俱是状元儿。’”[④]

宋初科举制度一直以赋取士，然而经过几十年的运作，有识之士已经看出其具有不切实际、远离政治现实的痼病。庆历年间科举改革的声音并不弱：“庆历中，兴学。一日，判监诸学官皆会，石守道言于坐曰：‘蜀生有何群者，只知有仁义，不知有寒饿。’遂馆于家。是时，谏官、御史言，以赋取士无益于治，而群尤致力助之。下两制议。两制以为赋、诗用之久，且祖宗故事，不可废。群闻之大恸，焚其生平所为赋百篇，不复举进士，又以戒其子云。其后何圣从荐之，赐号安逸处士。”[⑤]

此书记载，仁宗皇帝以身作则，鼓励读书，且特别礼遇讲读之士，“崇政殿之西有延羲阁南向，迎阳门之北有迩英阁东向，皆讲读之所也。仁宗皇帝即位，多御延羲，每初讲读或讲读终篇，则宣两府大臣同听，赐御书或遂赐宴。其后，不复御延羲，专御迩英。凡春以二月中至端午罢，秋以八月中至冬至罢。讲读官移门上赐食，俟后殿公事退，系鞋以入。宣坐赐茶，就南壁下以次坐，复以次起讲读。又宣坐赐汤，其礼数优渥，虽执政大臣亦

①王得臣：《麈史》卷下，载《全宋笔记》第一编第10册，大象出版社，2003，第71—72页。
②范镇：《东斋记事》卷一，载《全宋笔记》第一编第6册，大象出版社，2003，第196页。
③同②。
④同②。
⑤同②，第200页。

莫得与也”[①]。《东斋记事》卷一还记载，皇帝重视宗室子弟的文化教育。“治平中，宗室四千余人，男女相半，存亡亦相半。亲王置翊善、侍讲、记室，余则逐宫院置都讲教授。岁时有喜庆，则燕崇政殿或太清楼。命之射，课其书札，或试以歌诗，择其能者而推赐器币，以旌劝之。”[②]

此书记载了当时皇帝与群臣唱和的事迹。这种活动对文学创作无疑是一种引导，显示出朝廷对诗歌的重视。“嘉祐七年十二月二十三日，召近臣天章阁下观书、阅瑞物。上亲作飞白书，令左右搢笏以观。又令禹玉跋尾，人赐一纸。既而置酒群玉殿，上谓群臣曰：‘今天下无事，故与卿等乐饮。’中坐赐诗，群臣皆和。”[③]

此书记载，在当时做地方官，仅仅有政声是不足称道的，政声需要与文采风流相辅相成，“仁皇初，薛简肃公知开封府，上新即大位，庄献临朝，一切以严治，人谓之‘薛出油’。其后移知成都，岁丰人乐，随其俗与之嬉游，作《何处春游好》诗十首，自号‘薛春游’，欲换前所称也”[④]。

此书善于运用形象的比喻来对比评论文章风格。“夏英公竦尝言：‘杨文公文如锦绣屏风，但无骨耳。’议者谓：‘英公文譬诸泉水，迅急湍悍，至于浩荡汪洋则不如文公也。’”[⑤]

宋代理学的求实精神不仅影响了士人的人格，而且影响了诗歌的情感世界，甚至影响了诗歌欣赏与批评。宋代诗话与笔记中，常常会用求实的态度去评价想象丰富、富有艺术创新性的诗歌，实在令人啼笑皆非。如《东斋记事》卷四载：“武侯庙柏，其色若牙然，白而光泽，不复生枝叶矣。杜工部甫云‘黛色参天二千尺’，其言盖过，今才十丈。古之诗人好大其事，率如此也。”[⑥]

龚鼎臣《东原录》

龚鼎臣（1010—1086），字辅之，号东原，郓州须城（今山东东平）人，

①范镇：《东斋记事》卷一，载《全宋笔记》第一编第6册，大象出版社，2003，第202—203页。
②同①，第204页。
③同①，第201页。
④范镇：《东斋记事》卷三，载《全宋笔记》第一编第6册，大象出版社，2003，第213页。
⑤同④，第211页。
⑥范镇：《东斋记事》卷四，载《全宋笔记》第一编第6册，大象出版社，2003，第218页。

著有《东原录》一卷。

此书中最有价值的是文体论观点。对于赋这种文体，作者见解独到，他认为，赋不能仅仅追求语言上的富丽，必须在内容、形式上达到有机统一。如果内容言之成理，但表达上不到位，效果也不佳。“赋者缘物以成文，必辞理称，则彬彬可观。唐杨遂赋《太极生两仪》有云：‘品物流形，聚作草木鸟兽；不言善应，散为霜露风云。’理虽长而辞不称，无足观者。王沂公赋《有物混成》曰：‘得我之小者，散而为草木；得我之大者，聚而为山川。’虽与前赋意合，而其辞理彬彬然矣。”①

对于赋的功能，在前人基础上，此书又提出赋有传注的作用，说明宋代对赋这种文体功能的认识更加深入了。“赋亦文章，虽号巧丽，苟适其理，则与传注何异？如李巽《土鼓赋》：‘土之静静，乃阴之实，鼓之动动，乃阳之精，阴以质而浊，阳以文而清。将以质胜文，而其理永固；遂以土为鼓，而其义有成。’斯迨于无愧于理矣。当时谓之‘李土鼓’。”②此处融通赋与一般文章的倾向十分明显。

在龚鼎臣看来，文体对作家展示自己的个性风格有一定的限制，但这不是决定性的。决定风格的主要是作者的审美追求。“四六文字虽变古体，其有至当者，亦不减于古。如梁李崧《论诗答徐巡官》，其略曰：‘诗者，或逸乐而兴，或悲哀而作，内经夫妇，外正君臣，虽孤愤必申，虽与言必达，惩恶劝善之理于是乎明，感新怀旧之情于是乎见，乃知作者岂徒然哉！是以读《驺虞》之章，知岐周之盛德，诵《芍药》之句，识郑卫之淫声。如巡官送宾云“蟾桂三春捷，鸡林一国荣”，则知皇泽之被于远人，素风之渐于殊俗。又若贻友生云“诗至道长乐，生来贫却闲”，则知尺璧轻于寸阴，千金贱于一字。’如崧所述，岂必以古、律为别哉？”③

宋仁宗对文学之士的褒奖，此书也有详细的记载：“宋子京明道初召试学士院，试《琬圭赋》，其辞有曰：‘尔功既昭，则增圭之重；彼绩不建，则贻玉之羞。是以上无虚授，下靡妄求。’又曰：‘尔公尔侯，宜念吾王之厚报。’时翰林盛公度奏御日极褒称之，曰：‘此文有作用，有劝戒，虽名

---

①龚鼎臣：《东原录》，载《全宋笔记》第八编第9册，大象出版社，2017，第179页。

②同①，第181页。

③同①，第179—180页。

为赋，实若诏诰词也。’即授直史馆。顷之，仁宗御制《上皇太后恭谢太庙诗》，而子京次韵在诸公之右，其词云：‘柔极深慈冠古先，谢成宗祏举斋牷。欲知太姒徽音盛，亲见周王作雅年。’仁宗嘉之，赐缣三百匹。”[①]不难看出，仁宗皇帝除了重视文学之士，还重视文学的社会教化与劝诫作用，以对学问的推崇来扭转宋初文化粗浅之弊。

张师正《倦游杂录》

张师正（1016—？），字不疑，襄国（今河北邢台）人，著有《倦游杂录》六卷、《括异志》十卷。《倦游杂录》中有一些文学思想内容。

此书记录了一些北宋文学家的事迹。卷三《欧阳文忠公》载：“欧阳文忠公在蔡州，屡乞致仕，门下生蔡承禧因间言曰：‘公德望为朝廷倚重，且未及引年，岂容遽去也？’欧阳答曰：‘某平生名节为后生描画尽，惟有进退以全节，岂可更俟驱逐乎？’承禧叹息无以答，既而以太子少保致仕。”[②]从中可见欧阳修不贪恋荣华富贵的高尚情操。

王安国虽不大被现在的宋代文学研究者重视，但是从此书记载看，在当时他是比较重要的作家，影响并不小。卷三《高丽求王平甫诗》载：“熙宁中，高丽遣使入贡，且求王平甫学士京师题咏，有旨令权知开封府元厚之内翰抄录以赐，时厚之自诣平甫，求新著，平甫以诗戏厚之曰：‘虽似诗仙来凤沼，欲传贾客过鸡林。’”[③]

值得重视的是，此书记录了一些用诗歌嘲讽现实的故事，反映出一些北宋政事和社会的真实状况。卷四《诗嘲》载：“景祐元年九月二日，诏先朝免解者候将来省试与特奏名。时有无名子，改王元之《升平词》以嘲曰：‘旧人相见问行年，名说真宗更以前。但看绿衫包裹了，这回含笑入重泉。’”[④]从文中看，这个无名子的诗表现了科场老举子的心态。免发解试与特奏名是科举中的恩科。特奏名在宋太祖、宋太宗时期已经出现，但只是一种临时性措施，没有固定的选拔办法与规定，对累举不第的老举子是一种照顾性措施。宋真宗以前，十五举以上者可以通过特奏名赴省试。按

---

①龚鼎臣：《东原录》，载《全宋笔记》第八编第9册，大象出版社，2017，第184页。
②张师正：《倦游杂录》卷三，载《全宋笔记》第八编第9册，大象出版社，2017，第226页。
③同②，第222页。
④张师正：《倦游杂录》卷四，载《全宋笔记》第八编第9册，大象出版社，2017，第239页。

照省试三年一次的频率来算，要熬到特奏名的待遇，需要经过四十五年，这样的举子都是六十多岁的人了，即使照顾也没有多大的实际意义。宋真宗于咸平二年（999）正式确立特奏名制度，且在第二年做了实事求是的改革，将“试进士五举、诸科五举以上及曾经先朝御试，洎年五十以上者”[①]定为特奏名的标准。即使如此，受到照顾的举子年龄也不小了。太宗朝最后一次科举考试在淳化二年（991），至景祐元年（1034），已经过去四十三年了，得到特奏名待遇的举子最年轻的也快六十岁了。人生七十古来稀，所谓“入重泉”的嘲讽，放在他们身上确实不算太夸张。

宋代的重文轻武政策影响所及，许多纯武将也写起诗歌，这有点赶鸭子上架，所以传为笑话的也不少。卷四《诗嘲》载：“吴善长郎中，仪仗恢伟，颇肖富丞相，文学之誉则未闻焉。有轻薄子赠之诗曰：‘文章却似呼延赞，风貌全同富相公。’国初，有武臣呼延赞者好吟恶诗。故云。”[②]武将不以军功来考量其人生价值，却因诗歌不佳而恶名穿越时空，甚至成为故事用在诗歌里，时代精神影响人们的价值观念之深可见一斑。

晁说之《晁氏客语》

晁说之（1059—1129），字以道，巨野（今属山东）人，著有《晁氏客语》。书中包含一些文学思想。

对于宋代著名文学家对古人的继承，晁说之常常能够一语中的：“王荆公著书立言，必以尧舜三代为则。而东坡所言，但较量汉唐而已。观其所为，又全不相似。”[③]

宋朝皇帝喜好文学，蒙皇帝亲赐手书的文学作品，对大臣而言，更是一种鼓励与褒扬。《晁氏客语》记载了哲宗朝苏轼、苏辙兄弟二人受哲宗荣宠，哲宗亲赐御笔写白居易诗给他们二人之事：“上书郑谷《雪诗》为扇，赐禁近。‘乱飘僧舍茶烟湿’，改云‘轻飘僧舍茶烟湿’，云：禁中讳危乱倾覆字，宫中皆不敢道着。”[④]

《晁氏客语》中的文学思想主要体现在摘篇论诗上。“吕原明，元祐

①参见《宋会要·选举》七之六《亲试》。

②张师正：《倦游杂录》卷四，载《全宋笔记》第八编第9册，大象出版社，2017，第240页。

③晁说之：《晁氏客语》，载《全宋笔记》第一编第10册，大象出版社，2003，第91页。

④同③，第96页。

间侍讲，大雪不罢讲，讲《孟子》有感，哲庙一笑，喜为二绝云：‘水晶宫殿玉花零，点缀宫槐卧素屏。特敕下帘延墨客，不因风雪废谈经。’其二曰：‘强记师承道古先，无穷新意出陈编。一言有补天颜动，全胜三军贺凯还。’”[①]从晁说之摘录的两首诗中，可以看出文人做帝王师的自得之情及道德、人格修养的境界，也透露出宋代士人的价值观，由于宋朝皇帝及朝野上下都崇文，崇文抑武的政策深入人心，文人在诗中也毫不掩饰自得的心态。

此书记载了以诗见人、知人见诗的事例。“梅圣俞作试官日，登望有春色，题于壁上：‘不上楼来今几日，满城多少柳丝黄。’惟欧公一见赏之，以为非圣俞不能。”[②]

书中记录了当时文人独特的生活风貌。“晁太傅迥谢事，燕居，独处道院，不治他务。戒家人无辄有请，惟二膳以时而进。既毕即彻，若祭享然。子宗悫擢正字，易章服诣谢，公亦不顾。其夫人尝密觇之，但见瞑目端坐，须发摇风，凝然若木偶。尝有诗云：‘炼矿成金得宝珍，炼情成性合天真。相逢此理交谈者，千百人中无一人。’”[③]“张乖崖诗云：‘儿童不惯锦衣荣，故我归来夹路迎。不免旧溪高士笑，天真丧尽得虚名。’一同人居太学，和其韵云：‘四窗灭尽读书灯，窗外惟闻步铎声。辜负江山好明月，闲来此地趁虚名。’因拂袖而去。”[④]

此书记载了范祖禹的一些事迹。“范纯夫燕居，正色危坐，未尝不冠。出入步履皆有常处，几案无长物，研墨刀笔终岁不易。其生平所观书，如手未触。衣稍华者，不服。十余年不易衣，亦无垢。污履虽穿，如新。皆出于自然，未尝有意如此也。”[⑤]“纯夫，元祐末与东坡数上疏论事，尝约各草一疏上之。东坡访纯夫，求所作疏先观，读尽，遂书名于末，云：‘某不复自为疏矣。’纯夫再三求观，竟不肯出，云：‘无以易公者。’东坡别作一条，《和纯夫月研诗》云：‘上书挂名岂待我，独立自可当雷霆。’盖纪实也。”[⑥]苏

①晁说之：《晁氏客语》，载《全宋笔记》第一编第10册，大象出版社，2003，第93页。
②同①，第98页。
③同①，第107页。
④同①，第110页。
⑤同①，第124页。
⑥同①，第125页。

轼作为文坛领袖，谦逊实在，令人佩服。元祐文人善戏谑，但也有时引起龃龉，范祖禹善意引导，不愠不火，恰到好处。“纯夫撰宣仁太后发引曲，命少游制其一。至史院出示同官。文潜曰：‘内翰所作，《烈文》《昊天有成命》之诗也。少游直似柳三变。’少游色变。纯夫谓诸子曰：‘文潜奉官长，戏同列，不可以为法也。’”①

此书真实地记载了元祐党人名单扩大化的过程，高扬元祐党人耿直无私、敢言直谏的精神：“绍圣初，籍定元祐党，止数十人，世号精选。其后乃泛滥，人以得预为荣。而议者不以为当也。刘莘老、梁况之终于贬所，因尚洙之言。朝廷以二公既没，不及再贬，故诸子尽废。范纯夫以是移化，事实不类。其子冲亦停官。竟不知当时如何行遣也。”②“元祐末，纯夫数上疏论时事，其言尤激切，无所顾避。文潜、少游恳劝，以谓不可，公意竟不回。其子冲亦因间言之，公曰：‘吾出剑门关，称范秀才。今复为一布衣，何为不可。’其后远谪，多缘此数章也。”③“纯夫谏疏多自毁去。平生为文，深不欲人知。京师刊行《唐鉴》，公欲为文移开封毁板，后其子冲陈不可，乃已。纯夫荐士，后多贵显，人无知之者。纯夫子冲问：‘欧公知圣俞为深，相与至厚，然不闻荐引，卒使沉于下僚，何也？’公曰：‘前辈不以朝廷官爵私于朋友故旧。’别作一条，公言：‘旧日子弟赴官，有乞书于蜀公者。’蜀公不许，曰：‘仕宦不可广求人，知受恩多，则难立朝矣。’”④

此书主张诗歌应该凝练概括、含意深邃。“张思叔云：‘荆公《虎图诗》固好，然只是一个，似在杜子美一句道了。’《青松障子诗》云‘凭轩忽若无丹青’是也。”⑤书中善于对比，对比同时代、同题材诗歌，则欣赏品鉴的针对性更强：“梅圣俞《舟中送人诗》云：‘只恐夜冰合，为君愁晓寒。’荆公送人诗‘只应今夜月，未便照相思’，荆公诗有惜别意。”⑥此书论诗明显打上理学烙印，温柔敦厚，中庸平和，有时对诗歌的评价与事实不符，甚至会抹

①晁说之：《晁氏客语》，载《全宋笔记》第一编第10册，大象出版社，2003，第125页。
②同①，第128页。
③同①，第127—128页。
④同①，第127—128页。
⑤同①，第107页。
⑥同①，第98—99页。

杀作家的个性："韩文公诗号状体，谓铺叙而无含畜也。若虽近不亵狎，虽远不背矣，该于理多矣。"[①]"渊明如'历览千载书，时时见遗烈。高操非所攀，深得固穷节'。不与物竞，不强所不能，自然守节。"[②]

宋敏求《春明退朝录》

宋敏求（1019—1079），字次道，赵州平棘（今河北赵县）人，著有《春明退朝录》。据作者自序，此书完成于熙宁三年（1070），"熙宁三年……十一月晦，常山宋敏求述"。书中记载唐宋官制礼仪，仕宦谥法，以及宋代《旧唐书》写作过程，包含一些涉及文学思想的内容。

此书主张作文要精思，要在沉静中写作。"宋景文言：'人之属文，自稳当字，第初思之未至也。'又曰：'为文是静中一业耳。'"[③]

此书特别关注杜甫，叙述历史时常引用杜甫的诗歌，且看到了宋代统治者对唐朝文化的尊崇。"唐曲江、开元、天宝中旁有殿宇，安史乱后尽圮废。文宗览杜甫诗云：'江头宫殿锁千门，细柳新蒲为谁绿。'因建紫云楼、落霞亭，岁时赐宴。又诏百司于两岸建亭馆。太宗于西郊凿金明池，中有台榭，以阅水戏。而士人游观无存泊之所，若两岸如唐制设亭，即逾曲江之盛也。"[④]

宋敏求此书还特别重视皇帝对文士的优待："魏野居于陕郊，其地颇有水竹之胜。客至，必留连饮酒。真宗时，聘召不起。天禧中，卒，赠秘书省著作郎。野子闲有父风，皇祐中，天章阁待制李公昭遇守陕，言于朝，赐号'清逸处士'。"[⑤]天子、朝臣优待文士，成为一种社会风尚。

司马光《涑水记闻》《温公琐语》《温公日录》《温公手录》

司马光（1019—1086），字君实，晚号迂叟，陕州夏县（今属山西）涑水乡人，世称涑水先生，著有《涑水记闻》《温公琐语》《温公日录》《温公手录》四种笔记，书中包含比较丰富的文学思想内容。

---

①晁说之：《晁氏客语》，载《全宋笔记》第一编第10册，大象出版社，2003，第98页。
②同①，第105页。
③宋敏求：《春明退朝录》上，载《全宋笔记》第一编第6册，大象出版社，2003，第255页。
④宋敏求：《春明退朝录》中，载《全宋笔记》第一编第6册，大象出版社，2003，第280页。
⑤同④，第279页。

司马光是北宋新旧党争中旧党的代表人物，因此其笔记中关于党争中人物与文学关系的内容特别重要。

司马光对王安石、苏轼的评价比较公允，不因王安石与自己政见相反而极力贬低他。“上又曰：‘王安石何如？’光曰：‘人言王安石奸邪，则毁之太过，但不晓事又执拗耳。此实也。’”①“上曰：‘谏官难得，卿更为择其人。’光退而举苏轼、陈荐、王元规、赵彦若等。”②“王安石字介甫，抚州临川人，举进士，有名于时。庆历二年，第五人登科，初签署扬州判官，后知鄞县。好读书，能强记，虽后进投贽及程试文有美者，读一周辄成诵在口，终身不忘。其属文，动笔如飞，初若不措意，文成，见者皆伏其精妙。友爱诸弟，俸禄入家，数日辄尽为诸弟所费用，家道屡空，不一问。议论高奇，能以辩博济其说，人莫能诎。始为小官，不汲汲于仕进。皇祐中，文潞公为宰相，荐安石及张瑰、曾公定、韩维四人恬退，乞朝廷不次擢用，以激浇竞之风。有旨，皆籍记其名。至和中，召试馆职，固辞不就；乃除群牧判官，又辞，不许，乃就职。少时，恳求外补，得知常州。由是名重天下，士大夫恨不识其面，朝廷常欲授以美官，唯患其不肯就也。自常州徙提点江南东路刑狱。嘉祐中，召除馆职、三司度支判官，固辞，不许。未几，命修起居注，辞以新入馆，馆中先进甚多，不当超处其右，章十余上。有旨，令阁门吏赍敕就三司授之，安石不受；吏随而拜之，安石避之于厕；吏置敕于案而去，安石使人追而与之，朝廷卒不能夺。岁余，复申前命，安石又辞，七八章，乃受。寻除知制诰，自是不复辞官矣。”③司马光客观公正地称道了王安石非凡的政治才能与文学才华。

对于苏轼与王安石因政见不同而产生矛盾的主要原因，司马光也做了十分重要的记录。新法的推行需要思想的高度统一，需要皇帝的果断，需要上下一致、排除干扰，这是王安石尽力营造的政治环境。而苏轼则认为，应具体问题具体分析，君王的独断有时是成功的决定因素，有时却是失败的主要原因，不可一概而论。《温公手录》卷二载：“介甫初为政，每赞上以独断，上专信任之。轼为开封试官，策问进士以‘晋武平吴以独断而克，苻

---

①司马光：《温公手录》卷二，载《全宋笔记》第八编第10册，大象出版社，2017，第95页。
②同①，第96页。
③司马光：《温公琐语》，载《全宋笔记》第一编第7册，大象出版社，2003，第235—236页。

坚伐晋以独断而亡，齐桓专任管仲而霸，燕哙专任子之而败，事同而功异，何也？’介甫见之不悦。轼弟辙辞条例司，言青苗不便。介甫尤怒，乃定制策登科者不复试馆职，皆送审官与合入差遣，以轼、辙兄弟故。”①

对于科举与文学的关系，司马光在笔记中保存了十分重要的资料。

首先，宋代科举是一个不断吸取教训、不断探索和完善的过程。这个过程有时曲折反复，其中既有各方力量博弈的原因，也有当时社会文化的原因。宋初科举还处于探索阶段，许多操作层面的规程并不完善，其结果是出现了一些弊端，除了影响主持与分管科举的官员的命运，文学中对这些弊端的嘲讽也是十分常见的。《涑水记闻》卷三载：“景祐四年，锁厅人最盛，开封府投牒者至数百人，国子监及诸州者不在焉。是时，陈尧佐为宰相，韩亿为枢密副使，既而解榜出，尧佐子博古为解元，亿子孙四人皆无落者。众议喧然，作《河满子》以嘲之，流闻达于禁中。殿中侍御史萧定基时掌誊录，因奏事，上问《河满子》之词，定基因诵之。先是，天章阁待制范仲淹坐言事，左迁饶州；王宫待制王宗道因奏事，自陈为王府官二十年不迁，诏改除龙图阁学士。权三司使王博文言于上曰：‘臣老且死，不复得望两府之门。’因涕下。上怜之，数日遂为枢密副使。当时轻薄者取张祜诗，益其文以嘲之曰：‘天章故国三千里，学士深宫二十年。殿院一声《河满子》，龙图双泪落君前。’于是，诏令后锁厅应举人与白衣别试，各十人中解三人，在外者众试于转运司，恐其妨白衣解额故也。庆历中，又诏文武锁厅试者不复限以举数。故事，锁厅及第注官者皆升一甲，今不复升之。”②

制科是宋代才逐步形成的一级考试，对于这一制度在北宋的沿革，司马光的记载十分有价值。

鲁平曰：宋初以来，至真宗方设制科，陈越、王曙为之首。其后夏竦等数人皆以制科登第，既而中废。今上即位，天圣六年始复置。其后，每开科场则置之，有官者举贤良方正，无官者举茂材异等，余四科多不应。皆自投牒，献所著文论，差官考校。中者召诣阁下，试论六首；又中选，则于殿廷试策一道，五千字以上。

①司马光：《温公手录》卷二，载《全宋笔记》第八编第10册，大象出版社，2017，第98页。
②司马光：《涑水记闻》卷三，载《全宋笔记》第一编第7册，大象出版社，2003，第39页。

其中选者不过一二人，然数年之后即为美官。庆历六年，贾昌朝为政，议欲废之，吴育参知政事，与昌朝争论于上前，由是贾、吴有隙。乃诏自今后举制科者，不听自投牒，皆两制举乃得考校。①

科举制度的水平、公信力与保密的效果有必然联系，科举考试的保密制度是逐步完善，才更加科学、更加人性化的。“旧制，试院门禁严密，家人日遣报平安，传数人口，讹谬皆不可晓，常苦之。皇祐中，王罕为监门，始置平安历，使吏隔门问来者，详录其语于历；传入院中，试官复批所欲告家人之语及所取之物于历；罕遣吏隔门呼其人读示之，往来无一差失。自知举至封弥、誊录、巡铺共一历，人皆见之，不容有私，人甚便之。是后遵以为法。”②“熙宁二年五月癸巳，锁院，以奉安二御容礼成，德音降，西京囚杖以下放，是日，丞相出，中书提点魏孝先以下入院，授以参政赵抃所封御前札子、茶汤馆于虚阁，御药刘有方来，茶汤馆于门塾，复谒，御厨翰林设食，致酒果。黄昏，进首尾词内批依次修写。四鼓起，读点句，攒点进入。明日，丞相退朝，宣讫，开院。”③

科举考试考量的主要是举子的才能，然而据司马光记载，试卷中若出现反对朝廷政策的声音，也会影响科举考试的结果。“又进士二人直诋时病，无所回忌，皆在下甲，其一人开封府范铽，一人不知名。子瞻、晁端彦、吕陶皆云。”④

宋初皇帝重视文化、爱惜人才，对宋代文学者足够重视，然而，重文的政策有时也会带来一些负面影响。“种放以处士召见，拜谏官，真宗待以殊礼，名动海内。后谒归终南山，恃恩骄倨甚。王嗣宗时知长安，放至，通判以下群拜谒，放小俯垂手接之而已，嗣宗内不平。放召其诸侄出拜嗣宗，嗣宗坐受之。放怒，嗣宗曰：‘向者通判以下拜君，君扶之而已；此白丁耳，嗣宗状元及第，名位不轻，胡为不得坐受其拜？’放曰：‘君以手搏得状元耳，何足道也！’嗣宗怒，遂上疏言：‘放实空疏，才识无以逾人，专饰诈巧，盗虚名。陛下尊礼放，擢为显官，臣恐天下窃笑，益长浇伪之风。且陛

①司马光：《涑水记闻》卷三，载《全宋笔记》第一编第7册，大象出版社，2003，第42页。
②司马光：《涑水记闻》卷十四，载《全宋笔记》第一编第7册，大象出版社，2003，第189页。
③司马光：《温公日录》，载《全宋笔记》第八编第10册，大象出版社，2017，第77页。
④同③，第30页。

下召魏野，野闭门避匿，而放阴结权贵以自荐达。'因抉擿言放阴事数条。上虽两不之问，而待放之意浸衰。齐州进士李冠尝献嗣宗诗曰：'终南处士声名灭，邠土妖狐窟穴空。'"①

宋初皇帝优待文士的事迹，在司马光的笔记中记载尤多。"种放隐于终南山豹林谷，讲诵经籍，门人甚众。太宗闻其名，召之，放辞以母老不至，诏每节给钱物供养其母。咸平元年，母卒，真宗赐钱二十万、帛三十匹、米三十斛以葬。明年，复赐钱五万，诏本府礼遣，亦辞疾不至。五年，又遣供奉官周圭，赍诏至山召之，仍赐钱十万、绢百匹，放应命至阙。上甚喜，见于便殿，赐坐与语，即拜左司谏、直昭文馆，赐居第、什器，御厨给膳。明年，放上表请归山，上令暂归，三两月复来赴阙。因拜起居舍人，宴饯于龙图阁，上赋诗送之，命群臣皆赋。景德三年，迁右谏议大夫。祥符元年，迁给事中。从祀汾阴，拜工部侍郎。"②这是太宗礼遇文士的态度。"戊戌，上宴修实录官及两府杂学士以上于垂拱殿。"③这是熙宁二年（1069）八月神宗礼待文士的举措。

王钦臣《王氏谈录》

王钦臣，著有《王氏谈录》，亦作《王洙谈录》《王原父谈录》。此书系王钦臣记录其父王洙（字原叔，999—1057）言论的合集，书中内容颇杂，其中不乏关于文学思想的资料。

关于文学创作，此书主张语简意深。《王氏谈录》载："公诲诸子属文，曰：'为文以造语为工，当意深而语简。取则于六经。《庄》、《骚》、司马迁、扬雄之流，皆以此也。'又论修身行道，至于性命之理。既而曰：'此皆第一等语，汝辈一词赋亦未能善，固未知也，然不当不为汝辈道。'"④

《王氏谈录》主张文章要有气势，《为文》载："公训诸子曰：'壮年为文，当以气焰为上，悲哀憔悴之词，慎不得法。'"⑤

---

①司马光：《涑水记闻》卷六，载《全宋笔记》第一编第7册，大象出版社，2003，第71—72页。
②同①，第83页。
③司马光：《温公日录》，载《全宋笔记》第八编第10册，大象出版社，2017，第21页。
④王钦臣：《王氏谈录》，载《全宋笔记》第一编第10册，大象出版社，2003，第159页。
⑤同④，第161页。

《王氏谈录》重视作文的立意。《作文立意》载："班固《典引序》：'唐尧君臣之德，迭享天下，云股肱既周，后授汉刘。'公言古人作文，立意高奇如此，后学者可不务哉。"①《李卫公文》载："公亟称李卫公之文，谓不减燕、许，每读《积薪赋》，曰：'虽后来之高处，必居上而先焚。'真文章之精致也。"②

《王氏谈录》重视创新，《诗话》载："公言，旧尝得句云'槐杪青虫缒夕阳'，因思昔人似未曾道。后阅杜少陵诗，有云'青虫悬就日'，尤叹其才思无所不周也。"③

《王氏谈录》评价唐代诗僧，多有自见。《唐世诗僧》载："公言，唐世诗僧得名者众，然格律一体，乏于高远，颜延之所谓委巷中歌谣耳，唯皎然特优。"④

《王氏谈录》记载了日本诗僧与中国文人交往的事迹。《赠日本僧诗》载："公言，祥符中，日本僧寂照来朝，后求礼天台山，先中令守会稽，寂照经由来谒。寂照善书，迹习二王，而不习华言，但以笔札通意。时长兄为天台宰，中令以书导之，兼赠诗云：'沧波泛瓶锡，几月到天朝。乡信日边断，归程海面遥。秋泉吟里落，霜叶定中飘。为爱华风住，扶桑梦自消。'既至天台，致书来谢，累幅勤，至其字体，婉美可爱，杨文公在禁中识之，亦尝序其事。"⑤

对于如何创作诗文，此书明确指出了学习的路径，《王氏谈录·作诗》载："又云：'凡作诗，并选中唐之名士众体格式，每作三五篇，杂于其间，文字亦然。'"⑥《王氏谈录·作文》载："欧公云：'某每日虽无别文字可作，亦须寻讨题目，作一二篇。'又曰：'凡看史书，须作方略抄记。'又曰：'文字既驰骋，亦要简重。'"⑦

对于杜甫写诗好用时事的习惯，此书也多有新见。《王氏谈录·诗

①王钦臣：《王氏谈录》，载《全宋笔记》第一编第10册，大象出版社，2003，第170页。
②同①。
③同①，第172页。
④同①，第177页。
⑤同①，第179页。
⑥同①，第186页。
⑦同①，第187页。

话》载："公言，杜甫为诗多用当时事，所言'玉鱼蒙葬地'者，事见韦述《两京记》云云；有言'铁马汗常趋'者，昭陵陵马助战是也。此类甚多，此篇不全。"①

对于七言诗的起源，此书见解独到。《王氏谈录·七言诗》载："公言，古七言诗自汉末，盖出于史篇之体。"②

吕希哲《吕氏杂记》

吕希哲（1039—1116），字原明，寿州（今安徽凤台）人，著有《吕氏杂记》，其父吕公著，于哲宗元祐初与司马光同为相。此书在明代以前不见著录，清初四库馆臣根据《永乐大典》辑为上下两卷。

此书对欧阳修的文学事业和高尚人格大加赞赏，认为欧阳修身为一代文坛领袖，为文一丝不苟、精益求精，态度之认真令人敬仰。"欧阳文忠公每为文，既成，必屡自窜易，至有不留本初一字者。其为大文章，则书而傅之屋壁，出入观省之。至于尺牍单简，亦必立稿，其精审如此。每一篇出，士大夫皆传写讽诵，唯睹其浑然天成，莫究斧凿之迹也。"③"欧阳公居颍日，与正献公及刘敞原甫、魏广晋道、焦千之伯强、王回深甫、徐无逸从道七人，会于聚星堂。分题赋诗，得'瘿木壶'，其诗曰：'天地产众材，任材谓之智。栋桷与楹杙，小大无有弃。方者以矩度，圆者中规制。嗟尔木之瘿，何异肉有赘。生成拥肿姿，赋象难取类。隐括所不施，钩绳为尔发。大匠睨而往，恻然乃有意。孰非造化功，而终朽不器。刳剔虚其中，朱漆为之伪。斟浆挹酒醴，施用惟其利。牺象非不珍，金罍岂不贵。设之于楹阶，十目肯注视。幸因左右容，及见为奇异。人之于才性，夫岂远于是。性虽有不善，在教之揉励。才无不可用，由上所措置。饰陋就其长，皆得为良士。执一以废百，众工何由备。是唯圣人心，能通天下志。'识者于是知公有辅相之器。"④此诗通篇借物言志，以议论取胜，表明自己择善而从、善见人长、唯才是举的人才观念，从中更可见其拳拳报国的一片忠心。欧阳修善

①王钦臣：《王氏谈录》，载《全宋笔记》第一编第10册，大象出版社，2003，第181页。

②同①，第164页。

③吕希哲：《吕氏杂记》卷上，载《全宋笔记》第一编第10册，大象出版社，2003，第266—267页。

④吕希哲：《吕氏杂记》卷下，载《全宋笔记》第一编第10册，大象出版社，2003，第286页。

于奖掖后进，尤以发现、提携苏轼为佳话。“初，欧阳文忠公举苏子瞻、沈文通举苏子由应制科，兄弟皆中选。时王介甫知制诰，以子由对策专攻上身及后宫，封还词头，乃谕文通为之词曰：‘虽文彩未极，条贯靡究，朕知可谓爱君矣。’盖文与介甫意正相反。子由谢启云：‘古之所谓乡愿者，今之所谓中庸常行之行；古之所谓忠告者，今之所谓狂狷不逊之徒。’又云：‘欲自守以为是，则见非者皆当世之望人；欲自讼以为非，则所守者，亦古人之常节。’”[①]书中还记载了欧阳修正本清源的道统主张，“欧阳公在翰林日建言：谶纬之书，浅俗诬怪，悖经妨道，凡诸书及传疏所引，请一切削去之，以无误后学。仁宗命国子学官取诸经及正义所引谶纬之说，逐旋写录奏上。时执政者不甚主张之，事竟不行”[②]。

此书不惜篇幅，巧用王安石的诗歌及元厚之、苏轼的诗歌，勾勒王安石一生的轨迹，表现王安石的高尚人格及他与苏轼的惺惺相惜。“王韶既取熙河，裕陵亲解玉带赐王荆公。元厚之作诗贺曰：‘谁人更得通天带，谋合君心只晋公。’王荆公在翰林兼修实录，一日以诗题实录院壁云：‘御柳新黄染旧条，宫沟薄冻未全消。不知人世春多少，先看天边北斗杓。’不数日遂参知政事。既参政，作《商鞅》诗曰：‘自古驱民在信诚，一言为重百金轻。国人未可非商鞅，商鞅能令政必行。’自此遂拜相。后罢相，作大观文，知江宁府。作诗云：‘投老归来一幅巾，尚私宠录被藩臣。芙蓉堂下疏秋水，且与龟鱼作主人。’其子元泽待制，和云：‘直须自到池边放，今世仍多郑校人。’盖指吕吉甫也。其后荆公再入相，吉甫自参知政事以本官知陈州。荆公为相既久，时吴正宪冲卿充为枢密使，裕陵每于诸公进呈罢，多留吴独与之语。荆公作诗云：‘穰侯老擅关中事，常恐诸侯客子来。我亦暮年专一壑，每逢车马便惊猜。’不久吴遂代荆公作相。荆公既罢相，辞使相，判江宁府，复以大观文领集禧观使，仍居金陵，作诗云：‘乞得胶胶扰扰身，五湖烟雨替风尘。只将凫雁同为侣，不与龟鱼作主人。’又作诗云：‘偶向松间觅旧题，野人休颂《北山移》。丈夫出处非无义，猿鹤从来自不知。’又作《谢公墩》诗云：‘我名公字偶相同，我屋公墩在眼中。公去我来

---

①吕希哲：《吕氏杂记》卷下，载《全宋笔记》第一编第10册，大象出版社，2003，第286—287页。

②同①，第287页。

墩属我，不应墩姓尚随公。’时陈和叔内翰绎知江宁府，就使衙作会召。荆公不喜，辞之以诗云：‘只喜往来相邂逅，却嫌招唤苦丁宁。’其后东坡自黄州归由金陵，荆公路见之，大喜，与之出游，因赠之诗。坡依韵和云：‘骑驴渺渺入荒陂，思见先生未病时。劝我试求三亩宅，从公已觉十年迟。’至元祐元年春，荆公病笃，作诗云：‘老年无欣豫，况复病在床。汲水置新花，取慰此流芳。流芳在须臾，吾亦岂久长。新花与故吾，已矣可望忘。’数日遂薨。”①

此书赞扬了王安石对青年王令的赏识和提携。“江宁进士王令逢原少不羁，好为狂诡之行，或跨驴入山，每以蒸饼十数挂驴项上。后改节师事王介甫，介甫雅重之。时蒋颖叔亦在介甫之门。或问二人之行，以王令方申公，以蒋方刘原甫。王令既卒，有诗云：‘行藏已许终身共，生死那知半路分。’后为作传云：王令《蝗诗》其略曰‘始知在人不在天，譬如蚤虱生裳衣。鱼枯生虫肉腐蠹，理有常尔夫何疑’。又长篇云：‘至和改元之一年，有蝗不知是何来。一蝗百儿月再孕，恐渐高厚塞九垓。’死时才二十三，早慧而夭。逢原见器于荆公，公以夫人女弟妻之，为嫁其遗腹女于吴师礼，后历右司外郎。子说，其外孙也。”②

郭思《林泉高致集》

郭思（？—1130），字得夫，河阳温泉（今河南孟州）人。有《林泉高致集》。郭熙是其父亲，为北宋著名画家。此书主要内容是作者对其父郭熙遗事的追述，是郭熙讨论绘画范式的语录，其中也包含一些文学思想相关内容。

此书论及诗画关系，郭熙对古人“诗是无形画，画是有形诗”的说法做了详细解读。《林泉高致集·画意》载：“世人只知吾落笔作画，都不知画非易事。《庄子》说画史‘解衣盘礴’，此真得画家之法。人须养得胸中宽快，意思悦通，如所谓易直子谅油然之心生，则人之笑啼情状，物之尖斜偃侧，自然布列于心中，不觉见之于笔下。晋人顾恺之必构层楼以为画所，此真古之达士！不然，志意已抑郁涩滞，局在一曲，如何

---

①吕希哲：《吕氏杂记》卷下，载《全宋笔记》第一编第10册，大象出版社，2003，第284—285页。

②同①，第297—298页。

得写貌物情，摅发人思哉！假如工人斫琴，得峄阳桐，巧手妙意洞然于中，则朴材在地，枝叶未披，而雷氏成琴，脱然已在于目。其意烦体悖，拙鲁闷嘿之人，见铦凿利刀，不知下手之处，焉得焦尾玉磬，扬音于清风流水哉！更如前人言'诗是无形画，画是有形诗'，哲人多理之谈，此言吾之所师。余因暇日阅晋、唐古今诗什，其中佳句有道尽人腹中之事，有装出人目前之景，然不因静居燕坐，明窗净几，一炷炉香，万虑消沉，则佳句好意亦看不出，幽情美趣亦想不成，即画之生意，亦岂易有！及乎境界已熟，心手已应，方始纵横中度，左右逢原。世人将率意触情，草草便得。"①

对哪些诗歌的意境可以入画，此书也做了讨论。《先子尝诵诗可画者》载：

女几山头春雪消，路傍仙杏发柔条。心期欲去知何日，惆望回车下野桥。（羊士谔《望女几山》）

独访山家歇还涉，茅屋斜连隔松叶。主人闻语未开门，绕篱野菜飞黄蝶。（长孙左辅《寻山家》）

南游兄弟几时还，知在三湘五岭间，独立衡门秋水阔，寒鸦飞去日沉山。（窦巩《寄南游》）

钓罢孤舟系苇梢，酒开新瓮鲊开包。自从江浙为渔父，二十余年手不交。（无名氏）

舍南舍北皆春水，但见群鸥日日来。（杜甫）

渡水蹇驴双耳直，避风羸仆一肩高。（檐雪诗）

行到水穷处，坐看云起时。（王摩诘）

六月杖藜来石路，午阴多处听潺湲。（王介甫）

数声离岸橹，几点别州山。（魏野）②

再如，《思尝助记》一条也提及了一些诗句：

①郭思：《林泉高致集》，载《全宋笔记》第八编第10册，大象出版社，2017，第162页。
②同①，第163页。

远水兼天净，孤城隐雾深。（杜甫）
犬眠花影地，牛牧雨声陂。（李后村）
密竹滴残雨，高峰留夕阳。（夏疾叔简）
天遥来雁小，江阔去帆孤。（姚合）
雪意未成云着地，秋声不断雁连天。（钱惟演）
春潮带雨晚来急，野渡无人舟自横。（韦应物）
相看临远水，独自坐孤舟。（郑谷）①

从书中摘录的这些诗歌可以看出，画家比较青睐借具体物象抒情之作。这些诗中不仅有山，有水，有树，有桥，有花，有鸟，有舟，有兽等，而且用这些意象创造出独特的意境，画家在体味了意境之后，也能创造出独特的画境。

吴处厚《青箱杂记》

吴处厚，字伯固，邵武（今属福建）人，著有《青箱杂记》。《青箱杂记》成书于元祐二年（1087），所谓"青箱"，有世传家学的含义。书中记载的皆为当时朝野杂事，有较丰富的文学思想。

宋初文人写诗大多效仿白居易，以掩饰才学不足、读书少的缺陷，这既与白居易作为诗人的地位有关，更与整个时代的选择密不可分。此书对此现象有记载。"李文正公昉，深州饶阳人。太祖在周朝，已知其名，及即位，用以为相，常语昉曰：'卿在先朝，未尝倾陷一人，可谓善人君子。'故太宗遇昉亦厚，年老罢相，每曲宴，必宣赴赐坐。昉尝献诗曰：'微臣自愧头如雪，也向钧天侍玉皇。'昉诗务浅切，效白乐天体，晚年与参政李公至为唱和友，而李公诗格亦相类，今世传《二李唱和集》是也。"②除效仿白居易之外，当时还有效仿贾岛的潘阆、魏野等。受皇帝优待文士的影响，大臣们对当时的诗坛名流也优待有加："昔王维爱孟浩然吟哦风度，则绘为图以玩之。李洞慕贾岛诗名，则铸为像以师之。近世有好事者，以潘阆邀

①郭思：《林泉高致集》，载《全宋笔记》第八编第10册，大象出版社，2017，第163—164页。
②吴处厚：《青箱杂记》卷一，载《全宋笔记》第一编第10册，大象出版社，2003，第196—197页。

游浙江，咏潮著名，则亦以轻绡写其形容，谓之《潘阆咏潮图》。阆酷嗜吟咏，自号逍遥子，尝自咏《苦吟诗》曰：‘发任茎茎白，诗须字字清。’又《贫居诗》曰：‘长喜诗无病，不忧家更贫。’又《峡中闻猿》云：‘何须三叫绝，已恨一声多。’《哭高舍人》云：‘生前是客曾投卷，死后何人与撰碑？’《寄张咏》云：‘莫嗟黑发从头白，终见黄河到底清。’皆佳句也。故宋尚书白赠诗曰：‘宋朝归圣主，潘阆是诗人。’王禹偁亦赠诗云：‘江城买药常将鹤，古寺看碑不下驴。’其为明公赏激如此。又魏野，陕府人，亦有诗名。寇莱公每加前席，野《献莱公生日诗》云：‘何时生上相，明日是中元。’以莱公七月十四日生故也。又有《赠莱公诗》云：‘有官居鼎鼐，无地起楼台。’而其诗传播漠北，故真宗末年，尝有北使诣阙，询于译者曰：‘那个是“无地起楼台”的宰相？’时莱公方居散地，真宗即召还，授以北门管钥。”[①]“又钱塘林逋，亦著高节，以诗名当世，名公多与之游。天圣中，丞相王公随以给事中知杭州，日与唱和，亲访其庐，见其颓陋，即为出俸钱新之。逋乃以启谢王公，其略曰：‘伏蒙府主给事，差人送到留题唱和诗石一片，并创轩荣，以庇风日。衡茅改色，猿鸟交惊。夫何至陋之穷居，获此不朽之奇事？窃念顷者清贤巨公，出镇藩服，亦常顾丘樊之侧微，念土木之衰病，不过一枉驾、一式庐而已，未有迂回玉趾，历览环堵。当缨蕤之盛集，摅风雅之秘思，率以赓载，始成编轴。且复构他山之坚润，刊群言之鸿丽，珠联绮错，雕缛相照，辇植置立，贲于空林，信可以夺山水之清晖，发斗牛之宝气者矣。’迨景祐初，逋尚无恙，范文正公亦过其庐，赠逋诗曰：‘巢、由不愿仕，尧、舜岂遗人？’又曰：‘风俗因君厚，文章到老醇。’其激赏如此。”[②]

句图指的是将一首诗中意境优美的诗句绘成画，并将诗句题在画中。对这些诗句的取舍可以看出画家的审美判断标准。《青箱杂记》卷九记下了惠崇自作的句图：“杨文公《谈苑》称，楚僧惠崇工诗，于近代释子中为杰出，而欧阳公少师《归田录》亦纪其佳句，则不甚多。余尝见惠崇自撰句图，凡一百联，皆平生所得于心而可喜者，今并录之。《书杨云卿别墅》云：‘河分岗势断，春入烧痕青。’《长信词》云：‘阴井生秋早，明河转曙迟。’

---

①吴处厚：《青箱杂记》卷六，载《全宋笔记》第一编第10册，大象出版社，2003，第226页。
②同①，第226—227页。

《送远上人西游》云：‘地形吞蜀尽，江势抱蛮回。’《江行晚泊》云：‘岭暮清猿急，江寒白鸟稀。’《上谷相公池上作》云：‘归禽动疏竹，落果响寒塘。’《赠陈少府》云：‘野人传相鹤，山叟学弹琴。’《夜坐》云：‘春浅冰生井，宵分月上轩。’《赠凝上人》云：‘掩门青桧老，出寺白髭长。’《送迁客》云：‘浪经蛟浦阔，山入鬼门寒。’《经缘公旧寺》云：‘遗偈传诸国，留真在一峰。’《塞上》云：‘河冰坚度马，塞雪密藏雕。’《喜长公至》云：‘久别年颜改，相逢夜话长。’《隐者》云：‘多年不道姓，几日旋移家。’《宿东林寺》云：‘鸟归杉堕雪，僧去石沉云。’《上翰林杨学士》云：‘露寒金掌重，天近玉绳低。’《柳氏书斋》云：‘著书惊日短，弹剑惜春深。’《上王太尉》云：‘探骑通番垒，降兵逐汉旗。’《田家秋夕》云：‘露下牛羊静，河明桑柘空。’《舟行》云：‘林断城隍出，江分岛屿回。’《寄梅苏州》云：‘锁城山月上，吹角海鸥惊。’《宿杨侍郎东亭》云：‘卷幔来风远，移床得月多。’《送程至》云：‘白浪分吴国，青山隔楚天。’《游隐静寺》云：‘空潭闻鹿饮，疏树见僧行。’《送钱供奉巡警》云：‘剑佩明山雪，旌旗湿海云。’《梅鼎臣河亭》云：‘旷野行人少，长河去鸟平。’《宿肇公山斋》云：‘月高山舍迥，霜落石门深。’《送卢经西归》云：‘霜多秦木迥，云尽汉山孤。’《濠梁夜泊》云：‘夜阑潮动舸，秋迥月临城。’《崔仰秋居》云：‘叶影风中尽，虫声月下多。’《赠裴使君》云：‘行县山迎舸，论兵云绕旗。’《早行》云：‘繁霜衣上积，残月马前低。’《秋夕》云：‘磬断虫声出，峰回鹤影沉。’《书韩退之屋壁》云：‘移家临丑石，租地得灵泉。’《秋夕怀长公》云：‘秋近草虫乱，夜遥霜月低。’《观宴乡老》云：‘海鸥听舜乐，山鬼醉尧觞。’……《李太傅山庄》云：‘围棋分雪石，汲井动金沙。’《宫中词》云：‘井含春气碧，楼转夕阴清。’《送吴袁州》云：‘鸟暝风沉角，天清月上旗。’《寄肇公》云：‘斜吹鸣金锡，归云拥石床。’《塞上》云：‘古戍生烟直，平沙落日迟。’《赠嗣上人》云：‘拂石云离帚，尝茶月入铛。’《舟行》云：‘远屿迎樯出，寒林带岸回。’《送延上人》云：‘来时云拥衲，别夜月随筇。’《马玭淮亭》云：‘路横岗烧断，风转浦帆斜。’《上殿前戴太保》云：‘剑静龙归匣，旗闲虎绕竿。’《高逦书斋》云：‘品画逢名岳，横琴忆古贤。’《太一山》云：‘云阴移汉塞，石色入秦天。’《塞上送人》云：‘地遥群马小，天阔一雕平。’《范溶园池》云：‘江花凌霰发，山溜入池深。’《猎骑》云：‘长风跃马路，小雪射雕天。’《高略书院》云：‘古木风烟尽，寒潭星斗深。'《送段工部河北转运》云：'渡河风动旆，巡部雨沾车。'"[①]从上述诗来看，惠崇擅长五言，其诗对仗工整，然而整体格局不高，气魄不大，主要以写景为主，很适合入画，整体上难以摆脱贾岛、姚合的影响。

为了扭转宋初文士知识贫乏、文风浅鄙的倾向，皇帝率先垂范，勤奋读书，崇尚文学。在这方面宋真宗尤为突出。"真宗听政之暇，唯务观书，每观毕一书，即有篇咏，使近臣赓和，故有御制《看尚书诗》三章、《看春秋》三章、《看周礼》三章、《看毛诗》三章、《看礼记》三章、《看孝经》三章。复有御制《读史记》三章、《读前汉书》三首、《读后汉书》三首、《读三国志》三首、《读晋书》三首、《读宋书》二首、《读陈书》二首、《读魏书》三首、《读北齐书》二首、《读后周书》三首、《读隋书》三首、《读唐书》三首、《读五代梁史》三首、《读五代后唐史》三首、《读五代晋史》二首、《读五代汉史》二首、《读五代周史》二首。可谓近代好文之主也。"[②]为了推动文化发展，宋太宗设龙图阁，宋真宗建天章阁。"本朝太宗御书，及典籍、图画、宝瑞之物，并藏于龙图阁，而阁有学士、直学士、待制、直阁。故景德初，杜镐、戚纶为龙图阁待制，不数年，镐迁龙图阁直学士，班在枢密直学士下。至祥符中，镐又迁龙图阁学士，而班在枢密直学士上，则本朝龙图阁待制、龙图阁直学士、龙图阁学士，皆自杜镐始也。又祥符末年，以崇文院检讨冯元为太子中允、直龙图阁，则本朝直龙图阁，自冯元始也。"[③]卷三又载："本朝真宗御集、御书，并藏于天章阁。天圣末，始置待制，以范讽为之。景祐中，又置侍讲，以贾昌朝、赵希言、王宗道为之。则本朝天章阁待制、天章阁侍讲，自范讽、贾昌朝等始也。"[④]

作诗不是不能融入哲理，然而景与情才是中国古代诗歌的基本要素，对理趣的偏爱与自觉追求不能不说是宋诗独特的标志。这一倾向在宋初的诗人中表现得很明显。"冯瀛王道，诗虽浅近而多谙理，若'但知行好事，莫要问前程''须知海岳归明主，未省乾坤陷吉人'之类，世虽盛传，而罕见其全篇，今并录之。诗曰：'穷达皆由命，何劳发叹声？但知行好事，莫

---

①吴处厚：《青箱杂记》卷九，载《全宋笔记》第一编第10册，大象出版社，2003，第246—249页。

②吴处厚：《青箱杂记》卷三，载《全宋笔记》第一编第10册，大象出版社，2003，第208页。

③同②，第209页。

④同②，第209页。

要问前程。冬去冰须泮，春来草自生。请君观此理，天道甚分明。’又《偶作》云：‘莫为危时便怆神，前程往往有期因。须知海岳归明主，未省乾坤陷吉人。道德几时曾去世，舟车何处不通津？但教方寸无诸恶，狼虎丛中也立身。’”[①]

理趣不仅体现在诗人的创作追求中，更是宋人审美判断的标准之一，有时甚至是最重要的标准。以气势、情韵胜出的诗歌，在宋人眼中常常让位于能给人以理趣的诗歌，这不能不说是宋人渴望超越唐诗的一种全社会认同的自觉审美追求。从宋人认为“绝唱”的诗中可以窥见个中消息。“徐州歌风台，题者甚多，惟尚书张公方平最为绝唱，曰：‘落魄刘郎作帝归，樽前一曲大风辞。才如信越犹菹醢，安用思他猛士为？’”[②]这首咏史诗，不仅仅复叙汉如何兴盛，而且有对韩信、彭越的命运及君臣关系的思考，表达了宋人独特的历史意识，令人深思。此书还记载：“淮阴侯庙，题者甚多，惟谏议钱公昆最为绝唱，曰：‘筑坛拜日恩虽厚，蹑足封时虑已深；隆准早知同鸟喙，将军应起五湖心。’”[③]题淮阴侯庙的诗很多，在吴处厚看来，这首诗独占鳌头，因为它于委婉曲折中表达了对高祖的批判，有深隽的历史思考，令人耳目一新。吴处厚还评价：“临潼县华清宫朝元阁，题者亦多，唯陈文惠公二韵尤为绝唱，曰：‘朝元高阁迥，秋毫无隐情。浮云忽以蔽，不见渔阳城。’”[④]他欣赏这首诗，也是同样的原因。

此书认为，人品与文品关系复杂，风格与性格也不完全统一，但创作者的主体性格直接影响着文学上的个体风格。“白居易赋性旷达，其诗曰：‘无事日月长，不羁天地阔。’此旷达者之词也。孟郊赋性褊隘，其诗曰：‘出门即有碍，谁谓天地宽？’此褊隘者之词也。然则天地又何尝碍郊，孟郊自碍耳。王文康公赋性质实重厚，作诗曰：‘枣花至小能成实，桑叶惟柔解吐丝。堪笑牡丹如斗大，不成一事只空枝。’此亦质实重厚之词也。”[⑤]人品与文品不是完全统一的，吴处厚也注意到其中复杂微妙的关系。“文章纯古，不害其为邪；文章艳丽，亦不害其为正。然世或见

---

①吴处厚：《青箱杂记》卷二，载《全宋笔记》第一编第10册，大象出版社，2003，第203页。
②吴处厚：《青箱杂记》卷五，载《全宋笔记》第一编第10册，大象出版社，2003，第222页。
③同②。
④同②。
⑤吴处厚：《青箱杂记》卷七，载《全宋笔记》第一编第10册，大象出版社，2003，第236页。

人文章铺陈仁义道德，便谓之正人君子；若言及花草月露，便谓之邪人，兹亦不尽也。皮日休曰：‘余尝慕宋璟之为相，疑其铁肠与石心，不解吐婉媚辞。及睹其文，而有《梅花赋》，清便富艳，得南朝徐庾体。’然余观近世所谓正人端士者，亦皆有艳丽之词，如前世宋璟之比，今并录之。乖崖张公咏《席上赠官妓小英歌》曰：‘天教抟百花，抟作小英明如花。住近桃花坊北面，门庭掩映如仙家。美人宜称言不得，龙脑熏衣香入骨。维阳软縠如云英，亳郡轻纱似蝉翼。我疑天上婺女星之精，偷入筵中名小英。又疑王母侍儿初失意，谪向人间为饮妓。不然何得肤如红玉初碾成，眼似秋波双脸横。舞态因风欲飞去，歌声遏云长且清。有时歌罢下香砌，几人魂魄遥相惊。人看小英心已足，我见小英心未足。为我高歌送一杯，我今赠汝新翻曲。’韩魏公晚年镇北州，一日病起，作《点绛唇》小词曰：‘病起厌厌，画堂花谢添憔悴。乱红飘砌，滴尽胭脂泪。惆怅前春，谁向花前醉？愁无际，武陵回睇，人远波空翠。’司马温公亦尝作《阮郎归》小词曰：‘渔舟容易入春山，仙家日月闲。绮窗纱幌映朱颜，相逢醉梦间。松露冷，海霞殷，匆匆整棹还。落花寂寂水潺潺，重寻此路难。’又曹修古立朝，最号刚方蹇谔，常见池上有所似者，亦作小诗，寓意曰：‘荷叶罩芙蓉，圆青映嫩红。佳人南陌上，翠盖立春风。’杨湜《词说》载温公《西江月》词云：‘宝髻松松梳就，铅华淡淡妆成。轻烟翠雾罩娉婷，飞絮游丝无定。相见争如不见，有情可似无情。笙歌散后酒初醒，深院月明人静。’《东皋杂录》云：‘世传温公有《西江月》一词，今复得《锦堂春》云：“红日迟迟，虚廊转影，槐阴迤逦西斜。彩笔工夫，难状晚景烟霞。蝶尚不知春去，谩绕幽砌寻花。奈狂风过后，纵有残红，飞向谁家。始知青鬓无价，叹飘蓬宦路，荏苒年华。今日笙歌丛里，特地咨嗟。席上青衫湿透，算感旧、何止琵琶。怎不教人易老，多少离愁，散在天涯。”卢仝集《有所思》及《楼上女儿曲》《自君之出矣》《秋梦行》等篇，皆艳词也。陶渊明亦有《闲情赋》，《苕溪渔隐》云：‘余阅《宛陵集》，见《一日曲》，其词乃为南阳一娼话离而作，然则谨厚者亦复为之耶？其曲云：“妾家邓侯国，肯愧邯郸姝。世本富缯绮，娇爱比明珠。十五学组紃，未尝开户枢。十六失所适，姓名倾里闾。十七善歌舞，使君邀宴娱。自兹着乐府，不得同罗敷。凉温忽荏苒，屡接朝大夫。相欢不及情，何异逢路衢。昨日一见郎，目色曾不渝。结爱从此笃，暂隔犹云疏。如何遂从宦，去涉千里途。郎跨青骢马，妾乘白雪驹。送郎郎未远，别妾妾仍孤。不如水中鳞，双双依绿蒲。不如云间鹄，两两下平湖。鱼鸟尚有托，妾今谁与俱？去去约春华，终朝怨日赊。一心思杏子，便拟见梅花。梅花几时吐，频掐阑干数。东风若见郎，重为歌金缕。”’《侯鲭集》又有《花娘歌翡翠词》。《吹剑录》载范文正守饶，喜妓籍一小鬟，既去，以诗寄魏介曰：‘庆朔堂前花自栽，便移官去未曾开。年年长有别离恨，已托春风干当来。’介买送公。王衍曰：‘情之所钟，正在我辈。’以范公而不能免，慧远曰：‘顺境如磁石，遇针不觉合而为一，处无情之物尚尔，况我终日在情里作活计耶！’张衡作《定情赋》，蔡邕作《静情赋》，渊明作《闲情赋》，盖尤物能移人，情荡则难反，故防闲之。”①

本书认为，人的性格与出身有一定的关系，但与个人修养、与个体主观的追求也有很大关系，这种性格也会影响文风。“晏元献公虽起田里，而文章富贵，出于天然。尝览李庆孙《富贵曲》云：‘轴装曲谱金书字，树记花名玉篆牌。’公曰：‘此乃乞儿相，未尝谙富贵者。’故公每吟咏富贵，不言金玉锦绣，而唯说其气象，若‘楼台侧畔杨花过，帘幕中间燕子飞’‘梨花院落溶溶月，柳絮池塘淡淡风’之类是也。故公自以此句语人曰：‘穷儿家有这景致也无？’”②“公风骨清羸，不喜肉食，尤嫌肥膻，每读韦应物诗，爱之曰：‘全没些脂腻气。’故公于文章尤负赏识，集梁文选以后迄于唐，别为集选五卷，而诗之选尤精，凡格调猥俗而脂腻者皆不载也。公之佳句，宋莒公皆题于斋壁，若‘无可奈何花落去，似曾相识燕归来’‘静寻啄木藏身处，闲见游丝到地时’‘楼台冷落收灯夜，门巷萧条扫雪天’‘已定复摇春水色，似红如白野棠花’之类，莒公常谓此数联使后之诗人无复措词也。”③晏殊虽出身寒微，但人生追求不凡，重视高尚人格的修炼，故其情操追求不同凡俗，令人敬仰，其文风也清雅高洁。

次韵不仅要依原作的韵字，而且次序完全相同，这是一种极具挑战意

①吴处厚：《青箱杂记》卷八，载《全宋笔记》第一编第10册，大象出版社，2003，第238—240页。

②吴处厚：《青箱杂记》卷五，载《全宋笔记》第一编第10册，大象出版社，2003，第219—220页。

③同②，第220页。

味的文字考验，既考验作者的创作水平，更考验作者对写作的熟练程度。吴处厚不惜笔墨录了100句次韵，用了3500字，这反映了宋人独特的文学观念。“唐路德延有《孩儿诗》五十韵，盛传于世。近代洛中致政侍郎张公师锡追次其韵，和成《老儿诗》，亦五十韵。”①

吴处厚认为，诗和赋同样具有抒情言志的功用，突出强调作为两种文体的诗和赋相同的功能，从中可以看出北宋朝野上下对赋的重视，以及赋在宋代抒情功能的进一步加强：“文之神妙莫过于诗赋，见人之志非特诗也，而赋亦可以见焉。唐裴晋公作《铸剑戟为农器赋》云：‘我皇帝嗣位三十载也，寰海镜清，方隅砥平，驱域中尽归力穑，示天下弗复用兵。’则平淮西、一天下已见于此赋矣。”②吴处厚认为，范仲淹的赋突出表现了其人格精神，“范文正公作《金在镕赋》云：‘傥令区别妍媸，愿为轩鉴；若使削平祸乱，请就干将。’则公负将相器业、文武全才，亦见于此赋矣。公又为《水车赋》，其末云：‘方今圣人在上，五日一风，十日一雨，则斯车也，吾其不取。’意谓水车唯施于旱岁，岁不旱则无所施，则公之用舍进退亦见于此赋矣。盖公在宝元、康定间，遇边鄙震耸，则骤加进擢，及后晏静，则置而不用，斯亦与水车何异”③。王曾少年孤苦，咸平间，连中三元（乡试、省试、殿试皆第一），两拜参知政事。吴处厚认为，其赋亦体现其具有为官的器识。“王沂公《有物混成赋》云：‘不缩不盈，赋象宁穷于广狭；匪雕匪斫，流形罔滞于盈虚。’则宰相陶钧运用之意，已见于此赋矣。又云‘得我之小者，散而为草木；得我之大者，聚而为山川’。则宰相择任群材，使小大各得其所，又见于此赋矣。”④

对欧阳修的风采，此书做了精彩的描绘：“少师赵公概，字叔平，天圣初，王尧臣下第三人及第。为人宽厚长者，留滞内相十余年，晚始大用，参贰大政。治平中，退老睢阳，素与欧阳文忠公友善，时文忠退居东颍，公即自睢阳乘兴拿舟访之，文忠喜公之来，特为展宴，而颍守翰林吕公亦预会。文忠乃自为口号一联云：‘金马玉堂三学士，清风明月两闲人。’两闲人，谓

---

①吴处厚：《青箱杂记》卷五，载《全宋笔记》第一编第10册，大象出版社，2003，第223页。
②吴处厚：《青箱杂记》卷十，载《全宋笔记》第一编第10册，大象出版社，2003，第257页。
③同②。
④同②，第257—258页。

公与文忠也。”①

宋朝的文人在仕途得失、人生进退方面有一种独特的价值判断方式，有一套形而上的理性观念。在他们看来，追求人生的自适自乐，也是人生价值的体现。“仁宗朝，内臣孙可久，赋性恬澹，年逾五十，即乞致仕。都下有居第，堂北有小园，城南有别墅，每良辰美景，以小车载酒，优游自适。石曼卿尝过其居，题诗曰：‘南北沾河润，幽深在禁城。叠山资远意，让俸买闲名。闭户断蛛网，折花移鸟声。谁人识高趣？朝隐石渠生。’屯田外郎柳永亦赠诗曰：‘故侯幽隐直城东，草树扶疏一亩宫。曾珥貂珰为近侍，却纡絺褐作闲翁。高吟拥鼻诗怀壮，雅论持衡道气充。厌尽繁华天上乐，始将踪迹学冥鸿。’可久好吟咏，效白乐天格，尝为陕西驻泊，为乐天构祠堂于郡城大阜之顶，中安绘像，仍缮写平生歌诗警策之句，遍于旧墉。晚年著《归休集》，行于世，年七十余，卒。”②

吴处厚提及，制科考试的重要性在于是皇帝亲自考查，即使科举进士及第得官，仍然觉得制科登第才是真正的最高荣誉，也是为官的金字招牌。“景德中，夏公初授馆职，时方早秋，上夕宴后庭，酒酣，遽命中使诣公索新词。公问：‘上在甚处？’中使曰：‘在拱宸殿按舞。’公即抒思，立进《喜迁莺》词曰：‘霞散绮，月沉钩，帘卷未央楼。夜凉河汉截天流，宫阙锁新秋。瑶阶曙，金茎露，凤髓香和云雾。三千珠翠拥宸游，水殿按梁州。’中使入奏，上大悦。夏公虽举进士，本无科名。以父殁王事，授润州丹阳簿，即上书乞应制举，其略曰：‘边障多故，羽书旁午，而先臣供传遽之职，立矢石之地，忘家殉国，失身行阵。陛下哀臣孤幼，任之州县，唯陛下辨而明之。若陛下以枕石漱流为达，臣世居市井；若陛下以金榜丹桂为才，则臣未忝科第；若陛下以鸠杖鲐背为德，则臣始逾弱冠；若陛下以荷戈控弦为勇，则臣生本绵弱；若陛下令臣待诏公车，条问急政，对扬紫宸，指陈时事，犹可与汉唐诸儒，方辔并驱，而较其先后矣。’真庙再三赏激，召赴中书，试论六首：一曰‘定四时、别九州岛、圣功孰大论’，二曰‘考定明堂制度论’，三曰‘光武二十八将功业先后论’，四曰‘九功九法为国何先论’，五曰‘舜无为、禹勤事功业孰优论’，六曰‘曾参何以不列四科论’。是岁，

---

①吴处厚：《青箱杂记》卷八，载《全宋笔记》第一编第10册，大象出版社，2003，第245页。
②吴处厚：《青箱杂记》卷十，载《全宋笔记》第一编第10册，大象出版社，2003，第255页。

遂中制科。”①

即使同科应举，或为同乡，举子的命运往往也千差万别：“刘沆与乡人尹鉴少同场屋，刘已登第大拜。皇祐中，尹以恩榜始登第，还乡，刘以诗送之曰：‘少年相款老相逢，乡举虽同遇不同。我已位尘三事后，君方名列五科中。荣登莫计名高下，宦达须由善始终。若到乡关人见问，为言归思满秋风。’”②

科举选拔与试题的方向、举子的发挥等均会影响举子是否能及第，对每一个应试者而言，自身的命运均难以预测。科名天定的观念既是对科举取士结果的无奈解释，更是给落第士子的一剂麻醉良方。卷三有四条记载：“李文定公迪，美须髯，未御试，一夕，忽梦被人剃削俱尽，迪亦恶之。有解者曰：‘秀才须作状元，缘今岁省元是刘滋，已替滋矣。非状元而何？’是岁，果第一人。相国刘公沆，累举不第，天圣中，将办装赴省试，一夕，梦被人砍落头，心甚恶之。有乡人为解释曰：‘状元不到十二郎做（刘公第十二），只得第二人。’刘公因诘之，曰：‘虽砍却头，留沆在里。’盖南音谓项为沆，留刘同音，后果第二人及第。马尚书亮，知江宁府，秩满将代，一夕梦舌上生毛，有僧解之曰：‘舌上生毛剃不得，尚书当再任。’已而果然。刘郎中滋，累举不第，年余四十，始遂登科。尝梦有人提印满篮，令己吞之，滋有难色，其人曰：‘但任意吞，看吞得几颗。’滋不得已，吞至十四颗，其印皆颗颗见于腹中，后果历十四任终。”③

梦验成真也好，乡人释梦、僧人释梦、吞印为官也罢，均是功名天定观念的不同表现形式，在当时人看来，不但自身的命运会影响科举与官运，甚至娶妻也是能否获得荣华富贵的关键。“龙图刘公烨未第前，娶赵尚书晁之长女，早亡，而赵氏犹有二妹，皆未适人。既而刘公登科，晁已捐馆，夫人复欲妻之，使媒妇通意。刘公曰：‘若是武有之德，则不敢为姻；如言禹别之州，则庶可从命。’盖刘公不欲七姨为匹，意欲九姨议姻故也。夫人诘之曰：‘谚云：薄饼从上揭，刘郎才及第，岂得便简点人家女？’刘

①吴处厚：《青箱杂记》卷五，载《全宋笔记》第一编第10册，大象出版社，2003，第221—222页。

②吴处厚：《青箱杂记》卷十，载《全宋笔记》第一编第10册，大象出版社，2003，第254页。

③吴处厚：《青箱杂记》卷三，载《全宋笔记》第一编第10册，大象出版社，2003，第212页。

公曰：‘非敢有择，但七姨骨相寒薄，非某之对，九姨乃宜匹。’遂娶九姨，后生七子，皆至大官。七姨后适关生，竟不第，落泊寒馁，暮年，刘氏养之终身。”①

佚名《道山清话》

佚名《道山清话》，书中包含一些文学思想相关内容。

此书记载，经过几代皇帝以及嘉祐年间三苏、曾巩等的不懈努力，到元祐时期，文人们读书多，知识积淀深，与宋初芜鄙的局面已迥然不同。“秦观少游，一日，写李太白《古风》诗三十四首于所居壶隐壁间。予因问：‘“燕昭延郭隗，遂筑黄金台”之诗，史但言筑宫而师事，不闻黄金之名，太白不知何据？’少游曰：‘《上古图经》言，昭王筑台，置千金于其上。遂因以为名。’阅之信然。”②

此书记载黄庭坚逸事：“黄庭坚年五岁，已诵五经。一日问其师曰：‘人言六经，何独读其五？’师曰：‘《春秋》不足读。’庭坚曰：‘于是何言也？既曰经矣，何得不读？’十日成诵，无一字或遗。其父庶喜其警悟，欲令习神童科举。庭坚窃闻之，乃笑曰：‘是甚做处？’庶尤爱重之。八岁时，有乡人欲赴南宫试，庶率同舍饯饮，皆作诗送行。或令庭坚亦赋诗，顷刻而成，有云：‘君到玉皇香案前，若问旧时黄庭坚，谪在人间今八年。’”③黄庭坚以八岁的年龄写出如此奇妙的诗句，绝非凡俗之辈。

此书重视文学的传承与创新。“苏子瞻诗有‘似闻指麾筑土郡，已觉谈笑无西戎’之句。尝问子瞻：当是用少陵‘谈笑无西河’之语。子瞻笑曰：故是，但少陵亦自用左太冲‘长啸激清风，志若无东吴’也。”④从左思到杜甫，从杜甫到苏轼，均不是简单的模仿，而是在继承中不断创新。

对前人的经典，宋人敢于超越，而不是一味顶礼膜拜，不敢越雷池一步。“杜少陵宿龙门诗有云‘天阙象纬逼’，王介甫改‘阙’为‘阅’，黄鲁直对众极言其是。贡父闻之曰：‘直是怕他。’”⑤改诗圣杜甫的诗，改得青出

---

①吴处厚：《青箱杂记》卷四，载《全宋笔记》第一编第10册，大象出版社，2003，第218页。

②佚名：《道山清话》，载《全宋笔记》第二编第1册，大象出版社，2006，第88页。

③同②，第115页。

④同②，第91页。

⑤同②，第105页。

于蓝，得到同时代人的叫好，可见宋人学习前人时志在超越。

此书推崇创新，对不蹈袭前人的诗人激赏有加："曾纡云，山谷用乐天语作黔南诗。白云：'霜降水返壑，风落木归山。冉冉岁将晏，物皆复本原。'山谷云：'霜降水返壑，风落木归山。冉冉岁华晚，昆虫皆闭关。'白云：'渴人多梦饮，饥人多梦餐。春来梦何处，合眼到东川。'山谷云：'病人多梦医，囚人多梦赦。如何春来梦，合眼在乡社。'白云：'相去六千里，地绝天邈然。十书九不到，何以开忧颜。'山谷云：'相望六千里，天地隔江山。十书九不到，何用一开颜。'纡爱之，每对人口诵，谓是'点铁成金'也。范寥云：'寥在宜州，尝问山谷。'山谷云：'庭坚少时诵熟，久而忘其为何人诗也。尝阻雨衡山尉厅，偶然无事，信笔戏书耳。'寥以纡点铁之语告之。山谷大笑曰：'乌有是理？便如此点铁。'"①

苏轼能成为一代文坛领袖，与其对前人遗产的认真学习是分不开的。此书记载苏轼学习的逸事。"东坡在雪堂，一日读杜牧之《阿房宫赋》凡数遍，每读彻一遍，即再三咨嗟叹息。至夜分，犹不寐。有二老兵皆陕人，给事左右，坐久，甚苦之。一人长叹，操西音曰：'知他有甚好处？夜久寒甚，不肯睡，连作冤苦声。'其一曰：'也有两句好。'西人皆作吼音。其人大怒曰：'你又理会得甚底？'对曰：'我爱他道"天下人不敢言而敢怒"。'叔党卧而闻之，明日以告东坡，大笑曰：'这汉子也有鉴识。'"②"子瞻爱杜牧之《华清宫》诗，自言凡为人写了三四十本矣。"③

此书对苏轼的非凡之才华，大加赞叹。"章子厚，人言初生时，父母欲不举，已纳水盆中，为人救止。其后，朝士颇闻其事。苏子瞻尝与子厚诗，有'方丈仙人出渺茫，高情尤爱水云乡'之语，子厚谓其讥己也，颇不乐。"④苏轼将章子厚的一段经历用生花妙笔写出来，才气不凡，其实未必有讥讽之意。

陈贻范《范文正公鄱阳遗事录》

陈贻范，字伯模，台州临海（今属浙江）人。有《范文正公鄱阳遗事

---

①佚名：《道山清话》，载《全宋笔记》第二编第1册，大象出版社，2006，第97—98页。
②同①，第96页。
③同①，第96页。
④同①，第102页。

录》。范仲淹于仁宗景祐三年（1036）贬饶州（今江西鄱阳），多有德政，州人缅怀不绝，立祠崇奉，留下许多遗迹。此书记载了这些遗迹，书中包含一些文学思想相关内容。

《庆朔堂》一条载："庆朔堂，公之所创也，在州圃之北偏，左瞰'蜀锦'，右连'流杯'，前占'春香''虚静'，傍对'湖光''四望'，直见'清心''退思'，以正设厅仪门之道，基平而栋隆，势巍而气壮。公之意非所以示游玩也，将以承宣天子风教而发施于政令，仪乎古诸侯藏朔焉，所以题之曰'庆朔'，而且亲植花卉，栏为二坛。公既移润，是以作诗二纪之，云：'庆朔堂前花自栽，便移官去未曾开。年年忆着成离恨，只托春风管勾来。'后之人观公之堂，思公之政，及公之诗，来而争和之，以刊于石壁。度支员外郎、提点铸钱魏兼：'使君去后堪思处，庆朔堂前独到来。桃李无言争不怨，满园红白为谁开？'职方员外郎、知饶州毕京：'花木还依旧径栽，春园不惜为时开。几多民俗熙熙乐，似到老聃台上来。'祠部郎中、提点江东路刑狱公事陈希亮：'弱柳奇花递间栽，红芳绿翠对时开。主人当日辜真赏，魂梦还应屡到来。'供备库副使、同提点江东刑狱公事曹泾：'池馆名花旧日栽，几番零落又春开。谁人解识红芳意？犹有多情五马来。'噫！世之人常以绛之园亭为最，而邓之百花洲抑为其冠。若钱塘'有美'、乌程'碧澜'、琅琊'醉翁'、贵池'弄水'，率为士大夫之所矜爱者。然以公之'庆朔'，名著乎建康、广信，虽愚夫稚子莫不知，尚颂念之，非公之仁德惠泽流播于风俗间，安及于此哉？"①

从这则记录中，既可以看出范仲淹的人格魅力，也可以看到唱和中追和前代的方式及文学作品流传的方式。

孙升《孙公谈圃》

孙升（1038—1099），字君孚，高邮（今属江苏）人，在哲宗朝以耿介著称，颇有政绩。绍圣年间被列为元祐党人，《孙公谈圃》由他口述，刘延世记录而成。此书包含一定的文学思想。

此书对苏轼颇有微词，明显有党争之见。"子瞻以温公论荐，帘眷甚

---

①陈贻范：《范文正公鄱阳遗事录》，载《全宋笔记》第八编第10册，大象出版社，2017，第305—306页。

厚，议者且为执政矣。公力言：‘苏轼为翰林学士，其任已极，不可以加。如用文章为执政，则国朝赵普、王旦、韩琦未尝以文称。’又言：‘王安石在翰苑为称职，及居相位，天下多事。以安石止可以为翰林，则轼不过如此而已。若欲以轼为辅佐，愿以安石为戒。’”[①]再如，“子瞻试馆职，策题论汉文帝、宣帝及仁宗、神宗。公率傅尧俞、王嵓叟言：‘以文帝有蔽，则仁宗不为无蔽；以宣有失，则神宗不为无失。’虽不明言，其意在此。久之御批，轼特放罪”[②]。

虽然此书对于王安石称赏有加，但也能客观指出王安石注释儒家经典时的缺失。“公曰：‘荆公《三经》，学者以谓如何？’余曰：‘荆公学尤邃于理，非后生所易知，故学者又为穿凿，所谓秦有司负秦法度也。然荆公亦有所失，如《周官》言‘赞牛耳’，荆公言‘取其顺听’，不知牛有耳而无窍，本以鼻听；《诗》‘谁谓鼠无牙’，荆公谓‘鼠实无牙’，不知鼠实有牙。昔曾有人引一牛与荆公辨之，又尝捕一鼠与之较。’公曰：‘然！’”[③]

宋人心目中有不可逾越的高峰，那就是唐诗，虽说他们有创造新风格的勇气，但也时时露出自惭形秽的感叹，毕竟如苏轼那样敢于超越唐诗又有能力超越唐诗的是少数。“公尝学诗于孙莘老，尝曰：‘近世作诗，无复有唐人风。’余尝得公《诗集》，今略记数联。《宣仁挽词》云：‘玉笋千官散，珠帘一夜空。’《峡口送人》诗云：‘来书占喜鹊，落日唤鸣蛩。’《屈宅》诗云：‘若与蛟龙争角黍，应同渔父啜糟醨。’《抒怀》诗云：‘睡须山鸟唤，酒听竹枝斜。’《长阳道中》云：‘穷搜诗句熟，老练世情通。’《袁安道中》云：‘白云每逐晨光出，红鹤长随暮霭还。’《自南京和彭九江》云：‘梁台歌吹余衰草，湓浦琵琶怅晚风。’公在汀州避谤，罕作诗，有云：‘慈竹笋抽疑夏筿，木犀花发认春香。’此一联道尽汀州景物。”[④]

从这些摘录的诗句中意象的选择、对仗的词语看，这些诗歌很难出唐人藩篱，近于中晚唐风味，创新意识不足。

对于诗歌创作，此书推崇勤奋认真的创作态度。“公昔与杜挺之、梅

---

①孙升：《孙公谈圃》上，载《全宋笔记》第二编第1册，大象出版社，2006，第144页。
②同①，第144—145页。
③孙升：《孙公谈圃》中，载《全宋笔记》第二编第1册，大象出版社，2006，第155页。
④同③，第159页。

圣俞同舟溯汴，见圣俞吟诗，日成一篇，众莫能和，因密伺圣俞如何作诗，盖寝食游观，未尝不吟讽思索也。时时于坐上忽引去，奋笔书一小纸，内算袋中。同舟窃取而观，皆诗句也。或半联，或一字，他日作诗有可用者入之。有云：‘作诗无古今，惟造平淡难。’乃算袋中所书也。”[①]

科举梦验在此书中也备受重视。“杜常及第时，在期集处为公言：‘先梦已及第，犹着白衣见主上。被发，常在众中骑马，意欲先行，为前三人拥而不得进。又过一大涧，几坠，后得一人状貌甚伟，扶掖而过。’果第四人及第，则前有三人之应也。后一人乃沈季长，正如梦中所见。时在谅暗中，即被发之应也。”[②]“杜镐龙图，江南名士植之祖也。初登第时，将试之前夕，寤而烛之，见大鼠衔卷于前，视之，乃《孝经正义》。明日，果于《正义》中出题三道。”[③]

夷门君玉《国老谈苑》

夷门君玉，生平事迹不详，著有《国老谈苑》，又名《国老闲谈》。

《国老谈苑》记载宋太祖至仁宗四朝朝野遗闻，虽篇幅不大，但有较为丰富的文学思想内容，颇有价值。

此书记载了宋太祖对于文士的优待及与文士的和谐关系：“太祖尝曲宴翰林学士王著。御宴既罢，著乘醉喧哗。太祖以前朝学士优容之，令扶以出。著不肯退，即趋近屏风，掩袂恸哭。左右拽之而去。明日或奏曰：‘王著逼宫门大恸，思念世宗。’太祖曰：‘此酒徒也，在世宗幕府，吾所素谙。况一书生，虽哭世宗，能为何也？’”[④]“太祖尝暑月纳凉于后苑，召翰林学士窦仪草诏，处分边事。仪至苑门，见太祖岸帻跣足而坐。仪即退立。阁门使督趣，仪曰：‘官家方取便，未敢进。’阁门使怒而奏之。太祖自视微笑，遽索御衣，而后召入。未及宣诏意，仪奏曰：‘陛下新即大位，四方瞻望，宜以礼示天下。臣即不才，不足动圣顾，臣恐贤杰之徒闻而解体。’

---

①孙升：《孙公谈圃》下，载《全宋笔记》第二编第1册，大象出版社，2006，第166—167页。

②同①，第167页。

③同①，第167页。

④夷门君玉：《国老谈苑》卷一，载《全宋笔记》第二编第1册，大象出版社，2006，第174—175页。

太祖敛容谢之，自后对近臣未尝不冠带也。”①

太宗、真宗对学问文章和对文学、对政治教化的重视，无疑对北宋文学的繁荣有重要的促进作用。“太宗退朝，常以经籍自娱。所阅之策，以帕裹，小黄门持之。巡行殿籞毕，以为从药糊之须，率皆副焉。有以柏为界尺，长数寸，谓之隔笔简。每御制，或飞宸翰，则用以镇所临之纸。”②“真宗初即位，暇日，召翰林学士王禹偁，与之论文。禹偁奏曰：‘夫进贤黜不肖，辟谏诤之路，彰为诰命，施之四方，延利万世，此王者之文也。至于雕织之言，岂足轸虑思、较轻重于琐琐之儒哉？愿弃末务大，以成宗社之计。’上顾曰：‘卿爱朕之深矣！’”③

此书重视作家的品行，善于从作家的作品中印证其品行，对品行低下的文人充满鄙视。例如，“权某为翰林待诏，有良马日驰数百里。陶谷欲取之，累言于权。权曰：‘学士要，诚合拜献，某年老有足疾，非此马驯良，不能出入。更俟一二年解职，必以为贽。’谷心衔之，后因草密诏召权与阁中书之。谷曰：‘吾尝爱权卿破体王书，写了进本来。’权即与书之。谷突入阁中取其本，乃谓权曰：‘帝王密诏，内有国家机事，未经进御，辄写一本，欲将何用？泄漏密旨，罪当不赦。’即呼吏作奏牍发其事。权不能自明，但皇恐哀诉而已。谷曰：‘亟将马来，释尔。’遂并马券取之”④。卷一又载：“又尝奉使两浙，献诗二十韵于钱俶。其末云：‘此生头已白，无路扫王门。’时谷官是丞郎，职为学士，奉命小邦，献诗已是失体，复有‘扫门’之句，何辱命之甚也？”⑤“又浙帅开宴，置金钟以为罚爵。谷后因卧病，浙帅使人问其所欲。谷以金钟为请，浙帅以十副赠之。乃以诗谢云：‘乞与金钟病眼明。’其苟得无耻之如此。及复命，将出其境，即赋诗于邮亭云：‘井蛙休恃重溟险，泽马曾嘶九曲滨。’请令人传诵，冀掩前诗之失。谷之狡谲，多此类也。”⑥

此书对于宋代文人独具品格的生活倍加注意。例如，书中记“鲁宗道

---

①夷门君玉：《国老谈苑》卷一，载《全宋笔记》第二编第1册，大象出版社，2006，第175页。

②同①，第176页。

③同①，第176—177页。

④同①，第179—180页。

⑤同①，第180页。

⑥同①，第180页。

以孤直遇主，公家之事，知无不为。每中书罢归私宅，别居一小斋，绘山水，题曰‘退思岩’，独游其间，虽家人罕接焉”①。

张舜民《画墁录》《郴行录》

张舜民，字芸叟，号浮休居士，邠州（今陕西彬州）人，著有《画墁录》及《郴行录》。《画墁录》主要记载宋时杂事，但也涉及唐及五代之事。

此书对宋代文人的生活方式有一些有价值的记载，如“苏舜钦、石延年辈，有名曰鬼饮、了饮、囚饮、鳖饮、鹤饮。鬼饮者，夜不以烧烛。了饮者，饮此挽歌哭泣而饮。囚饮者，露头围坐。鳖饮者，以毛席自裹其身，伸头出饮，毕复缩之。鹤饮者，一杯复登树，下再饮耳”②。

此书记载了宋代最高统治者崇尚文艺、乐意与大臣探讨学问的事迹。

> 太祖少亲戎事，性乐艺文，即位未几，召山人郭无为于崇政殿说书。至今讲官衔谓之崇政殿说书云。
>
> 太祖朝，进讲为难。每遇疑义，必面加诘难，往反久之。尔后累朝，但端默谛听，得有商确。仁宗尤所耽味，日昃不倦。每及祖宗彝训及二典、政实必拱手，上加肃敬。③
>
> 神庙博涉多识，闻一该十，每发疑难，迥出众人意表。故讲官每以进讲为难，退而相语曰：“今日又言行过也。”黄履见苏子由，以手扪其腹，曰：“予腹每趁讲，未尝不汗出也。”④

书中记载了一些作词得祸的事例，从中可以看出宋人虽未大兴文字狱，但创作的自由度难与唐代相比，如“波唐善词曲，始为楚州职官，胡知州楷差打蝗虫，唐方少年，负气不堪，其后作蝗虫三叠，且曰：‘不是这下辈无礼，都终是我自家遭逢。’楷大怒，科其带禁军随行，坐脏三十年。至熙宁魏公札子，特旨改官，辟充大名府签判，作《霜飞叶》云‘愿早作归来

---

①夷门君玉：《国老谈苑》卷二，载《全宋笔记》第二编第1册，大象出版社，2006，第187页。

②张舜民：《画墁录》，载《全宋笔记》第二编第1册，大象出版社，2006，第203—204页。

③同②，第207页。

④同②，第207—208页。

计'之语。介甫大怒，矢言曰：'谁教你。'及河大决曹村，凡豫事者皆获免，其惟唐冲替。久之，王广渊以乡间之素，辟渭州签判，作《雨中花》云：'有谁念我，如今霜鬓，远赴边堠。'广渊闻之亦怒，责歌者。唐郁不自安，竟卒于官。先自曲初成，识者曰：'唐不归矣。'以其有'身在碧云西畔，情随陇水东流'之语，已而果然"①。再如"柳三变既以调忤仁庙，吏部不放改官。三变不能堪，诣政府。晏公曰：'贤俊作曲子么？'三变曰：'只如相公亦作曲子。'公曰：'殊虽作曲子，不会道绿线慵拈伴伊坐。'柳遂退"②。

《郴行录》记载了张舜民元丰六年（1083）贬郴州途中所见之沿途风景、历史遗迹。书中包含了比较丰富的文学思想。

此书最值得重视的地方，是记载了宋人对前代文学的接受情况。作者重视结合实地景物、人物事迹，感同身受地欣赏诗文，而不是仅仅局限于文本的阅读。卷上载："丁丑，拜双庙，即张巡、许远祠也，宋人谓之五王庙，兼南霁云、姚訚、雷万春而为五也。《五王庙诗》：'清汴河边五君子，身遏横流同日死。火炎曾是及池鱼，世变安能顾妻子！百尺高城不足凭，日月所照惟孤诚。当其杀身际，肯念身后名？呜呼！伯夷既死，孔子不复生，身后是非谁与评！'"③"辛卯，次洪泽口，过龟山寺，辛奉议继至，同游久之。寺临淮水，负小山，规制壮丽，自京师以南寺观皆不及也。乃真庙所建，佛殿三榜，石曼卿书，笔力劲健。老僧清悠可语，出画佛一帧，自云王维笔，制作古妙，虽非摩诘，亦奇手所为也。寺后山脚有石穴，以砖塞其户，俗云'无支祈所宅也。'少南有长源公祠，祠下临水，石色绀碧，出没春激可爱。《龟山寺诗》：'白塔摇摇波浪间，几多舟楫望禅关。天边幡影因心动，堂上潮音到海还。我拔一毛犹自苦，师除双臂信如间（祥符中断臂道者所居）。中流莫怪频回首，直到江南始见山。'"④

对于唐诗中的胜景，作者更是寻访得很仔细："甲子，同陈舅游甘露寺。寺俯大江，踞崇岗，金山、焦山皆在指掌，东眺海门，北见扬州，天下绝致也。李卫公在浙西，再加缮葺，有文饶画像，手植柏。佛殿两牖门，菩萨六躯，世传张僧繇笔；菩萨二，神一，师子一，世传陆探微笔，与予家所

①张舜民：《画墁录》，载《全宋笔记》第二编第1册，大象出版社，2006，第222页。
②同①，第218页。
③张舜民：《郴行录》卷上，载《全宋笔记》第八编第10册，大象出版社，2017，第269页。
④同③。

藏天王笔小异。庭间有大铁镬，僧堂下有小铁镬二，梁天监中所作。砌下有石如蹲羊，即狠石也。世传孙权、刘备据此石以谋曹操，前朝题记，历历皆在。主僧道敷颇淳固，有理学。题狠石诗：'江北江南一道兵，匆匆据石各论情。功成与尔游沧海，此语当初是至诚。'是日同陈舅游延庆寺。延庆即刘裕故宅。有丹井、寿丘在焉，形势盘固，真异境也！"[①]"金陵之为国，大略自孙权城石头，谓之建业，即今之覆舟山上也。晋宋以来，其台城稍迁而南，以就平坦，尚在今之城北数里之内，梁陈因之。及李氏即营今之江宁，跨踞淮水，形势始全，梦得所谓'山围故国周遭在'，此不刊之句也。兵火之迹宛然，登览之间，使人凄怆不已。铁塔寺在城内，天庆观相连，庭中有二铁塔。甚奇制也。"[②]"丁丑，登大信口，出十许里，过碣石矶，风逆水急，舟行极力。循东岸数里，过矶即平。行十许里，斥岸皆卑麓，如坏城临水。可二十里过薤叶矶。过光宁，姑熟堂临溪上，制作宏丽，江表诸郡无此亭，后著李白画像并《十咏诗》，乃李白平生游咏之地也。西梁山，《前汉·地理志》所谓梁博望山，亦谓之天门山，李白有铭镌于江亭。宋沈庆之破臧质于此，置梁山军。至李建中立双庙于上，南北岸各有巡检司。"[③]"癸未，出大江，逆风循东岸，挽行可四十里，入峡口，又三四里入池州溪口。宛转行陂泽中，可十余里，次池州弄水亭，杜牧之所创，俯溪流，望齐山，景致清绝，人皆采为图画，亭上石刻尽载小杜诗篇。诗云：'清溪望处思悠悠，不独今人古亦愁。借尔碧波明似镜，照予白发莹如鸥。江山自美骚人宅，铙鼓常催过客舟。惟有角声吹不断，斜阳横起九峰楼。'"[④]

张舜民不畏时议，探望苏轼，留下了十分珍贵的记录，对于研究苏轼在黄州的生活状况、人生态度、创作心理有重要参考意义。卷下载："壬戌，早次黄州，见知州大夫杨寀、通判承议孟震、团练副使苏轼，会于子瞻所居，晚食于子瞻东坡雪堂。子瞻坐诗狱谪此已数年，黄之士人出钱于州之城东隅地筑。矶乃周瑜败曹操之所，州在大江之湄，北附黄岗，地形高下，公府居民极于萧条，知州厅事敝陋，大不胜处。国朝王禹偁尝谪此。

---

①张舜民：《郴行录》卷上，载《全宋笔记》第八编第10册，大象出版社，2017，第272—273页。

②同①，第275页。

③同①，第278页。

④同①，第279页。

丙寅，同苏子瞻游武昌樊山，山之巅有郊天台，即孙权即位郊天之处。食罢，移舟离黄州，泊对岸樊溪口，苏子瞻以舟涉江，同诣武昌县。县在樊溪之东，隔樊山五里许，即吴之西都，有吴王城。同县令李观、佐吴亮、严崧及子瞻诸人游武昌樊山，步出西门，涉寒溪，迤逦步上，凡两寺在山中，景致幽邃，下寺有观音泉，澄澈可爱。丁卯，会食李令宅，射于县圃。苏子瞻言，近获一鱼，似鲇而四足，能履地而行，不敢杀，复纵之江中，或曰此鲵鱼也。鄂州城即孙权所创，与润州子城、金陵覆舟山城、武昌吴王城制作一体，皆因山附险，止开二门，周环不过三二里。乃知古人为城，欲牢不欲广也。丙子，群会登石城，最西临江，即黄鹤白云，最东即头陀寺，寺与楼下枕大江，对瞰汉阳，江中即鹦鹉洲，黄祖沉祢衡之所，上接湖湘，下临沔汉，乃古今绝景也。白云黄鹤楼者，取费祎上升之地，仙洞尚存。祎始乘白云而去，久之复乘黄鹤而归也。自汉口少南，即故汉阳军，军今废为县，军西附城有山，浑然独起，即大别山，《禹贡》所谓‘过三澨至于大别’也。”①可惜当下研究苏轼的学者似乎不太重视苏轼与张舜民之交游。

对于同辈诗人秦观的逸事，张舜民亦有记述。此书卷下载：“岳麓书院有孔子堂、御书阁，堂庑尚完，清泉经流堂下，景意极于潇湘。升中寺法华台下有白鹤泉，涓涓有声，味极甘冷。橘洲湘江中，南北与城等，有巡检司，僧寺两三所，居民业渔者数百家，景物最为佳处。秦少游死藤州，其子护丧，藁殡潭州，黄鲁直有诗云：‘长眠橘洲风雨寒。’”②

沈括《梦溪笔谈》《补笔谈》《续笔谈》

沈括（1031—1095），字存中，钱塘（今浙江杭州）人，有《梦溪笔谈》二十六卷、《补笔谈》三卷、《续笔谈》一卷。这三种笔记在宋代笔记中十分重要，涉及面广，研究成果丰富。其中包括丰富的文学思想内容。对其中文学思想的研究，近十几年来成果比较丰硕。其中安徽师范大学艾媛媛《沈括的文学思想研究——以〈梦溪笔谈〉为中心》一文，对沈括文学思想研究的现状陈述清晰，可以参看。此不再述。

---

①张舜民：《郴行录》卷下，载《全宋笔记》第八编第10册，大象出版社，2017，第282—283页。

②同①，第288页。

王辟之《渑水燕谈录》

王辟之（1032—？），字圣涂，山东临淄（今山东淄博）人，著有《渑水燕谈录》十卷。据作者自序，此书最终完成于绍圣二年（1095）（“绍圣二年正月甲子序”）。书中包含丰富的文学思想。

一、记载当时皇帝优待文士、崇尚文化、推动文化发展

《渑水燕谈录》十分重视记载统治者对文臣的优待和对文学的崇尚。例如，此书记载：“晁文元公迥在翰林，以文章德行为仁宗所优异，帝以君子长者称之。天禧初，因草诏得对，命坐赐茶。既退，已昏夕，真宗顾左右取烛与学士，中使就御前取烛，执以前导之，出内门，传付从使。后曲燕宜春殿，出牡丹百余盘，千叶者才十余朵，所赐止亲王、宰臣，真宗顾文元及钱文僖，各赐一朵。又常侍宴，赐禁中名花。故事，惟亲王、宰臣即中使为插花，余皆自戴。上忽顾公，令内侍为戴花，观者荣之。”[①]晁迥、钱惟演固然是一时名儒，但对知识分子的礼遇与亲王、宰臣同等，这恐怕在宋朝以外任何封建王朝都难以做到。

还有其他事例可以证明宋代统治者对文士礼遇有加。“真宗一日晚坐承明殿，召学士对，既退，中人就院宣谕曰：‘朕适忘御袍带，卿无讶焉。’学士将降谢，中人止之云：‘上深自愧责，有旨放谢。’真宗礼遇词臣厚矣。”[②]“真宗朝，殿中丞崔颐正直讲国子监，以老疾不任朝请，乞以本官致仕，从之，仍为直讲。真宗优儒学，故遂其闲逸而不罢其职俸焉。”[③]

宋朝皇帝对自己欣赏的文士充满信任。“王元之尝草《李继迁制》，继迁送马五十匹润笔，公却之。后守永阳，闽人郑褒有文行，徒步谒公，及还，公买一马遗之。或谤其亏价者，太宗曰：‘彼能却继迁五十匹，顾肯亏一匹马价耶？’”[④]

宋朝初年的几位皇帝优待文士名流，不惜屈尊，甚至往往有意传扬自己优待士大夫的态度。例如，“真宗优礼种放，近世少比。一日，登龙图阁，放从行，真宗垂手援放以上，顾近臣曰：‘昔明皇优李白，御手调羹；

①王辟之：《渑水燕谈录》卷一，中华书局，1981，第2页。

②同①，第3页。

③王辟之：《渑水燕谈录》卷六，中华书局，1981，第71页。

④王辟之：《渑水燕谈录》卷二，中华书局，1981，第10页。

今朕以手援放登阁，厚贤之礼，无愧前代矣。’”①“种放明逸，少举进士不第，希夷先生谓之曰：‘此去逢豹则止，他日当出于众人。’初莫谕其意，故放隐于南山豹林谷。真宗召见，宠待非常，拜工部侍郎，皆符其言。放别业在终南山，学行高古，后生从之学者尤众。性颇嗜酒，躬耕种秫以自酿。所居有林泉之胜，尤为幽绝。真宗闻之，遣中使携工图之。开龙图阁，召辅臣观焉，上叹赏之。其后，甘棠魏野郊居有幽趣，帝亦遣人图之，故野有诗云：‘幽居帝画看。’”②又如“荆南朱昂，博学有清德，晚年以工部侍郎乞骸骨，既得谢，真宗赐坐，宠诏留候秋凉还荆南，故吴淑赠行诗曰：‘浴殿夜凉初阁笔，渚宫秋晚得悬车。’比行，赐宴玉津园，侍臣皆赴，坐中，内侍传诏各赋诗饯行。凡四十八篇，独李翰长维诗最奇绝，云：‘清朝纳禄犹强健，白首还家正太平。’昂弟协亦退居里中，年皆八十余，时谓‘渚宫二疏’。主帅表其闾曰东、西致政坊。昂薨，门人谥曰正裕先生”③。

再如“蒲中李渎处士父莹，国初为侍御史，有直声。渎少好学，有高志，长庐中条山下，以泉石吟咏自乐，未尝造州县。真宗祀汾阴，诏赴行在，渎不起，有表称谢云：‘十行温诏，初闻丹凤衔来；一片闲心，已被白云留住。’真宗制诗以赐之。时有同郡刘巽，治《三传》，年老博学，躬耕不仕，以讲授为业，真宗亦以一绝赐之”④。

除了优待文士，北宋皇帝大都对文人的言行较为宽容，且能够欣赏文人的才华。例如，宋仁宗对于苏辙的误解与失言十分宽容，“嘉祐中，苏辙举贤良对策，极言阙失，其略云：‘闻之道路，陛下宫中贵姬至以千数，歌舞饮酒，欢乐失节。坐朝不闻咨谟，便殿无所顾问。’考官以上初无此事，辙妄言，欲黜之，仁宗曰：‘朕设制举，本待敢言之士。辙小官，如此直言，特与科名。’仍令史官编录”⑤。

又如，宋真宗因为才华优待张咏：“忠定公为御史中丞，一日于行香所，宰相张齐贤呼参知政事温仲舒为乡弟，及它语尤鄙。公以非所宜言，失大臣体，遂弹奏之。齐贤深以为恨。后于上前短公曰：‘张咏本无文，凡有

①王辟之：《渑水燕谈录》卷四，中华书局，1981，第45页。
②同①，第46页。
③同①，第50页。
④同①，第51—52页。
⑤王辟之：《渑水燕谈录》卷六，中华书局，1981，第69页。

章奏，皆婚家王禹偁代为之。’禹偁前在翰林，作《齐贤罢相麻词》，其辞丑诋。及再入中书，禹偁亦再知制诰，故两中伤之。公闻，自辨曰：‘臣苦心文学，缙绅莫不知，今齐贤以臣假手于人，是掩上之明，诬臣之非罪也。’上曰：‘卿平生著述几多？可进来。’公遂以所著进。上阅于龙图阁，未竟，赐坐，曰：‘今日暑甚。’顾黄门于御几取常所执红绡金龙扇赐公，且称文善。公起，再拜，乃纳扇于几，上曰：‘便以赐卿，美今日献文事也。’”①

此外，宋朝优待文士、重视知名文学家的风气甚至影响到周边的辽。“欧阳文忠公使辽，其主每择贵臣有学者押宴，非常例也，且曰：‘以公名重今代故尔。’其为外夷敬服也如此。”②

当时的皇帝甚至会因诗而识人，提拔廉洁的官吏。“祥符中，有刘偁者久困铨调，为陕州司法参军，廉慎至贫。及罢官，无以为归计，卖所乘马办装，跨驴以归。魏野以诗赠行云：‘谁似甘棠刘法掾，来时乘马去骑驴。’未几，真宗祀汾阴，过陕，诏征野赴行在。野避，不奉诏。上遣中使就野家索其所著，得赠偁诗，上叹赏久之，语宰臣曰：‘小官中有廉贫如此者。’使召之。偁方为江南幕吏，至，以为京官知青州博兴县。后有差除，上曰：‘得如刘偁者可矣。’未数年，亟迁主客郎中、三司户部判官。真宗之奖拔廉吏如此，然由野一诗发之也。”③

对于少年神童，宋朝皇帝更是另眼相看，“晏元献公七岁文章敏妙，张文节公荐之，真宗召见，赐出身。后二日，又召试诗赋，公徐曰：‘臣尝私为此赋，不敢隐，乞易题。’真宗益叹异之，乃易以他题”④。

当时皇帝优待大臣有很多方式，比如赐宴和诗歌唱和。元丰七年（1084）文彦博告老，神宗皇帝三次赐宴，两次赐诗：“元丰七年春，文太师既告老，奏乞赴阙，亲辞天陛，庶尽臣子之诚。既见，神宗即日对御赐宴，顾问温渥，上酌御盏亲劝。数日，朝辞，上遣中使以手札谕公留过清明，饬有司令与公备二舟，溯汴还洛。清明日，锡宴玉津园，公作诗示同席。翌日，上用公韵属和，亲洒宸翰，就第赐公。将行，特命三省以上赴琼林苑宴饯，复赐御诗送行。公留京师一月，凡对上者五，锡宴者三，锡诗者再，顾问不名，

①王辟之：《渑水燕谈录》卷二，中华书局，1981，第21页。

②同①，第15页。

③王辟之：《渑水燕谈录》卷六，中华书局，1981，第88—89页。

④同③，第71页。

称曰太师。宠数优异，近世无比。”[①]又如“赵师民周翰，博学醇德，为本朝名儒，尤为仁宗所眷。自登第即入学馆，豫校雠，登经筵，参侍几三十年。晚以龙图阁学士出守耀州，仁宗亲笔御诗以宠其行，序有‘儒林旧德，出守近藩’之语。后宋次道撰公碑，题其额曰‘儒林旧德之碑’，世以为荣”[②]。再如“陈抟，周世宗常召见，赐号白云先生。太平兴国初，召赴阙，太宗赐御诗云：‘曾向前朝出白云，后来消息杳无闻。如今若肯随征召，总把三峰乞与君。’先生服华阳巾，草屦垂绦。以宾礼见，赐坐。上方欲征河东，先生谏止。会军已兴，令寝于御园。兵还，果无功。百余日方起，恩礼特异，赐号希夷，屡与之属和。久之，辞归，进诗以见志云：‘草泽吾皇诏，图南抟姓陈。三峰千载客，四海一闲人。世态从来薄，诗情自得真。乞全麋鹿性，何处不称臣。’上知不可留，赐宴便殿，宰相两禁傅坐，为诗以宠其归”[③]。

当时皇帝不仅优待文士，而且以身作则、提倡读书，并利用官方力量修编大型类书，方便读书人增长知识，力图纠正宋初文化荒芜、士人浅鄙之风。“太宗锐意文史，太平兴国中，诏李昉、扈蒙、徐铉、张洎等，门类群书为一千卷，赐名《太平御览》。又诏昉等撰集野史为《太平广记》五百卷，类选前代文章为一千卷，曰《文苑英华》。太宗日阅《御览》三卷，因事有阙，暇日追补之。尝曰：‘开卷有益，朕不以为劳也。’”[④]

二、大臣普遍尊重文士、奖掖后进

上行下效，当时的王公大臣也对文士厚爱有加，例如，“孙明复先生退居太山之阳，枯槁憔悴，鬓发皓白，著《春秋尊王发微》十五篇，为《春秋》学者，未有过之者也。故相李文定公守兖，就见之，叹曰：‘先生年五十，一室独居，谁事左右？不幸风雨饮食生疾奈何！吾弟之女甚贤，可以奉先生箕帚。’先生固辞，文定公曰：‘吾女不妻先生，不过为一官人妻，先生德高天下，幸婿李氏，荣贵莫大于此。’先生曰：‘宰相女不以妻公侯贵戚，而固以嫁山谷衰老、藜藿不充之人，相国之贤，古无有也，予不可不成相国之

①王辟之：《渑水燕谈录》卷二，中华书局，1981，第18页。
②王辟之：《渑水燕谈录》卷六，中华书局，1981，第72—73页。
③王辟之：《渑水燕谈录》卷四，中华书局，1981，第44页。
④同②，第70页。

贤。’遂妻之。其女亦甘淡薄，事先生以尽妇道，当时士大夫莫不贤之”[①]。

当时的文坛宿儒普遍乐于奖掖后进，例如，“河东柳先生开，以高文苦学为世宗师，后进经其题品者，翕然名重于世。尝有诗赠诸进士曰：‘今年举进士，必谁登高第？孙何及孙仅，外复有丁谓。’未几，何、仅连榜状元，谓亦中甲科。先生之知人也如此”[②]。再如，“孙何、孙仅，学行文辞倾动场屋。何既为状元，王黄州览仅文编，书其后曰：‘明年再就尧阶试，应被人呼小状元。’后榜仅果为第一。黄州复以诗寄之云：‘病中何幸忽开颜，记得诗称小状元。粉壁乍悬龙虎榜，锦标终属鹡鸰原。’并寄何诗曰：‘惟爱君家棣华榜，《登科记》上并龙头。’潘逍遥亦有诗曰：‘归来遍检《登科记》，未见连年放弟兄。’而陈尧叟、尧咨兄弟亦前后相继为状元，士林皆以为盛事”[③]。又如，“刘少逸少有俊才，年十三，端拱二年中礼选，及御试，诗赋外别召升殿，赐御题。赋诗数首，皆有旨意，授校书郎，令于三馆读书。故王元之爱其少俊，而赠之诗曰：‘待学韩退之，矜夸李长吉。’”[④]又如，“麻先生仲英，幼有俊才，七岁能诗，随侍父官鄜州。宋翰林白方谪官鄜畤时，闻而召之。坐赋诗十篇，宋大称赏。翌日，宋以浣溪笺、李廷珪墨、诸葛氏笔遗之，乃赠以诗曰：‘宣毫歙墨川笺纸，寄与麻家小秀才。七岁能吟天骨异，前生应折桂枝来。’十七，一试礼部归。以二亲既丧，禄不及养，无复仕宦意，退居临淄辨七里别墅。久而记览该洽，行义高洁，乡党化服。邻里有争讼者，不决于有司而听先生辨之。虽凶年，盗不入其家。富韩公、文潞公守青，皆尝致书币。庞庄敏公出镇，遣其子奉书召至府中，礼之极厚，屡以诗贻之；荐其行义于朝，诏以为国子四门助教、州学教授。东方学者争师之。卒年九十”[⑤]。

欧阳修之所以能成为嘉祐时期的文坛领袖，也与嘉祐之前的知名文士对他的延誉奖赏有关。“天圣末，欧阳文忠公文章三冠多士，国学补试国学解，礼部奏登甲科。为西京留守推官，府尹钱思公、通判谢希深皆当世伟人，待公优异。公与尹师鲁、梅圣俞、杨子聪、张太素、张尧夫、王几道为

---

①王辟之：《渑水燕谈录》卷二，中华书局，1981，第21—22页。

②王辟之：《渑水燕谈录》卷三，中华书局，1981，第27页。

③同②，第27—28页。

④同②，第39页。

⑤王辟之：《渑水燕谈录》卷四，中华书局，1981，第46页。

七友，以文章道义相切劘。率尝赋诗饮酒，间以谈戏，相得尤乐。凡洛中山水园庭、塔庙佳处，莫不游览。思公恐其废职事，欲因微戒之。一日府会，语及寇莱公，思公曰：'诸君知莱公所以取祸否？由晚节奢纵、宴饮过度耳。'文忠遽曰：'宴饮小过，不足以招祸；莱公之责，由老不知退尔。'坐客为之耸然，时思公年已七十。"[①]

或许是由于自身青年时代经历的关系，欧阳修后来也乐于奖掖后进，此书对他奖掖后进的行为也有所记载。"刘原父文章敏赡，尝直舍人院。一日，追封皇子、公主九人，方下直，为之立马却坐，一挥九制成。文辞典丽，各得其体，真天才也。欧阳文忠公闻而叹曰：'昔王勃一日草五王策，此未足尚也。'"[②]刘敞后为名臣、著名学者。

不仅欧阳修如此，当时其他大臣也有奖掖后进之行。"孙洙巨源，博学长才，初举贤良方正，奏论五十篇，皆陈祖宗政事，指切治体，推往验今，著见得失。天下争传写之，目曰《经纬集》。韩魏公览而叹曰：'恸哭太息以论天下事，今贾谊也。'"[③]在韩琦的推荐下，孙洙后来官至翰林学士。

三、记载文人交游活动

文人集会、唱和，无疑有利于推动诗赋创作，提高创作技艺。《渑水燕谈录》对当时的文人交游活动十分重视，并做了不少详细记录。例如，"庆历末，杜祁公告老，退居南京，与太子宾客致仕王涣，光禄卿致仕毕世长，兵部郎中、分司朱实，尚书郎致仕冯平为'五老会'，吟醉相欢，士大夫高之。祁公以故相耆德，尤为天下倾慕，兵部诗云：'九老且无元老贵，莫将西洛一般看。'五人年皆八十余，康宁爽健，相得甚欢，故祁公诗云：'五人四百有余岁，俱称分曹与挂冠。'而毕年最高，时已九十余，故其诗云：'非才最忝预高年。'是时，欧阳文忠公留守睢阳，闻而叹慕，借其诗观之。因次韵以谢，卒章云：'闻说优游多唱和，新诗何惜借传看。'"[④]再如，"初，欧阳文忠公与赵少师概同在中书，尝约还政后再相会。及告老，赵自南京

---

①王辟之：《渑水燕谈录》卷四，中华书局，1981，第40页。

②王辟之：《渑水燕谈录》卷六，中华书局，1981，第72页。

③同②。

④同①，第47—48页。

访文忠公于颍上。文忠公所居之西堂曰‘会老’，仍赋诗以志一时盛事。时翰林吕学士公著方牧颍，职兼侍读及龙图，特置酒于堂，宴二公。文忠公亲作口号，有‘金马玉堂三学士，清风明月两闲人’之句，天下传之”①。

此书尤其详细记载了文彦博举办的洛阳耆英会的经过。“富韩公，熙宁四年以司空归洛，时年六十八。是年，司马端明不拜枢密副使，求判西台，时年五十三。二公安居冲默，不交世务。后十一年，当元丰五年，文潞公留守西京，慕唐白乐天九老会，于是悉聚洛中士大夫贤而老自逸者，于韩公第置酒相乐，凡十二人。即又命郑奂图形妙觉僧舍，各赋诗一首，时人呼之曰‘洛阳耆英会’，而司马为之序。其相聚也，用洛中旧俗，叙齿不尚官。时韩公年七十九，潞公与司封郎中席汝言皆七十七，朝议大夫王尚恭七十六，太常卿赵丙、秘书监刘几、卫州防御使冯行已皆七十五，天章阁待制楚建中七十三，朝议大夫王慎言七十二，太中大夫张问、龙图阁直学士张焘皆七十，司马六十四。故潞公诗云：‘当年尚齿尤多幸，十二人中第二人。’韩公赠潞公诗云：‘顾我年龄虽第一，在公勋德自无双。’潞公再答韩公诗云：‘惟公福禄并功德，合是人间第一流。’是时，宣徽使王公拱辰年七十，留守大名，贻诗二公，预其数，凡十三人也。”②

四、记载科举相关情况

《渑水燕谈录》特别重视记载科举的情况。卷六专列《贡举》十四条，对宋代科举制度有记载。“进士之举至今，本朝尤盛，而沿革不一。开宝六年，因徐士廉伐鼓诉讼，帝御讲武殿覆试，覆试自此始。赐诗自兴国二年吕蒙正榜始；分甲次自兴国八年王世则榜始；赐袍笏自祥符中姚晔榜始；赐宴自吕蒙正榜始；赐同出身自王世则榜始；赐别科出身自咸平三年陈尧咨榜始；唱名自雍熙二年梁颢榜始；弥封、誊录、覆考、编排，皆始于景德、祥符之间。”③

宋代有一种“赐第”制度，本与科举无关，但由于皇帝所赐为科名，受赐人有的要附在科举榜中。《渑水燕谈录》卷六就记载了这样一个例子：

①王辟之：《渑水燕谈录》卷四，中华书局，1981，第48页。
②同①，第49页。
③王辟之：《渑水燕谈录》卷六，中华书局，1981，第67页。

“雍熙中，著作佐郎乐史特赐进士及第，诏附于兴国五年第一等之下，赐第附榜始于此。”[①]

宋代考试有三级。关于第一级发解试，现有资料不多，此书却对发解试有较详细的记载。所谓“发解”，即各地将报考的进士及诸科经考试合格的举子，按解额发送到尚书省。为发解而举行的考试叫发解试，简称解试。解试一般在秋天（八月）举行，又名“秋闱”。发解试又名“秋赋”“秋贡”。宋代发解试有三个途径，州府是主要渠道，还有国子监试及各路转运使的“别头试”“锁厅试”，分别称为乡试、监试、漕试。此书记载，“咸平元年，开封发解以高辅尧为首，钱易次之。易有时名，不得魁荐，颇不平之，上书言试题语涉讥讽。辅尧亦请以解头让易。上命钱若水覆考，既而上以为士人争进，几不可长，止令擢文行兼著者一人为首。乃以孙暨为第一，辅尧次之，易第三，余如旧”[②]。

此书记载，北宋不断完善科举考试的监察制度，防止舞弊。“张邓公士逊，以监察御史为诸科考试官，以举子有当避亲者，求免去，主司不从，真宗嘉之。自后，试官亲戚悉牒送别头考校，至今著为令。”[③]

由于北宋统治者对文人的言论采取比较宽容的政策，名公大臣也保护举子的放言行为。此书记载了这样一个例子：“熙宁中，孔文仲举贤良方正，制策入等，以忤时政，不推恩。孙靖公固言：‘科举徒取一日之长，言之虚华不足校。矧制举本以求直言，岂以忤而黜之耶！今朝廷以文仲之言足以惑天下，臣恐天下不惑文仲之言，而以文仲之黜为惑。’论者嘉之。”[④]

当时科举考试备受重视，如果有哪一家父子、兄弟均能上榜，这一家会受到全社会的尊崇。例如，“真宗朝，钱希白贤良方正擢第；庆历中，子明逸子飞、彦远子高相继制举登科；嘉祐末，苏轼子瞻、弟辙子由同年制策入等；衣冠以为盛事。故子高谢启云：‘两朝之间，相继者父子；十年之内，并进者弟兄。’子瞻《汝州谢表》曰：‘兄弟并窃于贤科，衣冠或以为盛事。’而子瞻入等尤高，故其谢启曰：‘误玷久虚之等。’希白从孙藻，皇祐五年登进士第。是年说书中选，后十年复登制科，其谢启曰：‘十年

①王辟之：《渑水燕谈录》卷六，中华书局，1981，第68页。

②同①。

③同①，第69页。

④同①，第69页。

二第，屡玷于主司；一门四人，无替于祖烈。'" [1]又如"祥符二年真宗东封岱山，六月，放梁固已下进士三十一人及第。四年，祀后土于汾阴，十一月，放张师德以下三十一人及第。固，雍熙二年状元颢之子；师德，建隆二年状元去华之子。两家父子状元，当时士大夫荣之。甘棠魏野闻而以诗贺之曰：'封禅汾阴连岁榜，状元俱是状元儿。'" [2]

《渑水燕谈录》卷六《先兆》二十一事中，还记载了大量与科举有关的梦兆故事，虽为虚妄之言，但反映了当时社会上文人的普遍心态。

五、记载文人事迹

本书记载了一些反映文人道德品行的事迹。例如，"景祐中，范文正公知开封府，忠亮谠直，言无回避，左右不便，因言公'离间大臣，自结朋党'。仍落天章阁待制，黜知饶州。余靖安道上疏论救，以朋党坐贬。尹洙师鲁言：'靖与仲淹交浅，臣与仲淹义兼师友，当从坐。'贬监郢州税。欧阳永叔贻书责司谏高若讷不能辩其非辜，若讷大怒，缴其书，降授夷陵县令。永叔复与师鲁书云：'五六十年来，此辈沉默畏慎布在世间，忽见吾辈作此事，下至灶间老婢亦为惊怪。'时蔡君谟为《四贤一不肖》诗，布在都下，人争传写，鬻书者市之，颇获厚利。虏使至，密市以还。张中庸奉使过幽州，馆中有书君谟诗在壁上。四贤：希文、安道、师鲁、永叔；一不肖，谓若讷也" [3]。

再如，"徂徕先生石守道，少以进士登甲科，好为古文章。虽在下位，不忘天下之忧，其言以排斥佛老、诛贬奸邪为己任。庆历中，天子罢二相，进用韩魏公、富韩公、范文正公，增置谏官，锐意求治。先生喜曰：'吾官为博士，雅、颂，吾职也。'乃作《庆历圣德》诗五百言，所以别白邪正甚详。太山孙明复见之，曰：'子祸起矣！'由是谤论喧然，奸人嫉妒，相与挤之，欲其死而后已。不幸先生病卒。有以媾祸中伤大臣者，指先生之起事曰：'石某诈死，北走胡矣。'请斫棺以验。朝廷知其诬，不发棺。欧阳文忠公哭先生以诗曰：'当子病方革，谤辞正腾喧。众人皆欲杀，圣主独保全。

---

①王辟之：《渑水燕谈录》卷六，中华书局，1981，第68页。

②同①，第69页。

③王辟之：《渑水燕谈录》卷二，中华书局，1981，第15页。

已埋犹不信，仅免斫其棺。’先生没后，妻子流落寒饿，魏公分俸买田以给之。所谓大臣，乃先生尝荐于朝者；奸人，即先生诗所斥者也。元祐中，执政荐先生之直，即诏官其子”①。

又如，“河东先生柳仲涂，少时纵酒酒肆，坐侧有书生，接语，乃以贫未葬父母，将谒魏守王公祜，求资以给襄事。先生问所费几何。曰：‘得钱二十万可矣。’先生曰：‘姑就舍，吾且为子营之。’罄其资，得白金百两，钱数万，遗之。议者以郭代公之义不能远过”②。

又如，“范文正公轻财好施，尤厚于族人。既贵，于姑苏近郭买良田数千亩，为义庄，以养群从之贫者。择族人长而贤者一人主其出纳，人日食米一升，岁衣缣一匹，嫁娶丧葬，皆有赡给。聚族人仅百口。公殁逾四十年，子孙贤令，至今奉公之法，不敢废弛”③。

此书还真实记录了当时文人的影响与威望，例如，“司马温公忠厚正直，出于天性，终始一节，故得天下之望。居洛十五年，天下之人，日望以为相。神宗上仙，公赴阙哭临，卫士见公，皆以手加额曰司马相公也。民遮道曰：‘无归洛，留相天子，活百姓。’所在数千人观之。公惧，径归。诏除知陈州，过阙，留拜门下侍郎，遂为左仆射。及薨，京师民刻画其像，家置一本，四方争购之，画工有致富者。公之功德为民爱如此”④。

再如，“庆历中，滕子京谪守巴陵，治最为天下第一。政成，重修岳阳楼，属范文正公为记，词极清丽。苏子美书石，邵竦篆额，亦皆一时精笔。世谓之‘四绝’云”⑤。

此书翔实地记录了“三苏”在当时的影响。例如，“眉山苏洵，少不喜学，壮岁犹不知书。年二十七，始发愤读书。举进士，又举茂才，皆不中。曰：‘此未足为吾学也。’焚其文，闭户读书，五六年，乃大究《六经》、百家书说。嘉祐初，与二子轼、辙至京师。欧阳文忠公献其书于朝，士大夫争持其文，二子举进士亦皆在高等。于是，父子名动京师。而苏氏文章擅天下，目

①王辟之：《渑水燕谈录》卷三，中华书局，1981，第29页。
②同①，第32页。
③王辟之：《渑水燕谈录》卷四，中华书局，1981，第35—36页。
④王辟之：《渑水燕谈录》卷二，中华书局，1981，第20页。
⑤王辟之：《渑水燕谈录》卷六，中华书局，1981，第72页。

其文曰三苏，盖洵为老苏、轼为大苏、辙为小苏也”[①]。

又如，“子瞻文章议论，独出当世，风格高迈，真谪仙人也；至于书画，亦皆精绝。故其简笔才落手，即为人藏去，有得真迹者，重于珠玉。子瞻虽才行高世而遇人温厚，有片善可取者，辄与之倾尽城府，论辨唱酬，闲以谈谑，以是尤为士大夫所爱。间遭佥人媒孽，谪居黄州。有陈处士者，携纸笔求书于子瞻，会客方鼓琴，遂书曰：‘或对一贵人弹琴者，天阴声不发，贵人怪之，曰：“岂弦慢邪？”对曰：“弦也不慢。”’子瞻之清谈善谑，皆此类也”[②]。

苏轼的文章当时不仅朝野上下传诵、学习，甚至传播到辽国：“张芸叟奉使大辽，宿幽州馆中，有题子瞻《老人行》于壁者。闻范阳书肆亦刻子瞻诗数十篇，谓《大苏小集》。子瞻才名重当代，外至夷虏，亦爱服如此。芸叟题其后曰：‘谁题佳句到幽都，逢著胡儿问大苏。’”[③]

《渑水燕谈录》还记载了当时的一些诗谶，以及与之相关的文人逸事。例如，“苏子美，庆历末谪居姑苏，以诗自放。一日，观鱼沧浪亭，有诗云：‘我嗟不及游鱼乐，虚作人间半世人。’识者以为不祥。未几，果卒。年四十一。士大夫嗟惜之”[④]。“郑毅夫诗格飘放，晚年为《雨》诗，曰：‘老火烧空未肯休，忽惊快雨破新秋。晚云浓淡白日下，只在楚江南岸头。’未几，自杭移青，道病，泊舟高邮亭下，乃卒。是何自谶之明。”[⑤]

六、摘句、摘篇论诗文颇有价值

《渑水燕谈录》中的文学思想主要体现在摘句与摘篇上。如“艺祖收河东凯旋，范杲叩马进诗曰：‘千里版图来浙右，一声金鼓下河东。’上爱叹不已，增秩，赐章服。杲，鲁公质之侄，好学有文，时称‘高、梁、柳、范’，谓高弁、梁周翰、柳开与杲也”[⑥]。在宋朝，进诗可增加待遇，获得赏赐，非他朝可比。大臣诗写得好，还可以获得皇帝的唱和，甚至被写在御屏

①王辟之：《渑水燕谈录》卷四，中华书局，1981，第41—42页。
②同①，第42页。
③王辟之：《渑水燕谈录》卷七，中华书局，1981，第89—90页。
④同③，第87页。
⑤同③，第87页。
⑥同③，第83页。

上："杨侍读徽之，以能诗闻于祖宗朝。太宗知其名，索其所著。以百篇献上，卒章曰：'少年牢落今何幸，叨遇君王问姓名。'太宗和赐，且语近臣曰：'徽之文雅可尚，操履端正。'拜礼部侍郎，选十联写于御屏。梁周翰贻之诗曰：'谁似金华杨学士，十联诗在御屏风。'《江行》云：'犬吠竹篱沽酒客，鹤随苔岸洗衣僧。'《寒食》云：'天寒酒薄难成醉，地迥楼高易断魂。'《塞上》云：'戍楼烟自直，战地雨长腥。'《嘉阳川》云：'青帝已教春不老，素娥何惜月长圆。'又云：'浮花水入瞿塘峡，带雨云归越嶲州。'《哭江为》云：'废宅寒塘水，荒坟宿草烟。'《元夜》云：'春归万年树，月满九重城。'《僧舍》云：'偶题岩石云生笔，闲绕庭松露湿衣。'《湘江舟行》云：'新霜染枫叶，皓月借芦花。'《宿东林》云：'开尽菊花秋色老，落迟桐叶雨声寒'"①。从这十联诗中，可以看出，宋太宗欣赏清新淡雅的诗歌，其审美取向与五代诗风有很大不同。

此书记载，"夏文庄公竦，初侍其父监通州狼山盐场，《渡口》诗曰：'渡口人稀黯翠烟，登临尤喜夕阳天。残云右倚维扬树，远水南回建业船。山引乱猿啼古寺，电驱甘雨过闲田。季鹰死后无归客，江上鲈鱼不直钱。'时年十七。后之题诗，无出其右。识者以谓'甘雨过闲田'虽有为霖之志，而终无济物之泽"②。从时人对上面这首诗的评价看，时人推崇此诗艺术境界之闲适清淡，却批评其缺乏济世之念，足见北宋初诗歌逐步摆脱五代习气。

此书记载了以曲促进诗歌传播的个例。"石曼卿，天圣、宝元间以歌诗豪于一时。尝于平阳作《代意寄师鲁》一篇，词意深美，曰：'十年一梦花空委，依旧山河损桃李。雁声北去燕西飞，高楼日日春风里。眉黛石州山对起，娇波泪落妆如洗。汾河不断水南流，天色无情淡如水。'曼卿死后，故人关咏梦曼卿曰：'延年平生作诗多矣，独常自以为《代平阳》一首最为得意，而世人罕称之。能令予此诗盛传于世，在永言尔。'咏觉，增广其词为曲，度以《迷仙引》，于是人争歌之。他日，复梦曼卿谢焉。咏，字永言。"③

---

①王辟之：《渑水燕谈录》卷七，中华书局，1981，第83—84页。

②同①，第85页。

③同①，第88页。

朱胜非《秀水闲居录》

朱胜非（1082—1144），字藏一，蔡州（今河南汝南）人，有《秀水闲居录》。此书仅存残编八条。从现存有关文献中辑出不少逸文，从中可看出概貌。此书内容庞杂，其中包含一些文学思想。比如，此书在讨论陈与义的文学方面有一定价值："'中庭淡月照三更，白露洗空河汉明。莫遣西风吹叶落，只愁无处著秋声。'此陈与义《秋夜》诗也，置之唐音，不复可辨。"①其他见于他书者，不再重复论说。

庞元英《文昌杂录》

庞元英，字懋贤，单州武城（今属山东）人。撰《文昌杂录》。书中包含一定的文学思想。

此书记载了宋人日常吟诵和讨论杜甫作品的事例。"礼部谢侍郎因诵杜甫诗'五夜漏声催晓箭'，坐客言午夜子夜之义如何，余因言《颜之推家训》，或问：'一夜何故五更，更何所训？'答曰：'汉、魏以来，谓为甲夜、乙夜、丙夜、丁夜、戊夜，又云一鼓、二鼓、三鼓、四鼓、五鼓，亦云一更、二更、三更、四更、五更，皆以五为节。《西都赋》亦云卫以严更之署，所以尔者，假令正月建寅，斗柄夕则指寅，晓则指午矣，自寅至午，凡历五辰。冬夏之月，虽复长短参差，辰间辽阔，盈不至六，缩不至四，进退常在五者之间。更，历也，故曰五更。午夜子夜之义，盖亦如此。"②

对于唐诗，宋人不是只当作孤立的个案欣赏，还常常进行同类、同题作品以及唱和作品的比较。"礼部王员外因言和诗最为难，唯唐贤尤工于此。贾至《早朝大明宫》曰：'银烛朝天紫陌长，禁城春色晓苍苍。千条弱柳垂青琐，百啭流莺绕建章。剑珮声随赤墀步，衣冠气染御炉香。共沐恩波凤池里，终朝染翰侍君王。'王维和云：'绛帻鸡人送晓筹，尚衣方进翠云裘。九天阊阖开宫殿，万国衣冠拜冕旒。日色才临仙掌动，香烟欲傍衮龙浮。朝罢须裁五色诏，佩声归向凤池头。'杜甫和云：'五夜漏声催晓箭，九重春色醉仙桃。旌旗日暖龙蛇动，宫殿风微燕雀高。朝罢香烟携满袖，诗成珠玉在挥毫。欲知世掌丝纶美，池上于今有凤毛。'三篇皆用凤池事，

---

①朱胜非：《秀水闲居录》，载《全宋笔记》第九编第1册，大象出版社，2018，第356页。
②庞元英：《文昌杂录》卷一，载《全宋笔记》第二编第4册，大象出版社，2006，第124页。

唯工部尤出于二公。昨建三省待漏院，书此诗为屏风焉。”[①]

此书中有以诗证史的案例。“张文昌《寒食内宴诗》云：‘朝光瑞气满宫楼，彩纛鱼龙四面稠。廊下御厨分冷食，殿前香骑逐飞球。千官尽醉犹教坐，百戏皆呈未放休。共喜拜恩侵夜出，金吾不敢问行由。’有唐禁烟节，亦宴百官廊下，皆冷食。又知夜慈多至夜而罢也。”[②]“唐谏议大夫、拾遗、补阙，皆在省，太宫局属光禄寺。而刘禹锡《送令狐博士诗》‘谏院过时荣棣萼’，张文昌《寒食内宴诗》‘廊下御厨分冷食’，已有谏院御厨之名，其故何哉？”[③]“杜甫《紫宸退朝诗》云‘香飘合殿春风转，花覆千官淑景移’，又《晚出左掖》云‘退朝花底散，归院柳边迷’，乃知唐朝殿亦种花柳。今殿庭唯对植槐楸，郁郁然有严毅之气也。”[④]“杜甫为左拾遗，作《紫宸殿退朝》诗云‘宫中每出归东省，会送夔龙集凤池’。东省，门下也，鸾台在焉，凤池在中书省，杜诗不应有误，恐唐朝别有故事，又恐是时政事堂适在右省耳。”[⑤]“柳子厚作《馆驿使记》云：‘万国之会，四表之来。天下之道途，毕出于邦畿之内。故馆驿之制于千里之内尤望。自万年至于渭南，其蔽曰华州，其关曰潼关。自华而北，界于栎阳，其蔽曰同州，其关曰蒲津。自灞而南至于蓝田，其驿六，其蔽曰商州，其关曰武关。自长安至于盩厔，其驿十有一，其蔽曰洋州，其关曰华阳。自武功而西至于好畤，其驿三，其蔽曰凤翔府，其关曰陇关。自渭而北至于华原，其驿九，其蔽曰坊州。自咸阳而西至于奉天，其驿六，其蔽曰汾州。由四海之内，总而合之，以至于关，由关之内，束而会之，以至于王都。’言唐都畿之制如此，虽《六典》所在，亦不得其详。今司门职方谓宜举唐旧制，而复京畿之壮观焉。”[⑥]“唐制，天子坐朝，宫人引至殿上。故杜甫诗云‘户外昭容紫袖垂，双瞻御座引朝仪’。天祐二年十二月，诏曰：‘宫妃女职，本备内任。今后每遇延英坐日，只令小黄门祗候引从，宫人不得出内。’自此始罢

①庞元英：《文昌杂录》卷二，载《全宋笔记》第二编第4册，大象出版社，2006，第127页。
②同①，第131页。
③庞元英：《文昌杂录》卷三，载《全宋笔记》第二编第4册，大象出版社，2006，第137页。
④庞元英：《文昌杂录》卷四，载《全宋笔记》第二编第4册，大象出版社，2006，第166页。
⑤庞元英：《文昌杂录》卷五，载《全宋笔记》第二编第4册，大象出版社，2006，第171页。
⑥同⑤，第174页。

也。”[①]“《文昌杂录》补遗载：‘余前记唐谏议、遗、补在左、右省，而刘禹锡《送令狐博士诗》云“谏院过时荣棣萼”，已有谏院之名，何哉？按《会要》，贞元中，薛元舆为谏议大夫，奏云：“谏官所上封章，事皆机密，每进一封，两省印署，凡有封奏，人且先知。请别铸谏院印，庶免漏泄。”乃知谏院之名旧矣。’”[②]

此书对于科举制度的变革也有许多有价值的记载。例如，《文昌杂录》卷四载：“礼部尚书黄公说：‘丙申年秋试进士仅八千人，国朝以来未有如此之盛，他试院不能容，始命就开宝寺分数场引试。开宝为试院，自此始。礼部林郎中以《清微之风养万物赋》为第一人，始可谓雄魁也。’”[③]“开宝六年，翰林学士李昉知贡举，放进士及诸科及第者凡三十八人。下第进士徐士廉自陈屈抑，即诏贡部以入等第进士并终经学人，并亲覆于殿廷，内出《未明求衣爵待士》诗，进士宋准等一百二十七人并放及第。昉所放，退落者十人，责授昉太常少卿。御试举人，自此始也。”[④]

据此书记载，当时科举考试人数之多远远超过唐代。“礼部投纳试卷。因国学至天下所解进士者诸科，赴省试者约六千人。辞场之盛，未有今日之比也。”[⑤]而登第的举子往往前途无量，如《文昌杂录》卷四载：“太子太师张公昇，大中祥符八年岁在乙卯登科。熙宁九年丙辰，终于许州阳翟县里。公起布衣至使相，自初仕至薨谢，历一甲子，近世所无也。”[⑥]

陈师道《后山谈丛》

陈师道（1053—1102），字履常，一字无己，号后山居士，徐州彭城（今江苏徐州）人。有《后山谈丛》六卷。陈师道不仅是优秀的诗人，而且与北宋文学家曾巩、苏轼等关系密切。此书记载了苏轼、王安石、欧阳修、苏舜

①庞元英：《文昌杂录》卷六，载《全宋笔记》第二编第4册，大象出版社，2006，第184页。
②庞元英：《文昌杂录》补遗，载《全宋笔记》第二编第4册，大象出版社，2006，第187页。
③庞元英：《文昌杂录》卷四，载《全宋笔记》第二编第4册，大象出版社，2006，第156页。
④同③，第160页。
⑤庞元英：《文昌杂录》卷五，载《全宋笔记》第二编第4册，大象出版社，2006，第177—178页。
⑥同③，第162页。

钦等北宋文学家的事例，颇有价值。

此书淋漓尽致地展现了苏轼的幽默与睿智。“世以癞疾鼻陷为死证，刘贡父晚有此疾，又尝坐和苏子瞻诗罚金。元祐中，同为从官，贡父曰：‘前于曹州，有盗夜入人家，室无物，但有书数卷尔。盗忌空还，取一卷而去，乃举子所著五七言也。就库家质之，主人喜事，好其诗不舍手。明日盗败，吏取其书，主人赂吏而私录之，吏督之急，且问其故，曰：“吾爱其语，将和之也。”吏曰：“贼诗不中和他。”子瞻亦曰：“少壮读书，颇知故事。”’孔子尝出，颜、仲二子行而过市，而卒遇其师，子路趫捷，跃而升木，颜渊懦缓，顾无所之，就市中刑人所经幢避之，所谓‘石幢子’者。既去，市人以贤者所至，不可复以故名，遂共为‘避孔塔’。坐者绝倒。”①

此书记载了苏轼与王安石的交游情况。当王安石退居金陵，郁郁不得志的时候，苏轼从黄州量移汝州，过金陵而前往看望王安石。陈师道用生动的笔触记载了苏轼在人生不幸时的豁达襟怀：“苏公自黄移汝，过金陵见王荆公，公曰：‘好个翰林学士，某久以此奉待。’公曰：‘抚州出杖鼓鞚，淮南豪子以厚价购之，而抚人有之保之已数世矣，不远千里，登门求售。’豪子击之，曰：‘无声！’遂不售。抚人恨怒，至河上，投之水中，吞吐有声，熟视而谈曰：‘你早作声，我不至此！’”②

陈师道对韩琦出色的识人才能十分推崇。“韩魏公屡荐欧阳公，而仁宗不用。他日复荐之曰：‘韩愈，唐之名士，天下望以为相，而竟不用。使愈为之，未必有补于唐，而谈者至今以为谤。欧阳修，今之韩愈也，而陛下不用，臣恐后人如唐，谤必及国，不特臣辈而已，陛下何不一试之以晓天下后世也？’上从之。”③

对于王安石为人、为政，此书有比较客观的评价。“子曾子初见神宗，上问曰：‘卿与王安石布衣之旧，安石何如？’对曰：‘安石文学行义，不减扬雄，然吝，所以不及古人。’上曰：‘安石轻富贵，非吝也。’对曰：‘非此之谓。安石勇于有为，吝于改过。’上颔之。”④“王荆公为相，喜说字始，遂

①陈师道：《后山谈丛》卷五，载《全宋笔记》第二编第6册，大象出版社，2006，第112—113页。

②陈师道：《后山谈丛》卷六，载《全宋笔记》第二编第6册，大象出版社，2006，第118页。

③同②，第109页。

④陈师道：《后山谈丛》卷四，载《全宋笔记》第二编第6册，大象出版社，2006，第99页。

以成俗。刘贡父戏之曰：‘三鹿为麤，麤不及牛；三牛为犇，犇不及鹿。宜谓三牛为麤，三鹿为犇，苟难于遽改，令各权发遣。’于时解纵绳墨，不次用人，往往自小官暴据要地，以资浅，皆号‘权发遣’云，故并讥之。”[①]“王荆公改科举，暮年乃觉其失，曰：‘欲变学究为秀才，不谓变秀才为学究也。’盖举子专诵王氏章句，而不解义，正如学究诵注疏尔。教坊杂戏，亦曰‘学《诗》于陆农师，学《易》于龚深之’，盖讥士之寡闻也。”[②]

此书还记载了欧阳修的词被歌妓传唱之事。“文元贾公居守北都，欧阳永叔使北还，公预戒官妓办词。以劝酒，妓唯唯，复使都厅召而喻之，妓亦唯唯。公怪叹，以为山野。既燕，妓奉觞歌以为寿，永叔把盏侧听，每为引满。公复怪之，召问，所歌皆其词也。”[③]从中可以看出，北宋时期词的音乐性还是十分强的。

朱彧《萍洲可谈》

朱彧，字无惑，乌程（今浙江湖州）人，著有《萍洲可谈》三卷，其中包含一些文学思想。

第一，此书记载了一些苏轼的事迹，虽然作者政治立场属于新党一派，对苏轼的评价欠公正，但从中仍可窥见苏轼的高尚人格和生活趣味。“东坡初责惠州团练副使，再贬儋耳，授琼州别驾。元符末首复举朝奉郎、提举玉局观。得报便北归，至广州犹未受告，会先公至，东坡先折简与公曰：‘头间生疡妨巾裹，欲着帽相见。’盖不欲青衣耳。坡于外物宜不能动，惜其犹以此介胸中。”[④]“东坡元丰间知湖州，言者以其诽谤时政，必致死地，御史台遣就任摄之，吏部差朝士皇甫朝光管押。东坡方视事，数吏直入上厅事，捽其袂云：‘御史中丞召。’东坡错愕起，即步出郡署门，家人号泣出随之。弟辙适在郡，相逐行及西门，不得与诀，东坡但呼：‘子由，以妻子累尔！’郡人为之泣涕。下狱即问五代有无誓书铁券，盖死囚则如此，他罪止问三代。东坡为一诗付狱吏，他日寄子由，其诗曰：‘圣主如天万物春，小臣愚暗自亡身。百年未满先偿债，十口无归更累人。是

①陈师道：《后山谈丛》卷四，载《全宋笔记》第二编第6册，大象出版社，2006，第104页。
②陈师道：《后山谈丛》卷一，载《全宋笔记》第二编第6册，大象出版社，2006，第81页。
③陈师道：《后山谈丛》卷三，载《全宋笔记》第二编第6册，大象出版社，2006，第93页。
④朱彧：《萍洲可谈》卷一，载《全宋笔记》第二编第6册，大象出版社，2006，第135页。

处青山可埋骨，他时夜雨独伤神。与君世世为兄弟，更结来生未了因。’狱吏怜之，颇宽其苦楚。狱成，神考薄其罪，止责散官，安置黄州。元祐中，复起为两制用事。绍圣初，贬惠州，再窜儋耳。元符末，放还，与子过乘月自琼州渡海而北，风静波平，东坡扣舷而歌，过困不得寝，甚苦之，率尔曰：‘大人赏此不已，宁当再过一巡？’东坡矍然就寝。余在南海，逢东坡北归，气貌不衰，笑语滑稽无穷，视面多土色，靥耳不润泽。别去数月，仅及阳羡而卒。东坡固有以处忧患，但瘴雾之毒，非所能堪耳。”[①]“东坡在黄州，手作菜羹，号为‘东坡羹’，自叙其制度，好事者珍奇之。”[②]从中可见，在人生遭遇不幸的时候，苏轼总能找到生活的意义，品味独特的人生乐趣。

此外，书中部分内容对解释苏轼诗词，有重要的文学史料价值。《萍洲可谈》卷二载：“孙权破曹操于赤壁，今沔、鄂间皆有之。黄州徙治黄冈，俯大江，与武昌县相对。州治之西距江，名赤鼻矶，俗呼鼻为弼，后人往往以此为赤壁。武昌寒溪，正孙氏故宫，东坡词有‘人道是周郎赤壁’之句，指赤鼻矶也。坡非不知自有赤壁，故言‘人道是’者，以明俗记尔。”[③]

第二，此书中包含大量科举文化的资料，涉及殿试的弊端、童子试及科考试卷的语忌等，其中有一些材料很有价值，但并未引起治宋代科举的学者重视。

> 祖宗时进士殿试，诗、赋、论三题用亲札。熙宁三年，殿试用策，仍誊录，盖糊名之法，以示至公，当防弊于微也。近岁宰执子弟，多占科名。章惇作相，子持、孙佃甲科；许将任门下侍郎，子份甲科；薛昂任尚书左丞，子尚友甲科；郑居中作相，子亿年甲科。或疑糊名之法稍疏，非也。廷试策问朝廷近事，远方士人未能知，宰执子弟，素熟议论，所以辄中尔。[④]

---

①朱彧：《萍洲可谈》卷二，载《全宋笔记》第二编第6册，大象出版社，2006，第154—155页。

②同①，第155页。

③同①，第155页。

④朱彧：《萍洲可谈》卷一，载《全宋笔记》第二编第6册，大象出版社，2006，第142页。

对于殿试的试题之弊，以及宰执大臣子弟容易中第的原因，此书讨论得均十分恳切。

对于童子试的相关情况也有详述：“蔡景藩与晏元献，俱五六岁以神童侍仁宗于东宫。元献自幼耿介，蔡最柔媚，每太子过门阈，蔡伏地令太子履其背而登。既践祚，元献被知遇，至宰相。蔡竟不大用，以旧恩常领郡，颇不循法令，或被劾取旨，上识其姓名，必曰：‘藩邸旧臣，且令转官。’凡更四朝，元符初致仕，已八十岁矣。监司荐之，乞落致仕与宫祠，其辞略云：‘蔡某年八十岁，食禄七十五年。’余谓人生名位固可得，罕得绵长如此者。”又载：“政和壬辰榜唱名，有饶州神童赴殿试中第，才十数岁，又侏儒，既释褐，卫士抱之，于幕上作傀儡戏，中贵人大笑。次日特奏名人唱第，皆引近殿陛，恣其所陈，有自愬病者，出尚药珍剂赐之。”①

对于科举考试答题中的禁忌，此书也有记载。“禁中应奉者多避语忌。大观中，主文柄者专务奉上，于是程文有疑似之禁，虽无明文，犯必黜落，举子靡然成风。如‘大哉尧之为君’‘君哉舜也’，皆以与灾字同音，并不用；‘反者道之动’，易反为复，‘九变而赏罚可言’，易变为更，此类不一。能文者执笔不敢下，憸夫善逢迎，往往在高第。政和初，言者论之，降诏宣喻：‘虽暗于大体者，或以为忠，然爱君果在兹乎！’尝侍先公，闻说元丰时岁歉，流民过国门，闽人郑侠监新城门，图其状以谏。既不可上达，乃作边檄，夜传入禁中。适永乐失律，上常西顾，檄至无敢遏，方秉烛启封，见图画饥民饿殍无数，穷愁寒态不一，罔测何事，良久始知侠所上谏书也。翌日降旨，投侠广南。不识忌讳，又有如此者。”②

第三，对于北宋著名文人王安石、苏轼的幽默个性，此书也有记载。“王荆公退居金陵，结茅钟山下，策杖入村落。有老氓张姓，最稔熟。公每步至其门，即呼‘张公’，张应声呼‘相公’。一日公忽大咍曰：‘我作宰相许时，止与汝一字不同耳！’”③再如，“琼管四郡在海岛上，士人未尝有登第者。东坡责儋耳，与琼人姜唐佐游，喜其好学，与一联诗云：‘沧海何曾断地脉，白袍端合破天荒。’东坡语姜云：‘俟他日有验，当续成

①朱彧：《萍洲可谈》卷一，载《全宋笔记》第二编第6册，大象出版社，2006，第142页。

②同①，第143页。

③朱彧：《萍洲可谈》卷三，载《全宋笔记》第二编第6册，大象出版社，2006，第167页。

篇。’崇宁兴学，丕冒海隅，四郡士人亦向进，虽垦辟已久，恐卤瘠终无嘉谷尔”[①]。

据此书记载可知，宋代朝野氛围宽松，给了文人很大的发挥幽默感的空间。“朝士王迥，美姿容，有才思。少年时不甚持重，间为狎邪辈所诬，播入乐府，今《六幺》所歌‘奇俊王家郎’者，乃迥也。元丰中，蔡持正举之可任监司，神宗忽云：‘此乃“奇俊王家郎”乎？’持正叩头谢罪。”[②]

张耒《明道杂志》

张耒（1054—1114），字文潜，号柯山，楚州淮阴（今江苏淮安）人，有《明道杂记》一卷。书中记载张耒同时代人的事迹及地方风土人物，有较高的参考价值。其中包含丰富的文学思想。

作为苏门四学士之一的张耒，对艺术真实与生活真实之间的关系，进行了认真思索：“古人作诗赋，事不必皆实。如谢宣城诗‘澄江净如练’，宣城去江近百里，州治左右无江，但有两溪耳。或当时谓溪为江，亦未可知也。”[③]艺术真实未必是生活的照搬，而是来源于个体感受。欣赏者也必须有广泛的生活知识与阅历，才能成为作者的知音。“读书有意未通而辄改字者，最学者大病也。老杜《同谷》诗有‘黄精无苗山雪盛’，后人所改也。其旧乃‘黄独’也。读者不知其义，因改为‘精’。其实黄独自一物也，本处谓之土芋，其根为一颗，而色黄，故名黄独耳。饥岁，土人掘食以充粮，故老杜云耳。”[④]

此书探索了七言诗、五言诗、四言诗、三言诗的起源，追溯到《诗经》。“七言、五言、四言、三言，虽论诗者谓各有所起，然三百篇中皆有之矣。但除四言，不全章如此耳。韵虽起沈休文，而自有三百篇则有之矣。但休文四声，其律度尤精密耳。余尝读《沈休文集》，中有九言诗。休文虽作者，至牵于铺言足数，亦不能工，仅成语耳。”[⑤]虽然此书不否定沈约四声八病的声律理论对诗歌体裁的贡献，但是客观地追溯了这些体裁更早

---

①朱彧：《萍洲可谈》卷三，载《全宋笔记》第二编第6册，大象出版社，2006，第174页。
②朱彧：《萍洲可谈》卷一，载《全宋笔记》第二编第6册，大象出版社，2006，第141页。
③张耒：《明道杂记》，载《全宋笔记》第二编第7册，大象出版社，2006，第15页。
④同③，第11页。
⑤同③，第10页。

的源头。

此书在进行艺术评价时，不因人废诗，也不因人定诗，评价标准比较客观。“余游洛阳大字院，见欧公、谢希深、尹师鲁、圣俞等避暑唱和诗牌，后有一和者，称乡贡进士王复，有一联押权字，特妙：‘早蝉秋有信，多则暑无权。’后不甚显名，洛人云仕亦至典郡正郎。”[①]评价诗句时，张耒不因欧阳修、梅尧臣等诗人的名头大就一味肯定，也不因王复名气小而不重视，值得称道。

李廌《师友谈记》

李廌（1059—1109），字方叔，号济南，华州（今陕西渭南）人。有《师友谈记》一卷。《师友杂记》又称《济南先生师友谈记》，写于元祐年间。晁公武《郡斋读书志》云“多记苏子瞻、范纯夫及四学士所谈论，故曰‘师友’”。此书所载史事实录性强，虚构成分少，有很大价值，文学思想内容丰富。

第一，此书记载了苏轼的事迹。苏轼光明磊落、正直无私、敢于直谏。“东坡不惟文章可以盖代，而政事忠亮，风节凛凛，过人远甚。”[②]“东坡为礼部尚书，宣仁上仙，乃与礼官与太常诸官直宿禁中，关决诸礼仪事。至七日，忽有旨下光禄供羊酒若干，欲为太后、太妃暖孝。东坡上疏，以暖孝之礼出于俚俗，王后之举当化天下，不敢奉诏。有旨遂罢。”[③]

苏轼虽然才华横溢，但并不高高在上，摆出盛气凌人的老师姿态，而是平易近人、幽默乐观。例如，“东坡尝言：文章之任，亦在明世之士，相与主盟，则其道不坠。方今太平之盛，文士辈出，要使一时之文有所宗主。昔欧阳文忠常以是任付与某，故不敢不勉。异时文章盟主，责在诸君，亦如文忠之付授也”[④]。“廌谓少游曰：‘比见东坡，言少游文章如美玉无瑕，又琢磨之功，殆未有出其右者。’”[⑤]“东坡先生近令门人辈作《人不易物赋》，或戏作一联曰：‘伏其几而袭其裳，岂为孔子；学其书而戴其帽，未是

---

①张耒：《明道杂记》，载《全宋笔记》第二编第7册，大象出版社，2006，第15页。

②李廌：《师友谈记》，载《全宋笔记》第二编第7册，大象出版社，2006，第55页。

③同②，第56页。

④同②，第56页。

⑤同②，第38页。

苏公。'士大夫近年效东坡桶高檐段，名帽曰子瞻样。廌因言之，公笑曰：近扈从燕醴泉观，优人以相与自夸文章为戏者。一优曰：'吾之文章，汝辈不可及也。'众优曰：'何也？'曰：'汝不见吾头上子瞻乎？'上为解颜，顾公久之。"①

第二，此书记载了秦观的事迹。秦观以词著称，对于文赋也颇有自家见识。"秦少游论赋至悉，曲尽其妙。盖少时用心于赋，甚勤而专。常记前人所作一二篇，至今不忘也。"②秦观重视赋的层次及结构安排，"少游言：凡小赋，如人之元首，而破题二句乃其眉。惟贵气貌有以动人，故先择事之至精至当者先用之。使观之便知妙用。然后第二韵探原题意之所从来，须便用议论。第三韵方立议论，明其旨趣。第四韵截断其说以明题，意思全备。第五韵或引事，或反说。第七韵反说或要终立义。第八韵卒章，尤要好意思尔"③。在这段论述中，秦观以人体为喻，生动地揭示了赋每一部分的作用。此外，秦观十分重视巧妙安排赋中的用事，"少游云：'赋中用事，唯要处置，才见题，便类聚事实，看聚慢，分布在八韵中。如事多者，便须精择其可用者用之，可以不用者弃之，不必感于多爱，留之徒为累耳。如事少者，须于合用者先占下，别处要用，不可那掇'"④。他认为用事贵在准确精当，不可盲目图多。

孔平仲《续世说》《珩璜新论》《谈苑》

孔平仲，字义甫，又作毅甫、毅夫，临江新余（今江西新余）人。作为北宋中后期重要的文学家，"盖清江三孔在元祐、熙宁之间皆卓然以文章名"⑤，孔平仲的笔记是探讨其文学思想及当时文学思潮的重要依据。《全宋笔记》收录孔平仲所著笔记共三种——《续世说》《珩璜新论》《谈苑》。四库馆臣对《珩璜新论》尤其予以高度评价，"是书皆考证旧闻，亦间托古事以发议，其说多精核可取"⑥。近年来，孔平仲的

①李廌：《师友谈记》，载《全宋笔记》第二编第7册，大象出版社，2006，第34页。
②同①，第39页。
③同①，第39页。
④同①，第39页。
⑤引自四库馆臣为孔平仲《珩璜新论》所撰的叙录语。参见《四库全书总目提要》。
⑥《四库全书总目提要》卷一二〇《子部三十　杂家类四》。

笔记引起了一些学者的注意，然而以文学思想为切入点进行研究尚较罕见。

一、以文学品评的视角探析孔平仲笔记中的文学思想

所谓文学品评的视角，可以借用朱自清先生的六分法，即论比兴，论教化，论兴趣，论渊源，论体性，论字句。论比兴与论教化，即文学政教功用论，“比兴论从修辞论到用意，而以教化为主”①。孔平仲认为文学有很强的讽喻功能，尤其对于统治者而言，这个功能不能小视。中国文学的传统就有讽喻的精神。文学的讽喻有时不是立竿见影的，而是潜移默化的，如《续世说》卷三《箴规》所记“中宗数引近臣及修文学士，与之宴集，令各效技艺以为笑乐。张锡为《淡容娘舞》，宗卿舞《浑脱》，张洽舞《黄獐》，杜元琰诵《婆罗门咒》，李行言唱《驾车西河》，卢藏用效道士上章。郭山恽独奏曰：‘臣无所解，请诵古诗两篇。’帝从之，于是诵《鹿鸣》《蟋蟀》之诗，未毕，中书令李峤以其词有‘好乐无荒’之语，恐忤旨，遂止之。翌日，帝降诏褒美曰：‘志在正时，潜申规讽，謇謇之诚弥切，谔谔之操逾明。’赐时服一副”②。面对群臣竞相以娱乐绮艳的作品取媚君王，郭山恽独诵意在讽喻的《鹿鸣》《蟋蟀》二诗以规劝君王不要过度取乐。唐中宗对此降诏褒扬，看重的正是文学潜移默化的讽谏作用。

由于重视文学的讽喻功能，孔平仲的文学思想体现出颇多经世致用、注目国事及民生的用世色彩。如《谈苑》卷三载：“裴晋公作《铸剑戟为农器赋》云：‘我皇帝嗣位三十载，寰海境清，方隅砥平，驱域中尽归力穑，示天下无复用兵，则平淮西，一天下，已见于此赋矣。’”

孔平仲强调“以民为心”，“孜孜常以民存心，四境安娱吏无横”③。认为文学不仅有体察民情、诱导世风的作用，还有劝谕使人向善的作用。如《续世说》卷三《雅量》所记，“唐许圉师，尝有官吏犯赃事，圉师不令

①朱自清：《中国文评流别述略》，载《朱自清古典文学论文集》上册，上海古籍出版社，2009，第19页。

②孔平仲：《续世说》卷三，载《全宋笔记》第二编第5册，大象出版社，2006，第60—61页。

③孔平仲：《送朱君贶德安宰罢任还》，载《全宋诗》卷九二三第16册，北京大学出版社，1995，第10819页。

推究，但赐清白诗以激之。犯者愧惧，遂改节为廉”①。许阖师面对下属贪赃，用劝人廉洁的诗歌以感化他，体现的正是文学使人向善的积极作用。

注重文学的教化劝善作用，可以说是我国两千余年古代文论长河的主要支流，“载道”与“文华”的关系则是其中颇为引人关注的旖旎风景。孔平仲以辩证统一的态度面对此两者之间的关系，既强调诗文的讽喻政教作用，同时也鼓励对艺术特征及技巧的积极探索，主张合“载道”与“文华”之两长，提倡“古雅”之美。如《续世说》卷三《箴规》所记，“后唐豆卢革，为中山王处直辟客，因牡丹会，赋诗讽处直，以桑柘为意，言甚古雅”②。对于只偏重政教讽喻而缺乏文华的作品，孔平仲采取贬抑的态度。如《续世说》卷六《排调》载：“郑綮善为诗，多侮剧刺时，故落格调，时号‘郑五歇后体’。初去庐江，与郡人别云：‘惟有两行公廨泪，一时洒向渡头风。’滑稽皆此类也。”③

值得注意的是，孔平仲的文学政教论实际上是“以手为口”的笔谏针砭精神与温柔敦厚的态度相调和后的产物，主张诗文讽喻的圆润美，认为“操戈入室，此文章之最病也”④。相比于苏轼较多直言时政之弊的作品，孔平仲的创作更多呈现出了温润中和之美，“以敦厚薄俗为己任，以扶翊高风为素心”⑤。重视诗文的圆润讽喻之美，反映出孔平仲的政治自保意识，是其应对复杂多变的政局环境时采取的自全之策。《珩璜新论》卷三说，“夫有言于上，以身为去就，此人臣之高节，不知德宗乃恨之如此之深也。魏郑公、刘洎之事太宗，俱好谏争。郑公以身后一言之谮，仆碑停婚；刘洎亦以褚遂良诬奏赐死，不得辨明。岂非平时亦有所积，一旦缘事，发之易乎？此韩非所以为《说难》也”⑥，体现出其积极用世的志向建立在对官场仕途的冷静观察基础上。

在兴趣论方面，孔平仲推崇自然率真的情感表露方式。如《续世说》

①孔平仲：《续世说》卷三，载《全宋笔记》第二编第5册，大象出版社，2006，第52页。

②同①，第61页。

③孔平仲：《续世说》卷六，载《全宋笔记》第二编第5册，大象出版社，2006，第117页。

④孔平仲：《珩璜新论》卷三，载《全宋笔记》第二编第5册，大象出版社，2006，第271页。

⑤孔平仲：《谢方卿举职官启》，载《全宋文》第104册卷二二七三，上海辞书出版社、安徽教育出版社，2006，第120页。

⑥同④，第267页。

卷二《文学》所记“岑文本草诏诰，或众务繁凑，即命书童六七人，随口并写，须臾悉成，亦殆尽其妙”①。随口并写也可收到美妙的效果，体现出孔平仲对天然去雕饰的提倡与赞许。

孔平仲对自然率真的推崇，使得“清”“逸”成为其兴趣论的重要美学标准。如《续世说》卷五《任诞》对贺知章晚年文风的评价，“贺知章晚年犹加纵诞，无复规检……醉后属词，动成卷轴，文不加点，咸有可观”②，体现的正是作者对自然纵逸的情感表露方式的肯定。注重情感的自然流露，反对或繁复，或枯涩的表露方式，是孔平仲诗文批评的重要出发点之一。如《续世说》卷四《品藻》所记：“东魏刘昼制《六合赋》一首，言甚古拙，自谓绝伦。以呈魏收而不拜，收忿之，曰：‘赋名六合，已是大愚，文又愚于六合，君四体又甚于文。’昼不忿，以示邢子才，子才曰：‘君此赋，正似疥骆驼，伏而无妩媚。’”③言甚古拙反映出的是情感表露的阻滞与生硬，孔平仲将重自然清逸的兴趣论借助邢邵的评语传达出来。

孔平仲的兴趣论，除了提倡情感表露的“真率”，还有一个重要的美学标准——“精切”，主张诗文表露情感的语言要精当妥帖，强调情感打动人心的力量。如《谈苑》卷三所记，“范文正公幼孤，随母适朱氏，因冒朱姓，后复本姓，启曰：‘志在投秦，入境遂称于张禄；名非霸越，乘舟乃效于陶朱。’以范雎、范蠡尝改姓故也。伪蜀范禹称亦尝冒张姓，谢启云：‘昔年上第，误标张禄之名；今日故园，复作范雎之裔。’然不若文正谢启之精切也”④。虽然都引范雎、范蠡的典故以述其改姓之事，然而相比范禹称表露情感的平铺直叙，范仲淹文字中的情感更具有激荡人心的力量，因而得到孔平仲的称许。

孔平仲的笔记著作比较重视揭示文学发展前后的师承祖述关系。如《珩璜新论》卷二所记，“庾信《马射赋序》：‘落花与芝盖齐飞，杨柳共春旗一色。’此乃王勃之所祖述。庾信《文盛墓铭》云：‘授图黄石，不无师表之心；学剑白猿，遂得风云之志。’此乃杜牧之所模仿也”⑤。难能可贵

①孔平仲：《续世说》卷二，载《全宋笔记》第二编第5册，大象出版社，2006，第35页。

②孔平仲：《续世说》卷五，载《全宋笔记》第二编第5册，大象出版社，2006，第90页。

③孔平仲：《续世说》卷四，载《全宋笔记》第二编第5册，大象出版社，2006，第63页。

④孔平仲：《谈苑》卷三，载《全宋笔记》第二编第5册，大象出版社，2006，第327页。

⑤孔平仲：《珩璜新论》卷二，载《全宋笔记》第二编第5册，大象出版社，2006，第258页。

的是，孔平仲的文学渊源论并未停留在表层师承祖述关系的探讨，而深入揭示某一时期文学创作的共同规律。如《谈苑》卷四所记，“韩退之诗云：‘且可勤买抛青春。’《国史补》云：‘酒有郢之富水，乌程之若下，荥阳之土窟春，富平之石冻春，剑南之烧春。’杜子美诗云：‘闻道云安曲米春。’裴铏《传奇》，亦有酒，名松醪春。乃知唐人名酒多以‘春’”[①]。

重视文学发展的渊源关系，揭示先后师承祖述，可以说是宋人笔记中文学思想的一个鲜明特点。值得注意的是，孔平仲虽提倡师古却并不拘泥古法，而主张创新，反对一味模仿重复前人。如《谈苑》卷四所记，“前辈作花诗，多比美女，如曰：‘若教解语应倾国，任是无情也动人。’黄鲁直《荼蘼诗》云：‘露湿何郎试汤饼，日烘荀令炷炉香。’乃比美丈夫，渊材作《海棠诗》云：‘雨过温泉浴妃子，露浓汤饼试何郎。’意尤工也”[②]，从用美女比花到用美男子比花是一个比喻的飞跃，而用美女、美男子复叠的比喻，则更具有创新开拓的意义。孔平仲摘句论述，具体可感。

论体性，即文学评点论，包括评点作品的“体式”与作者的“才性”两方面。刘勰《文心雕龙·体性》提出了作品的八种体式，“一曰典雅，二曰远奥，三曰精约，四曰显附，五曰繁缛，六曰壮丽，七曰新奇，八曰轻靡”[③]。刘勰关于作品体式的分类深刻地影响了孔平仲的文学评点论。

其一，孔平仲提倡诗文的典雅之美，“典雅者，镕式经诰，方轨儒门者也”[④]，他强调诗歌内容要有所寄托，是受儒家诗教观影响。

其二，孔平仲提倡诗文的显附之美，“显附者，辞直义畅，切理厌心者也”[⑤]，主张言简意深，认为诗文语义应明白畅达，切合事理。如《续世说》卷二《文学》所记，“唐房玄龄在秦王府十余年，常典管记，军符府檄，驻马立成，文约理赡，初无稿草。高祖尝谓侍臣曰：‘此人深识机宜，足堪委任。每为吾儿陈事，必会人心，千里之外，犹如面语。’”[⑥]

其三，孔平仲提倡诗文的新奇之美，“新奇者，摈古竞今，危侧趣诡者

---

①孔平仲：《谈苑》卷四，载《全宋笔记》第二编第5册，大象出版社，2006，第335页。

②同①，第338页。

③刘勰：《文心雕龙义证》卷六，詹锳义证，上海古籍出版社，1989，第1014页。

④同③。

⑤同③。

⑥孔平仲：《续世说》卷二，载《全宋笔记》第二编第5册，大象出版社，2006，第35页。

也”①，强调诗歌语言奇峻，弃用古之陈言。如《续世说》卷二《文学》所记，“李贺文思体势，如崇岩峭壁，万仞峭起。当时文士，从而效之，无能仿佛者”②，又如卷八《栖逸》对崔咸诗风的评价，“尤长于歌诗，或风景晴明，花朝月夕，朗吟意惬，必凄怆沾襟，旨趣高奇，名流嗟悒”③。

在才性论方面，孔平仲善于发掘人物的不同个性。与重典雅的体式论相呼应，他首先推重的是士子刚直守正的品性，重视文人的气节与人品。如《珩璜新论》卷二评价“东汉之士，风节最高”④，再如《续世说》卷三《方正》所记：“张易之、昌宗，尝命画工图写武三思、李峤、苏味道等十八人形象，号为‘高士图’。引朱敬则预其事，固辞不就，史以为高洁守正如此。”⑤“韩愈与人交，荣悴不易，而观诸权门豪士，如仆隶焉，瞪然不顾。穆宗以愈为京兆尹，六军不敢犯法，私相谓曰：‘是尚欲烧佛骨，何可犯之。’”⑥韩愈反对迎佛骨，不仅是从维护儒家的正统地位出发，也是针对中唐佛教给人民的生活带来许多损害的状况，表现出舍生忘死、勇往直前、义无反顾的高尚气节。至于其不以权位金钱视人，讲义气，讲节操，严格要求下属，都是很值得称道的。

与作品体式重显附及新奇相对应，孔平仲认为作家应具有风神清丽的品格。如《续世说》卷五《容止》所记，“崔远文才清丽，风神峻整，人皆慕其为人。当时目为‘饤座梨’，言席上之珍也”⑦。风神清丽的美学标准，在孔平仲看来，应当是“才俊”与“器度”的完美融合，如《珩璜新论》卷三对“初唐四杰”、王延寿及赵壹的评价，“才大俊而器度狭，皆非远到之人也”⑧。

孔平仲认为“才俊”是一种天赋的才能，与曹丕的“文气说”类似，强调作家先天的禀赋与素养。如《续世说》卷二《文学》所记，“苏颋机事填

①刘勰：《文心雕龙义证》卷六，詹锳义证，上海古籍出版社，1989，第1015页。
②孔平仲：《续世说》卷二，载《全宋笔记》第二编第5册，大象出版社，2006，第36页。
③孔平仲：《续世说》卷八，载《全宋笔记》第二编第5册，大象出版社，2006，第139页。
④孔平仲：《珩璜新论》卷二，载《全宋笔记》第二编第5册，大象出版社，2006，第248页。
⑤孔平仲：《续世说》卷三，载《全宋笔记》第二编第5册，大象出版社，2006，第39页。
⑥同⑤，第45页。
⑦孔平仲：《续世说》卷五，载《全宋笔记》第二编第5册，大象出版社，2006，第94页。
⑧孔平仲：《珩璜新论》卷三，载《全宋笔记》第二编第5册，大象出版社，2006，第272页。

委，文诰皆出其手，中书令李峤叹曰：‘舍人思如涌泉，非吾所及也。’”[①]与曹丕的“文气说”只注重作家的先天才华不同，孔平仲同时强调后天努力的作用，认为才识过人的作家必是天资与勤学的融合。如《续世说》卷五《赏誉》所记：“韦述入元行冲书斋，忘寝与食。行冲引与之谈，贯穿经史，事如指掌。又试以缀文，操牍便成。行冲大悦，引之同榻，曰：‘此吾外家之宝也。’”[②]忘寝废食地读书而最终贯通经史，体现的是后天的勤学；操牍便成佳文，体现的是先天的慧资与文才。后天的勤学助益着先天文才的发展，二者相互配合，方为真正的“才俊”。

“器度”在孔平仲看来，主要包含两个要义：清雅真率与自信纵达。“清”是才性论的美学标准之一，以清新脱俗、真挚自然评价作家风姿，是对魏晋清谈的继承与发展。如《续世说》卷五《容止》评价卢绚“绚风标清粹，上目送之，深叹其蕴藉”[③]，又如卷七《自新》评价张充“尤明《易》《老》，能清言，有令誉”[④]。其意义正如罗宗强先生所言“从清议的重道德到人物品评的重道德又重才性容止，反映着从经学束缚到自我意识的转化。有了这个变化，就会逐步走向重视人、重视人的自然情性，重人格独立”[⑤]。

推举自信纵达，是孔平仲重独立超脱的思想反映在才性论上的具体表现。如《珩璜新论》卷三所记，“魏《徐邈传》卢钦谓：‘往者毛玠、崔琰用事，贵清素之士，于时皆变异车服以求名高，而徐公不改其常。比来天下奢靡，转相放效，而徐公雅尚自若。是世人之无常，而徐公之有常也。’若徐邈，可谓自信者也”[⑥]。再如《续世说》卷五《任诞》记傅奕“尝醉卧，蹶然起曰：‘吾其死矣。’因自为《墓志》曰：‘傅奕，青山白云人也，因酒醉死，呜呼哀哉！’其纵达皆此类”[⑦]。由所举二例可以看出，自信纵达是一个人面对人生无常、世俗好尚时淡然从容、旷达自守的美学态度，如苏轼言

---

①孔平仲：《续世说》卷二，载《全宋笔记》第二编第5册，大象出版社，2006，第35页。
②孔平仲：《续世说》卷五，载《全宋笔记》第二编第5册，大象出版社，2006，第79—80页。
③同②，第94页。
④孔平仲：《续世说》卷七，载《全宋笔记》第二编第5册，大象出版社，2006，第123页。
⑤罗宗强：《玄学与魏晋士人心态》，天津教育出版社，2005，第51页。
⑥孔平仲：《珩璜新论》卷三，载《全宋笔记》第二编第5册，大象出版社，2006，第264页。
⑦同②，第89—90页。

“任性逍遥，随缘放旷”①。

受到这种才性论的影响，孔平仲的笔记著作记载了许多士子之间的戏谑事例，如《谈苑》卷二“孙莘老为御史中丞，不甚言事，以疾辞位得宫观，刘贡父作告词云：‘未得闻生之奇论，今乃以疾而固辞。’亦讥之也”②。还记述了士人的自我嘲谑：“陶谷久在翰林，意希大用。其党因对，言谷宣力实多，微伺上旨。太祖曰：‘翰林草制，皆检前人旧本，俗所谓依样画葫芦耳，何宣力之有。’谷作诗曰：‘官职须由生处有，才能不管用时无。堪笑翰林陶学士，年年依样画葫芦。’”③

值得注意的是，孔平仲不仅以人格独立评价士子，而且自己也坚持独立的批评精神。首先，表现在作品的体式论上，孔平仲敢于突破名家的品鉴，提出自己的观点。如《珩璜新论》卷四“欧阳永叔称梅圣俞《河豚诗》云：‘春洲生荻芽，春岸飞杨花。河豚当是时，贵不数鱼虾。’以为‘河豚食柳絮而肥，圣俞破题，便说尽河豚好处’。乃永叔褒赏之辞，实不尔也，此鱼盛于二月，柳絮时鱼已过矣”④。

其次，表现在才性论上，孔平仲敢于破除对前贤的迷信崇拜，指出其人品的瑕疵之处。如《珩璜新论》卷三评价韩愈：“韩退之晚年，遂有声乐而服金石药。张籍《祭文》云：‘乃出二侍女，合弹琵琶筝。’既而遂曰：‘父疾日浸加，孺人持药汤。’白乐天《思旧诗》云：‘退之服硫黄，二病讫小痊。微之炼秋石，未老身溘然。’退之尝讥人‘不解文字饮’，而自败于女妓乎！作《李博士墓志》，切戒人服金石药，而自饵硫黄乎！”⑤韩愈在宋代被视为是孔、孟之后的又一圣贤，如孙复《上孔给事书》“自夫子没，诸儒学其道，得其门而入者鲜矣，唯孟轲氏、荀卿氏、扬雄氏、王通氏、韩愈氏而已”⑥，石介《赠张绩禹功》“卒能罢斯文，昌黎韩夫子”⑦。面对这样一

---

①苏轼：《东坡志林》卷一《修养·论修养帖寄子由》，载《全宋笔记》第一编第9册，大象出版社，2003，第19页。

②孔平仲：《谈苑》卷二，载《全宋笔记》第二编第5册，大象出版社，2006，第312页。

③孔平仲：《谈苑》卷四，载《全宋笔记》第二编第5册，大象出版社，2006，第331页。

④孔平仲：《珩璜新论》卷四，载《全宋笔记》第二编第5册，大象出版社，2006，第276页。

⑤孔平仲：《珩璜新论》卷三，载《全宋笔记》第二编第5册，大象出版社，2006，第268—269页。

⑥吴文治：《韩愈资料汇编》，中华书局，1983，第78页。

⑦同⑥，第86页。

位先贤大儒，孔平仲敢于指出其晚年沉迷声色及服金石的缺失，这种敢于立言，不盲从主流的独立批判精神很值得文学批评者吸收与借鉴。

在体性论的手法方面，为了形象可感地呈现出抽象复杂的作家风格，人们常常运用比喻，孔平仲记下了许多这样的例子。如《续世说》卷五《赏誉》所记，“北齐任城王湝，称李德林云：‘经国大体，是贾生、晁错之俦；雕虫小技，殆相如、子云之辈。’吏部郎中陆印云：‘德林文章，浩浩如长河东注，比来所见后生制作，乃涓浍之流尔。’”[①]再如，卷四《品藻》载：“徐坚问张说文人优劣，说曰：‘李峤、崔融、薛稷、宋之问之文，如良金美玉，无施不可。富嘉谟之文，如孤峰绝岸，壁立万仞，浓云郁兴，震雷俱发，诚可畏也，若施于廊庙，骇矣。阎朝隐之文，如丽服靓妆，燕歌赵舞，观者亡疲，若类之风雅，则罪人矣。’问后进优劣，曰：‘韩休之文，如大羹元酒，虽有典则，而薄于滋味。许景先之文，如丰肌腻理，虽秾华可爱，而微少风骨。张九龄之文，如轻缣素练，实济时用，而微窘边幅。王翰之文，如琼杯玉斝，虽烂然可珍，而有玷缺。’坚以为然。”[②]用博喻的手法对作家间的不同风格进行细微区分，化抽象的文评为具体可感的事物，可谓生动而确切。

在作品的体式风格论中，孔平仲能够保持宽广的胸怀，欣赏作家多样化的风格。如《谈苑》卷四所记，“白乐天每作诗，令一老妪解之，问曰：‘解否？’妪曰：‘解。’则录之。不解，则又改之。故唐末之诗，近于鄙俚”[③]。再如《谈苑》卷四所记，“谢朓云：‘好诗圆美流转如弹丸。’故东坡云：‘中有清圆句，铜丸飞柘弹。’盖诗贵圆也。然圆熟多失之平易，老硬多失之干枯，能不失二者之间，则可与古诗者并驱矣”[④]。他既倡导风格的多元化，同时又不主张在追求风格的个性化过程中走向极端。

论字句，即文学语义论。

孔平仲擅长挖掘诗文语句的蕴藉义，如《续世说》卷九《黜免》所记，“宋徐羡之不悦颜延年，出为始安太守。谢晦谓延年曰：‘昔荀勖忌阮咸，斥为始平郡。今卿又为始安，可谓二始。’延年后又为刘湛所出，为永嘉太

①孔平仲：《续世说》卷五，载《全宋笔记》第二编第5册，大象出版社，2006，第79页。
②孔平仲：《续世说》卷四，载《全宋笔记》第二编第5册，大象出版社，2006，第64页。
③孔平仲：《谈苑》卷四，载《全宋笔记》第二编第5册，大象出版社，2006，第341页。
④同③。

守，甚怨愤，作《五君咏》，其咏阮咸云：‘屡荐不入官，一麾乃出守。’盖自序也”[①]。孔平仲评点颜延之的诗句，并未拘囿于表意，而挖掘其中借阮咸以自况的深层语义，评论视角可谓深入。

孔平仲注重解释容易引起读者曲解的意象含义。如《谈苑》卷四对“稚子”语义的解释，“老杜诗曰：‘笋根稚子无人见。’唐人《食笋诗》云：‘稚子脱锦□，骈头玉香滑。’则稚子为笋明矣。故一名曰‘稚子’”[②]。

关于诗文语义的呈现方式，孔平仲重视华丽辞采的艺术美感。如《谈苑》卷四所记：“元祐中，秘阁上巳日集西池，王仲至有诗，张文潜和最工，云：‘翠浪有声黄伞动，春风无力彩衫垂。’秦少游云：‘帘幕千家锦绣垂。’王笑曰：‘又待入小石调也。’”[③]

值得注意的是，孔平仲虽然推重诗文的华彩，但并未因之而走向绮艳空洞的极端，他强调文采建立在风骨的基础上。如《谈苑》卷三载：“夏英公言：‘杨文公文如锦绣屏风，但无骨耳。’议者谓：‘英公文譬如泉水，迅急湍捍，至于浩荡汪洋，不如文公也。’”[④]在文采与风骨相结合方面，不同于严羽的推尊盛唐，孔平仲推尊的是“古诗”的美学特点，“然圆熟多失之平易，老硬多失之干枯，能不失二者之间，则可与古诗者并驱矣”[⑤]。

二、以文学生态的视角探析孔平仲笔记中的文学思想

文学生态是一种大文学观念，即以与文学发展关系密切的政治、经济、哲学思想、地理文化、文化习俗等多方面关系为研究对象。孔平仲笔记中的文学思想颇为鲜明的一个特点就是文学与经学的互动作用，表现为重考据实证。如《珩璜新论》卷二对《诗经》做了音训：“《诗》‘思乐泮水，薄采其芹。鲁侯戾止，言观其旂’。《左传》‘丙之晨，龙尾伏辰，均服振振，取虢之旂。鹑之贲贲，天策焞焞，火中成军，虢公其奔’。‘旂’字从斤，以《诗》与《左传》验之，合音‘芹’字，‘芹’‘畿’声相近，故后人相承呼

①孔平仲：《续世说》卷九，载《全宋笔记》第二编第5册，大象出版社，2006，第155页。
②孔平仲：《谈苑》卷四，载《全宋笔记》第二编第5册，大象出版社，2006，第341页。
③同②，第333页。
④孔平仲：《谈苑》卷三，载《全宋笔记》第二编第5册，大象出版社，2006，第328页。
⑤同②。

之，讹矣。”①

孔平仲重考据实证的文学思想主要表现在三方面：其一，征引参证，对其论点引用相关材料予以佐证，如《珩璜新论》卷二所记：“《新唐书》好用‘叵’字，魏晋间已用之矣。《魏·吕布传》：布指刘备曰：‘是儿最叵信者。’《晋书》：‘一犬吠形，群犬吠声，惧于群吠，遂至叵听。’”②

其二，辨讹从正，对先前形成的错误观点进行指正，如《珩璜新论》卷四对韩愈故里的考证：“《新唐史》：‘韩退之，邓州南阳人。’退之南阳人，而非邓州也，或云是怀州界人。《史记》曰：‘起攻南阳太行道，绝之。’徐广曰：‘此南阳，河内修武是也。’则退之修武人也，以为邓州，误矣。”③

其三，重视考据实证，反对玄虚与绮艳之风，如《珩璜新论》卷二评价史家之失误：“然史家多是文咏之士，好采诡谬碎事，以广异闻；又所评论，竞为绮艳，不求笃实。”④这种对考据的重视，一定程度上培育了其不盲从固有观点的独立思考态度。⑤

值得注意的是，孔平仲笔记重考据实证的同时，也不乏神秘化色彩。如《谈苑》卷二记“欧阳永叔作校勘时，梦入一庙，于庭下谒神，与丁元珍同列，而元珍在上，庙前有石马无一耳。后责夷陵，元珍为判官，同谒黄牛庙，元珍职官在县令上，庙前有石马无一耳，宛如昔梦所见焉”⑥。梦中可见日后真实的情事，梦谶色彩颇为浓厚，如四库馆臣所评“尤诞幻无稽，不可为训”⑦。

孔平仲对文学与政治的关系较为关注，对庆历时期的党争有详细的论述，如《谈苑》卷一载：

> 吕申公作相，宋郑公参知政事，吕素不悦范希文。一日，希文答

---

①孔平仲：《珩璜新论》卷二，载《全宋笔记》第二编第5册，大象出版社，2006，第258页。
②同①，第259—260页。
③孔平仲：《珩璜新论》卷四，载《全宋笔记》第二编第5册，大象出版社，2006，第276页。
④同①，第255页。
⑤同①，第250页。
⑥孔平仲：《谈苑》卷二，载《全宋笔记》第二编第5册，大象出版社，2006，第308页。
⑦《四库全书总目提要》卷一四〇。

元昊书录本奏呈，吕在中书，自语曰："岂有边将与叛臣通书。"又云："奏本如此，又不知真所与书中何所言也。"以此激宋，宋明日上殿，果入札子论希文交通叛臣。既而中书将上，吕公读讫，仁宗沉吟久之，遍顾大臣，无有对者，仁宗曰："范仲淹莫不至如此。"吕公徐应曰："擅答书不得无罪，然谓之有它心，则非也。"宋公色沮无辞。明日，宋公出知扬州。又二年，希文作参知政事。宋尚在扬，极怀忧挠，以长书谢过，云："为憸人所使。"其后宋公作相，荐范纯仁试馆职，纯仁尚以父前故，辞不愿举。①

因与范仲淹的个人嫌隙，吕夷简以范仲淹答元昊书为契机，诱使宋庠诬奏范氏欲叛，希望使皇帝加罪，已拉开熙宁、元祐党争借助文字狱攻击异党的序幕。

孔平仲在对乌台诗案与苏轼命运的记述中，反映了北宋党争与文人命运的关系。如《谈苑》卷一所记："苏子瞻随皇甫僎追摄至太湖芦香亭下，以柁损修牢。是夕，风涛倾倒，月色如昼。子瞻自惟仓卒被拉去，事不可测，必是下吏，所连逮者多，如闭目窣身入水，顷刻间耳。既为此计，又复思曰：'不欲辜负老弟。'弟谓子由也。言己有不幸，则子由必不独生也。由是至京师，下御史狱。李定、舒亶、何正臣杂治之，侵之甚急，欲加以指斥之罪。子瞻忧在必死，掌服青金丹，即收其余，窖之土中，以备一旦当死，则并服以自杀……子瞻既出，又戏自和云：'却对酒杯浑似梦，试拈诗笔已如神。'子瞻以诗自被劾，既作此诗，私自骂曰：'犹不改也。'"②再如《谈苑》卷一载：

苏轼以吟诗有讥讪，言事官章疏狎上，朝廷下御史台差官追取。是时，李定为中书丞，对人太息，以为人才难得，求一可使逮轼者，少有如意。于是太常博士皇甫僎被遣以往，僎携一子二台卒，倍道疾驰。驸马都尉王诜，与子瞻游厚，密遣人报苏辙。辙时为南京幕官，乃亟走介往湖州报轼。而僎行如飞不可及，至润州，适以子病求医，

①孔平仲：《谈苑》卷一，载《全宋笔记》第二编第5册，大象出版社，2006，第295页。
②同①，第295—296页。

留半日，故所遣人得先之。僎至之日，轼在告，祖无颇权州事。僎径入州廨，具靴袍秉笏立庭下，二台卒夹侍，白衣青巾，顾盼伫恶，人心汹汹不可测。轼恐，不敢出，乃谋之无颇。无颇云："事至于此，无可奈何，须出见之。"轼亦具靴袍秉笏立庭下，无颇与职官皆小帻列轼后。二卒怀台牒，拄其衣若匕首然，僎又久之不语，人心益疑惧。轼曰："轼自来极恼朝廷多，今日必是赐死，死固不辞，乞归与家人诀别。"僎始肯言，曰："不至如此。"无颇乃前曰："太博必有被受文字。"僎问："谁何？"无颇曰："无颇是权州。"僎乃以台牒授之，及开视之，只是寻常追摄行遣耳。僎促轼行，二狱卒就执之，即时出城登舟，郡人送者雨泣。顷刻之间，拉一太守如驱犬鸡，此事无颇目击也。①

孔平仲是较早记载乌台诗案的人。他以文人而非史臣的眼光，以感性而非理性的态度，十分详细地展现了苏轼在乌台诗案发生以后被押解的过程，以及苏轼诚惶诚恐、绝望无奈的心路历程，展现了苏轼丰富的文化人格。

谈及文学与政治的关系，统治者的文艺观无疑是其中最为重要的一环，"故知歌谣文理，与世推移，风动于上，而波震于下者也"②。孔平仲认为帝王对文人的态度直接影响文学的繁荣与否，在这方面他称赏唐太宗。《续世说》卷二《文学》载："太宗既平寇乱，留意儒学，乃于宫城西起文学馆，以待四方文士，杜如晦、房玄龄、于志宁、苏世长、薛收、褚亮、姚思廉、陆德明、孔颖达、李元道、李守素、虞世南、蔡允恭、颜相时、许敬宗、薛元敬、盖文达、苏勖号十八学士，图其形状，题其名字爵里，藏之书府，以彰礼贤之重也。诸学士并给珍膳，分为三番，更直宿于阁下，每军国务静恭谒，即便引见，讨论坟籍，商略前载。预入馆者，时所倾慕，谓之登瀛洲。"③在经历了隋诗的低迷之后，诗歌创作在贞观年间重新迎来了蓬勃发展的高潮期，与唐太宗礼遇、重视文人且亲自积极参与文学创作当有直

---

①孔平仲：《谈苑》卷一，载《全宋笔记》第二编第5册，大象出版社，2006，第294页。
②刘勰：《文心雕龙义证》卷九，詹锳义证，上海古籍出版社，1989，第1657页。
③孔平仲：《续世说》卷二，载《全宋笔记》第二编第5册，大象出版社，2006，第35页。

接而重要的关联。

孔平仲对本朝君主对待文艺的态度亦予著录，如《谈苑》卷四记载：“太宗好文，每进士及第，赐闻喜宴、御制诗，遂为故事。仁宗诗尤多，有云：‘寒儒逢景运，报国合何如？’”[①]所引仁宗诗歌呼吁儒臣尽心报国，这在一定程度上推动了当时士人自觉关注现实，成为诗文革新运动兴起的重要背景之一。

孔平仲认为，统治者对待儒、释、道三家思想的态度在一定程度上影响当时文学的艺术面貌，如《续世说》卷五《宠礼》载“宋文帝以惠琳道人善谈论，因与议朝廷大事，遂参权要”[②]，卷三《雅量》载“梁武帝开讲于同泰寺，会者数万人”[③]，南朝统治者多崇信佛教，如梁武帝等人还潜心研究佛理，如此对推动佛教在南朝的兴盛及禅趣诗的蓬勃发展无疑具有积极的作用，拉开了佛教在隋唐时期全盛的序幕。

科举取士的评判标准是文学思想中特殊而重要的一环，因为它往往代表着官方的文学意志，对文学发展及思潮的形成有直接的导向作用。《谈苑》对此也有所涉及，如卷三记载：“真宗虽以文词取士，然必视其器识。每赐进士及第，必召高第三四人，并列于庭，更察其形神磊落者，始赐第一人及第。或取其所试文词有理趣者，徐奭《铸鼎象物赋》云：‘足惟下正，讵闻公悚之欹倾；铉乃上居，实取王臣之威重。’遂以为第一。蔡齐《置器赋》云：‘安天下于覆盂，其功可大。’遂以为第一。”[④]

真宗朝重文辞理趣的科举标准对宋代文学面貌的形成有直接而深远的作用，实际上标志着宋代文学自我树立，突破唐文学模式的初步自觉。

文士与政治的互动，催生了古代诗歌中一类较为特殊的题材——太平宫辞。所谓太平宫辞，是我国古代宫廷文学的组成部分之一，区别于描写艳情的宫体诗，是文臣歌颂统治业绩，粉饰太平，渲染盛世景象的诗歌。孔平仲在笔记中对这种文学现象予以记录。如《谈苑》卷三载：“景德中，夏文庄公初授馆职，时方早秋，上在拱辰殿按舞，命中使索新词。公立进

①孔平仲：《谈苑》卷四，载《全宋笔记》第二编第5册，大象出版社，2006，第341页。
②孔平仲：《续世说》卷五，载《全宋笔记》第二编第5册，大象出版社，2006，第81页。
③孔平仲：《续世说》卷三，载《全宋笔记》第二编第5册，大象出版社，2006，第51页。
④孔平仲：《谈苑》卷三，载《全宋笔记》第二编第5册，大象出版社，2006，第325页。

《喜迁莺》曰：‘霞散绮，月沉钩，帘卷未央楼。夜凉河汉截天流，宫阙锁新秋。瑶阶曙，金茎露，凤髓香和云雾。三千珠翠拥宸游，水殿按梁州。’上大悦。”[①]太平宫辞的重要表现形式之一是君臣之间的酬唱，如《谈苑》卷三载：“太平兴国七年，季冬大雪，上赐学士诗曰：‘轻轻相亚凝如酥，宫树花装万万株。今赐酒卿时一盏，玉堂闲话道情无。’”[②]

孔平仲的笔记著作还注意地域文化对文学发展的重要作用，《珩璜新论》卷三载：“福建人好文学，自唐常衮为观察使，欧阳詹为诸生始也。《蜀·秦宓传》：‘蜀本无学士，文翁遣司马相如东受七经，还教吏民，于是蜀学比于齐、鲁。’”[③]他指出了闽、蜀两地在常衮与文翁兴学后不同的文化特征：闽好文学，故而其诗文更多清逸；蜀重经学，故而其诗文更多气骨。

就文学的微观生态而言，孔平仲对文人的生活状况和生存方式也有较多的关注，可为探讨作者诗文风格的形成及在不同阶段转变的原因提供依据。如《续世说》卷五《任诞》中有对杜甫在成都生存生态的记述：“杜甫与严武世旧，武镇蜀，辟甫为参谋，待遇甚隆。甫凭醉登武之床，瞪视武曰：‘严挺之乃有此儿！’武虽急暴，不以为忤。甫于成都浣花里，种竹植树，结庐就江，纵酒效咏，与田畯野老相狎，荡无拘检。严武过之，有时不冠，故武诗云：‘莫倚善为《鹦鹉赋》，何须不着鵔鸃冠。’其傲诞如此。”[④]自唐肃宗上元元年（760）春至代宗永泰元年（765）初夏，杜甫寓居成都草堂，这可以说是一生颠沛漂泊的杜甫难得的一段安居时期，故而其诗文呈现出萧野自然的风格新变，如“翻倒荷芰乱，指挥径路迷。得鱼已割鳞，采藕不洗泥”（五古《泛溪》），“为爱丈人山，丹梯近幽意。丈人祠西佳气浓，缘云拟住最高峰”（七古《丈人山》）。

对前人关注较少的领域，如文人经商等，孔平仲也有所记述。如《谈苑》卷二“石曼卿，王氏婿也。以馆职通判海州，官满，载私盐两船至寿春，托知州王子野货之。时禁网宽赊，曼卿也不为人所忌，于是市中公然

①孔平仲：《谈苑》卷三，载《全宋笔记》第二编第5册，大象出版社，2006，第327页。
②同①，第328页。
③孔平仲：《珩璜新论》卷三，载《全宋笔记》第二编第5册，大象出版社，2006，第262页。
④孔平仲：《续世说》卷五，载《全宋笔记》第二编第5册，大象出版社，2006，第91页。

卖学士盐”[①]。孔平仲对文人的收入也有关注，《续世说》卷二《文学》载“李邕早擅才名，尤长碑颂，虽贬职在外，中朝衣冠，及天下寺观，多持金帛往求其文，前后所制，凡数百首，馈遗亦巨万。时议以自古鬻文获财，未有如邕者”[②]，一定程度上折射出商品经济的发展对当时士人的影响，这无疑为探究文人市民化在宋代的萌芽及对宋代文学的影响提供了重要的材料。

孔平仲还对文人的思想状况予以较多关注，尤其注目于魏晋士人自身生命意识的觉醒。如《续世说》卷八《栖逸》载“梁阮孝绪著《高隐传》，上自炎黄，终于天监末。分为三品：言行超逸，名氏弗传，为上篇；始终不耗，姓名可录，为中篇；挂冠人世，栖心尘表，为下篇。南平元襄王闻其名，要之，不赴，曰：‘非志骄富贵，但性畏庙堂。若使麏麚可骖，何以异夫骥騄。’”[③]我国古代文人的思想意识经历了两次巨变：其一是春秋战国时期的“哲学突破”，文人开始摆脱神学的束缚，以理性的眼光面对并且考量世界；其二是东汉末年开始的“生命突破”，文人开始摆脱主流的“学而优则仕”的功名观，将注意力转向生命内部，探索生命本真的存在意义及诗意的存在方式，如上引材料所记，“非志骄富贵，但性畏庙堂”，孔平仲的笔记著作显然对考察文人的“生命突破”有很大的助益作用。

三、对孔平仲笔记中文学思想的整体评价

在黄宗羲《宋元学案》中，孔平仲被列入濂溪学案。由于其父孔延之是濂溪先生周敦颐的讲友，孔平仲的思想受到了周敦颐的一些影响，如其自述“濂溪素积善，遗泽乃在今”[④]。孔平仲笔记中的文学思想也受到了周敦颐的潜在影响，如其才性论对文士修身养性的重视，受周敦颐“是圣贤非性生，必养心而至之。养心之善有大焉如此，存乎其人而已”[⑤]的影响；周敦颐对文采的重视——“诵吉州彭推官篇者六七人，其句字信乎能觑天

①孔平仲：《谈苑》卷二，载《全宋笔记》第二编第5册，大象出版社，2006，第315页。
②孔平仲：《续世说》卷二，载《全宋笔记》第二编第5册，大象出版社，2006，第37页。
③孔平仲：《续世说》卷八，载《全宋笔记》第二编第5册，大象出版社，2006，第137页。
④孔平仲：《送周元翁赴省试》，载《全宋诗》第16册卷九二三，北京大学出版社，1995，第10820页。
⑤周敦颐：《周敦颐集》卷三《养心亭说》，陈克明点校，中华书局，1990，第50页。

巧而脍炙人口矣”[①]，对孔平仲的文学思想亦有一定的影响。

孔平仲以接受影响史的眼光来考察具体作家，他对韩愈、柳宗元在散文发展史上的地位有独到的见解。“自魏晋以还，为文者多拘偶对，而经诰之指归，迁、雄之气格不复振起。韩愈所为文，务反近体，抒意立言，自成一家新语，后学之士，取为师法。当时作者甚众，无以过之，故世称韩文焉。”[②]“观刘梦得祭退之文，有以知退之之文，独步一时也。云：‘手转文柄，高视寰海，权衡低昂，瞻我所在，三十余年，声名塞天。’又祭子厚文云：‘勒石垂后，属于伊人。’此语心服之矣。”[③]孔平仲十分准确地评价了韩、柳的地位、成就、影响。

孔平仲笔记著作中的文学思想极为丰富，可以使我们对宋代文学既重诗教又重对艺术技巧的探索，既重平淡自然的风格又不排斥文华与丽辞的格局有所认识，还可以使我们以文学生态视角对宋代文学进行多角度的观照与研究，极具意义。

赵令畤《侯鲭录》

赵令畤（1064—1134），原字景贶，后改德麟，有《侯鲭录》八卷，其中包含一些文学思想。

第一，此书论文注重骨气。“老苏作《雷太简墓铭》云：‘呜呼太简，不显祖考。不有不承，隐居南山。德积声施，为取与人。不献不求，既获不庸。有功不多，我铭孔悲。’有三代文章骨气，为文之法也。”[④]

此书还借王令题画诗，进一步标举气骨，认为有气骨诗文才能够自我树立，无气骨则即使画马也会画成狗。“王令逢原，荆公、王深父兄弟交游也。尝赋韩干《马》诗云：‘天宝天子盛天厩，吐番入马上天寿。紫衣驭吏遍坐前，骑入金门不容骤。西极苜蓿为谁肥，六闲飞黄卧嗟瘦。乾元殿下谁把笔，当年人无出干右。传闻三马同日死，死魄到纸气方就。铁勒夹口重两衔，墨丝卯尾合双纽。天门未上人就观，老胡惊嗟失开口。生搜朔野空毛群，死断世工无后手。当时天子惜不传，送入御府置官守。胡尘勃郁燕

①周敦颐：《周敦颐集》卷三《吉州彭推官诗序》，陈克明点校，中华书局，1990，第51页。

②孔平仲：《续世说》卷二，载《全宋笔记》第二编第5册，大象出版社，2006，第36页。

③孔平仲：《珩璜新论》卷四，载《全宋笔记》第二编第5册，大象出版社，2006，第287页。

④赵令畤：《侯鲭录》卷一，载《全宋笔记》第二编第6册，大象出版社，2006，第191页。

蓟来，宫阙萧骚既焚后。谁拚千金出手收，足踏万里避奔走。几经蹂弃道边尘，今日宁无纸上垢。尊前病客不识画，但惊骨气世未有。冀北骏足无时无，生不逢干死空朽。世工无手不肯休，往往气骨陋如狗。'"①

此书还以作者本人的诗为例，详细说明气骨的重要性，"余崇宁中坐章疏入籍，为元祐党人。后四年，牵复过陈，张文潜、常希古皆在陈居，相见慰劳之。余答曰：'炙毂子王睿作《解昭君怨》，殊有意思，能到入妙处。'词云：'莫怨工人丑画身，莫嫌明主遣和亲。当时若不嫁胡尘，只是宫中一舞人。'文潜云：'赐真先生所谓笃行而刚者也。'"②

第二，此书注重作家风格的多样性。"王介甫少时作《石榴花》诗云：'浓绿万枝红一点，动人春色不须多。'此老风味不薄，岂铁心石肠者哉！"③王安石作诗，既能够议论卓伟，又能够含蓄深隽，不乏情韵悠然之作，可见作家的性格情趣不是单一的。

第三，此书中可见宋人对词的审美偏好。"欧阳永叔《浣溪沙》云：'堤上游人逐画船，拍堤春水四垂天，绿杨楼外出秋千。'此翁语甚妙绝，只一'出'字，是后人著意道不到处。"④"黄鲁直间为小词，固高妙，然不是当行家语，乃著腔子唱好诗也。"⑤"无咎云：'比来作者皆不及秦少游，如"斜阳外，寒鸦数点，流水绕孤村"，虽不识字人，亦知是天生好言语也。'"⑥

第四，此书高度评价苏轼的词，认为其词有大家风范，具有非凡的创新意义。"鲁直云：'东坡居士曲，世所见者数百首。或谓于音律小不谐，居士词横放杰出，自是曲子缚不住者。'"⑦其观念突破了李清照《词论》对词特有的限定，肯定了苏轼在词学发展史上的里程碑意义。

第五，此书善用对比，能够言简意赅地阐释词家独特的风格，如"无

①赵令畤：《侯鲭录》卷一，载《全宋笔记》第二编第6册，大象出版社，2006，第194页。
②赵令畤：《侯鲭录》卷二，载《全宋笔记》第二编第6册，大象出版社，2006，第203页。
③赵令畤：《侯鲭录》卷三，载《全宋笔记》第二编第6册，大象出版社，2006，第214—215页。
④赵令畤：《侯鲭录》卷八，载《全宋笔记》第二编第6册，大象出版社，2006，第269页。
⑤同④，第270页。
⑥同④，第270页。
⑦同④，第269—270页。

咎云：'张子野与柳耆卿齐名，人以为子野不及耆卿富，而子野韵高，是耆卿所乏处'"[①]，点明柳永词擅长白描铺叙，张先词富有情韵。

第六，此书对于《莺莺传》的故事从传奇渐变为说唱的过程有详细的描述，具有很高的文学史意义。"夫传奇者，唐元微之所述也，以不载于本集而出于小说，或疑其非是。今观其词，自非大手笔孰能与于此。至今士大夫极谈幽玄，访奇述异，无不举此以为美话。至于娼优女子，皆能调说大略，惜乎不被之以音律，故不能播之声乐，形之管弦，好事君子极饮肆欢之际，愿欲一听其说，或举其末而忘其本，或纪其略而不及终其篇，此吾曹之所共恨者也。今于暇日，详观其文，略其烦亵，分之为十章。每章之下，属之以词，或全摭其文，或止取其意，又别为一曲，载之传前，先叙前篇之义。调曰商调，曲名《蝶恋花》，句句言情，篇篇见意，奉劳歌伴，先定格调，后听芜词。"[②]

第七，由于《侯鲭录》的作者赵令畤与苏轼有较深的交往，此书大量记载了苏轼的事迹，多方面展现其丰富的文化人格。

此书记载，苏轼在黄州时，能从大自然和老庄禅学中汲取精神营养，乐观面对人生的苦难，心境澄净平和。"东坡在黄州，尝书云：'东坡居士自今日已往，早晚饮食不过一爵一肉，有尊客盛馔则三之，可损不可增。有召我者预以此告之。主人不从而过是，乃止。一曰安分以养福，二曰宽胃以养气，三曰省费以养财。'"[③]"元祐七年正月，东坡先生在汝阴，州堂前梅花大开，月色鲜霁。先生王夫人曰：'春月色胜如秋月色，秋月色令人凄惨，春月色令人和悦，何如召赵德麟辈来此饮花下？'先生大喜曰：'吾不知子能诗耶？此真诗家语耳。'遂相召，与二欧饮。用是语作《减字木兰词》云：'春亭月午，影落春醪光欲舞。步转回廊，半落梅花婉娩香。清风薄雾，都是少年行乐处。不似秋光，只共离人照断肠。'"[④]从中可以看出苏轼、王闰之二人伉俪相和，互相欣赏的生活画面。"东坡老人在昌化，尝负大瓢行歌于田间。有老妇年七十，谓坡云：'内翰昔日富贵，一场春梦。'坡然

①赵令畤：《侯鲭录》卷八，载《全宋笔记》第二编第6册，大象出版社，2006，第270页。

②赵令畤：《侯鲭录》卷五，载《全宋笔记》第二编第6册，大象出版社，2006，第234—235页。

③赵令畤：《侯鲭录》卷四，载《全宋笔记》第二编第6册，大象出版社，2006，第221页。

④同③，第228页。

之。里人呼此媪为春梦婆。坡被酒独行，遍至子云诸黎之舍，作诗云：‘符老风情老奈何，朱颜减尽鬓丝多。投梭每困东邻女，换扇唯逢春梦婆。’次日，老符秀才言换扇事。”[①]“东坡自黄移汝，过金陵，见舒王。适王胜之作守，多同饮会。一日，游蒋山，胜之被召将行。舒王顾江山曰：‘子瞻可作歌。’坡醉中书云：‘千古龙蟠并虎踞，从公一吊兴亡处。渺渺斜风吹细雨。芳草路，江南父老留公住。公驾飞軿凌紫雾，红鸾骖乘青鸾驭。却讶此洲名白鹭。非吾侣，翩然欲下还飞去。’胜之到任数日而去。舒王笑曰：‘白鹭者得无意乎！’”[②]其词豪迈达观，超然物外，令人景仰。

再贬惠州后，苏轼与当地人和睦相处。“东坡再谪惠州日，一老举人年六十九为邻，其妻三十岁诞子，为具邀公，公欣然而往。酒酣乞诗，公戏一联云：‘令阁方当而立岁，贤夫已近古稀年。’”[③]

对于自己的政敌王安石，苏轼欣赏有加，高度评价其诗，“东坡云：‘荆公暮年诗，始有合处。五字最胜，二韵小诗次之，七言诗终有晚唐气味，如平甫七字复为佳耳。’”[④]评价公允，是为知音。

此书还记了一些苏轼称赏的诗歌。“张文潜作《七夕歌》为东坡所称。词云：‘人间一叶梧桐飘，蓐收行秋回斗杓。神官召集役灵鹊，直渡天河云作桥。河东美人天帝子，机杼年年劳玉指。织成云鬓紫绡衣，辛苦无欢容不理。帝怜独居无与娱，河西嫁与牵牛夫。自从嫁后废织纴，绿鬓云鬟朝暮梳。贪欢不归天帝怒，谪归却踏来时路。但令一岁一相逢，七月七夕河边渡。别多会少知奈何，却悔从前恩爱多。匆匆离恨说不尽，烛龙已驾随羲和。河边灵官晓催发，令严不管轻离别。空将泪作雨滂沱，泪痕有尽愁无歇。寄言织女君休叹，天地无穷会相见。犹胜姮娥不嫁人，夜夜孤眠广寒殿。’”[⑤]“东坡于关中驿舍见一诗，录之，不知谁氏子作。后闻乃姚嗣宗诗，云：‘欲挂衣冠神武门，先寻水竹渭南村。却将旧斩楼兰剑，买得黄牛

---

①赵令畤：《侯鲭录》卷七，载《全宋笔记》第二编第6册，大象出版社，2006，第259页。

②赵令畤：《侯鲭录》卷八，载《全宋笔记》第二编第6册，大象出版社，2006，第264—265页。

③赵令畤：《侯鲭录》卷三，载《全宋笔记》第二编第6册，大象出版社，2006，第214页。

④同①。

⑤同③，第210页。

教子孙。’”[①]

宋人生唐后，既十分幸运，又十分艰难。幸运之处在于唐诗这个高峰群星灿烂，风格万花争艳，对于古体、近体的创作收获很多，而对于诗歌技巧的突破与创新也很多。宋代的大家无不注意学习唐诗而又力图超越唐诗。这其中包括语言技巧的精益求精与推陈出新。如唐代对仗重视语言的凝练，而宋代则重视翻新生奇，不避虚字、重字等，力求自具面目，有别唐人。“东坡云：‘世之对偶，如“红生”“白熟”“手文”“脚色”，二对无复加也。’又云：‘“与我周旋宁作我”“为郎憔悴却羞郎”，亦的矣。’予诗中有‘青州从事’对‘白水真人’，公极称之，云：‘二物皆不道破为妙。’”[②]

魏泰《东轩笔录》

魏泰字道辅，号临汉隐居，又号汉上文人，北宋襄阳（今湖北襄阳）人，著《东轩笔录》十五卷。据作者自序，此书作于宋哲宗元祐九年（1094），主要记载宋代史事，其中的文学思想对后世研究者探析宋代文学的诸多特征有着不容忽视的重要价值。

一、《东轩笔录》中的文学品评视角

《东轩笔录》中的文学思想突出表现在其文体论上。此书记载了时人对待词体的态度，“王荆公初为参知政事，闲日因阅读晏元献公小词而笑，曰：‘为宰相而作小词，可乎？’平甫曰：‘彼亦偶然自喜而为尔，顾其事业岂止如是耶！’时吕惠卿为馆职，亦在坐，遽曰：‘为政必先放郑声，况自为之乎！’”[③]王安石此处所讲“小词”，并非小令，是宋初沿袭晚唐五代词风创作的只注目于个人感情的私情词，以及表露对佳人欣赏态度的艳体词。由此则材料不难看出，王安石对当时的词坛风气并不满意。北宋中后期士人对待宋初的私情词及艳体词，态度经历了由模仿崇拜到审视自立的转变，此则材料无疑对探讨其中原因有着巨大的史料价值。

北宋中后期词体的新变，实际上自范仲淹、欧阳修起已有萌芽，魏

①赵令畤：《侯鲭录》卷三，载《全宋笔记》第二编第6册，大象出版社，2006，第210页。
②赵令畤：《侯鲭录》卷一，载《全宋笔记》第二编第6册，大象出版社，2006，第191页。
③魏泰：《东轩笔录》卷五，载《全宋笔记》第二编第8册，大象出版社，2006，第34页。

泰敏锐地把握到了这点：“范文正公守边日，作《渔家傲》乐歌数阕，皆以‘塞下秋来’为首句，颇述边镇之劳苦，欧阳公尝呼为穷塞主之词。及王尚书素出守平凉，文忠亦作《渔家傲》一词以送之，其断章曰：‘战胜归来飞捷奏，倾贺酒，玉阶遥献南山寿。’顾谓王曰：‘此真元帅之事也。’”①范、欧二人将词体用于抒发志意，反映日常生活，酬赠题寄之中，实际上反映出宋代士人逐渐以与诗体平等的态度对待词体，表明词体地位的上升。

与多数宋人笔记中的文学政教论相同，魏泰注重诗文的讽喻功能，强调美善砭恶的“古道”，“文章随时风美恶，咸通已后，文力衰弱，无复气格。本朝穆修首倡古道，学者稍稍向之”②，再如：

> 丁谓有才智，然多希合上旨，天下以为奸邪。及稍进用，即启迪真宗以神仙之事，又作玉清昭应宫，耗费国帑，不可胜纪。谓既为宫使，夏竦以知制诰为判官。一日，宴宫僚于斋厅，有杂手伎，俗谓弄碗注者，献艺于廷，丁顾语夏曰：“古无咏碗注诗，舍人可作一篇。”夏即席赋诗曰：“舞拂挑珠复吐丸，遮藏巧便百千般。主公端坐无由见，却被旁人冷眼看。”丁览读变色。③

此诗首二句借咏碗注讽刺丁谓奸邪媚上之丑态，夏竦敢于指斥奸佞的浩然风骨跃然纸上。

在文学体性论方面，魏泰重视诗文的“滋味”，强调言有尽而意无穷的美感：“顷年尝与王荆公评诗，余谓：‘凡为诗，当使挹之而原不穷，咀之而味愈长。至如欧阳永叔之诗，才力敏迈，句亦健美，但恨其少余味耳。’”④“滋味”说由钟嵘最先明确提出并指出具体标准，“五言居文词之要，是众作之有滋味者也”，“指事造形，穷情写物，最为详切者邪”⑤，

①魏泰：《东轩笔录》卷十一，载《全宋笔记》第二编第8册，大象出版社，2006，第85页。

②魏泰：《东轩笔录》卷三，载《全宋笔记》第二编第8册，大象出版社，2006，第22页。

③魏泰：《东轩笔录》卷二，载《全宋笔记》第二编第8册，大象出版社，2006，第11—12页。

④魏泰：《东轩笔录》卷十二，载《全宋笔记》第二编第8册，大象出版社，2006，第95—96页。

⑤所引的两则钟嵘材料，均见钟嵘：《诗品笺注·诗品序》，曹旭笺注，人民文学出版社，2009，第23页。

自此之后，以味论诗便是我国古代文论区别于西方的一大鲜明特征，魏泰正是以此为标准认为欧阳修的诗作缺少余味。

值得注意的是，在“滋味”的具体构建方式上，与多数文学评论者注重诗文的丽辞佳典不同，魏泰强调的是表意的精切妥帖，重内容而非艺术技巧：“杨察侍郎谪信州，及召还，有士子十二人送于境上，临别，察即席赋诗，皆用十二事，而引谕精至，士子无能属和者。其诗曰：‘十二天之数，今宵席客盈。位如星占野，人若月分卿。极醉巫山侧，联吟嶰管清。他年为舜牧，叶力济苍生。’”①魏泰还将表意的地位置于文辞之上，如：

> 胡旦作《长鲸吞舟赋》，其状鲸之大曰：“鱼不知舟在腹中，其乐也融融；人不知舟在腹内，其乐也泄泄。”又曰：“双须竿直，两目星溢。”杨孜览而笑曰：“许大鱼，眼何小也！”②

此赋文辞不可不谓华丽，且对仗工整，颇有豪迈气势，却疏于内容上的构思，如此长大的鲸鱼，眼睛怎会如星辰般小？魏泰借引杨孜的评语，实际上传达出其对诗文表意精切的重视程度。

与重讽喻的政教论相呼应，才性论方面，魏泰标举“风力”，评价唐介、吴中复“后二人皆以风力称于天下”③，赞扬士子的正直品性与君子人格，称赏文人耿直的人品，如《东轩笔录》对欧阳修人格的推许：“欧阳文忠公，自历官至为两府，凡有建明于上前，其词意坚确，持守不变，且勇于敢为，王荆公尝叹其可任大事。”④

此外，魏泰还提倡超然旷达的器量，“丁晋公至朱崖，作诗曰：‘且作白衣菩萨观，海边孤绝宝陀山。’作《青衿集》百余篇，皆为一字题，寄归西洛……盖未尝废笔砚也……流落贬窜十五年，髭鬓无班白者，人亦伏其量也……临终前半月已不食，但焚香危坐，默诵佛书，以沉香煎汤，时时呷少许。启手足之际，付嘱后事，神识不乱，正衣冠奄然化去。其能荣辱两

---

①魏泰：《东轩笔录》卷十五，载《全宋笔记》第二编第8册，大象出版社，2006，第113页。
②同①，第115页。
③魏泰：《东轩笔录》卷十二，载《全宋笔记》第二编第8册，大象出版社，2006，第92页。
④魏泰：《东轩笔录》卷九，载《全宋笔记》第二编第8册，大象出版社，2006，第68页。

忘，而大变不怛，真异人也”[①]。

相比于唐人才性论重视“才”“逸”，宋人更重视“德”与“器”，将“德”的地位置于“才”之上：“将之官，先以书及所作诗寄王公，以谢平昔奖进，今复为吏，得以文字相乐之意。王公不答，及至任，略不加礼，课其职事甚急。鞠大失望，于是不复冀其相知，而专修吏干矣。其后，王公入为参知政事，首以咏荐，人或问其故，答曰：‘鞠咏之才，不患不达，所忧者，气峻而骄，我故抑之，以成其德耳。’”[②]相比唐代诗歌豪迈奔放的外向气质，宋代诗歌则多呈现如大家闺秀般的温柔端庄之美。宋代士子情性相对内敛的重要原因是宋人重视修身养德，宋代文学因此在整体上多了一分敦厚的美感。

至于文学渊源论，魏泰注重以“知人论世”的态度揭示作品的创作背景。

> 苏子美谪居吴中，欲游丹阳，潘师旦深不欲其来，宣言于人，欲拒之。子美作《水调歌头》，有“拟借寒潭垂钓，又恐鸥鸟相猜，不肯傍青纶”之句，盖谓是也。[③]

此例记载了苏舜钦唯一词作《水调歌头·沧浪亭》的创作背景。考之苏舜钦《沧浪亭记》及《宋史》、《东都事略》本传，均未提及潘师旦不欲苏舜钦来游丹阳事。虽然其事存疑，但此词作于苏氏谪官吴中期间却是属实的，通过此记载可以感受到苏舜钦心中潜藏的失意感伤的心绪。

魏泰还重视揭示诗文语句中的典故出处，便于人们了解这些典故的意义，“唐天宝中，冰稼而宁王死，故当时谚曰：‘冬凌树稼达官怕。’又《礼》有‘泰山其颓，哲人其萎’之说，众谓大臣当之。未数年，而司徒侍中魏国韩公琦薨，王荆公作挽词，略曰：‘冰稼尝闻达官怕，山颓今见哲人萎。’盖谓是也”[④]。

在文学接受论方面，相比于其他宋人笔记，魏泰注重记述中原文学对

①魏泰：《东轩笔录》卷三，载《全宋笔记》第二编第8册，大象出版社，2006，第20—21页。
②魏泰：《东轩笔录》卷二，载《全宋笔记》第二编第8册，大象出版社，2006，第13页。
③魏泰：《东轩笔录》卷十五，载《全宋笔记》第二编第8册，大象出版社，2006，第116页。
④魏泰：《东轩笔录》卷五，载《全宋笔记》第二编第8册，大象出版社，2006，第41页。

域外文学的影响:“熙宁中,高丽人使至京,语知开封府元绛曰:‘闻内翰与王安国相善,本国欲得其歌诗,愿内翰访求之。’”①此则材料无疑在探究宋代文学对朝鲜半岛文学的影响方面具有重大的价值,是研究域外汉学时不容忽视的重要史料。

在文学字句论方面,魏泰重视记载通过增易前人作品中的字句来创新诗歌:

> 唐张祜《宫词》云:“故国三千里,深宫二十年。一声《河满子》,双泪落君前。”天圣中,章仲昌坐讼科场,其叔郇公奏乞押归本乡建州。时王宗道为王邸教授最久,而殿中侍御萧定基发解为举人,作《河满子》以嘲。龙图阁直学士王博文为三司使,自以久次,泣诉于上前,遂除为枢密副使。时人增改祜诗,以志其事曰:“仲昌故国三千里,宗道深宫二十年。殿院一声《河满子》,龙图双泪落君前。”②

此诗以增字的方式为张祜的宫怨词改换了新意,巧妙地对应了当时四人的事迹,可以看出宋诗对唐诗的借鉴吸收。

《东轩笔录》还注重解释诗文中难解语句的含义,如卷七载“王介性轻率,语言无伦,时人以为心风。与王荆公旧交,公作诗曰:‘吴兴太守美如何?柳恽诗才未足多。遥想郡人临下担,白苹洲上起沧波。’其意以水值风即起波也”③。

二、《东轩笔录》中的文学生态视角

在文学的宏观生态方面,《东轩笔录》特别重视政治与文学的关系,如此书对于典型的政治事件在文学作品中的反映十分关注。

> 张尧佐以进士擢第,累官至屯田员外郎、知开州。会其侄女有宠

①魏泰:《东轩笔录》卷八,载《全宋笔记》第二编第8册,大象出版社,2006,第62页。
②魏泰:《东轩笔录》卷十五,载《全宋笔记》第二编第8册,大象出版社,2006,第113页。
③魏泰:《东轩笔录》卷七,载《全宋笔记》第二编第8册,大象出版社,2006,第52页。

于仁宗，册为修媛，尧佐遂骤迁擢，一日中除宣徽、节度、景灵、群牧四使。是时，御史唐介上疏，引天宝杨国忠为戒，不报。又与谏官包拯、吴奎等七人论列殿上，既而御史中丞留百官班，欲以廷争。卒夺尧佐宣徽、景灵两使，特加介一品服，以旌敢言。未几，尧佐复除宣徽使，知河阳。唐谓同列曰："是欲与宣徽，而假河阳为名耳。我曹岂可中已耶？"同列依违不前，唐遂独争之，不能夺。仁宗谕曰："差除自是中书。"介遂极言宰相文彦博，以灯笼锦媚贵妃，而致位宰相，今又以宣徽使结尧佐，请逐彦博而相富弼。又言谏官观望挟奸，而言涉宫掖，语甚切直。仁宗怒，趣召两府，以疏示之。介犹诤不已，枢密副使梁适叱介使下殿，介诤愈切。仁宗大怒，玉音甚厉，众恐祸出不测。是时，蔡襄修起居注，立殿陛，即进曰："介诚狂直，然纳谏容言，人主之美德，必望全贷。"遂贬春州别驾。翌日，御史中丞王举正救解之，改为英州别驾。始，上怒未已，两府窃议曰："必重贬介，则彦博不安。彦博去，则吾属递迁矣。"既而果如其料。当是时，梅尧臣作《书窜诗》曰："皇祐辛卯冬，十月十九日。御史唐子方，危言初造膝。曰朝有巨奸，臣介所愤疾。愿条一二事，臣职敢妄率。巨奸宰相博，邪行世莫匹。曩时守成都，委曲媚贵昵。银珰插左貂，穷腊使驰驲。邦媛将夸侈，中赍金十镒。为我寄使君，奇纹织纤密。遂倾西蜀巧，日夜急鞭抶。红经纬金缕，排科斗八七。比比双莲花，篝灯戴心出。几日成一端，持行如鬼疾。明年观上元，被服稳称质。璨然惊上目，遽尔有薄诘。既闻所从来，佞对似未失。且云奉至尊，于妾岂能必。遂回天子颜，百事容丐乞。臣今得初陈，狡猾彼非一。偷威与卖利，次第推甲乙。是唯阴猾雄，仁断宜勇黜。必欲致太平，在列无如弼。弼亦昧平生，况臣不阿屈！臣言天下公，奚以身自恤？君傍有侧目，喑哑横诋叱。指言为罔上，废汝还蓬荜。是时白此心，尚不避斧锧。虽令御魑魅，甘且同饴蜜。既知勿可惧，复以强词窒。帝声亦大厉，论奏不容毕。介也容甚闲，猛士胆为栗。立贬岭外春，速欲为异物。内外臣恂恂，陛下何未悉？即敢救者谁？襄执左史笔。谓此傥不容，盛美有所咈。平明中执法，怀疏又坚述。介言或以狂，百岂无一实。恐伤四海和，幸勿苦仓卒。亟许迁英山，衢路有嗟咄。翌日宣白麻，称快口盈溢。阿附连谏官，去若怀絮虱。其间因获利，窃笑等蚌鹈。英州五千里，瘦马行駃駃。毒蛇喷晓雾，昼与岚气没。妻孥不同涂，风浪过蛟窟。存亡未可知，旅馆愁伤骨。饥仆时后先，随猿拾橡栗。越林多蔽天，黄柑杂丹橘。万室通酿酤，抚远无禁律。醉去不须钱，醒来弄鸣瑟。山水仍奇怪，已可消愁郁。莫作楚大夫，怀沙自沉汨。西汉梅子真，出为吴市卒。市卒且不惭，况兹别乘秩。”始尧臣作此诗，不敢示人。及欧阳文忠公为编其集，时有嫌避，又削去此诗，是以人少知者，故今尽录。①

魏泰所辑佚的梅尧臣这首诗作，详细记述了皇祐三年唐介廷争的起因、过程及唐介最后遭贬的结局，使此次廷谏生动形象地展现在人们的面前，表达了诗人对唐介的赞赏及慰勉之情。

作为宋代党争的副产品，文字狱成为探析宋代文学与政治的关系时不容忽视的重要内容。《东轩笔录》对宋代文字狱多有记载，如卷三载文字狱对文人个体的影响：

李淑在翰林，奉诏撰《陈文惠公神道碑》。李为人高亢，少许可与，文章尤尚奇涩。碑成，殊不称文惠之功烈、文章，但云“平生能为二韵小诗”而已。文惠之子述古等，恳乞改去二韵等字，答以已经进呈，不可刊削，述古极衔之。会其年李出知郑州，奉时祀于恭陵，而作恭帝诗曰：“弄楯牵车挽鼓催，不知门外倒戈回。荒坟断陇才三尺，犹认房陵半仗来。”述古得其诗，遽讽寺僧刻石，打墨百本，传于都下。俄有以诗上闻者，仁宗以其诗送中书，翰林学士叶清臣等言，本朝以揖逊得天下，而淑诬以干戈，且臣子非所宜言。仁宗亦深恶之，遂落李所居职，自是连蹇于侍从，垂二十年，竟不能用而卒。②

李淑因客观记述史事，未能“为尊者讳”，被贬职弃用。仁宗朝这一桩文字狱已开后世因文字获罪的先声。

---

①魏泰：《东轩笔录》卷七，载《全宋笔记》第二编第8册，大象出版社，2006，第53—54页。
②魏泰：《东轩笔录》卷三，载《全宋笔记》第二编第8册，大象出版社，2006，第23—24页。

《东轩笔录》还详细记载了苏舜钦受诽谤的遭遇及受牵连文人的命运，写出了文人因不顾细行所遭受的灾难及文字狱对文人群体的影响：

> 京师百司库务，每年春秋赛神，各以本司余物贸易，以具酒馔，至时，吏史列坐，合乐终日。庆历中，苏舜钦提举进奏院，至秋赛，承例卖拆封纸以充。舜钦欲因其举乐而召馆阁同舍，遂自以十千助席，预会之客，亦醵金有差。酒酣，命去优伶，却吏史，而更召两军女伎。先是，洪州人太子中舍李定，愿预醵厕会，而舜钦不纳，定衔之，遂腾谤于都下。既而御史刘元瑜有所希合，弹奏其事。事下右军穷治，舜钦以监主自盗论，削籍为民，坐客皆斥逐。梅尧臣亦被逐者也，尧臣作《客至》诗曰："客有十人至，共食一鼎珍。一客不得食，覆鼎伤众宾。"盖为定发也。[①]

《东轩笔录》详细记载了这一事件的影响："刘待制元瑜既弹苏舜钦，而连坐者甚众，同时俊彦，为之一空。刘见宰相曰：'聊为相公一网打尽。'""苏舜钦奏邸之会，预坐者多馆阁同舍，一时被责十余人，仁宗临朝，叹以轻薄少年，不足为台阁之重。宰相探其旨，自是务引用老成，往往不惬人望，甚者，语言文章为世所笑，彭乘之在翰林、杨安国之在经筵是也。"[②]文字狱造成了朝廷人才断层，其负面影响可见一斑。

魏泰重视记载文字狱对士人心理所造成的潜在影响，"欧阳修致士居颍，蔡承禧经由颍上谒于私第，从容曰：'公德望隆重，朝廷所倚，未及引年而遽此高退，岂天下所望也？'欧阳公曰：'吾与世多忤，晚年不幸为小人诬蔑，止有进退之节，不可复令有言而俟逐也，今日乞身已为晚矣。'小人盖指蒋之奇也。欧阳公在颍，唯衣道服，称六一居士，又为传以自序"[③]，从中不难看出在文字狱的影响下欧阳修借萧散自任来自全避难的思想，实际上这也是党争背景下宋人普遍的思想倾向。有宋一代士人的思想世界多呈现出功名意识消退且追求生命自适的倾向，其原因或同时局环

①魏泰：《东轩笔录》卷四，载《全宋笔记》第二编第8册，大象出版社，2006，第26—27页。

②上引两则材料均见于魏泰：《东轩笔录》卷四，载《全宋笔记》第二编第8册，大象出版社，2006，第27、28页。

③同①，第30—31页。

境有着一定的联系。

《东轩笔录》注重从统治者的文艺观及对文士的态度来探讨该时期文学的发展状况，“真宗圣性好学，尤爱文士”[①]，再如：

> 真宗天纵睿明，博综文学，尤重儒术，凡侍从之臣，每因赐对，未始不从容顾问。真宗善设论，虽造次应答，皆典雅有伦。当时儒学之士擢为侍从，则有终身不为外官者。杜镐以博学尤承眷礼，晚年苦肺疾，累乞闲地，真宗不允，至数年加剧，又于便坐恳述。真宗曰：“卿自择一人学术可以代卿者。”镐于是荐戚纶以代，又逾年，未及得请而卒。[②]

真宗雅尚文艺，推动了宋代文学的繁荣发展，好学术及尚典雅的文艺观对当时的文士产生了深远的作用，进而直接影响了宋代文学的面貌。

宋代统治者大多对文士采取礼遇优渥的态度，如“王朴为学士，居近浚仪桥，常便服顶席帽，步行沿河，以访亲故。王嗣宗为中丞，退朝，适见市人夺物而走，嗣宗跃马追及，斥左右絷之。宋白为翰林承旨，游委巷，为赵庆所持。鲁宗道为宫僚，饮于仁和酒店。前辈通脱简率如此，亦法制宽简也”[③]。统治者的优待、重视使宋代士子形成了“通脱简率”的性格，这对宋代诗文平易面貌的形成无疑具有直接而深远的影响。

对于谀媚君主、缺少骨气的文士，宋代统治者采取贬抑的态度，促使士大夫更加注重自身品行的磨砺，为宋代文学的健康发展营造了良好的时代氛围。“英宗即位之初，有著作佐郎甄复献《继圣图》，其序大略曰：‘昔景德戊申岁，天书降，后二十四年，陛下降生之日，复是天庆节，是天书于二纪已前，为陛下降圣之兆也。又迩来市民染帛以油渍紫色，谓之油紫，油紫者，犹子也。陛下濮安懿王之子，视仁宗为诸父，此犹子之义也。’……英宗圣性高明，尤恶谄谀，书奏，怒其妖妄，御批送中书，令削官停任，天下

①魏泰：《东轩笔录》卷一，载《全宋笔记》第二编第8册，大象出版社，2006，第8页。
②同①。
③魏泰：《东轩笔录》卷十三，载《全宋笔记》第二编第8册，大象出版社，2006，第100页。

伏其神鉴。”[①]

宋代科举重视对经义典籍的考查，如“试《泽宫选士赋》，韵押有王字，振押之曰：‘率土之滨莫非王。’由是不中选”[②]。再如“孙何榜，太宗皇帝自定试题《卮言日出赋》，顾谓侍臣曰：‘比来举子浮薄，不求义理，务以敏速相尚。今此题渊奥，故使研穷意义，庶浇薄之风可渐革也。’”[③]这种风气对宋诗“以学问为诗”特点的形成当有一定的影响。

与多数宋人笔记在探讨文学发展与政治的关系时只关注统治者对待文士的态度不同，《东轩笔录》还详细记述了当时高官爱才的事例，这种社会风气无疑对文学的繁荣有一定的促进作用。“马尚书亮，以尚书员外郎、直史馆使淮南，时吕许公夷简尚为布衣，方侍其父罢江外县令，亦至淮甸，上书求见。马公一阅，知其必贵，遂以女妻之，后许公果为宰相。马公知江宁府，时陈恭公执中以光禄寺丞经过，马接之极厚，且谓曰：‘寺丞他日必至真宰。’令其数子出拜曰：‘愿以老夫之故，他日稍在陶铸之末。’曾谏议致尧性刚介，少许可。一日，在李侍郎虚己坐上，见晏元献公。晏，李之婿也，时方为奉礼郎。谏议熟视之曰：‘晏奉礼他日贵甚，但老夫耄矣，不及见子为相也。’吕许公夷简为相日，文潞公彦博为太常博士，进谒，许公改容礼接，因语之曰：‘太博此去十年，当践某位。’夏英公竦谪守黄州，时庞颖公司理参军，英公曰：‘庞司理他日富贵，远过于我。’既而四公皆至元宰。古云贵人多识贵人，信有之也。”[④]

魏泰最为推崇欧阳修，认为欧阳修发现人才、奖掖人才，对于北宋文学的繁荣起了很大的推动作用。“吴孝宗，字子经，抚州人，少落拓，不护细行，然文辞俊拔，有大过人者。嘉祐初，始作书谒欧阳文忠公，且贽其所著《法语》十余篇。文忠读而骇叹，问之曰：‘子之文如此，而我不素知之，且王介甫、曾子固皆子之乡人，亦未尝称子，何也？’孝宗具言少无乡曲之誉，故不见礼于二公。文忠尤怜之，于其行，赠之诗曰：‘自我得曾子，于兹二十年。今又得吴生，既得喜且欢。古士不并出，百年犹比肩……自谓久乃

①魏泰：《东轩笔录》卷四，载《全宋笔记》第二编第8册，大象出版社，2006，第29—30页。

②魏泰：《东轩笔录》卷七，载《全宋笔记》第二编第8册，大象出版社，2006，第55页。

③魏泰：《东轩笔录》卷十，载《全宋笔记》第二编第8册，大象出版社，2006，第79页。

④魏泰：《东轩笔录》卷三，载《全宋笔记》第二编第8册，大象出版社，2006，第21页。

信，力行困弥坚。今来决疑惑，幸冀蒙洗湔。我笑谓吴生，尔其听我言。世所谓君子，何异于众人。众人为不信，积微成灭身。君子能自知，改过不逡巡。于斯二者间，愚智遂以分……临行赠此言，庶可以书绅。'"[①]欧阳修对有才学的寒士尚可如此礼遇、鼓励，其扶助人才以推动文学发展的拳拳之心可见一斑。

达官贵胄对待文士言事的态度对文学的发展也会产生影响，此书记载，"祖宗朝，宰相怙权，尤不爱士大夫之论事。赵中令普当国，每臣僚上殿，先于中书供状，不敢诋斥时政，方许登对。田锡为谏官，尝论此事，后方少息，士大夫有口者多外补。王禹偁在扬州，以诗送人云：'若见鳌头为借问，为言枨也减刚肠。'又丁谓留滞外郡甚久，及为知制诰，以启谢时宰，有'效慎密于孔光，不言温树；体风流于谢客，但咏苍苔'是也"[②]。翻阅宋初诗文，优游山水，表露隐逸之志是其主题之一。宋初士大夫生命重心内移，与宋初舆论氛围有密切的联系。

就文学的微观生态而言，魏泰注重记录文士思想状态。

首先，受文学政教观的影响，《东轩笔录》记载了不少表现士子高洁品行的事例，如卷十四记载王曾的相关事迹："中山刘子仪为翰林学士，戏语之曰：'状元试三场，一生吃著不尽。'沂公正色答曰：'曾平生之志，不在温饱。'"[③]

其次，魏泰重视对宋代士人志性自然、萧散旷达的思想状况的记录，特别关注官僚、文士游赏园林的雅趣与其诗文创作的关系：

> 钱文僖公惟演生贵家，而文雅乐善出天性。晚年以使相留守西京，时通判谢绛、掌书记尹洙、留府推官欧阳修，皆一时文士，游宴吟咏，未尝不同。洛下多水竹奇花，凡园圃之胜，无不到者。有郭延卿者居水南，少与张文定公、吕文穆公游，累举不第，以文行称于乡闾。张、吕相继作相，更荐之，得职官，然延卿亦未尝出仕，葺幽亭艺花，足迹不及城市，至是年八十余矣。一日，文僖率僚属往游，去其

①魏泰：《东轩笔录》卷十二，载《全宋笔记》第二编第8册，大象出版社，2006，第90—91页。

②魏泰：《东轩笔录》卷十四，载《全宋笔记》第二编第8册，大象出版社，2006，第108页。

③同②，第109页。

居一里外，即屏骑从，腰舆张盖而访之，不告以名氏。洛下士族多，过客众，延卿未始出，盖莫知其何人也。但欣然相接，道服对谈而已。数公疏爽闿朗，天下之选，延卿笑谓曰："陋居罕有过从，而平日所接之人，亦无若数君者。老夫甚惬，愿少留，对花小酌也。"于是以陶樽果蔌而进，文僖爱其野逸，为引满不辞。既而吏报申牌，府史牙兵列庭中，延卿徐曰："公等何官而从吏之多也？"尹洙指而告曰："留守相公也。"延卿笑曰："不图相国肯顾野人。"遂相与大笑，又曰："尚能饮否？"文僖欣然从之，又数杯。延客之礼数杯盘，无少加于前，而谈笑自若。日入辞去，延卿送之门，顾曰："老病不能造谢，希勿讶也。"文僖登车，茫然自失。翌日，语僚属曰："此真隐者也，彼视富贵为何等物邪？"叹息累日不止。①

如此则材料所记，宋代文人雅士多对园林亭台表现出浓厚的兴趣，这使得宋代诗文呈现出一种自然平淡的"野逸"美感。有宋一代继承唐人向往隐逸、钟情山林的传统，看淡富贵、重野逸而轻荣禄者不在少数，其生命重心呈现出由外在的功名追求向内在的生命意义探寻转移的特点，这无疑是宋代文学平易面貌得以形成的重要心理背景。

在萧散自然思想的影响下，宋人多喜戏谑，《东轩笔录》记载了不少文士间的戏谑事例，如卷七载："介谕其意，遂和十篇，盛气而诵于荆公，其一曰：'吴兴太守美如何？太守从来恶祝鮀。正直聪明神鬼畏，死时应合作阎罗。'荆公笑曰：'阎罗见阙，可速赴任也。'"②

宋代士人的戏谑多为雅谑，有以诗为戏者，如"至和中，陈恭公秉政，会嬖妾张氏笞女奴迎儿杀之。时蔡襄权知开封府，事下开封穷治，而仁宗于恭公宠眷未衰，别差正郎齐廓看详公案。时王素为待制，以诗戏廓曰：'李膺破柱擒张朔，董令回车击主奴。前世清芬宛如在，未知吾可及肩无？'"③有以经义为戏者，如"杨安国，胶东经生也，累官至天章阁侍讲……一日侍仁宗，讲至'一箪食，一瓢饮'，安国操东音曰：'颜回甚穷，但

①魏泰：《东轩笔录》卷三，载《全宋笔记》第二编第8册，大象出版社，2006，第21—22页。

②魏泰：《东轩笔录》卷七，载《全宋笔记》第二编第8册，大象出版社，2006，第52页。

③魏泰：《东轩笔录》卷十，载《全宋笔记》第二编第8册，大象出版社，2006，第80页。

有一箩粟米饭，一葫芦浆水。’又讲‘自行束脩以上，吾未尝无诲焉’，安国遽启曰：‘官家，昔孔子教人，也须要钱。’仁宗哂之”[①]。

除了静态地对文人的思想世界予以观察，《东轩笔录》还以动态发展的视角对部分文人思想前后经历的变化进行记录，这无疑为探究这些文人诗文风格前后的演进提供了很好的切入点：

> 王荆公初罢相，知金陵，作诗曰：“投老归来一幅巾，君恩犹许备藩臣。芙蓉堂下观秋水，聊与龟鱼作主人。”及再罢，乞宫观，以会灵观使居钟山，又作诗曰：“乞得胶胶扰扰身，钟山松竹替埃尘。只将凫雁同为客，不与龟鱼作主人。”[②]

据此材料，王安石初次罢相，心里犹存借新法以匡扶社稷的壮志，故而以主人的身份面对金陵的山水，表现出一种隔膜感；而第二次为相可以说是其思想的转折点，新党内部的争斗很大程度上给了王安石的用世热情当头一棒，“王荆公再为相，承党人之后，平日肘腋尽去，而在者已不可信，可信者又才不足以任事。平日唯与其子雱机谋，而雱又死，知道之难行也，于是慨然复求罢去”[③]，故而再次来到金陵的王安石不再以主人的身份自居，而是与山水景物多了一分亲近与欣赏，“平日乘一驴，从数童游诸山寺……所居之地，四无人家，其宅仅蔽风雨，又不设垣墙，望之若逆旅之舍。有劝筑垣，辄不答”[④]。

魏泰还记载了五代时期旧臣入宋以后的生存状态，“太祖、太宗下诸国，其伪命臣僚，忠于所事者，无不面加奖激，以至弃瑕录用，故徐铉、潘旮修辈，皆承眷礼。至如卫融、张洎应答不逊，犹优假之，故虽疏远寇仇，无不尽其忠力”[⑤]。宋初以品格节操作为评价官吏的标准，以宽厚仁慈的态度对待原属“伪朝”的官吏，实现了政权的平稳过渡，因而君臣之间和

---

①魏泰：《东轩笔录》卷九，载《全宋笔记》第二编第8册，大象出版社，2006，第66—67页。

②魏泰：《东轩笔录》卷六，载《全宋笔记》第二编第8册，大象出版社，2006，第48页。

③魏泰：《东轩笔录》卷五，载《全宋笔记》第二编第8册，大象出版社，2006，第40页。

④魏泰：《东轩笔录》卷十二，载《全宋笔记》第二编第8册，大象出版社，2006，第94页。

⑤魏泰：《东轩笔录》卷一，载《全宋笔记》第二编第8册，大象出版社，2006，第6—7页。

谐共处、勠力同心，为宋初文学的繁荣发展提供了良好的时代氛围。

《东轩笔录》特别重视文人仕途理想的失落在文学作品中的曲折反映，“苏易简特受太宗顾遇，在翰林恩礼尤渥，其子作《续翰林志》叙之详矣。然性特躁进，罢参政，为礼部侍郎、知邓州，才逾壮岁，而其心郁悒，有不胜闲冷之叹。邓州有老僧，独处郊寺，苏赠诗曰：‘憔悴二卿三十六，与师气味不争多。’又移书于旧友曰：‘退位菩萨难做。’竟不登强仕而卒”①。

对于文人的穷达变化在诗歌中的反映，《东轩笔录》也有记载，如卷二载：“夏郑公竦以父殁王事，得三班差使，然自少好读书，工为诗。一日，携所业，伺宰相李文靖公沆退朝，拜于马首而献之。文靖读其句，有‘山势蜂腰断，溪流燕尾分’之句，深爱之，终卷皆佳句。翌日，袖诗呈真宗，及叙其死事之后，家贫，乞与换一文资，遂改润州金坛主簿。后数年，举制科，对策廷下，有老宦者前揖曰：‘吾阅人多矣，视贤良他日必贵，乞一诗以志今日之事。’因以吴绫手巾展于前，郑公乘兴题曰：‘帘内衮衣明黼黻，殿前旌旆杂龙蛇。纵横落笔三千字，独对丹墀日未斜。’是年制策高等。平生好为诗，皆有所属，初罢枢府，为南京留守，时有忌疾之者，到部作诗曰：‘造化平分荷大钧，腰间新佩玉麒麟。南湖日夜栽桃李，准拟睢阳过十春。’又曰：‘海雁桥边春水深，略无尘土到花阴。忘机不管人知否，自有沙鸥信此心。’晚年流落，仇敌益众，而抨弹之疏不辍上闻。因作诗送一台官曰：‘弱羽轻弦势未安，孤飞殊不碍鹓鸾。黄金自有双南贵，莫与游人作弹丸。’”②夏竦诗歌由中举后的自信豪迈到晚年的忧谗畏讥，实际上是其仕途命运在诗歌中的折射。

三、结论

晁公武对魏泰《东轩笔录》采取贬抑的态度，认为其所记多讹舛，原因是“心喜章惇，数称其长，则大概已可见”③，有失公允。实际上，《东轩笔录》中的文学思想是极具价值的，如本书对小说及词体的态度，实际上反映出宋代文士对于变革传统文体观念的自觉与试验，是研究宋代文体

①魏泰：《东轩笔录》卷二，载《全宋笔记》第二编第8册，大象出版社，2006，第15页。
②同①，第15—16页。
③《郡斋读书志》卷一三。

学时不容忽视的重要史料；谈及的高丽使者来华求文臣诗一事，是宋人笔记中较为罕见的宋代文学域外传播的事例；以动态发展的眼光看待文士的心灵状态并予以记录，对研究者深入了解文士诗文风格的转变有着重要的参考价值……魏泰笔记中文学思想的宝贵之处不一而足。

魏泰笔记中文学思想最具价值处，实际上是允许多元化批评意见的存在。《东轩笔录》卷十二提及，王安石不赞同魏泰评价欧阳修诗“但恨其少余味”：“荆公曰：‘不然，如行人仰头飞鸟惊之句，亦可谓有味矣。’然余至今思之，不见此句之佳，亦竟莫原荆公之意，信乎所言之殊，不可强同也”①，折射出宋人兼容并包的宏大生命格局。

《东轩笔录》在文学史料的整理方面也有贡献，多辑佚钩沉前人的佚诗、佚句，如卷十二载：“欧阳文忠公年十七，随州取解，以落官韵而不收。天圣已后，文章多尚四六，是时，随州试《左氏失之诬论》，文忠论之，条列左氏之诬甚悉，句有‘石言于宋，神降于莘。外蛇斗而内蛇伤，新鬼大而故鬼小’。虽被黜落，而奇警之句，大传于时。今集中无此论，顷见连庠诵之耳。”②

方勺《泊宅编》

方勺（1066—？），字仁声，金华人，一说严陵濑（今浙江桐庐）人，撰《泊宅编》。方勺曾和当时名士苏轼、苏子容、朱服、王汉之、王昇、叶梦得、洪兴祖等人交游，书中有丰富的文学思想。

第一，此书展现了苏轼的人格魅力。

对于提携奖掖自己的伯乐，苏轼一生尊敬有加，念念不忘。“欧公作《醉翁亭记》后四十九年，东坡大书重刻于滁州，改‘泉洌而酒香’作‘泉香而酒洌’，‘水落而石出’作‘水清而石出’。”③

此书记载了苏轼乐于助人的事迹。“元祐中，东坡帅杭，予自江西来应举，引试有日矣，忽同保进士讼予户贯不明，赖公照怜，得就试，因欲荐送，遂获游公门。公尝云：‘王介甫初行新法，异论者譊譊不已。尝有诗云：

①魏泰：《东轩笔录》卷十二，载《全宋笔记》第二编第8册，大象出版社，2006，第96页。
②同①，第92—93页。
③方勺：《泊宅编》卷一，中华书局，1983，第3、2页。

“山鸟不应知地禁，一逢春暖即啾啾。”又更古诗“鸟鸣山更幽”作“一鸟不鸣山更幽”。’”[①]

《泊宅编》还记载了苏轼在党争中的命运，以及乌台诗案中人们对苏轼的态度。“东坡既就逮下御史狱，一日，曹太皇诏上曰：‘官家何事数日不怿……’上惊曰：‘娘娘何自闻之……’曰：‘吾尝记仁宗皇帝策试制举人罢归，喜而言曰：“今日得二文士，然吾老矣，度不能用，将留以遗后人。”二文士盖轼、辙也。’上因是感动，有贷轼意。”[②]“王荆公当国，欲逐张方平，白上曰：‘陛下留张方平于朝，是留寒气于内也。留寒气于内，至春必发为大疾疠，恐非药石所能攻也。’东坡著《乐全先生集序》，乃以安道比孔文举、诸葛孔明。二公议论，不侔如此。安道元丰间以宣徽南院使退居睢阳，是时东坡就逮下御史狱，安道独上书，力陈其可贷之状。刘莘老、苏子容同辅政，子容曰：‘昨得张安道书，不称名，但着押字而已。’莘老曰：‘某亦得书，尚未启封。’令取视之，亦押字也。二事人罕知，故记之。”[③] 又载：“宣和辛丑，罢郊学及贡法，并依熙、丰故事。翁养源为国子祭酒，颇患文敝，欲革之而未能。蒋存诚代之白堂，具学官异论者众，请从罢黜。太宰王黼问：‘异论者谁？’对曰：‘固非一辈，而宋齐愈为之首。’黼曰：‘百家诸子，自前古不废。’忽悟言失，遽曰：‘但元祐学术，不可不痛惩耳！’蔡太师闻之，因对，力诋黼‘崇奖异学，将害陛下绍述之政’，又称黼‘引用非人’。黼曰：‘洪炎，京所用，黄庭坚甥也。’因取蔡绦所撰《西清诗话》奏之，上令御史台弹劾，即逐炎。而蔡、王之党，自此始矣。”[④]“有称中兴野人和东坡《念奴娇》词，题吴江桥上。车驾巡师江表，过而睹之，诏物色其人，不复见矣。‘炎精中否，叹人才委靡，都无英物。胡虏长驱三犯阙，谁作长城坚壁？万国奔腾，两宫幽陷，此恨何时雪！草庐三顾，岂无高卧贤杰？天意眷我中兴，吾皇神武，踵曾孙周发。河海封疆俱效顺，狂虏何劳灰灭。翠羽南巡，扣阍无路，徒有冲冠发。孤忠耿耿，剑铓冷浸秋月。’”[⑤]

第二，此书中有独特的文学批评视野。

---

①方勺：《泊宅编》卷四，中华书局，1983，第21页。
②方勺：《泊宅编》卷一，中华书局，1983，第3、2页。
③方勺：《泊宅编》卷七，中华书局，1983，第41页。
④同③，第40页。
⑤方勺：《泊宅编》卷九，中华书局，1983，第49页。

此书善于运用对比、比喻论诗："陈去非谓予曰：'秦少游诗如刻就楮叶，陈无已诗如养成内丹。'又曰：'凡诗人，古有柳子厚，今有陈无已而已。'又曰：'崔鶠能诗。或问作诗之要，答曰："但多读，而勿使斯为善。"'"①

此书追溯了一些诗句的源流："'山色有无中'，王维诗也。欧公《平山堂词》用此一句，东坡爱之，作《水调歌头》，乃云：'认取醉翁语，山色有无中。'"②"东坡《岐亭》诗凡二十六句，而押六韵，或云无此格。退之有《杂诗》一篇，亦二十六句，押六韵。"③"联句或云起于《柏梁》，非也。《式微》诗曰：'胡为乎泥中？胡为乎中露？'泥中、中露，卫之二邑。刘向以谓此诗二人所作，则一在泥中，一在中露。其理或然，此则联句之所起也。"④

此书善于运用数字统计的方法概括作家风格，体现了宋代批评中的实证精神。"韩退之多悲，诗三百六十，哭泣者三十首。白乐天多乐，诗二千八百，饮酒者九百首。"⑤"诗中用'乾坤'字最多且工唯杜甫。记其十联：'乾坤万里眼，时序百年心。''身世双蓬鬓，乾坤一草亭。''江汉思归客，乾坤一腐儒。''吴楚东南坼，乾坤日夜浮。''不眠忧战伐，无力正乾坤。''纳纳乾坤大，行行郡国遥。''日月笼中鸟，乾坤水上萍。''胡虏三年入，乾坤一战收。''日月低秦树，乾坤绕汉宫。''开辟乾坤正，荣枯雨露偏。'"⑥

惠洪《冷斋夜话》

惠洪（1071—1128），又名德洪，号觉范，筠州新昌（今江西宜丰）人，是北宋著名的诗僧，一生作诗数千首，与当时的著名文学家苏轼、黄庭坚、李之仪、秦观、李格非等人的关系密切。所著《冷斋夜话》，因为具体完整地阐释了江西诗派著名理论"夺胎换骨"而被研究宋代文学的学者所关注。个别学者还论及其中以禅喻诗，论述杜甫诗歌的内容等。

---

①方勺：《泊宅编》卷九，中华书局，1983，第49页。
②方勺：《泊宅编》卷六，中华书局，1983，第35页。
③方勺：《泊宅编》卷七，中华书局，1983，第38页。
④方勺：《泊宅编》卷四，中华书局，1983，第21页。
⑤方勺：《泊宅编》卷一，中华书局，1983，第4页。
⑥方勺：《泊宅编》卷二，中华书局，1983，第12页。

对于《冷斋夜话》的性质，学界的归类并不统一。《历代诗话》《历代诗话续编》未收录此书，显然不把它归入诗话一类，而郭绍虞先生将其认定为诗话。黄宝华先生则认为它是诗话性质的笔记。由于此书论诗的条目较多，在归类上产生分歧也是正常的，但是仔细审读全文，此书与诗话有明显的区别，应归为笔记。

《冷斋夜话》继承了中国古代传统的文学思想，其中又包含许多独特见识。

惠洪论文重气。“李格非善论文章，尝曰：诸葛孔明《出师表》、刘伶《酒德颂》、陶渊明《归去来辞》、李令伯《陈情表》，皆沛然从肺腑中流出，殊不见斧凿痕。是数君子在后汉之末、两晋之间，初未尝以文章名世，而其词意超迈如此，吾是知文章以气为主，气以诚为主。故老杜谓之‘诗史’者，其大过人在诚实耳。诚实著见，学者多不晓。”①文以气为主，是曹丕在《典论·论文》中提出的观点，气是作家内在生命本体的精神。惠洪赋予了气“诚实”“真”的内涵，这是他对文气的独特领悟。惠洪认为，如果以气贯注于诗文之中，不论何种题材，都可以有感人的艺术魅力：“范仲淹少时求为秦州西溪监盐，其志欲吞西夏，知用兵利病耳。而廨舍多蚊蚋，文正戏题其壁曰：‘饱去樱桃重，饥来柳絮轻。但知离此去，不用问前程。’虽戏笑之语，亦恺悌浑厚之气逼人，况其大者乎！”②范仲淹虽然是以戏谑的语气题壁，但浩然正气贯注其中，此诗因此有可观之处。

惠洪认为，当作家的真诚之气贯注胸中时，一切世俗的禁忌都会被全部打破。如果缺乏这样的气势，即使循规蹈矩，不敢越雷池半步，也写不好诗。

> 今人之诗例无精彩，其气夺也。夫气之夺，人百种禁忌，诗亦如之：富贵中不得言贫贱事，少壮中不得言衰老事，康强中不得言疾病死亡事。脱或犯之，人谓之诗谶，谓之无气。是大不然。诗者，妙观逸想之所寓也，岂可限以绳墨哉？如王维作画雪中芭蕉，法眼观之，知其神情寄寓于物，俗论则讥以为不知寒暑。荆公方大拜，贺客盈

---

①惠洪：《冷斋夜话》卷三，载《全宋笔记》第二编第9册，大象出版社，2006，第42页。
②惠洪：《冷斋夜话》卷五，载《全宋笔记》第二编第9册，大象出版社，2006，第54页。

门，忽点墨书其壁曰："霜筠雪竹钟山寺，投老归欤寄此生。"坡在儋耳，作诗曰："平生万事足，所欠惟一死。"岂可与世俗论哉！予尝与客论至此，而客不然予论。予作诗自志，其略曰"东坡醉墨浩琳琅，千首空余万丈光。雪里芭蕉失寒暑，眼中骐骥略玄黄"云云。[①]

惠洪曾评价黄庭坚云："山谷在星渚，赋《道士快轩》诗，点笔立成，其略曰'吟诗作赋北窗里，万言不及一杯水，愿得青天化为一张纸'，想见其高韵，气摩云霄，独立万象之表。笔端三昧，游戏自在也。"[②]由于有气贯注，自然格高意远。

从文学本质论出发，惠洪特别推崇具有"天趣"的诗歌。

吾弟超然喜论诗，其为人纯至有风味，尝曰："陈叔宝绝无肺肠，然诗语有警绝者，如曰：'午醉醒未晚，无人梦自惊。夕阳如有意，偏傍小窗明。'王维摩诘《山中》诗曰：'溪清白石出，天寒红叶稀。山路元无雨，空翠湿人衣。'舒王《百家》，《夜休》曰：'相看不忍发，惨澹暮潮平。欲别更携手，月明洲渚生。'此皆得于天趣。"予问之曰："句法固佳，然何以识其天趣？"超然曰："能言萧何所以识韩信，则天趣可言。"予竟不能诘，叹曰："微超然，谁知之？"[③]

语言虽然有些玄妙，但从所引诗歌看，都是发自内心，不事雕饰，自然流走的诗作。

除了气，惠洪认为，作品的高下还取决于一个人的才力。惠洪引韩子苍的话说：

韩子苍曰：丁晋公海外诗曰"草解忘忧忧底事，花能含笑笑何人？"世以为工。及读东坡诗曰"花非识面尝含笑，鸟不知名时自呼"，便觉才力相去如天渊。[④]

---

①惠洪：《冷斋夜话》卷四，载《全宋笔记》第二编第9册，大象出版社，2006，第49页。
②惠洪：《冷斋夜话》卷五，载《全宋笔记》第二编第9册，大象出版社，2006，第53页。
③同①，第46页。
④同②，第55页。

从诗作来看，丁谓的诗歌与苏轼相比，虽然各有千秋，但是苏轼的创新意义更浓。花与鸟都成为自己的知音，想象新颖，耐人寻味。

惠洪认为，面对同样的题材时，由于作家创作个性不同，作品会显现出十分鲜明的个人艺术风格。

> 东坡爱西湖，诗曰："若把西湖比西子，淡妆浓抹也相宜。"余宿孤山下，读林和靖诗，句句皆西湖写生，特天姿自然，不施铅华耳。作诗书壁曰："长爱东坡眼不枯，解将西子比西湖。先生诗妙真如画，为作春寒出浴图。"

同样是咏西湖的名诗，苏轼以超凡脱俗的见识、精巧的构思取胜，林逋则以细腻生动的描写而取胜。惠洪的评价可谓一针见血。

惠洪论诗，善于运用对比，使各自的风格特点更加鲜明，同时也使读者对好坏、高下有具体、鲜明、直观的把握。

> 少游谪雷凄怆，有诗曰："南土四时都热，愁人日夜俱长。安得此身如石，一时忘了家乡！"鲁直谪宜殊坦夷，作诗云："老色日上面，欢情日去心。今既不如昔，后当不如今。""轻纱一幅巾，短簟六尺床。无客尽日静，有风终夕凉。"少游钟情，故其诗酸楚；鲁直学道休歇，故其诗闲暇。至于东坡《南中》诗曰："平生万事足，所欠惟一死。"则英特迈往之气，不受梦幻折困，可畏而仰哉！①

惠洪比较秦观、黄庭坚被贬时的作品，从其人格方面找寻诗歌风格不同的原因，分析了产生个人风格的内部、外部原因，显然对传统理论命题有了新的开拓，在理论的建构方面有很大提升。

惠洪虽为高僧，但是论诗的主题，常常表现出浓厚的儒家色彩，受儒家传统诗论的影响较深，主张怨而不怒，温柔敦厚。在对比诗歌意旨高下时，表现得十分明显。

---

①惠洪：《冷斋夜话》卷三，载《全宋笔记》第二编第9册，大象出版社，2006，第45页。

老杜《北征》诗曰："唯昔艰难初，事与前世别。不闻夏商衰，中自诛褒妲。"意者明皇鉴夏商之败，畏天悔过，赐妃子死也。而刘禹锡《马嵬》诗曰："官军诛佞幸，天子舍妖姬。群吏伏门屏，贵人牵帝衣。"白乐天《长恨词》曰："六军不发争奈何，宛转蛾眉马前死。"乃是官军迫使杀妃子，歌咏禄山叛逆耳。孰谓刘白能诗哉？其去老杜，何啻九牛毛耶！《北征》诗识君臣之大体，忠义之气与秋色争高，可贵也！[①]

为了突出杜甫忠君的拳拳之心，惠洪不惜曲解《长恨歌》中实事求是、基本符合史实的描写。这是十分典型的儒家解诗的方法。

对于诗歌语言，惠洪特别重视口语、方言，不但不排斥，反而加以强调，他以诗圣杜甫为例，强调自己对方言俗语价值的重视，"句法欲老健有英气，当间用方俗言为妙，如奇男子行人群中，自然有颖脱不可干之韵。老杜《八仙诗》序李白曰：'天子呼来不上船。''船'，方俗言也，所谓襟纫是也。'家家养乌鬼，顿顿食黄鱼'，川峡路人家多供祀乌蛮鬼，以临江故顿顿食黄鱼耳。俗人不解，便作'养畜'字读，遂使沈存中自差，乌鬼为鸬鹚也。'夜阑更秉烛，相对如梦寐'，更互秉烛照之，恐尚是梦也，作'更'字读则失其意甚矣"[②]。"诗人多用方言。南人谓象牙为'白暗'，犀为'黑暗'，故老杜诗曰：'黑暗通蛮货。'又谓睡美为'黑甜'，饮酒为'软饱'，故东坡诗曰：'三杯软饱后，一枕黑甜余。'"[③]他以大家为例，肯定口语、方言在诗歌创作中的独特意义，显示了开放进步的诗歌观念。

对于用典，惠洪亦有自己的看法。宋代的作家特别重视用典。惠洪对于用典的论述，主要从创作的角度着眼。

用事琢句，妙在言其用不言其名耳，此法唯荆公、东坡、山谷三老知之。荆公曰："含风鸭绿鳞鳞起，弄日鹅黄袅袅垂。"此言水柳之用而不言水柳之名也。东坡别子由诗："犹胜相逢不相识，形容变

①惠洪：《冷斋夜话》卷二，载《全宋笔记》第二编第9册，大象出版社，2006，第38页。
②惠洪：《冷斋夜话》卷四，载《全宋笔记》第二编第9册，大象出版社，2006，第50页。
③惠洪：《冷斋夜话》卷一，载《全宋笔记》第二编第9册，大象出版社，2006，第34—35页。

尽语音存。”此用事而不言其名也。山谷曰：“管城子无食肉相，孔方兄有绝交书。”又曰：“语言少味无阿堵，冰雪相看有此君。”又曰：“眼看人情如格五，心知世事等朝三。”“格五”，今之蹙融是也。《后汉》注云：“常置人于险处耳。”然句中眼者，世尤不能解。语言者，盖其德之候也，故曰：“有德者必有言。”王荆公欲革历世因循之弊，以新王化，作雪诗，其略曰：“势合便疑包地尽，功成终欲放春回。农家不念丰年瑞，只欲青天万里开。”①

可见，惠洪所推崇的用典，要融入诗歌的语体风格中，自然无痕，不见雕琢又贴切深刻。

惠洪论诗，往往能发人之未发，而不是一味追随流俗，人云亦云，对于韩愈的诗歌，不少论者否定其价值，而惠洪却认为其有创新之处。

沈括存中、吕惠卿吉甫、王存正仲、李常公择，治平中在馆中夜谈诗。存中曰：“退之诗，押韵之文耳，虽健美富赡，然终不是诗。”吉甫曰：“诗正当如是，吾谓诗人亦未有如退之者。”正仲是存中，公择是吉甫，于是四人者交相攻，久不决。公择正色谓正仲曰：“君子群而不党，公独党存中耶？”正仲怒曰：“我所见如此，偶同存中，便谓之党，则君非党吉甫乎？”一坐大笑。予尝熟味退之诗，真出自然，其用事深密，高出老杜之上。如《符读书城南》诗“少长聚嬉戏，不殊同队鱼”，又“脑脂盖眼卧壮士，大弨挂壁何由弯”，皆自然也。襄阳魏泰曰：“韩退之诗曰‘剥苔吊斑林，角黍饵沉冢’，竹非墨点之斑也，楚竹初生，藓封之，士人斫之，浸水中，洗去藓，故藓痕成紫晕耳。”②

对于李商隐、西昆体，惠洪赞成王安石晚年的态度，认为应学习其高超的用典技巧，而不是全盘否定。

---

①惠洪：《冷斋夜话》卷四，载《全宋笔记》第二编第9册，大象出版社，2006，第50页。

②惠洪：《冷斋夜话》卷二，载《全宋笔记》第二编第9册，大象出版社，2006，第38—39页。

诗到李义山，谓之文章一厄，以其用事僻涩，时称西昆体。然荆公晚年亦或喜之，而字字有根蒂。如作雪诗曰："借问火城将策探，何如云屋听窗知。"又曰："未爱京师传谷口，但知乡里胜壶头。"其用事琢句，前辈无相犯者。昔李师中作送唐介谪官诗曰"去国一身轻似叶，高名千古重于山。并游英俊颜何厚，未死奸谀骨已寒"云云。已而，闻介趁月首上任，李大悔以书索其诗，唐公笑曰："吾正不用此无对属落韵诗。"遂以还之。李乃悟"一身""千古"非挟对，与荆公措意异矣。[①]

王安石的诗歌用典巧妙准确，而李师中用典时出现了问题，被唐介很不客气地批评了。惠洪用正面和反面的例子，表达了自己对用典的态度。

惠洪十分推崇黄庭坚的句法理论，尤其推重句眼一说。句眼本是禅家语，黄庭坚借鉴到文艺理论中来讨论诗歌。

造语之工，至于荆公、东坡、山谷，尽古今之变。荆公曰："江月转空为白昼，岭云分暝与黄昏。"又曰："一水护田将绿绕，两山排闼送青来。"东坡《海棠》诗曰："只恐夜深花睡去，高烧银烛照红妆。"又曰："我携此石归，袖中有东海。"山谷曰："此皆谓之句中眼，学者不知此妙语，韵终不胜。"[②]

惠洪摘出王安石、苏轼的诗句后，并没有做分析。其实，句中眼指言外之意，听者不能斤斤计较于言语本身，必须善于体味言外之韵。从惠洪所摘王、苏的佳句看，无意于工而自工，无意于造作语言而韵味无穷。这就是句中眼的内涵。

与其他一些笔记作者只以玄妙的语词论诗不同，惠洪对具体的诗歌艺术技巧也特别重视。

荆公曰："前辈诗云'风定花犹落'，静中见动意；'鸟鸣山更

①惠洪：《冷斋夜话》卷四，载《全宋笔记》第二编第9册，大象出版社，2006，第47页。
②惠洪：《冷斋夜话》卷五，载《全宋笔记》第二编第9册，大象出版社，2006，第54页。

幽’，动中见静意。”山谷曰：“此老论诗不失解经旨趣，亦何怪耶！”唐诗有曰“海日生残夜，江春入暮年”者，置早意于残晚中；又曰“惊蝉移别柳，斗雀堕闲庭”者，置静意于喧动中。东坡作《眉子砚》诗，其略曰：“君不见成都画手开十眉，横云却月争新奇。游人指点小颦处，中有渔阳胡马嘶。”用此微意也。[①]

对于诗歌艺术，惠洪主张创新，反对重复。

前辈作花诗，多用美女比其状，如曰“若教解语应倾国，任是无情也动人”，诚然哉。山谷作《酴醿》诗曰：“露湿何郎试汤饼，日烘荀令炷炉香。”乃用美丈夫比之，特若出类。而吾叔渊材作海棠诗又不然，曰：“雨过温泉浴妃子，露浓汤饼试何郎。”意尤工也。[②]

用美女比花，美则美矣，但是千篇一律，容易令人生厌。惠洪所举的后两个例子，一个用美男子作比，一个将美女与美男子对举，且在比拟中创造了具体的人物环境，令人耳目一新。

东坡尝曰：渊明诗初看若散缓，熟看有奇句。如：“日暮巾柴车，路暗光已夕。归人望烟火，稚子候檐隙。”又曰：“采菊东篱下，悠然见南山。”又：“霭霭远人村，依依墟里烟。犬吠深巷中，鸡鸣桑树颠。”大率才高意远，则所寓得其妙，造语精到之至，遂能如此，似大匠运斤，不见斧凿之痕。不知者困疲精力，至死不之悟，而俗人亦谓之佳。如曰：“一千里色中秋月，十万军声半夜潮。”又曰：“蝴蝶梦中家万里，子规枝上月三更。”又曰：“深秋帘幕千家雨，落日楼台一笛风。”皆如寒乞相，一览便尽，初如秀整，熟视无神气，以其字露也。东坡作对则不然，如曰“山中老宿依然在，案上《楞严》已不看”之类，更无龃龉之态，细味对甚的，而字不露，此其得渊明之遗意耳。[③]

---

①惠洪：《冷斋夜话》卷五，载《全宋笔记》第二编第9册，大象出版社，2006，第53页。
②惠洪：《冷斋夜话》卷四，载《全宋笔记》第二编第9册，大象出版社，2006，第47页。
③惠洪：《冷斋夜话》卷一，载《全宋笔记》第二编第9册，大象出版社，2006，第32页。

惠洪认为，陶渊明的诗歌外在平淡，内在深隽，真彩内映，锤炼无痕，自然高妙。仅仅学其皮毛，是得不到其精髓的。

惠洪主张对事物进行细致入微的观察和准确的描绘，反对笼统概括，凭借感觉或书本中的材料来作诗。

> 岭外梅花与中国异，其花几类桃花之色，而唇红香著。东坡词曰："玉质那愁瘴雾，冰姿自有仙风。海仙时遣探芳丛，倒挂绿毛幺凤。素面常嫌粉涴，洗妆不褪唇红。高情已逐晓云空，不与梨花同梦。"鲁直词曰："天涯也得江南信，梅破知春近。夜阑风细得香迟，不道晓来开遍向南枝。玉箫弄粉人应妒，飘到眉心住。平生个里倾杯深，去国十年、老尽少年心。"①

惠洪之所以摘出苏轼与黄庭坚的词，就是因为二人的词不是泛泛写梅，而是写出了岭外梅花的独特风姿，观察细腻，体味深厚，令人耳目一新。

对于文学欣赏，惠洪有自己的独特见解，他认为文学欣赏是一个不断深入的过程，随着时间的推移、阅历的丰富，对作品的认识会越来越深入。

> 赠同游诗："唤起窗全曙，催归日未西。无心花里鸟，更与尽情啼。"山谷曰："吾儿时每哦此诗，而不了解其意；自谪峡川，吾年五十八矣，时春晚，忆此诗，方悟之。唤起、催归，二鸟名，若虚设，故人不觉耳。古人于小诗，用意精深如此，况其大者乎！催归，子规鸟也。唤起，声如络纬，圆转清亮，偏于春晓鸣，亦谓之春唤。"②

惠洪对于苏轼十分仰慕，可以说对苏轼有深入的理解，他对苏轼的幽默风范和豁达乐观、超然物外的精神境界做了许多有价值的记载与论述。

> 东坡在惠州，尽和渊明诗。时鲁直在黔南，闻之作偈曰：

①惠洪：《冷斋夜话》卷十，载《全宋笔记》第二编第9册，大象出版社，2006，第84页。
②惠洪：《冷斋夜话》辑佚，载《全宋笔记》第二编第9册，大象出版社，2006，第86页。

“子瞻谪海南，时宰欲杀之。饱吃惠州饭，细和渊明诗。渊明千载人，子瞻百世士。出处固不同，风味亦相似。”寻又迁儋耳，久之，天下盛传子瞻已仙去矣。后七年，北归，时章丞相方贬雷州。东坡至南昌，太守叶祖洽云：“世传端明已归道山，今尚尔游戏人间耶！”东坡曰：“途中见章子厚，乃回反耳。”[1]

东坡超越人生的不幸，破除我执，履险如夷，齐死生，一祸福，如世外之人般审视现实人生，在他人难以快乐的地方发现快乐，在他人难以忍受的苦难中升华自我的人生追求，自得其乐，这是多么伟大而难得的人生境界，在中国文化史上留下了独特的佳话。

对于苏轼与朝云心心相印的爱情，惠洪在记述的过程中，展现了苏轼对人生、对生死的超然情怀，以及诗歌创作中无意为工而自工、炉火纯青的境界。

东坡南迁，侍儿王朝云者请从行，东坡佳之，作诗，有序曰：“世谓乐天有鬻骆放杨枝词，佳其至老病不忍去也。然梦得诗曰：‘春尽絮飞留不得，随风好去落谁家？’乐天亦云：‘病与乐天相共住，春同樊素一时归。’则是樊素竟去也。予家有数妾，四五年相继辞去，独朝云随予南迁，因读乐天诗，戏作此赠之。”云：“不学杨枝别乐天，且同通德伴伶玄。伯仁络秀不同老，天女维摩总解禅。经卷药炉新活计，舞裙歌板旧因缘，丹成随我三山去，不作巫阳云雨仙。”盖绍圣元年十一月也。三年七月十五日，朝云卒，葬于栖禅寺松林中，直大圣塔。又和诗曰：“苗而不秀岂其天，不使童乌与我玄。驻景恨无千岁药，赠行惟有小乘禅。伤心一念偿前债，弹指三生断后缘。归卧竹根无远近，夜灯劝礼塔中仙。”又作梅花词曰“玉骨那愁瘴雾”者，其寓意为朝云作也。[2]

苏轼将朝云与白居易的侍妾对照，自然而然地表现出朝云与自己的心

---

①惠洪：《冷斋夜话》卷七，载《全宋笔记》第二编第9册，大象出版社，2006，第62—63页。
②惠洪：《冷斋夜话》卷一，载《全宋笔记》第二编第9册，大象出版社，2006，第31页。

灵默契，而朝云离世后，苏轼除了伤心，也抒发了对死亡无可奈何的随缘心态。

对于苏轼敏锐的艺术思辨能力和超群绝世的创作才华，惠洪多有记载。苏轼不拘场合、不拘书写对象，都能妙笔生花。

> 东坡在儋耳，有姜唐佐从乞诗。唐佐，朱崖人，亦书生。东坡借其手中扇大书其上曰："沧海何曾断地脉，朱崖从此破天荒。"又书司命宫杨道士息轩曰："无事此静坐，一日是两日。若活七十年，便是百四十。黄金不可成，白发日夜出。开眼三十秋，速于驹过隙。是故东坡老，贵汝一念息。时来登此轩，望见过海席。家山归未得，题诗寄屋壁。"有禁女插茉莉、嚼槟榔，戏书姜秀郎几间曰："暗麝着人簪茉莉，红潮登颊醉槟榔。"其放如此。[①]

宋代海南文化落后，读书人很少，更不用说进士了。在鼓励姜唐佐时，苏轼巧用破天荒的典实，对姜唐佐寄予殷切的期望。但如果仅仅说"朱崖从此破天荒"，格局便小了，于是苏轼加上"沧海何曾断地脉"，表达了振兴海南这个偏远的地方的信心。苏轼此句信手拈来，格调高远，内涵深厚，对仗工整，又十分切合环境与受赠对象。而苏轼为杨道士息轩的题咏，则一箭双雕，把自己对息轩的感受写得十分深刻，根本看不出是受人之托而作，抒发了自己浓烈的思乡之情。

不难看出，惠洪论文，虽受前贤影响，但是敢于自陈己见，既接受传统，又敢于突破，很有研究价值。

王谠《唐语林》

王谠，字正甫，长安（今陕西西安）人，有《唐语林》八卷，其中包含丰富的文学思想。

第一，此书大量地记载了唐代科举制度的变化及其与政治文学之关系。"京兆府进士明经解送，设殊、次、平等三级，以甄行能，其后挠于权势而不行。宣宗时，韦澳为尹，牍曰：'礼部旧格，本无第等；京府解送，不

---

①惠洪：《冷斋夜话》卷一，载《全宋笔记》第二编第9册，大象出版社，2006，第33—34页。

当区分。今年所送省进士、明经等，并以纳策试前后为定，更不分等第之限。’词科本以京兆等第为梯级。建中二年，崔元翰、崔敖、崔备三人，府元、府副、第三人；于邵知贡举，依次放及第，盖推崇艺实不能易也。自文学道丧，朋党弊兴，纷竞既多，澳虽愤浇弊而革之，然人亦惜其故事之废。”[①]分等次本来是为了甄别、选拔人才，却由于朋党势力和权贵的干扰不得施行，文人命运受时局左右可见一斑。

此书记载，初唐、盛唐时，朝廷重视培养学生；至天宝后期，教育则渐渐荒弛，“学旧六馆，有国子馆，太学馆，四门馆，书馆，律馆，算馆，国子监都领之。每馆各有博士、助教，谓之学官。国子监有祭酒、司业、丞、簿，谓之监官。太学诸生三千员，新罗、日本诸国皆遣子入朝受业。天宝中，国学增置广文馆，在国学西北隅，与安上门相对。廊宇粗建。会十三年，秋霖一百余日，多有倒塌，主司稍稍毁撤，将充他用，而广文寄在国子馆中。寻属边戈内扰，馆宇至今不立”[②]。

此书记载了唐代科举中的一些程序。“进士放榜讫，则群谒宰相。其道启词者出状元，举止尤宜精审。时卢肇、丁稜及第。肇有故，次乃至稜。口讷，貌寝陋。迨引见，连曰‘稜等登……’，盖言‘登科’而卒莫能成语，左右莫不大笑。后为人所谑，云：‘先辈善弹筝。’讳曰：‘无有。’曰：‘诸公谒宰相日，先辈献艺，云：‘稜等登，稜等登。’’”[③]

此书对唐代举子向名公文士投送诗稿的行卷之风多有记载。“白居易应举，初至京，以诗谒顾著作况。况睹姓名，熟视曰：‘米价方贵，居亦不易。’及批卷，首篇曰：‘咸阳原上草，一岁一枯荣。野火烧不尽，春风吹又生。’乃嗟赏曰：‘道得个语，居即易也。’因为之延誉，声名遂振。”[④]从顾况在行卷前与读白居易诗后对白居易态度的变化看，当时的名公文士参与行卷，并非沽名钓誉、贪图钱财或以结党营私为目的，许多人怀有对人才的赞赏，乐于延誉。韩愈对李贺的赏识便是最典型的代表，“李贺以歌诗谒韩愈，愈时为国子博士分司。送客归，极困。门人呈卷，解带，旋读之。首

①王谠：《唐语林》卷一，载《全宋笔记》第三编第2册，大象出版社，2008，第41页。
②王谠：《唐语林》卷七，载《全宋笔记》第三编第2册，大象出版社，2008，第178页。
③同②，第246页。
④王谠：《唐语林》卷三，载《全宋笔记》第三编第2册，大象出版社，2008，第112页。

篇《雁门太守行》云：'黑云压城城欲摧，甲光向日金鳞开。'却缓带，命迎之。"[①]尽管待客后已极困乏，发现李贺非凡的诗歌创作才华后，韩愈立刻命人迎接年轻的李贺，可见他对后生的爱护与赏识。"李贺为韩文公所知，名闻缙绅。时元相稹以明经擢第，亦善诗，愿与贺交。诣贺，贺还刺，曰：'明经及第，何事看李贺？'元恨之。制策登科。及为礼部郎中，因议贺父名晋肃，不合应进士，竟以轻薄为众所排。文公惜之，为著《讳辩》，竟不能上。"[②]

此书记载，为了行卷，当时的举子极力显示自己的才华，有时还互相比试，"尚书白舍人初到钱塘，令访牡丹。独开元寺僧惠澄近于京师得此花，始栽植于庭，栏围甚密，他亦未知有也。时春景方深，惠澄设油幕覆其上。牡丹自东越分而种之也。会稽徐凝自富春来，未识白公，先题诗曰：'此花南地知谁种，惭愧僧门用意栽。海燕解怜频睥睨，胡蜂未识更徘徊。嘘生芍药徒劳妒，羞杀玫瑰不敢开。唯有数苞红萼在，含芳只待舍人来。'白寻到寺看花，乃命徐生同醉而归。时张祜榜舟而至，甚若疏诞，然张、徐二生未之习稔，各希首荐焉。中舍曰：'二君论文，若廉、白之斗鼠穴，较胜负于一战也。'遂试《长剑倚天赋》《余霞散成绮》诗。既解送，以凝为先，祜其次耳。张祜诗有'地势遥尊岳，河流侧让关'。多士以陈后主'日月光天德，山河壮帝居'比，徒有前名矣。祜题《金山寺》诗曰：'树影中流见，钟声两岸闻。'虽綦毋潜云'塔影挂青汉，钟声和白云'，此二句未为佳也。祜又有《观猎》四句及《宫词》，白公曰：'张三作猎诗以拟王右丞，予则未敢优劣也。'王维诗曰：'风劲角弓鸣，将军猎渭城。草枯鹰眼疾，雪尽马蹄轻。忽过新丰市，还归细柳营。回看落雁处，千里暮云平。'张祜诗曰：'晚出禁城东，分围浅草中，红旗开向日，白马骤临风。背手抽金镞，翻身控角弓，万人齐指处，一雁落寒空。'白公又以《宫词》四句之中皆偶对，何足奇乎？不如徐生云：'今古常如白练飞，一条界破青山色。'徐凝赋曰：'谯周室里，定游、夏于丘、虔；马守帷中，分《易》《礼》于卢、郑。如我明公荐拔，岂惟偏党乎？'张祜亦曰：'《虞韶》九奏，非瑞马之至音；荆玉三投，伫良工之必鉴。且洪钟《韶》击，瓦缶雷鸣；荣辱纠绳，复何定分！'祜遂行歌而迈，凝

①王谠：《唐语林》卷三，载《全宋笔记》第三编第2册，大象出版社，2008，第112页。
②王谠：《唐语林》卷六，载《全宋笔记》第三编第2册，大象出版社，2008，第233页。

亦鼓枻而归。自是二生终身偃仰，不随乡试矣。先是李补阙林宗、杜殿中牧与白公辇下较文，具言元白体舛杂，而为清苦者见嗤，因兹有恨也。白为河南尹，李为河阳令，道上相遇，尹乃乘马，令则肩舆，似乖趋世之礼。当谓乐天为'嗫嚅公'，闻者皆笑，乐天之名稍减。白曰：'李直木，吾之獬子也，其锋不可当。'"[①]张徐二人当时为争高下，各显身手。后来者对此仍有争辩，从中可见行卷对文学，尤其是对唐诗繁荣的促进作用。

科举是选拔人才的制度，而任何制度都会有缺陷，"大中，咸通之后，每岁试礼部者千余人，其间有名声，如：何植、李玫、皇甫松、李儒犀、梁望、毛浔、具麻、来鹄、贾随，以文章称；温庭筠、郑渎、何涓、周钤、宋耘、沈驾、周系，以词翰显；贾岛、平曾、李淘、刘得仁、喻坦之、张乔、剧燕、许琳、陈觉，以律诗传；张维、皇甫川、郭鄩、刘庭辉，以古风著。虽然，皆不中科"[②]。这个落第的名单中不乏唐代诗坛的名家，体现出唐代科举在选拔人才方面的局限。

第二，此书重视文学与时代的关系。

对安史之乱中形成的表达强烈的爱国情怀与英雄豪气的作品，此书力求真实记录下来："张巡之守睢阳，玄宗已幸蜀，贼氛方炽，孤城势蹙，人困食竭，以纸布煮而食之，时以茶汁和之，而意自如。其《谢金吾将军表》曰：'想峨眉之碧峰，豫游西蜀；追绿耳于悬圃，保寿南山。逆贼禄山，戮辱黎献，膻臊阙庭。臣被围四十七日，凡一千二百余阵。主辱臣死，当臣致命之时；恶稔罪盈，是贼灭亡之日。'忠勇如此。激励将士，尝赋诗曰：'接战春来苦，孤城日渐危。合围侔月晕，分守效鱼丽。屡厌黄尘起，时将白羽挥。裹疮犹出战，饮血更登陴。忠信应难敌，坚贞谅不移。无人报天子，心计欲何施？'又《闻笛》诗曰：'岧峣试一临，虏骑附城阴。不辨风尘色，安知天地心？营开星月近，战苦阵云深。旦夕更楼上，遥闻横笛吟。'时雍丘令令狐潮以书劝诱，不纳。其书有曰：'宋七昆季，卫九诸子，昔断金成契，今乃刎颈相图。'云云。时刘禹锡具知宋、卫，耳剽所得，濡毫有遗，所冀多闻补其阙也。又说：许远亦有文，其《祭纛文》为时所称，所谓'太一先锋，蚩尤后殿。苍龙持弓，白虎捧剑'。又《祭城隍文》云：'智井

①王谠：《唐语林》卷三，载《全宋笔记》第三编第2册，大象出版社，2008，第118—120页。
②王谠：《唐语林》卷二，载《全宋笔记》第三编第2册，大象出版社，2008，第68页。

鸠翔，卫堞龙护。’皆文武雄健，士气不衰，真忠烈之士也。刘禹锡曰：‘此二公，天赞其心，俾之守死善道。向若救至身存，不过是一张仆射耳，则张巡、许远之名，焉得以光扬于万古哉！’巡性明达，不以簿书介意。为真源宰，县有豪华南金，悉委之。故时人语曰：‘南金口，明府手。’及巡闻之，不以为事。”①

对甘露之变后皇帝、大臣的恐惧心态，以及这种心态在诗歌中的反映，《唐语林》也有记录，“太和九年，仇士良诛王涯、郑注。上或登临游幸，虽百戏列于前，未尝少悦。往往瞠目独语，左右不敢进问。题诗云：‘辇路生春草，上林花发时。凭高何限意，无复侍臣知。’更于殿内看牡丹，翘足凭栏，诵舒元兴《牡丹赋》云：‘俯者如愁，仰者如悦，开者如语，合者如咽。’久之，方省元舆词，不觉叹息泣下。时有宫人沈阿翘为上舞《河满子》词，声态宛转，曲罢，锡以金臂环。乃问其从来，阿翘曰：‘妾本吴元济女。元济败，因入宫。’”②从中不难看出甘露之变后的政治生态。

此书详细记载了中唐元和年间文坛的繁荣盛况。“韩文公与孟冬野友善。韩公文至高，孟长于五言，时号‘孟诗韩笔’。元和中，后进师匠韩公，文体大变。又柳柳州宗元、李尚书翱、皇甫郎中湜、冯詹事定、祭酒杨公、李公皆以高文为诸生所宗，而韩、柳、皇甫、李公皆以引接后学为务。杨公尤深于奖赏，遇得一句，终日在口，人以为癖。长庆以来，李封州甘为文至精，奖拔公心，亦类数公。甘出于李相国宗闵门下，时以为得人，然终不显。又元和以来，词翰兼奇者，有柳柳州宗元、刘尚书禹锡及杨公。刘、杨二人，词翰之外，别精篇什。又张司业籍善歌行，李贺能为新乐府，当时言歌篇者，宗此二人。李相国程、王仆射起、白少傅居易兄弟、张舍人仲素为场中词赋之最，言程试者宗此五人。伯仲以史学继业。藏书最多者，苏少常景胤、堂弟尚书涤，诸家无比，而皆以清望为后来所重。景胤登第，与堂兄特并时，世以为美。”③诗人们互相欣赏，赠答酬唱，成为这一时期文学的风貌，也是文学繁荣的重要原因之一。

---

①王谠：《唐语林》卷五，载《全宋笔记》第三编第2册，大象出版社，2008，第187—188页。
②王谠：《唐语林》卷四，载《全宋笔记》第三编第2册，大象出版社，2008，第152页。
③王谠：《唐语林》卷二，载《全宋笔记》第三编第2册，大象出版社，2008，第63—64页。

此书对唐末文坛也有独具慧眼的评述。“吴郡陆龟蒙，字鲁望，旧族也。其父宾虞，进士甲科，浙东从事、侍御史，家于苏台。龟蒙幼精六籍，弱冠攻文，与颜荛、皮日休、罗隐、吴融为益友。性高洁，家贫，思养亲之禄，与张抟为吴兴、庐江二郡倅，著《吴兴实录》四十卷、《松陵集》十卷、《笠泽丛书》三卷。丞相李公蔚、卢公携景重之。罗给事寄陆诗云：‘龙楼李丞相，昔岁仰高文；黄阁今无主，青山竟不焚。’盖尝有征聘之意。唐末以左拾遗授之，诏下之日，疾终。光化三年，赠右补阙。吴侍郎融立传贻史官，右补阙韦庄撰诔文，相国陆希声撰碑文，给事中颜荛书。皮日休博士为诗友，寇死浙中。方干诗名著于吴中，陆未许之。一旦顿作诗五十首，装为方干新制，时辈吟赏降仰，陆谓曰：‘此乃下官效方干之所作也，方诗在模范中尔。’奇意精识者亦然之。薛许州能以诗道为己任，还刘梦得诗卷，有诗云：‘百首如一首，卷初如卷终。’讥刘不能变态，乃陆之比也。”①晚唐文坛虽然在走下坡路，但陆龟蒙、皮日休、罗隐、吴融等人创作的反映现实、以古讽今的咏史作品和犀利的小品文，也是不可忽视的余晖。

此书对唐代润笔情况有所记载。据载，王维的弟弟王缙文辞清丽，善作碑志，名气很大。“王缙多与人作碑志。有润笔者，误致王右丞院，右丞曰：‘大作家在那边！’”②

此书十分重视唐人对唐代诗文的评价。“郑云：‘张燕公文逸而学奥；苏许公文似古，学少简而密。张有《河朔刺史冉府君碑》，序金城郡君云：“舜华前落，藁瘗城隅。天使马悲，启滕公之室；人看鹤舞，闭王母之坟。”亦其比也。’公又云：‘张巧于才，近世罕比。’《端午三殿侍宴诗》云：‘甘露垂天酒，芝盘捧御书。含丹同蝘蜓，灰骨慕蟾蜍。’上亲解紫拂秣带以赐焉。苏尝梦书壁云：‘元老见逐，谗人孔多。既诛群凶，方宣大化。’后十三年视草禁中，拜刘幽求左仆射制。上亲授其意，及进本，上自益前四句，乃梦中之词也。又闻杜工部诗如爽鹘摩霄，骏马绝地。其《八哀诗》，诗人比之大谢《拟魏太子邺中》八篇。曰：‘公知其一，不知其二。吾诗曰：汝阳让帝子，眉宇真天人。虬髯似太宗，色映塞外春。八篇中有此句不？’

---

①王谠：《唐语林》卷四，载《全宋笔记》第三编第2册，大象出版社，2008，第156页。
②王谠：《唐语林》卷五，载《全宋笔记》第三编第2册，大象出版社，2008，第189页。

或曰‘百川赴巨海，众星拱北辰’，所谓世有其人。杜曰：‘使昭明再生，吾当出刘、曹、二谢上。’杜善郑广文，尝以《花卿》及《姜楚公画鹰歌》示郑，郑曰：‘足下此诗可以疗疾。’他日郑妻病，杜曰：‘尔但言“子章髑髅血模糊，手提掷还崔大夫”。如不瘥，即云“观者徒惊帖壁飞，画师不是无心学”。未间，更有“太宗拳手騧，郭家师子花”。如又不，虽和、扁不能为也。其自得如此。’”①

第三，此书包含一些文学创作、文学欣赏方面的观念，颇有新意。

在文学创作中，作家使用的语词不可能全是自身独创的，独创的只是其中极少的一部分，关键是如何用常见的语词，写出新的感人的意境。王谠清醒地认识到这个问题，并有意识地加以总结，为创作指引路径。例如，他记载“刘禹锡曰：茱萸二字，经二诗人用，亦有能否。杜甫言‘醉把茱萸子细看’，王右丞‘遍插茱萸少一人’，最优也”②。

寻章摘句时，王谠敢于陈述自己的见解，评价诗句往往击中要害，令人叹服。例如，《唐语林》卷二载：“刘禹锡曰：牛丞相奇章公初为诗，务奇特之语，至有‘地瘦草丛短’之句。明年秋卷成，呈之，乃有‘求人气色沮，凭酒意乃伸’。益能加矣。”③“杨茂卿云：‘河势昆仑远，山形菡萏秋。’此诗题云‘过华山下作’，而用莲蓬之菡萏，极的当而暗静矣。”④

此书体现宋人重视文学原创性的特色：“韦应物诗云：‘书后欲题三百颗，洞庭须待满林霜。’后人多说率尔成章，不知江左尝有人于纸尾‘寄洞庭霜三百颗’。”⑤韦应物为中唐名家，其诗化用无名氏的诗句，王谠仍推崇佚名的原创者的首创之功。

此书对唐代诗人的才情、性格等的记载颇有价值。“王勃凡欲作文，先令磨墨数升，饮酒数杯，以被覆面而寝。既寤，援笔而成，文不加点，时人谓为腹稿也。”⑥“骆宾王年方弱冠，时徐敬业据扬州而反，宾王陷于贼庭，其时书檄皆宾王之词也。每与朝廷文字，极数伪周，天后览之，至

---

①王谠：《唐语林》卷二，载《全宋笔记》第三编第2册，大象出版社，2008，第74页。

②同①，第59页。

③同①，第60页。

④同①，第60页。

⑤同①，第57页。

⑥同①，第53—54页。

'蛾眉不肯让人，狐媚偏能惑主'。初微笑之。及见'一抔之土未干，六尺之孤安在？'乃不悦，曰：'宰相因何失如此之人！'盖有遗才之恨。"[①]骆宾王书檄文讨伐武则天，武则天却叹服其才华，可见她爱惜人才。《唐语林》中还有李白的相关记载，"李白名播海内，玄宗见其神气高朗，轩然霞举，上不觉忘万乘之尊，与之如知友焉。尝制《胡无人》云'太白入月敌可摧'，及禄山犯阙，时太白犯月，皆谓之不凡耳"[②]。此事纯属附会，但可以从一个侧面反映出唐五代至宋，李白的形象已经逐步天才化。此书对李白狂傲的性格有生动展现，"李白开元中谒宰相，封一板，上题曰'海上钓鳌客李白'。宰相问曰：'先生临沧海，钓巨鳌，以何物为钩线？'白曰'风波逸其情，乾坤纵其志。以虹蜺为线，明月为钩'。又曰'何物为饵？'白曰：'以天下无义气丈夫为饵。'宰相竦然"[③]。

白居易虽分司东都，但大隐隐于市，诗酒自娱，高逸脱俗，此书记载："白居易少傅分司东都，以诗酒自娱，著《醉吟先生传》以自叙。卢尚书简辞有别墅，近伊水，亭榭清峻。方冬，与群从子侄同登眺嵩洛。既而霰雪微下，说镇金陵时，江南山水，每见居人以叶舟浮泛，就食菰米鲈鱼，思之不忘。逡巡，忽有二人，衣蓑笠，循岸而来，牵引篷艇。船头覆青幕，中有白衣人与衲僧偶坐；船后有小灶，安铜甑而炊，丱角仆烹鱼煮茗，溯流过于槛前。闻舟中吟笑方甚。卢叹其高逸，不知何人。从而问之，乃告居易与僧佛光，自建春门往香山精舍。"[④]

此书还记载了杜牧放浪形骸、风流倜傥的事迹。"杜牧少登第，恃才，喜酒色。初辟淮南牛僧孺幕，夜即游妓舍，厢虞候不敢禁，常以榜子申僧孺，僧孺不怪。逾年，因朔望起居，公留诸从事从容，谓牧曰：'风声妇人若有顾盼者，可取置之所居，不可夜中独游。或昏夜不虞，奈何？'牧初拒讳，僧孺顾左右取一箧至，其间榜子百余，皆厢司所申。牧乃愧谢。"[⑤]从此书中还可以看出当时的权臣对文人放诞行为的容忍。"杜舍人牧，恃才名，颇纵声色。尝自言有鉴别之能。闻吴兴郡有佳色，罢宛

---

①王谠：《唐语林》卷二，载《全宋笔记》第三编第2册，大象出版社，2008，第54页。

②同①，第55页。

③王谠：《唐语林》卷五，载《全宋笔记》第三编第2册，大象出版社，2008，第190页。

④王谠：《唐语林》卷四，载《全宋笔记》第三编第2册，大象出版社，2008，第155—156页。

⑤王谠：《唐语林》卷七，载《全宋笔记》第三编第2册，大象出版社，2008，第245页。

陵幕，往观焉。使君闻其言，迎待颇厚。至郡旬日，继以酣饮，睨官妓曰：‘未称所传也。’将离郡去。使君敬请所欲，曰：‘愿泛彩舟，许人纵视，得以寓目。’使君甚悦。择日大具戏舟，讴棹较捷之乐，以鲜华相尚。牧循泛肆目，意一无所得。及暮将散，忽于曲岸见里妇携幼女，年方十余岁。牧悦之，召至与语。牧曰：‘今未带去，第存晚期耳！’遂赠罗缬一箧为质。妇辞曰：‘他日无状，或恐为所累。’牧曰：‘不然，余今西行，求典此郡。汝待我十年，不来而后嫁。’遂书于纸而别。后十四年始出刺湖州。临郡三日，即命访之，女嫁已三载，有子二人矣。牧召母女诘问，即出留书示之，乃曰：‘其辞也直。’因赠诗曰：‘自是寻春去较迟，不须惆怅怨芳时，狂风落尽深红色，绿叶成阴子满枝。’”①这一则故事虽有小说家的色彩，但也侧面折射出杜牧的生活风尚。

此书对顾况的幽默感和独特个性有所表现。“顾况从辟，与府公相失，揖出幕。况曰：某梦口与鼻争高下。口曰：‘我谈今古是非，尔何能居我上？’鼻曰：‘饮食非我不能辨。’眼谓鼻曰：‘我近鉴豪端，远察天际，惟我当先。’又谓眉曰：‘尔有仅功，居我上？’眉曰：‘我虽无用，亦如世有宾客，何益主人？无即不成礼仪。若无眉，成何面目？’府公悟其讥，待之如初。又旧说：顾况与韦夏卿饮酒，时金气已残，夏卿请席征秋后意，或曰‘寒蝉鸣’，或曰‘班姬扇’，而况云‘马尾’，众哂之。曰：‘此非在秋后乎？’”②此书对元白之间的交情也有独创见解，但不一定符合历史事实，可备一说。

苏象先《丞相魏公谭训》

苏象先，苏颂长孙，有《丞相魏公谭训》十卷，又作《苏魏公谭训》《魏公谭训》《苏氏谭训》等。据作者自序，此书完成于靖康元年（1126），“阅五年，当靖康元年，偶记旧稿，而散失脱落，尚多遗逸。因广而续之，凡三百余篇，分为十卷”，内容为追述祖父苏颂事迹、遗训，其中也有少量文学思想。

---

①王谠：《唐语林》卷七，载《全宋笔记》第三编第2册，大象出版社，2008，第245—246页。

②王谠：《唐语林》卷六，载《全宋笔记》第三编第2册，大象出版社，2008，第217页。

此书记述了苏颂与宋祁兄弟交往的事迹，表现了北宋主张创新，注重用事恰当，追求语言上的淳朴自然与新颖独特的文学风尚。“祖父受知二宋，常谒元宪，公曰：‘舍弟子京于文章少许可，独称君文典重而清新。’及见景文，亦曰：‘家兄丞相于文章少许可，每见公近文，常称叹不已。’常云：非独句句有来处，兼意义清新，非近世之文也。常言：为文之体，意不贵异而贵新，事不贵僻而贵当，语不贵古而贵淳，字不贵怪而贵奇。二公为文不同而皆相知如此。”①

此书推崇苏轼人品。“祖父常云：苏子瞻有盛名而退无自矜之色，此为过人。”②“东坡常称东汉多名节之士，所以能扶危持颠者几百年。虽曹孟德之奸雄，亦畏名节，故终躬不敢取汉。一日与大人语及，大人云：‘近见新贵人为人作志文，颇讥东汉之士专为诡行盗名，其风不可长。’东坡大骇，固问谁作？不得已言之。东坡云：‘可作数字骂此小子。’大人不应，乃曰：‘只教折了胡孙三十年草料。’”③

此书记载了苏轼在地方为官时，诗文受到欢迎的情况，苏轼文学的影响可见一斑。“东坡自徐易湖守，过阙，不得见。大人监封丘门，以简问劳，且以坐局不获见为言。坡答简曰：‘便道之官，恨不得见诗人耳。’唱酬诗什简尺颇多，皆为人取去。”④

此书记载，欧阳修年少多才，时人甚为推崇。“祖父与王岐公同年，王每相访，祖父必拜之。王逡巡引避，时以为得体。欧公上胥内翰启，时犹未冠。胥阅书甚奇之，及进见，益以为异。乃语人曰：‘始见其书，谓已读万卷。及见其人，才涉猎尔，此尤难得。异时必有大名于世。’故以女妻之。公少时，有一僧相之曰：‘君耳白过面，当得天下重名。然唇不著齿，亦多招公谤。’”⑤

---

①苏象先：《丞相魏公谭训》卷四，载《全宋笔记》第三编第3册，大象出版社，2008，第61页。

②苏象先：《丞相魏公谭训》卷七，载《全宋笔记》第三编第3册，大象出版社，2008，第85页。

③苏象先：《丞相魏公谭训》卷十，载《全宋笔记》第三编第3册，大象出版社，2008，第93—94页。

④同①，第63页。

⑤苏象先：《丞相魏公谭训》卷六，载《全宋笔记》第三编第3册，大象出版社，2008，第79页。

苏颂推崇司马迁文章，认为其言简意深，唐陆贽得其精髓。“祖父元祐三年为廷试详定，得李注元发，以为胸臆瑰奇，文章浩博似史迁；论事有本末，布衣而知天下事似陆贽。欲以第一人。苏黄门诸公皆不悦，曰：‘适出一曾旼，又擢一曾旼，不可。’意不能夺，才得乙科，士论惜之。祖父常云：司马迁文章所以奇者，能以少为多，以多为少。唯唐陆贽得迁文体。”①

此书通过夏竦、晏殊二人生活上的奢简对比，生动展现了北宋文人的生活状态。“曾祖为三司判官，夏相为使，一岁才一开宴，女乐侍姬，管弦器皿，穷极奢僭。后晏公代使，每休沐，约同寮置酒，案上不过数器。久之，渐进盈几，乃草具。歌舞倦则曰：‘此辈伎俩已尽，吾辈亦可呈事艺。’设砚墨纸札，各赋诗述怀以为乐。未尝一日虚废，夏、晏贤否，于此分矣。”②诗歌创作既是名公文士交往的手段，更成为他们生活的一部分。

文学生态方面，此书记载了朋党之论对文人命运的影响。“曾祖在翰林忤时相，以朋党谮于上，出从外补。既而丁高祖忧，服除，再入翰林。宣召有‘朝路复清，还卿禁直’之语。然才八旬，复以侍读知河阳。有进士王度献诗曰：‘风摧秀林木，色变附蓝丝。’曾祖甚爱重之。”③

此书记载了社会对取士是否公平的议论，以及朝廷对科举结果的复查情况，还记载了士子的狂傲心态，均是十分有价值的。“吕溱榜试《三年大聘》，韩康公与其弟黄门及右相侄柱史皆高中。无名子嘲之曰：‘府试三年大聘，昌黎四子登科。’以讥主司之有私意。正献闻之，俾四人皆不赴省后榜。正献罢，四人皆登殊科。乃知主司无私意也。吕文靖当朝，正献登科在第一甲，未唱名先奏于朝，自言：‘公著诗赋得意，恐在高等致嫌疑，乞降十名后。’竟从之。祖父亦试《三年大聘》高中。至元祐己巳，凡五十三年，独祖父与韩持国二人在。富公常云：‘朝廷重科名，即得王文正、韩忠献、宋元献、李文定诸公；不重科名，则得章衡、罗凯、王俊民、刘辉。但非

①苏象先：《丞相魏公谭训》卷四，载《全宋笔记》第三编第3册，大象出版社，2008，第64页。

②苏象先：《丞相魏公谭训》卷六，载《全宋笔记》第三编第3册，大象出版社，2008，第77页。

③同①。

人事，亦是天时也。’”[①]卷四又载：“郑毅夫、滕元发皆有场屋声。郑赋妙绝，惟思迟，《应天以实不以文》已预殿试，自觉不工，故曳白而出。后廷试，数自度不居第一，故不终场。至《圜丘象天》得意甚，宋子京为试官，侍殿陛，即案傍视之，郑展卷，宋但云：挑起著破题。初云‘大体必简，圜丘自然’，挑云：‘体大必简，丘圜自然。’遂冠绝，果状元及第。元发诗最工，为第三。独杨元素，蜀人，无中都之誉，遽在滕上。谓郑：‘那得此人来厕我辈？’郑曰：‘彼亦有蜀都之誉，未易轻诮也。’滕遂改观。”[②]

董弅《闲燕常谈》

董弅，字令升，号朋溪，东平（今属山东）人，著有《闲燕常谈》一卷。此书记载北宋末年事，包含一些文学思想。

此书重视对文学源流的探讨，特别重视追溯一些探索性的作品最早的源头。“王荆公在蒋山。一日，有传东坡所作《表忠观碑》至。介甫反复读数过，以示坐客，且云：‘古有此体否？’叶致远曰：‘古无之，要是奇作。’蔡元庆曰：‘直是录奏状耳，何名奇作？’介甫笑曰：‘诸公未之知尔，此司马迁《三王世家》体。’”[③]“世传欧阳公作《醉翁亭记》成，以示尹师鲁，自谓古无此体。师鲁曰：‘古已有之。’公愕然。师鲁起取《周易·杂卦》以示公，公无语。果如其说。”[④]文学创新不是凭空创造，前人的成果会或明或暗，或隐或显地体现在后人的思维之中。

孙宗鉴《西畲琐录》

孙宗鉴（1077—1123），字少魏，号安隐道人，尉氏（今属河南）人，有《西畲琐录》。此书虽然篇幅不长，但其中有不少文学思想的相关内容。

苏轼宽以待人，对伤害过自己的人，也从无报复之心。如“东坡元丰间系御史狱，谪黄州；元祐初，起知登州；未几，以礼部员外郎召。道中偶遇当时狱官，甚有愧色，东坡戏之曰：‘有蛇螫杀人，为冥官所追议，法当

①苏象先：《丞相魏公谭训》卷四，载《全宋笔记》第三编第3册，大象出版社，2008，第62—63页。

②同①，第63页。

③董弅：《闲燕常谈》，载《全宋笔记》第九编第2册，大象出版社，2018，第100页。

④同③，第103页。

死。’蛇前诉曰：‘诚有罪，然亦有功可以自赎。’冥官曰：‘何功也。’蛇曰：‘某有黄可治病，所以已数人矣。’吏考验，固不诬，遂得免。良久，牵一牛至，狱吏曰：‘此牛触杀人，亦当死。’牛曰：‘我亦有黄可以治病，亦可数人矣。’良久，亦得免。久之，狱吏引一人至，曰：‘此人生常杀人，幸免死，今当还命。’其人仓皇妄言亦有黄。冥官大怒，诘之曰：‘蛇黄、牛黄皆入药，天下所共知。汝为人，何黄之有！’左右交讯，其人窘甚，曰：‘某别无黄，但有些惭惶。’”[①]

苏轼博闻强记，知识面广，对经史子集、佛道书籍中的内容能够做到信手拈来，为己所用，“李章奉使北庭，虏馆伴发一语云：‘东坡作文多用佛书中语。’李答云：‘曾记《赤壁词》曰‘谈笑间，狂虏灰飞烟灭’。所谓‘灰飞烟灭’四字，乃《圆觉经》语：‘火出木烬，灰飞烟灭。’北使默无语”[②]。

苏轼风趣幽默，常常用幽默来化解尴尬的处境，处处彰显出非凡的才情。“东坡喜嘲谑，以吕微仲丰硕，每戏之曰：‘公真有大臣体，此《坤·六二》所谓“直方大”也。’仲拜相，东坡当制，其词曰：‘果艺以达，有孔门三子之风；直大而方，得坤爻六二之动。’一日，东坡谒微仲，微仲方昼寝，久而不出。东坡不能堪，良久，见于便坐有菖蒲盆畜毛龟。东坡曰：‘此龟易得，若六眼龟则难得。’微仲问六眼龟出何处，东坡曰：‘昔唐庄宗同光中，林邑国常进六眼龟儿，号曰六只眼儿，分明睡一觉，抵别人三觉。’”[③]“顾子敦肥伟，号顾屠，故东坡《送行诗》有‘磨刀向猪羊’之句以戏之。又尹京时，与从官同集慈孝寺，子敦凭几假寐，东坡大书案上曰：‘顾屠肉案。’同会皆大笑。又以三十钱掷案上，子敦惊觉，东坡曰：‘且快片批四两来。’”[④]“蓬州道士贾善翔，字鸿举，能剧谈，善琴嗜酒，士大夫喜与之游。东坡尝过之，戏书问曰：‘身如芭蕉，心如莲花。百节疏通，万窍玲珑。来时一，去时八万四千。’末云：‘鸿举下语。’贾答曰：‘老道士这里没许多般数。’张天觉跋其后云：‘去时八万四千，不如落在那边，若

①孙宗鉴：《西畬琐录》，载《全宋笔记》第三编第4册，大象出版社，2008，第4—5页。
②同①，第6—7页。
③同①，第8页。
④同①，第11页。

不斩头觅话，谁知措大参禅。’”[①]风趣幽默是苏轼文化人格的重要组成部分。

苏轼面对苦难，表现出一种豁达大度、超然乐观的人生态度，如“王定国岭外归，出歌者劝东坡酒，坡作《定风波》，序云：‘王定国歌儿曰柔奴，姓宇文氏，眉目娟丽，善应对，家世在京师，定国南迁归，余问柔，广南风土，应是不好。柔对曰：此心安处，便是吾乡。’因为缀此词云：常羡人间琢玉郎，天教分付点酥娘，自作清歌传皓齿，风起，雪飞炎海变清凉。万里归来年愈少，微笑，笑时犹带岭梅香。试问岭南应不好，却道，此心安处是吾乡”[②]。王定国受乌台诗案的牵连，被贬于岭南，五年后才被放归，王定国的侍妾柔奴一直与之同行。苏轼见到柔奴以后，发觉她非但不憔悴，反而更加年轻貌美，于是借这位女子之口表达了自己随遇而安、超然物外的人生哲学。

对于苏轼在当时的影响，此书也有许多有价值的记载。苏轼生前影响极大，“予昔为太学生，暇日游西池，过道者院，池上壁间见东坡题诗：‘下马逢佳客，携壶傍小池。清风乱荷叶，细雨出鱼儿。井好能冰齿，茶甘不上眉。归途更萧瑟，真个解催诗。’后有诸公和，独记无咎一联云：‘雨园鸠逐妇，风径燕将儿。’亦佳句也”[③]。苏轼去世后，人们对他的评价很高。“李廌方叔祭东坡云：‘道大不容，才高见忌。皇天后土，明一生忠义之心；名山大川，还千古英灵之气。’”[④]

此书重视对文学大家创作经验的总结，重视文学源流，记载了一些文学大家学习前人遗产的事迹。“有问荆公：‘老杜诗，何故妙绝古今？’公曰：‘老杜固尝言之：读书破万卷，下笔如有神。’”[⑤]“《诗》：‘伐木丁丁，鸟鸣嘤嘤，出自幽谷，迁于乔木。’郑笺云‘嘤嘤，两鸟声’。正文与注，皆未尝及黄鸟，自白乐天作《六帖》始类入莺门中，又作诗每用之，如‘谷幽莺暂迁’，‘不失迁莺侣’，‘莺迁各异年’，‘树集莺朋友’之类，其后人多祖

①孙宗鉴：《西畲琐录》，载《全宋笔记》第三编第4册，大象出版社，2008，第13页。

②同①，第14页。

③同①，第11页。

④同①，第11页。

⑤同①，第9页。

述用之也。”[1]“介甫梅花诗有‘额黄映日明飞燕，肌粉含风冷太真’，后改曰‘肌冰绰约如姑射，肤雪参差是玉真’。《庄子》：‘藐姑射之山，有神人，肌肤若冰雪，绰约若处子。’《长恨歌》：‘中有一人字玉真，雪肤花貌参差是。’全用古字，只易一‘若’为‘如’耳。”[2]

此书展示了宋代文人生活及文学生发的环境：“韩魏公守维扬，王荆公、王歧公为幕客，公爱重之。方春作芍药会，有四枝正紫，重跗累萼，中有金蕊绕之，号腰金紫，每岁不过一二；公召二幕赏之，尚少一客，俄报陈太博入境，秀公也，即召之，后皆为宰相。故荆公作《魏公挽诗》云：‘幕府少年今白发，伤心无路送灵輀。’”[3]文人之间的聚会和不断累积的友情，既是宋代文学的题材之一，更是文学繁荣的源泉，也为诗人们提高诗歌艺术提供了途径。

此外，宋代文人热衷集句，固然有学习前代诗歌的原因，也是为了显示才华，此书记载了可以证明这一点的案例：“荆公在钟山兴国寺，见一尼入寺，使蔡天启集句嘲之云：‘不住薰炉换好香，为他人作嫁衣裳，因过竹院逢僧话，始觉空门气味长。’又《集句咏百行池鱼》云：‘门前流水清粼粼，赤鲤腾出如有神，君欲钓鱼须远去，慎勿近前丞相嗔。’”[4]这里明显有显示敏捷诗才的意味。

第三节　次重要笔记的文学思想

曾布《曾公遗录》

曾布（1035—1107），字子宣。曾巩弟，著有《曾公遗录》残三卷。从《永乐大典》目录看，此书原本共九卷。几经天灾人祸，今《永乐大典》中仅仅残存《曾公遗录》第8卷，而第7卷、第9卷仅见清末缪荃孙《藕香零拾》辑本。《全宋笔记》整理此书残卷，起于元符二年（1099）三月，止于元符三年（1100）七月，使此书有了比较完善的残本。

此书残存15万字左右，在北宋笔记中属于篇幅长的，不过残卷内容主

①孙宗鉴：《西畲琐录》，载《全宋笔记》第三编第4册，大象出版社，2008，第10页。

②同①。

③同①。

④同①，第10—11页。

要以记史为主，涉及文学思想的主要是元祐党争相关材料。当代研究宋代党争与文学的学者对此书不太重视，很少引用其中内容。此书记载，元符二年（1099）六月，“是日，上又问：‘程之元在元祐中为苏轼客，何以得河中府？’余云：‘之元兄弟三人。先朝俱作监司，子才乃苏轼堂妹婿，然独不与轼往还，之元之郡，与轼颇密。然今日似作此监司或大藩，恐不独子元而已。’上又问王岘，余云：‘执政畴之子，亦常才。’上云：‘极寻常。’余唯唯”[①]。“又同僚呈蹇序辰、范镗等案。序辰三上书不实，合罚铜九十斤，镗及李嗣徽三十斤……上令镗落职小郡……序辰亦落小郡……余云：‘先朝李师中，只因荐司马光、苏轼，亦贬副使。’上云：‘以害政故须尔。’”[②]据龚延明《宋登科记考》附录载：“蹇序辰，字援之。成都府双流县人。宋登进士第，曾主管江西常平公事，改提举江西常平公事。”[③]从上面几条材料不难看出，宋哲宗对元祐党人及垂帘听政的高太后十分不满，仇视元祐党人是哲宗及其政治集团的共同心理，曾布虽然同情旧党，然而时机未成，在笔记中也只能就事论事，不敢替司马光、苏轼申辩。

苏辙《龙川略志》《龙川别志》

苏辙（1039—1112），字子由，眉山（今属四川）人，著有《龙川略志》《龙川别志》。其中《龙川略志》有重要的史料价值，然而涉及文学思想的内容很少。《龙川别志》包含的文学思想也不多。据《龙川别志》自序，“元符二年冬，孟秋二十二日”[④]，说明《龙川别志》作于元符二年（1099）。

苏辙的笔记中记载了晏殊、范仲淹、富弼、欧阳修等人的一些事迹。例如，“范文正公笃于忠亮，虽喜功名，而不为朋党。早岁排吕许公，勇于立事，其徒因之，矫厉过直，公亦不喜也。自越州还朝，出镇西事，恐许公不为之地，无以成功，乃为书自咎，解雠而去。其后以参知政事安抚陕西，许公既老居郑，相遇于途。文正身历中书，知事之难，惟有过悔之语，于是许公欣然相与语终日。许公问何为亟去朝廷，文正言欲经制西事耳。许公曰：‘经制西事，莫如在朝廷之便。’文正为之愕然。故欧阳公为《文正神道

---

①曾布：《曾公遗录》卷七，载《全宋笔记》第一编第8册，大象出版社，2003，第125页。
②同①，第126页。
③龚延明、祖慧：《宋登科记考》下册，江苏教育出版社，2009，第1914页。
④苏辙：《龙川别志》自序，载《全宋笔记》第一编第9册，大象出版社，2003，第313页。

碑》，言二公晚年欢然相得，由此故也。后生不知，皆咎欧阳公。予见张公言之，乃信”①。吕夷简为守旧派，范仲淹则以革新为己任，彼此政见不合，是政敌，欧阳修在政治上支持范仲淹。然而一切烟消云散后，两人捐弃前嫌，老而相交，各自理解了对方在位之不易，这是何等的达观。欧阳修为范仲淹写神道碑忠于史实，实事求是，更是显示了大家风范。

苏辙的笔记中还记载了不少文人之间惺惺相惜的事迹，宽容待人，而非落井下石，这是宋代不少文人的优良品质。“章懿之崩，李淑护葬，晏殊撰志文，只言生女一人，早卒无子。仁宗恨之，及亲政，内出志文，以示宰相曰：‘先后诞育朕躬，殊为侍从，安得不知。乃言生一公主，又不育，此何意也？’吕文靖曰：‘殊固有罪，然宫省事秘，臣备位宰相，是时虽略之而不得其详，殊之不审，理容有之。然方章献临御，若明言先后实生朕躬，事得安否。’上默然良久，命出殊守金陵。明日，以为远，改守南都。如许公保全大臣，真宰相也，其有后宜哉。及殊作相，八王疾革，上亲往问。王曰：‘叔久不见官家，不知今谁作相？’上曰：‘晏殊也。’王曰：‘此人名在图谶，胡为用之。’上归阅图谶，得成败之语，并记志文事，欲重黜之。宋祁为学士，当草白麻，争之。乃降二官知颍州，词曰：‘广营产以殖赀，多役兵而规利。’以它罪罪之。殊免深谴，祁之力也。”②

再如，“庆历中，劫盗张海横行数路，将过高邮。知军晁仲约度不能御，谕军中富民出金帛，市牛酒，使人迎劳，且厚遗之。海悦径去，不为暴。事闻，朝廷大怒。时范文正在政府，富郑公在枢府，郑公议欲诛仲约以正法，范公欲宥之，争于上前。富公曰：‘盗贼公行，守臣不能战，不能守，而使民醵钱遗之，法所当诛也，不诛，郡县无复肯守者矣。闻高邮之民疾之欲食其肉，不可释也。’范公曰：‘郡县兵械足以战守，遇贼不御，而又赂之，此法所当诛也。今高邮无兵与械，虽仲约之义当勉力战守，然事有可恕，戮之恐非法意也。小民之情，得醵出财物，而免于杀掠，理必喜之，而云欲食其肉，传者过也。’仁宗释然从之，仲约由此免死。既而富公愠曰：‘方今患法不举，方欲举法，而多方沮之，何以整众。’范公密告之，曰：‘祖宗以来，未尝轻杀臣下，此盛德事，奈何欲轻坏之。且吾与公在此，同心者有

①苏辙：《龙川别志》卷上，载《全宋笔记》第一编第9册，大象出版社，2003，第327—328页。
②同①，第324页。

几？虽上意亦未知所定也，而轻导人臣以诛戮臣下，它日手滑，虽吾辈亦未敢自保也。’富公终不以为然。及二公迹不自安，范公出按陕西，富公出按河北，范公因自乞守边。富公自河北还，及国门，不许入，未测朝廷意，比夜彷徨不能寐，绕床叹曰：‘范六丈，圣人也。’”①

苏辙还记载了新旧党之间的斗争，客观公正，就事论事，不夹杂偏狭的个人见解，即便在记载苏轼与蔡确之间的斗争时也是如此。②

佚名《文酒清话》

佚名撰《文酒清话》，现代学者认为其成书于宋哲宗时期。

此书主要内容为名物词语考释，散佚严重，从现存条目看，其中包含少量文学思想内容。

此书中包含根据相近的构思技巧，寻找宋诗与唐诗的源流关系的材料。《文酒清话》中《评钓舟》一条载：“范希文赠钓者诗云‘江上往来人，尽爱鲈鱼美。君看一叶舟，出没风涛里’。又观杜诗云：‘一棹轻如叶，傍观亦损神。他时在平地，无忽险中人。’二诗虽同而意各有寓。”③

此书记载，唐代有人创作了嘲讽沽名钓誉的隐士的诗作，《文酒清话·嘲任毂诗》载：“任毂遁名伊洛山水，望蒲轮而不至，潜至京师，访问知友。有朝士嘲曰：‘云林应讶鹤书迟，日入京来探事宜。从此见山须合眼，被山相赚已多时。’”④

此书嘲讽了武士所创作的过于浅近的诗歌，表现出重文轻武的态度。《文酒清话》卷七《高敖曹》，记载了南北朝时期将军高敖曹的蹩脚诗歌：“高敖曹凡为诗，人皆竟讽咏而笑之，一日，送客下汴诗云：‘相送复相送，相送至桥头。培堆两眼泪，拍塞一怀愁。’”⑤通畅是很通畅，也不掉书袋、不用典，但用词十分不雅。《文酒清话》卷八《失题》又载：“高敖曹多吟咏，上大夫传以为笑。一日，又为偶成诗一首云：‘桃生毛弹子，瓠长棒

①苏辙：《龙川别志》卷下，载《全宋笔记》第一编第9册，大象出版社，2003，第331—332页。

②同①，第336—337页。

③佚名：《文酒清话》，载《全宋笔记》第八编第10册，大象出版社，2017，第147页。

④同③，第142页。

⑤同③，第127页。

槌儿。墙皲壁亚肚，河冻水生皮。’”①

刘斧《青琐高议》

刘斧所编《青琐高议》，在北宋笔记中属于篇幅长的，此书内容多为志怪传奇，属于小说类的笔记，但也有一些内容，其中可以看出宋人的文学思想。

宋人进行文学批评时，善于求实溯源，此书中也可见一斑。“玄宗天宝十五载正月，安禄山反，陷没洛阳。王师败绩，关门不守。车驾幸蜀，途次马嵬驿，六军不发，赐贵妃死，然后驾发。行次骆谷，上登高下马，谓力士曰：‘吾仓惶出狩长安，不辞宗庙，此山绝高，望见秦川，吾今遥辞陵庙。’因下马望东再拜，呜咽流涕，左右皆泣。谓力士曰：‘吾听九龄之言，不到于此。’乃命中使往韶州，以太牢祭之。中书令张九龄每因事奏对，未尝不谏诛禄山，上怒曰：‘卿岂有王夷甫识石勒，使杀禄山？’于是不敢谏。因上马，遂索长笛吹一曲。曲成，潸然流涕，伫立久之。时有司旋录成谱，请曲名，上不记之，视左右曰：‘何得此？’有司具奏：以骆谷望长安，下马后索长笛吹出。良久曰：‘吾省矣。吾因思九龄，亦别有意思，可名此曲为《谪仙怨》。’其旨属马嵬之事。厥后以乱离隔绝，有人自西川传得者，无由知之，但呼为《剑南神曲》。其音怨，诸曲莫比。大历中江南人甚为此曲，随州之刺史刘长卿左迁睦州司马，祖筵席上吹之为曲。长卿遂撰其词，意颇自得，盖亦不知其本事。其词云：‘晴川落日初低，惆怅孤舟解携。鸟去平芜远近，人随流水东西。白云千里万里，明月前溪后溪。独恨长沙谪去，江潭春草萋萋。’”②

此书称道雄豪的风格：“畿邑有白鹤观，向苏子美游于其中，壁有留题一绝。韩魏公诗，尤为人称美，诗曰：‘二苏遗迹匿山扃，贤相重来为发明。字久半随风雨驳，气豪尤入鬼神惊。直疑鸾凤腾云去，不假江山到骨清。人对甚时续自勉，酒豪颠草尚垂名。’公诗格万古雄豪如此。应制仁庙御制赏花钓鱼，公之诗大为士君子称赏。公历事三朝，匡扶起二帝，社稷之宗

---

①佚名：《文酒清话》，载《全宋笔记》第八编第10册，大象出版社，2017，第133页。

②刘斧：《青琐高议》前集卷二，载《全宋笔记》第二编第2册，大象出版社，2006，第31—32页。

臣，国之元老。乐善好施，晚岁无替。接引寒贱，亭午忘餐。出于天性，近古无有也。”[①]“吴江长桥千尺，跨太湖，危亭构爽塏，登临者毛骨寒凛，乃二浙之绝境也。能诗者过亭下，俱有吟咏。苏子美有《长桥赏月》之诗，曰：‘云头滟滟开金饼，水面沉沉挂彩虹。’欧阳永叔称道为此桥雄壮，非此句亦不足称也。”[②]从上述所摘篇、句看，均是意象阔大、气势不凡的雄豪之作，可见作者的审美取向。

此书中有宋人强调诗歌创作中语言锤炼的材料。“范文正《采茶歌》为天下世传，蔡君谟暇日与希文聚话，君谟谓公曰：‘公《采茶歌》脍炙士人之口久矣，有少意未完，盖公方气豪俊，失于少思虑耳。’希文曰：‘何以言之？’君谟曰：‘公之句云：“黄金碾畔绿尘飞，碧玉瓯中翠涛起。”今茶之绝品，其色甚白，翠绿乃茶下者耳。’希文笑谢曰：‘君善知茶者也。此中吾诗病也，君意何如？’君谟曰：‘欲革公诗之二字，非敢有加焉。’公曰：‘革何字？’君谟曰：‘绿翠二字。’公曰：‘可去。’曰：‘黄金碾畔玉尘飞，碧玉瓯中素涛起。’希文喜曰：‘善哉！’又见君谟精于茶，希文服于义。议者曰：希文之诗为天下之所共爱，公立意未尝徒然，必存教化之理，他人不可及也。”[③]

此书重视诗歌的社会作用，这既是对中国传统文学功用论的传承，又带有宋代的时代特色。“李先生清臣者，北人也。方束发即才俊，警句惊人，老儒辈莫不心服。一日，薄游定州，时韩魏公知定州，先生携刺往谒见其子太祝，吏报曰：‘太祝方寝。’先生求笔为诗一绝，书于刺字，授其吏曰：‘太祝觉而投之。’诗云：‘公子乘闲卧绛厨，白衣老吏慢寒儒。不知梦见周公否，曾说当时吐哺无。’后魏公见诗云：‘吾知此人久矣。’竟有东床之选。先生后应进士，中甲科，试贤良为优等。方其射策天庭，天子临轩虚己，侍臣耸观。援笔不逾数刻，落笔万言，皆出入九经，照厉风俗，极孔孟之渊源，尽时政之要道，天下莫不仰其风采，当世之伟儒也。盛哉！”[④]

---

①刘斧：《青琐高议》前集卷五，载《全宋笔记》第二编第2册，大象出版社，2006，第51—52页。

②刘斧：《青琐高议》前集卷九，载《全宋笔记》第二编第2册，大象出版社，2006，第93页。

③同②，第97页。

④同①，第52页。

佚名《真率记事》

佚名《真率记事》一卷，篇幅不长，有部分文学思想内容。

此书对苏轼词传播情况有重要的记录。一般人们认为苏轼以诗为词，其词音乐性较差，实际情况并非如李清照《词论》所说的那样。据此书记载，苏轼词在当时就多被歌唱。“闲闲先生有一妾，善秦父，善歌东坡长短句，颇读《道德经》，略晓其义，平居女工庖厨至于盐蜜果实、滋味蔬茹，盖十数，皆可人。忽然服丈夫冠袍，持白挺至家取物，不远数百里如斯而还，斯亦可方外近道者也。其名甚鄙，予易之曰‘多多’，取淮阴侯多多益辨之意。”①

对于苏轼与米芾的友谊，此书中也有很有趣的描绘：“米元章雍丘县不争堂会，东坡先生见烛之后，于两廊各置一床，并遣侍妓，于东廊床上坐，一杯之间三两次，妓曳履缓步过帘下，登西廊，坐于床上，如此往来至会散，以两小妓斟下酒食，二雄相对，清论殊不相干，古人亦未有此作。”②

米芾《海岳名言》《书史》《画史》

米芾（1051—1107），字元章，原籍太原，后徙襄阳，著有《海岳名言》《书史》《画史》。

《海岳名言》为米芾平日论书之语，虽为论书，但书论、诗论有共同规律可循，因而此书在文学思想方面有一定参考价值。

《书史》所载西晋至唐五代书帖，涉及许多文学家，如李白、杜甫、苏轼、黄庭坚等，对全面认识宋以前文学家的文艺创作有重要参考价值。

《画史》举生平所见晋至唐宋间名画及画法，评论识见不凡，涉及王维、杜甫、苏轼、李公麟、苏舜钦、文彦博等，对全面认识文学家的生活及创作有较高的参考价值。

王巩《闻见近录》《甲申杂记》《随手杂录》

王巩（1048—1117），字定国，自号清虚先生，大名莘县（今属山东）人，著有《闻见近录》《甲申杂记》《随手杂录》。

①佚名：《真率记事》，载《全宋笔记》第八编第10册，大象出版社，2017，第297—298页。
②同①，第295—296页。

《闻见近录》记载了自周世宗至宋神宗的朝廷政事，《甲申杂记》与《随手杂录》也有一定的史料价值。这几本书中有一些涉及文学思想的内容。

王巩记载，对于一些文人的狂狷之举，宋仁宗能以宽容心态待之，这反映了宋代重视文化的社会风尚。“张文懿既致政而安健如少年。一日，西京看花回，道帽道服，乘马张盖，以女乐从，入郑门。监门官不之识也，且禁其张盖，以门籍请书其职位。文懿以小诗大书其纸末云：‘门吏不须相怪问，三曾身到凤池来。’监门官即以诗进，仁宗遣中使赐以酒饩问劳。”[①]

王巩记载了苏轼被贬黄州后，宋神宗及执政大臣对其态度，以及朝臣间、皇帝与大臣之间的微妙关系。“苏子瞻既贬黄州，神宗每怜之，一日语执政曰：‘国史大事，朕意欲俾苏轼成之。’执政有难色，上曰：‘非轼，则用曾巩。’其后巩亦不副上意，上复有旨起用苏轼，以本官知江州。中书蔡持正、张粹明受命，震当词头。明日改承议郎、江州太平观。又明日，命格不下，曰皆王禹玉力也。”“王和甫尝言，苏子瞻在黄州，上数欲用之，王禹玉辄曰：‘轼尝有“此心惟有蛰龙知”之句，陛下龙飞在天而不敬，乃反欲求蛰龙乎？’章子厚曰：‘龙者，非独人君，人臣皆可以言龙也。’上曰：‘自古称龙者多矣，如荀氏八龙，孔明卧龙，岂人君也？’及退，子厚诘之曰：‘相公乃欲覆人之家族耶？’禹玉曰：‘它舒亶言尔。’子厚曰：‘亶之唾亦可食乎？’”[②]

《随手杂录》详细记载了政敌陷害蔡确的过程，以及车盖亭诗案的细节：“初，吴处厚笺蔡持正诗进于朝，邸官已传本报之，凡进入三日而寂无闻。执政因奏事禀于帘前，宣仁云：‘甚诗？未尝见也。’执政云：‘已进入，未降出。’帘中云：‘待取看。’至午间，遣中使语执政曰：‘已降出矣。’三省皆云不曾承领，上下疑之。明日，乃在章奏房，与通封常程文字共为一复，盖初进入亦通封也。明日，进呈，殊不怒色，但云：‘执政自商量。’继而处厚复有疏，执政请送蔡确分析，谏官吴安诗、刘安世论列。而分析未上闲，会梁焘自潞州召为谏议大夫，至京，曰：‘比过河阳，刑恕极论蔡确有策立勋，社稷臣也。’同谏官以恕之言论之，日益切直，宣仁始怒焉，泣

①王巩：《闻见近录》，载《全宋笔记》第二编第6册，大象出版社，2006，第16页。

②同①，第26页。

谕执政曰：‘当时谁曾有异议，官家岂不记得？但问他太妃。’遂拟蔡相谪命，执政议太常少卿，分司南京。议未决，会分析至，确盛言有策立之勋。谏官继登论之益苦。明日，执政对，帘中忽语曰：‘蔡确可英州别驾，新州安置。’诸公惊退，悉力开陈，久之，刘莘老曰：‘蔡确母老，引柳宗元乞与刘禹锡换播州事。’吕微仲曰：‘蔡确，先帝大臣，乞如刘挚所论，移一近里州郡。’帘中曰：‘山可移，此不可移也。’范尧夫揖王正仲，留身论之，意不解。尧夫曰：‘臣奉诏。只乞免内臣押去。’宣仁曰：‘如何？’尧夫以曹利用事言之，宣仁曰：‘决不杀他，自生自杀，不差内臣，此无固必，但与执政商量。’执政议差小使臣或承务郎以上官伴送。至夜，批出，差内臣一员。已而尧夫、正仲与不论确事台官皆罢去。初，处厚缴诗至京，莘老尝问予曰：‘如何施行？’余曰：‘此难行，前日诸公自罪李定，以诗罪人矣。’莘老曰：‘岂可已乎？’余曰：‘一则收杀，一则札与蔡确知。’尧夫亦以见问，余语如前。尧夫曰：‘吾弟更语莘老。’曰：‘次第须谪。’曰：‘重则分司，轻则小州。’余曰：‘必若谪之，当与处厚并命，此风不可长也。’后一日，莘老召余入密室，见其颜色惨怛，曰：‘九重之内，安知有英州、新州，此必有博士。’又曰：‘今日进呈，此老斥骂，却不入来。’指文潞公也。余意以莘老卖潞公，遂往见，潞公问余曰：‘近事如何？’余答曰：‘蔡确，外议以谓过当。’潞公声色俱厉曰：‘见无礼于其君者，如鹰鹯之逐鸟雀。’又曰：‘曾见司马康否？’余曰：‘见之。’潞公曰：‘前日被旨召梁焘、司马康，与执政面问刑恕语言。梁焘言与司马康同坐，闻恕言蔡确社稷臣事，康乃曰：“不听得。”焘曰：“时第三杯矣。”康曰：“时饥贪食肚羹，不听得。”’潞公曰：‘康如此不肖耶？’余曰：‘司马康，温公子也，温公道德人也，康不证人于罪，真肖矣。’潞公即索汤，余引去，始知莘老之言不妄。”[①]

王巩记载了哲宗对苏轼的优待和眷顾：“子瞻自杭召归，过宋，语余曰：在杭时，一日中使至，既行，送之望湖楼上，迟迟不去。时与监司同席，已而曰：‘某未行，监司莫可先归。’诸人既去，密语子瞻曰：‘某出京师，辞官家，官家曰：“辞了娘娘了来。”某辞太后殿，复到官家处，引某至一柜子旁，出此一角，密语曰：“赐与苏轼，不得令人知。”’遂出所赐，乃茶一斤，封题皆御笔。子瞻具札子，附进称谢。至宋语余曰‘且教子由伏事娘娘，我

①王巩：《随手杂录》，载《全宋笔记》第二编第6册，大象出版社，2006，第61—63页。

小使头出来，自家门打一解’，哲宗眷遇如此，复为大臣谗逐，至贬海岛，命矣。”①

王巩真实地记录了当时人对苏轼的崇敬。“曾旼过泗州，谓余曰：某罢扬州教授，时子瞻守扬，某往见吕吉甫真州，吉甫问曰：‘轼何如人也？’旼曰：‘聪明人也。’吉甫怒，厉声曰：‘尧聪明耶？舜聪明耶？大禹之聪明耶？’旼曰：‘非三者之聪明，亦是聪明也。’曰：‘所学如何？’旼曰：‘学《孟子》。’愈怒，愕然而立，曰：‘是何言欤？’旼曰：‘孟子以民为重，社稷次之，此其所以知学《孟子》也。’吉甫默然久之。”②

新党中陷害苏轼的李定，字资深，是乌台诗案的主谋之一。据王巩记载，作为政敌与审查的主官，李定对苏轼出类拔萃的才华其实十分佩服。“天下之公论，虽仇怨不能夺也。李承之奉世知南京，尝谓余曰：昨在侍从班时，李定资深鞫苏子瞻狱，虽同列不敢辄启问。一日，资深于崇政殿门忽谓人曰：‘苏轼诚奇才也。’众莫敢对。已而曰：‘虽二三十年所作文字、诗句，引证经传，随问即答，无一字差舛，诚天下之奇才也。’叹息不已。”③

对于新党的代表王安石，王巩也能十分客观地展现出他非凡的人格魅力，尤其称道其被贬后的心态。“王荆公领观使归金陵，居钟山下，出即乘驴。予尝谒之，既退，见其乘之而出，一卒牵之而行，问其指使：‘相公何之？’指使曰：‘若牵卒在前，听牵卒，若牵卒在后，则听驴矣，或相公欲止，即止，或坐松石之下，或田野囊凿之家，或入寺。随行未尝无书，或乘而诵之，或憩而诵之。仍以囊盛饼十数枚，相公食罢，即遗牵卒，牵卒之余即饲驴矣。或田野闲人持饭饮献者，亦为食之。盖初无定所，或数步复归，近于无心者也。’”④

对于王安石在《四家选诗》中对于李杜欧韩的排名，后人各有争论，《闻见近录》则记载了王安石这么做的真实缘由：“黄鲁直尝问王荆公：‘世谓《四家选诗》，丞相以欧、韩高于李太白耶？’荆公曰：‘不然，陈和叔尝问四家之诗，乘闲签示和叔，时书史适先持杜集来，而和叔遂以其所送先后编集，初无高下也。李杜自昔齐名者也，何可下之。’鲁直归问和

---

①王巩：《随手杂录》，载《全宋笔记》第二编第6册，大象出版社，2006，第58页。

②同①。

③王巩：《甲申杂记》，载《全宋笔记》第二编第6册，大象出版社，2006，第45页。

④王巩：《闻见近录》，载《全宋笔记》第二编第6册，大象出版社，2006，第28页。

叔，和叔与荆公之说同。今人乃以太白下欧、韩而不可破也。”①

黄庭坚《宜州家乘》

黄庭坚（1045—1105），著有《宜州家乘》，这是崇宁四年（1105）黄庭坚在宜州所作的一部日记，也是其遗作，由于年岁次乙酉，又名《乙酉家乘》或《宜州乙酉家乘》。此书真实展现了黄庭坚在人生最后那段时间的心理状态与行迹，对研究黄庭坚有参考价值。

罗从彦《遵尧录》《遵尧别录》

罗从彦（1072—1135），字仲素，世称豫章先生，南剑州罗源（今属福建）人，著有《遵尧录》八卷及《遵尧别录》。《遵尧录》中保存了比较丰富的科举制度及文学与政治关系的相关材料。《遵尧别录》中有关文学思想的内容较少。

据罗从彦记载，宋太祖时期已经开始注重科举的科学性、公正性，并制定措施防止作弊。“国初取士，宗伯之司旷而未设，但择名臣有闻望于禁掖台省者权典之。太祖尝谓近臣曰：‘闻及第举人呼有司为恩门，自称门生，见知举官辄拜之，此甚薄俗，非推公取士之道。又搢绅间多以所知进士致书主司，谓之公荐。朕虑误取虚誉，当悉禁之。’翰林承旨陶谷以子邴及第，诣阁门谢，帝谓左右曰：‘闻谷不能训子，安有登进士第者？’亟命中书覆试。自今贡举人有父兄食禄者，奏名之时别析之。”②卷一又载：“乾德元年，诏旧置制举三科，其一曰贤良方正能直言极谏；其二曰经学优深可为师法；其三曰详闲吏理达于教化。并许州府解送吏部，试论三道，若二千字已上，取文理优长者登焉。”③

此书记载，石介狂傲乖僻，臧否人物毫不顾忌。“初，晏殊、杜衍皆居相府，而仲淹、富弼、韩琦皆进用，以至台阁多一时之贤。太子中允石介作《庆历圣德诗》以褒贬大臣，分别邪正，累数百言。仲淹与韩琦适自陕西来，道中得之，仲淹抚股谓琦曰：‘为此鬼怪辈坏了也。’琦曰：‘天下事不

①王巩：《闻见近录》，载《全宋笔记》第二编第6册，大象出版社，2006，第32页。
②罗从彦：《遵尧录》卷一，载《全宋笔记》第二编第9册，大象出版社，2006，第113页。
③同②。

可如此，如此必不成。’”[①]正直如范仲淹，也斥石介为鬼怪，可见以古文家自居的石介对当时政坛的影响不容小觑。

罗从彦记载了晏殊、范仲淹、杜衍、韩琦、富弼、欧阳修、余靖、蔡襄的为政事迹。“时晏殊为相，范仲淹为参知政事，杜衍为枢密使，韩琦与弼副之。欧阳修、余靖、蔡襄为谏官，皆天下之望。弼既以社稷自任，而帝独责成弼与仲淹望太平于期月之间，数以手诏使条具其事，又开天章阁召弼等坐，且给笔札，使书其所欲为者，遣中使二人更往督之。且命仲淹主西事，弼主北事，弼与仲淹各上当世之务十余条，又自上河北安边十三策，大略以进贤、退不肖、止侥幸、去宿弊为本，欲渐易诸路监司之不才者，使澄汰所部吏。于是小人始不悦矣。小人既怨，而大臣亦有飞语谗之者。帝虽不信，弼因保州贼平，求为河北宣抚使以避之。”[②]

宋太宗善于纳谏，当大臣以前代诗文加以劝谏时，效果更佳。“太宗尝修正殿，颇施彩绘。谢泌因对陈其事，即日命代以丹垩，深加称奖，赐金紫，拜左司谏。泌曰：‘陛下从谏如流，故臣得以竭诚。唐末有孟昌图者，朝上谏疏，暮不知所在。诗人郑谷为诗以悯之。前代如此，安得不乱？’帝为动容久之。”[③]宋真宗也同样善于纳谏，一时文学之士，如田锡等深受重用，并能施展政治才华。“田锡好谏，真宗最重之，尝谓宰相李沆曰：‘如此谏官，亦甚难得！朝政少有阙失，方在思虑，而锡疏已至矣，朕每览其章奏，必特与语奖激之。锡尝虑奏疏不得速达，朕令其具所上事目及月日以闻。’”[④]“咸平六年，真宗诏田锡对便殿，锡曰：‘臣愿陛下广稽古之道，为治民之要。旧有御屏风及御览，但记分门事类，不若取四部中治乱兴亡之事、可以铭于座隅为帝王鉴戒者，录之以咨圣览，是以皇王之道致陛下于尧舜也。’帝曰：‘善。卿可纂录进来。’俄命兼侍御史知杂。宰相言锡性本清介，临事不甚敏悟。帝曰：‘朕览其章奏，有谏臣之风，当试用之。’”[⑤]“咸平六年，真宗幸金明池，语宰相曰：‘士民游乐熙熙然，甚慰朕心，非承平丰年，何以致此？’李沆曰：‘陛下即位以来，未尝辄有科徭，

---

①罗从彦：《遵尧录》卷六，载《全宋笔记》第二编第9册，大象出版社，2006，第186页。
②同①，第188页。
③罗从彦：《遵尧录》卷二，载《全宋笔记》第二编第9册，大象出版社，2006，第129页。
④罗从彦：《遵尧录》卷三，载《全宋笔记》第二编第9册，大象出版社，2006，第142页。
⑤同④，第142—143页。

官吏秉法，绝无烦扰，信太平之幸！’帝曰：‘朕以天下之人当务佚之，至于劳民兴师，盖不得已也。今西夏未下，尚烦捍御，然历观载籍，自汉魏以至于唐，四海无事，固亦罕遇。无事之际，更宜详思备预，则无患矣。’”[①]

此书还记载了杨亿晚年思想渐衰的原因，对全面了解杨亿的性格与文学有重要参考价值。“杨亿在学士院，真宗忽夜召见于一小阁，深在禁中。既见，赐茶从容者久之，因出文稿数箧以示亿，云：‘卿识朕书迹乎？皆朕自起草，未尝命臣下代作也。’亿皇恐不知所对，顿首再拜而出，由是佯狂，奔于阳翟。是时亿以文章擅天下，然性刚特寡合，故恶之者得以事谮之。帝性好文，初待亿眷顾无比，晚年恩礼渐衰，亦由此也。”[②]此材料可以与《归田录》中相关内容相互印证。

李格非《洛阳名园记》

李格非，字文叔，济南（今属山东）人，著有《洛阳名园记》一卷。此书记洛阳名园十九处，其中有一些园林属于古代文学大家。例如，大字寺园为唐代白居易的园林。“大字寺园，唐白乐天园也。乐天云：‘吾有第在履道坊，五亩之宅，十亩之园，有水一池，有竹千竿。’是也。今张氏得其半，为会隐园，水竹尚甲洛阳，但以其图考之，则某堂有某水，某亭有某木，其水其木，至今犹存，而曰堂曰亭者，无复仿佛矣。岂因于天理者可久，而成于人力者不可恃邪？寺中乐天石刻存者尚多。”[③]独乐园是司马光的园林，“司马温公在洛阳自号迂叟，谓其园曰独乐园。园卑小，不可与它园班。其曰读书堂者，数十椽屋；浇花亭者，益小；弄水种竹轩者，尤小；曰见山台者，高不过寻丈；曰钓鱼庵，曰采药圃者，又特结竹杪落蕃蔓草为之尔。温公自为之序，诸亭台诗颇行于世，所以为人欣慕者，不在于园耳”[④]。这两条记载对我们了解上面二人的人格有参考价值。

高晦叟《珍席放谈》

高晦叟，徽宗崇宁以后人，著有《珍席放谈》二卷，此书记载了仁宗皇

①罗从彦：《遵尧录》卷三，载《全宋笔记》第二编第9册，大象出版社，2006，第143页。
②同①，第146页。
③李格非：《洛阳名园记》，载《全宋笔记》第三编第1册，大象出版社，2008，第170页。
④同③，第171页。

帝善于纳谏、宽待文士的典型例子。“仁宗临轩清问贤良之士。苏辙策略曰：‘陛下近岁以来，宫中贵姬已至千数，歌舞饮酒，欢乐失节，坐朝不闻咨议，便殿无所顾问。’从官奏曰：‘陛下恭俭，未尝若是，辙言狂诞，恐累盛德，乞行黜落。’帝曰：‘设制科本求直言，苏辙小官敢言。’特命收选，夫人主言动，辙虽妄说，果能诳天下之人哉。置而不论，仍嘉其能，赉以恩宠，容谏纳善，尧、舜、禹、汤无以过也”[①]，赞扬了文人刚正无私、敢于直谏的品质。

此书赞扬王禹偁正直无私的人品。“王元之词学器识，度越当代，太宗深所器异。而天资忠劲。知无不言，言无所徇。始以知制诰坐事贬商州团练副使，还朝，上曰：‘王文章俊颖，人罕偕者，但性刚直，不甚容物。’命宰相召戒之。后又继被贬斥，皆以论议也。尝为《三黜赋》云：‘一生几日，八年三黜。始贬商於，亲老且疾，儿未免乳，呱呱拥树。六百里之穷山，唯毒蛇与瞷虎。历二稔而生还，幸举族而无苦。再谪滁上，吾亲已丧。几筵未收，旅榇未葬。泣血就路，通彼苍兮安仰；移郡印于淮海，信靡盬而鞅掌。旋号赴于国哀，亦事居而送往；叨四入于掖垣，何宠禄之便蕃。今去齐安，发白目昏，吾子有孙，始笑未言。去无骑乘，留无田园，羝羊触藩，老鹤乘轩。不我知者，犹谓乎郎官贵而郡守尊也。于戏，令尹无愠，吾之所师。下惠不耻，吾其庶几。卞和之刖，吾乃完肌。曹沫之败，吾非舆尸。缄金人之口，复白圭之诗。细不宥兮过可补，思而行兮悔可追。慕康侯之昼接兮，苟无所施，徒锡马而胡为；效仲尼之日省兮，苟无所为，难叹凤而奚悲。夫如是，屈于身兮不屈其道，任百谪而何亏。吾当守正直兮佩仁义，期终身以行之。’公之志，斯可识矣。然而直之为行，可晦而弗可恃，皋陶所谓直而温，叔向以直及难是已。”[②]

此书反对文人相轻，赞扬杜甫、韩愈的品格。“魏文帝曰：‘文人相轻，自古而然。’翰墨之流，贵己忽人，其源久矣，无足怪。惟自视有余裕者不然，如韩退之未尝弗推子厚，杜子美未尝弗称太白，岂区区务取胜也。”[③]

此书赞扬范仲淹修身严格、爱国爱民的品格，并记载了范仲淹在当时的影响力。“范文正殿余杭时，有一近臣同路宴公于堂，以其家声乐相娱，

①高晦叟：《珍席放谈》卷上，载《全宋笔记》第三编第1册，大象出版社，2008，第181页。
②高晦叟：《珍席放谈》卷下，载《全宋笔记》第三编第1册，大象出版社，2008，第192页。
③同②，第191页。

继出俳优，男女纷揉，亵语交至。怪而问其男女谁何，主人答云儿曹尔。公不怿，避席即去。王荆公具书其事于策，真可谓直笔矣。”[①]“范文正公贤高一代，践更贵仕至登政府，常务赒赈宗族，以逮孤远。薨之日，家无余赀，窀穸有期，素相厚善者韩、富、田、裴诸公各出金帛之助。狄武襄常在麾下，早被知鉴，时位枢席，赙倍赠赙于诸公，夐然有古风概，悠悠之交，非其比也。”[②]“范文正公王佐才，世所高仰，弗逾大用，未究所蕴而亡，时论怅惜。后三十余年，子纯仁自同知枢密院事拜相，搢绅多以为宜，非如前辈英声茂实，实在人耳目中，属望以相天下者也。盖文正位弗称才，公议未契，一旦嗣续登庸，舆情慰厌尔，与鲁人欲臧孙达之有后几矣。”[③]

此书称颂王安石敢于革新、为国为民的情怀，指斥诋毁王安石的言论。“王荆公登庸谢表云：‘念善俗之方，姑务徐徐而改革；思爱日之义，又将汲汲以施为。’公之志于是可见矣。世之言者谓公得君专天下之政，弛张庶务，峻切而弗以渐，致异论蜂起，果知公乎？”[④]“荆公在政府，鼎新百度，真大有为也。有小诗云：‘金明池道柳参天，投老归来听管弦。饱食大官犹昔日，夕阳流水思茫然。’此乃失意无聊者语也。公方君臣相遇，谋合计从，不应有此句，识者颇怪之也。其后去国，久居闲地，遂如所咏尔。荆公深知吕吉甫，力荐于上，遽位要津。不数年，同在政府，势焰相轧，遂致嫌隙。吕并不安，谓人曰：‘惠卿读儒书，只知仲尼之可尊。看外典，只知佛之可贵。今之世，只知介甫之可师。不意为人谗，失平日之欢，且容惠卿善去。’人有达其言于公者，公闻之，语其子元泽曰：‘吕六却如此，使人不忍。’其子答云：‘公虽不忍，人将忍公矣。’公默然。夫父子天资厚薄相辽，宜其道之至妙莫能相传授也。”[⑤]

张礼《游城南记》

张礼，字茂中，浙右（今浙江衢州）人。哲宗元祐元年（1086），张礼与友人陈明微游长安城南，作《游城南记》。从此笔记中可以看出宋人在文

①高晦叟：《珍席放谈》卷下，载《全宋笔记》第三编第1册，大象出版社，2008，第187页。
②高晦叟：《珍席放谈》卷上，载《全宋笔记》第三编第1册，大象出版社，2008，第186页。
③同②。
④同①，第195页。
⑤同①，第195—196页。

学创作中的实证精神。张礼写道，“倚塔下瞰，曲江宫殿、乐游燕喜之地，皆为野草，不觉有黍离麦秀之感”[①]，随后详细注解了曲江的建设过程：“唐进士新及第者，往往泛舟游宴于此。文宗时，曲江宫殿废十之九，帝因诵杜甫《哀江头》之诗，慨然有意复升平故事。”[②]

张礼每游一处，必以唐人诗为证，比如他写道：“览韩、郑郊居，至韦曲，扣尧夫门，上逍遥公读书台，寻所谓何将军山林而不可见。因思唐人之居城南者，往往旧迹湮没，无所考求，岂胜遗恨哉。”[③]随即他注解道：“韩店，即韩昌黎城南杂题及送子符读书之地，今为里人杨氏所有。凿洞架阁，引泉为池，穿地得《大鸣起信论碑》之上篇。郑谷庄，在坡之西，今为里人李氏所有。韦曲，在韩郑庄之北。尧夫，进士韦师锡之字也，世为韦曲人。远祖敻，后周时居此，萧然自适，与族人处玄及安定梁旷为放逸之友。时人慕其闲素，号为逍遥公。明帝贻之诗曰：‘香动秋兰佩，风飘莲叶衣。’《北史》有传。今其读书台俨然屹立。逍遥谷，则在骊山西南，盖亦慕敻而名之也。杜甫《何将军山林》诗有‘不识南塘路，今知第五桥’，又曰‘忆过杨柳渚，走马定昆池’。今第五桥在韦曲之西，与沈家桥相近。定昆池，在韦曲之北。杨柳渚，今不可考。南塘，按许浑诗云：‘背岭枕南塘’，其亦在韦曲之左右乎？尝读唐人诗集，岑嘉州有杜陵别业、终南别业，而石鳖谷、高冠谷皆有其居。郎士元有吴村别业，段觉有杜村闲居，元微之亦有终南别业，萧氏有兰陵里，梁升卿有安定庄，今皆湮没，漫不可寻。盖不特何将军山林而已。”[④]从中可以看出宋人对唐人诗文的热衷程度。

张商英、朱弁《续清凉传》

张商英（1043—1121），字天觉，号无尽居士，四川新津人。朱弁，字少章，徽州婺源人。两人撰写《续清凉传》二卷。此书记载张商英元祐二年（1087）至元祐四年（1089）五次巡游五台山的经过。书中记载了当时吟咏五台山的一些诗作，以及分咏东台、南台、西台、北台、中台的一些诗篇，对研究吟咏五台山的诗歌有参考意义。

---

①张礼：《游城南记》，载《全宋笔记》第三编第1册，大象出版社，2008，第205页。

②同①，第206页。

③同①，第209页。

④同①，第209—210页。

佚名《言行拾遗事录》

佚名撰《言行拾遗事录》四卷。此书记载范仲淹及其子的逸事，内容大多摘自史书和其他笔记，其中包含一部分涉及文学思想的内容。

据此书记载，范仲淹文品高尚。自唐以来，撰写墓志铭就是文人的收入来源之一。韩愈靠撰写墓志铭收获颇丰，范仲淹撰写墓志铭却分文不取。“公为人作铭文，未尝受遗，后作范忠献铭，其子欲以金帛谢，拒之，乃献以所畜书画，公悉不收，独留《道德经》而还，戒之曰：‘此先君所藏，世之所宝，某窃以为宗家惜之，毋为人得也！’”[①]

此书记载，范仲淹十分尊敬自己的伯乐，终身常怀感恩之心。“公以晏元献荐入馆，终身以门生事之，后虽名位相亚，亦不敢少变。庆历末，晏公守宛丘，文正过南阳，道过特留，欢饮数日，其书题门状犹称‘门生’，将别，投诗云‘曾入黄扉陪国论，却来绛帐受师资’之句，闻者皆叹服。”[②]

范仲淹知人善任，从国家利益出发选拔、应用人才。“公为参知政事日，欧阳修、余靖、蔡襄、王素为谏官，时谓之‘四谏’。四人力引石介，执政从之，公独曰：‘介刚正，天下所闻，然性亦好异，使为谏官，必以难行之事责人君必行，少咈其意，则引裾折槛，叩头流血，无所不为。主上富春秋，无失德，朝廷政事亦自修举，安用如此谏官也？’诸公服其言而罢。”[③]

黄伯思《东观余论》

黄伯思（1079—1118），字长睿，别字霄宾，自号云林子，福建邵武人，著有《东观余论》二卷。《东观余论》为黄伯思死后其子所辑，是宋代有一定影响的金石著作，对书法研究有重要的参考价值。其中一些条目记载了陶渊明、李白、杜甫等人的诗歌被书写的事，保存的一些序跋的版本也颇有价值。

惠洪《林间录》《补录》

惠洪《林间录》全称《石门洪觉范林间录》。其中记载的多为禅林中大

---

①佚名：《言行拾遗事录》，载《全宋笔记》第八编第10册，大象出版社，2017，第318—319页。

②同①，第319页。

③同①，第322页。

德、士绅之高行，也包含部分涉及文学思想的内容。

此书记载了白居易、欧阳修与僧人交往的情况，从中可以看出二人的禅学修养。“香山居士白乐天醉心内典，与之游者多高人胜士。观其与济上人书，钩深索隐，精确高妙，未尝不置卷长叹，想见其为人，恨不见济公所答耳。因作补济上人答乐天书一首，并乐天问词录于此。”[①]这篇答书很长，从中可见白居易对这一话题的兴趣。[②]此书卷上载：“欧阳文忠公昔官洛中。一日，游嵩山，却去仆吏，放意而往。至一山寺，入门修竹满轩，霜清鸟啼，风物鲜明。文忠休于殿陛旁，有老僧阅经自若，与语，不甚顾答。文忠异之，曰：‘道人住山久如？’对曰：‘甚久也。’又问诵何经，对曰：‘《法华经》。’文忠曰：‘古之高僧临生死之际，类皆谈笑脱去，何道致之耶？’对曰：‘定慧力耳。’又曰：‘今乃寂寥无有，何哉？’老僧笑曰：‘古之人念念在定慧，临终安得乱？今之人念念在散乱，临终安得定？’文忠大惊，不自知膝之屈也。”[③]欧阳修与僧人探讨禅理程度之深，由此可见一斑。

①释惠洪：《林间录》卷下，载《全宋笔记》第九编第1册，大象出版社，2017，第195页。

②全文见释惠洪：《林间录》卷下，载《全宋笔记》第九编第1册，大象出版社，2017，第195—199页。

③释惠洪：《林间录》卷上，载《全宋笔记》第九编第1册，大象出版社，2017，第173—174页。

第三章

南宋前期（1127—1194）笔记的文学思想

第一节　概述

南宋前期指高宗、孝宗、光宗统治时期。南渡以后，宋代笔记中的文学思想有了新的变化，但其关注对象并非与北宋笔记截然不同。其中既有对传统话题的申说，也加入了新的时代课题。

这段时期的笔记比较重视探讨文学创作与政治的辩证关系，大多认为在统治者优待文士、文化政策宽松的时期，文学能够得到良性发展，而党禁、文字狱等则会妨碍文学发展。这段时期的宋代笔记中，既有对本朝文学家在政治旋涡中浮沉事迹的记述，也有对中唐时期文人与政治关系的记录与总结。

南宋前期的笔记最显著的特点，是包含记载和评说北宋党争的内容，对于党争形成的原因，当时文人各自的阵营、主要的政治主张，党争对文化政策的影响，党争对作家命运、地域文化、文人关系的影响等都有论述。

从北宋后期开始的新旧党争过程曲折。熙宁变法中，新党推行新法，得到宋神宗的支持，旧党则遭到排挤和打击。文学大家苏轼、黄庭坚、秦观等人的命运因此受到影响。元丰八年（1085）三月，神宗去世，新法失去了最大的支持者。哲宗即位，高太后垂帘听政，开启元祐更化，全面起用以司马光为代表的旧党，废除新法。王安石推行的文化政策被大幅度更改，他推行的《三经新义》被焚毁，科举内容也发生了一些变化。苏轼及苏门四学士的诗文受社会欢迎的程度则不断高涨。宋徽宗时期，重新执政的新党不遗余力地全面打击元祐党人，宋徽宗、蔡京等全面禁毁苏轼、黄庭坚等的诗文，苏黄二人的影响降到冰点，其文集甚至名字都会成为招祸的因素。苏轼、黄庭坚对文学的示范和引领作用被扼杀。北宋灭亡，宋室南渡，随着宋高宗及赵鼎等人对王安石新法的全面否定，苏黄二人在政治上获得了新生，其文学影响范围因此报复性扩大，在宋高宗最爱的元祐党人政治倾向的引导下，江西诗派在诗坛上占主导地位。黄庭坚也成为苏轼以后文化上实际的精神领袖。表现在当时的笔记中，最突出的特点就是对苏轼、黄庭坚抱有极高的关注度。

特别值得重视的是，在南宋前期，苏轼受到前所未有的尊崇。当时的笔记对苏轼的生平，苏轼对自身政治主张的坚持，苏轼实事求是、执着的可爱形象多有描绘。这一时期的笔记也关注苏轼的贬谪生涯，注重其中的细节，思考苏轼人生的丰富性，挖掘其伟大人格的内涵。对苏轼关心民生，努力为百姓做事，在不同地方不同的岗位上，都能从实际出发为百姓服务，并因此深得百姓爱戴这一点，笔记也进行了淋漓尽致的展示。这一时期笔记中的苏轼，眼中没有坏人，与人为善，无论处境如何，都能交到热心相助的朋友，对于自己的政敌，也能不计前嫌，交往切磋；苏轼热爱生活，兴趣广泛，注重生活质量，在困苦中也能种药酿酒，自制美食、观赏山水、谈禅论道、品鉴书画、进行文艺创作，甚至在洗头泡脚等最平淡的小事中都能发现新的价值；苏轼能够在不幸中实现对传统价值观的超越，把对苦难的超越与对内在生命意义的发现作为衡量人生价值的新标准，从而实现个体生命的内在升华；苏轼门庭广大，乐于奖掖、提携后学，不摆老师的架子，后学对苏轼的爱戴，也不因苏轼的穷达而变；苏轼全面学习传统文化，不拘泥于一家一派，入乎其内，出乎其外，取其精华，为我所用，主儒术力避其迂腐僵化，杂佛老而不沉溺于虚无避世，既能积极进取，又能看淡名利，得意时不张狂，失意时仍乐观，善于从宏观的格局思考人生，从人生的细节开掘生命的意义。从这些笔记作者对苏轼的记载中不难看出，苏轼对这些笔记作者的吸引力极大，这些笔记在不自觉地开掘苏轼文化人格的历史意义。

北宋文人在论及文学创作的前期积累时，比较注重读书、诗法，注重内在功夫，宋室南渡以后，南宋文人对文学创作进行了新的时代审视。江西诗派在新时代产生了新的变化，对闭门读书的内在功夫的怀疑乃至否定，成为时代的新趋向。陆游、范成大、周必大、洪迈、王明清等人的笔记突出强调社会阅历对创作的重要作用。对于学习经典，这些笔记作者也有了新的理解，认为不应闭门苦读，应该在游历中体味经典，这一时期的大量笔记，在描绘山川风物、风土人情时引用唐代及本朝诗文，作者对照实景、实情、实物，身临其境，更能体味诗文描写的逼真、语言的精工。这种倾向在诗话中很难表现出来，却明明白白体现于笔记中，可惜尚未引起宋代文学研究者的重视。

这一时期的笔记注重作家人格的修养，在中国传统养气论中融入了新的时代内容，推崇谦虚博大、胸怀宽广、独立思考，敢于反思批判、善于奖掖人才的人格，赞扬爱国主义、务实为民的情怀，注重作家多方面的艺术修养，如金石、书画、音乐、园林、花卉等，重视人生磨难对文学创作的作用。

这一时期的笔记中文学创作论创获颇多，提倡结构合理、首尾呼应，特别重视结尾的妙笔点染、寓意无穷；重视真情实感，反对矫揉造作；对于诗歌用典的关注度很高，对用典技巧的总结归纳新见迭出，推崇精确用典；在语言上提倡简约、自然流畅、精工省净、风格多样，反对千人一面；对各种修辞手段，如比喻、对仗、叠字等的分析也不乏真知灼见。

对科举制度及它与文学关系的探讨，在这一时期仍然是文学思想的重要内容。发解试、省试、殿试的发展变化，考试内容的改革，各地录取名额的分配，录取的人数等，在笔记中都有不少记载。笔记从各种角度探讨科举制度，如宰相队伍中有哪些科举人才，某个地区科举入仕者的数量，某些家族中父子、兄弟皆中举的情况，科举录取数量与地域文化积淀之关系，等等。这表明，宋室南渡后，宋朝原有的文化思维与社会上的普遍心态，还是有相当大的惯性。偏安的局面使得恢复原来的秩序成为可能。这一时期笔记的数量比起前两个时期大幅度增加，使得这一课题在笔记中被讨论得更加深入、全面。

科举考试内容上的变化在这一时期的笔记中引起了较高的关注。宋初，诗赋是主要考试内容，熙宁二年（1069）至元丰末，科举改制成为新法的重要内容，熙宁三年（1070）殿试试策问，给了举子们一个突然袭击，然而之后，殿试又改为只试策，并逐步罢诗赋而恢复经义考试。元祐初，旧党上台，废除王安石新法。旧党内部就诗赋与经义试策进行了激烈的争执，最后将进士科分为经义进士与经义兼诗赋进士。北宋灭亡，政权南移，有识之士痛定思痛，对王安石新法进行了深刻的反思。从笔记来看，实用主义与人文精神的丧失，急功近利所引起的高尚价值观的被扭曲，都被时人认为是经义考试的直接后果。建炎二年（1128）起，诗赋进士只试诗赋，不再兼经义；经义进士由治两经改为只治一经，进士科实际上一分为二。绍兴三十一年（1161）又恢复了两科分立之制。这一时期笔记对科举内容的变化、诗赋与经义取士的优劣、二者变革消长的历程、社会对考试内容变化的态度，以及科举内容变化对文学创作的影响均有描述。诗赋取士对文学创作的推动作用不能忽视，但效果也不是立竿见影的，这一点笔记的记载比较客观公允。

这一时期的笔记关注科举对作家基本素质提高、基本能力训练、个体视野开阔、彼此交往增多的作用，甚至科举本身也成为各类文学体裁所表现的内容。庞大的科举队伍与宋代作家队伍的快速壮大之间关系密切，这一点也得到当时笔记的关注与思考。

对科举考试的弊病及其对文学创作的负面影响，这一时期笔记有所涉及。科举考试里的时文无疑是社会的风向标。为了考取功名，一些文人收敛自己的创作个性，一生奔走在应考路上。尽管宋代科举录取人数比唐代有了很大幅度的增加，但是金榜题名者仍是少数，凄凉落第者为多数。从笔记中对特奏名情况的生动描绘看，一直考到五十多岁甚至六十岁都没有考上的考生不在少数。一幕幕悲喜剧的周而复始，必然导致社会上产生扭曲的科举心态。首先是笔记中产生了大量的科名前定的故事，这种故事在北宋前期笔记中已经出现，在北宋后期大量增加，到这一时期数量达到顶点。由于科举考试能否成功，不是由自身的努力与时间的投入决定的，当时的文人苦苦寻找成功的理由，有的归因于看不到的神，有的归因于阴司，更多的人则用梦来解释。科名前定论既是及第的读书人多年努力终获成功的兴奋剂，更是屡屡落第的士子的麻醉剂。仕途显达的人制造这些故事，以成功者的心态炫耀自己的成功；落第的人在悲伤中用这些故事治疗自己的伤痛，以备再战；社会则以此作为茶余饭后的谈资，因此，这一类故事越来越多，士子也更加热衷于求神问卜。

有一些观念经历了从北宋到南宋逐步发展的过程。北宋初君臣上下重视读书，到北宋后期将前人典实作为诗文创作的重要储备，再到江西诗派提出夺胎换骨、点铁成金的理论主张，至南宋前期，笔记中常出现作诗当以学问为根基，不能以才气为根基的观点。除了读书，这一时期的笔记对于北宋大家为文时的勤勉程度十分重视。对于北宋大家的取法对象，南宋前期的笔记也是比较认可的。这些笔记大多认为，欧阳修、苏轼的创作不是天马行空的，而是师法一流、继承创新的结果。所谓的“一流”，便是杜甫之诗、韩愈之文、颜真卿书法、吴道子的画。南宋前期笔记对李白、杜甫两位诗人的评价，大多数比较客观。不过，从学习和继承的角度去考量，绝大多数笔记认为李白的诗是天才所致，不易学，不可学，杜甫则无疑是最好的学习对象。

这一时期笔记中的文体学思想也比北宋的笔记丰富，除了传统诗文持续受到关注，赋、四六、墓志、碑记、表及各种应用文体都在笔记中得到论述。这些笔记或推溯文体产生源头，或陈述发展历程，或总结文体特点，或点评名家作品，或摘句、摘段，或论继承与创新，或论某一文体与其他文体之关系，不一而足，其中不乏有识之见；对于宋代古文运动的复杂历程、重要人物、功过是非也有细致的论析。

尊体与破体一直是北宋后期至南宋前期笔记关注的对象。从南宋开始，笔记更加倡导破体。在南宋前期笔记中，以文为诗、以赋为诗、以古入律、以诗为词、以赋为文、以文为赋、以文为四六等做法，很多时候不再被看作应批评的对象，反而被看作创新的标志。这说明，宋朝文人建立一代文学风格的信心，不但没有因为国运的衰落而丧失，反而由于偏安一隅的环境而更加坚定。

对于文学继承与创新的问题，南宋前期笔记中的思考更加深入，论述也更加通达与切合实际。一些笔记重视文学的继承，不做宏观论述，而是认真思考具体问题，对构思、结构、语言乃至一联一句的创作技巧等进行深入探讨。这一时期的笔记习惯穷根溯源，寻找诗句最原始的作者，不因后来者的名气、地位、成就而失去溯源考证的热情。对最早的创新者的尊崇成为这一时代的共识，即使李白、杜甫、韩愈、柳宗元、欧阳修、苏轼、黄庭坚等人取法的对象声名很低，也绝对不抹杀其首创之功，这样做的目的是鼓励创新。随着思考的深入，这一时期的笔记对文学创作这一复杂的过程表现出更为系统、理性的态度，对创作中的雷同现象也不是一味抨击，而是采取具体问题具体分析的态度。当时的笔记承认暗合的存在，认为存在与古人暗合、与同时代人暗合、有构思的暗合、语言的暗合等现象。

对于文学批评，当时的笔记主张客观公正，排除成见，实事求是，知人论世，还原创作的具体背景。

第二节　重要笔记的文学思想

程俱《麟台故事》

程俱（1078—1144），字致道，衢州开化（今属浙江）人，著有《麟台故事》，此书虽以记载馆阁典章制度的源流沿革为主，但也包含较多涉及文学思想的内容，其中记载宋代皇帝重视科举、重视文学的材料尤其丰富。

第一，此书记载了宋朝早期重视文化的举措。

例如，宋太祖时期编《文苑英华》，对前代文学进行总结。“太平兴国七年，诏翰林学士承旨李昉，翰林学士扈蒙，给事中、直学士院徐铉，中书舍人宋白，知制诰贾黄中、吕蒙正、李至，司封员外郎李穆，库部员外郎杨徽之，监察御史李范，秘书丞杨砺，著作佐郎吴淑、吕文仲、胡汀，著作佐郎、直史馆戴贻庆，国子监丞杜镐，将作监丞舒雅等，阅前代文集，撮其精要，以类分之，为《文苑英华》。续命翰林学士苏易简，中书舍人王祐，知制诰范杲、宋湜与宋白等共成之。雍熙三年上之，凡一千卷。”①

不仅宋太祖如此，宋真宗也重视整理儒家经典及前代典章，“咸平四年九月，翰林侍讲学士、国子祭酒邢昺，直秘阁杜镐，秘阁校理舒雅，直集贤院李维，诸王府侍讲孙奭，殿中丞李慕清，大理寺丞王焕、刘士玄，国子监直讲崔偓佺，表上重校定《周礼》《仪礼》《公羊》《穀梁传》《孝经》《论语》《尔雅》七经疏义，案《玉海》：‘咸平三年三月癸巳，命邢昺等校定《周礼》《仪礼》《公羊》《穀梁传》正义，又重订《孝经》《论语》《尔雅》正义。’距此表上之日凡一载有半。凡一百六十五卷。案《玉海》云：‘一本作一百六十三卷。’命摹印颁行，赐宴于国子监。昺加中散大夫，镐等并迁秩。至景德二年九月，又命侍讲学士邢昺、两制详定《尚书》《论语》《孝经》《尔雅》错误文字，以杜镐、孙奭被诏详校，疏其谬误故也”②。卷二又载：“咸平三年十月，上命翰林学士承旨宋白，起居舍人、知制诰李宗谔修《续

①程俱：《麟台故事》卷二，载《全宋笔记》第二编第9册，大象出版社，2006，第229页。
②同①，第229—230页。

通典》，以秘阁校理舒雅，直集贤院李维、石中立、王随为编修官，直秘阁事杜镐为检讨官。四年九月成二百卷，上乃诏特付秘阁。先是，淳化中太宗命翰林学士苏易简与三馆文学之士撰集此书，会易简等各莅他务，罢其事；至是，复诏成之。”①此书还记载了宋真宗爱惜人才、重视科举的事迹，“咸平元年三月壬申，赐及第进士孙仅等宴于琼林苑，学士、两制、尚书、侍郎、馆阁直官、校理皆预，后常以为故事”②。

另外，宋仁宗很爱文学，常与大臣唱和：“仁宗每著歌诗，间命辅臣、宗室、两制、馆阁官属继和。天圣四年四月乙卯，内出《后苑双头牡丹芍药花图》以示辅臣，仍令馆阁官为诗赋以献。”③

第二，此书记载了一些文学家的事迹，对全面研究其文学与人生很有价值。

例如，王安石任地方官时，颇有政声，许多大臣向朝廷推荐提拔他，朝廷召试，他以家贫亲老推辞，这固然表明王安石谦逊、安贫乐道，但也是一种政治智慧。“景祐三年四月，宰臣文彦博言：‘直史馆张瓌十余年不磨勘，朝廷奖其退静，尝特迁两官。今自两浙转运使代还，差知颍州，亦未尝以资序自言。殿中丞王安石进士第四人及第，旧制一任还，进所业求试馆职。安石凡数任，并无所陈，朝廷特令召试，而亦辞以家贫亲老，且文馆之职，士人所欲，而安石恬然自守，未易多得。大理评事韩维尝预南省高荐，自后五六岁不出仕宦，好古嗜学，安于退静。并乞特赐甄擢。’召赐张瓌三品服，召王安石赴阙，俟试毕别取旨，韩维下学士院与试。然二人者卒不就试。至和二年始以维为史馆检讨。嘉祐元年瓌同修起居注。四年安石直集贤院。”④

此书中还有关于文学家晏殊少年早慧、才华出众的记载。“景德初，抚州进士晏殊年十四，特召试诗赋各一首，乃赐进士出身。后二日，复召试诗赋论三题于殿内，移晷而就，上益嘉之，以示辅臣及两制、馆阁考卷官，

①程俱：《麟台故事》卷二，载《全宋笔记》第二编第9册，大象出版社，2006，第229、234页。

②程俱：《麟台故事》卷五，载《全宋笔记》第二编第9册，大象出版社，2006，第259页。

③同②，第260页。

④程俱：《麟台故事》卷三，载《全宋笔记》第二编第9册，大象出版社，2006，第243页。

擢为秘书省正字，赐袍笏，令阅书于秘阁。”[①]

叶梦得《石林燕语》《避暑录话》《岩下放言》《玉涧杂书》

叶梦得（1077—1148），字少蕴，号石林居士，原籍吴县（今江苏苏州），居乌程（今浙江湖州）。作为两宋之际的一位重要作家，叶梦得有很高的文学修养和造诣，他的笔记作品《石林燕语》《避暑录话》《岩下放言》《玉涧杂书》在宋代笔记中有一定的代表性。据作者自序，《石林燕语》创作完成于建炎二年（1128）——“建炎二年……平日所见闻，日以废忘，因令栋汇集为十卷，以《石林燕语》名之……八月望日，石林山人序”，其中记录了很多宋代文人之间交往唱和的事迹，乃至一些文学家没有收录于文集中的诗歌，并对当时及前代的诗文创作发表了自己的见解。这些记载为我们了解宋代文学的相关情况、了解文人的创作情况和叶梦得的文学思想，提供了丰富的资料。

叶梦得流传于世的作品中，最为人称道的，除了《石林词》《石林燕语》，便是《石林诗话》。《石林诗话》中多有不满江西诗派之论，提倡缘情体物的自然天工，批评雕琢过甚的牵率之弊。此前宋代诗话多偏于论事，自叶梦得开始注重艺术规律探索，“开启了南宋反江西诗派诗学思想的先河”[②]。叶梦得在笔记中对于诗文和作家的评论，同样体现出他的文学思想和诗歌理论主张，研究他的笔记，不仅有助于更加深入地认识他的诗论，也可从中了解当时文坛的趋势。

一、创作论

1. 自然天成

叶梦得在《玉涧杂书》中写道：

> 诗本触物寓兴，吟咏情性，但能输写胸中所欲言，无有不佳。而世多役于组织雕镂，故语言虽工而淡然无味，与人意了不相关。尝观陶渊明告俨等疏云“少学琴书，偶爱闲静。开卷有得，便忻然

①程俱：《麟台故事》卷三，载《全宋笔记》第二编第9册，大象出版社，2006，第243页。

②张少康：《中国文学理论批评史教程》，北京大学出版社，1994，第168页。

> 忘食。见树木交荫，时鸟变声，亦复欢然有喜。尝言五六月中北窗下卧，遇凉风至，自谓羲皇上人"，此皆其平生真意。及读其诗，所谓"孟夏草木长，绕屋树扶疏。众鸟欣有托，吾亦爱吾庐。既耕亦已种，时还读我书"。又"微雨从东来，好风与之俱"，直是倾倒所有备书于手，初不自知为语言文字也。此其所以不可及。谁无三间屋，夏月饱睡，读书藉木荫、听鸟声，而惟渊明独知为至乐，则知世间好事，人所均有，而不能自受用者，何可胜数。吾今岁辟东轩，自伐林间大竹为小榻，一夫负之可趋，择美木佳处，即曲肱跂足而卧，殆未觉有暑气。不知与渊明所享孰多少？但恨无此诗耳。①

这一段论述，表明叶梦得论诗注重"兴""味"，描写触物即目所生之感，抒发内心真实性情，反对在形式和语言上过分雕琢。因此，他认为陶潜能独知世间之乐。这与他在《石林诗话》中所主张的"意与言会，言随意遣，浑然天成""无所用意，猝然与景相遇，借以成章，不假绳削""缘情体物，自有天然工妙"，与钟嵘提倡的"皆由直寻"、自然天成的艺术境界相一致，体现了叶梦得对当时江西诗派以学问和文字为诗、雕琢过甚的风气的不满和批评。叶梦得提倡自然天成的美学观与苏轼倒是比较一致，因而他在笔记和诗话中对苏轼的文学创作不乏赞赏。有些人说叶梦得"阴抑元祐"，实际上是没有正确理解他的观念，他只是反对江西诗派的弊病而已。

2. 文由心生

叶梦得在《避暑录话》卷上对陶渊明、贾岛、杜甫进行了比较：

> 《归去来辞》云"云无心而出岫，鸟倦飞而知还"，此陶渊明出处大节，非胸中实有此境，不能为此言也。前辈论贾岛《送炭诗》云"暖得曲身成直身"，盖虽微事，苟出其情，终与摹写仿效牵率而成者异也。今或内实躁忿而故为闲肆之言，内实柔懦而强作雄健之语，虽用尽力，使人读之终无味。杜子美云"水流心不竞，云在意俱迟"，吾尝三复爱之。或曰子美安能至此？是非知子美者。方至德、大历之

①叶梦得：《玉涧杂书》，载《全宋笔记》第二编第9册，大象出版社，2006，第364页。

间，天下鼎沸，士固有不幸罹其祸者，然乘间蹈利、窃名取宠亦不少矣。子美闻难间关，尽室远去。及一召用，不得志。卒饥寒，转徙巴峡之间而不悔，终不肯一引颈而西笑，非有不竞迟留之心安能然？耳目所接，宜其了然，自与心会。此固与渊明同一出处之趣也。[①]

叶梦得认为，陶渊明《归去来兮辞》中那种悠然世外的意境是陶渊明内心世界的真实写照，若无这样超然的人生态度，写不出这样的语句。他认为，贾岛的《送炭》，虽然说的是小事，但发之于实情，跟那些牵强附会的临摹之作不同。他认为杜甫“耳目所接，宜其了然，自与心会”，因为有不竞迟留之心，所以能写出“水流心不竞，云在意俱迟”之句，与陶渊明有异曲同工之妙。这些例证均强调作诗必须有真情实感，必须反映自己内心的真实性情，才能动人；矫揉造作之诗，创作时用力再大，刻画再精，读来也是索然无味。叶梦得批评当时有些作家内心急躁愤狷，而故作闲适旷放之言；内心怯懦柔弱，却故作雄深雅健之词，因此即便用尽浑身解数，也不能真正表现出那样的况味。这颇符合我们今天对于文学风格的认识。

再者，叶梦得认为志趣不同，其状物用事亦不相类。例如，《避暑录话》卷上《张平子作〈归田赋〉》一条，指出“人生天地之间，要当与万物各得其欲，不但适一已也”，评论张衡《归田赋》：“兴意虽萧散，然序所怀，乃在‘仰飞纤缴，俯钓长流，落云间之逸禽，悬渊沉之鲂鳍’……必残暴禽鱼以自快，此与驰骋弋猎者何异？”他认为，张衡之所以不能与外物平等共情，乃是由于其心中有不平之气，志在有所得，而非真正志在田园——“本见汉室多事，欲去以远祸，未必志在田园，姑有激而言耳”；陶渊明《归去来兮辞》描写“携幼入室，有酒盈樽。悦亲戚之情话，乐琴书以消忧”则是“真得事外之趣。读之，能使人盎然，觉其左右草木无情物，亦皆舒畅和豫”[②]，这是由于陶渊明的志趣与自然相融合，处处表露真情，物我同化。叶梦得强调，“发于胸中者”不类，则文字气格亦不同。张衡与陶渊明虽皆作归田之作，但因为心中志气不同，所以对表现对象的选择和意境的营造不同，从对二人作品的褒贬之中，可以看出叶梦得认为，写田园之志，自己

①叶梦得：《避暑录话》卷上，载《全宋笔记》第二编第10册，大象出版社，2006，第258页。
②同①，第233页。

也应达到物我融合、自然和谐之境界。

从上述评论中可以看出叶梦得对陶渊明的推崇，在《石林诗话》中，他所持的观点也是如此。陶渊明及陶诗受重视，是北宋新旧党争的结果。随着新旧党争日益加剧，文人畏祸的心态日益炽盛，杜甫的忠君思想在他们心中渐次消解，而陶渊明“论怀抱则旷而且真”[①]的个性特征和冲淡闲远的风格，得到了他们的赞赏和推崇，成为在官场上饱受煎熬的士大夫追求心灵自由和随遇而安人生境界的桥梁。陶渊明那种出处进退全由性情、诗文全由“平生真意”的洒脱旷达的境界，成为文人尤其是官场退隐文人的最佳效仿对象。叶梦得对陶渊明的推崇也多见于他退居卞山时所作笔记之中，此时的他，经历了官场争斗，因不合当权者之意而离开官场，陶渊明的“出处大节”和田园作品无疑于他心有戚戚焉。同时，陶诗自然无华而韵味悠长的风格，也是纠正江西诗派刻意修琢、文意涩滞之病的有力武器，故而他在诗论中屡屡提及陶渊明。

3. 诗歌技巧

叶梦得对诗歌的一些具体技巧，如用韵、用典等的相关情况也有记述，如《玉涧杂书》中《唐以前人和诗》条：

> 唐以前人和诗，初无用同韵者，直是先后相继作耳。顷看《类文》，见梁武同王筠《和太子忏悔诗》云仍取筠韵，盖同用路字十韵也。诗人以来，始见有此体。筠后又取所余未用者十韵，别为一篇。所谓“圣智比三明，帝德光四表”者，比次颇新巧。古诗之工，初不在韵，王筠盖欲自出奇，后遂为格。乃知史于诸文士中独言筠善押强韵以此。[②]

叶梦得的记载不仅对王筠作品具有校勘意义，而且对于我们研究诗歌用韵问题具有参考意义。清代赵翼《陔余丛考》卷二三《和韵》条，就

①萧统：《陶渊明集序》，载俞绍初《昭明太子集校注》卷五，中州古籍出版社，2001，第200页。

②叶梦得：《玉涧杂书》，载《全宋笔记》第二编第9册，大象出版社，2006，第364页。

是根据叶梦得的这段记载确认了六朝已有和韵之诗的。[1]从叶梦得所言可以推测，王筠当时先用“路”字十韵作诗，梁武帝也用同韵作诗，之后王筠用剩下的十韵作诗，他们是先选出二十个韵字，才作诗的。这种先强制限定诗韵的作诗方式，充分说明当时对诗歌形式技巧的重视和追逐，充满了以诗为戏和文字竞赛的意味。叶梦得记录了诗歌发展过程中逐步注意应用声韵的过程。他认识到，从不注重押韵到重视格律，是诗人为不断创新而钻研诗歌规律的必然结果，并肯定了王筠如史书所载善于用韵。在叶梦得的记述中，我们看不出他对诗歌用韵的批判，由此可知，他虽然反对江西诗派末流的雕琢字句之病，但并非一味反对所有对形式技巧的探索。在宋代，诗歌格律和音韵早已成为规则，这种观念符合历史发展的规律和趋势。

《避暑录话》卷上《洛阳伽蓝记》条，则讨论了借代的运用方式，指出以人代物之不当，符合借代这一修辞手法的运用规律。

4. *以禅说诗*

叶梦得在《石林诗话》中表现出来的以禅说诗的特点，在他的笔记中也同样有所体现。例如，《玉涧杂书》中《陶渊明作形影相赠与神释之诗》条，解读了陶渊明《形影神》一诗，“自谓世俗惑于惜生，故极陈形影苦，而释以神之自然。……此释氏所谓断常见也”，认为陶渊明“真能达生而遗世，不但诗人之辞。使其闻道更进一间，则其言岂止如斯而已乎？”叶梦得的言外之意是，陶渊明如果习过禅宗，则能够达到更高境界，此诗好则好矣，犹有不足，“不知饮酒而寿，为善而皆见，知则神亦可汲汲而从之乎？似未能尽了也”[2]。江西诗派以禅说诗，主要着眼于悟诗法，叶梦得则重在悟诗境，这种以禅境论诗境的思想，对严羽的诗论也有影响。又如，《玉涧杂书·今岁中秋》，对寒山《寒山颂》与雪窦禅师在翠峰寺时所作咏月诗做了比较，以禅语说诗：“月一也，寒山以为无物可比而不可说，雪窦以为无人可说而不可说。可说乎？不可说乎？吾不能奈静，聊复造此一重公案。”叶梦得在诗歌风格上讲求于散淡旷远之中有雄浑气

①赵翼《陔余丛考》：“叶石林《玉涧杂书》谓《类文》有梁武帝同王筠《和太子忏悔诗》，云仍取筠韵，则六朝已有此体，以后罕有为之者，至元、白始立为格耳。”

②叶梦得：《玉涧杂书》，载《全宋笔记》第二编第9册，大象出版社，2006，第362页。

象，故而他赞扬陶渊明之“事外之趣”，又赞美李白“今人不见古时月，今月曾经照古人”（《把酒问月》）之“意气本自超出宇宙”[①]。

二、文体论

1. 文系乎其人

叶梦得评论骈文和散文时，强调“文系乎其人”，注重创新。《岩下放言》卷上云：

> 古书多奇险，或谓当时文体云尔。《列子》字古而辞平，《老子》字与辞俱平，偶俪音谐，略同秦汉间工于文者，而视古则稍异。乃知奇险未必皆其体，亦各自其为之者。至孟子、庄周雄辨闳衍，如决江河，如蒸云雾，殆不可以文论，盖自为其道出之。《商书》《伊训》《说命》等作非不平，而《盘庚》特异。周《诗》雅颂非不平，而《鸱鸮》《云汉》二篇殆不容读，岂非系其人乎？使西汉之文不传，后世但见《太玄》，谓西汉皆然，亦不可矣。文章自东汉后颇衰，至齐梁而扫地，岂惟其文之衰？观当时人物立身谋国，未有一特然出群者，何以独能施之于文？至唐终始二百年，仅能成一韩退之。使退之如王、杨、卢、骆之徒，亦不能为矣。[②]

这一段话对先秦至唐代的文章进行了概括和评述。首先，驳斥了一些人关于古书多奇险是当时文体使然的观点。叶梦得对《列子》《老子》进行了概括评价，来证明“奇险未必皆其体，亦各自其为之者”，同时认为《老子》偶俪音谐，跟上古之文不同，近于秦汉之间工于文章者之作；继而论说《孟子》《庄子》“雄辨闳衍”是由于要阐发各自的大道；接着举《尚书》《诗经》中例证，说明整部作品中有平易者也有奇险特异者；又论证《太玄》与西汉大多数文章亦不相同；最终讨论东汉之后文章之衰及韩愈文起八代之衰之事。其例证皆能够证明，奇险并非当时文体的普遍特

---

①叶梦得：《玉涧杂书》，载《全宋笔记》第二编第9册，大象出版社，2006，第369页。

②叶梦得：《岩下放言》卷上，载《全宋笔记》第二编第10册，大象出版社，2006，第321—322页。

性。其次，叶梦得暗示，奇险的文章未必皆是好文章，平顺之文未必都不好。古书有奇险之佳作，也有平顺之佳作，如《老子》，因此不必刻意追求奇险。再次，叶梦得认为，有特然出群之人方有特然出群之文，这种“文系乎其人”的观点，把握住了文章特点与作家个人素质特性相关的规律。叶梦得认为，东汉至唐代文章衰落，乃是因为缺乏特立独行之人，故曰“岂惟文章之衰”。唐代自然并非只有韩愈一个特立独行之人，叶梦得强调韩愈在个性气质上与王、杨、卢、骆的不同，却忽略了时代发展的影响和文学发展的渐进性，这自然是其不足，不过也有可能，他是希望宋代文士能够有所借鉴，写作文章时从“立身谋国”“特然出群”处着眼，而非仅仅着眼于文章写作技巧。

2. 文贵创新

文体论方面，《避暑录话》卷上评述了七体的发展：

> 东方朔始作《答客难》，虽扬子云亦因之作《解嘲》，此由是《太玄》《法言》之意，正子云所见也，故班固从而作《答宾戏》。东京以后，诸贤以《释诲》《应问》纷然迭起，枚乘始作《七发》，其后遂有《七启》《七摅》等，后世始集之为《七林》。文章至此，安得不衰乎？唯韩退之、柳子厚，始复杰然知古作者之意。古今文辞变态已极，虽源流不免有所从来，终不肯屋下架屋。《进学解》即《答客难》也，《送穷文》即《逐贫赋》也。小有出入，便成一家。子厚《天问》《晋问》《乞巧文》之类，高出魏晋，无后世因缘卑陋之气。至于诸赋，更不蹈袭屈、宋一句，则二人皆在严忌、王褒上数等也。①

从这段论述中，不仅可以弄清设问体和七体的发展情况，更可明了叶梦得于文章力求创新之要求。韩柳虽以复古为旗帜，“杰然知古作者之意”，实际上在前人基础上出入变化，不蹈袭前人，因此才能够高人一等。“《进学解》即《答客难》也，《送穷文》即《逐贫赋》也。小有出入，便成一家。”这里指出，对前代作品的继承、模仿、学习中，最重要的在于能够变。能否

①叶梦得：《避暑录话》卷上，载《全宋笔记》第二编第10册，大象出版社，2006，第274—275页。

处理好继承与创新的关系，也是判定作家能力高下的标准之一。叶梦得尤其肯定韩柳对赋的创新，认为一味模仿，“屋下架屋”，便只能“衰”。

又如，《避暑录话》卷下《韩退之作〈毛颖传〉》条，记载了南朝俳谐文在唐宋的创作情况：

> 韩退之作《毛颖传》，此本南朝俳谐文《驴九锡》《鸡九锡》之类而小变之耳。俳谐文虽出于戏，实以讥切当世封爵之滥，而退之所致意，亦正在“中书君老不任事，今不中书”等数语，不徒作也。文章最忌祖袭，此体但可一试之耳。《下邳侯传》世已疑非退之作，而后世乃因缘换仿不已。司空图作《容成侯传》，其后又有《松滋侯传》。近岁《温陶君》《黄甘陆吉》《江瑶柱》《万石君传》，纷然不胜其多，至有托之苏子瞻者，妄庸之徒遂争信之。子瞻岂若是之陋耶？中间惟《杜仲》一传杂药名为之，其制差异，或以为子瞻在黄州时出奇以戏客，而不以自名。余尝问苏氏诸子，亦以为非是。然此非玩侮游衍有余于文者不能为也。[①]

上面这段话体现了叶梦得对以文为戏的态度。宋人对谐谑之文普遍接受度高，这也影响了叶梦得，因此对韩愈的《毛颖传》这样在唐代曾经被张籍、裴度批评过的作品，他是持肯定态度的。不过，叶梦得认为，这类文体本游戏之作，“但可一试之耳”，“俳谐文虽出于戏，实以讥切当世封爵之滥”，虽对以文为戏表示理解，但更强调其警世之用：“退之所致意，亦正在‘中书君老不任事，今不中书’等数语，不徒作也。”联系南渡的时代背景和当时一些文人仍乐于创作俳谐文的情况，叶梦得对载道之义的强调，与宋人经世致用的内在精神相一致，无疑有其深刻用意，显现出他不从流俗的一面。叶梦得还明确提出“文章最忌祖袭”，对《毛颖传》于南朝俳谐文的学习创新予以肯定，对后世仿作的缺乏新意表示批评。这是切中要害的评价。宋代俳谐文整体上缺乏原创作品那种审美冲击力，由于读者对幽默的表现手法已经很熟悉，仿作很难再制造出令人惊奇的喜剧

---

①叶梦得：《避暑录话》卷下，载《全宋笔记》第二编第10册，大象出版社，2006，第338—339页。

效果。叶梦得对托名苏轼的作品予以辨析，可看出他对苏轼文学才能的赞许。他这样做也是为了阐明文贵创新之意。“非玩侮游衍有余于文者不能为也”，体现了他对俳谐文创作的矛盾态度，一方面不主张一味以文为戏，认为只可偶然一试，另一方面也认为这的确能表明作者的创作才能。

叶梦得《避暑录话》卷上《士大夫作小说》条展现了他对小说的看法：

> 士大夫作小说，杂记所闻见，本以为游戏，而或者暴人之短，私为喜怒，此何理哉！世传《碧云騢》一卷，为梅圣俞作，皆历诋庆历以来公卿隐过，虽范文正亦不免。议者遂谓圣俞游诸公间，官竟不达，怼而为此以报之。君子成人之美，正使万有一不至，犹当为贤者讳，况未必有实。圣俞贤者，岂至是哉！后闻之，乃襄阳魏泰所为，嫁之圣俞也。此岂特累诸公，又将以诬圣俞。欧文忠《归田录》自言，以唐李肇为法而少异者，不记人之过恶，君子之用心当如此也。①

从叶梦得引欧阳修《归田录》可知，这里的“小说”，所指更近于笔记小说。叶梦得认为，小说杂记见闻，有娱乐之用，肯定了《归田录》“以唐李肇为法而少异者”，强调不能将笔记用为挟私报复的工具，主张“求实”和为贤者讳。这是对宋代笔记创作中主观态度影响笔记真实性的批评，也表明当时对尚实的笔记和崇尚虚构的真正意义上的小说在概念上尚无明确区分。同时，这体现了叶梦得对史料笔记的重视和偏爱。

骈文方面，《避暑录话》卷上《前辈作四六》条，记录了北宋初、中期文人写作骈文“不肯多用全经语，恶其近赋也”，除非“意有适会，亦有不得避者”，绝不牵强使用经语的事例。叶梦得举苏轼作《吕申公制》和刘挚《青州谢上表》为例，说明经语要用得合适。此书记录了骈文在北宋晚期的创作情况：“自大观后，时流争以用经语为工，于是相与裒次排比，预蓄以待用。不问其如何，粗可牵合则必用之，虽有甚工者，而文气扫地矣。”②叶梦得对片面依靠使用儒家经句来显示自己工于文章，只求铺排

①叶梦得：《避暑录话》卷上，载《全宋笔记》第二编第10册，大象出版社，2006，第264—265页。

②同①，第263页。

对仗的工整，而不问是否合乎文意的做法十分不满，认为牵强堆叠，自然文义不通，即使文字工整，也会文气扫地。由此可见，北宋初、中期只重形式的雕章琢句之风到北宋晚期在骈文中仍未消失，在诗论上主张自然天成的叶梦得，自然对此持批评态度。

三、作家作品论

叶梦得对具体作家作品的评论，亦多允当，如《避暑录话》卷上《李文定公坐与丁晋公不相能》条，评论裴度作品道："集中又有在太原题厅壁一绝句，云：'危事经非一，浮荣得是空。白头官舍里，今日又春风。'则此公胸中亦未得全为无事人，绿野之游岂易得哉！裴公固不特以文字名世，然诗辞皆整齐闲雅，忠义端亮之气，凛然时见，览之每可喜也。"[①]这体现了叶梦得文如其人的观点和对忠义之士的推崇。《石林燕语》卷八《苏子瞻尝称陈师道诗》条，记载了苏轼对陈师道诗的赞赏，也表明了苏轼心目中好诗的标准是"凡诗，须做到众人不爱可恶处，方为工"[②]。叶梦得亦对此表示赞同。《避暑录话》对作家作品最著名的评论乃是卷下对于秦观的评价：

> 秦观少游亦善为乐府，语工而入律，知乐者谓之作家歌。元丰间盛行于淮楚。"寒鸦万点，流水绕孤村"，本隋炀帝诗也，少游取以为《满庭芳》辞，而首言"山抹微云，天粘衰草"，尤为当时所传。苏子瞻于四学士中最善少游，故他文未尝不极口称善，岂特乐府？然犹以气格为病，故常戏云："山抹微云秦学士，露花倒影柳屯田。""露花倒影"，柳永《破阵子》语也。[③]

这段话说明，秦观词的创作特点是"语工而入律，知乐者谓之作家歌""然犹以气格为病"。元丰元年（1078）四月，秦观入京应举，途经徐州并拜访苏轼，元丰八年（1085）方登第，元祐初经苏轼推荐任职，才成为苏轼门人，且并未参与熙宁、元丰间的政治论争。但元丰年间，他的词名已经

①叶梦得：《避暑录话》卷上，载《全宋笔记》第二编第10册，大象出版社，2006，第225页。
②叶梦得：《石林燕语》卷八，载《全宋笔记》第二编第10册，大象出版社，2006，第116页。
③叶梦得：《避暑录话》卷下，载《全宋笔记》第二编第10册，大象出版社，2006，第286页。

盛行于淮楚，由此可知他成名早于入苏门。至于那句“山抹微云秦学士，露花倒影柳屯田”的戏评，则早已是尽人皆知，时常被称引了。

综上所述，叶梦得的笔记作品不仅保存了大量关于宋代社会生活的文献资料，也从创作论、文体论、作家作品论等方面展现了叶梦得的文学思想，其中不乏真知灼见，并可从中看出宋代的文学创作情况，折射出当时的审美风尚和文学思潮，因此具有不可忽视的价值。

何薳《春渚纪闻》

何薳（1077—1145），字子远，一字子楚，自号韩青老农，建州浦城（今陕西蒲城）人，有《春渚纪闻》十卷。此书分杂记、东坡事实、诗词事略、杂事琴事附墨说、记研、记丹药六类。书中包含丰富的文学思想，是记载苏轼人生轨迹、文学创作历程的重要笔记之一，值得重视。

《春渚纪闻》卷一《坡谷前身》载：“世传山谷道人前身为女子，所说不一。近见陈安国省干云：山谷自有刻石记此事于涪陵江石间。石至春夏为江水所浸，故世未有模传者。刻石其略言：山谷初与东坡先生同见清老者，清语：坡前身为五祖戒和尚。而谓山谷云：‘学士前身一女子，我不能详语。后日学士至涪陵，当自有告者。’山谷意谓涪陵非迁谪不至，闻之亦似愦愦。既坐党人，再迁涪陵，未几，梦一女子语之云：‘某生诵《法华经》，而志愿复身为男子，得大智慧，为一时名人。今学士某前身也。学士近年来所患腋气者，缘某所葬棺朽，为蚁穴居于两腋之下，故有此苦。今此居后山有某墓，学士能启之，除去蚁聚，则腋气可除也。’既觉，果访得之，已无主矣。因如其言，且为再易棺，修掩既毕，而腋气不药而除。”①

《春渚纪闻》卷一《种柑二事》载：“东坡先生《惠州白鹤峰上梁文》云：‘自笑先生今白发，道傍亲种两株柑。’时先生六十二岁也，意谓不十年不著子，恐不能待也。章申公父银青公俞年七十，集宾亲为庆会。有饷柑者，味甘而实极瑰大。既食之，即令收核种之后圃，坐人窃笑盖七八也。后公食柑十年而终。”②

此书记载了苏轼与隐逸画家李颀交往的过程。《春渚纪闻》卷五《李

①何薳：《春渚纪闻》卷一，载《全宋笔记》第三编第3册，大象出版社，2008，第178—179页。
②同①，第180页。

朱画得坡仙赏识》载："李颀字粹老，不知何许人。少举进士，当得官，弃去，乌巾布裘为道人，遍历湖湘间。晚乐吴中山水之胜，遂隐于临安大涤洞天，往来苕溪之上，遇名人胜士，必与周旋。素善丹青，而间作小诗。东坡倅钱塘日，粹老以幅绢作《春山》横轴，且书一诗其后，不通姓名，付樵者，令俟坡之出投之。坡展视诗画，盖已奇之矣，及问樵者：'谁遣汝也？'曰：'我负薪出市，始经公门，有一道人与我百钱，令我呈此，实不知何人也。'坡益惊异之。即散问西湖名僧辈，云是粹老。久之，偶会于湖上僧居，相得甚喜。坡因和其诗，云'诗句对君难出手，云泉劝我早抽身'是也。粹老画山，笔力工妙，尽物之变，而秀润简远。非若近世士人略得其形似，便复轻訾前人，自谓超神入妙，出于法度之外者。然不能为人特作，世所有者绝少，得其小屏幅纸，以为宝玩也。薳家所藏二横轴，一《雪山》，一《春晴》，自兵火已来，余物散尽，此二画幸常在老眼耳。又松陵朱象先，东坡先生盖尝与之叙文云'能文而不求举，善画而不求售'者。其画始规摹董北苑与巨然，而自出新意。笔力高简，润泽而有生理，出许道宁、李远辈之上。但其为人，既经东坡先生题目之后，不肯为人轻作，又不为王公大人所屈，世所传者亦不甚多。其在嘉兴日，毛泽民为郡守，于郡城绝景处增广楼居，名月波者，日与宾客燕息其上，常延致朱象先，为作一大屏，真近世绝笔。但日来赏鉴之家未免征逐时好，未有深知其二人者。后遇真赏，有捐千金而求其一笔者不获，始以余言为不谬也。粹老二横轴，续仲永后得之，其子承休归郑公辅也。"①

此书生动地展现了苏轼在被贬生涯中的心路历程。被贬黄州，苏轼断绝与朋友的来往，生活困顿，躬耕自足，走近山水，发现自我，超越自我。《春渚纪闻》卷六《营妓比海棠绝句》载："先生在黄日，每有燕集，醉墨淋漓，不惜与人。至于营妓供侍，扇书带画，亦时有之。有李琪者，小慧而颇知书札。坡亦每顾之喜，终未尝获公之赐。至公移汝，郡将祖行，酒酣奉觞再拜，取领巾乞书。公顾视久之，令琪磨砚，墨浓，取笔大书云：'东坡七岁黄州住，何事无言及李琪。'即掷笔袖手与客笑谈。坐客相谓：'语似凡易，又不终篇，何也？'至将彻具，琪复拜请，坡大笑曰：'几忘出场。'继书

①何薳：《春渚纪闻》卷五，载《全宋笔记》第三编第3册，大象出版社，2008，第231—232页。

云：‘恰似西川杜工部，海棠虽好不留诗。’一座击节，尽醉而散。”[①]在幽默达观的生活中，苏轼已经超越了人生的苦难。《春渚纪闻》卷六《牛酒帖》载：“先生在东坡，每有胜集，酒后戏书，以娱坐客，见于传录者多矣。独毕少董所藏一帖，醉墨澜翻，而语特有味。云：‘今日与数客饮酒，而纯臣适至，秋热未已，而酒白色，此何等酒也？入腹无脏，任见大王。既与纯臣饮，无以侑酒，西邻耕牛适病足，乃以为炙。饮既醉，遂从东坡之东直出，至春草亭而归，时已三鼓矣。’所谓春草亭，乃在郡城之外，是与客饮私酒，杀耕牛，醉酒逾城，犯夜而归。又不知纯臣者是何人，岂亦应不当与往还人也。”[②]

宋神宗在新旧党争中对苏轼复杂微妙的心态，在此书中表现得十分细致入微，比起正史本传更加生动。《春渚纪闻》卷六《裕陵眷贤士》载：“先生临钱塘郡日，先君以武学博士出为徐州学官，待次姑苏。公遣舟邀取至郡，留款数日，约同刘景文泛舟西湖。酒酣，顾视湖山，意颇欢适，且语及先君被遇裕陵之初，而叹今日之除，似是左迁。久之复谓景文曰：‘如某今日余生，亦皆裕陵之赐也。’景文请其说，云：某初逮系御史狱，狱具，奏上，是夕昏鼓既毕，某方就寝，忽见一人排闼而入，投箧于地，即枕卧之。至四鼓，某睡中觉有撼体，而连语云‘学士贺喜’者。某徐转仄问之，即曰‘安心熟寝’，乃挈箧而出。盖初奏上，舒亶之徒力诋上前，必欲置之死地。而裕陵初无深罪之意，密遣小黄门至狱中视某起居状。适某昼寝，鼻息如雷，即驰以闻。裕陵顾谓左右曰：‘朕知苏轼胸中无事者。’于是即有黄州之命，则裕陵之恕，念臣子之心，何以补报万一。后先君尝以前事语张嘉父，嘉父云：公自黄移汝州，谢表既上，裕陵览之，顾谓侍臣曰：‘苏轼真奇才。’时有憾公者，复前奏曰：‘观轼表中犹有怨望之语。’裕陵愕然曰：‘何谓也？’对曰：‘其言“兄弟并列于贤科”与“惊魂未定，梦游缧绁之中”之语。盖言轼、辙皆前应直言极谏之诏，今乃以诗词被谴，诚非其罪也。’裕陵徐谓之曰：‘朕已灼知苏轼衷心，实无他肠也。’于是语塞云。”[③]《春渚纪闻》卷六《裕陵惜人才》载：“公在黄州，都下忽盛传公病

---

①何薳：《春渚纪闻》卷六，载《全宋笔记》第三编第3册，大象出版社，2008，第241—242页。

②同①，第243—244页。

③同①，第239—240页。

殁。裕陵以问蒲宗孟，宗孟奏曰：'日来外间似有此语，然亦未知的实。'裕陵将进食，因叹息再三，曰：'才难。'遂辍饭而起，意甚不怿。后公于哲庙朝表荐先子博士，备论云：'先皇帝道配周孔，言成典谟，盖尝当食不御，有"才难"之叹。'其说盖出于此。"①

创作是苏轼生命的一部分，更是他实现人生价值的途径之一，给他提供了不竭的快乐源泉。《春渚纪闻》卷六《文章快意》载："先生尝谓刘景文与先子曰：'某平生无快意事，惟作文章。意之所到，则笔力曲折无不尽意。'自谓世间乐事无逾此者。"②苏轼对创作的勤奋，不因人生的逆与顺而改变，不因年事高而改变，创作在他心目中，是与为民谋福祉一样神圣的事业。《春渚纪闻》卷六《坡仙之终》载："冰华居士钱济明丈，尝跋施纯叟藏先生帖后云：建中靖国元年，先生以玉局还自领海，四月，自当涂寄十一诗，且约同程德孺至金山相候，既往迓之，遂决议为昆陵之居。六月，自仪真避疾渡江，再见于奔牛埭。先生独卧榻上，徐起谓某曰：'万里生还，乃以后事相托也。惟吾子由，自再贬及归，不复一见而决，此痛难堪。'余无言者，久之复曰：'某前在海外，了得《易》《书》《论语》三书，今尽以付子，愿勿以示人。三十年后，会有知者。'因取藏箧，欲开而钥失匙。某曰：'某获侍言，方自此始，何遽及是也。'即迁寓孙氏馆，日往造见，见必移时，慨然追论往事且及人间，出领海诗文相示，时发一笑，觉眉宇间秀爽之气照映坐人。七月十二日，疾少间，曰：'今日有意，喜近笔研，试为济明戏书数纸。'遂书《惠州江月》五诗。明日，又得《跋桂酒颂》。自尔疾稍增，至十五日而终。"③

苏轼创作态度十分认真、一丝不苟，《春渚纪闻》卷六《著述详考故实》载："秦少章言：公尝言观书之乐，夜常以三鼓为率，虽大醉归，亦必披展至倦而寝。然自出诏狱之后，不复观一字矣。某于钱塘从公学二年，未尝见公特观一书也。然每有赋咏及著撰，所用故实，虽目前烂熟事，必令秦与叔党诸人检视而后出。"④

此书善于运用对比，言简意赅地分析不同作者的写作特色。《春渚纪

①何薳：《春渚纪闻》卷六，载《全宋笔记》第三编第3册，大象出版社，2008，第240页。
②同①，第237页。
③同①，第237—238页。
④同①。

闻》卷五《唐子西论文》载："唐子西言：司马迁敢乱道却好，班固不敢乱道却不好。不乱道又好，是《左传》；乱道又不好，是《唐书》。八识田中，若有一毫《唐书》，亦为来生种子矣。"①

此书通过对比，展现了苏轼、黄庭坚、秦观的诗歌特点，《春渚纪闻》卷七《苏黄秦书各有僻》载："东坡先生、山谷道人、秦太虚七丈，每为人乞书。酒酣笔倦，坡则多作枯木拳石以塞人意；山谷则书禅句；秦七丈则书鬼诗。余家收山谷所书禅句三十余首，有云：'牵驴饮江水，鼻吹波浪起。岸上蹄踏蹄，水中嘴对嘴'与'自是钓鱼船上客，偶除须鬓着袈裟。佛祖位中留不住，夜来依旧宿芦花'。此二诗，人间计有数十百纸矣。'百花桥下木兰舟，破月冲烟任意流。金玉满堂何所恋，争如年少去来休。'又'溘尔一气散，去托万鬼邻。四大不自保，况复满堂亲。膏血污厚土，化作丘中尘。空床横白骨，奄忽千岁人。'秦七丈屡书此二诗，余所藏大字小字，各有二本。"②《春渚纪闻》卷七《后山评诗人》载："《后山诗评》云：'诗欲其好，则不能好。王介甫以工，苏子瞻以新，黄鲁直以奇，独子美之诗奇常、工易、新陈无不好者。'至荆公之论，则云：'杜诗固奇，就其中择之，好句亦自有数。'岂后山以体制论，荆公以言句求之耶。"③

文学大家创作时看似脱口而出，文章天成，其实内在都精益求精，大家尚且如此，其他人更要反复推敲，方能求工。《春渚纪闻》卷七《作文不惮屡改》载："自昔词人琢磨之苦，至有一字穷岁月，十年成一赋者。白乐天诗词，疑皆冲口而成，及见今人所藏遗稿，涂窜甚多。欧阳文忠公作文既毕，贴之墙壁，坐卧观之，改正尽善，方出以示人。薳尝于文忠公诸孙望之处得东坡先生数诗稿，其《和欧叔弼》诗云'渊明为小邑'，继圈去'为'字，改作'求'字，又连涂'小邑'二字，作'县令'字，凡三改乃成今句。至'胡椒铢两多，安用八百斛'，初云'胡椒亦安用，乃贮八百斛'，若如初语，未免后人疵议。又知虽大手笔，不以一时笔快为定，而惮于屡改也。"④

此书记载了苏轼用字新奇、准确传神的诗例，《春渚纪闻》卷七《穿云

①何薳：《春渚纪闻》卷五，载《全宋笔记》第三编第3册，大象出版社，2008，第228页。
②何薳：《春渚纪闻》卷七，载《全宋笔记》第三编第3册，大象出版社，2008，第257页。
③同②，第259页。
④同②，第249—250页。

裂石声》载："东坡先生和岗字诗云：'一声吹裂翠崖岗。'薳家藏公墨本，诗后注云：昔有善笛者，能为穿云裂石之声，别不用事也。"[①]

此书记载韩愈善于奖掖后进，循循善诱，平易近人。《春渚纪闻》卷五《玉川昌黎月蚀诗》载："施彦质言：玉川子诗极高，使稍入法度，岂在诸公之下。但讳以诗人见称，故时出狂语，聊以惊世耳。韩退之有《效玉川子月蚀诗》，读之有不可晓者，既谓之'效'，乃是玉川子诗，何也？亦常闻叶天经云：玉川子既作此诗，退之深爱之，但恨其太狂，因削其不合法度处，而取其合者附于篇，其实改之也。退之尊敬玉川子，不敢谓之'改'，故但言'效'之耳。"[②]

吕本中《师友杂志》《紫微杂说》

吕本中（1084—1145），初名大中，字居仁，京师（今河南开封）人。著有《师友杂志》一卷，《紫微杂说》一卷，其中包含一定的文学思想。

第一，吕本中重视时代风尚与文艺的关系。

例如，他认为，"《乐记》天高地下，万物散殊，而礼制行矣。流而不息，合同而化，而乐兴焉。《孔子闲居》，天有四时，春秋冬夏，风雨霜露，无非教也。地载神气，神气风霆，风霆流形，庶物露生，无非教也。清明在躬，志气如神，嗜欲将至，有开必先，天降时雨，山川出云。其在诗曰：'嵩高维岳，峻极于天。维岳降神，生甫及申。维申及甫，维周之翰。四国于蕃，四方于宣。'此文、武之德也。凡此之类，皆道理含蓄，示人之意深也。学者若比较同异，循文讨义，以求有得，则失之远矣。凡此等语，皆不可以文字言语求者也。然此皆圣贤自说己分上事，或是赞扬此理，学者涵味可也，未须妄求，枉费思虑。"[③]"神爵、五凤之间，天下殷富，数有嘉应。宣帝颇作歌诗，欲兴协律之事。丞相魏相奏言：'知音善鼓雅琴者，赵定、龚德。'皆召见待诏。而益州刺史王襄使王褒作《中和乐职》诗歌，大学下转而上闻。夫宣帝号明主，而魏相亦名贤臣也。作歌诗兴协律事，此侈心已生，有奢泰之渐矣。而魏相不能以道规谏，反进赵定等以谀悦之，君臣相与如

---

①何薳：《春渚纪闻》卷七，载《全宋笔记》第三编第3册，大象出版社，2008，第252页。

②何薳：《春渚纪闻》卷五，载《全宋笔记》第三编第3册，大象出版社，2008，第228—229页。

③吕本中：《紫微杂说》，载《全宋笔记》第三编第6册，大象出版社，2008，第32页。

此，亦不自知其非也。欲治之主，睹此可不知自戒哉。”[①]

第二，吕本中的《师友杂志》介绍了江西诗派诸人与苏轼的友谊，对文人的坚贞志节与人品很推崇。

例如，“饶节，字德操，谢逸，字无逸，俱临川人。少皆有志节，相与友善，德操才高，而无逸学博。二人所为诗文，一时称重，不能优劣也。德操早去乡里，至黄州从潘大临邠老游，后游京师。元符间，客知枢密院曾布子宣家，子宣遇之极厚。上皇既践阼，稍收用旧人，德操上子宣书，请引用苏子瞻、黄鲁直诸公，不能，即辞去。崇宁初，客宿州，从予父祖游，后往邓州。荥阳公使之见香严智月师，遂悟道祝发，更名如璧，后由江淮间，与予家数相遇，相亲如骨肉也。无逸浮湛里闾，虽甚困，然未尝少屈。汪革信民，少饶、谢数岁，平生敬事二人如亲父兄”[②]。“汪信民试南省第一，颇受畜时文。无逸同试被黜，问信民用此何为？曰：‘恐登科须作学官，要此用而。’无逸曰：‘前日不免为此，为觅官计而，今尚复而，是无时而已也。’信民痛自咎责，尽取所畜时文焚之。”[③]“夏倪均父，先名侔。少能文乐善，其妻又贤，使均父多从贤士大夫游。饶德操每依均父，如家也。后德操作僧，所度弟子，皆令与均父诸子联名。”[④]“徐俯师川，少豪逸出众，江西诸人皆从服焉。崇宁初，见予所作诗，大相称赏，以为尽出江西诸人右也。其乐善过实如此。”[⑤]“汪信民初任潭州教授。张舜民芸叟作师，厚遇信民，且勉之学。时毕渐通判州事，芸叟深薄其人。后信民教授宿州，又师事荥阳公。信民尝言：吾平生有意于善，张、吕二公之力也。又因张六丈薄毕魁，有激发焉。”[⑥]

根据吕本中的记述，饶节佩服苏轼、黄庭坚高尚的人品、非凡的才华与全面的创作才能，因为向曾布推荐苏轼、黄庭坚不成，就辞去自己的差事。谢逸穷困也不失去高尚的气节，汪信民视为官如浮云，他们都是非凡之士。“朝廷有伉直之风，然后临难有死节之士。五代之际，能以端谨厚

①吕本中：《紫微杂说》，载《全宋笔记》第三编第6册，大象出版社，2008，第35页。

②吕本中：《师友杂志》，载《全宋笔记》第三编第6册，大象出版社，2008，第4页。

③同②。

④同②。

⑤同②，第4—5页、第5页。

⑥同②，第4—5页、第5页。

重，不忌嫉人，不为中伤，不为倾陷，已是极至。若责仗节死难，则犹阙焉。曹彬在朝，忠厚宽和，足师表一世，然史家称其未尝抗词忤旨，此乃为大臣功名之极，势须如此，然未可以为事君之法。五代之际，所以无死节之士，良由于此。为是事君之法，当如宋璟、颜真卿、萧复乃是极至。人主必欲有益于国，则当何用？亦曰当用伉直之士，缓急有益于己者耳。不然，累千百人，缓急之际，各自为计，亦何用哉。然则伉直之风，亦在人主奖进之耳。此是为国者切己利害也，唐太宗固知之矣。"①

第三，吕本中推崇勤奋创作和在作品中表现独特个性，吕本中虽为江西诗派中人，但对杜甫与黄庭坚的诗文不是邯郸学步，而是希望能独树一帜。"崇宁初，予家宿州，汪信民为州教授。黎确介然初登科，依妻家孙氏居。饶德操亦客居孙氏。每从予家游。三人者，尝与予及亡弟揆中由义会课，每旬作杂文一篇，四六表启一篇，古律诗一篇，旬终会课，不如期者罚钱二百。谢无逸因汪信民献书荥阳公，致师事之礼，且与予父子交。政和初，无逸至京师省试，尝寄予书，极相推重，以为当今之世，主海内文盟者，惟吾弟一人而已。又语外弟赵才仲云：以居仁诗似老杜、山谷，非也。杜诗自是杜诗，黄诗自是黄诗，居仁诗自是居仁诗也。"②杜甫是江西派推崇的鼻祖，而黄庭坚为"三宗"之首，他人唯恐别人不认可自己的诗像杜甫、黄庭坚，吕本中却不愿他人说自己的诗像杜诗、黄诗，表现出开宗立派的勇气。

在创作的积累上，吕本中强调广泛学习，转益多师，反对狭隘的师承。他认为，博学才能创新，而且要善于思考，对于不读书的时弊给予了无情的鞭挞。"范元实，崇宁中过符离，别后寄予书云：道一也。佛之所得，比孔子为狭，然岂容易可到？若学佛则有《楞严》《园觉》；学孔子则有《论语》《中庸》《大学》，须穷探力索，久自得之。然吾辈今日事业，直须多读书，考古人成败，作文章以法前人，又不可自屈沉也。万事不废，随事观理，他日自须脱然度越诸子。近见先生训人博学，而学者废书不观，反为害事。不然，只《论语》已自太多矣。"③《论语》虽为儒家经典，然而只学《论语》

---

①吕本中：《紫微杂说》，载《全宋笔记》第三编第6册，大象出版社，2008，第67页。

②吕本中：《师友杂志》，载《全宋笔记》第三编第6册，大象出版社，2008，第5页。

③同②，第13页。

而不能博览群书，只能偏狭而难以成家。

对于提高文学创作水平，吕本中认为只能依靠日积月累，没有捷径可循。“今日记一事，明日记一事，久则自然贯穿。今日辨一理，明日辨一理，久则自然浃洽。今日行一难事，明日行一难事，久则自然坚固。涣然冰释，怡然理顺。久自得之，非偶然也。”①“学问工夫，全在浃洽涵养。蕴蓄之久，左右采择，一旦冰释理顺，自然逢源矣。非如世人强袭取之，揠苗助长，苦心极力，卒无所得也。”②

第四，吕本中特别重视称赏奖掖后进的文学家。“宣和间，江公民表避方寇至京师，本中调官京师常得见之。民表喜韩维持国为人，且说：元丰中过颍昌，见持国，相遇极厚。民表以所为诗数十篇试之。明日以简相谢云：‘昨夜清华焚香，诵吾子诗，且摘十数联，过相称道。’因思前辈奖进后生不遗余力，观二公之志，岂可忘也。”③

第五，吕本中对待传统文学的态度，带有明显的理学家的色彩。解释《诗经》时，吕本中更多从儒家经典的角度解释，从教化人伦、弘扬理学的道德精神出发，其解释方式与文学的解释方式相距甚远。“《孟子》曰‘予不屑之教诲也者，是亦教诲之而已矣’。‘永矢勿过，永矢勿告’。‘亦庶几其君知我’自誓如此，而亦有悔心焉。纵其君之不能悔，亦庶几后世之为人君者，知贤者自誓如此，则思警戒而不敢至此极也。古之君子，求纳其君于善者，亦多术矣，是则诗人之志也。‘蒹葭苍苍，白露为霜’，叹岁月之晚也。‘所谓伊人，在水一方’，言道理之不远也。‘溯洄从之，道阻且长’，言逆道而求之，终不可近。‘溯游从之，宛在水中央’，言顺道而求之，则至近耳。”④

马永卿《懒真子》

马永卿，名大年，字永卿，广陵高邮（今属江苏）人，生卒年不详，著有《懒真子》五卷。《懒真子》是宋代学术笔记的代表之一，“而考证之文为

①吕本中：《紫微杂说》，载《全宋笔记》第三编第6册，大象出版社，2008，第45页。
②同①。
③吕本中：《师友杂志》，载《全宋笔记》第三编第6册，大象出版社，2008，第15页。
④同①，第39页。

多……皆引据确凿，不同臆说”[①]，其文学思想突出表现在重诗文考证，且注重记录对文学发展影响深远的文人的思想，具有较大的价值。

一、文学品评视角

文学政教论方面，马永卿强调诗歌的讽喻功能，如“右杜工部《严公厅咏蜀道画图》。是时，武跋扈，微有割据之意，故甫于诗讽之。云‘山不断’‘水相通’，以言蜀道不可割据也”[②]，马永卿特别推崇反映社会现实、揭露时弊之作，受到儒家温柔敦厚的诗论影响，同时强调诗歌反映现实时应做到怨而不怒，杜甫的诗歌无疑具有典范的意义。

> 《唐外戚传》云：“外家之成败，视主德之何如耳。”至哉，此言也！明皇之宠太真，极矣！故有马嵬之事。故《老子》云：“甚爱必大费。”《孟子》云：“不仁者，以其所不爱及其所爱。”惟老杜于此事殊为得体，诗云：“不闻商周衰，中自诛褒妲。”谓若此事自出于明皇之意，与夫“君王掩面救不得”相去远矣。[③]

杜甫的诗歌与白居易的《长恨歌》相比，更为君王讳，又不掩盖事实，符合“臣下事君之礼”[④]，所以得马永卿称赏。

再如，“汉时送葬之礼极厚。武帝之葬，昭帝幼弱，霍光不学，取金钱、财物、鸟兽、鱼鳖、牛马、虎豹、生禽凡百九十物，尽瘗藏之，又以后宫守园陵，于是园妾自此始矣。后世因之，遂不复变。白乐天有《园陵妾》诗，读者伤之”[⑤]。白居易综观历史，揭露了历代陪葬制度的奢侈，又特别鞭挞了后宫守陵的陋习。

对于诗歌的功用，马永卿继承儒家传统的中庸思想，最推崇《春秋》笔法，认为诗歌既要补察时弊，又要为尊者讳。

---

①四库馆臣所作《懒真子》叙录语，见《四库全书总目提要》卷一二一。

②马永卿：《懒真子》卷四，载《全宋笔记》第三编第6册，大象出版社，2008，第200页。

③同②，第190页。

④魏泰：《临汉隐居诗话·唐人咏马嵬之事者多矣》，载何文焕《历代诗话》，中华书局，1981，第324页。

⑤同②，第193页。

> 诗人之言，为用固寡，然大有益于世者，若《长恨歌》是也。明皇太真之事，本有新台之恶，而歌云：“杨家有女初长成，养在深闺人不识。”故世人罕知其为寿王瑁之妃也。《春秋》为尊者讳，此歌真得之。[①]

马永卿称赏白居易，主要是看中他为唐明皇霸占儿媳避讳，婉而多讽，含而不露，白居易十分巧妙地把握了分寸，正得风人之意。

有宋一代的文士多将经世致用作为自己立身处世的准则之一，马永卿之所以推举“文章合为时而著，歌诗合为事而作”的文学观念，同其注目现实的热情有着极为密切的联系。

文学兴趣论方面，马永卿认为诗文是展现作者心灵世界及情感活动的重要窗口，是作者内在情性的外化表现形式。例如，他欣赏沈传师以诗言志的做法。

> 沈传师《游岳麓寺》诗云：“承明年老辄自论，乞得湘守东南奔。”盖用严助故事也。严助为会稽太守，数年不闻问。赐书曰：“制诏会稽太守，君厌承明之庐，劳侍从之事。”今以《传师传》考之：穆宗时，“召入翰林为学士，改中书舍人。翰林阙承旨，次当传师，穆宗欲面命，辞曰：‘学士院长参天子密议，次为宰相。臣自知必不能，愿治人一方，为陛下长养之。’因称疾出”。遂以本官兼史职。俄出为湖南观察使。故传师于诗以见其志。[②]

马永卿的文学体式论，推重诗文的“远奥”之美。“远奥者，馥采典文，经理玄宗者也”[③]。在诗歌表情达意方面，马永卿比较称许委婉含蓄、耐人寻味的风格。

---

①马永卿：《懒真子》卷二，载《全宋笔记》第三编第6册，大象出版社，2008，第165—166页。

②马永卿：《懒真子》卷四，载《全宋笔记》第三编第6册，大象出版社，2008，第161—162页。

③刘勰：《文心雕龙义证》卷六，詹锳义证，上海古籍出版社，1989，第1014页。

“祸福茫茫不可期，大都早退似先知。当君白首同归日，是我青山独往时。顾索素琴应不暇，忆牵黄犬定难追。蛟龙作醢麟为脯，何似泥中拽尾龟。”右白乐天《游玉泉寺》诗。李训、郑注初用事，公知其必败，辄自刑部侍郎乞分司而归。时宰相王涯好琴，舒元舆好猎，故及之，而“拽尾龟”所以自谕也。龙醢事见《左氏》，“麟脯”事见《列仙传》。[①]

白居易以“拽尾龟”自况，化用《庄子·秋水》“此龟者，宁其死为留骨而贵乎？宁其生而曳尾于涂中乎”[②]的典故，巧妙地将自己不愿与权臣合作，自守高洁品性的志向委婉地表达出来，言已尽而味无穷。

马永卿也重视诗文的奇巧之美，主张诗文的创作不可一味因循固有的模式，应当敢于创新，在前人创作的基础上翻出自己的新意，强调要探索可以使文章新而丽的艺术技巧。“王禹玉年二十许，就扬州秋解，试《瑚琏赋》，官韵‘端木赐为宗庙之器’。满场中多第二韵用‘木’字。云：‘唯彼圣人，粤有端木。’而禹玉独于第六韵用之：‘上晞颜氏，愿为可铸之金；下笑宰予，耻作不雕之木。’则其奇巧，亦异矣哉！”[③]这实际上折射出宋人在文学上自我树立的自觉。

在诗文的奇巧方面，《懒真子》推崇韩愈的诗风，“‘夜梦神官与我言，罗缕道妙角与根。提携陬维口澜翻，百二十刻须臾间。’右退之《记梦》诗，殊为难解。仆尝考之，此乃言二十八宿之分野也……所谓‘壮非少者哦七言，六字常语一字难’者，只上所谓哦字也，退之欲神其字，故隐其语”[④]。

在重奇巧的体式论观点下，马永卿强调作品的“本色”，认为作品应当保持自己独特的风格，不能一味模仿名家名作：“‘吴兴老释子，野雪盖精庐。诗名徒自振，道心常晏如。想兹栖禅夜，见月东峰初。清磬落岩壑，焚香满空虚。夙慕端成旧，未识岂为疏。愿以碧云思，方君怨别余。茂苑文华地，流水古僧居。何当一游咏，倚阁吟踌躇。’右苏州招昼公诗。昼公即皎

①马永卿：《懒真子》卷四，载《全宋笔记》第三编第6册，大象出版社，2008，第192页。
②郭庆藩：《庄子集释》外篇《秋水》，王孝鱼点校，中华书局，2013，第537页。
③马永卿：《懒真子》卷三，载《全宋笔记》第三编第6册，大象出版社，2008，第156页。
④同①，第197页。

然也，居于湖。旧说皎然欲见韦苏州，恐诗体不合，遂作古诗投之。苏州一见，大不满意。继而皎然复献旧诗，苏州大称赏曰：‘几误失大名，何不止以所长见示，而辄希老夫之意？’且苏州诗格如此高古，而皎然卒然效之，宜乎不逮也。”①作家的个性不同、审美趣味不同，一味地模仿别人只是徒费工夫。

马永卿还推重诗文的高致之美：“长安慈恩寺塔，有唐新进士题名，虽妍媸不同，然皆高古有法度，后人不能及也……及雁塔成，褚遂良乃书二帝序记，安二碑于塔上，其后遂为游人咸集之地。故章八元诗云：‘七层突兀在虚空，四十门开面面风。却讶乌飞平地上，自惊人语半天中。回梯暗踏如穿洞，绝顶初攀似出笼。落日凤城佳气合，满城春树雨濛濛。’此诗人所脍炙，然未若少陵之高致也。杜诗人所易见，此更不录。”②马永卿所指杜甫诗乃其名作《同诸公登慈恩寺塔》。章氏此诗虽语言甚为工丽，对偶工整，想象奇绝，极富有画面感，却拘泥于“小我”情感的抒发，纯为写景而写景，没有味外之味；杜甫诗歌在语言工丽、气势豪迈外，跳出写景的拘束，寓规谏讽喻之意及个人喟叹在其中，“惜哉瑶池饮，日晏昆仑丘。黄鹄去不息，哀鸣何所投。君看随阳雁，各有稻粱谋”③，情感的力量极为动人心魄，有“高致”之美。可见，马永卿所推举的“高致”，既有兴象玲珑、音情顿挫的形式美，又有不拘于私情的家国情怀和内在情感力量。

在才性论方面，马永卿推重君子操守，强调士子对自身品格的修砺，提倡内圣的“标韵”之德。“唐世士大夫崇尚家法，柳氏为冠，公绰唱之，仲郢和之，其余名士亦各修整。旧传柳氏出一婢。婢至宿卫韩金吾家，未成券，闻主翁于厅事上买绫，自以手取视之，且与驵侩议价。婢于窗隙偶见，因作中风状仆地。其家怪问之，婢云：‘我正以此疾，故出柳宅也。’因出外舍，问曰：‘汝有此疾，几何时也？’婢曰：‘不然。我曾伏事柳家郎君，岂忍伏事卖绢牙郎也？’其标韵如此，想是柳家家法清高，不为尘垢卑贱，故婢化之，乃至如此。”④

《懒真子》记载了当时不少文人谦虚博大、胸怀宽广的行为，卷二载：

---

①马永卿：《懒真子》卷一，载《全宋笔记》第三编第6册，大象出版社，2008，第159页。

②马永卿：《懒真子》卷二，载《全宋笔记》第三编第6册，大象出版社，2008，第173页。

③杜甫《同诸公登慈恩寺塔》。

④同②，第166页。

温公熙宁、元丰间，尝往来于陕、洛之间，从者才三两人，跨驴道上，人不知其温公也。每过州县，不使人知。一日，自洛趋陕时，陕守刘仲通讳航，元城先生之父也，知公之来，使人迓之，公已从城外过天阳津矣。刘遽使以酒四樽遗之，公不受。来使酷云："若不受，必重得罪。"公不得已，受两壶。行三十里，至张店镇，乃古傅岩故地，于镇官处借人，复还之。后因于陕之使宅建"四公堂"，谓召公、傅公、姚公、温公，此四公者，皆陕中故事也。唐姚中令，陕之硖石人，今陕县道中路旁有姚氏墓碑，徐峤之书并撰。①

司马光的人格精神由此可见一斑。

马永卿对当时文人相轻、人心不古的现象甚为不满，推崇互相尊敬，善于奖掖后进的文人。

唐时前辈多自重，而后辈亦尊仰前辈而师事之，此风最为淳厚。杜工部于《苏端薛复筵简薛华醉歌》首云："文章有神交有道，端复得之名誉早。"又云："坐中薛华善醉歌，醉歌自作风格老。"一篇之中，直呼三人之名，想见当世士人一经老杜品题，即有声价。故当世愿得其品题，不以呼名为耻也。近世士大夫，老幼不复敦笃，虽前辈诗中亦不敢斥后进之名，而后进亦不复尊仰前辈，可胜叹哉！②

才性论方面，马永卿推重士子的独立思考能力及批评精神，认为在对于前代作家生平、思想、创作的研究中，不可因循固有的观点，要有自己的见解，应"以志行逆人"，即根据文人的志意及品行来对之做出评价。"仆友王彦法善谈名理，尝谓世人但知韩退之不好佛，乃不知此老深明此意。观其《送高闲上人序》云：'今闲师浮屠氏，一死生，解外胶，是其为心，必泊然无所起；其于世，必淡然无所嗜。泊与淡相遭，颓堕委靡，溃败不可收拾。'观此言语，乃深得历代祖师向上休歇一路，其所见处，大胜裴休。"③

---

①马永卿：《懒真子》卷二，载《全宋笔记》第三编第6册，大象出版社，2008，第165页。
②马永卿：《懒真子》卷三，载《全宋笔记》第三编第6册，大象出版社，2008，第176页。
③同①，第166页。

马永卿认为，文士当有顿悟的慧根，应善于发现文字、语言之外的深意。

> 东坡至黄州，邀一隐士相见，但视传舍，不言而去。东坡曰：“岂非以身世为传舍相戒乎？”因赠以诗，末云：“士廉岂识桃椎妙，妄意称量未必然。”此盖用朱桃椎故事也。高士廉备礼请见，与之语，不答，瞪目而去。士廉再拜，曰：“祭酒其使我以无事治蜀耶？”乃简条目，州遂大治。东坡用事之切当如此，皆取隐士相见不言之意也。①

禅宗讲求“顿悟”“不立文字”，苏轼不答客人之问而瞪目离开，颇得禅宗神韵。

马永卿的诗歌源流论，不局限于讨论字句的继承，往往能推而广之，联系后来者对前人遗产的全面学习来综合探讨，常常慧眼独具，发前人之未发。

> 古人吟诗绝不草草，至于命题，各有深意。老杜《独酌》诗云：“步屧深林晚，开樽独酌迟。仰蜂粘落絮，行蚁上枯梨。”《徐步》诗云：“整履步青芜，荒庭日欲晡。芹泥随燕嘴，花蕊上蜂须。”且《独酌》则无献酬也，《徐步》则非奔走也，以故蜂蚁之类微细之物皆能见之。若夫与客对谈，急趋而过，则何暇视详至于是哉。仆尝以此理问仆舅氏，舅氏曰：“《东山》之诗盖尝言之：‘伊威在室，蟏蛸在户。町畽鹿场，熠耀宵行。’此物寻常亦有之，但人独居闲时乃见之耳。”杜诗之源出于此。②

结合创作的情景环境立论，细致分析，比仅仅指出源流更有价值。

对于人们对诗歌源流的误解，马永卿也能加以辨正，不掩盖这些误解中的妙处。“东坡诗云：‘剩欲去为汤饼客，却愁错写弄獐书。’‘弄獐’，乃

①马永卿：《懒真子》卷一，载《全宋笔记》第三编第6册，大象出版社，2008，第161页。

②马永卿：《懒真子》卷二，载《全宋笔记》第三编第6册，大象出版社，2008，第158—159页。

李林甫事。'汤饼'，人皆以为明皇王后故事，非也。刘禹锡《赠进士张盥》诗云：'忆尔悬弧日，余为座上宾。举箸食汤饼，祝辞添麒麟。'东坡正用此诗，故谓之'汤饼客'也。必食汤饼者，则世所谓长命面者也。"[①]

马永卿记载了古人用典时，为给文意服务，对典故内容进行修改的事例。"古今之事有可资一笑者，太公八十遇文王，世所知也。然宋玉楚词云：'太公九十乃显荣兮，诚未遇其匹合。'东方朔云：'太公体行仁义，七十有二，乃设用于文武。'噫！太公老矣，方得东方朔减了八岁，却被宋玉展了十岁。"[②]他认为用典不能牵强，要自然而然，与文意贴合，巧妙而不露雕琢痕迹，自然而然地融入整首诗的风格之中，提倡"若出天成"的美感，可借用钱锺书先生的一段话以概言："如水中盐、蜜中花，体匿性存，无痕有味，现相无相，立说无说。"[③]马永卿最推崇杜甫、苏轼的用典，他对杜诗、苏诗的用典功力有很深的感悟。

> 杜工部《送重表侄王砅评事》诗云："秦王时在坐，真气惊户牖。"又云："次问最少年，虬须十八九。"然"十八九"三字，乃出于《丙吉传》云："武帝曾孙在掖庭外家者，至今十八九矣。"其语盖出于此。始信老杜用事若出天成，其大略如此，今特举此一篇。[④]

杜甫巧妙地用"十八九"的典故，表明王砅同自己的亲属关系，不使人有龃龉感，可谓自然天成。

又如，"绍兴六年夏，仆与年兄何元章会于钱塘江上。余因举东坡诗云：'天外黑风吹海立，浙东飞雨过江来。'元章云：'立字最为有功，乃水涌起之貌。老杜《三大礼赋》云：九天之云下垂，四海之水欲立。东坡之意，盖出于此。或者妄易立为至，只可一笑"[⑤]。苏轼巧妙地借用杜甫文章中的"立"字写风势之刚猛，烘托气氛，令人回味无穷，言近而旨远，颇有

---

①马永卿：《懒真子》卷三，载《全宋笔记》第三编第6册，大象出版社，2008，第180页。

②马永卿：《懒真子》卷一，载《全宋笔记》第三编第6册，大象出版社，2008，第158页。

③钱锺书：《谈艺录》第六十九则《随园论诗中理语》，生活·读书·新知三联书店，2008，第569页。

④同②，第160页。

⑤马永卿：《懒真子》卷五，载《全宋笔记》第三编第6册，大象出版社，2008，第214页。

司空图所言的“味外之旨”的意味。

马永卿对待古代遗产与今人创作的偶合现象，在认识上有一个不断修正看法的深化过程，表现出文学欣赏能力的提升与实事求是的态度。“仆少时在高邮学，读《送穷文》，至‘五鬼相与张眼吐舌，跳踉偃仆，抵掌顿脚，失笑相顾’，仆不觉大笑。时同舍王抃彦法问曰：‘何矧？’笑至甚为矧。仆曰：‘岂退之真见鬼乎？’彦法曰：‘此乃髑髅之深颦蹙频，盖想当然耳。且古人作文，必有所拟，此拟扬子云《逐贫赋》也。’仆后以此言问于舅氏张奉议，从圣。舅氏曰：‘不然。规矩，方圆之至也，若与规矩合，则方圆自然同也。若学问至古人，自然与古人同，不必拟也。譬如善射，后矢续前矢；善马，后足及前足，同一理也。’昨日读韩文，忽忆此话，今三十年矣，抚卷惊叹者久之。”①

在文学字句语义论方面，《懒真子》注重运用考证的手法对被人们误解的诗句语义进行辨讹，体现了独立的批评精神，如“《唐史》载：郑虔集当世事，著书八十余篇，目其书为会粹。老杜《哀故著作郎贬台州司户荥阳郑公虔》诗云：‘荟蕞何技痒。’又按《韵略》：‘荟，乌外切，草多貌，如荟兮蔚兮之荟。’‘蕞，徂外切，小也，如蕞尔国之蕞。’虔自谓其书虽多，而皆碎小之事也。后人乃误呼为会粹，意为会取其纯粹也，失之远矣。盖名士目所著书多自贬，若《鸡肋》《脞说》之类，皆是意也。‘技痒’者，谓人有技艺不能自忍，如人之痒也，老杜以谓虔私撰国史，亦不能自忍尔”②。

马永卿还注重运用考证的手法对诗文中人们难以理解的语义进行训解。“老杜《赠李潮八分歌》云：‘秦有李斯汉蔡邕，中间作者寂不闻。峄山之碑野火焚，枣木传刻肥失真。苦县光和尚骨立，书贵瘦硬方通神。’‘峄山之碑’至于‘苦县光和’，人多未详，王内翰亦不解。谨按：老子，苦人也，今为亳州卫真县。县有明道宫，宫中有汉光和年中所立碑，蔡邕所书。仆大观中为永城主簿日，缘檄到县，得见之。字画劲拔，真奇笔也。”③

《懒真子》中阐释诗句语义时所用的考证方法，主要表现在诗史互证

①马永卿：《懒真子》卷二，载《全宋笔记》第三编第6册，大象出版社，2008，第165页。
②马永卿：《懒真子》卷五，载《全宋笔记》第三编第6册，大象出版社，2008，第202页。
③马永卿：《懒真子》卷四，载《全宋笔记》第三编第6册，大象出版社，2008，第199页。

及知人论世上，卷三载：

《唐史·韩退之传》："擢监察御史，上疏极谏宫市，德宗怒，贬阳山令。"此说非也。集中自载《御史台论天灾人饥状》，故退之《寄三学士》诗云："是年京师旱，田亩少所收。适会除御史，诚当得言秋。拜疏诣阁门，为忠宁自谋？上陈人疾苦，无令绝其喉；下言畿甸内，根本理宜优。积雪验丰熟，幸宽待麦辨。天子恻然感，司空叹绸缪。谓言即施设，乃返迁炎州。"以此验之，其不因宫市明矣。然退之所论，亦一时常事，而遽得罪者，盖疏中有云"此皆群臣之所未言，陛下之所未知"，故执政者恶之，遽遭贬也。既贬，未几有八司马之事。使退之不贬，与刘、柳辈俱陷党中，则终身禁锢矣。或云：退之岂与柳、刘辈同乎？仆曰：退之前诗又云"同官尽才俊，偏善柳与刘"。使其不去，未必不落党中，然则阳山之贬，其天相哉？司空谓杜佑也，《宰相年表》十九年二月"佑检校司空"。[1]

此处以韩愈集中文章与本传中文字相互印证，既指出诗文创作的背景，又指出本传中关于韩愈被贬阳山原因的错讹，且引用史料《宰相年表》对诗中的"司空"予以确指，马永卿对诗意的训解令人信服。

《懒真子》推重"意深"的诗文，强调运用知人论世的方法对其中的深意进行挖掘，卷四载：

"清时有味是无能，闲爱孤云静爱僧。欲把一麾江海去，乐游原上望昭陵。"右杜牧之自尚书郎出为郡守之作，其意深矣。盖乐游原者，汉宣帝之寝庙在焉，昭陵即唐太宗之陵也。牧之之意，盖自伤不遇宣帝、太宗之时，而远为郡守也。藉使意不出此，以景趣为意，亦自不凡，况感寓之深乎！此其所以不可及也。[2]

---

①马永卿：《懒真子》卷三，载《全宋笔记》第三编第6册，大象出版社，2008，第175—176页。

②马永卿：《懒真子》卷四，载《全宋笔记》第三编第6册，大象出版社，2008，第188页。

马永卿运用知人论世的方法，揭示了杜牧名作《将赴吴兴登乐游原》的创作心理背景，咏景实为写情，挖掘出其“景趣”背后隐藏的怀才不遇的怨懑隐情。

马永卿敢于对名家名作中词句的语义提出疑问，如“杜牧之《华萼楼》诗云：‘千秋佳节名空在，承露丝囊世已无。唯有紫苔偏称意，年年因得上金铺。’……盖此楼久无人登，而苔藓生其门上矣。汉以金盘承露，而唐以丝囊。丝囊可以盛乎？此不可解”[①]。

《懒真子》评价诗歌语义，能够耐心体味，能从诗句的不同版本中发现线索，分析作者的构思之妙，注重诗文炼字的美感，以及诗文对读者在阅读作品时审美体验的启发，多有发明。卷一载：

> 五柳《与殷晋安别》诗，旧本十韵，第九韵云：“才华不隐世，江湖多贱贫。”第十韵云：“脱有经过便，念来存故人。”今世有本无第十韵，故东坡诗《送张中》亦止于“贫”字，云“不救归装贫”。又今本云：“游好非久长，一遇尽殷勤。”而旧本云：“游好非少长，一遇定殷勤。”盖其意云：吾与子非少时长时游从也，但今一相遇，故定交耳。此语最妙，识者自知之。[②]

马永卿认为，苏轼此诗倘用“少”“定”二字，能将二人相见恨晚的和谐亲密关系更生动地表现出来。同时，他注重让读者自行体味其中妙处，激发读者的阅读体验兴趣，使苏诗之妙意愈加直指人心。

对于文学欣赏，马永卿同样认为，应该耐心体味，只有亲临其境，与个人的经历相融合，才能真正体悟作者高超的艺术手法。只停留在字句的解读上，有时不免差之毫厘，失之千里。“‘秋灰初吹季月管，日出卯南晖景短。友生招我佛寺行，正直万株红叶满。光华闪壁见神鬼，赫赫炎官张火伞。然云烧树火实骈，金乌下啄赪虬卵。魂翻眼晕忘处所，赤气冲融无间断。有如流传上古时，九龙照烛乾坤旱。’右韩退之《游青龙寺》诗。仆旧读此诗，以为此言乃谕画壁之状。后见《长安志》云：‘青龙寺有柿万株。’此

---

①马永卿：《懒真子》卷二，载《全宋笔记》第三编第6册，大象出版社，2008，第167页。

②马永卿：《懒真子》卷一，载《全宋笔记》第三编第6册，大象出版社，2008，第157页。

盖言柿熟之状。'火伞''赪虬卵''赤气冲融''九龙照烛'，皆其似也。青龙寺在长安城中，白乐天《新昌新居》诗云：'丹凤楼当后，青龙寺在前。'以此可知长安诸寺多柿。故郑虔知慈恩寺有柿叶数屋，取之学书。仆仕于关陕，行村落间，常见柿连数里，欲作一诗，竟不能奇，每嗟'火伞'等语，诚为善谕。"①再如评杜甫《观打鱼歌》："仆亲见捕鱼，故知此诗之工。"②

二、文学思想的儒、释、道交融视角

如前所论，《懒真子》中文学思想具有鲜明的儒家思想特点，除了推重诗歌的讽喻现实功能，强调文士应具有高度责任感，尤为鲜明地表现在带有颇多的考据色彩上。

马永卿以儒家考据方法研究文学，主要表现在以下几方面：其一，重视对作家活动及诗文创作年代的考证，为编写作家年谱提供重要依据，如卷二载："退之《感二鸟赋》云：'贞元十五年五月戊辰，愈东归。'又云：'读书著文自七岁至今，凡二十二年。'以文集详考之，是年乃贞元十一年也。今按：贞元十一年，退之年二十八，是年三上书宰相，不遇而出关，故曰'自七岁至今，凡二十二年'。至十二年七月从董晋平汴州，至十五年二月晋薨。退之护丧归葬洛阳，半道闻汴州乱。退之既至洛阳，径走彭城省视其家，遂复在徐州节度使张建封幕下。是年五月作《董晋行状》，其后书云：'贞元十五年五月十八日，故吏前汴、宋、亳、颍等州观察推官、将仕郎、试秘书省校书郎韩愈状。'是时，退之年三十二，则知作《感二鸟赋》时，贞元十一年明矣，但后人误书十五年也。"③他以考据的方法，指出韩愈《感二鸟赋》创作年代之误，详细考证其正确创作年代，且指出《董晋行状》的创作时间，这无疑是编韩愈年谱时需要参考的重要资料。

其二，重视对文学作品的版本校勘，对歧出的文字进行辨讹从正，为后世对别集的校注提供重要参考，如卷一"世所传《五柳集》，数本不同，谨按：渊明乙丑生，至乙巳岁赋《归去来》，是时四十一矣。今《游斜川诗》

①马永卿：《懒真子》卷三，载《全宋笔记》第三编第6册，大象出版社，2008，第179—180页。

②杜甫此诗原文及马永卿亲见捕鱼之状，见《懒真子》卷四。

③马永卿：《懒真子》卷二，载《全宋笔记》第三编第6册，大象出版社，2008，第167页。

或云辛丑岁，则方三十七岁；或云辛酉岁，则已五十七。而诗云：‘开岁倏五十。’皆非也。若云‘开岁倏五日’，则正序所谓正月五日，言开岁倏忽五日耳。近得庐山东林旧本作‘五日’，宜以为正。又旧‘气和天象澄’作‘此象’，讹耳。集中如此类极多，今特举此一篇”①。

其三，重视对文献流传情况的考证。由此可以了解一些文献接受情况的变迁，如“《诗》《书》之序，旧同在一处，不与本篇相连。如《尧典》《舜典》以下，《关雎》《葛覃》以下，并一简牍而书之。至孔安国乃移之，故曰《书序》。序所以作者之意，昭然易见，宜相附近，故引之各冠其篇首。后毛公为《诗传》，亦复如是。故《逸书》《逸诗》之名可以见者，缘与今所存之序同此一处故也。若各冠其篇者，则亡之矣。盖其余则简编众多，故或逸之，今之《逸书》《逸诗》是也”②。

其四，注重运用参证的考证方法，对传疏文字中的缺失辨讹从正：“《庄子》之疏，有可以一大笑者。《徐无鬼》语武侯相马曰：‘直者中绳，曲者中钩，圆者中规，方者中矩。’谓马步骤回旋，中规矩钩绳也。故东野后以御见庄公，进退中绳，左右旋中矩，同一意也。《疏》乃以直为马齿，曲为马项，方为马头，圆为马眼。且世间岂有四方马头乎，故可以一大笑。”③

其五，重视运用旁证的考据方法，对被人们误解的诗文创作背景及内容进行考证。“‘志士感恩起，变衣非变姓。朋友改旧观，童仆生新敬。’右孟东野赠韩退之为行军司马诗。以《传》考之，非也。东野卒于元和九年，时退之为史馆修撰，至元和十二年冬，乃以右庶子为彰义军行军司马，而东野不及见也。前诗乃退之从董晋入汴州为汴州观察推官时诗也。退之年二十五及第，四五年不得官，至贞元十二年乃为董相从事，故有‘旧观新敬’之语。其后为中书舍人，左迁右庶子，乃为行军司马，位望隆盛久矣，何‘新敬’之说哉？”④

《懒真子》用经学考证的方法，多角度、广范围地对文学现象进行评析，且其中已有他校、对校、理校等考据方法的雏形。

《懒真子》的突出特点在于儒、释、道三家思想的融合，马永卿将佛

①马永卿：《懒真子》卷一，载《全宋笔记》第三编第6册，大象出版社，2008，第156页。

②同①，第156—157页。

③马永卿：《懒真子》卷五，载《全宋笔记》第三编第6册，大象出版社，2008，第209页。

④马永卿：《懒真子》卷二，载《全宋笔记》第三编第6册，大象出版社，2008，第169页。

家与儒家相并列，“给事学佛有见处，古君子也”[①]，认为佛与孔子可相提并论，认为他们均属于圣人。马永卿同样认为儒、道二家有内在相通之处。“田敬仲、田稚孟、田湣、田须无、田无宇、田开、田乞、田常，‘五世之后，并为正卿’，谓田无宇也。‘八世之后，莫之与京’，谓田常也。自齐桓公十四年陈公子完来奔，岁在己酉，至简公四年田常弑其君，凡一百九十二年，其事始验。《史记》但云‘田敬仲完世家’，不谓之齐，不与其篡也，与《庄子·胠箧》篇同义。”[②]他认为儒家的忠义观与谈论天下治乱之道、反对大盗窃国的《庄子·胠箧》相契合。在此基础上，《懒真子》更进一步，认为孔子学说亦可助庄子，如卷二载：“《庄子》之言，有与人意合者，今辄记之。《庄子》之言曰：‘地非不广且大也，人之所用容足耳。然侧足而垫之，致黄泉。’解之者曰：‘垫者，掘也。地亦大矣，人之所用，不过容足。若使侧足之外，掘至黄泉，则人战栗不能行矣。’仆因从而解之曰：所以然者，以足外无余地也。今有人廉也，而人以为贪；正也，而人以为淫。何也？以廉正之外无余地也。若云伯夷之廉也，柳下惠之正也，则人无不信者，以有余地也。故曰：君子能为可信，不能使人之必信。人若未信，当求之己，不可求之人。”[③]马永卿解释庄子此言时，无疑运用了儒家所提倡的反躬自省的思想，“是故君子有诸己而后求诸人，无诸己而后非诸人”[④]。

儒、释、道三家思想实有内在相通之处，均重在构拟理想的人生社会图景。宋代文士在儒、释、道三家思想交融的影响下，呈现出疏朗自任、旷达萧散的精神面貌，这对宋代文学产生了深远的影响。《懒真子》敏锐地把握到了这点，如卷一记载了宋代文士善戏谑，以诗为戏，“同州澄城县有‘九龙庙’，然只一妃耳。土人云：‘冯瀛王之女也。’夏县司马才仲戏题诗云：‘身既事十主，女亦妃九龙。’过者读之，无一不笑”[⑤]。卷二记载了宋代士人对养生的重视：“关中隐士骆耕耕道常言：‘修养之士，当书《月令》，置坐左右。夏至宜节嗜欲，冬至宜禁嗜欲。盖一阳初生，其气微矣，

---

①马永卿：《懒真子》卷三，载《全宋笔记》第三编第6册，大象出版社，2008，第184页。
②马永卿：《懒真子》卷一，载《全宋笔记》第三编第6册，大象出版社，2008，第155页。
③马永卿：《懒真子》卷二，载《全宋笔记》第三编第6册，大象出版社，2008，第168页。
④朱熹：《四书章句集注·大学章句》，中华书局，2012，第9页。
⑤同②，第159页。

如草木萌生，易于伤伐，故当禁之，不特节也。且嗜欲四时皆损人，但冬夏二至，阴阳争之时，大损人耳。’”[①]卷三记载了士人日常自得其适的生活状态及交游欢会的爱好：“洛中邵康节先生，术数既高，而心术亦自过人。所居有圭窦、瓮牖。圭窦者，墙上凿门，上锐下方，如圭之状；瓮牖者，以败瓮口安于室之东西，用赤白纸糊之，象日月也。其所居谓之‘安乐窝’。先生以春秋天色温凉之时，乘安车，驾黄牛，出游于诸公家。诸公皆欲其来，各置‘安乐窝’一所。先生将至其家，无老少妇女良贱，咸迓于门。迎入窝，争前问劳，且听先生之言……于是酒肴竞进，厌饮数日，徐游一家，月余乃归。非独见其心术之妙，亦可想见洛中士风之美。”[②]文学是士子精神世界的外在呈现形式，宋代文士萧散自适的状态对宋代诗文自然平易面貌的形成无疑有直接而深远的影响。

三、附论

马永卿的文学思想受到了其师刘安世及师祖司马光的影响，“永卿方为主簿，受学于安世……安世之学出于司马光，故多有光之遗说”[③]。《懒真子》中记载了不少司马光和元城先生刘安世的言行例，“盖其渊源所自出也”[④]。其文学思想注重古之道法，体现儒家的诗教观，呈现出儒、释、道三家思想相交融的特点，即与刘安世有密切联系。

《懒真子》文学思想学术性的突出特点表现在以宏观文化的视角记述了我国古代士大夫文化与民间文化的互动与交往，卷一载：

> 温公之任崇福，春夏多在洛，秋冬在夏县。每日与本县从学者十许人讲书，用一大竹筒，筒中贮竹签，上书学生姓名。讲后一日，即抽签令讲。讲不通，则公微数责之。公每五日作一暖讲，一杯、

---

①马永卿：《懒真子》卷二，载《全宋笔记》第三编第6册，大象出版社，2008，第164页。

②马永卿：《懒真子》卷三，载《全宋笔记》第三编第6册，大象出版社，2008，第174—175页。

③四库馆臣为马永卿《元城语录》所作叙录语，见《四库全书总目提要》卷一二一《子部三十一　杂家类五》。

④四库馆臣为马永卿《懒真子》所作叙录语，见《四库全书总目提要》卷一二一《子部三十一　杂家类五》。

一饭、一面、一肉、一菜而已。温公先垄在鸣条山，坟所有余庆寺。公一日省坟，止寺中，有父老五六辈上谒，云："欲献薄礼。"乃用瓦盆盛粟米饭，瓦罐盛菜羹，真饭土簋、啜土铏也。公享之如太牢。既毕，复前启曰："某等闻端明在县，日为诸生讲书，村人不及往听，今幸略说。"公即取纸笔，书《庶人章》讲之。既已，复前白曰："自《天子章》以下，各有《毛诗》两句，此独无有，何也？"公默然少许，谢曰："某平生虑不及此，当思其所以奉答。"村父笑而去。每见人曰："我讲书曾难倒司马端明。"公闻之不介意。[1]

葛兆光先生认为，古代文化有两个维度——"上位层次文化"（即官僚-士大夫文化）与"下位层次文化"（即俗文化），农夫野老请司马光为其讲书，并以《孝经》中两章的不同之处求询，司马光居然回答不上来，从中一方面可以看出宋代士大夫文化与俗文化的互动交流，另一方面可以看出宋代社会普遍尊尚儒家经义。宋代雅俗文学齐头并进，连供人娱乐的话本小说中也多有儒家劝善的色彩，此文学面貌形成之时代因素，可从马永卿所记此则材料中管窥。

《懒真子》注重对文人的谱系化研究，如家族文学谱系、师承交友谱系，使研究者可以对文学集团及其特点的形成有深入的了解，此文学研究方法颇值得借鉴。"《韩退之列传》云：'从愈游者，若孟郊、张籍，亦皆有名于时。'以仆观之，郊、籍非辈行也。东野乃退之朋友，张籍乃退之为汴宋观察推官日所解进士也，而李翱、皇甫湜则从退之学问者也。故诗云：'东野窥禹穴，李翱观涛江。'又云：'东野动惊俗，天葩吐奇芬。张籍学古淡，轩昂避鸡群。'故于东野则称字，而于群弟子则称名。"[2]韩愈友人及其弟子均有轩昂好古、不阿时俗的风骨，以韩愈文学集团为主力的古文运动提倡文以载道，鼓励士子的君子品性，其中原因也就不难理解了。

对于作家研究，马永卿重视将作家的作品作为第一手史料，如他认为"渊明之为县令，盖为贫尔，非为酒也，聊欲弦歌，以为三径之资。盖欲得公田之利，以为三径闲居之资用尔，非谓旋创田园也。旧本云：公田之

①马永卿：《懒真子》卷一，载《全宋笔记》第三编第6册，大象出版社，2008，第152页。
②马永卿：《懒真子》卷四，载《全宋笔记》第三编第6册，大象出版社，2008，第199页。

利，过足为润，后人以其好酒，遂有公田种秫之说。且仲秋至冬，在官八十余日，此非种秫时也。故凡本传所载与《归去来辞序》不同者，当以序为正”①。马永卿此番议论值得后世研究者借鉴，并以之为法。

《懒真子》注重结合时代背景对文士的命运进行思考，如卷二记述韩愈三试博学宏词科均被黜的原因：“且以退之文辞宏放如此，而被黜，何哉？盖唐人之文皆尚华丽妥贴，而退之乃聱牙如此，宜乎点额也。”②

在儒、释、道三家思想的交融影响下，《懒真子》认为美学标准是相对的，评价文学不应拘泥于外在的形式，而应注目于内在的实体。

> 《楚辞·山鬼》曰：“若有人兮山之阿，被薜荔兮带女萝。既含睇兮又宜笑，子慕予兮善窈窕。”仆读至此，始悟《庄子》之言曰：西施捧心而颦，邻人效之，人皆弃而走。且美人之容，或笑或颦，无不佳者，如屈子以笑为宜，而庄子以颦为美也。若丑人则颦固增丑状，而笑亦不宜矣。屈、庄皆方外人，而言世间事曲尽其妙，然亦不害为道人也。③

《楚辞》以笑为美，《庄子》则以颦为美。笑与颦只是美的外在形式，是“名”，不能代表美的本体，只有与美的实际承担者——美人联系起来，方有美的外在呈现。马永卿思理水平之深，令人叹服。

施德操《北窗炙輠录》

施德操，字彦执，学者称为持正先生，盐官（今浙江海宁）人，有《北窗炙輠录》二卷。此书作者虽一生未婚未仕，但颇有才情，学宗“二程”。此书记载了当时前辈盛德之事，书中有丰富的文学思想内容。

第一，此书赞同为文主气说，在继承传统的同时又融合了“天人合一”之说。“予亦以谓：‘古人文字皆圣贤之气所发，虽一诗一文亦天地之秀气。今人懒于文字者，盖其气不与圣贤之气及天地之秀气合，故不得不懒

①马永卿：《懒真子》卷五，载《全宋笔记》第三编第6册，大象出版社，2008，第204页。
②马永卿：《懒真子》卷二，载《全宋笔记》第三编第6册，大象出版社，2008，第173页。
③马永卿：《懒真子》卷一，载《全宋笔记》第三编第6册，大象出版社，2008，第159—160页。

也。’”[①]此书既强调“圣贤之气”，又强调天地之秀气，即“江山之助”，综合了人格决定风格与地域之秀气决定风格两方面的论述，全面合理。

第二，此书以儒家思想为立论之根本，又开放包容，吸取前人文论之精华。例如，作者以解《诗经》为媒介，申发自己的文学观念，“六义之说，《新义》以风、雅、颂即诗之四始。伊川谓一诗中自有六义，或有不能全具者。如《新义》之说，则风、雅、颂安得与赋、比、兴同处于六义之列乎？盖一诗之中，自具六义，然非深知诗者不能识之。夫赋、比、兴者，诗也；风、雅、颂者，所以为诗者也。有赋、比、兴而无风、雅、颂，则诗者非诗矣！取之于人，则四体者，赋、比、兴也，精神血脉者，风、雅、颂也。有人之四体，使无精神血脉以妙于其间，则块然弃物。凡作诗者，孰不有赋、比、兴？然不能善其事，亦块然弃物而已矣！夫惟善其事者，使精神血脉焕然于制作间，于是有风、雅、颂焉。风者何？诗之含蓄者也；雅者何？诗之合于俗者也；颂者何？诗之善形容者也。此三者，非妙于文辞者莫能之。《三百篇》皆制作之极致，而圣人之所删定者也。故三物皆具于诗中，而风尤妙，盖风有含蓄意，此诗之微者也，诗之妙用尽于此矣。故曰‘言之者无罪，闻之者足以戒’，非诗之尤妙者乎？此所以居六义之首也！欧阳公论今之诗曰：‘写难状之景如在目前；含不尽之意寄之言外。’知‘写难状之景，如在目前’，此近于六义之颂也；‘含不尽之意，寄之言外’，此近于六义之风也”[②]。与传统上认为风、雅、颂为《诗经》篇目之分类，赋、比、兴为《诗经》之艺术手法不同，此书把风、雅、颂解释为“精神血脉”，明显是出于文学是“圣贤之气”所发的观念。

此书认为《诗经》的感染力源于歌唱。“叔祖善歌《诗》，每在学，至休沐日，辄置酒三行，率诸生歌《诗》于堂上。闲居独处，杖策步履，未尝不歌《诗》。信乎深于《诗》者也。传曰‘兴于诗’，兴者感发人善心之谓，《六经》皆义理，何谓《诗》独能感发人善意？而今之读《诗》者能感发人善意乎？盖古之所谓诗，非今之所谓诗，古之所谓诗者，诗之神也，今之所谓诗者，诗之形也。何者？诗者声音之道也，古者有诗必有声，诗譬若今之乐府

---

①施德操：《北窗炙輠录》卷上，载《全宋笔记》第三编第8册，大象出版社，2008，第170页。

②施德操：《北窗炙輠录》卷下，载《全宋笔记》第三编第8册，大象出版社，2008，第201—202页。

然，未有有其诗而无其声者也。三百篇皆有歌声，所以振荡血脉、流通精神，其功用尽在歌诗中，今已亡矣，所存者特章句耳，则是诗之所谓神者已去，独其形在尔，顾感动人善心不亦难乎？然声之犹可仿佛。余观《诗》，非他经比，其文词葩藻，情致宛转，所谓神者固寓焉。玩味反复，则千载之上余音遗韵犹若在耳！以此发之声音，宜自有抑扬之理。余叔祖善歌《诗》，其旨当不出此。龟山教人学《诗》，又必先歌咏之，歌咏之余，自当有会意处。不然，分析章句，推考虫鱼而强以意求之，未有能得《诗》者也。”①

第三，此书中文体论最大的特点，是结合具体作品来论证，能一针见血，令人印象深刻。“陈伯修作《五代史序》，东坡曰：‘如锦宫人裹孝幞头。’嗟乎，伯修不思也！昔左太冲《三都赋》就，人未之重也，乃往见玄晏，玄晏为作序，增价百倍。古之人所以为人序者，本以其人轻而我之道已信于天下，故假吾笔墨为之增重耳。今欧公在天下如太山北斗，伯修自揣何如反更作其序，何不识轻重也？沈元用人或以前辈诗文字求其题跋者，元用未曾敢下笔，此最识体。”②序的最大特点是借有名望的前辈或时人，推荐称扬著作的水平，因此不可妄作。

对于诗歌中的歌、行、引，此书能从音乐角度分类论述：“今所谓歌、行、引，本一曲尔，一曲中有此三节。凡歌始发声谓之引，引者为之导引也。既引矣，其声稍放焉，故谓之行，行者其声行也。既行矣，于是声音遂纵，正所谓歌也。今之播鼗者，始以一小鼓引之，《诗》所谓‘应田悬鼓’是也。既以小鼓引之，于是人声与鼓声参焉，此之谓行可也。既参之矣，然后鼓声大合，则此在人声之中，若所谓歌也。歌、行、引，播鼗之中可见之，惟一曲备三节，故引自引、行自行、歌自歌，其音节有缓急，而文义有终始，故不同也。正如今大曲有入、破、滚、煞之类。今诗家既分之，各自成曲，故谓之乐府，无复异制矣。今《选》中有乐府数十篇，或谓之行，或谓之引，或谓之吟，或谓之谣，或谓之曲，名虽不同，格律则一。今人强分其体制者，皆不知歌、行、引之

---

①施德操：《北窗炙輠录》卷下，载《全宋笔记》第三编第8册，大象出版社，2008，第202—203页。

②施德操：《北窗炙輠录》卷上，载《全宋笔记》第三编第8册，大象出版社，2008，第171—172页。

说，又未尝广见古今乐府，故便生穿凿耳。”[①]其观点与许多论者不同，可备一说。

此书善用对比，分析不同作家的特点。比如书中提及，韩柳创作时都以复古为革新，以散体文取代骈体文，然而他们对待先秦两汉文章的态度，有一定的差别。“先觉论文，以为退之作古，子厚复古。此天下高论。”[②]此书还从对杜甫、陶渊明的比较入手，使二者的艺术个性更加明显，“正夫尝论杜子美、陶渊明诗云：‘子美读尽天下书，识尽万物理，天地造化，古今事物，盘礴郁结于胸中，浩乎无不载，遇事一触，则发之于诗。渊明随其所见，指点成诗，见花即道花，遇竹即说竹，更无一毫作为。’故予常有诗云：‘子美学古胸，万卷郁含蓄。遇事时一麾，百怪森动目。渊明淡无事，空洞抚便腹。物色入眼来，指点诗句足。彼直发其藏，此但随所瞩。二老诗中雄，同人不同曲。’盖发于正夫之论也”[③]。

对于具体作品，此书在分析时也善用比较：“天经曰：异时尝在旅邸中，见壁间诗一句云：‘一生不识君王面’，某辄续其下，云：‘静对菱花拭泪痕。’他日见其诗，使人羞死，乃王建《宫词》也，其诗曰：‘学画蛾眉使出群，当时人道便承恩。一生不识君王面，花落黄昏空掩门。’唐人格律自别，至宫体诗尤后人不可及也。”[④]二者相较，高下自明。前一句格局小，意境狭窄。后一句比中有兴，意境含蓄深远：既可以言自然界的花落寓悲凉之意，又含青春年华在宫中耗尽；既是宫中寂寞空掩门，又是虚度青春，所有梦想落空。余音袅袅，耐人回味。

此书善于在分析作家作品时以材料说话，立论有据，而不仅仅从主观印象出发，这是此书最大的优点。“人见渊明自放于田园诗酒中，谓是一疏懒人耳，不知其平生学道至苦，故其诗曰：‘凄凄失群鸟，日暮犹独飞。徘徊无定止，夜夜声转悲。厉响思清越，去来何依依。因植孤生松，敛翮遥来归。劲风无荣木，此荫独不衰。系身已得所，千载莫相违。’其苦心可知，既

---

①施德操：《北窗炙輠录》卷上，载《全宋笔记》第三编第8册，大象出版社，2008，第183—184页。

②同①，第188页。

③施德操：《北窗炙輠录》卷下，载《全宋笔记》第三编第8册，大象出版社，2008，第194—195页。

④同①，第182页。

有会意处，便一时放下。”①

对于苏轼率性自然而又脱俗幽默的天性，此书也通过对比展现出来：“东坡待过客，非其人则盛列妓女，奏丝竹之声聒两耳，至有终席不交一谈者，其人往返，更谓待己之厚也。值有佳客至，则屏去妓乐，杯酒之间惟终日笑谈耳。”②

张邦基《墨庄漫录》

张邦基，字子贤，高邮（今属江苏）人，生卒年不详，著有《墨庄漫录》十卷。此书有丰富的文学思想。

第一，此书包含对苏轼兄弟人生事业与文学创作的论述，盛赞他们高尚的人品。“苏黄门子由薨于许下，王巩定国作挽诗三首。其一云：‘忆昔持风宪，防微意独深。一时经国虑，千载爱君心。坤道存终始，乾纲正古今。当时人物尽，惆怅独知音。’注云：‘元祐中，议册后，宣仁御文德殿发册，公语余密告吕丞相微仲，母后御前殿，兹不可启。微仲明日留身，宣仁诏宫中本殿发册。时人无知者。’其二云：‘已矣东门路，空悲未尽情。交亲逾四纪，忧患共平生。此去音容隔，徒多涕泪横。蜀山千万叠，何处是佳城。’注云：‘公前年寄书，约予至许田，曰有南斋翠竹满轩，可与定国为十日之饮。此老年未尽之情也。’其三云：‘静者宜膺寿，胡为忽梦楹。伤嗟见行路，优典识皇情。徒记巴山路，空悲蜀道程。弟兄仁达意，千古各垂名。’注云：‘公与子瞻尝泊巴江，夜雨，相约伴还蜀，竟不果归。今子瞻葬汝，公归眉。王祥有言归葬，仁也；留葬，达也。’右三诗，予在高邮，于公之子处见其遗稿，因录之，皆当时事。今公之后邈然，家集不复存，惜其亡也，因附于此。”③东坡被贬黄州，并未一蹶不振。他不断从生活中发现美、创造美，表现出非常热爱生活的一面。“东坡性喜饮，而饮亦不多。在黄州，尝以蜜为酿，又作《蜜酒歌》。人罕传其法：每蜜用四斤炼熟，入熟汤相搅成一斗，入好面曲二两，南方白酒饼子米曲一两半，捣细，生绢袋盛，都置一器中，密封之。大暑中，冷下。稍凉，温下。天冷，即热下。一二日即沸，又数

---

①施德操：《北窗炙輠录》卷上，载《全宋笔记》第三编第8册，大象出版社，2008，第183页。

②施德操：《北窗炙輠录》卷下，载《全宋笔记》第三编第8册，大象出版社，2008，第195页。

③张邦基：《墨庄漫录》卷三，载《全宋笔记》第三编第9册，大象出版社，2008，第43—44页。

日沸定，酒即清可饮。初全带蜜味，澄之半月，浑是佳酎。方沸时，又炼蜜半斤，冷投之，尤妙。予尝试为之，味甜如醇醪。善饮之人，恐非其好也。”①

苏轼被贬海南，海南文化落后，苏轼鼓励后进、传播文化，将人生的不幸转化为为当地奉献的不竭动力，这是何等的胸怀。“东坡在海外，琼州人士姜公弼来从学。坡题其扇云：‘沧海何曾断地脉，白袍端合破天荒。’公弼求足之，坡云：‘候汝登科，当为汝足。’后入广被贡至京师，时坡已薨，乃谒黄门于许下，子由乃为足之，云：‘生长茅间已异芳，风流稷下古诸姜。适从琼管鱼龙窟，秀出羊城翰墨场。沧海何曾断地脉，白袍端合破天荒。锦衣他日千人看，始信东坡眼目长。’”②

苏轼的影响深远，他的故事不断被传播。“绍圣初元，东坡帅中山，得黑石白脉，如孙知微所画石间奔流，尽水之变；又作白石大盆以盛之，激水其上，名其室曰‘雪浪斋’。公自铭有云：‘玉井芙蓉丈八盆，伏流飞空漱其根。’时四月二十日也，闰四月三日乃有英州之命，其后谪惠州，又徙海外。故中山后政以公迁谪，雪浪之名废而不问。元符庚辰五月，公始被北归之命。明年夏，方至吴中。时张芸叟守中山，方葺治‘雪浪斋’，重安盆石，方欲作诗寄公，九月闻公之薨，乃作哀词，有云‘我守中山，乃公旧国。雪浪萧斋，于焉食宿。俯察履綦，仰看梁木。思贤阅古，皆经贬逐。玉井芙蓉，一切牵复’云云。其词曰：‘石与人俱贬，人亡石尚存。却怜坚重质，不减浪花痕。满酌中山酒，重添丈八盆。公兮不归北，万里一招魂。’思贤、阅古，皆中山后圃堂名也。”③“靖康初，韩子苍知黄州，颇访东坡遗迹，尝登赤壁，而赋所谓‘栖鹘之危巢’者不复存矣，悼怅作诗而归。郡人何颉斯举者，犹及识东坡，因次韵献子苍云：‘儿时宗伯寄吾州，讽诵遗文至白头。二赋人间真吐凤，五年江上不惊鸥。蟹尝见水人犹恶，鹘有危栖孰肯留。珍重使君寻往事，西风怅望古城楼。’然黄之赤壁，土人云本赤鼻矶也。故东坡长短句云‘故垒西边，人道是三国周郎赤壁’，则亦是传疑而已。今岳阳之下、嘉鱼之上，有乌林赤壁，盖公瑾自武昌列舰，风帆便顺，溯流而上，逆战于赤壁之间也。杜牧有《寄岳州李使君》诗云‘乌林芳草远，赤壁

---

①张邦基：《墨庄漫录》卷五，载《全宋笔记》第三编第9册，大象出版社，2008，第69页。
②张邦基：《墨庄漫录》卷一，载《全宋笔记》第三编第9册，大象出版社，2008，第8—9页。
③张邦基：《墨庄漫录》卷八，载《全宋笔记》第三编第9册，大象出版社，2008，第101—102页。

健帆开’。则此真败魏军之地也。”[1]

此书记载了王安石与苏轼的交往。“王文公安石为相日，奏事殿中，忽觉偏头痛不可忍，遽奏上，请归治疾。裕陵令且在中书偃卧，已而小黄门持一小金杯、药少许赐之，云：‘左痛即灌右鼻，右即反之。左右俱痛，并灌之。’即时痛愈。明日入谢，上曰：‘禁中自太祖时有此数十方，不传人间，此其一也。’因并赐此方。苏轼自黄州归，过金陵，安石传其方，用之如神，但目赤，少时头痛即愈。法用新萝卜取自然汁，入生龙脑少许调匀，昂头使人滴入鼻窦。”[2]

此书还记载了许多苏轼的诗文本事及逸闻轶事，对认识苏轼的人生旨趣、性格追求、创作过程、艺术个性十分有价值。“东坡在杭州，一日游西湖，坐孤山竹阁前临湖亭上，时二客皆有服，预焉。久之，湖心有一彩舟，渐近亭前，靓妆数人，中有一人尤丽。方鼓筝，年且三十余，风韵闲雅，绰有态度，二客竞目送之。曲未终，翩然而逝。公戏作长短句云：‘凤凰山下雨初晴。水风清。晚霞明。一朵芙蓉，开过尚盈盈。何处飞来双白鹭，如有意，慕娉婷。忽闻江上弄哀筝。苦含情。遣谁听。烟敛云收，依约是湘灵。欲待曲终寻问取，人不见，数峰青。’”[3]

苏轼学习前人时，不揽前人创造的功绩。宋人认为，创作中的暗合现象是存在的，但苏轼常常注明前人诗文对自己的启发，表现出实事求是、开放达观的博大胸怀。“东坡作《梅花词》云：‘高情已逐晓云空，不与梨花同梦。’注云唐王建有《梦看梨花云》诗。予求王建诗，世所行印本雕一卷，乃无此篇；后得之于晏元献《类要》中，后又得建全集七卷，乃得全篇，题云《梦看梨花云歌》：‘薄薄落落雾不分，梦中唤作梨花云。瑶池水光蓬莱雪，青叶白花相次发。不从地上生枝柯，合在天头绕宫阙。天风微微吹不破，白艳却愁春涴露。玉房彩女齐看来，错认仙山鹤飞过。落英散粉飘满空，梨花颜色同不同。眼穿臂短取不得，取得亦如从梦中。无人为我解此梦，梨花一曲心珍重。’或误传为王昌龄，非也。”[4]“东坡作长短句《洞仙歌》所谓‘冰肌玉骨，自清凉无汗’者。公自叙云：‘予幼时见一老

①张邦基：《墨庄漫录》卷九，载《全宋笔记》第三编第9册，大象出版社，2008，第123页。
②张邦基：《墨庄漫录》卷五，载《全宋笔记》第三编第9册，大象出版社，2008，第63页。
③张邦基：《墨庄漫录》卷一，载《全宋笔记》第三编第9册，大象出版社，2008，第6页。
④张邦基：《墨庄漫录》卷六，载《全宋笔记》第三编第9册，大象出版社，2008，第85页。

人，年九十余，能言孟蜀主时事，云蜀主尝与花蕊夫人夜坐，纳凉于摩诃池上，作《洞仙歌令》。老人能歌之，予今但记其首两句，乃为足之。’近见季公彦季成诗话，乃云杨元素作《本事》记《洞仙歌》‘冰肌玉骨，自清凉无汗’。钱塘有老尼，能诵后主诗首章两句，后人为足其意，以填此词。其说不同。予友陈兴祖德昭云：倾见一诗话，亦题云李季成作，乃全载孟蜀主一诗：‘冰肌玉骨清无汗，水殿风来暗香满。帘间明月独窥人，欹枕钗横云鬓乱。三更庭院悄无声，时见疏星度河汉。屈指西风几时来，只恐流年暗中换。’云：东坡少年遇美人，喜《洞仙歌》，又邂逅处景色暗相似，故隐括稍协律以赠之也。予以谓此说近之。据此乃诗耳，而东坡自叙乃云是《洞仙歌令》，盖公以此叙自晦耳。《洞仙歌》腔出近世，五代及国初未之有也。”[①]

第二，此书记载党争与文学的关系，条理清晰，很有价值。

崇宁元年（1102），徽宗–蔡京集团推行严酷的党禁，长达24年，至靖康元年（1126）才解禁，名之曰“崇宁党禁”。从崇宁元年（1102）至三年（1104），徽宗与蔡京三次籍定“元祐党人碑”，第三次多达309人。“崇宁初，既立党籍，臣僚论元祐史官云：初大臣挟其私忿，济以邪说；力引儇浮，与其厚善，布列史职，毁诋先烈。或凿空造语以厚诬，若范祖禹、黄庭坚、张耒、秦观是也。或隐没盛德而不录，若曾肇是也。或含糊取容而不敢言，若陆佃是也。皆再谪降，时旧史已尽改矣。”[②]作者在书中一针见血地揭示了党禁产生的原因——挟私报复编造文字狱，深文周纳，无限引申，上纲上线，对当时的种种丑态概括得较为全面。

第三，此书对宋代作家作品、文人事迹、文学欣赏与文学批评有许多独特的见识。

宋人生于唐后是幸运的，有无数的大家可供学习借鉴。但创新时需要超越的对象也更多，难度更大。唐诗是宋人可望而不可即的一个高峰，宋人常常自觉或不自觉地以唐诗作为评诗的标准，是否类唐诗，是否有唐诗韵、唐诗味，成为他们评判诗歌好坏的重要尺度。“刘棐仲忱诗律殊有风

①张邦基：《墨庄漫录》卷九，载《全宋笔记》第三编第9册，大象出版社，2008，第112—113页。

②张邦基：《墨庄漫录》卷一，载《全宋笔记》第三编第9册，大象出版社，2008，第8页。

致，尝赋《咸阳二绝》云：‘父老壶浆迎义旗，秦亡谁复为秦悲。不曾被虐曾蒙德，十二金人合泪垂。’‘玉殿珠楼二世中，楚人一炬逐烟空。却缘火是秦人火，只与焚书一样红。’殊类唐人题咏，他诗亦如是。”①

此书认为文学欣赏要认真仔细，不能马马虎虎、浅尝辄止。“杜甫诗：‘东阁观梅动诗兴，还如何逊在扬州。’多不详逊在扬州之说。以本传考之，但言逊天监中为尚书水部郎，南平王引为宾客，掌书记室，荐之武帝，与吴均俱进幸，后稍失意。帝曰：‘吴均不均，何逊不逊。’逊卒于庐陵王记室，亦不言在扬州也。及观逊有梅花诗，见于《艺文类聚》《初学记》，云：‘兔园标节物，惊时最是梅。衔霜当路发，映雪拟寒开。枝横却月观，花绕凌风台。朝洒长门泣，夕注临邛杯。应知早凋落，故逐上春来。’余后见别本逊文集，乃有此诗，而集首有梁王僧孺所作序，乃云‘逊东海郯人，举本州秀才，射策为当时之魁，历官奉朝请。时南平王殿下为中权将军、扬州刺史，望高右戚，实曰贤主。拥彗分庭，爰客接士。东阁一开，竞收扬、马；左席皆起，争趋邹、枚。君以词艺早闻，故深亲礼，引为水部行参军事，仍掌文记室。’云云。乃知逊尝在扬州也。盖本传但言南平引为记室，略去扬州耳。然东晋、宋、齐、梁、陈皆以建业为扬州，则逊之所在扬州，乃建业耳，非今之广陵也。隋以后，始以广陵名州。”②此书用详细扎实的考证，解释了杜甫诗之典故。“杜子美《玄都坛歌》‘子规夜啼山竹裂，王母昼下云旗翻’。说者多不晓王母，或以谓瑶池之金母也。中官陈彦和言：‘倾在宣和间掌禽苑，四方所贡珍禽，不可殚举。蜀中贡一种鸟，状如燕，色绀翠，尾甚多而长，飞则尾开颤袅如两旗，名曰王母。’则子美所言，乃此禽也。盖遐方异种，人罕识者。‘子规夜啼山竹裂’，言其声清越如竹裂也。”③越是伟大的作家，越是涉猎广博、知识丰富。作者以杜甫的诗为例说明，真正值得欣赏的作品，必须耐心体会，认真考证。“杜子美微意深远，考之可见。如《丹青引》，赠曹霸诗也，有云：‘至尊含笑催赐金，圉人太仆皆惆怅。’说者谓帝喜霸之能写真画马也，故催金赐之，而圉人太仆自叹其无技以蒙

---

①张邦基：《墨庄漫录》卷九，载《全宋笔记》第三编第9册，大象出版社，2008，第113页。

②张邦基：《墨庄漫录》卷一，载《全宋笔记》第三编第9册，大象出版社，2008，第14—15页。

③同②，第10页。

恩赉耳。如此说，则意短无工。殊不知此画深讥肃宗也。考是诗，始云‘先帝天马玉花骢，画工如山貌不同。是日牵来赤墀下，迥立阊阖生长风’。帝既见先帝之马，当轸羹墙之念，反含笑而赐金，曾不若圉仆见马能惆怅而怀先帝也。又《寄刘陕州伯华使君》长篇句尾云‘江湖多白鸟，天地亦青蝇’，人多指白鸟为鹭，非也。按《月令》，‘仲秋之月，群鸟餐羞’。注引《夏小正》，曰‘九月丹鸟羞白鸟’。说者谓蚊蚋也。又《金楼子》云：‘齐威公卧于柏寝，白鸟营饥而求饱，公开绿纱之厨而进焉。有知礼者不食而退，有知足者隽肉而退。有不知足者，长嘘短吸而食；及其饱者，腹为之溃。’盖戒夫贪也。又诗人以青蝇刺谗。然则公诗盖言天下多贪谗之人耳。”①

此书认为，欣赏诗歌，要还原作者当时的创作情境，这样才能正确认识诗文作者的创作动机、感情变化历程，才能窥探其创作心理，进而发掘作品的独特魅力。“蔡绦约之《西清诗话》云：‘人之好恶，固自不同。’杜子美在蜀作《闷诗》，乃云‘卷帘惟白水，隐几亦青山’。若使予居此，应从王逸少语‘吾当卒以乐死，岂复更有闷乎！’予以谓此时约之未契此语耳。人方忧愁亡聊，虽清歌妙舞满前，无适而非闷。子美居西川，一饭未尝忘君，其忧在王室；而又生理不具，与死为邻，其闷甚矣。故对青山青山闷，对白水白水闷，平时可爱乐之物，皆寓之为闷也。约之处富贵，所欠二物耳。其后窜斥，经历崎岖险阻，必悟此诗之为工也。”②

在对经典的释读中，面对后人不同的版本，如何去粗取精，辨疑释惑，更需要非常强大的版本学知识与文字功底。在这一方面，作者常常能够言之有据。“杜子美有《忆郑南玭》诗云‘郑南伏毒守，萧洒到天心’。殊不晓‘伏毒守’之义。‘守’当作‘寺’。按《华州图经》有伏毒寺。刘禹锡《外集》有‘贞元中，侍郎舅氏牧华州，时予再忝科第，前后由华觐谒，陪登伏毒岩’。今世行本皆作‘守’，误也。”③“东坡《四时·冬词》云：‘真态生香谁画得，玉奴纤手嗅梅花。’每疑‘玉奴’字殊无意味。若以为潘淑妃小字，则当为‘玉儿’，亦非故实。刘延仲尝见东坡手书本，乃作‘玉如纤手’，

①张邦基：《墨庄漫录》卷四，载《全宋笔记》第三编第9册，大象出版社，2008，第56页。
②张邦基：《墨庄漫录》卷二，载《全宋笔记》第三编第9册，大象出版社，2008，第18页。
③张邦基：《墨庄漫录》卷五，载《全宋笔记》第三编第9册，大象出版社，2008，第71—72页。

方知上下之意相贯，愈觉此联之妙也。”[①]这是从手稿中还原苏轼诗歌的原本状貌，真正体味苏轼的语言创新之奇妙，消除自己的疑惑。

黄庭坚在对诗歌语言的追求上呕心沥血、务求新奇，尤精于点化前人典实。“山谷先生作《苏李画枯木道士赋》云：‘惧夫子之独立而矢来无乡，乃作女萝施于木末，婆娑成阴，与世宴息。’而尝以‘矢来无乡’问人，少有能说者。后因观《韩非子》，有云‘矢来有乡，乡，方也，有来从之方。则积铁以备一乡；谓聚铁于身，以备一处，即甲之不全者。矢来无乡，则为铁室以尽备之。谓甲之全者，自首至足，无不有铁，故曰铁室。备之则体无伤，故彼以尽备之不伤，此以尽敌之无奸也。言君亦当尽备于臣，皆所防疑，则奸绝也’。山谷用事僻远，此点化格也，不知者岂知其工云。”[②]“山谷作《钓亭》诗，有云‘影落华亭千尺月，梦通岐下六州王’。上句盖用华亭船子和尚诗云‘千尺丝纶直下垂，一波才动万波随。夜静水寒鱼不食，满船空载月明归’。下句盖用文王梦吕望事。然‘六州王’事见《毛诗·汉广》，云‘文王之道，被于南国’。疏云：言南国，则一州也。于时三分天下有其二，故雍、梁、荆、豫、徐、扬之人，咸被其德而从之，云云。山谷用事深远，其工如此，可为法也。”[③]

苏轼创作时用语丰富奇妙，只有细心体味，方知个中三昧。“东坡为翰苑，元祐三年供端午贴子，有云‘上林珍木暗池台，蜀产吴苞万里来。不独盘中见庐橘，时于粽里得杨梅’。每疑‘粽里杨梅’之句。《玉台新咏》徐君蒨《共内人夜坐守岁》诗‘酒中挑喜子，粽里觅杨梅’。今人未见以杨梅为粽，徐公乃守岁诗，杨梅夏熟，岁暮安有此果，岂昔人以干实为之耶？东坡以角黍为午日之馔，故借言之耳。”[④]

由于描写对象相同，将同题语对比欣赏，更能见出不同作者的创作个性。“‘金钗双捧玉纤纤，星宿光芒动满奁。解笑诗人夸博物，只知红颗味酸甜。’曾子固《荔枝》诗也。白乐天《荔枝》诗曰‘津液甘酸如醴酪’，杜子美诗云‘红颗甜酸只自知’，故前诗讥二公也。政和初，闽中贡连株者移植禁中，次年结实不减土出。道君御制诗云‘玉液乍凝仙掌露，绛

①张邦基：《墨庄漫录》卷七，载《全宋笔记》第三编第9册，大象出版社，2008，第90页。

②张邦基：《墨庄漫录》卷二，载《全宋笔记》第三编第9册，大象出版社，2008，第28页。

③张邦基：《墨庄漫录》卷四，载《全宋笔记》第三编第9册，大象出版社，2008，第45页。

④张邦基：《墨庄漫录》卷三，载《全宋笔记》第三编第9册，大象出版社，2008，第38页。

纱初脱水晶丸'。盖体物之工矣。时群臣皆应制焉。"[①]

对于同类型的诗，不同作家创作时可以各尽其才，展现独特的个性。"唐人诗，行役异乡怀归感叹，而意相同者，如贾岛云'客舍并州已十霜，归心日夜忆咸阳。无端更度桑干水，却望并州是故乡'；窦巩云'风雨荆州二月天，问人初雇峡中船。西南一望云和水，犹道黔南有四千'；柳宗元云'林邑山联瘴海秋，牂柯水向郡前流。劳君更问龙池地，正北三千到锦州'；李商隐云'君问归期未有期，巴山夜雨涨秋池。何时共剪西窗烛，却语巴山夜雨时'，皆佳作也。"[②]

在文学批评中，此书偏好社会功能强的作品。歌咏唐明皇故事的诗作，白居易有《长恨歌》，元稹有《连昌宫词》。白居易自己坦言，"一篇长恨有风情"，又言"人之所重，仆之所轻"。《长恨歌》从传播的角度讲非《连昌宫词》可比。然而，作者并不以此为准绳，而是以独特的价值标准评说，认为元稹之作在白居易之上。"白乐天作《长恨歌》，元微之作《连昌宫词》，皆纪明皇时事也。予以谓微之之作过乐天，白之歌止于荒淫之语，终篇无所规正。元之词乃微而显，其荒纵之意皆可考，卒章乃不忘箴讽，为优也。其词有云：'上皇正在望仙楼，太真同凭栏干立。楼上楼前尽珠翠，炫转荧煌照天地。'又云：'初过寒食一百六，店舍无烟宫树绿。夜半月高弦索鸣，贺老琵琶定场屋。力士传呼觅念奴，念奴潜伴诸郎宿。须臾觅得又连催，特敕街中许燃烛。'又云：'飞上九天歌一声，二十五郎吹管逐。逡巡大遍梁州彻，色色龟兹轰录续。李谟擪笛傍宫墙，偷得新翻数般曲。'又云：'平明大驾发行宫，万人歌舞涂路中。百官队仗避岐薛，杨氏诸姨车斗风。明年十月东都破，御路犹存禄山过。'云云。禄山以天宝十四载反于渔阳，陷东京，则幸连昌时乃十三载也。巡幸，而诸弟诸姨悉扈从，百司供顿亦扰矣。念奴，名妓也。帝岁幸华清，时巡东洛，有司潜遣随行，以备宣唤，而每为诸王所邀致。方寒食火大禁，而中夜宫中张乐不已，声闻于外，遣中官传呼追觅念奴，特呼燃烛于御街，呼叫于静夜，皆不可以训。既终夕喧乐，黎明六飞又复西去。王者顺动，当如是乎？此诗深讥其荒淫无度也。是岁，帝年七十一，而太真年三十六矣。然考之《本纪》，十三载乃无幸洛

①张邦基：《墨庄漫录》卷四，载《全宋笔记》第三编第9册，大象出版社，2008，第54页。
②张邦基：《墨庄漫录》卷五，载《全宋笔记》第三编第9册，大象出版社，2008，第68页。

之事，岂史逸耶？微之去天宝不远，必不凿空而云也。'李谟擪笛'字，《玉篇》云：'擪，乌协切，指按也。'于笛而云'擪'，此一字之妙也。"[①]作者不是简单定性，而是细致陈述自己的理由，令人信服。

此书推崇创造，特别鼓励诗歌艺术手法上的创新超越，推崇作家形成自己独特的个性。"唐庚子西谪惠州时，自酿酒二种，其醇和者名'养生主'，其稍劲烈者名'齐物论'。子西诗多新意，不沿袭前人语。如《湖上》云'佳月明作哲，好风圣之清'，《独游》云'鸟攫春祠敏，鸢窥野烧痴'，《醉眠》云'山静似太古，日长如小年'。又《芙蓉溪歌》云：'人间八月秋霜严，芙蓉溪上春酣酣。二南变后鲁叟笔，七国战处邹轲谈。人间二月春光好，溪上芙蓉迹如扫。周家盛处伯夷枯，汉室隆时贾生老。小儿造化谁能穷，几回枯枿还芳丛。只因人老不复少，有酒且发衰颜红。'比兴殊新奇也。"[②]"王逢原作《假山》诗云：'鲸牙鲲鬣相磨捽，巨灵戏撮天凹突。旧山风老狂云根，重湖冻脱秋波骨。我来谓怪非得真，醉揭碧海瞰蛟窟。不然禹鼎魑魅形，神颠鬼胁相撑挨。'夏倪均父谓予言：'此诗奇险，不蹈袭前人，韩退之所谓"惟陈言之是去"者，非笔力豪放，不能为也。'"[③]

前人遗产如此丰厚，作家不可能不受前人遗产的影响。此书认为，学习前人是为了超越前人，而不是不敢越雷池一步的模仿。"张公芸叟作《凤翔吴生画记》，秦少游作《五百罗汉图记》，皆法韩退之《画记》，俱无愧也。"[④]

此书善于运用生动形象的比喻，使难以捉摸的文学风格变得具体可感。"李文叔尝有杂书论左、马、班、范、韩之才，云：司马迁之视左丘明，如丽倡黠妇，长歌缓舞，间以谐笑，倾盖立至，亦可喜矣。然而不如绝代之女，方且却铅黛，曳缟纻施帷幄，裴徊微吟于高堂之上，使淫夫穴隙而见之，虽失气疾归，不食以死，而终不敢意其一启齿而笑也。班固之视马迁，如韩、魏之壮马，短鬣大腹，服千钧之重，以策随之，日夜不休，则亦无所不至矣。而曾不如騕褭之马，方且脱骧逸驾，骄嘶顾影，俄而纵辔一骋，千

①张邦基：《墨庄漫录》卷六，载《全宋笔记》第三编第9册，大象出版社，2008，第81—82页。
②张邦基：《墨庄漫录》卷九，载《全宋笔记》第三编第9册，大象出版社，2008，第121页。
③张邦基：《墨庄漫录》卷二，载《全宋笔记》第三编第9册，大象出版社，2008，第28页。
④张邦基：《墨庄漫录》卷四，载《全宋笔记》第三编第9册，大象出版社，2008，第58页。

里即至也。范晔之视班固，如勤师劳政，手胝薄版，口卷呼叱，毛举缕诘，自以为工不可复加，而仅足为治。曾不如威健之吏，不动声色，提一二纲目，群吏为之驱走，而境内晏然也。韩愈之视班固，如千室之邑，百家之聚，有儒生崛起于蓬荜之下，诗书传记，踧踖常欲鸣于齿颊间。忽遇夫奕世公卿、不学无术之子弟乘高车、从虎士而至，虽顾其左右，偃蹇侮笑，无少敬其主之容，虽鄙恶而体已下之矣。又，文叔又尝杂书论文章之横，云：余尝与宋遐叔言，孟子之言道，如项羽之用兵，直行曲施，逆见错出，皆当大败，而举世莫能当者，何其横也。左丘明之于辞令，亦甚横。自汉后千年，唯韩退之之于文，李太白之于诗，亦皆横者。近得眉山《筼筜谷记》《经藏记》，又今世横文章也。夫其横，乃其事得而绝俗、杂畦径间者，故众人不得不疑。则人之行道文章，政恐人不疑耳。"①

此书常用摘句的办法，鼓吹有创新性的佳句，"韩维持国诗格甚奇，如《寄范德儒》云：'睥睨风高回过雁，琵琶宵寂语流莺。'《和兄康公罢相》云：'移病早休丞相笔，坐谈犹著侍臣冠。'《和曾存之》云：'自愧效陶无好语，敢烦凌杜发新章。'皆佳句也。恨世少传者"②。

宋代文学大家善于奖掖后进，欧阳修堪为其中表率，王安石也有其品格，苏轼有"苏门四学士""苏门六君子"，黄庭坚更是继承乃师之风，极力褒扬时人及后进。"晁无咎作《庆州使宅记》，黄鲁直云'大为佳作'。苏明允作《成都府张公安道画像记》，鲁直读之，云'司马子长复出也'。王逢原作《过唐论》，介甫云'可方贾谊《过秦论》不及，而驰骋过之'。"③

宋朝王公大臣、文人学士十分重视收藏书籍，靖康之难是对文化、对典籍的一次大摧残。"藏书之富，如宋宣献、毕文简、王原叔、钱穆父、王仲至家及荆南田氏、历阳沈氏，各有书目。谯郡祁氏多书，号外府太清老氏之藏室，后皆散亡。田、沈二家，不肖子尽鬻之。京都盛时，贵人及贤宗室往往聚书，至多者万卷。兵火之后，焚毁殆尽，间有一二留落人间，亦书史一时之厄也。吴中曾旼彦和、贺铸方回二家书，其子献之朝廷，各命以官。皆

①张邦基：《墨庄漫录》卷六，载《全宋笔记》第三编第9册，大象出版社，2008，第82—83页。
②同①，第86页。
③张邦基：《墨庄漫录》卷三，载《全宋笔记》第三编第9册，大象出版社，2008，第41页。

经彦和、方回手自雠校，非如田、沈家贪多务得，舛谬讹错也。”[①]

此书记载了秦观与侍妾朝华的深厚感情。“秦少游侍儿朝华，姓边氏，京师人也。元祐癸酉岁纳之。尝为诗云：‘天风吹月入栏杆，乌鹊无声子夜阑。织女星明来枕上，了知身不在人间。’时朝华年十九也。后三年，少游欲修真，断世缘，遂遣朝华归父母家，资以金帛而嫁之。朝华临别泣不已，少游作诗云：‘月雾茫茫晓柝悲，玉人挥手断肠时。不须重向灯前泣，百岁终当一别离。’朝华既去二十余日，使其父来云不愿嫁，乞归。少游怜而复取归。明年，少游出卒钱唐，至淮上，因与道友议论，叹光景之遄，归谓华曰：‘汝不去，吾不得修真矣。’亟使人走京师，呼其父来，遣朝华随去。复作诗云：‘玉人前去却重来，此度分携更不回。肠断龟山离别处，夕阳孤塔自崔嵬。’时绍圣元年五月十一日。少游尝手书记此事。未及，遂窜南荒云。”[②]

此书还通过历史人物的文学故事，抒发兴亡感慨。“政和间，汴都平康之盛，而李师师、崔念月二妓名著一时。晁冲之叔用每会饮，多召侑席。其后十许年，再来京师，二人尚在，而声名溢于京国。李生者，门地尤峻，叔用追感往昔，成二诗以示江子之。其一云：‘少年使酒来京华，纵步曾游小小家。看舞《霓裳羽衣曲》，听歌《玉树后庭花》。门侵杨柳垂珠箔，窗对樱桃卷碧纱。坐客半惊随逝水，吾人星落散天涯。’其二云：‘春风踏月过章华，青鸟双邀阿母家。系马柳低当户叶，迎人桃出隔墙花。鬓深钗暖云侵脸，臂薄衫寒玉映纱。莫作一生惆怅事，邻州不在海西涯。’靖康中，李生与同辈赵元奴及筑球吹笛袁陶、武震辈，列籍其家。李生流落来浙中，士大夫犹邀之以听其歌，然憔悴无复向来之态矣。”[③]

蔡绦《铁围山丛谈》

蔡绦，字约之，自号百衲居士，别号无为子，兴华军仙游（今属福建）人，著有《铁围山丛谈》。研究《铁围山丛谈》的论文不算少，大致可分为两方面。一是对《丛谈》的宏观把握；二是对其进行的系统研究，包括作者、版本源流考及价值探索。以下从文学创作论、文学批评论、作家人格及文

①张邦基：《墨庄漫录》卷五，载《全宋笔记》第三编第9册，大象出版社，2008，第62页。
②张邦基：《墨庄漫录》卷三，载《全宋笔记》第三编第9册，大象出版社，2008，第36—37页。
③同②，第104页。

学的作用等方面，来探寻其思想旨趣，以及有宋一代的普遍文风与蔡绦文学思想的嬗变与发展。

一、文学创作论

1. 讲究个性化与圆融自然的风格

“东坡公昔与客游金山，适中秋夕，天宇四垂，一碧无际，加江流溷涌，俄月色如昼。遂共登金山山顶之妙高台，命绹歌其《水调歌头》曰：‘明月几时有？把酒问青天。’歌罢，坡为起舞，而顾问曰：‘此便是神仙矣。’吾谓文章人物，诚千载一时，后世安所得乎？”[①]创作此词时，苏轼因与当权的变法者王安石等人政见不同，自求外放，辗转于密州为官。离开官场争斗，眼前赫然出现了一个生机勃勃的新世界，大自然美好的生命力，激发了作者的创作热情，作者的创作心态与眼前之景达到了和谐统一。显然，蔡绦本人对苏轼这种率性自然的文风与触景而舞的个性甚是欣赏。蔡绦此时亦被流放至广西博白，失意是在所难免的，然而寄情山水，与苏轼在心境上颇相仿佛。豁达与惆怅参半，甚是矛盾。在《西清诗话》中，蔡绦多次提到作诗要讲究情致，而情致是作好诗的必要条件。他在《西清诗话》中有四处论及情致，“大抵屑屑较量属句平匀，不免气骨寒局，殊不知诗家要当有情致，抑扬高下，使气宏拔，快字凌纸”“作诗者，陶冶物情，体会光景，必贵乎自得”“且画工意初未必然，而诗人广大之。乃知作诗者徒言其景不若尽其情，此题品之津梁也”“宋元宪公镇河阳……此皆对景得之，天成混然，为一篇警策，岂矜持与不用意便有妍媸耶”。蔡绦所推崇的“情致”，可以说是触及了作诗的本质性的东西，这是难能可贵的。在这里蔡绦论及的情致与苏轼重视细致观察和个性体味一脉相承，异曲同工。

2. 文学创作与政治的辩证关系

北宋初年对文人是优待有加的，无论从物质待遇上，还是社会地位上都对文人特别尊重。自古以来，宫廷就有藏书的传统，这对文化典籍的保藏和传播都有着重要的作用。到了宋代，由于印刷术的普及，书籍大量印行，著作容易流通，也容易集中，这大大扩大了学者与文人的眼界，促进了他们的创作。宋代宫廷沿袭前代，设有三馆、秘阁，专门用以存放典籍和

①蔡绦：《铁围山丛谈》卷三，载《全宋笔记》第三编第9册，大象出版社，2008，第201页。

培养学者与文人。“唐有宏文、集贤、史馆，皆图册之府。本朝草昧，至熙宁始大备，乃直左升龙门建秘书省，聚书养贤。其间并三者皆在，故号三馆秘阁，以盛大一时，目之为木天也。”[①]最后，北宋政府非常重视人才的选拔，尤其看重士子的文学才能，文人凭借非凡的文才常常有机会得到重用。“大观、政和之间，天下大治……有毛滂泽民者，有时名，上一词，甚伟丽，而骤得进用。大观中有赵企企道者，以长短句显，如曰：‘满怀离恨，付与落花啼鸟。’人多称道之，遂用为显官，俾以应制。”[②]尽管这些人被选拔委以重任，是为了替徽宗及蔡京君臣歌功颂德、粉饰太平，但北宋一朝重视文化建设，对文学、艺术等的高度发展确实起到推动作用。

崇宁元年（1102），徽宗–蔡京集团开始实施严酷的党禁，至靖康元年（1126）才解禁。这一长达二十四年之久的“崇宁党禁”，将熙宁以来的新旧党争推向了恶性发展，也将北宋政权引向覆亡。就文学演变来说，熙宁至元祐年间形成的文学高潮余波不再，托起这个高潮的主力作家也在这期间前后作古。秦观、苏轼、陈师道于元符三年（1100）至崇宁元年的三年中相继病逝；黄庭坚于崇宁四年（1105）病于贬所；此后不久，晁补之、苏辙、张耒等人也先后离开了人世。随着他们的离去，宋代文学终于进入了沉沦期。所谓“沉沦”，固然包含了整体创作水平下降的意思，但更重要的是在“崇宁党禁”下创作主体的沉沦：谄媚诗文的盛行使文学大范围地沦落为朋党政治的“婢妾”。当然，沉沦并不等于消亡，在恶劣的党禁环境下，广大士人又以其特定的心理，孕育了新的创作趋向。当时的科举不再考查诗赋，作诗不仅无益，反易惹祸。江西诗派正是在这种社会环境下形成的。他们接受了黄庭坚晚年那种洞达世事、泾渭分明，但和光同尘、淡泊超然的精神旨趣，形成了一种退避社会、洁身自好的创作态度。黄庭坚把强谏怨愤视为诗之祸，是因为当时高压政治下文字狱的严酷所致，也是由于对文化专制的畏惧。由此，儒家那种直言敢谏、补察时政的积极入世精神被内省观照的自我完善意识所代替。对于这一点，蔡绦也认同。身处政治斗争的旋涡，论诗作文时言语与情感发泄过于激烈，甚至相互攻击，难免会造成人际关系的紧张与尖锐对立，苏轼那种嬉笑怒骂皆成文章的精神，显

---

①蔡绦：《铁围山丛谈》卷一，载《全宋笔记》第三编第9册，大象出版社，2008，第160页。
②蔡绦：《铁围山丛谈》卷二，载《全宋笔记》第三编第9册，大象出版社，2008，第171页。

然不适合明哲保身，其后学只能望而却步。“外兄徐若谷，字应叟，贤德君子也。常以吾清浊太分、是非太明为戒。尝论古人：‘若阮嗣宗口不臧否人物，号为长者，至于对人作青白眼，则更甚于臧否。’吾服其语。”①

更有甚者，徽宗君臣不念国危时艰，在党同伐异、禁锢士人的同时，又困竭民力、穷奢极欲，为了文过饰非，他们刻意发动了一场“制作礼乐”的闹剧。崇宁四年（1105）三月，中书置议礼局，由刘昺主领其事，这是“制礼”。同年八月，置大晟府，颁行“大晟新乐”②，此乃“作乐”。《丛谈》卷二记载了晁端礼《黄河清》之词：“晴景初升风细细，云疏天淡如洗。槛外凤凰双阙，匆匆佳气。朝罢香烟满袖，近臣报，天颜有喜。夜来连得封章，奏大河彻底清泚。君王寿与天齐，馨香动上穹，频降嘉瑞。大晟奏功，六乐初调角徵。合殿春风乍转，万花覆，千官尽醉。内家别敕，重开宴，未央宫里。”③据载，徽宗在位期间，数次出现“黄河清”。这是晁端礼为贺这一祥瑞而特意制作的大晟“新声”中的一首。此词一出，“天下无问迩遐小大，虽伟男髫女，皆争气唱之”④。晁词取得这一社会效应，正是徽宗渴望看到的。蔡绦本人也有“是时海宇晏清，四夷向风，屈膝请命；天气亦氤氲异常，朝野无事，日惟讲礼乐庆祥瑞，可谓升平极盛之际”⑤的谄媚言论。在内部党争激烈、外部民族侵袭的局势下，这样粉饰现实、阿谀奉承的作品与言论，固然有其形成的现实土壤，然而它们内容空洞，嘲风弄月，歌功颂德，显然是无病呻吟的应制之作。这样的文学是政治的附庸，消解了作家的创作个性，虽然雍容平典，但毫无生命力可言。蔡绦因其身份地位的局限，在创作与理论主张上都有“见风使舵”的嫌疑，无疑美化了时局，混淆了视听，是对现实的歪曲反映，不利于宋代诗文的健康发展。

二、文学批评论

1. 反对脱离现实、空谈古道，将道与文割离开来的文学现象

《丛谈》卷三载：“鹿豁生黄沇，钦人也。从学陈莹中、黄鲁直，文字

①蔡绦：《铁围山丛谈》卷三，载《全宋笔记》第三编第9册，大象出版社，2008，第199页。
②脱脱等：《宋史》卷二〇，中华书局，1977，第375页。
③蔡绦：《铁围山丛谈》卷二，载《全宋笔记》第三编第9册，大象出版社，2008，第172页。
④同①，第172页。
⑤同①。

固不凡。与吾谈经，美叹今时为《春秋》者，不探圣人之志，但计数其后，逐传则论鲁三桓、郑七穆，穷经则会计书甲子者若干，书侵、书战者为几，皆繇汉二刘、唐武平一启其端。是犹世愚者皆学佛，而诵《金刚经纂》。吾未晓，迫问之，则曰：'有一十三恒河沙，三十八何以故。'"[①]黄沇文字功底自是不凡，然而谈经论道唯书本是论，且多有文过饰非之论，不尊重现实，蔡绦毫无避讳地对此加以揭露。可见，蔡绦力倡的"道"，不是俗儒津津乐道的空洞无味的教义，而是实用之道，且他主张为文与行道统一，反对沽名钓誉、弄虚作假。

2. 言与意的关系及文气说

此书记载："东坡公元祐时既登禁林，以高才狎侮诸公卿，率有标目殆遍也，独于司马温公，不敢有所重轻。一日，相与共论免役差役利害，偶不合同。及归舍，方卸巾弛带，乃连呼曰：'司马牛！司马牛！'"[②]"司马牛"三字，不仅表达了苏轼对司马光的复杂心境，而且恰到好处地表现了司马光坚持己见的牛劲儿。在史传中，为了追求语言的整饬，像"司马牛"这样活泼生动的口语词逐步为典雅的文字所替代，正如《丛谈》卷三所记王铚的论述："宋景文作《唐书》尚才语，遂多易前人之言，非不佳也。至若《张汉阳传》，前史载武后问狄仁杰：'朕欲得一好汉。'顾是语虽勿文，宁不见当时吐辞有英气耶！景文则易之曰：'安得一奇士用之。'此固雅驯矣，然失其所谓英气者。"[③]史传中常常把能见"当时吐辞"的不够文雅的语言删削或改写，然而，蔡绦却不避讳在笔记中使用这样的词语。蔡绦认为，辞不在于典雅华丽，重在不落"文不逮意，意不称物"的窠臼。"好汉""司马牛"这种词，虽说粗豪，然能充分表情达意，塑造鲜明生动的形象，可说是"词至于能达，则文不可胜用矣"。

三、文学的本质与作用

在文学与现实生活的关系这一问题上，蔡绦在流放博白之后，显示出与前期截然不同的创作宗旨与文学取向。前期因身属新党一派，蔡绦与蔡

---

①蔡绦：《铁围山丛谈》卷三，载《全宋笔记》第三编第9册，大象出版社，2008，第199页。

②同①，第202页。

③同①，第202页。

京等人狼狈为奸，助纣为虐，阿谀奉承。他为官不高，但接近权力核心，对于北宋覆灭的原因自是心知肚明。经历了北宋、南宋交替的天崩地裂式的社会动荡之后，蔡绦由显赫的官僚沦为颠沛流离的被贬之人，生活环境发生了天翻地覆的变化，遭遇了种种困境，这使他有机会深入观察事物，接触穷苦人民的生活，触事感物，忧思悲愤，进而兴于怨刺，用文章来批判现实，唱出穷苦人的心声。

这里涉及两个层面的问题：一是蔡绦流放后，其作品较之前期为元祐学术张本的《西清诗话》，史学价值与文学价值更大。这与其生活遭遇息息相关。伟大的文学总是诞生于苦难之中。高居显位的作者，容易仅把诗文当作赏心悦目的玩具，创作出来的十有八九是宫廷文学的样板。“穷”能够使诗人投入下层人民的生活天地，而伟大的文学存在于民众之间。

二是其作品具有现实意义。《丛谈》虽然极力为最高统治者歌功颂德，但对宋代君臣的穷奢极欲、贪婪吝啬、草菅人命，封建官吏的逢迎媚上、贪鄙暴虐，统治阶级的内部倾轧、民生的疾苦及人民的反抗斗争等，都有不同程度的客观揭露，从而展示出当时社会的黑暗腐败及升平景象背后的各种社会矛盾。“太上留心文雅，在大观中，命广东漕臣督采端溪石研上焉。时未尝动经费，非宣和之事也。乃括二广头子钱千万，日役五十夫，久之得九千枚，皆珍材也。时以三千枚进御，二千分赐大臣侍从，而诸王内侍，咸愿得之，诏更上千枚，余三千枚藏诸大观库。于是俾有司封禁端溪之下岩穴，盖欲后世独贵是研，时人或不知厥繇。今世有得此者，非常材矣”[①]。宋徽宗因一人之好，竟然下令在两广搜刮民财千万，每天驱使五十个艺人制造端砚，一次达九千枚，而且随后封禁矿穴，以防他人采制。这条记载不仅客观上暴露了宋徽宗的穷奢极欲和贪婪，也暴露了统治阶级对下层民众的肆意盘剥和奴役。再如，卷四记载皇帝诞育皇子、公主，“每侈其庆”，以“金银大小钱、金粟、涂金果、犀玉钱、犀玉方胜”等分赐巨大和至亲。又如，卷四记载豫章郡王的傲慢无礼；卷五记载采合浦珠的渔民们的悲惨境遇。这些记载都反映了当时社会下层的真实情况，这体现了蔡绦关注现实的创作理念。

---

①蔡绦：《铁围山丛谈》卷五，载《全宋笔记》第三编第9册，大象出版社，2008，第237—238页。

四、作家人格论

1. 注重细致谨严的求证精神

蔡绦在考证上颇为严格，很多观点具有答疑释惑的作用。如他记载了“雷大使”的身份：“教坊琵琶则有刘继安；舞有雷中庆，世皆呼之为雷大使；笛有孟水清。此数人者，视前代之伎，一皆过之。”这段记载无疑可以用于解读陈师道《后山诗话跋》中的“子瞻以诗为词，如教坊雷大使之舞，虽极天下之工，要非本色”。关于《三经新义》的作者，蔡绦记载：

> 王元泽奉诏修《三经义》，时王丞相介甫为之提举，盖以相臣之重，所以假命于其子也。吾后见鲁公与文正公二父，相与谈往事，则每云：“《诗》《书》盖多出元泽暨诸门弟子手，至若《周礼新义》，实丞相亲为之笔削者。”及政和时，有司上言：天府所籍吴氏资居检校库。而吴氏者，王丞相之姻家也，且多有王丞相文书，于是朝廷悉命藏诸秘阁。用是吾得见之。《周礼新义》笔迹犹斜风细雨，诚介甫亲书。而后知二父之谈信。①

从这段记载看，作者不仅从蔡京等的谈话中得知世人传说之误，还亲自加以证实，实属难能可贵。

再如，《丛谈》卷一记载：“国朝诸王弟多嗜富贵，独祐陵在藩时玩好不凡，所事者惟笔研、丹青、图史、射御而已……时亦就端邸内知客吴元瑜弄丹青。元瑜者，画学崔白，书学薛稷，而青出于蓝者也。后人不知，往往谓祐陵画本崔白，书学薛稷，凡斯失其源派矣。”②从这段记载看，徽宗确实擅长绘画。这些记载，多是蔡绦亲耳所闻、亲眼所见，往往为后世学者所称引，成为研究徽宗及徽宗书画的重要史料。

2. 注意作家多方面的艺术才能，体现出兼容并包的思想倾向

文学与音乐、绘画等艺术之间的相互交融和影响，丰富了作家的审美感受和艺术风格。宋代统治者对文化事业的重视，使得北宋成为中国历

---

①蔡绦：《铁围山丛谈》卷三，载《全宋笔记》第三编第9册，大象出版社，2008，第200页。

②蔡绦：《铁围山丛谈》卷一，载《全宋笔记》第三编第9册，大象出版社，2008，第151—152页。

史上文学艺术发展的一个高峰。北宋人在许多艺术领域都有着非凡的成就。上自帝王，下至士大夫、歌姬，都表现出独特的艺术审美视角。宋徽宗在诗文辞赋、琴棋书画等方面几乎是无所不通的。他在端王府内，就罗致了不少在书画文辞方面有精深造诣的翰墨之士，时常相与讲论切磋，宋徽宗“初与王晋卿侁、宗室大年令穰往来。二人者，皆喜作文词，妙图画，而大年又善黄庭坚。故祐陵作庭坚书体，后自成一法也。时亦就端邸内知客吴元瑜弄丹青”①。做了皇帝以后，宋徽宗仍在这方面倾注了极多的精力，如元汤厘《画鉴》载：“徽宗性嗜图画，作花鸟、山石、人物，入妙品；作墨花、墨石，间有如神器者。历代帝王能画者，至徽宗可谓尽意。”诗文方面，吴曾有云：“徽宗天才甚高，于诗文外，尤工长短句。”②

蔡绦本人在文学艺术方面也有一定的造诣，能够提出独立的见解。除了上文提到的学术著作《西清诗话》，《丛谈》卷二中关于音律变迁的记载，也显示了蔡绦的音乐修养。

五、文学艺术的魅力与读者接受之间的关系

此书记载了一些文学作品在读者中的接受情况。“范内翰祖禹作《唐鉴》，名重天下。坐党锢事。久之，其幼子温，字元实，与吾善。政和初，得为其尽力，而朝廷因还其恩数，遂官温焉。温，实奇士也。一日，游大相国寺，而诸贵珰盖不辨有祖禹，独知有《唐鉴》而已。见温，辄指目，方自相谓曰：‘此《唐鉴》儿也。’又温尝预贵人家会，贵人有侍儿，善歌秦少游长短句，坐间略不顾，温亦谨，不敢吐一语。及酒酣欢洽，侍儿者始问：‘此郎何人耶？’温遽起，叉手而对曰：‘某乃山抹微云女婿也。’闻者多绝倒。”③范温是秦观的女婿，“山抹微云”是秦观《满庭芳》的首句，此词在当时被歌妓广为传唱，其名气之大，就连苏轼也称呼秦少游为“山抹微云秦学士”。范温对秦观《满庭芳》的影响力自然是知道的，否则不会有“遽起”“叉手而对”这样傲气的动作，因此范温一提自己是“山抹微云”的

---

①蔡绦：《铁围山丛谈》卷八，载《全宋笔记》第三编第9册，大象出版社，2008，第151—152页。

②吴曾：《能改斋漫录》卷十六《乐府·御词》，载《全宋笔记》第五编第4册，大象出版社，2012，第202页。

③蔡绦：《铁围山丛谈》卷四，载《全宋笔记》第三编第9册，大象出版社，2008，第205—206页。

女婿，闻者多绝倒。蔡绦这样记载，可见秦观词的艺术影响力之大。

朱翌《猗觉寮杂记》

朱翌（1097—1167），字新仲，自号潜山居士、省事老人，龙舒（今安徽舒城）人，有《猗觉寮杂记》二卷，此书具有丰富的文学思想内容。

此书包含丰富的文学源流论，特别值得重视。凡诗文名篇佳句，作者必推崇最早的创造者，以示对创新者的尊重："'人生如寄'见《高僧传》。又南齐刘善明云：'人生如寄，来会几何。'乐天《感时》云：'人生讵几何，在世犹如寄。'《秋山》云：'人生无几何，如寄天地间。'东坡云：'人生如寄尔，岭海亦闲游。'多用此事云。"①尽管李贺、白居易、苏轼是唐宋大家，作者还是推重《高僧传》的首创意义。"太白云：'恨不挂长绳于青天，系西飞之白日。'李长吉云：'长绳系日乐当年。'乐天云：'既无长绳系白日。'二公用太白意也。"②尽管李贺、白居易有自己的变化与创新，只是受到李白的启发，但作者仍然挖掘了李白此句对后面二人的价值。即使首创者声名远低于继承、学习之人，此书也能实事求是地认可首创的意义："东坡《雪》诗云：'青山有似少年子，一夕变尽沧浪髭。'盖用皮日休、元鲁山诗云'世无用贤人，青山生白髭'意也。"③

对于黄庭坚的"点铁成金"，作者毫不留情地指出了他参照的诗歌，表现出尊重原创的态度："鲁直云：'百年中半夜分去，一岁无多春暂来。'全用乐天《寄元九》一联云：'百年夜分半，一岁春无多。'亦演为七言。"④作者显然认为，黄庭坚不过是把五言演化为七言，算不上创新。

作者对于一些文章的源流做了认真的考究。人们一向称赏欧阳修在《醉翁亭记》中大胆运用"也"字结构，而作者慧眼独具，追根探源，认为"《醉翁亭记》终始用'也'字结句，议者或纷纷，不知古有此例。《易·离卦》一篇终始用也字；《庄子·大宗师》自'不自适其适'至'皆物之情'，皆用也字，以是知前辈文格不可妄议"⑤。又如，作者认为，"东坡作《钟子

①朱翌：《猗觉寮杂记》卷上，载《全宋笔记》第三编第10册，大象出版社，2008，第12页。

②同①，第13页。

③同①，第19页。

④同①，第19页。

⑤同①，第39页。

翼哀词》，用四字七字为句：‘崆峒摩天，章贡嗽石致两确。’《荀子·成相篇》格也，句皆协韵，如‘人主无贤’，如‘瞽无相，何伥伥’。王文考《灵光殿赋》‘彤彤灵宫，岿巋穹崇，纷庞鸿兮’，其下皆协韵，但加‘兮’字”①。

此书敢于拨乱反正，推崇善于创新、能够形成自己独特风格的作家。“韩退之文章上继班、马，盖不待言。然当时亦有异论，《平淮碑》遂至磨仆，此宪宗迫于诸将之意耳。至皇甫湜乃谓‘退之文如长江秋注，千里一道。然施于灌溉，或爽于用’。湜学退之，不知退之未尝为无用之文也，况不亲炙之者乎。《罗池庙碑》卓绝今古，旧史乃曰：‘南人好巫，退之遂实其传。’此文之纰缪者，然后世何尝以此等之言为信。青蝇之矢，变乱白黑何益哉！”②“刘梦得气高不服人，祭退之文，极言称赞：‘鸾凤一鸣，蜩螗革音。手持文柄，高视寰海。权衡低昂，瞻我所在。三十余年，声名塞天。’牧之云：‘杜诗韩笔愁来读，似倩麻姑痒处搔。天外凤凰谁得髓？无人解合续弦胶。’皆实录也。”③作者认为韩愈恰如鸾凤一鸣，令人耳目一新。

对于扬雄之赋，作者认为其模仿太甚，创造性不足，没有形成自己独特的风格。“子云《长杨》《羽猎》赋模仿相如也。《雄传》云：‘雄常好词赋。蜀有相如作赋，甚闳丽温雅，雄心壮之，每作赋，拟之为式。’其著书，乃谓相如靡丽之赋，劝百而讽一，犹骋郑、卫之声，曲终而奏雅何也？班固谓与诗之讽谏何异？为雄戏言是已。雄鄙赋，不作可也。既作之，又不以为是，何耶？”④

对于创作中暗合古人的现象，作者持论公允，保持一种宽容的态度。“凡为文合于古，则不免世俗讥评，君子不恤也。欧公作《尹师鲁墓志》，王介甫作《钱公甫母墓志》，皆不免纷纷，况他人乎？二公作书力辨，可以为庸妄之戒。”⑤

此书在文体论上有很多有价值的见识。关于词的起源，或曰起源于七绝，或曰起源于敦煌曲子词。作者则认为，中国的歌诗传统在秦以前已经

①朱翌：《猗觉寮杂记》卷上，载《全宋笔记》第三编第10册，大象出版社，2008，第39页。
②同①，第40页。
③同①，第41页。
④同①，第44—45页。
⑤同①，第46页。

诞生,《诗经》就是第一部乐歌总集,汉乐府、南北朝乐府和不少唐人七绝能配乐演唱。“古无长短句,但歌诗耳,今《毛诗》是也。唐此风犹在。明皇时,李太白进《木芍药清平调》,亦是七言四句诗。临幸蜀,登楼听歌,李峤词‘山川满目泪沾衣’,亦止是一绝句诗。今不复有歌诗者,淫声日盛,闾巷猥亵之谈,肆言于内集公燕之上,士大夫不以为非,可怪也。”①

作者认为,最早的近体诗是房融所作,“房融在韦后时用事,谪南海,过韶之广果寺,今之灵鹫也。有诗云:‘零落嗟残命,萧条托胜因。方烧三界火,遽洗六情尘。隔岭天花发,凌空月殿新。谁怜乡国思,终此学分身。’融之文章,见《楞严经》,诗止此一篇。李峤、沈、宋之流,方为律诗,谓之近体。此诗近体之祖也。”②

对于语言,作者推崇反复提炼,力求准确新颖,但不以险怪为高。他认为,真正的诗歌语言,应该是平易中见新奇,流丽中显巧妙。“刘梦得《生师讲堂》云:‘一方明月可中庭。’张籍《秋山》诗云:‘秋山无云可无风。’两‘可’字义不同,然皆新而不怪。”③“退之云:‘何人有酒身无事,谁家多竹门可款?’无事,饮犀首也。袁粲尹丹阳,郡南一家颇有竹石,率尔步往,亦不通主人,直造竹所,啸咏自得,主人出语笑款。”④“少游云‘梦魂思汝鸟工往,世故着人羊负来’,脍炙人口。‘鸟工往’,舜浚井事。‘羊负来’,乃苍耳子。见《千金要方·果菜门》。”⑤对仗工整,水乳交融。“介甫云:‘投老归来一幅巾’‘黄尘投老别悠悠’‘投老归来天柱峰’,‘投老’见《后汉·仇览传》云:‘苦身投老。’《王羲之传》:‘怀祖正当作尚书,投老可得仆射。’”⑥

文学语言贵在于前人基础上创新。“诗人论鲁直《酴醾》云:‘露湿何郎试汤饼,日烘荀令炷炉香。’不以妇人比花,乃用美丈夫事。不知鲁直此格亦有来历。李义山《早梅》云:‘谢郎衣袖初翻雪,荀令薰炉更换香。’亦

①朱翌:《猗觉寮杂记》卷上,载《全宋笔记》第三编第10册,大象出版社,2008,第16页。

②同①,第17—18页。

③同①,第32页。

④同①,第32页。

⑤同①,第35页。

⑥同①,第35—36页。

以美丈夫比花，鲁直为工。”①

与一些只见树木不见森林的论者不同，作者特别重视从宏观的角度来总结文学史的规律。死亡是所有人共同面临的人生课题，古今如此，概莫能外。作者盛赞文学史上的大家对待死亡的态度，表现了很高的哲学站位。“杜预自表营首阳之南，为将来兆域，取制于邢山郑祭仲之墓。陶渊明自作挽辞、自祭文。杜牧之、白乐天、辛秘、李栖筠、王绩、严挺之、柳子华皆自撰墓志。卢照邻、李适、司空图自作墓。卫大经自凿墓、自为志。颜鲁公在蔡州，度必死，乃作遗表、墓志、祭文。谓之达亦可，谓之近名亦可。处死若鲁公，可也。”②

作者还对诗文典故进行了大量考索，很有价值：“太白云：‘总为浮云能蔽日，长安不见使人愁。’下句用晋明帝‘举头见日，不见长安’。上句用陆贾《新语》：‘谗臣之蔽贤，犹浮云之蔽日。’”③“太白《古风》云：‘君子变猿鹤，小人为沙虫。’退之云：‘穆昔南征军不归，沙虫猿鹤伏以飞。’《抱朴子》云：‘穆王军败于南，君子化为猿鹤，小人化为沙虫。’二公用此。”④“东坡《琴》云：‘平生不识宫与角，但闻牛鸣窖中雉登木。’出《管子·地员篇》：‘凡听宫，如牛鸣窖中；听角，如雉登木。’”⑤“刘梦得云：‘盛时一失难再得，桃笙葵扇安可常。’东坡云：‘扬雄《方言》以簟为笙。’则知桃笙者，桃竹簟也。《南史·顾宪之传》：‘疾疫死者，裹以笙席。’益知笙即簟也。左太冲《吴都赋》云：‘桃笙象簟，韬于筒中。’李善注云：‘桃枝，簟也。’东坡不喜《文选》，故不用《吴都赋》。岭外有桃竹，坚韧可作拄杖。善谓是桃枝，则恐桃枝不能为簟，当从坡为桃竹。”⑥“荆公多用晋白鸡事。《酬许奉议》云：‘后会敢期黄耇日，相看且度白鸡年。’《游齐安院》云：‘老值白鸡能不死，复随春色破寒来。’《次张唐公韵》云：‘君骑白凤今何处？我适新年过白鸡。’盖公生于辛酉也。骑白凤事，见孙光宪《北梦琐言》。沈询除节旄，曹唐作《游仙诗》：‘玉诏新除沈侍郎，

---

①朱翌：《猗觉寮杂记》卷上，载《全宋笔记》第三编第10册，大象出版社，2008，第37页。

②朱翌：《猗觉寮杂记》卷下，载《全宋笔记》第三编第10册，大象出版社，2008，第73页。

③同①，第21页。

④同①，第29页。

⑤同①，第20页。

⑥同①，第19页。

便分茅土领东方。不知今夜游何处，侍从皆骑白凤凰。’东坡云：‘自怪骑白凤。’”[①]“介甫云：‘日高青女尚横陈。’又云：‘水归洲渚得横陈。’用《楞严》‘于横陈时，味如嚼蜡’事。唐李义山‘小莲玉体横陈夜，已报周师入晋阳’。唐张荐《灵怪集》：‘东蔡女鬼与裴绍祖诗云：“横陈君不御，惟知思不绝。”’《汉魏文章》宋玉《讽赋》：‘主人之女歌曰：“内怵惕兮徂玉床，横自陈兮君之旁。”’‘横陈’盖本于此。”[②]

作者还善于从诗文中考察时人的生活风尚及审美趣味。在作者看来，宋人生活比起唐人进一步精细化，碑帖、金石收藏、书画收藏、园林、品茗、赏花、书法、绘画等水平提升到更高的层次。“唐造茶，与今不同。今采茶者，得芽即蒸熟焙干，唐则旋摘旋炒。刘梦得《试茶歌》：‘自傍芳丛摘鹰嘴，斯须炒成满室香。’又云：‘阳崖阴岭各不同，未若竹下莓苔地。’竹间茶最佳，今亦如此。”[③]“唐末有碾磨，止用臼，多是煎茶，故张志和婢樵青使竹里煎茶。柳子厚云：‘日午独觉无余声，山童隔竹敲茶臼。’”[④]“郑谷《海棠》诗云：‘浓艳正宜新著雨，娇娆全在欲开时。’百花惟海棠未开时最可观，雨中尤佳。东坡云‘雨中有泪益凄怆’，亦此意也。五代诗格卑弱，然体物命意，亦有工夫。卒章云：‘浣花溪上堪惆怅，子美无心为发扬。’王介甫《梅花》云：‘少陵为尔牵诗兴，可是无心赋海棠。’用此也。穿凿者，乃云子美之母小名海棠，故子美不作海棠诗。未知出何典记。世间花卉多矣，偶不及之耳。若撰一说以文之，则不胜其说矣。如牡丹、芍药、酴醾之类，子美亦未尝有诗，何独于海棠便为有所避耶？退之于李花，赋之甚工，又将为何说耶？”[⑤]“子美《盐井》诗：‘自公斗三百，转致斛六千。’便见当时川中盐价与商贾所贩之息，使后世有考焉，真诗史也。”[⑥]

对一些文学概念，作者也追根溯源，厘清其传承关系：“‘大手笔’，始晋王珣梦人以大笔与之，如椽。人谓有大手笔事，已而有策谥之草。此非

①朱翌：《猗觉寮杂记》卷上，载《全宋笔记》第三编第10册，大象出版社，2008，第25页。

②同①。

③同①，第24页。

④同①，第24页。

⑤同①，第18页。

⑥同①，第38页。

美事，不可用，齐文宣时有‘大手笔’，多命徐陵草。唐燕、许号‘大手笔’。此可用也。”①

徐度《却扫编》

徐度，字敦立，一说字仲立，睢阳（今河南商丘）人，生卒年不详，著有《却扫编》三卷。此书包含丰富的文学思想。

第一，此书包含很多与科举相关的内容，对了解北宋文学生态有重要的参考价值。“旧制：进士登科人，初官多授试秘书省校书郎，故至今新擢第人犹称秘校。祖宗朝进士上三名皆授将作监丞、通判，故至今犹称状元为监丞。”②宋代许多史料涉及科举考试的内容、过程，但涉及登科后举子出路的并不多，故此条弥足珍贵。

此书记载，宋神宗以前，选人不能上殿，然而由于宋神宗对苏辙的才华特别赏识，旧的规矩被打破了。“苏黄门子由，熙宁二年以前大名府推官上书论事，神宗览而悦之。即日召对便殿，访问久之，面擢为条例司属官。故事，选人未得上殿者，自此遂为故事云。”③

此书对于进士考试中的“特奏名”“进士唱名”记载甚详，很有价值。“进士以累举推恩，特召廷试，已而唱名，次第赐进士或同学究出身。或试监主簿、诸州文学长史、四门助教、摄诸州助教，谓之‘特奏名’。自景德二年始，是岁进士第一人，李文定丞相也。其后亦有补三班借职者，逐时不同。然试而不中，选罢归职也，顾怜其老而无成，而遂捐一官与之，此盖国朝忠厚之政也。故事，进士唱名，宰执从官侍立左右，有子弟与选者，唱名之次必降阶称谢，搢绅间颇以为荣事。建炎初，车驾在扬州，会放进士，时杨中立龙图以侍读侍立，而其子遹以特奏名预唱名，中立亦降阶称谢。时遹之年已五十余，中立七十余矣，前此所无也。”④

对于北宋恢复“制科”之事，此书记载翔实。“元祐初，再复制科，独谢悰中格，特赐进士出身，补大郡职官。悰具状辞免，云：‘所有告敕未敢

①朱翌：《猗觉寮杂记》卷上，载《全宋笔记》第三编第10册，大象出版社，2008，第59—60页。

②徐度：《却扫编》卷上，载《全宋笔记》第三编第10册，大象出版社，2008，第129页。

③同②，第133页。

④同②，第133—134页。

只受。’而以‘衹’（只）为‘祗’，以‘受’为‘授’，士大夫间传以为笑。谏官刘器之疏论之，曰：‘昔唐之省中有“伏猎侍郎”，为严挺之所讥而罢，今陛下方当右文之代，初复制举，岂容有“祗授”贤良乎？’悰字公定，希深之孙，亦有文采，‘祗’‘授’盖笔误也。”①

对于制科科目从北宋初到南宋建炎年间的沿革变化，此书记载详尽，有重要参考价值。“国朝制科，初因唐制，有贤良方正能直言极谏、经学优深可为师法、详明吏理达于教化，凡三科。应内外职官前资见任、黄衣草泽人，并许诸州及本司解送上吏部，对御试策一道，限三千字以上成。咸平中，又诏文臣于内外幕职、州县官及草泽中，举贤良方正各一人。景德中，又诏置贤良方正能直言极谏、博通坟典达于教化、才识兼茂明于体用、武足安边洞明韬略、运筹决胜军谋宏远材任边寄、详明吏理达于从政等六科。天圣七年，复诏应内外京朝官不带台省馆阁职事、不曾犯赃罪及私罪情理轻者，并许少卿监以上奏举，或自进状乞应前六科，仍先进所业策论十卷，卷五道，候到，下两省看详。如词理优长，堪应制科，具名闻奏。差官考试，论六首，合格，即御试策一道。又置高蹈丘园、沉沦草泽、茂才异等三科，应草泽及贡举人，非工商杂类者，并许本处转运司及逐州长吏奏举，或于本贯投状，乞应州县体量有行止、别无玷犯者，即纳所业策论十卷，卷五道，看详。词理稍优即上转运司，审察乡里名誉，于部内选有文学官再看详，实有文行可称者，即以文卷送礼部，委主判官看详，选词理优长者，具名闻奏。余如贤良方正等六科，熙宁中悉罢之，而令进士廷试，罢三题而试策一道。建炎间，诏复贤良方正一科，然未有应诏者。”②

对于已有官位的人又参加科举考试的情况，此书也做了有价值的记载：“祖宗时，有官人在官应进士举，谓之‘锁厅’者，谓锁其厅事而出。而后世因以有官人登第，谓之‘锁中’，甚无义理。”③

进士及第后所任官职，不是固定不变的，往往随情况而变。“旧制：进士第三人以上及第人一任回，并召试馆职；制科第三等人一任回亦然，仍并

---

①徐度：《却扫编》卷中，载《全宋笔记》第三编第10册，大象出版社，2008，第152页。

②徐度：《却扫编》卷下，载《全宋笔记》第三编第10册，大象出版社，2008，第157—158页。

③同①，第139—140页。

升通判资序。熙宁初，诏厘革，并令审官院依例与差遣。”①

此书对于进士及第后官员的发展状况及及第初的心态的描绘也很有价值。“王文安公尧臣登第之日，狄武襄公始隶军籍。王公唱名自内出，传呼甚宠，观者如堵。狄公与侪类数人立于道傍，或叹曰：‘彼为状元，而吾等始为卒，穷达之不同如此！’狄曰：‘不然，顾才能如何尔。’闻者笑之。后狄公为枢密使，王公为副，适同时焉。”②

对于馆职考试内容及沿革情况，此书也有记载。直到南宋建炎年间，“旧制，召试馆职，诗、赋各一篇。治平中，东坡被召，自言久去场屋，不能为诗赋，乃特诏试论二篇。神宗时，御史吴申言：‘试馆职止于诗赋，非经国治民之急，请罢诗赋，试策三道，问经、史、时务，每道问十事以上，以通否定高下去留。’于是，诏自今试馆职，论一首、策一道。建炎再复试法，唯策一道。”③

第二，此书记载了一些文人的情况。对于北宋身居要职的大臣善于发现人才、奖掖人才这一重要政治文化现象，作者不仅能够发掘、记录个案，而且能够在宏观上归类总结，更见其敏锐。据他总结，当时公卿常用择婿与辟客的方式，使人才出人头地。“本朝公卿多有知人之明，见于择婿与辟客。盖赵参政昌言之婿，为王文正旦。王文正之婿，为韩忠宪亿、吕惠穆公弼。吕惠穆之婿，为韩文定忠彦。李侍郎虚巳之婿，为晏元献殊。晏元献之婿，为富文忠弼、杨尚书察。富文忠之婿，为冯宣徽京。陈康肃尧咨之婿，为贾文元昌朝、曾宣靖公亮。王文正曾守郓，辟庞庄敏籍为通判。庞庄敏守并，辟司马温公为通判。范文正公为陕西招讨使，辟田枢密况、孙威敏沔并为判官，欧阳文忠公为掌书记，欧阳公辞不就，复请张文定公方平，亦辞。富文忠公守并，请韩黄门维为属。王文安公尧臣安抚陕西，辟蔡枢密挺自随。如此之类甚多，不可悉数。皆拔于稠人之中，而其故居位风节，往往相似，前代所不及也。”④

据此书记载，北宋文人开放的心态令人称羡。苏轼胸怀广阔，善见人

①徐度：《却扫编》卷下，载《全宋笔记》第三编第10册，大象出版社，2008，第166页。

②同①，第159—160页。

③同①，第163页。

④徐度：《却扫编》卷上，载《全宋笔记》第三编第10册，大象出版社，2008，第128—129页。

长，门庭广大，可为楷模。“东坡初欲为富韩公神道碑，久之，未有意思。一日昼寝，梦伟丈夫，称是寇莱公来访己，共语久之。既寤，下笔首叙景德澶渊之功，以及庆历议和，顷刻而就。以示张文潜。文潜曰：‘有一字未甚安，请试言之。盖碑之末初曰：“公之勋在史官，德在生民，天子虚己听公，西戎、北狄视公进退以为轻重，然一赵济能摇之。”窃谓“能”不若“敢”也。’东坡大以为然，即更定焉。”①苏轼善于吸取别人意见，处处显示出大家风范。

据作者记载，苏轼在文章写成后，常常请朋友指正，“东坡初为赵清献公作《表忠观碑》，或持以示王荆公，公读之沉吟曰：‘此何语邪！’时客有在傍者遽指摘而诋訿之，公不答。读至再三，又携之而起，行且读，忽叹曰：‘此《三王世家》也，可谓奇矣！’客大惭。”②尽管苏轼与王安石政见不同，但二人在文学创作上却惺惺相惜。

此书记载，苏轼为人宽厚，尊重前辈，对于欧阳修更是敬仰尊崇。“刘义仲，字壮舆，道原之子也。道原以史学自名，义仲世其家学。尝摘欧阳公《五代史》之讹误为纠缪，以示东坡。东坡曰：‘往岁欧阳公著此书初成，王荆公谓余曰：“欧阳公修《五代史》而不修《三国志》，非也，子盍为之乎？”余固辞不敢当。夫为史者，网罗数十百年之事以成一书，其间岂能无小得失邪！余所以不敢当荆公之托者，正畏如公之徒掇拾其后耳。’”③“欧阳文忠公始自河北都转运谪守滁州，于琅邪山间作亭，名曰‘醉翁’，自为之记。其后王诏守滁，请东坡大书此记而刻之，流布世间，殆家有之，亭名遂闻于天下。政和中，唐少宰恪守滁，亦作亭山间，名曰‘同醉’，自作记，且大书之，立石亭上，意以配前人云。”④

北宋的许多文人在党争中命运起伏不定，除自身命运受影响，作品的传播与影响也深受党争结果的左右。崇宁元年（1102）至宣和年间，朝廷屡下禁令，焚毁司马光、苏轼、黄庭坚、秦观、晁补之、程颐等人文集印版。此书记载了崇宁查禁前民间流传的苏轼作品的命运。“东坡既南窜，议者复请悉除其所为之文，诏从之。于是士大夫家所藏既莫敢出，而吏畏祸，

①徐度：《却扫编》卷下，载《全宋笔记》第三编第10册，大象出版社，2008，第159页。
②同①，第161页。
③徐度：《却扫编》卷中，载《全宋笔记》第三编第10册，大象出版社，2008，第142页。
④同①，第156页。

所在石刻多见毁。徐州黄楼，东坡所作，而子由为之赋，坡自书，时为守者独不忍毁，但投其石城濠中，而易楼名'观风'。宣和末年，禁稍弛，而一时贵游，以蓄东坡之文相尚。鬻者大见售，故工人稍稍就濠中摹此刻。有苗仲先者适为守，因命出之，日夜摹印，既得数千本，忽语僚属曰：'苏氏之学法禁尚在，此石奈何独存？'立碎之。人闻石毁，墨本之价益增。仲先秩满，携至京师，尽鬻之，所获不赀。"[①]从这条材料可以看出，当时统治者禁令严酷，地方官执行更严，但禁毁并不能影响公论，甚至从某种意义上讲，更激发了人们对苏轼文艺作品的欣赏与珍惜。

北宋文人唱和之风很盛，有时唱和的圈子会因朋友关系而扩大。此书记载，"苏丞相子容留守南都，刘丞相莘老签书判官事，时年尚少，苏公大器爱之。元祐中，刘公为右仆射兼中书侍郎，苏公为尚书左丞，同秉政。尝因祠事各居本省致斋，刘公有《夜直中书省寄左丞子容公诗》曰：'膺门早岁预登龙，俭莫中间托下风。敢谓弹冠烦贡禹，每思移疾避胡公。论文青眼今犹在，报国丹心老更同。夜直沉迷坐东省，斋居清绝望南宫。'苏公和曰：'五年班缀望夔龙，曾托帡幪庇雨风。末路自怜黄发老，早时曾识黑头公。升沉不改交情见，出处虽殊趣舍同。谩扣芜音答高唱，终惭下管应清宫。'苏门下子由时为右丞，亦和曰：'雷雨年年起卧龙，穆然台阁有清风。一时画诺虽云旧，晚岁吁俞本自公。松竹经寒俱不改，盐梅共鼎固非同。新诗和遍东西府，律吕更成十二宫。'时朝廷和此诗者甚众，往往见于名士文集中"[②]。

除了唱和，相对固定的文人集会，也是值得关注的。"王荆公、司马温公、吕申公、黄门韩公维，仁宗朝同在从班，特相友善。暇日多会于僧坊，往往谈燕终日，他人罕得而预。时目为'嘉祐四友'。"[③]

此书还通过描述柳永词的影响，展现了北宋词的发展变化轨迹："柳永耆卿以歌词显名于仁宗朝，官为屯田员外郎，故世号'柳屯田'。其词虽极工致，然多杂以鄙语，故流俗人尤喜道之。其后欧、苏诸公继出，文格一

---

①徐度：《却扫编》卷下，载《全宋笔记》第三编第10册，大象出版社，2008，第156—157页。

②徐度：《却扫编》卷中，载《全宋笔记》第三编第10册，大象出版社，2008，第137—138页。

③同②，第144页。

变，至为歌词，体制高雅，柳氏之作殆不复称于文士之口，然流俗好之自若也。刘季高侍郎宣和间尝饭于相国寺之智海院，因谈歌词，力诋柳氏，旁若无人者。有老宦者闻之，默然而起，徐取纸笔，跪于季高之前请曰：'子以柳词为不佳者，盍自为一篇示我乎？'刘默然无以应，而后知稠人广众中慎不可有所臧否也。"[①]从中不难看出北宋词由重视音乐歌唱至重视文人化之发展历程。

王观国《学林》

王观国，字彦宾，潭州（今湖南长沙）人，著有《学林》十卷。《学林》书名取自《汉书·叙传》"正文字惟学林"之语。此书以考辨字体、字音、字义为主，征引书籍丰富，考证翔实，多有自见，尤其是在文字形体、音韵、词义的考证方面发人所未发，很有价值。

第一，此书在评论杜甫及其作品方面很有见地。"今世传《杜子美诗集》第三十卷，首二十余篇皆以两字为题，如《宿昔》《能画》《斗鸡》《鹦鹉》之类，皆非本题。详其诗意，皆追忆开元之盛，叹天宝之乱。子美初必各自有题，后之编类者失其本题，但取篇首二字为题尔，恐误后生学诗者。"[②]

此书善于以杜证杜，从杜诗中探寻杜甫人生观的变化及其心路历程："杜子美《投赠哥舒开府翰》诗曰：'开府当朝杰，论兵迈古风。先锋百胜在，略地两隅空。'又作《潼关吏》诗曰：'哀哉桃林战，百万化为鱼。请嘱边关将，慎勿学哥舒。'此所谓一贵一贱，交情乃见者耶！然人各有趣，苟不悖于道，则无伤于言行。"[③]

一般诗话、笔记在讨论李白与杜甫时，主要讨论李白、杜甫互相赠答之事，以及李杜孰优孰劣等问题，此书却颇有独到之处，作者敏锐地发现了杜甫学习李白诗歌的证据。"李太白《宫词》曰：'山花插宝髻，石竹绣罗衣。'杜子美《琴台》诗曰：'野花留宝靥，蔓草见罗裙。'此相仿之句也。按太白《宫词》乃开元盛时所撰，司马相如琴台在西蜀，子美《琴台》乃天宝

①徐度：《却扫编》卷下，载《全宋笔记》第三编第10册，大象出版社，2008，第164页。
②王观国：《学林》上卷二，载《全宋笔记》第四编第1册，大象出版社，2008，第59—60页。
③王观国：《学林》下卷七，载《全宋笔记》第四编第2册，大象出版社，2008，第23页。

末避地西蜀时所撰，则子美仿太白之词也。太白《宫词》曰：‘宫中谁第一，飞燕在昭阳。’子美《哀江头》诗乃安禄山陷京师后所作，亦子美仿太白之句也。李杜同时有诗名，然子美自负其气，不下人，至于太白佳句，则子美反窃其意，盖自古文士皆如此。‘澄江净如练’，谢玄晖佳句也，李太白曰：‘解道澄江净如练，令人却忆谢玄晖。’而子美亦曰：‘谢朓每篇堪讽诵。’盖李、杜心服其人也。张祜有诗曰：‘日月光先到，山河势尽来。’祜尝以此自负，然其实用陈后主所谓‘日月光天德，山河壮帝居’者也。诗人蹈前尘，虽作者犹不免焉。”①

由于读书广博、学问精深，作者对杜甫诗歌的解读颇能发前人之未发。“杜子美《杜鹃》诗曰：‘西川有杜鹃，东川无杜鹃。涪万无杜鹃，云安有杜鹃。’注诗者曰：‘上四句非诗，乃题下自注，后人误写。’观国详此四句，非子美自注，皆诗也。自四句而下继曰：‘我昔游锦城，结庐锦水边。有竹一顷余，乔木上参天。’盖鹃字继之以边字、天字为韵，可以见矣。子美绝句诗曰：‘前年渝州杀刺史，今年开州杀刺史。群盗相随剧虎狼，食人更肯留妻子。’此诗正与杜鹃诗相类，乃自是一格也。”②

对于李杜关系及杜甫赠李白之诗，作者也能详尽解读，自立其说，不人云亦云。“或曰杜甫、李白同时，以诗名相轧，不能无毁誉。甫赠白诗曰：‘李侯有佳句，往往似阴铿。’此句乃所以鄙李白也。观国按：子美《夔府咏怀寄郑监李宾客》诗曰：‘郑李光时论，文章并我先。阴何尚清省，沈宋欻联翩。’盖谓阴铿、何逊、沈约、宋玉也，四人皆能诗文，为时所称者，而子美又以阴铿居四人之首，则知赠太白之诗非鄙之也，乃深美之也。《陈书·阮卓传》曰：‘武威阴铿，字子坚。五岁能诵诗赋，日千言。及长，博涉史传，尤善五言诗，为当时所重。有集三卷行于世。以此观之，则子美赠太白诗云‘往往似阴铿’者，乃美太白善为五言诗似阴铿也。”③

杜甫的近体诗对仗工整，又大胆创新，不拘束、僵化。作者详尽考证、仔细分析，深入杜甫对仗之妙处。“杜子美《田舍》诗：‘榉柳枝枝弱，枇杷对对香’，或说榉柳者，柳之一种，其名为榉柳，非双声字也，枇杷乃双

---

①王观国：《学林》下卷八，载《全宋笔记》第四编第2册，大象出版社，2008，第42—43页。
②同①，第44页。
③同①，第44—45页。

声字，榉柳不可以对枇杷。观国按：子美此诗题曰《田舍》，则当在田舍时偶见榉柳、枇杷。盖所见景物如此，乃以为对尔。子美《觅松苗子》诗曰：'落落出群非榉柳，青青不朽岂杨梅。'以榉柳对杨梅，乃正对也。然则以榉柳对枇杷，非误也。子美《寄高詹事》诗曰：'天上鸣鸿雁，池中足鲤鱼。'鸿、雁二物也，鲤者，鱼之一种，其名为鲤，疑不可以对鸿雁。然《怀李白》诗曰：'鸿雁几时到，江湖秋水多。'则以鸿雁对江湖，为正对矣。又《得舍弟消息》诗曰：'浪传乌鹊喜，深负鹡鸰诗。'乌与鹊二物，疑不可以对鹡鸰。然《偶题》诗曰：'音书恨乌鹊，号怒怪熊罴。'则以乌鹊对熊罴，为正对矣。又《寄李白》诗曰：'几年遭鹏鸟，独泣向麒麟。'鹏鸟，鸟之名鹏者，疑不可以对麒麟。然《寄贾岳州严巴州两阁老》诗曰：'貔虎开金甲，麒麟受玉鞭。'则貔虎对麒麟，为正对矣。而《哭韦之晋》诗曰：'鹏鸟长沙讳，犀牛蜀郡怜。'以鹏鸟对犀牛，亦为正对矣。子美岂不知对属之偏正耶？盖其纵横出入，无不合也。"①

关于杜甫的卒年、死因，作者也有考证，可以参考。"《旧唐史·杜甫传》曰：'甫永泰二年卒。'观国考子美诗，有大历二年九月三十日诗，大历十月一日诗，大历三年春《白帝城放船出瞿唐》诗，大历五年正月《追酬高适人日》诗，甫《志》与《传》皆云年五十九卒。案甫生于睿宗先天元年癸丑岁，卒于大历五年辛亥岁，为年五十九，则史云'永泰二年卒'者，误也。元祐中，胡资政知成都，作《草堂先生诗碑序》曰：'蜀乱，先生下荆、诸，溯沅、湘，上衡山，卒于耒阳。'王内翰注子美诗《序》曰：'大历三年，甫下峡入湖南，游衡山，寓居耒阳。五年夏，一夕醉饱卒。'元祐中，吕丞相作《子美诗年谱》曰：'大历五年夏，甫还襄、汉，卒于岳阳。'观国尝考究杜陵遗迹，及襄、汉、岳阳，皆无子美墓，唯耒阳县有子美墓，前贤多留题，则子美当卒于耒阳也。近世有小说《丽情集》者，首序子美因食牛肉、白酒而卒，此无据妄说，不足信。今注子美诗者，亦假王原叔内翰之名，谓甫'一夕醉饱卒'者，毋乃用小说丽情之语耶？"②

第二，此书对于一些与文学相关的史实考证得比较严谨。

对于唐代诗歌中的许多史实，作者有独特见解，如《学林》载："李肇

①王观国：《学林》下卷八，载《全宋笔记》第四编第2册，大象出版社，2008，第50页。

②王观国：《学林》上卷五，载《全宋笔记》第四编第1册，大象出版社，2008，第201页。

《国史补》曰：‘客有以《宴乐图》示王维，维曰：‘此《霓裳》第三叠第一声也。’客引工按曲，乃信。今《新唐书·王维传》亦载此事，盖用《国史补》语也。观国窃谓图画奏乐者，皆但能举一声，岂知其为《霓裳》第三叠第一声也？沈存中亦尝辨之。盖《国史补》虽唐人小说，然其记事多不实，修唐史者一概取而分缀入诸列传，曾不核其是否，故舛误类如此也。郑愚《津阳门》诗注云：叶法善引上入月宫，闻仙乐。‘及上归，但记其半，遂于笛中写之。会西凉府都督杨钦述进《婆罗门曲》，与其声调相符，遂以月中所闻为散序，用钦述所进为其腔，而名《霓裳羽衣曲》。’《唐书·礼乐志》曰：明皇时，‘河西节度使杨钦忠献《霓裳羽衣曲》十二遍。曲终必遽，唯《霓裳羽衣曲》将毕，引声益缓’。观国按：郑愚诗注颇怪诞，不可信，当以《唐志》所记为是。《摭言》曰，唐末试进士，以《霓裳羽衣曲》为诗题。明年，又以为赋题。观国按：明皇以声色而败度，后之文士，咸指《霓裳羽衣曲》为亡国之音，故唐人诗曰：‘霓裳一曲千峰上，舞破中原始下来。’亦如陈主之《玉树后庭花》也，固不可以为诗题赋题而训多士。夫唐之祖宗典故其美且善者多矣，奚独《霓裳》之取耶？”①

对于李贺回避父亲名而不能参加进士考试一事，作者又用孤证不信、材料互相印证的方法，对《据谈录》之记载加以肯定。《学林》上卷三：“韩愈《讳辩》曰：‘贺举进士有名，争名者毁之曰，贺父名晋肃，不举进士为是。’以此知贺尝举进士矣，争名者毁之，故韩愈作《讳辨》，欲以全贺之名也。唐史与《讳辨》意不同矣。唐人康骈作《剧谈录》曰，元微之以明经擢第，愿结交李贺，执贽造贺门，贺览刺不答，微之惭愤而退。后登要路，因指贺祖称讳进，不合应进士举，遂致轗轲。韩愈惜其才，为著《讳辨》。观国按：唐人小说虽未可全信，然记贺事与《讳辨》合，则知史辞所载未之尽也。”②

第三，作者对于一些文学作品、文学现象发表了自己的看法。

对于近体诗中的押韵、双声叠韵等，作者不做宽泛的议论，而是对一些典型现象做细致分析，论据丰富，言之成理。

作者分析重韵现象，以杜甫为切入点，认为杜甫经常使用重韵，但不

---

①王观国：《学林》上卷五，载《全宋笔记》第四编第1册，大象出版社，2008，第194—195页。
②王观国：《学林》上卷三，载《全宋笔记》第四编第1册，大象出版社，2008，第126页。

是刻意为之，而是不以辞害意。重韵不是杜甫之发明，而是从曹组、谢灵运等人已经开始使用，杜甫之后，韩愈、白居易、苏轼等也常用。

《学林》载："杜子美《饮中八仙歌》曰'知章骑马似乘船'，又曰'天子呼来不上船'；《歌》曰'眼花落井水底眠'，又曰'长安市上酒家眠'；《歌》曰'汝阳三斗始朝天'，又曰'举觞白眼望青天'；《歌》曰'皎如玉树临风前'，又曰'苏晋长斋绣佛前'，又曰'脱帽露顶王公前'，此《歌》三十二句，而押二船字，二眠字，二天字，三前字。近时论诗者曰：'此歌自是八段，不嫌于重韵也。'观国按：子美此诗以《饮中八仙歌》五字为题，则是一歌。此歌首尾于船字韵中押，未尝移别韵，则非分为八段。盖子美古律诗重用韵者亦多，况于歌乎！如《园人送瓜》诗曰：'沉浮乱冰玉，爱惜如芝草。'又曰'园人非故侯，种此何草草'。一篇押二草字也。《上后园山脚》诗曰'蓐收困用事，玄冥蔚强梁'。又曰'登高歌有往，荡析川无梁'。一篇押二梁字也。《北征》诗曰'维时遭艰虞，朝野少暇日'。又曰'老夫情怀恶，呕泄卧数日'。一篇押二日字也。《夔府咏怀》诗曰'虽云隔礼数，不敢坠周旋'。又曰'淡交随聚散，泽国绕回旋'。一篇押二旋字也。《赠李八秘书》诗曰'事殊迎代邸，喜异赏朱虚'。又曰'风烟巫峡远，台榭楚宫虚'。一篇押二虚字也。《赠李邕》诗曰'放逐早联翩，低垂困炎厉'。又曰'哀赠终萧条，恩波延揭厉'。一篇押二厉字也。《赠汝阳王》诗曰'自多亲棣萼，谁敢问山陵'。又曰'鸿宝宁全秘，丹梯庶可陵'。一篇押二陵字也。《喜薛璩岑参迁官》诗曰'栖遑分半菽，浩荡逐流萍'。又曰'仰思调玉烛，谁定握青萍'。一篇押二萍字也。《寄贾岳州严巴州两阁老》诗曰'讨胡愁李广，奉使待张骞'。又曰'如公尽雄隽，志在必腾骞'。一篇押二骞字也。子美诗如此类甚多，虽然子美诗非创意为此者，盖有所本也。按《文选》载古诗曰'晨风怀苦心，蟋蟀伤局促'。又曰'音响一何悲，弦急知柱促'。一篇押二促字。曹子建《美女篇》曰'明珠交玉体，珊瑚间木难'。又曰'佳人慕高义，求贤良独难'。一篇押二难字。谢灵运《述祖德诗》曰'段生蕃魏国，展季救鲁人'。又曰'惠物辞所赏，厉志故绝人'。一篇押二人字。又《南园》诗曰'樵隐俱在山，由来事不同'。又曰'赏心不可忘，妙善异皆同'。一篇押二同字。又《初去郡》诗曰'或可优贪竞，岂足称达生'。又曰'毕娶类尚子，薄游似邴生'。一篇押二生字。陆士衡《拟古》诗曰'此思亦何思，思君徽与音'。又曰'惊飙褰友信，归云难寄音'。一篇押二音字。又《豫章行》'帆舟清川渚，遥望高山阴'。又曰'寄世将几何，日昃无停阴'。一篇押二阴字。阮嗣宗《咏怀》诗曰'如何当路子，磬折忘所归'。又曰'黄鹄游四海，中路将安归'。一篇押二归字。江淹《杂体》诗曰'韩公沦卖药，梅生隐市门'。又曰'太平多欢娱，飞盖东都门'。一篇押二门字。王仲宣《从军》诗曰'连舫逾万艘，带甲千万人'。又曰'我有素餐责，诚愧伐檀人'。一篇押二人字。古人诗自有此体格，杜子美亦效古人之作耳。韩退之《赠张籍》诗一篇二更字，二阳字。又《岳阳楼别窦司直》诗押二何字。又《李花》诗押二花字。又《双乌》诗押二州字、二头字、二秋字、二休字。又《和卢郎中送盘谷子》诗押二行字。又《示爽》诗押二愁字。又《叉鱼》诗押二销字。《寄孟郊》诗押二奥字，《此日足可惜》诗押二光字。白乐天《渭村退居》诗押二房字，《梦游春》诗押二复字，《元微之》诗押二夷字，《出守杭州路次蓝溪》诗押二水字，《游悟真寺》诗押二檠字。其余诗人如此叠用韵者甚多，不可具举。意到即押耳，奚独于《饮中八仙歌》而致怪耶？苏子瞻《送江公著》诗曰'忽忆钓台归洗耳'，又曰'亦念人生行乐耳'，子瞻自注曰'二耳义不同，故得重用'。盖子瞻自不必注。"①

对于诗歌中的双声叠韵现象，作者穷根探源，指出其出处，并结合前人诗句细致深入分析。

《学林》载："《南史·谢庄传》曰：'王元谟问庄："何者为双声？何者为叠韵？"答曰："炫护为双声，礅碻为叠韵。"'观国按：古人以四声为切韵，纽以双声、叠韵，必以五音为定，盖谓东方喉声为木音，西方舌声为金音，南方齿声为火音，北方唇声为水音，中央牙声为土音也。双声者，同音而不同韵也，叠韵者，同音而又同韵也。炫、护同为唇音，而二字不同韵，故谓之双声。礅、碻同为牙音，而二字又同韵，故谓之叠韵。若髣髴（仿佛）、熠耀、骐驥、慷慨、咿喔、脉霂，皆双声也。若侏儒、曈昽、崆峒、巃嵸、螳螂、滴沥，皆叠韵也，《广韵》曰：章灼、良略是双声，灼略、章良是叠韵。又曰，厅剔、灵历是双声，剔历、厅灵是叠韵。举此例则诸音皆视此而纽之，可以定矣。沈存中论诗之用字曰：'几家村草里，吹唱隔江闻。几家、村草对吹唱、隔江，皆双声也。'观国按：'村字是唇音，草字是齿音，吹字是唇音，唱字是齿音。此非同音字，不可谓之双声也。'存中又曰：'"月影侵

①王观国：《学林》下卷八，载《全宋笔记》第四编第2册，大象出版社，2008，第40—42页。

簪冷，江光逼履清。”侵、簪、逼、履，皆叠韵也。’观国按：‘侵字是唇音，簪字是齿音，逼字是唇音，履字是舌音。既非同音字，而逼、履二字又不同韵，不可谓之叠韵也。’观国按：‘李群玉诗曰“方穿诘曲崎岖路，又听钩辀格磔声”。诘曲、崎岖乃双声也。钩辀、格磔乃叠韵也。’”①

对于历代名人佳作，作者往往不拘泥于历史陈说，敢于拨云见日，独陈己见，往往言之成理。陶渊明作《闲情赋》，论者都认为是“白璧微瑕”，专咏妇人，作者却不这么认为。《学林》载：“梁昭明太子作《陶渊明文集序》曰‘白璧微瑕者，唯在闲情一赋’，幸无讽谏，何必摇其笔端。观国熟味此赋，辞意宛雅伤己之不遇，寄情于所愿，其爱君、忧国之心，倦倦不忘，盖文之雄丽者也。此赋每寄情于所愿者，若曰‘我愿立于朝，而其君不能用之’，是真谲谏者也。昭明责以‘无讽谏’，则误矣。然则读此赋而不知其意者，以为咏妇人耶？古之言美人、佳人，皆以比君子、贤人。《简兮》诗曰：‘云谁之思？西方美人。彼美人兮，西方之人兮。’注曰：‘美人谓硕人大德，周室之贤者。’《离骚》曰：‘惟草木之零落兮，恐美人之迟暮。’注曰：‘美人谓君也，言恐岁暮而不早用贤也。’《九歌》曰：‘望美人兮未来。’注曰：‘美人谓湘神也，以喻望君之使也。’《张衡传》曰：‘衡为《四愁》诗，依屈原，以美人为君子，以珍宝为仁义，故其诗曰“美人赠我金错刀”“美人赠我金琅玕”“美人赠我貂襜褕”“美人赠我锦绣段”。’江淹诗曰：‘日暮碧云合，佳人殊未来。’《文选》注曰：‘佳人，谓友人也。’《闲情赋》之寄意远矣，以为微瑕者，其不见知耶！”②

对于王勃《滕王阁赋》，作者也能穷根探源，找出其中名句的最早出处，不抹杀原创的意义。《学林》载：“欧阳文忠公《集古录·跋德州长寿寺舍利碑》曰：‘余屡叹文章至陈、隋不胜其弊，而唐家致治之盛，不能遽革其弊。及读斯碑，有云“浮云共岭松张盖，明月与岩桂分丛”，乃知王勃云“落霞与孤鹜齐飞，秋水共长天一色”，当时士无贤愚，以为警绝，岂非其余习乎？’观国按：庾子山《马射赋》曰：‘落花与芝盖齐飞，杨柳共春旗一色。’王勃正仿此联，非摹《长寿寺碑》句也。《长寿寺碑》亦仿《马射

①王观国：《学林》下卷八，载《全宋笔记》第四编第2册，大象出版社，2008，第58页。

②王观国：《学林》下卷七，载《全宋笔记》第四编第2册，大象出版社，2008，第14—15页。

赋》，而句格又弱者也。”[①]

对在解释上存在争议的唐诗，作者能独抒己见，持之有据。《学林》载：“唐张祜有诗名，其《宫词》曰：‘故国三千里，深宫二十年。一声何满子，双泪落君前。’当时人颇称赏此诗。然后人读之，多不晓其句意。唐人小说云，宣宗时孟才人者，本东南人。入宫二十年，以善歌得宠。宣宗不豫，才人侍，帝使歌。才人歌《何满子》，一声而泣下。故祜《宫词》专为此发。当时人知其事者，无不以为切当也。白乐天诗注云：‘明皇时，有姓何名满者，因事对狱，而案牍奏上，犹不免死。人怜为作曲，名《何满子》。’故白乐天诗曰‘人言何满是人名’，乃为此也。张祜在宣宗大中时有诗名，《唐书·艺文志》有张祜诗一卷，注曰：‘祜，字承吉，为处士。’”[②]《学林》又载：“唐张继诗曰：‘月落乌啼霜满天，江枫渔火对愁眠。姑苏城外寒山寺，夜半钟声到客船。’世疑夜半非钟声时。观国按：《南史·文学传》‘丘仲孚，吴兴乌程人。少好学，读书常以中宵钟鸣为限’。然则夜半钟固有之矣。丘仲孚，吴兴人，而继诗姑苏城外寺，则夜半钟乃吴中旧事也。”[③]

对于咏茶诗，作者能够结合茶叶的等级、品尝体验和对茶的研究来梳理，令人耳目一新。《学林》载：“茶之佳品，摘造在社前，其次则火前，谓寒食前也。其下则雨前，谓谷雨前也。茶之佳品，其色白，若碧绿色者。乃常品也。茶之佳品，芽蘖微细，不可多得，若取数多者，皆常品也。茶之佳品，皆点啜之，其煎啜之者，皆常品也。齐己茶诗曰：‘甘传天下口，贵占火前名。’又曰：‘高人爱惜藏岩里，白缒封题寄火前。’丁谓茶诗曰：‘开缄试火前，须寄远山泉。’凡此言火前，盖未知社前之品为佳也。郑谷尝茶诗曰：‘入坐半瓯轻泛绿，开缄数片浅含黄。’郑云叟茶诗曰：‘惟忧碧粉散，尝见绿花生。’沈存中论茶，谓‘黄金碾畔绿尘飞，碧玉瓯中翠涛起’。宜改绿为玉，改翠为素，此论可也。而举‘一夜风吹一寸长’之句，以为茶之精华发越，不必以雀舌乌嘴为贵。今按茶至于一寸长，则其芽蘖大矣，非佳品也。存中以此论，曲矣。卢仝《茶歌》曰：‘开缄宛见谏议面，手阅月团三百片。’薛能《谢刘相公

①王观国：《学林》下卷七，载《全宋笔记》第四编第2册，大象出版社，2008，第15页。
②王观国：《学林》下卷八，载《全宋笔记》第四编第2册，大象出版社，2008，第67页。
③同②，第67—68页。

寄茶》诗曰:‘两串春团敌夜光,名题天柱即维扬。’茶之佳品,珍逾金玉,未易多得,而以三百片惠卢仝,以两串寄薛能者,皆下品可知也。齐己茶诗曰:‘角开香满室,垆动绿凝铛。’丁谓茶诗曰:‘末细烹还好,铛新味更全。’此皆煎茶啜之也。煎茶啜之者,非佳品矣。唐人于茶虽有陆羽为之说,而持论未精。至本朝蔡君谟《茶录》,则持论精矣。以《茶录》而核前贤之诗,皆未有知佳味者也。”①作者通过详细的陈说,证明宋人无论在对茶叶的发现、品赏、研究还是吟咏上,都比唐人提高了一个层次。

在传播过程中,文学作品常常被改动,有的改得青出于蓝,也有的改后与原作韵味相差甚远,对于这一现象,作者用例证说话,详细分析,很有见地。《学林》载:“杜子美《寓居同谷县》诗曰:‘黄独无苗山雪盛,短衣数挽不掩胫。’或改‘黄独’为‘黄精’。按‘黄独’即《神农本草》所谓赭魁是也。赭魁亦名黄独,江南人谓之土卵,形如芋,蒸食之可充饥。子美《太平寺泉眼》诗曰:‘三春湿黄精,一食生毛羽。’又《丈人山》诗曰:‘扫除白发黄精在,君看他时冰雪容。’此子美所用黄精字也。后之浅见者遂改‘黄独’为‘黄精’耳。又‘江莲摇白羽,天棘蔓青丝’。今改‘蔓’为‘梦’。盖天门冬亦名天棘,其苗蔓生,好缠竹木上,叶细如青丝,寺院亭槛中多植之可观。后人既改‘蔓’为梦,又释天棘以为柳,皆非也。子美诗集少善本,良以妄庸辈改之耳。如渊明之‘采菊东篱下,悠然见南山’,而或改‘见’为‘望’。杜荀鹤之‘烧叶垆中无宿火,读书窗下有残灯’,而或改‘叶’为‘药’。王平甫之‘春残叶密花枝少,睡起茶亲酒盏疏’,而或改‘亲’为‘多’。一字之改,清浊辽隔。前贤诗文为人所改,如此类多矣。”②

王灼《碧鸡漫志》

王灼,字晦叔,号颐堂,潼川府路遂宁府(今四川遂宁)人,生平不详,著有《碧鸡漫志》五卷,包含一些文学思想。

一、文学本质论

王灼认为,文学是人的思想感情的真实体现,只有表达真情实感的作

①王观国:《学林》下卷八,载《全宋笔记》第四编第2册,大象出版社,2008,第68—69页。
②同①,2008,第49—50页。

品，才有价值。歌曲便是起源于人表达情感的内在诉求，“天地始分，而人生焉，人莫不有心，此歌曲所以起也”[①]。王灼在评价历代文学作品时，以在感情上是否具有艺术感染力作为第一标准：“荆轲入秦，燕太子丹及宾客送至易水之上，高渐离击筑，轲和而歌，为变徵之声，士皆涕泪。又前为歌曰：‘风萧萧兮易水寒，壮士一去兮不复还。’复为羽声慷慨，士皆瞋目，发上指冠。轲本非声律得名，乃能变徵换羽于立谈间，而当时左右听者亦不愦愦也。今人苦心造成一新声，便作几许大知音矣。”[②]只懂得音律，不一定能写出好的作品。语言、文采、声律虽然美妙，但如果没有强烈的感情充溢其中，自然没有感人的艺术效果。

从情感第一的基本立场出发，王灼又提出“性情”的更高标准。“东京以来，非无作者，大概文采有余，性情不足。高欢玉壁之役，士卒死者七万人，惭愤发疾，归使斛律金作《敕勒歌》，其辞略曰：‘山苍苍，天茫茫，风吹草低见牛羊。’欢自和之，哀感流涕。”[③]虽然对于这首诗的作者与主题的解释不一定准确，但是王灼推崇感人至深的作品的倾向十分明显。王灼标榜“性情”，继承了中国传统文艺理论的精神。“性情”，也就是作家的个性与独特的情感世界，是“自立与真情”。王灼认为，具备真情的作品才能感人，有个性的作品才有独特的价值。真情与创新是衡量作家艺术成就的最重要的标准。

从这一点出发，王灼对苏轼词评价很高。“长短句虽至本朝盛，而前人自立，与真情衰矣。东坡先生非心醉于音律者，偶尔作歌，指出向上一路，新天下耳目，弄笔者始知自振。今少年妄谓东坡移诗律作长短句，十有八九不学柳耆卿，则学曹元宠。虽可笑，亦毋用笑也。”[④]王灼认为，宋朝词的创作虽然繁荣，然而表达作者的独特个性与抒发真情实感的传统却衰落了。他指出，苏轼的词不以考究音律为能事，而凭借真情实感动人，充分肯定了苏轼在宋词发展史上的创新精神和开拓意义，认为苏轼使宋词真正走向了不同于唐五代而能有独特面目的新境界。

对于情感与音乐的关系，王灼认为，音乐应完美地服务于思想感情的

①王灼：《碧鸡漫志》卷一，载《全宋笔记》第四编第2册，大象出版社，2008，第170页。
②同①，第172页。
③同①，第172页。
④王灼：《碧鸡漫志》卷二，载《全宋笔记》第四编第2册，大象出版社，2008，第181页。

表达，不能限制感情，使思想感情屈从于已经定型的音乐。

> 古人初不定声律，因所感发为歌，而声律从之。唐虞禅代以来是也，余波至西汉末始绝。西汉时，今之所谓古乐府者渐兴，晋魏为盛。隋氏取汉以来乐器歌章古调，并入清乐，余波至李唐始绝……盖隋以来，今之所谓曲子者渐兴，至唐稍盛。今则繁声淫奏，殆不可数。古歌变为古乐府，古乐府变为今曲子，其本一也。后世风俗，益不及古，故相悬耳。而世之士大夫亦多不知歌词之变。①

从中国文学史看，六朝以前是先有诗篇，然后再配上乐曲，让音乐适应情感的表达，随意而发，意尽而止，声韵随情感的变化而变化。王灼批评了隋朝以来忽视感情而一味变化音律的倾向，认为这背离了歌曲的传统，舍本逐末。形式随时代变化固然正常，然而如果背离抒发真情实感的旨归，则是背离了文学的本质。变的是形式，不变的是本质，这是文学发展演进的规律。

二、文学风格论

在王灼看来，风格是区分作家个性的标准。同时，作家不同的个性及人生际遇又是形成其独特风格的决定性因素。王灼的词学风格论，不仅仔细区别了作家的独特风貌，同时又知人论世，把作家风格的形成放于时代背景，词的发展史，个人的性情、经历、地位等的综合体系中考索，把论述作家个体风格与词的发展流变，以及作家的地位、贡献联系起来，分析得深入而全面。

《碧鸡漫志》卷二载：“唐末五代，文章之陋极矣，独乐章可喜，虽乏高韵，而一种奇巧，各自立格，不相沿袭。”②“王荆公长短句不多，合绳墨处自雍容奇特。晏元献公、欧阳文忠公，风流缊藉，一时莫及，而温润秀洁，亦无其比。东坡先生以文章余事作诗，溢而作词曲，高处出神入天，平处尚临镜笑春，不顾侪辈。或曰：‘长短句中诗也。’为此论者，乃是遭柳永

①王灼：《碧鸡漫志》卷一，载《全宋笔记》第四编第2册，大象出版社，2008，第171页。
②王灼：《碧鸡漫志》卷二，载《全宋笔记》第四编第2册，大象出版社，2008，第178页。

野狐涎之毒。诗与乐府同出，岂当分异。若从柳氏家法，正自不分异耳。晁无咎、黄鲁直皆学东坡韵制，得七八。黄晚年闲放于狭邪，故有少疏荡处。后来学东坡者叶少蕴、蒲大受，亦得六七，其才力比晁、黄差劣。苏在庭、石耆翁入东坡之门矣，短气跼步，不能进也。赵德麟、李方叔皆东坡客，其气味殊不近，赵婉而李俊，各有所长。晚年皆荒醉汝颍京洛间，时时出滑稽语。贺方回、周美成、晏叔原、僧仲殊，各尽其才力，自成一家。贺、周语意精新，用心甚苦。毛泽民、黄载万次之。叔原如金陵王、谢子弟，秀气胜韵得之天然，将不可学。仲殊次之。殊之赡，晏反不逮也。张子野、秦少游，俊逸精妙。少游屡困京洛，故疏荡之风不除。陈无己所作数十首，号曰语业，妙处如其诗，但用意太深，有时僻涩。陈去非、徐师川、苏养直、吕居仁、韩子苍、朱希真、陈子高、洪觉范，佳处亦各如其诗。"①王灼用发展变化的动态眼光，展现了唐五代北宋词的发展历程，用准确生动的笔触揭示了重要作家的个体风格。与否定唐五代词的论者不同，王灼用客观的态度，肯定了唐末五代的文章虽然在走下坡路，一片衰败之象，但是词的创作却生机勃勃，这种新兴的文体处于诞生期，虽然缺乏大家气象，然而奇妙精巧，丰富多彩。在论北宋名家时，王灼能够关注作家的独特精神品格与风格之间的关系，认为这种个体风格一旦形成，后人难以模仿，因为每一个人都是独一无二的个体，具有独特的精神品格。由于王安石具有丰富的人生阅历，又有身居高位的经历，虽不以填词为主要文学追求，但是其词既合于音乐，又雍容雅致，不乏创新性。欧阳修的词则在继承花间派基础上开拓求新，在传统的相思离别题材中，灌注深情远韵，既音韵和谐，又委婉含蓄，耐人回味，在宋词发展史上形成了自己独特的风格。对于苏轼在宋词发展史上的伟大意义，王灼可谓慧眼独具。王灼十分精通音乐，但不局限于以音律来判别词的高下。他以敏锐的艺术眼光分析，认为苏轼主要精力在文的创作，诗歌次之，再次才是词的创作。

在王灼看来，苏轼词"出神入天"，无论在题材的开拓还是艺术的创新上都超越前人，即使是处理传统词的题材，也能做到新颖丰富，高出时辈。对于苏轼"以诗为词"的创新，苏轼以后的人多有指责，认为其词是"长短句中诗"。王灼却认为，苏轼这一创新具有划时代的意义，持批判

①王灼：《碧鸡漫志》卷二，载《全宋笔记》第四编第2册，大象出版社，2008，第178—179页。

论断的人是受了柳永关于词的音律的观念影响。王灼认为，诗与词同出，诗词都可以歌唱，不应该有壁垒。随着宋代都市的发展，科举录取几十倍于唐代，许许多多的中下层青年才俊能够实现自己的梦想，跨入文人士大夫的行列，文人的待遇和生活水平有了很大提高，加之家宴文化的盛行，使得市井演唱的俗词与宫廷和家宴演唱的雅词有了交融，审美的天平逐步向士大夫化的雅词倾斜。王灼并不是把柳永看作苏轼的对立面，也不是全面否定柳永的词在词史上的地位，而是把柳永与苏轼作为两种文化和词风的代表。

苏轼以前的词以代言体为多，创作者是男性，词的主体是女性，故多艳丽之语、柔美之韵，文人士大夫的情怀不是词所表达的主要内容。在苏轼以前，以女性为重心，以婉约柔丽为主调，是词的主体风貌。花间派的风调被认为是词的正宗，甚至被认为属于苏门的李之仪也力主此说，可见传统词学审美观的根深蒂固。“以诗为词”是苏轼的手段而不是目的。苏轼的目的，是将士大夫自身的情感怀抱和精神旨趣作为词的抒情主体，从而使词走上文人化的道路。

在比较作家的个体风格时，王灼不是简单列举，而是会评价高低。他对苏轼、欧阳修、黄庭坚、晏几道、秦观、贺铸、张先等评价比较高，对柳永、晁端礼、万俟咏等评价较低，除了艺术审美的口味不同，这恐怕也体现了王灼本人的价值观。

尤为值得称道的是，王灼记下了女词人李清照的事迹，这在宋代这样男尊女卑的男权社会里十分难得。《碧鸡漫志》卷二载：“易安居士，京东路提刑李格非文叔之女，建康守赵明诚德甫之妻。自少年便有诗名，才力华赡，逼近前辈，在士大夫中已不多得，若本朝妇人，当推词采第一。赵死，再嫁某氏，讼而离之，晚节流荡无归。作长短句，能曲折尽人意，轻巧尖新，姿态百出，闾巷荒淫之语肆意落笔，自古搢绅之家能文妇女未见如此无顾籍也。”[①]以往的研究者大多批评王灼封建的道德观，却忽略了王灼较早地肯定了李清照在词史上的意义，且比较准确地描述了李清照晚年词淋漓尽致表达感情，艺术上外在轻巧而内在新奇，在语言上大胆创新，大量使用口语、俗语，创造性地运用叠字的特点。

---

①王灼：《碧鸡漫志》卷二，载《全宋笔记》第四编第2册，大象出版社，2008，第183页。

三、词调研究成就不凡

在对于词调的解释上，王灼更有不少首创之功，“元微之序《乐府古题》云：‘操、引、谣、讴、歌、曲、词、调八名，起于郊祭、军宾、吉凶、苦乐之际，在音声者因声以度词，审调以节唱，句度长短之数，声韵平上之差，莫不由之准度，而又别其在琴瑟者为操引，采民氓者为讴谣，备曲度者，总谓之歌曲词调。斯皆由乐以定词，非选词以配乐也。诗、行、咏、吟、题、怨、叹、章、篇九名，皆属事而作，虽题号不同，而悉谓之为诗可也。后之审乐者往往取其词，度为歌曲。盖选词以配乐，非由乐以定词也。’微之分诗与乐府作两科，固不知事始，又不知后世俗变，凡十七名，皆诗也，诗即可歌可被之管弦也。元以八名者近乐府，故谓由乐以定词；九名者本诸诗，故谓选词以配乐。今《乐府古题》具在，当时或由乐定词，或选词配乐，初无常法。习俗之变，安能齐一”①。王灼尊重历史，同时又有通脱的审美眼光，对词乐与填词的关系论述清晰。他认为，词乐产生于丰富的社会生活之中，“由乐定词”，就是以词从乐，即倚声填词，以音乐为准绳，根据声的节奏填词；还有一种填词方式是“选词配乐”，北宋就有人提出了词不应仅仅倚声填词，王安石云“古之歌者，皆先有词，后有声。故曰：‘诗言志，歌咏言，声依永，律和声。’如今先撰腔子，后填词，却是‘永依声’也”②。王灼这一观点合法化了苏轼开拓、革新词体的理论，表现出重视情感内容的倾向。

王灼评论历代词家比较辩证客观，在肯定苏轼开创意义的同时，不否定其他风格的作品，对周邦彦对词律的贡献及其作品独特的艺术魅力十分肯定，对贺铸词也有赞扬。《碧鸡漫志》卷二载：“江南某氏者，解音律，时时度曲。周美成与有瓜葛，每得一解，即为制词，故周集中多新声。贺方回初在钱塘，作《青玉案》，鲁直喜之，赋绝句云：‘解道江南断肠句，只今惟有贺方回。’贺集中如《青玉案》者甚众。大抵二公卓然自立，不肯浪下笔，予故谓语意精新，用心甚苦。”③“贺方回《石州慢》，予旧见其稿。‘风色收寒，云影弄晴’，改作‘薄雨收寒，斜照弄晴’。又‘冰垂玉箸，向午滴沥檐楹，泥融消尽墙阴雪’，改作‘烟横水际，映带几点归鸿，东风消

---

①王灼：《碧鸡漫志》卷一，载《全宋笔记》第四编第2册，大象出版社，2008，第175页。

②文渊阁四库全书本赵令畤《侯鲭录》卷七。

③王灼：《碧鸡漫志》卷二，载《全宋笔记》第四编第2册，大象出版社，2008，第182页。

尽龙沙雪’。”[①]他对二人语言上的新颖精工十分佩服。

四、审美标准论

王灼在构建词自身的审美标准时，受儒家传统思想的影响较大，以中和、雅正为评价尺度。《碧鸡漫志》卷一载：“或问雅、郑所分。曰：中正则雅，多哇则郑，至论也。何谓中正？凡阴阳之气，有中有正，故音乐有正声，有中声。二十四气，岁一周天，而统以十二律。中正之声，正声得正气，中声得中气，则可用。中正用则平气应，故曰：中正以平之。若乃得正气而用中律，得中气而用正律，律有短长，气有盛衰，太过不及之弊起矣。”[②]“中庸”是孔子哲学的基本原则，更是儒家文艺批评的根本标准。在这个标准之下，每一个文艺作品的因素既有机统一，又相互制约、彼此依存，每一个因素都不能片面发展，每一个方面都要适度，这就是“中庸”的审美标准。这一标准对中国古代文艺思想影响十分深远。王灼认为，如果不能很好地掌握“中庸”的审美标准，就会走向偏颇，产生太过或不及的弊病。

从这一审美原则出发，王灼批评了柳永等人：“柳耆卿《乐章集》，世多爱赏该洽，序事闲暇，有首有尾，亦间出佳语，又能择声律谐美者用之，惟是浅近卑俗，自成一体，不知书者尤好之。予尝以比都下富儿，虽脱村野，而声态可憎。”[③]“王辅道、履道善作一种俊语，其失在轻浮。辅道夸捷敏，故或有不缜密。李汉老富丽而韵平平。舒信道、李元膺思致妍密，要是波澜小。谢无逸字字求工，不敢辄下一语。如刻削通草人，都无筋骨，要是力不足。”[④]这些词家在形成自己风格的过程中，或在内容感情上失去控制，或在艺术风格上没有很好把握分寸，故不免弊病明显，难成大家。同时可以看出，王灼还继承了孟子的养气论，对没有气格风骨的词作，他极力批评。当然，王灼的审美标准毕竟有其局限，柳永写都市与市民心态及歌妓悲剧心理的词作没有引起他的高度重视。他对柳永词在词史上的地位、意义认识不足，因此对柳永的评价显然没有达到应有的高度。

---

①王灼：《碧鸡漫志》卷二，载《全宋笔记》第四编第2册，大象出版社，2008，第185页。

②王灼：《碧鸡漫志》卷一，载《全宋笔记》第四编第2册，大象出版社，2008，第176页。

③同②，第180页。

④同②，第179页。

认真研究王灼《碧鸡漫志》的文学思想，具有深刻的历史和现实价值。

姚宽《西溪丛语》

姚宽（1105—1162），字令威，有《西溪丛语》。此书内容十分丰富，涉及历史人物、事件、文物典故、山川地理等，有关文学思想的内容很丰富。

作者对于历代作家作品颇有己见。

作者对楚辞的名称及篇数实事求是进行了考证，证据不足的就存疑。"《离骚》《九歌》，章句名曰九，而载十一篇，何也？曰：九以数名之，如《七启》《七发》，非以其章名。或云《国殇》《礼魂》不在数。若除《国殇》《礼魂》，只二十三篇。韩文公云：'屈原《离骚》二十五。'王逸云：'《渔父》以上二十五，合《国殇》《礼魂》也。'刘渊林注《魏都赋》引《九章》之辞，曰'蔀也必独立'，引《卜居》之辞，曰'横江潭而渔'。今阅二篇，又无是二句，信有阙文。渊林出汉后，何为独见全书也？尝有《策问》云：萧统《文选》载《九歌》，无《国殇》《礼魂》。晁无咎谓《大招》古奥，疑原作。今起《离骚经》《远游》《天问》《卜居》《渔父》《大招》，而云《九章》《九歌》又十八，则原赋存者，二十四篇耳。《惜誓》尽叙原意，末云：'鸾凤之高翔，见盛德而后下。'与贾谊《吊屈原文》云：'凤凰翔于千仞兮，览德辉而下之。'断章趣同，将谊效之也？抑固二十五篇之一，未可知也，若如《文选》去《国殇》《礼魂》，以《大招》《惜誓》补，则二十五篇，似为足矣。'横江潭而渔'，扬雄《答客难》有之，如贾逵、班固于《离骚经》，尝以所见改易无疑，则《九章》《卜居》，如王逸辈或有改易，未可知也。书之阙文，未易深考。"①

对于宋玉高唐赋之典故，作者仔细辨析，独陈己见，言之有理。"昔楚襄王与宋玉游高唐之上，见云气之异，问宋玉。玉曰：'昔先王梦游高唐，与神女遇，玉为高唐之赋。'先王谓怀王也。宋玉是夜梦见神女，寤而白王，王令玉言其状，使为《神女赋》。后人遂云襄王梦神女，非也。古乐府诗有之：'本自巫山来，无人睹容色。惟有楚怀王，曾言梦相识。'李义山亦云：'襄王枕上元无梦，莫枉阳台一片云。'今《文选》本'玉''王'字差

---

①姚宽：《西溪丛语》卷上，载《全宋笔记》第四编第3册，大象出版社，2008，第11页。

误。”[①]“《楚辞》云：‘夕餐秋菊之落英。’王逸云：‘英，华也。’《类篇》云：‘英，草荣而无实者。’后汉冯衍赋云：‘食玉芝之茂英。’言英华之英。洪兴祖补注《楚辞》云：‘秋花无自落者，读如“我落其实，而取其华”之“落”。’此言为是。今秋花亦有落者，但菊蕊不落耳，若云‘黄菊飘零满地金’，即诗用《楚辞》之句。且《宋书·符瑞志》沈约云：‘英，叶也。言食秋菊之叶。’据《神农本草》：‘菊服之，轻身耐老。三月采叶。’《玉函方》王子乔《变白增年方》：‘甘菊，三月上寅采，名曰玉英。’是英谓之叶也。晋许询诗云：‘青松凝素体，秋菊落芳英。’”[②]

作者对《诗经》中不少篇章的阐释多有自见。“《诗》云：‘高山仰止，景行行止。’言人有景行，当效而行之，如山之高当仰之。今人书简有使‘景仰’者，疏矣。魏文帝书云：‘高山景行，深所慕仰。’为是。任彦升《太宰碑》云：‘瞻彼景山，肃然望慕。’虽引诗‘陟彼景山’，然不出景行高山之意也。”[③]

即使是孔子对《诗经》的解释，作者也不盲从，而是从文本出发，实事求是。“《诗》曰：‘投我以木瓜，报之以琼琚。投我以木桃，报之以琼瑶。投我以木李，报之以琼玖。’传曰：‘木瓜，楙木，可食之木也。’按诗之意，乃以木为瓜、为桃、为李，俗谓之假果者，盖不可食、不适用之物也，亦犹画饼、土饭之义尔。投我以不可食、不适用之物，而我报之以琼玉可贵之物，则投我之物虽薄，而我报之实厚。卫国有狄人之败，出处于漕，齐桓公救而封之，遗之车马器服，卫人思之，欲厚报之，则投我虽薄，而我思报之实欲其厚，此作诗者之意也。郑笺以木瓜为楙木，则是果实之木瓜也，误矣。《初学记》《六帖》于果实木瓜门，皆引《卫风·木瓜》之诗，亦误。昔之记言者谓孔子曰：‘吾于木瓜，见苞苴之礼行焉。’按《木瓜》诗，投报之辞，以为喻尔，未见真有投报也，恐非孔子之言。”[④]

作者对杜甫诗歌也有自己的看法。“杜甫《洗兵马》。左太冲《魏都赋》云：‘洗兵海岛，刷马江州。’《六韬》武王问太公：‘雨辎车至轸，何也？’曰：‘洗甲兵也。’魏武《兵要》曰：‘大将将行，雨濡衣冠，是谓洗

---

①姚宽：《西溪丛语》卷上，载《全宋笔记》第四编第3册，大象出版社，2008，第7—8页。
②姚宽：《西溪丛语》卷下，载《全宋笔记》第四编第3册，大象出版社，2008，第63页。
③同②，第63—64页。
④同①，第32页。

兵。’”[①]“或谓诗史者，有年月、地理、本末之类，故名诗史。盖唐人尝目杜甫为诗史，本出孟棨《本事》，而新书亦云。”[②]对杜诗的用典，作者独具慧眼，要言不烦：“杜甫《赠韦十六评事》：‘子虽躯干小。’《晋书·载记》：刘曜时，壮士陈安战死，陇上歌之曰：‘陇上健儿有陈安，躯干虽小腹常宽。’《秋兴》云：‘闻道长安似弈棋。’盖用甯子视君如弈棋事。《绝句》云：‘即看翡翠兰苕上。’用郭景纯《游仙诗》。《移居赠卫大郎》：‘清襟照等夷。’用任彦升《王文宪集序》引袁粲答俭诗：‘之子照清襟。’”[③]“杜甫诗：‘尚想东方朔，诙谐割肉归。’社日用伏日事，苏、黄皆以为误也。《史记》年表：秦德公二年，始作伏祠。社乃同日。至汉方有春秋二社，与伏分也。老杜：‘水落鱼龙夜，山空鸟鼠秋。’陆农师引《水经》：‘鱼龙以秋日为夜。’按，龙，秋分而降，则蛰寝于渊。龙以社日为夜，岂谓是乎？又，鸟鼠同穴者，鼠与鸟为雌雄，似鼠而尾短，在内，鸟在外。鱼龙，水名。鸟鼠，山名。鸟鼠秋而鱼龙夜，是诗两句而含三事也。李嘉祐《守台州》诗云：‘春塘露冕归。’《华阳国志》云：‘郭贺为荆州刺史，百姓歌之，曰：“厥德仁明郭乔卿。”明帝到南阳巡狩，赐三公之服，去襜露冕，使百姓见之，以彰有德。’”[④]

作者重视对文学源流的梳理，重视文学大家对前人诗句的化用和发展。“杜少陵《闷诗》云：‘卷帘惟白水，隐几亦青山。’唐僧栖白《闲诗》云：‘卷帘当白水，移坐向青山。’”[⑤]卷上又载：“东坡诗云：‘仙人拊我顶，结发授长生。’李太白诗也。”[⑥]“孟蜀王《水殿诗》，东坡续为长短句：‘冰肌玉骨清无汗，水殿风来暗香满。帘开明月解窥人，攲枕钗横云鬓乱。夜深琼户寂无声，时见飞星渡河汉。屈指西风几时来，只恐流年暗中换。’”[⑦]“杜甫《忆李白诗》云：‘俊逸鲍参军。’亦有讥焉。鲍昭《白纻辞》一篇，白用之。杜又云：‘李侯有佳句，往往似阴铿。’如‘柳色黄金

---

①姚宽：《西溪丛语》卷上，载《全宋笔记》第四编第3册，大象出版社，2008，第12页。
②同①，第36页。
③同①，第37页。
④同①，第38页。
⑤同①，第40页。
⑥同①，第18页。
⑦同①，第40页。

嫩，梨花白雪香’，乃阴铿诗也。”①

作者对乐府传统的研究阐释条理清晰。“《乐府解题》有《梁父吟》。《蜀志·诸葛亮传》云：‘亮躬耕陇亩，好为《梁父吟》。’《艺文类聚·吟门》云：‘《蜀志》诸葛亮《梁父吟》云：步出齐城门，遥望荡阴里。里中有三坟，累累正相似。问是谁家冢，田疆古冶氏。力能排南山，又能绝地纪。一朝被谗言，二桃杀三士。谁能为此谋？相国齐晏子。又《青州图经》临淄县冢墓门云：‘三士冢，在县南一里。三坟周围一里，高二丈六尺。’张朏《齐记》云是烈士公孙捷、田开疆、古冶子三士冢，所谓‘二桃杀三士’者。唐褚亮《梁甫吟》曰：‘步出齐城门，遥望荡阴里。里内有三坟，累累皆相似。借问谁家冢？田疆古冶子。’李白有《梁甫吟》一篇，云：‘力排南山三壮士，齐相杀之费二桃。’杜甫《李邕登历下亭》云：‘不阻蓬荜兴，得兼《梁父吟》。’又《登楼》诗云：‘可怜后主还祠庙，日暮聊为《梁父吟》。’陆士衡《拟今日良燕会》云：‘齐僮《梁父吟》。’李善注云：‘蔡邕《琴颂》曰：梁父悲吟。’不知名为《梁父吟》何义。张衡《四愁诗》云：‘欲往从之梁父艰。’注云：‘泰山，东岳也。君有德，则封此山，愿辅佐君王，致于有德，而为小人谗邪之所阻。梁父，泰山下小山名。’诸葛亮好为《梁父吟》，恐取此意。”②

此书对作家生平的研究也具有启发意义。作者善于将正史及当时史料与诗歌结合起来，梳理作家的生平。“葛蘩校《苏州韦刺史集》十卷，今平江板本是也。刺史，洛阳人，姓韦氏，名应物。贞元中，以左司郎中，出为苏州刺史。书目、姓名，略见《唐书·艺文志》，其详不载于正史，不可得而考也。今观其《逢杨开府诗》云：‘少事武皇帝，无赖恃恩私。身作里中横，家藏亡命儿。朝持摴蒱局，暮窃东邻姬。司隶不敢捕，立在白玉墀。骊山风雪夜，长杨羽猎时。一字都不识，饮酒肆顽痴。武皇升仙去，憔悴被人欺。读书事已晚，把笔学题诗。两府始收迹，南宫谬见推。非才果不容，出守抚茕嫠。忽逢杨开府，论旧涕俱垂。坐客何由识，唯有故人知。’又《温泉行》云：‘出身天宝今年几，顽钝如锤命如纸。作官不了却来归，还是杜陵一男子。’又云：‘身骑厩马引天仗，直入华清列御前。’是尝为三卫而踪

①姚宽：《西溪丛语》卷下，载《全宋笔记》第四编第3册，大象出版社，2008，第52页。
②姚宽：《西溪丛语》卷上，载《全宋笔记》第四编第3册，大象出版社，2008，第25—26页。

迹不羁也。《燕李录事诗》云：‘与君十五侍皇闱。’又《京师叛乱寄诸弟》云：‘弱冠遭世难，二纪犹未平。’当天宝十五载六月，明皇避安禄山之难，是年，应物年二十。至宝应元年建巳月，上皇崩。则武皇升仙之时，应物年二十七。又《示从子河南尉班诗序》云：‘永泰中，予任洛阳丞。’则应物年二十九。及其来吴，《赠旧识》云：‘少年游太学，负气蔑诸生。蹉跎三十载，今日海隅行。’则少尝游太学。盖武皇升仙后，二年入太学，遂为丞也。自洛阳丞为京兆府功曹。大历十四年，自鄠县令别除栎阳令，以疾归善福精舍。建中二年，由前资除比部员外郎，出为滁州，改判江州，改左司郎中。贞元初，又历苏州。罢守，寓居永定精舍。以诗考之，历官次序如此。广德二年，乃为洛阳丞。自京师叛乱之后，至德、乾元、上元、宝应数年间，折节读书，遂入仕，而因谓之微官也。善福精舍书注：‘建中二年除比部。’则应物年四十五。建中四年十月三日，京师兵乱，自滁州间道遣使。明年兴元甲子岁五月九日，使还，寄诸弟，作诗，云：‘岁暮兵戈乱京国，帛书间道访存亡。’乃德宗幸奉天时，应物年四十八。自后守九江，至为苏州刺史，计其年五十余矣。以集中事及时人所称，考其仕官如此，得非遂止于苏耶？按，白居易《苏州答刘禹锡诗》云：‘敢有文章替左司。’左司，盖谓应物也。官称止于此。其集中诗，寄大梁诸友云：‘分竹守南谯，弭节过梁地。’则是守亳时也。篇末云：‘相敦在勤事，海内方劳师。’似与兴元甲子不远也。又唐小说载与诸公倡和，称韦十九。林宝《姓纂》云：‘周逍遥公夐之后，左仆射扶阳公持价生司门郎中令仪，令仪生銮，銮生应物，应物生监察御史、河东节度掌书记庆复。’李肇《国史补》云：‘为人性高洁，鲜食寡欲，所居，焚香席地而坐。其为诗，驰骤建安已还，各得风韵。’又云：‘开元以后，位卑而著名者：李北海、王江宁、李馆陶、郑广文、元鲁山、萧功曹、张长史、独孤常州、崔比部、梁补阙、韦苏州。’其大略可见如此。”[①]作者大量运用韦应物自己的诗歌，考索其生平历程，可信程度较高。

王铚《默记》

王铚，字性之，生卒年不详，生活于两宋之间，汝阴（今安徽阜阳）人，

①姚宽：《西溪丛语》卷上，载《全宋笔记》第四编第3册，大象出版社，2008，第73—74页。

著有《默记》。此书记载北宋时期的朝野掌故、异闻杂事，有许多史实未见正史及他书。书中包含丰富的文学思想内容。

第一，此书包含大量有关科举文化的资料。宋代重视出身，许多人即使官至高位，仍以没有功名，特别是非进士出身为憾，总觉得低人一等。“韩魏公帅定，狄青为总管。一日会客，妓有名白牡丹者，因酒酣劝青酒曰：‘劝班儿一盏。’议其面有涅文也。青来日遂笞白牡丹者。后青旧部曲焦用押兵过定州，青留用饮酒，而卒徒因诉请给不整，魏公命擒焦用，欲诛之。青闻而趋就客次救之。魏公不召，青出立于子阶之下，恳魏公曰：‘焦用有军功，好儿。’魏公曰：‘东华门外以状元唱出者乃好儿，此岂得为好儿耶！’立青而面诛之。青甚战灼，久之，或曰：‘总管立久。’青乃敢退，盖惧并诛也。其后，魏公还朝，青位枢密使，避水般家于相国寺殿。一日，衩衣衣浅黄袄子，坐殿上指挥士卒。盛传都下。及其家遗火，魏公谓救火人曰：‘尔见狄枢密出来救火时，着黄袄子否？’青每语人曰：‘韩枢密功业官职与我一般，我少一进士及第耳。’其后彗星出，言者皆指青跋扈可虑，出青知陈州。同日，以魏公代之。是夕，彗灭。”[①]

此书记载，由于朝野上下对科举的重视，宋代对于状元的定夺尤为慎重：“庆历二年，御试进士，时晏元献为枢密使。杨察，晏婿也，时自知制诰，避亲，勾当三班院。察之弟寘时就试毕，负魁天下望。未放榜间，将先宣示两府，上十人卷子。寘因以小赋求察问晏公己之高下焉。晏公明日入对，见寘之赋已考定第四人，出以语察。察密以报寘。而寘试罢与酒徒饮酒肆，闻之，以手击案叹曰：‘不知那个卫子夺吾状元矣！’不久唱名，再三考定第一人卷子进御。赋中有‘孺子其朋’之言，不怿曰：‘此语忌，不可魁天下。’即王荆公卷子。第二人卷子即王珪，以故事，有官人不为状元；令取第三人，即殿中丞韩绛；遂取第四人卷子进呈，上欣然曰：‘若杨寘可矣。’复以第一人为第四人。寘方以鄙语骂时，不知自为第一人也。然荆公平生未尝略语曾考中状元，其气量高大，视科第为何等事而增重耶！”[②]从这个事例中不难看出，要让社会接受，力求结果不被质疑，是选定状元的一个标准。

---

①王铚：《默记》，载《全宋笔记》第四编第3册，大象出版社，2008，第135页。

②同①，第151—152页。

此书还详细地记载了皇帝选知制诰的过程，从中可以看出，有宋一代子承父业、父子同科、兄弟同科等，被称为一时盛事。“吕申公为相，有长者忠厚之行，故其福禄子孙，为本朝冠族。尝因知制诰有阙，进拟晁宗悫。仁宗曰‘无甚文名’，命别拟人。申公曰：‘臣之所见或异于是。今内外之臣，文字在宗悫之上固多，但宗悫父迥年逾八十，受先朝尊礼。若使其生见子为侍从，且父子世掌丝纶，尤为盛事。迥必重感戴，足以惇圣朝孝悌之风。’上许之，即降旨召试。是日，亟命至中书。迥方熟睡，不暇白知也。既毕还家，而迥老病卧于床上，注目以待宗悫之归，问：‘今日来何晏也？’宗悫具白：‘召试毕方归，故不暇白大人也。’问：‘试得意否？’宗悫曰：‘甚得意也。’迥大喜，遽下床扶行，失病所在。盖久病卧于床，因喜其子召试而忘其疾也。宗悫在词掖久之，父子每同锡燕，搢绅荣之。宋绶云：‘自唐以来，惟杨于陵身见其子嗣复继掌书命，至是有晁氏焉。’然则吕申公作相而恤人之老，真宰相器也，其有后宜哉！”①

对于父母对儿子的赏识及举子的自信，此书也有弥足珍贵的记载。“刘原父就省试，时父立之为湖北转运使。按部至鄂州，与郡守王山民宴于黄鹤楼，数日不发，谓守曰：‘吾且止此，以候殿榜，儿子决须魁天下。’守心不平，且曰：‘四海多士，虽令似才俊，岂可预料？’立之曰：‘纵使程试不得意，亦须作第二人。’来日，殿榜到州，原父果第二名。继得家书云：‘初考乃状元，为赋中小误，遂以贾黯为魁。’立之即以书示郡守而行。所谓‘知子莫若父’也。”②“杨宣懿察之母甚贤。能文，而教之以义，小不中程，辄扑之。察省试《房心为明堂赋》榜，登科第二人。报者至，其母睡未起，闻之大怒，转面向壁曰：‘此儿辱我如此，乃为人所压，若二郎及第，待不教人压却。’及察归，亦久不与语。寘果魁天下。”③

此书还记载了科举录取通知的情况。“郑翰林獬，郎官纾之子也。獬虽负时名，然累赴殿试、省试，俱不利。纾为狄青征广南辟客。是时侬智高鸱张，未知胜负，留家在雍丘舟中；而獬赴殿试罢，在京师候唱名。其母与尽室忧纾从军未知吉音，又忧獬仍旧黜于殿试。一家屏默惶惑之次，忽舟

①王铚：《默记》，载《全宋笔记》第四编第3册，大象出版社，2008，第128页。
②同①，第150—151页。
③同①，第152页。

尾晨炊釜鸣，声甚厉，震动两岸，举家不知所为。釜鸣未定，忽岸上亟寻郑郎中船，乃报捷者南来，且附《纾》书云：‘已破侬贼，杀戮殆尽，走入溪洞，且议赏超迁矣。’语次，又有北来报榜者驰至云：‘二秀才昨日唱名而出，已状元及第矣。’釜鸣盖有为吉者。”[①]郑獬殿试在开封，等候唱名，状元及第后，朝廷会通知其家人。

按此书记载，科举的士子在赴省试过程中，为父申冤也不影响其登科，“李师中诚之，其父纬，坐镇戎军退阵，当斩。诚之赴省试，讼父之冤，且乞斩韩魏公，以其起陕西民兵，乃应贼致败。是时，诚之叔纮知开封府，诚之方年十八岁。一日，纮坐厅视事，见朝廷押上书人至阶下。视之，乃其家六秀才也。寻得释，是年遂登科”[②]。

此书记载了举进士而不恋功名的高士的事迹，颇有价值。“诸先生者，失其名，杭州人。举进士，当赴礼部间，遇异僧慈上座传以《易》数云：‘《易》有三术：上者不可言；中者犹足了死生，证心地；下者知象数休咎。’且言：‘子当传吾术，足以资身，不必仕宦，盖子命薄也。’遂授其术，尽验，遂不复就省试。又以授其子，亦验。慈上座者别去曰：‘他时见胡钉铰者，知吾所在也。’后失其子。章丞相当国，必欲致之，声言：‘吾已使人求得其子，须来，则面与之见。’先生遂往见，章丞相大喜其学。且问其子所在，曰：‘吾欲相见，诈言之耳。’且入朝荐其学，以不肯赴举为言。诏特赴殿试，先生惊悔走避。丞相召乡人赴殿试者，令速结保。乡人泣请：‘若忤丞相，则我辈垂得一官而失，皆子之致矣。’不得已赴试，而犯庙讳。丞相入奏：‘斯人不欲仕，故为之尔。’特置第五甲。既悒悒不乐，一日，勉往置冠带。而作带者极有士人风范，问之，则胡钉铰也。惊问慈上座所在，曰：‘君既仕宦矣，各行其志可也。慈上座其可得而见耶？’先生固请往见之，曰：‘上座于人，才举意则知之，况顷刻已万里矣，何可知其处也？’先生益不乐，失志得疾，不俟注黄甲，以疾还乡而卒。独其书人犹得之，号‘三宫易’‘六遇易’。晁以道得其书，不可用。”[③]

第二，此书中记载朝廷重视文化，王公大臣、文人学士重视学识提升

---

①王铚：《默记》，载《全宋笔记》第四编第3册，大象出版社，2008，第149页。

②同①，第141页。

③同①，第163页。

的资料很多。

宋代学者在重视读万卷书的同时，十分注重实地考察，行万里路。“胡先生翼之尝谓滕公曰：‘学者只守一乡，则滞于一曲，隘吝卑陋。必游四方，尽见人情物态，南北风俗，山川气象，以广其闻见，则为有益于学者矣。’一日，尝自吴兴率门弟子数人游关中。至潼关，路峻隘，舍车而步。既上至关门，与滕公诸人坐门塾少憩。回顾黄河抱潼关，委蛇汹涌，而太华、中条环拥其前，一览数万里，形势雄张。慨然谓滕公曰：‘此可以言山川矣，学者其可不见之哉！’”[①]纸上得来终觉浅，只有耳闻目睹才能升华学问的层次。

王安石与司马光虽然政见不同，但他们之间的友情是很深厚的。“先公言：与阎二丈询仁同赴省试，遇一少年风骨竦秀于相国寺。及下马去毛衫，乃王元泽也。是时盛冬，因相与于一小院中拥火。询仁问荆公出处，曰：‘舍人何久召不赴？’答曰：‘大人久病，非有他也。近以朝廷恩数至重，不晚且来。雱不惟赴省试，盖大人先遣来京寻宅子尔。’询仁云：‘舍人既来，谁不愿赁宅，何必预寻？’元泽答曰：‘大人之意不然，须与司马君实相近者。每在家中云：“择邻必须司马十二，此人居家事事可法，欲令儿曹有所观效焉。”’”[②]

王安石对苏轼也十分认同。“东坡自海外归，至南康军，语刘义仲壮舆曰：‘轼元丰中过金陵，见介甫论《三国志》曰：“裴松之之该洽，实出陈寿上，不能别成书而但注《三国志》，此所以□陈寿下也。盖好事多在注中。安石旧有意重修，今老矣，非子瞻，他人下手不得矣。”轼对以：“轼于讨论非所工。”盖介甫以此事付托轼，轼今以付壮舆也。’仆闻此于壮舆，尽直记其旧言。”[③]王安石有政治家的远见卓识，也有历史学家的冷峻敏锐，这在诗文中表现得淋漓尽致，从他对苏轼史才之推崇中，不难看出二人互相仰慕、欣赏。

张知甫《可书》

张知甫，约生于哲宗时，著有《可书》，又名《张氏可书》。此书记载徽

---

①王铚：《默记》，载《全宋笔记》第四编第3册，大象出版社，2008，第163—164页。

②同①，第158页。

③同①，第145页。

宗、钦宗、高宗三朝政治、军事，同时兼及文人逸事、官场习俗等，包含一些文学思想内容。

宋徽宗虽然不是一个称职皇帝，但喜好文艺，喜与文人讨论切磋文艺，“王初寮安中，自翰林学士承旨迁右丞，值元宵，从宴宣德门。徽宗命以五门端阙为题，令赋诗，安中即席应制，曰：‘斗城云接始青天，汴水浮春放洛川。缯巘千峰连璧月，珠帘十里晃灯莲。五门端阙初元夕，万历宣和第二年。盛世亲逢叨四近，颂觞连日缀群贤。’上嘉之，移宴景龙门，上自调黄芽羹以赐。”①上行下效，当时的奸臣也附庸风雅：“内侍梁师成以文章自任。宣和间作休休馆于私第，日与儒士相从，自号隐相。”②

徽宗时奸臣当道，此书记载了当时诗歌对时事的讥讽：“童贯以燕山功，遂封同安郡王，有改晋公《平淮西》诗以讥曰：‘长乐坡头十万戈，碧油幢下一婆娑。今朝始觉为奴贵，夜听元戎报也啰。’”③

此书记载，国破家亡后，宋钦宗的词作悲哀无奈，“渊圣皇帝幸沙漠，作《西江月》之曲书赐一卫士，其一曰：‘历代恢文偃武，四方晏粲无虞。奸臣招致北匈奴，边境年年侵侮。一旦金汤失守，万邦不救鸾舆。我今父子在穹庐，壮士忠臣何处。’其二曰：‘塞雁嗈嗈南去，高飞难寄音书。只应宗社已丘墟，愿有真人为主。岭外云藏晓日，眼前路忆平芜。寒沙风紧泪盈裾。难望燕山归路。’”④宋钦宗这两首《西江月》可谓字字血泪，令人慨叹。

此书还记载，苏轼的儿子苏过，受其父风范影响，也通文艺，时号小坡，此条记载很有价值。“苏过叔党，东坡幼子也。文章翰墨克继家声，墨戏尤为精妙，时号小坡。”⑤

陈长方《步里客谈》

陈长方，字齐之，别号唯室，侯官（今福建福州）人。有《步里客谈》。

《步里客谈》原书已佚。四库馆臣从《永乐大典》中辑出二卷，篇幅虽不长，但包含丰富的文学思想。此书言论与一般士人多有不同处，善于标

①张知甫：《可书》，载《全宋笔记》第四编第3册，大象出版社，2008，第172页。

②同①，第176页。

③同①，第173页。

④同①，第177页。

⑤同①，第174页。

新立异，推崇奇异的风格。“自古称齐名甚多，其实未必然。如姚、宋，则宋之守正非姚比也。韩、柳、元、白四人，出处邪正不同。人言刘、白，而刘之诗文亦胜白公。至如近代欧、梅、苏、黄，而子瞻文章去黄远甚，黄之诗律，苏亦不逮也。”[①]与传统观念不同，作者认为黄庭坚胜过苏轼，刘禹锡胜过白居易。

此书推崇韩愈文章。“《东坡志林》云：‘尝欲仿《盘谷序》作一文字，竟不能成。态度如风云变灭，水波成文，直因势而然。必欲执一时之迹，以明定体，乃欲系风捕影也。’”[②]“韩退之《画记》，东坡以为甲乙帐，而秦少游乃效之作《五百罗汉记》，人心之不同如此。喻子才道王侍郎刚中语云：‘文字使人击节赏叹，不如使人肃然生敬。’”[③]

此书重视化用前人诗句，妙笔点染，不露痕迹。“古人作诗断句，辄旁入他意，最为警策。如老杜云：‘鸡虫得失无了时，注目寒江倚山阁’是也。黄鲁直作《水仙花》诗，亦用此体云：‘坐对真成被花恼，出门一笑大江横。’至陈无己云：‘李杜齐名吾岂敢，晚风无树不鸣蝉。’则直不类矣。”[④]

此书重视语言锤炼。“张文潜见富郑公《神道碑》，至论赵济处，曰：‘公文固奇，欲加一字可否？’遂改云：‘及英宗、神宗之世，公老矣。功在史官，德在生民。北敌西戎，视公进退以为中国轻重，而一赵济敢摇之。’‘一’字，固文字关纽也。”[⑤]

对于制文的写作，作者也有自己的独特观点。“内外二制，以润色王言，布告天下为职，一字重轻皆系国体。喜则升之九天，怒则挤之九地，此为何理？要须褒贬之间示有惩戒。如骆宾王诋武后，读之但笑，至‘一抔之土未干，六尺之孤安在’处乃曰：‘宰相安得失此人？’武氏犹知此，况天下有识之士乎？”[⑥]在作者看来，内制、外制都涉及国体，要准确合理，掌握好分寸，同时要褒贬分明，不能含糊其词。

此书对党争与文学的关系有独到见识，且能客观评价党争人物。作

①陈长方：《步里客谈》卷下，载《全宋笔记》第四编第4册，大象出版社，2008，第12页。
②同①。
③同①，第11—12页。
④同①，第10页。
⑤同①。
⑥同①，第12—13页。

者记载了崇宁间雷击碎《元祐奸党碑》事，表明了自己的政治取向，“崇宁间，立《元祐奸党碑》于宣和殿，蔡京书立于诸长吏厅事。未几，星变，一夕大雷雨，碎宣和殿碑石，遂并诸州者去之。人心不以为然而天应之，天人无间如此，体究可以知道”①。同时，作者主张不能以事废人，更不能因事而对人一概论之。“元祐党籍固多真儒贤士，然蔡京以势利倾夺锢之钩党者，亦多矣，未必皆君子也。余尝题其后云：‘等是名丹籍，谁知品月多。蚖龙同在肆，玉石共沉河。摧折人材尽，消磨岁月过。厉阶生已甚，龟鉴莫蹉跎。’”②

沈作喆《寓简》

沈作喆，字明远，号寓山，湖州（今属浙江）人，有《寓简》十卷，分为说易、数理、论史、谈佛、人事、掌故、考订、博物等，其中有不少文学思想内容，颇有价值。

此书推崇独创，称颂不拘一格、有个性的作家。“自昔文章之言水者，如《七发》《上林》《子虚》等，皆恢奇雄武，神变非常，其状甚伟。独未有言火者，韩退之乃作《陆浑山》诗，极于诡怪读之便如行火所焮，郁攸冲喷，其色绛天，阿房欲灰，而回禄煽之，然不见造化之理，未可与语性空，真火之妙也。”③作者没有因为韩愈诗歌奇崛险怪而否定其艺术性，他从开掘诗歌题材和想象奇妙、语言新奇几方面总结韩愈独树一帜的诗歌艺术。

此书善于运用对比，突出作家各自的独特风格。“柳子厚作楚词，卓诡谲怪，韩退之不能及；退之古文，深闳雄毅，子厚又不及。”④柳宗元不少散文诗歌吸收《楚辞》兮字句法，又运用了永州一带特有的意象与口语俚语，形成其独特风格。韩愈散文吸收诸子百家、史传、骈文之精华，又千变万化，形成自己纵横开阖、大气贯注、议论卓伟、新颖奇绝的特色，二人春兰秋菊，各极一时之秀。

从主张独创的角度出发，沈作喆认为，所有文艺作品都应继承前人，

---

①陈长方：《步里客谈》卷上，载《全宋笔记》第四编第4册，大象出版社，2008，第7页。
②同①。
③沈作喆：《寓简》卷四，载《全宋笔记》第四编第5册，大象出版社，2008，第38页。
④同③。

但继承是手段不是目的，转益多师是为了求新变。“学书者谓凡书贵能通变，盖书中得仙手也。得法后自变其体，乃得传世耳。予谓文章亦然，文章固当以古为师，学成矣，则当别立机杼自成一家，犹禅家所谓向上转身一路也。”①

艺术创作必须把握物之规律，在万物中汲取营养。“李阳冰论书曰：‘吾于天地山川，得方圆流峙之常；于日月星辰，得经纬昭容之度；于云霞草木，得沾布滋蔓之容；于衣冠文物，得揖让周旋之体；于耳目口鼻，得喜怒惨舒之态；于虫鱼鸟兽，得屈伸飞动之理。’阳冰之于书，可谓能远取诸物，所养富矣。万物之变动，造化之生成，所以资吾之用者亦广矣，岂惟翰墨为然哉？为文亦犹是矣。”②

作者认真分析了一些作家的创作经验，认为善于扬长避短是他们取得成功的重要原因。“乐广善清言，能命意，而文笔非所优；潘岳能为文，而不工于立意；太叔广词令辩给，挚虞不能抗；而仲治著书，又非季思所及也。安仁取彦辅之意，为作《让河南尹表》，遂成妙制，可谓善用所短。挚与太叔争名，更相鄙诮，可谓不善用所长。”③

此书认为，对于文学的价值与文学家的声誉，时间是最好的评判者，“王介甫刻意于文而不肯以文名，究心于诗而不肯以诗名。苏眉山虽不求名，隐然如玉三尺，明自照不可掩。黄鲁直离《庄子》《世说》一步不得”④。真正好的作品，如美玉一般，自身的光彩是不会被埋没的。

此书推崇认真细致、一丝不苟的创作态度。“欧阳公晚年尝自窜定平生所为文，用思甚苦。其夫人止之曰：‘何自苦如此，当畏先生嗔耶？’公笑曰：‘不畏先生嗔，却怕后生笑。’”⑤作者极力推崇作文谨严。“欧阳永叔以谗罢政事，吕微仲时为馆职，与公书曰：‘巧言萋斐，徒成贝锦之文；雅行委蛇，奚玷素丝之节。’其谨严精确如此，文忠深叹服之。”⑥

虽然求实精神促进了宋朝在历史、哲学、金石、书法等方面的大发展，

---

①沈作喆：《寓简》卷九，载《全宋笔记》第四编第5册，大象出版社，2008，第85页。
②同①，第86页。
③沈作喆：《寓简》卷三，载《全宋笔记》第四编第5册，大象出版社，2008，第30页。
④沈作喆：《寓简》卷八，载《全宋笔记》第四编第5册，大象出版社，2008，第71页。
⑤同④。
⑥同④。

但作者有时将其刻板地应用到文学欣赏与批评中，不但效果并不理想，甚至使人感到啼笑皆非。“韩退之言万物不得其平则鸣。若蚯蚓者，其材质亦可以自知矣，食后土而饮黄泉，于其分已过，更有何事不平，而如此终夜长鸣不肯休耶？抑自乐其过分耶？”①“韩退之谓高闲上人浮屠氏一死生，解外胶，其为心泊乎无所起，其于世澹乎无所嗜。予谓果能尔，则是颜氏子也，而何辟于佛乎？”②“柳子厚文集多假妄，如《柳州谢上表》云：‘去年蒙恩追召，今夏始就归途。襄阳节度使于頔与臣有旧，见臣暑月在道，相留就馆。寻假职名，意欲厚臣，非臣所愿。’予按于頔在镇，跋扈日久，元和三年闻宪宗英武，惧而入朝。九月拜司空，至八年二月，頔以罪贬为恩王傅。而子厚诏追赴都，乃是元和十年，頔之去襄阳久矣，岂得留子厚假职名哉？且《谢上表》不应言及此，文理不伦，定知其伪也。又有《代刘禹锡同州谢上表》。予按子厚以元和十四年十月死柳州，而禹锡至文宗朝大和九年始迁同州，距子厚之死十七年矣，安得尚为梦得作表？其文卑弱，作伪显然，而编摩者疏谬不能删去，读其书者亦不复发擿，可叹也。宾客集中自有《同州刺史兼长春宫使谢表》，甚善。子厚集中又有《上大理崔卿启》等，亦尘俗凡陋，非子厚文。”③

此书以儒家温柔敦厚的审美标准作为衡量作品的标尺，对天真狂放、浪漫飘逸、具有奇思妙想的天才诗人李白评价很低。“李太白云：‘予小时，大人令诵《子虚赋》，私心慕之。及长，南游云梦，览七泽之壮观，酒隐安陆者十余年。’夫人之教其子，必先之以《诗》《礼》，所以防闲其邪心，使之可以言，可以立，动遵于法训，乃可责以成人之事耳。白方幼稚，而其父首诲以靡丽放旷之词，然则白之狂逸不羁，盖亦过庭之所致也。”④此书作者竟然指斥李白伟大的想象与独特的艺术个性为“邪心”，实在迂腐不堪。

科举影响文学，不仅仅限于体裁，对文章的风格、艺术技巧，甚至作家的文化修养都有不可小视的影响。“王庠应制举时，问读书之法于眉山。眉山以书答云：‘别笺所示，老病废忘，岂堪英俊如此责望？少年应科目时，

---

①沈作喆：《寓简》卷四，载《全宋笔记》第四编第5册，大象出版社，2008，第33页。

②同①。

③同①，第34页。

④同①，第35页。

记录名数沿革等，大略与应举者同耳。亦有少节目文字，皆被人取去，然亦无用也。实无捷径必得之术，但如君高才强力，积学数年，自有可得之道，而其实皆命也。但卑意欲少年为学者，每一书皆作数次读之。书之富如入海，百货皆有，人之精力不能尽取，但得其所求者尔。故愿学者每次作一意求之，如欲求古今兴亡治乱圣贤作用，且只以此意求之，勿生余念。又别作一次，求事迹、故实、典章、文物之类，亦如之。他皆放此。此虽似迂钝，而他日学成，八面受敌，与涉猎者不可同日而语也。甚非速化之术，可笑可笑。承下问，不敢不尽也。'前辈教人读书如此，此岂肤浅求速成、苟简无根柢者所能哉？此书今集中不载，学者当书绅，故表而出之。"[①]卷八又载："予中进士科后，从石林于卞山。予时欲求试博学宏词，石林勉予曰：'宏词不足为也，宜留心制科工夫，他日学成，便为一世名儒，得失不足论也。'因授予以所编方略。又极论修习次第曰：'天下之书，浩博无涯。昔有人习大科十余年，业成，因见田元均，论及《论语正义》中题目。元均曰："曾见博士周生烈传中亦有一二好题，合入编次。"其人骇未尝见此书也。元均笑，因取而示之，其人惭，自以未始学也。虽然题目如海中沙，其要有十字而已，曰明、曰暗、曰疑、曰顽、曰合、曰合（音蛤）、曰揭、曰拆、曰包、曰胎，不出此十字也。'予曰：'暗者何也？'曰：'明暗皆言数也，暗如因民常而施教是也。《周官》因此五物者民之常，而施十有二教焉。题目字中不见数，而藏五与十二于其间焉。此最难测度。若明数，则如《既醉》备五福，祭有十伦是也。'曰：'疑者何也？'曰：'尧、舜、汤、禹所举如何是也，疑若唐虞、夏、商也，乃是《魏相传》高皇帝所述书"天子所服第八"：受诏长乐宫，中谒者赵尧举春，李舜举夏，儿汤举秋，贡禹举冬（高帝时自有一贡禹）。四人各职一时也。又如汤、周福祚，疑若二代也，乃是《杜周传》赞云：张汤、杜周并起文墨小吏，迹其福祚元功，儒林之后莫及也。此为最巧。'曰：'顽者何也？'曰：'形势不如德是也。意思语言，子史中相近似者，殆十余处，独此一句在史赞，令人捉摸不着，虽东坡犹惑之。故论备举诸处以该之也。'既而叹曰：'此学殆废绝矣，吾子勉之，或能振举百年之坠典也。'予懒惰，与世不合，无意于求知，终不能称石林之遗意，深所叹

①沈作喆：《寓简》卷八，载《全宋笔记》第四编第5册，大象出版社，2008，第73页。

恨；但缀缉记诵，庶不全负石林所期耳。”[①]叶梦得从技巧出发，说明科举题目的程式化，使人逐渐掌握其规律，从中可看出科举考试僵化的一面，这无疑对作家的创作自由有所限制。科举考试内容的变化，对文学的影响更是巨大。“本朝以词赋取士，虽曰雕虫篆刻，而赋有极工者，往往寓意深远，遣词超诣，其得人亦多矣。自废诗赋以后，无复有高妙之作。昔中书舍人孙何汉公著论曰：‘唐有天下，科试愈盛，自武德、贞观之后，至贞元、元和已还，名儒巨贤比比而出。有宗经立言如邱明、马迁者；有传道行教如孟轲、扬雄者；有驰骋管、晏，上下班、范者；有凌轹颜、谢，诋诃徐、庾者。如陆宣公、裴晋公，皆负王佐之器，而犹以举子事业飞腾声称；韩退之、柳子厚、皇甫持正，皆好古者也，尚克意雕琢，曲尽其妙。持文衡者，岂不知诗赋不如策问之近古也？盖策问之目，不过礼乐刑政、兵戎赋舆、岁时灾祥、吏治得失，可以备拟，可以曼衍，故汗漫而难校，澒涊而少工，词多陈熟，理无适莫。惟诗赋之制，非学优才高不能当也。破巨题期于百中，压强韵示有余地，驱驾典故混然无迹，引用经籍若已有之。咏轻近之物，则托兴雅重，命词峻整；述朴素之事，则立言遒丽，析理明白。其或气焰飞动而语无孟浪，藻绘交错而体不卑弱，颂国政则金石之奏间发，歌物瑞则云日之华相照。观其命句，可以见学植之深浅；即其构思，可以觇器业之大小。穷体物之妙，极缘情之旨，识《春秋》之富艳，洞诗人之丽则。能从事于斯者，始可以言赋家流也。’”[②]

此书论《诗经》，以宋儒的眼光来分析，深文周纳，表现了那个时代的思想特点。“《诗》之作也，其寓意深远。后之人莫能知其意之所在也，因《诗序》而知之耳。然则《序》其有功于《诗》矣。予谓病夫《诗》者，亦《序》之力也。盖《诗》本以微言谏风，托兴于山川草木而劝谏于君臣父子夫妇朋友之间，其旨甚幽，其词甚婉，而其讥刺甚切，使善人君子闻之，固足以戒，使夫暴虐无道者闻之，不得执以为罪也，是故言之而勿畏。今为之《序》者，晓然使人之知其为某事而作也，又知其切中于其所忌也，故后世以《诗》而得罪者相属，是则《序》之过也夫。石林曰：‘《诗序》盖当时诵者得于师传。’”[③]

---

①沈作喆：《寓简》卷八，载《全宋笔记》第四编第5册，大象出版社，2008，第73—74页。
②沈作喆：《寓简》卷五，载《全宋笔记》第四编第5册，大象出版社，2008，第41—42页。
③沈作喆：《寓简》卷一，载《全宋笔记》第四编第5册，大象出版社，2008，第6页。

此书对《庄子》多有自见，能准确发掘道家著作独特的艺术魅力。“庄子之辩，纵横无穷，自以天下为沉浊，不可与庄语，故以卮言为曼衍，以重言为贞，以寓言为广。其词虽参差而諔诡可观，开阖万变，要不出于三言者。为其违物离人，不为世利所萦，虽连犿而毋伤。故独超然不涉乎人道之患，其滑稽自全，夫孰得而测之哉？观《叶公子高使齐》一篇，盖托仲尼而揣摩事情，则韩非《说难》之尤者，辩过非而不得非之祸，真一世之奇材也哉！后之为纵横者，盖祖述周而不闻大道也，足以死而已。”①“庄子之学，贵清净无竞，然魏武侯欲偃兵，庄子乃曰：‘偃兵者，造兵之本也。’佛氏之学贵智慧慈爱，然陆亘为宣城守，欲以智慧治民，南泉师乃曰：‘斯民涂炭矣。’孰谓佛老之教专尚虚无而远于治道哉？”②“庄子言知北游玄水，问无为谓曰：‘何思何虑则知道？何处何服则安道？何从何道则得道？’无为谓不答也。又问狂屈，狂屈曰：‘唉！予将语若而忘之矣。’又问于黄帝，帝曰：‘无思无虑、无处无服、无从无道，始得之矣。彼无为谓真是也，狂屈似之，我与汝终不近也，以其知之也。’此与少林之门人皆言所得，而慧可独无言，初祖以为得吾髓；三十一菩萨各说不二法门，至文殊独曰：‘无言说，离答问。’而净名独默然者，盖一道也。古今之妙理，岂有二哉？欲涉拟议，则已去道远矣。仲尼曰：‘吾与回言，终日不违，如愚。’此无言之言，非复问答也。呜呼！非天下之至神，孰能与此？”③

对于前人的结论，作者敢于怀疑，并于怀疑中反思，常有新颖独特的见识。“司马昭称阮嗣宗言及玄远，而未尝评论时事，臧否人物，可谓至谨。世皆以昭为知嗣宗者，非也。昭方图魏，恶人之知其微也，故为此语以讽在位，使不敢言耳。大率奸臣擅国，皆深畏天下士议论长短，发其机谋，古今一律，可监戒也。”④

曾慥《高斋漫录》

曾慥（？—1155），字端伯，号至游居士，晋江（今属浙江）人，著有《高斋漫录》一卷。此书主要记载朝廷典章制度、名人逸事、文评、诗话，虽只

①沈作喆：《寓简》卷二，载《全宋笔记》第四编第5册，大象出版社，2008，第21页。

②同①，第22页。

③沈作喆：《寓简》卷七，载《全宋笔记》第四编第5册，大象出版社，2008，第64页。

④沈作喆：《寓简》卷三，载《全宋笔记》第四编第5册，大象出版社，2008，第29页。

有一卷，但很有价值。

此书记载了宋代殿试内容的变化情况。“熙宁殿试改用策，谓比诗赋有用，不知士人计较得失，岂敢极言时政自取黜落？是初入仕已教之谄也。况登科之初，未见人材，及后仕宦，则材智声名，君子小人，贵贱分矣，不必须殿试策以别人才。人主燕间时，于其等辈广访备闻，然后博记而审察之，天下无遗材矣。”①

此书记载，变法时王安石的《字说》被定为科举考试内容，因为此书考证不严谨，指责者很多：“东坡闻荆公《字说》新成，戏曰：‘以竹鞭马为笃，以竹鞭犬，有何可笑？’又曰：‘鸠字从九从鸟，亦有证据。《诗》曰：“鸣鸠在桑，其子七兮。”和爹和娘，恰是九个。’”②不过，有才华者，也能变化出新：“崇宁以后，王氏《字说》盛行，学校经义论策，悉用《字说》。有胡汝霖者，答用武策，其略云：‘止戈为武，周王伐商。一戎衣而天下大定。归马放牛，偃武修文，是识武字者也。尊号曰武，不亦宜乎！秦始皇、汉武帝、唐太宗既得天下，而穷兵黩武不已，是不识武字者也。’榜出，遂为第一。虽用《字说》而有理。”③

曾敏行《独醒杂志》

曾敏行（1118—1175），字达臣，自号浮云居士，又号独醒道人、归愚老人，吉水（今属江西）人，著有《独醒杂志》十卷。此书有较高的史料价值，也包含很丰富的文学思想内容。

第一，在宋代笔记中，此书对于科举文化的记载最为丰富，值得高度重视。

此书详细记载了宋代殿试书判拔萃科的情况。“天圣八年，应书判拔萃科者凡八人。仁宗皇帝御崇政殿试之，中选者六人，余襄公、尹师鲁、毛子仁、李敦裕，其二则失其姓名。问题十通，一问：戊不学孙、吴，丁诘之曰：‘顾方略如何尔？’二问：丙为令长，无治声，丁言其非百里才。壬曰：‘君子不器，岂以小大为异哉！’三问：私有甲弩，乃首云：‘止槊一张，重

---

①曾慥：《高斋漫录》，载《全宋笔记》第四编第5册，大象出版社，2008，第100页。
②同①，第104页。
③同①，第107页。

轻不同。’若为科处？四问：丁出，见癸缧系于路，解左骖赎之，归，不谢而入，癸请绝。五问：甲与乙隔水将战，有司请逮其未半济而击之，甲曰：‘不可。’及阵，甲大败。或让之，甲不服。六问：应受复除而不给，不应受而给者，及其小徭役者，各当何罪？七问：乙用牛衅钟，牵引过堂下，甲见其觳觫，以羊易之。或谓之曰：‘见牛不见羊。’八问：官物有印封，不请所由官司而主典擅开者，合当何罪？九问：庚请复乡饮酒之礼，辛曰：‘古礼不相沿袭。’庚曰：‘澄源则流清。’十问：死罪囚，家无周亲，上请，敕许充侍。若逢恩赦，合免死否？时襄公除将作监丞，知海阳县；师鲁武胜军掌书记，知河阳县；子仁镇东军推官，知宣城县；敦裕大理寺丞，知华亭县，皆以民事试之也。”①除此之外，殿试有时还根据时政大事、国家政治外交方略来出题，卷二载：“毛文捷，字长卿，吉水人，淳化三年进士及第。王冀公与之为同年生，雅相友善。文捷豪放不羁，冀公素奇之。景德中，知舒州望江县，冀公时知枢密院，荐知名士四十二人，文捷在其中，独以韬略许之。真宗召至阙下，亲御便殿，试以平西夏方略。文捷对极详明，上大喜，除秘书省校书郎。其制词云：毛文捷，通经典礼，廷对方谋，兹谓硕材，可宜旌劝。”②

对于宋代进士考试过程、内容、沿革等，今人研究较多，脉络已基本清晰，但对于进士及第后官职的安排情况却研究不深。此书中包含这方面的材料。“故事，进士第一人，初命官以将作监丞，迁著作郎，次迁右正言。熙宁中，许冲元将以磨勘当迁，王荆公为相，欲抑甲科三名前恩例，拟令转太常博士，太常博士与右正言同为一等，然祖宗分别流品，以太常博士为有出身人迁转，非以待第一人也。荆公方下笔作‘太’字时，堂吏以手约笔，具陈祖宗之制，荆公乃改‘太’字右笔作‘口’字，冲元遂迁右正言。”③

由于各地文化基础不一，科举考试在各地录取人数不均等，文化相对落后、举子相对较少的地区，很难出现状元。“江西自国初以来，士人未有以状元及第者。绍圣四年，何忠孺昌言始以对策居第一，里人传以为盛事。

①曾敏行：《独醒杂志》卷一，载《全宋笔记》第四编第5册，大象出版社，2008，第122—123页。

②曾敏行：《独醒杂志》卷二，载《全宋笔记》第四编第5册，大象出版社，2008，第129页。

③同①，第123—124页。

故谢民师有诗寄忠孺云：‘万里一时开骥足，百年今始破天荒。’盖记时人之语也。”[①]

殿试不仅仅是走走形式，宋代有的皇帝在殿试时十分认真，甚至能够关注一些细节。“绍兴庚辰殿试，上取特奏名进士试卷阅之。一日，御小殿，召对读问云：‘鹤鸣却写作鹤鸣，呜呼却写作鸣呼。何也？’临川人李德远浩，时以删定官充对读，即启云：‘臣读至此，亦窃疑之。然以其正本如此，不敢改易。尝以针穿记其侧，乞宣正本审验。’上令取视之，果如其言，称叹德远之精审者久之。”[②]在绍兴庚辰年（1160），宋高宗不仅认真审阅特奏名进士的试卷，而且由于认真，还发现了其中的词语谬误，并深究其原因。

“特奏名”对科举考试是一种补充，实际上是显示皇帝的仁恩，被选拔者大多是五十岁以上的老者，有的甚至七十岁以上。“永丰董体仁德元，少年魁乡举，士林中亦知名，后累试礼部不第，流落困踬，竟就特奏名补文学。初任道州宁远簿，尚待次。其生徒富家刘氏子，邀与俱试漕司，复预荐，试礼部合格，廷对遂为天下第一。遣书报其家人，有诗云：‘御笔题封墨未干，君恩重许拜金銮。故乡若问登科事，便是当初老榜官。’”[③]虽然五十三岁还算可以为官做些事情，但对举子来说，毕竟已是蹉跎半生，科举的辛酸可见一斑。

此书称赏进士中的爱国之士，盛赞其高尚的气节。“欧阳全美名珣，庐陵人，登崇宁进士第。靖康初，全美调官京师。时金人欲求三镇，全美行次关山，以乐府寄其内曰：‘雁字成行，角声悲送，无端又作长安梦。青衫小帽这回来，安仁两鬓秋霜重。孤馆灯残，小楼钟动，马蹄踏破前村冻。平生牵系为浮名，各垂万古知何用。’全美至京，有诏许上封事，论御戎之策。全美应诏陈利害，时有九人同召对，全美奏曰：‘割地，敌亦来。不割，亦来。特迟速有间。今日之策，惟有战耳。’时宰执有主弃地之议者，不悦，即除

①曾敏行：《独醒杂志》卷二，载《全宋笔记》第四编第5册，大象出版社，2008，第132—133页。

②曾敏行：《独醒杂志》卷三，载《全宋笔记》第四编第5册，大象出版社，2008，第137页。

③曾敏行：《独醒杂志》卷六，载《全宋笔记》第四编第5册，大象出版社，2008，第163—164页。

将作监丞。使金，竟不复还。朝廷录其节而官其婿，乃从兄叔谦也。”①可见宋钦宗时，已经出现主战和主和尖锐的矛盾。

第二，此书中包含大量记载苏轼及苏门四学士人生经历、交游情况、性格及其文学作品创作背景的材料。

苏轼一生坎坷不幸，但却留下了无数达观超然的华章。“东坡还至庾岭上，少憩村店。有一老翁出问从者曰：‘官为谁？’曰：‘苏尚书。’翁曰：‘是苏子瞻欤？’曰：‘是也。’乃前揖坡曰：‘我闻人害公者百端，今日北归，是天佑善人也。’东坡笑而谢之，因题一诗于壁间云：‘鹤骨霜髯心已灰，青松夹道手亲栽。问翁大庾岭头往，曾见南迁几个回。’”②

此书对于宋神宗对苏轼的关心与厚爱也有记载。“东坡坐诏狱，御史上其寄黄门之诗，神宗见之，即薄其罪，谪居黄州。郑介夫既下吏，狱官得介夫所厚者往还诗文，悉以奏闻，上见晏叔原所赠绝句，亦从而释之。神宗爱惜人才，不忍终弃如此。晏诗有云：小白长红又满枝，筑球场外独支颐。春风自是人间客，主掌繁华得几时。”③

苏轼在当时已经闻名遐迩，一般的民众都十分喜欢他的作品。“东坡守徐州，作《燕子楼》乐章，方具稿，人未知之。一日，忽哄传于城中，东坡讶焉。诘其所从来，乃谓发端于逻卒，东坡召而问之，对曰：‘某稍知音律，尝夜宿张建封庙，闻有歌声，细听乃此词也。记而传之，初不知何谓。’东坡笑而遣之。”④即使苏轼身为罪臣，也毫不影响人们对他的仰慕。“东坡自惠迁儋耳，子由自筠迁海康，二公相遇于藤，因同行。将至雷之境，郡守张逢以书通殷勤，逮至郡，延入馆舍，礼遇有加。东坡将渡海，逢出送于郊。复官出钱僦居以馆子由。帅臣段讽闻之大怒，劾逢馆留党人苏轼，及为苏辙赁屋等事，逢坐除名，勒停。子由移循州。”⑤

秦观诗词反映了他的心境与身体状况。“秦少游谪古藤，意忽忽不乐。过衡阳，孔毅甫为守，与之厚，延留待遇有加。一日，饮于郡斋。少游作《千秋岁》词，毅甫览至‘镜里朱颜改’之句，遽惊曰：‘少游盛年，何为言语悲怆

①曾敏行：《独醒杂志》卷八，载《全宋笔记》第四编第5册，大象出版社，2008，第180页。
②曾敏行：《独醒杂志》卷二，载《全宋笔记》第四编第5册，大象出版社，2008，第133页。
③曾敏行：《独醒杂志》卷四，载《全宋笔记》第四编第5册，大象出版社，2008，第151页。
④曾敏行：《独醒杂志》卷三，载《全宋笔记》第四编第5册，大象出版社，2008，第141页。
⑤同③，第149—150页。

如此？'遂赓其韵以解之。居数日，别去，毅甫送之于郊，复相语终日。归，谓所亲曰：'秦少游气貌大不类平时，殆不久于世矣。'未几，果卒。"①

第三，对于杜甫诗歌的影响，此书中有许多重要记载。宋人对杜诗的尊崇，渗透到社会生活的方方面面。杜诗成为实实在在的经典，时常被引用。"柳公度云：'不以气海熟生物，暖冷物。'时号善养生者。余异时数蹈之，未知悔也。年逾五十，老形具见，因诵少陵诗云：'衰年关膈冷，味暖并无忧。'特书坐间以自警。"②

对于杜诗的体裁，《独醒杂志》也能追根溯源，"少陵古诗有歌、行、吟、叹之异名，每与能诗者求其别，讫未尝犁然当于心也。尝观《宋书·乐志》以为诗之流有八：曰行，曰引，曰歌，曰谣，曰吟，曰咏，曰怨，曰叹。少陵其必有所祖述矣。世岂无能别之者，恨余之未遇也。"③

第四，此书记载，江西诗派努力扩大诗歌题材，不仅仅在语言的锤炼上下功夫，更在前人不甚关注的题材中驰骋笔力。"汪彦章为豫章幕官。一日，会徐师川于南楼，问师川曰：'作诗法门当如何入。'师川答曰：'即此席间杯盘、果蔬，使令以至目力所及，皆诗也。君但以意剪财之，驰骤约束，触类而长，皆当如人意。切不可闭门合目，作镌空妄实之想也。'彦章颔之。逾月，复见师川曰：'自受教后，准此程度，一字亦道不成。'师川喜谓之曰：'君此后当能诗矣。'故彦章每谓人曰：'某作诗句法，得之师川。'"④

第五，此书记载，柳永的词面向市井，通俗易懂，柳永死后，人们对其十分尊崇、怀念。"柳耆卿风流俊迈，闻于一时。既死，葬于枣阳县花山。远近之人每遇清明日，多载酒肴，饮于耆卿墓侧，谓之吊柳会。"⑤

邵博《邵氏闻见后录》

邵博（？—1158），字公济，邵伯温长子，河南洛阳人，著有《邵氏闻见后录》三十卷。包含大量的文学思想，特别是书中关于诗文的评论，比其父

①曾敏行：《独醒杂志》卷五，载《全宋笔记》第四编第5册，大象出版社，2008，第154页。
②曾敏行：《独醒杂志》卷九，载《全宋笔记》第四编第5册，大象出版社，2008，第196页。
③曾敏行：《独醒杂志》卷十，载《全宋笔记》第四编第5册，大象出版社，2008，第202页。
④曾敏行：《独醒杂志》卷四，载《全宋笔记》第四编第5册，大象出版社，2008，第146页。
⑤同④，第148页。

邵伯温《邵氏闻见录》丰富。

一、文学创作论

《邵氏闻见后录》中有大量的文学史料，涉及文人众多，唐代有李白、杜甫、韩愈、白居易、王勃、柳宗元、刘禹锡、李商隐、樊宗师等，宋代有欧阳修、王安石、曾巩、苏轼与李格非等。此外还论及《诗经》《楚辞》等经典文学作品，所谈文人逸事得之亲闻，翔实可信，尤以记载苏轼最为详细。通过史料记载，可以窥见邵博的文学观。

1. 人格论

邵博笔记中多有对士人人格的记载。邵博为北宋著名理学家邵雍之孙，他讨论人的品格时，多遵循儒家的礼教传统。宋朝士人恪守儒家礼教准则，注重师承关系，不敢僭越。文学评论家往往把苏轼和黄庭坚并称"苏黄"，来体现他们的地位和成就，但邵博在笔记中指出，黄庭坚恪守儒家礼教，一生尊崇苏轼，"苏黄"并称，"非鲁直本意"。

> 赵肯堂亲见鲁直晚年悬东坡像于室中，每蚤作，衣冠荐香，肃揖甚敬。或以同时声名相上下为问，则离席惊避曰："庭坚望东坡，门弟子耳，安敢失其序哉？"今江西君子曰"苏黄"者，非鲁直本意。①

与此相反，邵博不喜王安石把其子比孔子的行为，邵博认为王安石"无忌惮"。

> 王荆公之子雱作《荆公画像赞》曰："列圣垂教，参差不齐，集厥大成，光于仲尼。"是圣其父过于孔子也。雱死，荆公以诗哭之曰："一日凤鸟去，千年梁木摧。"是以儿子比孔子也。父子相圣，可谓无忌惮者矣。②

---

①邵博：《邵氏闻见后录》，中华书局，1983，第162页。

②同①，第157—158页。

邵博推崇苏轼，笔记中对苏轼的记载翔实可信，多从他人角度观照苏轼的人格。其笔记记载，苏轼与和他有宿怨之人相处亦“甚欢”。

> 东坡先谪黄州，熙宁执政妄以陈季常乡人任侠，家黄之岐亭，有世仇；后谪惠州，绍圣执政妄以程之才姊之夫有宿怨，假以宪节，皆使之甘心焉。然季常、之才从东坡甚欢也。[①]

邵博欣赏苏轼幽默风趣的性格，笔记中多处记载苏轼逸事。

> 李伸言：东坡自海外归毗陵，病暑，着小冠，披半臂，坐船中。夹运河岸，千万人随观之。东坡顾坐客曰：“莫看杀轼否？”其为人爱慕如此。[②]

苏轼爱戏谑文人：“秦少游在东坡坐中，或调其多髯者。少游曰：‘君子多乎哉？’东坡笑曰：‘小人樊须也。’”[③]“君子多乎哉？”出自《论语·子罕》：“太宰问于子贡曰：‘夫子胜者与？何其多能也？’子贡曰：‘固天从之将圣，又多能也。’子闻之，曰：‘太宰知我乎！吾少也贱，故多能鄙事。君子多乎哉？不多也。’”苏轼活用《论语》开玩笑，显示了其性格中幽默的一面。

邵博对苏轼人格观照之全面，突破了一般认识。苏轼诗文给大众留下乐观豁达的固有印象，人们往往认为他是放达之人，即便失意也能寻找生活的乐趣，实不尽然。邵博笔记中就记载了苏轼“自厌”之事，“东坡既迁黄岗，京师盛传白日仙去。神庙闻之，对左丞蒲宗孟叹惜久之。故东坡谢表有云：‘疾病连年，人皆相传为已死；饥寒并日，臣亦自厌其余生’也。”[④]此句出自苏轼表状《谢量移汝州表》，苏轼的表、状、书、启等由于文学性不强，往往被研究者所忽视，但也能反映苏轼的真实想法。

---

①邵博：《邵氏闻见后录》，中华书局，1983，第159页。
②同①，第160页。
③同①，第237页。
④同①，第129页。

2. 源流论

邵博关注文学源流，如对《楚辞》的继承关系，邵博就提出了与苏轼不同的意见，认为苏轼的评价“友之过矣”：

> 《楚词》文章，屈原一人耳。宋玉亲见之，尚不得其仿佛，况其下者，唯退之《罗池词》可方驾以出。东坡谓“鲜于子骏之作，追古屈原”。友之过矣。如晁无咎所集《续离骚》，皆非是。[①]

鲜于侁为诗平淡渊粹，尤长于模仿楚辞。苏轼认为其文能够和屈原的作品相仿佛。邵博则认为，苏轼因为与鲜于侁交好而有溢美之嫌。

邵博赞同在文学创作中应该批判地继承前人：“欧阳公谓曾子固云：‘王介甫之文，更令开廊，勿造语，及模拟前人。’又云：‘孟、韩文虽高，不必似之也。’”[②]

邵博记载了欧阳修推崇韩愈之诗的事：

> 欧阳公于诗主韩退之，不主杜子美。刘中原父每不然之。公曰：“子美‘老夫清晨梳白头，玄都道士来相访’之句，有俗气，退之决不道也。”中原父曰：“亦退之‘昔在四门馆，晨有僧来谒’之句之类耳。”公赏中原父之辩，一笑也。[③]

3. 批评观

邵博的文学批评观继承自其父，对文人作品的评论多有自见。他的笔记中记载，“韩退之之文，自经中来；柳子厚之文，自史中来；欧阳公之文，和气多，英气少；苏公之文，英气多，和气少”[④]，清晰明确地总结了韩愈、柳宗元的文章继承自经史的特点，且认为欧阳修与苏轼之文的风格相反，欧阳修之文平正通达，故而显现出的和气多，苏轼之文则自然雄放，故而英气多。

---

①邵博：《邵氏闻见后录》，中华书局，1983，第111页。

②同①，第108页。

③同①，第149页。

④同①，第111—112页。

在文学批评方面，邵博推崇苏轼平淡的文风。

刘器之与东坡元祐初同朝，东坡勇于为义，或失之过，则器之必约以典故。东坡至发怒曰："何处把上（原注：把，去声。农人乘以事田之具）曳得一'刘正言'来，知得许多典故。"或以告器之，则曰："子瞻固所畏也，若恃其才，欲变乱典常，则不可。"又朝中有语云："闽蜀同风，腹中有虫。"以二字各从虫也。东坡在广坐作色曰："书称'立贤无方'。何得乃尔！"器之曰："某初不闻其语，然'立贤无方'，须是贤者乃可，若中人以下，多系土地风俗，安得不为土习风移？"东坡默然。至元符末，东坡、器之各归自岭海，相遇于道，始交欢。器之语人云："浮华豪习尽去，非昔日子瞻也。"东坡则云："器之铁石人也。"①

苏轼与刘安世交往时运用典故的趣事，侧面反映出苏轼文风由豪放到平淡的转变。苏轼经由科举入仕，初入政坛之时"勇于为义"，其文风也相应地呈现出豪放的特点；随着仕途的起落，其政治热情渐渐消退，文风也转为平淡。

4. 文体论

在文体方面，邵博十分关注宋代的四六。"四六"一词出自柳宗元《乞巧文》"骈四俪六，锦心绣口"②，但根据《宋史·艺文志》所载《四六甲乙集》四十卷之名可知，早在晚唐，四六已成为文体之名。自有文章之始，文章中便有奇句与偶句、单笔与复笔的区别，进而发展出以奇句、单笔为主的散文与以偶句、复笔为主的骈文。从六朝至唐代前期以骈文为盛，唐宋以后散文代兴，在文学发展的历史长河中，二者并存且互补，宋代融合二者，形成了风格独特的宋四六。邵博简明地说清了四六形成的原因。

本朝四六，以刘筠、杨大年为体，必谨四字六字律令，故曰四六。然其敝类俳语可鄙。欧阳公深嫉之曰："今世人所谓四六者，

---

①邵博：《邵氏闻见后录》，中华书局，1983，第159页。

②柳宗元：《柳河东集》，上海古籍出版社，2008，第546页。

非修所好。少为进士时不免作，自及第遂弃不作，在西京佐三相幕府，于职当作，亦不为作也。”如公之四六云：“造谤于下者，初若含沙之射影，但期阴以中人；宣言于廷者，遂肆鸣枭之恶音，孰不闻而掩耳。”俳语为之一变。至苏东坡于四六，如曰：“禹治兖州之野，十有三载乃同；汉筑宣防之宫，三十余年而定。方其决也，本吏失其防，而非天意；及其复也，盖天助有德，而非人功。”其力挽天河以涤之，偶俪甚恶之气一除，而四六之法则亡矣。[①]

在此邵博介绍了四六的源流，简明评价了从西昆体四六到欧阳修、苏轼的四六的变化历程。在唐代，李商隐的骈文上承六代，下开宋体。宋初的西昆体作家均效仿和继承李商隐的文风，其中，杨亿的作品最具代表性。欧阳修以其擅长的古文笔法改造骈文，文风自然，长短咸宜，使俳语为之一变，开创了宋代四六的新局面。欧阳修的后辈苏轼起而效仿，苏轼的四六文尚议论，有气势，不仅行云流水，还表现出他不合时宜的性格。邵博笔记中记载了苏轼的四六文《谢量移汝州表》：“疾病连年，人皆相传为已死；饥寒并日，臣亦自厌其余生。”苏轼在四六中融入议论，使四六呈现出雄浑豪放、典赡高华的风格，进一步奠定了宋四六在文体上的地位。

二、文学生态论

邵博的文学思想具有价值，不仅在于他以宋人眼光评判宋代文学，更在于他能跳出传统文学评价的束缚，结合政治、文化、历史和哲学，用文学生态视野考察宋代文学。

1. 统治者爱好文艺，营造良好的文学创作氛围

邵博注意到，宋代文学的繁荣首先表现在宋朝统治者爱好文艺上。宋太祖自杯酒释兵权后，加强中央集权，开始重用文人，不仅改变了唐以来重武轻文的陋习，使文臣的地位得到提升，而且表现出爱好文艺的特点。其后，宋仁宗作为统治者，亦爱好文艺，对文人的包容度很高。邵博记载了苏轼谈论宋仁宗包容大度的言论：“非仁宗之大，其孰能容此万人之英乎？”

---

①邵博：《邵氏闻见后录》，中华书局，1983，第124—125页。

东坡论张文定以一言，曰：“大。”曰：“惟天为大，惟尧则之，天下未尝一日无士。而仁宗之世，独为多士者，以其大也。贾谊叹细德之崄微，知凤鸟之不下，闵沟渎之寻常，知吞舟之不容，伤时无是大者以容己也。盖天下大器也，非力兼万人，其孰能举之？非仁宗之大，其孰能容此万人之英乎？”世以为知言。[①]

2. 儒释道思想融合，促进文风和士人性格的转变

宋代士人多崇尚儒释道思想融合。儒家强调士人的个体责任感和忧患意识，这使得宋代诗文风格呈现出严谨、收敛的形态。加之道家思想的影响，宋代诗文一改唐代的繁华艳丽，增添了平淡的风格。

东坡《书上清宫碑》云：“道家者流，本于黄帝、老子。其道以清净无为为宗，以虚明应物为用，以兹俭不争为行，合于《周易》何思何虑、《论语》仁者静寿之说，如是而已。”谢显道亲见程伊川诵此数语，以为古今论仁，最有妙理也。[②]

邵博认为，苏轼《念奴娇·赤壁怀古》中的“灰飞烟灭”之句，是化用自《圆觉经》。

儒释道三家思想的融合，不仅使士人凸显了忧患意识和强烈的个体责任感，还推动了宋代士人以严谨、平实的文风作为审美标准。邵博笔记中记载，司马光在修《通鉴》时，删去了浮华的诗赋文章。“文正公修《通鉴》时，谓其属范纯父曰：‘诸史中有诗赋等，若止为文章，便可删去。’盖公之意，欲士立于天下后世者，不在空言耳。如屈原以忠废，至沉汨罗以死，所著《离骚》，汉淮南王、太史公皆谓其可与日月争光，岂空言哉！《通鉴》并屈原事尽削去之，《春秋》褒毫发之善，《通鉴》掩日月之光，何耶？公当有深识，求于《考异》中无之。”[③]司马光修《资治通鉴》时重视诗文的政治教化功能及其实用性，认为在诗文中抒发个人情感的作品“便可删

①邵博：《邵氏闻见后录》，中华书局，1983，第155页。
②同①，第39页。
③同①，第77页。

去”，这体现出《资治通鉴》背后的政治意义和文人士大夫强烈的社会责任感。

3. 科举制度对文学的影响

北宋后期对文人士大夫思想的控制程度比较强，科举制度作为政治制度的分支，对文学产生了一定的影响。邵博笔记中就有关于苏轼应试的记载：

> 东坡中制科，王荆公问吕申公：“见苏轼制策否？”申公称之。荆公曰：“全类战国文章，若安石为考官，必黜之。”故荆公后修《英宗实录》，谓苏明允有战国纵横之学云。老苏公云：“学者于文用引证，犹讼事之用引证也。既引一人得其事，则止矣。或一人未能尽，方可他引。”①

从上述材料，可以看出考官的主观情感对取士结果的影响。王安石不喜欢在诗文中过多用典故，因此王安石认为，若自己是考官，由于苏轼的制策“全类战国文章，必黜之”。由此可见，科举制度对文学创作方式的改变是非常直接的。

庄绰《鸡肋编》

庄绰，字季裕，泉州惠安（今福建惠安）人，生卒年不详，历北宋神宗至高宗五代，有《鸡肋编》三卷。据作者自序，此书完成于绍兴三年（1133），“绍兴三年二月九日，清源庄季裕云”。此书为宋代笔记中最有价值的之一，其中包含丰富的文学思想。

此书特别关注北宋灭亡后文学与时代精神之关系：“靖康初，罢舒王王安石配享宣圣，复置春秋博士，又禁销金。时皇弟肃王使虏，为其拘留未归，种师道欲击虏，而议和既定，纵其去，遂不讲防御之备。太学轻薄子为之语曰：‘不救肃王废舒王，不御大金禁销金，不议防秋治春秋。’其后，胡人连年以深秋弓劲马肥入寇，薄暑乃归。远至湖、湘、二浙，兵戈扰攘，所在未尝有乐土也。自是越人至秋亦隐山间，逾春乃出。人又以千字文为

①邵博：《邵氏闻见后录》，中华书局，1983，第111页。

戏曰：‘彼则寒来暑往，我乃秋收冬藏。’时赵明诚妻李氏清照亦作诗以诋士大夫云：‘南渡衣冠欠王导，北来消息少刘琨。’又云：‘南游尚觉吴江冷，北狩应悲易水寒。’后世皆当为口实矣！”[①]虽笔端不露臧否，但褒贬分明，堂堂朝堂大臣，尚不及一弱女子之气骨，令人唏嘘。

此书重视文学的政教作用，重视文学对礼义政治、君臣之道、家国之道、父子夫妇之道的教化作用，对从《诗经》以来的儒家诗论进一步推演，并引用王令观点，申说自己的主张。“王令逢原《上刘莘老书》论诗之弊曰：‘古之为诗者有道，礼义政治，诗之主也；风雅颂，诗之体也；比赋兴，诗之言也；正之与变，诗之时也；鸟兽草木，诗之文也。夫礼义政治之道得，则君臣之道正，家国之道顺，天下之为父子夫妇之道定，则风者本是以为风，雅者用是以为雅，颂者取是以为颂。则赋者，赋此者也；比者，直而彰此者也；兴者，曲而明此者也。正之与变，得失于此者也；鸟兽草木，文此者也。是古之为诗者有主，则赋比兴风雅颂以成之，而鸟兽草木以文之而已尔。后之诗者，不思其本，徒取其鸟兽草木之文，以纷更之，恶在其不陋也！’”[②]

此书善于以诗证史，补正史之不足。“高适调封丘尉，不得志，去客河西节度使哥舒翰，奏为右骁卫兵曹参军掌书记，杜子美有诗送之云：‘脱身薄尉中，始与锺楚辞。’韩退之作荆南法曹，与张籍诗云：‘判司卑官不堪说，未免锺楚尘埃间。’杜牧之亦有《寄小侄阿宜诗》云：‘参军与县尉，尘土惊劻勷，一语不中治，笞棰身满疮。’则唐世掾曹薄尉，皆未免于鞭扑，而史不载。所以责官，多使为之，欲重为困辱也。”[③]

此书重视以诗文证风俗、观人文，“东坡居士云：‘岭南地暖，百卉造作无时。’南雄州在大庾岭下才数十里，与江南未相远也，而气候顿异。二月半梨花已谢，绿叶皆成阴矣。如石榴四时开花，橘已实仍蕊，或发于大本之上，却无枝叶，此尤可怪。然花发不数日辄谢，香气亦薄，盖其津脉漏泄者多也。故退之诗云：‘二年流窜出岭外，所见草木多异同。冬寒不严地怕泄，阳气发乱无全功。浮花浪蕊镇长有，才开还落瘴雾中。’又其开发，先

①庄绰：《鸡肋编》卷中，中华书局，1997，第43页。

②同①，第59—60页。

③庄绰：《鸡肋编》卷下，中华书局，1997，第108页。

在西北枝，而北向常盛者，缘日行非南至之极，则犹在其北故尔。”[①]卷下又载：“东坡在惠州作梅词，云：‘玉骨那愁烟瘴？冰姿自有仙风。海仙时遣探芳丛，倒挂绿毛幺凤。素面尝嫌粉污，洗妆不退唇红，高情易逐海云空，不与梨花同梦。’广南有绿羽丹觜禽，其大如雀，状类鹦鹉，栖集皆倒悬于枝上，土人呼为‘倒挂子’。而梅花叶四周皆红，故有‘洗妆’之句。二事皆北人所未知者。”[②]

才性问题，一直是中国古代文学理论关注的话题。庄绰强调天才对文学创作的决定意义。“天下之事，有不学而能者，儒家则谓之天性，释氏则以为宿习，其事甚众。唐以文称，如白乐天，七月而识‘之无’二字。权德舆三岁知变四声，四岁能为诗。韩退之自云‘七岁读书，十三而能文’。杜子美亦自谓‘七龄思即壮，开口咏凤凰。九龄书大字，有作成一囊’。若李泌之赋方圆动静，刘宴之正‘朋’字，岂学之所能至哉？以羊祜识庾环之处，推之，则宿习为言，信矣！”[③]

对于历史上文人齐名的现象，作者通过归纳概括，力图找出这些文人齐名的原因，虽不一定全面，但可备一说。“李杜、苏李之名尤著于世者，以历代所称，兼于文行故也。余尝以一绝记其闻者：‘大义终全显汉廷，李固、杜乔。名标八俊接英声。李膺、杜密。文章万古犹光焰，李白、杜甫。疑是天私李杜名。’‘居前曾是少陵师，苏武、李陵。资历文章亦等夷，苏味道、李峤。思若涌泉名海内，苏颋、李乂。从来苏李擅当时。’”[④]

对于李白、杜甫的友谊及杜赠李之作多，而李赠杜之作少的现象，此书也有比较公允的分析。“杜子美有赠忆李白及寄姓名于他诗者，凡十有三篇。《昔游》诗云：‘昔者与高、李，晚登单父台。’又有《登兖州城楼诗》，盖鲁、砀相邻。而太白亦有《鲁郡尧祠送别》长句，虽不著为谁而作，然二公皆尝至彼矣。世谓太白惟饭颗山一绝外，无与少陵之诗。史称《蜀道难》为杜而发。二公以文章齐名，相从之款，不应无酬唱赠送，恐或遗落耳。按工部行二，高适、严武诸公，皆呼杜二。今白集中有《鲁郡东石门送杜二子诗》一篇，余谓题下特脱一‘美’字耳。杜赠白诗云：‘秋来相顾尚飘

①庄绰：《鸡肋编》卷下，中华书局，1997，第107—108页。

②同①，第113页。

③同①，第110页。

④庄绰：《鸡肋编》卷上，中华书局，1997，第4—5页。

蓬。'而李有'秋波落泗水''飞蓬各自远'云，以此考之，各无疑者。俗子遂谓翰林争名自绝，因辨是诗以释争名之谤。'醉别复几日，登临遍池台。'后言'何时石门路，重有金尊开。秋波落泗水，海色明徂徕。飞蓬各自远，且尽林中杯'。又有《送友人寻越中山水诗》云：'闻道稽山去，偏宜谢客才。此中多逸兴，早晚向天台。'少陵《壮游诗》云：'东下姑苏台，已具浮海航。剡溪蕴秀异，欲罢不能忘。归帆拂天姥，中岁贡旧乡。'李所谓'友人'者，疑亦杜子美也。"[1]

与一些人抑李扬杜不同，庄绰对李白的诗歌十分称道，且对其不幸命运表示同情，对李从璘之事详加辨析。"唐旧史云永王'璘生于宫中，不更人事，其子襄城王偒又勇而有力，遇兵权，为左右眩惑，遂谋狂悖。璘虽有窥江左之心，而未露其事。吴郡采访李希言乃平牒璘，大署其名，璘遂激怒，牒报曰：'寡人，上皇天属，皇帝友于，地尊侯王，礼绝僚品。柬书来往，应有常仪。今乃平牒抗威，落笔署字，汉仪堕紊，一至于斯！'乃使浑惟明取希言，希言在丹阳，令元景曜等以兵拒之。则李太白初从其行，盖璘未露其迹。不然，岂有从其为逆者也？而李希言署名平牒，故欲激之，亦可罪矣！今新书皆略而不载，不特璘之本谋便为犯顺，至于翰林之贬，犹为轻典矣。"[2]

庄绰通过对比评判诗歌的高下。"宋景文与兄元宪，少时尝谒杨大年。坐中赋《落花诗》，元宪云：'金谷路尘埋国艳，武陵溪水泛天香。'景文云：'将飘更作回风舞，已落犹成半面妆。'文公以兄为胜，谓景文小巧，他日富贵亦不逭其兄，且不当更用'落'字也。"[3]在作者看来，诗歌格局的高低决定诗歌的优劣，元宪大气，景文小巧，因此元宪胜于景文。就作诗技巧而言，元宪避落字，曲折委婉，而景文上句无落，而意带落，下句落字明用，因此在技巧上输了其兄一筹。从这则材料可以看出，宋人重视语言的字斟句酌，诗歌创作向语言的精细化迈进。

与推崇语言的创新一脉相承，在创新的方式上，此书也保持一种比较开放的意识，推崇用俗语、俚语、口语来实现语言创新的创作方式。"谚

---

①庄绰：《鸡肋编》卷上，中华书局，1997，第26—27页。

②庄绰：《鸡肋编》卷下，中华书局，1997，第126页。

③庄绰：《鸡肋编》卷中，中华书局，1997，第74页。

有‘巧息妇做不得没面餺饦’与‘远井不救近渴’之语，陈无已用以为诗云：‘巧手莫为无面饼，谁能救渴需远井？’遂不知为俗语。世谓少陵‘鸡狗亦得将’，用‘嫁得鸡，逐鸡飞，嫁得狗，逐狗走’。或几是也。”[①]卷下载：“杜少陵新婚别云‘鸡狗亦得将’，世谓谚云‘嫁得鸡，逐鸡飞，嫁得狗，逐狗走’之语也。而陈无己诗，亦多用一时俚语。如‘昔日剜疮今补肉，百孔千疮容一罅。拆东补西裳作带。人穷令智短。百巧千穷只短檠，起倒不供聊应俗，经事长一智。称家丰俭不求余，卒行好步不两得’。皆全用四字。‘巧手莫为无面饼’，巧媳妇做不得没面餺饦。‘不应远水救近渴’，谁能留渴须远井，远水不救近渴。‘瓶悬甇间终一碎’，瓦罐终须井上破。‘急行宁小缓’，急行赶过慢行迟。‘早作千年调一生，也作千年调’，人作千年调，鬼见拍手笑。‘拙勤终不补’，将勤补拙。‘斧斫仍手摩’，大斧斫了手摩娑。‘惊鸡透篱犬升屋’，鸡飞狗上屋。‘割白鹭股何足鸡’，鹭鸶腿上割股，荐贤仍赌命。而东坡亦有‘三杯软饱后，一枕黑甜余’。皆世俗语。如‘赌命’‘软饱’犹可解，而‘黑甜’后世不知其为睡矣。如诗之‘串夷载路’，诗云‘吊由灵’，安知非当时之常谈也？”[②]“东坡作雪诗云：‘冻合玉楼寒起粟，光摇云海眩生花。’人多不晓玉楼银海事，惟王文正公云：‘此见于道家，谓肩与目也。’又有诗云：‘三杯软饱后，一枕黑甜余。’此谚语也。若无杯枕，则后世不知其为酒与睡矣。”[③]

不过，此书在考实文字方面太过求真，有时在考证想象力比较丰富的诗句时考据过甚，表现出宋人的特有风尚。“欧阳文忠有赠介甫诗云：‘翰林风月三千首，吏部文章二百年。老去自怜心尚在，后来谁与子争先？’王答云：‘它日若能窥孟子，终身何敢望韩公！’余少时闻人谓吏部乃隐侯，非文公也。翰林诗无三千，亦非太白。后见沈约传，虽尝为吏部郎，及称谢朓云：‘二百年来无此诗。’谓由建安至宋元嘉二百三十余年，举其全数耳。自嘉祐上至唐元和，余二百五十年，去元嘉则远矣。则吏部盖指韩也。郑谷有《题太白集诗》云：‘何事文星与酒星？一世分付李先生。高吟大醉三千首，留著人间伴月明。’永叔所引，但用沈二百年之语，

①庄绰：《鸡肋编》卷中，中华书局，1997，第74页。
②庄绰：《鸡肋编》卷下，中华书局，1997，第117—118页。
③同①，第71页。

加于退之，以对翰林三千首耳。诗年之数，安在如书马数马乎？”[①]

由于这种求实精神，此书常常能还原作家的真实创作意图：“杜子美《石犀行》云‘自免洪涛恣雕瘵’，与济势为韵。《种莴苣》云‘信宿罢潇洒’，与耳始同押。《后出塞》云：‘恐是霍票姚’，作平声。《八仙歌》押两船字，《狄明府》两济字。洒字有三音，而瘵但切侧界。去病为票姚校尉。服虔注《汉书》：‘音飘摇。’颜师古云：‘票音平妙反。姚音羊召反。票姚，劲疾之貌也。荀悦汉纪作票鹞字。去病后为票骑将军，尚取票姚之字耳。今读者音飘摇，则不当其义也。’诗人拘于声律，取其意而略其义也。如济济清济，音虽同而义异。故两船字，或者遂谓‘不上船’为蜀人以衣襟为船。余尝至舟中问土人，则不然。后见范传正《太白新墓志》云，玄宗汎白莲池，召公作诗。时公已被酒于翰苑中，命高力士扶以登舟。杜之所歌，盖此事尔。”[②]

对于文字描写，作者推崇客观真实，反对随意空想，脱离真实情境。“陶隐居《注本草》云：‘大寒凝海而酒不冰，明其性热，独冠群物。’余官原州时，官库庆锦堂酒，取数绝少，醇旨最于一路，而怪其成冰，及见司马温公《苦寒行》，云：‘并州从来号惨烈，今日乃信非虚名。谁言醇醪能独立？壶腹迸裂无由倾！’则塞上之寒，隐居生于东南，盖未之见耳。”[③]

杜甫的诗歌在宋代经王安石、江西诗派等推崇，成为经典，在诗歌经典化的过程中，杜甫的人格也逐渐经典化，影响所及，名人用杜诗自况，成为一时风尚。“吕丞相元直以使相领宫祠，卜居天台，作堂名退老，每诵少陵‘穷老真无事，江山已定居’之句以自况。时赋诗者百数。李伯纪职大观文、官银青、帅福堂，亦寄题二篇，其末章云：‘片帆云海无多地，叹息何由厕末宾？’时谓二公‘穷老’‘末宾’，何言之谦也！”[④]

在宋代，虽然由于党争的原因，统治者对苏轼或抑或扬，但在普通士人心目中，苏轼的人品诗文，在其生前与身后一直具有典范意义与经典价值。“宋人赵舜甫希元，自负诗文，每以东坡为标准，居处斋室皆取其言以

---

①庄绰：《鸡肋编》卷上，中华书局，1997，第1页。

②同①，第3—4页。

③庄绰：《鸡肋编》卷下，中华书局，1997，第103页。

④同①，第100—101页。

为名。尝种芍药于亭下，以苏诗有‘亭下殿余春’之句，遂榜曰殿春亭，作横牌书之。同列有恶之者，乃谓其家有‘亭春殿’，由是出为衢州兵官。时赵令裣表之寓居西安，亦好吟咏，每相讥评。后表之除浙西宪，舜辅疏其短，引嫌乞避，遂移严州，而宪亦罢焉。”[①]

袁文《瓮牖闲评》

袁文（1119—1190），字质甫，四明鄞州（今浙江鄞州）人，有《瓮牖闲评》八卷。此书记录宋人事迹、时事、风俗、地理、诗词文章等，虽笔记内容摘编自前人，但多加评述发挥，其中有许多有关文学思想的内容值得关注。

此书颇具考实之风，反映了宋人忽视诗歌想象、喜好对文学意象进行考证的考实之风。这一点是宋代与唐代最大的不同之一。“世言牵牛织女，故老杜诗云：‘牵牛出河西，织女处其东。’然织女三星自在牵牛之上，主金帛，非在东也。二星既皆在西，则世俗鹊桥之说益诞矣。而老杜诗又云：‘牛女年年渡，何曾风浪生。’殆见人言纷纷，聊以为戏耳。”[②]一加地理学的考证，则令人意兴索然。

此书卷三载：“大孤山、小孤山，本是此孤字，今庙中乃各塑一妇人象，盖讹孤字为姑字耳。其地有孟浪矶，亦讹为彭浪矶，相传云：‘彭郎，小姑婿也。’其言尤可笑。苏东坡《游孤山访惠勤惠思》诗云：‘孤山孤绝谁肯庐，道人有道心不孤。’可证其误矣。至僧祖可作《大孤山》诗乃云：‘有时罗袜步微月，想见江妃相与娱。’则又以大孤为大姑也。”[③]其实，苏轼还有《李思训画长江绝岛图》一诗：“山苍苍，水茫茫，大孤小孤江中央。崖崩路绝猿鸟去，惟有乔木搀天长。客舟何处来，棹歌中流声抑扬。沙平风软望不到，孤山久与船低昂。峨峨两烟鬟，晓镜开新妆。舟中贾客莫漫狂，小姑前年嫁彭郎。”为了印证自己的观点，此书只从苏轼诗歌中提取有利于自己的证据，却不提其另一首能证明“彭郎为小姑夫婿”的题画诗，从中可看出宋人在考证上的偏颇。

---

①庄绰：《鸡肋编》卷下，中华书局，1997，第123页。

②袁文：《翁牖闲评》卷三，载《全宋笔记》第四编第7册，大象出版社，2008，第155页。

③同②，第157—158页。

苏轼在诗中生发过许多关于美女西施的奇思妙想。在苏轼的笔下，西施不仅是历史中的一个人物，更是自己的灵感来源，因此，他把西湖比成美丽的西施姑娘，而不必拘泥于历史，此书却强作索解，扼杀了苏轼的诗歌艺术想象。“苏东坡诗云：‘他年一舸鸱夷去，应记渠侬旧姓西。’西谓西子也，西子本姓施，而世称西施，盖东、西施之谓耳。东坡乃以为姓‘西’，误矣。”[①]苏轼巧妙地浓缩历史，把范蠡功成身退，携西施悄然隐退的故事写得超然美妙。这样一指实，诗味全无。从某种意义上讲，将文学真实等同于生活真实，恰恰是对文学的限制与扼杀。

更有甚者，此书不从感情表达效果、诗歌意境等角度来审视杜甫的诗歌，仅仅从音韵方面来分析批评，将杜诗不以辞害意的语言创新，看作用字审音的不精准，还将苏轼对山丹花的艺术想象认作缺乏知识，并误以为欧阳修不知秋花落。“杜子美字学不明，其作诗多用重字而不之悟。如《寄刘峡州》诗云：‘家声同令闻，时论以儒称。’又曰：‘姹女萦新裹，丹砂乏旧秤。’不知称字即古之秤字，其秤字乃后人误改称字之偏旁耳。《奉汉中王手札》诗云：‘国有乾坤大，王今叔父尊。’又云：‘从容草奏罢，宿昔奉清罇。’不知尊字即古之罇字，乃后人误增尊字之偏旁耳。子美作此二诗，却不知韩退之《郾城联句》云：‘两厢铺氍毹，五鼎调芍药。’又云：‘但掷雇笑金，仍祈却老药。’前药字盖本《子虚赋》中‘芍药之和具，而后御之’。勺音酌，药音略；后药字乃如字。退之所用一字，其实是二字，子美所用二字，其实是一字。”[②]卷七载：“苏东坡诗云：‘堂前种山丹，错落马脑盘。堂后种秋菊，碎金收辟寒。’菊比碎金，固然。不知山丹何以比马脑盘耶？今世所谓山丹者，其状宛类鹿葱，但差小耳。其乃和其弟子由诗，疑东坡蜀人，不识山丹，误认为莺粟耳。”[③]卷七又载：“欧阳文忠公评王介甫诗云：‘秋花不似春花落，凭仗诗人仔细吟。’是固然也。然秋花独菊不落，其他如木犀、芙蓉之类，盖无不落者，则秋花岂尽不落耶？”[④]连李煜的词，此书也要加以考证。卷五载：“苏东坡记李后主《去国》词云：‘最是仓

---

①袁文：《翁牖闲评》卷三，载《全宋笔记》第四编第7册，大象出版社，2008，第165页。

②袁文：《翁牖闲评》卷四，载《全宋笔记》第四编第7册，大象出版社，2008，第168页。

③袁文：《翁牖闲评》卷七，载《全宋笔记》第四编第7册，大象出版社，2008，第206—207页。

④同③，第207页。

皇辞庙日，教坊犹奏别离歌。挥泪对宫娥。'以为后主失国，当恸哭于庙门之外，谢其民而后行。乃对宫娥听乐，形于词句。余谓此决非后主词也。特后人附会为之耳。观曹彬下江南时，后主预令宫中积薪，誓言'若社稷失守，当携血肉以赴火'，其厉志如此，后虽不免归朝，然当是时，更有甚教坊，何暇对宫娥也！"[①]然而，词不是起居注，不能用指实的标准来一一落实情节、意象、想象、语言等，此书如此考证，明显是荒唐的。

当然，书中的考实也有十分成功的案例，不能全盘否定，"人多病苏东坡诗'不向如皋闲射雉，归来何以得卿卿'，谓《左氏传》'如'训'往'，'御以如皋'者，盖为妻之御而往皋也，今曰'不向如皋'，则是便指'如皋'为地名，非是。彼乃不知后人误写'向'字'不'字下尔，非东坡之误也。余尝亲见东坡一纸书此诗，乃'向不'，诚是也，与如皋地名略不相妨。见前辈文字不能详究，辄妄自讥语，岂不重可笑欤！"[②]此书通过认真分析，恢复了苏轼诗歌的原貌，肯定其音韵的奇妙和用典的不露痕迹。

此书包含许多记载苏轼人生事业与文学创作的材料，十分有价值，对苏轼为人、为诗、为文的源流很重视。白居易一直是苏轼向往的人，苏轼取号东坡，固然与被贬黄州，耕种于东坡有关，但也与对白居易的仰慕有关。白居易退隐的生活态度与价值取向，无疑深深地影响了苏轼的贬谪生活。"苏东坡诗云：'我大似乐天，但无素与蛮。挂冠及未艾，当获一纪闲。'意亦欲如乐天退居之后，安贫乐道，优游以卒岁耳。乃晚岁窜逐海上，滞留七年，后虽复官以归，而奔驰数月，竟殁于中途，良可叹也。"[③]

此书记载，苏轼面对人生的苦难，除了用老庄与佛禅解脱，常以幽默自嘲来超越心灵的悲愤："苏东坡奉敕撰《上清储祥宫记》，后朝廷磨之，别命蔡元度作，故东坡有诗云：'淮西功德冠吾唐，吏部文章日月光。千载断碑人脍炙，不知世有段文昌。'退之《淮西碑》亦是磨后复使文昌再作，此二事大相类也。东坡遂托为此诗。绍圣间，有人于沿流馆中得之，盖亦有少不平故耳。而苕溪渔隐不知有此，乃谓东坡窜海外时作，欲以自况，非也。"[④]思维通脱自由，风趣幽默，直观超然，既是苏轼的人生品格，也

①袁文：《瓮牖闲评》卷五，载《全宋笔记》第四编第7册，大象出版社，2008，第181页。
②袁文：《瓮牖闲评·佚文》，载《全宋笔记》第四编第7册，大象出版社，2008，第226页。
③袁文：《瓮牖闲评》卷三，载《全宋笔记》第四编第7册，大象出版社，2008，第163页。
④同①，第177页。

是其诗歌思出常格、想象新奇、比喻新颖的重要根源，此书直指其创作心态，可谓击中要害。卷五载："苏东坡不甚喜妇人，而诗中每及之者，非有他也，以为戏谑耳。其曰'短长肥瘠各有态，玉环、飞燕谁敢憎'，乃评书之作耳。其曰'欲把西湖比西子，淡妆浓抹总相宜'，乃咏西湖之作也。其曰'戏作小诗君勿诮，从来佳茗似佳人'，乃谢茶之作也。如此数诗，虽与妇人不相涉，而比拟恰好，且其言妙丽新奇，使人赏玩不已，非善戏谑者能若是乎！"①

虽然此书常以道学家的口吻赏析诗词，但有时分析得也颇有见地。"'玉骨那愁瘴雾（一作烟瘴）。冰肌（一作冰姿）自有仙风。海山时遣探芳丛，倒挂绿毛幺凤。素面常嫌粉污，洗妆不退唇红。高情已逐晓云空，不与梨花同梦。'此苏东坡为朝云作《西江月》词也。余谓此二词，皆朝云死后作，其间言语亦可见，而《艺苑雌黄》乃云：'《南歌子》者，东坡令朝云就少游乞之；《西江月》者，东坡作之以赠焉。'恐非也。庄季裕《鸡肋编》曰：'东坡谪惠州时作《梅词》云云。广南有绿毛丹觜禽，其大如雀，状类鹦鹉，栖集皆倒悬于枝上，土人呼为倒挂子。而梅花叶四周皆红，故有"洗妆"之句。'二事皆北人所未知者。"②

此书记载，苏轼在宋代已经有很大的影响力，即使被贬黄州，人们对他仍仰慕不已，甚至引发了不少奇绝的故事。"苏东坡谪黄州，邻家一女子甚贤，每夕只在窗下听东坡读书，后其家欲议亲，女子云：'须得读书如东坡者乃可。'竟无所谐而死。故东坡作《卜算子》以记之。黄太史谓语意高妙，盖以东坡是词为冠绝也，独不知其别有一词名《江神子》者。东坡卒钱塘日，忽刘贡父相访，因拉与同游西湖。时二刘方在服制中。至湖心，有小舟翩然至前，一妇人甚佳，见东坡，自叙：'少年景慕高名，以在室无由得见，今已嫁为民妻，闻公游湖，不避罪而来，善弹筝，愿献一曲，辄求一小词以为终身之荣，可乎？'东坡不能却，援笔而成，与之。其词云：'凤凰山下雨初晴。水风清，晚霞明。一朵芙蓉、开过尚盈盈。何处飞来双白鹭，如有意，慕娉婷。忽闻筵上弄哀筝。苦含情，遣谁听？烟敛云收，依约是湘灵。

---

①袁文：《瓮牖闲评》卷五，载《全宋笔记》第四编第7册，大象出版社，2008，第178页。

②同①，第182—183页。

拟待曲终寻问取，人不见，数峰青。’此词岂不更奇于《卜算子》耶？”①

此书作者历叙自己对苏轼人格、诗文的欣赏，他甚至将苏轼元素植入自己的生活中：“余向欲凿一池种荷花，筑小亭其上，榜曰‘云锦’，取苏东坡诗中‘卷却天机云锦段’。‘云锦’二字极佳，本出韩退之诗云‘撑舟昆明度云锦’，东坡爱此二字，故于《和文洋州三绝》中用之。今余老不事事，竟不能榜之于亭，未尝不惋恨。在江阴时，见曹氏新辟一堂，植荷花满池，已榜为‘清香’，余偶道及前二字，答曰：‘请易之。’既而余归，亦未知其果易否。”②“苏东坡诗云：‘果熟多幽欣。’余自少即喜‘幽欣’二字，意欲植少果树，于中作一小亭，以‘幽欣’名，今老矣，此志不遂，奈何！余又欲名小室为‘盘蜗’，取黄太史诗云‘一室可盘蜗’也。”③

对于苏轼诗文遭政敌无端引申，乱加罪名一事，作者有自己的看法，此书佚文载：“苏东坡在扬州作诗云：‘此生已觉都无事，今岁仍逢大有年。山寺归来闻好语，野花啼鸟亦忻然。’其年神宗上仙，当时谤者遂谓东坡以迁谪之故，忻幸神宗上仙而作时诗，故东坡有辨谤札子云：‘是三月六日，臣在南京，闻先帝遗诏，举哀挂服了。至五月间，至扬州竹西寺，见百姓父老十数人，相与道旁语笑，其间一人以手加额云：才见好一个少年官家。又是时淮、浙间所在丰熟，因作是诗，其时去神宗上仙已两月，决非山间始闻之语，事理甚明。’及观其弟子由作东坡墓志乃云：‘公之自汝移常也，授命于宋。会神宗晏驾，哭于宋而南至扬州，常人与公买田书至，公喜作诗，有闻好语之句，言者妄谓公闻讳而喜，乞加深谴，然诗刻石有时日，朝廷知言者之妄，皆逐。’其说又如此。”④

此书对于科举制度，有不少有价值的记载。“国初事简易办，科举与奏荐皆逐岁有之。治平三年，有旨：‘自今后三年一次科举。’则知其前是逐岁有也。《王文正公遗事》云：‘公自践两禁，岁有奏荫。’则知此事亦是逐岁有也。”⑤此条可与《宋会要》中的相关内容相互印证。

---

①袁文：《翁牖闲评》卷五，载《全宋笔记》第四编第7册，大象出版社，2008，第182页。

②袁文：《翁牖闲评》卷八，载《全宋笔记》第四编第7册，大象出版社，2008，第220页。

③同②，第221页。

④袁文：《翁牖闲评·佚文》，载《全宋笔记》第四编第7册，大象出版社，2008，第231—232页。

⑤袁文：《翁牖闲评》卷三，载《全宋笔记》第四编第7册，大象出版社，2008，第159页。

科举中的策论要求在一定时间内引经据典、申说己见，又不能查阅各类书籍，程式限制比较严格，所以出现错误是常见的。此书也记载了相关的事例。“绍兴初，省闱试《兼听尽天下之美赋》，魁卷第六韵云：‘三千同德，谁云《大武》之有惭？四七合谋，谁谓中兴之未尽！’美则美矣，惜有惭二字乃成汤，非武王也。《左氏传》载季札观周乐，见舞《大武者》，曰：‘美哉，周之盛也其若此乎！’见舞《韶濩》者，曰：‘圣人之宏也，而犹有惭德，圣人之难也。’札言盖本《书·仲虺之诰》得来，‘有惭’二字岂可借用！”①

此书引诗为据，说明宋代科举较前代严格。卷八载：“往时科场例宽，试官有在帘下看举子作文者，故传‘三条烛尽，烧残举子之心；八韵赋成，惊破试官之胆’之语。但场中不许见烛，岂有试官自谓三条烛尽之理！此盖五代夜试时事也。五代时，窦贞固谓昼短，举子文字难了，因请夜试，许用三条烛。故韦贻永诗云：‘三条烛尽钟初动，九转丹成鼎未开。’此亦夜试之诗，于此可见矣。”②

据此书记载，宋代士大夫对花的赏鉴与吟咏，比唐代更加细微，反映了宋人审美精细化的倾向。“凡花皆以美名褒之，故宋咸《牡丹》诗云：‘宝花初烂欲连枝。’是以牡丹为宝花也。苏东坡《海棠》诗云：‘惟有名花苦幽独。’是以海棠为名花也。黄太史《水仙》诗云：‘粪壤能开黄玉华。’是以水仙为黄玉华也。以至李太白以瑞香为仙花，见于其诗所谓‘闻道鲜花玉染红’者。洪驹父以岩桂为可怜花，见于其诗所谓‘谁折可怜花，置我经行处’者，是未尝不以美名褒之也。夫莲花在诸花中亦甚奇特，前辈赋咏之者甚多，许彦舟《诗话》云：‘世间花卉无逾莲花者，盖诸花皆藉暄风暖日，惟莲花得意于水月。’可谓纪其实矣。而陈去非乃独以繁花目之，其词有云：‘今年何以报君恩，一路繁花相送到青墩。’使莲花有知，宁不称屈耶！”③卷七又载：“牡丹谓之真花，见《牡丹记》。又谓之宝花，见宋咸诗。独欧阳文忠公名为‘最好花’，尝与王君贶诗云：‘最好花常最后开。’君贶得之不乐，盖有故而然，然非为惜花者也。又云：‘好事者多用牛酥煎

①袁文：《翁牖闲评》卷五，载《全宋笔记》第四编第7册，大象出版社，2008，第180—181页。
②袁文：《翁牖闲评》卷八，载《全宋笔记》第四编第7册，大象出版社，2008，第211页。
③袁文：《翁牖闲评》卷七，载《全宋笔记》第四编第7册，大象出版社，2008，第204页。

牡丹花而食之，可见其流风余韵。’此事得之苏东坡集中，东坡《雨中明庆寺赏牡丹》诗云：‘故应未忍著酥煎。’又诗云‘未忍污泥沙，牛酥煎落蕊’是也。”①

在诗歌艺术上，此书鼓励首创，认为模仿再好，终究低一层次。“杜工部《题岳阳楼》诗，其间二句云：‘江山有巴、蜀，栋宇自齐、梁。’至矣哉，诗之极也。而汪彦章《陪诸公游惠山》诗乃云：‘巍基首梁、宋，爽气接吴、楚。’亦佳作，但不免蹈工部之尘也。”②

此书认为，不同的作家用同一个典故，各自出新，就会呈现不同的面目：“黄太史诗云：‘清谈落笔一万字，白眼举觞三百杯。’后洪景卢罢赣守，送者一十六人，亦用三百杯事，其诗云：‘嘉宾自是十六相，痛饮须拚三百杯。’余爱其用事亲切，未尝不击节称赏也。”③

洪遵《翰苑遗事》

洪遵（1120—1174），字景严，号小隐，饶州鄱阳（今江西鄱阳）人，著有《翰苑遗事》一卷。据作者自跋，此书完成于乾道九年（1173），“乾道九年二月七日，番阳洪遵书于清漪阁”。此书收录了前人著作中不少翰苑故实，对了解唐宋翰林院、翰林学士及相关制度有重要的参考价值，其中包含一些文学思想内容。

据此书记载，翰林学士排次序，以入翰林的先后顺序而定，离开翰林院再回来任职，则以第一次入翰林的时间为准。

> 乾兴元年十月，翰林学士晏殊等言：“先朝杨亿再为学士，班钱惟演之上。今新添除学士刘筠，天禧中已入翰林，请如故序班臣等之上。”从之。其后率如此例。④

此书记载，宋代皇帝对翰林学士宽容、欣赏有加。“杨大年为学士时，

①袁文：《翁牖闲评》卷七，载《全宋笔记》第四编第7册，大象出版社，2008，第204—205页。
②袁文：《翁牖闲评·佚文》，载《全宋笔记》第四编第7册，大象出版社，2008，第231页。
③同②。
④洪遵：《翰苑遗事》，载《全宋笔记》第四编第8册，大象出版社，2008，第103页。

草答契丹书云：‘邻壤交欢。’进草既入，真宗自注其侧云：‘朽壤、鼠壤、粪壤。’大年遽改为‘邻境’。明旦，引唐故事：学士作文书有所改，为不称职，当罢。因亟求解职。真宗语宰相曰：‘杨亿不通商量，真有气性。’”①朝廷十分优待翰林学士。“嘉祐六年三月，承旨宋祁言：久病，不敢稽朝谒，入学士院，欲带一子主汤药。从之。”②翰林学士在宋代地位、职位都高，据《宋史·职官志》载为正三品，因此自然成为培养未来重臣的岗位：“太宗时，宋白、贾黄中、李至、吕蒙正、苏易简五人同时拜翰林学士，承旨扈蒙赠之以诗云：‘五凤齐飞入翰林。’其后吕蒙正为宰相，贾黄中、李至、苏易简皆至参知政事，宋白官至尚书，老于承旨。皆为名臣。”③学士自己也常常能感受到朝廷对他们的格外恩宠，例如，“旧制，学士以上赐御仙花带而不佩鱼，虽翰林亦然，惟二府服笏头带佩鱼，谓之‘重金’。元丰官制行，始诏六曹尚书、翰林学士皆得佩鱼。故苏子瞻《谢翰林学士表》云：‘玉堂赐篆，仰淳化之弥文；宝带重金，佩元丰之新渥。’‘玉常之署’四字，太宗飞白书，淳化中以赐苏易简”④。再如，“苏参政易简登科时，宋尚书白为南省主文。后七年，宋为翰林学士承旨，而苏相继入院，同为学士。宋尝赠诗云：‘昔日曾为尺木阶，今朝真是青云友。’欧阳修文忠亦王禹玉南省主文，相距十六年，同为学士。故欧公诗有‘喜君新赐黄金带，顾我今为白发翁’之句。二事诚一时文物之盛也”⑤。

程大昌《北边备对》《演繁露》《演繁露续集》《程氏考古编》《程氏续考古编》

程大昌（1123—1195），字泰之，徽州休宁（今安徽休宁）人。有《北边备对》《演繁露》《演繁露续集》《程氏考古编》《程氏续考古编》。据作者自序，《北边备对》完成于绍熙二年（1191），“绍熙辛亥八月，新安程大昌叙”；《演繁露》完成于淳熙七年（1180），“淳熙庚子正月，寓吴兴书”；《程氏考古编》完成于淳熙八年（1181），“淳熙辛丑七月一日，新安程大昌

①洪遵：《翰苑遗事》，载《全宋笔记》第四编第8册，大象出版社，2008，第107页。
②同①，第103页。
③同①。
④同①，第111页。
⑤同①，第111—112页。

泰之书于泉南安静堂”。

《北边备对》内容以记载北方地理沿革及北方少数民族的历史渊源为主，据《宋史·艺文志》载，全书为六卷，今仅存一卷。书中有“焉支山”一条，其对于民歌的解释有一定的价值。

> 霍去病元狩三年出陇西有功，武帝曰：“骠骑涉狐奴转战六日，至焉支山千有余里，合短兵鏖战皋兰下。”《通典》：甘州删丹县有焉支山，匈奴失之，乃歌曰：“失我焉支山，使我妇女无颜色。”说者曰：“焉支、阏氏也，今之燕脂也。此山产红蓝可为燕脂，而阏氏资以为饰，故失之则妇女无颜色。”其说或然也。[①]

《演繁露》十六卷、《演繁露续集》六卷均以考订名物典故为主要内容，记载三代至宋朝杂事，其中有丰富的文学思想内容。《程氏考古编》十卷，虽以考证经史、辨析典章词语为主，但也包含丰富的文学思想内容。

程大昌描述了一些关于科举文化的内容。例如，“唐人举进士必行卷者，为缄轴录其所著文以献主司也。其式见《李义山集·新书序》卷七。曰：‘治纸工率一幅以墨为边准。用十六行式，率一行不过十一字。’”[②]此则材料对唐代科举行卷的记载颇有价值，还表明宋朝不再用此样式，对研究行卷的演进消亡状况很有意义。

对于进士考试后进者对前辈的称呼，也有详细说明：“唐世呼举人，呼已第者为‘先辈’，其自目则曰‘前进士’。案：魏文帝黄初五年立太学，初诣学者为门人，满一岁，试通一经者补弟子；不通一经，罢遣。弟子满二岁，试通二经者补文学掌故；不通经者，听须后试。故后世称先试而得第者为‘先辈’，由此也。‘前进士’者，云亦放此也，犹曰早第进士，而其辈行在先也。”[③]

此书还记载了进士考试的时间，这一点大多数讨论唐代科举制度的材料并没有说明，从这一条看，唐代的科举考试与宋代差别很大。“《五

①程大昌：《北边备对》，载《全宋笔记》第四编第8册，大象出版社，2008，第132页。
②程大昌：《演繁露》（下）卷七，载《全宋笔记》第四编第9册，大象出版社，2008，第15页。
③程大昌：《演繁露》（上）卷一，《全宋笔记》第四编第8册，大象出版社，2008，第157页。

代会要》二十一曰：‘清泰二年，礼部奏：“奉长兴二年敕，进士引试，早入晚出。今请依旧例试杂文，并防点入省，经宿就试。”’唐试连夜，以烛三条为限。《白乐天集》曰：‘试许烧木烛三条，烛尽不许更续。’至此因礼部奏乃始达旦也。”[①]再如《程氏考古编》卷七《唐试通昼夜》载：“唐人尝有题诗试闱者曰：‘三条烛尽钟初动，九转丹成鼎未开。残月渐低人扰扰，不知谁是谪仙才。’读此，知其为夜试矣，而未知自夜以始耶，抑通昼夜也？《白乐天集》长庆元年《重考试进士事宜状》：‘伏准礼部试进士例，许用书策，兼得通宵。得通宵则思虑精，用书策则文字不错。然重试之日，书策不容一字，木烛只许两条。迫促惊忙，幸皆成就。……与礼部所试不同……纵有瑕病……或可矜量。’其曰通宵，则知自昼达夜，前诗言尽三烛，而此止得两烛，皆可略存唐制也。”[②]从这一条记载看，唐代进士要连夜考试，三条木烛燃尽收卷，五代后唐清泰二年（935）才改为早入晚出。

对于进士考试中的不黜落制度，《演繁露续集》的记载颇有价值，卷一《殿试不落人》载：“《长编》曰：‘嘉祐二年，赐进士章衡等及第出身，共三百八十八人，是岁进士与殿试者始皆不落。李复圭《纪闻》云：“是春以进士群辱欧阳修之故，殿试不落一人。”’案《实录》：‘试进士李实等四百人，而得第者三百八十八人。’谓之‘不落一人’，固举大约言之耳。特不知礼部奏名实为几人，故其留黜之数不容参考。案：皇祐元年，廷试取四百九十八人，五年取五百二十人。至嘉祐四年，所取又止一百六十五人，六年一百八十三人，阅两举才共取三百四十八人耳。虽缘其时初制间年一开科举，故约此意指，似是礼部奏名先减其额，故廷试虽不落人，其得第者少。是亦朝三暮四之比也。又缘其时立制减去诸州解额之半，礼部以半额纽数而取，故奏名已少，及至廷试不用汰黜也。”[③]殿试是皇帝组织的考试，前人记载多言殿试不淘汰举子，然而不言原因，今人的著述也因循旧说。此则材料说明，礼部在报送殿试名额时已经进行了筛选，这个恶人由礼部做了，皇帝则不用淘汰，只需排顺序。

《程氏续考古编》卷五《殿试》载：“《唐史》：‘武后载初元年，策试

---

①程大昌：《演繁露》（下）卷七，载《全宋笔记》第四编第9册，大象出版社，2008，第17页。

②程大昌：《程氏考古编》卷七，载《全宋笔记》第四编第10册，大象出版社，2008，第64—65页。

③程大昌：《演繁露续集》卷一，载《全宋笔记》第四编第9册，大象出版社，2008，第168页。

贡人于洛城殿。殿前试人，自此始。'《后汉·左雄传》载：'孝廉先诣公府，诸生试家法，文吏课笺奏，副之端门，练其虚实。'夫既取所试副本上之端门，则其考核不专付诸有司矣。案《南史》：'宋秀、孝皆策试，天子或亲临之。'则是天子已尝亲策孝、秀矣。又'北齐策廉良，天子乘兴，常服，坐于朝堂中楹，秀、孝各以班草对。字有脱误者，呼起立席后；书有滥劣者，饮墨水一升；文理孟浪者，夺席脱容刀'。案此则是北齐之策廉良也，天子固尝亲临，又尝亲自汰去滥恶孟浪者矣。则《唐史》谓殿试始武后者，不详考也。"①程大昌对殿试之推溯源流，可备一说。

在科举考试的录取人数上，宋代比唐代增加了很多。《演繁露续集》卷二《宗子取解取应额》载："绍兴十五年一月，臣寮札子：'昨来国子监申请行在宗室并赴监试，如外任及宫庙并赴漕试，其监试有官锁厅，七人取三人；无官应举，七人取四人；无官袒免亲取应，文理通者为合格，不限人数；惟赴运司试，所取之数与进士一同，非所以奖进宗子。乞除行在宗子依见法外，诸路宗子不以有官无官，如愿试行在，应举、锁厅，并依熙宁旧制，许赴监试，请解赴省；如不愿前来，依见行崇宁贡举法行。'案此所言，是崇宁运司取人数必少于熙宁，盖崇宁非不欲优之，为亲远属疏，比熙宁不同。"②再如，《演繁露续集》卷二《元祐入仕数》载："今特奏名进士诸科约八九百人，一郊子弟奏补得二三百人。"③

程大昌记载了当时将进士考试前十名的试卷献给朝廷宗庙的现象，而且对此进行了详细考证，叙其源流。"今礼部进士奏名已，取其试文，自上而下十人者，录奏焚献攒宫。相传承平时故事，不知起何时。案《归田录》，焚御试卷十人以上于真宗影殿，岂即其始耶？然古亦有本，周乡大夫献贤能之书于王，登于天府。天府者，祖庙之守藏在焉，凡官府乡州及都鄙之治中，皆于此乎受而藏之。治中者，郑司农以为治职簿书之要也。夫簿书之要，尚即庙藏之，则贤书从藏，固其宜也。汉文帝之策贤良曰：'悉陈其志，毋有所隐，上以荐先帝之宗庙，下以兴万民之休利。'然则尚矣。《书》曰：

---

①程大昌：《程氏续考古编》卷五，载《全宋笔记》第四编第10册，大象出版社，2008，第163页。

②程大昌：《演繁露续集》卷二，载《全宋笔记》第四编第9册，大象出版社，2008，第180页。

③同②，第188页。

‘用命赏于祖。’《赉》之诗曰：‘大封于庙也。’苏秦说燕王曰：‘臣东周之鄙人。’而王亲拜之于庙，而礼之于庭。夫封拜赏皆即庙以行，示不敢专，以尊祖也。则贤书藏置其间，特用贤中一事耳。”①

对于进士的闻喜宴，程大昌有所考证。“进士闻喜宴，著令赐钱一千七百贯，或便以为事始，非也。周世宗显德六年，已令宣徽院排比，不令士人醵钱矣。恐是熙宁间始定数为一千七百缗，使之自办。”②卷五《进士宴戴花》又载：“懿宗幸望春宫，开新及第进士宴于曲江，命折花一金合，令中官驰至宴所，宣口敕曰：‘便令戴花饮酒。’士以为荣。则今闻喜宴赐花所始也。”③《新第人谒先师》载：“《唐传》八十五：‘刘宽夫子允章，咸通中为礼部侍郎。请诸生及进士第并谒先师，衣青衿，介帻，以还古制。’”④

关于词为何被称为“长短句”，程大昌也有记载。“魏、晋、唐郊庙歌，率多四字为句。唐曲在者，如《柳枝》《竹枝》《欸乃》，句皆七字，不知当时歌唱用何为调也。张华表曰：‘汉氏所用文句，长短不齐。’则今人以歌曲为长短句者，本张华所陈也。”⑤

程大昌考证了一些词牌名的来历。《演繁露》卷七《凉州梁州》载：“乐府所传大曲，惟《凉州》最先出。《会要》曰：‘自晋播迁，内地古乐遂分散不存。苻坚灭凉，始得汉魏清商之乐，传于前后二秦。及宋武定关中，收之入于江南。隋平陈获之，隋文曰：“此华夏正声也。”乃置清商署，总谓之清乐。至炀帝，乃立清乐、西凉等九部。武后朝，犹有六十三曲，如《公莫》《巴渝》《明君》《子夜》等皆是也。后遂讹为梁州。’”⑥此书考证《梁州》曲实为《凉州》，言之有据。程大昌推演《六幺》的流变过程，态度也十分审慎。《演繁露》卷十二《六幺》载：“段安节《琵琶录》云：‘贞元中，康昆仑善琵琶，弹一曲新翻羽调《绿腰》。’注云：‘《绿腰》即《录

---

①程大昌：《程氏续考古编》卷十，载《全宋笔记》第四编第10册，大象出版社，2008，第97—98页。

②程大昌：《程氏续考古编》卷五，载《全宋笔记》第四编第10册，大象出版社，2008，第163页。

③同②，第164页。

④同②，第164页。

⑤程大昌：《演繁露》（上）卷六，《全宋笔记》第四编第8册，大象出版社，2008，第225页。

⑥程大昌：《演繁露》（下）卷七，载《全宋笔记》第四编第9册，大象出版社，2008，第17页。

要》也。本自乐工进曲，上令录出要者，乃以为名，误言《绿腰》也。’据此即《录要》已讹为《绿腰》，而《白乐天集》有《听绿腰诗》，注云即《六幺》也。今世亦有《六幺》，然其曲已自有高平、仙吕两调，又不与羽调相协，抑不知是唐世遗声否耶？”①在考实诗人用典与乐曲之关系方面，程大昌多有见地。《演繁露》卷十六《六州歌头》载：“《六州歌头》，本鼓吹曲也。近世好事者，倚其声为吊古词，如‘秦亡草昧，刘项起吞并’者是也。音调悲壮，又以古兴亡事实之。闻其歌使人怅慨，良不与艳辞同科，诚可喜也。本朝鼓吹，止有四曲十二时，《导引降仙台》并《六州》为曲，每大礼宿斋，或行幸遇夜，每更三奏，名为警场。真宗至自幸亳，亲飨太庙，登歌始作，闻奏严，遂诏自今行礼罢乃奏。政和七年，诏《六州》改名《崇明祀》，然天下仍谓之《六州》，其称谓已熟也。今前辈集中，大祀大恤皆有此词。”②《演繁露》卷十二《笛取梅花》载：“段安节《乐府杂录》：‘笛，羌乐也。古曲有《落梅花》。’吴兢《乐府要解》：‘胡角者，本以应胡笳之声，后渐用之，有双横吹，即胡乐也。兢所列古横吹曲有名《梅花落》者，又许云封《说笛》亦有《落梅》《折柳》二曲，今其辞亡不可考矣。然词人赋梅用笛事率起此。”③

对于一唱三叹，程大昌的考实更详。《演繁露》卷十四《一唱三叹》载：“《乐记》曰：‘乐之隆非极音也，食飨之礼非致味也。清庙之瑟，朱弦而疏越，一唱而三叹，有遗音者矣。大飨之礼，尚玄酒而俎腥鱼，大羹不和，有遗味者矣。’凡瑟之弦，练而朱之，则其声浊，底窍洪疏，则其声迟。用丝本以取声，而特贵其迟浊者，正与玄酒、大羹荐味而弃味者同一意度。故曰‘遗音、遗味’也。遗味、遗音，即与上文之谓‘非极音、非致味’者相发相应也。郑氏释遗为余，失其旨矣。至于一唱三叹，则郑谓三人从而叹之。《大戴礼传》亦曰：‘清庙之瑟，一唱而三叹之也。’汉去古未远，一唱三叹，其言如此，必有所受也。陈僧匠智叙《古今乐录》，引《尚书大传》云：‘古者，帝王升歌，清庙之乐，大琴练弦达越，大瑟朱弦达越，以韦为鼓，不以竽、琴、瑟

①程大昌：《演繁露》（下）卷十二，载《全宋笔记》第四编第9册，大象出版社，2008，第97页。

②程大昌：《演繁露》（下）卷十六，载《全宋笔记》第四编第9册，大象出版社，2008，第146页。

③同①，第98页。

之声乱人声。清庙升歌，先人功烈德深，故欲其清也。其歌之呼也，曰“于穆清庙”。叹之也。于穆者，欲其在位者遍闻之也。’据此而言，其三人从旁叹之者，从‘于穆’等语，申以嗟叹，至于三人也。僧匠智作《乐录》，起汉迄梁，其于存古甚多。其序《清商正声篇》曰：‘但歌四曲，皆起汉世。无弦节，奏技，最前一人唱，三人和，魏武好之。有宋容华善唱此曲。自晋以来，四曲并绝。’其曰‘但歌’者，但，徒也。徒歌者，不以被之丝弦，而专以人声，故曰‘无弦节’也。奏技者，技即伎也，即本卷题首之谓技曲者是也。方其奏技之时，无弦矣，其歌者最前一人唱之，三人从旁和之。与郑氏所言同，知汉人共传之古者如此。《乐录》于清商类中，又有可证者。其注《东光》曰：‘旧但弦无声。’其注《东门》曰：‘旧但弦无歌，皆宋识造其歌与声耳。’从但弦之义以推，文可以例但歌之为徒歌也。其后又有楚调但曲七，如《广陵散》之类，谓从琴筝而得者，则又后人好事，写之丝弦，非但歌本然也。夫古人贵本遗音，既不免弦木为瑟矣，又从而理其弦度，使之迟浊也。汉、魏宗尚而推广之，又并与丝弦不用，而悉以人声为贵。此其意皆近古而可书，苟无匠智传录，则今日不可以意推测矣。”①

对于应用文体行词，程大昌记叙颇详。《演繁露续集》卷一《差除行词》载：“旧制：凡有除授格当命词者，无今时初除信札皆即曰命词，词出便给告。故唐制五禁，稽缓居其一。王震序《曾巩集》，述其词命敏疾曰：‘元丰官制初行日，多除授词头，至子固即为之词，授院吏上马去。’又熙宁间，司马光除枢副，光适入对，神宗面谕之曰：‘告已在阁门矣。’用此观之，则凡有除授即命词，词下即给告，不淹日也。至元祐二年五月戊辰，殿中侍御史孙升罢知济州，谏议梁焘知潞州。其月壬子朔，则戊辰者，十七日也。其日，右丞刘挚上疏论升、焘行遣太重，其文曰：‘十五日吕公著送示内降批防为升焘罢台谏。乞留此二人，今虽已有成命，命犹未下，比至进告，尚须一两日。’据挚此言，即十五日降命，其进告当在十九、二十日间，则是时已自隔数日不给告矣。不知不候授告，先降札子供职，起自何时？或说在南渡后。”②

①程大昌：《演繁露》（下）卷十四，载《全宋笔记》第四编第9册，大象出版社，2008，第119—120页。

②程大昌：《演繁露续集》卷一，载《全宋笔记》第四编第9册，大象出版社，2008，第171—172页。

对于唐宋文学家的诗词行踪记载也颇有价值。《演繁露续集》卷四《天子呼来不上船》载："范传正作李白墓碑云：'玄宗泛白莲池，白不在宴。皇欢既洽，召作序。白已被酒于翰苑中，命高力士扶以登舟。'案：此即杜诗谓'天子呼来不上船'者也。或者谓方言以衣襟为船，误矣。"①对诗仙李白墓，《演繁露·李白墓》载："采石江之南岸，田畈间有墓，世传为李白葬所。累甓围之，其坟略可高三尺许。前有小祠堂，甚草草，中绘白像，布袍裹软脚幞头，不知其传真否也。白尝供奉翰林，终不曾得官，则所衣白袍是矣。范传正作白碑曰：'白之孙女言曰："尝殡龙山之东麓坟高三尺。"'传正时为宣歙观察使，谕当涂令诸葛纵改葬于青山，则在旧瘗之东六里矣，其时元和十二年也。然则龙山、青山，两地皆著白坟，亦有实矣。至谓白以捉月自投于江，则传者误也。曾巩曰：'范传正志白墓，称白偶乘扁舟，一日千里。'白之歌诗亦自云如此。或者因其豪逸，又尝草瘗江边，乃饰为此说耳。正史及范碑皆无捉月事，则可证矣。"②

对于李白待诏翰林的情况，程大昌的分析十分有价值。《程氏续考古编》卷四《代诏》载："秦时已有代诏，叔孙通以文学召，待诏博士是也。通因谀言少东盗不足虑，二世乃始'拜为博士'。则是待诏博士者，姑备宣召，未得真为博士也。汉待诏公车者，止是粟一囊，奉钱七百，而东郭生至无衣履可出，则其得少矣。唐李白待诏翰林，元无官也。白本集《为宋中丞自荐表》曰'前翰林供奉李白'云，'乞授一京官，以光朝列'。案此可以知其虽为供奉，而元不受官也。故《松窗杂录》曰：'玄宗欲命以官，为中宫所捍而止。'是元不尝命官也。学士院必待宣召乃入宫者，正为先时无官，未尝通籍也。后翰林已有学士，初入犹须宣召者，习用未官时故事，其实失之也。汉世又有待诏官者，专待诏金马门，皆无官也。故叔孙通请官诸弟子，而'高帝悉以为郎'，乃始官之也。"③可见，程大昌认为，唐玄宗并未授予李白官职。

此书注重揭示宋代诗歌对唐诗的继承。《演繁露》卷十三《平白地肠

---

①程大昌：《演繁露续集》卷四，载《全宋笔记》第四编第9册，大象出版社，2008，第209—210页。

②程大昌：《演繁露》（上）卷六，《全宋笔记》第四编第8册，大象出版社，2008，第231页。

③程大昌：《程氏续考古编》卷四，载《全宋笔记》第四编第10册，大象出版社，2008，第155—156页。

断》载："李太白《越女词》曰：'东阳素足女，会稽素舸郎。相看月未堕，白地断肝肠。'此东坡长短句所取以为'平白地为伊肠断'也。"[①]

《演繁露续集》卷四《东坡用杜诗》载："东坡谢赐御诗叙陕西战胜曰：'已觉谈笑无西戎。'老杜《观安西兵》曰：'谈笑无河北。'"[②]此书卷四《春风不度玉门关》载："唐王之涣与王昌龄、高适饮于旗亭，有伶人唱两词，皆昌龄词也。昌龄夸其同游，遂书壁以记曰：'二绝句矣。'涣之指双鬟令唱，曰：'脱是吾诗，子等当拜床下。'鬟唱曰：'羌笛何须怨杨柳，春风不度玉门关。'涣之辞也。涣撇歈（揶揄）二子。东坡诗曰：'固知无定河边柳，得共中原雪絮春。'岂采其意耶？然点换精巧，逾涣之矣。"[③]在唐人七绝的名句面前，苏轼没有却步，而是巧妙继承，大胆创新，不逊前贤。

对于欧阳修"诗穷而后工"的理论，程大昌认为，白居易对李白、杜甫的评价也有这种味道。《程氏考古编》卷七《诗穷乃工》载："白乐天题李杜诗卷，历叙二公流落而'诗名动四夷'者，末乃曰：'天意君须会，人间要好诗。'此欧公所谓'非诗穷人，穷而后工'者也。"[④]

程大昌对文学的想象做了一些考实性的索隐，态度十分认真，结果却令人哭笑不得。《程氏考古编》卷八《华清宫生荔枝》载："'长安回望绣成堆，山顶千门次第开。一骑红尘妃子笑，无人知道荔枝来。'说者非之，谓明皇帝以十月幸华清宫，涉春辄回，是荔枝熟时未尝在骊山。然咸通中有袁郊者，作《甘泽谣》，载许云封所得《荔枝香》笛曲曰：'天宝十四年六月一日，贵妃诞辰，驾幸骊山，命小部音声奏乐长生殿，进新曲，未有名，会南海献荔枝，因名《荔枝香》。'《开元遗事》：'帝与妃每至七月七日夜，在华清宫游宴。'而白乐天《长恨歌》亦言：'七月七日长生殿，夜半无人私语时。'则知杜牧之诗，乃当时传信语也。世人但见唐史所载，遽以传闻而疑

①程大昌：《演繁露》（下）卷十三，载《全宋笔记》第四编第9册，大象出版社，2008，第111页。

②程大昌：《演繁露续集》卷四，载《全宋笔记》第四编第9册，大象出版社，2008，第201页。

③同②，第202页。

④程大昌：《程氏考古编》卷七，《全宋笔记》第四编第10册，大象出版社，2008，第70页。

传信，最不可也。”[1]两首名篇被强做索隐，一下子变得意味索然。另外还有一些作品遭到这样对待。《程氏续考古编》卷六《长生殿》载，乐天《长恨歌》曰：“七月七日长生殿，夜半无人私语时。”案华清宫有长生殿，盖祀神祈年之所。又玄宗常以十月幸华清，是七月七日亦不尝在华清也。前辈因此疑乐天讹误，此不然也。长安大明宫有长生殿，武后疾病居之。张柬之等诛二张，入至长生殿见太后，则不在华清也。肃宗崩于长生殿。[2]《程氏续考古编》卷一《屈原不曾沉江》载：“屈原《渔父》一章，自载己与渔父问答之辞。渔父劝其从俗，原答之曰：‘宁赴湘流，葬于江鱼腹中。’渔父莞尔鼓枻，歌沧浪而去。则是自‘莞尔’而下，至‘去不复顾’，皆原语言也。若原实尝投湘，安得更能自书死后之言乎？贾谊、扬雄作《畔骚》《反骚》，皆言原真水死，而世亦和之。此不审也。”[3]只就单独的文学作品得出这些结论，未免偏颇。

程大昌关于《诗经》的论述有十七节，并有《诗论序》，对于《诗经》，他承认二《南》《雅》《颂》，却否认‘国风’属于《诗经》。《程氏续考古编》卷一载：“《诗》有《南》《雅》《颂》，无‘国风’，其曰‘国风’者，非古也。夫子尝曰：‘雅、颂各得其所。’又曰‘《大雅》’云，又曰‘人而不为《周南》《召南》’，未尝有言国风者。予于是疑此时无‘国风’一名。然犹恐夫子偶不及之，未敢遽自主执也。《左氏》记季札观乐，历叙《周南》《召南》《小雅》《大雅》《颂》，凡其名称与今无异。至列叙诸国，自邶至豳，其类凡十有三，率皆单记国土，无今国风品目也。当季札观乐时，未有夫子，而《诗》名有无，与今《论语》所举悉同。吾是以知古固如此，非夫子偶于‘国风’有遗也。盖《南》《雅》《颂》，乐名也，若今乐曲之在某宫者也。《南》有《周》《召》，《颂》有《周》《鲁》《商》，本其所从得而还以系其国土也。二《雅》独无所系，以其纯当周世，无用标别也。均之为《雅》，音类既同，又自别为大小，则声度必有丰杀廉肉，亦如十二律然，既有大吕，又有小吕也。若夫邶、鄘、卫、王、郑、齐、魏、唐、秦、陈、桧、曹、豳，此十三国者，《诗》皆可采，而声不入乐，则直以徒诗著之本土。故季札所见，

①程大昌：《程氏考古编》卷八，《全宋笔记》第四编第10册，大象出版社，2008，第75页。
②程大昌：《程氏考古编》卷六，《全宋笔记》第四编第10册，大象出版社，2008，第173页。
③程大昌：《程氏考古编》卷一，《全宋笔记》第四编第10册，大象出版社，2008，第124—125页。

与夫周公所歌，单举国名，更无附语，知本无国风也。”①

《诗经》是一部乐歌总集，程大昌却认为，《周南》《召南》《大雅》《小雅》《周颂》《鲁颂》《商颂》是可以歌唱的乐诗，而其余十三国风——《邶风》《鄘风》《卫风》《王风》《郑风》《齐风》《魏风》《唐风》《秦风》《陈风》《桧风》《曹风》《豳风》，是徒诗，不能入乐歌唱，在《诗经》研究中标新立异，不同于传统观点，可备一说。程大昌从春秋战国赋诗言志引用篇目入手，进一步论证自己的观点：“春秋战国以来，诸侯、卿、大夫、士，赋《诗》道志者，凡《诗》杂取无择。至考其入乐，则自《邶》至《豳》，无一诗在数也。享之用《鹿鸣》，乡饮酒之笙《由庚》《鹊巢》，射之奏《邹虞》《采蘋》，诸如此类，未有或出《南》《雅》之外者。然后知《南》《雅》《颂》之为乐诗，而诸国之为徒诗也。《鼓钟》之诗曰：‘以《雅》以《南》，以籥不僭。’季札观乐，有舞《象箾》《南籥》者，详而推之，《南籥》，二《南》之籥也；《箾》，《雅》也；《象舞》，《颂》之《维清》也。其在当时亲见古乐者，凡举《雅》《颂》，率参以《南》，其后《文王世子》又有所谓‘胥鼓《南》’者，则《南》之为乐古矣。《诗》更秦火，简编残缺，学者不能自求之古，但从世传训故，递相授受。于是创命古来所无者，以为‘国风’，参匹《雅》《颂》，而文王《南》乐，遂包统于‘国风’部汇之内，虽有卓见，亦莫敢出众疑议也。杜预之释《左氏》，亦知《南籥》当为文乐矣。不胜习传之久，无敢正指以为二《南》也。刘炫之释《鼓钟》，虽疑‘雅南’之‘南’当为二《南》，亦不敢自信，惟能微出疑见，而曰‘南’如《周南》之意而已。夫诸儒既不敢主二《南》以为《南》，而《诗》及《左氏》虽皆明载《南》乐，绝不知其节奏为何因何类，其赞颂为何世何主。惟《钩命决》之《书序》载四夷凡乐，适有名《南》者，郑氏因遂采取以传足其数，孔颖达辈率皆因袭其说。凡六经之文有及于‘南’者，皆指南夷、南乐以应塞古制，甚无理也。且夫周备古乐，如《韶》《夏》《濩》《武》，各取一代盛极者用之，何有文王《象舞》而独采夷乐以配？此其谬误不待辨而白也。假《南》者，揆之人情则无理，质之古典则无据。至于《箾》之《舞象》，《籥》之奏《南》，凡季札之所亲见者，明言其为文王之诗，苟是《南》也，而非二《南》之《南》，则六经夫子凡其谓《南》者，果何所指耶？

①程大昌：《程氏考古编》卷一，《全宋笔记》第四编第10册，大象出版社，2008，第8页。

此予所以敢违诸儒之说而断以为乐也。”[①]“周之燕祭，自《云韶》等类兼采异代以外，其当代之乐，惟《南》《雅》《颂》三者，随事配用诸序，序所为作，具言其音大抵皆入律可奏也。清庙之《诗》凡三十一，其不指言祭祀者八，而皆作之于庙也。至于《商》十二诗，其存者五，皆配声以祀，知非徒诗也。《鲁》之《颂》，虽不皆于祀乎用之，而其始作也，固已得谓为《颂》矣，其节奏必皆依颂成声，故得齿于《商》《周》而无嫌也。《语》曰：‘夫子自卫反鲁，然后乐正，《雅》《颂》各得其所。’又曰：‘师挚之始，《关雎》之乱。’夫《关雎》乱于师挚，《雅》《颂》得所于乐正之后，非乐而何？子谓伯鱼曰：‘女为《周南》《召南》矣乎？’‘为’之为言，有作之义，既曰作，则翕纯皦绎，有器有声，非但歌咏而已。夫在乐为‘作乐’，在《南》为‘鼓南’，质之《论语》则知‘三年不为乐’之‘为’，吾以是合而言之，知二《南》、二《雅》、三《颂》之为乐无疑也。”[②]

吴坰《五总志》

吴坰，南宋人，有《五总志》一卷。据作者自序，此书完成于建炎四年（1130），“建炎庚戌上巳前一日，避地无诸城，书于萧寺之道山亭”。此书记载文坛旧事，论诗谈艺，包含丰富的文学思想内容。

第一，此书对唐代一些文学家做出了自己的评价。

在论述李杜二人的成就上，此书扬杜抑李倾向明显，对李白杰出的创作才华，以及其傲视权贵、平交王侯的人格有怀疑，代表了宋人中贬抑李白的一派。“唐李白崟崎磊落，尝醉眠于酒市。上遽召见于沈香亭，白披襟扶掖以对，命高力士脱靴，以水噀面，须臾，落笔如风雨。时人谓白沈酣中为文章，及与不醉人相对议事，未尝错误，因号为‘醉圣’，故杜老云：‘天子呼来不上船，自称臣是酒中仙。’而《开元遗事》载明皇宴于便殿，酒酣，谓白曰：‘太后之朝，政出多门，国由奸幸，任人之道如小儿市瓜，不择香味，唯拣肥大者。’白曰：‘今朝用人如淘沙取金，剖石采玉，皆得精粹者。’上曰：‘学士过有所饰也。’以此观之，白本进取之流，谄谀之意不忘于胸中，向来恃酒不羁，特有才无命，托此以玩世尔。与次公醒而狂，未易同日语

①程大昌：《程氏考古编》卷一，《全宋笔记》第四编第10册，大象出版社，2008，第9—10页。
②同①，第11页。

也。”[①]作者对于杜甫态度完全不同。“老杜诗云：‘黄四娘家花满蹊，千朵万朵压枝低。’齐、鲁有二夫贤，而史失其名，杨子惜之。黄四娘何物女子，乃托子美以不朽，亦一时之侥幸也。”[②]“馆中会茶，自秘监至正字毕集。或以谓少陵拙于为文，退之窘于作诗，申难纷然，卒无归宿。独陈无已默默无语，众乃诘之，无已曰：‘二子得名，自古未易定价，若以谓拙于文、窘于诗，或以谓诗文初无优劣，则皆不可。就其已分言之，少陵不合以文章似吟诗样吟，退之不合以诗句似做文样做。’于是议论始定，众乃服膺。”[③]杜甫流传文章不多，成就不大，是事实，而韩愈的诗歌开宗立派，虽难以与其文齐名，但也足以不朽，以杜文韩诗立论，明显是抬高杜甫，否认其短处。

第二，此书对欧阳修、苏轼、黄庭坚等宋朝文学家的文学活动的记载颇有价值。

此书记载了欧阳修积极入世、不屈不挠的人格精神。“元祐中，李邦直帅真定，先子与田端彦、欧阳元老为幕府。端彦春秋高，故以丈事之。端彦后为官荆南，与郡将不合，弃去冠冕，从元老游。元老时方卜筑渚宫，为终焉计。既闻蔡元长拜相，乃欲谒之，说以勿兴朋党。元老以诗赠行云：‘守节固穷匪易事，铁中谁许斗铮铮。闻道新除右仆射，难留高卧老先生。能令余党留残息，必有昌言佐盛明。我欲效颦嗟老矣，西风回首涕纵横。’既至京师，果以祸福利害喻元长，且出元老诗示之，虽若不乐，然坚欲召见。端彦以书抵元老，元老以诗答云：‘莫嗟骐骥老，不识云台仗。此骥天所晓，未易论得丧。’元老有子，小字镇儿，端彦书中勉其读书，元老答曰：‘小子饮啖数倍于曩时，多昼日眠而懒读书。观其意无他，要作好官故也。’端彦既与元长不合，乃遁嵩、少间，今犹无恙，年将九十，颜如渥丹，行步可逐奔马。时时多乞钱于洛阳城中，得即以施贫者，盖得道静长官之流也。”[④]尽管政坛风险大，但欧阳修不以个人得失谋进退，而是以国计民生为己任。

据此书记载，欧阳修爱惜人才，同情怀才不遇的志士，“刘凝之字道

①吴坰：《五总志》，载《全宋笔记》第五编第1册，大象出版社，2012，第6页。

②同①，第13页。

③同①，第14页。

④同①，第6—7页。

源，奇士也，隐居九江，欧阳永叔为赋《庐山高》”[①]。

此书具体分析了苏轼的诗歌艺术，包括巧用典故、化用口语等。“三国宗预云：‘吾年逾七十，所窃已过，所欠惟一死耳。’故东坡曰：‘年来万事足，所欠惟一死。’”[②]“罗绍威与梁祖情分极至。先是，本府牙军八千人骄甚，尽谋杀之，虽豁素心而纪纲无有，渐为梁祖凌制。忽患脚疮，痛不可忍，意牙军为祟，云：‘聚我六州四十八县铁，打此一个错不成。’东坡云：‘不知几州铁，铸此一大错。’始疑其用俗语，今表见之。”[③]

此书对张志和的“渔父家风”对苏黄的影响也有详叙。“东坡广玄真子诗为《浣溪沙》，曰：‘西塞山边白鸟飞，散花洲外片帆微。桃花流水鳜鱼肥。自蔽一身青箬笠，相随到处绿莎衣。斜风细雨不须归。’山谷云：‘新妇矶头眉黛愁，女儿浦口眼波秋。惊鱼错认月沈钩。青箬笠前无限事，绿莎衣底一时休。西风吹雨转船头。’东坡视之，谓所亲曰：‘黄九以山光水色代却玉肌花貌，自以为得渔父家风。然才出新妇矶，又入女儿浦，此渔父无乃太澜浪乎？’虽曰戏言，是亦嫉而轻之也。”[④]“渔父家风”的传统是出尘绝俗的，黄庭坚将新妇、女儿之词写入渔父词，便是出格，因此苏轼幽默风趣地指出其“才出新妇矶，又入女儿浦”。

苏黄在宋代并称，影响很大，此书对苏黄二人弟子成群的事有所记述：“山谷老人自丱角能诗，送乡人赴廷试云：‘青衫乌帽芦花鞭，送君直至明君前。若问旧时黄庭坚，责在人间十一年。’至中年以后，句律超妙入神，于诗人有开辟之功。始受知于东坡先生，而名达夷夏，遂有‘苏黄’之称。坡虽喜出我门下，然胸中似不能平也。故后之学者因生分别，师坡者萃于浙右，师谷者萃于江左。以余观之，大是云门盛于吴，临济盛于楚。云门老婆心切，接人易与，人人自得，以为得法，而于众中求脚根点地者，百无二三焉。临济棒喝分明，勘辩极峻，虽得法者少，往往崭然见头角。如徐师川、余荀龙、洪玉父昆弟、欧阳元老，皆黄门登堂入室者，实自足以名家。噫，坡、谷之道一也，特立法与嗣法者不同耳。彼吴人指楚人为江西之流，

①吴坰：《五总志》，载《全宋笔记》第五编第1册，大象出版社，2012，第10页。

②同①，第16页。

③同①，第16页。

④同①，第15页。

大非公论。”[①]

此书记载，黄庭坚善于奖掖后进，以杜甫诗法教导后生。“黄檥字济川，山谷老人犹子也。年十九岁，会山谷自涪归寓荆州，教以诗律。济川曰：‘为学当师古，吾叔源流实自杜陵，即吾师也。’余时尚幼，方参老人，侍立在旁，会有乞草堂诗者，山谷即试之。济川援笔立成，曰：‘径入小庭迂，登登岂按图。主人缘雅趣，有客爱规模。鸥与邻翁狎，船从稚子呼。何当迎接汝，有梦隔江湖。”山谷大奇之。既别，以所用研并手校注释杜诗以遗之，且铭研曰：‘其重也，可以压崄者之累卵；其坚也，可以当谤者之铄金；其圆也，可以消非意之横逆；其方也，可以行立心之直方。夫如是，则研为子师，亦为子友，善友在前，良规在后。’后三年，余与济川别，乃举以相赠，盖传衣也。呜呼，济川肉烂久矣，而二物悉罹于兵火，念之令人鼻酸。”[②]

此书赞扬了黄庭坚坚贞不移的人格。黄庭坚等人虽因苏轼而受牵连，但是是非分明，不做墙头草。“崇宁乙酉，先子责居荆南。张才叔还自英州，感慨道旧之余，询诸故人。才叔曰：‘鲁直每有书来，寒温而已。莹中尚多言讯，至动辄盈轴。志完依旧一脚向前，一脚向后。若庭坚则不然，虽白刃在前，一色元祐。呜呼，古所谓孑立特起，临大节而不可夺者，非斯人其谁与？’”[③]

对于江西派夺胎换骨的理论，此书以具体例证说明夺胎诗法。“项斯未闻达时，因以卷谒江西杨敬之。杨苦爱之，赠诗曰：‘几度见诗诗尽好，及观标格过于诗。平生不解藏人善，到处逢人说项斯。’陈无己见曾子开诗云：‘今朝有客传何尹，到处逢人说项斯。’虽全用古人两句，而属辞切当，上下意混成，真脱胎法也。”[④]可见“脱胎法”（夺胎法）是化用前人诗句，并能够与自己的诗句一脉相连，浑成无痕。

对秦观词在当时的传唱情况，此书有详细描绘。“潭守宴客合江亭，时张才叔在坐，令官妓悉歌《临江仙》。有一妓独唱两句云：‘微波浑不动，冷浸一天星。’才叔称叹，索其全篇。妓以实语告之：‘贱妾夜居商人船中，邻舟一男子，遇月色明朗，即倚樯而歌，声极凄怨。但以苦乏性灵，不能尽

---

①吴坰：《五总志》，载《全宋笔记》第五编第1册，大象出版社，2012，第25页。

②同①，第22页。

③同①，第10—11页。

④同①，第12页。

记，愿助以一二同列共往记之。’太守许焉。至夕，乃与同列饮酒以待，果一男子，三叹而歌。有赵琼者倾耳堕泪，曰：‘此秦七声度也。’赵善讴，少游南迁经从，一见而悦之。商人乃遣人问讯，即少游灵舟也。其词曰：‘潇湘千里挼蓝色，兰桡昔日曾经。月明风静露华清，微波浑不动，冷浸一天星。独倚危樯情悄悄，时闻飞瑟泠泠。仙音含尽古今情。曲终人不见，江上数峰青。’崇宁乙酉，张才叔过荆州，以语先子，乃相与叹息曰：‘少游了了，必不致沉滞，恋此坏身，似有物为之。然词语超妙，非少游不能作，抑又可疑也。’”①

第三，此书主张直抒本性，反对陈陈相因，提倡创作独具一格的诗歌。“蜀僧鸾鄙贾岛寒涩，乃自讽其词曰：‘鳌头浪蹙掀天白，鲸目光烧半海红。’且曰：‘不能致思于藩篱蹄涔之间。’岛尝为僧，韩愈惜其才，俾反俗，尝于宣城谒紫微不遇，乃曰：‘我诗无绮罗铅粉，宜其不售也。’近时僧多以诗自名者，如善权、惠洪，皆步步踏古人陈迹，独祖可，语自胸中流出，得句律妙处，虽非衲子本分，事亦可尚矣。”②

释晓莹《罗湖野录》《云卧纪谈》

释晓莹，字仲温，号云卧庵主，江西人，大慧宗杲弟子，有《罗湖野录》四卷、《云卧纪谈》两卷。据作者自序，《罗湖野录》完成于绍兴二十五年（1155），“绍兴乙亥十月望日湖隐堂释氏子晓莹叙”，主要记载佛门见闻，其中包含丰富的文学思想内容。《云卧纪谈》又称《感山云卧纪谈》，从孙觌“云闲卧不飞”句得名，是作者绍兴年间退隐丰城曲江感山云卧庵时，随笔记录往昔所见所闻及士大夫之嘉言善状的笔记。

《罗湖野录》记录了苏轼、黄庭坚等宋代著名文学家与禅师交往的情况。苏轼学识渊博，深悟佛理，与高僧谈禅，留下许多佳话。卷三载：“蒋山佛慧泉禅师，丛林谓之‘泉万卷’。绍圣元年，东坡居士有岭外之行。舟次金陵，阻风江浒。既迎其至，从容语道。东坡遂问曰：‘如何是智海之灯？’泉遽对以偈曰：‘指出明明是甚么，举头鹞子穿云过。从来这碗最希奇，解问灯人能几个。’东坡于是欣然。以诗纪其事曰：‘今日江头天色恶，

①吴坰：《五总志》，载《全宋笔记》第五编第1册，大象出版社，2012，第17页。
②同①，第16页。

炮车云起风欲作。独望钟山唤宝公，林间白塔如孤鹤。宝公骨冷唤不应，却有老泉来唤人。电眸虎齿霹雳舌，为余吹散千峰云。南来万里亦何事，一酌曹溪知水味。佗年若画蒋山图，仍作泉公唤居士。’泉复说偈送行曰：‘脚下曹溪去路通，登堂无复问幡风。好将钟阜临岐句，说似当年踏碓翁。’噫！东坡平生夷险一致，非与忧患争者。不然，正当放浪岭海之时，岂能问智海灯耶？泉奋霹雳舌，为吹散千峰之云，在东坡不为无得也。”①

苏辙也深悟禅法、禅理，偈语成为其文学创作的一部分。《罗湖野录》卷三载：“苏黄门子由，元丰三年，以睢阳从事左迁筠阳榷管之任。是时洪州景德顺禅师，与其父文安先生有契分，因往访焉，相从甚乐。咨以心法，顺示古德搐鼻因缘。久之有省，作偈呈顺曰：‘中年闻道觉前非，邂逅相逢老顺师。搐鼻径参真面目，掉头不受别钳锤。枯藤破衲公何事，白酒青盐我是谁。惭愧东轩残月上，一杯甘露滑如饴。’暨绍圣元年，复至筠，顺化逾年矣。公礼其绘像，述赞于左曰：‘与衲偕行，与琏同处。于南得法，为南长子。成就缁白，可名为老。慈悯黑暗，可名为姥。我初不识，以先子故。访我高安，示搐鼻语。再来不见，作礼缣素。向也无来，今亦奚去。’盖顺、衲偕行出蜀，而顺嗣黄龙，衲住圆通，而大觉琏掌记室，则与顺同处，唯以仁慈祐物。丛林目之曰顺婆婆。公为表而出之，良有以也。虽嗣法无闻，然有公，则所谓一麟足矣。”②

《罗湖野录》记载，苏轼的偈文在当时文人士大夫中广为流传，受到人们的喜爱、传阅、讨论。卷四载：“程待制智道、曾侍郎天游，寓三衢最久，而与乌巨行禅师为方外友。曾尝于坐间，举东坡宿东林闻溪声呈照觉总公之偈。‘溪声便是广长舌，山色岂非清净身？夜来八万四千偈，他日如何举似人。’程问行曰：‘此老见处如何？’行曰：‘可惜双脚踏在烂泥里。’程曰：‘师能为料理否？’行即对曰：‘溪声广长舌，山色清净身。八万四千偈，明明举似人。’二公相顾叹服。吁！登时照觉，能奋金刚椎碎东坡之窠窟。而今而后，何独美大颠之门，有韩昌黎耶？虽乌巨向曾、程二公略露锋铓，岂能洗丛林噬脐之叹哉？”③

---

①释晓莹：《罗湖野录》卷三，载《全宋笔记》第五编第1册，大象出版社，2012，第241页。
②同①，第243页。
③释晓莹：《罗湖野录》卷四，载《全宋笔记》第五编第1册，大象出版社，2012，第265页。

此书卷三也载:“灵源禅师居黄龙昭默堂,与东湖居士徐师川夜话。遂及陈述古尝对东坡谈禅。东坡谓其说如食龙肉,且以自所论若食猪肉,实美而真饱也。灵源曰:‘此乃东坡早岁趁俊发言,不觉负堕,当为明之。’于是成二偈:‘东坡笑说吃龙肉,舌底那知已咽津。能省咽津真有味,会言龙肉不为珍。’又曰:‘何知龙肉即猪肉,细语粗言尽入神。惜彼当年老居士,大机曾未脱根尘。’师川笑曰:‘至哉斯言。惜老坡不闻也。’噫!东坡诗有‘前身自是卢行者’之句。盖自知从佛祖中来矣,然较所学于述古,可谓前言戏之耳。灵源欲杜其从而作说者,以偈辨明,厥有旨哉。”①

据此书记载,黄庭坚也深悟佛理,乐于与僧人交往,其讨论佛理之认真,用功之勤,态度之诚恳,令人叹服。卷二载:“投子聪禅师与海会演和尚,元祐间道望并著,淮上贤士大夫多从之游。黄太史鲁直亦尝勉胡尚书少汲,问道于聪、演。其书曰:‘公道学颇得力耶,治病之方,当深求禅悦。照破生死之根,则忧畏淫怒无处安脚,病既无根,枝叶安能为害?投子聪老,是出世宗师;海会演老,道行不愧古人,皆可亲近。殊胜从文章之士,学妄言绮语,增长无明种子也。聪老犹喜接高明士大夫,渠开卷论说,便穿诸儒鼻孔。若于义理得宗趣,却观旧所读书,境界廓然,六通四辟,极省心力也。然有道之士,须以志诚恳恻,归向古人,所谓下人不精,不得其真,此非虚语。’呜呼!古今文士于释教深排而力诋者,盖安于所习,毁所不见而然。若黄太史虽为江西宗派之鼻祖,然见道而知天下无二道,故勤勤恳恳,曲折指陈。以尚书公为知言之人,而可与言也。”②

“渔父家风”作为宋代的一种带有特定寓意的词,不仅仅被许多文人喜爱,而且在禅林中受到认可。“湖州甘露寺圆禅师有《渔父》词二十余首,世所盛传者一而已。‘本是潇湘一钓客,自东自西自南北。只把孤舟为屋宅。无宽窄,幕天席地人难测。顷闻四海停戈革,金门懒去投书策。时向滩头歌月白。真高格,浮名浮利谁拘得。’遂以是得名于丛林。盖放旷自如者,藉以畅情乐道,而讴于水云影里,真解脱游戏耳。”③从这段文字透露的信息看,《渔父》词在当时已成为一种表达放旷畅达、超越名利情怀的

---

①释晓莹:《罗湖野录》卷三,载《全宋笔记》第五编第1册,大象出版社,2012,第254页。
②释晓莹:《罗湖野录》卷二,载《全宋笔记》第五编第1册,大象出版社,2012,第239页。
③同①,第238页。

工具，不能说其中没有真性情，但这种作品已明显有类型化的趋向了。

宋人不仅与禅师交往，还会与禅僧切磋诗艺。“李文和公，大中祥符间尝作二句颂，寄朱发运正辞。是时许郎中式亦漕淮南。朱遂以李颂示许，相与联成四句曰：‘参禅须是铁汉，著手心头便判。（李）雨催樵子还家（朱），风送渔舟到岸（许）。’仍命浮山远公和之曰：‘参禅须是铁汉，著手心头便判。通身虽是眼睛，也待红炉再锻。锄麑触树迷封，豫让藏身吞炭。鹭飞影落秋江，风动芦花两岸。’文和公寻复自和曰：‘参禅须是铁汉，著手心头便判。直趋无上菩提，一切是非莫管。’今唯传后一颂而已。然世谓士夫学禅，只资谈柄，亦安知文和之唱，诸公之和，其语径正，有宗师体裁也哉！”[①]释晓莹评价这些作品符合禅宗门里规范，可见当时文人在禅风影响下创作的作品，已经到了难以分辨门内门外的程度了。

《罗湖野录》卷三载：“惟正禅师，字焕然，华亭黄氏子。幼从临安北山资寿本如肆业，且将较艺于有司。如使祷观音像以求阴相，正谢曰：‘岂忍独私于己哉？’郡人朱绍安闻而嘉叹，欲启帑度之。正慨然曰：‘古之度人以清机密旨，今返是，去古亦远矣。吾堕三宝数，当有其时。’已而，遇祥符覃恩，得谐素志。既学三观于天台，复诣径山，参老宿居素而得旨，素住净土院，正辅相久而继席焉。然为人高简，律身精严，名卿巨公，多所推重。叶内翰清臣牧金陵，迎正语道：‘选日集宾，欲以优礼尊奉。’及期，正作偈辞之：‘昨日曾将今日期，出门倚杖又思惟。为僧只合居岩谷，国士筵中甚不宜。’又途中逢进山主，以偈赠之曰：‘貌古形疏倚杖藜，分明画出须菩提。解空不许离声色，似听孤猿月下啼。’正识虑洗然，不牵世累，雅爱跨黄犊出入。临安守蒋侍郎堂有诗曰：‘禅客寻常入旧都，黄牛角上挂瓶盂。有时带雪穿云去，便好和云画作图。’其为名公赏重如此。平生制作，号为《锦溪集》三十卷。前二偈并见集中，而出处大概亦塔铭所载。呜呼！世之童乎颠，褐乎身，则曰如是而为僧矣。其知清机密旨之谓者，亦几希焉。正之言虽似迂阔，以药吾徒滥厕之病，于法门则未容无补也。”[②]从中不难看出，禅师作偈的水平直接影响其在官员、文人心中的地位。

---

①释晓莹：《罗湖野录》卷四，载《全宋笔记》第五编第1册，大象出版社，2012，第267—268页。

②释晓莹：《罗湖野录》卷三，载《全宋笔记》第五编第1册，大象出版社，2012，第242—243页。

《云卧纪谈》中对苏轼风评的记载十分值得重视。卷上载："蜀僧祖秀，字紫芝，蚤以文鸣于士大夫间。……又秀尝赞东坡像曰：'汉之司马、杨、王，唐之太白、子昂，是五君子者，皆生乎蜀郡，未若夫子而有耿光。夫子之诗，抗衡者其唯子美。夫子之文，并轸者其唯子长，赋亦贤于屈、贾，字乃健于钟、王，此夫子之绝技，盖至道之秕糠。夫子之道，为后稷、伊尹，可以致其君于尧、汤。时议将加之于斧钺，而夫子尤讽于典章，海表之迁，如还故乡。信蜀郡之五杰者，莫得窥夫子之垣墙。'秀之言论风旨，不特此而已，尝一脔可以知鼎味也。"①

苏轼在最不幸的时候，人们对他的喜爱程度毫无衰减，甚至以与苏轼牵扯上关系为荣。卷下载："苏文忠公，以绍圣甲戌夏为潮州麻田吴子野赞泗洲像曰：'盲人有眼不自知，忽然见日喜而舞。非谓日月有存亡，实自庆我眼根在。泗洲大士谁不见？而有熟视不见者。彼岂无眼业障故，以知见者皆希有。若能便作希有见，从此成佛如翻掌。传摹世间千万亿，皆自大士法身出。麻田供养东坡赞，见者无数悉成佛。'公既安置惠州，于丁丑岁被命责儋耳。惠守方子容自携告身而吊之曰：'此皆前定，无可恨者。吾室沈氏事泗洲甚谨，一夕梦泗洲告别，问何所往。答以当与苏子瞻同往，在七十二日之后也。今日如其数，岂非前定乎？'苏曰：'事孰非前定者，不待梦知矣。然余何人辱与泗洲和尚同行，得非夙世有缘契乎？'参寥子尝有偈为纪之曰：'临淮大士本无私，应物长于险处施。亲护舟航渡南海，知公盛德未全衰。'"②

苏轼朋友多，与人交往不图名利，只看性情志趣、诗词书画，其朋友中高僧不在少数。卷上载："钱塘僧道潜者，以诗见知于苏文忠公，号其为参寥子。凡诗词迭唱更和，形于翰墨，必曰参寥。及吕丞相为奏妙总师名之，后与简牍，则曰妙总老师，江浙石刻具存者多。今略记公离钱塘，以长短句别之曰：'有情风万里卷潮来，无情送潮归。问钱塘江上，西兴浦口，几度斜晖。不用思量今古，俯仰昔人非。谁似东坡老，白首忘机。记取西湖西畔，正暮山好处，空翠烟霏。算诗人相得，如我与君稀。约他年东还海道，愿谢公雅志，莫相违。西州路，不应回首，为我沾衣。'噫！今世之小生，

---

①释晓莹：《云卧纪谈》卷上，载《全宋笔记》第五编第2册，大象出版社，2012，第6页。

②释晓莹：《云卧纪谈》卷下，载《全宋笔记》第五编第2册，大象出版社，2012，第45—46页。

于有道宗师必名呼而示其忽慢，亦安知文忠于一诗僧尚尔，况道德崇重者耶。”[①]从中可见苏轼与道潜情谊深，心灵有默契，志趣相投。在相知相交中，许多僧人对苏轼诗歌艺术的成因和作诗路径深入把握，深得个中三昧。卷上载：“待制韩公子苍，与大慧老师厚善。及公侨寓临川广寿精舍，大慧入闽，取道过公，馆于书斋几半年。晨兴相揖外，非时不许讲，行不让先后，坐不问宾主，盖相忘于道术也。故公诗有‘禅心如密付，更为少淹留’之句。公因话次，谓少从苏黄门问作文之法，黄门告以‘熟读《楞严》，《圆觉》等经，则自然词诣而理达。东坡家兄谪居黄州，杜门深居，驰骋翰墨，其文一变如川之方至。后读释氏书，深悟实相，参之孔、老，博辨无碍，浩然不见其涯，故为其载于墓志’。隆兴改元仲夏，东莱吕伯恭登径山，谒大慧，为两月留。大慧语及韩公得斯论于苏黄门，而伯恭亦谓闻所未闻也。”[②]卷下载：“苏翰林子瞻，以绍圣元年秋，经由南华，著衲衣与长老辩公坐次。忽客来谒，乃著公服，遂谓辩曰：‘里面著衲衣，外面著公服。大似压良为贱。’辩曰：‘外护也少不得。’苏曰：‘言中有响。’辩曰：‘灵山付嘱，不要忘却。’已而，为作《苏程庵铭》，其引曰：‘程公庵，南华长老辩公为余表弟程德孺作也。余南迁过之，更其名曰苏程，且铭之：辩作庵，宝林南。程取之，不为贪。苏后到，住者三。苏既住，程则去。一弹指，三世具。如我说，无是处。百千灯，同一光。一尘中，两道场。齐说法，不相妨。本无通，安有碍？程不去，苏不在。各遍满，无杂坏。程为广东漕使，而辩作是庵也。”[③]

《云卧纪谈》对苏轼超越世俗的是非观念、幸福观念和以精神的自我升华为人生最大乐事的非凡品格大加称赏，卷上载：“东坡在岭南，时因人往西湖，有笔语曰：‘垂云顺阇梨，乃余监郡日往还诗友也。清介甚贫，食仅足而已，几于不足也，然未尝有忧色。老矣，不知尚健不？’噫！今吾党以清贫为耻，以厚蓄为荣，及溘然，则不致其徒于缧绁者几希。若使其少慕顺之风，岂至遗臭耶？”[④]

《云卧纪谈》对苏辙与僧人交往的记载也很有价值。卷下载：“佛印

---

①释晓莹：《云卧纪谈》卷上，载《全宋笔记》第五编第2册，大象出版社，2012，第14—15页。
②同①，第15—16页。
③释晓莹：《云卧纪谈》卷下，载《全宋笔记》第五编第2册，大象出版社，2012，第61页。
④同①，第22页。

禅师平居与东坡昆仲过从，必以诗颂为禅悦之乐。住金山时，苏黄门子由欲谒之，而先寄以颂曰：‘粗砂施佛佛欣受，怪石供僧僧不嫌。空手远来还要否？更无一物可增添。’佛印即酬以偈云：‘空手持来放下难，三贤十圣聚头看。此般供养能歆享，木马泥牛亦喜欢。’然黄门、佛印以斯道为际见之欢，视老杜、赞公来往风流，则有间矣。”①诗歌往还，尽得风流。卷下又载：“苏黄门子由，元丰间左迁高安榷管之任，而于公余必与诸山讲道为乐。景福顺禅师者，尤笃维桑世契，顺有三偈寄公，故尝和曰：‘融却无穷事，都成一片心。此心仍不有，从古到如今。’‘如今亦如忘，相逢笑一场。此间无首尾，尺寸不烦量。’‘要识东坡老，堂堂古丈夫。近来知此事，也不读文书。’公将移绩谿，以书别顺曰：‘自来高安，唯有二三老僧相知，既又蒙公远来相访，方今南老门人，公为第一，因此又识南公遗风，为幸多矣。前日得告，当往绩谿。旦暮成行，不获面违，怅仰无穷。凝寒法候何如？更冀以道自重。’顺后住西山香城，其徒以公偈并书刊石，尚复存焉。”②从中可见苏辙与僧人朋友书信来往，情深谊长。

龚颐正《芥隐笔记》

龚颐正，本名敦颐，字养正，避宋光宗讳改今名，虞州遂昌（今属浙江）人，著有《芥隐笔记》一卷及《续释常谈》。《芥隐笔记》考证典实词语，追根溯源，其中包含一些文学思想。

全书篇幅不长，有十五则材料涉及苏轼。《掷火万里流铃八冲，四目》条载：“杜牧之诗：‘老翁四百牙爪利，掷火万里精神高。’盖用《天蓬咒》：‘苍舌绿齿，四目老翁。’而今本误以‘目’为‘百’尔。‘掷火万里’亦用《度人经》‘掷火万里，流铃八冲’之语。而东坡亦用之于《芙蓉城》诗，云‘仙风锵然韵流铃’也。”③“东坡《宸奎阁碑铭》：‘巍巍仁皇，体合自然。神曜得道，非有师传。’盖出《八师经》：‘吾今自然，神曜得道，非有师也。’”④此书指出东坡诗文巧用佛典。

东坡巧用典实，纵横变化，无法而法，有时当时的文字大家、学问宿儒

---

①释晓莹：《云卧纪谈》卷下，载《全宋笔记》第五编第2册，大象出版社，2012，第55页。
②同①，第56页。
③龚颐正：《芥隐笔记》，载《全宋笔记》第五编第2册，大象出版社，2012，第78页。
④同③，第79页。

也不知出处。《杀之三宥之三》条载："东坡《试刑赏忠厚之至论》，其间有云：'皋陶曰杀之三，尧曰宥之三。'梅圣俞以问苏出何书，答曰：'想当然耳。'此语苏盖宗曹孟德问孔北海：'武王伐纣，以妲己赐周公，出何典？'答曰：'以今准古，想当然耳。'一时猝应，亦有据依。"据《东汉·孔融传》记载："与操书，称武王伐纣，以妲己赐周公。操不悟，后问出何经典，对曰：'以今度之，想当然耳。'"①

对于诸家经典，东坡更是妙于化用。《东坡用韩非子语》条载："《韩非子》：'国平则养儒侠，难至则用介士；所养非所用，所用非所养。'东坡《六国论》用此语。"②

对于唐诗、唐文，苏轼也能自然地将之融入自己的诗词之中。《东坡泗州塔诗》条载："'耕田欲雨刈欲晴，去得顺风来者怨。'盖用刘梦得'同蓺于陆，其时在泽。伊种之喜，乃陆之厄。同舟于江，其时在风。沿者之吉，溯者之凶'意。"③《东坡西江月》条载："东坡《梅》词'不与梨花同梦'，盖用王建《梦中梨花云》诗。"④苏轼不仅大量学习白居易诗，甚至连东坡之号，也是出自白居易诗的典故。《乐天诗》条载："醉翁、迂叟、东坡之名，皆出于白乐天诗云。"⑤《东坡德星句》条载："东坡诗'斯人乃德星，遣出虚危间'，用乐天'德星降人福，时雨助岁功。福似岁星移，望如时雨至'意。"⑥《东坡用乐天诗格》条载："乐天诗：'去岁暮春上巳，共泛洛水中流。今岁暮春上巳，独立香山下头。'东坡用之，为《海外上元》诗。东坡《惠州上元夜》诗'前年侍玉辇，端门万枝灯'云云，'今年江海上，云房寄山僧'。"⑦

费衮《梁溪漫志》

费衮，字补之，无锡（今江苏无锡）人，著有《梁溪漫志》十卷。据作

①龚颐正：《芥隐笔记》，载《全宋笔记》第五编第2册，大象出版社，2012，第79页。
②同①，第111—112页。
③同①，第81页。
④同①，第116页。
⑤同①，第95页。
⑥同①，第98页。
⑦同①，第98页。

者自序，此书完成于绍熙三年（1192），“绍熙三年十二月二十日，梁溪费衮补之序”。此书或考订史实，或论述宋朝典章制度，或记述前代逸闻轶事，或品评文章，或赏鉴书画，内容丰富，是宋代颇具研究价值的笔记之一。

全书中共有39则记载苏轼立身行事的材料，其中卷四全部是关于苏轼的内容，共有22则，这在宋代笔记中实属少见，可见作者对苏轼的重视。

此书赞扬了苏轼高尚的人格。东坡为官，雷厉风行，此书卷四《东坡西湖了官事》载：“东坡镇余杭，遇游西湖，多令旌旗导从出钱塘门，坡则自涌金门从一二老兵，泛舟绝湖而来。饭于普安院，徜徉灵隐、天竺间。以吏牍自随，至冷泉亭则据案剖决，落笔如风雨，分争辩讼，谈笑而办。已，乃与僚吏剧饮，薄晚则乘马以归。夹道灯火，纵观太守。有老僧，绍兴末年九十余，幼在院为苍头，能言之。当是时，此老之豪气逸韵，可以想见也。”①

在自己人生最不幸的时候，苏轼仍乐观向上，尽自己最大努力为人民做事情。卷四《东坡谪居中勇于为义》载：“陆宣公谪忠州，杜门谢客，惟集药方。盖出而与人交，动作言语之际，皆足以招谤，故公谨之。后人得罪迁徙者，多以此为法。至东坡，则不然。其在惠州也，程正辅为广中提刑，东坡与之中外，凡惠州官事，悉以告之。诸军阙营房，散居市井，窘急作过，坡欲令作营屋三百间。又荐都监王约、指使蓝生同干。惠州纳秋米六万三千余石，漕符乃令五万以上折纳见钱，坡以为岭南钱荒，乞令人户纳钱与米并从其便。博罗大火，坡以为林令在式假，不当坐罪，又有心力可委，欲专牒令修复公宇仓库，仍约束本州科配。惠州造桥，坡以为吏孱而胥横，必四六分分了钱，造成一座河楼桥，乞选一健干吏来了此事。又与广帅王敏仲书，荐道士邓守安，令引蒲涧水入城，免一城人饮咸苦水、春夏疾疫之患。凡此等事，多涉官政，亦易指以为恩怨，而坡奋然行之不疑，其勇于为义如此！谪居尚尔，则立朝之际，其可以死生祸福动之哉。”②《东坡教人作文写字》载：“葛延之在儋耳，从东坡游，甚熟。坡尝教之作文字，云：‘譬如市上店肆，诸物无种不有，却有一物可以摄得，曰钱而已。莫易得者是物，莫

①费衮：《梁溪漫志》卷四，载《全宋笔记》第五编第2册，大象出版社，2012，第164页。
②同①，第165—166页。

难得者是钱。今文章，词藻、事实乃市肆诸物也；意者，钱也。为文若能立意，则古今所有翕然并起，皆赴吾用。汝若晓得此，便会做文字也。’又尝教之学书云：‘世人写字，能大不能小，能小不能大。我则不然，胸中有个天来大字，世间纵有极大字，焉能过此？从吾胸中天大字流出，则或大或小，唯吾所用。若能了此，便会作字也。’尝为作《龟冠》诗送其行，葛以语胡苍梧，苍梧为记之。此大匠诲人之妙法，学者不可不知也。”[①]苏轼不以个人进退为务，在地方也好，在贬所也罢，都颇有政声。

此书记载了苏轼的一些传说。卷四《东坡缘在东南》载：“东坡平生宦游，多在淮、浙间。其始通守余杭，后又为守，杭人乐其政，而公乐其湖山。尝过寿星院，恍然记若前身游历者。其于是邦，每有朱仲卿桐乡之念。谪居于黄凡五年，移汝。既去黄，夜行武昌山上回望，东坡闻黄州鼓角，凄然泣下，赋诗云：‘黄州鼓角亦多情，送我南来不辞远。’寻上章乞居常州，其后谢表有‘买田阳羡，誓毕此生’之语。在禁林，与胡完夫、蒋颖叔酬唱，皆以卜居阳羡为言。晚自儋北归，爱龙舒风土，欲居焉，乃令郡之隐士李惟熙买田以老。已而得子由书，言：‘桑榆末景，忍复离别！’遂欲北还颍昌。作书与惟熙云：‘然某缘在东南，终当会合，愿君志之，未易尽言也。’至仪真，乃闻忌之者犹欲攻击，遂不敢兄弟同居，竟居毗陵以薨。‘缘在东南’之语，乃尔明验。古之伟人，自能前知，所谓有开必先者，不假数术也。”[②]卷七《三处西湖》载：“三处皆有西湖，东坡连镇二州，故表谢云：‘入参两禁，每玷北扉之荣；出典二邦，辄为西湖之长。’晚谪惠州，州有丰湖，亦名西湖。淳熙中，秘书杨监万里使广东，过惠，游丰湖，赋诗云：‘三处西湖一色秋，钱塘颍水更罗浮。东坡元是西湖长，不到罗浮便得休。’”[③]

此外，卷四《东坡录沿流馆诗》载：“东坡在翰林，被旨作《上清储祥宫碑》，哲宗亲书其额。绍圣党祸起，磨去坡文，命蔡元长别撰。玉局遗文中有诗云：‘淮西功德冠吾唐，吏部文章日月光。千载断碑人脍炙，不知世有段文昌。’其题云：‘绍圣中，得此诗于沿流馆中，不知何人作也，戏录之，以益箧笥之藏。’此诗乃东坡自作，盖寓意储祥之事，特避祸，故托以

①费衮：《梁溪漫志》卷四，载《全宋笔记》第五编第2册，大象出版社，2012，第165页。
②同①，第166—167页。
③费衮：《梁溪漫志》卷七，载《全宋笔记》第五编第2册，大象出版社，2012，第211页。

得之。味其句法，则可知矣。”[1]这则材料也体现了作者对苏轼的重视。

此书记载，即使是在朝廷禁毁苏轼诗文的时期，不少官吏也能从对苏轼人格的敬仰出发，保护喜欢、欣赏、保存苏轼诗文的人。卷七《禁东坡文》载：“宣和间，申禁东坡文字甚严，有士人窃携《坡集》出城，为阍者所获，执送有司，见集后有一诗云：‘文星落处天地泣，此老已亡吾道穷。才力谩超生仲达，功名犹忌死姚崇。人间便觉无清气，海内何曾识古风？平日万篇谁爱惜？六丁收拾上瑶宫。’京尹义其人，且畏累己，因阴纵之。”[2]

苏轼的散文独树一帜、气象宏大，尤其是语言新颖丰富。此书对苏轼的艺术技巧进行了分析，评价了苏轼的一些作品。卷四《东坡用事对偶精切》载：“东坡词源如长江大河，汹涌奔放，瞬息千里，可骇可愕，而于用事对偶，精妙切当，人不可及。如《张子野买妾》诗，全用张氏事；《祭徐君猷文》，全用徐氏事；《送李方叔下第》诗，用‘古战场’‘日五色’，皆当家事，殆如天成。徐君猷、孟亨之皆不饮，作诗戏之，用徐邈、孟嘉饮酒事，仍各举当时全语以为对。其通守余杭日，《答高丽使私觌状》云：‘归时事于宰旅，方劳远勤；发私币于公卿，亦蒙见及。’发币一事，非外夷使者致馈之故实乎？”[3]卷四《柳展如论东坡文》载：“东坡归自海南，遇其甥柳展如(闳)。出文一卷示之，曰：‘此吾在岭南所作也，甥试次第之。’展如曰：‘《天庆观乳泉赋》词意高妙，当在第一；《钟子翼哀词》别出新格，次之；他文称是。舅老笔，甥敢优劣邪？’坡叹息以为知言。展如后举似洪庆善。庆善跋东坡帖，具载其语。”[4]卷四《东坡文效唐体》载：“东坡之文，浩如河汉，涛澜奔放，岂区区束缚于堤防者？而作《徐君猷祭文》及《徐州鹿鸣燕诗序》，全用四六，效唐人体而益工，盖以文为戏邪？”[5]

苏轼主张创新，主张在状物时追求神似而非形似。卷七《东坡论石曼卿红梅诗》载：“东坡尝见石曼卿《红梅》诗云‘认桃无绿叶，辨杏有青枝’，曰：‘此至陋语，盖村学中体也。’故东坡作诗力去此弊，其观画诗云：‘论画以形似，见与儿童邻。赋诗必此诗，定知非诗人。’此言可为论画、

①费衮：《梁溪漫志》卷四，载《全宋笔记》第五编第2册，大象出版社，2012，第172页。
②费衮：《梁溪漫志》卷七，载《全宋笔记》第五编第2册，大象出版社，2012，第209页。
③同①，第171页。
④同①，第173页。
⑤同①。

作诗之法也。世之浅近者不知此理，做月诗便说明，做雪诗便说白，间有不用此等语，便笑其不著题。此风，晚唐人尤甚。坡尝作《谢赐御书诗》，叙天下无事，四夷毕服，可以从容翰墨之意，末篇云：‘露布朝驰玉关塞，捷书夜到甘泉宫。’又云：‘文思天子师文母，终闭玉关辞马武。小臣愿对紫薇花，试草尺书招赞普。’盖因事讽谏，三百篇之义也。而或者笑之曰：‘有甚道理后说到陕西献捷。’此岂可与论诗，若使渠为之，定只做一首写字诗矣。”①

对于时人未能欣赏的苏轼诗文创新之处，作者细加分析，使其新意彰显出来。卷七《东坡雪诗》载：“东坡雪诗：‘五更晓色来书幌，半夜寒声落画檐。’或疑五更自应有晓色，亦何必雪？盖误认五更字。此所谓五更者，甲夜至戊夜尔，自昏达旦，皆若晓色，非雪而何？此语初若平易，而实新奇，前人未尝道也。”②

此书在文学体裁论上颇有创见。作者不被表面现象所迷惑，不被学界定论所限制，能抓住关键，针对一些文学体裁表达独特的观点。作者认为，对偶工整、用语精丽仅仅是骈体文形式上的标准，骈文写作的关键还是充实内容、表达真实高尚的情感，而且用典要言之有物，又要自然而然，不能雕饰太过，玩文字游戏，点缀门面。卷三《元城了翁表章》载：“今时士大夫论四六，多喜其用事精当、下字工巧，以为脍炙人口。此固四六所尚，前辈表章固不废此；然其刚正之气形见于笔墨间，读之使人耸然，人主为之改容，奸邪为之破胆。元符末，刘元城自贬所起帅郓，当过阙，公谢表云：‘志惟许国，如万折之而必东；忠以事君，虽三已之而无愠。’坐是遂不得入见。大观间，陈了翁在通州，编修政典局取《尊尧集》，了翁以表缴进，其语有云：‘愚公老矣，益坚平险之心；精卫眇然，未舍填波之愿。’后竟再坐贬。此二表，于用事、下字亦皆精切，而气节凛凛如严霜烈日，与退之所谓‘登泰山之封，镂白玉之牒’者似不侔矣。”③卷六《夏英公四六》载：“欧阳公《归田录》载夏英公《辞免奉使启》云：‘义不戴天，难下穹庐之拜；礼当枕块，忍闻鞅鞨之音？’欧阳公称之。其中又有一联云：‘王姬

①费衮：《梁溪漫志》卷七，载《全宋笔记》第五编第2册，大象出版社，2012，第203页。
②同①，第204页。
③费衮：《梁溪漫志》卷三，载《全宋笔记》第五编第2册，大象出版社，2012，第161页。

作馆，接仇之礼既嫌；曾子回车，胜母之游遂辍。’亦不减前语。然是时文章，方扫除五代鄙陋之习，故此等语见称于时。自是而后，四六之工，盖十倍于此矣。”[①]卷六《翟忠惠四六》载：“翟公异参政汝文。守越，以擅免民间和买缣帛四十余万，为部使者所劾，贬秩。公谢表云：‘欲安刘氏，无嫌晁氏之危；岂若秦人，坐视越人之瘠。’迨去郡，郡人安其政，将相率投牒借留，公知之，命取其牍以来，即书其上云：‘固知京兆，姑为五日之留；无使稽山，复用一钱之送。’其用事精当若此。”[②]卷六《四六用事》条载：“四六用事，固欲切当，然雕镌太过，则反伤正气，非出自然也。国初，有年八十二而魁大廷者，其谢启云：‘白首穷经，少伏生之八岁；青云得路，多太公之二年。’此语殆近乎俳。近有士子年十有九，以诗赋擢第，予为之作启云：‘年逾贾谊，亦滥置于秀材；齿少陆机，顾何能于文赋。’盖二者之年齿，适相上下也。”[③]

碑、志，是两种相近的文体。碑，又曰墓碑、神道碑，是立在坟前的石碑。志，指墓志，其中韵文部分曰铭，也有一些没有韵的部分。由于碑、志一般是受人请托撰写的，因此内容是否公正，历代都有争论。此书认为，墓志中常有溢美浮夸之词，有的甚至颠倒黑白，与历史不符。卷六《温公论碑志》载：“温公论碑志，谓：‘古人有大勋德，勒铭钟鼎，藏之宗庙。其葬，则有丰碑以下棺耳。秦、汉以来，始命文士褒赞功德，刻之于石，亦谓之碑。降及南朝，复有铭志，埋之墓中。使其人果大贤耶，则名闻昭显，众所称颂，岂待碑志始为人知？若其不贤也，虽以巧言丽辞，强加采饰，徒取讥笑，其谁肯信？碑犹立于墓道，人得见之；志乃藏于圹中，自非开发，莫之睹也。’盖公刚方正直，深嫉谀墓而云然。予尝思之，藏志于圹，恐古人自有深意。韩魏公四代祖葬于赵州，五代祖葬于博野，子孙避地，历祀绵远，遂忘所在。魏公既贵，始物色得之，而疑信相半，乃命仪公祭而开圹，各得铭志，然后韩氏翕然取信，重加封植而严奉之。盖墓道之碑，易致移徙，使当时不纳志于圹，则终无自而知矣。故予恐古人作事，必有深意。藉志以谀墓，则固不可；若止书其姓名、官职、乡里，系以卒葬岁月，而纳诸

①费衮：《梁溪漫志》卷六，载《全宋笔记》第五编第2册，大象出版社，2012，第191页。
②同①。
③同①，第191—192页。

圹，观韩公之事，恐亦未可废也。”[①]在这段材料中，司马光之言切中要害，对碑志的客观公正提出了最痛切的呼唤。费衮在肯定司马光标准的同时，肯定了碑志文体对历史资料的保存意义。

吴曾《能改斋漫录》

吴曾，字虎臣，抚州崇仁（今属江西）人，著有《能改斋漫录》十八卷。据其子——负责执笔记录的吴复自序，此书成于绍兴二十七年（1157），“俾复执笔记之，凡二千余条，以类相从，疏为十八卷，号《能改斋漫录》，用藏于家。绍兴二十七年十月一日，男复谨序”。《能改斋漫录》内容丰富，或考证名物典实，或论当时历史，或述文学源流，具有丰富的文化价值，近年来已经逐步引起研究者的注意，然而，书中丰富的文学思想却无人研究，究其原因，与该书内容庞杂，难以厘清其脉络有关。只要认真考索梳理，就会发现该书包含丰富的文学思想，很值得研究。

吴曾对唐诗特别关注，尤其对杜甫情有独钟，此书中论杜诗尤多，但前人已有涉及。本书主要讨论此书中前人研究较少或有所忽略的文学思想相关内容。

一、书中关于词的内容

词在宋代成为最有生命力的文体之一。吴曾评论诗词时，有时会采用互相对照的方法。例如，《能改斋漫录》卷十六《送春送君有无尽意》载：“王逐客送鲍浩然游浙东，作长短句云：‘水是眼波横，山是眉峰聚。欲问行人去那边，眉眼盈盈处。才始送春归，又送君归去。若到江东赶上春，千万和春住。’韩子苍在海陵，送葛亚卿诗断章云：‘今日一杯愁送春，明日一杯愁送君。君应万里随春去，若到桃源问归路。’诗词意同。”[②]吴曾对这一现象的揭示很有意义。

对于词的创作中的一些独特现象，吴曾也能及时关注。《能改斋漫录》卷十六《贺方回石州引词》载：“贺方回眷一妓，别久，妓寄诗云：‘独

①费衮：《梁溪漫志》卷六，载《全宋笔记》第五编第2册，大象出版社，2012，第189页。

②吴曾：《能改斋漫录》卷十六，载《全宋笔记》第五编第4册，大象出版社，2012，第191页。

倚危栏泪满襟，小园春色懒追寻。深恩纵似丁香结，难展芭蕉一寸心。’贺得诗，初叙分别之景色，后用所寄诗，成《石州引》云：‘薄雨初寒，斜照弄晴，春意空阔。长亭柳色才黄，远客一枝先折。烟横水际，映带几点归鸿，东风销尽龙沙雪。还记出关来，恰而今时节。将发，画楼芳酒，红泪清歌，顿成轻别。已是经年，杳杳音尘都绝。欲知方寸，共有几许清愁，芭蕉不展丁香结。望断一天涯，两厌厌风月。’”[①]他所记下的这首词由概括诗意而成，又别有细腻缠绵之风味。

吴曾特别重视宋词对唐诗的学习与继承。《能改斋漫录》卷十六《用江上数峰青之句填词》载：“唐钱起《湘灵鼓瑟》诗末句：‘曲终人不见，江上数峰青。’秦少游尝用以填词云：‘千里潇湘挼蓝浦，兰桡昔日曾经，月高风定露华清。微波澄不动，冷浸一天星。独倚危樯情悄悄，遥闻妃瑟泠泠。新声含尽古今情。曲终人不见，江上数峰青。’滕子京亦尝在巴陵，以前两句填词云：‘湖水连天天连水，秋来分外澄清。君山自是小蓬瀛，气蒸云梦泽，波撼岳阳城。帝子有灵能鼓瑟，凄然依旧伤情。微闻兰芷动芳馨，曲终人不见，江上数峰青。’”[②]此外，《能改斋漫录》卷十七《宋景文刘原父送别词》载：“侍读刘原父守维扬，宋景文赴寿春，道出治下，原父为具以待宋。又为《踏莎行》词以侑欢云：‘蜡炬高高，龙烟细细，玉楼十二门初闭。疏帘不卷水晶寒，小屏半掩琉璃翠。桃叶新声，榴花美味，南山宾客东山妓。利名不肯放人闲，忙中偷取功夫醉。’宋即席为《浪淘沙近》，以别原父云：‘少年不管，流光如箭，因循不觉韶光换。至如今，始惜月满花满酒满。扁舟欲解垂杨岸，尚同欢宴。日斜歌阕将分散。倚兰桡，望水远天远人远。’其云‘南山宾客东山妓’，本白乐天诗。”[③]

同时，吴曾还注意到宋词学习唐诗的复杂现象，《能改斋漫录》卷十七《以张志和渔父词为浣溪沙定风波》载：“东坡、山谷、徐师川，既以张志和《渔父》词填《浣溪沙》《鹧鸪天》，其后好事者相继而作。尝有五阕云：‘云锁柴门半掩关，垂纶犹自在前湾，独乘孤棹夜方还。任使

①吴曾：《能改斋漫录》卷十六，载《全宋笔记》第五编第4册，大象出版社，2012，第202页。

②同①，第199页。

③吴曾：《能改斋漫录》卷十七，载《全宋笔记》第五编第4册，大象出版社，2012，第212页。

有荣居紫禁，争如无事隐青山，浮名浮利总输闲。’‘一副纶竿一只船，蓑衣竹笠是生缘，五湖来往不知年。青嶂更无荣辱到，白头终没利名牵，芦花深处伴鸥眠。’‘钓罢高歌酒一杯，醉醒曾笑楚臣来，夕阳维缆碧江隈。蓑笠每因山雨戴，船窗多为水花开，安居流景任相催。’‘雨气兼香泛芰荷，回舟冒雨懒披蓑，夜阑风静水无波。白酒追欢常恨少，青山入望岂嫌多，人间荣辱尽从他。’乃《浣溪沙》也。‘雨霁云收望远山，钓竿林下恣清闲。蝉噪日斜林影转，溪岸，绿深红浅画屏间。对酒狂歌时鼓枻，更邀同志醉前湾。待月却寻维缆处，归去，烟萝一径接柴关。’乃《定风波》也。”[①]从中可以看出宋代词人对于唐代作品的学习和再创作的过程。

唐诗一直是宋人心中的典范，吴曾常常用是否具备唐诗的风韵来衡量宋词。《能改斋漫录》卷十七《颜持约词不减唐人语》载：“颜持约流落岭外，舟次五羊，作《品令》云：‘夜萧索，侧耳听清海楼头吹角。停归棹，不觉重门闭，恨只恨，暮潮落。偷想红啼绿怨，道我真个情薄。纱窗外，厌厌新月上，应也则，睡不著。’朱希真，洛阳人，亦流落岭外。九日作《沙塞子》云：‘万里飘零南越，山引泪，酒添愁。不见凤楼龙阙，又惊秋。九日江亭闲望，蛮树瘴云浮。肠断红蕉花晚，水东流。’不减唐人语。”[②]词在唐五代虽不乏佳作，然而真正成熟并成为一代之文学代表，是在宋代。宋人以唐诗为参照系，是为了确立自己的评价标准，这也是在文学批评上确立自信的表现。

二、文学源流理论

此书中文学源流理论特别丰富。吴曾特别重视原创的价值，对于历代称道的优美意境、名句等，即使是文学史的大家，如陶渊明、李白、杜甫、白居易、李商隐、苏轼、黄庭坚等所作，也必追根溯源，厘清其继承与创新的脉络。《能改斋漫录》卷七《春草随青袍》载：“杜子美诗‘江草乱青

---

①吴曾：《能改斋漫录》卷十七，载《全宋笔记》第五编第4册，大象出版社，2012，第215—216页。

②同①，第209页。

袍’‘青草随青袍’，盖用古诗‘青袍似春草，长条随风舒’。”[①]《能改斋漫录》卷八《问花花不语》载：“东坡《吉祥寺赏花寄陈述古》诗云：‘仙花不用剪刀裁，国色初酣卯酒来。太守问花花不语，为谁零落为谁开。’《南部新书》记严恽诗：‘春光冉冉归何处，更向花前把一杯。尽日问花花不语，为谁零落为谁开。’东坡全用此两句也。恽字子重，能诗，与杜牧善。”[②]他指出苏轼化用了严恽诗中的两句，并不因为苏轼是宋代文学大家，就抹杀严恽的首创之功。

对于诗歌的继承演变情况，吴曾详加推究，《能改斋漫录》卷八《两山排闼送青来》载：“荆公诗云：‘一水护田将绿绕，两山排闼送青来。’盖本五代沈彬诗：‘地隈一水巡城转，天约群山附郭来。’彬又本唐许浑‘山形朝阙去，河势抱关来’之句。”[③]面对唐代诗圣杜甫的“诗眼”，吴曾也不盲目崇拜，而是实事求是地寻找源头。《能改斋漫录》卷八《身轻一鸟过》载：“《欧阳文忠公诗话》：‘陈公时得《杜集》，至蔡都尉“身轻一鸟”，下脱一字。数客补之，各云疾、落、起、下，终莫能定。后得善本，乃是过字。’其后东坡诗‘如观老杜飞鸟句，脱字欲补知无缘’，山谷诗‘百年青天过鸟翼’，东坡诗‘百年同过鸟’，皆从而效之也。余见张景阳诗云：‘人生瀛海内，忽如鸟过目。’则知老杜盖取诸此。况杜又有《贻柳少府》诗：‘余生如过鸟。’又云：‘愁窥高鸟过。’景阳之诗，梁氏取以入《选》。杜《赠骥子》诗‘熟精《文选》理’，则其所取，亦自有本矣。”[④]吴曾不但能够指出杜甫学习、继承前人的现象，而且能够找出其原因，并且以杜证杜，令人信服。对于苏轼，他也是如此，《能改斋漫录》卷八《此心安处便是吾乡》载：“东坡作《定风波序》云：‘王定国歌儿曰柔奴，姓宇文氏。定国南迁归，余问柔：“广南风土，应是不好？”柔对曰：“此心安处便是吾乡。”因用其语缀词云“试问岭南应不好，却道此心安处是吾乡。”’余以此语本出于白乐天，东坡偶忘之耳。白《吾土》诗云：‘身心安处为吾土，岂限长安与洛阳。’又《出城留别》诗云：‘我生本无乡，心安是归处。’又《重题》诗云：‘心泰身宁是归处，故乡独可在长安。’又《种桃杏》诗云：‘无论海角与天涯，大抵

---

①吴曾：《能改斋漫录》卷七，载《全宋笔记》第五编第3册，大象出版社，2012，第188页。

②吴曾：《能改斋漫录》卷八，载《全宋笔记》第五编第3册，大象出版社，2012，第218页。

③同②。

④同②，第220页。

心安即是家。’”[①]即使是苏轼的作品，发现白居易已有相似创作在前，他也会实事求是地指出。

当然，在学习前人时，作家可能会一对一地学习某人，也可能多方取法。相同或类似的意象与词语，不可能仅仅出现一次。《能改斋漫录》卷六《白露团》载：“杜子美《初月》诗云：‘庭前有白露，暗满菊花团。’又《白露》诗云：‘白露团甘子。’又《江月》诗：‘玉露团清影。’又绝句：‘玉座应悲白露团。’按谢惠连诗：‘团团满叶露。’谢玄晖：‘犹沾余露团。’庾信《挹得胥台露》诗：‘惟有团阶露，承睫共沾衣。’杜诗所本也。”《能改斋漫录》卷七《山色有无中》载：“东坡《水调歌头》云：‘长记平山堂上，攲枕江南烟雨，杳杳没孤鸿。认得醉翁语，山色有无中。’盖欧阳文忠公长短句云：‘平山栏槛倚晴空，山色有无中。’东坡盖指此也。然王摩诘《汉江临汛》诗已尝云：‘江流天地外，山色有无中。’欧实用此，而东坡偶忘之耶？”[②]

除了认真指出源流，吴曾还特别推崇在继承中创新，后来居上，青出于蓝。《能改斋漫录》卷八《船如天上坐人似镜中行》载：“《潘子真诗话》云：‘山谷言：“船如天上坐，人似镜中行”；又“船如天上坐，鱼似镜中悬”，沈云卿诗也。杜子美诗云：“春水船如天上坐”，祖述佺期之语也。继之以“老年花似雾中看”。盖触类而长之。’余以云卿之诗，盖源于王逸少《镜湖》诗所谓‘山阴路上行，如在镜中游’之句。然李白《入青溪山》诗亦云：‘人行明镜中，鸟度屏风里。’虽有所袭，然语益工也。”[③]吴曾对杜甫尤其推崇，《能改斋漫录》卷八《花应解笑人无穷事有限身》载：“唐李敬方《劝醉》诗云：‘不向花前醉，花应解笑人。只应连夜雨，又过一年春。日日无穷事，区区有限身。若非杯酒里，何以寄天真。’杜子美绝句云：‘二月已破三月来，渐老逢春能几回。莫悲身外无穷事，且尽生前有限杯。’二诗虽相沿，而杜则尤工者也。”[④]对于学习前人，水平却不及前人的作品，吴曾持否定态度。《能改斋漫录》卷八《未腊山梅树树花》载：“杜牧之诗：

①吴曾：《能改斋漫录》卷八，载《全宋笔记》第五编第3册，大象出版社，2012，第233—234页。

②吴曾：《能改斋漫录》卷七，载《全宋笔记》第五编第3册，大象出版社，2012，第189页。

③同①，第208页。

④同①，第211页。

'经冬野菜青青色，未腊山梅处处花。'许浑诗：'未腊梅先实，经春草自薰。'浑虽用牧意，然终不能及也。"[①]吴曾总结前人的观点，归纳如下：

> 洪觉范《冷斋夜话》曰："山谷云：'诗意无穷，而人之才有限。以有限之才，追无穷之意，虽少陵、渊明，不得工也。然不易其意而造其语，谓之换骨法；规模其意形容之，谓之夺胎法。'"予尝以觉范不学，故每为妄语。且山谷作诗，所谓"一洗万古凡马空"，岂肯教人以蹈袭为事乎？唐僧皎然尝谓："诗有三偷：偷语最是钝贼，如傅长虞'日月光太清'，陈后主'日月光天德'是也；偷意事虽可罔，情不可原，如柳浑'太液微波起，长杨高树秋'，沈佺期'小池残暑退，高树早凉归'是也；偷势才巧意精，略无痕迹，盖诗人偷狐白裘手，如嵇康'目送归鸿，手挥五弦'，王昌龄'手携双鲤鱼，目送千里雁'是也。"夫皎然尚知此病，孰谓学如山谷，而反以不易其意，与规模其意，而遂犯钝贼不可原之情耶？[②]

在吴曾看来，真正的继承应该是学习前人的构思技巧和艺术创作手法，而不是做字句的模仿。吴曾将其标准归纳为"合""悟"等，《能改斋漫录》卷八《高怀犹有故人知》载："陈无已有《山谷草书绝句》：'当年阙里与论诗，岁晚河山断梦思。妙质不为平世用，高怀犹有故人知。'末后两句，乃合荆公《思王逢原》诗：'妙质不为平世得，微言但有故人知。'"[③]"合"不是简单的重复，而是文学创作规律的相近。《能改斋漫录》卷八《禅心竟不起》载："唐僧皎然《答李季兰》诗云：'天女来相试，将花欲染衣。禅心竟不起，还捧旧花归。'乃悟参寥《答杭妓》诗：'禅心已作沾泥絮，肯逐东风上下狂。'"[④]这说明，皎然的诗对参寥具有很大的启发意义，但参寥不是机械地模仿，而是进行了独立创作。

对于文学创作中继承与创新的关系，吴曾没有把复杂的问题简单化。

---

①吴曾：《能改斋漫录》卷八，载《全宋笔记》第五编第3册，大象出版社，2012，第209页。

②吴曾：《能改斋漫录》卷十《诗有夺胎换骨诗有三偷》条，载《全宋笔记》第五编第4册，大象出版社，2012，第24页。

③同①，第217页。

④同①，第216页。

前人遗产如此丰富，不可能每个作家都全部烂熟于心。因此，吴曾认为，创作中有可能出现无意识雷同的现象。如果是同时代的诗人作品中的意象相似，则更不应粗浅地判断为因袭。《能改斋漫录》卷八《桃花乱落如红雨》载：“李长吉有‘桃花乱落如红雨’之句，以此名世。余观刘禹锡诗云‘花枝满空迷处所，摇落繁英坠红雨’，刘、李同出一时，决非相为剽窃。”[①]《能改斋漫录》卷八《可人惟有秦淮月出没娟娟波浪中》载：“参寥诗：‘可人惟有秦淮月，出没娟娟波浪中。’东坡《送蜀僧》诗：‘当时半被峨眉月，还在平羌江水中。’二意偶同，而东坡乃用李白诗。”[②]吴曾认为通过沿袭前人也可能超过前人，超过前人的沿袭作品可以被推崇，《能改斋漫录》卷八《沿袭不失为佳》载：“诗人有沿袭而不失为佳者，张曙《途中闻蝉》前四句云：‘每岁听蝉处，那将此际同。孤村寒色里，野店夕阳中。’李中正《闻子规》前四句云：‘何处正当闻，声声欲断魂。暖风芳草岸，残日落花村。’蒋钧《孤雁》后四句云：‘苇岸风吹雨，沙汀月照霜。还同我兄弟，零落不成行。’”[③]

吴曾还探究作家的风格，用比较与比喻相结合的方法，使人对不同作家的风格有具体可感的认识。《能改斋漫录》卷十六《乐府尘土黄词》载：“故自唐以来，杜甫则壮丽结约，如龙骧虎伏，容止有威；李白则飘扬振激，如浮云转石，势不可遏；李贺则摘裂险绝，务为难及，曾无一点尘婴之；张籍则平易优游，足有雅思，而气骨差弱。世异才殊，体随之变，亦其势也。”[④]其说法生动形象，准确传神。

对于作家风格的形成原因，吴曾比较关注生活环境、自然风物的影响。《能改斋漫录》卷七《江山之助》载：“刘勰《文心雕龙·物色篇》云：‘若乃山林皋壤，实文思之奥府。略语则阙，详说则烦。然屈平所以洞风骚之情者，抑亦江山之助乎。’故唐张说至岳阳，诗益凄惋，人以为得江山之助。”[⑤]吴曾应用刘勰的理论研究唐代诗人，有较强的说服力。

---

①吴曾：《能改斋漫录》卷八，载《全宋笔记》第五编第3册，大象出版社，2012，第207页。

②同①，第216页。

③同①，第239页。

④吴曾：《能改斋漫录》卷十六，载《全宋笔记》第五编第4册，大象出版社，2012，第200页。

⑤吴曾：《能改斋漫录》卷七，载《全宋笔记》第五编第3册，大象出版社，2012，第202页。

对于文学语言，吴曾与江西诗派观点不同，其观念接近苏轼，标榜自然流畅的风格，反对雕琢造作。《能改斋漫录》卷十《文贵自然》载："文之所以贵对偶者，为出于自然，非假于牵强也。《潘子真诗话》记王禹玉元丰间以钱二万、酒十壶饷吕梦得。梦得作启谢之，有所谓'白水真人，青州从事'，禹玉叹赏之为切题。后毛达可有《谢人惠酒启》云：'食穷三岁，曾无白水之真人；出饯百壶，安得青州之从事。'此用梦得语，尤为无功。非特出于剽窃，又且白水真人为虚设也。至若东坡得章质夫书，遣酒六瓶，书至而酒亡。因作诗寄之云：'岂意青州六从事，化为乌有一先生。'二句浑然一意，无斧凿痕，更觉其工。"[①]

为了避免文学批评枯燥无味，吴曾常记载一些象喻式批评。《能改斋漫录·佚文二》载："芸叟尝评诗云：'永叔之诗，如乍成春服，乍热酸醅，登山临水，竟日忘归。王介甫之诗，如空中之音，相中之色，人皆闻见，难可着摸。石延年之诗，如饥鹰夜归，岩冰春拆，迅逸不可言。苏东坡之诗，如武库初开，矛戟森然，不觉令人神愯，仔细检点，不无利钝。梅圣俞之诗，如深山道人，草衣葛履，王公见之，不觉屈膝。郭公甫之诗，如大排筵席，二十四味，终日揖逊，求其适口者少矣。'世以为知言。余谓芸叟之论公否，未敢必然。观东坡所记芸叟《西征途中》诗，止云'张舜民通练西事，稍能诗'而已。则东坡盖不以善诗待芸叟邪。"[②]妙喻如珠，左右逢源，变化多姿。

三、文学欣赏与文学研究

对于文学欣赏与文学研究，吴曾也主张知人论世，实事求是，即使对自己崇拜的大家，他也具有如此的态度。《能改斋漫录》卷三《夜半钟》载：

> 陈正敏《遁斋闲览》记《欧阳文忠诗话》，讥唐人"夜半钟声到客船"之句云："半夜非钟鸣时，疑诗人偶闻此耳。"且云："渠尝过姑苏，宿一寺，夜半闻钟。因问寺僧，皆曰：'分夜钟，曷足怪乎？'寻

①吴曾：《能改斋漫录》卷十，载《全宋笔记》第五编第4册，大象出版社，2012，第8页。
②吴曾：《能改斋漫录·佚文二》，载《全宋笔记》第五编第4册，大象出版社，2012，第266页。

闻他寺皆然，始知半夜钟惟姑苏有之。”以上皆《闲览》所载。予考唐诗，知欧公所讥，乃唐张继《枫桥夜泊》诗。全篇云：“月落乌啼霜满天，江枫渔火对愁眠。姑苏城外寒山寺，夜半钟声到客船。”此欧阳公所讥也。然唐时诗人皇甫冉有《秋夜宿严维宅》诗云：“昔闻玄度宅，门向会稽峰。君住东湖下，清风继旧踪。秋深临水月，夜半隔山钟。世故多离别，良宵讵可逢。”且维所居正在会稽，而会稽钟声亦鸣于半夜。乃知张继诗不为误，欧公不察。而半夜钟亦不止于姑苏，如陈正敏说也。又陈羽《梓州与温商夜别》诗，“隔水悠扬半夜钟”，乃知唐人多如此。王直方《兰台诗话》亦尝辨论，第所引与予不同。①

此书严谨求证，又不埋没别人的研究。《能改斋漫录》卷三《悠然见南山》载：“东坡以渊明‘采菊东篱下，悠然见南山’，无识者以见为望，不啻碔砆之与美玉。然余观乐天《效渊明》诗有云：‘时倾一尊酒，坐望东南山。’然则流俗之失久矣。惟韦苏州《答长安丞裴说》诗有云：‘采菊露未晞，举头见秋山。’乃知真得渊明诗意，而东坡之说为可信。”②这种考证态度，令人折服。

对于文学作品的优劣，吴曾善用比较，使读者有真切具体的感受。《能改斋漫录》卷十七《冯相三愿词》载：“南唐宰相冯延巳有乐府一章，名《长命女》云：‘春日宴，绿酒一杯歌一遍，再拜陈三愿。一愿郎君千岁，二愿妾身长健，三愿如同梁上燕，岁岁长相见。’其后有以其词意改为《雨中花》云：‘我有五重深深愿。第一愿且图久远，二愿恰如雕梁双燕，岁岁得长相见。三愿薄情相顾恋，第四愿永不分散，五愿奴哥收因结果，做个大宅院。’味冯公之词，典雅丰容，虽置在古乐府，可以无愧。一遭俗子窜易，不惟句意重复，而鄙恶甚矣。”③他选择的两首词，第一首真切感人，语言自然淳朴；第二首矫揉造作，庸俗不堪。通过比较，可见一斑。

对于七言歌行的一些不同名称，吴曾有自己的看法。《能改斋漫录》卷

①吴曾：《能改斋漫录》卷三，载《全宋笔记》第五编第3册，大象出版社，2012，第73页。
②同①，第62—63页。
③吴曾：《能改斋漫录》卷十七，载《全宋笔记》第五编第3册，大象出版社，2012，第216页。

十《歌行吟谣》载：

> 《西清诗话》谓："蔡元长尝谓之曰：'汝知歌行吟谣之别乎？近人昧此，作歌而为行，制谣而为曲者多矣。且虽有名章秀句，苦不得体。如人眉目娟好，而颠倒位置，可乎？'余退读少陵诸作，默有所契，惟心语口，未尝为人道也。"予按《宋书·乐志》曰：'诗之流乃有八名，曰行、曰引、曰歌、曰谣、曰吟、曰咏、曰怨、曰叹，皆诗人六艺之余也。'然则歌行吟谣，其别岂自子美邪。[①]

吴曾认为歌行诗题中的行、引、歌、谣、吟、咏、怨、叹并不是杜甫首创，这一结论是正确的。汉乐府中已经有了此类题目，杜甫不过是继承古题，又开创了乐府新题，在新题乐府中也采用了这些名称，如《兵车行》《丹青引赠曹将军霸》《饮中八仙歌》《长吟》《秋雨叹》等。

对于一些特殊的诗歌形式，吴曾追本溯源，细加考索。《能改斋漫录》卷二《柳浑青李太白》载："叶少蕴《石林诗话》云：'或者以荆公诗以古人姓名藏句中，如"莫嫌柳浑青，终恨李太白"，自公始发之。然唐权德舆已有此体。'予按：梁元帝已有人姓名诗及将军名诗，不始于权德舆也。"[②]对于在大臣生日以诗祝寿的习俗，吴曾也有考证："至人臣生日，以诗为庆，《西清诗话》乃谓公卿诞日，以诗为寿，见于唐末。此说恐非。盖开元间，惠宣太子被疾，明皇自祝禬。既愈，幸其第，置酒赋诗，为初生欢。其诗云：'昔见漳滨卧，言将人事违。今逢庆诞日，犹谓学仙归。'人臣以诗为寿，始见于此。"[③]对于药名诗的产生时代，吴曾做了翔实的论证。《能改斋漫录》卷三《药名诗不始于唐》载：

> 蔡絛《西清诗话》谓："药名诗，世以起于陈亚，非也。东汉已有离合体，至唐始著药名之号。如张籍《答鄱阳客》诗：'江皋岁暮相逢地，黄叶霜前半下枝。子夜吟诗问松桂，心中万事喜君

①吴曾：《能改斋漫录》卷十，载《全宋笔记》第五编第4册，大象出版社，2012，第16页。
②吴曾：《能改斋漫录》卷二，载《全宋笔记》第五编第3册，大象出版社，2012，第42页。
③吴曾：《能改斋漫录》卷二《生日祝寿始》条，载《全宋笔记》第五编第3册，大象出版社，2012，第45页。

知。'"以予观之，恐或不然。且药名之号，自梁以来有之。简文帝《药名诗》云："朝风动春草，落日照横塘。重台荡子妾，黄昏独自伤。烛映合欢被，帷飘苏合香。石墨聊书赋，铅华试作妆。徒令惜萱草，蔓延满空房。"梁元帝《药名诗》云："戍客恒山下，常思衣锦归。况看春草歇，还见雁南飞。蜡烛凝花影，重台闭绮扉。风吹竹叶袖，网缀流黄机。讵信金城里，繁露晓沾衣。"如庾肩吾、沈约亦各有一首。乃知药名诗不始于唐。[①]

对于宋代古文运动的首创者是谁，吴曾做过考证。《能改斋漫录》卷十《古文自柳开始》载："本朝承五季之陋，文尚俪偶，自柳开首变其风。始天水赵生，老儒也，持韩愈文数十篇授开，开叹曰：'唐有斯文哉。'因谓文章宜以韩为宗，遂名肩愈，字绍元，亦有意于子厚耳。故张景谓：'韩道大行，自开始也。'"[②]其立论比较公允。

洪迈《容斋随笔》《容斋续笔》

洪迈（1123—1202），字景卢，号容斋，鄱阳（今属江西）人，著有《容斋随笔》《容斋续笔》《容斋三笔》《容斋四笔》各十六卷，《容斋五笔》十卷，共计七十四卷。据作者自序，其中《容斋随笔》创作完成于淳熙七年（1180），"淳熙庚子，鄱阳洪迈景卢"；《容斋续笔》完成于绍熙三年（1192），"绍熙三年三月十日，迈序"。洪迈的笔记内容博大精深，涉及面广，思想深刻，见解独特，为历代学者所重，然而对其中文学思想的研究成果却不多，究其原因，主要是其笔记并非讨论文学的专著，其深邃的见识散见在一条又一条的评述当中，不仔细阅读归纳，难以理出其线索。认真研究，就会发现其中包含的文学思想丰富精辟，很有价值。

一、文学与政治的关系

文学与政治有密切关系，真正的隐士文学家是极少的，因此文学家都在复杂的政治环境中浮沉。文人的命运随政治局面而改变，洪迈十分关注

①吴曾：《能改斋漫录》卷三，载《全宋笔记》第五编第3册，大象出版社，2012，第60页。
②吴曾：《能改斋漫录》卷十，载《全宋笔记》第五编第4册，大象出版社，2012，第11页。

这一点。如《容斋续笔》卷七《伾文用事》载，“唐顺宗即位，抱疾不能言，王伾、王叔文以东宫旧人用事，政自己出。即日禁官市之扰民，五坊小儿之暴闾巷，罢盐铁使之月进，出教坊女伎六百还其家。以德宗十年不下赦令，左降官虽有名德才望，不复叙用，即追陆贽、郑余庆、韩皋、阳城还京师，起姜公辅为刺史。人情大悦，百姓相聚欢呼。又谋夺宦者兵，既以范希朝及其客韩泰总统京西诸城镇行营兵马，中人尚未悟。会诸将以状来辞，始大怒，令其使归告其将，‘无以兵属人’。当是时，此计若成，兵柄归外朝，则定策国老等事，必不至后日之患矣。所交党与如陆质、吕温、李景俭、韩晔、刘禹锡、柳宗元，皆一时豪俊、知名之士。惟其居心不正，好谋务速，欲尽据大权，如郑珣瑜、高郢、武元衡稍异己者，皆亟斥徙，以故不旋踵而身陷罪戮。后世盖有居伾、文之地，而但务啸引沾沾小人以为鹰犬者，殆又不足以望其百一云。白乐天《讽谏》元和四年作，其中《卖炭翁》一篇，盖为宫市，然则未尝能绝也”[①]，客观公允地发表了自己对“永贞革新”的看法，并提及如刘禹锡、柳宗元等文士的命运随“永贞革新”的成败而浮沉。

对于唐文宗时宦官擅权、政治黑暗与文化发展之间的关系，洪迈也多有关注。《容斋续笔》卷十六《刘蕡下第》载：

> 唐文宗大和二年三月，亲策制举人贤良方正，刘蕡对策，极言宦官之祸。既而裴休、李郃等二十二人中第，皆除官。考官左散骑常侍冯宿、太常少卿贾悚、库部郎中庞严，见蕡策皆叹服，而畏宦官，不敢取。诏下，物论嚣然称屈。谏官、御史欲论奏，执政抑之。李郃曰：“刘蕡下第，我辈登科，能无厚颜？”乃上疏，以为“蕡所对策，汉、魏以来无与为比，今有司以蕡指切左右，不敢以闻，恐忠良道穷，纲纪遂绝。臣所对，不及蕡远甚，乞回臣所授以旌蕡直”。不报。予案，是时宰相乃裴度、韦处厚、窦易直。易直不足言，裴、韦之贤，顾独失此，至于抑言者使勿论奏，岂不有愧于心乎。蕡既由此不得仕于朝，而李郃亦不显，盖无敢用之也。令狐楚、牛僧孺乃能表蕡入幕府，待以师礼，竟为宦人所嫉，诬贬柳州司户。李商隐赠以诗，曰：“汉廷急诏谁先入？楚路高歌自欲翻。万里相逢欢复泣，凤巢西隔九重门。”

---

①洪迈：《容斋续笔》卷七，载《全宋笔记》第五编第5册，大象出版社，2012，第301页。

及蕡卒，复以二诗哭之，曰："一叫千回首，天高不为闻。"又曰："已为秦逐客，复作楚冤魂。""并将添恨泪，一洒问乾坤。"其悲之至矣。甘露之事，相去财七年，未知蕡及见之否乎？[①]

刘蕡下第虽为个体事件，但这一现象的背后有深层的政治原因，可以说是晚唐政治斗争的必然结果。洪迈讨论这一事件，分析文人的命运与政治的复杂关系，是抓住了核心与要害。

洪迈审视历史，认为党禁不仅会抑制文学的繁荣发展，甚至会导致国家灭亡，因此严厉指责党禁。《容斋随笔》卷十《杨彪陈群》载："魏文帝受禅，欲以杨彪为太尉，彪辞曰：'彪备汉三公，耄年被病，岂可赞惟新之朝。'乃授光禄大夫。相国华歆以形色忤旨，徙为司徒而不进爵。帝久不怿，以问尚书令陈群，曰：'我应天受禅，相公及公独不怡，何也？'群对曰：'臣与相国，曾臣汉朝，心虽悦喜，犹义形于色。'夫曹氏篡汉，忠臣义士之所宜痛心疾首，纵力不能讨，忍复仕其朝为公卿乎。歆、群为一世之贤，所立不过如是。彪逊词以免祸，亦不敢一言及曹氏之所以得。盖自党锢祸起，天下贤士大夫如李膺、范滂之徒，屠戮殆尽，故所存者如是而已。士风不竞，悲夫。章惇、蔡京为政，欲殄灭元祐善类，正士禁锢者三十年，以致靖康之祸，其不为歆、群者几希矣。"[②]洪迈之言，甚为恳切。

洪迈认为，文学还有反映社会风俗的作用，而且可以用于证史。通过梳理唐代诗文，洪迈认为唐代诗文展现了唐人重视牡丹的风俗。《容斋随笔》卷二《唐重牡丹》载："欧阳公《牡丹释名》云：'牡丹初不载文字，唐人如沈、宋、元、白之流，皆善咏花，当时有一花之异者，彼必形于篇什，而寂无传焉，唯刘梦得有《咏鱼朝恩宅牡丹》诗，但云一丛千朵而已，亦不云其美且异也。'予按，白公集有《白牡丹》一篇十四韵，又《秦中吟》十篇，内《买花》一章，凡百言，云：'共道牡丹时，相随买花去。一丛深色花，十户中人赋。'而《讽谕乐府》有《牡丹芳》一篇，三百四十七字，绝道花之妖艳，至有'遂使王公与卿士，游花冠盖日相望''花开花落二十日，一城之人皆若狂'之语。又《寄微之百韵》诗云：'唐昌玉蕊会，崇敬牡丹期。'注：'崇敬寺牡

①洪迈：《容斋续笔》卷十六，载《全宋笔记》第五编第5册，大象出版社，2012，第409页。
②洪迈：《容斋随笔》卷十，载《全宋笔记》第五编第5册，大象出版社，2012，第129页。

丹花，多与微之有期。’又《惜牡丹》诗云：‘明朝风起应吹尽，夜惜衰红把火看。’《醉归盩厔》诗云：‘数日非关王事系，牡丹花尽始归来。’元微之有《入永寿寺看牡丹》诗八韵，《和乐天秋题牡丹丛》三韵，《酬胡三咏牡丹》一绝，又有五言二绝句。许浑亦有诗云：‘近来无奈牡丹何，数十千钱买一窠。’徐凝云：‘三条九陌花时节，万马千车看牡丹。’又云：‘何人不爱牡丹花，占断城中好物华。’然则元、白未尝无诗，唐人未尝不重此花也。”①

二、文字功用论

对于文学的作用，洪迈强调文学的社会功用，否定“文章小技”的观念。同时，对于作家在不同场合抒发的牢骚和无用之言，洪迈能具体问题具体分析，而不是一味只根据字面意思简单化处理。《容斋随笔》卷十六《文章小伎》载：

> “文章一小伎，于道未为尊。”虽杜子美有激而云，然要为失言，不可以训。文章岂小事哉。《易·贲》彖言：“刚柔交错，天文也；文明以止，人文也。观乎天文以察时变，观乎人文以化成天下。”孔子称帝尧焕乎有文章。子贡曰：“夫子之文章，可得而闻。”《诗》美卫武公，亦云有文章。尧、舜、禹、汤、文、武、成、康之圣贤，桀、纣、幽、厉之昏乱，非《诗》《书》以文章载之何以传？伏羲画八卦，文王重之，非孔子以文章翼之，何以传？孔子至言要道，托《孝经》《论语》之文而传。曾子、子思、孟子传圣人心学，使无《中庸》及七篇之书，后人何所窥门户？老、庄绝灭礼学，忘言去焉，而《五千言》与内、外篇极其文藻。释氏之为禅者，谓语言为累，不知《大乘》诸经可废乎？然则诋为小伎，其理谬矣。彼后世为词章者，逐其末而忘其本，玩其华而落其实，流宕自远，非文章过也。杜老所云“文章千古事”“已似爱文章”“文章日自负”“文章实致身”“文章开宎奥”“文章憎命达”“名岂文章著”“枚乘文章老”“文章敢自诬”“海内文章伯”“文章曹植波澜阔”“庾信文章老更成”“岂有文章惊海内”“每语见许文章伯”“文章有神交有道”，如此之类，多指

①洪迈：《容斋随笔》卷二，载《全宋笔记》第五编第5册，大象出版社，2012，第26—27页。

诗而言。所见狭矣。[①]

洪迈强调文章可以观风俗、知时变、证历史，认为后世以彩丽繁华的词章之美为追求对象，是舍本逐末。宋代文人普遍重视文学的社会功用，然而，由于宋代党争影响，苏黄后期的文学思想从开放转向内省，文学的讽喻功能转向委婉。到南宋政局的巨变，国破家亡的哀痛使文学功用论又焕发了光彩。

对于关心民生疾苦，反映时事的诗文，洪迈十分重视。《容斋随笔》卷十四《次山谢表》载："元次山为道州刺史，作《舂陵行》，其序云：'州旧四万余户，经贼以来，不满四千，太半不胜赋税。到官未五十日，承诸使征求符牒二百余封，皆曰"失期限者罪至贬削"。于戏，若悉应其命，则州县破乱，刺史欲焉逃罪。若不应命，又即获罪戾，吾将静以安人，待罪而已。'其辞甚苦，大略云：'州小经乱亡，遗人实困疲。朝餐是草根，暮食乃木皮。出言气欲绝，意速行步迟。追呼尚不忍，况乃鞭扑之。邮亭传急符，来往迹相追。更无宽大恩，但有迫催期。欲令鬻儿女，言发恐乱随。奈何重驱逐，不使存活焉。安人天子命，符节我所持。逋缓违诏令，蒙泽固所宜。'"[②]

对于元结的《舂陵行》，不少论者责其质木无文，洪迈从关心民生疾苦的角度大力弘扬，表现了南宋人重视文学功用的时代特征。

对于反映历史的作品，只要真实地再现历史，洪迈就十分关注，不吝惜以大篇幅来论述。《容斋续笔》卷五《秦隋之恶》载：

> 自三代讫于五季，为天下君而得罪于民，为万世所麾斥者，莫若秦与隋。岂二氏之恶浮于桀、纣哉？盖秦之后即为汉，隋之后即为唐，皆享国久长。一时论议之臣，指引前世，必首及之，信而有征，是以其事暴白于方来，弥远弥彰而不可盖也。尝试裒举之。张耳曰："秦为乱政虐刑，残灭天下，北为长城之役，南有五岭之戍，外内骚动，

①洪迈：《容斋随笔》卷十六，载《全宋笔记》第五编第5册，大象出版社，2012，第202—203页。

②洪迈：《容斋随笔》卷十四，载《全宋笔记》第五编第5册，大象出版社，2012，第187—188页。

头会箕敛，重以苛法，使父子不相聊。”张良曰：“秦为无道，故沛公得入关，为天下除残去贼。”陆贾曰：“秦任刑法不变，卒灭嬴氏。”王卫尉曰：“秦以不闻其过亡天下。”张释之曰：“秦任刀笔之吏，争以亟疾苛察相高，以故不闻其过，陵夷至于二世，天下土崩。”贾山借秦为喻，曰：“为宫室之丽，使其后世曾不得聚庐而托处；为驰道之丽，后世不得邪径而托足；为葬埋之丽，后世不得蓬颗而托葬。以千八百国之民自养，财尽不能胜其求，人与之为怨，家与之为仇，天下已坏而弗自知，身死才数月耳，而宗庙灭绝。”贾谊曰：“商君遗礼谊，弃仁恩，并心于进取，行之二岁，秦俗日败，灭四维而不张，君臣乖乱，六亲殃戮，万民离叛，社稷为虚。”又曰：“使赵高传胡亥，而教之狱。今日即位，明日射人，其视杀人若刈草菅然。置天下于法令刑罚，德泽亡一有，而怨毒盈于世，下憎恶之如仇雠。”……淮南王安曰：“秦使尉屠睢攻越，凿渠通道，旷日引久，发适戍以备之，往者莫反，亡逃相从，群为盗贼。于是山东之难始兴。”……司马相如曰：“二世持身不谨，亡国失势，信谗不寤，宗庙灭绝。”……刘向曰：“始皇葬于骊山，下锢三泉，多杀宫人，生埋工匠，计以万数，天下苦其役而反之。”梅福曰：“秦为无道，削仲尼之迹，绝周公之轨，礼坏乐崩，王道不通，张诽谤之罔，以为汉驱除。”……刘歆曰：“燔经书，杀儒士，设挟书之法，行是古之罪，道术由是遂灭。”凡汉人之论秦恶者如此。唐高祖曰：“隋氏以主骄臣谄亡天下。”……《薛收传》：“秦王平洛阳，观隋宫室，叹曰：‘炀帝无道，殚人力以事夸侈。’收曰：‘后主奢虐是矜，死一夫之手，为后世笑。’”张元素曰：“自古未有如隋乱者，得非君自专，法日乱乎？造乾阳殿，伐木于豫章，一材之费已数十万工。乾阳毕功，隋人解体。”魏征曰：“炀帝信虞世基，贼遍天下而不得闻。”……陈子昂曰：“隋帝恃四海之富，凿渠决河，疲生人之力，中国之难起，身死人手，宗庙为墟。”……柳宗元曰：“隋氏环四海以为鼎，跨九垠以为炉，爨以毒燎，煽以虐焰，沸涌灼烂，号呼腾蹈。”……凡唐人之论隋恶者如此。[1]

①洪迈：《容斋续笔》卷五，载《全宋笔记》第五编第5册，大象出版社，2012，第273—276页。

作者摘录后人对秦、隋之恶的论述，以文证史，彰显文学的历史价值。

对于同一时期的同类题材，在全面评价其内容的艺术成就的同时，洪迈总是将天平倾向社会功用的一边。《容斋随笔》卷十五《连昌宫词》载："元微之、白乐天，在唐元和、长庆间齐名。其赋咏天宝时事，《连昌宫词》《长恨歌》皆脍炙人口，使读之者情性荡摇，如身生其时，亲见其事，殆未易以优劣论也。然《长恨歌》不过述明皇追怆贵妃始末，无它激扬，不若《连昌词》有监戒规讽之意。如云：'姚崇、宋璟作相公，劝谏上皇言语切。长官清平太守好，拣选皆言由相公。开元之末姚、宋死，朝廷渐渐由妃子。禄山宫里养作儿，虢国门前闹如市。弄权宰相不记名，依稀忆得杨与李。庙谟颠倒四海摇，五十年来作疮痏。'其末章及官军讨淮西，乞'庙谟休用兵'之语，盖元和十一二年间所作，殊得风人之旨，非《长恨》比云。"①元稹《连昌宫词》与白居易《长恨歌》，洪迈认为前者更胜一筹，不同就在于《连昌宫词》总结历史的经验教训，能以史为鉴，极言藩镇之害，有史有今，以古为鉴；有讽有叹，见识不凡。

三、作家人格论

宋朝建立在传统道德沦丧、名教大坏的五代之后，为了真正巩固君主统治，必须重树本朝的伦理道德体系。因此，宋朝士大夫都特别重视名节，有强烈的仁民爱物、兴国安邦的责任感与使命感。他们在文学批评中十分重视作家的人格。

洪迈的作家人格论，带有忠君爱国的理想色彩，因此对杜甫的"一饭未尝忘君"尤为推许，《容斋续笔》卷三《杜老不忘君》载："前辈谓杜少陵当流离颠沛之际，一饭未尝忘君，今略纪其数语云：'万方频送喜，无乃圣躬劳。''至今劳圣主，何以报皇天。''独使至尊忧社稷，诸君何以答升平。''天子亦应厌奔走，群公固合思升平。'如此之类非一。"②

即使对于自己推崇的名人，洪迈也不忘指出其忠孝节义中的白璧微瑕。《容斋续笔》卷十六《思颍诗》载："士大夫发迹垄亩，贵为公卿，谓父祖旧庐为不可居，而更新其宅者多矣。复以医药弗便，饮膳难得，自村疃而

---

①洪迈：《容斋随笔》卷十五，载《全宋笔记》第五编第5册，大象出版社，2012，第199页。

②洪迈：《容斋续笔》卷三，载《全宋笔记》第五编第5册，大象出版社，2012，第258页。

迁于邑，自邑而迁于郡者亦多矣。唯翩然委而去之，或远在数百千里之外，自非有大不得已，则举动为不宜轻。若夫以为得计，又从而咏歌夸诩之，著于诗文，是其一时思虑，诚为不审，虽名公巨人，未能或之免也。欧阳公，吉州庐陵人，其父崇公，葬于其里之泷冈，公自为《阡表》，纪其平生。而公中年乃欲居颍，其《思颍诗序》云：'予自广陵得请来颍，爱其民淳讼简，土厚水甘，慨然有终焉之志。尔来思颍之念，未尝少忘于心，而意之所存，亦时时见于文字。乃发旧稿，得南京以后诗十余篇，皆思颍之作，以见予拳拳于颍者，非一日也。'又《续诗序》云：'自丁家难，服除，入翰林为学士，忽忽八年间，归颍之志虽未遂，然未尝一日少忘焉。至于今，年六十有四，免并得蔡，蔡、颍连疆，因得以为归老之渐。又得在亳及青十有七篇，附之，时熙宁三年也。'公次年致仕，又一年而薨。其逍遥于颍，盖无几时，惜无一语及于松楸之思。崇公惟一子耳，公生四子，皆为颍人，泷冈之上，遂无复有子孙临之，是因一代贵达，而坟墓乃隔为它壤。予每读二序，辄为太息。嗟乎，此文不作可也。若东坡之居宜兴，乃因免汝州居住而至，其后自海外北还，无以为归，复暂至常州，已而捐馆。文定公虽居许，而治命反葬于眉山云。"①

四、创作态度论

洪迈认为，一个作家的创作态度，对其作品的好坏十分重要，许多古代文人能以谦逊的姿态接受别人的建议和批评，甚至不耻下问，请别人修改自己的文章，有的还引以为荣。相比之下，宋代许多文人十分自负，很不喜欢别人议论自己的文章，即使评价已经给得相当高，仍然十分不满。别人有时提出合理的建议，这些人却十分恼火，甚至怀恨在心，以仇视的态度对待别人善意的建议。《容斋续笔》卷十三《曹子建论文》载：

> 曹子建与杨德祖书云："世人著述，不能无病。仆常好人讥弹其文，有不善，应时改定。昔丁敬礼常作小文，使仆润饰之，仆自以才不过若人，辞不为也。敬礼谓仆：'卿何所疑难，文之佳丽，吾自得

①洪迈：《容斋续笔》卷十六，载《全宋笔记》第五编第5册，大象出版社，2012，第408—409页。

之，后世谁相知定吾文者邪？’吾常叹此达言，以为美谈。”子建之论善矣。任昉为王俭主簿，俭出自作文，令昉点正，昉因定数字。俭叹曰：“后世谁知子定吾文？”正用此语。今世俗相承，所作文或为人诋诃，虽未形之于辞色，及退而怫然者，皆是也。欧阳公作《尹师鲁铭》文，不深辩其获罪之冤，但称其为文章简而有法。或以为不尽，公怒，至诒书它人，深数责之曰：“简而有法，惟《春秋》可当之，修于师鲁之文不薄矣。又述其学曰通知古今，此语若必求其可当者，惟孔、孟也。而世之无识者乃云云。此文所以慰吾亡友尔，岂恤小子辈哉。”王荆公为钱公辅铭母夫人蒋氏墓，不称公辅甲科，但云：“子官于朝，丰显矣，里巷之士以为太君荣。”后云：“孙七人皆幼。”不书其名。公辅意不满，以书言之，公复书曰：“比蒙以铭文见属，辄为之而不辞。不图乃犹未副所欲，欲有所增损。鄙文自有意义，不可改也。宜以见还，而求能如足下意者为之。如得甲科为通判，何足以为太夫人之荣。一甲科通判，苟粗知为辞赋，虽市井小人，皆可以得之，何足道哉。故铭以谓闾巷之士以为太夫人荣，明天下有识者不以置荣辱也。至于诸孙，亦不足列，孰有五子而无七孙者乎。”二公不喜人之议其文亦如此。①

洪迈认为，文学创作应该精益求精。他十分关注宋代的大家，对宋代大家认真斟酌、反复思考的创作态度十分钦佩。大家尚且如此，一般人若不一丝不苟，必然难出精品。《容斋续笔》卷八《诗词改字》载：“王荆公绝句云：‘京口、瓜洲一水间，钟山只隔数重山。春风又绿江南岸，明月何时照我还。’吴中士人家藏其草，初云‘又到江南岸’，圈去‘到’字，注曰不好，改为‘过’，复圈去而改为‘入’，旋改为‘满’，凡如是十许字，始定为‘绿’。黄鲁直诗：‘归燕略无三月事，高蝉正用一枝鸣。’‘用’字初曰‘抱’，又改曰‘占’，曰‘在’，曰‘带’，曰‘要’，至‘用’字始定。予闻于钱伸仲大夫如此。今豫章所刻本乃作‘残蝉犹占一枝鸣’。向巨原云：‘元不伐家有鲁直所书东坡《念奴娇》，与今人歌不同者数处，如“浪淘尽”

①洪迈：《容斋续笔》卷十三，载《全宋笔记》第五编第5册，大象出版社，2012，第379—380页。

为“浪声沉”，“周郎赤壁”为“孙吴赤壁”，“乱石穿空”为“崩云”，“惊涛拍岸”为“掠岸”，“多情应笑我早生华发”为“多情应是笑我生华发”，“人生如梦”为“如寄”。’不知此本今何在也。”①王安石、黄庭坚、苏轼都是宋代文学大家，尚能不断体会考量，修改自己已经作好的诗词，其他作者更应如此。苏轼、黄庭坚、王安石之所以取得如此大的文学创作成就，与他们这种严谨的创作态度不无关系。

五、创作论

1. 主张独创

洪迈主张独创，强调内容与形式要和谐统一，不能偏废，认为只有独创，有自己的特点，作品才能流传久远，陈陈相因必然昙花一现。他转引李习之的《答朱载言书》以申其说。《容斋随笔》卷七《李习之论文》载：

> 李习之《答朱载言书》论文最为明白周尽，云：“《六经》创意造言，皆不相师。故其读《春秋》也，如未尝有《诗》也；其读《诗》也，如未尝有《易》也；其读《易》也，如未尝有《书》也；其读屈原、庄周也，如未尝有《六经》也。如山有岱、华、嵩、衡焉，其同者高也，其草木之荣，不必均也。如渎有济、淮、河、江焉，其同者出源到海也，其曲直深浅，不必均也。天下之语文章，有六说焉。其尚异者曰：‘文章词句，奇险而已。’其好理者曰：‘文章叙意，苟通而已。’溺于时者曰：‘文章必当对。’病于时者曰：‘文章不当对。’爱难者曰：‘宜深，不当易。’爱易者曰：‘宜通，不当难。’此皆情有所偏滞，未识文章之所主也。义不深不至于理，而词句怪丽者有之矣，《剧秦美新》、王褒《僮约》是也。其理往往有是者，而词章不能工者有之矣，王氏《中说》、俗传《太公家教》是也。古之人能极于工而已，不知其辞之对与否、易与难也。‘忧心悄悄，愠于群小’，非对也。‘遘闵既多，受侮不少’，非不对也。‘朕堲谗说殄行，震警朕师’，‘菀彼桑柔，其下侯旬，采采其刘’，非易也。‘光被四表，格于上下’，‘十亩之间兮，桑者闲闲兮’，非难也。《六经》之后，百家之言兴，老聃、

---

①洪迈：《容斋续笔》卷八，载《全宋笔记》第五编第5册，大象出版社，2012，第319页。

> 列、庄至于刘向、扬雄，皆自成一家之文，学者之所师归也。故义虽深，理虽当，词不工者不成文，宜不能传也。”其论于文者如此，后学宜志之。①

此处提及，《诗》《书》《礼》《乐》《易》《春秋》六经，风格都是独一无二的，看不到因袭的痕迹，仿佛山中的四岳，皆高耸挺拔，草木茂盛，但不是一种样子，又仿佛济水、淮水、黄河、长江，皆东流入海，但有曲有直，有浅有深，不必相同。论文或尚异，或好理，或溺时，或爱难，或爱易，千奇百怪，各衷一是。文章不仅要意义深远，析理恰当，也要词语精工，不能偏废。

与一味强调文章的内容与社会功用的论者不同，洪迈对文章的观照全面公允。从他的观念中，可以看出宋代文人在树立自家风格上的积极探索与理论构建。

2. 诗文贵达

对于文章的繁简，洪迈认为这并不是绝对的，要根据表达的需要来做取舍，文章的好坏并不是由繁简决定的，评价文章的标准应该是“达”。他推重“辞达而已矣”②。《容斋随笔》卷一《文烦简有当》载：

> 欧阳公《进新唐书表》曰：“其事则增于前，其文则省于旧。”夫文贵于达而已，繁与省各有当也。《史记·卫青传》：“校尉李朔、校尉赵不虞、校尉公孙戎奴，各三从大将军获王，以千三百户封朔为涉轵侯，以千三百户封不虞为随成侯，以千三百户封戎奴为从平侯。”《前汉书》但云：“校尉李朔、赵不虞、公孙戎奴各三从大将军，封朔为涉轵侯、不虞为隋成侯、戎奴为从平侯。”比于《史记》五十八字中省二十三字，然不若《史记》为朴赡可喜。③

洪迈对比《史记》与《汉书》，认为《汉书》虽然省去了二十三字，但表达效果并没有《史记》好，因为没有排比的气势，也没有强调的效果。这

①洪迈：《容斋随笔》卷七，载《全宋笔记》第五编第5册，大象出版社，2012，第92—93页。
②朱熹：《四书章句集注·论语集注》卷八，中华书局，2012，第170页。
③洪迈：《容斋随笔》卷一，载《全宋笔记》第五编第5册，大象出版社，2012，第18页。

里，他推崇“繁”，认为简而不当反而达不到表达的最佳效果。

白居易、元稹写了不少长篇诗歌，如白居易的《长恨歌》《上阳白发人》，元稹的《连昌宫词》，感人至深，价值颇大。然而，并不是只有这些长篇才能感人。洪迈特别推崇元稹的《古行宫》。《容斋随笔》卷二《古行宫诗》载：“白乐天《长恨歌》《上阳人歌》，元微之《连昌宫词》，道开、天间宫禁事，最为深切矣。然微之有《行宫》一绝句云：‘寥落古行宫，宫花寂寞红。白头宫女在，闲坐说玄宗。’语少意足，有无穷之味。”[①]洪迈将《古行宫》与元白二人的长篇诗歌进行对比，认为《古行宫》尽管只有寥寥四句，二十个字，但是言简意深，一点也不逊于长篇诗歌。这里他又推崇“简”。可见，“达”才是洪迈评价文章好坏的唯一标准。

3. 结构论

洪迈论散文的谋篇与结构，十分细致深入，不是泛泛而谈，而是能从具体的作品出发来详细分析，给人以深刻的印象。《容斋随笔》卷十五《为文论事》载：

> 为文论事，当反复致志，救首救尾，则事词章著，览者可以立决。陈汤斩郅支而功未录，刘向上疏论之。首言：“周方叔、吉甫诛猃狁。”次言：“齐桓公有灭项之罪，君子以功覆过。李广利靡亿万之费，捐五万之师，廑获宛王之首，孝武不录其过，封为列侯。”末言：“常惠随欲击之乌孙，郑吉迎自来之日逐，皆裂土受爵。”然后极言：“今康居国强于大宛，郅支之号重于宛王，杀使者罪甚于留马，而不烦汉士，不费斗粮，比于贰师，功德百之。”又曰：“言威武勤劳则大于方叔、吉甫，列功覆过则优于齐桓、贰师，近事之功则高于安远、长罗。而大功未著，小恶数布，臣窃痛之。”于是天子乃下诏议封。盖其一疏抑扬援证明白如此，故以丞相匡衡、中书石显，出力沮害，竟不能夺。不然，衡、显之议，岂区区一故九卿所能亢哉。[②]

不难看出，洪迈主张要以不同的角度反复深化主题，在结构上要首

①洪迈：《容斋随笔》卷二，载《全宋笔记》第五编第5册，大象出版社，2012，第28页。
②洪迈：《容斋随笔》卷十五，载《全宋笔记》第五编第5册，大象出版社，2012，第198页。

尾照应。他以刘向之疏为例，强调结构的严密和论辩的层层深入、斩钉截铁。

洪迈对文章的结尾特别重视，曾对古代经典的结尾之妙处进行分析，很有见地。《容斋续笔》卷九《文字结尾》载："《老子·道经·孔德之容》一章，其末云：'君何以知众甫之然哉？以此。'盖用二字结之。《左传》：'叔孙武叔使郈马正侯犯杀郈宰公若藐，弗能。其圉人曰："吾以剑过朝，公若必曰：'谁之剑也？'吾称子以告，必观之，吾伪固而授之末，则可杀也。"使如之。'《孟子》载：'齐人一妻一妾而处室者，其良人出，必厌酒肉而后反。问所与饮食者，则尽富贵也。妻瞷其所之，乃之东郭墦间之祭者，乞其余。归告其妾，曰："良人者，所仰望而终身也，今若此！"'此二事，反复数十百语，而但以'使如之'及'今若此'各三字结之。《史记·封禅书》载武帝用方士言神祠长陵神君，李少君、谬忌、少翁、游水发根、栾大、公孙卿、史宽舒、丁公、王朔、公玉带、越人勇之之属，所言祠灶，化丹沙，求蓬莱安期生，立太一坛，作甘泉宫台室、柏梁、仙人掌、寿宫神君，斗棋小方，泰帝神鼎，云阳美光，缑氏城仙人迹，太室呼万岁，老父牵狗，白云起封中，德星出，越祠鸡卜，通天台，明堂，昆仑，建章宫，五城十二楼，凡数十事，三千言，而其末云'然其效可睹矣'。则武帝所兴为者，皆堕诞罔中，不待一二论说也。文字结尾之简妙至此。"①

洪迈推崇的是具有真情实感的作品，认为真情实感是衡量一部作品最重要的标准。《容斋随笔》卷二《长歌之哀》载："嬉笑之怒，甚于裂眦，长歌之哀，过于恸哭。此语诚然。元微之在江陵，病中闻白乐天左降江州，作绝句云：'残灯无焰影憧憧，此夕闻君谪九江。垂死病中惊起坐，暗风吹雨入寒窗。'乐天以为：'此句他人尚不可闻，况仆心哉。'微之集作'垂死病中仍怅望'，此三字既不佳，又不题为病中作，失其意矣。东坡守彭城，子由来访之，留百余日而去，作二小诗曰：'逍遥堂后千寻木，长送中宵风雨声。误喜对床寻旧约，不知漂泊在彭城。''秋来东阁凉如水，客去山公醉似泥。困卧北窗呼不醒，风吹松竹雨凄凄。'东坡以为读之殆不可为怀，乃和其诗以自解。至今观之，尚能使人凄然也。"②他运用比较方法，说明

---

①洪迈：《容斋续笔》卷九，载《全宋笔记》第五编第5册，大象出版社，2012，第330页。

②洪迈：《容斋续笔》卷二，载《全宋笔记》第五编第5册，大象出版社，2012，第27页。

元稹诗集中改易原诗的三字不切题，不像原诗那样深入人心。苏辙的诗歌则感人至深。

4. 艺术创作的唯一性

洪迈认为，真正的艺术杰作是独一无二的，是多种因素合力作用的结果，不是一蹴而就的，也不是后来者可以模仿的。有时，即使是才华卓绝的大家也很难达到这种境界。《容斋随笔》卷十四《绝唱不可和》载：

> 韦应物在滁州，以酒寄全椒山中道士，作诗曰："今朝郡斋冷，忽念山中客。涧底束荆薪，归来煮白石。欲持一樽酒，远慰风雨夕。落叶满空山，何处寻行迹。"其为高妙超诣，固不容夸说，而结尾两句，非复语言思索可到。东坡在惠州，依其韵作诗寄罗浮邓道士曰："一杯罗浮春，远饷采薇客。遥知独酌罢，醉卧松下石。幽人不可见，清啸闻月夕。聊戏庵中人，空飞本无迹。"刘梦得"山围故国周遭在，潮打空城寂寞回"之句，白乐天以为后之诗人无复措词。坡公仿之曰：'山围故国城空在，潮打西陵意未平。'坡公天才，出语惊世，如追和陶诗，真与之齐驱，独此二者，比之韦、刘为不侔。岂非绝唱寡和，理自应尔邪。①

以苏轼的绝世才华，尚不能与韦应物、刘禹锡的原作相比，可见诗歌创作自有其本身的规律。

六、文学语言论

对于语言的风格，无论诗歌还是散文，洪迈都提倡简约，认为语言简要而感情深厚是最值得称道的，诗词绝句若求奇求巧，内容和感情却空泛，情不真意不切，则是不好的。《容斋随笔》卷十五《蔡君谟帖语》载：

> 韩献肃公守成都时，蔡君谟与之书曰："襄启。岁行甫新，鲁钝之资，日益衰老。虽勉就职务，其于精力不堪劳苦。念君之生，相距

①洪迈：《容斋随笔》卷十四，载《全宋笔记》第五编第5册，大象出版社，2012，第184页。

旬日，如闻年来补治有方，当愈强健，果如何哉。襄于京居，尚留少时，伫君还轸，伸眉一笑，倾怀之极。今因樊都官西行，奉书问动靖，不一一。襄上子华端明阁下。”此帖语简而情厚，初无寒温之问，寝食之祝，讲德之佞也。今风俗日以偷薄，士大夫之狷浮者，于尺牍之间，益出新巧，习贯自然，虽有先达笃实之贤，亦不敢自拔以速嘲骂。每诒书多至十数纸，必系衔，相与之际，悉忘其真，言语不情，诚意扫地。相呼不以字，而云某丈，僭紊官称，无复差等，观此其少愧乎。忆二纪之前，予在馆中见曾监吉甫与人书，独不作札子，且以字呼同舍，同舍因相约云：“曾公前辈可尊，是宜曰丈，余人自今各以字行，其过误者罚一直。”行之几月，从官郎省欣然皆欲一变。而有欲败此议者，载酒饮同舍，乞仍旧。于是从约皆解，遂不可复革，可为一叹。①

洪迈对烦冗无聊、新巧虚伪之文风深恶痛绝，对简约之风不存深表慨叹。

在语言的精工省净方面，洪迈推崇杜甫之炼字本领。他对杜诗有很深的体会，有些时候见识之高，钻研之深，甚至超过了为杜诗作注的学者。《容斋续笔》卷五《杜诗用字》载：“律诗用自字、相字、共字、独字、谁字之类，皆是实字，及彼我所称，当以为对，故杜老未尝不然。今略纪其句于此：‘径石相萦带，川云自去留。’‘山花相映发，水鸟自孤飞。’‘哀颜聊自哂，小吏最相轻。’‘高城秋自落，杂树晚相迷。’‘百鸟各相命，孤云无自心。’‘胜地初相引，徐行得自娱。’‘云里相呼疾，沙边自宿稀。’‘暗飞萤自照，水宿鸟相呼。’‘猿挂时相学，鸥行炯自如。’‘自吟诗送老，相劝酒开颜。’‘俱飞蛱蝶元相逐，并蒂芙蓉本自双。’‘自去自来堂上燕，相亲相近水中鸥。’‘此时对雪遥相忆，送客逢春可自由。’‘梅花欲开不自觉，棣萼一别永相望。’‘桃花气暖眼自醉，春渚日落梦相牵。’此以自字对相字也。‘自须开竹径，谁道避云萝。’‘自笑灯前舞，谁怜醉后歌。’‘死去凭谁报，归来始自怜。’‘哀歌时自短，醉舞为谁醒。’‘离别人谁在，经过老自休。’‘永夜角声悲自语，中天月色好谁看。’此以自字对谁字也。‘野人时

①洪迈：《容斋随笔》卷十五，载《全宋笔记》第五编第5册，大象出版社，2012，第195页。

独往，云木晓相参。’‘正月莺相见，非时鸟共闻。’‘江上形容吾独老，天涯风俗病相亲。’‘纵饮久判人共弃，懒朝真与世相违。’‘此日此时人共得，一谈一笑俗相看。’此以共字独字对相字也。”①宋人在诗法理论上特别强调字法的重要性，黄庭坚强调诗歌字法的稳健有力，在这方面特别推崇杜甫。洪迈则不仅仅注意到杜诗用字之挺拔劲健，更注意杜诗用字在句法中的意义，指出了杜甫虚字实用的大胆尝试，这无疑是很有见识的。

对文学作品的语言，洪迈十分关注，多有见解。他论“助字”时很有眼力。《容斋随笔》卷七《孟子书百里奚》载：“柳子厚《复杜温夫书》云：‘生用助字，不当律令，所谓乎、欤、耶、哉、夫、也者，疑辞也。矣、耳、焉、也者，决辞也。今生则一之，宜考前闻人所使用，与吾言类且异，精思之则益也。’予读《孟子》百里奚一章曰：‘曾不知以食牛干秦缪公之为污也，可谓智乎？不可谏而不谏，可谓不智乎？知虞公之将亡而先去之，不可谓不智也。时举于秦，知缪公之可与有行也而相之，可谓不智乎？’味其所用助字，开阖变化，使人之意飞动，此难以为温夫辈言也。”②洪迈认真分析了柳宗元对杜温夫文章所用助字的评论，以及《孟子》中使用的助字，阐明了助字应根据感情与内容表达的需要准确使用，应纵横变化，使感情变化得到充分展现，不能千篇一律这个道理。

洪迈认为，字词的叠用可形成文章气势，使语言回环照应，产生流动之美。《容斋随笔》卷七《汉书用字》载：“太史公《陈涉世家》：‘今亡亦死，举大计亦死，等死，死国可乎？’又曰：‘戍死者固什六七，且壮士不死即已，死即举大名耳。’叠用七死字，《汉书》因之。《汉·沟洫志》载贾让《治河策》云：‘河从河内北至黎阳为石堤，激使东抵东郡平刚；又为石堤，使西北抵黎阳、观下；又为石堤，使东北抵东郡津北；又为石堤，使西北抵魏郡昭阳；又为石堤，激使东北，百余里间，河再西三东。’凡五用‘石堤’字而不为冗复，非后人笔墨畦径所能到也。”③司马迁叠用七“死”字，很好地展现了危急关头陈胜等人的心理变化与决断的过程，因为“死”是关键字眼，一切的思维过程皆是对其的不同考量，故而反复用之，既前

①洪迈：《容斋续笔》卷五，载《全宋笔记》第五编第5册，大象出版社，2012，第279—280页。

②洪迈：《容斋随笔》卷七，载《全宋笔记》第五编第5册，大象出版社，2012，第91页。

③同②，第97页。

后照应，又笔墨省净。而班固《汉书·沟洫志》用“石堤”形成气势，起强调作用，也很好地体现了主题，可谓异曲同工。

洪迈认为，语言的使用要准确，即使化用前人的语句，也要先明白前人表达的内容，不能囫囵吞枣。《容斋随笔》卷十《梅花横参》载：“今人梅花诗词，多用‘参横’字，盖出柳子厚《龙城录》所载赵师雄事，然此实妄书，或以为刘无言所作也。其语云：‘东方已白，月落参横。’且以冬半视之，黄昏时，参已见，至丁夜则西没矣，安得将旦而横乎！秦少游诗：‘月落参横画角哀，暗香消尽令人老。’承此误也。唯东坡云：‘纷纷初疑月挂树，耿耿独与参横昏。’乃为精当。老杜有‘城拥朝来客，天横醉后参’之句，以全篇考之，盖初秋所作也。”[①]“参”为星，黄昏时出现，丁夜到西没，天明时不可横陈于天空。柳子厚或刘无言已犯了错，秦观又承其误。苏轼、杜甫的诗，则用语准确，可谓典范。

对仗是诗文中常出现的修辞手段，洪迈认真总结，多有见地。《容斋续笔》卷三《诗文当句对》载：

> 唐人诗文，或于一句中自成对偶，谓之当句对。盖起于《楚辞》“蕙烝兰藉”“桂酒椒浆”“桂棹兰枻”“斫冰积雪”。自齐、梁以来，江文通、庾子山诸人亦如此。如王勃《宴滕王阁序》一篇皆然。谓若襟三江，带五湖，控蛮荆，引瓯越，龙光牛斗，徐孺、陈蕃，腾蛟起凤，紫电青霜，鹤汀凫渚，桂殿兰宫，钟鸣鼎食之家，青雀黄龙之轴，落霞孤鹜，秋水长天，天高地迥，兴尽悲来，宇宙盈虚，丘墟已矣之辞是也。于公异《破朱泚露布》亦然。如尧、舜、禹、汤之德，统元立极之君，卧鼓偃旗，养威蓄锐，夹川陆而左旋右抽，抵丘陵而浸淫布濩，声塞宇宙，气雄钲鼓，貔兕作威，风云动色，乘其跆藉，取彼鲸鲵，自卯及酉，来拒复攻，山倾河泄，霆斗雷驰，自北徂南，舆尸折首，左武右文，销锋铸镝之辞是也。杜诗小院回廊春寂寂，浴凫飞鹭晚悠悠；清江锦石伤心丽，嫩蕊浓花满目斑；书签药里封蛛网，野店山桥送马蹄；戎马不如归马逸，千家今有百家存；犬羊曾烂漫，宫阙尚萧条；蛟龙引子过，荷芰逐花低；干戈况复尘随眼，鬓发还应雪

①洪迈：《容斋随笔》卷十，载《全宋笔记》第五编第5册，大象出版社，2012，第134页。

满头；百万传深入，寰区望匪他。象床玉手，万草千花，落絮游丝，随风照日，青袍白马，金谷铜驼，竹寒沙碧，菱刺藤梢，长年三老，捩柁开头，门巷荆棘底，君臣豺虎边，养拙干戈，全生麋鹿，舍舟策马，拖玉腰金，高江急峡，翠木苍藤，古庙杉松，岁时伏腊，三分割据，万古云霄，伯仲之间，指挥若定，桃蹊李径，栀子红椒，庾信、罗含，春来秋去，枫林橘树，复道重楼之类，不可胜举。李义山一诗，其题曰《当句有对》云："密迩平阳接上兰，秦楼鸳瓦汉宫盘。池光不定花光乱，日气初涵露气干。但觉游蜂饶舞蝶，岂知孤凤忆离鸾。三星自转三山远，紫府程遥碧落宽。"其他诗句中，如青女素娥，对月中霜里；黄叶风雨，对青楼管弦；骨肉书题，对蕙兰蹊径；花须柳眼，对紫蝶黄蜂；重吟细把，对已落犹开；急鼓疏钟，对休灯灭烛；江鱼朔雁，对秦树嵩云；万户千门，对风朝露夜。如是者甚多。①

洪迈对对仗的概念做了准确的界定，认为对仗起源于《楚辞》，经齐梁江淹、庾信的发展，至唐代而盛。尤为特殊者，李商隐有《当句有对》诗，每句皆为当句对。

对于古典诗词对仗的具体技巧，洪迈也多有总结，且能关注前人未曾留心之处。《容斋续笔》卷十二《天生对偶》载："旧说以'红生''白熟''脚色''手纹''宽焦''薄脆'之属，为天生偶对。触类而索之，得相传名句数端，亦有经前人纪载者，聊疏于此，以广多闻。如'三川太守，四目老翁'，'相公公相子，人主主人公'，'泥肥禾尚瘦，暑短夜差长'，'断送一生惟有，破除万事无过'，'北斗七星三四点，南方万寿十千年'，'迅雷风烈风雷雨，绝地天通天地人'，'筵上枇杷，本是无声之乐；草间蚱蜢，还同不系之舟'，皆绝工者。又有用书语两句而证以俗谚者，如'尧之子不肖，舜之子亦不肖'，谚曰'外甥多似舅'，'吾力足以举百钧，而不足以举一羽'，谚曰'便重不便轻'之类是也。"②洪迈对前人记载的对偶之例进行

①洪迈：《容斋续笔》卷三，载《全宋笔记》第五编第5册，大象出版社，2012，第253—254页。

②洪迈：《容斋续笔》卷十二，载《全宋笔记》第五编第5册，大象出版社，2012，第364—365页。

总结，很有意义。

作家的创作不可能不受前人影响，经史子集中的典实，会随时闯入作家的创作中，用典只有多与少的问题，而非有与无的问题，因此，历代关注诗文创作的评论家，无不对用典这一语言现象十分关注，洪迈尤其推崇将典故用得巧妙、灵活、不露痕迹、不破坏整体的语言风格。在这方面苏轼可谓楷模。《容斋随笔》卷十二《刘公荣》载："王戎诣阮籍，时兖州刺史刘昶字公荣在坐。阮谓王曰：'偶有二斗美酒，当与君共饮。彼公荣者无预焉。'二人交觞酬酢，公荣遂不得一杯，而言语谈戏，三人无异。或有问之者，阮曰：'胜公荣者，不得不与饮酒，不如公荣者，不可不与饮酒，唯公荣可不与饮酒。'此事见戎传，而《世说》为详。又一事云：公荣与人饮酒，杂秽非类，人或讥之。答曰：'胜公荣者，不可不与饮，不如公荣者，亦不可不与饮，是公荣辈者，又不可不与饮，故终日共饮而醉。'二者稍不同。公荣待客如是，费酒多矣，顾不蒙一杯于人乎。东坡诗云：'未许低头拜东野，徒言共饮胜公荣。'盖用前事也。"[①]苏轼反用韩愈与孟郊的典实，又用"徒言"共饮胜"公荣"，表达了自己的傲物之志，巧妙用典，不见痕迹。

七、源流论

《容斋随笔》中的文学源流论，继承了前人的论述方法，又有所发明。洪迈指出了一些作品的源流。《容斋续笔》卷一《王孙赋》载："王延寿《王孙赋》，载于《古文苑》。其辞有云：'颜状类乎老翁，躯体似乎小儿。'谓猴也。乃知杜诗'颜状老翁为'盖出诸此。"[②]或者略加评论，如《容斋续笔》卷八《缁尘素衣》载："陈简斋《墨梅》绝句一篇，云：'粲粲江南万玉妃，别来几度见春归。相逢京洛浑依旧，只恨缁尘染素衣。'语意皆妙绝。晋陆机《为顾荣赠妇》诗云：'京洛多风尘，素衣化为缁。'齐谢玄晖《酬王晋安》诗云：'谁能久京洛，缁尘染素衣。'正用此也。"[③]

---

①洪迈：《容斋随笔》卷十二，载《全宋笔记》第五编第5册，大象出版社，2012，第160—161页。

②洪迈：《容斋续笔》卷一，载《全宋笔记》第五编第5册，大象出版社，2012，第233页。

③洪迈：《容斋续笔》卷八，载《全宋笔记》第五编第5册，大象出版社，2012，第318页。

洪迈不仅仅停留在对字句源流的考察上，还能深入一层，考量后人对前人构思、立意的继承。《容斋续笔》卷二《存殁绝句》载："杜子美有《存殁》绝句二首云：'席谦不见近弹棋，毕曜仍传旧小诗。玉局他年无限笑，白杨今日几人悲。''郑公粉绘随长夜，曹霸丹青已白头。天下何曾有山水，人间不解重骅骝。'每篇一存一殁，盖席谦、曹霸存，毕、郑殁也。黄鲁直《荆江亭即事》十首，其一云：'闭门觅句陈无己，对客挥毫秦少游。正字不知温饱未，西风吹泪古藤州。'乃用此体，时少游殁而无己存也。近岁新安胡仔著《渔隐丛话》，谓鲁直以今时人形入诗句，盖取法于少陵，遂引此句，实失于详究云。"[①]黄庭坚从存者、逝者两方面着笔的构思，可谓深得杜甫之妙。

除了指出出处，洪迈还对比前人与后人作品之间的优劣，分析得很有见地，并非仅仅局限于字句索引。《容斋续笔》卷三《秋兴赋》载："宋玉《九辩》词云：'憭栗兮若在远行，登山临水兮送将归。'潘安仁《秋兴赋》引其语，继之曰：'送归怀慕徒之恋，远行有羁旅之愤。临川感流以叹逝，登山怀远而悼近。彼四戚之疚心，遭一涂而难忍。'盖畅演厥旨，而下语之工拙较然不侔也。"[②]潘岳《秋兴赋》虽铺演宋玉《九辩》，但抒情与感染力比不上宋玉，因此没有后来居上。

洪迈对于诗歌源流的比较也很见功力。《容斋续笔》卷十五《涧松山苗》载："诗文当有所本，若用古人语意，别出机杼，曲而畅之，自足以传示来世。左太冲《咏史》诗曰：'郁郁涧底松，离离山上苗。以彼径寸茎，荫此百尺条。世胄蹑高位，英俊沉下僚。地势使之然，由来非一朝。'白乐天《续古》一篇，全用之，曰：'雨露长纤草，山苗高入云。风雪折劲木，涧松摧为薪。风摧此何意，雨长彼何因。百尺涧底死，寸茎山上春。'语意皆出太冲，然则含蓄顿挫则不逮也。"[③]即使白居易这样的大家，洪迈也不被其名所遮蔽，而是实事求是地指出其作品不及左思《咏史》。

洪迈不仅关注诗歌，对散文的承继流变也十分关注。《容斋续笔》卷

①洪迈：《容斋续笔》卷二，载《全宋笔记》第五编第5册，大象出版社，2012，第236—237页。

②洪迈：《容斋续笔》卷三，载《全宋笔记》第五编第5册，大象出版社，2012，第249—250页。

③洪迈：《容斋续笔》卷十五，载《全宋笔记》第五编第5册，大象出版社，2012，第402页。

三《东坡明正》载："东坡《明正》一篇送于伋失官东归云：'子之失官，有为子悲如子之自悲者乎？有如子之父兄妻子之为子悲者乎？子之所以悲者，惑于得也。父兄妻子之所以悲者，惑于爱也。'案，《战国策》齐邹忌谓妻曰：'我孰与城北徐公美？'其妻曰：'君美甚，徐公何能及公也。'复问其妾与客，皆言徐公不若君之美。暮寝而思之，曰：'吾妻之美我者，私我也。妾之美我者，畏我也。客之美我者，欲有求于我也。'东坡之斡旋，盖取诸此。然《四菩萨阁记》云：'此画乃先君之所嗜，既免丧，以施浮图惟简，曰："此唐明皇帝之所不能守者，而况于余乎。余惟自度不能长守此也，是以与子。"'而其末云：'轼之以是与子者，凡以为先君舍也。'与初辞意盖不同，晚学所不晓也。"[①]以往的论者常常言苏轼史论、政论受《战国策》影响，但却泛泛而言，洪迈此论探讨句法之承接，十分具体可感。

洪迈与呆板僵化、不知变通，一味寻绎诗源的论者不同，能用比较客观公正的方法来对待文学创作中的复杂现象，承认不同时代的作品可能出现暗合的现象。《容斋续笔》卷十四《李长吉诗》载："李长吉有《罗浮山人诗》云：'欲翦湘中一尺天，吴娥莫道吴刀涩。'正用杜老《题王宰画山水图歌》'焉得并州快翦刀，翦取吴松半江水'之句。长吉非蹈袭人后者，疑亦偶同，不失自为好语也。"[②]而对于模仿前人的作品，洪迈也没有采取全盘否定的态度，而是具体细致地分析其成功之处与局限，对于拟作的成功范例，他敢于摘出肯定。《容斋续笔》卷十五《逐贫赋》载："韩文公《送穷文》，柳子厚《乞巧文》，皆拟扬子云《逐贫赋》。韩公《进学解》拟东方朔《客难》，柳子《晋问篇》拟枚乘《七发》，《贞符》拟《剧秦美新》，黄鲁直《跛奚移文》拟王子渊《僮约》，皆极文章之妙。《逐贫》一赋，几五百言，《文选》不收，《初学记》所载才百余字，今人盖有未之见者，辄录于此，云：'扬子遁世，离俗独处。左邻崇山，右接旷野。邻垣乞儿，终贫且窭。礼薄义弊，相与群聚。惆怅失志，呼贫与语："汝在六极，投弃荒遐。好为庸卒，刑戮是加。匪惟幼稚，嬉戏土沙。居非近邻，接屋连家。恩轻毛羽，义薄轻罗。进不由德，退不受呵。久为滞客，其意若何。人皆文绣，余褐不全。人皆稻粱，我独藜餐。贫无宝玩，何以接欢。宗室之宴，为乐不盘。

①洪迈：《容斋续笔》卷三，载《全宋笔记》第五编第5册，大象出版社，2012，第254页。
②洪迈：《容斋续笔》卷十四，载《全宋笔记》第五编第5册，大象出版社，2012，第391页。

徒行负赁，出处易衣。身服百役，手足胼胝。或耘或耔，沾体露肌。朋友道绝，进官凌迟。厥咎安在，职汝之为。舍汝远窜，昆仑之颠。尔复我随，翰飞戾天。舍尔登山，岩穴隐藏。尔复我随，陟彼高冈。舍尔入海，泛彼柏舟。尔复我随，载沉载浮。我行尔动，我静尔休。岂无他人，从我何求。今汝去矣，勿复久留。”贫曰：“唯唯，主人见逐。多言益嗤。心有所怀，顾得尽辞。昔我乃祖，崇其明德。克佐帝尧，誓为典则。土阶茅茨，匪雕匪饰。爰及季世，纵其昏惑。饕餮之群，贫富苟得。鄙我先人，乃傲乃骄。瑶台琼室，华屋崇高。流酒为池，积肉为崤。是用鹄逝，不践其朝。三省吾身，谓予无愆。处君之家，福禄如山。忘我大德，思我小怨。堪寒能暑，少而习焉。寒暑不忒，等寿神仙。桀跖不顾，贪类不干。人皆重蔽，子独露居。人皆怵惕，子独无虞。言辞既罄，色厉目张。摄齐而兴，降阶下堂。逝将去汝，适彼首阳。孤竹之子，与我连行。”余乃避席，辞谢不直：“请不贰过，闻义则服。长与尔居，终无厌极。”贫逐不去，与我游息。’唐宣宗时有文士王振，自称紫逻山人，有《送穷辞》一篇，引韩吏部为说，其文意亦工。”[①]洪迈详细评论了韩愈、柳宗元、黄庭坚的拟作相比于原作的妙处，言之成理。

八、论宋代古文运动

对于宋代古文运动，洪迈认为它与唐代古文运动一脉相承。对其发展历程及欧阳修等人在其中起的决定作用，洪迈做了梳理论述。《容斋续笔》卷九《国初古文》载：

> 欧阳公《书韩文后》，云：“予少家汉东，有大姓李氏者，其子尧辅颇好学。予游其家，见有敝箧贮故书在壁间，发而视之，得唐《昌黎先生文集》六卷，脱落颠倒无次序，因乞以归读之。是时，天下未有道韩文者，予亦方举进士，以礼部诗赋为事。后官于洛阳，而尹师鲁之徒皆在，遂相与作为古文，因出所藏《昌黎集》而补缀之。其后天下学者亦渐趋于古，韩文遂行于世。”又作《苏子美集序》，云：“子美之齿少于予，而予学古文，反在其后。天圣之间，学者务以

①洪迈：《容斋续笔》卷十五，载《全宋笔记》第五编第5册，大象出版社，2012，第401—402页。

言语声偶擿裂以相夸尚，子美独与其兄才翁及穆参军伯长作为古歌诗杂文，时人颇共非笑之，而子美不顾也。其后学者稍趋于古。独子美为于举世不为之时，可谓特立之士也。”《柳子厚集》有穆修所作《后叙》，云：“予少嗜观韩、柳二家之文，柳不全见于世，韩则虽目其全，至所缺坠，亡字失句，独于集家为甚。凡用力二纪，文始几定，时天圣九年也。”予读《张景集》中《柳开行状》云：“公少诵经籍，天水赵生，老儒也，持韩愈文仅百篇授公，曰：‘质而不丽，意若难晓，子详之，何如？’公一览不能舍，叹曰：‘唐有斯文哉。’因为文章，直以韩为宗尚。时韩之道独行于公，遂名肩愈，字绍先。韩之道大行于今，自公始也。”又云：“公生于晋末，长于宋初，扶百世之大教，续韩、孟而助周、孔。兵部侍郎王祐得公书，曰：‘子之文出于今世，真古之文章也。’兵部尚书杨昭俭曰：‘子之文章，世无如者已二百年矣。’”开以开宝六年登进士第，景作行状时，咸平三年。开序韩文云：“予读先生之文，自年十七至于今，凡七年。”然则在国初，开已得《昌黎集》而作古文，去穆伯长时数十年矣。苏、欧阳更出其后，而欧阳略不及之，乃以为天下未有道韩文者，何也？范文正公作《尹师鲁集序》，亦云：“五代文体薄弱，皇朝柳仲涂起而麾之，洎杨大年专事藻饰，谓古道不适于用，废而弗学者久之。师鲁与穆伯长力为古文，欧阳永叔从而振之，由是天下之文一变而古。”其论最为至当。①

洪迈认为，欧阳修以前的古文家虽然功不可没，但是起决定作用的还是欧阳修。至欧阳修，宋代散文才真正走上了符合古风的散体之路。

九、文学欣赏论

洪迈受宋人考实之风影响，推崇身临其境的玩味体会文学作品，进而得其精髓，知其妙处，而不是仅仅停留在字句的诵读上。《容斋随笔》卷十《司空表圣诗》载：

---

①洪迈：《容斋续笔》卷九，载《全宋笔记》第五编第5册，大象出版社，2012，第331—332页。

东坡称司空表圣诗文高雅，有承平之遗风，盖尝自列其诗之有得于文字之表者二十四韵，恨当时不识其妙。又云：“表圣论其诗，以为得味外味，如‘绿树连村暗，黄花入麦稀’，此句最善。又‘棋声花院闭，幡影石坛高’，吾尝独入白鹤观，松阴满地，不见一人，惟闻棋声，然后知此句之工，但恨其寒俭有僧态。”予读表圣《一鸣集》，有《与李生论诗》一书，乃正坡公所言者。其余五言句云：“人家寒食月，花影午时天。”“雨微吟足思，花落梦无憀。”“坡暖冬生笋，松凉夏健人。”“川明虹照雨，树密鸟冲人。”“夜短猿悲减，风和鹊喜灵。”“马色经寒惨，雕声带晚饥。”“客来当意惬，花发遇歌成。”七言句云：“孤屿池痕春涨满，小栏花云午晴初。”“五更惆怅回孤枕，由自残灯照落花。”皆可称也。[①]

苏轼自言，曾以为自己看懂了司空图的诗歌，然而随着时间的推移，特别是经过身临其境的感悟，他才真正认识到其中的妙处，可见欣赏是一个动态的、不断升华的过程。

对于前人的评论，洪迈能认真审视，比较对照，如有前人评论能道出自己心中所想，便精引称誉，不再陈述自见，表现出尊重历史、实事求是的态度。评论韩愈文章的，同时或稍后有刘禹锡、李翱、皇甫湜、李汉等人，而洪迈最服膺苏轼的《韩文公庙碑》。《容斋随笔》卷八《论韩公文》载：“刘梦得、李习之、皇甫持正、李汉皆称诵韩公之文，各极其挚。刘之语云：‘高山无穷，太华削成。人文无穷，夫子挺生。鸾凤一鸣，蜩螗革音。手持文柄，高视寰海。权衡低昂，瞻我所在。三十余年，声名塞天。’习之云：‘建武以还，文卑质丧。气萎体败，剽剥不让。拨去其华，得其本根。包刘越嬴，并武同殷。《六经》之风，绝而复新。学者有归，大变于文。’又云：‘公每以为自扬雄之后，作者不出，其所为文，未尝效前人之言而固与之并，后进之士有志于古文者，莫不视以为法。’皇甫云：‘先生之作，无圆无方，主是归工。抉经之心，执圣之权。尚友作者，跂邪抵异。以扶孔子，存皇之极。茹古涵今，无有端涯。鲸铿春丽，惊耀天下。粟密窈眇，章妥句适。

①洪迈：《容斋随笔》卷十，载《全宋笔记》第五编第5册，大象出版社，2012，第138—139页。

精能之至，鬼入神出。姬氏以来，一人而已。’又云：‘属文意语天出，业孔子、孟轲而侈其文，焯焯烈烈，为唐之章。’又云：‘如长江秋注，千里一道，然施于灌激，或爽于用。’此论似为不知公者。汉之语云：‘诡然而蛟龙翔，蔚然而虎凤跃，锵然而韶钧鸣，日光玉洁，周情孔思，千态万貌，卒泽于道德仁义，炳如也。’是四人者，所以推高韩公，可谓尽矣。及东坡之碑一出，而后众说尽废。其略云：‘匹夫而为百世师，一言而为天下法，是皆有以参天地之化，关盛衰之运。自东汉以来，道丧文弊，历唐贞观、开元而不能救，独公谈笑而麾之，天下靡然从公，复归于正。文起八代之衰，道济天下之溺，岂非参天地而独存者乎。’《骑龙白云》之诗，蹈厉发越，直到《雅》、《颂》，所谓若捕龙蛇、搏虎豹者，大哉言乎。”①

在洪迈看来，通过浅尝辄止的阅读，难以深入理解文学作品，要想真正了解一篇作品，必然要进入作者创作的具体环境中，真正了解并耐心体味作品，才能得其“三昧”。《容斋随笔》卷四《李颀诗》载：“欧阳公好称诵唐严维诗‘柳塘春水慢，花坞夕阳迟’及杨衡‘竹径通幽处，禅房花木深’之句，以为不可及。予绝喜李颀诗云：‘远客坐长夜，雨声孤寺秋。请量东海水，看取浅深愁。’且作客涉远，适当穷秋，暮投孤村古寺中，夜不能寐，起坐凄恻，而闻檐外雨声，其为一时襟抱，不可言知，而此两句十字中，尽其意态，海水喻愁，非过语也。”②

洪迈认为，通过对比文学大家的作品，可以提高欣赏水平。《容斋随笔》卷四《诗中用茱萸字》载：“刘梦得云：‘诗中用茱萸字者凡三人。杜甫云：“醉把茱萸子细看。”王维云：“插遍茱萸少一人。”朱放云：“学他年少插茱萸。”三君所用，杜公为优。’予观唐人七言，用此者又十余家，漫录于后。王昌龄：‘茱萸插鬓花宜寿。’戴叔伦：‘插鬓茱萸来未尽。’卢纶：‘茱萸一朵映华簪。’权德舆：‘酒泛茱萸晚易醺。’白居易：‘舞鬟摆落茱萸房，茱萸色浅未经霜。’杨衡：‘强插茱萸随众人。’张谔：‘茱萸凡作几年新。’耿沣：‘发稀那敢插茱萸。’刘商：‘邮筒不解献茱萸。’崔橹：‘茱萸冷吹溪口香。’周贺：‘茱萸城里一尊前。’比之杜句，真不侔矣。”③

---

①洪迈：《容斋随笔》卷八，载《全宋笔记》第五编第5册，大象出版社，2012，第112—113页。

②洪迈：《容斋随笔》卷四，载《全宋笔记》第五编第5册，大象出版社，2012，第53页。

③同②，第54页。

十、文学批评论

洪迈认为，评价文学作品首先应该客观公允，排除自己的偏好，实事求是，从文学作品的内容出发来分别探讨，而不应该依据一己之偏好随意评价；其次，应该一视同仁，不能被名家的名气所影响而失去独立的审美眼光。《容斋续笔》卷十四《诗要点检》载："作诗至百韵，词意既多，故有失于点检者。如杜老《夔府咏怀》，前云'满座涕潺湲'，后又云'伏腊涕涟涟'。白公《寄元微之》，既云'无杯不共持'，又云'笑劝迂辛酒''华樽逐胜移''觥飞白玉卮''饮讶卷波迟''归鞍酩酊驰''酡颜乌帽侧''醉袖玉鞭垂''白醪充夜酌''嫌醒自啜醨''不饮长如醉'，一篇之中，说酒者十一句。东坡《赋中隐堂五诗》各四韵，亦有'坡垂似伏鳌''崩崖露伏龟'之语，近于意重。"[①]洪迈认为，不能因为诗的篇幅长，创作时就流于草率，他指出了杜甫、白居易、苏轼诗中语意重复之处，以之警示后人，很有说服力，可见文学大家也有不够精细之作，不能迷信。

洪迈对于前人的艺术评论，不是盲从，而是有自己独到的分析和判断，能做到客观公正，实事求是，具体问题具体分析，并显出自己独特的审美眼光。《容斋随笔》卷十《徐凝诗》载："徐凝以瀑布'界破青山'之句，东坡指为恶诗，故不为诗人所称说。予家有凝集，观其余篇，亦自有佳处，今漫纪数绝于此。《汉宫曲》云：'水色帘前流玉霜，赵家飞燕侍昭阳。掌中舞罢箫声绝，三十六宫秋夜长。'《忆扬州》云：'萧娘脸下难胜泪，桃叶眉头易得愁。天下三分明月夜，二分无赖是扬州。'《相思林》云：'远客远游新过岭，每逢芳树问芳名。长林遍是相思树，争遣愁人独自行。'《玩花》云：'一树梨花春向暮，雪枝残处怨风来。明朝渐校无多去，看到黄昏不欲回。'《将归江外辞韩侍郎》云：'一生所遇唯元、白，天下无人重布衣。欲别朱门泪先尽，白头游子白身归。'皆有情致，宜其见知于微之、乐天也。但俗子妄作乐天诗，缪为赏激，以起东坡之诮耳。"[②]他不为历史的陈见所囿，指出苏轼讥讽徐凝的原因，还徐凝的诗歌以应有的地位。

---

①洪迈：《容斋续笔》卷十四，载《全宋笔记》第五编第5册，大象出版社，2012，第388页。

②洪迈：《容斋随笔》卷十，载《全宋笔记》第五编第5册，大象出版社，2012，第133页。

陆游《老学庵笔记》《避暑漫抄》《放翁家训》《入蜀记》《家世旧闻》《斋居纪事》

陆游（1125—1209），字务观，号放翁，越州山阴（今浙江绍兴）人。前人已经从陆游的诗文中发掘、论述过陆游的文学思想，然而陆游笔记中的文学思想却无人问津，究其原因，除学者不太重视陆游笔记之外，还与其笔记中文学思想表现得不明显，不能简单地概括出来等有关。然而，陆游笔记中的文学思想，不是其诗文中文学观点的简单重复，还包含许多新鲜的东西，有的可以发明其诗文中的观点，有的可以作为补充，有的甚至未在其诗文中表现出来，很有研究价值。

一

陆游受理学精神影响较深，有强烈的忧患意识，崇尚高尚的爱国热情，具有理学家的力行精神，因此他的文学思想崇尚积极入世，主张诗文应该表达时代精神，反对阿谀逢迎、柔媚隐逸、游戏无聊的文字，即使推崇幽默诙谐的风格，推崇的也是苏轼积极健康的幽默。

陆游论文学，特别强调作家的人品气节。中国古代人品文品的理论源头最早可以追溯到孔子的“有德者必有言，有言者不必有德”[①]。汉代继承这一思想，特别重视道德对文学创作的决定作用。扬雄、王充等人的著作多有论述。魏晋南北朝时期由于文学观念的进一步自觉，对人品与文品关系的论述摆脱了简单的决定论，而表现出更近理性、更为科学细致的特点。唐代的古文运动以复古为革新，在其推动下，文以明道、强调作家的道德修养又成为时代的强音。韩愈的养气说成为一个时代的不易之论。由于理学思想的影响，宋代文学批评不但强调道德对文学创作的决定作用，而且把作家的人品纳入审美批评范畴，在评判文学作品时，会自觉或不自觉地把作家的人品纳入考量的范围，陆游也不例外。

陆游论文继承了中国文学理论传统中的文气论，上承孟子“我善养吾浩然之气”。不过，陆游所说的气，更多是指思想意志和人格修养，有时用“气节”表述，如《老学庵笔记》卷七：

①朱熹：《四书章句集注·论语集注》卷七，中华书局，2012，第150页。

舅氏唐居正，文学气节为一时师表。建炎初，避兵武当山中病殁，遗文散落无复存者。独《滁州汉高帝庙碑阴》尚存，今录于此："滁之西曰丰山，有汉高帝庙。或云汉诸将追项羽，道经此山。至今土俗以五月十七日为高帝生日，远近毕集，荐肴觞焉。某尝从太守、侍郎曾祷雨于庙，因读庭中刻石，始知昔人相传，盖以五月十七为高帝忌日。按：《汉书》，高帝十三年四月甲辰崩于长乐宫，五月丙寅葬长陵（注：自崩至葬，凡二十三日）。疑五月十七日必其葬日，又非忌日也。以历推之，自上元甲子之岁，至高帝十二年四月晦日（是年，岁在丙午），凡积一百九十三万六千三百六十三年，二千三百九十四万九千五百九十一月，七亿七百二十四万六千八百五日。以法除之，算外得五月朔己酉，十七日乙丑。则丙寅葬日乃十八日也。班固记汉初北平侯张苍所有《颛帝历》，晦朔、月见、弦望、满亏多非是。故高帝九年六月乙未晦日食。夫日食必于朔，而此食于晦，则先一日矣。岂非丙寅乃当时十七日乎？不然岁月久，传者失之也。遂以告，公命书其碑阴。绍圣二年五月旦记。"①

陆游舅氏这篇碑文，就文学水平和历史价值而言，并不很高，陆游是因推崇其人而存其文，表现出其重视人格修养的文学观。

陆游的诗学理论是建立在鉴赏分析基础上的，目的是为创作服务，虽然没有完整的体系与清晰的理论表达，但是富有实践性，在宋代诗学理论中独树一帜。

陆游在文学上主张，作家的诗文应出自真情。他认为，杜甫之所以成为"诗圣"，并不是因为无一字无来处，而是因为感情真挚。他对江西诗派的理论进行了反驳，如在《赠应秀才》中说："我得茶山一转语，文章切忌参死句。"又如，他在《老学庵笔记》卷七中说：

今人解杜诗，但寻出处，不知少陵之意，初不如是。且如《岳阳楼》诗："昔闻洞庭水，今上岳阳楼。吴楚东南坼，乾坤日夜浮。亲

①陆游：《老学庵笔记》卷七，载《全宋笔记》第五编第8册，大象出版社，2012，第88—89页。

朋无一字，老病有孤舟。戎马关山北，凭轩涕泗流。”此岂可以出处求哉？纵使字字寻得出处，去少陵之意益远矣！盖后人元不知杜诗所以妙绝古今者在何处，但以一字亦有出处为工。如《西昆酬倡集》中诗，何曾有一字无出处者，便以为追配少陵，可乎？且今人作诗亦未尝无出处，渠自不知，若为之笺注，亦字字有出处，但不妨其为恶诗耳。①

杜甫晚年漂泊西南，穷困潦倒，漫无目的地流落到洞庭湖，其诗仿佛脱口而出，却又是由血泪凝结而成，并非寻常雕琢字句者所能创作出来。

对于不符合生活真实的诗文，陆游总是用锐利的眼光指出其不实之处，充分体现了宋代理学的求实精神。《老学庵笔记》卷二载：

吴几先尝言：“参寥诗云：‘五月临平山下路，藕花无数满汀州。’五月非荷花盛时，不当云‘无数满汀州’。”廉宣仲云：“此但取句美，若云‘六月临平山下路’，则不佳矣。”几先云：“只是君记得熟，故以五月为胜。不然止云六月，亦岂不佳哉！”②

陆游十分详尽地记载对于这两句诗的讨论，认为文学作品必须符合生活的真实，不能为了形式美而违背客观规律。在陆游看来，真实是文学作品的第一生命。《老学庵笔记·续笔记》载：“王元之诗云：‘两株红杏映篱斜，妆点香山副使家。何事春风容不得，和莺吹折数枝花。’语虽极工，然大风折树而莺犹不去，于理未通，当更求之。”从中可以看出，陆游坚决反对以形式的美取代生活的真实。

二

陆游十分重视每个时代人们对前代的审美选择。《老学庵笔记》卷八载：

①陆游：《老学庵笔记》卷七，载《全宋笔记》第五编第8册，大象出版社，2012，第87页。
②陆游：《老学庵笔记》卷二，载《全宋笔记》第五编第8册，大象出版社，2012，第26页。

国初尚《文选》，当时文人专意此书，故草必称“王孙”，梅必称“驿使”，月必称“望舒”，山水必称“清晖”。至庆历后，恶其陈腐，诸作者始一洗之。方其盛时，士子至为之语曰：“《文选》烂，秀才半。”建炎以来，尚苏氏文章，学者翕然从之，而蜀士尤盛。亦有语曰：“苏文熟，吃羊肉。苏文生，吃菜羹。”①

颜延年作《靖节征士诔》云：“徽音远矣，谁箴予阙。”王荆公用此意作《别孙少述》诗“子今去此来何时，后有不可谁予规”，青出于蓝者也。②

荆公诗云：“闭户欲推愁，愁终不肯去。”刘宾客诗云：“与老无期约，到来如等闲。”韩舍人子苍取作一联云：“推愁不去还相觅，与老无期稍见侵。”比古句盖益工矣。③

再如，《老学庵笔记》卷九载：

韩子苍诗喜用“拥”字，如“车骑拥西畴”“船拥清溪尚一樽”之类。出于唐诗人钱起“城隅拥归骑”也。④

考索一个时代人们共同的文化趋向，无疑对于全面认识那个时代的文学具有意义。

陆游不迷信权威，即使对于自己崇拜的大家，也能实事求是地指出其诗歌的渊源，并且顺着文学发展的脉络，一直追溯到源头。《老学庵笔记》卷二载：“柳子厚诗云：‘海上尖山似剑铓，秋来处处割愁肠。’东坡用之云：‘割愁还有剑铓山。’或谓可言‘割愁肠’，不可但言‘割愁’。亡兄仲高云：‘晋张望诗曰“愁来不可割”，此“割愁”二字出处也。’”⑤

对于本朝作家，陆游也是一丝不苟，客观指出其继承关系，《老学庵笔记》卷四载：

---

①陆游：《老学庵笔记》卷八，载《全宋笔记》第五编第8册，大象出版社，2012，第91页。
②同①，第98页。
③同①，第99页。
④陆游：《老学庵笔记》卷九，载《全宋笔记》第五编第8册，大象出版社，2012，第104页。
⑤陆游：《老学庵笔记》卷二，载《全宋笔记》第五编第8册，大象出版社，2012，第28页。

吕居仁诗云："蜡烬堆盘酒过花。"世以为新。司马温公有五字云："烟曲香寻篆，杯深酒过花。"居仁盖取之也。①

再如，《老学庵笔记》卷六载："'水流天地外，山色有无中'，王维诗也。权德舆《晚渡扬子江》诗云'远岫有无中，片帆烟水上'，已是用维语。欧阳公长短句云：'平山阑槛倚晴空，山色有无中'，诗人至是盖三用矣。然公但以此句施于平山堂为宜，初不自谓工也。东坡先生乃云：'记取醉翁语，山色有无中。'则似谓欧阳公创为此句，何哉？"②

陆游最为推崇的不是一联一句的生吞活剥式的模仿，而是得其神髓，敢于自我创新并形成自己的独特风格。《老学庵笔记》卷四载：

茶山先生云："徐师川拟荆公'细数落花因坐久，缓寻芳草得归迟'，云'细落李花那可数，偶行芳草步因迟'。初不解其意，久乃得之，盖师川专师陶渊明者也。渊明之诗皆适然寓意，而不留于物。如'悠然见南山'，东坡所以知其决非望南山也。今云：'细数落花，缓寻芳草'，留意甚矣，故易之。"又云："荆公多用渊明语，而意异。如'柴门虽设要常关，云尚无心能出岫'。'要'字、'能'字，皆非渊明本意也。"③

王安石学习陶渊明且能反其道而行之，故能找到创新的突破口。

陆游推崇苏轼，最重要的原因之一就是苏轼在学习前人时，往往能够后来居上，给人以新颖独特的艺术感受。《老学庵笔记》卷十载：

唐王建《牡丹》诗云："可怜零落蕊，收取作香烧。"虽工而格卑。东坡用其意云："未忍污泥沙，牛酥煎落蕊。"超然不同矣。④

苏轼学古人能出神入化，原因在于他学习是为了创新，而不是模仿。陆

①陆游：《老学庵笔记》卷四，载《全宋笔记》第五编第8册，大象出版社，2012，第48页。
②陆游：《老学庵笔记》卷六，载《全宋笔记》第五编第8册，大象出版社，2012，第73页。
③同①，第48—49页。
④陆游：《老学庵笔记》卷十，载《全宋笔记》第五编第8册，大象出版社，2012，第118页。

游的源流论，比起宋代许多笔记、诗话更为多面和深刻。

文学史既是文学作品不断产生的历史，也是文学作品不断被流传、接受的历史。陆游对文学作品的接受、流传情况予以较多关注，如《老学庵笔记》卷四载：

> 今世所道俗语，多唐以来人诗。"何人更向死前休"，韩退之诗也。"林下何曾见一人"，灵澈诗也。"长安有贫者，为瑞不宜多"，罗隐诗也。"世乱奴欺主，年衰鬼弄人"，"海枯终见底，人死不知心"，杜荀鹤诗也。"事向无心得"，章碣诗也。"但有路可上，更高人也行"，龚霖诗也。"忍事敌灾星"，司空图诗也。"一朝权入手，看取令行时"，朱湾诗也。"自己情虽切，它人未肯忙"，裴说诗也。"但知行好事，莫要问前程"，冯道诗也。"在家贫亦好"，戎昱诗也。①

陆游敏锐地发现，唐代许多有名的诗歌经过几百年的流传，已经成为南宋时期的俗语，不再是文人的专利。陆游虽然没有对此进行解释，但是从其所引诗句看，这些口语化的诗歌都是通俗流畅而具有深刻意蕴的作品。

对于继承前人文学遗产，陆游与江西诗派的态度不同，他注重身临其境去实地体味作者的创作，从而学习其对物我关系的处理方式。

陆游关注山水风情对创作的助力。《入蜀记》卷二载：

> 四日，风便解缆挂帆发真州。岸下舟相先后发者甚众，烟帆映山，缥缈如画。有顷，风愈厉，舟行甚疾。过瓜步山，山蜿蜒蟠伏，临江起小峰，颇巉峻。绝顶有元魏太武庙，庙前大木可三百年。一井已眢，传以为太武所凿，不可知也。太武以宋文帝元嘉二十七年南侵，至瓜步，建康戒严，太武凿瓜步山为蟠道，于其上设毡庐，大会群臣，疑即此地。王文公诗所谓"丛祠瓜步认前朝"是也。梅圣俞题庙云："魏武败亡归，孤军驻山顶。"按太武初未尝败，圣俞误以佛狸为曹

①陆游：《老学庵笔记》卷四，载《全宋笔记》第五编第8册，大象出版社，2012，第52页。

瞒耳。山出玛瑙石，多虎豹害人，往时大将刘宝，每募人捕虎于此。周世宗伐南唐，齐王景达自瓜步渡江，距六合二十里设栅，亦此地也。入夹行数里，沿岸园畴衍沃，庐舍竹树极盛，大抵多长芦寺庄。出夹望长芦，楼塔重复。自江淮兵火，官寺民庐，莫不残坏，独此寺之盛不减承平，至今日常数百众。江面渺弥无际，殊可畏。李太白诗云“维舟至长芦，目送烟云高”是也。晚泊竹筱港，有居民二十余家，距金陵三十里。①

九日，至保宁、戒坛二寺。保宁有凤凰台、揽辉亭。台有李太白诗云：“三山半落青天外，二水中分白鹭洲。”今已废为大军甲仗库。惟亭因旧址重筑，亦颇宏壮。寺僧言“亭榜本朱希真隶书，已为俗子易之”。法堂后有片石，莹润如黑玉，乃宋子嵩诗。题云《凤台山亭子》，陈献司空、乡贡进士宋齐丘。司空者，徐知诰也，后改姓名曰李昪，是为南唐烈祖，而齐丘为大臣。后又有题字云：“升元三年，奉敕刻石。”盖烈祖既有国，追念君臣相遇之始而表显之。昪、齐丘，虽皆不足道，然当攘夺分裂横溃之时，其君臣相遇不如是，亦不能粗成其功业也。戒坛额曰崇胜戒坛寺，古谓之瓦棺寺。有阁因冈阜其高十丈，李太白所谓“钟山对北户，淮水入南荣”者。又《横江词》“一风三日吹倒山，白浪高于瓦棺阁”是也。南唐后主时，朝廷遣武人魏丕来使，南唐意其不能文，即宴于是阁，因求赋诗。丕揽笔成篇，末句云：“莫教雷雨损基扃。”后主君臣皆失色。及南唐之亡，为吴越兵所焚。国朝承平二百年，金陵为大府，寺观竞以崇饰土木为事，然阁终不能复。绍兴中，有北僧来居，讲《惟识百法论》，誓复兴造，求伟材于江湖间，事垂集者屡矣，会建宫阙，有司往往辄取之。僧不以此动心，愈益经营，卒成卢舍那阁，平地高七丈，雄丽冠于江东。旧阁基相距无百步，今废为军营。秦伯和遣医柴安恭来视家人疮，柴，邢州龙冈人。晚，褚诚叔来。诚叔尝为福州闽清尉，获盗应格，当得京官，不忍以人死为己利，辞不就，至今在选调。又有为他邑尉者，亦获盗，营赏甚力，卒得京官。将解去，入郡，过刑人处辄掩目大呼，数日神志方定。后至他郡，见通衢有石幢，问此何为，从者曰法场也，亦大骇叫呼几坠

---

①陆游：《入蜀记》卷二，载《全宋笔记》第五编第8册，大象出版社，2012，第169—170页。

车。自此所至，皆迂道以避刑人之地。人之不可有愧于心如此。移舟泊赏心亭下。秦伯和送药。[①]

再如，《入蜀记》卷二载："谢玄晖登三山还望京邑，李太白登三山望金陵，皆有诗。凡山临江，皆曰矶。水湍急，篙工并力撑之，乃能上。然今年闰余秋旱，水落已数尺矣，则盛夏可知也。三山自石头及凤皇台望之，杳杳有无中耳，及过其下，则距金陵财五十余里。晋伐吴，王浚舟师过三山。王浑要浚议事，浚举帆曰：'风利不得泊。'即此地也。是日，便风击鼓挂帆而行。有两大舟东下者，阻风泊浦溆，见之大怒，顿足诟骂不已，舟人不答，但抚掌大笑，鸣鼓愈厉，作得意之状。江行淹速常也，得风者矜，而阻风者怒，可谓两失之矣。世事盖多类此者，记之以寓一笑。烈洲在江中，上有小山曰烈山，草木极茂密，有神祠在山巅。慈姥矶，矶之尤巉绝峭立者，徐师川有《慈姥矶诗序》云，矶与望夫石相望，正可为的对，而诗人未尝挂齿牙，故其诗云：'离鸾只说闺中恨，舐犊谁知目下情。'然梅圣俞护母丧归宛陵，发长芦江口诗云：'南国山川都不改，伤心慈姥旧时矶。'师川偶忘之耳。圣俞又有《过慈姥矶下》及《慈姥山石崖上竹鞭》，诗皆极高奇，与此山称。采石一名牛渚，与和州对岸，江面比瓜洲为狭，故隋韩擒虎平陈及本朝曹彬下南唐皆自此渡，然微风辄浪作不可行。刘宾客云'芦苇晚风起，秋江鳞甲生'，王文公云'一风微吹万舟阻'，皆谓此矶也。矶即南唐樊若冰献策作浮梁渡王师处。初，若冰不得志于李氏，诈祝发为僧，庐于采石山，凿石为窍，及建石浮图，又月夜系绳于浮图，棹小舟急渡，引绳至江北，以度江面，既习知不谬，即亡走京师上书。其后王师南渡，浮梁果不差尺寸。予按，隋炀帝征辽，盖尝用此策渡辽水。造三浮桥于西岸，既成，引趋东岸，桥短丈余不合，隋兵赴水接战，高丽乘岸上击之，麦铁杖战死，始敛兵引桥复就西岸，而更命何稠接桥，二日而成，遂乘以济。然隋终不能平高丽，国朝遂下南唐者，实天意也，若冰何力之有？方若冰之北走也，江南皆知。其献南征之策，或请诛其母妻，李煜不敢，但羁置池州而已。其后若冰自陈母妻在江南，朝廷命煜护送，煜虽愤切，终不敢违，厚遗而遣之。然若冰所凿石窍及石浮图皆不毁，王师卒用以系浮梁，则李氏君臣之暗且怠，亦可知矣。虽微若冰，有不亡者乎？

①陆游：《入蜀记》卷二，载《全宋笔记》第五编第8册，大象出版社，2012，第172—173页。

张文潜作《平江南议》，谓：‘当缚若冰送李煜，使甘心焉，不然，正其叛主之罪而诛之，以示天不，岂不伟哉！’文潜此说，实天下正论也。予自金陵得疾，是日方小愈，尚未能食。夜雨。”①

陆游常常细细揣摩古人的创作，体味古人的生命体验。例如，《老学庵笔记》卷二载：

> 护圣杨老说：“被当令正方，则或坐或睡，更不须觅被头。”此言大是。又云：“平旦粥后就枕，粥在腹中，暖而宜睡，天下第一乐也。”予虽未之试，然觉其言之有味。后读李端叔诗云：“粥后复就枕，梦中还在家。”则固有知之者矣。②

针对饭后睡觉的日常活动，陆游将自己的人生体验与前人诗文对照，于是产生了一种跨越时空交流之感。

再如，《老学庵笔记》卷八载：“老杜《寄薛三郎中》诗云：‘上马不用扶，每扶必怒嗔。’东坡《送乔仝》诗云：‘上山如飞嗔人扶。’皆言老人也。盖老人讳老故尔，若少壮者扶与不扶皆可，何嗔之有？”③

陆游从崇尚江西诗派到信奉生活是创作的源泉，这一自我否定、自我超越的过程，使其诗学认识更加深刻。

陆游对李白十分敬仰，《入蜀记》卷三载：

> 十七日。郡集于青山李太白祠堂，二教授同集。祠在青山之西北，距山尚十五里。墓在祠后，有小冈阜起伏，盖亦青山之别支也。祠莫知其始，有唐刘全白所作墓碣，及近岁张真甫舍人所作重修祠碑。太白乌巾、白衣、锦袍。又有道帽、氅裘。侑食于侧者，郭功甫也。④

对于杜诗，陆游也随时细心体味，深得杜诗精髓。《老学庵笔记》卷

①陆游：《入蜀记》卷二，载《全宋笔记》第五编第8册，大象出版社，2012，第173—175页。
②陆游：《老学庵笔记》卷二，载《全宋笔记》第五编第8册，大象出版社，2012，第24页。
③陆游：《老学庵笔记》卷八，载《全宋笔记》第五编第8册，大象出版社，2012，第95页。
④陆游：《入蜀记》卷三，载《全宋笔记》第五编第8册，大象出版社，2012，第178页。

七载：

老杜《哀江头》云："黄昏胡骑尘满城，欲往城南忘城北。"言方皇惑避死之际，欲往城南，乃不能记孰为南北也。然荆公集句，两篇皆作"欲往城南望城北"，或以为舛误，或以为改定，皆非也。盖所传本偶不同，而意则一也。北人谓向为望，谓欲往城南乃向城北，亦皇惑避死不能记南北之意。[①]

再如，《老学庵笔记》卷九载："予在成都，偶以事至犀浦，过松林甚茂，问驭卒：'此何处？'答曰：'师塔也。'盖谓僧所葬之塔。于是乃悟杜诗'黄师塔前江水东'之句。"[②]

陆游对杜甫的语言功力体味得很深刻，他将传统的经典文学作品与杜甫之诗对照，揭示杜甫运用叠字的高超技艺。《老学庵笔记·续笔记》载：

太史公作《张耳陈馀传》："秦将诈称二世，使人遗李良书曰：'良尝事我得显幸，良诚能反赵为秦，赦良罪，贵良。'"四句叠用"良"字。《冯唐传》："上曰：'嗟乎，吾独不得廉颇、李牧为吾将，吾岂忧匈奴哉？'"两句叠用三"吾"字，而语若飞动，减一字不得。杜少陵《曲江》诗云："一片花飞减却春，风飘万点正愁人。且看欲尽花经眼，莫厌伤多酒入唇。江上小堂巢翡翠，花间高冢卧麒麟。细推物理须行乐，何用浮名绊此身。"三联中叠用三"花"字，而意不重复，又何好也。[③]

对于苏轼，陆游更是十分仰慕，故而对其作品，往往能身临其境地耐心体味。《入蜀记》卷四载："十九日早，游东坡。自州门而东，冈垄高下，至东坡则地势平旷开豁。东起一垄颇高，有屋三间，一龟头曰居士亭。亭

---

①陆游：《老学庵笔记》卷七，载《全宋笔记》第五编第8册，大象出版社，2012，第86页。
②陆游：《老学庵笔记》卷九，载《全宋笔记》第五编第8册，大象出版社，2012，第107页。
③陆游：《老学庵笔记·续笔记》，载《全宋笔记》第五编第8册，大象出版社，2012，第127页。

下面南一堂颇雄，四壁皆画雪，堂中有苏公像，乌帽紫裘，横按筇杖，是为雪堂。堂东大柳，传以为公手植。正南有桥，榜曰小桥，以‘莫忘小桥流水’之句得名。其下初无渠涧，遇雨则有涓流耳。旧止片石布其上，近辄增广为木桥，覆以一屋，颇败人意。东一井曰暗井，取苏公诗中‘走报暗井出’之句，泉寒熨齿，但不甚甘。又有四望亭，正与雪堂相直，在高阜上，览观江山，为一郡之最。亭名见苏公及张文潜集中。坡西竹林，古氏故物，号南坡，今已残伐无几，地亦不在古氏矣。出城五里至安国寺，亦苏公所尝寓。兵火之余，无复遗迹，惟绕寺茂林啼鸟，似犹有当时气象也。郡集于栖霞楼，本太守闾丘孝终公显所作。苏公乐府云：‘小舟横截春江，卧看翠壁红楼起。’正谓此楼也。下临大江，烟树微茫，远山数点，亦佳处也。楼颇华洁，先是，郡有庆瑞堂，谓一故相所生之地，后毁以新此楼。酒味殊恶，苏公‘赍汤蜜汁’之戏，不虚发，郡人何斯举诗亦云：‘终年饮恶酒，谁敢憎督邮。’然文潜乃极称黄州酒，以为自京师之外无过者。故其诗云：‘我初谪官时，帝问司酒神，曰此好饮徒，聊给酒养真。去国一千里，齐安酒最醇。失火而得雨，仰戴天公仁。’岂文潜谪黄时，适有佳匠乎？循小径，缭州宅之后，至竹楼，规模甚陋，不知当王元之时亦止此耶？楼下稍东，即赤壁矶，亦茅冈尔，略无草木。故韩子苍待制诗云：‘岂有危巢与栖鹘，亦无陈迹但飞鸥。’此矶《图经》及传者皆以为周公瑾败曹操之地，然江上多此名，不可考质。李太白赤壁歌云：‘烈火张天照云海，周瑜于此败曹公。’不指言在黄州。苏公尤疑之，赋云：‘此非曹孟德之困于周郎者乎？’《乐府》云：‘故垒西边，人道是当日周郎赤壁’，盖一字不轻下如此。至韩子苍云‘此地能令阿瞒走’，则真指为公瑾之赤壁矣。又黄人实谓‘赤壁曰赤鼻’，尤可疑也。晚复移舟菜园步，又远竹园三四里。盖黄州临大江，了无港澳可泊。或云旧有澳，郡官厌过客，故塞之。”①

对于作家作品与前人雷同的情况，陆游也能实事求是地分析。《老学庵笔记》卷十载：“东坡绝句云：‘梨花澹白柳深青，柳絮飞时花满城。惆怅东阑一株雪，人生看得几清明。’绍兴中，予在福州见何晋之大著，自言：‘尝从张文潜游，每见文潜哦此诗，以为不可及。’余按，杜牧之有句云：‘砌下梨花一堆雪，明年谁此凭阑干？’东坡固非窃牧之诗者，然竟是前人

①陆游：《入蜀记》卷四，载《全宋笔记》第五编第8册，大象出版社，2012，第195—196页。

已道之句。何文潜爱之深也，岂别有所谓乎？聊记之，以俟识者。”①

陆游十分肯定唐宋古文运动在散文发展中的功绩，对于欧阳修的开创之功尤为称道。《入蜀记》卷四载：“藏殿后有南齐王简栖碑，唐开元六年建，苏州刺史张庭珪温玉书。韩熙载撰碑阴，徐锴题额……简栖为此碑，骈俪卑弱，初无过人，世徒以载于《文选》，故贵之耳。自汉、魏之间，骎骎为此体，极于齐、梁而唐尤贵之，天下一律。至韩吏部、柳柳州，大变文格，学者翕然慕从。然骈俪之作终亦不衰。故熙载、锴号江左辞宗，而拳拳于简栖之碑如此。本朝杨、刘之文擅天下，传夷狄，亦骈俪也。及欧阳公起，然后扫荡无余。后进之士，虽有工拙，要皆近古。如此碑者，今人读不能终篇，已坐睡矣，而况效之乎。则欧阳氏之功可谓大矣！若鲁直云：‘唯有简栖碑，文章岿然立。’盖戏也。”②

三

对于文学语言的认识，陆游与江西诗派不同，主张不拘一格，千变万化。江西诗派主张句法瘦硬，对诗中用虚字不屑一顾。陆游却能具体问题具体分析。《老学庵笔记》卷三载：

> 张文潜言：“王中父诗喜用助语，自成一体。”予按，韩少师持国亦喜用之，如“酒成岂见甘而坏，花在须知色即空”，“居仁由义吾之素，处顺安时理则然”，“不尽良哉用，空令识者伤”，“用舍时焉耳，穷通命也欤”。③

除杜甫等少数诗人以外，唐五代以前，绝大多数诗人是不容许也不屑于使用方言俚语的。然而从宋代开始，诗人的观念发生了很大变化。宋人的诗论中常常为使用方言俚语叫好，诗话、笔记等著作中有了更多诗人使用方言俚语范例的总结。宋人认为，使用方言俚语，可以充实诗歌的语言

①陆游：《老学庵笔记》卷十，载《全宋笔记》第五编第8册，大象出版社，2012，第115页。

②陆游：《入蜀记》卷四，载《全宋笔记》第五编第8册，大象出版社，2012，第198—199页。

③陆游：《老学庵笔记》卷三，载《全宋笔记》第五编第8册，大象出版社，2012，第33页。

材料，扩展诗歌的表情达意功能。对于诗歌用俗语，陆游也认为，只要用得好，艺术效果不会差。《老学庵笔记》卷七载：

> 故都残暑，不过七月中旬。俗以望日具素馔享先，织竹作盆盎状，贮纸钱，承以一竹焚之。视盆倒所向，以占气候。谓向北则冬寒，向南则冬温，向东、西则寒温得中，谓之盂兰盆，盖俚俗老媪辈之言也。又每云："盂兰盆倒，则寒来矣。"晏元献诗云："红白薇英落，朱黄槿艳残。家人愁溽暑，计日望盂兰。"盖亦戏述俗语耳。①

再如《老学庵笔记》卷八载："东坡《牡丹》诗云：'一朵妖红翠欲流。'初不晓'翠欲流'为何语。及游成都，过木行街，有大署市肆曰'郭家鲜翠红紫铺'。问土人，乃知蜀语'鲜翠'犹言鲜明也。东坡盖用乡语云。蜀人又谓糊窗曰'泥窗'，花蕊夫人《宫词》云：'红锦泥窗绕四廊。'非曾游蜀亦所不解。"②在陆游看来，写蜀地风情，用蜀地方言，大大增强了诗歌鲜活的韵味，使诗歌更为通俗流畅，也丰富了诗人的语言风格。

陆游还主张创新，这对江西诗派的语言理论是一种纠正。《老学庵笔记》卷八载："东坡先生省试《刑赏忠厚之至论》，有云：'皋陶为士，将杀人。皋陶曰杀之三，尧曰宥之三。'梅圣俞为小试官，得之以示欧阳公。公曰：'此出何书？'圣俞曰：'何须出处。'公以为皆偶忘之，然亦大称叹。初欲以为魁，终以此不果。及揭榜见东坡姓名，始谓圣俞曰：'此郎必有所据，更恨吾辈不能记耳。'及谒谢，首问之。东坡亦对曰：'何须出处。'乃与圣俞语合。公赏其豪迈，太息不已。"③再如《老学庵笔记》卷十："白乐天云：'微月初三夜，新蝉第一声。'晏元宪云：'绿树新蝉第一声。'王荆公云：'去年今日青松路，忆似闻蝉第一声。'三用而愈工，信诗之无穷也。"④

陆游对于戏谑有自己独特的认识，《老学庵笔记》卷二载："鲁直在戎州作乐府曰：'老子平生，江南江北，爱听临风笛。孙郎微笑，坐来声喷霜

①陆游：《老学庵笔记》卷七，载《全宋笔记》第五编第8册，大象出版社，2012，第79页。
②陆游：《老学庵笔记》卷八，载《全宋笔记》第五编第8册，大象出版社，2012，第93页。
③同②。
④陆游：《老学庵笔记》卷十，载《全宋笔记》第五编第8册，大象出版社，2012，第116页。

竹。’予在蜀见其稿，今俗本改笛为曲以协韵，非也，然亦疑笛字太不入韵。及居蜀久，习其语音，乃知泸、戎间谓‘笛’为‘独’。故鲁直得借用，亦因以戏之耳。”[①]《老学庵笔记》卷二又载：“张子韶对策，有‘桂子飘香’之语。赵明诚妻李氏嘲之曰：‘露花倒影柳三变，桂子飘香张九成。’”[②]以上两条都颇具雅谑风采。

戏谑类的文学作品在中国文学史的长河中时有出现，然而，将之作为有意识的时代审美追求，是宋代文学的新特征。

周辉《清波杂志》《清波别志》《北辕录》

周辉（1127—1198），字昭礼，泰州（今属江苏）人，出身官宦家庭，本人却一生未仕，著有《清波杂志》十二卷、《清波别志》三卷、《北辕录》一卷。据作者自序，《清波杂志》完成于绍熙三年（1192），“绍熙壬子六月淮海周辉识”；《清波别志》完成于绍熙五年（1194），“绍熙甲寅九日淮海周辉”。这三种笔记，蕴含着非常丰富的宋代史料，其中亦有一些文学思想。

第一，周辉对苏轼的为人与文学事业十分仰慕，《清波杂志》中对苏轼的记载很多。

苏轼博闻强记，涉猎广泛。《清波杂志》卷一载：“苏东坡言：少时与父并弟同读富韩公《使北语录》，至于说大辽国主云：‘用兵则士马物故，国家受其害；爵赏日加，人臣享其利。故凡北朝之臣劝用兵者，乃自为计，非为北朝计也。’三人皆叹其言明白，切中事机。老苏谓二子曰：‘古人有此意否？’坡对曰：‘严安亦有此意，但不明白。’老苏笑以为然。煇观《三国志·顾雍传》：孙权时，沿边诸将各欲立功自效，多陈便宜，有所掩袭。权以访雍，雍曰：‘兵法戒于小利，此等所陈，欲邀功名而为其身，非为国也。’又读《通鉴》：唐武德五年，突厥犯边，郑元璹诣颉利，说之曰：‘唐与突厥，风俗不同，突厥虽得唐地，不能居也。今虏掠所得，皆入国人，于可汗何有？不如旋师，复修和好，可无跋涉之劳，坐受金币。又皆入可汗府库，孰与弃昆仲积年之欢，而结子孙无穷之怨乎？’颉利悦，引兵还。开元

①陆游：《老学庵笔记》卷二，载《全宋笔记》第五编第8册，大象出版社，2012，第18页。
②同①，第19页。

六年，吐蕃求和，忠王友皇甫惟明求奏事，从容言和亲之利，明皇未然。惟明力言边境有事，则将吏得以因缘盗匿官物、妄述功状，以取勋爵，此皆奸臣之利，非国家之福。乃许其和。盖皆祖述严安之言也。后东坡载其说于《郑公神道碑》之首。张文定公当仁庙时论人臣劝用兵，亦有‘事成身蒙其利，不成则陛下任其患’之语。”①

苏轼教人作文，多用浅近的比喻，将复杂的问题简单化，循循善诱，《清波杂志》卷七载：“东坡教诸子作文，或辞多而意寡，或虚字多，实字少，皆批谕之。又有问作文之法，坡云：‘譬如城市间种种物有之，欲致而为我用，有一物焉，曰钱；得钱，则物皆为我用。作文先有意，则经史皆为我用。’大抵论文以意为主。今视坡集诚然。”②

苏轼奖掖后进，特别重视人品，因而对黄庭坚推崇有加，《清波杂志》卷六载：“正郎初遇郊，止得荫子，不及他亲，法也。元祐中，黄鲁直应任子，特请于朝，舍子而先侄，后遂为例。东坡荐黄自代之词：‘瑰奇之文，妙绝当世；孝友之行，追配古人。’今士夫当郊，该荫补而累奏其子者有之。”③

虽然苏轼个人的命运随党争而沉浮，但其诗文影响深远，是禁毁无法消除的。《清波杂志》卷三载：“族叔在翰苑，一日召至中书，受旨作《建立皇子诏》，曰：‘朕荷天右序，承列圣之丕业，思所以垂裕于后，夙夜不敢康宁。永惟本支之重，强固王室，亲亲尚贤，厥有古义。普安郡王寿皇旧名，艺祖皇帝七世孙也，自幼鞠于宫闱，嶷然不群，聪哲端重，阅义有立。亢于宗藩，历年滋多，厥德用茂。望实之懿，中外所闻。朕将考礼正名，昭示天下。立爱之道，始于家邦，自古帝王，以此明人伦而厚风俗也。稽考前宪，非朕敢私。’上读之称善，又令制字以赐，未几遂柄用。洪具著此文于志中，仍首载当时使事，且云效坡公所作《富碑》之体。”④

周辉还曾在出行时用苏轼诗证风俗。《清波别志》卷上载：“煇北征回程，于栾城道间，忽传前车少驻，乃群入道旁茇舍，各啖豌豆大麦粥一盂。方过午，行役疲乏，食之美喻大烹。往返只此一次道间下车马。冯异以芜

①周辉：《清波杂志》卷一，载《全宋笔记》第五编第9册，大象出版社，2012，第17—18页。
②周辉：《清波杂志》卷七，载《全宋笔记》第五编第9册，大象出版社，2012，第78页。
③周辉：《清波杂志》卷六，载《全宋笔记》第五编第9册，大象出版社，2012，第73页。
④周辉：《清波杂志》卷三，载《全宋笔记》第五编第9册，大象出版社，2012，第39页。

蒌亭豆粥、滹沱河麦饭为汉世祖勿忘在莒之戒。以是知河朔素有此味以饷客。绍圣初，苏文忠公自定武赴岭表，过汤阴市，亦得豌豆大麦粥，有'逆旅唱晨粥，行庖得时珍。青斑照匕箸，脆响鸣牙龈。玉食谢故吏，风餐便逐臣'之句，其亦适解一时之饥渴，故特夸于赋咏。'青斑'、'脆响'，实录也。"[①]吃着豌豆大麦粥，作者便想起苏轼的诗。此诗在一般苏轼诗选中并不常见，可见苏轼作品在当时深入人心。

第二，周辉在笔记中发表了一些关于文学的看法，也有自见。

周辉的笔记中有一些文体论的内容。作者论四六文，重视剪裁，也重视炼字，《清波杂志》卷四载："四六应用，所贵翦裁。或属笔于人，有未然，则当通情商确。建康王元枢初以中书舍人权直学士院，除试工部侍郎，仍直院，落'权'字，辞免奏札第及起曹，议者疑焉。托一故人草谢表，内一联云：'百工之事，兰省遽冒于真除；一札之书，花砖复遵于故步。'王改作散句：'兰省遽接于英游，花砖不失于故步。'翦裁固善，然'花砖'宜贴'故步'，上句或谓似稍偏枯。"[②]

对于词，作者仍未摆脱词为小道的观念，《清波杂志》卷八载："成都富春坊，群倡所聚。一夕遗火，黎明有钉一牌，大书绝句诗于其上：'夜来烧了富春坊，可是天公忒四行。只恐夜深花睡去？高烧银烛照红妆！'乃伊洛名德之后，号道山公子者所作。又有小词一编，皆艳语。煇尝得其一启，乃代其弟上周彦约侍郎，其略云：'惟曾祖受三天子聘贤之礼数，在先朝为九老人受道之师承。继巢、由之高踪，辞夔、龙之盛举。惟君子之泽未斩，而圣人之道必传。'文采典重如此，岂可以一时谐谑之迹而加訾议。晏叔原著乐府，黄山谷为序，而其父客韩宫师玉汝曰：'愿郎君捐有余之才，崇未至之德。'前哲训迪后进，拳拳如此，为后进者得不服膺而书绅。贺方回、柳耆卿为文甚多，皆不传于世，独以乐章脍炙人口。大抵作文，岂可不谨！"[③]

周辉认为词是游戏，是茶余饭后的消遣。《清波杂志》卷九载："元丰己未，明略、无咎同登科。明略所游田氏，姝丽也。一日，明略邀无咎晨

---

①周辉：《清波别志》卷上，载《全宋笔记》第五编第9册，大象出版社，2012，第155页。
②周辉：《清波杂志》卷四，载《全宋笔记》第五编第9册，大象出版社，2012，第44页。
③周辉：《清波杂志》卷八，载《全宋笔记》第五编第9册，大象出版社，2012，第87页。

过田氏。田氏遽起，对鉴理发，且盼且语，草草妆掠，以与客对。无咎以明略故，有意而莫传也，因为《下水船》一阕：‘上客骊驹至，鹦唤银屏睡起。困倚妆台，盈盈正解螺髻。凤钗坠，缭绕金盘玉指。巫山一段云委。半窥鉴，向我横秋水。斜领花交镜里，淡拂铅华，匆匆自整罗绮。敛眉翠，虽有愔愔密意，空作江边解珮。’顷在上饶，得此说于晁族。无咎跋云：‘大观庚寅四月十三日，伯比、季良、无咎集国东之逆旅，话此四事，季良云可书也。’伯比、季良当是群从，风流酝藉，寓诸乐府。虽曰纤丽，不妨游戏于杯酒间。余一说，乃陈袭为钱唐妓周子文作。四诗词，洪内相已载在《夷坚庚志》，语皆合。余一未详。”[①]

周辉主张文章要简练，《清波杂志》卷四载：“顷年，番江初刊成《唐子西集》，时寓公曲肱熊叔雅来见先人，偶案间置此书，顾煇曰：‘曾看否？第九卷第一篇《惠州谢复官表》首云：“始以为梦，既而果然。”语简而意足，可法也。’退而先人诲煇曰：‘前辈观书，不苟简类如此，虽一览亦记篇目，后生岂可不勉！’”[②]

周辉认为诗歌以平易为高，反对造作，反对雕琢。《清波杂志》卷十载：“翰林书待诏请春词，以立春日翦贴于禁中门帐。《皇帝阁》六篇，其一曰：‘漠然天造与时新，根著浮流一气均。万物不须雕琢巧，正如恭己布深仁。’《皇后阁》五篇，其一曰：‘春衣不用蕙兰薰，领缘无烦刺绣文。曾在蚕宫亲织就，方知缕缕尽辛勤。’《夫人阁》四篇，其一曰：‘圣主终朝勤万几，燕居专事养希夷。千门永昼春岑寂，不用车前插柳枝。’春、端帖子，不特咏景物为观美，欧阳文忠公尝寓规讽其间，苏东坡亦然。司马温公自著《日录》，特书此四诗，盖为玉堂之楷式。自政、宣以后，第形容太平盛事，语言工丽以相夸，殆若唐人宫词耳。近时杨诚斋廷秀诗，有‘玉堂着句转春风，诸老从前亦寓忠。谁为君王供帖子，丁宁绮语不须工’之句，是亦此意。顷得《玉堂集》，分为八帙。或云李汉老所编者，亦有皇太子府春、端贴子。”[③]

关于人格与风格的问题，周辉思考得很全面，如王安石性格执拗，其

①周辉：《清波杂志》卷九，载《全宋笔记》第五编第9册，大象出版社，2012，第103页。

②周辉：《清波杂志》卷四，载《全宋笔记》第五编第9册，大象出版社，2012，第44页。

③周辉：《清波杂志》卷十，载《全宋笔记》第五编第9册，大象出版社，第105—106页。

文章立意高，爱憎分明，《清波别志》卷中载：“王荆公志钱公辅母夫人墓，钱乞改定，公答书谓：‘家庙以今法准之，恐足下未得立。得甲科，为通判，通判之廨有池台竹林之胜，何足为太夫人荣？’是固然矣，至云：‘诸孙亦不足列，熟有五子而无七孙者乎？’荆公之文，信自有意义，后学焉能窥测？然公所撰墓志，姑举其一。于虞部郎中赠卫尉少卿李公济，却书孙廿有一人，曾孙十有五人，是岂皆业文有可道者？盖公立言好已胜，或为人所辟，则执之益坚。吕申公曰：‘介甫无他，但执拗耳。’此语不独为新法设也。临川《荆公集》志公辅母蒋夫人，末云：‘孙七皆幼。’岂从其所请，或后来增入耶？煇顷于故家得汴都所刊《荆公集》，无‘孙七皆幼’四字，且以宗室墓志别为一卷，今临川本无之。”①

然而，将风格与人格的问题简单化，也会导致许多问题难以找到圆满的答案。《清波杂志》卷九载：“晁无咎贬玉山也，过彭门，而陈履常废居里中。无咎出小鬟舞《梁州》以佐酒，履常作小阕《木兰花》云：‘娉娉袅袅，芍药梢头红样小。舞袖低垂，心到郎边客已知。金尊玉酒，劝我花前千万寿。莫莫休休，白发簪花我自羞！’无咎云：‘疑宋开府铁心石肠，及为《梅花赋》，清便艳发，殆不类其为人。履常清通，虽铁心石肠不至于开府，而此词清便艳发，过于《梅花赋》矣。’”②铁石心肠是其人格的一面，而轻便艳发的词则反映了其人格的另一面。

周辉笔记中还有不少有关科举考试的内容，很有价值，对研究宋代文学思想有较大参考价值。

《清波杂志》记载了皇帝开始给通过考试的宗室赐出身的时间，卷十一载：“绍兴十一年，程克俊进呈，乞以贡院所考合格宗室善能，特令附正奏名殿试，以示劝奖。从之。高宗曰：‘天族之贵，溺于燕安，往往自陷非法。若以邦典绳之，则非所以示叙睦之恩；置而不问，又无以立国家之法。唯择其好学从善者，稍加崇厉，以风厉其余，是亦教化之术也。’宗室取应赐出身自此始。”③

---

①周辉：《清波别志》卷中，载《全宋笔记》第五编第9册，大象出版社，2012，第169—170页。

②周辉：《清波杂志》卷九，载《全宋笔记》第五编第9册，大象出版社，2012，第102页。

③周辉：《清波杂志》卷十一，载《全宋笔记》第五编第9册，大象出版社，2012，第118—119页。

高文虎《蓼花洲闲录》

高文虎，字炳如，四明（今浙江宁波）人，著有《蓼花洲闲录》一卷。此笔记多抄录诸家笔记，均附出处，由于其引用之书大半已佚，有一定的史料价值。书中包含一些文学思想内容。

宋代集句诗比较多，作者认真考索，认为北宋初已经出现这种体裁，自石曼卿后开始兴盛。“集句自国初有之，未盛也，至石曼卿人物开敏，以文为戏，然后大著。尝见手书《下第偶成》云：‘一生不得文章力，欲上青云未有因。圣主不劳千里召，姮娥何惜一枝春？凤凰诏下虽沾命，豺虎丛中也立身。啼得血流无用处，著朱骑马是何人？’又云：‘年去年来来去忙，为他人作嫁衣裳。仰天大笑出门去，独对东风舞一场。’至元丰间，王文公益工于此。人言起荆公，非也。”①

此书记载，北宋初年，还没有出现足以超越唐代大诗人的大家，文人面对唐诗，常常望而生畏，以唐诗作为模仿的对象和评价诗歌的标准。“寇莱公诗若‘野水无人渡，孤舟尽日横’之句，深入唐人风格。初授归州巴东令，人皆以‘寇巴东’呼之，以比韦苏州之类。然富贵时所作诗，皆凄楚愁怨。尝为《江南春》二绝云：‘波淼淼，柳依依，孤村芳草远，斜日杏花飞。江南春尽离肠断，蘋满沙汀人未归。’又曰：‘杳杳烟波隔千里，白蘋香散东风起，日落汀州一望时，愁情不断如春水。’余尝窃谓，深于诗者尽欲慕唐人，清悲怨感以主其格，语意亲切，脱丽孤迈，不知清极则志飘，感深则气谢。莱公富贵时，宋人使岭南云：‘到海只十里，过山应万重。’人以为警绝。晚窜海康，至境首，雷州吏呈图经迎拜于道。公问周去海近远，曰：‘只可十里。’憔悴奔窜，已兆于此矣。予尝爱王沂公曾。布衣时，以所业执吕文穆公蒙正，卷有《早梅》句云：‘雪中未问和羹事，且向百花头上开。’文穆曰：‘此生次第已安排作状元、宰相矣。’后皆尽然。”②

此书记载了范仲淹为迎神作绝句之事，从一个侧面证明了宋人仍会用绝句做歌词。“范文正公谪睦州，过严陵祠下，会吴俗岁祀，里巫迎神但歌《满江红》，有‘湘江好，州漠漠，波似染，山如削，绕严陵滩畔，鹭飞鱼跃’之句。公曰：‘吾不善音律，撰一绝送神。’又曰：‘汉包六合网英豪，一

①高文虎：《蓼花洲闲录》，载《全宋笔记》第五编第10册，大象出版社，2012，第137页。
②同①，第140—141页。

个冥鸿惜羽毛。世祖功臣三十六，云台争似钓台高。’吴俗至今歌之。”[①]

马纯《陶朱新录》

马纯，字子约，生平不详，单州成武（今属山东）人，有《陶朱新录》一卷。据作者自序，此书完成于绍兴十二年（1142），“绍兴壬戌孟夏序”。此笔记记载宋代杂事，包含一些文学思想内容。

此笔记记载了宋代人卖诗的事迹，体现了文化在宋代的重要地位。“吕吉甫知维扬日，有吕川者，卖诗于市，句有可采者，常与吉甫赓和。有《赠吉甫侄注少卿》诗。注好道清修之士也。诗云：‘峨眉月浸千秋雪，太华峰摇十丈莲。一建升平玉清客，雪莲声价顿销然。’又有《赠致仕郭朝议》诗云：‘漫道任公钓有神，六鳌无迹海生尘。宁知静卧南窗下，兰菊任争秋与春。’”[②]

李如篪《东园丛说》

李如篪，生平不详，括苍（今浙江丽水）人，有《东园丛说》三卷。据作者自序，此书完成于绍兴二年（1132），“绍兴壬子三月下浣，桐乡丞括苍李如篪自序”。此书记载旧闻，间及自见，涉及经史子集、天文地理等，其中有不少文学思想内容。

此笔记中有丰富的关于《诗经》的材料。

卷上载：“孟子曰：‘王者之迹熄而《诗》亡，《诗》亡然后《春秋》作。’说者皆谓《黍离》之诗降于《国风》，是《诗》亡。非也。孔子序《诗》，《国风》《雅》《颂》各从其体，初无褒贬去取在其间也。按周、召分陕之时，周家已有天下。《关雎》美后妃之德，王者之事也，为其是风体，故谓之《国风》，得于陕之东者为《周南》，得于陕之西者为《召南》。《豳·七月》‘陈后稷先公风化之所由，致王道之艰难’，与夫《东山》之作，及周公遭变之诗，亦同在《国风》，亦以其在风体故也。但《国风》之中有正有变，足以明政之得失，时之盛衰也。《黍离》之诗，所谓变风者也，不列之《国风》，将何以处之？处之《雅》乎？处之《颂》乎？皆所不可，故

①高文虎：《蓼花洲闲录》，载《全宋笔记》第五编第10册，大象出版社，2012，第141页。
②马纯：《陶朱新录》，载《全宋笔记》第五编第10册，大象出版社，2012，第149页。

列于《国风》，而非所谓降也。不然，则二《南》、《豳风》俱谓之降可乎？且如《大雅》，《板》《荡》《召闵》之类，虽周室大坏，无纲纪文章，其体是大雅，只当列之于《大雅》之中，又可降之于《风》耶？故知《黍离》之在《国风》，其体是风，而非降也，然则孟子所谓'《诗》亡'者何也？盖尝考之，《国风》之诗，如郑庄、卫宣、齐桓、秦穆、襄、晋昭、献之类，皆孔子所传闻之世所作，虽变风居多，亦本于人情，而止乎礼义，先王之泽未泯也。孔子所闻所见之世，亦安得无《诗》！《国风》无见焉者，止乎礼义者无有也，此孟子所谓'迹熄而《诗》亡'者也，非谓《黍离》列于《国风》而云也。然则《春秋》何以始乎隐？究观《黍离》，虽作于平王之时，而其颠覆之祸，幽王为之也。其它刺平王者，如行役无期度，不抚民而屯戍于母家，凶年饥馑，室家相弃之事，亦衰世之常，《春秋》岂为是而作哉？逮桓王之立，诸侯背叛，王师伤败，如左氏所谓周、郑交质，取温之麦，尚犹可言，至于师师以取成周之禾，甚至于射王中肩，则诸侯蔑视周室，无复有王矣。王者威柄自此绝矣！桓王之立，实当隐公即位之三年，故《春秋》自此而始，为无王而作明矣。若以东迁之后，王政之失始于平王，而《春秋》作则当自惠公始，而不当始于隐也。杜预以为：隐公让国之贤君，故《春秋》以为始。非也。圣人亦立一王之法，岂以让国之一节，而为《春秋》之始哉？"[①]

此书对《国风》中民歌的所属区域、写作时间等，均提出了自己的观点。卷上《周南召南》载："《周南》《召南》风化之本，故谓之乡乐。"[②]作者认为《国风》《雅》《颂》是诗体之不同，按类编辑，持之有据。卷上《诗各有体》载："孔子删《诗》为三百篇，《国风》《雅》《颂》各从其体而类聚之，有风体者则列之《国风》，有雅体者则列之《雅》，有颂体者则列之《颂》，雅又分大小二雅。只言一事，如《鹿鸣》燕群臣嘉宾，《皇皇者华》君遣使臣之类，主于一事，如此之类即谓之小雅。如《烝民》之诗《大明》《文王》之类，其文非指一事，往往广及道德政化之本，如此之类即谓之大雅。又有一诗而备三体者。《豳风·七月》之诗是也。《七月》之诗自'女心伤悲，殆及公子同归'以上有风体，故为豳风，自'为此春酒，以介眉寿'

①李如篪：《东园丛说》卷上，载《全宋笔记》第五编第10册，大象出版社，2012，第189—190页。

②同①，第215页。

以上有雅体，故为豳雅，自‘称彼兕觥，万寿无疆’以上有颂体，故为豳颂，周家祀享通用之也。”[①]

此书中还有论《诗经》中一些诗篇的内容，明显打上了宋代理学的色彩。卷上《有女同车》载：“《有女同车》之诗刺郑太子。序称‘太子忽尝有功于齐，齐侯欲以文姜妻之。齐女贤而不答。卒以无大国助至于见逐’。郑忽失齐之援，至于失国，其势则然矣。按文姜嫁于鲁威，生子同，即鲁庄公。其母文姜淫乱，为二国患，《猗嗟》之诗尝刺庄公不能防闲其母。《有女同车》之诗，反谓‘齐女贤而不答’，何也？”[②]卷上《关雎》载：“《关雎》之诗本言后妃之德。首章言：‘关关雎鸠，在河之洲，窈窕淑女，君子好逑。’夫关雎之为禽，鸷而有别，以况后妃之德明矣。窈窕淑女宜为君子逑匹，是亦主后妃为言也。夫窈窕淑女既言后妃，下章又言：‘窈窕淑女，寤寐求之，求之不得，寤寐思服。’则所谓窈窕淑女，乃后妃之所求，似非主于后妃为言也。既言后妃求窈窕淑女，又以窈窕之女为后妃，作诗之体不如是也。予谓，首章‘关关雎鸠，在河之洲’二句，是况后妃之德，既言‘窈窕淑女，君子好逑’，乃后妃思得贤女以配君子之义。故序称：‘哀窈窕，思贤才，而无伤善之心。’其意可知也。夫人君自后妃而下，夫人、世妇、御妻，皆人君之逑匹也，不必以好逑之文专为后妃也。”[③]这些观点明显与《诗集传》的作者朱熹如出一辙。

此书考证《诗经》名物，持论颇为公允。卷上《芣苢》载：“芣苢，《韩诗》直云车前，今俗人谓之虾蟆衣者是也。《山海经》则芣苢为木，云实似李，食之宜子，生于西戎。按二字从草，安得是木？又《芣苢》之诗，系周南所采之诗，既生西戎，周南之地在陕之东，其人安得而采之因以为诗也？”[④]卷上《长庚》载：“《诗》曰：‘东有启明，西有长庚。’先儒多以为一星，在西为长庚，东为启明。非也。夫在西者昏见，在东者未明先见，是启明居日之前，长庚居日之后，若是一星，岂应一昏旦之间昏在日后、旦在日前之理？按五纬之中，金、水二星常随日，长庚、启明乃金、水二星也。《汉

①李如篪：《东园丛说》卷上，载《全宋笔记》第五编第10册，大象出版社，2012，第216页。

②同①，第217—218页。

③同①，第218页。

④同①，第215页。

书·高帝纪》：‘冬十月，五星聚于东井。’高允、崔浩并以为不然。盖缘仲夏之月，日在东井，十月，日在尾、箕，金、水无缘会于东井也。五星之聚当在五月耳。”①

宋代学者敢创新说，但为了标新立异，也常常犯吹毛求疵的毛病，此笔记很典型。卷下《韩愈诗文》载：“韩文公唐室大儒，学者至今以传先圣之道推之，谓先圣之道自孟子之后，惟韩愈得其传，荀、扬之徒不与也。愚观愈之书，其文章纯粹典雅，司马迁、扬雄殆无以过，其行己亦中正，可为后人模范，然其文亦有大不可人意处。如《读书城南》诗，今士人家家诵之，《盘谷序》举世善之，然愚谓二文乃文公之失，如美玉之瑕玷，而人未之察焉。夫君子之读书，以求仕进，本谓行义达道以遂其志，初非为富贵荣名计也。如公孙衍、张仪操纵横之术，当世之君奉承之不暇，苏秦绾六国印，仪从比之王者。而孟子视此辈比之妾妇，其自谓则曰：‘后车千乘，侍妾数百人，我得志不为然！’则平日之所为养可知矣。今文公二篇之文，乃以‘潭潭之府’‘粉黛列屋’为大丈夫得志之事，何其陋也！愚每读其文至此二篇，则情绪作恶者移时不能释。今人以此训后生，不几乎以文锦覆陷阱者哉？”②韩愈此文戏谑讽喻，风格独特，新颖自由，此书对他的匠心却难以心领神会，揪住一句一词来批评，难以让人信服。

卷下《欧文》载：“欧阳永叔之文纯雅婉熟，使人读之亹亹不倦，然比之韩、柳所作，深雄遒劲不及也。虽各自有体，然亦伤助语太多。如《醉翁亭记》，其文之美者也，亦有助语可去。如曰：‘环滁皆山也，其西南诸峰，林壑尤美。’则‘其’字可去。‘渐闻水声潺潺，而泻出乎两峰之间者，酿泉也。’则‘而’字可去。‘泻’字亦自可去。‘然而禽鸟知山林之乐，而不知人之乐。’‘然而’二字可去。如此等闲字削去之，则文加劲健矣。大抵为文，要须移动一字不得方好。”③语言自然灵动，巧妙运用虚字，正是《醉翁亭记》最具创新性之处。文章风格应百花齐放，不能用劲健一格去衡量所有散文作品，作者此见不免偏狭。

作者也有一些有识之见。卷下《钓台记》载：“闻之前辈云，范文正公

①李如篪：《东园丛说》卷上，载《全宋笔记》第五编第10册，大象出版社，2012，第216页。

②李如篪：《东园丛说》卷下，载《全宋笔记》第五编第10册，大象出版社，2012，第243—244页。

③同②，第244页。

作《严子陵钓台记》，其文已就，召人能为改一字者，当有厚赠。有一士人乞改一字。记云：'云山苍苍，江水泱泱。先生之德，山高水长。'乞改'德'字作'风'字。公大喜，遂改'风'字，因厚赠之。改'德'字作'风'字，虽只一字，其意深长，文益大增胜矣。"①

对于文章，作者认为必须讲究条理、结构严谨，有完整的构思贯穿始终。卷中《金声玉振》载："《孟子》曰：'伯夷，圣之清者也；伊尹，圣之任者也；柳下惠，圣之和者也；孔子，圣之时者也。'孔子之谓集大成。集大成也者，金声而玉振之也。金声也者，始条理也；玉振之也者，终条理也。始条理者，知之事也；终条理者，圣之事也。知譬则巧也，圣譬则力也，犹射于百步之外也，其至尔力也，其中非尔力也。'孟子之意，盖谓伯夷之清、伊尹之任、柳下惠之和，三者力量皆得到圣人地位，曰清、曰任、曰和，俱得为圣人之事，如射之能至者也。但三人者各得其一。而未能兼通，惟孔子为圣人之时，时清则清，时任则任，时和则和，如射之能至又能巧中者也。故曰：'孔子之谓集大成。集大成也者，金声而玉振之也。'谓其兼圣智而全尽之也。如三人者，但力量可以到圣人地位，而未能全尽圣智之事，譬如射者能至未能中也。始终条理者，亦举乐中金声玉振为喻。'条理'二字与'清''和''任''集大成'之意初无干涉，盖作乐之条理。钟为始而磬为后，始以钟声合乐，至其成则以磬声为准。故《周礼》以鼓钟奏九夏诗云：'既和且平，依我磬声。'是金声为始，而玉声终之也。孟子取喻，若曰：金声也者，作乐之中始条理也，玉振之也者，作乐之中终条理也。始条理主谓金声，以譬智之事，谓金声有洪有杀，圆转而善应者，故为智之事。终条理者主谓玉振，以譬圣之事，谓玉声有一定之体而不可易，故为圣之事。'条理'二字，自主于作乐钟磬之始终，初不指圣智为言也。学者不明其指，遂谓始条理者是智，终条理者是圣，生出圣智始终条理诸论，不知智如何是始？圣如何是终？智之条理如何？圣之条理如何？科举之文，穿凿撰造，必巧为之说，牵强可笑。"②科举文章的最大弊病在于牵强附会，流于形式。

对于文章创作中的继承创新问题，此笔记赞同江西派夺胎换骨的理

①李如篪：《东园丛说》卷下，载《全宋笔记》第五编第10册，大象出版社，2012，第245页。

②李如篪：《东园丛说》卷中，载《全宋笔记》第五编第10册，大象出版社，2012，第232—233页。

论。卷下《荀卿史迁作文之体》载："诗家用古人意造语，谓之脱胎，著书作文亦有之。如《书》云：'甲子昧爽，至于商郊，前徒倒戈，攻于后以北。'《荀子》则云：'朝食于戚，暮宿于百泉，压旦于牧之野，鼓之而纣卒易乡。'言'压旦于牧之野'，即'昧爽至于商郊'也；言'鼓之而纣卒易乡'，即'前徒倒戈'也。是脱胎法也。荀卿此一篇，自周公相武王以诛纣一段，其文极佳。又《尧典》云：'厘降二女于沩汭，嫔于虞。'帝曰：'钦哉！'司马迁《史记》则云：'二女不敢贵骄，事舜亲戚甚有妇道。'即《尧典》'嫔于虞'之意，盖将'嫔于虞'三字衍为十余字，以敷畅厥旨，亦自好也。"①

陈善《扪虱新话》

陈善，字敬甫，又字子兼，号秋塘，又号潮溪，宋福州罗源（今属福建）人，著有《扪虱新话》十五卷。据作者自序，此书完成于绍兴十九年（1149），后在绍兴二十七年（1157）加以增补，"绍兴己巳正月二十一日，罗源陈善子兼题于朱氏草庵"，"又得一百则，录之以为第二集……是岁绍兴二十七年三月一日也。子兼"。此书自问世以来，很少受到学术界的关注，然而书中独特的文学思想很有研究价值。

陈善在此书中特别重视作家的人品与创作之间的关系，《扪虱新话》卷十二《山谷言士大夫不可俗》载："山谷尝言：'士大夫处世，可以百为，惟不可俗。俗便不可医也。'或问不俗之状，曰：'难言也。平居无以异于俗人，临大节而不可夺，此不俗人也；平居终日如含瓦石，临事一筹不画，此俗人也；虽使郭林宗、山巨源复生，不易吾言也。'予谓山谷言固佳，要未尽俗人之状。何谓俗人之状？曰：平日无佳论，而临事好造作，此俗人也；平日妄自尊大，而临事不知体，此俗人也。虽使山谷复生，亦不易吾言也。"②这段论述继承孟子的养气论，又融入了宋代士大夫特有的人格追求。

陈善特别注意作家的人生磨难对其创作的意义，对"诗穷而后工"的理论进行了具体的阐释，其中对苏轼的论述尤有价值。《扪虱新话》卷十二《东坡行脚僧》载："东坡尝言：'见今正是行脚僧，但吃些酒肉耳。'予谓

①李如篪：《东园丛说》卷下，载《全宋笔记》第五编第10册，大象出版社，2012，第240页。
②陈善：《扪虱新话》卷十二，载《全宋笔记》第五编第10册，大象出版社，2012，第95页。

坡不独是行脚僧，乃苦行僧也。坡盖自谪黄州后，便见学道工夫。晚年笔墨，挟海上风涛之气，益穷益工。此则苦行僧又不及也。”①苏轼在黄州成为政治场合的弃儿，生活困难，孤独寂寞，即使多年的老朋友也不敢和他来往，他却能从庄子、佛教思想中汲取精神动力，超越了人生的苦难。

作者重视外物与作者构思之间关系的复杂性，《扪虱新话》卷十三载：“天下无定境，亦无定见。喜怒哀乐，爱恶取舍，山河大地，皆从此心生。此心在焉，则菅蒯不可以代匮，糟糠不可以下堂，是未尝有正色也；心不在焉，则鼓吹不及池蛙，丝竹不如山鸟，是未尝有正声也。舌欲綦味也，而世有餐痂之士；鼻欲綦香也，而海上有逐臭之夫。天下之事如此多矣。杜子美曰‘感时花溅泪，恨别鸟惊心’，至于《闷诗》则曰：‘出门唯白水，隐几亦青山。’山水花鸟，此平时可喜之物，而子美于此恨闷中惟恐见之。盖此心未净，则平时可喜者，适足以与诗人才子作愁具耳。是则果有定见乎？论者多怪孟东野方叹出门之碍，而复夸马蹄之疾，以为唐诗人多不闻道。此无他，心见不同耳。故释氏之论曰：‘心静则佛土皆静。’信矣。”②与简单的情由景生、融情入景不同，陈善看到了作家在艺术创作中对物象的驱使、移情。

陈善认为，文章的立意要出人意料又在情理之中。《扪虱新话》卷五《作文须题外立意》载：“文章须要于题外立意，不可以寻常格律自窘束。东坡常有诗曰：‘论画以形似，见与儿童邻。作诗必此诗，定知非诗人。’此便是文字关纽也。予亦尝有和人诗云：‘蛟绡巧织在深泉，不与人间机杼联。要知妙在笔墨外，第一莫为醒者传。’窃自谓得公意，但不知句法古人多少。”③

陈善对文章结构的重要性有深刻的认识，同时能够结合具体文章细致阐释，巧用比喻，深入浅出。《扪虱新话》卷一《孟子文章最为巧妙》载：“文章铺叙事理，要须往复上下，婉转钩贯，令人一读终篇不可间断，乃为尽善。盖自六经、《论语》之外，惟《孟子》最为巧妙。今录二章于此，可见其法如是。《万章》曰：‘尧以天下与舜，有诸？’孟子曰：‘否，天子不能以

---

①陈善：《扪虱新话》卷十二，载《全宋笔记》第五编第10册，大象出版社，2012，第94页。

②陈善：《扪虱新话》卷十三，载《全宋笔记》第五编第10册，大象出版社，2012，第101—102页。

③陈善：《扪虱新话》卷五，载《全宋笔记》第五编第10册，大象出版社，2012，第46页。

天下与人。’‘然则舜有天下也，孰与之？’曰：‘天与之。’‘天与之者，谆谆然命之乎？’曰：‘否，天不言，以行与事示之而已矣。’曰：‘以行与事示之者，如之何？’曰：‘天子能荐人于天，不能使天与之天下；诸侯能荐人于天子，不能使天子与之诸侯；大夫能荐人于诸侯，不能使诸侯与之大夫。昔者尧荐舜于天，而天受之；暴之于民，而民受之。故曰：天不言，以行与事示之而已矣。’‘敢问荐之于天，而天受之；暴之于民，而民受之，如何？’曰：‘使之主祭，而百神享之，是天受之也；使之主事而事治，百姓安之，是民受之也。天与之，人与之，故曰：天子不能以天下与人。舜相尧二十有八载，非人之所能为也，天也。尧崩，三年之丧毕，舜避尧之子于南河之南。天下诸侯朝觐者，不之尧之子而之舜；讼狱者，不之尧之子而之舜；讴歌者，不讴歌尧之子而讴歌舜，故曰，天也。夫然后之中国践天子位焉。而居尧之宫，逼尧之子，是篡也，非天与也。《泰誓》曰："天视自我民视，天听自我民听。"此之谓也。’吾谓此一章，似长江巨浸，弥漫无际，而浑浩回转，不可名状。又如万章曰：‘百里奚自鬻于秦养牲者，五羊之皮，食牛，以要秦穆公。信乎？’孟子曰：‘否，不然；好事者为之也。百里奚，虞人也。晋人以垂棘之璧，屈产之乘，假道于虞以伐虢。宫之奇谏，百里奚不谏。知虞公之不可谏而去之秦，年已七十矣，曾不知以食牛干秦穆公之为污也，可谓智乎？不可谏而不谏，可谓不智乎？知虞公之将亡而先去之，不可谓不智也。时举于秦，知穆公之可与有行也而相之，可谓不智乎？相秦而显其君于天下，可传于后世，不贤而能之乎？自鬻以成其君，乡党自好者不为，而谓贤者为之乎？’吾谓此一章，似布泉悬水，下注万仞，怒沫狂澜，乍起乍伏，澒洞汹涌，而观者竦然。盖此二章文字，曲折万变而首尾浑成，理致详尽如此。此《孟子》之妙处，而学者不论，予故表而出之。恐亦后学者之所宜闻也耶。"[①]分析细致，切中要害，言简意赅。

陈善指出，文章结构应当首尾照应，不能前言不搭后语。《扪虱新话》卷五载："桓温见《八阵图》曰：‘此常山蛇势也。击其首则尾应，击其尾则首应，击其中则首尾俱应。’予谓此非特兵法，亦文章法也。文章亦要宛转回复，首尾相应，乃为尽善。山谷论诗文亦云：‘每作一篇，先立大意。长篇

①陈善：《扪虱新话》卷一，载《全宋笔记》第五编第10册，大象出版社，2012，第29—30页。

须曲折三致意，乃成章耳。’此亦常山蛇势也。”①曲折变化，并非一览无余，但又不失严谨，这就是陈善所推崇的结构安排。

具体论述文章结构时，陈善也不乏见识，《扪虱新话》卷五载：“予因学琴，而得为文之法。文章之妙处，在能掩抑顿挫，令人读之亹亹不倦。韩退之《听颖师琴诗》曰：‘昵昵儿女语，恩怨相尔汝。划然变轩昂，勇士赴敌场。浮云柳絮无根蒂，天地阔远随飞扬。喧啾百鸟群，忽见孤凤凰。跻攀分寸不可上，失势一落千丈强。’此顿挫法也。退之《与李翱书》并用其法，云：‘仆之家本穷空，重遇攻劫，衣服无所得，养生之具无所有，家累仅三十口，携此将安所归托乎？舍之入京不可也，挈之而行不可也，足下将安以为我谋哉？此一事耳，足下谓我入京城有所益乎？仆之所有，子犹有不知者，时人能知我哉？持仆所守，驱而使奔走伺候公卿间，开口论议，其安能有以合乎？’又云：‘所贵乎京师者，得不以明天子在上，贤公卿在下，布衣韦带之士谈道义者多乎？以仆皇皇于其中，能上闻而下达乎？其知我者固少，知而相爱不相忌者又加少。内无所资，外无所继，终安所为乎？嗟乎！子之责我诚是也，爱我诚多也，今天下之人有如子者乎？自尧、舜以来，士有不遇者乎？无也。子独安能使我洁清不污而处其所可乐哉？’大略如此，观其笔力，覆抑顿挫，文采粲然，与颖师琴声何异？”②

对于语言上的创新，陈善善于总结前人的优秀成果。《扪虱新话》载：“《楚辞》以‘日吉’对‘良辰’。以‘蕙殽蒸’对‘奠桂酒’。沈存中云：‘此是古人欲错综其语，以为矫健故耳。’予谓此法本自《春秋》，《春秋》书‘陨石于宋五。是月，六鹢退飞，过宋都’。说者皆以石鹢五六先后为义，殊不知圣人文字之法，正当如此。且如既曰‘陨石于宋五’，又曰‘退飞鹢于宋六’，岂成文理。故不得不错综其语，因以为健也。《楚辞》正用此法。其后韩退之作《罗池碑》云：‘春与猿吟兮秋鹤与飞。’以与字上下言之，盖亦欲语反而辞健耳。今《罗池碑》石刻古本如此，而欧阳公以所得李生《昌黎集》较之，只作‘秋与鹤飞’，遂疑石本为误。惟沈存中为始得古人之意，然不知其法自《春秋》出，盖自予始发之。予乃今知古人文字始终开

①陈善：《扪虱新话》卷五，载《全宋笔记》第五编第10册，大象出版社，2012，第42页。
②同①，第45—46页。

辟，有宗有趣，其不苟如此。”[①]

在文章风格论中，陈善特别推崇自然天成的美学境界，《扪虱新话》卷七载：“陶渊明诗：‘采菊东篱下，悠然见南山。’采菊之际，无意于山而景与意会，此渊明得意处也。而老杜亦曰：‘夜阑接软语，落月如金盆。’予爱其意度闲雅，不减渊明，而语句雄健过之。每咏二诗，便觉当时清景尽在目前。而二公写之笔端，殆若天成，兹为可贵。”[②]他用摘句论诗的方法指出陶渊明、杜甫诗歌虽然艺术风格不同，但是都自然真切，给人身临其境之感。

陈善的文学思想十分辩证，同时又敢于直抒己见，《扪虱新话》卷十二载：“后山居士言：‘苏明允不能诗，欧阳永叔不能赋，曾子固短于韵语，黄鲁直短于散语，子瞻词如诗，少游诗如词。’此论得今人之短。宋尚书云：‘老子《道德经》为至言之宗，屈平《离骚》经为词赋之宗，司马迁《史记》为纪传之宗，左丘明工言人事，庄周工言天地。’此论得古人之长。虽然，要不可偏废。论人者无以短而弃长，亦无以长而护短，自论则当于长处出奇，短处致功。”[③]他推崇科学公正的批评态度和客观具体的批评原则。前人论诗文之关系，多强调体裁之不同，陈善独辟蹊径，论诗文之互通与相得益彰。《扪虱新话》卷九载：“‘韩以文为诗，杜以诗为文’，世传以为戏。然文中要自有诗，诗中要自有文，亦相生法也。文中有诗，则句语精确；诗中有文，则词调流畅。谢玄晖曰：‘好诗圆美流畅如弹丸。’此所谓诗中有文也。唐子西曰：‘古人虽不用偶俪，而散句之中，暗有声调，步骤驰骋，亦有节奏。’此所谓文中有诗也。前代作者皆知此法，吾所谓无出韩、杜。观子美到夔州以后诗，简易纯熟，无斧凿痕，信是如弹丸矣。退之之《画记》，观其铺张收放，字字不虚，但不肯入韵耳。或者谓其殆似甲乙帐，非也。以此知杜诗、韩文阙一不可。世之议者，遂谓子美无韵语不堪读；而以退之之诗，但为押韵文者。是果足为韩、杜病乎？文中有诗，诗中有文，当有知领予此语。”[④]立论新颖，耐人玩味。

对于诗歌的审美风格追求，陈善认为不可走极端，应该把握分寸。

---

①陈善：《扪虱新话》卷五，载《全宋笔记》第五编第10册，大象出版社，2012，第42—43页。
②陈善：《扪虱新话》卷七，载《全宋笔记》第五编第10册，大象出版社，2012，第57页。
③陈善：《扪虱新话》卷十二，载《全宋笔记》第五编第10册，大象出版社，2012，第92页。
④陈善：《扪虱新话》卷九，载《全宋笔记》第五编第10册，大象出版社，2012，第71页。

《扪虱新话》卷八载："予尝与僧惠空论今之诗僧，如病可、瘦权辈，要皆能诗，然尝病其太清。予因诵东坡《陆道士墓志》，坡尝语陆云：'子神清而骨寒。其清足以仙，其寒亦足以死。'此语虽似相法，其实与文字同一关捩。盖文字固不可犯俗，而亦不可太清。如人太清则近寒，要非富贵气象。此固文字所忌也。今观二僧诗，正所谓'其清足以仙，其寒亦足以死'者也。空云：'吾往在豫章，从李商老游。一日，亦论至可师处，商老曰："可师句句是庐山景物，试拈却庐山，不知当道何等语。"亦以为有太清之病。'予笑谓空曰：'商老此论，毋乃暗合孙、吴耶？'"①

陈善论宋代诗文的发展历程，多有自见，如《扪虱新话》卷九载："欧阳公诗，犹有国初、唐人风气。公能变国朝文格，而不能变诗格。及荆公、苏、黄辈出，然后诗格极于高古。"②

对于诗歌的审美境界，陈善推崇的是高格调和韵味无穷，《扪虱新话》卷八载："予每论诗，以陶渊明、韩、杜诸公皆为韵胜。一日，见林倅于径山，夜话及此，林倅曰：'诗有格有韵，故自不同。如陶渊明诗，是其格高；谢灵运"池塘春草"之句，乃其韵胜也。格高似梅花，韵胜似海棠花。'予听之，矍然若有悟。自此读诗顿进，便觉两眼如月，尽见古人旨趣。然恐前辈或有所未闻。"③

与宋代许多诗话、笔记的作者相同，陈善也重视文学的传承流变，因此在《扪虱新话》中用了不少篇幅论述诗文之源流。同时他不迷信大家，实事求是地指出最原始的创作者，重视文学的原始创作价值。《扪虱新话》卷六载："王勃《滕王阁序》'落霞与孤鹜齐飞，秋水共长天一色'之语，当时无贤愚，皆以为警绝。然予观庾信《马射赋》已云'落花与芝盖齐飞，杨柳共青旗一色'，则知王勃之语已有来处。然其句调雄杰，比旧为胜。及观欧公《集古录·隋德州长寿寺舍利碑》亦云：'浮云共岭松张盖，明月与岩桂分丛。'则又浅陋，与初造语者相去甚远。"④《扪虱新话》卷五载："韩文公《论佛骨表》，其说始于傅奕。奕言：'五帝三王，未有佛法。君明臣忠，年祚长久。至汉明帝，始立胡祠，然惟西域桑门自传其教。

---

①陈善：《扪虱新话》卷八，载《全宋笔记》第五编第10册，大象出版社，2012，第70页。
②陈善：《扪虱新话》卷九，载《全宋笔记》第五编第10册，大象出版社，2012，第72—73页。
③同①，第69页。
④陈善：《扪虱新话》卷六，载《全宋笔记》第五编第10册，大象出版社，2012，第49页。

西晋以上，不许中国髡发事胡，至石苻乱华，乃弛厥禁。主庸臣佞，政虐祚短，事佛致然。’愈特敷衍其辞耳。愈以人主无不欲寿者，以此劫之，冀从其谏耳。不意宪宗忌之深也。愈至潮州，上表哀谢，宪宗曰：‘愈诚爱我，但谓事佛则年代不永，诚不可。’然宪宗自是不善听谏，贾谊言于文帝曰：‘生为明帝，死为明神。顾成之庙，名为太宗。’当天子春秋隆盛之时，以死生言之，然文帝不忌也。使愈当此时，庶几其说得行哉！然愈所论，与周公《无逸》之戒大异。”[①]陈善既指出其中传承关系，又对比时代环境及进谏的效果不同之原因。《扪虱新话》卷六载：“韩文重于今世，盖自欧公始倡之。公集中拟韩作多矣。予辄能言其相似处：公《祭吴长文》似《祭薛中丞文》；《书梅圣俞诗稿》似《送孟东野序》；《吊石曼卿文》似《祭田横墓文》。盖其步骤驰骋，亦无不似，非但效其句语而已。孙樵尝言自得为文真诀于来无择，无择得之于皇甫持正，持正得之于韩吏部。据其所言，似有来处。然樵之文实牵强僻涩，气象绝不类韩作，而过自称许。嫫母捧心，信有之矣。吾尝谓韩氏之墙数仞，樵辈尚未能造其藩，敢言文乎？”[②]对比论证，欧阳修能得韩文之精髓，孙樵则只得皮毛而已。

陈善认为，文学大家不是神秘莫测的，要找到学习他们的方法，《扪虱新话》卷六《苏黄文妙一世》载：“苏、黄文妙一世，殆是天才难学，然尚有蹊径可得而寻。东坡常教学者熟读《毛诗·国风》与《离骚》，曲折尽在是矣。又或令读《檀弓》上下篇。鲁直亦云：文章好奇，自是一病，学作议论文字，须取苏明允文字观之耳，并熟看董、贾诸文。又云：欲作《楚辞》，追配古人，直须熟读《楚辞》，观古人用意曲折处讲学之，然后下笔。譬如巧女文绣妙一世，若欲作锦，必得锦机乃能作锦。观其所论，则知其不苟作，不似今之学者但率意为之，便以为工也。世人好谈苏、黄多矣，未必尽知苏、黄好处。今《毛诗·国风》与《楚辞》、《檀弓》俱在，不知当如何读，曲折处当复如何，苏、黄之作又复如何。李白曰‘但得酒中趣，勿为醒者传’也。然虽如是，与其远想颇、牧，不若暗合孙、吴，便是苏、黄犹在。”[③]学习时必须认真体味作者的良苦用心，寻其路径，不能只得皮毛。

---

①陈善：《扪虱新话》卷五，载《全宋笔记》第五编第10册，大象出版社，2012，第47—48页。

②陈善：《扪虱新话》卷六，载《全宋笔记》第五编第10册，大象出版社，2012，第50页。

③同②，第51页。

对于文学中的师承关系，陈善也举例加以对比论证，《扪虱新话》卷九《孙樵文白乐天黄鲁直诗》载："黄鲁直诗本规模李杜，至今遂别立宗派，所谓当仁不让也。若乃学退之而不至者，为孙樵。学渊明而不至者，为白乐天。则又所谓减师半德也。"[①]在陈善看来，最好的学习是得其精髓，然后形成自己的风格，开宗立派。

陈善受黄庭坚为首的江西诗派影响较深，重视总结夺胎换骨的诗歌创造方法。陈善认为，陈与义诗歌在这方面具有典型性。《扪虱新话》卷八《陈简斋墨梅诗》载："客有诵陈去非《墨梅》诗于予者，且云：'信古人未曾道此。'予诵其一曰：'"洁白江南万玉妃，别来几度见春归。相逢京洛浑依旧，只是缁尘染素衣。"世以简斋诗为新体，岂此类乎？'客曰：'然。'予曰：'此东坡句法也。坡《梅花绝句》云："月地云阶漫一樽，玉奴终不负东昏。临春结绮荒荆棘，谁信幽香是返魂。"简斋亦善夺胎耳。简斋又有《蜡梅》诗曰："奕奕金仙面，排行立晚晴。殷勤夜来雪，少住作珠缨。"亦此法也。'"[②]

对于文人相轻的现象，陈善也有所记录。《扪虱新话》补遗《文人相讥》载："东坡《醉白堂记》，荆公谓是韩、白优劣论；而荆公《虔州州学记》，东坡亦谓之学校策。范文正公《岳阳楼记》，或者又曰此传奇体也。文人相讥，盖自古而然。退之《画记》，或谓与甲乙帐无异；乐天《长恨歌》曰'上穷碧落下黄泉，两处茫茫皆不见'，当是目莲救母辞尔。近柳屯田云'杨柳岸，晓风残月'，最是得意句，而议者鄙之曰：'此梢子野溷时节也！'尤为可笑。"

与许多诗话、笔记论诗文时摘字摘句，重视对具体字句与单篇的论述不同，陈善的文学思想既有微观细致的分析，更有宏观概括的立论，常常见识高远，避免了只见树木不见森林的偏颇。《扪虱新话》卷五载："唐文章三变，本朝文章亦三变矣。荆公以经术，东坡以议论，程氏以性理，三者要各自立门户，不相蹈袭。然其末流皆不免有弊。虽一时举行之过，其实亦事势有激而然也。至今学文之家，又皆逐影吠声，未尝有公论，实不见古人

①陈善：《扪虱新话》卷九，载《全宋笔记》第五编第10册，大象出版社，2012，第72页。
②陈善：《扪虱新话》卷八，载《全宋笔记》第五编第10册，大象出版社，2012，第66页。

用心处，予每为之太息。”[①]对于文学的发展而言，变是绝对的，不变是相对的。然而，一味肯定新变而不一分为二地具体分析，也是不对的。陈善的态度客观公正。

陈善论诗文，特别注意发掘其中的继承关系。《扪虱新话》卷七载：“韩文公尝作《赤藤杖歌》云：‘赤藤为杖世未窥，台郎始携自滇池。共传滇神出水献，赤龙拔须血淋漓。’又云：‘羲和操火鞭，暝到西极睡。’所遗此歌，虽穷极物理，然恐非退之极致者，欧公遂每每效其体，作《凌溪大石》云‘山经地志不可究，遂令异说争纷纭。皆云女娲初锻炼，融结一气凝精纯。仰观苍苍补其缺，染此绀碧莹且温。或疑古者燧人氏，钻以出火为炮燔。苟非圣人亲手迹，不尔孔穴谁雕剜？’又云：‘汉使把汉节，西北万里穷昆仑，行经于阗得宝玉，流入中国随河源。沙磨水激自穿穴，所以镌凿无瑕痕。’观其立意，故欲追访韩作，然颇觉烦冗，不及韩歌为浑成尔。公有又《石篆诗》云：‘我疑此字非笔墨，又疑人力非能为。始从天地胚胎判，元气结此高崔巍。当时野鸟踏山石，万古遗迹于苍崖。山只不欲人屡见，每吐云雾深藏埋。’《紫石砚屏歌》云：‘月从海底来，行向天东南。正当天中时，下照万丈潭。潭中无风月不动，倒影射入紫石岩。月光水洁石莹净，感此阴魄来中潜。自从月入此石中，天有两曜分为三。’公又尝作《吴学士石屏歌》云：‘吾嗟人愚不见天地造物之初难，乃云万物生自然。岂知镌凿刻画丑与妍，千状万态不可殚，神愁鬼泣日夜不得闲。’此三篇亦前诗之意也，其法盖出于退之。然《石屏歌》云：‘又疑鬼神好胜憎吾侪，欲极奇怪穷吾才。’而《洛阳牡丹图》诗又云：‘又疑人心愈巧伪，天欲斗巧穷精微。’二诗殆是一意，自不宜两用。”[②]

陈善论诗文，善用对比论诗文的优劣。《扪虱新话》卷八载：“诗中有俱指一物，而下句不同者，以类观之，方见优劣。王右丞云：‘遍插茱萸少一人。’朱放云：‘学他年少插茱萸。’子美云：‘好把茱萸仔细看。’此三句皆言茱萸，而杜当为优。又如子美云：‘鱼吹细浪摇歌扇。’李侗云：‘鱼摇清影上帘栊。’韩偓云：‘池面鱼吹柳絮行。’此三句皆言鱼戏，而韩当为优。又白公云：‘梨花一枝春带雨。’李贺云：‘桃花乱落如红雨。’王勃云：

①陈善：《扪虱新话》卷五，载《全宋笔记》第五编第10册，大象出版社，2012，第47页。
②陈善：《扪虱新话》卷七，载《全宋笔记》第五编第10册，大象出版社，2012，第61页。

‘朱帘暮卷西山雨。’此三句皆言雨，而王当为优。学诗者以此求之，思过半矣。”[①]《扪虱新话》卷六载：“吕居仁尝言，少游从东坡游，而其文字乃自学西汉。以余观之，少游文字格似止此，所进论策，辞句颇若刻露，不甚含蓄。若以比坡，不觉望洋而叹也。然亦自成一家。”[②]

对于宋代文学思潮中的戏谑倾向，陈善特别注意。《扪虱新话》卷七载：“山谷尝言：‘睹渊明《责子》诗，想见其人恺悌慈祥，戏谑可观也。俗人便谓渊明诸子皆不肖，而渊明愁叹见于诗。可谓痴人前不得说梦也。’”[③]《扪虱新话》卷十二《刘道原能自攻其过》条中借用刘道原的话，专门讲及“戏谑不知止”[④]，指出宋代文人生活中的戏谑风尚已经根深蒂固。又如，《扪虱新话》卷十五载：“东坡尝与刘景文语：‘一则仲父，二则仲父，当以何对？’景文答俗谚：‘千不如人，万不如人。’坡首肯之。予以为不如对‘成也萧何，败也萧何’，此亦俗谚也。”[⑤]《扪虱新话》卷十五载：“石曼卿、刘潜尝会饮于京师酒楼，主人知其贤，特为供设美酒嘉肴，终日不倦。既暮，主人具笔研，请题名，愿与其列。刘、石不得已，相顾曰：‘捧研可也。’予往过永兴，造一人家园中，坐池亭上，梁间有题名，其末云：‘主人乞书。’予顾谓同行者曰：‘此“乞书”字便可对“捧研”也。’闻者亦笑。”[⑥]

陈善指出，每个人由于好恶不同，对文学作品的理解不同，对同一部作品的评价高低有可能差异很大。《扪虱新话》卷五载：“文章似无定论，殆是由人所见为高下耳。只如杨大年、欧阳永叔，皆不喜杜诗，二公岂为不知文者，而好恶如此。晏元献公尝喜诵梅圣俞‘寒鱼犹著底，白鹭已飞前’之句，圣俞以为‘此非我之极致者，岂公偶自得意于其间乎？’欧公亦云：‘吾平生作文，惟尹师鲁一见，展卷疾读，五行俱下，便晓人深意处。’然则于余人当有所不晓者多矣。所谓文章如精金美玉，自有定价，不可以

①陈善：《扪虱新话》卷八，载《全宋笔记》第五编第10册，大象出版社，2012，第68页。
②陈善：《扪虱新话》卷六，载《全宋笔记》第五编第10册，大象出版社，2012，第53页。
③陈善：《扪虱新话》卷七，载《全宋笔记》第五编第10册，大象出版社，2012，第63页。
④全文见陈善：《扪虱新话》卷十二，载《全宋笔记》第五编第10册，大象出版社，2012，第98—99页。
⑤陈善：《扪虱新话》卷十五，载《全宋笔记》第五编第10册，大象出版社，2012，第121页。
⑥同⑤，第122页。

口舌增损者，殆虚语耶？虽然，《阳春》《白雪》而和者数人，《折杨》《黄华》则嗑然而笑，自古然矣。吾观昔人于小诗，皆旬锻月炼，至谓‘吟安一个字，捻断数茎须’者，其意如此，乃知老杜曰‘更觉良工心独苦’，不独谓画也。”①

王明清《挥麈前录》《挥麈后录》《挥麈第三录》《挥麈录余话》《投辖录》《玉照新志》

王明清（1127—？），字仲言，汝阴（今安徽阜阳）人。王明清的笔记著作，《全宋笔记》收录六种：《挥麈前录》四卷、《挥麈后录》十一卷、《挥麈第三录》三卷、《挥麈录余话》二卷、《投辖录》一卷、《玉照新志》五卷（按：《全宋笔记》第六编第2册尚收录有旧题王明清所著《摭青杂说》，但《全宋笔记》收录时题著者为佚名，今从之）。据作者自跋，《挥麈前录》创作完成于乾道初，“乾道之初……随即考而笔之，曰《挥麈录》”。《挥麈后录》创作完成于绍熙五年（1194），“绍熙甲寅上元日，汝阴王明清书于武林官舍半山楼”。《挥麈第三录》创作完成于庆元元年（1195），“明清前年……纂《挥麈后录》……去岁请外从欲……又获十数事……漫名曰《挥麈第三录》”。《投辖录》创作完成于绍兴二十九年（1159），“绍兴己卯十月……叙”。《玉照新志》创作完成于庆元四年（1198），“庆元戊午……思索旧闻凡数十则，缀缉之，名曰《玉照新志》……长至日，汝阴王明清书”。其笔记著作对宋代文学研究具有较大参考价值。

一、从以文学论文学维度考察王明清笔记中的文学思想

王明清在文学创作论方面提出了一个非常重要的命题——“昔人不以蹈袭为非”。《挥麈录余话》卷一明确提出：

> “柳色黄金嫩，梨花白雪香”，阴铿诗也，李太白取用之。杜子美《太白诗》云：“李白有佳句，往往似阴铿。”后人以谓以此讥之。然子美诗有“蛟龙得云雨，雕鹗在秋天”一联，已见《晋书》载记矣。如“冰肌玉骨清无汗，水殿风来暗香满”，孟蜀王诗，东坡先生度以

①陈善：《扪虱新话》卷五，载《全宋笔记》第五编第10册，大象出版社，2012，第43—44页。

为词。昔人不以蹈袭为非。《南部烟花录》:“夕阳如有意，偏傍小窗明。”唐人方域诗。《新唐书·艺文志》有方域诗一卷。《烟花录》一名《大业拾遗记》，文词极恶，可疑。而《大业幸江都记》自有十二卷，唐著作郎杜宝所纂，明清家有之，永平时扬州印本也。①

《挥麈后录》卷八亦提及古人不在意蹈袭:“彦昭好令人歌柳三变乐府新声。又尝作乐语曰:‘正好欢娱，歌叶树数声啼鸟；不妨沉醉，拚画堂一枕春酲。’又皆柳词中语。”②

王明清在文学创作及批评论方面，推尊文学的政教功用，注重文学的实用性，认为文学应该有裨于后世。这在《挥麈后录》卷十一中有所表现:

绍兴丁卯岁，明清从朱三十五丈希真乞先人文集序引。文既成矣，出以相示，其中有云:“公受今维垣益公深知，倚用而不及。”明清读至此，启云:“窃有疑焉。”朱丈云:“敦儒与先丈皆秦会之所不喜，此文传播，达其闻听，无此等语，至掇祸。”明清云:“欧阳文忠《与王深父书》云:‘吾徒作事，岂为一时？当要之后世为如何也。’”朱丈叹伏，除去之。③

维垣益公，即秦桧。王明清借用欧阳修《与王深父书》中的一句话说明:“吾徒作事，岂为一时？当要之后世为如何也。”他因此拒绝朱敦儒在为他父亲的文集作序时加入谄媚秦桧的语言。由此不难看出，他主张文学创作应立足真实，注意对后世的影响。

重视诗文的政教功用，是中国文论一个悠远而重要的传统。王明清文学思想的可贵之处在于虽推崇诗文的政教功能，但也关注诗文艺术上的美感，如《挥麈第三录》卷三评时人曹筠致秦桧诗，不仅从道德上批评其语浅陋，而且从艺术上批评其语不工:“筠因便介，姑作诗以致祈恳，末句云:

①王明清:《挥麈录余话》卷一，载《全宋笔记》第六编第2册，大象出版社，2013，第35—36页。

②王明清:《挥麈后录》卷八，载《全宋笔记》第六编第1册，大象出版社，2013，第193页。

③王明清:《挥麈后录》卷十一，载《全宋笔记》第六编第1册，大象出版社，2013，第223页。

‘浩浩秦淮千万顷，好将余浪到滩头。’其浅陋不工如此。”[①]

在介绍文学家的影响方面，王明清以鲜活生动的例子使读者对之有直观而信实的了解。如《挥麈后录》卷十一载：

> 舅氏曾宏父生长绮纨，而风流酝藉，闻于荐绅。长于歌诗，脍炙人口。绍兴中，守黄州，有双鬟小颦者，颇慧黠，宏父令诵东坡先生《赤壁》前后二赋，客至代讴，人多称之，见于谢景思所叙刊行词策。后归上饶，时郑顾道、吕居仁、晁恭道俱为寓客，日夕往来，杯酒流行。顾道教其小获亦为此技，宏父顾郑笑曰：“此真所谓效颦也。”后来士大夫家与夫尊俎之间，悉转而为郑、卫之音，不独二赋而已。明清兄弟儿时，先妣制道服，先人云：“须异于俗人者乃佳，旧见黄太史鲁直所服绝胜。”时在临安，呼匠者教令染之，久之始就，名之曰“山谷褐”。数十年来，则人人效之，几遍国中矣。[②]

这里以生活中的例子说明苏轼、黄庭坚影响之大。曾宏父于宋高宗绍兴年间守黄州期间令双鬟小颦诵苏轼前后《赤壁》二赋，后与郑望之、吕本中等人往来交游，郑望之复“教其小获亦为此技”。由此可见苏轼作品之影响。而黄庭坚对后世之影响，则可由“山谷褐”“数十年来，则人人效之，几遍国中矣”窥其端倪。

王明清对一些时人罕知的文学意象进行了说明，如《玉照新志》卷四中解释“高桥客死”意象：“欧阳文忠公诗云苏子美挽词‘奏邸狱冤谁与辩，高桥客死世通悲’，以为用事亲切，而世不知‘高桥客死’之义。后来绍兴中，秦熺势方鼎盛，尝托其客陆升之仲高下问于明清。偶省记得见《吴地记》，后汉梁鸿客食吴门，死于高桥，而子美亦然。因以告之，熺甚以赏激。未几，会之殂，熺亦逐矣。”[③]

在文学创作的背景论方面，王明清侧重于对作家某一作品的创作背景进行细致描述，使后人更好地认识作品抒发的情志。《挥麈录余话》卷

①王明清：《挥麈第三录》卷三，载《全宋笔记》第六编第1册，大象出版社，2013，第274页。
②王明清：《挥麈后录》卷十一，载《全宋笔记》第六编第1册，大象出版社，2013，第225页。
③王明清：《玉照新志》卷四，载《全宋笔记》第六编第2册，大象出版社，2013，第192页。

一记蔡挺创作《喜迁莺》的背景：

熙宁中，蔡敏肃挺以枢密直学士帅平凉，初冬置酒郡斋，偶成《喜迁莺》一阕："霜天清晓，望紫塞古垒，寒云衰草。汗马嘶风，边鸿翻月，垄上铁衣寒早。剑歌骑曲悲壮，尽道君恩难报。塞垣乐，尽双鞬锦带，山西年少。谈笑。刁斗静，烽火一把，常送平安耗。圣主忧边，威灵遐布，骄虏且宽天讨。岁华向晚愁思，谁念玉关人老？太平也，且欢娱，不惜金尊频倒。"词成，闲步后园，以示其子朦。朦寘之袖中，偶遗坠，为麘门老卒得之。老卒不识字，持令笔吏辨之。适郡之娼魁素与笔吏洽，因授之。会赐衣袄中使至，敏肃开燕，娼尊前执板歌此，敏肃怒，送狱根治。娼之侪类祈哀于中使，为援于敏肃。敏肃舍之，复令讴焉。中使得其本以归，达于禁中，宫女辈但见"太平也"三字，争相传授，歌声遍掖庭，遂彻于宸听。诘其从来，乃知敏肃所制，裕陵即索纸批出云："玉关人老，朕甚念之。枢管有阙，留以待汝。"以赐敏肃。未几，遂拜枢密副使。御笔见藏其孙稹家。史言"献肃交结内侍，进词柄用"，又不同也。[①]

此则材料详细记述了蔡挺名作《喜迁莺》创作的背景，与《宋史》蔡挺本传"在渭久，郁郁不自聊，寓意词曲，有'玉关人老'之叹。中使至，则使优伶歌之，以达于禁掖"可以相互参照。蔡挺《喜迁莺》抒发的乃是嗟叹不得进用，意欲报效朝廷之志。

二、以文学生态视野考察王明清笔记中的文学思想

王明清笔记著作中的文学思想最具价值之处，在于跳出以文学论文学的限制，从"文学生态"视野对宋代文学面貌进行整体研究。

宏观的"文学生态"重在全方位探讨文学发展与政治、经济、意识形态、文化等多方面的关系，其中文学与政治的互动是不可忽视的一环。《挥麈录余话》卷一载：

①王明清：《挥麈录余话》卷一，载《全宋笔记》第六编第2册，大象出版社，2013，第27—28页。

沈睿达辽，文通之同胞，长于歌诗，尤工翰墨。王荆公、曾文肃学其笔法，荆公得其清劲，而文肃传其真楷。登科后，游京师，偶为人书裙带，词颇不典。流转鬻于相蓝。内侍买得之，达于九禁，近幸嫔御服之，遂尘乙览。时裕陵初嗣位，励精求治，一见不悦。会遣监察御史王子韶察访两浙，临遣之际，上喻之曰："近日士大夫全无顾藉，有沈辽者，为倡优书淫冶之辞于裙带，遂达朕听。如此等人，岂可不治。"子韶抵浙中，适睿达为吴县令，子韶希旨，以它罪劾奏。时荆公当国，为申解之，上复伸前说，竟不能释疑，遂坐深文，削籍为民。其后卜居池阳之齐山，有集号《云巢编》行于世。①

此处提到士人沈辽被削籍为民的原因，是登科后游览京师时所写之词"词颇不典"，以致引起神宗不满。神宗所言"淫冶之辞"，即齐梁宫体一样绮艳秾丽空洞乏物之辞。神宗之所以因文风而惩治沈辽，是因为文学展现了士大夫的精神面貌。

文学对政治有巨大影响，政治对文学也有非常大的作用。其中统治者对待文学的态度及思想文化政策对文学发展的影响尤为巨大。《挥麈后录》卷一提及：

徽宗居藩邸，已潜心词艺。即位之初，知南京曾肇上所奉敕撰《东岳碑》，得旨送京东立石。上称其文，且云："兄弟皆有文名，又一人尤著。"左相韩师朴云："巩也。"子宣云："臣兄遭遇神宗，擢中书舍人，修《五朝史》，不幸早世。其文章与欧阳修、王安石皆名重一时。"上颔之。繇是而知上之好学问，非一日也。②

王明清在《挥麈后录》卷七也提及："祐陵为端王，在潜邸日，已自好文。"③可见徽宗对文学艺术颇有心得。

宋代统治者还特别重视文化典籍整理。《挥麈前录》卷一提到了这

①王明清：《挥麈录余话》卷一，载《全宋笔记》第六编第2册，大象出版社，2013，第36页。
②王明清：《挥麈后录》卷一，载《全宋笔记》第六编第1册，大象出版社，2013，第81页。
③王明清：《挥麈后录》卷七，载《全宋笔记》第六编第1册，大象出版社，2013，第184页。

点："国朝承五代抢攘之后，三馆有书仅万二千卷。乾德以后，平诸国，所得浸广。太宗乡儒学，下诏搜访民间，以开元四部为目，馆中所阙及三百已上卷者，与一子出身。端拱元年，分三馆之书别为书库，目曰秘阁。真宗咸平三年，诏中外臣庶家有收得三馆所少书籍，每纳一卷，给千钱。送判馆看详，委是所少书数及卷秩别无差误，方许收纳。其所进书及三百卷以上，量才试问与出身。又令三馆写四部书二本。"[①]这一做法极大促进了士大夫提高自身文化素养的热情，据《挥麈前录》卷一所记，"仕宦稍显者，家必有书数千卷"[②]，推动了宋代文学向学问化、典实化方向发展，表现出不同于前代文学的显著特点。这就促进了宋代文学"以才学为诗"特征的形成。

宋代文学创作环境相对宽松，这在《玉照新志》卷五中得到印证：

> 《诗话》云，昭陵时，近臣赋诗，一联云："秦帝宫成陈胜起，明皇殿就禄山来。"或有谮于九重者，上览其首句云："朱衣吏引上高台"，即不复视。天语以为器量如此，何足观耶？谤焰遂熄。呜呼！昭陵岂不见全篇？倘尽以过目，则不可回互矣。此尧、舜之用心，宜乎享国长久。[③]

宋仁宗面对罗织谮语选择了"即不复视"的态度，由之可以看出宋代文学创作环境之宽松。与之相应，宋代舆论氛围也相对宽松，仁宗曾"诏群臣实封言时政阙失"[④]。宽松的环境推动了宋代文学"以议论为诗"面貌的形成。

不过，宋代文学的自由气氛毕竟是相对的，北宋中后期的党争及文字狱对文学的影响也不可忽略。《挥麈录余话》卷二载：

> 绍圣初，治元祐党人。秦少游出为杭州通判，坐以修史诋诬，道

①王明清：《挥麈前录》卷一，载《全宋笔记》第六编第1册，大象出版社，2013，第17页。

②同①，第18页。

③王明清：《玉照新志》卷五，载《全宋笔记》第六编第2册，大象出版社，2013，第209—210页。

④毕沅：《续资治通鉴》卷五十六，中华书局，1957，第1363页。

贬监处州酒税。在任，两浙运使胡宗哲观望罗织，劾其败坏场务，始送郴州编管。黄鲁直罢守当涂，寓居荆南，作《承天院塔记》，湖北转运判官陈举迎合中司赵正夫，发其中含谤讪，遂编管宜州。陈举者，乃宗哲之婿，可谓“冰清玉润”也。[①]

此处提到秦观与黄庭坚被贬谪均因时人“罗织”，当时士人还有因诗文里的一句话致罪于身的。《挥麈后录》卷六记汪辅之因简单的一句话而被贬：“汪辅之登第，熙宁中，为职方郎中、广南转运使。蔡持正为御史知杂，摭其谢上表有‘清时有味，白首无能’，以谓言涉讥讪，坐降知虔州以卒。”[②]

文字狱及党争使北宋后期士人或多或少形成了畏祸的性格。往日唐人身上那种俊朗自信的精神气质、昂扬阔大的生命胸怀已不多见。王明清敏锐地把握到了党争政治环境对士人心态的影响，《挥麈后录》卷六载：

范景仁尝为司马文正作墓志，其中有曰：“在昔熙宁，阳九数终。谓天不足畏，谓民不足从，谓祖宗不可法，乃裒顽鞠凶。”托东坡先生书之，公曰：“二丈之文，轼不当辞。但恐一写之后，三家俱受祸耳。”卒不为之书。东坡可谓先见明矣。当时刊之，绍圣之间治党求疵，其罪可胜道哉！陆务观云。[③]

这里苏轼拒绝书写范镇为司马光所作墓志的原因，是“但恐一写之后，三家俱受祸耳”，并非由于二人有矛盾。遭遇“乌台诗案”沉重打击后的苏轼居黄州期间，“轼素喜作诗，自是平居不敢为一字”[④]，此语虽稍显夸张，但在一定程度上反映了宋代党争及文字狱对苏轼心理的影响。

这样的政治环境并非仅影响苏轼一人，而是普遍影响了当时士人。宋人相比于唐人而言，生活重心由外在功名追求转向内在生命意义探寻，趋

①王明清：《挥麈录余话》卷二，载《全宋笔记》第六编第2册，大象出版社，2013，第44页。
②王明清：《挥麈后录》卷六，载《全宋笔记》第六编第1册，大象出版社，2013，第160页。
③同②，第165页。
④魏泰：《东轩笔录》卷十，李裕民点校，中华书局，1983，第114页。

于内敛温和，其中一个重要原因是宋代党争的政治环境。

王明清的笔记对宋代文学宏观“生态环境”的描述，并不仅限于文学与政治的关系，还包括其他方面。《投辖录》载：

> 祥符中，封禅事竣，宰执对于后殿。真宗曰：“治平无事，久欲与卿等至一二处未能，今日可矣。”遂引群公及内侍数人入一小殿。殿后有假山甚高，而山面有洞。上既先入，复招群公从行。初觉暗甚，行数十步则天宇豁然，千峰百嶂，杂花流水，尽天下之伟观。少焉，至一所，重楼复阁，金碧照辉。有二道士，貌亦奇古，来揖上，执礼甚恭，上亦答之良厚。邀上主席，上再三逊让，然后坐。群臣再拜，居道士之次。所论皆玄妙之旨，而肴醴之属又非人间所见也。鸾鹄舞于堂，笙箫振林木，至夕而罢。道士送上出门而别，曰：“万机之暇，毋惜与诸公频见过也。”复由旧路以归。臣下因以请于上，上曰：“此道家所谓蓬莱三山者。”群臣惘然自失者累日，后亦不复再往。不知何术以致之。祖父闻于欧阳文忠公。①

真宗与宰执重臣前往“蓬莱三山”，与二道士相得甚欢，这对考察宋代“三教融合”思想史的状况有裨益。

文士间的交游唱和是考察文学生态时不可忽视的一个方面。王明清笔记中记载了一些文士交游活动，如《挥麈后录》卷七载：

> 崇宁三年，黄太史鲁直窜宜州，携家南行，泊于零陵，独赴贬所。是时外祖曾空青坐钩党，先徙是郡。太史留连逾月，极其欢洽，相予酬唱，如《江樾书事》之类是也。帅游浯溪，观《中兴碑》。太史赋诗，书姓名于诗左，外祖急止之云：“公诗文一出，即日传播。某方为流人，岂可出郊？公又远徙，蔡元长当轴，岂可不过为之防邪？”太史从之，但诗中云“亦有文士相追随”，盖为外祖而设。②

---

①王明清：《投辖录》，载《全宋笔记》第六编第2册，大象出版社，2013，第79页。

②王明清：《挥麈后录》卷七，载《全宋笔记》第六编第1册，大象出版社，2013，第178页。

王明清的外祖父曾纡同黄庭坚在宜州交游唱和，并将作品结集。宋代不仅文士之间交游唱和，有时最高统治者也组织酬唱活动，如《挥麈录余话》卷一载：“明清顷于蔡微处得观祐陵与蔡元长赓歌一轴，皆真迹也。今录于后：‘己亥十一月十三日南郊祭天，斋宫即事，赐太师：报本精禋自国南，先期清庙宿斋严……太师臣京恭和。’”①

宋代士人除热衷交游外，还善于戏谑。《挥麈录余话》卷二载：

> 东坡先生出帅定武，黄门以书荐士往谒之。东坡一见云：“某记得一小话子，昔有人发冢，极费力，方透其穴。一人裸坐其中，语盗曰：‘公岂不闻此山号首阳，我乃伯夷，焉有物邪？’盗慊然而去。又往它山，镬治方半，忽见前日裸衣男子从后拊其背曰：‘勿开，勿开，此乃舍弟墓也。’”②

苏轼以伯夷、叔齐来戏谑他人，构思巧妙生动，足见苏轼幽默之性格。善谑是宋代士人的普遍风尚，有时甚至会因之致祸上身，《挥麈后录》卷六载：“一日聚饭行令，鲁直云：‘欲五字从首至尾各一字，复合成一字。’正夫沉吟久之，曰：‘禾女委鬼魏。’鲁直应声曰：‘来力敕正整。’叶正夫之音，阖坐大笑。正夫又尝曰：‘乡中最重润笔，每一志文成，则太平车中载以赠之。’鲁直曰：‘想俱是萝卜与瓜齑尔。’正夫衔之切骨。其后排挤不遗余力，卒致宜州之贬。一时戏剧，贻祸如此，可不戒哉！”③

宋代士人善戏谑之性格，表现在“以文为戏”“以诗为戏”上，于思理之外有了活泼灵动之色彩。

经唐代韩愈对儒学“经世致用”的重振，到宋代，经世之学成为宋学主干。宋代士人由此形成了刚毅不屈、达观乐道之“君子人格”。《挥麈后录》卷七载：

---

①王明清：《挥麈录余话》卷一，载《全宋笔记》第六编第2册，大象出版社，2013，第11—13页。

②王明清：《挥麈录余话》卷二，载《全宋笔记》第六编第2册，大象出版社，2013，第40—41页。

③王明清：《挥麈后录》卷六，载《全宋笔记》第六编第1册，大象出版社，2013，第165页。

东坡先生自黄州移汝州，中道起守文登，舟次泗上，偶作词云："何人无事，燕坐空山。望长桥上，灯火闹。史君还。"太守刘士彦本出法家，山东木强人也，闻之，亟谒东坡云："知有新词，学士名满天下，京师便传。在法，泗州夜过长桥者，徙二年，况知州邪！切告收起，勿以示人。"东坡笑曰："轼一生罪过，开口常是不在徙二年以下。"①

苏轼面对泗州守对其所作辞章恐致祸之担忧，答以"轼一生罪过，开口常是不在徙二年以下"，可见苏轼面对仕宦浮沉的从容达观与刚毅不屈。

综上所述，王明清笔记著作对深入探视宋代文学基本面貌有着不容忽视的价值。首先，王明清的笔记著作是其抒发思想见解、记录文学典实的重要载体。"昔人不以蹈袭为非"概念的提出，反映出宋代文学注重师法前代，青睐诗文典实的倾向。其中的文学政教论观点展现了儒学于宋代复兴的现象，揭示了对北宋中后期至南宋文学影响至深的以"士气""君子人格"为内核的"庆历风神"形成的内在文学思想动因。王明清笔记著作中的这些材料无疑对研究者探视宋代文学的特征具有积极的意义。

其次，王明清笔记著作中对一些大作家及其作品的介绍和评价，展现了这些作家在当时的影响力。

最后，王明清笔记著作提供了宋代文学生态考察的视野。就文学的宏观生态而论，王明清记述了文学与政治的互动，如宋代统治者对文章教化作用的重视、宋代前期相对宽松的文学创作氛围、党争及文字狱的出现等。他还记述文士同道士交游，记述文士间的交游雅会，等等，对深入把握宋代文学自然灵动、气韵浩然的风貌有很大的裨益。

范公偁《过庭录》

范公偁，生平不详。苏州吴县（今江苏苏州）人，有《过庭录》一卷。据书中自言，他为范仲淹之玄孙，其曾祖为范纯仁，其父为范直方。本书包含一些文学思想。

---

①王明清：《挥麈后录》卷七，载《全宋笔记》第六编第1册，大象出版社，2013，第176—177页。

书中比较值得注意的是有关黄庭坚的内容。

此书记载，黄庭坚善于教导后学："无名子从学鲁直，未几文大进。尝题扇上画小儿迷藏诗云：'谁剪轻纨织巧丝，春深庭院作儿嬉。路郎有意嘲轻脱，只有迷藏不入诗。'盖得延小儿不及迷藏也。"[①]"鲁直在鄂州，太守以其才望信重之。士人以诗文投贽，守必取质于鲁直而报之。一同人投诗颇纰缪，守携见鲁直，意其一言，少助其乏。鲁直阅诗，良久无语。太守曰：'此诗不知酬以几何？'鲁直笑曰：'不必他物，但公库送与四两干艾，于尻骨上做一大炷炙之。'且问曰：'尔后敢复凑放野同人？'竟无所济。"[②]从这则材料可以侧面看出黄庭坚富有个性。

第三节 次重要笔记的文学思想

高似孙《纬略》

高似孙（？—1231），字续古，号疏寮，绍兴余姚（今属浙江）人，有《纬略》十二卷。

此书考证诗文，语言典实，引证丰富，对于了解古代诗文的典故出处、词语演变有较大的参考价值。

李纲《靖康传信录》《建炎进退志》《建炎时政记》

李纲（1083—1140），字伯纪，号梁溪居士，邵武（今属福建）人，有《靖康传信录》《建炎进退志》《建炎时政记》。据作者后序，《建炎进退志》创作完成于宋高宗建炎二年（1128），"建炎二年十月二十日，具位李纲叙"。

《靖康传信录》《建炎进退志》，对于宋史研究价值很高，《建炎时政记》比《建炎进退志》简略，但也有一定的历史参考价值。不过，这三部笔记中与文学思想有关的内容很少。

《靖炎两朝见闻录》

《靖炎两朝见闻录》，署名陈东撰，但实际上是当时其他太学生所撰，

①范公偁：《过庭录》，载《全宋笔记》第六编第5册，大象出版社，2013，第26页。
②同①，第31—32页。

有重要的历史参考价值，也包含一些文学思想内容。

此书记载，国破家亡的残酷现实笼罩在人们心头，催生了一些反映现实的文学作品。“十五日，黎明，榜云：‘驾前人回，传到圣旨，军中供帐、御膳、冰炭什物不阙，迎待礼数优异。宰执、从官次舍温洁。只缘金银衣段数少，商议未定。仰疾速催促，务要日下尽数交纳。不出一两日，决定驾回，保无它事。恐军民士庶忧虑，今多出文榜晓谕。右晓谕军民，各令安业，务要宁静，不得喧闹。’以昨夕民情颇有动摇，故有此榜开谕。是日，阴云四垂，家家愁苦。士大夫忧愁，作为歌诗甚众，独有著作郎胡处晦《上元》诗，人多传念。一诗云：‘上元愁雪生九重，哀笳落日吹腥风。六龙驻跸在草莽，孽胡歌舞蒲萄宫。抽钗脱钏到编户，竭泽枯鱼充宝赂。圣主忧民民更忧，骄子逆天天不怒。向来艰难传大宝，父老谈王似仁庙。元年二年城下盟，未睹民臣继嘉祐。路人哀痛尘再蒙，冠剑夹道趋群公。神龙只合九渊卧，岂得履辱蛟蛇中。朝廷中兴无柱石，薄物细故烦帝力。毛遂不得处囊中，远惭赵氏厮养卒。今日君王归不归，倾城回首欲悲啼。会看山呼声动地，万家香雾绕天衣。胡儿胡儿莫耽乐，君不见望夕月亏东北角。’”①此诗结尾仍不失收复失地的愿望与壮志。

胡铨《经筵玉音问答》

胡铨（1102—1180），字邦衡，庐陵（今江西吉安）人，有《经筵玉音问答》一卷，此书篇幅不长，记载隆兴元年（1163）五月三日晚侍孝宗于后殿之内阁时的君臣问答。“潘妃执玉荷杯，唱《万年欢》。此词乃仁宗亲制。上饮讫，自执樽坐，谓予曰：‘礼有报施，乃卿所言。’余再三辞避，蒙旨再三劝勉。上乃亲唱一曲，名《喜迁莺》以酌酒。且谓予曰：‘梅霖初歇，惜乎无雨。’予乃恭揖，饮讫各就坐。”②“特旨令妃劝予酒，予再辞不获。上旨谓妃曰：‘胡侍读能饮，可满酌。’歌《聚明良》一曲，上抚掌大笑曰：‘此词甚佳，正惬朕意。’上又谓予曰：‘此妃甚贤，虽待之以恩，然不至如他妇人。即唱劝酒事，便可见矣。’上又令妃酌酒。上饮讫，谓予曰：‘卿可酌

①陈东：《靖炎两朝见闻录》，载《全宋笔记》第三编第5册，大象出版社，2008，第172—173页。

②胡铨：《经筵玉音问答》，载《全宋笔记》第四编第3册，大象出版社，2008，第100页。

一杯，以回妃酒。’予曰：‘内外事殊，小臣今夕蒙恩如此，使臣杀身以报陛下，则所当然。欲使臣酌酒以回妃，则不可。臣恐明日朝臣议臣之非。’上乃拱手答曰：‘朕知卿此心忠直，通于神明，此朕之误言也。’予遂又取酒再拜劝上，跃然满饮之。”[①]“上又索酒再酌，满饮，予亦满饮。上谓予曰：‘卿向在海南时，为诗必多。’予答曰：‘臣向居岭海时，日率作诗十数首。初任福州佥判，以诗词唱和得罪，故迁新州。及居新州，又以此获谴，复徙吉阳军。甚矣，诗词能祸人也如此。今既蒙录用，静思二十年前，为之堕泪。’上答曰：‘桑田变为大海，大海变为桑田。古宇今宙，多少更易。此事非特卿堕泪，朕亦不知几抆泪矣。世事殊异，无可奈何。’”[②]从中不难看出宋孝宗渴望起用和抚慰受秦桧打击的朝臣之心，也能反映宋词在宫中的流行程度。

钱世昭《钱氏私志》

钱世昭，生平事迹不详，临安（今浙江杭州）人，有《钱氏私志》一卷。本书杂记时事，也包含一些文学思想的内容。此书出于私怨，对欧阳修不遗余力进行诋毁。

此书对于苏轼被贬海南时的生活与精神状态，有一些有价值的记载，从中可以看出苏轼从老庄与佛家思想中汲取营养，豁达乐观，以幽默风趣的态度超然面对苦难的伟大胸怀。[③]

丁特起《靖康纪闻》

丁特起，合肥（今属安徽）人，有《靖康纪闻》，又名《靖康孤臣泣血录》。此书按日记记载钦宗靖康元年十一月至次年五月间金军围汴京之事，包含少量文学思想相关内容，但与其他笔记有重复之处。

韩元吉《桐阴旧话》

韩元吉（1118—1187），字无咎，号南涧，开封雍丘（今河南杞县）人，有《桐阴旧话》，仅一卷，记载作者的家世旧闻，包含少量文学思想相关内容。其中有一条有关科名、功名天定的材料，表明那个时代人们在科举中

---

①胡铨：《经筵玉音问答》，载《全宋笔记》第四编第3册，大象出版社，2008，第101页。
②同①，第102页。
③参见钱世昭：《钱氏私志》，载《全宋笔记》第二编第7册，大象出版社，2006，第69—70页。

对迷信之说有强烈兴趣。“献肃公讳绛，字子华。发解、过省、殿试，皆第三。以元祐三年三月薨。皆三数，亦异事也。故苏惠公颂挽诗云：‘三登庆历三人第，四入熙宁四辅尊。’盖公自枢副迁参政，宣抚陕右，即军中拜昭文相，再入史馆相也。”①

石茂良《避戎夜话》

石茂良，生卒年不详，字太初，吴兴（今浙江湖州）人，著有《避戎夜话》。靖康元年（1126）十一月，金人攻陷汴京，都统制姚友仲被祸身亡，石茂良作为姚友仲部属，亲历此事。

此书记载了宋钦宗被掳后谢元及所作之词。谢元及的词悲凉中寓冷峻。卷下载：

> 渊圣幸虏营不返，谢元及作《忆王孙》，其词有云：“依依官柳历宫墙，楼殿无人春昼长。燕子归来依旧忙，忆君王，月破黄昏人断肠。”②

尽管金人气焰熏天，朝廷大臣对北宋灭亡的事实惶恐不安，悲痛万分，但并没有丧失收复失地的信心，渴望朝廷与民众勠力同心，共赴国难。卷下此条出现在多部笔记中，虽文字不全同，但意思接近。

> 正月十五日，渊圣在虏营。是日，阴云四垂，家家愁苦，向之鳌山、教坊、百戏、景龙灯火之乐，不可同年想也。士大夫忧愤，作歌行者甚重，独胡处晦《上元行》脍炙人口。今附于左：“上元愁云在九重，哀笳落日吹腥风，六龙驻跸在草莽，孽胡歌舞蒲萄宫。抽钗脱钏到编户，竭泽枯鱼充宝赂，圣主忧民民更忧，骄子嫖天天不怒。向来艰难传大宝，父老谈言似仁庙，元年二月城下盟，未睹名臣继嘉祐。哀痛今年尘再蒙，冠剑夹道趋辞公。神龙金在九渊卧，安得屡困蛟蛇中。朝廷中兴无柱石，薄物细故昭帝力，毛遂不得处囊中，远惭赵

①韩元吉：《桐阴旧话》，载《全宋笔记》第四编第7册，大象出版社，2008，第124页。
②石茂良：《避戎夜话》卷下，载《全宋笔记》第四编第8册，大象出版社，2008，第71页。

氏厮养卒。今日君王归不得，倾城回首歌悲啼。会看山呼声动地，万家香雾烧天衣。胡儿胡儿莫耽乐，君不见夕月常戏东北角。”[①]

此书还记载了详细描绘金兵破开封情状的诗歌，充满了实录精神。卷下载：

鸿胪主簿邓肃作《靖康行》云：“女真作意厌人肝，挥鞭直指来长安。南渡黄河如履地，东望太行不能山。帝城周围八十里，二十万兵气烈炽。旌旗城上乱云烟，腰间宝剑横秋水。雪花一日故濛濛，皂帜登城吹朔风。我师举头不敢视，脱兔放豚一扫空。夜起火光迷凤阙，钲鼓砰轰地欲裂。斯民嗷嗷将何之？相顾无言惟泣血。仆射何公扣龙墀，围闭相臣臣噬脐。奇兵化作乞和使，誓捐一死生群黎。游谈似霁胡师怒，九鼎如山不复顾。郊南期说上皇舆，截破黄河径归去。陛下仁孝有虞均，忍令胡骑纵吾亲。不龟太始自鞭马，一出换回社稷春。胡人慕德犹贪利，千乘载金未满意。钗钏那为六宫留，大索居民几卷地。六龙再为苍生出，自磨虎牙恬不恤。重城突兀万胡奴，杳隔銮舆今十日。南城赤子日骈阗，争掬香膏自顶撚。忿气如云泪如雨，漫漫白昼无青天。大王避狄空金帛，坐使卜年逾八百。天听端坐民心耳，苍苍谁云九万隔。会看春风拥赭黄，万民语呼喜欲狂。天宇无尘瞻北极，旄头落地化顽石。”后亦被虏，至三月二十四日放回。[②]

佚名《南窗纪谈》

佚名《南窗纪谈》一卷，记北宋时事风俗，有部分文学思想内容。此书记载了宋人以唐诗为审美标杆，以“有唐人之风”评价诗人的事例：“钱唐关注字子东，家世以文雅称，喜为诗，有唐人之风。尝赋《松声》一篇云：‘梦破松声枕上闻，睡魔夜半战吟魂。初疑夜雨连江岸，乍觉寒潮上海门。招引好风来古寺，追随月色下前村。晚行欲问声来处，郁郁沧波漫不分。’”[③]

---

①石茂良：《避戎夜话》卷下，载《全宋笔记》第四编第8册，大象出版社，2008，第71页。

②同①，第71—72页。

③佚名：《南窗纪谈》，载《全宋笔记》第五编第1册，大象出版社，2012，第200页。

范成大《揽辔录》《骖鸾录》《吴船录》《桂海虞衡志》

范成大（1126—1193），字至能，一字幼元。尝自号此山居士，晚又号石湖居士，平江府吴县（今江苏苏州）人，有三部日记体笔记，名之曰《石湖纪行三录》。另有《桂海虞衡志》一部，据作者自序，此书完成于淳熙二年（1175），“淳熙二年乙未长至日，吴郡范成大至能书”。

《揽辔录》一卷，只留存2300字左右，但是有很高的史料价值，是范成大乾道六年（1170）使金期间的实录。此书对我们深入了解范成大使金七十二首绝句产生的背景及创作心理有重要价值，表明宋人无事无物不可入诗的创作原则。

《骖鸾录》一卷，为作者乾道八年（1172）从姑苏出发赴广西帅任、于第二年三月抵达桂林所写日记，不少段落语言优美，但文学思想相关内容较少。

《吴船录》二卷，为作者淳熙三年（1176）卸任四川制置使东归时所作，包含不少文学思想内容。

第一，在描绘沿途景物时，范成大以杜甫诗歌与景物相互印证，体会杜甫诗歌的意境。《吴船录》卷上载：“石湖居士以淳熙丁酉岁五月二十九日戊辰离成都，是日，泊舟小东郭合江亭下。合江者，岷江别派。自永康离堆入成都及彭、蜀诸郡，合于此，以下新津。绿野平林，烟水清远，极似江南。亭之上曰芳华楼，前后植梅甚多。故事：腊月赏梅于此。管界巡检营在亭旁。每花开及三分，巡检司具申，一两日开燕，监司预焉。蜀人入吴者，皆自此登舟。其西，则万里桥。诸葛孔明送费祎使吴曰：‘万里之行，始于此。’后因以名桥。杜子美诗曰：‘门泊东吴万里船。’此桥正为吴人设。余在郡时，每出东郭，过此桥，辄为之慨然。东下五里，曰板桥滩。自蜀都下峡，滩之始也。”[①]卷上又载：“五十里至郫县。观者塞途，皆严妆盛饰……郫邑屋极盛，家家有流水修竹，而杨氏之居为最。县圃大竹万个，流水贯之，浓翠欲滴。未至县二十里，有犀浦镇，故犀浦县。今废，属郫，犹为壮镇。杜子美诗：‘南京犀浦道，四月熟黄梅。湛湛长江水，冥冥细雨来。’蜀无梅雨，子美梅熟时经行，偶值雨耳。恐后人便指为梅雨，故辩之。唐玄宗

---

①范成大：《吴船录》卷上，载《全宋笔记》第五编第7册，大象出版社，2012，第53页。

幸蜀，尝以成都为南京云。”[1]卷上还记载：“乙卯，大雨。不可登修觉。修觉者，新津县对江一小山，上有决胜亭。一望平野，可尽西川。杜子美所谓：‘西川供客眼，唯有此江郊。’是日，雾雨昏昏，非望所宜，故不复登。”[2]

第二，对于杜诗的流传情况及影响，范成大也特别注意。此书卷下载：“叙，古戎州也。山谷谪居在小寺中，号大死庵，后人就作祠堂并裒墨迹刻其中。方山谷谪居时，屡有《锁江亭》诗，今江上旧基，别作新亭，颇如法。锁江者，旧戎州在对江平坡之上，与夷蛮杂处，马湖江自夷中出，合大江，夷自马湖舟行，必过旧州下，故联锁于江口，以防其出没。今徙州治于南岸，而锁江之名犹存，犹置锁中流，但拦税而已……两岸多荔子林。郡酝旧名‘重碧’，取杜子美《戎州》诗‘重碧拈春酒，轻红擘荔枝’之句。”[3]卷下又载：“己未，泊归州。峡路州郡，故皆荒凉，未有若归之甚者。满目皆茅茨，惟州宅虽有盖瓦，缘江负山，逼仄无平地。楚熊绎始封于此，筚路蓝缕，以启山林。其后始大，奄有今荆湖数千里之广。州东五里有清烈公祠，屈平庙也。秭归之名，俗传以屈平被放，其姊女媭先归，故以名。殆若戏论。好事者或书作此‘秭归’字。倚郭秭归县，亦传为宋玉宅。杜子美诗云‘宋玉悲秋宅’，谓此。县傍有酒垆，或戏作‘宋玉东家’。属邑兴山县，王嫱生焉。今有昭君台，香溪尚存。城南二里，有明妃庙。余尝论归为州僻陋，为西蜀之最，而男子有屈、宋，女子有昭君，阀阅如此，政未易忽。”[4]

第三，对于苏轼诗歌的影响力，范成大也十分关注。此书卷上载：“乙酉，泊嘉州。渡江游凌云，在城对岸。山不甚高，绵延有九山头，故又名九顶。……嘉为众水之会，导江、沫水与岷江皆合于山下，南流以下犍为。沫水合大渡河由雅州而来，直捣山壁，潭泷险恶，号舟楫至危之地。唐开元中，浮屠海通，始凿山为弥勒佛像以镇之。高三百六十尺，顶围十丈，目广二丈，为楼十三层，自头面以及其足，极天下佛像之大。两耳犹以木为之。佛足去江数步，惊涛怒号，汹涌过前，不可安立正视，今谓之佛头滩。佛阁正面三峨，余三面皆佳山，众江错流诸山间。登临之胜，自西州来始见此

---

①范成大：《吴船录》卷上，载《全宋笔记》第五编第7册，大象出版社，2012，第53—54页。
②同①，第58页。
③范成大：《吴船录》卷下，载《全宋笔记》第五编第7册，大象出版社，2012，第71页。
④同③，第77—78页。

耳。东坡诗：'但愿身为汉嘉守，载酒常作凌云游。'后人取其语，作载酒亭于山上。"[①]苏轼的两句诗歌，成就了一处名胜，人们对苏轼的爱戴可见一斑。出于对苏轼的仰慕，到了黄州，范成大专门实地考索了苏轼诗文中的名胜。"庚寅，发三江口。辰时过赤壁，泊黄州临皋亭下。赤壁，小赤土山也。未见所谓'乱石穿空'及'蒙茸''巉岩'之境，东坡词赋微夸焉。郡将招集东坡雪堂。郡东山垄重复，中有平地，四向皆有小冈环之。东坡卜居时，是亦有取于风水之说。前守鸠材欲作设厅，已而辍作雪堂，故稍宏壮。堂东小屋，榜曰'东坡'。堂前桥亭曰小桥，皆后人旁缘命之。对面高坡上新作小亭，曰'高寒'，姑取《水调》中语，非当时故实。"范成大明白此赤壁非赤壁之战的赤壁，且感到苏轼千古名篇《念奴娇·赤壁怀古》及《前赤壁赋》《后赤壁赋》所描绘的景物有一部分是苏轼的想象，并非全部是实景。

《桂海虞衡志》一卷，是范成大离桂赴四川帅任途中所撰，生动具体地记录了少数民族居住地的风土人情、山川草木、植物动物、生活习俗、民族特色、政治、经济、军事、文化状况等，无文学思想相关内容。

周必大《淳熙玉堂杂记》《乾道庚寅奏事录》《泛舟游山录》

周必大（1126—1204），字子充，一字洪道，庐陵（今江西吉安）人，著有《淳熙玉堂杂记》三卷、《乾道庚寅奏事录》一卷、《二老堂杂志》五卷、《泛舟游山录》三卷。据作者自序，《淳熙玉堂杂记》完成于淳熙九年（1182），"壬寅八月二十日，周必大题"。

《淳熙玉堂杂记》详细记载了宋代翰林院的故事，对于了解翰林院在南宋的职权、运行制度、礼仪等有重要参考价值，其中包含一些文学思想内容。

此书记载了宋孝宗对文化的重视。卷中载："丁酉（1177）九月丙辰，宣召侍御史少保浩赐宴澄碧殿，抵莫，送以金莲烛，宿玉堂直庐。上命作诗叙此会。史进古诗三十韵，云：'季秋中浣日，淳熙隆四祀。朝回揽辔间，中使俄传旨。少顷日转深，宣召陪燕喜。预令扫玉堂，深夜备栖止……玉音宠谕臣，此会宜有纪。归途感恩荣，占写忘骫骳。'上御制俯同其韵云：'揖

①范成大：《吴船录》卷上，载《全宋笔记》第五编第7册，大象出版社，2012，第60—61页。

逊荷帝尧，寅恭五元祀。治道贵清净，圣言有深旨。谁歌元首明，自得股肱喜。跻民期仁寿，距肯中道止……文章籍老手，直笔中兴纪。载嘉矍铄翁，焉得执觚皾。'逮十一月壬寅，轮当内直，申时二刻，宣召至清华阁。上曰：'学士宴见无时，最为亲近。朕和史浩诗，待录示卿，可和以进。此学士职也。'又云：'卿想不甚饮。比赐宴时，见卿面赤，却至诚不辞。'既退，中使李肃传旨，'赐诗本，并戊戌小春茶二十銙，叶世英墨五团，以代赐酒'。世英，御前墨工也。恭进和篇云：'粤从三代还，岁月过千祀。时岂无贤君，道未契宸旨。煌煌唐太宗，勋业在所喜。寇攘既扫除，蛮貊毕至止……南山竹易殚，陛下功难纪。儒馆谩献歌，将奈词之皾。'是日，奏事毕，问陛下命临安府开《文海》有诸。上曰：'然。'奏云：'《文选》之后有《文粹》，已远不及。所谓《文海》乃近时江钿编类，殊无伦理，书坊刊行可也。今降旨校正刻板，事体则重，恐难传后。莫若委馆阁官铨择本朝文章成一代之书。'上大以为然，曰：'卿可理会。'奏乞委馆职，上曰：'待差一两员。'其后，遂付吕伯共祖谦。既成，上问：'何以为名？'某乞赐名《皇朝文鉴》。上曰：'善。'又降旨令某作序，亦既进呈，江刊版。会有近臣密启云：'所载臣僚章疏，毁及祖宗政事。'遂不果刊。今其书士大夫或传之。"①宋孝宗不但重视文化，下令编辑《皇朝文鉴》，而且写诗的本领高强，能够次韵史浩六十句的五言排律，其诗歌修养可见一斑，而墨工叶世英也能次韵宋孝宗六十句的五排，从中不难看出，宋代知识阶层人数之多，远远超过唐代。

《乾道庚寅奏事录》记载的是作者乾道六年从家乡庐陵到临安途中的所见所闻，书中包含一些文学思想的内容。

作者记下了自己在行程中亲身体悟前辈诗作的事迹，体现出一种重视实际感悟的审美倾向。卷五《记昆山登览》载："癸亥早，南风挂帆，行近四十里，片云忽在头上，转为北风，两舟相望，篙师皆失色无措，急令转就帆，逆行十余里入铜陵夹方定。午时至铜陵县，泊绣衣亭下。游天王禅寺，今名'护法'。残僧败屋，不类丛林。《山谷集》有《铜管僧舍得尚书郎赵宗闵墨竹一枝笔势妙绝天下为作小诗二首》：'省郎潦倒今何处？败壁风生霜竹枝。满世阎刘专翰墨，谁为真赏拂蛛丝。''独来野寺无人识，故作

---

①周必大：《淳熙玉堂杂记》，载《全宋笔记》第五编第8册，大象出版社，2012，第294—296页。

寒崖雪压枝。想得平生藏妙手，只进犹在鬓如丝。’诗与竹皆不复存，寺后山上有富览亭，望江流凡三夹，对岸即濡须也。五里有宝云寺，李白祠堂在焉。十里有铜坑，知县右承务郎闾晟相候。邑在乱山中，殊陋。”①“壬申，早雨，俄晴。州行小河，甚駃，至采石镇，以云气驳杂少留。已而复行，泊慈湖夹，方午，未间也。东坡有《阻风》五绝句即此。”②“闰五月庚辰朔，早至丹阳馆，使客之馆也。赴蔡守素饭于普照寺，长老慧照，兴化人。雨甚，稍止，携邓子长及纶上甘露寺，不到已十八年。镇江因北固山以为城，而寺在山上。东坡诗云‘古郡山为城，层梯转朱栏’，尽之矣。”③亲身体会前辈作家诗中的境界，是提高诗歌创作水平的重要途径之一。

《泛舟游山录》记载了周必大于乾道三年（1167）为探望病中的岳父，由江西前往宜兴途中的见闻游踪，其中有一些文学思想的内容。

范成大善于在游历中面对实景，体味学习前人的诗作。如卷三载："乾道丁亥十月乙未朔，早自白沙入小路数里……遂同赵生过江祖兴道院，主僧行余置酒。访李白祠堂，但有废碑在壁角。令行余导至石边，攀援而下，得小舟，同泛清溪，水正碧色，下浅滩数里至玉镜潭，水自南来，触岸西折，弯环可喜，潭深才二三丈云。李白诗云：‘江祖一片石，青天扫画屏。’又云：‘溪水正南奔，回作玉镜潭。’皆实录也。途中占小诗云：‘清溪水色胜于蓝，祖石移舟下镜潭。妙绝画屏并碧玉，谪仙不见与谁谈？’"④卷一载："癸卯，早移舟过东门，登岳庙，入荐福禅院，陈莹中作记，偶免兵火，观音堂极高爽，或云东坡赋红梅阁即此也。……老僧守稠云，东坡元祐六年三月二十八日过寺，赋诗云：‘醉中眼缬自斑斓，天雨曼陀照玉盘。一朵官黄微拂掠，鞓红魏紫不须看。’‘六花檐葡林间佛，九节菖蒲石上仙。何似东坡铁柱杖，一时惊散野狐禅。’其碑近为何提干者取去。"⑤

在沿途的行程中，面对实景，范成大吟咏体味了葛洪、谢灵运、李白、白居易、杜牧、陆龟蒙、晏殊、张方平、欧阳修、苏舜钦、苏轼、黄庭坚等的诗文，或感悟其写景逼真，或叹服其艺术高妙，或称赞其用语传神，不一

①周必大：《乾道庚寅奏事录》，载《全宋笔记》第五编第8册，大象出版社，2012，第317页。
②同①，第318页。
③同①，第320页。
④周必大：《泛舟游山录》卷三，载《全宋笔记》第九编第8册，大象出版社，2018，第149页。
⑤周必大：《泛舟游山录》卷一，载《全宋笔记》第九编第8册，大象出版社，2018，第111页。

而足，对研究古代文学传播很有意义。

崔敦礼《刍言》

崔敦礼（？—1181），字仲由，通州静海（今江苏南通）人，有《刍言》三卷，上卷论政事，中卷论立身行事，下卷论学问。书中包含一些涉及文学思想的内容。

此书肯定了作家修养的重要性："或问：'君子之道有屈信乎？'曰：'信也，焉得屈。'曰：'孔、孟之穷，荀况之废，扬雄之贫，王通之居汾，韩愈之投荒，恶乎信？'曰：'其位则屈，其道则信。''请问道。'曰：'夫子信于六经，轲信于七篇，况信于《新书》（案：《新书》乃贾谊所作，此云荀况，疑误）。雄信于《法言》《太元》，通信于《中说》，愈信于《原道》《论佛骨表》，虽万世不泯也。其信也孰御焉。"①作者认为，作家应当有坚定不移的品格和浩然正气。

此书重视文以载道。卷下载："圣人之文其道全，学者之文其义全，材士之文其词全。道全者人化之，义全者人信之，词全者人悦之。是故修词而可说者，义之昧也。明义以求信者，道之衰也。圣人者其犹天地乎！天之道粲为日月星辰，而四时行焉；地之道陈为山川丘陵，而百物生焉。圣人之文，道化焉而已矣。"②

由于把道的重要性强调到无以复加的作用，崔敦礼反对人为求工。此书卷下载："工求其工，学者亦求其工乎？曰雕镂剞劂，木之病也；纤织组丽，丝之蠹也；穿凿破碎，道术之衰也；钩棘排偶，文章之弊也。工乎！工乎！吾见拙者笑之矣。"③

此书认为，只要有道，修饰雕琢都是多余的。卷下载："穷里之社，有扣盆拊瓴和而歌者，自以为乐矣。一日，使之击建鼓、撞巨钟，如仍然如盆瓴之足羞也。穿凿以为深，雕琢以为功，诵数以为精，谓学之至也，君子视之，叩盆拊瓴之徒耳。是故不闻圣人之道，不知穿凿之粗也；不观圣人之文，不知雕琢之陋也；不得圣人之忘言，不知诵说之无益也。"④

---

①崔敦礼：《刍言》卷中，载《全宋笔记》第五编第10册，大象出版社，2012，第279页。
②崔敦礼：《刍言》卷下，载《全宋笔记》第五编第10册，大象出版社，2012，第282页。
③同②，第283页。
④同②，第286页。

此书重在申说儒家思想，其文学思想创新之处不多，更多的是重弹理学家重道轻文的老调。

李元纲《厚德录》

李元纲，字国纪，钱塘（今浙江杭州）人，生卒年不详，宋孝宗时上庠生，有《厚德录》四卷。此书记载宋代众朝士贤达的嘉言善行，旨在劝善。书中有少量文学思想相关内容。其中引自他书者不再陈述。

此书中有关科举制度的内容很有价值，对功名天定的宿命论十分热衷。如卷一载："二宋丱角之年，同于黉舍肄业。有胡僧见而谓曰：'小宋他日当魁天下，大宋亦不失甲科。'后十余年，春试罢，复遇僧于廛邸。僧执大宋手而惊曰：'公风神顿异昔时，能活数百万命者。'大宋笑曰：'贫儒何力及是？'僧曰：'不然。肖翘之物皆命也，公试思之。'大宋俯思良久，乃笑而言曰：'旬日前，所居堂下有蚁穴，为暴雨所侵。群蚁缭绕穴傍，吾乃戏编竹为桥以渡之，由是蚁命获全。得非此乎？'僧曰：'是也。小宋今岁固当首捷，然公终不出小宋下。'二宋私相语曰：'妄也。一岁固无两魁。'比唱第，小宋果中首选。章宪太后当朝，谓不可以弟先兄，乃大宋为第一，小宋为第十。始信僧不妄。"①

李季可《松窗百说》

李季可，生卒年不详，永嘉（今属浙江）人，著有《松窗百说》一卷。《松窗百说》是一部史评类笔记，书中包含部分文学思想相关内容。

第一，此书主张有为而作，《文欲有补》条载："孔子之文可谓有补矣，犹曰：'我欲载之空言，不如见之于行事之深切著明也。'尚恐其文之无益，至他人可知矣。然自晋宋以来尤病，而诗赋歌咏为甚。仆近代人作临江太守生日诗，末云：'道路尽歌贤太守，祈颂万人同一口。只应悯及黄衣儿，亦使衔环致君寿。'讽守事虽多，而此邦以黄雀遗权要，杀害之众，所独也。中人以上闻之，当少戒焉。诗成，送所代，代云：'闻守有不嗜鲊者，临去，此雀以万数飞翔送之。'"②

---

①李元纲：《厚德录》卷四，载《全宋笔记》第六编第2册，大象出版社，2013，第285页。

②李季可：《松窗百说》，载《全宋笔记》第六编第3册，大象出版社，2013，第37页。

第二，在诗歌创作的方法上，此书有独特的认识。《诗眼》条载："凡诗言之有眼者，盖不滞于题，诗外有所见，大抵谓道也。岂特风花雪月区区以自蔽惑而已？杜子美云：'甫也南北人，早为诗酒污。'则此老岂复为声韵华藻所累哉？故为自古诗人之冠。"①

第三，此书推崇一丝不苟、认真细致的创作态度。《文必删》条载："诗书删定之后，始为圆具。今人欲下笔皆可传世，难矣。孟子杂以外篇，即其论甚驳，韩文、杜诗，更少删除，乃尤奇至，况余士哉？刘伶一颂，莫测其人，而唐末诗家盈车可载者，多荒颣可厌也。"②

儒家因袭、呆板的思维方式，也使得此书作者对一些具有创新性的作品评价不够准确。《柳宗元》条载："柳宗元作《河间传》，足以讽一而劝百，其言淫污之甚，吁可怪也。岂夫子自道乎？黔驴、永鼠，轻薄子常藉以骂曰：'技止此尔！'则其言岂有益哉？察其悍杰之资，徒不碌碌尔，故不禀中和矣。呜呼！浑浑灏灏之书，陵夷乃至于此邪！"③

周去非《岭外代答》

周去非（1134—1189），字直夫，温州永嘉（今属浙江）人，有《岭外代答》十卷。据作者自序，此书完成于淳熙五年（1178），"淳熙戊戌冬十月五日，永嘉周去非直夫记"。

此书本范成大《桂海虞衡志》，而益以淳熙年间作者做静江府通判时的耳目见闻，所记皆广西境内之事，分地理、边帅、外国、风土、法制、财计、器用、服用、食用、乐器、宝货、金石、花木、禽兽、虫鱼、古迹等。在记载山川地理时，此书善于对照唐宋诗歌，互相生发。

卷一《桂山》载："山谷诗云：'桂岭连城如雁荡，平地苍玉忽嵯峨。'唐人谓：'两地不如阳朔好，碧莲峰里住人家。'雁山屡游矣，桂山得雁山之秀，雁山不若桂山之多。若置诸大龙湫、龙鼻泉之侧，则雄伟之气亡矣。"④

卷一《桂林岩洞》载："石湖尝评桂山之奇，宜为天下第一。及考唐韩

①李季可：《松窗百说》，载《全宋笔记》第六编第3册，大象出版社，2013，第29—30页。
②同①，第39页。
③同①，第34页。
④周去非：《岭外代答》卷一，载《全宋笔记》第六编第3册，大象出版社，2013，第92页。

退之诗云：‘水作青罗带，山如碧玉篸。’柳子厚《訾家洲记》云：‘贵州多灵山，发地峭竖，林立四野。’观前人品题桂林之意，端不诬矣。”①

卷四《雪雹》载：“杜子美诗：‘五岭皆炎热，宜人独桂林。梅花万里外，雪片一冬深。’盖桂林尝有雪，稍南则无之，他州土人皆莫知雪为何形。”②

吕祖谦《卧游录》《入越录》

吕祖谦（1137—1181），字伯恭，婺州金华（今属浙江）人，学者称东莱先生。有《卧游录》一卷，录文四十六则，前二十一则选自《世说新语》，后十九则选自《苏轼文集》，又四则选自《陶渊明集》，两则记贤者，无创新之处。

吕祖谦另有《入越录》。淳熙元年（1174）八月，吕祖谦丁父忧期满，与弟子潘叔度等自金华出发至会稽，顺道探望年事已高的外祖母，用日记体记述沿途行踪，是为《入越录》。其中记载沿途自然风物、古迹、风土人情等，文学思想内容很少。在游会稽时，吕祖谦引杜甫诗记当地景物：“三日，游外氏园……园后边河，岸木成阴，舅氏云此即蜀桤木也。植之方数年，往时表里无障蔽，今不复见道上车马也矣。杜子美所谓‘饱闻桤木三年大’，信然。”③可见他对杜诗的学习钻研，已到了能脱口而出的地步。

楼钥《北行日录》

楼钥（1137—1213），字大防，号攻愧主人，明州鄞县（今浙江宁波）人，有《北行日录》二卷。《北行日录》为乾道五年（1169）作者作为使金贺正使书状官随其舅汪大猷北行时所撰，逐日记录本年十月九日至三月六日北行往返始末，时时流露出忧时伤世的爱国之情。书中包含少量文学思想相关内容。

作者吊古伤今，常引《诗经》《战国策》《左传》来证明金人所掠之地为中华故地，历史悠久。卷上载：“按：东京，春秋卫、陈、郑三国之境，战

---

①周去非：《岭外代答》卷一，载《全宋笔记》第六编第3册，大象出版社，2013，第92—93页。

②周去非：《岭外代答》卷四，载《全宋笔记》第六编第3册，大象出版社，2013，第130页。

③吕祖谦：《入越录》，载《全宋笔记》第九编第8册，大象出版社，2018，第185页。

国属魏，东魏立梁州，后周改汴州，兴元为玄武军节度使，后梁以州建国，升为东京开封府，后唐复为汴州，晋、汉、周、本朝因梁旧。汴河，古莨荡渠，首受黄河水，隋炀帝开浚，兼引汴水。开封县有浚沟，即《衛诗》浚都也。有沙海，《战国策》颜率言：‘大梁君臣欲得九鼎，谋于沙海之上。’蓼堤自睢阳至此三百里。吹台今日繁台，本师旷作，孝王增筑。祥符县有夷门山，夷门，大梁城之东门，侯嬴抱关于此。蔡河，古琵琶沟也。寒泉阪，《诗》所谓：‘爰有寒泉，在浚之下。’中牟县，赵襄子时佛肸以叛，有中牟台，是为官渡城，曹、袁相持之所。阳武县有博浪沙，张良击始皇于此，河决金堤亦此地。长垣县，衛之匡邑，孔子畏于匡，古之蒲邑，子路为之宰。鄢陵县，克段之地也。封丘县，古封父国，《左传》所谓周以封父之繁弱赐鲁，县有黄池，吴王夫差所会。胙城属滑州，故南燕国，周公诸子所封，《左传》富辰曰‘凡蒋邢茅胙祭’，周公之胤也。”[①]卷上又载：“邢，即春秋邢国，卫灭之，战国属赵，汉常山王张耳、后赵石勒皆都焉。勒陷冀州，张宾曰：‘襄国因山凭险，形胜之地，可都也。’内丘，亦属邢，有干言山，《诗》所谓‘出宿于干，饮饯于言’者。”[②]

①楼钥：《北行日录》卷上，载《全宋笔记》第六编第4册，大象出版社，2013，第19页。
②同①，第23页。

| 第四章 |

南宋后期（1195—1279）笔记的文学思想

第一节　概述

南宋后期指宁宗、理宗、度宗、恭帝、端宗、宁王赵昺统治时期。这一时期笔记中对文学功用的考量，带有文化反思的色彩，比前几个时期更重视文学的教化作用、讽喻功能。在江河日下、风雨飘摇的小朝廷中，不少有识之士反思南宋朝政的特点，指责秦桧、韩侂胄、史弥远、贾似道等，重视用文学对奸臣进行批判讽刺；分析咏史、咏物诗时更多地带有以古鉴今的色彩；重视抒发真情，反对为文造情，无病呻吟，尤其重视立意高远，反映现实，认为诗文创作要准确把握客观规律，不能主观臆断。同时由于理学走进了主流文化，一些理学家的文学观念实用主义色彩浓厚，一定程度上否定文学的独立性和独特性。笔记中也反映出理学对文学思想的负面影响。

这一时期的笔记对作家修养的论述力图摆脱北宋道德论的空泛，更多强调国家危难时的浩然正气、忠信节义。这一时期重视作家人格与风格的统一，普遍认为人格修养是文学事业的根本。杜甫的“文章一小伎”，韩愈的“余事作诗人”，获得更普遍的认同。对于高尚人格的弘扬成为时代的主旋律，笔记普遍认同立意的高远与否与作者的气节、人品息息相关，气节高、人品好的作家，立意自然不俗。

这一时期的文学创作论更加深入，结合前代与宋代的创作实际，对具体的创作环节、创作技巧条分缕析。张端义、周密、罗大经、王应麟、俞文豹等在这方面的表现尤为突出，主张用典精切，自然新颖，巧妙如同己出；反对大肆用典、为用典而用典的形式主义，认为典故要天然无痕地融入自己的诗文中，如雪入泥土，不露痕迹。不少笔记反思了江西诗派资书为诗的做法对文学创作的副作用。这一时期笔记对于诗文语言的分析也越来越细致，提倡语言既要避俗创新，又要自然浑成，对前人及本朝诗歌的炼字之工讨论了很多，包括俗字俗语如何运用才能得体而不落俗套等。

这一时期笔记中的文学风格论追求清雅，反对低俗，推崇豪迈飘逸的风格；对于词，讲究含蓄蕴藉，意在言外。

这一时期笔记对于文学欣赏的论述，无论是从篇幅还是从深刻性来看都是十分突出的：重视将作品与作家生平、创作心态综合联系，深入分析，体味原意，理解内涵；反对浅尝辄止，走马观花。这一时期对于经典作家的分析更加深入透彻，有了不少成果，无论是对唐代杜甫等，还是对宋代的欧阳修、王安石、苏轼、黄庭坚、陆游、李清照、辛弃疾等作家的分析水平，都有了进一步提高；对于不少经典作品的内涵有了新的发掘，常常能发人之未发。这一时期的笔记普遍认为，在欣赏前代经典作品时，要善于发现前代没有发掘的意蕴，而不能陈陈相因。每个时代对于经典的理解应该有新拓展、新发现。对于经典的欣赏，由北宋重视句法，到南宋初重视整体文本的体会，再到这一时期多角度、多层面、内外结合地把握文本，是一个发展的过程，体现了宋代文学欣赏论的不断完善。这一时期文学欣赏中另一个突出的特点，是善于对比立论，使不同作品的特点表现得更加鲜明。

对于文学的继承与创新的问题，这一时期的笔记多在操作层面上考量，就如何在立意、结构、语言、修辞等方面创新而立论，讨论得十分具体。例如，这一时期的笔记认为，可以沿用古意而自铸新词，可以学习前人结构并移植到不同的题材上，可以学习前人语言技巧而自出机杼，这方面文学思想内容丰富，水平高。这一时期的文学源流论，研究成果仍然丰硕，有不少笔记分析了后人是如何巧妙超越前人的，以及前人后人创作的优劣，进而上升为理论成果。

在文学生态方面，由于有宋代立国两百余年的文化反思成果可供借鉴，笔记中材料丰富，善于综合分析统治阶级对文人的态度、科举内容的变化、科举政策的改变、北宋南宋的党争对文学的影响，且思辨色彩比以往更加强烈，产生了不少超越以往的见识，特别是对于党争的分析，这一时期一些笔记能将其置于宋代政治发展的长河中做宏观思考，分析其对文学的复杂影响，如党争对文人政治理想的摧残，对作家队伍成长的正反面影响，对文学题材、内容的作用等。

这一时期的文体论，思考得更为全面，观照的文体更加广泛，一些不太受重视的文体也得到全面论述，如六言诗、箴等。对于尊体与破体，笔记中的观点更加通达，对于以诗为词、以文为词的诟病越来越少，提倡破体成为主流观点，对于辛派词人雄阔壮伟、慷慨悲凉的词风做了充分肯定。

这一时期的笔记还记载了理学在南宋的发展情况。理学自北宋中期由周敦颐创立以来，经过张载、“二程”的发扬光大，影响逐渐扩大。宋室南渡以后，秦桧为了培植自己的势力，引胡安国等理学家入朝；之后的赵鼎、张浚左右二相喜欢理学，由此胡寅、吕本中等被起用，科举考试加入了理学的内容。绍兴六年（1136）底，赵鼎罢相，陈公辅上奏乞禁伊川（程颐）之学，科举考试中理学内容几乎被肃清。绍兴二十五年（1155）秦桧死后，高宗对理学采取了折中的态度。孝宗、光宗时期，理学的集大成者朱熹的进退对科举内容的影响较大，一些笔记对此有所反映。宁宗庆元初，外戚韩侂胄专权，制造了历史上有名的“庆元党禁”，理学遭到重大的打击，被指斥为伪学，其影响在科举中几乎被彻底清除，理学家被定性为逆党。开禧北伐失败后，政治形势发生根本变化，韩侂胄被杀，庆元党禁中受迫害的许多理学家被授予官职，有的还得到褒奖，理学恢复了合法地位。这一时期的笔记对此记载颇多。宋理宗更是认为理学为“千载绝学”，且诏以周敦颐、张载、程颐、朱熹从祀孔子，尊奉理学为官方正统。之后几年，理学家抓住机遇，趁势而起，加大对教育与科举的渗透，这一时期的笔记对此做了很多反映。

第二节　重要笔记的文学思想

洪迈《容斋三笔》《容斋四笔》《容斋五笔》

洪迈，生平事迹见《容斋随笔》《容斋续笔》一节。据洪迈自序，《容斋三笔》创作完成于庆元二年（1196），“庆元二年六月晦日序”；《容斋四笔》创作完成于庆元三年（1197），“庆元三年九月二十四日序”。此外还有《容斋五笔》。洪迈在此时期创作的这三种笔记与前一时期两种笔记中的文学思想大致一脉相承，但又有所发展，体现了洪迈文学思想的动态演进。

一、文学生态论

洪迈十分重视皇帝对文学的爱好，以及与大臣唱和的活动对文学发展的意义。《容斋五笔》卷五《玉津园喜晴诗》载：“淳熙十二年三月二十六日，车驾宿戒幸玉津园，命下，大雨，有旨许从驾官带雨具。将晓，有晴意，已而天宇豁然。至晚归，迈进一诗，歌咏其实，云：‘五更犹自雨如麻，无限都人仰翠华。翻手作云方怅望，举头见日共惊嗟。天公的有施生妙，帝力堪同造物夸。上苑春光无尽藏，可须羯鼓更催花。’四月四日，扈从诣景灵宫朝献，蒙于幕次赐和篇。圣制云：‘比幸玉津园，纵观春事，适霁色可喜，卿有诗来上，因俯同其韵：春郊柔绿遍桑麻，小驻芳园览物华。应信吾心非暇逸，顿回晴意绝咨嗟。每思富庶将同乐，敢务游畋漫自夸。不似华清当日事，五家车骑烂如花。’后二日，兵部尚书宇文价内引，上举似此诗曰：‘洪待制用雨如麻字，偶思得桑麻可押，又其末句用羯鼓催花事，故以华清车骑答之。’价拱手称赞，明日以相告云。”[①]统治者对文学的重视及爱好，无疑对推动宋代诗文的全面繁荣起到了巨大的作用。

再如，《容斋四笔》卷十四《陈简斋葆真诗》载：“自崇宁以来，时相不许士大夫读史作诗，何清源至于修入令式，本意但欲崇尚经学，痛沮诗赋耳，于是庠序之间，以诗为讳。政和后稍复为之，而陈去非遂以墨梅绝句擢置馆阁，尝以夏日偕五同舍集葆真宫池上避暑，取‘绿阴生昼静’分韵赋诗，陈得‘静’字。其词曰：‘清池不受暑，幽讨起予病。长安车辙边，有

---

①洪迈：《容斋五笔》卷五，载《全宋笔记》第五编第6册，大象出版社，2012，第451页。

此万荷柄。是身唯可懒，共寄无尽兴。鱼游水底凉，鸟语林间静。谈余日亭午，树影一时正。清风不负客，意重百金赠。聊将两鬓蓬，起照千丈镜。微波喜摇人，小立待其定。梁王今何许，柳色几衰盛。人生行乐耳，诗律已其剩。邂逅一尊酒，它年《五君咏》。重期踏月来，夜半啸烟艇。'诗成，出示坐上，皆诧为擅场。朱新仲时亲见之，云京师无人不传写也。"[①]

二、文学功用论

对文学作品中指斥奸臣误国的内容，洪迈尤其重视，同时运用对比论证的手法，指出其艺术上的优劣。《容斋三笔》卷十五《题先圣庙诗》载："兖州先圣庙壁，尝有题诗者云：'灵光殿古生秋草，曲阜城荒噪晚鸦。惟有孔林残照日，至今犹属仲尼家。'不显姓名，颇为士大夫传诵。予顷在福州，于吕虚己处，见邵武上官校书诗一册，内一篇题为《州西行》。州西者，蔡京所居处也。注云：'靖康元年作。时京谪湖湘，子孙分窜外郡，所居第摧毁，索寞殆无人迹，故为古调以伤之。'凡三十余韵，今但记其末联云：'君不见乔木参天独乐园，至今仍是温公宅。'其意甚与前相类。绍兴二十五年冬，秦桧死，空其赐宅，明年开河，役夫辇泥土堆于墙下。天台士人左君作诗云：'格天阁在人何在，偃月堂深恨亦深。不见洛阳图白发，但知郿坞积黄金。直言动便遭罗织，举目宁知有照临。炙手附炎俱不见，可怜泥滓满墙阴。'语虽纪实，然太露筋骨，不若前两章浑成也。"[②]从中不难看出，洪迈推崇温柔敦厚的诗风，不喜欢锋芒毕露的批判诗歌。

洪迈对于反映时事、体察民情、反映政策得失的文章甚为重视，常常历叙其背景，分析、点评其价值。《容斋三笔》卷十四《蜀茶法》载："蜀道诸司，惟茶马一台，最为富盛，茶之课利多寡，与夫民间利疚，它邦无由可知。予记《东坡集》有《送周朝议守汉州》诗云：'茶为西南病，岷俗记二李。何人折其锋？矫矫六君子。'注：'二李，杞与稷也。六君子，谓思道与侄正孺、张永徽、吴醇翁、吕元钧、宋文辅也。'初，熙宁七年，遣三司干当公事李杞经画买茶，以蒲宗闵同领其事。蜀之茶园不殖五谷，惟宜种茶，

①洪迈：《容斋四笔》卷十四，载《全宋笔记》第五编第6册，大象出版社，2012，第366—367页。

②洪迈：《容斋三笔》卷十五，载《全宋笔记》第五编第6册，大象出版社，2012，第174页。

赋税一例折输，钱三百折绢一匹，三百二十折绸一匹，十钱折绵一两，二钱折草一围，凡税额总三十万。杞创设官场，岁增息为四十万。其输受之际，往往压其斤重，侵其加直。杞以疾去，都官郎中刘佐体量，多其条画。于是宗闵乃议民茶息收十之三，尽卖于官场，蜀茶尽榷，民始病矣。知彭州吕陶言：'天下茶法既通，蜀中独行禁榷。况川陕四路所出茶货，比方东南诸处，十不及一。诸路既许通商，两川却为禁地，亏损治体，莫甚于斯。且尽榷民茶，随买随卖，或今日买十千，明日即作十三千卖之，比至岁终，不可胜筭，岂止三分而已。佐、杞、宗闵作为敝法，以困西南生聚。'佐坐罢去，以国子博士李稷代之，陶亦得罪。侍御史周尹复极论榷茶为害，罢为湖北提点刑狱。利路漕臣张宗谔、张升卿复建议废茶场司，依旧通商；稷劾其疏谬，皆坐贬秩。茶厂司行札子督绵州彰明县，知县宋大章缴奏，以为非所当用。稷又诋其卖直钓奇，坐冲替。一岁之间，通课利及息耗至七十六万缗有奇，诏录李杞前劳而官其子。后稷死于永乐城，其代陆师闵言其治茶五年，获净息四百二十八万缗，诏赐田十顷。凡上所书，皆见于国史。坡公所称思道乃周尹，永徽乃二张之一，元钧乃吕陶，文辅乃大章也。正孺、醇翁之事不著。"①

对于反映民生疾苦的作品，洪迈倍加称赏，即使不是大家之作，洪迈也给予了较高的评价，《容斋五笔》卷十《农父田翁诗》载："张碧《农父》诗云：'运锄耕斸侵星起，陇畔丰盈满家喜。到头禾黍属他人，不知何处抛妻子。'杜荀鹤《田翁》诗云：'白发星星筋力衰，种田犹自伴孙儿。官苗若不平平纳，任是丰年也受饥。'读之使人怆然，以今观之，何啻倍蓰也。"②

洪迈在这一时期认识到，不可盲目夸大文学的功用。比如，总结历史兴亡的文章可谓多矣，重视它们的君王也不在少数，但形式上的重视与实际践行却是两回事。《容斋三笔》卷九《君臣事迹屏风》载："唐宪宗元和二年，制《君臣事迹》。上以天下无事，留意典坟，每览前代兴亡得失之事，皆三复其言。遂采《尚书》《春秋后传》《史记》《汉书》《三国志》《晏子

①洪迈：《容斋三笔》卷十四，载《全宋笔记》第五编第6册，大象出版社，2012，第168—169页。

②洪迈：《容斋五笔》卷十，载《全宋笔记》第五编第6册，大象出版社，2012，第502页。

春秋》《吴越春秋》《新序》《说苑》等书君臣行事可为龟鉴者，集成十四篇，自制其序，写于屏风，列之御座之右，书屏风六扇于中，宣示宰臣。李藩等皆进表称贺，白居易翰林制诏有批李夷简及百寮严绶等贺表，其略云：'取而作鉴，书以为屏。与其散在图书，心存而景慕；不若列之绘素，目睹而躬行。庶将为后事之师，不独观古人之象。'又云：'森然在目，如见其人。论列是非，既庶几为坐隅之戒；发挥献纳，亦足以开臣下之心。'居易代言，可谓详尽。又以见唐世人主作一事而中外至于表贺，又答诏勤渠如此，亦几于丛脞矣。宪宗此书，有《辨邪正》《去奢泰》两篇，而末年用皇甫镈而去裴度，荒于游宴，死于宦侍之手，屏风本意，果安在哉。"[①]结尾感叹万千，力拔千钧。

三、文学源流论

与前期相比，这一时期的洪迈更加重视深入生活，考察文学作品的创作背景，这与宋人的实证精神是一致的。《容斋四笔》卷八《穆护歌》载："郭茂倩编次《乐府诗·穆护歌》一篇，引《历代歌辞》曰：'曲犯角。'其语曰：'玉管朝朝弄，清歌日日新。折花当驿路，寄与陇头人。'黄鲁直《题穆护歌后》云：'予尝问人此歌，皆莫能说牧护之义。昔在巴、僰间六年，问诸道人，亦莫能说。他日，船宿云安野次，会其人祭神罢而饮福，坐客更起舞而歌《木瓠》。其词有云："听说商人木瓠，四海五湖曾去。"中有数十句，皆叙贾人之乐，末云："一言为报诸人，倒尽百瓶归去。"继有数人起舞，皆陈述己事，而始末略同。问其所以为木瓠，盖刳曲木状如瓠，击之以为歌舞之节耳。乃悟"穆护"盖"木瓠"也。'据此说，则茂倩所序，为不知本原云。且四句律诗，如何便差排为犯角曲，殊无意义。"[②]郭茂倩语焉不详，黄庭坚苦苦求解没有结果，洪迈却从祭神的歌舞中找到了答案。

对于大家的用典技巧，洪迈善于总结。《容斋三笔》卷十一《东坡引用史传》载："东坡先生作文，引用史传，必详述本末。有至百余字者，盖欲

①洪迈：《容斋三笔》卷九，载《全宋笔记》第五编第6册，大象出版社，2012，第108—109页。

②洪迈：《容斋四笔》卷八，载《全宋笔记》第五编第6册，大象出版社，2012，第290—291页。

使读者一览而得之，不待复寻绎书策也。如《勤上人诗集叙》引翟公罢廷尉宾客反覆事，《晁君成诗集叙》引李郃汉中以星知二使者事，《上富丞相书》引左史倚相美卫武公事，《答李琮书》引李固论发兵讨交趾事，《与朱鄂州书》引王濬活巴人生子事，《盖公堂记》引曹参治齐事，《滕县公堂记》引徐公事，《温公碑》引慕容绍宗、李勣事，《密州通判题名记》引羊叔子、邹湛事，《荔枝叹》诗引唐羌言荔枝事是也。”①

典故是我国古典诗歌叙事、表意的重要载体。“用典”的标准是“精切”，《容斋四笔》卷十三《二朱诗词》载：“朱载上，舒州桐城人，为黄州教授。有诗云：‘官闲无一事，胡蝶飞上阶。’东坡公见之，称赏再三，遂为知己。中书舍人新仲翌，其次子也，有家学，十八岁时戏作小词，所谓‘流水泠泠，断桥斜路梅枝亚’者。朱希真见而书诸扇，今人遂以为希真所作。又有折叠扇词云：‘宫纱蜂赶梅，宝扇鸾开翅。数折聚清风，一捻生秋意。摇摇云母轻，袅袅琼枝细。莫解玉连环，怕作飞花坠。’公亲书稿固存，亦因张安国书扇，而载于《于湖集》中。其咏五月菊词云：‘玉台金盏对炎光，全似去年香。有意庄严端午，不应忘却重阳。菖蒲九节，金英蒲把，同泛瑶觞。旧日东篱陶令，北窗正傲羲皇。’渊明于五六月高卧北窗之下，清风飒至，自谓羲皇上人。用此事于五月菊，诗家叹其精切云。”②再如，《容斋四笔》卷十四《贞元朝士》也以“精切”作为文章用典的标准：“刘禹锡《听旧宫人穆氏唱歌》一诗云：‘曾陪织女度天河，记得云间第一歌。休唱贞元供奉曲，当时朝士已无多。’刘在贞元任郎官、御史，后二纪方再入朝，故有是语。汪藻始采用之，其《宣州谢上表》云：‘新建武之官仪，不图重见；数贞元之朝士，今已无多。’汪在宣和间为馆职符宝郎，是时绍兴十三四年中，其用事可谓精切。迈尝四用之，《谢侍讲修史表》云：‘下建武之诏书，正尔恢张于治具；数贞元之朝士，独怜留落之孤踪。’以德寿庆典，曾任两省官者迁秩，蒙转通奉大夫，谢表云：‘供奉当时，敢齿贞元之朝士；歌颂大业，愿赓至德之中兴。’充永思陵桥道顿递使，转宣奉大夫，谢表云：‘武德文阶，愧三品维新之泽；贞元朝士，动一时既往之悲。’主上即位，明堂

①洪迈：《容斋三笔》卷十一，载《全宋笔记》第五编第6册，大象出版社，2012，第135页。

②洪迈：《容斋四笔》卷十三，载《全宋笔记》第五编第6册，大象出版社，2012，第347—348页。

礼成，谢加恩云：‘考皇祐明堂之故，操以举行；念贞元朝士之存，今其余几。’亦各随事引用。近者，单夔以知绍兴府进华文阁直学士，谢表云：‘数甘泉法从之旧，真贞元朝士之余。’夔当淳熙中虽为侍郎，然一朝名臣尚多，又距今才十余岁，似为未稳贴也。”①

洪迈认为，在前代经典的基础上，重视变化，可以创造出具有新的生命力的语言表达方式。《容斋四笔》卷十五《经句全文对》载：“予初登词科，再至临安，寓于三桥西沈亮功主簿之馆，沈以予买饭于外，谓为不便，自取家馔日相供。同年汤丞相来访，扣旅食大概，具为言之。汤公笑曰：‘主人亦贤矣。’因戏出一语曰：‘哀王孙而进食，岂望报乎？’良久，予应之曰：‘为长者而折枝，非不能也。’公大激赏而去。汪圣锡为秘书少监，每食罢会茶，一同舍辄就枕不至。及起，亦戏之曰：‘宰予昼寝，于予与何诛？’众未有言，汪曰：‘有一对，虽于今事不切，然却是一个出处。’云：‘子贡方人，夫我则不暇。’同舍皆合词称美。”②

对于前代经典的语言之妙处，洪迈不像一些诗话、词话、文话的作者那样只发一些概括的议论，或不贴合原作，或笼统空谈，而是耐心体味、细致分析，常常表现出对经典的独特感悟。《容斋五笔》卷五《史记渊妙处》载：“太史公书不待称说，若云褒赞，其高古简妙处，殆是摹写星日之光辉，多见其不知量也。然予每展读至《魏世家》《苏秦》《平原君》《鲁仲连传》，未尝不惊呼击节，不自知其所以然。魏公子无忌与王论韩事，曰：‘韩必德魏爱魏重魏畏魏，韩必不敢反魏。’十余语之间，五用魏字。苏秦说赵肃侯曰：‘择交而得则民安，择交而不得则民终身不安。齐、秦为两敌而民不得安，倚秦攻齐而民不得安，倚齐攻秦而民不得安。’平原君使楚，客毛遂愿行，君曰：‘先生处胜之门下，几年于此矣？’曰：‘三年于此矣。’君曰：‘先生处胜之门下，三年于此矣，左右未有所称诵，胜未有所闻，是先生无所有也。先生不能，先生留。’遂力请行，而折楚王，再言：‘吾君在前，叱者何也？’至左手持盘血，而右手招十九人于堂下，其英姿雄风，千载而下，尚可想见，使人畏而仰之，卒定从而归。至于赵，平原君曰：‘胜不

①洪迈：《容斋四笔》卷十四，载《全宋笔记》第五编第6册，大象出版社，2012，第363页。

②洪迈：《容斋四笔》卷十五，载《全宋笔记》第五编第6册，大象出版社，2012，第369—370页。

敢复相士。胜相士多者千人，寡者百数，今乃于毛先生而失之。毛先生一至楚，而使赵重于九鼎、大吕。毛先生以三寸之舌，强于百万之师。胜不敢复相士。’秦围赵，鲁仲连见平原君曰：‘事将奈何？’君曰：‘胜也何敢言事。魏客新垣衍令赵帝秦，今其人在是。胜也何敢言事。’仲连曰：‘吾始以君为天下之贤公子也，吾今然后知君非天下之贤公子也。客安在？’平原往见衍，曰：‘东国有鲁仲连先生者，胜请为绍介，交之于将军。’衍曰：‘吾闻鲁仲连先生，齐国之高士也。衍，人臣也，使事有职，吾不愿见鲁仲连先生。’及见衍，衍曰：‘吾视居此围城之中者，皆有求于平原君者也；今吾观先生之玉貌，非有求于平原君者也。’又曰：‘始以先生为庸人，吾乃今日知先生为天下之士也。’是三者，重沓熟复，如骏马下驻千丈坡，其文势正尔。风行于上而水波，真天下之至文也。”①

值得注意的是，这一时期洪迈笔记中文学源流论的突出特点，是关注“拟作”。对于富有象征意义的拟作，洪迈能结合具体的创作环境加以甄别、分析。《容斋三笔》卷六《张籍陈无己诗》载：“张籍在他镇幕府，郓帅李师古又以书币辟之，籍却而不纳，而作《节妇吟》一章寄之，曰：‘君知妾有夫，赠妾双明珠。感君缠绵意，系在红罗襦。妾家高楼连苑起，良人执戟明光里。知君用心如日月，事夫誓拟同生死。还君明珠双泪垂，何不相逢未嫁时。’陈无己为颍州教授，东坡领郡，而陈赋《妾薄命》篇，言为曾南丰作，其首章云：‘主家十二楼，一身当三千。古来妾薄命，事主不尽年。起舞为主寿，相送南阳阡。忍著主衣裳，为人作春妍？有声当彻天，有泪当彻泉。死者恐无知，妾身长自怜。’全用籍意。或谓无己轻坡公，是不然。前此，无己官于彭城，坡公由翰林出守杭，无己越境见之于宋都，坐是免归，故其诗云：‘一代不数人，百年能几见？昔为马首衔，今为禁门键。一雨五月凉，中宵大江满。风帆目力短，江空岁年晚。’其尊敬之尽矣。薄命拟况，盖不忍师死而遂倍之，忠厚之至也。”②

对于学习、模仿前人的佳作，洪迈首先是不批评的，其次能一分为二地评价其得失，不会因为模仿的是前代大家，就一味加以否定。《容斋三

①洪迈：《容斋五笔》卷五，载《全宋笔记》第五编第6册，大象出版社，2012，第450—451页。

②洪迈：《容斋三笔》卷六，载《全宋笔记》第五编第6册，大象出版社，2012，第70—71页。

笔》卷五《缚鸡行》载："老杜《缚鸡行》一篇云：'小奴缚鸡向市卖，鸡被缚急相喧争。家中厌鸡食虫蚁，不知鸡卖还遭烹。虫鸡于人何厚薄，吾叱奴儿解其缚。鸡虫得失无了时，注目寒江倚山阁。'此诗自是一段好议论，至结句之妙，非它人所能跂及也。予友李德远尝赋《东西船》行，全拟其意，举以相示，云：'东船得风帆席高，千里瞬息轻鸿毛。西船见笑苦迟钝，汗流撑折百张篙。明日风翻波浪异，西笑东船却如此。东西相笑无已时，我但行藏任天理。'是时，德远诵至三过，颇自喜。予曰：'语意绝工，几于夺胎法，只恐"行藏任理"与"注目寒江"之句，似不可同日而语。'德远以为知言，锐欲易之，终不能满意也。"①

洪迈的诗源论还表现在对艺术手法和语言特色的归纳总结上。在归纳总结时，洪迈往往能指出其师承或来源，这种论述方法与一对一的比照有很大不同。《容斋三笔》卷六《东坡诗用老字》载："东坡赋诗，用人姓名，多以老字足成句。如《寿州龙潭》云'观鱼并记老庄周'，《病不赴会》云'空对亲春老孟光'，《看潮》云'犹似浮江老阿童'，《赠黄山人》云'说禅长笑老浮屠'，《元长老衲裙》云'乞与佯狂老万回'，《东轩》云'挂冠知有老萧郎'，《侍立迩英》云'定似香山老居士'，《赠李道士》云'知是香山老居士'，《蒜山亭》云'奇逸多闻老敬通'，《汶公东堂》云'一帖空存老遂良'，《次韵韶守》云'华发萧萧老遂良'，《游罗浮》云'还须略报老同叔'，《赠辩才》云'中有老法师'，《寄子由》云'青山老从事'，《赠眼医》云'忘言老尊宿''妙高台中老比丘'，《谢惠酒》云'青州老从事'，《谢饷鱼》云'谁似老方朔'，《赠吴子野扇》云'得之老月师'，《次韵李端叔》云'此是老牛戬'，是皆以为助语，非真谓其老也。大抵七言则于第五字用之，五言则于第三字用之。若其它错出，如'再说走老瞒''故人余老庞''老濞宫妆传父祖''便腹从人笑老韶''老可能为竹写真''不知老奘几时归'之类，皆随语势而然。白乐天云：'每被老元偷格律。'盖亦有自来矣。"②

对于同一作品影响下产生的一类作品，洪迈能以纵向的历史考察方法归类比较，既厘清诗源，又阐明不同的风格。《容斋五笔》卷一《问故居》载："陶渊明《问来使》诗云：'尔从山中来，早晚发天目。我屋南窗下，今

①洪迈：《容斋三笔》卷五，载《全宋笔记》第五编第6册，大象出版社，2012，第64页。

②洪迈：《容斋三笔》卷六，载《全宋笔记》第五编第6册，大象出版社，2012，第71—72页。

生几丛菊。蔷薇叶已抽，秋兰气当馥。归去来山中，山中酒应熟。’诸集中皆不载，惟晁文元家本有之。盖天目疑非陶居处。然李太白云：‘陶令归去来，田家酒应熟。’乃用此尔。王摩诘诗云：‘君自故乡来，应知故乡事。来日绮窗前，寒梅著花未？’杜公《送韦郎归成都》云：‘为问南溪竹，抽梢合过墙。’《忆弟》云：‘故园花自发，春日鸟还飞。’王介甫云：‘道人北山来，问松我东冈。举手指屋脊，云今如许长。’古今诗人怀想故居，形之篇咏，必以松竹梅菊为比兴，诸子句皆是也。至于杜公《将别巫峡赠南卿兄瀼西果园》诗云：‘苔竹素所好，萍蓬无定居。远游长儿子，几地别林庐。杂蕊红相对，他时锦不如。具舟将出峡，巡圃念携锄。’每不甚长，永为邻里怜。又一篇云：‘四松初移时，大抵三尺强。别来忽三岁，离立如人长。’尤可见一时之怀抱也。”①

洪迈不仅关注诗歌之间的继承关系，对于民歌对诗人创作的影响也十分重视，在这一方面常有细致而独到的论述。《容斋三笔》卷十六《乐府诗引喻》载：“自齐、梁以来，诗人作乐府《子夜四时歌》之类，每以前句比兴引喻，而后句实言以证之。至唐张祜、李商隐、温庭筠、陆龟蒙，亦多此体，或四句皆然。今略书十数联于策。其四句者如：‘高山种芙蓉，复经黄檗坞。未得一莲时，流离婴辛苦。’‘窗外山魈立，知渠脚不多。三更机底下，模著是谁梭。’‘淮上能无雨，回头总是情。蒲帆浑未织，争得一欢成。’其两句者如：‘风吹荷叶动，无夜不摇莲。’‘空织无经纬，求匹理自难。’‘围棋烧败袄，著子故依然。’‘理丝入残机，何悟不成匹。’‘摘门不安横，无复相关意。’‘黄檗向春生，苦心日日长。’‘明灯照空局，悠然未有期。’‘玉作弹棋局，中心最不平。’‘翦刀横眼底，方觉泪难裁。’‘中劈庭前枣，教郎见赤心。’‘千寻葶苈枝，争奈长长苦。’‘愁见蜘蛛织，寻思直到明。’‘双灯俱暗尽，奈许两无由。’‘三更书石阙，忆子夜啼悲。’‘芙蓉腹里萎，怜汝从心起。’‘朝看暮牛迹，知是宿啼痕。’‘梳头入黄泉，分作两死计。’‘石阙生口中，衔悲不能语。’‘桑蚕不作茧，昼夜长悬丝。’皆是也。龟蒙又有《风人诗》四首，云：‘十万全师出，遥知正忆君。一心如瑞麦，长作两歧分。’‘破檗供朝爨，须知是苦辛。晓天窥落宿，谁识独

---

①洪迈：《容斋五笔》卷一，载《全宋笔记》第五编第6册，大象出版社，2012，第402—403页。

醒人。’‘旦日思双履，明时愿早谐。丹青传四渎，难写是秋怀。’‘闻道更新帜，多应废旧期。征衣无伴捣，独处自然悲。’皮日休和其三章，云：‘刻石书离恨，因成别后悲。莫言春茧薄，犹有万重思。’‘镂出容刀饰，亲逢巧笑难。日中骚客珮，争奈即阑干。’‘江上秋声起，从来浪得名。逆风犹挂席，苦不会凡情。’刘采春所唱云：‘不是厨中串，争知炙里心。井边银钏落，展转恨还深。’‘簳蜡为红烛，情知不自由。细丝斜结网，争奈眼相钩。’尤为明白。七言亦间有之，如‘东边日出西边雨，道是无情又有情’，‘玲珑骰子安红豆，入骨相思知也无’，‘合欢桃核真堪恨，里许元来别有人’是也。近世鄙词，如《一落索》数阕，盖效此格，语意亦新工，恨太俗耳，然非才士不能为。世传东坡一绝句：‘莲子擘开须见薏，楸枰著尽更无棋。破衫却有重缝处，一饭何曾忘却匙。’盖是文与意并见一句中，又非前比也。集中不载。”[①]洪迈不仅关注语言上的继承关系，而且关注艺术风格和诗意的传承，材料引证丰富，很有参考价值。

四、文学创作论

1. 创作态度

洪迈认为，在创作态度的认真严谨上，苏轼具有榜样的意义。苏轼虽早著大名，但对待诗文创作一丝不苟，洪迈多次称赏苏轼的这种精神。《容斋三笔》卷十一《何公桥诗》载：“英州小市，江水贯其中，旧架木作桥，每不过数年，辄为湍潦所坏。郡守建安何智甫，始叠石为之，方成而东坡还自海外，何求文以纪。坡作四言诗一首，凡五六十句，今载于《后集》第八卷，所谓‘天壤之间，水居其多，人之往来，如鹈在河’是也。予侍亲居英，与僧希赐游南山，步过桥上，读诗碑。希赐云：‘真本藏于何氏，此有石刻，经党禁亦不存。’今以板刻之，乃希赐所书也。赐因言，何公初请记，坡为赋此诗，既大书矣，而未遣送，郡候兵执役者见之，以告何，何又来谒，坡曰：‘轼未到桥所，难以想像落笔。’何即命具食，拉坡偕往。坡曰：‘使君是地主，宜先升车。’何谢不敢，乃并轿而行。既至，坡曰：‘至堪作诗，晚当奉戒。’抵暮送与之。盖诗中云：‘我来与公，同载而出。欢呼填

①洪迈：《容斋三笔》卷十六，载《全宋笔记》第五编第6册，大象出版社，2012，第194—195页。

道，抱其马足。'故欲同行，以印此语耳。坡公作诗时，建中靖国元年辛巳。予闻希赐语时，绍兴十七年丁卯，相去四十六年。今追忆前事，乃绍熙五年甲寅，又四十七年矣。"[①]苏轼受别人之请，不敢敷衍了事，必亲临其地考察而后下笔，这多么令人感动。

即使是欧阳修这样的大家，也有创作态度不够严谨、表达不够准确的时候。洪迈对比苏轼和欧阳修，认为论创作态度的审慎，苏轼要超过欧阳修。《容斋三笔》卷十二《作文字要点检》载：

> 作文字不问工拙小大，要之不可不著意点检，若一失事体，虽遣词超卓，亦云未然。前辈宗工，亦有所不免。欧阳公作《仁宗御书飞白记》云："予将赴亳，假道于汝阴，因得阅书于子履之室。而云章烂然，辉映日月，为之正冠肃容再拜而后敢仰视，盖仁宗皇帝之御飞白也。曰：'此宝文阁之所藏也，胡为乎子之室乎？'曰：'曩者天子燕从臣于群玉，而赐以飞白，予幸得预赐焉。'"乌有记君上宸翰而彼此称"予"，且呼陆经之字？又登真观《御书阁记》言太宗飞帛，亦自称"予"。《外制集序》历道庆历更用大臣，称吕夷简、夏竦、韩琦、范仲淹、富弼，皆斥姓名，而曰"顾予何人，亦与其选"，又曰"予时掌诰命"，又曰"予方与修祖宗故事"，凡称"予"者七。东坡则不然，为王诲亦作此记，其语云"故太子少傅、安简王公讳举正，臣不及见其人矣"云云，是之谓知体。[②]

这一条中，苏轼的谨慎具有正面意义，而欧阳修之失误对后人无疑有警示价值。

对于唐代诗文中惯用的对仗形式，洪迈能总结共性。如《容斋三笔》卷十四《歌善舞衣》载："唐李义府有诗云：'镂月为歌扇，裁云作舞衣。'同时人张怀庆窃为己作，各增两字云：'生情镂月为歌扇，出性裁云作舞衣。'致有生吞活剥之诮。予又见刘希夷《代闺人春日》一联云：'池月怜歌

---

①洪迈：《容斋三笔》卷十一，载《全宋笔记》第五编第6册，大象出版社，2012，第136—137页。

②洪迈：《容斋三笔》卷十二，载《全宋笔记》第五编第6册，大象出版社，2012，第145页。

扇，山云爱舞衣。’绝相似。杜老亦云：‘江清歌扇底，野旷舞衣前。’储光羲云：‘竹吹留歌扇，莲香入舞衣。’然则唐诗人好以歌扇、舞衣为对也。”[①]

2. 创作手法

值得注意的是，对于散文中的对仗，洪迈十分强调表情达意的准确，认为不能一味追求形式，为对仗而对仗。《容斋四笔》卷十四《表章用两臣字对》载：“表章自叙以两‘臣’字对说，由东坡至汪浮溪多用之。然须要审度君臣之间情义厚薄，及姓名眷顾于君前如何，乃为合宜。坡《湖州谢表》云：‘知臣愚不适时，难以追陪新进；察臣老不生事，或能牧养小民。’《登州表》云：‘于其党而观过，谓臣或出于爱君；就所短以求长，知臣稍习于治郡。’《侍读谢表》云：‘谓臣虽无大过人之才，知臣粗有不欺君之实，欲使朝夕，与于讨论。’《颍州表》云：‘意其忠义许国，故暂召还；察其老病畏人，复许补外。’汪《谢徽州》云：‘谓臣不改岁寒，故起之散地；察臣素推月旦，故付以本州。’为《陆藻谢给事中》云：‘知臣椎钝无他，故长奉贤王之学；悯臣践扬滋久，故亟升法从之班。’为《汪枢密谢子自虏中归不令入城降诏奖谕表》云：‘知臣齿发已凋，常恐邓攸之无后；怜臣肺肝可见，有如去病之辞家。’凡此所言，皆可自表于君前者。刘梦得《代窦群容州表》，有‘察臣前任事实，恕臣本性朴愚’之句，坡公盖本诸此。近年后生假倩作文，不识事体，至其碌碌常流，乍得一垒，亦辄云知臣察臣之类，真可笑也。”[②]

对于比喻，洪迈特别重视其在作家语言风格形成中的作用与意义。《容斋三笔》卷六《韩苏文章譬喻》载：

> 韩、苏两公为文章，用譬喻处，重复联贯，至有七八转者。韩公《送石洪序》云：“论人高下，事后当成败，若河决下流东注，若驷马驾轻车就熟路，而王良、造父为之先后也，若烛照数计而龟卜也。”《盛山诗序》云：“儒者之于患难，其拒而不受于怀也，若筑河堤以障屋溜；其容而消之也，若水之于海，冰之于夏日；其玩而忘之以文辞也，若奏金石以破蟋蟀之鸣、虫飞之声。”苏公《百步洪》诗云

①洪迈：《容斋三笔》卷十四，载《全宋笔记》第五编第6册，大象出版社，2012，第170页。
②同①，第364页。

“长洪斗落生跳波，轻舟南下如投梭。水师绝叫凫雁起，乱石一线争磋磨。有如兔走鹰隼落，骏马下注千丈坡。断弦离柱箭脱手，飞电过隙珠翻荷”之类是也。[①]

可见，韩愈、苏轼不仅善于比喻，而且敢于大胆运用复叠式的比喻，如浪上加浪，屋上架屋；又配合排比句法，如长江大河，磅礴大气。

3. 创作语言

与前一时期的笔记相比，对于语言的创新，洪迈依然特别关注，此时期他尤为重视在诗作中运用俗语、以俗为雅、以俗为新的现象，如杜甫、韩愈对歇后语的运用，这反映士大夫文化与民间文化的交融与沟通。《容斋四笔》卷四《杜韩用歇后语》载：“杜、韩二公作诗，或用歇后语，如‘凄其望吕葛’‘仙鸟仙花吾友于’‘友于皆挺拔’‘再接再砺乃’‘童仆诚自创’‘为尔惜居诸’‘谁谓贻厥无基趾’之类是已。”[②]

对于语言创新之难，洪迈有充分的认识，认为即使是韩愈这样的语言大师，要在行文上创新，也是不容易的。《容斋四笔》卷三《粉白黛黑》载：“韩退之为文章，不肯蹈袭前人一言一句。故其语曰：‘惟陈言之务去，戛戛乎其难哉！’独‘粉白黛绿’四字，似有所因。《列子》：‘周穆王筑中天之台，简郑、卫之处子娥媌靡曼者，粉白黛黑以满之。’《战国策》张仪谓楚王曰：‘郑、周之女，粉白黛黑，立于衢间，见者以为神。’屈原《大招》：‘粉白黛黑，施芳泽只。’司马相如：‘靓庄刻饰。’郭璞曰：‘粉白黛黑也。’《淮南子》：‘毛嫱、西施，施芳泽，正娥眉，设笄珥，衣阿锡，粉白黛黑，笑目流眺。’韩公以黑为绿，其旨则同。”[③]

对于文学大家在诗文中重复运用的词语，洪迈细加考察，发现这些词语虽同，但在不同的语言环境中，能够展现出不同的个性风采。他认为，词语的重复运用不一定等于雷同，如果立意相同，则是雷同，是缺乏创造力的表现。《容斋四笔》卷七《杜诗用受觉二字》载：“杜诗所用受觉二字皆绝奇。今摭其受字云‘修竹不受暑’‘勿受外嫌猜’‘莫受二毛侵’‘监河受

---

①洪迈：《容斋三笔》卷六，载《全宋笔记》第五编第6册，大象出版社，2012，第78—79页。

②洪迈：《容斋四笔》卷四，载《全宋笔记》第五编第6册，大象出版社，2012，第247—248页。

③洪迈：《容斋四笔》卷三，载《全宋笔记》第五编第6册，大象出版社，2012，第231页。

贷粟’‘轻燕受风斜’‘能事不受相促迫’‘野航恰受两三人’‘一双白鱼不受钓’‘雄姿未受伏枥恩’。其觉字云‘已觉糟床注’‘身觉省郎在’‘自觉成老丑’‘更觉松竹幽’‘日觉死生忙’‘最觉润龙鳞’‘喜觉都城动’‘更觉老随人’‘每觉升元辅’‘觉而行步奔’‘尚觉王孙贵’‘含凄觉汝贤’‘厨烟觉远庖’‘诗成觉有神’‘已觉披衣惯’‘自觉酒须赊’‘早觉仲容贤’‘城池未觉喧’‘无人觉来往’‘人才觉弟优’‘直觉巫山暮’‘重觉在天边’‘行迟更觉仙’‘深觉负平生’‘秋觉追随尽’‘追随不觉晚’‘熊罴觉自肥’‘自觉坐能坚’‘已觉良宵永’‘更觉彩衣春’‘已觉气与嵩华敌’‘未觉千金满高价’‘梅花欲开不自觉’‘胡来不觉潼关隘’‘自得随珠觉夜明’‘放箸未觉金盘空’‘东归贪路自觉难’‘更觉良工心独苦’‘始觉屏障生光辉’‘不觉前贤畏后生’‘吏情更觉沧州远’‘我独觉子神充实’‘习池未觉风流尽’。用之虽多，然每字命意不同，又杂于千五百篇中，学者读之，唯见其新工也。若陈简斋亦好用此二字，未免频复者，盖只在数百篇内，所以见其多。如‘未受风作恶’‘不受珠玑络’‘不受折简呼’‘不受人招麾’‘不受安危侵’‘饱受今日闲’‘却扇受景风’‘语闻受远响’‘坐受世故驱’‘庭柏不受寒’‘可复受忧戚’‘宁受此酸辛’‘滔滔江受风’‘坐受世褊迫’‘清池不受暑’‘平池受细雨’‘穷村受春晚’‘不受急景催’‘肯受元规尘’‘了不受荣悴’‘意闲不受荣与辱’‘独自人间不受寒’‘枯木无知不受寒’‘天马何妨略受靰’‘来禽花高不受折’‘不受阴晴与寒暑’‘长林巨木受轩轾’。‘未觉懒相先’‘未觉壮心休’‘未觉身淹留’‘未觉墉阴迟’‘未觉欠孟嘉’‘未觉有等伦’‘未觉风来迟’‘未觉经旬久’‘欲往还觉非’‘独觉赋诗难’‘稍觉夜月添’‘菰浦觉风入’‘未觉此计非’‘高处觉眼新’‘意定觉景多’‘未觉徐娘老’‘未觉有荣辱’‘未觉饥肠虚’‘未觉平生与愿违’‘村空更觉水潺湲’‘眼中微觉欠扁舟’‘居夷更觉中原好’‘便觉杯觞耐薄寒’‘墙头花定觉风阑’，可谓多矣。盖喜用其字，自不知下笔所著也。”[①]洪迈运用对比，提出杜诗用字新奇迭出，而陈与义则不免重复，艺术水准上的差异不辩自明。

---

①洪迈：《容斋四笔》卷七，载《全宋笔记》第五编第6册，大象出版社，2012，第277—278页。

4. 注重句法

洪迈讲究句法。在诗歌创作中，句法指的是律句对仗工整、造语雄奇。《容斋四笔》卷二《大观元夕诗》载：“大观初年，京师以元夕张灯开宴。时再复湟、鄯，徽宗赋诗赐群臣，其颔联云：‘午夜笙歌连海峤，春风灯火过湟中。’席上和者皆莫及。开封尹宋乔年不能诗，密走介求援于其客周子雍，得句云：‘风生阊阖春来早，月到蓬莱夜未中。’为时辈所称。子雍，汝阴人，曾受学于陈无己，故有句法。则作文为诗者，可无师承乎？”[①]再如，“东坡在杭州作《有美堂会客诗》，颔联云：‘天外黑风吹海立，浙东飞雨过江来。’读者疑海不能立，黄鲁直曰：‘盖是为老杜所误’，因举《三大礼赋·朝献太清宫》云‘九天之云下垂，四海之水皆立’以告之。二者皆句语雄峻，前无古人。坡和陶《停云》诗有‘云屯九河，雪立三江’之句，亦用此也。”[②]

对于散文创作，洪迈也能从继承和创新的角度，总结前代的句法理论。《容斋四笔》卷九《作文句法》载：“作文旨意句法，固有规仿前人，而音节锵亮不嫌于同者。如《前汉书·赞》云：‘竖牛奔仲叔孙卒，郈伯毁季昭公逐，费忌纳女楚建走，宰嚭谮胥夫差丧，李园进妹春申毙，上官诉屈怀王执，赵高败斯二世缢，伊戾坎盟宋痤死，江充造蛊太子杀，息夫作奸东平诛。’《新唐书》效之，云：‘三宰啸凶牝夺辰，林甫将蕃黄屋奔，鬼质败谋兴元蹙，崔、柳倒持李宗覆。’刘梦得《因论儆舟篇》云：‘越子膝行吴君忽，晋宣尸居魏臣怠，白公厉剑子西哂，李园养士春申易。’亦效班史语也。然其模范，本自《荀子·成相篇》。”[③]

从洪迈父亲的诗歌创作看，他受江西诗派影响较大，讲究无一字无来处。《容斋五笔》卷三《先公诗词》载：“先忠宣公好读书，北困松漠十五年，南谪岭表九年，重之以风淫末疾，而翻阅书策，早暮不置，尤熟于杜诗。初归国到阙，令迈作谢赐物一札子，窜定两句云：‘已为死别，偶遂生还。’谓迈曰：‘此虽不必泥出处，然有所本更佳。东坡《海外表》云：“子孙恸哭于江边，已为死别。”杜老《羌村》诗云：“世乱遭飘荡，生还偶然

①洪迈：《容斋四笔》卷二，载《全宋笔记》第五编第6册，大象出版社，2012，第226页。

②同①，第220页。

③洪迈：《容斋四笔》卷九，载《全宋笔记》第五编第6册，大象出版社，2012，第306—307页。

遂。”正用其语。’在乡邦日，招两使者会集，出所将宣和殿书画旧物示之。提刑洪庆善作诗曰：‘愿公十袭勿浪出，六丁取将飞辟历。’二字如古文，不从雨。公和之曰：‘万里怀归为公出，往事宣和空历历。’迈请其意，曰：‘亦出杜诗“历历开元事，分明在目前”也。’绍兴丁巳，所在始歌《江梅引》词，不知为谁人所作，己未、庚申年，北庭亦传之。至于壬戌，公在燕，赴张总侍御家宴，侍妾歌之，感其‘念此情，家万里’之句，怆然曰：‘此词殆为我作。’既归不寐，遂用韵赋四阕。时在囚拘中，无书可检，但有《初学记》、韩、杜、苏、白乐天集，所引用句语，一一有来处。北方不识梅花，士人罕有知梅事者，故皆注所出。其一《忆江梅》云：‘天涯除馆忆江梅。几枝开。使南来。还带余杭春信到燕台。准拟寒英聊慰远，隔山水，应销落，赴诉谁。空恁遐想笑摘蕊。断回肠，思故里，漫弹绿绮。引三弄，不觉魂飞。更听胡笳哀怨泪沾衣。乱插繁华须异日，待孤讽，怕东风，一夜吹。’元注引杜公：‘忽忆两京梅发时。’‘胡笳在楼上，哀怨不堪听。’‘安得健步移远梅，乱插繁华向晴昊。’乐天《忆杭州梅花》：‘三年闲闷在余杭，曾为梅花醉几场。’车驾时在临安。柳子厚：‘欲为万里赠，杳杳山水隔。寒英坐销落，何用慰远客。’江总：‘桃李佳人欲相照，摘蕊牵花来并笑。’高适：‘遥怜故人思故乡，梅花满枝空断肠。’卢仝：‘含愁更奏绿绮琴，相思一夜梅花发。’刘方平：‘晚岁芳梅树，繁花四面同。东风吹渐落，一夜几枝空。’东坡：‘忽见早梅花，不饮但孤讽。’‘一夜东风吹石裂，半随飞雪度关山。’其二《访寒梅》云：‘春还消息访寒梅。赏初开。梦吟来。映雪衔霜清绝绕风台。可怕长洲桃李妒，度香远，惊愁眼，欲媚谁。曾动诗兴笑冷蕊，效少陵，惭《下里》。万株连绮。叹金谷，人坠惊飞。引领罗浮翠羽幻青衣。月下花神言极丽，且同醉，休先愁，玉笛吹。’注引李太白：‘闻道春还未相识，走傍寒梅访消息。’‘绿珠楼下梅花满，今日曾无一枝在。’江总：‘金谷万株连绮甍，梅花隐处藏娇莺。’何逊：‘衔霜当路发，映雪拟寒开。枝横却月观，花绕凌风台。’杜公：‘东阁官梅动诗兴，还如何逊在扬州。’‘未将梅蕊惊愁眼，要取楸花媚远天。’‘巡檐索共梅花笑，冷蕊疏枝半不禁。’乐天：‘赏自初开直至落。’‘莫怕长洲桃李妒，明年好为使君开。’王昌龄梦中作梅花诗。梁简文赋‘香随风而远度’，及赵师雄《罗浮见美人在梅花下有翠羽啾嘈相顾》诗云：‘学妆欲待问花神。’崔橹：‘初开已入雕梁画，未落先愁玉笛吹。’其三《怜落梅》云：‘重闺佳丽最怜梅。牖春开。

学妆来。争粉翻光何遽落梳台。笑坐雕鞍歌古曲，催玉柱，金卮满，劝阿谁。贪为结子藏暗蕊。领娥眉，隔千里。旧时罗绮。已零散，沈、谢双飞。不见娇姿真悔著单衣。若作和羹休讶晚，堕烟雨，任春风，片片吹。’注引梁简文赋：‘重闺佳丽，貌婉心娴，怜早花之惊节，讶春光之遣寒。’‘顾影丹墀，弄此娇姿。洞开春牖，四卷罗帷。春风吹梅畏落尽，贱妾为此敛娥眉。’又：‘争楼上之落粉，夺机中之织素。’梁王诗：‘翻光同雪舞。’鲍泉：‘萦窗落梳台。’江总：‘满酌金卮催玉柱，落梅树下宜歌舞。’太白：‘千金骏马邀少妾，笑坐雕鞍歌落梅。’古曲有《落梅花》。又：‘片片吹落春风香。’谢庄赋：‘隔千里兮共明月。’庾信：‘早知觅不见，真悔著衣单。’东坡：‘抱丛暗蕊初含子。’‘玉妃谪堕烟雨村。’王建：‘自是桃花贪结子。’第四篇失其稿，每首有一笑字，北人谓之‘四笑江梅引’，争传写焉。”①

洪迈常常自省，认为江西诗派式的诗歌创作道路存在局限，《容斋五笔》卷三《江枫雨菊》载：“作诗要有来处，则为渊源宗派。然字字执泥，又为拘涩。予于此学，无自得之见，少年时，尤失之雕琢。记一联，初云：‘雨深荒病菊，江冷落愁枫。’后以其太险，改为：‘雨深人病菊，江冷客愁枫。’比前句微有蕴藉。盖取崔信明‘枫落吴江冷’，杜老‘雨荒深院菊’‘南菊再逢人卧病’，严武‘江头赤叶枫愁客’，合而用之。乃如补纳衣裳，殊为可笑。聊书之以示儿辈云。”②

五、文学体裁论

洪迈此时期笔记中的文学体裁论，主要表现在他对骈文的评价上。骈文作为文学发展过程中的一种形式，本身并没有什么好坏之分，关键问题是为何写。骈体文发展到后期，玩弄数不清的典故，运用华丽的辞藻、反复的对偶来掩饰感情的苍白、内容的空洞，产生了流弊。不过，不能因此否认骈文的贡献。宋代的文赋就吸收了骈文的优点，欧阳修、苏轼也都有许多成功的骈文。洪迈认为骈文这种文体在宋代应用范围广，成功的作品也

①洪迈：《容斋五笔》卷三，载《全宋笔记》第五编第6册，大象出版社，2012，第424—426页。

②同①，第422页。

多。《容斋三笔》卷八《吾家四六》载：

乾道初年，张魏公以右相都督江淮，议者谓两淮保障不可恃，公亲往视之。会诏归朝，未至而免相，文惠公当制，其词曰："棘门如儿戏耳，庸谨秋防；衮衣以公归兮，庶闻辰告。"所谓儿戏者，指边将也，而读者乃以为诋魏公。其尾句曰："《春秋》责备贤者，慨功业之惟艰；天子加礼大臣，固始终之不替。"所以怅惜之意至矣。《王大宝致仕词》曰："闵劳以事，圣王隆待下之仁；归絜其身，君子尽遗荣之美。"大宝有遗泄之疾，或又谓有所讥，而实不然。罢相后，起帅浙东，谢表曰："上丞相之印，方事退藏；怀会稽之章，遽叨进用。"《谢生日诗词启》曰："五十当贵，适买臣治越之年；八千为秋，辱庄子大椿之誉。"时正五十岁也。绍兴壬戌词科，代枢密使谢赐玉带表。文安公曰："有璞于此必使琢，恍惊制作之工；匪伊垂之则有余，允谓便蕃之赐。"主司喜焉，擢为第一。乙丑年，代谢赐御书《周易》《尚书》表，予曰："八卦之说谓之索，奉以周旋；百篇之义莫得闻，坦然明白。"尾句曰："但惊奎壁之辉，从天而下；莫测龟龙之秘，行他无疆。"亦忝此选。《代福州谢历日表》曰："神祇祖考，既安乐于太平；岁月日时，又明章于庶征。"正用《诗·凫鹭·序》："太平之君子，能持盈守成，神祇祖考安乐之也。"《洪范》庶征"岁月日时无易，百谷用成，乂用明，俊民用章"皆上下联文，未尝辄增一字。渊圣《乾龙节疏》曰："应天而行，早得尊于《大有》；象日之动，偶蒙难于《明夷》。"《易·大有》卦"柔得尊位""应乎天而时行"，《左传》叔孙豹筮遇《明夷》"象日之动，故曰君子于行"，《彖》辞云"内文明而外柔顺，以蒙大难"，亦纯用本文。乾道丁亥《南郊赦文》曰："皇天后土，监于成命之诗；艺祖、太宗，昭我思文之配。"读者以为壮。后语曰："天地设位而圣人成能，既扑缊纷之况；雷雨作解而君子赦过，式流汪灭之恩。"此文先三日锁院所作，冬至日适有雷雪之异，殆成谶云。叶子昂参知政事，为谏议大夫林安宅所击罢去，林遂副枢密，已而置狱治其言，皆无实，林责居筠，叶召拜左揆。予草制曰："既从有北之投，亟下居东之召。有欲为王留者，孰明去就之忠；无以我公归兮，大慰瞻仪之望。"本意用"公归"之句，指邦人而言也，故云“瞻仪”。而御史单时疑之，谓人君而称臣为我公，彼盖不详味词理耳。子昂坐冬雷罢相，予又当制，曰：“调阴阳而遂万物，所嗟论道之非；因灾异而劾三公，实负应天之愧。”盖因有讽谏也。《嗣濮王加恩制》曰：“天神明而照知四方，既下临于精意；王孙子而本支百世，兹载锡于蕃厘。”又曰：“春秋享祀，独冠周家之宗盟；老成典刑，蔚为刘氏之祭酒。”《士衎制》曰：“克羞馈祀，事其先而万国欢心；肃倡和声，行于郊而百神受职。”《赐宰臣辞免提举圣政书成转官诏》曰：“为天子父尊之至，永惟传序之恩；问圣人德何以加，莫越重华之孝。”《赐叶资政辞召命诏》曰：“见晛曰消，顾何伤于日月；得时则驾，宜亟会于风云。”《赐史大观文以新蜀帅改越辞免诏》曰：“王阳为孝子，敢烦益部之行；庄助留侍中，姑奉会稽之计。”吴璘在兴元、修塞两县决坏渠为田，奖谕诏曰：“刻石立作三犀牛，重见离堆之利；复陂谁云两黄鹄，讵烦鸿却之谣。”用老杜《石犀行》云“秦时蜀太守刻石立作三犀牛”及翟方进坏鸿却陂童谣云“反乎覆，陂当复，谁云者？两黄鹄”等语也。刘共甫自潭帅除翰林学士，答诏曰：“不见贾生，兹趣长沙之召；既还陆贽，宜膺内相之除。”《批执政辞经修哲宗宝训转官》曰：“念叠矩重规，当贤圣之君七作；而立经陈纪，在谟训之文百篇。”哲庙正为第七主，而《宝训》百卷也。《答蒋丞相辞免》曰：“永惟万事之统，知非艰而行惟艰；有不二心之臣，帅以正则罔不正。”礼部为宰臣以显仁皇后小祥请吉服，奏曰：“练而慨然，礼应顺变；期可已矣，惧或过中。”又曰：“汉中天二百而兴，益隆大业；舜至孝五十而慕，独耀前徽。”时高宗圣寿五十四也。《辛巳亲征诏》曰：“惟天惟祖宗，方共扶于基绪；有民有社稷，敢自佚于宴安。”又曰：“岁星临于吴分，定成肥水之勋；斗士倍于晋师，可决韩原之胜。”是时，岁星在楚，故云。檄书曰：“为刘氏左袒，饱闻思汉之忠；徯汤后东征，必慰戴商之望。”又曰：“侯王宁有种乎？人皆可致；富贵是所欲也，时不再来。”《紫宸大宴致语》曰：“庙谟先定，百官修辅而厥后惟明；黼坐端临，五帝神圣而其臣莫及。”《修圣政转官词》曰：“念五马渡江之后，光启中兴；述六龙御天以来，式时猷训。”又曰：“荐于天而天是受，永言覆焘之恩；问诸朝而朝不知，讵测形容之妙。”《汪观文复官词》曰：“作雷雨之解而宥罪，在法当原；如日月之食而及更，于明何损。”《步帅陈敏制》曰：“亚夫持重，小棘门、霸上之将军；不识将屯，冠长乐、未央之卫尉。”《吴挺兴州制》曰：“能得士心，吴起固西河之守；差强人意，广平开东汉之兴。”《起复知金州制》曰：“惟天不吊，坏万里之长城；有子而贤，作三军之元帅。”《萧鹧巴词》曰：“随会在秦，晋国起六卿之惧；日磾仕汉，秺侯传七叶之芳。”《姚仲复官制》曰：“李广数奇，应恨封侯之相；孟明一眚，终酬拜赐之师。”《追封皇弟四子邵王词》曰：“举汉武三王之策，方茂徽章；念周文十子之宗，独留遗恨。”时已封建三王也。《赵忠简谥制》曰：“见夷吾于江左，共知晋室之何忧；还德裕于崖州，岂待令狐之复梦。”《王彦赠官词》曰：“申带砺以丹书之誓，方休甲第之功臣；挂衣冠于神虎之门，竟失戍营之校尉。”《向起赠官词》曰：“驰至金城郡，方思充国之忠；生入玉门关，竟负班超之望。”《李师颜赠官制》曰：“青天上蜀道，分严分阃之权；黑水惟梁州，怆失安边之杰。”《襄帅王宣赠官词》曰：“黄河如带，莫申刘氏之盟；汉水为池，空堕羊公之泪。”王沦以太常少卿朔祭太庙，忘设象尊、牺尊，降官词曰：“牺象不设，已废司彝之供；饩羊空存，殊乖告朔之礼。”《潼川神加封词》曰：“驾飞龙兮灵之旂，具严涣命；驱厉鬼兮山之左，终相此邦。”《青城山蚕丛氏封侯词》曰：“想青神侯国之封，自今以始；虽白帝公孙之盛，于我何加。”《阳山龙母词》曰：“居然生子，乘云气以为龙；惟尔有神，时雨阳而利物。”《魏丞相赠父词》曰：“大名之后必大，非此其身；和戎如乐之和，幸哉有子。”魏盖以使虏定和议，旋致大用。《赠母词》曰：“藏盟府之国功，不殊魏绛；成外家之宅相，重见阳元。”《封妻姜氏词》曰：“筮仕于晋曰魏，方开门户之祥；取妻必齐之姜，孰盛闺帷之美。”《虞丞相赠父词》曰：“活千人有封，非其身者在其子；德百世必祀，畸于人者侔于天。”又《周仁赠父词》曰：“有子能贤，高举而集吴地；受予显服，会同而朝汉京。”用东方朔《非有先生传》“高举远引，来集吴地”及《两京赋》“春王三朝，会同汉京”也。《奖谕吴挺诏》曰：“阃外制将军，方有成于东乡；舟中皆敌国，应无虑于西河。”《梁丞相醴泉使兼侍读制》曰：“珍台间馆，独冠皋、伊之伦魁；广厦细旃，尚论唐、虞之盛际。”又答诏曰：“一言可以兴邦，念为臣之不易；三宿而后出昼，勉为王而留行。”《王丞相进玉牒加恩制》曰：“载籍之传五三，壮太祖、太宗之立极；贤圣之君六七，耀永昭、永厚之诒谋。”《批以旱得雨请御殿》曰：“念七月之间则旱，咎证已深；虽三日以往为霖，忧端未贯。”余不胜书。唯记从兄在泉幕，淮东使者，其友婿也，发京状荐之，为作谢启曰：“襟袂相连，夙愧末亲之孤陋；云泥县望，分无通贵之哀怜。”皆用杜诗。其下句人人知之，上句乃《赠李十五丈》云：“孤陋忝末亲，等级敢比肩。人生意气合，相与襟袂连。”此事适著题，而与前《送韦书记》诗句偶可整齐用之，故并纪于此。但以传示子孙甥侄而已，不足为外人道也。①

这段话详细介绍了自己家族里的人创作的四六文，虽对亲人不无偏爱，但对四六文却是持论公允的。

对于前人关注较少的墓志、碑志表等，洪迈也总结了其艺术规律。《容斋四笔》卷二《志文不可冗》载：“东坡为张文定公作墓志铭，有答其子厚之一书，云：‘志文路中已作得太半，到此百冗未绝笔，计得十日半月乃成。然书大事略小节，已有六千余字，若纤悉尽书，万字不了，古无此例也。知之知之。’盖当时恕之意但欲务多耳。又一帖云：‘志文谒告数日方写得了，谨遣持纳。衰病眼眩，辞翰皆不佳，不知可用否？’今志文正本凡七千一百字，铭诗百六十字云。予乡士作一列大夫小郡守行状九千言，衢州士人诣阙上书二万言，使读之者岂不厌倦，作文者宜戒之。坡帖藏梁氏竹斋，赵晋臣镌石于湖南宪司楚观。”②墓志铭、碑志这些文体，本身就有应用文的限制，再加上是受人所托而作，有润笔费，所托者务求其多，力叙主人的丰功伟绩、嘉言懿行，必然使难以出彩的文体更加乏味。洪迈抓住关键，指出此类文体应当精简，可谓一针见血。

对于应用文体，洪迈多有精辟之论。《容斋四笔》卷十四《刘梦得谢上表》载：“郡守谢上表，首必云：‘伏奉告命授臣某州，已于某月某日到任上

①洪迈：《容斋三笔》卷八，载《全宋笔记》第五编第6册，大象出版社，2012，第97—102页。

②洪迈：《容斋四笔》卷二，载《全宋笔记》第五编第6册，大象出版社，2012，第222—223页。

讫。’然后入词。独刘梦得数表不然，《和州》者曰：‘伏奉去年六月二十五日制书，授臣使持节和州诸军事，守和州刺史。臣自理巴、賨，不闻善最，恩私忽降，庆抃失容。臣某中谢。伏惟皇帝陛下丕承宝祚，光阐鸿猷，有汉武天人之姿，禀周成睿哲之德。发言合古，举意通神。委用得人，动植咸悦。理平之速，从古无伦。微臣何幸，获睹昌运。臣业在辞学，早岁策名。德宗尚文，擢为御史。出入中外，历事五朝；累承恩光，三换符竹。分忧之寄，禄秩非轻，而素蓄所长，效用无日。臣闻一物失所，前王轸怀，今逢圣朝，岂患无位。臣即以今月二十六日到所任上讫。伏以地在江、淮，俗参吴、楚，灾旱之后，绥抚诚难。谨当奉宣皇风，慰彼黎庶，久于其道，冀使知方。伏乞圣慈俯赐昭鉴。’首尾叙述，皆与他人表不同。其《夔州》《汝州》《同州》《苏州》，诸篇一体。迈长子梓常称颂之。及为太平州，遂拟其体，代作一表。其词云：‘臣迈言：伏奉今年九月十七日制书，授臣知太平州者。一麾出守，方切兢危，三命滋共，弗容控避。仰皇天之大造，扣丹地以何言。中谢。恭惟皇帝陛下睿知有临，神武不杀，慕舜之孝，见尧于墙，德冠古今而独尊，仁并清宁而遍覆。明见万里，将大混于车书；子来庶民，更精求于岳牧。臣家本儒素，时无令名。滥竽宏博之科，说驾清华之地。瀛山抱堑，郎省握兰。在绍兴之季年，污记注于右史。龙飞应运，凤历纪祥。不遗细微，兼取愚顿。遂以词赋之职，获侍清闲之欢。虽宿命应仙，许暂来于天上；而尘心未断，旋即堕于人间。一去十八年之中，三叨二千石之寄。末繇金华郡，还绸石室书。从珍台闲馆之游，劝广厦细旃之讲。真拜学士，号名私人。受九重知己之殊，极三入承明之幸。使与大议，不专斯文。而臣弱羽不足以当雄风，蹇步不足以胜重任。上恩惜其终弃，左符宠其余生。李广数奇，徒羡侯于校尉；汲黯妄发，敢叹薄于淮阳。臣即以今月二十八日到任上讫。伏以郡在江东，昔称道院；地邻淮右，今谓壮藩。谨当宣布恩威，奉行宽大，求民之瘼，问俗所宜。缓带轻裘，虽弗贤长城于李勣；清心省事，敢不避正堂于盖公。庶几固结本根，少复报酬知遇。’全规模其步骤，然视昔所作，犹觉语烦。”①

①洪迈：《容斋四笔》卷十四，载《全宋笔记》第五编第6册，大象出版社，2012，第364—366页。

对文学批评史上受关注较少的体裁，洪迈认为，既然在文学创作中出现过，尽管作品的数量不多，也应当对之加以关注与探讨，《容斋三笔》卷十五《六言诗难工》载：“唐张继诗，今人所传者唯《枫桥夜泊》一篇，《荆公诗选》亦但别有两首，乐府有《塞孤》一篇。而《皇甫冉集》中载其所寄六言曰：‘京口情人别久，扬州估客来疏。潮至浔阳回去，相思无处通书。’冉酬之，而序言：‘懿孙，予之旧好，只役武昌，有六言诗见忆，今以七言裁答，盖拙于事者繁而费。’冉之意，以六言为难工，故衍六为七，然自有三章曰：‘江上年年春早，津头日日人行。借问山阴远近，犹闻薄暮钟声。’‘水流绝涧终日，草长深山暮云。犬吠鸡鸣几处，条桑种杏何人？’‘门外水流何处，天边树绕谁家？山绝东西多少，朝朝几度云遮。’皆清绝可画，非拙而不能也。予编唐人绝句，得七言七千五百首，五言二千五百首，合为万首。而六言不满四十，信乎其难也。”[①]

洪迈批评文章的因袭之风，认为一旦形成僵化的套路，文章便会失去个性，缺乏创新的品格。《容斋四笔》卷九《书简循习》载：“近代士人，相承于书尺语言，浸涉奇狷，虽有贤识，不能自改。如小简问委，自言所在，必求新异之名。予守赣时，属县兴国宰诒书云：‘潋水有驱策，乞疏下。’潋水者，彼邑一水耳，郡中未尝知此，不足以为工，当言下邑、属邑足矣。为县丞者，无不采《蓝田壁记》语，云‘负丞某处’‘哦松无补’‘涉笔承乏’，皆厌烂陈言。至称丞曰‘蓝田’，殊为可笑。初赴州郡，与人书，必言‘前政颓靡，仓库匮乏，未知所以善后’，沿习一律。正使真如所陈，读者亦不之信。予到当涂日，谢执政书云：‘郡虽小而事简，库钱仓粟，自可枝梧，得坐啸道院，诚为至幸。’周益公答云：‘从前得外郡太守书，未有不以窘冗为词，独创见来缄如此。’盖觉其与它异也。此两者，皆狃熟成俗，故纪述以戒子弟辈。”[②]洪迈认为，书简虽为实用文体，但是在当时陈陈相因，满纸陈词滥调，必然令人生厌。

对于前代论者关注较少的文学现象，洪迈也不因循守旧，而是从尊重文学发展规律的角度，分析其特色和意义。《容斋四笔》卷七《黄文江赋》载：“晚唐士人作律赋，多以古事为题，寓悲伤之旨，如吴融、徐寅诸人是

---

①洪迈：《容斋三笔》卷十五，载《全宋笔记》第五编第6册，大象出版社，2012，第181页。
②洪迈：《容斋四笔》卷九，载《全宋笔记》第五编第6册，大象出版社，2012，第307页。

也。黄滔字文江，亦以此擅名，有《明皇回驾经马嵬坡》隔句云：‘日惨风悲，到玉颜之死处；花愁露泣，认朱脸之啼痕。’‘褒云万叠，断肠新出于啼猿；秦树千层，比翼不如于飞鸟。’‘羽卫参差，拥翠华而不发；天颜怆恨，觉红袖以难留。’‘神仙表态，忽零落以无归；雨露成波，已沾濡而不及。’‘六马归秦，却经过于此地；九泉隔越，几凄恻于平生。’《景阳井》云：‘理昧纳隍，处穷泉而讵得；诚乖驭朽，攀素绠以胡颜。’‘青铜有恨，也从零落于秋风；碧浪无情，宁解流传于夜壑。’‘荒凉四面，花朝而不见朱颜；滴沥千寻，雨夜而空啼碧溜。’‘莫可追寻，《玉树》之歌声邈矣；最堪惆怅，金瓶之咽处依然。’《馆娃宫》云：‘花颜缥缈，欺树里之春风；银焰荧煌，却城头之晓色。’‘恨留山鸟，啼百卉之春红；愁寄垄云，锁四天之暮碧。’‘遗堵尘空，几践群游之鹿；沧州月在，宁销怒浊之涛。’《陈皇后因赋复宠》云：‘已为无雨之期，空悬梦寐；终自凌云之制，能致烟霄。’《秋色》云：‘空三楚之暮天，楼中历历；满六朝之故地，草际悠悠。’《白日上升》云：‘较美古今，列子之乘风固劣，论功昼夜，姮娥之奔月非优。’凡此数十联，皆研确有精致，若夫格律之卑，则自当时体如此耳。”[①]再如，《容斋五笔》卷九《端午贴子词》载：“唐世五月五日扬州于江心铸镜以进，故国朝翰苑撰端午贴子词，多用其事，然遣词命意，工拙不同。王禹玉云：‘紫阁曈昽隐晓霞，瑶墀九御荐菖华。何时又进江心鉴，试与君王却众邪。’李邦直云：‘艾叶成人后，榴花结子初。江心新得镜，龙瑞护仙居。’赵彦若云：‘扬子江中方铸镜，未央宫里更飞符。菱花欲共朱灵合，驱尽神奸又得无？’又：‘扬子江中百炼金，宝奁疑是月华沉。争如圣后无私鉴，明照人间万善心。’又：‘江心百炼青铜镜，架上双纫翠缕衣。’李士美云：‘何须百炼鉴，自胜五兵符。’傅墨卿云：‘百炼鉴从江上铸，五时花向帐前施。’许冲元云：‘江中今日成龙鉴，苑外多年废鹭陂。合照乾坤共作镜，放生河海尽为池。’苏子由云：‘扬子江中写镜龙，波如细縠不摇风。宫中惊捧秋天月，长照人间助至公。’大概如此。唯东坡不然，曰：‘讲余交翟转回廊，始觉深宫夏日长。扬子江心空百炼，只将《无逸》监兴亡。’其辉光气焰，可畏而仰也。若白乐天《讽谏·百炼镜》篇云：‘江心波上舟中铸，五

---

①洪迈：《容斋四笔》卷七，载《全宋笔记》第五编第6册，大象出版社，2012，第281—282页。

月五日日午时。’‘背有九五飞天龙，人人呼为天子镜。’又云：‘太宗常以人为镜，监古监今不监容。’‘乃知天子别有镜，不是扬州百炼铜。’用意正与坡合。予亦尝有一联云：‘愿储医国三年艾，不博江心百炼铜。’然去之远矣。端午故事，莫如楚人竞渡之的，盖以其非吉祥，不可施诸祝颂，故必用镜事云。”①

洪迈认为，不论任何文体，都必须脉络清晰、首尾相应，不应支离散乱。《容斋五笔》卷十《绝句诗不贯穿》载：“‘夜凉吹笛千山月，路暗迷人百种花。棋罢不知人换世，酒阑无奈客思家。’此欧阳公绝妙之语。然以四句各一事，似不相贯穿，故名之曰《梦中作》。永嘉士人薛韶喜论诗，尝立一说云：老杜近体律诗，精深妥帖，虽多至百韵，亦首尾相应。如常山之蛇，无间断龃龉处。而绝句乃或不然，五言如‘迟日江山丽，春风花草香。泥融飞燕子，沙暖睡鸳鸯’‘急雨梢溪足，斜晖转树腰。隔巢黄鸟并，翻藻白鱼跳’‘江动月移石，溪虚云傍花。鸟栖知故道，帆过宿谁家’‘凿井交棕叶，开渠断竹根。扁舟轻袅缆，小径曲通村’‘日出篱东水，云生舍北泥。竹高鸣翡翠，沙僻舞鹍鸡’‘钓艇收缗尽，昏鸦接翅稀。月生初学扇，云细不成衣’‘舍下笋穿壁，庭中藤刺檐。地晴丝冉冉，江白草纤纤’，七言如‘糁径杨花铺白毡，点溪荷叶叠青钱。笋根雉子无人见，沙上凫雏傍母眠’‘两个黄鹂鸣翠柳，一行白鹭上青天。窗含西岭千秋雪，门泊东吴万里船’之类是也。予因其说，以《唐人万绝句》考之，但有司空图《杂题》云‘驿步堤萦阁，军城鼓振桥。鸥和湖雁下，雪隔岭梅飘’‘舴艋猿偷上，蜻蜓燕竞飞。樵香烧桂子，苔湿挂莎衣’。”②洪迈之所以摘录出这些反面的例证，就是要使人们明白即使唐诗也有结构首尾不顾的作品。

如何面对各个时期不能代表一代之文学的文体，是洪迈此时期重点思考的问题。洪迈认为，文学作品虽然有体裁的不同，但是对于同一题材，并不存在体裁上的高下区别。洪迈敢于打破前人文学批评的套路，对文学大家用不同体裁所写的同一题材的作品进行对照分析。《容斋五笔》卷七

---

①洪迈：《容斋五笔》卷九，载《全宋笔记》第五编第6册，大象出版社，2012，第498—499页。

②洪迈：《容斋五笔》卷十，载《全宋笔记》第五编第6册，大象出版社，2012，第501页。

《韩苏杜公叙马》载："韩公《人物画记》，其叙马处云：'马大者九匹，于马之中又有上者下者焉，行者，牵者，奔者，涉者，陆者，翘者，顾者，鸣者，寝者，讹者，立者，龁者，饮者，溲者，陟者，降者，痒磨树者，嘘者，嗅者，喜而相戏者，怒相踶啮者，秣者，骑者，骤者，走者，载服物者，载狐兔者，凡马之事二十有七焉。马大小八十有三，而莫有同者焉。'秦少游谓其叙事该而不烦，故仿之而作《罗汉记》。坡公赋《韩干十四马》诗云：'二马并驱攒八蹄，二马宛颈鬃尾齐。一马任前双举后，一马却避长鸣嘶。老髯奚官骑且顾，前身作马通马语。后有八匹饮且行，微流赴吻若有声。前者既济山林鹤，后者欲涉鹤俯啄。最后一匹马中龙，不嘶不动尾摇风。韩生画马真是马，苏子作诗如见画。世无伯乐亦无韩，此诗此画谁当看。'诗之与记，其体虽异，其为布置铺写则同。诵坡公之语，盖不待见画也。予《云林绘监》中有临本，略无小异。杜老《观曹将军画马图》云：'昔日太宗拳毛䯄，近时郭家师子花。今之新图有二马，复令识者久叹嗟。其余七匹亦殊绝，迥若寒空动烟雪。霜蹄蹴踏长楸间，马官厮养森成列。可怜九马争神骏，顾视清高气深稳。'其语视东坡，似若不及，至于'斯须九重真龙出，一洗万古凡马空'，不妨独步也。杜又有《画马赞》云：'韩干画马，毫端有神。骅骝老大，騕褭清新。'及'四蹄雷雹，一日天地。瞻彼骏骨，实惟龙媒'之句。坡公《九马赞》言：'薛绍彭家藏曹将军《九马图》，杜子美所为作诗者也。'其词云：'牧者万岁，绘者惟霸。甫为作诵，伟哉九马。'读此诗文数篇，真能使人方寸超然，意气横出，可谓'妙绝动宫墙'矣。"①

六、语言风格论

对于不同名家的作品，洪迈能客观指出其高下之别，即使整体水平相近，对局部之差别，他也能客观公正地加以评述。《容斋三笔》卷一《韩欧文语》载："《盘谷序》云：'坐茂树以终日，濯清泉以自洁。采于山，美可茹，钓于水，鲜可食。'《醉翁亭记》云：'野花发而幽香，佳木秀而繁阴。''临溪而渔，溪深而鱼肥；酿泉为酒，泉香而酒洌。山肴野蔌，杂然而前陈。'欧公文势，大抵化韩语也。然'钓于水，鲜可食'与'临溪而渔，溪

①洪迈：《容斋五笔》卷七，载《全宋笔记》第五编第6册，大象出版社，2012，第474—475页。

深而鱼肥'，'采于山'与'山肴前陈'之句，烦简工夫，则有不侔矣。"①再如，《容斋四笔》卷十三《秦杜八六子》载："秦少游《八六子》词云：'片片飞花弄晚，濛濛残雨笼晴。正销凝，黄鹂又啼数声'，语句清峭，为名流推激。予家旧有建本《兰畹曲集》，载杜牧之一词，但记其末句云：'正销魂，梧桐又移翠阴。'秦公盖效之，似差不及也。"②

七、文学欣赏与接受论

在接受论方面，洪迈强调要客观评价文学大家，重视李白、杜甫、苏轼等大家，以及他们在文学史上的地位。历史上有扬李抑杜者，有抑李扬杜者，洪迈的观念与宋代主流的抑李扬杜不同，他认为李白和杜甫不分轩轾，各尽其美。他特别推崇韩愈的李杜并称论，以韩愈的观念来立论。《容斋四笔》卷三《韩公称李杜》载："《新唐书·杜甫传·赞》曰：'昌黎韩愈于文章重许可，至歌诗，独推曰："李杜文章在，光焰万丈长。"诚可信云。'予读韩诗，其称李、杜者数端，聊疏于此。《石鼓歌》曰：'少陵无人谪仙死，才薄将奈石鼓何。'《酬卢云夫》曰：'高揖群公谢名誉，远追甫白感至诚。'《荐士》曰：'勃兴得李杜，万类困凌暴。'《醉留东野》曰：'昔年因读李白、杜甫诗，长恨二人不相从。'《感春》曰：'近怜李杜无检束，烂漫长醉多文辞。'并《唐·志》所引，盖六用之。"③

对于诗人构思谋篇的良苦用心与艺术表达的委婉之美，读者如果草草阅读，必然难以褒其佳处，洪迈认为，只有认真阅读，耐心体会，才能体会诗歌的妙处。他举杜甫诗歌为例，认为杜诗并不晦涩，但外在平淡，内在意蕴含蓄深厚，如果不认真体味，必难入其堂奥。《容斋三笔》卷六《杜诗命意》载："杜公诗命意用事，旨趣深远，若随口一读，往往不能晓解，姑纪一二篇以示好事者。如：'能画毛延寿，投壶郭舍人。每蒙天一笑，复似物皆春。政化平如水，皇恩断若神。时时用抵戏，亦未杂风尘。'第三联意味颇与前语不相联贯，读者或以为疑。按，杜之旨本谓技艺倡优不应蒙人主顾眄赏接，然使政化如水，皇恩若神，为治大要既无所损，则时时用此辈，

①洪迈：《容斋三笔》卷一，载《全宋笔记》第五编第6册，大象出版社，2012，第20页。
②洪迈：《容斋四笔》卷十三，载《全宋笔记》第五编第6册，大象出版社，2012，第356页。
③洪迈：《容斋四笔》卷三，载《全宋笔记》第五编第6册，大象出版社，2012，第230页。

亦亡害也。又如：'乱后碧井废，时清瑶殿深。铜瓶未失水，百丈有哀音。侧想美人意，应悲寒甃沉。蛟龙半缺落，犹得折黄金。'此篇盖见故宫井内汲者得铜瓶而作，然首句便说废井，则下文翻覆铺叙为难，而曲折宛转如是，它人毕一生模写不能到也。又一篇云：'斗鸡初赐锦，舞马既登床。帘下宫人出，楼前御柳长。仙游终一闷，女乐久无香。寂寞骊山道，清秋草木黄。'先忠宣公在北方，得唐人画《骊山宫殿图》一轴，华清宫居山颠，殿外垂帘，宫人无数，穴帘隙而窥，一时伶官戏剧，品类杂沓，皆列于下。杜一诗真所谓亲见之也。"[1]

与宋代古文运动中许多偏激的论者不同，洪迈并没有对骈文采取完全否定的态度，而是客观公正地指出其在丰富散文语言，使散文形成整齐对仗的韵律之美方面的重要意义。宋代的文赋实际上受到骈体文颇多的启发与影响。《容斋三笔》卷八《四六名对》载："四六骈俪，于文章家为至浅，然上自朝廷命令、诏册，下而搢绅之间笺书、祝疏，无所不用。则属辞比事，固宜警策精切，使人读之激卬，讽味不厌，乃为得体。姑摭前辈及近时缀缉工致者十数联，以诒同志。王元之拟李靖平突厥露布，其叙颉利求降且复谋窜曰：'阱中饿虎，暂为掉尾之求；韝上饥鹰，终有背人之意。'蕲州谢上表曰：'宣室鬼神之问，敢望生还；茂陵封禅之书，已期身后。'范文正公微时，尝冒姓朱，及后归本宗，作启曰：'志在逃秦，入境遂称于张禄；名非霸越，乘舟偶效于陶朱。'用范雎、范蠡，皆当家故事。邓润甫《行贵妃制》曰：'《关雎》之得淑女，无险诐私谒之心；《鸡鸣》之思贤妃，有警戒相成之道。'绍圣中，百僚请御正殿表曰：'皇矣上帝，必临下而观四方；大哉乾元，当统天而始万物。'东坡《坤成节疏》曰：'至哉坤元，德既超于载籍；养以天下，福宜冠于古今。'《慰国哀表》曰：'大哉孔子之仁，泫然流涕；至矣显宗之孝，梦若平生。'《谢赐带马表》曰：'枯羸之质，匪伊垂之而带有余；敛退之心，非敢后也而马不进。'王履道《大燕乐语》曰：'五百里采，五百里卫，外包有截之区；八千岁春，八千岁秋，上祝无疆之寿。'《除少宰余深制》曰：'盖四方其训，以无竞维人；必三后协心，而同底于道。'时并蔡京为三相也。《执政以边功转官词》曰：'惟皇天付予，庶其在此；率宁人有指，敢弗于从。'翟公巽行《外国王加恩制》曰：'宗祀明

---

①洪迈：《容斋三笔》卷六，载《全宋笔记》第五编第6册，大象出版社，2012，第72—73页。

堂，所以教诸侯之孝；大赉四海，不敢遗小国之臣。’知越州日，以擅发常平仓米救荒降官，谢表曰：‘敢效秦人，坐视越人之瘠；既安刘氏，理知晁氏之危。’孙仲益试词科日，代高丽国王谢赐燕乐表曰：‘玉帛万国，干舞已格于七旬；箫韶九成，肉味遽忘于三月。’又曰：‘荡荡乎无能名，虽莫见宫墙之美；欣欣然有喜色，咸豫闻管籥之音。’自中书舍人知和州，既厌境，见任者拒不纳，以启答郡僚曰：‘虽文书衔袖，大人不以为疑；然君命在门，将军为之不受。’邻郡不发上供钱米，受旨推究，为平亭其事，邻守驰启来谢，答之曰：‘包茅不入，敢加问楚之师；辅车相依，自作全虞之计。’汪彦章作《靖康册康王文》曰：‘汉家之厄十世，宜光武之中兴；献公之子九人，惟重耳之尚在。’为中书舍人试潭州，进士何烈卷子内称臣及圣，问不举觉，坐罢职，谢表曰：‘谓子路使门人为臣，虽诚悖理；而徐邈云酒中有圣，初亦何心。’又曰：‘书马者与尾而五，常负谴忧；网禽而去面之三，永衔生赐。’宋齐愈坐于金虏立诸臣状中，辄书‘张邦昌’字，送御史台，责词曰：‘义重于生，虽匹夫不可夺志；士失其守，或一言几于丧邦。’又曰：‘眭孟五行之说，岂所宜言；袁宏九锡之文，兹为安忍。’责张邦昌词曰：‘虽天夺其衷，坐愚至此；然君异于器，代匮可乎。’知徽州，其乡郡也，谢启曰：‘城郭重来，疑千载去家之鹤；交游半在，或一时同队之鱼。’何抡除秘书少监，未几以口语出守邛，谢启曰：‘云外三山，风引舟而莫近；海滨八月，槎犯斗以空还。’杨政除太尉，汤岐公草制曰：‘远览汉京，传杨氏者四世；近稽唐室，书系表者七人。’谓杨震子秉、秉子赐、赐子彪，四世为太尉。李德裕辞太尉云：‘国朝重惜此官，二百年间才七人。’其用事精确如此。蒋子礼拜右相，王调贺启曰：‘早登黄阁，独见明公之妙年；今得旧儒，何忧左辖之虚位。’皆用杜诗语‘扈圣登黄阁，明公独妙年’‘左辖频虚位，今年得旧儒’，亦可称。”[①]洪迈摘出宋人的名句来立论，十分具有说服力。

相比于前一时期的笔记著作，洪迈认为，欣赏文学作品，可以发挥自己的主观能动性。他为后人做了大胆的示范。《容斋三笔》卷九《钴𬭁沧浪》载：“柳子厚《钴𬭁潭西小丘记》云：‘丘之小不能一亩。问其主，曰：“唐氏之弃地，货而不售。”问其价，曰：“止四百。”予怜而售之。以兹丘之胜，致之沣水、鄠、杜，则贵游之士争买者，日增千金而愈不可得。今弃是州

①洪迈：《容斋三笔》卷八，载《全宋笔记》第五编第6册，大象出版社，2012，第94—96页。

也，农夫渔父过而陋之，贾四百，连岁不能售。’苏子美《沧浪亭记》云：‘予游吴中，过郡学东，顾草树郁然，崇阜广水，不类乎城中。并水得微径于杂花修竹之间，东趋数百步，有弃地，三向皆水，旁无民居，左右皆林木相亏蔽。予爱而裴回，遂以钱四万得之。’予谓二境之胜绝如此，至于人弃不售，安知其后卒为名人赏践。如沧浪亭者，今为韩蕲王家所有，价直数百万矣，但钴鉧复埋没不可识。士之处世，遇与不遇，其亦如是哉！”[①]柳宗元感叹小丘被弃，明显跟他怀才不遇，理想未实现而遭贬至永州有关，而苏舜钦《沧浪亭记》则为游记之名作，不一定有象征比兴之意。洪迈感叹二地不为人所识，直到名人品题后才知名，一切埋没未显之物，都可与才识之士的遇与不遇相类比。他在感慨中融入了再创作的智慧。

对于前人固有的观点，洪迈能够自出机杼，不拘成说，从创作背景出发，发表自己独特的感悟，虽不一定可以令人完全信服，但也可备一说。《容斋三笔》卷十《桃源行》载：“陶渊明作《桃源记》云源中人自言：‘先世避秦时乱，率妻子邑人，来此绝境，不复出焉。乃不知有汉，无论魏晋。’系之以诗曰：‘嬴氏乱天纪，贤者避其世。黄绮之商山，伊人亦云逝。顾言蹑轻风，高举寻吾契。’自是之后，诗人多赋《桃源行》，不过称赞仙家之乐。唯韩公云：‘神仙有无何渺茫，桃源之说诚荒唐。世俗那知伪为真，至今传者武陵人。’亦不及渊明所以作记之意。按《宋书》本传云：‘潜自以曾祖晋世宰辅，耻复屈身后代。自宋高祖王业渐隆，不复肯仕。所著文章，皆题其年月。义熙以前，则书晋代年号，自永初以来，唯云甲子而已。’故五臣注《文选》用其语。又继之云：‘意者耻事二姓，故以异之。’此说虽经前辈所记，然予切意桃源之事，以避秦为言，至云‘无论魏晋’，乃寓意于刘裕，托之于秦，借以为喻耳。近时胡宏仁仲一诗，屈折有奇味。大略云：‘靖节先生绝世人，奈何记伪不考真。先生高步窘末代，雅志不肯为秦民。故作斯文写幽意，要似寰海离风尘。’其说得之矣。”[②]

为了使他人对自己的文学欣赏路径有清晰的把握，洪迈常常采取摘篇的方式，把那些具备特色的篇章摘出来，对比分析，给人以具体可感的艺

①洪迈：《容斋三笔》卷九，载《全宋笔记》第五编第6册，大象出版社，2012，第105—106页。

②洪迈：《容斋三笔》卷十，载《全宋笔记》第五编第6册，大象出版社，2012，第124页。

术印象。《容斋三笔》卷九《叶晦叔诗》载："亡友叶黯晦叔，尝除敕令所删定官。绍兴十九年，为福建帅属，予尝因春补诸生，白于府主，邀与同考校，锁宿贡院两旬。予作长句云：'沉沉广厦清如水，市声人声不到耳。一闲十日岂天赐，惭愧纷纷白袍子。相逢更得金玉人，久矣眼中无此士。连床夜语不成寐，往往鸡声忽惊起。是中差乐真难名，昔者相过安得此。但怜时节不相谋，正堕清明寒食里。梨花已空海棠树，外间物色知余几。只恐雨风摧折之，负此一春吾过矣。谢公寻山饱闲暇，应笑腐儒黏故纸。锦囊得句应已多，万一相思频寄似。'时谢景思为参议官，故卒章简之。晦叔和篇云：'文章万言抵杯水，世上虚名徒尔耳。我常自笑一生痴，那更将痴笑群子。大屋沉沉余百年，到今所阅知几士。看渠得失自偶然，其间悲喜从何起。君闻我言亦大笑，为说万事总如此。急须了却公家事，门外不知春有几。飞雨时闻打窗纸。他年万一复相从，未必从容今日似。'其语意超新，惜不能尽忆。又尝云：'五十六言，大氐多引韵起，若以侧句入，尤峻健。如老杜"幽栖地僻经过少，老病人扶再拜难"是也。然此犹是作对，若以散句起又佳。如"苦忆荆州醉司马，谪官樽俎定常开"是也。'故予自福泮满归，晦叔以二诗送别，正用此体。一章云：'一门伯仲知谁似？四海文章正数君。何事与予如旧识，由来于世两相闻。闲官各喜光阴胜，胜地空多物色分。忽复翩然从此去，便应变化上青云。'二章云：'此地相从惊岁晚，登临况是客归时。却将襟抱向谁可，正尔艰难惟子知。情到中年工作恶，别于生世易为悲。梅花尽醉江清上，黯澹西风冻雨垂。'可谓奇作。然相别不两年即下世，每诵味其语，辄为凄然。因刻所作《容斋记》，尝识于末。"[①]对于叶晦叔之诗的"超新""峻健""奇"，可以通过洪迈所摘诗句体味出来。

再如，《容斋五笔》卷九《不能忘情吟》载："予既书白公钟情蛮、素于前卷，今复见其《不能忘情吟》一篇，尤为之感叹，辄载其文，因以自警。其序云：'乐天既老，又病风。乃录家事，会经费，去长物。妓有樊素者，年二十余，绰绰有歌舞态，善唱《杨柳枝》，人多以曲名名之，由是名闻洛下，籍在经费中，将放之。马有骆者，籍在长物中，将鬻之。马出门，骧首反顾，素闻马嘶，惨然立见拜，婉娈有辞，辞毕涕下。予亦愍默不能对，且命反袂，

①洪迈：《容斋三笔》卷九，载《全宋笔记》第五编第6册，大象出版社，2012，第113—114页。

饮之酒，自饮一杯，快吟数十声，声成文，文无定句。予非圣达，不能忘情，又不至于不及情者，事来搅情，情动不可柅，因自哂，题其篇曰《不能忘情吟》。’吟曰：‘鬻骆马兮，放杨柳枝。掩翠黛兮，顿金羁。马不能言兮，长鸣而却顾。杨柳枝再拜长跪而致辞。辞曰：“素事主十年，凡三千有六百日。巾栉之间，无违无失。今素貌虽陋，未至衰摧，骆力犹壮，又无虺隤。即骆之力，尚可以代主一步，素之歌，亦可以送主一杯。一旦双去，有去无回。故素将去，其辞也苦，骆将去，其鸣也哀。此人之情也，马之情也，岂主君独无情哉。”予俯而叹，仰而咍，且曰骆骆尔勿嘶，素素尔勿啼，骆反厩，素反闺。吾疾虽作年虽颓，幸未及项籍之将死，亦何必一日之内弃骓兮而别虞兮。乃目素兮，素兮为我歌《杨柳枝》，我姑酌彼金罍，我与尔归醉乡去来。’观公之文，固以遣情释意耳，素竟去也。此文在一集最后卷，故读之者未必记忆。东坡犹以为柳枝不忍去，因刘梦得‘春尽絮飞’之句方知之。于是美朝云之独留，为之作诗，有‘不似杨枝别乐天，恰如通德伴伶玄’之语。然不及二年而病亡，为可叹也。”①

对于苏轼被贬生涯中独特的创作感受，洪迈心领神会，摘其佳句，指出苏轼创作时的境况，让读者体味。《容斋三笔》卷十一《东坡三诗》载：“东坡初赴惠州，过峡山寺，不值主人，故其诗云：‘山僧本幽独，乞食况未还。云碓水自舂，松门风为关。石泉解娱客，琴筑鸣空山。’既至惠州，残腊独出，至栖禅寺，亦不逢一僧，故其诗云：‘江边有微行，诘曲背城市。平湖春草合，步到栖禅寺。堂空不见人，老稚掩关睡。所营在一食，食已宁复事。客行岂无得？施子净扫地。风松独不静，送我作鼓吹。’后在儋耳作《观棋》诗，记游庐山白鹤观，观中人皆阖户昼寝，独闻棋声，云：‘五老峰前，白鹤遗址。长松荫庭，风日清美。我时独游，不逢一士。谁欤棋者？户外屦二。不闻人声，时闻落子。’其寂寞冷落之味，可以想见，句语之妙，一至于此。”②

对于前人名作的逸闻轶事，洪迈能够从文学创作与欣赏的整体规律上去考量，常有高屋建瓴、拨云见日之慧识。《容斋四笔》卷七《西太一宫

①洪迈：《容斋五笔》卷九，载《全宋笔记》第五编第6册，大象出版社，2012，第489—490页。

②洪迈：《容斋三笔》卷十一，载《全宋笔记》第五编第6册，大象出版社，2012，第132页。

六言》载："'杨柳鸣蜩绿暗，荷花落日红酣。三十六陂春水，白头想见江南。'荆公《题西太一宫六言》首篇也。今临川刻本以'杨柳'为'柳叶'，其意欲与荷花为切对，而语句遂不佳。此犹未足问，至改'三十六陂春水'为'三十六宫烟水'，则极可笑。公本意以在京华中，故想见江南景物，何预于宫禁哉。不学者妄意涂窜，殊为害也。彼盖以太一宫为禁廷离宫尔。"①洪迈可谓深知王安石诗文之妙旨者。

美是在对比中显现的，王安石《登飞来峰》数易其稿，终得"遮"字，妙绝千古，新颖独特。历代不少改自名作的作品，不但不能成名，反倒成为参照和陪衬，使人们更加欣赏名作。洪迈敏锐地抓住了这一现象，对比分析，使名家的艺术提升过程更加清晰地显现出来。《容斋五笔》卷五《唐书载韩柳文》载："宋景文修《唐书》，《韩文公传》全载其《进学解》《谏佛骨表》《潮州谢上表》《祝鳄鱼文》，皆不甚润色，而但换《进学解》数字，颇不如本意。元云'招诸生立馆下'，改'招'字为'召'，既言先生入学，则诸生在前，招而诲之足矣，何召之为？'障百川而东之'，改'障'字为'停'，本言川流横溃，故障之使东，若以为停，于义甚浅。改'跋前疐后'为'踬后'，韩公本用《狼跋》诗语，非踬也。其他以'爬罗剔抉'为'杷罗'，'焚膏油'为'烧'，以'取败几时'为'其败'。《吴元济传》书《平淮西碑》文千六百六十字，固有他本不同，然才灭节辄不稳当。'明年平夏'一句悉芟之。'平蜀西川'减'西川'字。'非郊庙祠祀，其无用乐'减'祠''其'两字。'皇帝以命臣愈，臣愈再拜稽首'减下'臣'字。殊害理。'汝其以节都统讨军'，以'讨'为'诸'，尤不然。讨者，如《左传》讨军实之义，若云'诸军'，何人不能下此语。《柳子厚传》载其文章四篇，《与萧俛》《许孟容书》《贞符》《惩咎赋》也。《孟容书》意象步武，全与汉杨恽《答孙会宗书》相似，《贞符》仿班孟坚《典引》，而其四者次序或失之。至云'宗元不得召，内闵悼，作赋自儆'。然其语曰：'逾再岁之寒暑。'则责居日月未为久，难以言不得召也。《资治通鉴》但载《梓人》及《郭橐驼传》，以为其文之有理者。其识见取舍，非宋景文可比云。"②

①洪迈：《容斋四笔》卷七，载《全宋笔记》第五编第6册，大象出版社，2012，第278—279页。

②洪迈：《容斋五笔》卷五，载《全宋笔记》第五编第6册，大象出版社，2012，第446—447页。

洪迈论诗受儒家思想影响较深。《容斋三笔》卷三《高唐神女赋》载：“宋玉《高唐》《神女》二赋，其为寓言托兴甚明。予尝即其词而味其旨，盖所谓发乎情，止乎礼义，真得诗人风化之本。前赋云：‘楚襄王望高唐之上有云气，问玉曰：“此何气也？”对曰：“所谓朝云者也。昔者先王尝游高唐，梦见一妇人，曰，妾巫山之女也，愿荐枕席。王因幸之。”’后赋云：‘襄王既使玉赋高唐之事，其夜王寝，梦与神女遇，复命玉赋之。’若如所言，则是王父子皆与此女荒淫，殆近于聚麀之丑矣。然其赋虽篇首极道神女之美丽，至其中则云：‘澹清静其愔嫕兮，性沉详而不烦。意似近而若远兮，若将来而复旋。褰余帱而请御兮，愿尽心之惓惓。怀贞亮之洁清兮，卒与我乎相难。頩薄怒以自持兮，曾不可乎犯干。叹情未接，将辞而去。迁延引身，不可亲附。愿假须臾，神女称遽。暗然而冥，忽不知处。’然则神女但与怀王交御，虽见梦于襄，而未尝及乱也。玉之意可谓正矣。今人诗词顾以襄王藉口，考其实则非是。頩，音匹零反，剑容怒色也。柳子厚《谪龙说》有‘奇女頩尔怒’之语，正用此也。”[①]由于时代的局限，洪迈的文学批评标准不可能不打上那个时代的色彩。他有时会以“中庸”“哀而不思”为审美批评的标准。《容斋四笔》卷四《栾城和张安道诗》载：“张文定公在蜀，一见苏公父子，即以国士许之。熙宁中，张守陈州南都，辟子由莫府。元丰初，东坡谪齐安，子由贬监筠酒税，与张别，张凄然不乐，酌酒相命，手写一诗曰：‘可怜萍梗飘蓬客，自叹匏瓜老病身。从此空斋挂尘榻，不知重扫待何人。’后七年，子由召还，犹复见之于南都。及元符末，自龙川还许昌，因侄叔党出坡遗墨，再读张所赠诗，其薨已十年，泣下不能已，乃追和之曰：‘少年便识成都尹，中岁仍为幕下宾。待我江西徐孺子，一生知己有斯人。’两诗皆哀而不怨，使人至今有感于斯文。今世薄夫受人异恩，转眼若不相识，况于一死一生，卷卷如此，忠厚之至，殆可端拜也。”[②]可见，洪迈推崇人品的忠厚和诗歌美学上的“哀而不思”。

洪迈认为，表达感情一定要“精切”，这一点散文和骈文并无不同，其内在的规律是一致的。《容斋四笔》卷五《王勃文章》载：“王勃等四子之文，皆精切有本原。其用骈俪作记序碑碣，盖一时体格如此，而后来颇议

①洪迈：《容斋三笔》卷三，载《全宋笔记》第五编第6册，大象出版社，2012，第38—39页。
②洪迈：《容斋四笔》卷四，载《全宋笔记》第五编第6册，大象出版社，2012，第242页。

之。杜诗云：‘王、杨、卢、骆当时体，轻薄为文哂未休。尔曹身与名俱灭，不废江河万古流。’正所谓此耳。身名俱灭，以责轻薄子。江河万古流，指四子也。韩公《滕王阁记》云：‘江南多游观之美，而滕王阁独为第一。及得三王所为序、赋、记等，壮其文辞。’注谓：‘王勃作游阁序。’又云：‘中丞命为记，窃喜载名其上，词列三王之次，有荣耀焉。’则韩之所以推勃，亦为不浅矣。勃之文今存者二十卷云。”①

洪迈论文学，既有微观的细致分析，也有宏观的准确把握，更有看似微观、实则宏观的精湛之论。《容斋五笔》卷八《白苏诗纪年岁》载：“白乐天为人诚实洞达，故作诗述怀，好纪年岁。因阅其集，辄书录之。‘此生知负少年心，不展愁眉欲三十’‘莫言三十是年少，百岁三分已一分’‘何况才中年，又过三十二’‘不觉明镜中，忽年三十四’‘我年三十六，冉冉昏复旦’‘非老亦非少，年过三纪余’‘行年欲四十，有女曰金銮’‘我今欲四十，秋怀亦可知’‘行年三十九，岁暮日斜时’‘忽因时节惊年岁，四十如今欠一年’‘四十为野夫，田中学锄谷’‘四十官七品，拙宦非由它’‘毛鬓早改变，四十白发生’‘况我今四十，本来形儿羸’‘衰病四十身，娇痴三岁女’‘自问今年岁，春秋四十初’‘四十未为老，忧伤早衰恶’‘莫学二郎吟太苦，才年四十鬓如霜’‘下有独立人，年来四十一’‘若为重入华阳院，病发愁心四十三’‘已年四十四，又为五品官’‘面瘦头斑四十四，远谪江州为郡吏’‘行年四十五，两鬓半苍苍’‘四十六时三月尽，送春争得不殷勤’‘我今四十六，衰悴卧江城’‘鬓发苍浪牙齿疏，不觉身年四十七’‘明朝四十九，应转悟前非’‘四十九年身老日，一百五夜月明天’‘衰鬓蹉跎将五十，关河迢递过三千’‘青山举眼三千里，白发平头五十人’‘宦途气味已谙尽，五十不休何日休’‘五十江城守，停杯忽自思’‘莫学尔兄年五十，蹉跎始得掌丝纶’‘五十未全老，尚可且欢娱’‘长庆二年秋，我年五十一’‘二月五日花如雪，五十二人头似霜’‘老校于君合先退，明年半百又加三’‘前岁花前五十二，今年花前五十五’‘倘年七十犹强健，尚得闲行十五春’‘去时十一二，今年五十六’‘我年五十七，荣名得几许’‘我年五十七，归去诚已迟’‘身为三品官，年已五十八’‘五十八翁方有后，静思

①洪迈：《容斋四笔》卷五，载《全宋笔记》第五编第6册，大象出版社，2012，第258—259页。

堪喜亦堪嗟’‘半百过九年，艳阳残一日’‘火销灯尽天明后，便见平头六十人’‘六十河南尹，前途足可知’‘不准拟身年六十，上山仍未要人扶’‘不准拟身年六十，游春犹自有心情’‘我今悟已晚，六十方退闲’‘今岁日余二十六，来岁年登六十二’‘心情多少在，六十二三人’‘六十三翁头雪白，假如醒黠欲何为’‘行年六十四，安得不衰羸’‘我今六十五，走若下坡轮’‘年开第七秩，屈指几多人’‘五十八归来，今年六十六’‘无忧亦无喜，六十六年春’‘共把十千沽一斗，相看七十欠三年’‘七十欠四岁，此生那足论’‘六十八衰翁，乘衰百疾攻’‘又问年几何，七十行欠二’‘更过今年年七十，假如无病亦宜休’‘今日行年将七十，犹须惭愧病来迟’‘且喜同年满七十，莫嫌衰病莫嫌贫’‘旧语相传聊自慰，世间七十老人稀’‘皤然七十翁，亦足称寿考’‘昨日复今辰，悠悠七十春’‘人生七十稀，我年幸过之’‘白须如雪五朝臣，又入新正第七旬’‘行开第八秩，可谓尽天年’‘吾今已年七十一，眼昏须白头风眩’‘七十人难到，过三更较稀’‘七十三人难再到，今春来是别花来’‘七十三翁旦暮身，誓开险路作通津’‘风光抛得也，七十四年春’‘寿及七十五，俸沾五十千’，其多如此。苏公素重乐天，故间亦效之。如‘龙钟三十九，劳生已强半’‘岁莫日斜时，还为昔人叹’，正引用其语。又‘四十岂不知头颅，畏人不出何其愚’‘我今四十二，衰发不满梳’‘忆在钱塘正如此，回头四十二年非’‘行年四十九，还此北窗宿’‘吾年四十九，赖此一笑喜’‘嗟我与君皆丙子，四十九年穷不死’‘五十之年初过二，衰颜记我今如此’‘白发苍颜五十三，家人强遣试春衫’‘先生年来六十化，道眼已入不二门’‘纷纷华发不足道，当返六十过去魂’‘我年六十一，颓景薄西山’‘结发事文史，俯仰六十逾’‘与君皆丙子，各已三万日’。玩味庄诵，便如阅年谱也。”①白居易、苏轼记年岁的诗歌，可以清晰地展现二人曲折坎坷的人生经历和复杂的心路历程，表明了两位大家孤独自守的生命意识。

与宋代普遍的拘泥一联一句之考实，只见树木不见森林的文学评论不同，洪迈重视诗文的自然天成，不考察细枝末节，显示了遵循文学创作规律的批评原则。《容斋四笔》卷五《黄庭换鹅》载：“李太白诗云：‘山阴

---

①洪迈：《容斋五笔》卷八，载《全宋笔记》第五编第6册，大象出版社，2012，第477—479页。

道士如相见，应写《黄庭》换白鹅。'盖用王逸少事也。前贤或议之，曰：'逸少写《道德经》，道士举鹅群以赠之。'元非《黄庭》，以为太白之误。予谓太白眼高四海，冲口成章，必不规规然旋检阅《晋史》，看逸少传，然后落笔，正使误以《道德》为《黄庭》，于理正自无害，议之过矣。东坡雪堂既毁，绍兴初，黄州一道士自捐钱粟再营建，士人何颉斯举作《上梁文》，其一聊云：'前身化鹤，曾陪赤壁之游；故事换鹅，无复《黄庭》之字。'乃用太白诗为出处，可谓奇语。案张彦远《法书要录》载褚遂良《右军书目》，正书有《黄庭经》云。（注：六十行。）与山阴道士真迹故在。又武平一《徐氏法书记》云：'武后曝太宗时法书六十余函，有《黄庭》。'又，徐季海《古迹记》：'玄宗时，大王正书三卷，以《黄庭》为第一。'皆不云有《道德经》，则乃知《晋传》误也。"①

洪迈在文学的批评中也显示了自己的价值判断，对于文学风格，他欣赏浑成，反对直露。《容斋三笔》卷十五《题先圣庙诗》载："兖州先圣庙壁，尝有题诗者云：'灵光殿古生秋草，曲阜城荒噪晚鸦。惟有孔林残照日，至今犹属仲尼家。'不显姓名，颇为士大夫传诵。予顷在福州，于吕虚己处，见邵武上官校书诗一册，内一篇题为《州西行》。州西者，蔡京所居处也。注云：'靖康元年作。时京谪湖湘，子孙分窜外郡，所居第摧毁，索寞殆无人迹，故为古调以伤之。'凡三十余韵，今但记其末联云：'君不见乔木参天独乐园，至今仍是温公宅。'其意甚与前相类。绍兴二十五年冬，秦桧死，空其赐宅，明年开河，役夫辇泥土堆于墙下。天台士人左君作诗云：'格天阁在人何在，偃月堂深恨亦深。不见洛阳图白发，但知郿坞积黄金。直言动便遭罗织，举目宁知有照临。炙手附炎俱不见，可怜泥滓满墙阴。'语虽纪实，然太露筋骨，不若前两章浑成也。"②

八、作家人格修养论

洪迈论文，特别重视作家高尚的人品。他推崇自由独立、高洁不群的人格，尤其称道陶渊明，如《容斋五笔》卷一《陶潜去彭泽》载：

---

①洪迈：《容斋四笔》卷五，载《全宋笔记》第五编第6册，大象出版社，2012，第261—262页。
②洪迈：《容斋三笔》卷十五，载《全宋笔记》第五编第6册，大象出版社，2012，第174页。

《晋书》及《南史·陶潜传》皆云:“潜为彭泽令,素简贵,不私事上官。郡遣督邮至,县吏白,应束带见之。潜叹曰:‘吾不能为五斗米折腰,拳拳事乡里小儿。’即日解印绶去,赋《归去来》以遂其志。”案陶集载此辞,自有序,曰:“余家贫,耕植不足以自给,彭泽去家百里,故便求之。及少日,眷然有归欤之情。何则?质性自然,非矫励所得,饥冻虽切,违己交病。怅然慷慨,深愧平生之志,犹望一稔,当敛裳宵逝。寻程氏妹丧于武昌,情在骏奔,自免去职,在官八十余日。”观其语意,乃以妹丧而去,不缘督邮。所谓矫励违己之说,疑心有所属,不欲尽言之耳。词中正喜还家之乐,略不及武昌,自可见也。①

陶渊明不慕荣利,关心民瘼,保持人格的自由与独立,有其人才会有其诗。

除此以外,洪迈还推崇为官清廉的作家,注重在其作品中开掘其人格的闪光成分。《容斋五笔》卷八《白公说俸禄》载:“白乐天仕宦,从壮至老,凡俸禄多寡之数,悉载于诗,虽波及它人亦然。其立身廉清,家无余积,可以概见矣。因读其集,辄叙而列之。其为校书郎,曰:‘俸钱万六千,月给亦有余。’为左拾遗,曰:‘月惭谏纸二千张,岁愧俸钱三十万。’兼京兆户曹,曰:‘俸钱四五万,月可奉晨昏。廪禄二百石,岁可盈仓囷。’贬江州司马,曰:‘散员足庇身,薄俸可资家。’《壁记》曰:‘岁廪数百石,月俸六七万。’罢杭州刺史,曰:‘三年请禄俸,颇有余衣食。’‘移家入新宅,罢郡有余资。’为苏州刺史,曰:‘十万户州尤觉贵,二千石禄敢言贫。’为宾客分司,曰:‘俸钱八九万,给受无虚月。’‘嵩洛供云水,朝廷乞俸钱。’‘老宜官冷静,贫赖俸优饶。’‘官优有禄料,职散无羁縻。’‘官衔依口得,俸禄逐身来。’为河南尹,曰:‘厚俸如何用,闲居不可忘。’不赴同州,曰:‘诚贪俸钱厚,春如身力衰。’为太子少傅,曰:‘月俸百千官二品,朝廷雇我作闲人。’‘又问俸厚薄,百千随月至。’‘七年为少傅,品高禄不薄。’其致仕,曰:‘全家遁此曾无闷,半俸资身亦有余。’‘俸随日计钱盈贯,禄逐

①洪迈:《容斋五笔》卷一,载《全宋笔记》第五编第6册,大象出版社,2012,第405—406页。

年支粟满囷。’‘寿及七十五，俸占五十千。’其泛叙曰：‘历官凡五六，禄俸及妻孥。’‘料钱随官用，生计逐年营。’‘形骸僶俛班行内，骨肉勾留俸禄中。’其它人者，如陕州王司马曰：‘公事闲忙同少尹，俸钱多少敌尚书。’刘梦得罢宾客，除秘监，禄俸略同，曰：‘日望挥金贺新命，俸钱依旧又如何。’叹洛阳、长水二县令，曰：‘朱绂洛阳官位屈，青袍长水俸钱贫。’其将下世，有《达哉乐天行》曰：‘先卖南坊十亩园，次卖东郭五顷田。然后兼卖所居宅，仿佛获缗二三千。但恐此钱用不尽，即先朝露归夜泉。’后之君子试一味其言，虽日饮贪泉，亦知斟酌矣。观其生涯如是，东坡云：‘公廪有余粟，府有余帛。’殆亦不然。”①他从作家的诗作出发，考证其清贫的生活及廉洁的政治品格，视角独特。

赵彦卫《云麓漫钞》

赵彦卫，字景安，宗室子孙，著有《云麓漫钞》十五卷。据作者自序，此书创作完成于开禧二年（1206），“开禧二年重阳日，新安郡守赵彦卫景安书于黄山堂”，记载了许多宋代及宋代以前政治、经济、军事、文化艺术、典章制度、地理沿革、人物事迹、风土人情、花草虫鱼、阴阳五行、八卦图谶等的事迹。通过对书中所载宋时杂事和名物的考证，可以揭示出《云麓漫钞》中的文学思想。

一、文学批评论

1. 具有强烈的现实精神和忧患意识

宋代的政治问题十分复杂，政治斗争异常尖锐，激发了以天下为己任的进步文人对政治的关心，而宋代的世风又高度重视文治、重用文人，为他们参政提供了非常充分的社会条件，如此社会风气必然影响士大夫的政治态度，使士大夫具有强烈的参与意识和深刻的忧患意识。赵彦卫也不例外，他在书中对宋代科举制度下冗官、冗兵、冗费的弊端提出了严厉的控诉。

2. 不囿于古人的成见，具有大胆的怀疑精神

宋人的思想十分活跃，见解十分深刻。由于宋学注重义理，推崇独

①洪迈：《容斋五笔》卷八，载《全宋笔记》第五编第6册，大象出版社，2012，第480—481页。

立思考，所以宋人往往不迷信古人、不囿于古人的成见，有强烈的思考意识。赵彦卫勇于思考，具有大胆的怀疑精神，对一些名物进行了充分的考证，提出了自己的见解。例如，对苏轼在黄州所写的《念奴娇·赤壁怀古》，赵彦卫“盖疑其非也”，参照《水经注》，对赤壁的地点进行了极为详细的考证。《云麓漫钞》卷六载：“东坡黄州词云：人道是三国周郎赤壁，盖疑其非也。……水经之言为然，后汉纪总书乌林、赤壁，故后人指为一地。”①

二、文学风格论

在文学创作上，宋代的文章受到当时世风及士风的影响与制约，正如《云麓漫钞》所言：“本朝之文，循五代之旧，多骈俪之词；杨文公始为西昆体，穆伯长、六一先生以古文唱，学者宗之。王荆公为新经说文，推明义理之学，兼庄老之说。佰至崇观黜史学，中兴悉有禁，专以孔孟为师。淳熙中，尚苏氏，文多宏放；绍熙尚程氏，曰洛学。”②赵彦卫反对西昆体，因为西昆体多骈俪之词，大多师法李商隐诗的雕润密丽、音调铿锵，呈现出整饬典丽的艺术特征，然而只是模仿李商隐诗的艺术面貌，却缺乏李商隐诗蕴含的真挚情感和深沉感慨，所以往往徒得其华丽的外表而缺乏内在的气韵。赵彦卫推崇简明宏放的文风，《云麓漫钞》卷四载：“古尺牍之制，某顿首，或再拜，或启。唐人始更为状，末云：‘谨奉状谢，不宣，谨状。’……庆元三年，严叠楮之禁，只用三幅云。后又只许用一幅，殊为简便。”③赵彦卫崇尚的文章，虽然文体不同，文风却有一致的地方，都简便质朴、宏达雅洁。《云麓漫钞》卷三载：“柳子厚游山诸记，法《穆天子传》；欧阳文忠公《醉翁亭记》，体《公羊》《穀梁》解《春秋》；张忠定《谏用兵疏》，仿韩退之《佛骨表》；黄鲁直《跋奚文》，学汉王子渊《便了券》；唐人《大槐国传》，依《列子·汤问》；此所谓脱胎换骨法。”④他所称赏的上述文章，都舍弃了浮华奢靡之气。

---

①赵彦卫：《云麓漫钞》卷六，中华书局，1996，第110—111页。

②赵彦卫：《云麓漫钞》卷八，中华书局，1996，第135页。

③赵彦卫：《云麓漫钞》卷四，中华书局，1996，第63—64页。

④赵彦卫：《云麓漫钞》卷三，中华书局，1996，第49页。

在文学欣赏方面，社会上的享乐之风造就的崇俗的审美倾向，被赵彦卫接受。

宋初百年间，社会比较安定，生产力持续发展，经济高度繁荣，这为商业和娱乐业的迅速发展提供了有利的条件，为杂剧的兴盛提供了充分的经济条件。在这个时期，民间歌舞、说唱音乐、故事表演、滑稽表演有了互相融合的趋势，于是便出现了“宋杂剧”。《云麓漫钞》卷五专门记载了当时杂剧的表演情况：“优人杂剧，必装官人，别号为参军色。按《西京杂记》：京兆有古生尝学纵横，揣摩弄矢摇丸摴蒲之术，为都掾史四十余年，善诡谩两千石，随以谐谑，皆握其权要而得其欢心。”①可见，赵彦卫不排斥俗文化。

文体论方面，赵彦卫是最早关注小说中融合诗歌现象的人，其《云麓漫钞》卷八载：“唐之举人，先藉当世显人，以姓名达之主司，然后以所业投献。逾数日又投，谓之温卷。如《幽怪录》《传奇》等皆是也。盖此等文备众体，可以见史才、诗笔、议论。”②赵彦卫认为，唐代小说中夹杂诗歌，不过是士人在炫耀才华，有其局限性，是浮华文风的一种表现。

赵彦卫推崇质实的文风。例如，《云麓漫钞》卷八载：“近世行状、墓志、家传，皆出于门生故吏之手，往往文过其实，人多喜之，率与正史不合。如近日蜀本《东都故事赵普传》，与正史迥然如两人，正史几可废，前辈尝以《邵氏闻见录》与石林《避暑》《燕居录》等，以岁月参之，皆不合。”③上述文章，在赵彦卫看来，违背了实在的原则。

赵彦卫对科举考试这种抑制人们思想的弊端是深恶痛绝的。他认为，唐五代科举考试通过对诗词歌赋的考查来选拔人才，这是不正确的，因为诗词歌赋重在考查对声韵、对偶优劣的掌握程度，不能真正反映出考生的才华和学识，也不能解决实际问题。

赵与时《宾退录》

赵与时（1175—1231）为宋太祖七世孙，著有《宾退录》十卷。赵与时

①赵彦卫：《云麓漫钞》卷五，中华书局，1996，第86页。

②赵彦卫：《云麓漫钞》卷八，中华书局，1996，第135页。

③同②。

博览群书，知识面广，此书论析史事，辩证典章、订补阙误，在很多方面有价值，包含丰富的文学思想内容。

文学的传播是一个复杂的过程，作者十分重视研究其复杂性。卷一载："王建以宫词著名，然好事者多以他人之诗杂之，今世所传百篇，不皆建作也。余观诗不多，所知者如'新鹰初放兔初肥，百日君王在内稀。薄暮千门临欲锁，红妆飞骑向前归。''黄金捍拔紫檀槽，弦索初张调更高。尽理昨来新上曲，内官帘外送樱桃。'张籍《宫词》二首也。'泪尽罗巾梦不成，夜深前殿按歌声。红颜未老恩先断，斜倚熏笼坐到明。'白乐天《后宫词》也。'闲吹玉殿昭华管，醉折梨园缥蒂花。十年一梦归人世，绛缕犹封击臂纱。'杜牧之《出宫人》诗也。'红烛秋光冷画屏，轻罗小扇扑流萤。瑶阶夜月凉如水，坐看牵牛织女星。'杜牧之《秋夕》诗也。'宝仗平明秋殿开，且将团扇共徘徊。玉颜不及寒鸦色，犹带昭阳日影来。'王昌龄《长信秋词》也。'日晚长秋帘外报，望陵歌舞在明朝。添炉欲热薰衣麝，忆得分时不忍烧。''日映西陵松柏枝，下台相顾一相悲。朝来乐府歌新曲，唱著君王自作词。'刘梦得《魏宫词》二首也。或全录，或改一二字而已。"[①]从中既可以看出王建《宫词》在流传过程中的演变，也可以发现王昌龄、杜牧等唐代诗人名篇在宋代的版本情况。

文学作品的价值实现也是一个复杂的过程，其中既有作者的创作意图能否实现的问题，也有作者的用心读者能否理解的问题。赵与时注意到这一问题，如"《诗眼》云：晏叔原见蒲传正云：'先公平日小词虽多，未尝作妇人语也。'传正云：'绿杨芳草长亭路，年少抛人容易去。'岂非妇人语乎？晏曰：'公谓"年少"为何语？'传正曰：'岂不谓其所欢乎？'晏曰：'因公之言，遂晓乐天诗两句，盖"欲留所欢待富贵，富贵不来所欢去"。'传正笑而悟"[②]。生活在同时代的作者与读者之间尚且如此，几百年后的读者对作者的深意能理解多少，不能盲目乐观看待。

解读历代名篇时，作者视角独特，言之成理，对于我们今天的阐释很有参考意义："古乐府《木兰词》文字奇古，然其间有云'归来见天子，天子坐明堂。策勋十二转，赐物百千强。可汗问所欲，木兰不用尚书郎，愿驰明

①赵与时：《宾退录》卷一，载《全宋笔记》第六编第10册，大象出版社，2013，第6页。
②同①，第7页。

驼千里足，送儿还故乡’。按木兰诈作男子，代父征行，逮归家易服，火伴方知其为女。当其见天子之时，尚称男子，而曰‘送儿归故乡’，何哉？儿者，妇人之称也。”①

赵与时弘扬抗击金兵、收复失地的时代主调，用摘篇、摘句的方式来表达自己的审美选择。“曲忠壮在蜀，有诗云：‘破碎江山不足论，何时重到渭南村？一声长啸东风里，多少未归人断魂。’”②

赵与时十分重视通过文学认识历史，此书卷三载，“白乐天于浔阳舟中见商妇，赋《琵琶行》，其中有云：‘商人重利轻别离，前月浮梁买茶去。’是时此商留家浔阳，而远取茶于浮梁，始知浔阳之茶，唐末有也。今其行几遍天下，而浮梁所产反不著，时代推移，而土地所生亦复变迁如此”③，以唐诗证茶叶发展变化，视野独特。此书还考证唐代的酒价，以王维、李白、杜甫、白居易等人的诗作比较考索，指出不同的酒价格不尽相同。

此书重视文学传承，善于推溯文学创作的源流，如卷四载：“鲍明远《行路难》首云：‘奉君金卮之美酒，玳瑁玉匣之瑶琴。七彩芙蓉之玉帐，九华蒲萄之锦衾。’黄鲁直《送王郎》：‘酌君以蒲城桑落之酒，泛君以湘垒秋菊之英。赠君以黔川点漆之墨，送君以阳关堕泪之声。’正用其体。”④卷六载，“寓言以贻训诫，若柳子厚《三戒》《鞭贾》之类，颇似以文字为戏，然亦不无补于世道。吾阅近世文集，得二文焉，朱希真敦儒《东方智士说》、萧东夫德藻《吴五百》是也”⑤，肯定柳宗元对寓言文学的开创之功，又重视宋代人对此文体的继承发展。

叶绍翁《四朝闻见录》

叶绍翁，字嗣宗，号靖逸，著有《四朝闻见录》五卷。作为南宋中后期重要文士，叶绍翁的笔记具有相当大的代表性。《四朝闻见录》中的文学生态思想十分重要。

①赵与时：《宾退录》卷一，载《全宋笔记》第六编第10册，大象出版社，2013，第16页。
②赵与时：《宾退录》卷二，载《全宋笔记》第六编第10册，大象出版社，2013，第21页。
③赵与时：《宾退录》卷三，载《全宋笔记》第六编第10册，大象出版社，2013，第37页。
④赵与时：《宾退录》卷四，载《全宋笔记》第六编第10册，大象出版社，2013，第61页。
⑤赵与时：《宾退录》卷六，载《全宋笔记》第六编第10册，大象出版社，2013，第79页。

一、统治者自身的文学修养对文学的影响

宋代的统治者较为注重自身文学素质，南宋的许多皇帝自身即是文学爱好者，具备较高的文学素养。叶绍翁在《四朝闻见录》中摘录了宋高宗、宋孝宗、宋光宗的一些诗歌，即御制诗。作为至高无上的统治者，他们的许多作品不失文气，颇有意蕴。

1. 统治者的文学创作

《四朝闻见录》甲集《中和堂御制诗》载：

> 中和堂在郡治。建炎三年四月壬戌，高宗幸焉。御制诗云："六龙转淮海，万骑临吴津。王者本无外，驾言苏远民。瞻彼草木秀，感此疮痍新。登堂望稽山，怀哉夏禹勤。神功既盛大，后世蒙其仁。愿同越勾践，焦思先吾身。艰难务遵养，圣贤有屈伸。高风动君子，属意种蠡臣。"堂北又有清风亭，御书其楹，云："斯堂特伟之观，无愧上都。薰风南来，我意虽快，愿与庶人共之。"后因改为伟观。圣意驻跸，决于此诗。①

此条摘录宋高宗的一首五言排律与一段题楹之句。就文采而言，此诗多用典故，体现了君主与民众的关系、对夏禹功德的赞誉，以及愿效法越王勾践，专注于求索范蠡、文种这样的贤臣的志向。宋高宗题楹之句，不仅赞扬了中和堂建筑之美，而且化用了《南风诗》中的"南风之薰兮，可以解吾民之愠兮"②，以及宋玉《风赋》中的"有风飒然而至，王乃披襟而当之曰：'快哉此风！寡人所与庶人共者邪？'"③宋玉的《风赋》认为楚王独占好风，而宋高宗此诗却表达了愿与天下庶民共享好风之意，寄寓了与民同乐的价值观。

宋高宗不仅能诗，自身对诗歌的见解亦有过人之处，比如他见到众人哄传为吕洞宾所书的《洞仙歌》，由音韵学角度入手，分析词的出处，判定作者应为福建籍秀才。丙集《洞仙歌》载：

---

①叶绍翁：《四朝闻见录》甲集，中华书局，2012，第23页。

②王国轩、王秀梅：《孔子家语》，中华书局，2009，第267—268页。

③萧统：《文选》，上海古籍出版社，1986，第581页。

> 绍兴间，有题《洞仙歌》于垂虹者，不系其姓名，龙蛇飞动，真若不烟火食者。时皆喧传，以为洞宾所为书。浸达于高宗，天颜輾然而笑曰："是福州秀才云尔。"左右请圣谕所以然，上曰："以其用韵，盖闽音云。"其词曰："飞梁压水，虹影澄清晓。橘里渔村半烟草。〔叹〕今来古往，物是人非，天地里，惟有江山不老。雨巾风帽，四海谁知我？一剑横空几番过。按玉龙，嘶未断，月冷波寒，归去也，林屋洞天无锁。认云屏烟障，是吾庐，任满地苍苔，年年不扫。"久而知为闽士林外所为。圣见异矣。①

这首词中的用韵，如"帽""过""锁""扫"等字，用闽音方可叶韵。宋高宗因而判定作者为福建秀才，而人们在过了相当长的一段时间后才得知作者是福建人林外（林外，字岂尘，号肇殷，宋高宗时期进士）。宋高宗的分析于细微中尽显精妙，眼光堪比文学家。

唱和诗是中国古代文学史中一种源远流长的诗歌类型。宋高宗与宋孝宗之间的互相唱和，应该是有宋三百余年间，参与者身份级别最高的唱和活动。唱和，作为一种艺术表达方式，一定程度上促进了南宋文人的诗歌创作。

宋高宗祭祀天坛途中路过女诗人李清照的梅亭并题诗，宋孝宗闻而赋诗以和。李清照一生颇爱梅花，如其《渔家傲》对梅花做了高度评价："此花不与群花比。"②《四朝闻见录》甲集《易安斋梅岩亭》载：

> 光尧亲祀南郊，时绍兴二十五年也。御书于郊坛易安斋之梅（一有"岩"字）亭曰"谒款泰坛"。因过易安斋，爱其去城不远，岩石幽邃，得天成自然之趣，为赋《梅岩》云："怪石苍岩映翠霞，梅梢疏瘦正横斜。得因祀事来寻胜，试探春风第一花。"孝宗时在潜邸，恭和圣作云："秀色环亭拥霁霞，修□（原注：今上嫌讳。案当作"筠"字）冰艳数枝斜。东君欲奉天颜喜，故遣融和放早花。"此真古今所未见，岩石何其幸欤！③

①叶绍翁：《四朝闻见录》丙集，中华书局，2012，第127页。

②李清照：《李清照集笺注》，徐培均校注，上海古籍出版社，2013，第8页。

③叶绍翁：《四朝闻见录》甲集，中华书局，2012，第31页。

此条摘录的两首七言绝句为次韵诗，是唱和诗的一种形式，同韵、同字、同顺序。此条中，二位皇帝赋诗皆为七言绝句。宋高宗赋梅岩诗，韵脚为“斜”“花”；宋孝宗和诗，韵脚同用“斜”“花”，且与宋高宗用韵顺序一样。宋高宗身为当朝天子，赋诗前两句中先言景色之美。翠霞，出自两晋文学家郭璞的《江赋》：“抚凌波而凫跃，吸翠霞而夭矫。”①此二句意为奇特的岩石颜色苍苍，与青色的烟霞相映成趣，瘦疏横斜的梅花枝梢修长。后两句叙赏景缘由，说自己因为祭祀顺便访寻胜迹，因而得见春风到来之时的梅花。宋孝宗和诗中亦先言景色之美：秀丽的风景围绕着李清照的亭子，修长的枝梢如冰雪一般清净。后两句尤其巧妙，说春神欲让宋高宗感到愉悦，所以早早让梅花开放，构思别出心裁，意境不落俗套。

宋孝宗和宋高宗之诗为和诗创作中难度最高的步韵诗，其押韵与用字顺序一致；而乙集《光皇御制》记载的宋光宗与吴琚同题联句，当属和韵诗。该诗既显国君与外戚之间关系非凡，又展现了二人的文学素养：

> 琚尤圣眷，后苑安榴盛开，光皇以广团扇自题圣作二句曰：“细叠轻绡色倍酴，晚霞犹在绿阴中。”命琚足之。公再拜，援笔即书曰：“春归百卉今无几，独立清微殿阁风。”上称叹者久之。宪圣于二王中，独导孝宗以光皇为储位，故公落句有独立之咏，寄意深矣。②

吴琚和宋光宗之诗，同韵不同字。宋光宗所作前两句赞美榴花的颜色浓郁，晚霞时分，在绿阴中独树一帜；吴琚联句，写春天结束的时候百花皆失去魅力，只有榴花仍然保持原来的样子。吴琚联宋光宗之句寄意于景色，初春百卉绽放，但至此时节却惟有榴花一枝独秀。而在几位皇子的皇位竞争中，宪圣吴皇后唯独劝宋孝宗选择宋光宗为储君。因此，独自盛开的榴花暗示宋光宗身为宋孝宗第三子，却在几位皇位继承人中脱颖而出。吴琚联句蕴含了恭维之意。

---

①萧统：《文选》，上海古籍出版社，1986，第569页。

②叶绍翁：《四朝闻见录》乙集，中华书局，2012，第53页。

2. 统治者重视文学典籍

《四朝闻见录》乙集《洪景庐编唐绝句》载，宋孝宗清闲的时候告诉洪迈，自己在宫中无事的时候会收集唐人绝句以自寻乐趣，目前已收集六百余首。洪迈回答宋孝宗的时候信口开河，说据他所知有五千首。宋孝宗听了大为惊奇，命洪迈收录成集。洪迈自己广泛搜寻，过了一年，只找到十分之一二的数量。夸下海口的洪迈为了完成任务，将其余非主流的诗歌也囊括以充数。宋孝宗阅洪迈所编集子，知道数量不够洪迈当初所言，但因为欣赏他办事机敏，思维灵活，仍然赏赐洪迈金帛。

《四朝闻见录》乙集《吕成公编文鉴》载：

> 东莱吕成公祖谦，集《皇朝文鉴》既成，孝宗锡名《文鉴》，除公直秘阁，暨赐御府金帛。成公谢表云："既叨中秘清切之除，复拜御府便蕃之赐。"陈骙时为中书舍人，执奏以为此特编类之劳，恐赏太厚。上不悦陈。成公遂力辞帖职，上不从。①

宋孝宗极为重视古典文献的收集，命吕祖谦对前朝文献进行系统整理，并予以升官与金帛赏赐。中书舍人陈骙上奏，认为宋孝宗对吕祖谦奖赏过高，意即吕祖谦的工作不配如此高的奖赏。宋孝宗闻后不喜陈骙，仍然肯定吕祖谦的功劳，并且拒绝吕祖谦要求辞去兼职的申请，由此可见宋孝宗对历代文化典籍的重视。

二、统治者对文人的态度

相比元明清，宋代文人与皇帝之间的距离更近，有更高的话语权，这也可以说是宋代统治者对文人的一种恩宠。宋代文人与皇帝之间的对话，彰显了君臣之间的友善度。乙集《张于湖》载：

> 高宗尝问以"人言卿赃滥"，孝祥拱笏再拜以对曰："臣诚不敢欺君，臣滥诚有之，赃之一字，不敢奉诏。"上笑而置之。人以为诚非

①叶绍翁：《四朝闻见录》乙集，中华书局，2012，第79页。

欺君者。[①]

宋高宗直接拿别人说张孝祥受贿颇多之事问张孝祥本人，张孝祥以自己无“赃”来回应，于是宋高宗便一笑了之，从中可见宋代文人的地位。

1. 统治者对文人言行的宽容

《四朝闻见录》甲集《潘阆不与先贤祠》载：

> （潘阆）为秦王记室参军，王坐罪下狱，捕阆急甚。阆自髡其发，易缁衣，持磬出南薰门。上怒既息，有为阆说上者曰：“阆不南走粤，则北走胡尔。惟上招安之。”上旋悟。时阆已再入京，敕授四门助教。阆以老懒不任朝谒为辞，自封还敕命。[②]

宋太宗对潘阆待遇甚厚，只是潘阆放浪形骸，行止狂妄，自己不具备为官之道。

对南宋著名文学家陈亮在私宴中和狂士甲二人目无君上的言行，宋孝宗表现出了开明与大度，《四朝闻见录》甲集《天子狱》载：

> 龙川陈亮既以书御孝宗，为大臣所沮，报罢居里，落魄醉酒，与邑之狂士甲命妓饮于萧寺，目妓为妃。旁有客曰乙，欲陷陈罪，则谓甲曰：“既册妃矣，孰为相？”甲谓乙曰：“陈亮为左。”乙又谓甲曰：“何以处我？”曰：“尔为右，吾用二相，大事其济矣。”乙遂请甲位于僧之高座。二相奏事讫，降阶拜甲，甲穆然端委而受。妃遂捧觞，歌《降黄龙》为寿。妃与二相俱以次呼“万岁”，盖戏也。[③]

此条颇具小说家之笔法。陈亮上书宋孝宗，被有关大臣阻止，闲居家乡。狂士甲与陈亮在私人聚会中戏扮君臣，以狂士甲扮演君主，陈亮为左相，妓视为妃子，这些行为纯属酒后胡闹。然而，参与游戏的客人乙存心陷

---

①叶绍翁：《四朝闻见录》乙集，中华书局，2012，第71页。

②叶绍翁：《四朝闻见录》甲集，中华书局，2012，第2页。

③同②，第24页。

害，越级向与陈亮有隙的刑部侍郎何澹报告，致使陈亮与狂士甲被刑部下属的廷尉屈打成招，被以谋逆的大罪打入大牢。

比起明清时期的统治者以寥寥数语为借口大兴文字狱，捕风捉影摧残文人，宋孝宗对陈亮的酒后行为态度开明，在历代皇帝中属于罕见：

> 案具，闻于孝宗，上固知为亮，又尝阴遣左右往永康，廉知其事。大臣奏入取旨，上曰："秀才醉了胡说乱道，何罪之有？"以御笔画其牍于地。亮与甲俱掉臂出狱。[①]

书生戏演君臣之事，在封建王朝可谓大不敬，然而宋孝宗明辨是非，赦免陈亮等人。陈亮能遇宋孝宗之大度，简直可以说是皇恩浩荡。

历史上，一些统治者经常迫害文人，文人往往因只言片语得罪统治阶级，因而招来杀身之祸。宋高宗时期，胡铨奏疏案亦是文人因文字惹祸，所幸的是宋高宗听从谏者的意见，最后对胡铨宽大处理。《四朝闻见录》甲集《请斩秦桧》载：

> 胡忠简公铨以枢掾"请诛秦桧以谢天下，请竿王伦之首以谢桧，斩臣以谢陛下"。高宗震怒，以为讦特，欲正典刑。谏者以陈东启上，上怒为霁，遂贬胡儋耳。[②]

胡铨上奏宋高宗，愿以一己之命相抵，请宋高宗斩秦桧、王伦以坚定抗金决心。宋高宗阅后极为震怒，想杀了胡铨，群臣以太学生陈东的先例启奏宋高宗。宋高宗听完之后怒气消散，胡铨遂得以幸存。

2. 统治者对文人的赏识

乙集《陆放翁》载：

> 上乙其处而䞧之，旋除删定官。或疑其交游非类，为论者所斥。上怜其才，旋即复用。未内禅，一日上手批以出，陆游除礼部郎。

①叶绍翁：《四朝闻见录》甲集，中华书局，2012，第24—25页。
②同①，第27页。

上之除目，自公而止，其得上眷如此。[1]

宋孝宗勾点陆游的诗歌，并且非常赞赏陆游的作品，立刻决定授予陆游删定官的职务。有人怀疑陆游与门第不相类的人结交，因此陆游被一些官员所排斥。宋孝宗爱惜陆游的才能，再次任用他。宋孝宗在即将禅位宋光宗的时候，有一天亲自加封陆游为礼部侍郎，陆游成为宋孝宗最后亲自授予职务的官员。宋孝宗正是因为爱惜陆游的文才，所以能无视他人对陆游的弹劾而再次任用陆游。

宋高宗不拘门第、等级选拔文学人才。丙集《朱希真》载：

希真有词名，以隐德著。思陵必欲见之，累诏始至，上面授以鸿胪卿。希真下殿拜讫，亟请致其仕，上改容而许之。[2]

朱敦儒的词名和德行为宋高宗所知，宋高宗多次下诏想委以重任，然而朱敦儒下殿拜舞行礼后，请奏致仕，委婉表达了自己不愿为官的态度，宋高宗也答应了他的请求。朱敦儒的任性得遇宋高宗的宽容，可谓幸甚。

乙集《陆石室》载：

光尧俱宪圣意甚适，宣赐其徒金帛有差。进主观者，问以“山中颇有能诗客否？”观师素怜陆，乃以陆对，进陆行卷。太上读数首，太息曰：“布衣入翰林可也，归当语大哥。”宪圣从旁赞曰：“太上只好休。既是山林隐士，必不要人知，他要官职做甚？看引得大哥定要他出山，却是苦他。”太上深以为然，遂不以语孝宗。[3]

此条中的陆凝之是宋代一位隐士、诗人：“陆凝之字永仲，号石室，余杭人。丰神隽拔，论议倜傥，尤好为诗。”[4]已经是太上皇的宋高宗携宪圣

①叶绍翁：《四朝闻见录》乙集，中华书局，2012，第65页。

②叶绍翁：《四朝闻见录》丙集，中华书局，2012，第94页。

③同①，第87页。

④同①，第86页。

吴皇后驾临道观时，询问观师山里是否有能诗之人，得以阅陆凝之行卷并颇为欣赏。宋高宗本有回去告诉宋孝宗，将陆凝之提携入翰林之意，然而宪圣吴皇后以“隐士不愿入庙堂”的说法劝说，于是他就打消了念头。

尽管《四朝闻见录》收录内容杂乱无章，但其中对南宋前期的文学史乃至文化思潮均有一定程度的反映。

罗烨《醉翁谈录》

罗烨，生平事迹不详，著有《醉翁谈录》十集二十卷。此书收录了大量的传奇故事，后代许多戏曲取材自此，对小说、戏曲研究有重要参考价值。

书中包含少量关于宋代作家的故事，对于研究这些作家在宋代的影响有一定的意义。丙集卷二有《柳屯田耆卿》《耆卿讥张生恋妓》《三妓挟耆卿作词》《柳耆卿以词答妓名朱玉》①等条目，从中可以看出，北宋词人柳永的事迹此时已经小说化了，其不合流俗的个性被进一步夸大，其形象成为歌妓青睐的对象、交心的知音。苏轼事迹的小说化也饶有趣味。庚集卷二《子瞻判和尚游娼》载：“灵景寺有僧名了然，不遵戒行，常宿娼妓李秀奴家。往来日久，衣钵为之一空。秀奴屡绝之，僧迷恋不已，僧乘醉往，秀奴不纳，因击秀奴，随手而毙。县官得实，具申州司。时内翰苏子瞻治郡，一见大骂曰：‘秃奴有此横为！’送狱院推勘，则见僧臂上刺字云‘但愿同生极乐国，免教今世苦相煎’之句。及见欵状招状，即行结断，举笔判成一词，名《踏莎行》：这个秃奴，修行特煞！云山顶上持斋戒。一从迷恋玉楼人，鹑衣百结浑无奈。毒手伤人，花落粉碎，空空色色今何在？臂间刺道苦相思，这回还了相思债。判讫，押市曹处斩。”②此书演绎苏轼，虽然是虚构，但是在某种程度上也能反映出人们心目中的苏轼是多么风趣幽默、才气纵横。

---

①罗烨：《醉翁谈录》丙集卷二，载《全宋笔记》第九编第8册，大象出版社，2018，第220—223页。

②罗烨：《醉翁谈录》庚集卷二，载《全宋笔记》第九编第8册，大象出版社，2018，第260页。

王楙《野客丛书》

王楙（1151—1213），字勉夫，号分定居士，祖籍福清，其曾祖徙居平江，遂为长洲（今江苏苏州）人，著有《野客丛书》共三十卷，六百一十八条。据作者自序，此书初步完成于庆元元年（1195），“皇宋庆元改元三月戊申日下稷，长洲王楙书于不欺堂之西偏”，后经多次完善改写，最终当完成于嘉泰二年（1202），“此书自庆元改元以来凡三笔矣……续有数卷，见《别录》云。嘉泰二年十月初五日楙再书于仪真郡斋之平易堂”。其内容丰富，摘引群书，论证真伪，于典章制度、社会风俗、文字俗语、经史子集、医学地理等方面都有所涉及。

一

《野客丛书》在文学源流论方面的内容特别丰富。王楙很重视文学的原创价值，对后人引用前人诗句的现象，他勇于探索和溯源。

> 今用披雾睹青天事，多指乐广。如梁孝元诗“还思逢乐广，能令云雾褰”。骆宾王“情披乐广天”是也。往往谓此语创见于晋，不知此语已先见于徐幹《中论》，曰“文王畋于渭水，遇太公钓，召而与之言，载之而归。文王之识也，灼然若驱云而见白日，霍然如开雾而睹青天”。晋人盖引此语以美乐广耳。曹植《谢入觐表》曰：“若披浮云而晒白日。”①

对于披雾睹天，多数人以为是出自卫瓘称赞乐广的“此人之水镜，见之莹然，若披云雾而睹青天也”。但是，作者王懋追根溯源，发现这种比喻早在徐幹的《中论》中已经出现。又如：

> 《遁斋闲览》云《文选》有江淹《拟汤惠休》诗曰：“日暮碧云合，佳人殊未来。”今人遂用为休上人诗故事。仆谓此误自唐已然，不但今也。如韦庄诗曰：“千斛明珠量不尽，惠休虚作碧云词。”许浑《送僧南归》诗曰：“碧云千里暮愁合，白雪一声秋思长。”曰：“汤

---

①王楙：《野客丛书》卷十二，载《全宋笔记》第六编第6册，大象出版社，2013，第161页。

师不可问，江上碧云深。”权德舆《赠惠上人》诗曰：“支郎有佳思，新句凌碧云。”孟郊《送清远上人》诗曰：“诗夸碧云句，道证青莲心。”张祜《赠高闲上人》诗曰：“道心黄檗老，诗思碧云秋。”雪窦诗曰：“碧云流水是诗家。”曰：“汤惠休词岂易闻，暮风吹断碧溪云。”此等语皆以为汤诗用，惟韦苏州《赠皎上人》诗曰：“愿以碧云思，方君怨别词。”似不失本意。吴曾《漫录》但引乐天《与唐上人对答》二诗为证，岂止此邪？①

江淹的诗《拟汤惠休》，后人常误认为是汤惠休本人所写，作者发现这种错误认识自唐朝就开始了，他举出韦庄、许浑、权德舆、孟郊、张祜等的例子佐证自己的观点，并指出吴曾的《能改斋漫录》存在不足。再如：

欧公作《滁州醉翁亭记》，自首至尾多用“也”字。人谓此体创见欧公，前此未闻。仆谓前辈为文，必有所祖。又观钱公辅作《越州井仪堂记》，亦是此体，如其末云：问其办之岁月，则嘉祐五年二月十七日也。问其作之主人，则太守刁公景纯也。问其常所往来而共乐者，通判沈君典宗也。谁其文之，晋陵钱公辅也。其机杼甚与欧记同，此体盖出于《周易·杂卦》一篇。②

欧阳修的《醉翁亭记》全篇共用21个“也”字，有人认为此文体为欧阳修首创，而作者并没有盲目崇拜欧阳修，而是认为大家为文，定有所祖，实事求是地寻找源头。

此外，作者善于用对比呈现文学作品的优劣。

《高斋诗话》曰：山谷尝云杜荀鹤诗“举世尽从愁里老”，正好对韩退之诗“谁人肯向死前休”。仆考荀鹤诗元有是对，其诗曰：“南来北去二三年，年去年来两鬓斑。举世尽从愁里老，谁人肯向死前闲。”退之易“闲”字为“休”字耳。退之在前，荀用其语。仆谓“谁人

①王楙：《野客丛书》卷十二，载《全宋笔记》第六编第6册，大象出版社，2013，第163页。
②同①，第359页。

肯向死前休”与“谁人肯向死前闲”，二句皆当理。然岂可诬举世之人尽从愁里老邪？盖有春风和气中过一生者，但不多耳。不若曰浮世多从忙里老。[①]

二

《野客丛书》在文学发展论方面，注重在风格、内容和意境上化用和继承前人诗文，这与黄庭坚“夺胎换骨”“点铁成金”的主张是相一致的。

首先，王楙极其崇尚前代诗词、诗体，认为宋代的文学作品有其源头，如卷十六《七发客难》中提及“古人制作，动有所祖”。

鲁直诗曰：“管城子无食肉相，孔方兄有绝交书。”人谓此体鲁直创见。仆谓不然，唐诗此体甚多。张祜曰“贺知章口徒劳说，孟浩然身更不疑”；李益曰“柳吴兴近无消息，张长公贫苦寂寥”；贯休曰“郭尚父休夸塞北，裴中令莫说淮西”；杜荀鹤曰“卷一箔丝供钓线，种千林竹作渔竿”，皆此句法也。读之似觉龃龉，其实协律。

此条列举唐人的诗句，以论证黄庭坚之诗体并非其本人的创新。《野客丛书》并没有因为黄庭坚是大家而抹杀唐朝诗人的创作，且评价此句法初读龃龉，其实协律。

《野客丛书》卷七《韩用杜格》载：

杜子美《逢李龟年》诗曰：“岐王宅里寻常见，崔九堂前几度闻。正是江南好风景，落花时节又逢君。”韩退之《井》诗曰：“贾谊宅中今始见，葛洪山下昔曾窥。寒泉百尺空看影，正是行人暍死时。”杜诗：“老妻画纸为棋局，稚子敲针作钓钩。”韩诗：“已呼孺人戛鸣瑟，更遣稚子传清杯。”因知韩诗亦自杜诗中来。储光羲诗“孺人善逢迎，稚子解趋走”，“孺人”对“稚子”，又出于江淹《恨赋》。[②]

---

①王楙：《野客丛书》卷七，载《全宋笔记》第六编第6册，大象出版社，2013，第99页。

②同①，第94—95页。

对于效仿、改写前人诗文的现象，王楙多考证语句出处，但他不会一味地否定这种行为，而是认为此种现象在当时是很普遍的，如卷七《损益前人诗语》载：

> 《诗眼》曰：沈佺期诗“人如天上坐，鱼似镜中悬”。子美诗“春水船如天上坐，老年花似雾中看”。不免蹈袭。《随笔》曰：子美诗“夜足沾沙雨，春多逆水风”，乐天诗“巫山夜足沾沙雨，陇水春多逆水风”，白用杜句如此。仆谓此非袭用前人句也。以前人诗语，而以己意损益之，在当时自有此体。不特此二者，如李嘉祐诗“水田飞白鹭，夏木啭黄鹂”，而王维诗“漠漠水田飞白鹭，阴阴夏木啭黄鹂”；薛据诗“省署开文苑，沧浪学钓翁”，而子美诗“独当省署开文苑，兼泛沧浪学钓翁”；刘长卿诗“柳色孤城里，莺声细雨中”，而武伯苍诗“千条翠柳衡门里，百啭黄鹂细雨中”。增前人之语者如此。又有损前人句语者。如王维诗“九天阊阖开宫殿，万国衣冠拜冕旒”，而杜子美诗“阊阖开黄道，衣冠拜紫宸”是也。有全用前人一句，而以己意贴之者。如沈云卿“云白山青千万里，几时重谒圣明君”，而子美则曰“云白山青万余里，愁看直北是长安”是也。有以前人五字句衍为七字句者。如沈佺期诗“秦地平如掌”，而李白诗“秦川四面平如掌”是也。李肇谓王维好窃人对，范元实谓老杜不免蹈袭，斯见谬矣。抑又考之，沈佺期“人如天上坐，鱼似镜中悬”，此语又有所自。观陈释慧标诗“舟如空里泛，人似镜中行”，王逸少诗“山阴道上行，如在镜中游”。得非祖此乎？杜子美诗曰“春水船如天上坐”，李白曰“人行明镜中，鸟度屏风里”，卢怀慎曰“楼台影就波中出，日月光疑镜里悬”。是皆体贴此意。①

“以前人诗语，而以己意损益之，在当时自有此体。”这就是指在前人诗句基础上添加或是删减，以求创新是合理的。

其次，王楙赞同参考古人诗意来创造新的境界。卷十九《诗句相近》载：“唐人诗句不一，固有采取前人之意，亦有偶然暗合者。”作者认为，

---

①王楙：《野客丛书》卷七，载《全宋笔记》第六编第6册，大象出版社，2013，第93—94页。

对前人诗文的化用和继承不仅表现在题材方面，后人可以学习前人的构思技巧和创作手法。

比如，卷十九《白用杜句》载：

> 杜诗“甲第纷纷厌粱肉，广文先生饭不足”，白诗“靖节先生尊长空，广文先生饭不足”。杜诗“眼前无俗物，多病也身轻”，白诗“眼前无俗物，身外即僧居”。杜诗“酒债寻常行处有，人生七十古来稀”，白诗“旧语相传聊自慰，世间七十古来稀”。①

此条举了三个白居易化用杜甫诗句的例子，认为白居易虽然化用乃至直接引用了杜甫之语，但将这些诗句跟自己创作的其他诗句重新组合后，效果并不差。

卷二十《规放古诗意》载：

> 《石林诗话》云：“江淹拟汤惠休诗‘日暮碧云合，佳人殊未来’。古今以为佳句。然谢灵运‘圆景早已满，佳人犹未适’，谢玄晖‘春草秋更绿，公子未西归’，即是此意。”仆观《古乐府》曰：“黄云暮四合，高鸟各分飞。寄语远游子，月明何未归。”此正江淹之意。淹两句，此四句，以“碧云”为“黄云”耳。仆尝谓晋、宋间人诗，虽规模不同，然大意不外乎先王《三百篇》之中。要非自有新意，如江淹等诗，即《毛诗》“君子于役”之意也。“君子于役，不知其期，曷至哉！鸡栖于埘，日之夕矣，牛羊下来。君子于役，如之何勿思。”非出于此意乎？又如张孟阳《四愁》诗：“佳人遗我绿绮琴，何以报之双南金？佳人遗我锦绣段，何以报之青玉案。”即《毛诗》“投我以木桃，报之以琼瑶。投我以木李，报之以琼玖”之意也。②

作者引用了《石林诗话》里的一个观点，认为谢灵运和谢玄晖与江淹描述了相似的佳景。作者还考察了江淹此句所祖之处，总结出“晋、宋间人

---

①王楙：《野客丛书》卷十九，载《全宋笔记》第六编第6册，大象出版社，2013，第251页。

②王楙：《野客丛书》卷二十，载《全宋笔记》第六编第6册，大象出版社，2013，第260页。

诗，虽规模不同，然大意不外乎先王《三百篇》之中”的论点。

文学的创作与继承关系本来就很复杂，前人的作品丰富，后人难免会有与前人诗意暗合的地方，如卷十九《杜诗合古意》载：

阮籍诗：“昔年十四五，志尚好诗书。”杜诗：“往昔十四五，出游翰墨场。”鲍照诗：“昔如鞲上鹰，今如槛中猿。”杜诗：“昔如水上鳞，今如置中兔。”庾信诗：“细管缠钟格，圆花钉鼓床。”杜诗：“绣段装檐额，金花帖鼓腰。”鲍照诗：“北风驱雁天雨霜。”杜诗：“驱马天雨雪。”沈约诗：“山樱花欲燃。”杜诗：“山青花欲燃。”杜诗合古人之意往往若此，注所不闻。又如子美《鹰》诗“侧目似愁胡”，王原叔但引隋魏彦深赋为言，不知“状似愁胡”，乃晋孙楚《鹰赋》中语耳。杜诗“速令相就饮一斗”，人多引鲍昭“且愿得志数相就”，以证“相就”二字有所自，不知“相就饮”三字，见庾信诗“野人相就饮”。至如杜诗“巡檐索共梅花笑”，“梅花笑”三字，见隋炀帝诗。“市桥官柳细”，“官柳”二字，见《晋·陶侃传》。前辈谓老杜诗无两字无来历，山谷亦云：老杜诗、退之文，无一字无来处。信哉。此言杜诗合古意。盖言少陵效古人作诗是矣。然不知古人作诗，乃效何人也？大抵作者发音偶合，岂必拘效古哉？[①]

卷二十三《韩白诗意同》：

乐天诗有纪年、月、日者，于以见当时之气令，亦足以裨史之缺。如曰：“皇帝嗣宝历，元和三年冬，自冬及春夏，不雨旱爞爞。”有以见宪宗即位三年久旱如此。又诗曰：“元和岁在卯，六年春二月，月晦寒食天，天阴夜飞雪，连宵复竟日，浩浩殊未歇。”又以见元和六年二月晦为寒食，当和暖之时，而滂霈大雪，其气候乖谬如此。又诗曰：“八年十二月，五日雪纷纷，竹柏皆冻死，况彼无衣民。”又见元和八年十二月五日大雪寒冻，民不聊生如此。仆按：《东汉书》，延熹间大寒，洛阳竹柏冻死。襄楷曰：闻之师曰，柏伤竹槁，不出三年，天子当之。乐

①王楙：《野客丛书》卷十九，载《全宋笔记》第六编第6册，大象出版社，2013，第249页。

天此语正所以纪异也。又观韩退之《辛卯年雪诗》亦曰："元和六年春，寒甚不肯归，河南二月末，雪花一尺围。"此说正与乐天同。[①]

此外，王楙推崇在诗歌语言方面要在继承蹈袭前人的基础上加以整理和创新，使得表述更为精准，青出于蓝而胜于蓝。

例如，卷十七《语益精明》载：

韦苏州诗曰"西施且一笑，众女安得妍"，而白乐天诗曰"回眸一笑百媚生，六宫粉黛无颜色"；杜子美诗曰"须臾九重真龙出，一洗万古凡马空"，而东坡颂曰"奋鬣长鸣，万马皆喑"。等一意耳，其后用之益精明。仆尝用是语为一联云"六宫无色回眸笑，万马皆喑奋鬣鸣"。吴曾《漫录》谓，乐天"回眸一笑百媚生"，盖祖李白《清平词》"一笑皆生百媚"之语。仆谓李白之语又有所自。观江总"回身转佩百媚生，插花照镜千娇出"，意又出此。[②]

作者举了韦应物和白居易、杜甫和苏轼以及白居易、李白和江总的例子，从中总结出这些诗人的名句都是意有所出，而且"其后用之益精明"。

又如《野客丛书》卷十七《善学柳下惠》载：

姚合诗曰："相府旌旗天下尊，汴水如今不复浑。"孟郊诗曰："自公领兹部，山水无滓泥。"又曰："君生雪水清，君没雪水浑。"此等语皆祖老杜"公来雪山重，公去雪山轻"之意。乐天诗曰"安得万里裘，尽裹周四垠"。又曰："我有大裘长万丈，与君都盖洛阳人。"此又祖老杜"安得广厦千万间，大庇寒士俱欢颜"之意。乐天可谓善学柳下惠者。[③]

①王楙：《野客丛书》卷二十三，载《全宋笔记》第六编第6册，大象出版社，2013，第303—304页。

②王楙：《野客丛书》卷十七，载《全宋笔记》第六编第6册，大象出版社，2013，第230页。

③同②，第223页。

这两则材料是在意思上沿袭古人诗句，表述更为精准的例子，作者对这样的行为表示赞赏，称之为“善学柳下惠者”。又如《野客丛书》卷十七《福不盈眦》所引用的《隐居诗话》里的一句话“诗戒蹈袭古人意，亦有袭而愈工”，揭示文学作品创作的渊源，便于探究后人创作风格。

三

《野客丛书》在文学欣赏与批评方面，注重对文学作品内容的揣摩，认为语言是为内容服务的，内容是为思想服务的。

《野客丛书》卷十三《陈遵投辖》载：

> 大抵观史，当逆其意，不可泥其文。如《陈遵传》云：遵每大饮酒，宾客满堂，辄闭门，取客车辖投井中。虽有急，终不得去。如传所云，则遵闭门投辖，率以为常，何其不近人情如此！每闭门不放客出可也，何至每以其辖投井中邪？盖投辖事一时偶然耳，非谓其常如是也。遵间尝因醉中留客不住，遂取客车辖投于井中。史家纪此一事，以见遵平时好留客如此，后人不考其意，遂谓常取人车辖投井中。如李方叔诗“可笑陈孟公，好客常投辖”。何不晓事如此？①

陈遵偶尔一次醉中留客将客人的车辖投到井里，史学家在记录此事的时候意在表现陈遵热情好客的品质，如果不去推敲史学家的本意，则会导致典故误用的状况，所以在学习文学作品的时候不应该拘泥于文字叙述，要注重对文学作品意思的理解，做到得意忘言。

《野客丛书》卷十四《樱桃无香》载：

> 渔隐曰：退之《樱桃》诗曰：“香随翠笼擎初重，色映银盘泻未停。”樱桃无香，退之言香，亦是语病。仆谓凡丽于土而被雨露之发育者，皆有香。香者，气也，谓草无香，则曰：“风吹花草香”，谓竹无香，则曰“风吹细细香”。岂可谓樱桃无香哉？渔隐不参物理，但谓

①王楙：《野客丛书》卷十三，载《全宋笔记》第六编第6册，大象出版社，2013，第173页。

芬馥者为香，而不知物之触于鼻观者，非香而何！[1]

这一条告诉读者，欣赏文学作品的时候不要教条，要调动视觉、听觉、触觉、嗅觉、味觉，彼此交通，实现通感，这样才能加深审美理解。

此外，在文学欣赏和文学批评方面，王楙赞同孟子"知人论世"的观点，主张深入了解诗人的生平、思想、品德、遭遇等状况，以及诗人所处的时代背景，做到实事求是。如卷九《子美闷诗》载：

《西清诗话》曰：人之好恶，固自不同。子美在蜀作《闷诗》，乃云"卷帘惟白水，隐几亦青山"。若使余若此，从王逸少语，当卒以乐死，岂复更有闷邪？仆谓《西清诗话》此言是未识老杜之趣耳。平时见青山白水，固自可乐，然当愁闷无聊之时，青山白水，但见其愁，不见其乐，岂可以常理观哉？老杜在蜀，栖栖依人，无聊之甚，安得不以青山白水为闷邪？曾子固谓"以余之穷，足以知人之穷"。仆因知子美之言，为不妄也。[2]

蔡绦在《西清诗话》中说，不能理解杜甫为何身处于青山白水中间不乐反闷，《野客丛书》认为此事乃杜甫心情所致。在欣赏作品的时候应该站在诗人的角度、结合诗人的处境去理解，这样才能深刻体会诗的内涵以及诗人的用意。

卷六《荆公读苏文》载：

《冷斋夜话》载王荆公居钟山，一日于客处得东坡《宝相藏记》，展诵于风檐之下，喜见须眉，曰："子瞻，人中龙也。然有一字未稳。"客请愿闻之，公曰："日胜日贫，不若日胜日负。"东坡闻之，拊掌大笑，以为知音。又潘子真《诗话》载东坡作《表忠观碑》，荆公置坐隅，有客问曰："相公亦喜斯人之作？"公曰："斯绝似西汉。"坐客叹誉不已。公笑曰："西汉谁文可拟？"坐客或比以司马相

①王楙：《野客丛书》卷十四，载《全宋笔记》第六编第6册，大象出版社，2013，第192页。
②王楙：《野客丛书》卷九，载《全宋笔记》第六编第6册，大象出版社，2013，第126—127页。

如、扬雄之流。公曰："相如赋《子虚》《大人》，洎《谕蜀文》《封禅书》耳。雄所著《太玄》《法言》以准《易》，未见其叙事典赡若此。直须与子长驰骋上下，如《楚汉以来诸侯王年表》。"苕溪渔隐以谓："熙宁间介甫当国，力行新法，子瞻讥诮其非，形于文章者多矣。介甫能不芥蒂于胸次，想亦未必深喜其文章。今二者所笔，恐非其实。"仆谓二公皆一时伟人，其所不相能者，特立朝议论间耳。然其文章妙处，各自心服，何尝以平日议论不相能之故，并以其所长者忌之？苟如是，何以为二公。渔隐以市井常态测二公，过矣！此如颜师古谓"萧望之忌韩延寿之能出己之上"之说一同。[①]

《野客丛书》认为，胡仔推测王安石会因为苏轼和他政见相悖，且常在文章中讥讽他，而不那么喜欢苏轼的文章，这是以市井常态揣度大家心胸。

又如《野客丛书》卷一《欧公讥荆公落英事》载：

士有不遇，则托文见志，往往反物理以为言，以见造化之不可测也。屈原《离骚》曰："朝饮木兰之坠露兮，夕餐秋菊之落英。"原盖借此以自谕，谓木兰仰上而生，本无坠露而有坠露；秋菊就枝而殒，本无落英而有落英，物理之变则然。吾憔悴放浪于楚泽之间，固其宜也，异时贾谊过湘，作赋吊原，有莫邪为钝之语。张平子《思玄赋》有"珍萧艾于重笥兮，谓蕙芷之不香"。此意正与二公同，皆所以自伤也。古人托物之意，大率如此。本朝王荆公用残菊飘零事，盖祖此意。欧公以诗讥之，荆公闻之，以为欧九不学之过。后人遂谓欧公之误，而不知欧公意盖有在。欧公学博一世，《楚辞》之事，显然耳目之所接者，岂不知之？其所以为是言者，盖深讥荆公用落英事耳，以谓荆公得时行道，自三代以下未见其比，落英反理之谕似不应用，故曰："秋英不比春花落，为报诗人子细看。"盖欲荆公自观物理，而反之于正耳。[②]

---

①王楙：《野客丛书》卷六，载《全宋笔记》第六编第6册，大象出版社，2013，第79—80页。
②王楙：《野客丛书》卷一，载《全宋笔记》第六编第6册，大象出版社，2013，第18—19页。

在这一条中，作者认为很多文学作品是作者内心精神世界的写照，不要仅从字面来判定作品，而要深入理解作品及作者的思想。

四

在典故运用方面，《野客丛书》的作者注重纠正典故在流传过程中的谬误，即使是名家所用，也要追根溯源，找到典故本来的出处和内涵。

例如《野客丛书》卷五《王维诗误》载：

> 《西清诗话》曰：唐人以诗为专门之学，虽名世善用故事，不免小误。王维诗曰“卫青不败由天幸，李广无功为数奇”。不败由天幸，乃霍去病，非卫青也。《邵氏闻见录》亦如此言，乃以此诗为张籍之作，且云《汉书音义》“数”作“朔”，则亦不可对“天”矣。仆谓此诗误用天幸事，固已无疑。然考山谷之言，谓颜师古以数奇为命只不耦，则［数］乃“命数”之“数”，非“疏数”之“数”也。《宋景文公笔录》：得江南《汉书》本，乃所具反。传写误以“所具反”为“所角反”耳。仆观黄、宋二公之说，则知此诗以“天幸”对“数奇”，不为失也。又观杜子美诗曰：“数奇谪关塞，道广存箕颍。”《白乐天诗集序》曰：“文士以数奇，诗人尤命薄。”乐天以“数奇”对“命薄”，子美以“数奇”对“道广”，益信黄、宋二公之言为有验，是皆以“数”为“命数”之数。若柳子厚碑曰：“不遇兴时，郁龙眉之都尉；数奇见惜，挫猿臂之将军。”杨蟠诗曰“仲父尝三逐，将军老数奇”。此乃为“疏数”字用也。①

《野客丛书》卷五《高适诗误》载：

> 谬用卫、霍事，不独王维为然。仆观高适诗亦曰：“银鞭玉勒绣蝥弧，每逐嫖姚破骨都。李广从来先将士，卫青未肯学孙吴。”按《汉书》，不学《孙吴兵法》，乃霍去病，非卫青也。此诗亦与王维同。是亦以去病事为卫青用，盖卫、霍同时为将，而二传相近，故多误

①王楙：《野客丛书》卷五，载《全宋笔记》第六编第6册，大象出版社，2013，第73页。

引用之。[1]

关于卫青和霍去病的典故，王维、张籍、黄庭坚、杜甫、白居易、高适等名家在作品中都引用过，但是在运用的时候难免会出现问题，如误将霍去病之事用于卫青。

此外还有卷二《未渠央》条引《史记》《汉书》考证宋时诗句所用“未渠央”事的来源；卷十四《贾岛事众说不同》把《新唐书》《唐遗史》《摭言》中所记载的贾岛事迹进行对比；卷二十一《诗家用明光事》，卷二十三《东坡用如皋事》《东坡用西施事》，卷二十四《二花睡足》都是关于典故的。

《野客丛书》中多见音韵学的考据。

如卷六《作字》条载：

> 蔡宽夫《诗话》曰：诗人用事，有乘语意到，辄从其方言为之者，亦自一体，但不可为常耳。吴人以作为佐音，退之诗“非阁复非船，可居兼可过。君欲问方桥，方桥如此作。”乃用佐音。不知当时所呼通尔，或是戏语也。仆按《广韵》，作字有三音：一则洛切，二臧路切，三则逻切。退之诗韵正叶则逻切，音佐耳。又《后汉·廉范传》云：“廉叔度，来何暮。不禁火，民安作？昔无襦，今五绔。”此作字，臧路切，音措耳。又苕溪渔隐引老杜“主人送客何所作”，以谓此语已先于退之用矣。仆谓何止老杜，与杜同时，如岑参诗“归梦秋能作，乡书醉懒题”。在杜之先，如《安东平》古调“微物虽轻，拙手所作。余有三丈，为郎别厝”。此类甚多。在退之之前，不但杜用此语也，古词所叶，正与廉歌一同。《明道杂志》引皮日休诗“共君作个生涯”之语，谓作读为佐，不止退之一诗。仆谓张右史亦失记杜、岑之作尔。权德舆诗“小妇无所作”，自注音佐。仆考“小妇无所作”，乃《古乐府》中语，以“作”为“佐”，知自古已然矣。《毛诗》“侯祝侯作”，字作诅字读。[2]

①王楙：《野客丛书》卷五，载《全宋笔记》第六编第6册，大象出版社，2013，第74页。

②王楙：《野客丛书》卷六，载《全宋笔记》第六编第6册，大象出版社，2013，第80页。

王楙引蔡宽夫之言，考“作”字音“佐”，可追溯至《古乐府》。

又如卷八《晋郑焉依》条载：

《左传》“晋郑焉依”，“焉”今读为“延”字，非“嫣”字也。然观庾信有“晋郑靡依”之语，是读为“嫣”字矣。考《颜氏家训》、诸子书，“焉”字，鸟名。或云语词皆音“嫣”。自葛洪用《字苑》分“焉”字音训，若训“何”、训“安”，当音“嫣”，如“于焉嘉客”“于焉逍遥”“焉用佞”“焉得仁”之类是也；如送句及助语，当音“延”，如“有民人焉”“晋郑焉依”之类是也。江南至今分为二音，河北混为一音。乃知古者“焉”字只有“嫣”字一音。然则“晋郑焉依”者，谓晋郑相依耳。“焉”者语助，而庾信谓“靡依”，则失其义。①

在此条中，王楙细究了“焉”字。根据葛洪《字苑》考证，当“焉”作“何”“安”解时，读作“嫣”，而作语助词时，应读作“延”，且称江南至宋仍有区分二音，河北则混同为一音。又考庾信所谓“靡依”解，与本意不符。

此外，王楙很重视作家的人格修养和诗歌的实用价值，将人格和文格视为一体，认为有德者才有文。时人认为，一个作家首先要有高尚的道德品质，然后才有可能写出好的作品。

《野客丛书》卷九《元白韩柳》篇载：

世称元白，而元之所为，视白为甚惭。世称韩柳，而韩之所守，非柳之所及。仆尝求之，元白、韩柳，始未尝不同，所以异者，中道而变耳。元稹为监察御史，动皆守正，及其召还，次敷水驿，与中使抗，略不少贬，由是获罪。当是之时，李绛、崔群之徒，皆力言其枉，是其所以与乐天同也。使稹自此确然不变，终始一节，亦何愧于乐天哉？奈何不能自守，及附其徒，平生志节于是扫地。子厚为文章卓伟精致，一时辈行推仰，是其与退之同。为监察御史，与王叔文相附，

①王楙：《野客丛书》卷八，载《全宋笔记》第六编第6册，大象出版社，2013，第80页。

此所以与退之异也。使子厚自入仕后不附叔文之党，又何惭于退之也？元稹附会小人，遂得入相；子厚附会小人，反为终身之累。是稹做着，子厚做不着，且子厚一废不起，较其所图，孰得孰失？善乎！刘高尚曰："君子赢得做君子，小人枉了做小人。"①

作者通过举元稹和柳宗元在政治中不能自守的例子，佐证"世称元白，而元之所为，视白为甚惭。世称韩柳，而韩之所守，非柳之所及"的观点。但贬斥柳宗元参与永贞革新，明显缺乏历史素养，充满偏见。

此外，作者还注意到一些诗歌的特殊形式，比如以古人姓名藏于诗歌之中，以示深意。如卷六《古语稚拙》载：

宋子京曰：古人语有稚拙不可掩者，《乐府》曰"何以销忧，惟有杜康"。仆观束晳赋"杜康咥其胃"，乐天诗"杜康能解闷"，潘佑诗"直拟将心付杜康"，盖祖此意。文士有因其人名，遂为事用者，如东坡诗："独对红蕖倾白堕。"按：《洛阳伽蓝记》"白堕春醪"，自是造酒者，江东人，姓刘名白堕。或谓因其能造酒，遂为酒名。又近时称主簿为仇香，似此之类甚多，其与"汤焊右军""醋浸曹公"之说何异？②

总体而言，《野客丛书》的文学思想还是比较丰富的，对于研究宋代文学具有较大的参考价值。

陈鹄《耆旧续闻》

陈鹄生平事迹不详，著有《耆旧续闻》，又名《西塘集耆旧续闻》十卷，署名南阳陈鹄录正。从书中的信息看，作者大约生活在南宋孝宗、宁宗时期。此书包含丰富的文学思想相关内容。

与南宋时代精神一致，作者强调有为而作，即有强烈的创作冲动才创作，反对无病呻吟。卷二载，"作文不可强为，要须遇事乃作。须是发于既

---

①王楙：《野客丛书》卷九，载《全宋笔记》第六编第6册，大象出版社，2013，第120页。
②王楙：《野客丛书》卷六，载《全宋笔记》第六编第6册，大象出版社，2013，第89—90页。

溢之余，流于已足之后，方是极头。所谓‘既溢’‘已足’者，必从学问该博中来”[①]，表现出现实与学问不可偏废的全面思维，对江西派的主张有所修正。

孝宗时期，苏轼、黄庭坚的地位得到恢复，社会上的“崇苏热”弥漫在各个方面，苏黄二人成为文学创作的楷模，表现在文学思想上，便是推崇以苏黄为法，此书记载：“自古以来，语文章之妙，广备众体，出奇无穷者，唯东坡一人。极风雅之变，尽比兴之体，包括众作，本以新意者，唯豫章一人，此二者，当永以为法。”[②]苏黄的地位可见一斑。

对于诗文的用典，此书提倡遍参百家，不必拘泥于儒家经典，贵在用事妥帖，不露痕迹，将典故融入自己的文体风格之中，如雪入泥。卷五载：“四六用经语、史语，必须词旨相实，若徒积叠以为奇，乃如集句也。”[③]“东坡自海外归，谢表云：‘七年远谪，不意自全；万里生还，适有天幸。’盖也用班史之全句而不觉也。”[④]以苏轼为例，很有说服力。

卷二对苏轼、黄庭坚诗文集在南宋的刊刻情况也有不少有价值的记载，展现了苏黄二人的文集在南宋逐步完整的过程。

对于四六文，作者善于从历史发展的角度指出其价值，在卷六用较长篇幅摘句论述四六文在宋代的成就。

对于诗文的平仄问题，作者认为，古人不是十分拘泥平仄，他大量列举古代诗文证明这点。卷四载：“梅圣俞尝云：古人造语有纯用平声琢句，天然浑成者，如‘枯桑知天风’是也。有纯用侧声作诗，云：‘月出断岸口，影照别舸背。且独与妇饮，颇胜俗客对。’”[⑤]

对于天分与才学的问题，作者认为，大多数文学家的成就与其超人的勤奋有关。尽管苏轼号称天才，作者却更多关注其后天的努力。此书卷一记载了苏轼手抄《汉书》三遍，将书中内容烂熟于心之事。

---

①陈鹄：《耆旧续闻》卷二，载《全宋笔记》第六编第5册，大象出版社，2013，第54页。
②同①。
③陈鹄：《耆旧续闻》卷五，载《全宋笔记》第六编第5册，大象出版社，2013，第70页。
④同③。
⑤陈鹄：《耆旧续闻》卷四，载《全宋笔记》第六编第5册，大象出版社，2013，第66页。

韩淲《涧泉日记》

韩淲（1159—1224），字仲止，号涧泉，信州上饶（今江西上饶）人，著有《涧泉日记》三卷。本书记载历史、考证经史、品评人物、杂记山川、赏论诗文，有不少自见，包含较丰富的文学思想内容。

书中最值得重视的是关于宋代作家人生追求、生活态度、创作风格等的记载，从中可以深入了解这些作家的创作背景、审美追求。吕本中“评论诗文，必归醇雅”①，范端臣“议论滑稽，文采可观。围棋饮酒，满座生风”②。书中记载洪迈、范成大的材料也很有价值。此书认为，洪迈“作翰林学士，有文名。制词有典式，喜用艰深之词以作碑记，世亦以此宝之”③。范成大“官参政，葺园圃之胜，求寿皇御书，为‘石湖’之榜，因自号石湖居士。喜写草书、行书，又喜赋诗，人亦多喜之”④。“本朝庆历间诸公：韩魏公、富郑公、欧阳公、尹舍人、孙先生、石徂徕，虽有愤世嫉俗之心，亦皆学道，有所见，有所守。下至王介甫、王深甫、曾子固、王逢原，犹守道论学。至东坡诸人，便只有愤世嫉邪之心，议论利害是非而已。伊川诸儒，复专以微言昭世。天下学者始各有偏。渡江六十年，此意犹未复也。”⑤“乾道、淳熙以来，明经张栻、吕祖谦，直言胡铨、王龟龄，吏治王佐、方滋、张杓，典章洪迈、周必大，讨论李焘，文词赵彦端、毛幵，辩论陈亮、叶适，书法张孝祥、范成大，道学陆子静、朱熹。”⑥

此书在注重文学传承的同时，更提倡创新与变化，卷下载：“老苏晚年文字，多用欧阳公婉转之态。老泉晚年记序，与《权》《衡》诸论文字不同，复见欧阳公后有所进耶？其晚年而笔力进欤？”⑦苏洵学习欧阳修，但仍自具面目，如此文章才能跻身唐宋八大家之列。

作者评论宋代作家，敢于直陈已见，评论优劣，准确精当。“叶少蕴文字有起伏曲折，惜其行为世人所贬尔。晁以道之文雅健，却少太史公气

①韩淲：《涧泉日记》卷中，载《全宋笔记》第六编第9册，大象出版社，2013，第109页。
②同①，第110页。
③同①，第111页。
④同①，第111页。
⑤同①，第114页。
⑥同①，第114—115页。
⑦韩淲：《涧泉日记》卷下，载《全宋笔记》第六编第9册，大象出版社，2013，第124页。

概。”“陈同甫、陈君举、叶正则多是就外面看入来，所以少精微，虽无补凑之弊，却有机敏之失。”[①]书中充满通脱辩证的思维智慧，参考价值颇大。

张端义《贵耳集》

张端义，南宋中后期诗人，生于孝宗淳熙六年（1179），卒年不详，根据《贵耳集》自序及李昴英《送荃翁张端义之惠阳并序》中“诗翁七十醉婆娑”[②]句，可推测张端义卒于宋理宗淳祐六年（1246）之后，享年70岁有余。张端义字正夫，自号荃翁，郑州人，寓居姑苏（今江苏苏州），出生于仕宦之家，曾师事名儒项安世，与杨简、魏了翁、唐仲友、崔与之、陈埙等名士均有交游。理宗端平年间，他应诏三次上书，因妄言获罪，外贬韶州安置，后又贬于化州，谪宦生涯达十余年之久。《贵耳集》三卷即写于韶州贬所。据张端义自序，此书一卷成于淳祐元年（1241），二卷成于淳祐四年（1244），三卷成于淳祐八年（1248）。关于书名，他说“耳，为人至贵，言由音入，事由言听，古人有入耳著心之训，又有贵耳贱目之说”[③]，因取其意名之。张端义另有《荃翁集》，是其诗词文合集，包括“上皇帝三书，诗五百首，词二百首，杂著三百篇”[④]，惜均散佚，只存《贵耳集》三卷，诗歌仅存两首及两条残句，亦均见于《贵耳集》。张端义之生平事迹主要载于《贵耳集》卷前序和卷上末条自传。

《贵耳集》内容繁杂，其书多记朝廷逸事、诗话、考证类内容，兼及地方逸闻，并杂以“神怪”“猥杂事”等。其中有不少舛误，在考据方面所论失误颇多，“观其三集，大抵本江湖诗派中人，而负气好议论。故引据非其所长，往往颠舛如此”，但艺文方面，如论诗论文却很有见地。按《四库全书总目提要》的说法，“其论诗、论文、论时事皆往往可取，所长因亦不可没焉”[⑤]。《贵耳集》三卷共记笔记286条，其中涉及诗词文评的条目有近

①此二例均见韩淲：《涧泉日记》卷下，载《全宋笔记》第六编第9册，大象出版社，2013，第126页。

②李昴英：《送荃翁张瑞义之惠阳并序》，《全宋诗》卷三二五九，北京大学出版社，1998，第38858页。

③庄绰、张端义：《鸡肋编·贵耳集》卷上，李保民校点，上海古籍出版社，2012，第89页。

④同③，第104—105页。

⑤纪昀：《钦定四库全书总目》卷一二一《贵耳集提要》，中华书局，1997，第1622页。

百条，从中可大致了解张端义的诗学思想。同时亦可由此观照南宋后期诗学的发展演进。

一、诗歌本质论

诗歌由情志内容和语言形式两方面构成，二者互为表里，不可或缺。就诗歌本质而言，抒情言志为其本。情志是诗歌之主脑，语言形式居其次。文学创作强调抒情言志，强调“以意为主”，这是文学的基本特性。

张端义所处的南宋后期，正是江湖诗派活跃，而江西诗派余绪尚存的时期，整个诗坛鲜明地表现出重形式、重诗法，轻忽情志表达的创作倾向。张端义属于江湖派诗人，有诗收入《江湖集》中，“余有挽晋仙诗，载于《江湖集》中”[①]。

张端义与一般江湖派诗人不同。从其自序中可以看出，他出身仕宦家庭，接受了良好的家庭教育，少年苦读，且修习武功，成长中所交多为名儒佳士。显然，这样一种生活氛围和成长过程培养了诗人的正直人格、开阔心胸、进取精神和济世理想，故而他在宋理宗端平年间三次上书，最终得罪遭贬，黜落韶州安置。他“后又以言忤当路者，谪化州，终焉”[②]，在贬谪期间，还不顾获罪，完成《贵耳集》三卷的写作。上书言事，这是一个正直士人进取精神的体现，忤逆权贵亦是其正直无畏士人风节的表现。张端义的视野因此比一般江湖诗人更开阔、更广远。据其自序，他有诗五百首，词二百首，杂著三百篇，可知其创作颇丰。从其笔记中相关内容来看，张端义注重现实、注重诗之深旨、注重诗文抒情性的表现、注重诗之立意与诗人心胸气度的联系。

1. “凡作一文，必有深旨”

《贵耳集》中谈诗文之意的内容较多，从中可看出张端义重意、重文之“深旨”的诗学观念。

---

①庄绰、张端义：《鸡肋编·贵耳集》卷上，李保民校点，上海古籍出版社，2012，第103页。

②李昴英：《送荃翁张端义之惠阳并序》，载《全宋诗》卷三二五九，北京大学出版社，1998，第38858页。

《贵耳集》卷上载：

东坡，天人也，凡作一文，必有深旨。撰小儿致语云："自古以来，未有祖宗之仁厚；上天所佑，愿生贤圣之子孙。"其意深切著明。[①]

此条说的是苏轼元祐二年（1087）做礼部郎中时为兴龙节皇宫宴飨而作的教坊词《小儿致语》。教坊词是在宫廷大型宴飨中配合歌舞表演和杂剧表演的文词，大多是诗或骈文形式，主要功能是颂祝和娱乐。作为颂赞类的韵语形式，它注重夸饰赞美，歌功颂德，是一种点缀式的文体，故多不讲究立意。张端义却注意到苏轼在教坊词《小儿致语》中表现的"意"，指出"其意深切著明"，并借对苏轼为文重意的赞美，点出自己的文学思想："凡作一文，必有深旨"，即在诗文创作中要重意，以意为主，而且要有"深旨"，要"深切著明"。

《诗经》以其鲜明的现实性和批判性造就了中国诗学的精神内核，为后人所推崇和学习。张端义在笔记中解读《诗经·唐风·山有枢》指出，"《毛诗》圣人取小夫贱隶之言，最近于人情道理处，诚使人一唱三叹。如《山有枢》三章，闻之者可以为戒"，旨在强调诗歌在表现"人情道理"上的意义。在另一条笔记中，张端义称赞孝宗朝进士周承勋的《端午》诗有深旨："周希稷名承勋，周益公甚前席之，有《端午》一诗，殊有讽刺"[②]，他的诗学观点由此可见一斑。

2. 诗文之意和作者的人品及时代背景密切相关

张端义在重诗之"意旨"的同时，认识到诗之立意和作者人品及时代之间有密切联系。《贵耳集》卷上记曰：

作文之法先观时节，次看人品，又当玩味其立意。如退之作《柳子厚墓铭》，自"士穷而见节义……"，三四十言，皆自道胸中事；如东坡《韩文公庙碑》有云："匹夫而为百世师，一言而为天下法。"此岂非东坡之

①庄绰、张端义：《鸡肋编·贵耳集》卷上，李保民校点，上海古籍出版社，2012，第97页。
②同①，第97、101页。

自课乎?[1]

张端义借评说韩退之《柳子厚墓铭》和苏轼《韩文公庙碑》两篇文章，指出文章立意和时节、人品关系密切。时节即时代，指特定时代造成的文人遭际。人品即指作家独特的个性品质。韩愈为柳宗元作墓志铭，写道："士穷而见节义，今夫平居里巷相慕悦，酒食游戏相征逐，诩诩强笑以相取下，握手出肺肝相示，指天日涕泣，誓生死不相背负，真若可信；一旦临小利害，仅如毛发比，反眼若不相识；落陷阱，不一引手救，反挤之又下石焉者，皆时也。此宜禽兽夷狄所不忍为，而其人自视以为得计。……"[2]此段文字是整篇文章中最富有情感、最激昂慷慨的文字。张端义评说"三四十言，皆自道胸中事"，"自道"二字鲜明地点出，此段文字表现的是创作者韩愈的个性和人生遭际。韩愈才华富赡，抱负远大，却仕路艰难，长期坎坷不遇，但韩愈始终以儒家精神鼓舞自己，以学识陶冶自己，保有高尚的道德。他在孟子"养气"说基础上，提出了"气盛言宜"说，"气盛则言之短长与声之高下者皆宜"（《答李翊书》）。他的"气"是自我人格修养的结果，亦包含社会时代带给自己的不平之气。这一内一外两种气融入他的作品，使其作品之意蕴更加深厚。他为柳宗元作墓志铭，为其鸣不平，赞其"士穷见节义"的高尚人格气象，又何尝不是夫子自道，即"皆自道胸中事"，故此文情深而意厚。苏轼在为韩愈作的碑文《韩文公庙碑》中，也把自身的精神气度、人格风范和个人际遇融入了对韩愈的评价中。

正是基于此，张端义在评论诗人和作品时，常常把诗人和作品结合起来看待，把诗人的人品、气象和诗歌的风貌、意趣融合起来观照。如卷中载：

张冠之名甫，号易足居士，有文集十卷，多从于湖交游，豪放飘荡，不受拘羁，淳熙间淮有三士，舒之张用晦、和之张进卿、真之张

①庄绰、张端义：《鸡肋编·贵耳集》卷上，李保民校点，上海古籍出版社，2012，第100页。
②韩愈：《柳子厚墓志铭》，载朱东润主编《历代文学作品选》中编一册，上海古籍出版社，2002，第328页。

冠之也,《寄荆南》诗:“余生自判一虚舟,未审寻诗慰客愁。梅欲飘零犹酝藉,柳才依约已风流,关心弟妹无黄犬,入梦江湖有白鸥,别后故人相念否,东风应倚仲宣楼。”①

此条中,“张冠之”实为“章冠之”,即章甫,盖作者笔误。笔记首先指出诗人章甫为人“豪放飘荡,不受拘羁”,其后选录了章甫《寄荆南》一诗。此诗全名是《赠荆南友人》,是一首寄赠友人之作。诗歌把自我羁旅漂泊的愁绪融入闲适潇洒的“寻诗”体验中,在“梅欲飘零”“柳才依约”的自然景致中感受春光到来的那份“酝藉”和“风流”,以此消解漂泊不定的客愁,并传达出春的信息。诗歌立意不凡,整体体现出纵放飘逸的创作风格,这和诗人“豪放飘荡,不受拘羁”的个性风神是一致的。可以看出,张端义认识到作品之意及艺术风貌和作家个性精神的紧密联系,指出诗品和人品须合二为一,才能写出好的作品。

3. 抒真情

张端义在重视诗意的同时,强调诗歌要直抒胸臆,表现真性情。这体现了其尚情的诗学思想。

《贵耳集》卷上载:

项平斋自号江陵病叟,余侍先君往荆南,所训学诗当学杜诗,学词当学柳词。扣其所云,“杜诗柳词,皆无表德,只是实说”。尝为潭教,与帅启云,“抆泪过故人之墓,惊鬓发之皆非;倚杖看祝融之峰,喜山色之如旧”。②

项平斋,即项安世,字平甫,号平庵,荆南人,孝宗朝进士,南宋理学家兼诗人,张端义曾拜其为师。项平斋指出,无论杜甫之诗还是柳永之词,都是创作者真情实感的表现,都是对现实生活直接的感受和体会,没有任何虚夸和矫饰。杜甫的“诗史”诗,柳永的羁旅行役词,无不如此。正如项安世所作启文中“抆泪过故人之墓”联,过故人之墓则“抆泪”,看山色如

①庄绰、张端义:《鸡肋编·贵耳集》卷中,李保民校点,上海古籍出版社,2012,第119页。
②庄绰、张端义:《鸡肋编·贵耳集》卷上,李保民校点,上海古籍出版社,2012,第101页。

旧就会“喜”，这都是真情实感的自然流露，不做作，不刻意雕琢，平实写来，却极能打动人心。刘勰曾指出，诗人创作是“为情而造文”，而非“为文而造情”。这正是张端义尚情的诗学观念的本质。

《贵耳集》卷下记载：

> 辛卯岁，北来人数百辈，暂寓于襄阳府九华寺，有一人题诗于壁云：“干戈未定各何之，一事无成两鬓丝。踪迹大纲王粲传，情怀小样杜陵诗。鹡鸰信断云千里，乌鹊巢寒月一枝。安得中山千日酒，陶然直到太平时。”虽未为绝唱，读之亦使人增感也。①

此条记载了由中原沦陷区来南宋的士人心有感慨而作的一首题壁诗。作者摘录下来，并感慨道：“虽未为绝唱，读之亦使人增感也。”他指出这首诗歌具有强烈的抒情性，能带来情感冲击，引人深思。结合诗前所记看，这是一首感怀伤世之作。诗人有感于社会动荡，战争难以平定，内心焦虑，而自己年老，一事无成，内心对国家怀着深深的忧思。这首诗写的是诗人切身的真实感受，是诗人内心强烈情感的喷发，是社会现实的真实写照，写得情真意切，极尽悲慨沉郁。尾联以典故含蓄传达出对收复中原、天下太平的期盼，更增无限悲伤之情，颇有杜诗“沉郁”之风，虽未成绝唱，但情感真挚深厚，同样打动人心，让读者生出诸多感慨。其好处亦如杜诗柳词一样，“只是实说”。

又如，卷中记载，在《文选》的编撰过程中，梁昭明太子“在梁时亦郁郁不乐，移此志于《文选》”，张端义读其中诗文作品，认为“感怆之言，近似鬼语”。他指出，《昭明文选》的选编极注重作品真实情感的抒发。“感怆之言，近似鬼语”，形象地指出入选的作品都是诗人在强烈情感驱动下创作的，是真情实感的抒发。

作为诗人，张端义自己的诗歌创作，也是自我情感的真实表现。其诗散佚不存，但从其友人为他的诗文集所作序文中，可以了解张端义的诗歌创作。李昴英《题节推张端义荃翁集》曰：“其诗累篇骨处实，眼处活，峭

①庄绰、张端义：《鸡肋编·贵耳集》卷下，李保民校点，上海古籍出版社，2012，第130页。

奇而非怪，含婉而不怒，多从胸中书流出。他日将与名相久远，而后知数年数千里外，所以充充然自适，而忘秋风莼鲈之感者，心寄于诗也。”[①]“多从胸中书流出”“心寄于诗也”，指出了张端义诗歌的强烈抒情性。这可以作为其具有重情诗学观念的又一佐证。

二、审美风格论

在审美追求上，张端义既表现出对“韵度清雅”审美风尚的认同，又体现出对豪放洒脱审美追求的推崇。

1. 追求清雅，反对俗念

张端义在《贵耳集》中多次评价他人诗歌“韵度清雅”“纤雅”等。如卷上记南宋前中期诗人徐似道（字渊子，号竹隐）的诗歌及其逸事，录其诗四首。《买砚》诗云：“俸余宜办买山钱，却买端州一砚砖。依旧被渠驱使出，买山之事定何年。”《游庐山得蟹》三首曰：“不到庐山辜负目，不食螃蟹辜负腹。亦知二者古难并，到得九江吾事足。”“庐山偃蹇坐吾前，螃蟹郭索来酒边。持螯把酒与山对，世无此乐三百年。”“时人爱画陶靖节，菊绕东篱手亲折。何如更画我持螯，共对庐山作三绝。”笔记中还记载了其逸事：“渊子为小蓬，朝闻弹疏，坐以小舟，载菖蒲数盆，翩然而去。道间争望，若神仙然。”[②]在这里，张端义把评诗和论人结合起来。从所录诗歌看，徐似道诗歌的风格偏向自然闲适，《买砚》写自己辛苦攒得“买山钱”，结果却买回一方砚砖。“依旧被渠驱使出，买山之事定何年”，表面上好似无可奈何，实则传达出诗人洒脱自得的隐逸情怀，很有闲雅之致。《游庐山得蟹》三绝句，更写出了诗人“持螯把酒与山对”的放旷自适。结合徐似道的逸事，更让读者感到这是一位极潇洒、“若神仙然”的闲雅之人。从中可以看出张端义的审美取向。

出于对清雅的推崇，张端义喜爱以自然界清雅不俗之物入诗的诗歌和诗句，并加以摘录和赏评。张端义笔记中摘录了大量的咏梅诗，表现出对梅的喜爱。他明确表示：“诗句中有梅花二字，便觉有清意。”他所摘录的

---

①李昴英：《李忠简公文溪存稿》卷五，四库全书宋集珍本丛刊影印本，商务印书馆，1935，第468页。

②庄绰、张端义：《鸡肋编·贵耳集》卷上，李保民校点，上海古籍出版社，2012，第101页。

梅诗有刘翰《小宴》中的“小窗细嚼梅花蕊，吐出新诗字字香”；《小亭》中的“绿窗昨夜东风小，开遍梅花第几枝”；《种梅》中的“惆怅后庭风味薄，自锄明月种梅花”句；杜耒《寒夜》中的“寻常一样窗前月，才有梅花便不同”①；等等。这些诗均因“梅”这一意象而显得清雅脱俗，别有韵味。

又如，《贵耳集》卷中记录南宋诗人周宗圣的《梅》诗，“采采芳梅枝，琐碎白云姿。在山千花怨，出山百鸟啼。操持思所寄，转趾述所思。清披太始风，寒应太虚月。一日拂人衣，三岁香不歇”，并评价其人“少年秀丽，读书善记，议论古今，落落可听，有诗高远”，把咏梅之诗和作者性情结合起来，诗品、人品相得益彰，让读者感受其人其诗的清雅不俗。

《贵耳集》卷上记江湖诗人葛天民逸事并录其诗歌。葛天民，是南宋后期江湖诗人，是名士兼诗僧，和文人雅士多有交往，在当时很有雅声，亦有诗名。张端义对其诗加以称赏，称其“能诗，诗愈工”，并录其诗歌数首，如引其《绝句》“夜雨涨波高一尺，失却捣衣平正石。明朝水落石依然，老夫一夜空相忆”。此诗以日常所见发端，写夜雨后河水上涨，以至淹没了水边捣衣石板，等天明水落捣衣石“依然”，却让诗人白白忧思了一夜。此诗语言平顺自然，诗意显豁，但细细品味，却颇富哲理。水涨水落乃自然规律，终究会归于平静，一切顺其自然，无须多虑，此诗意在言外，颇有理趣，故受人赞赏。但张端义也不客气地批评葛天民的“俗念”，说“铦朴翁，秦望山人，能诗，诗愈工，俗念愈炽。后加冠巾曰葛天民，筑室苏堤，自号柳下”②，显然语含嘲讽。据记载，葛天民此人喜名、好色、逐利，一介俗人而已，故其“筑室苏堤，自号柳下”的虚伪让张端义不满，从中可见张端义崇真尚雅的审美倾向。

2. 推崇豪放飘逸、洒脱不羁的诗风

张端义“少苦读书，肄举子业，勇于弓马”，可谓文武双全，早年一直居于吴之乐圃坊。他为人豪爽，热情好客，喜交天下名士，故“凡海内名胜来吴，必访乐圃之张”，可谓热情好客；门上桃符所书“江湖且过，诗酒丛林”，亦见出主人的潇洒、豪放不羁：行在江湖，诗酒相伴，友朋相访，亦是快意人生。

①庄绰、张端义：《鸡肋编·贵耳集》，李保民校点，上海古籍出版社，2012，第118页。有些诗句，张端义所引有误，据《全宋诗》改。

②庄绰、张端义：《鸡肋编·贵耳集》卷上，李保民校点，上海古籍出版社，2012，第103页。

张端义诗集散佚，仅留存两首诗和两条残句，很难全面认识其诗歌创作的艺术表现。但从其《秋江图》绝句亦可约略体会他的艺术个性。“余三十年前，赋《秋江图》一绝云：‘浪静风平月正中，自摇柔舻驾孤篷。若无三万六千顷，把甚江湖著此翁。’”[①]诗中“若无”一联，境界开阔，气势壮观，把一位独自驾着孤舟，漂浮于万顷江面上的倔强、乐观、豪气冲天的渔翁形象鲜明地刻画出来。显然这是诗人心境的写照。此诗诗风豪迈纵逸，气度不凡，和诗人豪放不羁、洒脱随性的个性特点相一致。

由于这样的审美取向，张端义在其笔记中屡屡称赞有豪侠之气的诗人及他们的作品，对这种诗人的人格精神和创作个性十分认同。《贵耳集》卷中记北宋前期诗人张元、吴昊、姚嗣宗等，称他们“皆关中人，负气倜傥，有古侠士志”，记录其诗歌数首。这些诗歌皆有为而作，自抒怀抱，风格健举豪迈。如《题崆峒》诗曰“南粤干戈未息肩，五原金鼓又轰天。崆峒山叟笑无语，饱听松声春昼眠”，又云“踏碎贺兰石，扫清西海尘”；姚嗣宗《述怀》诗曰“大开双白眼，只见一青天”等，充满了志士激烈之壮怀。[②]同卷中，张端义对南宋诗人王质亦称赞不已，赞其“豪放不可及”，并录其组诗《何处难忘酒》四首全文。“何处难忘酒，蛮夷太不庭。有心扶白日，无力洗苍溟。豪杰将斑白，功名未汗青。此时无一盏，壮气激雷霆。”“何处难忘酒，生民太困穷。百无一人饱，十有九家空。人说天方解，时和气自丰。此时无一盏，入地诉英雄。”诗人心忧国事，无力回天，空怀壮志，难以实现，只有借酒浇愁，“入地诉英雄”，悲愤之情，豪放之气，冲溢而出。

从这些内容中，均可以看出张端义的诗学审美倾向豪放。

三、艺术表现论

作为江湖派诗人，张端义在其笔记中既记载了大量江湖派诗人及他们的诗歌创作，同时兼及江西派诗人，对江西派诗歌亦有肯定，体现出作者通达的诗学思想。如《贵耳集》卷上记载了南宋中期著名的江西派诗人赵蕃（号章泉）的逸事，并通过引戴复古《寄章泉先生赵昌父》中的诗句，“君

---

①庄绰、张端义：《鸡肋编·贵耳集》卷上，李保民校点，上海古籍出版社，2012，第104—105页。
②庄绰、张端义：《鸡肋编·贵耳集》卷中，李保民校点，上海古籍出版社，2012，第117—118页。

为山中人，世事安得闻。入山恐未深，更入几重云”[①]，表达了对其人的景仰，可见张端义论诗并无太多的门户之见。

在诗歌艺术性方面，张端义表现出对江湖、江西两派兼容并包的诗学倾向。具体表现为如下几点。

1. 注重写景咏物，追求“曲尽写物之妙”

江湖诗派追摹晚唐诗人，以写景咏物为主，注重白描，追求体物之工巧细致。张端义作为江湖诗人，其诗学鲜明地展现了江湖诗派的主张。《贵耳集》卷中记录了晚唐诗人雍陶所作咏白鹭诗。其中一联“立当青草人先见，行傍白莲鱼未知”，张端义赞其“曲尽写物之妙”[②]。此联以白描手法，无任何雕琢之功，就曲尽白鹭腿长、色白、体轻之状貌，十分巧妙。

2. 句法上追求“意连句圆”

在句法上，张端义强调要做到“意连句圆”。

《贵耳集》卷上记曰：

> “春水满四泽，夏云多奇峰。秋月扬明辉，冬岭秀孤松。”渊明诗绝句之祖。一句一绝也。作诗有句法，意连句圆。有云：“打起黄莺儿，莫教枝上啼。几回惊妾梦，不得到辽西。”一句一接，未尝间断。作诗当参此意，便有神圣工巧。[③]

“意连句圆”是对诗歌造语用句的要求。“连”和断相对，是就句意而言；“圆”和涩相对，是就句法而说的，即要求在用句上既要注意句和句之间意脉的连贯，保持诗歌整体意境的完整；在句法上又要做到语言表达自然流畅，圆熟流转如弹丸，毫无生硬僻涩之感。张端义以陶渊明《四时》诗和晚唐金昌绪《春怨》诗为例申说自己的诗学观点。《四时》是陶渊明所作的一首五言诗，在写法上“一句一意”，四句分咏一年四季春、夏、秋、冬之景，展现大自然丰富多样的美，表达诗人对自然的热爱，抒发闲适之趣；《春怨》乃“一篇一意”，整首诗表达一个思妇的念远之情。二诗写法不

---

①庄绰、张端义：《鸡肋编·贵耳集》卷上，李保民校点，上海古籍出版社，2012，第101页。
②庄绰、张端义：《鸡肋编·贵耳集》卷中，李保民校点，上海古籍出版社，2012，第118页。
③同①，第100页。

同，但在句法表达上均平易晓畅，自然圆熟，意境浑成，无斧凿之迹，无僻涩之感。《四时》诗，春夏秋冬一气而下，每句写一景，用语自然，极具包蕴性，语短意丰，把一年四时的美写意地展现出来，很有意境。《春怨》一诗，意脉连贯，层层推进，“一句一接，未尝间断”，把思妇对远人的怀思之情抒发出来，构思上极精巧。

江西诗派大倡句法之说，追求新生瘦硬。南宋中后期，四灵、江湖诗人追求诗语的简淡圆熟，以此对抗江西之生涩险拗。张端义追求“意连句圆”，符合诗学发展演进之势。

3. 讲究用字、炼字

“以文字为诗”，讲究用字、炼字，是以江西诗派为代表的宋代诗人的普遍追求，也造成了语言生涩险僻的弊端。到了南宋后期，江湖派虽提倡“捐书以为诗”，注重白描，但在用字造语上同样用心琢磨，以求精工。张端义在其笔记中，对宋人用字、炼字有所记录，体现出对用字、炼字手法的认同，注意字和诗意的融合。《贵耳集》卷下载：

> 东坡作《病鹤》诗，尝写“三尺长胫瘦躯”，阙其一字，使任德翁辈下之，凡数字，东坡徐出其稿，盖“阁”字也。此字既出，俨然如见病鹤矣。①

此条笔记，摘自《唐子西文录》。张端义全文录下，亦可见出他对这种诗学思路的认同。笔记中所举诗句出自苏轼《鹤叹》诗，全诗如下：“园中有鹤驯可呼，我欲呼之立坐隅。鹤有难色侧睨予，岂欲臆对如鹏乎。我生如寄良畸孤，三尺长胫阁瘦躯。俯啄少许便有余，何至以身为子娱。驱之上堂立斯须，投以饼饵视若无。戛然长鸣乃下趋，难进易退我不如。”这是一首寓言诗，所炼之字是“三尺长胫阁瘦躯”的“阁”字。“阁”同“搁”，即放置、搁置意，有“高架起”这一状态特点。此句之意为：鹤瘦长的腿（“三尺长胫”）支撑其瘦弱、单薄的身体。本来鹤之长腿是自然长在其身上的，而非人为“阁”（“搁”）上去的。此句读起来生新瘦硬，语句表现不合常情，但细加品味，可以感到其内在深意，“阁”字使人感觉三尺长胫和瘦

---

①庄绰、张端义：《鸡肋编·贵耳集》卷下，李保民校点，上海古籍出版社，2012，第133页。

躯并不相协调，就像人为接到鹤身上一样，而这恰恰表现出病鹤由于生病而显得羸弱和孤独的情状。用“阁”字表现正常的鹤不恰当，有违常情，但是表现“病鹤”就显得合情又合理，且形象生动，使鹤“病”之情状呼之而出。故作者赞曰：“此字既出，俨然如见病鹤矣。”

4. “用事贵融化”

追求在诗中大量使事用典是江西诗派的法门。江湖诗派反其道而行，在诗学上摒弃“资书以为诗”，但作为江湖派诗人的张端义对用事并不排斥，这体现了他在诗学观点上的圆通。

典故作为语言表现手法，包括事典和语典，其功用是“事类者，盖文章之外，据事以类义，援古以证今者也”，“举人事，以征义”，“引成辞以明理”[①]。用典要能够涵容作家之情意，扩大作品的表意容量，加深作品的抒情密度和效果。张端义强调在典故使用上，一定要做到典故和整体诗意紧密结合，典故要能融化于作品文字中，自然贴切，如盐化水中，浑化无迹。

《贵耳集》卷上记载：

> 宣和元夜，上幸端门，近臣皆进诗。有问王岐公，用甚故事，答以凤辇鳌山。问者不乐而去。谁不知凤辇鳌山，故相谑耳！岐公进诗云：“双凤云中扶辇下，六鳌海上驾山来。”闻者叹服，作诗要融化，岂可执而不通。[②]

张端义在此条笔记中，通过宋人的用事，鲜明指出典故一定要能够和诗融合，不能生硬地用典，造成典故和诗意的不合。另如他记李大异上《谢历日表》，因典故“用得亲切，旋召入舍人院”；记其外祖《上蒋子礼除右相启》中善用杜甫诗句，因而“为洪文敏称赏，载之《随笔》”。卷上还记载了綦崇礼所作贺表，中一句曰“灵根夜吠”，化用苏轼诗和白居易题咏枸杞的诗句，较妥帖，故“举学皆服”。这是善于化用前人诗句的例子。

可以看出，张端义认为，在用事上要贴切、稳妥，能够切合所吟咏的对象。

---

①刘勰：《文心雕龙·事类》，载范文澜《文心雕龙注》，人民文学出版社，1958，第614页。

②庄绰、张端义：《鸡肋编·贵耳集》卷上，李保民校点，上海古籍出版社，2012，第98页。

四、词学批评方面

《贵耳集》中既有词的本事、对作者的评判，亦有对词作的批评。笔记中一些词学批评在词学史上有着非常重要的价值。

张端义在其笔记中记录了一些词的本事故事，如记载了由北宋入金的著名词人吴激作《人月圆》词的本事，卫元卿作《谒金门》词的本事，康与之作《舞杨花》词的本事，等等。其中最著名的就是北宋词人周邦彦作《少年游》《兰陵王·柳》等词的本事。虽然有些本事记载有不实之处，但亦有助于我们多方面了解这些词的创作情况，更好地把握词的内容和情感表现。

《贵耳集》卷下记载了周邦彦狎名妓李师师遭遇宋徽宗，并因此先遭贬后得以被起用的逸事，以及周邦彦词中名作《少年游》《兰陵王·柳》的创作本事。作者感慨道："当时李师师家有二邦彦，一周美成，一李士美，皆为道君狎客。士美因而为宰相。吁！君臣遇合于倡优下贱之家，国之安危治乱可想而知矣。"[①]从中可以看出作者的批判意绪，体现出一种超越审美的道德批判的倾向。

张端义在词学上的一大贡献，就是对北宋女词人李清照做了词学评论。其评说精当，在文学史和词学史上影响很大。从中亦能体会到张端义的词学观。

《贵耳集》卷上曰：

> 易安居士李氏，赵明诚之妻，《金石录》亦笔削其间。南渡以来，常怀京洛旧事。晚年赋《元宵·永遇乐》词云"落日镕金，暮云合璧"，已自工致。至于"染柳烟轻，吹梅笛怨，春意知几许"，气象更好。后叠云："于今憔悴，风鬟霜鬓，怕见夜间出去。"皆以寻常语度入音律。炼句精巧则易，平淡入调者难。且《秋词·声声慢》："寻寻觅觅，冷冷清清，凄凄惨惨戚戚。"此乃公孙大娘舞剑手。本朝非无能词之士，未曾有一下十四叠字者，用《文选》诸赋格。后叠又云："梧桐更兼细雨，到黄昏、点点滴滴"，又使叠字俱无斧凿痕，更有一奇字云："守定窗儿，独自怎生得黑。"黑字不许第二人押。妇人中

①庄绰、张端义：《鸡肋编·贵耳集》卷下，李保民校点，上海古籍出版社，2012，第125页。

有此文笔，殆间气也。有《易安文集》。[①]

李清照是宋代著名词人，其词以特有的女性视角自抒闺阁之情，并把深沉的家国感伤情绪融入其中，情感真挚，情调凄婉悲怆、意境开阔，在词史上，独标“易安体”。张端义对李清照词的艺术成就及李清照本人均给予很高的评价。张端义指出，李清照词有气象。

张端义主要通过对李清照《元宵·永遇乐》和《秋词·声声慢》这两首词进行分析，来把握其词的艺术性。此二词是李清照艺术成就较高，具有代表性的作品，从中可以看出张端义选词较精当。

《元宵·永遇乐》词首联“落日镕金，暮云合璧”，张端义指出其“已自工致”。“自工致”，是就句法而言，指句法属对工稳。此联两句相对，落日对暮云，镕金对合璧。工稳整齐，是“的对”；同时，此联还是句中自对，即第一句中，落日对镕金；第二句中，暮云对合璧。从中可以看出李清照在对仗上的功力。李清照以极简之笔，生动描摹元宵节傍晚的绚丽壮阔景象，称得上“有气象”。张端义进一步指出，“染柳烟轻，吹梅笛怨，春意知几许”这几句“气象更好”。结合全词看，这几句在进一步以景语渲染元宵佳节之美的同时，把一种深沉的批判意绪融入诗句中。“春意”既指自然的春意，也似暗含人事之春意。“春意知几许”的反诘，一方面写出自然早春的料峭寒意，反衬词人内心的凄冷；另一方面，时代之春意、王朝之春意又有多少？此句情思深厚而不失言外之意，故张端义称“气象更好”，由此可感受张端义对词的语言形式的观照。

张端义指出，李清照“以寻常语度入音律”。

李清照词大量用口语入词，且能保持词契合音乐、音律的特点。张端义敏锐认识到李词的这一独特艺术表现，指出其词“以寻常语度入音律”的创作特点，并评曰：“炼句精巧则易，平淡入调者难”，揭示李清照驾驭语言、音律的非凡能力，表现出对李词语言艺术的赞赏。李清照在词学上提出“词别是一家”说，指出词和诗的体制不同，诗重“平仄”而不重音律，词则重音律，且有严格规范，“歌词分五音，又分五声，又分六律，又

①庄绰、张端义：《鸡肋编·贵耳集》卷上，李保民校点，上海古籍出版社，2012，第99页。

分清浊”[①]，不能相混淆，以此反对苏轼“词自是一家”的观点和“以诗为词”的做法，从中可以看出李清照对词法度的恪守。李词在语言上多用口语、平常语，且能做到严守声律，化俗语入雅调，使得音韵和谐，婉转动听，极具雅气，艺术性很高。从词学角度最早提出李词具有这一艺术特点的是张端义。

张端义认识到李清照词在用字上的独创性，指出李词中大量运用叠字，并说：“本朝非无能词之士，未曾有一下十四叠字者，用《文选》诸赋格”，对《声声慢》词起句连用十四叠字的语言独创极为赞叹，指出李清照独具匠心地把赋体铺排复沓之格引入词中，造成出人意表的表达效果。张端义比之为“公孙大娘舞剑手”。他对李词的这一观点，亦体现出他自己对新异奇绝词风的认同，以及对新奇又“无斧凿痕迹”的自然词境的追求。

张端义指出李清照对曲调加以创新，变平声韵为入声韵。

张端义注意到，李清照词虽严守音律规范，但其中亦有创变。他指出《声声慢》词对既定词调声韵的改变，并加以评论，“更有一奇字云：‘守定窗儿，独自怎生得黑。’黑字不许第二人押。”《声声慢》曲调，一般押平声韵，很少押入声韵，也可能当时没有人知道其曲调可以押入声，而李清照深谙用韵规范，指出《声声慢》曲调“既押平声韵，又押入声韵”[②]，并配合词所表达的情意，有意改变《声声慢》曲调押平声韵的固有习惯，改为押入声韵，以造成急促、悲怆的情感基调，更好地表现出女词人晚年国破家亡、孑然孤独的悲凉心境。从张端义的赞语中，亦可看出他对李词用韵不随流俗的认同，同时体现了他不固守常法的词学观念。

张端义不仅对李清照的词大加肯定和赞赏，而且对李清照本人给予很高的评价：“妇人中有此文笔，殆间气也”。“间气”就是指禀天地特殊之气而生的英雄豪杰。张端义以“间气”一词评价李清照，即认为李清照是当时词坛杰出的人才，是当世豪杰之士，她和许多杰出男性词人并立天地间，有着如杰出男子一般的才气、豪气和胆识。此语鲜明体现出对李清照成就的认同。李清照在男性词人为主导的词坛上，以其独具特色的“易

①李清照：《词论》，载张璋等《历代词话》，大象出版社，2022，第12页。

②同①。按：以下关于李清照词学主张的引文均出自此书。

安体”傲立词坛，震惊世人。张端义如此称扬李清照，鲜明表现出他较为公允、开阔的文人气度。

从对李清照词及其人的词学观照中，可以看出，张端义在词学上不固守传统，不囿于常态，追求新奇、变化。另外，张端义对南渡词人朱敦儒一些气魄豪放、句意奇绝之词，也颇为欣赏。

张端义在词的艺术表现上，要求词要含蓄蕴藉，有“斡旋”。

《贵耳集》卷下记载：

> 少游《郴阳》词云：“雾失楼台，月迷津渡，桃源望断知何处。可堪孤馆闭春寒，杜鹃声里斜阳暮。”诗话谓“斜阳暮”语近重叠，或改“帘栊暮”。既是“孤馆闭春寒”，安得见所谓帘栊？二说皆非。尝见少游真本，乃“斜阳树”，后避庙讳，故改定耳。山谷词“杯行到手莫留残，不到月斜人散”，诗话谓或作“莫留连”，意思殊短。又尝见山谷真迹，乃是“更留残”，词意便有斡旋也。[①]

此条中，张端义一方面纠正了时人对秦观《踏莎行》的错误认识，另一方面指出，无论秦观词，还是黄庭坚词，其词意均表现出含蓄蕴藉之致，而时人的改动，虽然在理解上更趋清楚，但“意思殊短”，没有余韵。就拿黄庭坚这首《西江月》来说。全词如下：“断送一生惟有，破除万事无过。远山横黛蘸秋波，不饮旁人笑我。花病等闲瘦弱，春愁没处遮拦。杯行到手莫留残，不到月斜人散。”此词前有小序：“老夫既戒酒不饮，遇宴集，独醒其旁。坐客欲得小词，援笔为赋。”[②]结合全词可以看出，这首词是词人由“戒酒不饮”到后来“放饮”的情绪抒写。春愁弥漫，难以“遮拦”，只有借酒浇愁，开怀畅饮，尽情尽兴。醉态蒙眬中，发现杯中还留有残滴，故进一步劝酒，“杯行到手莫留残”，不仅要喝完，而且不能有一丝残留。这在语意上自是增加一重婉曲。细细品味，词人内心的痛苦、不平、牢骚等都隐隐浮现。如果改成“杯行到手莫留连”，就少了回旋曲折的意兴。所以

---

①庄绰、张端义：《鸡肋编·贵耳集》卷下，李保民校点，上海古籍出版社，2012，第130—131页。

②唐圭璋：《全宋词》，中华书局，1965，第400页。

作词不能质实，质实则意短，会缺乏余韵，失去词自身特有的绵长婉曲的情韵。

在词的意境方面，张端义追求语境的“微妙”。

《贵耳集》卷上记野斋周文璞之语：“《花间集》只有五字绝佳，‘细雨湿流光’，景意俱微妙。”[①]“景意俱微妙”，是就词的意境方面说，指作词追求景妙情深、情景交融的艺术境界。

“细雨湿流光”乃南唐词人冯延巳所作《南乡子》中的词句，收于《阳春集》，此书说此词收于《花间集》，是误记。但《贵耳集》所记的对此词的评论却极有见地，也颇有影响。“细雨湿流光”是景语，也是起兴句，以描写雨中芳草起兴，引发思妇的情思。细加琢磨，别有深韵。“流光”一词指代芳草，用得极好，极有动态和光感，让人联想到曹植《七哀》诗“明月照高楼，流光正徘徊”中的思妇形象。此句写其形而摄其魂，形魂合一，景情俱微妙。这正是张端义的词学追求。

张端义身处南宋后期，从大的趋势看，当时江西诗派已经没落，虽然还有些微影响，但已不成气候，诗坛上的主要人物是江湖派诗人。他们学晚唐，在诗学表现上和诗歌创作上都体现出对江西诗派的反动。张端义作为江湖诗人，在诗学上体现出江湖诗派的特点。其积极进取、正直不屈的人格风范及历尽苦难的人生遭际，又使其表现出比一般江湖诗人更开阔的诗学视野。当然，在南宋整体的诗歌发展中，由于张端义的诗歌湮灭不传，后人无从把握其创作成就，其诗学思想虽有可圈可点之处，但整体上无太突出的建树，因此不宜做过高的评价。

袁褧《枫窗小牍》

《枫窗小牍》二卷，记载了作者袁褧耳闻目见之临安、开封旧事，包含丰富的文学思想。

第一，此书对童子试的记载很有价值。童子试是选拔杰出人才的一种办法，是科举制度的补充。此书卷上载：“本朝以童子举，如国初贾黄中举。自五代不论，若太宗朝，洛阳郭忠恕通九经，七岁举童子科。淳化二年，赐泰州童子谭孺卿出身。雍熙间，得杨亿，年十一，以童子召对，授秘

①庄绰、张端义：《鸡肋编·贵耳集》卷上，李保民校点，上海古籍出版社，2012，第102页。

书正字。咸平间，得宋绶。景德间，抚州进士晏殊年十四，大名府进士姜盖年十三。祥符间，又得李淑，又赵焕以童子召对，令从秘阁读书，时年十二。蔡伯希年四岁，诵诗百余篇，召为秘书正字。神宗朝元丰七年，赐饶州童子朱天锡五经出身，年九岁，赐钱五万。又天锡从兄天申，年十二，试十经，皆通，赐五经出身。绍兴七年，赐处州孝童周智出身。乾道、淳熙间，吕嗣兴、王克勤赐童子出身。先君子以十岁通九经，以不谒丁晋公，摈不以闻，竟不得与诸君子同声治朝也。”①

第二，此书记载了宋初鼓励编书、献书的文化政策下一些献书活动。卷下载：“国朝开献书之路。祥符中，献书者十九人赐出身，得书万七百五十四卷。宣和五年，三馆参校荣州助教张颐所进书二百二十三卷，李东一百六十二卷，皆系阙逸，乞加褒赏，颐赐进士出身，东补迪功郎。七年，取索到王阐、张宿等家藏书，以三馆秘阁书目比对，所无者凡六百五十八部二千四百一十七卷，阐补承务郎，宿补迪功郎。”②

第三，此书对苏轼有一些有价值的记载。

此书卷下载：“东坡《欧公集序》云：‘宋兴七十余年，民不知兵，富而教之，至天圣、景祐极矣。而斯文终有愧于古。士亦因陋守旧，论卑而气弱。自欧阳子出，天下争自濯磨，以通经学古为高，以救时行道为贤，以犯颜纳谏为忠，长育成就，至嘉祐末号称多士。欧阳子之功为多。’刘峤《司马温公文集序》云：‘是文也，君天下者得之，足以鉴兴衰、通治体；公卿大夫得之，足以劝忠嘉、尽臣节；士庶人得之，足以检身厉行，为君子之归。以至山颠水涯幽人放客得之，则浩歌流咏，斟酌厌饫，随取随足。’两公之文，真不愧苏、刘序言也。”③苏轼继承欧阳修在文章方面的观点，主张作文应继承传统，但不能食古不化，应该补救时弊，关心民生，紧密联系当时的社会政治。

苏轼的诗歌甚至成为北宋灭亡后宋人表达故国之思的媒介。由于故土难回，苏轼的诗歌对故土昔日景象的书写，成为南宋人疗治心灵孤独的

---

①百岁老人袁褧：《枫窗小牍》卷上，载《全宋笔记》第四编第5册，大象出版社，2008，第320页。

②百岁老人袁褧：《枫窗小牍》卷下，载《全宋笔记》第四编第5册，大象出版社，2008，第234页。

③同②，第238页。

一种精神食粮。卷上载:“余汴城故居,近陈州门内、蔡河东畔。居后有圃,乔林深竹,映带城隅。中有来鹤亭,王大父时有野鹤来栖,遂驯狎不去。苏子瞻有诗云:‘鸿渐偏宜丹凤南,冠霞披月羽毵毵。酒酣亭上来看舞,有客新名唤作耽。’每诵此诗,未尝不泪满青衫也。”①

第四,此书记载了杨亿的事迹。卷上载:“杨亿作《二京赋》既成,好事者多为传写。有轻薄子书其门曰:‘孟坚再生,平子出世,文选中间,恨无隙地。’杨亦书门答之曰:‘赏惜违颜,事等隔世,虽书我门,不争此地。’……杨公长者,肯相较若尔耶?”②胸怀广大,谦逊达观,杨亿之人品,可见一斑。

第五,此书对创作态度认真的欧阳修推崇备至。卷下载:“欧阳文忠公《樊侯庙灾记》真稿,旧存余家。其中改窜数处,如‘立军功’三字,稿但曰‘起家’;‘平生’曰‘生平’;‘振目’曰‘瞋目’;‘勇力’曰‘威武’;‘雄武’曰‘英勇’;‘生能万人敌,死不能庇一躬’曰‘生能詟喑哑叱咤之主,死不能保束草附上之形’;‘有司’曰‘残暴’;后‘喑呜叱咤’四字无,第曰‘使风驰电击,凭此咆哮’。凡定二十三字,书亦遒劲。时余家从祖倅郑,故得其稿,今竟失去,不得与苏公手书并存,惜哉!”③欧阳修作为文学大家,许多作品读来自然天成。其实这些文章是锤炼而成的,不是草率而就。

王栐《燕翼诒谋录》

王栐,字叔永,号求志老叟,身世未详,大约生活在南宋中期,有《燕翼诒谋录》五卷。据作者自序,此书完成于宝庆三年(1227),“宝庆丁亥冬孟冬既望,求志老叟晋阳王栐叔永书于山阴寓居求志堂中”。其中包含着比较丰富的文学思想,主要是有关宋代科举的内容。

书中包含一些介绍科举制度变革的材料。例如,唐代科举录取比例过

①百岁老人袁褧:《枫窗小牍》卷上,载《全宋笔记》第四编第5册,大象出版社,2008,第227页。

②同①,第215页。

③百岁老人袁褧:《枫窗小牍》卷下,载《全宋笔记》第四编第5册,大象出版社,2008,第235—236页。

低，“五十少进士”是常态。宋代统治者总结唐代经验，大幅度提高了录取比例。卷一载：“国初，进士尚仍唐旧制，每岁多不过二三十人。太平兴国二年，太宗皇帝以郡县阙官颇多，放进士几五百人，比旧二十倍。正月己巳，宴新进士吕蒙正等于开宝寺，赐御制诗二首。”[①]录取规模扩大了二十倍，改革的力度是很大的。

再如，特奏名制度是宋朝统治阶级调节社会矛盾的一种手段，对久试不第的老者是一种安慰。卷一载：“唐末，进士不第，如王仙芝辈唱乱，而敬翔、李振之徒，皆进士之不得志者也。盖四海九州岛之广，而岁上第者仅一二十人，苟非才学超出伦辈，必自绝意于功名之途，无复顾藉。故圣朝广开科举之门，俾人人皆有觊觎之心，不忍自弃于盗贼奸宄。开宝二年三月壬寅朔，诏礼部阅贡士十五举以上曾经终场者，具名以闻。庚戌，诏曰：‘贡士司马浦等一百六人，困顿风尘，潦倒场屋，学固不讲，业亦难专，非有特恩，终成遐弃，宜各赐本科出身。’此特奏所由始也。自是士之潦倒不第者，皆觊觎一官，老死不止。至景德二年三月丁巳，因赐李迪等进士第，赐特奏名五举以上本科六十四人，《三传》十八人，同学究二十二人，《三礼》四十四人，年老授将作监主簿三十一人。此特奏之名所由立也。至景祐年正月癸未，诏：‘进士、诸科十取其二。进士三经殿试、诸科五经殿试，或进士五举年五十、诸科六举年六十，虽不合格，特奏名。’此特奏名所以渐多也。至大中祥符八年二月丙子，则命进士六举、诸科九举特奏名，并赴殿试。则又以人多而裁抑之也。况进士入官十倍旧数，多至二十倍。而特奏之多，自是亦如之。英雄豪杰皆汩没消靡其中而不自觉，故乱不起于中国而起于夷狄，岂非得御天下之要术欤。苏子云：‘纵百万虎狼于山林而饥渴之，不知其将噬人。艺祖皇帝深知此理者也，岂汉、唐所可仰望哉。’”[②]

又如，此书记载了宋代科举考试形式、内容的改革及其改革原因。卷五载：“国朝因唐制取士，只用词赋，其解释诸经者，名曰‘明经’，不得与进士齿。王安石罢去词赋，惟以经义取士。元祐元年十一月，立经义、词赋

①王林：《燕翼诒谋录》卷一，载《全宋笔记》第七编第1册，大象出版社，2016，第242页。
②同①，第239—240页。

两科，用侍御史刘挚之言也。”[①]卷一载：“自唐以来，进士皆为知举门生，恩出私门，不复知有人主。开宝六年，下第人徐士廉挝登闻鼓，言久困场屋。乃诏入策进士、终场经学，并试殿庭。三月庚午，御讲武殿覆试新进士宋准以下一百二十七人。是岁礼部所放进士十一人而已，《五经》止二十二人。艺祖皇帝以初御试，特优与取放，以示异恩。而御试进士不许称门生于私门，一洗故习，大哉宏模，可谓知所先务矣。”[②]二级考试外又增加殿试，是为了避免门生与座师形成朋党。由于殿试是新设的，其考试制度也是逐渐完善的，卷五载：“旧制：御试诗赋论，士人未免上请于殿陛之下，出题官临轩答之，往复纷纭，殊失尊严之体。景祐元年三月丙子，诏进士题具书史所出，御药院印给，士人不许上请。自后，进士各伏其位，不敢复至殿庭。”[③]

此书还考证了科举中用韵的变化。卷五载：“国初，进士词赋押韵，不拘平仄次序。太平兴国三年九月，始诏进士律赋，平仄次第用韵。而考官所出官韵，必用四平四仄，词赋自此整齐，读之铿锵可听矣。”[④]

对于进士录取以后的活动情况，此书有生动的描绘。卷一载：“故事，唱第之后，醵钱于曲江为闻喜之饮。近代于名园、佛庙，至是官为供帐，岁以为常。先是进士参选方解褐衣绿，是岁锡宴后五日癸酒，诏赐新进士并诸科人绿袍、靴、笏。自后以唱第日赐之，惟赐袍、笏，不复赐靴。”[⑤]此书还记载了进士第一名如何渐渐获得了特殊待遇。卷二载：“旧制，进士首选同唱第人，皆自备钱为鞍马费，而京师游手之民，亦自以鞍马候于禁门外，虽号廷魁，与众无以异也。大中祥符八年二月戊申，诏进士第一人，金吾司差七人导从，两节前引，始与同列特异矣。进士考试差官属之转运使，惟许本路差官。大中祥符八年二月乙卯，诏本路阙人即报邻路差。”[⑥]

---

①王栐：《燕翼诒谋录》卷五，载《全宋笔记》第七编第1册，大象出版社，2016，第287页。

②王栐：《燕翼诒谋录》卷一，载《全宋笔记》第七编第1册，大象出版社，2016，第240页。

③同①，第280页。

④同①，第282页。

⑤同②，第242页。

⑥王栐：《燕翼诒谋录》卷二，载《全宋笔记》第七编第1册，大象出版社，2016，第249页。

刘昌诗《芦浦笔记》

刘昌诗，字兴伯，江西清江（今江西樟树）人，有《芦浦笔记》十卷。据作者自序，此书完成于嘉定六年（1213），“嘉定癸酉中和节，清江刘昌诗兴伯叙于通山阁”。此书涉及面广，有较大的史料价值，也包含比较丰富的文学思想。

此书中有记载时文、追溯源流的材料。卷九《祭蝗虫文》载：“维某年月日，右修直郎特差知寿春府安丰县王希吕，谨以清酌之奠，祭于蝗虫之神，而告之曰：‘古先哲王之有天下也，兢兢畏畏，于事天治人之礼无不尽，然犹九年之水，七年之旱，见于尧汤之时。是知数之所钟，有不可得而逭者。则蝗虫之来此土，食民之产以肥其身，以孳其子孙，亦宜矣。然尝闻：汉之循吏一有善政，而蝗不入境。至于李唐，太宗吞一蝗而众蝗死。当时仰其德，后世歌其事，铿锵炳明，荡人耳目，迨兹以为美谈。今天子嗣神圣位，聪明仁厚，出于天性。凡事有不法天，政有不便民者，一切革而去之。老奸巨猾既锄以耘，不萌不芽无所容迹。岭海、吴蜀、江淮、荆湖之民，甍连壤交，仰事俯育，熙熙于于，各得其所。即视汉循吏、唐太宗，何啻万万不侔。则蝗虫之来处此土，食民之产，以息其身，以孳其子若孙，其为不可亦明矣。且县令受天于命，来宰是邑，其治以抚养百姓为事，则蝗虫之与县令又不得并居此土也。道安丰而西北走四十里，即虏人之界。彼其暴虐无道，弑君杀母，无所不有。蝗虫舍此而去彼，谁为不可者？今与蝗虫约，三日北归。三日不能，五日；五日不能，七日；若七日不归，是终不肯归矣。是狃蕃夷之余习，以害我圣朝之善治。夫狃蕃夷之余习，害圣明之善治，与傲天子之命吏，不听其言而为民害者，其罪皆可杀。县令则取诗人去螟之语，唐相捕蝗之令，以与蝗虫从事，必尽杀之乃止，无俾遗种于兹邑。蝗虫有知，其听县令言。’右文盖学昌黎《鳄鱼文》者也。顷传得之，附录于此。”①

此书记载了一些佚名词作，生动地展现了宋代上元节日的风俗。书中共录写上元节的《鹧鸪天》十五首，此处仅举一首：“九陌游人起暗尘，一天灯雾锁彤云。瑶台雪映无穷玉，阆苑花开不夜春。攒宝骑，簇雕轮，汉

①刘昌诗：《芦浦笔记》卷九，载《全宋笔记》第七编第2册，大象出版社，2016，第229—230页。

家宫阙五侯门。景阳钟动才归去，犹挂西窗望月痕。”[①]

佚名《朝野遗记》

佚名撰《朝野遗记》，书中采集朝野杂事。有一定的史料价值，书中包含一些文学思想内容。

例如，书中《感旧词》这一条目，记录了张孝纯在金灭北宋后，见到金人府中的宗室女子，感慨万千之事。“张孝纯在云中府粘罕座上，有所睹，赋一词云：‘疏眉秀目。依旧是，宣和装束。贵气盈盈姿性巧，举止知非凡俗。宋室宗姬，秦王幼女，曾嫁钦慈族。干戈横荡，事随天地翻覆。一笑邂逅相逢，劝人欲饮，旋旋吹横竹。流落天涯俱是客，何必平生相熟。旧日荣华，如今憔悴，付与杯中醁。兴亡休问，为伊且尽舡玉。’”[②]此条记载了北宋灭亡后感叹兴亡的词作，有一定价值。

张淏《云谷杂记》

张淏，字清源，号云谷，婺州武义（今属浙江）人，生卒年不详。除《云谷杂记》外，张淏还有《会稽续志》八卷并行于世。《云谷杂记》“于诸名家著述流传，能析其疑而纠其谬”，是一部以考据论文为主的笔记。《云谷杂记》原书已佚，现存《云谷杂记》是清四库馆臣从《永乐大典》中辑出来的，析为四卷。书中包含一些文学思想。

一、文学生态论

文学与政治

《云谷杂记》中，对科举、党争、朝廷腐败等情况都有所记载，首先是关于科举的记载。卷三载：“祖宗时宗子无预于科举，神宗始诏有官者许锁应，未命者从其应举，自是宗子始得预进士第。自元祐三年戊辰至嘉定元年戊辰，一百二十年间，已一千三百四十四人，而嘉王汝愚皆为廷对第一。彦中以博学宏词中选，亦可谓盛矣。”[③]锁应，即锁厅试，是宋代科举

①刘昌诗：《芦浦笔记》卷五，载《全宋笔记》第七编第2册，大象出版社，2016，第238页。
②佚名：《朝野遗记》，载《全宋笔记》第七编第2册，大象出版社，2016，第278—279页。
③张淏：《云谷杂记》卷三，载《全宋笔记》第七编第1册，大象出版社，2016，第43页。

特有的创见。神宗此举，一方面是为了给无意于科举的宗室子弟开辟一条入仕之路，另一方面是为了诱导宗室子弟从善好学，造就人才，此举对宋代文学新面貌的形成起了强有力的助推作用，文学与政治之间形成了良性互动。

《云谷杂记》卷三载："前辈读书，所嗜各不同。司马温公酷好杨子云《太玄》，而作书疑诋孟子，谓扬子真大儒，孟与荀殆不足拟。自云少好其书，研精竭虑，历年已多，始敢为注。每阅《太玄》，必屏绝人事，读必数十过，其嗜之也如是。而老苏独不喜扬子，云雄之《法言》，辩乎其不足问也，问乎其不足疑也。求闻于后世而不待其有得，君子无取焉耳。又曰雄于《太玄》，好奇而务深，故辞多夸大，而可观者鲜。又曰使雄有孟轲之书，而肯为《太玄》耶？二公所见不侔如此。"[①]由此可见司马光和苏轼二人阅读品位的差别。

二、文学考辨鉴赏论

文学欣赏是指作者对文学作品的审美感受，要求作者从具体的审美对象出发，获得情感体验。文学批评则指在获得审美感受能力的基础上，客观地分析作品的思想内蕴，进行价值判断。文学批评离不开文学欣赏，文学欣赏是文学批评的前提。张淏在《云谷杂记》中，考据古书、古事、古名物，辨别真伪，杂记科举、党争等史实，这体现了作者一丝不苟的作文态度和"实录"精神。

1. 考据辨伪

张淏学问淹博，识断精辟，他的考据很有根底。

书中有对古诗的考据，如卷一考李太白诗"山阴道士如相访，为写《黄庭》换白鹅"云："换鹅乃《道德经》，非《黄庭经》也。……以予考之，其说非也。盖书《黄庭经》换鹅，与书《道德经》换鹅，自是两事。"[②]张淏认为以《黄庭经》换鹅和以《道德经》换鹅，是两件事，不可混为一谈，且引证丰富，考证详细，有理有据，令人信服。卷三载："'二疏'之去非因韩、杨之死。陈君举《史评》其论疏广、疏受云：'二疏'出关于赵、

①张淏：《云谷杂记》卷三，载《全宋笔记》第七编第1册，大象出版社，2016，第46页。
②张淏：《云谷杂记》卷一，载《全宋笔记》第七编第1册，大象出版社，2016，第22页。

盖、杨、韩骈死之际，天下至今高之……乃‘二疏’在位之时，余皆去后始诛，相去几十年，乌可谓之出关于骈死之际哉？”[①]张淏考证出“二疏”离开与四人的死没有关系，陈君举、司马光《资治通鉴》与苏轼《二疏图赞》的说法都有错误。卷三又载：“予按：‘用志不分，乃疑于神’之语，本出于《列子》。今《列子》皆作‘疑’，则《庄子》之误于此是可证矣，何待引《易》《礼》，然后知其为误也。”[②]张淏认为《庄子》中“用志不分，乃凝于神”的说法是由《列子》“用志不分，乃疑于神”讹变而来。上述考证体现了张淏追求真理、辨伪求真的精神。

书中有对文章名的考据。卷一载：“王羲之与群贤会于山阴之兰亭，各赋诗，羲之为序。自晋至唐，皆谓之《兰亭序》，近世辄目为《兰亭记》，非也。《遁斋闲览》云：《兰亭记》其文甚丽，但天朗气清，春言秋景，以此不入《选》。韩子苍云：《兰亭记》萧统不收，以序为记，皆承袭谬误之过也。”[③]

以上例子不胜枚举。《云谷杂记》辨别真伪，成绩斐然。张淏对各类书籍均有涉猎，在通读各种书籍的基础上，对古书古注失真存疑处，均能详细考证，有理有据，体现了他做学问时追求真理、一丝不苟的态度。

2. 补充缺失

《云谷杂记》除了辨别真伪，考据书籍错误之外，在考订作者，补充文章条目、史实等方面也成就斐然。

书中有对诸子作者的考订，也有对文章条目的补充，如在卷二，张淏补充了李汉编纂韩愈文集时的几处缺漏：“李汉编韩退之文，自谓收遗文无所坠……今诸本韩集皆不载，是则岂可谓之无所失坠耶？”[④]

书中有对注释不详处的补充说明，如卷三“东坡《雪后书北堂壁》云：‘试扫北台看马耳，未随埋没有双尖。’按北台在密州之北，因城为台，马耳与常山在其南，东坡为守日，葺而新之。子由因请名之曰‘超然台’，偶阅注东坡诗，见注者不得其详，因记之”[⑤]。

---

①张淏：《云谷杂记》卷三，载《全宋笔记》第七编第1册，大象出版社，2016，第50页。
②同①，第54—55页。
③张淏：《云谷杂记》卷一，载《全宋笔记》第七编第1册，大象出版社，2016，第23页。
④张淏：《云谷杂记》卷二，载《全宋笔记》第七编第1册，大象出版社，2016，第33页。
⑤同①，第54页。

此例甚多，不论是考订文章作者，还是补充文章条目和注释等，均体现了张淏的博学洽闻，见识颇丰，更体现了他一丝不苟的做学问态度。

3. 独立思考

对于许多无法辨别真伪的说法，张淏在广泛收集资料、认真分析的基础上，给出了自己的判断，证据充分，见解独到，识断精辟，体现了宋人独立思考的批判精神。

如卷一通过汉武帝立钩弋夫人儿子为太子一事，认为《汉书》详略不得当，揣度之意甚多，故认为“《汉书》不若《史记》所载为实录，可以见武帝识见远到处，故司马温公作《通鉴》，全用《史记》语”①。张淏评判古书优劣有自己的方法，坚持“实录”的原则，体现了宋人笃实的风格。

卷二针对韩昶“金根车处”与“金银车处”，表明自己的看法，“李绰之说，盖本于韦绚，绚乃执谊之子，又《嘉话录》所载，大抵诋退之之处甚多，如云韩十八直是太轻薄，及忿席舍人草贬词之类，皆不足信”②。张淏认为，“金银车处”的说法不可取，而韦绚与韩愈的关系之剑拔弩张在此则材料中也可见一斑。

凡此种种，不胜枚举。宋人独立思考的精神可见一斑。张淏著书作文，不盲从别人，有自己的判断，见解独到，识断惊人，这种思考的背后，蕴含着丰富的文学思想内容，可以看出张淏读书取舍坚持“求实”的原则。除此之外，他还强调知人论世，不盲从别人，通过了解人物之间的关系，判断书籍要表达的意思。

三、文学创作论

关于对偶，卷二载：“论者多咎《新唐书》不载诏令，殊不知前辈自有意见。宋景文公《摘粹》云：文有属对平侧用事者，供公家一时宣读施行，似快便，然不可施于史传。予修唐史，未尝得唐人一诏一令可载于传者，惟舍对偶之文，近高古者，乃可著于篇。大抵史近古，对偶非宜，今以对偶之文入史册，如以粉黛饰壮士，笙匏佐鼓鼙，非所施云。”③张淏认为诏令是

---

①张淏：《云谷杂记》卷一，载《全宋笔记》第七编第1册，大象出版社，2016，第19页。

②张淏：《云谷杂记》卷二，载《全宋笔记》第七编第1册，大象出版社，2016，第29页。

③同②，第34页。

对偶之文，对偶之文流于声律、对仗、辞藻等形式，不适合入史传，可以看出张淏轻对偶之文的态度。

关于古文，卷二载："元结唐《中兴颂》，率三句为韵，人皆谓结创为此体，非也。盖效秦《泰山》《会稽》等颂耳，皆以三句为韵。《会稽颂》云：'皇帝休烈，平一宇内，德惠修长。卅有七年，亲巡天下，周览远方。遂登会稽，宣省习俗，黔首斋庄。'云云。自秦以后，文士罕为此体，故江左人至作两句读之，而不得其韵。齐范云始能作三句读之，近世碑碣之文，亦有以三句为韵者，此却自结倡之也。"①元结是古文运动的先驱，其作文三字为韵，正是对骈体文大胆的反抗。《云谷杂记》此则记载，反映了张淏对古文的推崇。

又如，卷二载："韩退之、段成式皆有《送穷文》。退之之作，固不下成式。姚铉编《文粹》，录成式而不取退之。《平淮西碑》，亦只载成式父文昌所作。铉自谓所编辍菁撷华，得唐人文章之精粹。举此一端，则谓得唐文之精粹，可乎？"②《唐文粹》编于宋初，姚铉取段成式之作而舍弃韩愈之作，可见宋初推崇骈文甚于古文。张淏批判姚铉编《文粹》的时候未能识得真正精华之文，体现了张淏对韩愈之文的喜爱，也从侧面反映出南宋人更喜爱古文。张淏十分推崇韩愈，认为"吾尝评其文，雄深雅健，似司马子长，蔡、崔不足多也"③，韩愈是古文运动的倡导者，反对专讲声律对仗的骈体文，其文气势恢宏，雄深雅健。由此也可见张淏重视古文，轻视骈体文。

关于用字，张淏强调字句来源。卷二载："杜牧之宋本杜牧集作《九日齐山登高》云：'尘世难逢开口笑，菊花须插满头归。'开口笑字似若俗语，然却有所据。《庄子》：人上寿百岁，中寿八十，下寿六十。除病瘐、死丧、忧患，其中开口而笑者，一月之中不过四五日而已矣。"④如此考据，是因为张淏受到江西诗派的影响。江西诗派强调点铁成金、夺胎换骨，无一字无来处，追求字字有出处。张淏对黄庭坚十分推崇。卷三载："山谷《戏书秦少游壁》云：'化作辽东白鹤归，朱颜未改古人非。'此用令威事。《次韵宋楙

---

①张淏：《云谷杂记》卷二，载《全宋笔记》第七编第1册，大象出版社，2016，第31—32页。
②同①，第33页。
③同①，第33页。
④同①，第34—35页。

宗观东坡出游》云：‘人间化鹤三千岁，海上看羊十九年。’此用苏耽事也。化鹤、看羊，皆苏武事，其工的如此。”[①]可见，张淏推崇黄庭坚的作诗方法，推崇重视文字、重视诗文典故出处的作诗技巧。

在文学风格论方面，卷二载：“顾云序其集云：状语大言，则决起逸发，可以左揽工部袂，右拍翰林肩。是以荀鹤可并李、杜也。荀鹤之诗，溺于晚唐之习，盖韩偓、吴融之流，以方李、杜则远矣。然解道寒苦羁穷之态，往往有孟郊、贾岛之风……可谓善状三处景物者，如此等句，盖三百篇中之警策，其他往往伤于俚俗。前辈因之为太公家教，正以其语多鄙近也。”[②]在文学风格方面，张淏和其他人一样，认为杜荀鹤的诗鄙俗浅近，有郊寒岛瘦之风。

岳珂《桯史》

岳珂，南宋文学家、史学家。字肃之，号亦斋，又自号倦翁，生于南宋孝宗淳熙十年（1183），他长于经学，工于辞章。岳珂生活的时代，南宋王朝偏安江左，国势积弱，力主抗金的岳家又遭到朝廷中投降派的打击排挤。面对这样的社会现实，作者议论时政，难免慷慨激越。《桯史》如作者自序，创作完成于嘉定七年（1214），“嘉定焉逢淹茂岁圉如既望珂序”，“情见乎辞”，在貌似平实的叙述中，蕴含着深广的忧愤。

一、文学生态论

任何一个作家的创作心理与其生活经历和思想都是密不可分的，作家的创作个性和艺术人格属于主体心灵在审美活动中的具体表现，但也不免要受到客观社会环境的限制。要了解作品，必须先了解作者；要了解作者，应当了解其生活的时代，这是批评和欣赏文学作品的重要原则与方法。岳珂作为一个在文学、史学、书法艺术上都有相当大成就的著名学者，其学术成就与其思想有密切关联，岳珂在青少年时期为其祖父岳飞辩诬的同时，也怀有积极用世的热忱之心；中年时期因为官运亨通而对朝廷尽心尽力；到晚年因遭构陷罢官而产生了消极避世情绪。概括

---

①张淏：《云谷杂记》卷三，载《全宋笔记》第七编第1册，大象出版社，2016，第56页。
②张淏：《云谷杂记》卷二，载《全宋笔记》第七编第1册，大象出版社，2016，第35页。

岳珂一生的思想，儒家思想在他的思想体系中无疑占据了统治地位，而佛家的禅风、道家的清静无为和消极避世心态同样影响了他的生活和创作。

岳珂所处的时代，由于最高统治者的推崇，士人对理学多风向景从，文坛及政坛一时间充斥理学人物。岳珂当然也受理学影响很深，加之朱熹曾上书替岳飞辩解，岳珂对朱熹非常感激。《桯史》卷十三《晦庵感兴诗》开篇就热情赞颂了朱熹的学问深厚，说“朱晦翁既以道学倡天下，涵造义理，言无虚文”①，又具体列举了朱熹著作二十篇，足见岳珂对理学的重视。岳珂对这二十篇著作进行了总结：“驰骋今古，剟华反实，斯可谓志之所存者。”②

朱熹作为一个理学家，兼有诗人身份，他对于道与文的体用关系，情与理的对立和统一，具有深刻的体验和较为全面的认识，在朱熹以道德为本体的文学思想中，没有完全否认诗文的文学价值。朱熹对诗歌创作的要求是以情寓理和以理节情，即将出自个体的情感体验与群体的社会伦理规范结合起来。岳珂继承了朱熹的这种文道观，在《桯史》中以儒为主，兼有佛、道，秉承“公是公非”的文学观。

二、语言风格论

1. “笔颇冗漫”中提倡实证精神

岳珂在语言上“颇冗漫”，缺乏“简洁”，正是因为他以“公是公非”为写作目的，将时间、地点、人物、事件发展始末交代得清晰明确，不免篇幅加长，但也正因如此，《桯史》才具有了一些补史之阙的意义。由此看来，《桯史》看似冗漫的语言风格是为翔实地叙述服务的。

卷十《大散论赏书》中，岳珂首先交代了时间“绍兴壬午春”，接着以“既交兵”“攻大散关”“不下”写出事件的背景。文中，大将军姚仲先用“兵不可不费财，而责其万死之功；民不可不出财，而济其一时之急”向王参预说明了“兵民两相为用”的道理，得出了“不立重赏，何以责人”的结论。接下来王参预答书的内容却让“绂自惭悔，仲亦大恐”。王参预说道：

---

①岳珂：《桯史》卷十三，吴企明点校，中华书局，1981，第149页。

②同①，第152页。

"盖以大军十余万众，仰给于此，不得不爱养其民力，以固根本。有四川民力，则有三军，四川民穷，则三军坐困矣。"此答书态度不卑不亢，语言朴实有力，并乘胜追击，用"顾生民膏血，不容无功而得耳"驳斥了姚仲的"两相为用之策"，以两个问句论述了功赏的关系："若皆及将士，岂不可以立功？有功赏而未得者，何人也？"[①]岳珂用了四页的篇幅记录了两人的对话，看似冗长，实则条理清晰。

2. 质实中隐含文采的自觉追求

岳珂《桯史》的语言总体上质实朴素，但也有不少篇章富有文采，展示了作家深厚的文学功底。在卷三《馆娃浯溪》中作者先景后情，写道："台兮姑苏，舟兮太湖；食兮鲙鲈，曲兮栖乌。宿兮嫔嫱，修明兮夷光；二八兮分明，捧心兮专房。"岳珂此文继承了楚辞浪漫主义的传统，用"兮"字句囊括了姑苏的亭台、游览、美食、音乐，并用对偶的修辞使得句式整齐，极富表现力，营造了一种清新疏朗的意境。在后文中，岳珂由景及情，引经据典，以四个整齐的六字句作为警醒——"观马嵬之威垂，涣七萃之欲离；殆尤物以说焉，仅平达于巴西"。气势充沛，感染力浓郁，用以引出后文"吁不危哉！"[②]的论点，展示了作者纯熟的艺术功底。

三、宋代文人的文学思想

《桯史》有很多条笔记涉及宋代的著名人物，其中有苏轼、辛弃疾、王安石和范成大等。书中翔实记录了这些文人的文学思想，这对于进一步研究他们的作品有帮助。

1. 苏轼的"无法之法"

在宋代作家里，创作个性得到充分发挥并产生了巨大影响的，无疑当首推苏轼。他是宋代文学思想发展到成熟阶段的代表人物。《桯史》卷二《东坡属对》记述了苏轼之事，首先介绍了当时的社会背景及文人日常生活，"承平时，国家与辽欢盟，文禁既宽，辂客者往来，率以谈谑诗文相娱乐"，接着讲述了辽使用"三光日月星"这一奇对为难苏轼的逸闻，但东

①全文见岳珂《桯史》卷十，吴企明点校，中华书局，1981，第113—117页。

②全文见岳珂《桯史》卷三，吴企明点校，中华书局，1981，第28—31页。

坡“唯唯。谓其介曰‘四诗风雅颂’”[①]，用自己的才华让辽使折服。苏轼在《诗颂》中说：“冲口出常言，法度去前规。人言非妙处，妙处在于是。”也就是说，法度是要的，但不能拘泥于“前规”。诗歌妙处正在于灵活自然、脱口而出，不受法度的束缚、限制，这就是“无法之法”。

2. 辛弃疾的“以文为词”

辛弃疾词的内容博大精深，风格雄深雅健，对社会现实有着清醒深刻的认识。岳珂在年少时就颇仰慕辛弃疾，并详细记述了和辛弃疾的交谈过程。岳珂在《桯史》中继承了辛派词人的写作风格，不仅抒情言志，更在字里行间议论说理。卷三《稼轩论词》中开篇提到，辛弃疾虽然年老多病，但颇愿提携后辈，“稼轩偶读余《通名启》而喜，又颇阶父兄旧，特与其洁”。岳珂还交代了辛弃疾的癖好，“稼轩以词名，每燕必命侍妓歌其所作。特好歌贺新郎一词，自诵其警句曰：‘我见青山多妩媚，料青山见我应如是。’”[②]书中记载了岳珂与辛弃疾的一段趣事：岳珂年少时，机智勇敢，聪慧过人，在稼轩“顾问再四”无人应答的情况下，岳珂“率然对曰”，使得“稼轩喜，促膝亟使毕其说”，两人交流之后，辛弃疾更是大喜，“酌酒而谓坐中曰：‘夫君寔中予痼。’”[③]

3. 王安石的崇经重道

《桯史》中对王安石的记录非常详细，涉及王安石事迹的有《犇粗字说》《金陵无名诗》《王荆公》《尊尧集表》《武夷先生》《爱莫助之图》六条。王安石以政治家自诩，文学上以重道崇经为指导思想，重视文学的实际功用。卷二《犇粗字说》记载了苏轼质问王安石，王安石“无以答”的故事。苏轼说：“牛之体壮于鹿，鹿之行速于牛，今积三为字而其义皆反之，何也？”[④]岳珂以此讽刺王安石变法。卷十一《尊尧集表》中，岳珂借了翁之口对王安石极尽奚落，写到“今比安石为钦王之臣，则方神考为何代之王，又况一人幸学，列辟班随，至尊拜伏于炉前，故臣骄倨而坐视，百官气郁，多士心寒，自有华夏以来，无此悖倒之礼”[⑤]。虽然岳珂对王安石

---

①岳珂：《桯史》卷二，吴企明点校，中华书局，1981，第16页。

②岳珂：《桯史》卷三，吴企明点校，中华书局，1981，第38页。

③同②，第38—39页。

④同①，第14页。

⑤岳珂：《桯史》卷十一，吴企明点校，中华书局，1981，第128—129页。

的评价不高，但这与当时的新旧党争、与王安石变法的激烈程度有关系。《桯史》中有些作品论点鲜明、逻辑严密、说服力强，在一定程度上受到王安石风格的影响。

俞文豹《吹剑录》《吹剑续录》《吹剑三录》《吹剑四录》《清夜录》

俞文豹，约生活于公元1240年前后，字文蔚，号堪隐，括苍（今浙江临海）人，著有《吹剑录》《吹剑续录》《吹剑三录》《吹剑四录》《清夜录》等笔记著作。作者自称创作于淳祐三年（1243），“淳祐三年人日，括苍俞文豹文蔚序”。

一、影响文学创作的个人因素

文学是由人创作的，文学说到底是人学，会体现人的本质、特性、思想和情感。作家个人的人格对文学创作影响颇深。俞文豹的笔记中对这一点多有涉及。

1. 重视作者的人生态度与作品的关系

俞文豹认为，了解一个人，不应仅仅看其成就大小，更应注重观察其人生态度与人格涵养。例如，《吹剑录》认为，韩愈写的《佛骨表》用语豪壮，即使是论及生老病死与福气祸患，似乎也不能触动韩愈的内心。而当韩愈写到潮起潮落、海水倒涨、海风劲吹这些自然现象时，其素来的英勇豪气却都消失殆尽了。韩愈在谢表中陈述并夸奖圣上的德行，哭泣着诉说自己的艰难，读者读之仿佛能触摸到他的凄凉。

俞文豹在研究韩愈时，对韩愈对待佛教的态度有所考究，认为韩愈“至于佛法，亦复屑意”[①]。韩愈在《答孟简书》中记载，潮州地区有一僧人名号为大颠，其人颇有智慧，懂得很多实用的人生之理，某日邀请他一同游玩，逗留了十几天，韩愈发现其确实识大体，处事能够有条不紊，不为外物扰乱。韩愈与他交谈，虽然不能完全理解他的观点，但听了他的话之后仍然能豁然开朗，心情舒畅，遂与之往来，到海上祭祀的时候还拜访过他的居所，大颠又一次来到袁州时，也留下自己的衣服作为纪念。俞文

---

①俞文豹：《吹剑录》，载《全宋笔记》第七编第5册，大象出版社，2016，第66页。

豹说："文豹见《宗门统要》记，公与颠问答，疑其诞谩，观公此书，似不诬也。"[①]

历代人们探讨韩愈和大颠来往的问题，常常着眼于韩愈是否曾经崇佛信佛。俞文豹根据韩愈文章及历史文献，得出结论，认为韩愈仍是排佛的。他认为，自从佛教传入中国后，凡是为僧人写作碑记的，都用梵语书写，唯独韩愈的《送文畅序》"不肯自叛其教"[②]，坚持使用本土语言，其排佛之意很明显了。

2. 关注个人气质对文风的影响

个人气质在很大程度上能影响一个人的文风。俞文豹记载："韩文公、荆公皆好《孟子》，皆好辨。张籍曰：'与人商论，不能下气。'元城曰：'金陵不可动者，以能强辨。'"[③]俞文豹认为这三个人都是好斗且好胜之人，只是孟子偏向以言辞取胜，韩愈偏向以气节取胜，王安石偏向以感情取胜。俞文豹风趣中肯地指出三人性格上的共同特点。三人都固执倔强不让人，这样的性格决定了他们具有相似的审美倾向，因而文风相似。

二、关于文学的总体观点

俞文豹的《吹剑录》虽是一部笔记作品，但从他对他人作品的评述中，可以看出他的文学观点。

1. 文学在继承与创新中发展

继承与创新是人类社会面临的重要问题，文学是通过在继承前代成果的基础上有所创新，从而一代一代发展的。宋朝尤为注重文学的继承与创新。

作为宋人，俞文豹自然主张继承和学习前人成果并不断探究。他对于孔子所说的"加我数年，五十而学易，可以无大过矣"如此解读："盖学到则理到，年长则识长。胡文定作《春秋传》凡四十年，屡删屡改，及书成，旧录存者无几。"[④]他认为随着学习程度的加深，事件背后所反映的道理会

①俞文豹：《吹剑录》，载《全宋笔记》第七编第5册，大象出版社，2016，第66—67页。
②同①，第60页。
③同①，第75页。
④同①，第55页。

不言自明。胡文定作《春秋传》用了四十年，经过屡次删改后，成书与初次下笔时的内容大不相同。认识是一步一步成长的，并不是初见就能认识得很深刻。文学也是这样，要在不断学习中进步发展。

2. 文学是文与质的统一

文学的发展始终伴随着文与质的争论。文指文章华丽有文采，是外在的形式；质指文辞质朴、朴素，是内在的本质。

随着社会的发展，文日盛，质日衰，有的文章中，文甚至超过了质的部分，俞文豹认为这是不合理的，文与质应该达到一种相对平衡的状态。比如，《原涉》仅用十几个字就讲清了一名寡妇不幸被玷污之后变得淫荡的事件，而柳宗元《河间传》却极力描写妇女的淫荡丑状。“又《捕蛇说》即苛政猛于虎之谓，《礼记》以八十言尽之，子厚乃六百字，文日胜，质日衰，可以观世变矣。”[①]《原涉》与《礼记》都能以极简的语言描述事件，达到劝诫的效果，而后世柳宗元的《河间传》与《捕蛇说》则大篇幅地描写无关紧要的细节，俞文豹认为这是多此一举，适当地修饰即可，不必极尽描绘之能事。

3. 对文学作品的解读需出新意

文学自其诞生之日起便与作者在某种程度上失去了联系，等待它的是读者的翻阅与鉴赏。对于文学的解读，俞文豹认为不能循规蹈矩沿用别人的意思，他赞赏旧瓶装新酒，即从熟知的内容中解读出全新的含义。例如，“《长恨歌》：‘两处茫茫都不见。’人谓是目连救母。孟浩然诗：‘春眠不觉晓，处处闻啼鸟。夜来风雨声，花落知多少。’人谓是盲子”[②]。他又记载，王安石所居住的地方旧时是谢安的居所，谢安在此地修了一个石墩，后世称其为谢公墩，王安石调侃写诗曰“公去我来墩属我”，俞文豹说，“人谓与死人争地界”[③]。

对于“两处茫茫皆不见”，常规的解读是运用浪漫主义的手法，讲唐玄宗命方士苦苦寻觅杨贵妃，却渺渺茫茫无踪迹，有人却觉得像在描写目连救母。孟浩然的《春晓》本来只是客观描写了春日早晨初醒时的情景，表

①俞文豹：《吹剑录》，载《全宋笔记》第七编第5册，大象出版社，2016，第63页。
②同①，第89页。
③同①，第89页。

达了诗人喜爱春光，热爱大自然的情愫，有人却说这写得像盲人看不见景。王安石《谢安墩》诗前几句本是王安石对谢安的调侃，是一种幽默的写法，有人却说这是“与死人争地界”。虽然这些全新的解读不一定正确，但颇有创意。作者将它们集录于此，可见他对于创新解读的包容。

4. 尊重客观事实的思想倾向

俞文豹认为文学要写实，要以写实的精神描述一切客观事物，对日、月等所敬重的事物更是不能随意戏谑。

> 月与日并明，皆天子所敬事。而词人墨客，以嫦娥之说吟谑嘲弄，极其亵狎。至云：“一二初三四，蛾眉天上安。待奴年十五，正面与君看。”①

俞文豹反对以浪漫主义的手法拿月亮开玩笑，认为是大不敬。他又认为歌颂功德、吟咏事物的诗歌最难写，“盖欲指实也”②。他倾向于客观描述事物，认为诗贵在写实，诗的意境要从自然中感悟而来。“夫不入虎穴，焉得虎子？”选取情境的时候，需要到最难、最险的地方，才能写出新奇的句子。

5. 格去外物的理学思想

宋朝人注重诗词的“理”，缺乏对意境的营造。俞文豹身处南宋，自然深受理学思想影响，他坚持文学应该合“理”。

> 文豹续集妄以《大学》格物之说为杆格之格，谓格去外物，则良知至矣。或谓《诗》曰“有物有则”，《易》曰“君子以言有物”，《传》曰“纳民于轨物”。愚按《乐记》曰：“人生而静，天之性也。感于物而动，性之欲也……”审如此说，是在内则为物，在外则为欲，余所谓格去外物，正谓此也。③

俞文豹引用《礼记·乐记》，认为人的心境极易受其他事物诱惑，从而

①俞文豹：《吹剑三录》，载《全宋笔记》第七编第5册，大象出版社，2016，第121页。
②俞文豹：《吹剑录》，载《全宋笔记》第七编第5册，大象出版社，2016，第90页。
③同①，第104页。

发生改变，泯灭善良本质，追求无穷无尽的个人私欲。格去外物就是说要使人的内心摆脱不正当的诱惑，如此，人的良知就会显现。俞文豹认为，应“格”去“物”与“欲”，文学应该是合乎“理”的。

6. 欣赏文学作品需尊重作者本意

俞文豹认为，文学批评应尊重作者本意，要对作者本意做符合客观实际的解读。

> 《论语》本记圣门言行日用常行之道，诸家训解，愈索愈深。如时习者，不过曰时时习熟耳。而先儒乃谓有日中时，如昏定晨省，朝听昼访，中夜以思，坐以待旦之类；有时中时，如春夏学干戈，秋冬学羽籥之类；有岁中时，如五十学《易》，七十从心之类。①

对于《论语》，后世的解读可谓数不胜数，但俞文豹认为有些解读超出了作者的本意，有过度解读之嫌。在欣赏文学作品时，不能臆断，如此方能对作品客观公正地做出自己的判断。

7. 考究引用内容的原始出处

对于古代文学典籍，俞文豹认为引用时要准确，要从最原始的出处摘录。他提及，苏轼在钱塘湖旁边居住工作的时日，每每写作需有所援引的时候，“虽熳熟事，亦令检视”。杨亿也是这样。“杨文公作文用事，必检出处，以之录成片纸，黏缀成幅。盖明公多为博闻强记所误。如宗学补试，出《公子与礼相应赋》，以应字作去声。宗学堂试出《道之大原出於天论》，以于作於。补试《风雅蔼孤骞诗》，以骞作骞。平江补试出《圣人能内外无患赋》，韵脚添唯字，以唯作惟。皆致喧哄，盖《尚书》惟字皆从心。《毛诗》惟字皆从系。《左传》惟字皆从口。陈尚书兼翰林院学士，草延昌公主诰词，用本枝字。上问《毛诗》本支字无木。退翁引《西汉诸侯王表》，上曰：‘何不且从本经。’退翁寻论去。《左传》‘本枝百世’却亦从木，要当以本出处为正。”②古代典籍经过历代口传笔录难免会有差错，后人在引用时应当追根溯源，无论是字词还是语句都应谨慎对待，尽量做到万无一失。

---

①俞文豹：《吹剑三录》，载《全宋笔记》第七编第5册，大象出版社，2016，第105页。

②同①，第142页。

三、文章写作的规范

每个人在生活中都离不开写文章，或多或少会有感而发，行之于笔端。俞文豹在自己的写作实践中总结出自己关于写文章的观点，并将它们记录下来。

1. 提倡理性精神

宋朝以理性为文之根本，尚理是宋人特殊的风格及创作方式。《吹剑录》载：

> 东坡曰“唐无文章，惟《送李愿归盘古序》一篇而已”。文豹谓“曲眉而丰颊，清声而便体，秀外而惠中。飘轻裾，翳长袖，粉白黛绿者，列屋而闲居，妒宠而负恃，争妍而取怜”。此数句可去。①

苏轼认为《送李愿归盘古序》是唐代文章的代表，无可挑剔；俞文豹则认为这篇文章中“曲眉”数句可以删去，这与他们各自的文学思想息息相关。“曲眉”一段是描写当权者家妓的美貌与她们的舞姿神态的。俞文豹深受程朱理学的影响，对于不符合礼法的描写持排斥态度，而苏轼的思想与程朱理学是相异的，不排斥这样的描写。

2. 文辞含蓄但一针见血

俞文豹强调，创作时应在言简意赅的表述中显示出深刻的含义，使人体会到意犹未尽的妙处。他认为，文章应写得含蓄而一针见血，因此他对于韩愈的文章极为称赞。《吹剑录》认为，韩愈的《伯夷颂》欲怪罪周武王，但字里行间没有一个字眼提到武王，到文章最后才提及“虽然，微二子则乱臣贼子接迹于后世矣”②。这简短的表述中也没有“武王”二字，只是说“二子”，其含蓄至此。俞文豹认为，韩愈这篇文章怪罪武王，其言辞“凛然如刀锯斧钺之加，而锋芒不露”③。韩愈之文像兵器一样锋利，且能做到“锋芒不露”。

要求文辞含蓄但一针见血，说到底就是要求作者善于使用春秋笔法。

①俞文豹：《吹剑录》，载《全宋笔记》第七编第5册，大象出版社，2016，第64页。

②同①，第60页。

③同①，第60页。

“此语微而显，春秋法也。”[①]微而显的春秋笔法能使得文章文辞含蓄而意义深刻。

3. 文章写作应紧扣主题

俞文豹认为，文章应紧扣主题，不能为了升华主题而写一些游离主题的多余语句。

> 《兰亭记》不入选者，以“天朗气清”，春言秋景，又“丝竹管弦”语重。文豹谓此特小疵，如“修短随化，终期于尽。古人云死生亦大矣，岂不痛哉”。又因“知一死生为虚诞，齐彭、殇为妄作”。此数句甚无谓。[②]

俞文豹认为《兰亭序》本是记录集会的过程，“死生亦大矣”“知一死生为虚诞”这些生老病死的感慨，看似意义深远，但与文章主题不合，完全可以删去。

四、关于诗词的透彻领悟

俞文豹在他的笔记作品中明确表达了他对于诗的观点：“诗可以为，可以不为，有其才，有其时，有其兴，则为之可也；志于功名，志于事业，则不为可也。诗不可无体，亦不可拘于体。盖诗非一家，其体各异，随时遣兴，即事写情，意到语工则为之，岂能一切拘于体格哉。”[③]在这段论述中，俞文豹谈到三点对诗歌的要求：言为心声、诗词无功利性和尊重诗词的不同风格。“诗可以为，可以不为”是说诗词创作要言为心声，内心有所触动才能形之于笔端。“志于功名，志于事业，则不为可也”指诗词创作不应该带有功利性的目的，强调诗词的无功利性，这是从反面来强调言为心声。“诗不可无体，亦不可拘于体”指的是要尊重诗词的不同风格，不排斥任何一种风格，每种风格都有它的优点，诗人应该不拘于体，创作不同风格的诗词作品。

---

①许顗：《彦周诗话》，载何文焕《历代诗话》，中华书局，1981，第381页。
②俞文豹：《吹剑录》，载《全宋笔记》第七编第5册，大象出版社，2016，第64页。
③同②，第86页。

1. 言为心声

言语是人们思想情感的外化。诗歌可以表达人类各种纷繁复杂的心境，将各种各样的情愫以文字的形式展现出来。俞文豹认同“言为心声”，如他提及：“杜工部流离兵革中，更尝患苦，诗益凄怆。《忆舍弟》诗：‘露从今夜白，月是故乡明。’《孤雁》诗：‘哀多如更闻。’其思深，其情苦，读之使人忧思感伤。”[①]杜甫在兵荒马乱的年月经历流离失所后，所写的诗歌更加凄怆。他又提道：

> 杜子美爱君之意，出于天性，非他人所能及。岑参诗：“圣朝无阙事，自觉谏书稀。”杜诗则云：“明朝有对事，数问夜如何。”孟浩然诗：“不才明主弃，多病故人疏。”杜诗则云：“圣朝无弃物，老病已成翁。”《长恨歌》：“宛转蛾眉马前死。”杜诗则云：“未闻夏殷衰，中自诛褒妲。”元微之诗：“寥落古行宫，宫花寂寞红。白头宫女在，闲坐说玄宗。”杜诗则云：“江头宫殿锁千门，细柳青蒲为谁绿。”[②]

“明朝有对事，数问夜如何”“圣朝无弃物，老病已成翁”“江头宫殿锁千门”，杜甫一生所念都是君王、百姓、社稷，对于君王的忠诚毫无保留地展现于诗歌中。俞文豹认为杜甫诗歌中的忠君之情，是诗人内心情感的真诚流露，这就是“言为心声”的典范。

2. 诗词创作应无功利目的

俞文豹既然提倡“言为心声”，自然反对文学具有功利性。他认为诗词应该是无功利性的，“（诗）志于功名，志于事业，则不为可也”。

俞文豹明确反对功利性。“文豹谓与其功利也，宁禅释。盖释氏本心，止在化人为善，其本旨止在识心见性耳。”[③]俞文豹认为文学不应该是功利性的，不应该为功名事业而作，文学应该是内心有感触见诸笔端而成。

---

①俞文豹：《吹剑录》，载《全宋笔记》第七编第5册，大象出版社，2016，第86页。
②俞文豹：《吹剑三录》，载《全宋笔记》第七编第5册，大象出版社，2016，第110页。
③同①，第66页。

对于时人谢表中表现出来的功利心，俞文豹表示不屑：

文豹见近世士大夫每求一阙，乞一郡，其未得之也，惟恐失之，才到任，便诉窘乏，述艰难，若有迫其行者。柳子厚《柳州谢表》三百三十字，皆是祈哀谢过之辞。古大国仅百里，今一郡千里，何负于士大夫，而若此。①

俞文豹列举了近世士大夫几篇谢表文——韩愈《袁州谢表》、欧阳修《滁州谢表》等，得出结论，认为近世士大夫所写谢表文功利心外露，事前请求给予土地，事后名曰答谢，实则述说管理之艰难，上报所取得的成就希求表扬，功利之心可见一斑。俞文豹反对这种功利性。

3. 尊重诗歌风格的多样性

俞文豹认为“诗不可无体，亦不可拘于体”。他尊重诗歌风格的多样性，认为诗歌不可以漫无边际、随意书写，但也不可以拘泥于固定的格式，失去自由。

《吹剑续录》记录了苏轼幕客与苏轼的对话。苏轼询问幕客对于自己词作与柳永词作的看法，幕客回答说，柳永的词作只适合十七八岁的小女孩“执红牙拍板，唱‘杨柳外，晓风残月’”②，而苏轼的词，则须豪壮的男子“执铁板唱‘大江东去’”③。苏轼认为幕客分析得颇有道理。诗词风格因人而异，并没有优劣之分，每种风格都有自己的优势与特点。多数伟大诗人都形成了自己独特的风格，苏轼与柳永也是如此。他们的词作风格迥异，但都在古代中国诗词史上占据重要位置。俞文豹认识到，柳永与苏轼词风迥然不同，他们的词作一个温婉一个豪放，各有各的特点，但没有优劣之别。他尊重诗词的自由性，认为各种风格的作品可以争奇斗艳。

4. 推崇晋宋间的诗

在历代诗歌中，俞文豹有自己的偏好，他认为晋宋间诗歌高妙而意

---

①俞文豹：《吹剑录》，载《全宋笔记》第七编第5册，大象出版社，2016，第75页。
②俞文豹：《吹剑续录》，载《全宋笔记》第七编第5册，大象出版社，2016，第95页。
③同②。

义深远，非其他朝代诗歌可比。《吹剑三录》高度评价谢灵运的名句“池塘生春草”，认为杜甫的“蚁浮仍腊味，鸥泛已春声”是学习此句而作，但“已”字使诗句略显浅露。至于陆龟蒙的诗句“草色故应知”就更加浅露了。“则知晋、宋间诗高妙简古，非唐人可及。”[①]

5. 注重诗眼与炼字

俞文豹认为好的诗歌必有诗眼。诗眼是一首诗歌的精华，透过它可以明显地看出诗歌的内涵。他提及，“诗有一联一字，唤起一篇精神”[②]。如杜诗《新婚别》“妾身未分明”展现未成婚已离别的情景，可见征行之速。《鹅儿》诗“引颈嗔船过”，一“嗔”字写尽鹅儿之状。《望观弟未至》“抛书示鹡鸰”，“抛”字将等待别人而对方迟迟未到时内心的焦虑生动地展现了出来。《禹庙》诗“江声走白沙”，一“走”字使得古庙顿有神气。俞文豹认为诗眼是一首诗的关键。

6. 关于摘句

俞文豹认为，好的诗歌必定有能流传千古的好句子，在《吹剑录》中，他摘取了一些“无人收拾”的好句子，极赞这些句子的完美。

自古至今的诗人，多多少少有些佳句，若没有人辑录便只能散落于历史中。俞文豹摘出来的有梁次张《题钓台》：直令万乘高凡眼。郑克诗：只缘是处人情好，赢得平生醉日多。陈梦建《鹭》诗：溪清水浅鱼能儿。陈秋塘诗：但觉新来懒上楼。姜梅山诗：诗到淡中方有味。赵东山诗：春云晴雨多。前辈诗：老重故乡人。[③]“省题诗虽场屋末技，间有以此见取，如湘灵鼓瑟诗：‘曲终人不见，江上数峰青。’鸿雁来宾诗：‘江南知有主，塞北远来宾。’凉风新过雁诗：‘系帛书犹湿，衔芦迹未陈。’仲秋夜迎寒诗：‘露凝仙仗肃，风猎舞衣单。’”[④]俞文豹看到一些好句子散落于历史长河中，甚觉可惜，于是收拾集录到自己的笔记中，可见他对于“佳句”的欣赏和对“摘句”批评方式的偏爱。

《吹剑录》还摘录了高蟾的未第诗，并提及自己进行过模仿。“高蟾未第诗‘不向春风怨未开’雍容闲雅，全无蹙迫气象。至贾浪仙则云：

---

①俞文豹：《吹剑三录》，载《全宋笔记》第七编第5册，大象出版社，2016，第108页。

②俞文豹：《吹剑录》，载《全宋笔记》第七编第5册，大象出版社，2016，第87页。

③同②，第88页。

④同②，第91页。

下第惟空囊，如何住帝乡。”[①]“余常爱蟾诗，因对梅用其韵，然终不似其意之富贵。”[②]俞文豹模仿高蟾诗句的韵味创作，但终究不能领悟其韵味。

俞文豹也常摘出诗词中的名句进行对比。例如，“子美《月》诗：‘卷帘还照客，倚杖更随人。’不如太白二句感发，曰：‘今人不见古时月，今月曾经照古人。’又‘结束多红粉，欢娱恨白头’，不如康节二句风韵，曰：‘花见白头人莫笑，白头人见好花多。’李颀诗：‘请量东海水，看取浅深愁。’李后主词：‘问君能有几多愁，恰似一江春水向东流。’秦少游则以三字尽之，曰：‘落红万点愁如海。’而语益工”[③]。

7. 意在言外方得诗之本旨

绝妙的诗句往往是“言有尽而意无穷”的。俞文豹认为文学作品应当“意在言外”[④]。“意在言外”意思是说，语言的深层含义不能被明了地说出来，只有读者自己仔细体味才能明白。文学在语言之外包含无尽的内涵，承载作者的不尽之意，读者需以心会心，挖掘作者之意。

五、欣赏批评的精细化

任何一位作者都是在通过自己的作品表达自己内心的情志，都希望自己的作品能够找到“知音”。可是，作品从写成的那一刻开始，就不再受作者的控制了，作品中的信息将被怎样解读和接受，很大程度上取决于读者的理解。然而，读者对作品的理解与读者的性情、修养乃至心绪都有很大的关系，必然会因人而异、因时而异。对于前代的作品，后代很多文人都有自己的理解，但有时候由于个人的原因会出现差误。俞文豹对于前代人的作品也有自己的理解。

1. 仔细考证古代作品

俞文豹对于古代典籍中出现的信息探本溯源，无论是字形还是读音，俞文豹都追求极致的准确。

---

①俞文豹：《吹剑录》，载《全宋笔记》第七编第5册，大象出版社，2016，第91页。

②同①。

③同①，第87页。

④同①，第121页。

对于古代诗歌中的句子，俞文豹考究《韵略》《韵书》，根据它们判断其是否合韵律：

> 嘉熙四年科举，蜀士避地者并赴寓试，出万点蜀山尖诗，《韵略》无尖字，于时不闻有上请者。又杜诗"痛饮已判人共弃"，《韵书》亦无判字。[①]

俞文豹在读书过程中精益求精，仔细考证，力求做到准确把握。

2. 对古书信息严格辨误

古代文人学者读书并不尽信书，他们往往能在读书过程中发现前人的错误。俞文豹在阅读文学作品时不仅局限于翻阅，对书中错误也一一摘录并加以修正。例如，他提道："'入则无法家拂士'当如《诗》'四方以无拂'，音咈。若依注作'弼'字，则凡有位者皆弼士，何足与法家、敌国并言。"[②]对于"入则无法家拂士"中"拂"的理解，俞文豹不赞同朱熹的解释，他认为不应理解为"弼"，而应解为"咈"。又如，他提及："又公《秦州》诗：'万方声一概，吾道欲何之。'王洙注：'声，鼓角声也。时方用武，吾道无所施。'此说非也，盖公以论房琯坐贬，叹言者如寒蝉，而己如独鸟，万方一概，我道其谁与归。"[③]俞文豹认为，对于杜甫《秦州》这首诗的解读，王洙的注有差错，"声"不是指鼓角声，而是指人们的言语，"万方声一概"是说周围的声音都一样，只有自己好像是个另类。

3. 正确把握断句

对于古代典籍中的句子，俞文豹在阅读批评的时候勇于提出自己的见解，对断句不合适的地方，俞文豹一一摘录，并有理有据地给出他认为正确的断句。例如：

> 《小旻》诗"如彼筑室于道谋，是用不溃于成"师训相承，皆作两句。文豹谓当作三句："如彼筑室"作一句，"于道谋是用"作一

①俞文豹：《吹剑录》，载《全宋笔记》第七编第5册，大象出版社，2016，第82页。
②同①，第55页。
③同①，第87页。

句，“不溃于成”作一句。盖上文云：“匪先民是程，匪大猷是经。”则下文是字亦当如此点。[①]

关于《小旻》诗，俞文豹认为古人断其为两句是错误的，应该断为三句。自古至今，人们尤为重视句读。不会断句或者断句错误，就不能准确地理解文章的含义。俞文豹对断句的重视是合理的。

4. 全面评论作家作品

大江东去词，三江、三人、二国、二生，二故、二如、二千字，以东坡则可，他人故不可。然语意到处，他字不可代，虽重无害也。今人看人文字，未论其大体如何，先且指点重字。[②]

俞文豹认为，苏轼的《赤壁怀古》，出现三个江、三个人、两个国、两个生、两个故、两个如、两个千，若其他人一首词中出现这么多重字，未必能写好。诗词作品应尽量做到不重字，但如确实无法避免，俞文豹认为重复也是可以的。当时人在评论诗词作品时不管作品整体如何，看到重字就认为不好，俞文豹认为这种评论方法是不可取的。

六、语言的审美追求

俞文豹对文学作品的语言有自己的要求。

1. 词语简明，意义详尽

俞文豹认为，文学作品应该以极简的方式表达最多的含义。他注重语言的提炼，认为言简意明的句子最好：

启札中颂德，已是浮夸，今诰词尤甚。每大除拜，内外制代言，务为谀辞。褒扬铺述，极其工致。无复人主告臣下之礼。尝观汉武帝策封广陵王曰：“大江之南，五湖之间，其人轻心。……《书》云：‘臣不作福作威，靡有后羞。’王其戒之。”文中子谓汉制诏几典诰，

---

①俞文豹：《吹剑录》，载《全宋笔记》第七编第5册，大象出版社，2016，第118页。
②同①，第92页。

信哉。如《微子之命》及《康诰》等篇，即今诰词也。微子周宾，故略称其善，然亦不过曰：“尔维践修厥猷……”数语而已。至于《康诰》则谆谆戒饬，未尝一言称美之。至云“小子封恫瘝乃身”，犹言以东土病汝，毋以有国为乐也。孝宗曰：“朝廷批降，如士人作文，须字字锻炼。”文豹每观皇上御笔批降，辞语简明，而意义详尽，隐然有典诰之风，反胜于代言者。①

俞文豹认为，好的文字应该是以最少的字表达最多的含义，士人文章应如此，典诰文章更应这样。俞文豹感慨于当时诰词文多为臣子代写，多谄谀之词，毫无人主对臣下的礼节，甚至不如皇帝亲笔所写，废话连篇，不能直奔主题。他认为诰词应做到语词简明而意义详尽，这是对诰词的要求，也是对所有文学作品的期许。

俞文豹记载，有一次，“东坡问秦少游：‘别后有何作？’”秦观找出他写的句子“小楼连苑横空”。苏轼评论说：“十三个字只说得一人骑马楼前过。”②俞文豹指出，苏轼的“试问别来愁几许”，也是以许多字仅仅表达了秦观“愁如海”三个字的含义。这里，他以语词是否足够简约来衡量文句的优劣。

俞文豹对语言的重视贯穿于其整本笔记中。《吹剑三录》指出，杨万里《腊肉》诗云“霜刀黄水精切下，玉斧削出红松明”，形容割一块肉先用刀又用斧。而杜甫诗“束比青刍色，圆齐玉箸头”，不用一个与斧、刀有关的字眼，却意境全出。《吹剑三录》将韩愈1500多字的《平淮西碑并序》、元结268字的《磨崖颂并序》和苏轼800多字的《表忠观碑》做对比，认为韩愈此文稍显冗长，废话偏多，行文不是非常谨严，文章尚可修正，“故次山自谓老于文学”③。俞文豹多次强调文学语言应言简而意丰。

2. 不用惯常字

俞文豹对诗歌语言，除了要求其简明，还要求其要有创新性，特别注重字眼的运用，希望能自创新词而出于古人之上。例如，《吹剑三录》载：

---

①俞文豹：《吹剑三录》，载《全宋笔记》第七编第5册，大象出版社，2016，第115页。

②同①，第113页。

③同①，第114页。

"顷见有古琴袋织成一诗云：'妓女春梢俵绛纱。'疑是孟蜀或藩国宗戚所作，春梢者，春末也，二字甚新。"[①]俞文豹认为"春梢"二字甚新，以往文人表达"春末"的含义只会用"春余""晚春"，用"春梢"形容"春末"，别具匠心，更出新意。又如，《吹剑三录》载："韦应物诗'复此对床眠'。东坡《与刘寺丞》诗：'与君对床听夜雨。'又《宿净行院》诗：'林下对床听夜雨。'则同游皆可言对床。自子由《别东坡》诗云：'误喜对床听夜雨。'又坡《寄子由诗》：'已作对床声。'由是人以对床为兄弟事。"[②]"对床"一词先前表示同游之意，但自苏辙《别东坡》和苏轼《寄子由》之后，人们以"对床"为"兄弟事"。这也是一种创新。俞文豹还高度赞扬苏轼创作"雪"诗时，不用一个与"雪"有关的字眼，认为其高妙处自不可言。[③]

从俞文豹对古人之创新的记载中，不难看出俞文豹欣赏那些使用常见的字词，却能独出新意的诗词作品。

3. 不作脂粉语

俞文豹除了要求不用惯常字，还要求不用脂粉语。俞文豹指出，当年杜甫在兵荒马乱中，写诗云"香雾云鬟湿"。欧阳修、范仲淹铮铮铁骨，但欧阳修有词云"盈盈粉泪"，范仲淹词云"眉间心上"，又有"酒入愁肠，化作相思泪"。连林逋也有《长相思》词云"君泪盈，妾泪盈"，"惟荆公诗词未尝作脂粉语"[④]。

在俞文豹所列举的这些诗人中，无论是杜甫还是欧阳修，是范仲淹还是林逋，他们的诗词都或多或少含有脂粉语，有香雾云鬟、盈盈粉泪、相思泪之类的意象，只有王安石的诗词没有脂粉语。俞文豹赞同王安石这种不作脂粉语的创作习惯，这与他对于理性精神的推崇不谋而合。

4. 强调对偶，自然天成

作诗讲究对偶。好的对偶句应当是自然天成的，如果对得不自然，就会失去对偶的意义。

俞文豹提倡作文应讲究对偶。他提出："作文援经须对经，史须对

①俞文豹：《吹剑三录》，载《全宋笔记》第七编第5册，大象出版社，2016，第110页。
②同①。
③同①，第112页。
④同①，第112页。

史，三代须对三代，汉、唐须对汉、唐。荆公诗：‘一水护田将绿绕，两山排闼送青来。’护田、排闼，皆汉事。东坡诗：‘嵇绍似康为有子，郗超叛鉴似无孙。’皆晋人。稼轩上梁文：‘吾亦爱吾庐，卿自用卿法。’皆晋语。若乐天诗：‘周公恐惧流言日，王莽谦恭未篡时。’则非类矣。”①

俞文豹认为一联中上下句须用词一致，上句出自经，下句也须出于经，上句出自史，下句也须出于史，上句出自汉代，下句也须出于汉代，上下句所涉及的人、事、语都应该互相对应。

陈郁《藏一话腴》

陈郁（1184—1275），字仲文，号藏一，抚州崇仁（今属江西）人，有《藏一话腴》四卷。此书内容丰富，既有朝廷的逸闻、逸事，又有文史杂论，对南宋史学、文学研究尤有参考价值，包含丰富的文学思想。

此书对于南宋江湖派作家的评论独出心裁，颇有见识。此书记载，姜夔虽然无官无职，然而作为诗人，能保持人格的独立，不卑躬屈膝，以平等的心态与范成大、萧德藻等交游，诗词风格独特。作者用中国传统诗穷而后工的理论，分析姜夔取得创作成就的原因。甲集卷下载：“作诗作文，非多历贫愁者，决不入胜处。三闾厄而骚独步，杜少陵愁而诗冠古今。退之欲人辍一饭之费以活己，而文起八代，上窥至圣。孟郊斫山耕水，贾岛薪米俱无，穷尤甚焉。其诗清绝高远，非常人可到，良有以也。白石道人姜尧章，气貌若不胜衣，而笔力足以抗百斛之鼎；家无立锥，而一饭未尝无食客。图史翰墨之藏，充栋汗牛，襟期洒落如晋、宋间人，意到语工，不期于高远而自高远。黄景说谓造物者不以富贵浼尧章，而使之声名焜耀于无穷，正合前意。甚矣！士之贫贱不足忧，而学不充，道不闻，深可虑也。”②作者不仅探索姜夔取得艺术成就的原因，而且对其高妙自然的风格概括得很准确。

此书对于姜夔的影响十分重视。“白石姜尧章，奇声逸响，率多天然，自成一家，不随近体，有《诗说》行于世。三数十年来，曾景建、刘改之、张

①俞文豹：《吹剑录》，载《全宋笔记》第七编第5册，大象出版社，2016，第115页。

②陈郁：《藏一话腴》甲集卷下，载《全宋笔记》第七编第5册，大象出版社，2016，第17—18页。

韩伯、翁灵舒、赵紫芝、徐无兢、高菊涧诸公俱已矣。自余以诗鸣者，皆非能专传白石之镫。惟番阳张东泽授诀白石，攻研澄洁，骎骎欲溯太白而上之，余尝谓东泽家本两千石，而瓶不储粟，身本贵游子，而癯不胜衣；举世阿附，而日夜延骚人韵士，论说古今；客退吟余，寄趣徽轸，曾不一毫预尘世事。盖所养相似，所吟亦不相违，信诗人之不得不尚友师也。”[①]在论析姜夔诗歌的影响时，作者对姜夔的诗歌风格解释得十分深入。

对于江湖诗派诗人戴复古等的创作，此书也有一些可以参考的论述。对于周邦彦，作者能全面评价其人与其文学成就，而不是仅仅关注其词作。“周邦彦，字美成，自号清真。二百年来以乐府独步，贵人、学士、市儇、妓女知美成词为可爱，而能知美成为何如人者，百无一二也。盖公少为太学内舍选，年未三十作《汴都赋》，铺张扬厉。凡七千言，奏之。天子命近臣读于迩英阁，遂由诸生擢太学正，声名一日震耀海内。神宗上宾，哲宗置之文馆，徽宗列之郎曹，皆自文章而得。”[②]评价可谓全面客观。

此书对一些散文进行了追本溯源：“李华《吊古战场文》本于庾信《哀江南赋》，韩愈《送穷文》本于杨雄《逐贫赋》，李白《大鹏赋》本于司马相如《大人赋》，而相如《大人赋》又本于屈原之《远游》，皮日休《桃花赋》殆出于舒元舆《牡丹赋》，若柳宗元之《乞巧文》，刘禹锡之《问大钧》，则同时而暗合者也。”[③]作者既重视文学的继承，又充分注重文学创作中复杂的思维活动，认为有时不同作品会殊途同归，表现出相似性，并非都是继承关系。

俞成《萤雪丛说》

俞成生平不详，字元德，东阳（今属浙江）人，有《萤雪丛说》二卷。据作者自序，创作于庆元六年（1200），“庆元庚申八月望日东阳俞成元德漫录”。此书涉及宋人读书、行事、言谈、文学等，有一定参考价值，包含丰富的文学思想。

此书论写作技巧，很有参考价值。卷上《陈同甫议论作文之法》载，

---

①陈郁：《藏一话腴》甲集卷下，载《全宋笔记》第七编第5册，大象出版社，2016，第45页。
②同①，第33页。
③同①，第38页。

“尝见陈同甫亮在太学中议论作文之法：经句不全两；史句不全三；不用古人句，只用古人意；若用古人语，不用古人句；能造古人所不能到处。至于使事而不为事使，或似使事而不使事，或似不使事而使事，皆是使他事而影带出题意，非直使本事也。若夫有布置开阖，首尾该贯，曲折关键，意思常新。若方若圆，若长若短。断自有成摹，不可随他规矩尺寸走也。苟自得作文三昧，又非常法所能尽也”[①]，充满辩证思维，很有见地。

此书论活法，深入浅出，卷上《文章活法》载：“文章一技，要自有活法，若胶古人之陈迹而不能点化其句语，此乃谓之死法。死法专主蹈袭，则不能生于吾言之外。活法夺胎换骨，则不能毙于吾言之内。毙吾言者，故为死法，生吾言者，故为活法。伊川先生尝说《中庸》‘鸢飞戾天’，须知天上更有天；‘鱼跃于渊’，须知渊中更有地，会得这个道理，便活泼泼地。”[②]比起宋代其他对活法的论述，此处的论证具体可感。对于如何作文，作者指出了学习先秦文章、破题等方法。

对于诗歌创作，此书特别强调炼字，卷上《诗随景物下语》载：“杜诗‘丹霞一缕轻’，《渔父词》‘茧缕一钩轻’，胡少汲诗‘随堤烟雨一帆轻’。至若骚人，于渔父则曰‘一蓑烟雨’，于农夫则曰‘一犁春雨’，于舟子则曰‘一篙春水’，皆曲尽形容之妙也！”[③]可见炼字贵在准确恰当。在这方面，杜甫是典范，此书《佚文》载：“老杜诗词，酷爱下‘受’字，盖自得之妙，不一而足。如‘修竹不受暑’，‘轻燕受风斜’，‘吹面受和风’，‘野航恰受两三人’，诚用字之工也。然其所以大过人者无他，只是平易，虽曰似俗，其实眼前事尔。”[④]真正的炼字不是晦涩艰深的，而是平淡中见神奇，不露痕迹，出神入化。

赵善璙《自警编》

赵善璙，生平不详，有《自警编》九卷。据作者自序，本书完成于嘉定十七年（1224），“宋嘉定甲申正月望汉国赵善璙序”。本书记录宋代名臣的嘉言懿行，有学问、操修、齐家、接物、出处、事君、政事、拾遗八类，对

①俞成：《萤雪丛说》卷上，载《全宋笔记》第七编第5册，大象出版社，2016，第229—230页。

②同①，第230页。

③同①，第228页。

④俞成：《萤雪丛说·佚文》，载《全宋笔记》第七编第5册，大象出版社，2016，第249页。

北宋名臣的记载尤为丰富，对于研究宋代历史有比较大的参考价值，且包含丰富的文学思想。

此书记载了宋代不少文学家的事迹，如钱惟演、范仲淹、石介、晏殊、欧阳修、富弼、文彦博、王安石、苏轼、司马光、黄庭坚等，内容比较丰富，对于全面认识这些作家的立身行事有参考价值。卷二载："晏元献公为童子试时，张文节荐之于朝，召至阙下，适值御试进士，便令公就试，公一见试题曰：'臣十日前已作此赋，草尚在，乞别命题。'上极爱其不隐。及为馆职，天下无事，许臣寮择胜燕饮，当时侍从文馆士大夫各为燕集，以至市楼酒肆往往皆供帐，为游息之地。公实以贫甚，不能出，惟家居与昆弟讲习。一日，选东宫官，忽自中批除晏殊执政，莫喻所因。次日，进覆，上谕曰：'近闻馆阁臣寮无不嬉游燕赏，弥日至夕。惟殊闭门与兄弟读书，如此谨厚，正可为东宫官。'公既受命，得对，上面谕除授之意，公语言质野，对曰：'臣非不乐燕游者，直以贫，无可为之具，臣若有钱，亦须往耳。'上益嘉其诚实，知事君体，眷注日深。仁宗时卒至大用。"①从中可以看出，晏殊不仅才华出众，而且诚实忠厚，其仕途发展之快与其人品有直接关系。

此书卷二赞扬范仲淹治家严格，节约勤俭："范文正公之子纯仁娶妇，将归，或传妇以罗为帷幔者。公闻之不悦曰：'罗绮岂帷幔之物耶？吾家素清俭，安得乱吾家法，敢持至吾家，当火于庭。'"②又赞扬司马光："观公大节与其细行，虽不可遽数，然本于至诚无欲，天下信之，故能奋然有为，超绝古今。居洛十五年，若将终身焉，一起而功被天下，内之婴童妇女，外之蛮夷戎狄，莫不敬其德，服其名，唯至诚故也。"③卷四赞扬尹师鲁高风亮节，"范公贬饶州，谏官、御史不肯言，师鲁上书言：'仲淹，臣之师友，愿得俱贬。'贬监郢州酒税。"④

此书还提及，北宋时读书在人们的价值判断中已经占据重要地位，卷三载："黄鲁直云：'四民皆当世业，士大夫家子弟能知忠信孝友，斯可矣。然不可令读书种子断绝，有才气者出，便当名世矣。'"⑤

---

①赵善璙：《自警编》卷二，载《全宋笔记》第七编第6册，大象出版社，2016，第36页。

②同①，第57页。

③同①，第36—37页。

④赵善璙：《自警编》卷四，载《全宋笔记》第七编第6册，大象出版社，2016，第88页。

⑤赵善璙：《自警编》卷三，载《全宋笔记》第七编第6册，大象出版社，2016，第75页。

叶大庆《考古质疑》

叶大庆，生卒年不详，有《考古质疑》六卷。此书涉及面广，历代史事、典章制度、文字训诂、诗词文章等都有所论述，尤其是对于诗词语词的考释较详尽，不但进行释义，还对其演变加以考索，有一定参考价值。书中包含比较丰富的文学思想。

此书卷六考索词、曲、谣等的发展历程，从先秦资料开始辨析，有参考意义。

卷四通过分析苏轼、苏辙二兄弟赠答诗的惯用语词，辨析语词的源头："'对床''听雨'，二苏兄弟酬答多用之。坡有《东府雨中别子由》诗曰：'对床定悠悠，夜雨空萧瑟。'《初秋寄子由》云：'雪堂风雨夜，已作对床声。'《在郑别子由》云：'寒灯相记对畴昔，夜雨何时听萧瑟？'《在御史狱》云：'他年夜雨独伤神。'《李公择故居》诗：'对床老兄弟，夜雨听竹屋。'又《初秋子由与坡相从彭城赋诗》云：'逍遥堂后千章木，常送中宵风雨声。误喜对床寻旧约，不知漂泊在彭城。'又子由《使辽在神水馆》云：'夜雨从来对榻眠，兹行万里隔冰天。'子由《舟次磁湖》云：'夜深魂梦先飞去，风雨对床闻晓钟。'此其兄弟所赋也，故后人多以为兄弟事。……至白乐天亦有《招张司业》诗：'能来同宿否，听雨对床眠。'故坡《送刘寺丞》云：'中和堂后石楠树，与君对床听夜雨。'以是观之，非独兄弟可用也。"①这段论述在矫正世人偏见上颇见道理。

张世南《游宦纪闻》

张世南，字光叔，鄱阳（今属江西）人，有《游宦纪闻》十卷。此书撰写开始于绍定元年（1228），结束于绍定五年（1232）冬。书中内容丰富，涉及风土人情、文物考古、人物事迹等，包含比较丰富的文学思想。

此书记载了江湖诗派一些人物的事迹，对于研究这个流派有参考意义。例如，书中记载了刘过的事迹。刘过为江湖派先驱人物。卷一载："刘过字改之，能诗词，流落江湖，酒酣耳热，出语豪纵，自谓晋宋间人物。其诗篇警策者，已载《江湖集》。尤好作《沁园春》，上稼轩词，已见岳侍郎

---

①叶大庆：《考古质疑》卷四，载《全宋笔记》第七编第7册，大象出版社，2016，第46页。

珂《桯史》，最为辛所喜。”[①]书中所录《沁园春》，有一首《龙洲集》未载：“寿皇锐意亲征，大阅禁旅，军容肃甚。郭杲为殿岩，从驾还内，都人昉见一时之盛，改之以词与郭云：‘玉带猩袍，遥望翠华，马去似龙。拥千官麟集，貂蝉争出；貔貅不断，万骑云从。细柳营开，团花袍窄，人指汾阳郭令公。山西将，算韬钤有种，五世元戎。旌旗蔽满寒空，鱼阵整，从容虎帐中。想刀明似雪，纵横脱鞘；箭飞如雨，霹雳鸣弓，威撼边城，气吞胡虏，惨憺尘沙吹北风。中兴事，看君王神武，驾驭英雄。’”[②]

王安石《字说》在北宋影响很大，然而粗浅之处很多。此书将《字说》与郑樵的《六书略》对比，认为后者后来居上。卷九载：“王金陵《字说》之作，率多牵合，故不免坡公之讥。建炎间，莆中郑樵字渔仲，作《六书略》，谓象形、谐声、指事、会意、转注、假借，从六者而生，总计两万四千二百三十五。期间惟谐声类最多，计两万一千八百一十。”[③]

谢采伯《密斋笔记》《续笔记》

谢采伯，生卒年不详，字元若，号密斋，著有《密斋笔记》五卷、《续笔记》一卷。其笔记乃是他退休后撰录以示儿子的，据作者自序，完成于淳祐元年（1241），“淳祐元年辛丑长至，谢采伯元若甫引”。谢采伯的笔记杂论经史、文艺等，史学价值较大，包含比较丰富的文学思想。

谢采伯论文重视立意高远：“余与客论文曰：‘今人文不及古人藻绘处？’客问：‘如何是藻绘处？’答曰：‘古人文纯是骨而后藻生焉，今人文尚无骨，安敢望其藻绘处？’客又问曰：‘如何是骨？’答曰：‘立意是也。字古不如语古，语古不如意古。’”[④]卷三又载：“果斋先生云：‘作诗写字，都要先有骨，则其进未易量。’”[⑤]

谢采伯推崇创新。他认为：“杜子美《说旱上严武》，尤为伟论。孟郊《上卢使君养生书》，李义山作《李贺小传》，白乐天墓碑《刘义传》，文体

①张世南：《游宦纪闻》卷一，载《全宋笔记》第七编第8册，大象出版社，2016，第34页。
②同①，第24—25页。
③张世南：《游宦纪闻》卷九，载《全宋笔记》第七编第8册，大象出版社，2016，第89页。
④谢采伯：《密斋笔记》卷三，载《全宋笔记》第七编第8册，大象出版社，2016，第139页。
⑤同④。

奇逸，不应止取其诗。”[①]

谢采伯善于通过对比讨论诗文，分析其优劣，具体可感。“《神女赋》云：‘愿假须臾，神女称遽。暗然而冥，不知其处。’若韩文云‘行李称遽’，坡赋云‘开户视之，不见其处’，是四句之内，两巨公皆用‘其’字，韩隐坡显，优劣自分。”[②]

谢采伯论文最推崇三苏。卷三载：“往时作四六者多用古人语，及广引故事，以炫博学，而不思叙事不畅。近时文章变体，如苏氏父子，以四六述叙，委曲精进，不减古人。自学者变格为文，迨今三十年，始得斯人。不惟迟久而后获，适恐此后未有能继者尔。”[③]他感叹苏氏父子的旷世奇才，同时表达了继承的目的是创新，作家要建立自己的风格，不能食古不化的观点。

谢采伯本着实事求是，不以人定文的客观公正态度，推崇北宋早亡的诗人王令。卷四载：“王逢原《蝗》诗，其略云：‘始知在人不在天，譬如蚤虱生裳衣。鱼枯生虫肉腐蠹，理有当然夫何疑？’又《长篇》云：‘至和改元之一年，有蝗不知自何来。一蝗百儿月再孕，渐恐高厚塞九垓。’死时年才二十三，早慧而夭。”[④]谢采伯不仅欣赏其才华，而且感慨其命运。

廖莹中《江行杂录》

廖莹中（？—1275），字群玉，邵武（今属福建）人，辑录有《江行杂录》。此书辑录唐宋说部书而成，共二十条，有一定的文献价值，其中有一些文学思想内容。

其中辑自《瑞桂堂暇录》的一条，追溯了杜牧《阿房宫赋》中名句的源头：“杜牧之《阿房宫赋》云：‘六王毕，四海一，蜀山兀，阿房出。’陆傪作《长城赋》云：‘千城绝，长城列，秦民竭，秦君灭。’傪辈行在牧之前，则《阿房宫赋》又祖《长城》句法矣。牧之云：‘明星荧荧，开妆镜也；绿云扰扰，梳晓鬟也；渭流涨腻，弃脂水也；烟斜雾横，焚椒兰也；雷霆乍惊，宫车过也；辘辘远听，杳不知其所之也。’盛言秦之奢侈。杨敬之作《华山赋》

①谢采伯：《密斋笔记》卷三，载《全宋笔记》第七编第8册，大象出版社，2016，第140页。
②同①，第139页。
③同①，第146页。
④谢采伯：《密斋笔记》卷四，载《全宋笔记》第七编第8册，大象出版社，2016，第153页。

有云：'见若咫尺，田千亩矣；见若环堵，城千雉矣；见若杯水，池百里也；见若蚁蛭，台九层矣；蜂窠联联，起阿房矣；小星荧荧，焚咸阳矣。'《华山赋》，杜司徒佑已常称之，牧之乃佑孙，亦是效敬之所作。信矣，文章以不蹈袭为难矣。"①

车若水《脚气集》

车若水（1209—1275），字清臣，号玉蜂山民，台州黄岩讴韶（今浙江黄岩）人，有《脚气集》二卷。车若水读书好古，潜心理学，敢于立说。此书论述周代至南宋经学、禅学、理学、政治、经济、历史、天文、地理、文学，多有己见，书中包含比较丰富的文学思想。

车若水论文学创作不人云亦云，而是善于思考。宋人最好强调对文学作品反复修改，经常用欧阳修、苏轼诗文的修改过程作为典型论据，反复申发。车若水则实事求是，反向思考，《脚气集》卷上载："文字只管要好，乃有愈改而不如前者。山谷有诗云：'花上盈盈人不归，枣下纂纂实已垂。寻师访道鱼千里，盖世功名黍一炊。'又曰：'卧冰泣竹慰母饥，天吴紫凤补儿衣。腊雪在时听嘶马，长安城中花片飞。'后来改云：'花上盈盈人不归，枣下纂纂实已垂。腊雪在时听嘶马，长安城中花片飞。从师学道鱼千里，盖世功成黍一炊。日日倚门人不见，看尽林乌反哺儿。'乃不如原作。"②写文章的终极目标是写好，如果原始创作已经达到这一目标，完全没有必要画蛇添足。如果确有修改的必要，可以修改，但是不能将修改的效果绝对化。车若水的观点令人信服。

车若水认为，文章既可以观时代风俗，也可以见作者为人，《脚气集》卷下载："文章可见兴亡，可见时节。未说道理，只看文气。'大风起兮云飞扬'，兴国之言也。'妖姬脸似花含露'，亡国之音也。"③卷下又载："章雪崖有诗云：'掩关作夏计，长日独清坐。戎葵兢自化，安榴粲成朵。时芳讵容歇，幽赏无不可。微风忽吹来，谅亦深知我。'可以见其胸次。"④

---

①廖莹中：《江行杂录》，载《全宋笔记》第七编第8册，大象出版社，2016，第179页。

②车若水：《脚气集》卷上，载《全宋笔记》第七编第8册，大象出版社，2016，第226—227页。

③车若水：《脚气集》卷下，载《全宋笔记》第七编第8册，大象出版社，2016，第236页。

④同③，第244页。

车若水对于苏轼的评论客观而有见识。他强调，苏轼伟大的文学成就源于他伟大的人格，后人难学。“两《赤壁赋》，见得东坡浩然之气，是他胸中无累，吐出这般语言，却又与孟子浩然不同。孟子集义所生，东坡是从庄子来，人学不得，无门路，无阶梯，成者自成，撷者自撷。不比孟子有绳墨，有积累也。本朝过岭诸贤，虽不怨尤，也不快活。东坡七千里渡海，真是快活。海涛涌汹，则曰：‘天之未丧斯文也，吾侪必济。’又曰：‘平生万事足，所欠惟一死。’海外诸诗甚佳，著论尤奇。……刘元城先生云：‘东坡立朝大节极可观，才意高广，惟己之是信。在元丰则不容于元丰，人欲杀之；在元祐，则虽与温公议论，亦有不合处，非随时上下人也。’‘惟己之是信’，是他浩然。”[①]苏轼坚持原则，反对王安石变法，是为了国家利益；反对全盘否定王安石变法，也是为了国家利益。他这种浩然正气，不受党派所限，不因个人境遇的顺逆而改变，有其人才有其文，苏轼本人很推崇白居易，车若水却认为苏轼比白居易优秀，在卷下对比二人云：“东坡每健羡白乐天，乐天如何敢望东坡？东坡大节，照映古今，乐天些少外沉，便动色力。”[②]

生活在南宋后期的车若水，由于受理学思想影响很深，其文学思想中有浓厚的理学色彩。有时，他会用理学家的思路去解释文学作品，不免片面强调一点而忽略其余。《脚气集》卷下载：“白乐天《长恨歌》叙事详赡，后人得知当时实事，有功记录。然以败亡为戏，更无恻怛忧爱之意，身为唐臣亦然。知《春秋》所以存鲁之法，便是草茅亦将不思。盖祖父与身，皆朝廷长养，不可谓草茅不知朝廷苦之，此说不是不容臣不做此语，但有恻怛忧爱之心，语言是重。”[③]其实，创作文学作品不能完全用儒家忠君的标准。

王应麟《困学纪闻》

王应麟，字伯厚，自号深宁居士，浙江宁波人，官至礼部尚书。

《困学纪闻》是王应麟晚年“碎金所萃”的学术精华，与《梦溪笔谈》《容斋随笔》并称为宋代三大笔记。《困学纪闻》乃札记考证之书，凡说经

---

①车若水：《脚气集》卷下，载《全宋笔记》第七编第8册，大象出版社，2016，第249页。
②同①。
③同①，第242页。

八卷，天文、地理、诸子二卷，考史六卷，评诗文三卷，杂识一卷，内容广博如此。书中包含一些文学思想。

一、作家人格论

古代作家修养论包括作家的精神修养和艺术修养两个层面，精神修养与作品的思想价值密切相关，艺术修养与作品的审美价值密切相关。

1. 精神修养视角下的作家人格

（1）不朽之德。

受儒家传统思想的影响，在中国古代士人所追求的人生“三不朽”中，“立德”始终居于首位，高于“立功”和“立言”。特别是在宋代这样一个以文官为主体的封建官僚社会里，作为国家实际主人的士阶层的道德风范直接关系着社会的稳定。宋代尤为强调“道统”，到了南宋中叶，由于理学的日趋完善和朱熹等一批理学家的出现，理学的世界观、人生观和修养方法对作家的价值观念和思维方式产生了或深或浅的影响。王应麟生活在南宋，由于时代思潮的渗透，其思想有明显的理学色彩，继承了前辈文以载道的经世传统。他认为：“《艺文类聚·鉴诫类》多格言法语，如曹植《矫志诗》曰：‘道远知骥，世伪知贤。’荀爽《女诫》曰：‘七岁之男，王母不抱。七岁之女，王父不持。亲非父母，不与同车。亲非兄弟，不与同筵。非礼不动，非义不行。’程晓《女典》曰：‘丽色妖容，高才美辞，此乃兰形棘心，玉曜瓦质。’姚信《诫子》曰：‘古人行善者，非名之务，非人之为，险易不亏，终始如一。’诸葛武侯《诫子》曰：‘非学无以广才，非志无以成学。’颜延之《庭诰》曰：‘性明者欲简，嗜繁者气昏。’司马德操《诫子》曰：‘论德则吾薄，说居则吾贫。勿以薄而志不壮，贫而行不高。’羊祜《诫子》曰：‘恭为德首，谨为行基。无传不经之谈，无听毁誉之语。’王粲《安身论》曰：‘君子不妄动也，必适于道；不徒语也，必经于理；不苟求也，必造于义；不虚行也，必由于正。忧患之接，必生于自私，而兴于有欲。自私者不能成其私，有欲者不能济其欲。’凡此，皆可为治心齐家之法。”[①]这些都是王应麟对作家人格的体认。

---

①王应麟著，翁元圻等注：《困学纪闻》下编卷十七《评文》，上海古籍出版社，2008，第1838—1839页。

（2）经世致用。

王应麟经历了宋元的朝代更迭，饱受国破家亡之痛，因此对南宋末年理学的空疏误国深恶痛绝。他认为："伊尹以'辩言乱政'戒其君，盘庚以'度乃口'告其民。商俗利口，其敝久矣。邵子曰：'天下将治，则人必尚行；天下将乱，则人必尚言。'"[①]诚然，南宋的灭亡有其深刻的社会原因，但是士大夫不务富国强兵，崇尚清谈，沽名钓誉，也是南宋亡国的重要原因之一。为此，王应麟提出"笃实"的救治之方，认为治学如果"不以笃实为本，则学不足以成德，文不足以明理"[②]。何谓"笃实"呢？王应麟曾这样解释："刘盛不好读书，唯读《孝经》《论语》，曰：'诵此能行足矣，安用多诵而不行乎？'苏绰戒子威云：'读《孝经》一卷，足以立身治国，何用多为？'愚谓梁元帝之万卷，不如盛、绰之一言。学不知要，犹不学也。"[③]

（3）不朽之节。

文人杰作，往往出于忧患之际。由于时代的限制，王应麟的经世之愿未能得以施展，于是在对宋廷失去信心后，他便以唐末之韩偓和司空图为榜样，归隐山林，专心著述，希望将自己的满腔热情寄托于文字之中，并本着"正统"的观念拒绝接受元朝官员的拉拢。

王应麟坚守气节，这也反映在他的文学审美中。"陶靖节之《读山海经》，犹屈子之赋《远游》也。'精卫衔微木，将以填沧海。刑天舞干戚，猛志故常在。'悲痛之深，可为流涕。"[④]陶渊明对东晋的灭亡十分惋惜，对晋恭帝被弑痛心疾首，他在《读山海经》中利用古代神话传说，表示了自己的不平和反抗情绪，展现了一种士大夫气节，因此王应麟发出了"悲痛之深，可为流涕"的慨叹。

王应麟对前宋的高级文官相继降元，并助纣为虐，带元兵攻宋恨之甚、斥之深。因此他在《困学纪闻》卷十八《评诗》中强调"持国必崇名节，持身必守行谊"。基于这样的理念，他对"不事二主"的忠臣大加赞扬。罗昭谏在唐末举进士不第，梁初，朝廷以谏议大夫召之，此人毅然拒绝，并作咏松诗："睦迁谷变须高节，莫向人间作大夫。"王应麟评道："其志亦可悲矣。"

---

①王应麟著，翁元圻等注：《困学纪闻》卷二《书》，上海古籍出版社，2008，第273页。
②王应麟著，翁元圻等注：《困学纪闻》卷一《易》，上海古籍出版社，2008，第97页。
③王应麟著，翁元圻等注：《困学纪闻》卷七《孝经》，上海古籍出版社，2008，第981页。
④王应麟著，翁元圻等注：《困学纪闻》下编卷十八，上海古籍出版社，2008，第1917页。

2. 艺术修养视野下的作家人格

艺术修养是作家在长期的艺术实践中积累起来的精神结晶，存在于作家的精神意识中，当作家创作时，它就作为一种潜意识而自觉或不自觉地对创作发挥作用。艺术修养是作家必备的一种基本素质。

王应麟幼承父教，应试博学宏词科，此考试须“知古通经”，难度很大，但王应麟钟情于此。王应麟在《困学纪闻》卷二十《杂识》中云：“今之事举子业者，沽名誉，得则一切委弃，制度典故漫不省，非国家所望于通儒。”博学宏词科于“博学”方面的要求，正好与王应麟之“通儒”理想吻合。广博的学识为他著述《困学纪闻》等做了积淀。

二、文学源流论

文学的继承与创新是一个颇有价值的辩证命题，王应麟的《困学纪闻》当中涉及的文学源流论尤为丰富而新颖，值得我们深究。

1. 追根溯源

王应麟对于名句等，常常追根溯源，厘清其继承与创新的脉络。例如，“唐子西‘佳月明作哲，好风圣之清’，本于李诚之‘山如仁者静，月似圣之清’。朱新仲‘无人马为二，对饮月成三’，本于秦少游‘身与杖藜为二，影将明月成三’。陆务观‘谁其云者两黄鹄，何以报之双玉盘’，本于新仲‘何以报之青玉案，我姑酌彼黄金罍’。叶少蕴‘逸人旧住子午谷，诗客独寻丁卯桥’，务观用之。程致道‘明知计出柏马下，正拟身全木雁中’，敖器之用之”。[①]王应麟指出这些诗句彼此之间的渊源关系，这是他博学修养的体现。又如，王应麟记载：“王无功《三月三日赋》：‘聚三都之丽人。’（《丽人行》）‘长安水边多丽人’语本此。”[②]王应麟指出并肯定了王绩的原创之功。

值得一提的是，《困学纪闻》下编卷十七《评文》说：“庾信《马射赋》云：‘落花与芝盖齐飞，杨柳共春旗一色。’王勃仿其语，江左卑弱之风也。”[③]王勃是初唐时期反对齐梁浮艳雕琢文风的重要文人，对五言律诗

①王应麟著，翁元圻等注：《困学纪闻》下编卷十八，上海古籍出版社，2008，第1978—1979页。

②同①，第1901页。

③王应麟著，翁元圻等注：《困学纪闻》下编卷十七，上海古籍出版社，2008，第1859页。

的形成贡献卓著，他的骈文对后世影响很大。王勃名篇《滕王阁序》佳句迭出，“落霞与孤鹜齐飞，秋水共长天一色”即是其中之一。但王应麟在评价王勃的“落霞与孤鹜齐飞，秋水共长天一色”两句时，不仅指出此句对于庾信诗句的模仿与继承，而且以“江左卑弱之风也”贬低王勃的赋作。王应麟这一态度，与他所处时代的背景、自身经历、人格修养乃至审美偏好有联系。其实，王勃的诗文虽带有六朝的艳丽文风，相对于盛唐气象来说还有不足，但是相较于前人而言，已经有了明显的转变。

2. 巧为创新

王应麟在《困学纪闻》中除了认真指出源流，还推崇在继承中创新。例如，他记载：“山谷云：‘学老杜诗，所谓刻鹄不成犹类鹜也。’后山谓：‘山谷得法于少陵。’朱文公云：‘李、杜、韩、柳，初亦学《选》诗，然杜、韩变多，而柳、李变少。变不可学，而不变可学。’”[①]黄庭坚倾倒于晚期杜诗的艺术境界，在学习杜诗的基础上，结合自身的学识修养和审美追求等，巧为创新，终于自成一家。

再如，《困学纪闻》下编卷十八《评诗》载：“李义山咏贾生云‘可怜夜半虚前席，不问苍生问鬼神’，马子才咏文帝云‘可怜一觉登天梦，不梦商岩梦棹郎’，虽同一律，皆有新意。”[②]“《抱朴子》曰：‘俗士多云：今月不如古月之朗。’李太白诗有《古朗月行》，又有《把酒问月》云：‘今人不见古时月，今月曾经照古人。’”[③]可见王应麟崇尚创新。另如《困学纪闻》卷十七《评文》载：“秦少游、张文潜学于东坡，东坡以为‘秦得吾工，张得吾易’。”[④]可见，不同性情的作家，在学习前人基础上有所创新，是能够形成独特的个人风格的。

三、文学欣赏与批评

“识”是作家的文学鉴赏力。“识”对于作家选择材料、评判是非很有用。王应麟就是一位有识之士，他在《困学纪闻》中提出的文学欣赏与研

①王应麟著，翁元圻等注：《困学纪闻》下编卷十八，上海古籍出版社，2008，第1928页。
②同①，第1937页。
③同①，第1931页。
④王应麟著，翁元圻等注：《困学纪闻》下编卷十七，上海古籍出版社，2008，第1865页。

究观点独具一格，且始终贯彻着认真求实的“笃实”精神。

1. 考证精神

王应麟注重在实际考证基础上获得的认识：“《欧阳生哀辞》：‘闽人举进士由詹始。史因之。黄璞《闽川名士传》：其前有薛令之、林藻。考之《登科记》，信然。”①“李尚书之芳，考诸《唐史》：之芳，蒋王恽之曾孙。广德初，诏兼御史大夫使吐蕃，被留二岁乃得归。拜礼部尚书。故少陵诗有‘奉使失张骞，史阁行人在’之句。”②王应麟考诸《唐史》解释诗中典故，体现出他对考证的重视。又如，“《出瞿唐峡》诗：‘五云高太甲，六月旷抟扶。’注不解‘五云’之义。尝观王勃《益州夫子庙碑》云：‘帝车南指，遁七曜于中阶；华盖西临，藏五云于太甲。’《酉阳杂俎》谓：‘燕公读碑，自“帝车”至“太甲”四句悉不解，访之一公，一公言：北斗建午，七曜在南方。有是之祥，无位圣人当出。“华盖”以下，卒不可悉。’愚谓老杜读书破万卷，必自有所据，或入蜀见此碑而用其语也。《晋·天文志》：‘华盖杠旁六星曰六甲，分阴阳而配节候。’太甲恐是六甲一星之名，然未有考证。以一行之邃于星历，张燕公、段柯古之殚见洽闻，而犹未知焉，姑阙疑以俟博识。”③可见，王应麟对于自己不确定的典故，会实事求是地强调自己没有考证清楚。

2. 辨误之实

考证与辨误是一对相辅相成的概念，王应麟在求实精神的指导下，在辨误这方面也取得了显著成就。例如，“东坡《次韵朱公掞初夏》诗：‘谏苑君方续承业，醉乡我欲访无功。’隋乐运，字承业，录夏、殷以来谏争事，名《谏苑》，文帝览而嘉焉。注谓《南史》李承业作《谏苑》。误矣”④。“仁宗摹太宗御书大相国寺额于石，即寺为殿而藏之，御飞白名曰‘宝奎殿’。绍兴庚辰，宏辞以《宝奎殿太宗皇帝御书赞》命题，唐说斋中选。但云庆历二载，而不纪月日，以《实录》考之，乃二年正月辛未也。苏子美作《宝奎殿颂》，周益公题其后云：‘上宰宗工，更为辞章’者，谓吕夷简作记，章得象题额之类。《实录》云：‘命夷简撰记。’而说斋谓‘焕乎尧章，亲加纪

---

①王应麟著，翁元圻等注：《困学纪闻》下编卷十七，上海古籍出版社，2008，第1844页。

②王应麟著，翁元圻等注：《困学纪闻》下编卷十八，上海古籍出版社，2008，第1903页。

③同②，第1905—1906页。

④同②，第1967页。

述'，亦误。"[①]凡此诸多辨误，正体现了王应麟学养深厚。也正因为如此，他才会在卷十八《评诗》当中说"少陵善房次律，而《悲陈陶》一诗不为之隐；昌黎善柳子厚，而《永贞行》一诗不为之讳。公议之不可掩也如是"[②]。王应麟主张知人论世，即使自己推崇的文学大家，也不会盲目追捧。

3. 提倡语言言简义精

王应麟从经世致用的目的出发，强调作注释时言辞要渊奥精实、简而义精。他认为语言一定要和顺流畅，不能佶屈聱牙、艰涩难懂；要实事求是，反对虚浮空言。他认为《唐六典》的文笔足以借鉴："山谷《与王观复书》曰：'刘勰尝论文章之难云："意翻空而易奇，文征实而难工。"此语亦是沈、谢辈为儒林宗主时，好作奇语，故后生立论如此。好作奇语，自是文章病。但当以理为主，理得而辞顺，文章自然出群拔萃。'张文潜《答李推官书》可以参观。"[③]另如《困学纪闻》下编卷十七《评文》载："张文潜《论文诗》曰：'文以意为车，意以文为马。理强意乃胜，气盛文如驾。理文当即止，妄说即虚假。气如决江河，势顺乃倾泻。'"[④]为了避免文学批评语言的枯燥无味，王应麟还使用了一些比喻和对比的手法："鲜于京兆，仲通也；张太常，博士，均，垍也。所美非美然，昌黎之于于頔、李实类此。杜、韩二公晚节所守，如孤松劲柏，学者不必师法其少作也。"[⑤]"丘宗卿谓：'场屋之文，如校人之鱼，与濠上之得意异矣。'慈湖谓：'文士之文，止可谓之巧言。'"[⑥]

王应麟认为，一个人的品行决定着其文风，他批评梁简文帝"立身之道，与文章异。立身先须谨重，文章且须放荡"的说法，他说："文中子谓：'文士之行可见'，放荡其文，岂能谨重其行乎？"[⑦]他认为作文之道与做人之道是一致的。王应麟将这一点提高到政治的高度上，以晋亡为例，认

①王应麟著，翁元圻等注：《困学纪闻》下编卷二十，上海古籍出版社，2008，第2089—2090页。

②王应麟著，翁元圻等注：《困学纪闻》下编卷十八，上海古籍出版社，2008，第1898页。

③王应麟著，翁元圻等注：《困学纪闻》下编卷十七，上海古籍出版社，2008，第1885页。

④同③，第1884—1885页。

⑤同②，第1910页。

⑥同③，第1870页。

⑦同③，第1858页。

为为文要拒斥浮华，否则是亡国之音。这种将文风、做人与国运联系起来的想法，其实也是他笃实作风的一种体现。

周密《浩然斋雅谈》《齐东野语》《癸辛杂识》《澄怀录》《志雅堂杂钞》《云烟过眼录》《武林旧事》

周密，字公谨，号草窗，又号弁阳老人、四水潜夫等，宋末元初著名词人、诗人、笔记大家。

周密著述极丰。据夏承焘先生《周草窗年谱》考证，周密留存笔记有《武林旧事》《齐东野语》《癸辛杂识》《浩然斋雅谈》《云烟过眼录》《志雅堂杂钞》《澄怀录》《浩然斋意钞》《浩然斋视听钞》等九种[①]，其中《志雅堂杂钞》《浩然斋意钞》《浩然斋视听钞》中有些内容和其他笔记有重合之处。周密笔记多作于宋亡之后，内容十分丰富，兼有存史、保存故国文献、怀旧、批判、反思等用意，其文化价值是巨大的。同时，作为宋末诗人，周密诗歌创作亦表现不俗，著有《草窗韵语》《弁阳集》《蜡屐集》三种诗集。故周密在诗歌创作方面有许多体会和见识，他将之以笔记形式表现出来。

笔记的特点是内容上的“杂”和形式上的“散”，“不拘类别”“记叙随宜”[②]，大凡作者所见所感所思，上自朝堂政事、典章制度、国故文献，下到自然山川林泉、人文逸事、奇闻趣事、诗文探讨等，均随时记录，不拘格式，故缺乏条理性，更不成系统。此种文体胜在直抒己见、己情，表达思想感情更为自由灵活，也最能见出作者的真性情、真思想、真见识。周密笔记呈现的诗学思想，是零散不成系统的，但却是真实可信的。

从表现方法上来说，周密笔记中有关诗学的内容，或可称之为笔记中的诗话内容，大约分三类：其一是摘引式诗话，即摘引他人的诗句或诗文评说，不做任何主观评价。此类内容往往是作者借他人作品、诗文评论表达自己对所摘引诗句的喜爱，从中颇能见出作者的诗学态度；其二是直寻式评点诗话，即对于作家作品稍加点评，往往较笼统，且趋于直观式、感悟式。其三是评论式诗话，即对某一文学思潮等有较为丰富的

①夏承焘：《唐宋词人年谱·周草窗年谱》，上海古籍出版社，1979，第370页。
②刘秋叶：《历代笔记概述》，北京出版社，2003，第6页。

论述。就周密笔记来看，其中摘引、评点式诗话内容居多，而评论式诗话较少。

就周密笔记的内容来看，其中有宏观见解，如对诗歌的本体认识，诗歌的源流、演变及和时代政治、学术背景等因素的关系等问题；也有微观把握，如对某一作家作品的具体评价，对诗人处境、诗歌本事的说明，对用字、用词、句法的评点，以及在用意、构思等方面的评点，既有从作品本身来谈的，亦有从创作主体、接受批评等角度来谈的；既包括单一的作品评价，也包括不同作家作品的比较，不一而足。可以说周密作为一名诗人，对诗歌的观照是全方位的。

周密笔记中有关文学思想的条目集中于《浩然斋雅谈》一书中，《齐东野语》《癸辛杂识》《志雅堂杂钞》等笔记作品中亦包含较多文学思想。

一、"词理具足"、自然"圆成"的诗学整体观照

周密对于诗歌创作有较全面的认识。《浩然斋雅谈》卷上记录了金代诗人张建的一段论诗之语：

> 张建自号兰泉，其论诗云："作诗不论长篇短韵，须要词理具足，不欠不余，如荷上洒水，散为露珠，大者如豆，小者如粟，细者如尘，一一看之，无不圆成，始为尽善。"①

张建，字吉甫，号兰泉，是金章宗时诗人，元好问《中州集》收其诗23首，并作《兰泉先生张建传》，其中引录此条论诗之语。

周密所引此段论诗文字并不多，50字左右。对这段话我们可以从三方面把握：一、提出"词理具足"的诗学观点，这是对诗歌本质特性的认识；二、词理关系处理上，要做到"不欠不余"，恰到好处；三、整体表现上，要求诗歌如珠流走，"无不圆成"，达到自然浑成的理想境界。结合周密所处的南宋末诗坛状况，我们可以体会到他这一诗学主张的现实意义。

---

①周密：《浩然斋雅谈》卷上，孔凡礼点校，中华书局，2010，第15页。

1. “词理具足”的诗学本体认识

诗歌是借助语言言志抒情的，故情志和语言形式构成了诗歌之本体，二者缺一不可。从中国传统诗学来看，此二端大致称谓有文质、情采、词理、意言等。周密则以词理对举，认同“词理具足”的诗学观点。

具体来说，“词理具足”要求“理”足，“词”亦足。创作主体要做到情意表达丰富充实，真实饱满，此为“理”之“足”；对于诗歌这一文学形式，辞藻、声律、字法、句法、章法、结构，甚至奇巧构思、意境营造等，都涵盖在“词”的范围内，在这些地方精益求精，此为“词”之“足”。文质二端都表现充分，做到“词理具足”，相得益彰，自然能成就诗歌佳境。

2. 词理关系上，“不欠不余”，自然和谐

“不欠不余”是就词理二者的关系而言。“欠”表示不足、欠缺、未达到；“余”则指多余、过分、超过。“欠”和“余”是相对立的两个概念，都有所偏颇，代表不和谐的状态。

中国传统哲学一向强调“天人合一”，追求和谐。儒家拈出“中庸”思想，强调雅正中和，认为任何不谐都有伤中和之美，于情思亦然。受传统诗学影响，周密在文质或者说词理的关系上，强调文质和谐，要求情理和文辞完美结合，相得益彰。周密在诗歌情意方面求真求深，但不求过，即不求表达太过强烈的情感。在诗之语言形式方面，周密在重法、求新、求变的同时要求自然圆成。

可以说，“不欠不余”是对“词理具足”诗学观的补充和完善。这是一种词理达到高度融合、温和圆融的诗学理想，是“文质彬彬，尽善尽美”的古典诗学观在宋代的进一步演进，是周密所追求的美学理想。

“词理具足”“不欠不余”的诗学思想，显然可救南宋末诗坛创作之弊。江西诗派末流过分资书求法，江湖诗人则过分随意，这是当时诗坛的弊端，面对它们，重提古典诗学意义不言而喻。

3. 整体上，如珠流走、自然圆成，达到“尽善”的境界

“如荷上洒水，散为露珠，大者如豆，小者如粟，细者如尘，一一看之，无不圆成，始为尽善”，这句话以形象生动的比喻指出，诗歌应达到“自然圆成”的境界。诗歌创作不论境界大小，情感表达壮阔与否，内容是深是浅，形制上是长还是短，都要做到整体意境完整，自然圆成又极尽变化。这一“圆成”的境界，需要建立在创作主体的主观情思、志意及具体的

语言形式等的基础上。只有在“词理”上做到“足”“不欠不余”，才能成就诗歌整体的“圆成”之境界。

周密借他人之语，鲜明传达了一种圆融的诗学本体观：要求诗歌的情志和语言和谐交融，并最终达到“圆成”境界。这种文学观念对周密所处南宋末诗坛现状有建设性的意义。

二、重意尚情的诗学表现

周密追求“词理具足”“圆成”“尽善”的诗歌美学理想，在情理方面，鲜明地表现出重意尚情的诗学思想，具体表现为：一、重视反映社会生活、揭露社会现实，体现对儒家风雅诗学观的继承；二、追求诗之意深和意新；三、强调诗歌应抒发真情，反对为文造情、无病呻吟等。

1. 继承儒家风雅传统，关注社会现实，表现人文关怀

周密自幼受家风影响，“朗悟笃学”，怀抱“及物荣亲之志”，只是“时异数奇”，南宋后期孱弱衰败的王朝气象，以及权奸专政的腐败现实，使周密“素抱弗展”。周密颇具儒家情怀，立足于现实社会，关心民生疾苦。

周密清楚地认识到文学艺术和政治的紧密联系，在其笔记中强调诗歌关注现实、反映和批判现实的讽谕精神，传达出对传统风雅诗学的认同。

其一，周密重视诗歌批判社会现实、反映民生疾苦的功能。

《浩然斋雅谈》卷中载：

> 近岁浙右洊水，田野流离可念。震泽小寺壁间一诗云：“民力久已竭，天乎不见怜。三年两遭水，十室九无烟。田没官征赋，家贫子卖钱。秋风江上路，忽见渡江船。”真不减聂夷中也。[①]

此条记载浙西一带连续发生水灾，给本已处于流离痛苦中的民众带来更为深重的灾难：“三年两遭水，十室九无烟。”而比天灾更残酷的是官府不恤民情，变本加厉，百姓连农田都没有，那些地方官吏依然强行征收赋税，使得百姓被逼卖儿卖女，来支付高额税赋，“田没官征赋，家贫子卖

①周密：《浩然斋雅谈》卷中，孔凡礼点校，中华书局，2010，第38—39页。

钱”。朴素晓畅的语言下，是血淋淋的残酷现实，鲜明揭示出南宋后期政治黑暗腐败，自然灾害连连，官吏肆意盘剥百姓，以致民不聊生的社会惨景，具有鲜明的社会批判意义，又具有诗史的意义和价值，因此周密赞叹道“真不减聂夷中也”。可以看出，周密在对小寺壁间诗的赞叹中，鲜明传达出现实的感慨，在诗学上继承了《诗经》的批判现实精神及“感于哀乐，缘事而发”的乐府精神传统。

其二，周密称许批判和嘲讽误国害民之权奸人物的诗词。

偏安一隅的南宋王朝，始终处于风雨飘摇之中。中原国土尽丧，剩水残山，满目疮痍，南宋统治者不思恢复，苟且偷安，朝政多为权奸把控。秦桧、韩侂胄、丁大全、史弥远、史嵩之、贾似道，均为权奸，在不同时期把持着南宋的朝政。这些权奸钳制人主，播弄是非，扰乱朝廷纲纪，陷害正直忠良之士。可以说，南宋的衰弱和灭亡与朝廷多权奸是分不开的。周密在笔记中以纪实的笔法记录了这些权奸的罪恶行径，表现出愤慨之情。

周密的这一情怀，也鲜明地表现在他的诗话和诗论中。《浩然斋雅谈》卷中载：

> 郑安晚丞相曾咏蜘蛛，云：“如蚕吐纬日萦缠，出没无踪屋漏边。怀毒满身如蝎犬，漫张罗网欲漫天。”盖为诸珰发也。苏拯诗云：“映日张网罗，遮天亦何别。倘居要地间，害物可堪说。”风人咏物，大率相类。[①]

此条中所引二诗均为咏物诗，所咏对象都是蜘蛛。前为理宗朝宰相郑清之《檐前蜘蛛》，诗歌通过吟咏蜘蛛满身怀毒、张网捕猎的丑恶形象，托讽于物，含蓄委婉揭露了朝中权贵的险恶嘴脸。另一首是节录自晚唐诗人苏拯的《蜘蛛谕》，同样借蜘蛛漫天结网的动物本性寄寓对现实人事的批判和谴责。周密称赞诗人在咏物中深谙“风人之旨”，是夸赞他们能以小见大，托物讽谕，达到对社会现实揭露批判的目的。

在《浩然斋雅谈》卷中，周密记理宗朝臭名昭著的奸臣丁大全贬谪岭外溺死史事，并存录了士人林桂龙《嘲丁大全》绝句：“一枪中流欠把持，

①周密：《浩然斋雅谈》卷中，孔凡礼点校，中华书局，2010，第39页。

偏轻偏重失便宜。孤舟不是无人渡，身作风波问阿谁”；“稚子如何济急流，一篙才错便难收。当初把作寻常看，岂料中流解覆舟”[①]。此诗对丁大全岭外溺死之事极尽揶揄和嘲讽，表现出鲜明的批判现实精神。整体上看，此诗语言质朴，艺术性不足，贵在具有批判性。显然，周密正是因其批判性才完整记录并使之得以保存下来的。

其三，周密重视诗歌对官场现状的揭露。

宋代政治非常突出的弊端之一就是“冗官冗员”。由于文官系统过于庞大，许多人无缺可补，不断奔走在路上求职，如行役一般辛苦。周密笔记中对官场这一现状有鲜明的表现。

《浩然斋雅谈》卷中记载了宁宗朝进士王暨在行役途中题寺壁之诗：“奔驰尘土何时了，自叹一官如蚁小。半夜觅宿僧家园，梦里闻鸦霜月晓。”[②]“一官如蚁小”“奔驰尘土何时了”写出了大多数士子的宦途遭际，“半夜觅宿僧家园，梦里闻鸦霜月晓”，真可谓凄冷悲凉之极，颇似唐人“鸡声茅店月，人迹板桥霜”的意境。周密本人就曾目睹官员上早朝的辛苦情状，并“慨叹虚名之役人”。“霜拂金鞍玉坠腰，邻鸡催唤紫宸朝。争如林下饱清梦，残月半窗松影摇”[③]的诗句亦传达了士人渴望回归山林的心理。周密认可这一类诗作，表现出对批判现实的传统诗学的认同。

2. 追求意深意新

周密论诗，亦追求意深意新。

周密论诗时多次谈到“意深”“意佳”“深中人情”，他强调诗之意须“深”，只有“深”才成其“佳”。周密所言“意深”，主要表现为两层含义。一是强调诗歌要表现出社会人事更深层、本质的东西，即“深中人情”；二是要求诗歌创作要有言外之意，“意在言外，使人思而得之”[④]。“意深”的这两层含义，一显，一隐，一个要求立意高、新，一个强调意理深远。

“意深”要求做到“深中人情”，就是立意深刻、高远，不落前人窠臼。

---

①周密：《浩然斋雅谈》卷中，孔凡礼点校，中华书局，2010，第38页。

②同①，第37页。

③同①，第31页。

④司马光：《温公续诗话》，载吴文治主编《宋诗话全编》，江苏古籍出版社，1998，第370页。

例如，《浩然斋雅谈》卷中记曰：

白傅诗云："曾家机上闻投杼，尹氏园中见掇蜂。但恐恩情生罅隙，何人不解作江充。"……皆深中人情。

《浩然斋雅谈》卷中又载：

半山诗云："谋臣本自系安危，贱妾何能作祸基。但愿君王诛宰嚭，不愁宫里有西施。"李泰伯诗云："若教管仲身长在，宫内何妨有六人。"在管仲时，桓公之心未蠹也。若已蠹，虽管仲奈何，未有心蠹尚能用管仲之理。[①]

两条诗话评说的均为咏史诗。第一条是白居易《思子台有感二首》其一。白居易看到了巫蛊之祸更深处的"人情"，即汉武帝的"恩情生罅隙"给了江充以巫蛊陷害太子的可乘之机，最终酿成了太子被杀的历史悲剧。"深中人情"指白居易洞察了此历史事件发生的深层原因，这是此诗立意高深之处。周密的赞语表明诗歌（咏史诗）应具有直达事物本质的深刻立意。

第二条笔记所摘引诗句均为宋人咏史之作，一为王安石咏吴王夫差事，另一为李觏咏齐桓公事，二诗一反传统，不将国家衰落归咎于女子惑主、小人乱政，而是指出"谋臣本自系安危"，国家的兴败存亡是谋国大臣的责任，不关乎女子小人。周密认为，诗歌创作，尤其是咏史诗，要做到意高、意深，表现历史人事之本质而非现象。要透过事物表面，去做深入思考、辨析，把握深意并表现出来。"新"不是哗众取宠，刻意求异，而是建立在"深中人情"之上。这是咏史诗创作的重要根基。

关于"意深"的第二层内涵，即强调诗歌应有言外之意，周密并未多做文字阐释，而多摘引他人诗句，在点评中隐约表现出来。

《浩然斋雅谈》卷中载：

后山"仰看一鸟过，虚负百年身"，极有深意。

①两段材料分别见周密：《浩然斋雅谈》卷中，孔凡礼点校，中华书局，2010，第21、25页。

魏华父《墨梅诗》："素王本自难缁涅，墨者胡为乱等差。玄里只知杨子白，皓中谩见圣人污。"鹤山又有"东西日月自来往，遑恤人间有喘牛"之句，亦佳。

有为竹枕作铭云："珊瑚枝，琥珀盘，流苏帐暖骖飞鸾。莫忘此君同岁寒。"亦佳语也。①

此三条均是摘引诗句加以评点。第一条中所引诗句是北宋诗人陈师道《次韵秦少游春江秋野图二首》组诗中第一首。组诗前有小序"宗室画"。此处绘画的宗室乃赵匡胤五世孙赵令穰，善丹青，作有《江干晓景图》（《春江秋野图》）。秦观先题诗其上，陈师道又题诗。陈道师此句意为：当他（宗室）驻足流连之间，忽然看到一双飞鸟悠然而过，不由生发感慨，后悔自己一生大好时光沉湎于对功名富贵的汲汲追求中，受其所羁绊，未能好好享受眼前自然江山之乐。如今虽然醒悟，而年华已晚，故有"已负百年身"之叹。"百年身"语出杜甫《中夜》诗"长为万里客，有愧百年身"，可谓用典不露痕迹，将杜诗万千感慨融入此诗句中。

此句诗意深永，令人回味无尽，故周密赞其"极有深意"。

第二条引魏了翁《墨梅》诗，这是一首咏物诗。梅花本无墨色，所谓墨梅指宋代绘画中以水墨所画的梅花。

魏了翁的墨梅诗，虽不如其后王冕的《墨梅》诗有名，亦极有特点，别出新意，引人深思。"素王本自难缁涅，墨者胡为乱等差。玄里只知杨子白，皓中谩见圣人污。"梅多白色，故有"素王"之称。梅花本自雅洁，水墨画家却胡乱染成墨色，使之有了等差，但这丝毫不能玷污梅自身高洁脱俗的品质。魏了翁又化用扬雄事典。扬雄政治失意潜心著书，"默然守吾《太玄》"，却无故遭人嘲以"玄得无尚白乎"，故作《解嘲》解释反驳，一则表明自己虽穷愁失志依然抱道自处，不愿同流合污的人生态度，二则抒发自己怀才不遇的愤懑之情，这和墨梅在画家手中的境遇何其相近。诗歌由墨梅而扬雄，由扬雄而诗人自己，物我得以融合。作为南宋著名理学家，魏了翁借墨梅形象委婉含蓄传达出自己不为流俗所污染的高贵品格，诗歌令人深思回味，确实当得起"佳"。

---

①所引三条文字，均见于周密：《浩然斋雅谈》卷中，孔凡礼点校，中华书局，2010，第41页。

此外，周密认为写景咏物不限于体物毕肖，而且要感物而兴，有更深的含义，故而周密欣赏那篇为竹枕所作的铭文，其中的“莫忘此君同岁寒”，化用孔子的“岁寒然后知松柏之后凋也”，给人以警策动人的审美感受，体现出一种高洁不屈的人格，因而得到周密赞赏。

3. 反对为文造情，无病呻吟

周密论诗注重诗歌对自我真实情感的抒写。

作为诗人的周密在其诗歌创作中，鲜明地体现出重抒情的特点，其笔记中亦鲜明地表达了重视抒写真情的观念。

《齐东野语》卷十九《兰亭诗》条云：

> 永和兰亭禊饮集者四十二人，人各赋诗，自右军而下十一人，各成两篇，郗昙、王丰而下十五人，各成一篇，然亦不过四言两韵，或五言两韵耳。诗不成而罚觥者十有六人，然其间如王献之辈，皆一世知名之士，岂终日不能措一辞者。黄彻谓古人持重自惜，不轻率尔，恐贻久远之讥，故不如不赋之为愈耳。余则以为不然，盖古人意趣真率，是日适无兴不作，非若后世喋喋然，强聒于杯酒间以为能也。[1]

兰亭之会是文学史上一段佳话。在此次文人雅集中，共创作诗歌37首，王羲之之子王献之亦参会，却未作一诗。关于其中原因，众说不一。周密却认为：“盖古人意趣真率，是日适无兴不作。”无“兴”则不作。可以说，这是对诗歌创作动力——情感生发机制的重要认识。诗人创作是由于受到外界事物的触动，进而兴发内心情志并诉诸语言文字。“兴”，即“兴发”意，是有感而兴发，作为一种精神活动，是外物（人事和自然）与创作主体得以沟通的重要桥梁，是主体内心真实情感得以表露的动力，是“使情成体”的媒介。无“兴”则无“情”，故无诗；勉强而为诗，也只能是“强聒于杯酒间”之作。这里姑且不论兰亭雅会上王献之未作一诗的真实原因是否如周密所言，周密提出诗歌创作有“兴”则作，无“兴”则不作，体现了他重情的文学观念。

周密对于诗人出于真感情而创作的诗歌心有戚戚然：“张巨山诗云：

①周密：《齐东野语》卷十九，中华书局，1983，第351页。

‘故园坟树想青葱，寒食风光泪眼中。自痛不如伧父子，纸钱犹挂树头风。’予以永感之人，久离坟墓，每读为之潸然。”[①]张巨山即张湄，北宋末南宋初诗人。此诗写道，由于家乡发生兵乱，诗人寒食节无法回乡祭拜故去的亲人，故发为诗篇，表达自己哀伤的情怀。“故园坟树想青葱，寒食风光泪眼中”，诗人泪眼中遥望着故园方向，想象着家乡坟边树木已然青葱茂盛，坟前青草离离，久无人迹，自己却无法归家祭扫，悲凉意绪充盈而出，见别家祭扫的纸钱挂到高枝随风飘荡，则更渲染出了别样的悲情。诗人正是融入自我真实的情感，才能写出如此感人的诗句，也才能打动同样处在动荡中，不能回归故园祭奠亲人的周密的心，故周密动情地说，“每读为之潸然”。

周密重视诗歌的真情实感，强调诗歌创作要抒写真情，要感兴而作，真率自然；因而反对有意造作，为文造情，甚至言不由衷，无病呻吟。他对于思想、情感贫弱，只是一味追求形式技巧的作品是持批评态度的。如《癸辛杂识》后集《荔枝梅花赋》条，记曰：

> 唐舒元舆《牡丹赋序》云：“吾子独不见张荆州之为人乎，斯人信丈夫。然吾观其文集之首有《荔枝赋》焉。荔枝信美矣，然而不出一果，所与牡丹何异，但问其所赋之旨何哉？”皮日休《桃花赋》序云：“余尝慕宋广平之为相，贞姿劲质，刚态毅状，疑其铁肠与石心，不解吐婉媚辞。然睹其文而有《梅花赋》，清便富艳，得南朝徐、庾体，殊不类其为人也。”二序意同。《梅花赋》人皆知之，《荔枝赋》则人未用之者，何耶！然《梅花赋》今不传。[②]

作为唐朝名相的张九龄和宋璟二人，政声人品均卓越不凡，张九龄“斯人信丈夫”，宋璟“贞姿劲质，刚态毅状”，但两人所作的两篇赋，一篇是不知“所赋之旨何哉”，一篇写得“清便富艳，得南朝徐、庾体，殊不类其为人也”，和张、宋二人的主体精神品质不相称，使读者生发出对于作者人格的疑问。周密引录此条笔记，含蓄传达出其诗学批评。

---

①周密：《浩然斋雅谈》卷中，孔凡礼点校，中华书局，2010，第24页。

②周密：《癸辛杂识》后集，中华书局，1988，第72页。

三、重“法”求“新”

诗歌发展到唐代达到鼎盛状态。无论是题材内容方面，还是艺术表现形式、技巧等方面，都已达到了高度成熟的境地，后人难以企及。宋人在唐人之后，想要自成一家，有所成就，必须要突破唐诗既成的格局，另辟蹊径。故宋代诗歌的突出特点就是求“新”求“变”。最能体现宋代诗风的就是黄庭坚和江西诗派的创作。黄庭坚作诗论诗都表现出求新求奇的特点，追求“以故为新”“以俗为雅”，同时注重作诗的法度。其“诗法”说影响很大，因此形成了宋代规模最大、影响最深的江西诗派，一直延续到南宋。由于江西诗派自身弊端日益严重，带来不良的创作风气，南宋诗学鲜明表现出对黄庭坚和江西诗派所代表的宋诗的“批判性反省”。先是杨万里、陆游等不满于江西诗派的做法，在理论和创作上表现出对江西诗派的反动，到南宋后期，严羽的《沧浪诗话》出现，提出“兴趣”“妙悟”之说，在把诗歌更多带离江西诗派樊篱，引向唐诗境地的同时，也鲜明体现出重艺术技巧的倾向。周密受到南宋后期诗学影响，又未完全摒弃江西诗派的诗学观，体现出重法求新的诗学思想。

1. 重“法”求“新”

周密是注重“法”的。他相信“盖天下之事，虽承蜩履稀之微，亦各有道也”[①]。“道”即“法”，是事物的规律、规范、方法。在其笔记中，周密记载了各类名物之“法”，如《癸辛杂识》后集所记“种竹法”“修史法”，《癸辛杂识》续集上所记“种葡萄法”“插瑞香法”“种茯苓”，等等。自然界事物是这样，文学创作也是这样。周密重视诗法，如创作构思、表现手法、用字用句等的规律。

周密也注重诗歌创作的新变性，强调作诗要“自出机杼”，推陈出新，这样诗歌才有生命力。周密认识到，想要真正“自出机杼”并不容易。在《作文自出机杼难》条中，周密记载北宋文人晁补之作《北渚亭记》，在“步骤开阖”上类似曾巩的《苦台记》，遂改记体为赋体；赋成，又被认为在内容铺排上和苏轼《赤壁赋》有类似之处。周密感叹道：“大抵作文欲自出机杼者极难。”[②]

---

①周密：《癸辛杂识》后集《记方通律》条，中华书局，1988，第89页。

②周密：《齐东野语》卷五，中华书局，1983，第76页。

若不能自出机杼，就难免会流于因袭。周密在其笔记中，记载了许多文人诗文创作在用意、构思、章法、表现手法、语言等方面相类似、相蹈袭的事例。如《用事偶同》条，记文人在用典上的雷同现象。又如《浩然斋雅谈》卷中记吕本中《明妃曲》“其意固佳，然不脱王半山‘人生失意无南北’之窠臼也”[①]，指出诗人在用意方面蹈袭的问题。这些均鲜明地展现出当时文学创作陈陈相因、缺乏新变的局面。

周密提倡诗文创作要“自出机杼”，不是要否定学习他人，而是认为应当在模仿学习的基础上有所创新，做到入乎其中又能出乎其外，并最终形成自己的独特风格。这才是真正意义上的求新求变，“自出机杼”。《浩然斋雅谈》卷上记曰：

> 姜尧章《铙歌鼓吹曲》，乃步骤尹师鲁《皇雅》，《越九歌》乃规模鲜于子骏《九诵》。然言辞峻洁，意度萧远，似或过之。[②]

姜夔学习他人作品，“步骤尹师鲁《皇雅》”，“规模鲜于子骏《九诵》”，但并非亦步亦趋，一味模仿，而是在“步骤”“规模”他人的同时有所变化，由求与古人合到求与古人异，再到不求合而自合，不求异而自异，从而形成了自己的创作风格——“言辞峻洁，意度萧远”，最终超越古人。周密反对创作重复雷同，提倡求新求异，有着重要意义，是对江西诗派后学一味从前人书本中寻找作诗素材的一种反思。

2. 追求“思致”

周密认为作诗要有“思致”。在他的笔记中，屡屡提到“思致”一词。如《浩然斋雅谈》卷中载：

> 诗家谓诚斋多失之好奇伤正气，若“梅子留酸软齿牙，芭蕉分绿与窗纱。日长睡起无情思，闲看儿童捉柳花”。极有思致。诚斋亦自语人，曰：“工夫只在一捉字上。”
>
> 盱人王胜之诗云：“蛙鼓鸣时月满川，断萤飞处草迷烟。敲门欲

---

①周密：《浩然斋雅谈》卷中，孔凡礼点校，中华书局，2010，第35—36页。

②周密：《浩然斋雅谈》卷上，孔凡礼点校，中华书局，2010，第15页。

向田家宿，犹有青灯人未眠。”殊有思致。[①]

另外，《齐东野语》卷十六《文庄公滑稽》条，周密谈到其外祖父在政事之余亦作小词，“极有思致”；《齐东野语》卷十四《姚斡父杂文》条，周密谈其师姚熔的文章时，亦曰“议论皆有思致”，可以看出他对有“思致”的诗文极为赞赏。

从周密所引相关诗文及评论看，“思致”应指构思上的独特艺术表达。关于杨万里诗歌创作，“诗家谓诚斋多失之好奇伤正气”，“好奇”即指杨万里构思奇巧、想象奇特，周密称之为“有思致”。“有思致”在这里指由奇巧构思所带来的艺术上的新奇表现，即选词、用字、比拟等艺术技巧造成的综合性艺术感受。

周密笔记所评点的杨万里诗，题为《闲居初夏午睡起》，是七言绝句。此诗是杨万里丁父忧赋闲在家时所作，写醉酒午睡醒来后看到的日常生活情景，表现诗人闲散自适的意绪。小诗清新自然，且极尽巧思，是诚斋体的代表作。诗人善于捕捉日常生活中的情景，并通过想象和巧妙构思加以表现，尤其是用字用词极为生动形象，引人联想。

“梅子留酸软齿牙”的“软”字，把诗人以梅子解醒，梅酸留在口中的独特感受生动形象地表现出来。“芭蕉分绿与窗纱”中的“分绿”，同样极具想象力。这一句字面诗意为“芭蕉把自己的绿色分赠给窗纱”，实际上是表现诗人从室内向外看的视觉感受。“捉”是“闲看儿童捉柳花”的句之眼，把儿童娇憨、可爱、专注“对付”柳花的情状形神毕肖地表现出来。在儿童眼中，上下翻飞的柳絮如一个个鲜活的、有生命的玩伴，和他嬉戏玩耍。儿童和柳花、人和自然就这样无比亲密地融为一体。其中亦融入诗人内心之“闲”思，引人联想和涵泳。这种天真姿态正是“诚斋体”的独特之处。

周密在其笔记中完整保存了其老师“合沙老儒”姚熔的四篇杂文，赞其“议论有思致”。这四篇杂文均是以寓言小品形式写成的，构思新奇巧妙，表达对社会现实的嘲讽和批判。《喻白蚁文》是一篇告谕白蚁的寓言文。以白蚁“伤天害理”的行径比附危害社会、危害百姓的邪恶之行，极具

①周密：《浩然斋雅谈》卷中，孔凡礼点校，中华书局，2010，第41页。

讽谕性；另外三篇乃是效柳宗元《三戒》而作，名为《三说》，通过马嘉鱼、蜂和蟹、猩猩来比拟社会上三类人，并加以嘲讽，见出作者爱憎——“知进而不知退，用罹烹醢之酷”“惟知趋炎而不能安其所，其陨也固宜”“明知而明犯之，其愚又益甚矣”[①]。他所嘲讽的虽不是极恶之人，亦是可恨可悲之人。作者以新奇而巧妙的构思，书写生动诙谐的寓言故事，义理深刻，称得上有思致。

3. 注重用事和对偶

在诗歌的表现手法上，周密重视用事和对偶，强调自然贴切。

其一，追求对偶奇巧，妙合自然。

周密在笔记中对对偶这一诗法多有记录。在《齐东野语》卷十七《奇对》条，周密称对偶是“小技”。他说“对偶小技，然亦非易事也”，虽称“小技”，但并无轻视之意。周密认为，要真正写好对偶句不是容易的事情，他大量摘录他人“未书而可喜者数联于此，为多闻之一助”。从作者所录来看，其所录对偶名类、字数、句式各有不同，五花八门，奇妙无比，读之确实“可喜”。从名类看，有经语对、史语对、佛语对、书名对、诗题对、人名对、事件对、自然名物对等，不一而足；从字数看，字数不等，但均超过五七言字数，有八字对、十字对、十一字对、十五字对等；句式上看，有两句对、三句对、四句对等；无论雅俗，无论语言表现如何多样化，其对仗大多工稳妥帖，颇具巧思。从周密所引的“奇对”中，亦可看出宋人在对偶上求新求变的自觉追求。如“九州既别，冀、兖、青、徐、扬、荆、豫、雍、梁；一道相传，尧、舜、禹、汤、文、武、周、孔、孟”。此为“混对”，出句为九州地域名称，对句却为儒家圣贤人名，语意相差甚远，是对唐代“工对”的改造；而“人有七情，喜、怒、哀、惧、爱、恶、欲；经存六艺，诗、书、礼、乐、易、春秋”对，是被宋人所乐道的“偏枯对”，体现了宋人在对偶技法上的求新求变。“偏枯对”是指律诗中对偶的两句，字面上看对仗工整，但在实际上是有偏差的，语词或一对二，或二对一，句式显得失衡，故称偏枯。周密所引即属于二对一的偏枯对，上下联最后相对的是“恶欲”与“春秋”，“恶欲”是两个词，而“春秋”在此指儒家六经之一《春秋》，是一词，不能分开。周密显然对于偏枯对持肯定态度，他称之为“奇对”，并赞叹“可

①周密：《齐东野语》卷十四，中华书局，1983，第260—262页。

喜”。

周密认为，能做到对仗工稳和“妙合自然”的结合，才是“对偶之佳者”。《浩然斋雅谈》卷中载：

> 对偶之佳者，曰“数点雨声风约住，一枝花影月移来”“柳摇台榭东风软，花压栏杆春昼长”“天下三分明月夜，扬州十里小红楼”“梨园子弟白发新，江州司马青衫湿”，数联皆天衣无缝，妙合自然。[①]

周密所引的对句均为集句。所谓集句或集句诗，即集他人诗句成一联，或一首。集句在宋代文人中颇为流行，成一时风尚。周密所引集句，虽出于不同作者之手，或同一作者不同诗篇，且诗词体式亦有差异，但多能做到对偶贴切、妥当，无生硬拗折之感；从表达意境上看，能够前后相融，如出一篇，确实如周密所言“天衣无缝，妙合自然”。

《齐东野语》卷十一《姚孝锡》条摘录北宋灭亡后隐居五台山的节臣姚孝锡所作五七言律句，“节物后先南北异，人情冷暖古今同”，“久客交情谙冷暖，衰年病骨识阴晴”，“玄晏暮年常抱病，子山终日苦思归”，“岸涨鱼吹沫，山空石转雷”，“谷虚生地籁，境寂散天香”[②]等，均为对偶律句，对仗极工稳，属于严格的“的名对”。诗人在景事描写上平易自然，多用白描手法，用语贴切，读之和谐流畅；同时叙事写景均蕴含真情，把诗人对世情的体察及隐逸情怀生动自然地传达出来，做到了整饬与自然并存，故周密赞曰“皆佳句也”。姚孝锡的作品最早收于元好问的《中州集》癸集，在诗前作有诗人小传。周密正是从元好问《中州集》中节录的姚孝锡作品。两相对照，可以发现，周密对小传中所列重要诗歌及诗句并未全部摘引，而是有所选择的。周密的取舍，颇能体现他重视对偶、追求精工与妙合自然的审美倾向。姚孝锡作为北宋灭亡后誓不仕金的忠义之士，其人格志节也深得周密的认同。周密对姚诗的喜爱，不仅仅在于对其对偶佳句的赞赏，其佳句中所表现出来的诗人的真性情亦是周密欣赏的地方。

---

①周密：《浩然斋雅谈》卷中，孔凡礼点校，中华书局，2010，第20页。

②周密：《齐东野语》卷十一，中华书局，1983，第195页。

其二，追求用事切当自然，有新意；反对过度用事、有意用事。

使事用典是宋诗突出的艺术表现手法。严羽在《沧浪诗话》中批评宋诗“以才学为诗”，表现出对宋诗大量使事用典的不满。刘克庄亦称之“资书以为诗”。这已然成为宋诗的表征和突出弊端。周密在用事问题上持论公允，既认识到苏黄、江西诗派等“资书以为诗”所造成的诗坛弊端，亦肯定用事这一诗歌表现手法的重要性。他对用事持肯定态度，但要求用事必须切当、自然、有新意；反对有意用事、过度用事，更反对用事不当。

首先，“善用事”，自然“如己出”。周密就用事原则，提出“善用事”，指使事用典要切当、自然，要求典故与诗人所抒之情、所写之事高度契合，达到典、事、情的融合，鲜明体现出创作主体的情意，“不啻自其口出”，自然真切。《齐东野语》卷八《诗词祖述》条，记孝宗和臣子论人才之用，提到汉代李广的遭际，认为“人才须用而后见……如李广在文帝时，是以不用，使生高帝时，必将大有功矣”，其后陆游赠刘过诗中化用孝宗之语，“李广不生楚汉间，封侯万户宜其难”。刘过读后“大喜，以为善名我”①。所谓“善名我”，即指陆游此诗通过用典很好地传达了友人不见用于当朝、怀才不遇的现实遭际。刘过，字改之，生活于南宋孝、光、宁三朝。史称其人少怀志节，读书论兵，好言古今盛衰治乱之变，曾多次上书陈其恢复大计，但终不为朝廷所用。孝宗对李广生不逢时、怀才不遇的评说和刘过现实之遭际高度契合，故能引发刘过“善名我”的深重感叹。陆游在诗歌中把典故和抒情结合起来，达到典、事、情的统一和融合，可谓用典贴切，自然不做作。周密在其笔记中屡屡摘录用典诗句，加以评点。如《浩然斋雅谈》卷中称赵汝淳读《夷坚志》诗，“用干宝事甚佳”；《浩然斋雅谈》卷上称汪彦章“可谓善用事”；《齐东野语》卷二《用事切当》条，称周必大和诗“一时用事，可谓切当”；等等。从中可以看出周密对用事应切当、自然的认同。

由于文人多喜用事，用事蹈袭、雷同的现象时有发生，即使是诗文大家，同样存在这种情况。出现这种现象的原因不外两种：其一，直接蹈袭他人作品中用事，这一做法自然是不可取的；其二，征引史实时出现雷同，这在所难免，属正常现象，不能简单地视为蹈袭他人创作。周密认为判断

①周密：《齐东野语》卷八，中华书局，1983，第150页。

用事是否蹈袭他人，这要看作者的立意。用事相同，但诗人所表达之意不同，且能做到立意与用事相合，就不能称之为蹈袭，而是善于化用典故，用事自然的表现。《齐东野语》卷五《用事偶同》条中，记欧阳修、苏轼、苏辙、黄庭坚等宋代诗文大家在用典上的雷同现象。周密举出欧阳修《非非堂记》文和苏轼《是是堂》诗的例子，“欧阳修《非非堂记》曰：‘是是近乎谄，非非近乎讪，不幸而过，宁讪无谄。’坡翁为刘壮舆作《是是堂》诗云：‘闲燕言仁义，是非安可无；非非义之属，是是仁之徒；非非近乎讪，是是近乎谀。’”①欧阳修的《非非堂记》和苏轼的《是是堂》均化用《荀子》中的语典，显然是用典重复，但是他们各自诗文均从己意出发，一着重点在“非非”说，一着重点在“是是”说。故而周密说：“二公岂相蹈袭者邪？其用事造语，若出一辙，而不以为嫌也。”典故虽同，但由于作者立意不同，鲜明融入作家自我情意，所以仍有新意。

其次，周密反对有意用事。诗歌发展到宋代，文运昌盛，宋人读书风气浓郁，故诗文中用事很多，尤其是黄庭坚提倡“点铁成金”“夺胎换骨”之“诗法”后，宋人在创作上用事蔚然成风。用事成为宋代诗歌的标志，文人们大肆“掉书袋”，带来了宋诗的弊端。周密对这样一种创作风气是持客观批评态度的。《齐东野语》卷一《诗用史论》条，列举了大量宋人在作诗时化用史论，在论史文章中又大量借用诗意的例子，指出宋人用典可谓无处不在。“此类甚多，不暇枚举，岂所谓脱胎者耶？”②从周密反问的语气中，可以看出周密对宋人这一做法的不满。

周密在其笔记中借陈师道之口谈“作诗之要”，“天下书虽不可不读，然慎不可有意于用事”，明确指出诗人多读书固然重要，但在作诗用典时，一定要持慎重态度，“慎不可有意于用事”。“有意于用事”就是为用事而用事，而不是为情为意用事，不去关注所用之事是否能够很好地和诗人所表之情意紧密契合，甚至削弱诗歌的内容情感去迁就典故，这样就偏离了用事“举人事以征义”“引成辞以明理”的目的。

周密在《浩然斋雅谈》卷上记下了一些文人考察史实不确导致用典出问题的例子。“孙景茂云：‘太公八十遇文王。’今世皆以此藉口。《九辩》

①周密：《齐东野语》卷五，中华书局，1983，第86页。

②周密：《齐东野语》卷一，中华书局，1983，第8—9页。

乃云：‘太公九十乃显荣兮。’而东方曼倩则云：‘太公体行仁义，七十有二乃用于文、武。’马永卿尝疑焉。然香山诗乃云：‘钓人不钓鱼，七十得文王。’不知又出何书也。”从中可看出，周密强调典故运用的准确性。

总之，周密作诗讲究妙合自然，反对大肆用事，反对有意用事，但是对于用事切当者是赞赏和肯定的，这体现出周密的包容。

4. 语言上注重锤炼，避熟就生、就新，同时注重语言的自然浑成

周密亦重视诗歌语言锤炼，讲求炼字炼句之工，并追求语言的生新。

其一，注重炼字之工。

周密没有在炼字、炼词方面提出具体理论主张，但在其笔记中时常摘引他人佳句进行简单评点，让我们大致体会到他重视用字用词的诗学观。如他举近世诗人严中和的诗歌或诗句“树影踏不碎，花香嗅却无”“寺老柳遮塔，雨多春碍船”“涧水活不冻，山枫老自灵”“画扇题诗鸾背湿，铜彝煎脑鸭心香”等，称赞曰“皆佳句也”[①]。他也收录了北宋末年诗人姚孝锡的诗句，五言如“岸涨鱼吹沫，山空石转雷”“谷虚生地籁，境寂散天香”；七言如“节物后先南北异，人情冷暖古今同”“久客交情谙冷暖，衰年病骨识阴晴”“玄晏暮年常抱病，子山终日苦思妇”“深林有兽乌先燥，废圃无人泉自流”“食贫岂复甘秦炙，客病空怀奏楚音”等，称赞“皆佳句也”[②]。他还收录北宋太宗朝田锡诗句，如“磬韵似烟和烛袅，松声如雨入窗流”“行色迎秋清似画，别情因景化为诗”“秋色数行江上雁，残阳一簇渡头人”等，亦曰“多佳语”[③]。周密所摘引并加以称赞的这些诗句，多是对仗精工的五七言律诗、绝句，以写景句居多，且在相关字词的运用上颇为精巧，能造就整个诗句的生动感、形象性，能形成较为完整统一的艺术境界，且多能给人以想象的空间。如严中和的“树影踏不碎，花香嗅却无”一联，整首诗并未流传下来，《全宋诗》亦是依据周密笔记收录了此残句。此联诗以简约自然的笔触描写了大自然中树木繁盛浓密、远处花朵竞相盛开的明媚美好的景致。其中“踏”“嗅”二字均为表动态的虚活字，一方面把静态景物带活，使整个诗句显得灵活生动；另一方面把主体形象引入诗境，让读者隐约感受到主人公流连于浓密林荫下，沉浸于

---

①周密：《浩然斋雅谈》卷中，孔凡礼点校，中华书局，2010，第32页。

②同①，第37页。

③同①，第37—38页。

远处传来的淡淡花香之中的无比美妙的艺术情境，主人公闲适、恬静的心境亦含蓄地表现出来。

其二，追求造语秀拔警策。

周密在语言上，一方面追求炼字之工，着力于用字的精工贴切；另一方面亦很重视诗歌语言的秀拔警策，注重诗歌整体的浑融自然。

重视诗歌语言的秀拔警策，主要是针对诗歌的句式而言。刘勰曾解释："秀也者，篇中之独拔者也"，"秀以卓绝为巧""状溢目前曰秀"①，指出秀句有"独拔""卓绝""状溢目前"等特点。"独拔""卓绝"意相近，均指秀句在表达情感意趣上，是诗篇中最警策动人的诗句；"状溢目前"亦指情感表达饱满深入，形象生动鲜明。同时，刘勰指出，秀句"思合而自逢，非研虑之所求"，自然天成、不假雕琢。因此，秀句既有形式上的要求，亦有内容上的要求。

《浩然斋雅谈》卷中所称引的为竹枕而作的铭文"珊瑚枝，琥珀盘。流苏帐暖骖飞鸾，莫忘此君同岁寒"②，其中"莫忘此君同岁寒"就是秀句，亦是警句，化用孔子"岁寒然后知松柏之后凋也"语典，并暗示了孔子所赋予竹的凌寒傲立的坚贞人格，给人以独拔于流俗之外、警策而卓绝不群的审美意趣。周密认为这样的秀句是"佳语"。

通过以上分析可以发现，周密既注重诗中用字、用词的精工、妥帖，亦追求诗句的秀拔警策，他有着较为圆融的诗学观。

其三，避熟就生，推崇新语。

周密在诗歌语言上重视用新语，体现出"避熟就生"、求新求变的诗学追求。

周密在笔记中记载了宋人在用字用词方面的新异变化，经过细致分类，大体包括以下几方面特点，从中颇能感受到周密对避熟就新、就生的语言风格的态度。

(1)新造语。

新造语指前人没有使用过的、不符合人们平常语言表达习惯的诗人根据自己创作意图创造出来的新词新语。

---

①张戒：《岁寒堂诗话》，载丁福保辑《历代诗话续编》，中华书局，1983，第456页。

②周密：《浩然斋雅谈》卷中，孔凡礼点校，中华书局，2010，第41页。

新造语打破了约定俗成的语言规范和相对固定的思维定式，体现出对传统语言表达体系的游离，带来不平衡和陌生化，造就生新、奇谲、瘦硬的文本特点。

周密十分欣赏陆游诗歌中的新造语，他认为“放翁诗多用新语”。《浩然斋雅谈》卷中曰：

> 放翁诗多用新语，如“厚味无人设佞汤”“微芬时自注廉香”。自注：“以松子胡桃蜜作汤，谓之佞汤；以炭末乳香蜜作湿香，谓之廉香。”①

笔记中所引诗句是陆游诗残句，全诗不存，有赖周密笔记加以保存。从二句整体看，应为诗中一联。句中“佞汤”“廉香”二词确实难以理解。从周密所引“自注”看，此二词乃陆游自创新语，恐他人不能理解，故作自注。“佞汤”指一种用松子、胡桃蜜等材料相混合加工而成的汤。“廉香”指一种用炭灰、乳香蜜相配合而制成的淡雅香料。陆游以表现人性情、品质的词“佞”“廉”描述“汤”“香”，生发了深刻的人文内涵。细加品味，可以从中感受到诗人远离奸佞、清正自持、不苟合于世俗的高洁情操。诗人的情感内涵通过新造语委婉传达出来，语中融情融意，婉而雅，这是诗歌新造语的佳境，极具艺术审美性。

陆游另有诗句“新蝶饧枝缀红糁”，周密亦称赞“‘饧枝’二字甚新”②。陆游诗中所称“饧枝”指南方一种称为“蓼花”的用软面和糖油炸加工而成的食品。“俗以油饧缀糁作饵，名之曰蓼花”。大概是由于面较软，不能很好固形，故放到油锅里会散开，呈现枝杈状。陆游生造“饧枝”一词，既生新，读之又使人平添联想。

另外，周密摘引宋周麟之诗句“醉倒不辞花面笑，诗成亲傍竹身题”，并赞其“‘竹身’二字甚新”③。此联诗中“竹身”一词很少见。古人咏竹，有“竹影”“风竹”“雨竹”“翠竹”等称谓，却没有“竹身”一词。

---

①周密：《浩然斋雅谈》卷中，孔凡礼点校，中华书局，2010，第24页。

②同①。

③同①，第41页。

“身”字显得太平实，缺乏形象感，也没有色彩感，很少有诗人会把竹和它联系起来。但此处拈出“竹身”，细细推敲，也不失贴切，在联句中，“花面”对“竹身”，工稳妥帖。如果再仔细品味，可以感到诗人在花边竹下醉酒吟诗的豪纵之气，“竹身”怕是因醉夸大了竹子的粗度，生动形象，给人以新鲜感。

可以看出，对新造语，周密认为所造之语词要贴切、生动形象，虽生新而不生涩，且要能很好地和创作主体的主观情意融合。

（2）代语。

“代语”一词，指各地方言之中能同义取代的词。在诗歌创作中，使用代语是使诗歌语言新奇的一种手段。

周密在其笔记中对宋人使用代语的例子有所记录。《浩然斋雅谈》卷中载：

> 东坡谓“晨饮”为“浇书”，李黄门谓“午睡”为“摊饭”。放翁拾以为句曰：“浇书满挹浮蛆瓮，摊饭横眠梦蝶床。”[①]

周密所引诗句出自陆游《春晚村居杂赋绝句》六首之五，大意为“晨饮舀瓮中浮满酒蛆的酒喝，饭饱午睡横卧在床上梦到蝴蝶”，表达了诗人隐逸的情怀。诗歌用“浇书”代替“晨饮”，用“摊饭”取代“午睡”。此为代语。

周密还记下了黄庭坚的《爱竹》诗[②]，这首诗里“野次小峥嵘”的“峥嵘”，以及“御此老觳觫”的“觳觫”，都属代语，前一个代“山石”，后一个代“牛”。

代语现象在宋代已经成为较常用的语言表达方式，为文人广泛接受。周密对它的认同亦是受当时整体风气的影响，从周密所摘引的句子分析，他比较强调代语表达情意的功能。

（3）俗词、僻词。

宋人追求“以故为新”“化俗为雅”的另外一种表现是在诗歌中大量

①周密：《浩然斋雅谈》卷中，孔凡礼点校，中华书局，2010，第23页。

②同①，第45页。

运用俗词，并去俗趋雅。“化俗为雅”是宋人的一种自觉追求。周密笔记亦涉及这一点。

周密谈及，苏轼喜用“朅来”这一词，并以之屡屡入诗，如“朅来东观弃丹墨”，“长陵朅来见大姊”，“朅来城下作飞石”，“朅来畦东走畦西”，“朅来从我游”，“朅来齐安野”，“朅来清颍上”，“朅来廉泉上”等。“朅来”一词是口语词，亦是生僻词，但苏轼对这一俗语十分熟悉，在作诗时随手拈来，且从诗句整体上看，不让人感到俚俗。周密注意到苏轼诗歌中这一现象，并进行大量摘引，亦体现出周密对于以俗语入诗词的关注。

与此同时，周密注意到，有一些俗意象出现在宋人诗（亦包括词）中。如其笔记中记载了苏轼尝作《女髑髅赞》，通过一具女骷髅的样子去想象她生前的美好形象，生新别致。“女骷髅”诗题语俗、生僻、新奇，诗意奇特，但诗中之情致却美好、雅致，这是化俗为雅的佳例。

通过对周密笔记的分析，可以看出，周密对于宋诗求新求变的诗学潮流是基本认同的。

总之，周密在诗学上表现出重法求新的观念，突出体现在构思、对偶、用事、语言等方面，但这并不表示周密忽视了诗歌内容。周密对形式的注重，其立足点是重意重情，是在兼顾情意的基础上追求形式的完美，即既重视内容，亦不废艺术形式，达到自然圆融的艺术境界。

四、“闲雅”“有味”的审美追求

周密在其笔记中鲜明地传达出“闲雅”重“味”的审美追求。

1. “闲雅”的诗学审美追求

“闲雅”一词，可分可合。闲有“散”“冗”等义，指闲散、闲暇、无所用心。于精神主体来说，是指一种从容的精神状态，把这种精神状态反映到作品中，体现为一种闲适、自由、无拘束、平淡悠然的风格。“雅”，有“正”“素”之义，指中正平和、合乎规范、不激烈且庄重，故有“雅言”“素雅”“雅正”。“闲雅”常常合称，用于文学艺术中，指一种自然闲适、从容不迫、超远脱俗的精神状态及审美意趣。

周密笔记中反映“闲雅”意趣的内容，有些趋于“闲”，有些趋于“雅”，更多时候二者兼具。

其一，他大量摘录诗文创作中表现“闲雅”意趣的句子。

周密在其笔记中摘录了许多诗人表现“闲雅”意趣的诗句。如《浩然斋雅谈》卷中摘录陆游《心太平庵》诗云：“天下本无事，庸人扰之耳。胸中故湛然，忿欲定谁使。”他又摘录道：“少年妄起功名念，岂信身闲心太平。”他还摘录了白居易之诗：“闲倾三数酌，醉吟十余声。便是羲皇代，先从心太平。”[①]无论宋之陆游还是唐之白居易，传达的都是无欲无求、淡然沉静的意趣，而周密摘录出这些诗，也是因为与前贤“心有戚戚焉”。

其二，周密对历代文人雅士的“闲雅”行迹进行记录和点评。

文人雅士求“闲”尚“雅”的生活行迹，能够鲜明体现出他们推崇闲雅的精神个性，并直接影响到他们的诗文创作风貌。周密在其笔记中记录了许多文人雅士追求“闲雅”的行迹，并加以推许，从中体现了周密重“闲雅”的审美情趣。

作为南宋著名的雅词派词人，姜夔在词坛上的地位和影响非常大。周密十分推崇他。姜夔虽一生布衣，漂泊江湖，但为人清高自持，清贫自守，以晚唐隐士“天随子”陆龟蒙为异代知音，始终保有一份闲雅情怀。周密的笔记中有大量关于姜夔的记录。《姜尧章自叙》是姜夔自叙生平的一篇文章[②]，幸赖周密笔记得以保存，成为后人研究姜夔生平的重要资料。《浩然斋雅谈》卷中记姜夔与俞商卿、葛天民、张平甫等文人雅士在冬日不顾“天寒野迥”，“自封禺同载，诣梁溪、道吴淞”，一路畅游，“诗兴横发，嘲唅吟讽，造次出语便工……未浃日，得七十余解”，编成诗集，名曰《载雪录》。其中萧介父的题诗“乱云连野水连空，只有沙鸥共数公。想得句成天亦喜，雪花迎棹入吴中”，生动贴切地描绘了姜夔等人率性自然、闲雅自适的情怀。

《浩然斋雅谈》卷中记载诗人吴白“豪逸负气，诗文立成。嗜酒穷空，晚为僧于感化寺”。吴白为歌妓作题扇诗云“风枝露叶有余清，转盼还从玉笋生。愿得此君长在眼，子猷虽老未忘情”，虽是为歌妓所作，但诗中“愿得此君长在眼，子猷虽老未忘情”一句，体现出其人洒脱不羁，极具雅量。

---

①周密：《浩然斋雅谈》卷中，孔凡礼点校，中华书局，2010，第23页。

②周密：《齐东野语》卷十二《姜尧章自叙》条，中华书局，1983，第211页。

其三，将作家精神个性与创作风貌结合起来观照。

周密在其笔记中注重把握诗人的精神个性，并把精神个性和创作风貌结合起来观照。例如：

> 薛梦桂，字叔载，号梯飙，永嘉人。父大圭，绍熙间上书乞立储，在赵忠定诸人先。叔载擢高科，通京籍，风度清远，所居西湖五云山，曰隔凡关、曰林壑瓮，通命之曰方崖小隐，诸名士莫不纳交焉。俪语、古文词笔皆洒落，不特诗也。①

薛梦桂是南宋后期词人，理宗宝祐元年（1253）进士。周密选编的《绝妙好词》选其词四首。从此条所引可以看出，薛梦桂虽出身仕宦之家，且“擢高科”，却能远离尘俗，居西湖五云山，为人清雅不凡。周密赞其“风度清远”，指的是其精神个性清雅脱俗，闲适潇洒。他又把其个性风神和诗歌风貌结合起来，指出其为诗为文“词笔皆洒落”。《浩然斋雅谈》卷上又称姜夔诗“言辞峻洁，意度萧远”，和同卷中所记姜夔等人雪中乘兴而游的行迹结合看，亦鲜明地体现出周密通过将作家的行迹、个性和创作风格结合起来谈，展现作家“闲雅”的审美追求。

其四，周密表达了对“粗恶语”的批评。

周密追求“高雅”“闲雅”的审美情趣，反对俚俗。在其笔记中，周密对与“闲雅”审美相对立的“粗恶”之作是持批评态度的。《浩然斋雅谈》卷中记载：“韩平原用事时，华岳子西为武学生，尝献诗云：‘汉地不埋王莽骨，唐天难庇禄山躯。’韩怒，羁管建宁。有诗集《翠微集》，大抵皆粗恶语。”②

此条中所提到的华岳，字子西，是南宋宁宗嘉定年间武状元。史载，华岳为人“轻财好侠”，抗言直谏。韩侂胄当权时，曾上书请诛韩侂胄、苏师旦，被贬至建宁；后史弥远专权，华岳又“谋去”之，“事觉”，下临安狱，被杖死。《宋史》列之于《忠义传》。华岳是一位心系社稷、刚正不阿、不畏权奸的忠义之士，但其诗歌质朴粗率，直抒胸臆，缺乏艺术性。周密所引

---

①周密：《浩然斋雅谈》卷上，孔凡礼点校，中华书局，2010，第15页。

②周密：《浩然斋雅谈》卷中，孔凡礼点校，中华书局，2010，第40页。

“汉地不埋王莽骨，唐天难庇禄山躯”，出自华岳《上韩平原》诗。周密批评华岳诗“大抵粗恶语”。“粗”即“语言上质实、直白、俚俗，缺乏艺术斟酌”。周密对华岳的诗抱有不满情绪，可见他对质实、俚俗的创作风格持批评态度。

周密追求闲雅的诗学审美倾向，既是受到当时词坛风气的影响，更是诗人主体精神个性在诗学中的体现。家庭、人生经历、个性气质，以及时代思潮和社会现状均对周密产生很大影响，造就了周密的闲雅情怀。周密虽然出身大家，凭门荫走上仕途，但朝政的腐朽堕落、朝局的变动、官场的黑暗、宦途的奔波失意，让他深感疲惫，更唤起他对闲雅的向往。“霜拂金案玉坠腰，邻鸡催唤紫宸朝。争如林下饱清梦，残月半窗松影摇。”[①]这是周密在官署墙壁上看到的一首小诗，“林下清梦”“残月松影”是何等让人感到惬意、闲雅。此诗虽非周密所作，但诗人对此种人生境界是认同和向往的，叹道“颇得予心之同”。

2. 对“味”的审美追求

周密受传统诗学影响，对统治诗坛的江西诗派质实、枯燥、险怪的诗风不满，提倡闲雅、含蓄之风，希望诗歌要“有味”“知味”。

《齐东野语》卷十三记士人林外诗一首：“‘千古传名黯淡滩，十船过此九船翻。惟有泉南林上舍，我自岸上走，你怎奈何我？’虽一时戏语，颇亦有味。”[②]林外是高宗绍兴三十年（1160）进士。周密所录之诗，乃林外过南剑州黯淡滩所作。黯淡滩地处福建南安县，据相关记载，此处湍流奇险，屡屡覆舟，行人多畏避之。林外却漠然视之，在滩旁驿壁上戏题此诗。诗歌鲜明地表现出诗人面对险境的潇洒风度。细细品味，还有言外之意。“十船过此九船翻”，使人联想到社会现实的险恶，但生性洒脱自在的诗人认为，“我自岸上走，你怎奈何我？”这份坦然心境不仅是针对自然的险阻，也是面对社会现实倔强洒脱的精神气度。这也就是周密所称道的“有味”——多重意思，委婉含蓄，引人联想，回味无穷。林外之诗虽是“一时戏语”，但诗中传达出来的深永含蓄的审美意趣却能感染、打动人心，这正是周密的审美追求。

---

①周密：《浩然斋雅谈》卷中，孔凡礼点校，中华书局，2010，第31页。

②周密：《齐东野语》卷十三，中华书局，1983，第241页。

又如，《浩然斋雅谈》卷上记：“蒋重珍伯父能禅，其亡也，重珍祭之以文，云：‘不必轻生前以为空，不必重死后以为实。’此语极有味。”[①]此条所引文句摘自一篇祭文。祭文既要表现亡者生前事迹，又要传达生者对亡者的缅怀之情。亡者生前“能禅”，而佛教认为“生前为空，死后为实”，活着不过是表相、假象，死后才是“实相”，是涅槃。蒋重珍曰“不必轻”“不必重”，以否定语气表明活着的珍贵、死亡的虚无，表达了生者对逝去者的留恋、怀念，含蓄蕴藉，回味无穷，确实称得上“有味”。

对一些诗句，周密在评点中虽没有赞为“有味”“知味”，但赞其“不凡”“极佳”“亦佳”“极有深意”等，其中亦能看出周密对诗歌“味”的追求。

《浩然斋雅谈》卷中记曰：

> 张良臣，字武子，近世诗人，有《雪窗集》。……其女兄即徐元杰仁伯之母也，亦能诗。尝有绝句云：“罗幕金泥窣地垂，夜香烧尽二更时。不知帘外溶溶月，上到梅花第几枝。”正自不凡。[②]

此条中所称引的女子是江湖诗人张良臣之姊，理宗朝直臣徐元杰之母。徐张氏所作之诗是一首闺情诗。前两句写香炉内的香已经烧过了二更时分，暗示女主人公彻夜不眠，独自静坐良久。后两句写窗外月色溶溶，停在梅花枝头。月、梅、思妇三者融为一体，形成浑融而优美的月下怀人的艺术境界。此诗写得情思蕴藉而极具空灵韵味，情韵深长，含不尽之意于言外，这正是诗“味”的体现。

《浩然斋雅谈》卷中摘录魏了翁诗歌“东西日月自来往，遑恤人间有喘牛”，赞其“亦佳”。周密所引诗句摘自魏了翁七绝组诗《肩吾生日以三绝为寿》其一：“俗学场中蚤掉头，一窗书卷古人谋。东西日月自明耳，皇恤人间有喘牛。”[③]在这里，诗人化用“吴牛喘月”之典，表达深厚的忧民情怀，以及对自己无端遭贬的不满。由于用了典故，使得诗歌含蓄蕴藉，耐人寻味。

---

①周密：《浩然斋雅谈》卷上，孔凡礼点校，中华书局，2010，第17页。

②周密：《浩然斋雅谈》卷中，孔凡礼点校，中华书局，2010，第35页。

③傅璇琮：《全宋诗》卷二九三四，北京大学出版社，1998，第34967页。

五、结语

周密笔记中所表现出来的文学思想极其丰富，他在众多的笔记中，通过对大量零散的诗歌文本的摘录、评点及相关评论，从情感内容、艺术形式、艺术审美等方面展现了自己的文学观念。

作为南宋末期较有名的文人，周密的文学思想是对其诗歌创作理论的总结，体现了南宋后期文学发展的一些倾向，对于整体把握南宋后期文学思想意义重大。

史绳祖《学斋占毕》

史绳祖（1192—1274），字庆长，眉山（今属四川）人，有《学斋佔毕》。《学斋占毕》成书于宋理宗淳祐十年（1250），为作者的读书笔记。书中包含一些文学思想。

此书评价前代诗词，以温柔敦厚、为尊者讳的儒家传统观念为准绳，因此对前人一些有价值的见识多有非议。卷一《诗讳国恶》载：

> 洪氏《容斋随笔》谓：元稹《连昌宫词》有规讽，胜如白居易《长恨歌》。然余窃谓前贤歌咏前世之事，可以直言。而当代君臣，则宜讳国恶。如“陈司败问昭公知礼乎，子曰：‘知礼。’”盖为国恶讳也，司败曾不知之，乃云：“君取于吴，为同姓，谓之吴孟子。君而知礼，孰不知礼？”何其谬哉！唐明皇纳寿王妃杨氏，本陷新台之恶，而白乐天所赋《长恨歌》，乃谓“杨家有女初长成，养在深闺人未识。天生丽质难自弃，一朝选在君王侧”。则深没寿邸一段，盖得孔子答司败之遗意矣。《春秋》为尊者讳，此歌深得之。[①]

黄庭坚与苏轼亦师亦友，文学史传为佳话，然而史绳祖却曲解黄庭坚《子瞻诗句妙一世，乃云效庭坚体，盖退之戏效孟郊樊宗师之比，以文滑稽耳，恐后生不解，故次韵道之（子瞻〈送杨孟容〉诗云“我家峨眉阴，与子同一邦”即此韵）》，认为黄庭坚蔑视苏轼，非议苏轼，劝人莫学苏轼，可

①史绳祖：《学斋占毕》卷一，载《全宋笔记》第八编第3册，大象出版社，2017，第67—68页。

谓无端引申，歪曲历史。卷二《坡诗不入律》载：

> 黄鲁直次东坡韵云：“我诗如曹、郐，浅陋不成邦。公如大国楚，吞五湖三江。”其尊坡公可谓至，而自况可谓小矣。而实不然，其深意乃自负而讽坡诗之不入律也。曹、郐虽小，尚有四篇之诗入国风，楚虽大国，而三百篇绝无取焉。至屈原而始以骚称，为变风矣。黄又尝谓坡公文好骂，谨不可学。又指坡公文章妙一世，而诗句不逮古人。信斯证也。[①]

这首诗本是黄庭坚面对老师的谦虚之词，却被曲解为暗示苏轼之诗不入律，这种猜想只能说是文学史上的异端之说了。

由于作者敢于自陈己见，不拘泥于历史上的传统观念，故此书也不乏创见。如卷二《辨兰亭不入选之失》载：

> 林之奇少颖编《观澜文序》曰：“《文选》不收《兰亭记》，识者以为遗恨。”又陈正敏《遁斋闲览》云：“王右军《兰亭》以天朗气清，自是秋景，以此不入选。然丝竹管弦，语亦重复。”余谓陈氏之说陋矣。周公作时训，以二十四气定七十二候，三月为清明，朗明也。言气候当辰，为出火，清且明也。非天朗气清而何？且张平子《归田赋》曰“仲春令月，时和气清”。萧统取《归田》入选，而遗《兰亭》，正东坡所谓“小儿强作解事”者。而陈氏又附和以丝竹管弦重复之语，不知《张禹传》云“后堂理丝竹管弦”，孟坚注已作四义。又舜有白玉琯，唐贺怀智琵琶以鲲鸡为弦之类，非必丝竹而后可以为弦管也，岂足以病右军之文？故识之，以一洗萧、陈之陋。[②]

卷二《阿房宫赋善用事》载：

> 杜牧之《阿房宫赋》“长桥卧波，未云何龙”。正本元是“云”

①史绳祖：《学斋占毕》卷二，载《全宋笔记》第八编第3册，大象出版社，2017，第74页。
②同①，第80—81页。

字，后人传写，讹云“未雩何龙”，殊为无理。杜之意盖谓长桥之卧波上，如龙之未得云而飞去，正如“蛟龙得云雨，恐终非池中物”之义。若加以“雩”字，则不惟无义，兼亦错误读“龙”字耳。《左传》“龙见而雩”注谓龙星也，非龙也，龙星未见则不之雩。今曰未雩，则龙当未见。何形可见？龙又星名，何有于长桥之势哉！又此赋善于用事。凡作文之法，经可证史，史不可证经。前代史可证后代史，后代不可以证前。如《阿房宫赋》所用事不出于秦时，只“烟斜雾横，焚椒兰也”两句，尤不可及。六经只以椒兰为香，如“有椒其馨”“其臭如兰”“兰有国香”是也。《楚词》亦只以椒兰为香，如“椒浆”“兰膏”是也。沉檀龙麝等字，皆出于汉。西京以后，词人方引用，至唐人诗文则盛引沉檀龙麝为香，而不及椒兰矣。牧此赋独引用椒兰，是不以秦时所无之物为香也。只如近世文人作《汉宫词》《婕妤怨》《明妃曲》而引用梅妆、莲步字，尤为可笑。此皆齐末以后事，汉时宁见此而效之耶？刘观堂可谓“不善用事，为事所使”，殆谓此也。①

对于一些名篇，作者善于追根溯源，寻找其中的传承关系。如卷二《周子爱莲说如屈原橘颂》载：

《左传》云：“譬诸草木，吾臭味也。”屈正平《离骚经》一篇之中，固以香草而比君子矣，然于《九章》中特出《橘颂》一章，朱文公谓“受命不迁”，谓橘逾淮为枳也，原自比志节如橘不可移徙也。末乃言橘之高洁可比伯夷，宜立以为像而效法之，亦因以自托。余因文公之言而谓濂溪周子作《爱莲说》，谓莲为花之君子，亦以自况，与屈原千古合辙；不宁惟是，而二篇之文皆不满二百字，咏橘、咏莲皆能尽物之性，格物之妙无复余蕴。盖心诚之所发越，万物皆备于我之所着形，是可敬也。读者宜精体之。②

---

①史绳祖：《学斋占毕》卷二，载《全宋笔记》第八编第3册，大象出版社，2017，第84页。
②同①，第87页。

卷二《大小各适其性》载：

庄周之书有“鹪鹩巢林，不过一枝”，又曰鹏抟“扶摇九万里而风斯在下”，盖齐物之论也。后世有本其说而赋之者，如张茂先赋鹪鹩，自譬甚小；李太白赋大鹏，自譬甚大，皆适其性而已，不出庄周齐物之论耳。①

卷二《坡文之妙》载：

东坡《泗州僧伽塔》诗：“耕田欲雨蓺欲晴，去得顺风来者怨”，此乃隐括刘禹锡《何卜赋》中语，曰“同涉于川，其时在风。沿者之吉，溯者之凶。同蓺于野，其时在泽。伊穜之利，乃穋之厄”。坡以一联十四字而包尽刘禹锡四对三十二字之义，盖夺胎换骨之妙也。至于《前赤壁赋》尾段一节，自“惟江上之清风，与山间之明月”，至“相与枕藉乎舟中，不知东方之既白”，却只是用李白“清风明月不用一钱买，玉山自倒非人推”一联十六字，演成七十九字，愈奇妙也。②

作者善于寻找典实的最早出处。卷二《折梅遣使于诸发不始于陆凯》载：

《荆州记》谓：陆凯与范蔚宗相善，凯自江南遣使寄梅花一枝，诣长安与范蔚宗，并诗一绝云：“折花逢驿使，寄予陇头人。江南无所有，聊赠一枝春。”后世纷纷举用多矣，皆以陆、范为证，不知刘向《说苑》已载越使诸发执一枝梅遣梁王，梁王之臣曰韩子者，顾左右曰：“乌有一枝梅，乃遗列国之君？”则折梅遣使始此矣。③

---

①史绳祖：《学斋占毕》卷二，载《全宋笔记》第八编第3册，大象出版社，2017，第88页。
②同①，第86页。
③同①，第91页。

卷四《一字诗不始于东坡》载：

坡公《诗集》中有和郭正辅一字诗云："故居剑阁隔锦官，柑果姜桂交荆菅。奇孤甘挂汲古绠，侥觊敢揭钩金竿。已归耕稼供藁秸，公贵干蛊高巾冠。改更句格各蹇吃，姑因狡狯加间关。"又有郊居"江干坚关扃"一首及四言一首，亦名吃语诗，注家及《苕溪渔隐》俱以为公出意以为戏。余尝观唐人姚合少监《诗集》中有《洞庭蒲萄架诗》云："萄藤洞庭头，引叶漾盈摇。皎洁钩高挂，玲珑影落寮。阴烟厌幽屋，濛密梦冥苗。清秋青且翠，冬到冻都凋。"则此体已具矣。坡公不过才高记博，造句杰特，有来处，因前人之体而为戏耳。若直指为坡，则寡见可笑矣。①

赵升《朝野类要》

赵升，字向辰，文昌（今江西临川）人，生平不详，有《朝野类要》五卷。据作者自序，此书完成在端平三年（1236），"端平丙申重九，文昌赵升向辰识于只桂书院"。书中包含一些文学思想。

此书中有比较丰富的科举文化材料，对研究科举与文学的关系有重要参考价值。锁院诗是宋诗中较为常见的体裁之一，《朝野类要》细致记载了锁院期间的文士活动。

凡言锁院者，机密之谓也。故试士、撰麻皆如此也。试士则所差官预先入院议题，有司排办。撰麻则全番或半番快行，节次往学士宅第传宣。俟传宣快行来足，学士上马，朝服修帽，随簇入院。（造赦头尾则亦然。）若别有直宿学士或直院，则出避之。当夜依宣撰述。如不可行者，缴奏之，谓之封还词头。若可行，则撰毕进呈，关报合门宣词令舍人。（今同合门宣词，令舍人锁宿。）且当晚御史台、合门报明日宣麻，则文武百寮赴文德店听之。如不可行，则又有执政不押麻之例，即台谏得以执奏矣。②

---

①史绳祖：《学斋占毕》卷四，载《全宋笔记》第八编第3册，大象出版社，2017，第129页。
②赵升：《朝野类要》卷一，载《全宋笔记》第八编第3册，大象出版社，2017，第430—431页。

对于闻喜宴，作者详述北宋、南宋时设宴地点，卷一《闻喜宴》载：“在京则赐及第进士宴于琼林苑，中兴以后，就于贡院。”①

对于春宴，作者详述其沿革。卷一《春宴》载：“中兴以来，承平日久。庆元间，京尹赵师羼奏请从故事排办春宴。即唐曲江之遗意也。即于行都西湖，用舟船妓弟，自寒食前排日宴会。先宴使相、两府、亲王，次即南班郡王、嗣秀、嗣濮王、杨开府、两李太尉，次请六曹尚书、侍郎、统兵官，次宴节度、承宣、观察使、南班及都承、知阁、御带、环卫官，次都司密属官，次宴卿、监，次宴六曹郎中、郎官并是京尹馆伴。从京尹李澄，遵故事奏请如前供办。后开禧以后，兵兴及追扰百色行铺，害及于民，此宴不复举矣。”②

宋代进士题名不同于唐代，卷一《题名》载：“进士及第，各集乡人于佛寺，作题名乡会。此起于唐之慈恩寺塔也。若官司州县厅事各立题名碑者，盖备遗亡尔。”③

笔记中有些材料有助于了解宋代文学中一些特殊现象的成因，如《试换》指出宋代武将能诗者较多，原因在于渴望“换文资”：“武臣愿换文资者，如铨试之制。若奏荫人并武举及第官，愿再试出身者，从便应解试赴省。唯年劳补授及杂出身人，不许换也。”④

罗大经《鹤林玉露》（甲编）（乙编）（丙编）

罗大经（1196—1252），字景纶，号儒林，又号鹤林，吉州吉水（今属江西）人，著有《鹤林玉露》。据作者自序，此书甲编创作完成在淳祐八年（1248），“时宋淳祐戊申正月望日，庐陵罗大经景纶”；乙编完成在淳祐十一年（1251），“时宋淳祐辛亥四月，庐陵罗大经景纶”；丙编完成在淳祐十二年（1252），“时宋淳祐壬子，庐陵罗大经景纶”。《鹤林玉露》包含着深厚的文学思想，其价值已经逐步引起研究者的重视，然而当下的研究大多以归纳概括为主，对其分析得不深。《鹤林玉露》对杜甫诗歌多有评价，个别条目被杜诗研究者反复引用。

罗大经身处南宋末，受时代思潮的影响，思想深处有明显的理学色

①赵升：《朝野类要》卷一，载《全宋笔记》第八编第3册，大象出版社，2017，第432页。
②同①，第436—437页。
③同①，第436页。
④赵升：《朝野类要》卷二，载《全宋笔记》第八编第3册，大象出版社，2017，第452页。

彩。他秉承前辈文以载道的传统，特别强调诗歌的内容要合乎儒家的道德伦理，因此他对于杜诗的评论明显有理学家的色彩，不论是对诗歌思想内容的分析，还是对诗歌风格及具体艺术手法的分析，常常可以看出理学的影响。《鹤林玉露》乙编卷五《古妇人》载："《国风》云：'岂无膏沐，谁适为容。'又云：'余发曲局，薄言归沐。'盖古之妇人，夫不在家，则不为容饰也。其远嫌防微，至于如此。杜陵《新昏别》云：'自嗟贫家女，久致罗襦裳。罗襦不复施，为君洗红妆。'尤可悲矣。《国风》之后，唯杜陵不可及者，此类是也。"[①]《鹤林玉露》只重视解释诗中的妇德，却忽略了《新婚别》的诗史意义和博大精深的内涵。

罗大经难能可贵之处在于，他能够设身处地理解杜诗的思想高度，而不仅仅做理学家的说教。例如，《鹤林玉露》乙编卷二《彤庭分帛》载："杜少陵诗云：'彤庭所分帛，本自寒女出。鞭挞其夫家，聚敛贡城阙。圣人筐篚恩，实欲邦国活。臣如忽至理，君岂弃此物。'即尔俸尔禄，民膏民脂之意也。士大夫诵此，亦可以悚然惧，恻然思矣。"[②]对于一些容易被人忽略的景语，罗大经能耐心体味杜甫的创作背景和心态，发掘其中的微言大义。《鹤林玉露》乙编卷三《桃锦柳绵》载："杜陵诗云：'不分桃花红胜锦，生憎柳絮白如绵。'初读只似童子属对之语，及细思之，乃送杜侍御入朝，盖锦绵皆有用之物，而桃花柳絮，乃以区区之颜色而胜之，亦犹小人以巧言令色而胜君子也。侍御，分别邪正之官，故以此告之。观'不分''生憎'之语，其刚正疾邪可见矣。"[③]见解独特，令人叹服。

罗大经对于杜甫诗歌风格的本质特征也有深入的开掘，他认为，杜甫诗歌达到了大巧若拙、炉火纯青的艺术境界。《鹤林玉露》丙编卷三《拙句》载："作诗必以巧进，以拙成。故作字惟拙笔最难，作诗惟拙句最难。至于拙，则浑然天全，工巧不足言矣。古人拙句，曾经拈出，如'池塘生春草''枫落吴江冷''澄江静如练''空梁落燕泥''清辉能娱人，游子澹忘归''大江流日夜，客心悲未央''明月入高楼，流光正徘徊''采菊东篱下，悠然见南山'，如此等类，固已多矣。以杜陵言之，如'两边山木合，终

①罗大经：《鹤林玉露》乙编卷五，王瑞来点校，中华书局，1983，第201页。
②罗大经：《鹤林玉露》乙编卷二，王瑞来点校，中华书局，1983，第150页。
③罗大经：《鹤林玉露》乙编卷三，王瑞来点校，中华书局，1983，第164—165页。

日子规啼'‘野人时独往，云木晓相参'‘喜无多屋宇，幸不碍云山'‘在家长早起，忧国愿年丰'‘若无青嶂月，愁杀白头人'‘百年浑得醉，一月不梳头'‘一径野花落，孤村春水生'，此五言之拙者也。‘春水船如天上坐，老年花似雾中看'‘迁转五州防御使，起居八座太夫人'‘竹叶于人既无分，菊花从此不须开'‘莫思身外无穷事，且尽生前有限杯'‘雷声忽送千峰雨，花气浑如百和香'‘秋水才添四五尺，野航恰受两三人'‘酒债寻常行处有，人生七十古来稀'，此七言之拙者也。他难殚举，可以类推。杜陵云‘用拙存吾道'，夫拙之所在，道之所存也，诗文独外是乎？”[①]拙，恰恰是杜甫追求的艺术境界，匠心独运而不见斧凿痕迹。

罗大经特别重视杜诗的传承流变，他不仅摘出他人与杜甫相似的诗句，而且认真做对比分析，说明二者的关系及各自风格的独特性。《鹤林玉露》甲编卷三《江月句》载：“孟浩然诗云‘江清月近人'，杜陵云‘江月去人只数尺'，子美视浩然为前辈，岂祖述而敷衍之耶！浩然之句浑涵，子美之句精工。”[②]他区分相近意象在风格上的不同，十分精到。又如，《鹤林玉露》乙编卷二《迁谪量移》载：“士大夫危言峻节，迁谪凄凉，晚岁收用，衰落惩创，刓方为圆者多矣。吕子约谪庐陵，量移高安，杨诚斋送行诗云：‘不愁不上青霄去，上了青霄莫爱身。'盖祖杜少陵送严郑公云：‘公若居台府，临危莫爱身。'然以之送迁谪流徙之士，则意味尤深长也。”[③]《鹤林玉露》乙编卷六《老马》载：“《韩子》：‘管仲、隰朋从桓公伐孤竹，春往而冬反，迷惑失道。管仲曰：“老马之智可用也。”乃放老马而随之。遂得道焉。'杜陵诗云：‘古来存老马，不必取长途。'用此事也。东坡代滕达道疏云：‘自念旧臣，譬之老马，虽筋力已衰，不堪致远，而经涉险阻，粗识道路。'又用杜诗意。”[④]他在用典方面辨析得很细。

在探索杜甫诗歌取得辉煌成就的原因时，罗大经不会被太多具体细节困扰，能够一针见血，直指要害。《鹤林玉露》乙编卷三《诗人胸次》载：“李太白云：‘划却君山好，平铺湘水流。'杜子美云：‘斫却月中桂，清光应更多。'二公所以为诗人冠冕者，胸襟阔大故也。此皆自然流出，不假安

①罗大经：《鹤林玉露》丙编卷三，王瑞来点校，中华书局，1983，第288—289页。
②罗大经：《鹤林玉露》甲编卷三，王瑞来点校，中华书局，1983，第51页。
③罗大经：《鹤林玉露》乙编卷二，王瑞来点校，中华书局，1983，第143页。
④罗大经：《鹤林玉露》乙编卷六，王瑞来点校，中华书局，1983，第223—224页。

排。”[①]李杜以后，学者众多，许多后辈诗人苦学李杜，成就平平，百思不得其解，原因却被罗大经一语道破，没有李杜的人格和胸怀，只斤斤计较于李杜的具体艺术手法，甚至一联一句地模仿，只能是邯郸学步。

在认真研读杜诗的同时，对于一些文学创作的规律性问题，罗大经发表了许多真知灼见。《鹤林玉露》乙编卷三《诗犯古人》载："近时赵紫芝诗云：'一瓶茶外无祇待，同上西楼看晚山。'世以为佳。然杜少陵云：'莫嫌野外无供给，乘兴还来看药栏。'即此意也。杜子野诗云：'寻常一样窗前月，才有梅花便不同。'世亦以为佳。然唐人诗云：'世间何处无风月，才到僧房分外清。'亦此意也。欲道古人所不道，信矣其难矣。紫芝又有诗云：'野水多于地，春山半是云。'世尤以为佳。然余读《文苑英华》所载唐诗，两句皆有之，但不作一处耳。唐僧诗云：'河分冈势断，春入烧痕青。'有僧嘲其蹈袭云：'河分冈势司空曙，春入烧痕刘长卿。不是师兄偷古句，古人诗句犯师兄。'此虽戏言，理实如此。作诗者岂故欲窃古人之语，以为己语哉！景意所触，自有偶然而同者。盖自开辟以至于今，只是如此风花雪月，只是如此人情物态。"[②]当然，这一观念在此时出现，也证明南宋后期作家对超越前人产生了畏难情绪，对自己的艺术创新能力缺乏信心。

罗大经好诗成癖，又以品诗为乐，他于诗歌创作既有实践的深切体会，又有鉴赏的慧眼和善于发人之未发、不甘人云亦云的态度，所以对于杜诗多有新见，体味细致，同时善用形象的比喻来避免论述文字的乏味。《鹤林玉露》甲编卷六《诗用字》载："作诗要健字撑拄，要活字斡旋，如'红入桃花嫩，青归柳叶新'，'弟子贫原宪，诸生老伏虔'。'入'与'归'字，'贫'与'老'字，乃撑拄也。'生理何颜面，忧端且岁时'，'名岂文章著，官应老病休'，'何'与'且'字，'岂'与'应'字，乃斡旋也。撑拄如屋之有柱，斡旋如车之有轴，文亦然。诗以字，文以句。"[③]这样的评价可谓生动准确。

对于被前人忽略的杜甫诗歌中的许多妙处，罗大经能够仔细体味，往

①罗大经：《鹤林玉露》乙编卷三，王瑞来点校，中华书局，1983，第171页。
②同①，第174页。
③罗大经：《鹤林玉露》甲编卷六，王瑞来点校，中华书局，1983，第108页。

往有令人耳目一新之论。《鹤林玉露》乙编卷四《云日对》载："叶石林云：'杜工部诗，对偶至严，而《送杨六判官》云："子云清自守，今日起为官。"独不相对，切意"今日"字当是"令尹"字传写之讹耳。'余谓不然，此联之工，正为假'云'对'日'。两句一意，乃诗家活法，若作'令尹'字，则索然无神，夫人能道之矣。且送杨姓人，故用'子云'为切题，岂应又泛然用一令尹耶？如'次第寻书札，呼儿检赠篇'之句，亦是假以'第'对'儿'，诗家此类甚多。"[①]他对于杜甫诗的艺术匠心挖掘得很深入。

罗大经特别善于从杜甫诗歌的意象中揭示杜甫的文化人格及深沉的传统文化积淀，如《鹤林玉露》乙编卷四《竹》载："松柏之贯四时，傲雪霜，皆自拱把以至合抱。惟竹生长于旬日之间，而干霄入云，其挺特坚贞，乃与松柏等。此草木灵异之尤者也。白乐天、东坡、颍滨与近时刘子翚论竹甚详，皆未及此。杜陵诗云：'平生憩息地，必种数竿竹。'梅圣俞云：'买山须买泉，种树须种竹。'信哉！"[②]

面对相通的艺术思维造就的作品，罗大经既能分析其传承流变，又能揭示其不同风格，同时比较优劣，敢发己见，于细微处见其对艺术的感悟能力。《鹤林玉露》乙编卷一《诗家喻愁》载："诗家有以山喻愁者，杜少陵云'忧端如山来，澒洞不可掇'，赵嘏云'夕阳楼上山重叠，未抵春愁一倍多'是也。有以水喻愁者，李颀云'请量东海水，看取浅深愁'，李后主云'问君都有几多愁？恰似一江春水向东流'，秦少游云'落红万点愁如海'是也。贺方回云：'试问闲愁知几许，一川烟草，满城风絮，梅子黄时雨。'盖以三者比之愁多也，尤为新奇，兼兴中有比，意味更长。"[③]贺铸词有比有兴，而且是多层比喻的复叠，十分富有创新精神，增强了艺术的感染力。"烟草""飞絮""梅雨"又为江南春夏日的典型景物，烘托了词的艺术氛围，含有赋意，可谓一箭三雕，耐人回味。罗大经既特别推崇杜诗，又实事求是，尊重艺术的评价规律，现在许多鉴赏贺铸词者，仍在转引此论。

罗大经对诗歌审美的感悟能力强，又思维通脱，不受已有评论的束

---

①罗大经：《鹤林玉露》乙编卷四，王瑞来点校，中华书局，1983，第194页。

②同①，第184页。

③罗大经：《鹤林玉露》乙编卷一，王瑞来点校，中华书局，1983，第127页。

缚，往往别出心裁，开掘出前人未发现的杜诗妙处。如《鹤林玉露》乙编卷五《一联八意》载："杜陵诗云：'万里悲秋常作客，百年多病独登台。'盖万里，地之远也。秋，时之惨凄也。作客，羁旅也。常作客，久旅也。百年，齿暮也。多病，衰疾也。台，高迥处也。独登台，无亲朋也。十四字之间，含八意，而对偶又精确。"[①]直至今日，人们在解析此诗时，仍然在征引罗大经的分析，叹服其对艺术的细腻感受。又如《鹤林玉露》乙编卷二《春风花草》载："杜少陵绝句云：'迟日江山丽，春风花草香。泥融飞燕子，沙暖睡鸳鸯。'或谓此与儿童之属对何以异。余曰：不然。上二句见两间莫非生意，下二句见万物莫不适性。于此而涵咏之，体认之，岂不足以感发吾心之真乐乎！大抵古人好诗，在人如何看，在人把做甚么用。如'水流心不竞，云在意俱迟''野色更无山隔断，天光直与水相通''乐意相关禽对语，生香不断树交花'等句，只把做景物看亦可，把做道理看，其中亦尽有可玩索处。大抵看诗，要胸次玲珑活络。"[②]他解读诗歌思维通脱，不拘泥于旧有的解释。

罗大经十分关注杜诗创造性地运用口语的特点，并认真体味，多有见识，如《鹤林玉露》丙编卷三《以俗为雅》载："杨诚斋云：'诗固有以俗为雅，然亦须经前辈镕化，乃可因承。如李之"耐可"、杜之"遮莫"、唐人"里许"、"若个"之类是也……'余观杜陵诗，亦有全篇用常俗语者，然不害其为超妙。如云：'一夜水高二尺强，数日不可更禁当。南市津头有船卖，无钱即买系篱旁。'又云：'江上被花恼不彻，无处告诉只颠狂。走觅南邻爱酒伴，经旬出饮独空床。'又云'夜来醉归冲虎过，昏黑家中已眠卧。旁见北斗向江低，仰看明星当空大。庭前把烛嗔两炬，峡口惊猿闻一个。白头老罢舞复歌，杖藜不寐谁能那'是也。杨诚斋多效此体，亦自痛快可喜。"[③]这段论述不但称道杜诗运用口语的成功，而且道出杨万里受到杜甫影响，才形成了痛快淋漓、自然活泼的独特诗风。

罗大经的杜诗论，对于深入研究杜甫诗歌接受史很有意义。

---

①罗大经：《鹤林玉露》乙编卷五，王瑞来点校，中华书局，1983，第215页。

②罗大经：《鹤林玉露》乙编卷二，王瑞来点校，中华书局，1983，第149页。

③罗大经：《鹤林玉露》丙编卷三，王瑞来点校，中华书局，1983，第285页。

陈世崇《随隐漫录》

陈世崇（1245—1309），字伯仁，号随隐，抚州崇仁（今属江西）人，有《随隐漫录》五卷。此书内容丰富，涉及国家庆典、仪礼、舆服、职官等，且有比较丰富的文学思想。

此书保存了不少南宋后期的诗歌，还对其中一些进行了点评，对了解南宋末期的诗歌审美倾向很有参考意义。卷一载："西山真先生点先君集中警句，如：'辟户夜通月，掬泉朝饮星。''暖曝花岩日，晴眠薜石烟。''地旷日难晚，海宽天欲浮。''与子才分手，何人更赏心。''游归云衲破，定起石床温。''道至无偏党，心何有重轻。''万事岂容人有意，一春多被雨无情。''举头莫看王侯面，失脚恐为名利人。''千古流芳惟好句，一时得意总微尘。'《石湖归途》云：'人与西风结约来，芙蓉花气扑吟杯。曲塘好处都行遍，带得一身秋色回。'《城东看柳》云：'翻暖为寒一信风，画桥南北岸西东。春归杨柳无私意，深浅青黄自不同。'《上林归鸦》云：'夕阳鸦背敛残红，莫点飞归傍帝宫。应是上林栖宿稳，可曾惊散月明中。'《友人官满》云：'三年官满冰霜洁，一日春回宇宙宽。曾向厅前种杨柳，绿荫留与后人看。'《东园书所见》云：'娉婷游女步东园，曲径相逢一少年。不肯比肩花下过，含羞却立海棠边。'《苦吟》云：'水驿荒寒天正霜，夜深吟苦未成章。闭门不管庭前月，分付梅花自主张。'《苏堤晓望》云：'荷边清露袭人衣，风里明蟾浴晓池。凉影润香吟不得，手攀堤柳立多时。妾身恨不事英雄，果是英雄安有泪。''初阳烘霁途，繁阴布幽林。山禽互嘲哳，为我流好音。倾耳须臾间，已快清冷心。飞盖何为者，傲睨松之阴。翻然移他枝，余弄不可寻。'跋曰：'学充而意广，气大而体不偏，用力于先圣之书。'漫塘刘先生曰：'观其文词赡旨远，为诗深于运思，使人嘉叹不足。'习庵陈先生曰：'仆庄、骚而奴班、马。'止堂黄先生曰：'骚、选、唐、宋，罔不究心。'紫岩潘先生曰：'出入于江西、晚唐之间，而不堕于刻与率者也。'惜端平以后所作，诸老不得见之。吁！"[①]从中不难看出，被真德秀推崇的好句，均自然平易，很少用典，感情不激越，属对工巧，但整体上创新性不足，骨力不强，格局也不大。

---

①陈世崇：《随隐漫录》卷一，载《全宋笔记》第八编第4册，大象出版社，2017，第264—265页。

卷三载："阮秀实《仰瞻圣驾》诗云：'紫烟敛翠碧天长，柳荫旌旗午尚霜。一朵彩云擎瑞日，光华尽在舜衣裳。'僧必万云：'轻尘不动马蹄催，警跸声中圣辇来。汉代威仪周礼乐，太平天子拜香回。'若恭谢驾回，于围子内作乐，添教坊东西班各三十六人，丞相以下皆簪花。姜夔云：'六军文武浩如云，花簇头冠样样新。惟有至尊浑不带，尽将春色赐群臣。''万数簪花满御街，圣人先自景灵回。不知后面花多少，但见红云冉冉来。'潘牥云：'辇路安排看驾回，千官花压帽檐垂。君王不辍忧勤念，玉貌还如未插时。'邓克中云：'辇路春风锦绣张，裁红剪绿斗芬芳。黄罗伞底瞻天表，万叠明霞捧太阳。'阮秀贲云：'宫花密映帽檐新，误蝶疑蜂逐去尘。自是近臣偏得赐，绣鞍扶上不胜春。'先臣云：'幸骖恭谢睹繁华，马上归来戴御花。老妇稚儿相顾问，也颁春色到诗家。'"①

卷三又载："先君会天下诗盟于通都，随隐才十二三，诸先生以孺子学诗可教而教以诗。吴一斋石翁云：'大隐君家小隐君，得名太早忌人闻。秋窗吟共缑山月，晓榻眠分华岳云。莺欲引雏先出谷，马才生骥便离群。新诗却要多拈出，突过即能张我军。'杜北山汝能云：'父子名相继，如君又出奇。乾坤钟秀气，湖海诵新诗。放鹤春风远，横琴夜月迟。未应随大隐，闲过圣明时。'刘雷崖彦朝云：'坎止流行只任天，吟庐新傍紫薇边。夜窗低过宫花月，晓巷深横御柳烟。五字肯同余子说，一灯亲自乃翁传。虽然不作功名念，却恐功名逼少年。'景定癸亥，特旨以布衣除东宫掌书，吟社贺诗数十，仅记五首。钱春塘舜选云：'吟笔何须管用银，日供撰述圣恩新。只今已脱凡尘去，便作金丹换骨人。''夜泛孤舟载月船，静搜吟料六桥边。诗成上达宸聪了，流落人间到处传。'吕雪屋三余云：'青宫楼观近尧阶，班列屏风间坐开。人羡杜闲生杜甫，天教苏颋继苏瓌。马归禁苑行边柳，鹤伴平山隐处梅。我恨长镵斸黄独，兀年无计策衰颓。柳月硐桂孙云：'镂玉裁冰字字奇，少年亲结九重知。君臣际遇荣千载，父子推敲冠一时。罍进楚兰春奏雅，瓶分陶菊夜联诗。五云楼近开黄道，金紫连班进赤墀。'菊窗俞氏云：'万人海里辟幽扉，欲学深居只布衣。不道内前车马闹，又催父子入宫闱。'丙寅来归，江西名胜又赠诗词。黄梅塘力叙云：'诗在天地间，风清月明处。若为深闭门，而可觅佳句。夫君小元龙，豪气隘区

①陈世崇：《随隐漫录》卷三，载《全宋笔记》第八编第4册，大象出版社，2017，第275页。

宇。青春发诗材，秀苗长膏雨。流水与行云，吾不见滞住。乘月涤吟毫，玉碗三危露。超诣自透脱，悟在观剑舞。入宫画蛾眉，胡为众女妒。君诗亦何憾，千载一时遇。向也诗道昌，吟声喧禁篽。应制沉香亭，龙巾曾拭吐。今焉诗道厄，短筇策江路。悲啸梁甫吟，侘傺离骚赋。浮云时卷舒，睨此知出处。此其随之义，大隐会境趣。天地梅又春，风紧雪飞絮。一笠灞桥驴，吟鞍且临汝。得句从人传，传今亦传古。要知是家传，审言以传甫。传之而又传，衣钵传宗武。’张溪居彝云：‘酝藉中涵廊庙姿，诗文都好见宸批。只蒙四字君王宠，虮虱微臣不用题。’周野舟济川《八声甘州》云：‘有乾坤清气入诗脾，随龙散神仙。蘸西湖和墨，长空为纸，几度诗圆。消得宫妃捧砚，夜烛照金莲。试问隔屏坐，谁后谁先。长是花香柳色，更风清月白，天入吟笺。自霞觞误覆，谪下玉皇边。笑随归，山中随隐，且醉拼，斗酒写新篇。天应近，呼来时后，记上襟船。’壬申秋，留西湖半载，吴松壑大有《饯行》云：‘我昔见君方成童，长吉才华惊巨公。人间科第不屑就，直使声名闻九重。乃翁引上凝华殿，子虚不待他人荐。入直承明凡几年，天上奇书尽曾见。翩然归去大江西，二疏父子还相随。故乡分得云水地，却喜不爽渔樵期。春雨骑牛对烟草，何如振衣随龙五云表。秋霜黄独煨地炉，何如驼峰犀箸食天厨。林间食叶抄诗句，何如宫妃捧砚挥毫处。溪边照影着荷衣，何如龙门应制夺锦时。钧天梦断难回顾，浩然合在山中住。金石台前伴白云，六年不踏西湖路。今日重来发长吁，忍看清平破草庐。尽括书籍向人卖，归买田园供荷锄。乃翁八十齿发落，倚门待儿斜日薄。孤山梅花带不归，却唤扁舟载童鹤。’俯仰之间，倏三十稔，吾翁诸老皆赋玉楼，西湖吟社，各天一涯，穷达一场春梦，故记之。”[①]这段材料对研究南宋末年西湖吟社的活动有较大参考价值。

书中记录下了一些对生死保持豁达态度的诗词，风格独特。卷三载：“‘手执黄庭上石台，竹阴扫月遍苍苔。欲从此处即仙去，玉立清风待鹤来。’赵十洲希彭诗。赵君入仕四十年，虚静恬淡，寂寞无为，除南雄守，不赴。丙寅九日，别亲友，理家事，端坐而逝，遗偈曰：‘六十二年皮袋，放下了无罣碍。青天明月一轮，万古逍遥自在。’举前诗类，达

①陈世崇：《随隐漫录》卷三，载《全宋笔记》第八编第4册，大象出版社，2017，第276—279页。

矣。”①卷三又载：“四明倪君奭临终赋《夜行船》词云：‘年少疏狂今已老。筵席散，杂剧打了。生向空来，死从空去，有何喜，有何烦恼。说与无常二鬼道。福亦不作，祸亦不造。地狱阎王，天堂玉帝，看你去，那里押到。’”②

耐得翁《都城纪胜》

耐得翁，生平事迹不详。有《都城纪胜》，又称《古杭焚游录》。此书写于端平三年（1236）。书中关于杂剧、诸宫调、清乐、杂扮等的记载，有十分重要的价值。《瓦舍众伎》载：

> 瓦者，野合易散之意也，不知起于何时；但在京师时，甚为士庶放荡不羁之所，亦为子弟流连破坏之地。散乐，传学教坊十三部，惟以杂剧为正色。旧教坊有筚篥部、大鼓部、杖鼓部、拍板色、笛色、琵琶色、筝色、方响色、笙色、舞旋色、歌板色、杂剧色、参军色，色有色长，部有部头。上有教坊使、副、钤辖、都管掌仪范者，皆是杂流命官。其诸部分紫、绯、绿三等宽衫，两下各垂黄义襕。杂剧部又戴诨裹，其余只是帽子、幞头。以次又有小儿队，并女童采莲队。又别有钧容班，今四孟随在驾后，乘马动乐者是其故事也。绍兴三十一年省废教坊之后，每遇大宴则拨差临安府衙前乐等人充应，属修内司教乐所掌管。教坊大使，在京师时有孟角球，曾撰杂剧本子。又有葛守成，撰四十大曲词。又有丁仙现才知音。绍兴间，亦有丁汉弼、杨国祥。杂剧中，末泥为长，每四人或五人为一场，先做寻常熟事一段，名曰艳段，次做正杂剧，通名为两段。末泥色主张，引戏色分付，副净色发乔，副末色打诨，又或添一人装孤。其吹曲破断送者，谓之把色。大抵全以故事、世务为滑稽，本是鉴戒，或隐为谏诤也，故从便跣露，谓之“无过虫”。
>
> 诸宫调，本京师孔三传编撰，传奇、灵怪、八曲、说唱。细乐比之教坊大乐，则不用大鼓、杖鼓、羯鼓、头管、琵琶、筝也，每以箫

---

①陈世崇：《随隐漫录》卷三，载《全宋笔记》第八编第4册，大象出版社，2017，第280页。
②同①。

管、笙、筚篥、稽琴、方响之类合动。小乐器只一二人合动也，如双韵合阮咸、稽琴合箫管、锹琴合葫芦琴，单拨十四弦，吹赚动鼓板，渤海乐一拍子至于十拍子；又有拍番鼓子、敲水盏、锣板和鼓儿皆是也。今街市有乐人三五为队，专赶春场，看潮，赏芙蓉，及酒坐祇应，与钱亦不多，谓之荒鼓板。清乐比马后乐，加方响、笙、笛，用小提鼓，其声亦轻细也。

淳熙间，德寿宫龙笛色使臣四十名，每中秋或月夜，令独奏龙笛，声闻于人间，真清乐也。唱叫：小唱，谓执板唱慢曲、曲破，大率重起轻杀，故曰浅斟低唱，与四十大曲、舞旋为一体，今瓦市中绝无。嘌唱：谓上鼓面唱令曲小词，驱驾虚声，纵弄宫调，与叫果子、唱耍曲儿为一体，本只街市，今宅院往往有之。叫声，自京师起，撰因市井诸色歌吟、卖物之声，采合宫调而成也。若加以嘌唱为引子，次用四句就入者谓之“下影带”。无影带者，名“散叫”；若不上鼓面，只敲盏者谓之“打拍”。唱赚，在京师日有缠令、缠达：有引子、尾声为缠令，引子后只以两腔递互循环间用者，为缠达。中兴后，张五牛大夫因听动鼓板中，又有四片太平令，或赚鼓板，即今拍板大筛扬处是也。遂撰为“赚”。赚者，误赚之义也，令人正堪美听，不觉已至尾声，是不宜为片序也。今又有“覆赚”，又且变花前月下之情及铁骑之类。凡赚最难，以其兼慢曲、曲破、大曲、嘌唱、耍令、番曲、叫声诸家腔谱也。

杂扮，或名杂旺，又名纽元子，又名技和，乃杂剧之散段。在京师时，村人罕得入城，遂撰此端，多是借装为山东、河北村人以资笑。今之打和鼓、捻梢子、散耍皆是也。百戏，在京师时各名左右军，并是开封府衙前乐营。相扑、争交，谓之角抵之戏。别有使拳，自为一家，与相仆曲折相反，而与军头司大士相近也。

踢弄，每大礼后宣赦时，抢金鸡者用此等人，上竿、打筋头、踏跷、打交辊、脱索、装神鬼、抱锣、舞判、舞斫刀、舞蛮牌、舞剑、与马打球、并教船水秋千、东西班野战、诸军马上呈骁骑（北人乍柳）。街市转焦为一体。杂手艺皆有巧名：踢瓶、弄碗、踢磬、弄花鼓捶、踢墨笔、弄球子、拶筑球、弄斗、打硬、教虫蚁及鱼、弄熊、烧烟火、放爆仗、火戏儿、水戏儿、圣花、撮药、藏压、药法傀儡、壁上睡，小则剧术射穿、弩子打弹、攒壶瓶（即古之投壶）、手影戏、弄头钱、变线儿、写沙书、改字，弄悬丝傀儡（起于陈平六奇解围）、杖头傀儡、水傀儡、肉傀儡。以小儿后生辈为之。凡傀儡敷演烟粉、灵怪故事、铁骑公案之类，其话本或如杂剧，或如崖词，大抵多虚少实，如巨灵神、朱姬大仙之类是也。影戏，凡影戏乃京师人初以素纸雕镞，后用彩色装皮为之，其话本与讲史书者颇同，大抵真假相半，公忠者雕以正貌，奸邪者与之丑貌，盖亦寓褒贬于市俗之眼戏也。说话有四家：一者小说，谓之银字儿，如烟粉、灵怪、传奇。说公案皆是搏刀、杆棒，乃发迹变泰之事。说铁骑儿，谓士马金鼓之事。说经，谓演说佛书。说参请，谓宾主参禅悟道等事。讲史书，讲说前代书史文传，兴废争战之事。最畏小说人，盖小说者能以一朝一代故事，顷刻间提破。合生与起令、随令相似，各占一事。商谜，旧用鼓板吹《贺圣朝》，聚人猜诗谜、字谜、戾谜、社谜，本是隐语。有道谜（来客念隐语说谜，又名打谜）、正猜（来客索猜）、下套（商者以物类相似者讥之，又名对智）、贴套（贴智思索）、走智（改物类以困猜者）、横下（许旁人猜）、问因（商者喝问句头）、调爽（假作难猜，以定其智）。①

这段记载解释了瓦、散乐、各色各部的内涵，说明了各种音乐的宫名；论诸宫调中内容、乐器的配合，比较详尽；解释小唱、嘌唱、叫声、唱赚较为清晰，对杂扮（即杂剧之散段）解释得更是生动详尽；此外还讨论了百戏、相扑、踢弄、杂手艺、傀儡戏、话本、影戏、说话之四家（小说、说公案、说铁骑儿、说经）、说参请、讲史、商谜等，生动地展现出宋代城市中的文化生态。《社会》一条载：

文士则有西湖诗社，此社非其他社集之比，乃行都士大夫及寓居诗人。旧多出名士。隐语，则有南北垕斋、西斋，皆依江右谜法、习诗之流，萃而为斋。又有蹴鞠打球社、川弩射弓社。奉佛，则有上天竺寺光明会，皆城内外富家助备香花灯烛，斋衬施利，以备本寺一岁

①耐得翁：《都城纪胜》，载《全宋笔记》第八编第5册，大象出版社，2017，第12—15页。

之用。又有茶汤会，此会每遇诸山寺院作斋会，则往彼以茶汤助缘，供应会中善人。城中太平兴国传法寺净业会，每月十七日则集男士，十八日则集女人，入寺讽经听法。岁终则建药师会七昼夜。西湖每岁四月放生会，其余诸寺经会各有方所日分。每岁行都神祠诞辰迎献，则有酒行、锦体社、八仙社、渔父习闲社、神鬼社、小女童像生叫声社、遏云社、奇巧饮食社、花果社、七宝考古社（皆中外奇珍异货）、马社、豪贵绯绿清乐社（此社风流最胜）。①

此条记载了南宋文人结诗社的习俗与社会风尚，很有价值。

《坊院》一条载：

柳永咏钱塘词云："参差十万人家"，此元丰以前语也。今中兴行都已百余年，其户口蕃息仅百万余家者。城之南西北三处，各数十里，人烟生聚，市井坊陌，数日经行不尽，各可比外路一小小州郡，足见行都繁盛。而城中北关水门内，有水数十里，曰白洋湖。其富家于水次起迭塌坊十数所，每所为屋千余间，小者亦数百间，以寄藏都城店铺及客旅物货。四维皆水，亦可防避风烛，又免盗贼，甚为都城富室之便，其他州郡无此，虽荆南、沙市、太平州、黄池皆客商所聚，亦无此等坊院。②

这条内容比较了北宋、南宋杭州的变化，对了解杭州成为都城后的人口增长等有一定意义，尤其对南宋咏杭州的诗、词、文有注释的价值。

吴自牧《梦粱录》

吴自牧，生平不详，有《梦粱录》二十卷，成书在咸淳四年（1268）之后，约为咸淳十年（1274）。此书记载了南宋临安的地理、商业、节令、风俗、娱乐、职官、朝会、祭祀、教育、科举、文物等情况，对研究南宋经济史、社会史、文化史、城市史有重要参考价值。

---

①耐得翁：《都城纪胜》，载《全宋笔记》第八编第5册，大象出版社，2017，第15—16页。

②同①，第18页。

南宋的咏花诗很有特色。南宋时期，随着图谱学的兴盛，相比唐人，当时的士人对花的不同品种辨别得很细致。花卉细目增多，成为南宋咏花诗歌相比唐诗的不同之处。卷十八《花之品》记下了“牡丹有数种色样”“芍药，有早绯、玉缀露、千叶”“梅花，有数品：绿萼、千叶、香梅”“红梅，有福州红、潭州红、柔枝、千叶、邵武红等种”“腊梅，有数本”“桃花，有数种：单叶、千叶、饼子、绯桃、白桃”“瑞香，种颇多，大者名锦薰笼”“榴花，有数种：单叶、千叶，色有数十样”“木犀，有红、黄、白色者甚香且韵”[①]。

卷十八《禽之品》细致记录了鸡、鸟的不同品类，结合一些诗人对它们的吟咏，展现隐逸情趣。卷十八《虫鱼之品》引用了林逋、刘贡父咏蟹的诗，又引用东坡咏金鲫诗，说明在南宋时期鱼作为观赏之物的价值。

卷十九《园囿》详述杭州苑囿的兴废，引用诸位文臣的题咏诗歌，从中不难看出，从皇帝到大臣，园囿是他们精神生活的重要组成部分。由于建造者不同，审美的品位不同，不同的园囿有不同的品格，而同一园囿四时之景也各不相同，因此宋人吟咏园林的诗篇数目超过了以前的各代。

除了正统文学，戏曲中的说话等各种文艺形式在此书中都有丰富的记录，使我们能够更多了解诗、词、文以外的文艺生态。如卷十九《瓦舍》《百戏伎艺》，不但详细介绍了瓦舍的设立目的、处所及踢弄、杂手艺、傀儡、弄影戏的具体内容，而且记录了当时各种有名的表演艺术家，有重要参考价值，一般文学史不重视此类内容。[②]卷二十《小说讲史》涉及小说的定义、内容、名家，谈经的分类、内容、名家，讲史的内容、名家，还有商谜、词语讥谜等文艺形式的相关情况。

文学史讨论文人结社，只关注文人群体，其实吟诗结社，与其他社会结社一样，只是众多群体结社活动中的一种，若只做孤立研究，很难展现其形成的社会文化背景。此书在这方面的记载十分有价值。如卷十九《社

①吴自牧：《梦粱录》卷十八，载《全宋笔记》第八编第5册，大象出版社，2017，第274—278页。

②吴自牧：《梦粱录》卷十九，载《全宋笔记》第八编第5册，大象出版社，2017，第305—306页。

会》细致记录了文士、武士、纨绔子弟、禅僧道徒等不同人的结社[①]，有共同兴趣、追求的人并不满足于个体的自我体认，而力求在群体中得到认同，结社正是满足不同人群的最好方式。文人有文人的情趣，武士有武士的追求，技艺人有技艺人的喜好，佛者有自己的胜会，饮茶者也有自己的社团……凡此种种，不一而足。这些都是城市文明发展的必然结果。

此书还包含比较丰富的科举文化的内容，如卷十七《状元表》《武举状元》细致记录了不同时期文状元、武状元的名单，并对两类状元做对比，从中不难看出整个宋代重文轻武的社会现象：从朝廷至民间，武状元的地位与进士科状元相差甚远。

叶寘《爱日斋丛抄》

叶寘，字子真，号坦斋，生平不详，著有《爱日斋丛抄》。书中包含丰富的文学思想。

一、文学源流论与发展论

叶寘在《爱日斋丛抄》中摘录了许多借鉴前人的范例，以此来证明文学的继承关系。例如："林肃翁序《乐轩诗荃》，末云：'师学之传，岂直以诗，诗又不传，学则谁知，后千年无人，已而已而，后千年有人，留以待之，奈何。噫。'是摹拟舒元舆之作耶。盖元舆《玉篆铭》曰：'斯去千年，冰生唐时。冰复去矣，后来者谁。后千年无人，义止于斯。呜呼主人，为吾宝之。'"[②]又如，"陶诗'结庐在人境，而无车马喧'，少陵《东楼诗》'虽有车马客，而无人世喧'，就古语一转，正使事之法。如《庄子·外篇》'忘足履之适也，忘要带之适也'，东坡《九日》云：'要适忘带，足适忘履。'却乍读似与《庄子》意别，亦是不为古事所使也"[③]。

我国古代文学一方面，从诗风和诗教出发，对以《诗》为代表的文学的目的、内容、风格、感情、意境等方面深入挖掘；另一方面，从文字入手，对文学的形式、语言、声韵、节奏等进行总结。二者既相互独立又相互影

①吴自牧：《梦粱录》卷十九，载《全宋笔记》第八编第5册，大象出版社，2017，第291—293页。

②叶寘：《爱日斋丛抄》卷三，孔凡礼点校，中华书局，2010，第60页。

③同②，第56页。

响，构成了我国古代文学发展中“质文代变”的周期性特征。北宋王禹偁、欧阳修等人一面重视改革文体、文风，一面努力平衡文与道的关系，领导古文运动，改革骈体、太学体，为宋文的发展奠定坚实基础。其中，曾巩作为欧阳修的追随者，提出“畜道德而能文章”[①]，在《〈南齐书〉目录序》中贯彻了自己的思想，认为作文当如上古三坟五典，文体完备，语言简约，“并与其深微之意而传之，使诵其说者，如出乎其时，求其指者，如即乎其人”，而这是因为“盖执简操笔而随者，亦皆圣人之徒也”。[②]相比曾巩，李格非作为苏门“后四学士”之一，受苏轼影响，欣赏文章之“横”气，他对《战国策》纵横捭阖、洋洋洒洒的语言风格给予很高评价。同时，李格非深谙理学之道，主张以“诚”修性，看到《战国策》“皆纵横捭阖谲诳相轧倾夺之说也，人读之，则必尚其说之工，而忘其事之陋者”，又认为这是因为“文辞之盛，移之而已”。二人实际上都对文章中隐含的道德立场十分看重，但一个强调言简体备，另一个欣赏铺排议论。叶寘在笔记中通过比较二人的观点，提出“文章系乎世变”，认为文章的工与不工会受到社会历史背景的深刻影响，而语言风格正是社会历史具体的体现。“洪氏评：‘欧公《醉翁亭记》、东坡《酒经》，皆以也字为绝句。欧用二十一也字，坡用十六也字。欧记人人能读，至于《酒经》，知之者盖无几。每一也上必押韵，暗寓于赋，而读之者不觉，其激昂渊妙，殊非世间笔墨所能形容。’余记王性之云：‘古人多此体，如《左传》秦用孟明，是以能霸也。’此段凡十也字。其后韩文公《潮州祭神文》终篇皆也字。不知欧阳公用柳开仲途体。……《易·杂卦》一篇，终始用也字。《庄子·大宗师》自‘不自适其适’至‘皆物之情’皆用也字，以是知前辈文格不可妄议。……追论本始，古而《易》，后而《三传》《庄子》，又近而韩氏迄柳仲途以降，欧、王、苏、曾各为祖述，要知前古文体已备，虽有作者，不能不同也。”[③]在欧阳修的推动下，古文运动迅速发展，涌现出诸如曾巩、王安石、“三苏”等一大批重视文学的继承与创新的优秀文学家，奠定了宋代文学发展与创新并举的基调。宋代文人追求文学的全面发展，故在继承时

①张伯行：《唐宋八大家文钞》，中华书局，2010，第157页。

②叶寘：《爱日斋丛抄》卷四，孔凡礼点校，中华书局，2010，第88页。

③同②，第90—91页。

注重对前人的巧妙化用，以图达到对前人的超越，如书中卷三载：“曾见诗话称陈无己诗‘寒巷闻惊犬，邻家有夜归’，较之刘长卿‘柴门闻犬吠，风雪夜归人’，本非蹈袭。”①

宋代文人常在多学、多记的基础上对比自己的作品与前人之作，发现创新的方向。“少陵《谒玄元皇帝庙有吴道子画图》，赋诗曰：‘画手看前辈，吴生远擅场。’黄鲁直举此以为古人于能事不特求夸时辈，要须于前辈中擅场耳。王定国谪全过戎，出文字数十篇。鲁直曰：‘若欲过今人则可矣，若必欲过古人，宜尽烧之，更读书一年。’《与洪驹父书》云：‘学问文章如甥，才气笔力当求配于古人，勿以贤于流俗遂自足也。’又云：‘望甥不以今所能者骄人，而思不如舜、禹、颜渊。’此老警策后进，必使师古，其言多推孝友忠信为根柢，专门名师善诲人者不能加也。……世以今人自足者，宜有所儆哉。”②

南宋初期，江西诗派称霸诗坛，标榜奇险的诗风，语言生新，句法拗涩，许多人没有杜甫、黄庭坚、陈师道等人遍学前人的精神，创作因循守旧，又走上“西昆体”的老路。叶寘不认同片面地学习，推崇在学习基础上创新。“‘半山便遣能参透，犹有唐人是一关。’诚斋杨廷秀诗也。一关，殆言一膜之隔未尽透彻者。又有《送彭元忠诗》：‘学者初学陈后山，霜皮晚尽山谷寒。近来别具一双眼，要踏唐人最上关。’此殆杨廷秀学诗法，故数以为喻。文公《报龚仲至帖》云：‘来喻所云“漱六艺之芳润，以求真澹”，此极致之论，然恐亦须先识得古今体制雅俗向背，仍更洗涤得尽肠胃间夙生荤血脂膏，然后此语方有所措，如其未然，窃恐秽浊为主，芳润不得入也。近世诗人，正缘不曾透得此关，而规规于近局，故其所就皆不满人意。’此之云关，当异乎杨之说，正为学诗者设。如半山之视唐人，直论向上一关尔。”③

根据以上材料，江西诗派一度垄断南宋诗坛，创作纲领也成为金科玉律，滋生出文人的惰性。江西诗派的末流，积累不足，作品僵化、雷同。杨万里吸取王安石学习晚唐诗的经验，提出了“诗至唐而盛，至晚唐而工”

①叶寘：《爱日斋丛抄》卷三，孔凡礼点校，中华书局，2010，第53页。

②叶寘：《爱日斋丛抄》卷四，孔凡礼点校，中华书局，2010，第81页。

③同①，第63—64页。

的理论，旨在打破江西诗派自设的条条框框。而朱熹则站在理学家的立场上，更注重由学诗达到体道。他认为，对技巧的狂热讲究会误导学诗者忽视诗歌情志，背离《诗经》“思无邪”的诗教传统，不利于人的发展。学诗当从源头学起，以六经为范本，重回雅正、醇厚的诗风。

叶寘认为，朱熹的观点应当成为宋代文人学诗的理论基础，杨万里的诗论则是进阶的要求。

二、文学创作论

1. 创新

宋代不少文人追求文学创新，此书中记载的梅尧臣题画诗便是一例：“《宛陵集》中《赋石昌言白鹘屏诗》：‘双睛射空眼角耸，筋爪入节鞲条垂。翅排霜刀毛缀甲，雪色愁突秋云披。……画师黄筌出西蜀，成都范尹能具知。范云筌笔不敢次，自养鹰鹯观所宜。毰毛植立各有态，刻奇剔怪乃肯为。寻常饲鹰多捕鼠，捕鼠往往驱其儿。其儿长大好飞走，其孙卖鼠迭又衰。范君语此亦有味，欲戒近习无他移。’此即事垂戒，异夫品藻丹青之作。”[①]

梅尧臣的“即事垂戒”没有使诗歌减色，反而体现了作者由画引起的深刻思考和感慨，增添了诗歌的思想内蕴和情感层次，显示出宋诗富于联想、敏于思考的特征。梅尧臣在“赋”中加入画师家世，体现出他的兴寄，叶寘将之理解为即事垂戒，其实在垂戒之外更有一种物是人非、沧海桑田的感慨，可以说是创新了题画诗的写法。

“点铁成金”出自黄庭坚《答洪驹父书》“古之能为文章者，真能陶冶万物，虽取古人之陈言入于翰墨，如灵丹一粒，点铁成金也”[②]。“点铁成金”对有宋一代的文学创作产生了巨大影响，但并不是黄庭坚的专利，将前人诗文化入自己的创作，乃至青出于蓝而胜于蓝的，还有一些例子。例如，“高续古《古都下绝句》：‘柳生春思拂京华，不管闲人也忆家。添尽好香那睡得，月痕如水浸梨花。’此段风致，便是荆公‘春色恼人眠不得，月移花影上阑干’也”[③]。又如：“渊明《赠长沙公族祖诗序》云：‘长沙公，于

①叶寘：《爱日斋丛抄》卷三，孔凡礼点校，中华书局，2010，第64页。
②郭绍虞：《中国历代文论选》（一卷本），上海古籍出版社，2001，第185页。
③叶寘：《爱日斋丛抄》卷四，孔凡礼点校，中华书局，2010，第82页。

余为族祖，同出大司马，昭穆既远，以为路人。’苏老泉遂发为《族谱引》云：‘无服则亲尽，亲尽则情尽。情尽则喜不庆，忧不吊。喜不庆，忧不吊，则途人也。吾所与相视如途人者，其初兄弟也，兄弟其初一人之身也。悲夫！一人之身，分而至于途人，吾谱之所以作也。’渊明二十余字不为少，明允宛转大篇不为有余。”①

除了在手法上花样翻新，巧妙化用前人的语句，意境、典故也包含在“点铁成金”之中。在叶寘看来，用典不仅要出新意，更要与所写内容紧密结合。例如，“《记》：‘祭天地之牛角茧栗。’……颜师古注：‘牛角之形或如茧，或如栗，言其小。’于郊祀志始著其义。《西京杂记》：‘惠庄闻朱云折五鹿充宗之角，叹息曰：‘栗犊反能耳耶。’栗喻小而不谓其角，或非本此。……坡诗云：‘耆年日凋丧，但有犊角栗。’鲁直云：‘红翻茧栗梢头遍。’……姜尧章《芍药词》亦云‘正茧栗梢头弄诗句’，取譬花之含蕊为工。鲁直《食笋诗》‘茧栗戴地翻’，用之于笋尤切”②。

叶寘认为，黄庭坚用典之所以“切”，是因为他能够全面考虑典故的意义与他要描写的意象的贴合度，故而在用事上更胜一筹。

叶寘虽然在书中抄录了许多成功案例，却也不能不承认有时候用典会出现问题：“退之自云：‘今日无端读书史，智慧只足劳精神。’荆公遂谓：‘力去陈言夸末俗，可怜无补费精神。’不知先已悔之矣。又直用退之‘可怜无益费精神，有似黄金掷虚牝’之句。退之此语，为崔立之作，盖讥其投赠之多，非若前《感春》诗中十四字乃欺己也。”③

王安石在化用韩愈“可怜无补费精神”一句时，情感上更近于其“智慧只足劳精神”一句，乍看没问题，但细究起来韩愈在这两句诗中展露的情感并不相同，一个是讥讽，另一个是自伤。王安石没有细细分析两句诗的情感，就混用了，暴露出他在用典上的粗心。这说明需要有广博的知识和高超巧妙的技术才能做到化用前人的成果而不出错，至于要青出于蓝而胜于蓝则更有难度，需要一定的天赋。尽管如此，用典仍是适用于初学者的，叶寘清醒地认识到这一点，故而他仍然提倡文人学诗从模仿学起，重

①叶寘：《爱日斋丛抄》卷四，孔凡礼点校，中华书局，2010，第87—88页。

②同①，第83—84页。

③叶寘：《爱日斋丛抄》卷三，孔凡礼点校，中华书局，2010，第75—76页。

视考据，重视阅读，在巧妙化用的基础上创新。

2. 新、清、工的创作规范

如果说唐诗代表着诗歌之“立”，那么宋诗便承担着诗歌之“破”。唐诗创作的高峰客观存在，宋诗要发展只能越过而不能绕行。在这种情况下，宋代文人在创作时要想拥有自己的风格，思想与情感固然重要，技巧的重要性也越来越大，新奇成为他们的追求。此书卷三载朱熹云：“各家园池，自有各家景致，但要得语言气味深长耳。”面对前人的诗作，朱熹无奈表示“田地都被占，却教人无下手处也”[①]。朱熹此处强调的便是“新”对于诗歌创作的重要性。

宋代文人开始反思唐诗中情感的过于外露，变张扬为含蓄。例如，“玉川子《月蚀诗》，四方五星以及蚩尤枉矢，辞而责之，不若《诗·大东》后二章，历举牛女天毕，东启明，西长庚，南箕，北斗，以寓叹恨之情。古人造作，各存法度，考索具见，今但讶其怪放而已。退之《三星行》却正用《大东》语”[②]。卢仝的《月蚀》诗虽然体现了他独有的创作风格，但在一些宋代文人看来却不如《诗经·大东》显得幽婉。

以“点铁成金”“夺胎换骨”为代表的诗歌创作方法使宋代文人形成了“新、清、工”的诗歌规范，他们将其归纳为一个完整的评价体系，用以指导诗歌创作。例如，“张季长缜《赋梅》自序云：‘余往岁和任子渊《梅花》诗，有云：“梦随影瘦溪横月，诗与香深竹拥门。”子渊喜曰：“新语也。”又和张惠之诗云：“有月婵娟来伴住，无人寂寞为谁香。”薛元发屡相叹，曰：“清语也。”后在双峰，戏和陈齐正诗云：“醉余钗拥横枝睡，梦破香随浅笑来。”查元章偶见之，笑曰：“韵语也。”’”[③]

“新语”“清语”“韵语”分别从诗意、诗风、诗律三个角度出发点评诗句，张缜将这些评价汇集在一处，反映出宋代文人对新、清、工创作规范的认可。

3. “静中置心”

《爱日斋丛抄》卷三载：“陈去非云：‘忽有好诗生眼底，安排句法已

---

①叶寘：《爱日斋丛抄》卷三，孔凡礼点校，中华书局，2010，第72页。
②同①，第75页。
③同①，第59页。

难寻。’吕居仁云：‘忽见云天有新语，不如风雨对残书。’静中置心，真与见闻无毫膜隔碍，始得此妙。”[①] 所谓“静中置心”，是指作者在外部受到刺激后对外部环境的转化与升华。宋代诗歌创作注重理性安排，既要“状难写之景”，还要“含不尽之意”[②]，直观的审美活动不能满足这一要求，后期的打磨、润色尤为重要。反复修改、加工是宋代文人创作的常态，体现出他们追求新语、力达工整的严谨态度。然而，宋代文人重才学、重技巧的创作倾向破坏了直观的诗兴，在一定程度上阻碍了内心与外部环境的连接，导致无法直接引起读者内心的共鸣，反而让读者把大量的精力花在理解典故、评论语词上，这是宋诗发展的一个弊病。其实，诗歌拥有兴发的力量才能抓住读者的心。唤起读者直冲而出的情感共鸣，使读者在抛却理性分析的情况下也能体会作者的情志，这是诗所以为诗的基础。叶寘将之总结为“静中置心”四字，体现出他对于直观体验的重视。叶寘认为，返回到兴寄的路上，才能使诗充满气势和情感，发挥出诗最本质的优势。

三、文学鉴赏论

宋代文人善用比较的方法来批评文学，同时紧抓作品中的重点意象，深入挖掘作者的思想感情，以儒家审美主义为出发点进行批评，辅以宋代文人特有的理学思维和创新精神。

1. 语贵含蓄

诗歌发展到宋代，唐诗热烈奔放、气势如虹的美感逐渐消逝，代之以深沉平和、自然冲淡的意境。宋代文人失去了多元开放的环境，四面环敌的危机使他们更需要重建正统的儒家文化体系。他们偏爱情感上的收敛，这包含两个方面：一是情感强度的收敛，二是情感边界的收敛。杜诗为他们提供了完美的范本，含蓄成为宋代文人的审美追求。

叶寘记载，有人认为杜甫《古柏行》中“苦心岂免容蝼蚁，香叶终经宿鸾凤”一联有“小心计较”之意，遭到反驳。他认为，古柏“若谓其心坚苦，未免受小人之侵陵，虽不遇，而流芳余荫犹为善类之所依归也。据是

①叶寘：《爱日斋丛抄》卷三，孔凡礼点校，中华书局，2010，第66页。

②何文焕：《历代诗话》上册，中华书局，1984，第267页。

言之，何病乎树之大而疑其计较”[①]。他重新梳理全诗，进一步说明，杜甫借刘备重用诸葛亮的典故，表达自己不能像诸葛亮一样得遇君王的遗憾，在哀悯自身的同时婉转表达了对君主的不满，其情感幽深蕴藉，而“志士幽人莫怨嗟”一句更是“不哀不怨，尤古诗法”。[②]叶寘比较了《符离行》《最能行》《齐安行》这三首诗，赞赏杜甫“犹若隐惜”[③]的写法。他在评论陆游为从兄陆升之作的诗与小传时说：“大抵善为隐蓄，而抑扬寄于言表……前诗之直，后记之婉，俱有味。”[④]从中可以看出，叶寘追求诗歌情感表达上的含蓄。

叶寘又记载：“陈无己《放歌行》，鲁直以为顾影徘徊，炫耀太甚。予谓‘不惜卷帘通一顾，怕君着眼未分明’，诚太炫耀。‘说与旁人须早计，随时梳洗莫倾城’，亦既感悔矣。老杜‘不嫁惜娉婷’五字，无己衍其词也。《后村诗话》云：‘世称朱庆馀“妆罢低声问夫婿，画眉深浅入时无”之句，却不入选，岂嫌其自鬻耶。’无己措意偶类此。用鲁直法评唐人，故亦通。皇甫冉云：‘借问承恩者，双娥几许长。’语独含蓄。”[⑤]黄庭坚看到陈师道借《放歌行》抒发自己怀才不遇的悲愤、委屈，认为陈师道过于直露，有自我炫耀之嫌，叶寘不仅赞同，更说明陈师道化用的是杜甫的诗作，但没有学到杜诗温柔含蓄的精髓。刘克庄评价朱庆馀的《近试上张水部》时，也认为此诗有炫耀的意味。叶寘指出陈师道与朱庆馀之诗是一样的缺点，而皇甫冉的诗以失宠嫔妃自喻，不明写君王无情，只通过自伤身世来暗示，独显含蓄。这说明，含蓄委婉的情感表达得到了大多数宋代文人的肯定，含蓄变成宋代文学批评中的一个重要概念。

2. 气贵雄壮

文气说最初是由品评人物而来，逐渐演变成文学不可或缺的要素。宋代文人拥有振兴国家的时代理想，反对精巧烦琐的“艳风弱骨”，主张追求自然而有气象的境界。经过文学大家的不断引导，宋代文学开始注重结合自然诗风与气象，从自然通俗的“平淡”转向悠远蕴藉的“平淡”。

---

①叶寘：《爱日斋丛抄》卷三，孔凡礼点校，中华书局，2010，第77页。

②同①。

③叶寘：《爱日斋丛抄》卷四，孔凡礼点校，中华书局，2010，第84—85页。

④同③，第86页。

⑤同①，第68页。

叶寘载："吕文靖《题天花寺》云：'贺家湖上天花寺，一一轩窗向水开。不用闭门防俗客，爱闲能有几人来。'曾文清《题意大师房》云：'头白高僧心已灰，石菖蒲长水蕉开。庄严茗事炉烟起，不用关防俗子来。'两诗韵同意亦合。视荆公'我亦暮年专一壑，每逢车马便惊猜'，气象广窄可见。"[①] 这段材料中，吕夷简用由远到近的视角，利用湖水与寺院的位置，重点突出天花寺的幽静，"俗客""爱闲"更是刻意而写，直接点出天花寺的优美景色，表达自我的闲适、寂寞。曾几则是运用"换骨法"表现高僧的高雅绝尘，但王安石只用"专""惊""猜"几个字便点出自己久避荣华、安享晚年的心境，气象更远大。叶寘站在含蓄的立场上，赞赏王安石寓深沉的情感于远大的境界中的做法，表现出宋代文人对气象之"深"的推崇。

叶寘欣赏杜诗雄壮的诗境，并把拥有雄壮风格的作家如杜甫、韩愈、苏轼等放在一起对比，在共性中探索个性。"读东坡诗：'天形倚一笠，地势转两轮。五霸之所建，毫端栖一尘。功名半幅纸，儿女浪苦辛。'所见者真超然万有之表。较韩诗：'下视禹九州，一尘集毫端。遨嬉未云几，下已亿万年。间有夸夺子，万坟压其巅。'此更壮伟矣。又如：'我行西北隅，如渡月半弓。登高望中原，但见积水空。'又：'我观大瀛海，巨浸与天永。九州居其间，无异蛇盘镜。空水两无质，相照但耿耿。'此老眼目如许广大，收拾句语中，绝非小力量也。少陵《登慈恩寺塔》：'俯视但一气，焉能辨皇州。'亦此类。欧阳公《玩月》云：'天形积轻清，水德本虚静。云收风波止，始见天水性。澄光与粹容，上下相涵映。乃于其两间，皎皎挂寒镜。'却是先得东坡《鉴空阁诗》意度。"[②]

宋代文人提倡"隐形用事"，即用事而不为人所察，或者用"翻案法"反用典故，表达新的含义。上面的材料中，苏轼的诗基本上句句用典，并化用了韩愈《杂诗》"下视禹九州，一尘集万端"一联的俯瞰视角，从万物之始写到人世之艰，从现实写到梦境，上下纵横，其气象远远超过原诗。这正是苏轼的拿手好戏。他以俯瞰视角描写鉴空阁，更写出沧海桑田之感，令叶寘也不禁赞叹他眼中竟有如此世界。欧阳修也有类似作品，叶寘

①叶寘：《爱日斋丛抄》卷三，孔凡礼点校，中华书局，2010，第67页。

②同①，第58—59页。

敏锐发觉了欧阳修与苏轼作品之间的相同点，但欧阳修还未能达到苏轼融会贯通的地步，其用典偏向于唐诗。

宋代文人偏爱在诗作中注入思考，加上自身浓郁的情感体验，使宋诗气象往往带有浓厚的人文情怀。叶寘发现杜诗中常用“安得”作为开头语，如“安得广厦千万间，大庇天下寒士俱欢颜”“安得壮士挽天河，净洗甲兵长不用”等，“岂小力量敢道哉”[①]，给人以雄壮的感觉。“安得”二字本有反问之意，放在句首有欲扬先抑的功能，安排在末句句首除了能够增强韵律感，更推进了情感的迸发，读之余味无穷，叶寘还认为李商隐《登乐游原》中“夕阳无限好，只是近黄昏”一联饱含对大唐江山的无限热爱与深切担忧，“足以戒盛满而意似迫促”[②]，令读者有悲壮之感，末尾淡出，更有无尽意味。这样的气象，正是普通人所不能及的。

叶寘还记载：“陆务观诗：‘鸭绿桑干尽汉天，传烽自合过祁连。功名在子何殊我，惟恨无人快着鞭。’用此视世间事，稍恢廓矣。文公答陈同父逢时报主之说，有云：‘就其不遇，独善其身，以明大义于天下，使天下之学者，皆知吾道之正而守之，以待上之使令，是乃所以报不报之恩者，亦岂必进焉而抚世哉。’佛者之言曰：‘将此身心奉尘刹，是则名为报佛恩。’而杜子美亦云：‘四邻耒耜出，何必吾家操。’此言皆有味也。今观陆诗，用意不大相远。《书》曰：‘人之有技，若己有之。’推此心庶几焉。功名在子，何异我躬，东坡诗话亦有此语。”[③]

陆诗中“功名在子何殊我”一句，既有“修身齐家治国平天下”的入世理想，也有无私奉献、普度众生的虔诚，更有强烈的民族认同感，思想上纵横古今，加上陆游表面退让而内心踌躇满志，使诗歌的气象达到了“恢廓”的境界。

3. *以诗为词*

叶寘记载：“苏门陈无己，清苦之士，亦有长短句，且言他文未能及人，独于词自谓不减秦七、黄九、文潜。乃又自谓不善倚声制曲，而致意古乐府，有所矫耶。……近世叶正则集中存《和李季章参政》一曲，亦云素不

---

①叶寘：《爱日斋丛抄》卷三，孔凡礼点校，中华书局，2010，第55页。

②同①，第67页。

③同①，第60页。

晓度曲，故所次者一篇而止。文人能靳为之，流俗强所短于无益者何哉。朱文公《游衡岳回道中雪梅》二阕，怀张宣公作，既又书一绝云：‘久恶繁哇混太和，云何今日自吟哦。世间万事皆如此，两叶行将用斧柯。’且题自是不复做也。”①此处所引朱熹的诗道出了宋代文人对词的复杂感情。叶寘认为，考察一位作家会不会作词，不能光从作品数量出发，更要了解其对于词的态度，作品少或许代表作家内心崇尚雅正。

叶寘又记载：“陈无咎《题赵国》一词，旷达可喜。予记其文云：‘一年一度春来，何时是了。花落花开浑是梦，只解把人引调。可怜浮世，等闲过日，却不识绿水青山，四时都好。遇笔题诗，逢人饮酒，世间万事看尽多多少少。怎得似羽扇纶巾，云屏烟障，几曾受些儿烦恼。便乘风归去小蓬莱，听门外猿啼鹤啸。’无咎号龙潭居士，越人目之为仙，其词气颇不凡俗也。”②叶寘评价此词“旷达可喜”，“旷达”是指作者看尽世间万事万物后宠辱不惊，“可喜”是指其宁静平和。叶寘赞赏陈无咎此词，体现出对豪放派词风的亲近。南宋时词的发展已确定了婉约与豪放两条道路，随着理学的建立，婉约派由柔媚转向清空，追求“理高妙，意高妙，想高妙，自然高妙”的境界，句法翻新，情感幽微，象征意味浓重；豪放派则因南宋的衰落，其激昂转为低沉的悲歌，下等者近于粗俗村语。

4. *以意逆志*

“以意逆志”出自《孟子·万章上》，指读诗要考察诗意，探求作者情怀。到宋代，由于宋人重理，“以意逆志”进入了一个新阶段，即“以理逆志”，作者的“志”不仅要以对“言”的考察来推定，更应从“理”的角度去还原作者的情志。这个“理”既包括“天理”，也包括“物理”，因此，从诗的意象和语言入手研究作者的思想感情就成为宋代文学批评的重点，其初衷仍然是为了帮助解诗者理解意象、语言、典故背后的含义，更好地与作者“以心会心”，品味诗意。

叶寘自然也常用“以意逆志”的方式欣赏诗歌，例如：“‘谁能更学孩童戏，寻逐春风捉柳花。’乐天《放柳枝》答刘梦得诗也。诚斋杨氏乃有‘日常睡起无情思，闲看儿童捉柳花’之句，得非默阅世变，中有感伤。此

---

①叶寘：《爱日斋丛抄》卷四，孔凡礼点校，中华书局，2010，第86—87页。

②同①，第87页。

静中见动意。”[①]

叶寘所谓“静中见动”的“静”除了指意境闲适平静之外，更重要的是作者心灵宁静。白居易、杨万里都经受了巨大的政治风波，年老寄情于日常生活，返璞归真，真正达到了心灵的宁静，他们的感情上升为与万物相通的感悟，营造出充满哲理的意境。叶寘读出了白居易与杨万里隐藏在诗中的“志”。他本人生活在南宋末年，当时政权逐渐不稳，他见到了社会百态，因而更能理解“静中见动”的意义。在他看来，“默阅世变，中有感伤”正是两位作者的兴寄，他们因世事多坎坷而追求心灵的宁静，写出的作品因而有丰富的层次和悠长的意味。

除了通过了解作者生平和作品来深入理解诗歌的思想感情之外，叶寘在批评文学作品时会重点抓住作品中的意象，结合作者生平，力求体会作者的原意，正确理解作品的内涵。他在分析杜甫《除架》《废畦》两首诗时，从重点语句出发：“《除架》有功成者退之意，而‘秋虫’‘莫雀’，则不悟盛衰者也。《废畦》有物穷则剥之意。而‘悲君白玉盘’谓时过则贱可贵，盛时一失为足惜也。”[②]杜甫的诗与一般唐诗风格不同，更多的是把感情隐在字面背后，“赋”“比”的地方明显更多，也更精细。因此，要想对杜诗有全面的理解，必须深入研究。

叶寘记载：“少陵：‘斯须九重真龙出，一洗万古凡马空。’退之《送温处士赴河阳军序》解得空字明白。序云：‘伯乐一过冀北之野而马群遂空。夫冀北马多于天下，伯乐虽善知马，安得空其群耶。解之者曰：吾所谓空，非无马也，无良马也，便如少陵《天育骠骑歌》“如今岂无騕褭与骅骝，时无王良、伯乐死即休”。’在退之《杂说》云：‘世有伯乐，然后有千里马，千里马常有，而伯乐不常有，故虽有名马，只辱于奴隶之手，骈死于槽枥之间，不以千里称也。’是非少陵句笺释乎。”[③]韩愈之序本非为解杜诗，但叶寘敏锐地发现他以马譬喻的这段话正合杜诗“空”字的含义，表达怀才不遇，亟待伯乐的复杂心情。而韩愈的《马说》一篇更是道尽杜诗“空”字背后的辛酸，故叶寘认为《马说》可为杜诗笺释。

---

①叶寘：《爱日斋丛抄》卷三，孔凡礼点校，中华书局，2010，第68页。

②同①，第63页。

③同①，第66页。

叶寘记载："荆公诗多举贞观，盖追怀盛时，托兴前代，使后来读之。……《河北民》云：'河北民，生近二边长苦辛。家家养子学耕织，输与官家事戎狄。今年大旱千里赤，州县仍催给河役。老少相携来就南，南人丰年自无食。悲愁白日天地昏，路傍过者无颜色。汝生不及贞观中，斗粟数钱无兵戎。'伤今思古之义具焉。又其诗曰：'欢乐欲与少年期，人生百岁常苦迟。白头富贵何所用，气力但为忧勤衰。愿为五陵轻薄儿，生在贞观开元时。斗鸡走马过一生，天地安危两不知。'此意虽寓辞若少过矣。使生太平盛世，得为谨厚君子，顾不可乐哉。"①王安石喜用"贞观"一词，与他本人推行新政，渴望强国的政治理想是密切相关的，手法上学习杜诗，名为怀古实为论今。"贞观"在他眼中象征着大一统的盛世，是理解他思想感情的一把钥匙。叶寘从"贞观"切入，准确把握了王安石忧国忧民的博大情怀。叶寘通过对词句的重点关注来体会作者的情志，更证明"以意逆志"其实是离不开"言"的，它需要从文本出发仔细考索，而不是单凭模糊的情感共鸣就能说明白。

除去对诗中意象和语言的关注，叶寘还把主题相近、内容相似的作品拿来对比，同中辨异，更能直接感受不同作者思想感情的差别。

例如，"郑毅夫草富相制，有诗云：'中使传宣内翰家，君王令草侍中麻。紫泥金印封题了，红烛才烧一寸花。'近，赵汝谈诗：'宫井城鸦欲动时，春猿梦断北山移。揽衣拟草归田赋，犹是金莲烛半枝。'郑矜敏捷，赵乃思退，辞致各清丽"②。郑獬之诗是他起草任命富弼为宰相的制书时有感而写的，他自命不凡，又得重用，因此诗中用"红烛"的燃烧来衬托自己的才思泉涌；赵汝谈不愿攀附韩侂胄，深感党争之恶，所以以"归田赋"表达自己不愿为官的内心情感，"烛半枝"也反衬出他在朝堂度日如年。同样描写在朝为官，同样选择蜡烛为重点意象，但表达出的感情却南辕北辙，如果没有对两位作者的了解和对诗句的仔细分析，要想辨析这两首诗的思想感情是有难度的。

又如，"徐师川《题双庙》云：'向使不死贼，未必世能容。'楼大防评：'不惟自巡远以来，未有此论，盖隐寄永怀之痛。'黄鲁直亟称之。师川乃

①叶寘：《爱日斋丛抄》卷三，孔凡礼点校，中华书局，2010，第56—57页。

②同①，第55—56页。

德占禧之子。德占以给事中计议边事，没于兵。吕居仁亦有《双庙》诗云：‘念公不量势力微，本自不辱国士知。大厦又非一木支，何必如此感慨为。往昔开元全盛时，公胡不念鲂鱼归。亦不往吊湘江累，死后声名何足奇。’其论稍异，识者当别会意”①。徐俯融自身之感情于对张巡、许远的崇敬、怀念中，叶寘则用“以理逆志”的办法来解读徐俯的诗歌，以便正确理解诗歌内涵。在解析韩愈的《猛虎行》时，他也是采用解析杜甫《古柏行》的方式，分节详解意义，将猛虎从作恶到众叛亲离而死的情景细细道出并总结：“虎坐失其俦类，遂以杀身，人苟弃其亲故，乌能自存。始云‘亦皆有匹侪’，中云‘匹侪四散走’，末云‘虎坐无助死’，一篇照应处，义主风刺。……如少陵诗：‘猛虎凭其威，往往造急缚。雷吼徒咆哮，枝撑已在脚。忽看皮寝处，无复睛闪烁。人有甚于斯，足以劝元恶。’韩诗详著寡助之祸，杜诗直寓失势之戒，当互观以为世劝。”② 同样以“猛虎”为主题，杜诗和韩诗从不同角度入手，各有千秋。

通过细致对比内容相似但情感不同的诗作，可以相对全面地认识不同作家的语言、用典、句法、情感等方面的不同特征，对其作品水平高下的判断也会相对客观且有说服力。

四、文体论

1. 六言诗

六言诗是我国诗歌中的重要文体之一，《文心雕龙·明诗》称其起源为“至于三六杂言，则出自篇什”③，提出“《诗经》来源说”。此外，还有“楚辞来源说”及二者共同影响说等不同说法。

进入宋代，六言诗得到了长足的发展，两宋创作六言诗的作者共有245人，作品1776首。④宋代六言诗的创作有所发展：一是加入了“子史成语”，意象拓宽；二是平仄与唐代不同；三是“杂以词语”，语言风格有所变化。这正符合宋代文学的发展方向与宋代诗学奇、雅、工的创作规范。叶寘认为：“诗之六言，古今独少，洪氏云编唐人绝句七言七千五百首，五

①叶寘：《爱日斋丛抄》卷三，孔凡礼点校，中华书局，2010，第70页。

②同①，第61—62页。

③周振甫：《文心雕龙今译》，中华书局，2013，第62页。

④李蓉：《南宋六言诗研究》，安徽师范大学硕士学位论文，2015，第19页。

言二千五百首，合为万首，而六言不满四十，信乎其难也。”[①]可见他认为六言诗发展缓慢是由于创作难度大，他分别引用刘克庄的《唐绝句续选》《本朝绝句续选》《中兴绝句续选》序言，还原了六言诗在唐宋的发展过程，以王维、皇甫冉为唐之代表，以王安石、沈括、黄庭坚为北宋之代表。他认为，王维、皇甫冉的六言诗创作“妙绝今古”，对六言诗发展起到重要的推动作用，但并未受到重视；王安石、沈括、黄庭坚三人继承唐代六言诗的艳丽风格，创新改造六言诗。尤其是黄庭坚，他拓宽了六言诗的题材，用“以文为诗”的散文化语言进行创作，加入抽象意象与禅宗佛理，使六言诗由“俗”入“雅”，创作技巧更加复杂多变，远离了汉魏六朝的“杂体”样貌。在叶寘看来，到南宋，六言诗创作的大家首推刘克庄，他的诗“事偶尤精，近代诗家所难也”。刘克庄不仅擅长六言组诗的创作，更能够巧妙化用前人诗词，在运用大量典故的同时更注重对仗工整，紧扣主题，语言晓畅，构思精巧，称为大家当之无愧。叶寘从六言诗的历史发展入手，赞赏六言诗的新变，推崇以刘克庄六言诗为代表的工整精巧、妙趣横生的诗风。这进一步体现了宋代文人崇尚知识与思考的创作理念及求新求变的创作意识。

2. 筮仕箴

“筮”原指用蓍草占卜。上古时期人们信仰巫术，做事情前都需要占卜一卦以求吉凶，为官是人生大事，更不例外。久而久之，“筮仕”一词便出现了，意指初次做官。箴这一文体则出现得更早，它与铭类似，有警示、告诫的作用，主要用于君臣之间。

随着儒家思想被确立为正统，箴的内容由提醒、警示个人明确自身职责，逐渐向劝诫个人提高道德素养转变，体现出“儒化”倾向，在宋代尤为明显。皇帝对臣子除了在政治、军事、经济上予以限制，更在个人道德修养方面严格要求。筮仕作为踏入宦海的第一步，其重要性不言而喻，宋代的筮仕箴展现了宋人对初为官者的要求和告诫。叶寘对筮仕箴这一文体十分重视，他摘录了周必大、杨万里、彭龟年、真德秀、王迈等人的筮仕箴并做了比较。

---

①叶寘：《爱日斋丛抄》卷三，孔凡礼点校，中华书局，2010，第65页。

周益公送子纶通判抚州为十箴："莅官以勤，持身以廉，事上以敬，接物以谦，待人以恕，责己以严，得众以宽，养知以恬，戒谨以独，询谋以佥。箴规语汝，夙夜式瞻。"……王寔之迈以南外宗教为之箴。《律己以廉》曰："惟士之廉，犹女之洁。苟一毫之点污，为终身之玷缺。毋谓暗室，昭昭四知。汝不自爱，心之神明其可欺。黄金五六驼，胡椒八百斛。生不足以为荣，千载之后有余戮。彼美君子，一鹤一琴。望之凛然，清风古今。"①

从中可以看出，箴仕箴有以下特征：首先，在赠送对象上并无限制；其次，从个人道德出发，强调自身修养，主张诚敬、慎独，对官员德行要求的表达比较详细，对具体职责所提不多；在形式上，箴仕箴既保留了前代四言体，又引入了宋四六，精于用典，言简义丰。叶寘认为，虽然箴仕箴属于非官方性质，但由于它对道德品行的重视，它拥有了类似于官方的庄严性，不可仅仅看作私人赠言。

3. 上梁文

《爱日斋丛抄》卷五载：

上梁文。吴氏《漫录》考其所始，云："后魏温子昇有《阊阖门上梁祝文》，云：'惟王建国，配彼太微。大君有命，高门启扉。良辰是简，枚卜无违。雕梁乃驾，绮翼斯飞。八龙杳杳，九重巍巍。居辰纳祜，就日垂衣。一人有庆，四海爰归。'"乃知上梁有祝文矣。第不若今时有诗语也。②

上梁文本是民间建造房屋时为安装房梁而写的祝祷文，实际上是一种非常生活化、实用化的文体。但在建造宫殿庙宇时，上梁文往往由大臣撰写，由此开启了上梁文的文学化进程。叶寘生活在南宋末期，上梁文已经文学化，因此他通过追溯上梁文的原始面貌，得出了"上梁文文学化"的

①叶寘：《爱日斋丛抄》卷四，孔凡礼点校，中华书局，2010，第95页。
②叶寘：《爱日斋丛抄》卷五，孔凡礼点校，中华书局，2010，第115页。

结论。

叶寘在《爱日斋丛抄》中以文学鉴赏为主要手段，对文学创作、文学源流和文体等都进行了评点和论述。他认同文学继承与创新之间的有机联系，并在此基础之上总结出了宋代文人创作新、清、工的标准，探讨了宋代文学鉴赏重含蓄、重气势的审美风格及讲求从语句、意象等细节方面把握作者情感内涵的文学鉴赏方法。他还对南宋较为流行的几种文体做了考据，清晰再现了它们在宋代不断发展的历程。

五、《爱日斋丛抄》中的文学生态

1. 重建儒家文化传统下的思想融合

五代十国只有短短五十三年，但先后更迭五个政权，外加十个地方割据政权。不仅如此，走马灯一样的政权迫使士人屡次易主。士人们的操守和尊严被打得粉碎，儒家文化中的“忠”几乎荡然无存了。因此，宋代朝廷致力于儒家文化的重建。

经过统治者的努力，儒家文化在宋代蓬勃发展，文学也受到影响，白体诗风行于士人中间。白居易与元稹首创唱和诗，其体制成熟，语言华丽，是宋初士人学习的重点。更重要的是，白居易还提出了“文章合为时而著，歌诗合为事而作”的文学主张，与宋代儒家文化重建的局面匹配。经过王禹偁的改造，白体诗从典雅华美的酬唱转向朴实热烈的讽喻，注重揭露社会问题，讨论社会乱象，达到“刺”的效果。与此同时，白居易本人关心社会、勇于讽谏的入世精神也得到许多宋代士人的学习。虽然白诗后来逐渐成为宋人批判的对象，但白居易的人格魅力仍然令士人仰慕不已。叶寘记载：

> 司马光为《耆英会序》云：“乐天在洛，与高年者八人游，时人慕之，图传于世。宋兴，洛中诸公继而为之再矣。图形普明僧舍，乐天之故第也。”《笔谈》亦谓乐天居洛与高年者八人游，谓之九老。洛中士大夫至今居者，继而为九老之会者再矣。今考修香山故事，惟至道初李文正公罢相后，以司空致仕，年七十七，思乐天洛中之会，适交游中有此数，欲继其事为宴集。故相宋惠安公、吴僧赞宁预焉。会蜀寇起而罢其事。……独潞公以元丰五年尹洛为耆年会，凡十三

人，可以践唐贤遗躅而过之矣。[①]

白居易曾因讽喻而被贬为江州司马，仕途的挫折没有毁灭白居易为民发声的信念，反而使他于佛老处求解脱，有了轻名利、慕达观的人生态度，更加坚定自己的人生追求。他的从容与旷达令宋代士人深深敬佩，苏轼、苏辙兄弟是其中的杰出代表：

东坡平日最爱乐天之为人，故有诗云："我甚似乐天，但无素与蛮。"又："我似乐天君记取，华颠赏遍洛阳春。"又："它时要指洛阳人，知是香山老居士。"又："定似香山老居士，世缘终浅道根深。"而坡在钱塘与乐天所留岁月略相似。……洪氏《三笔》论苏公谪黄州，始称东坡居士，其意盖专慕白乐天……益公《杂志》亦称苏公不轻许可，独敬爱乐天，屡形诗篇，盖其文章皆主辞达，而忠厚好施，刚直尽言，与人有情，于物无著，大略相似。……子由暮年赋诗，亦谓"时人莫作乐天看，燕望端能毕此身"。自注："乐天居洛阳日，正与予年相若，非斋居道场，辄携酒寻花，游赏泉石，略无暇日。予性拙且懒，杜门养病，已仅十年，乐天未必能尔也。"[②]

为了保障儒家文化传统的重建，促成思想文化的大一统，宋初士人普遍对佛老持否定态度，尤其是佛教。佛教自传入我国后，积极主动吸收儒、道思想，接近主流文化，发展迅速，僧尼数量庞大，佛寺众多。《爱日斋丛抄》卷一载："魏正光以后，僧尼二百万人，寺三万余曲。唐会昌毁寺四千六百余区，招提兰若四万余区，归俗僧尼二十六万五百人。"[③]汉魏以来，许多统治者不同程度地推崇二教，而儒学的地位却明显下降，以至于韩愈站出来大斥佛老，但韩愈被贬潮州后与僧人大颠关系很好，有许多人怀疑他不再排斥佛教了。到了宋朝，这一公案直接影响到对韩愈的评价，自然令士人万分关注。叶寘怀疑韩愈受大颠影响后，更偏向

---

①叶寘：《爱日斋丛抄》卷二，孔凡礼点校，中华书局，2010，第43页。
②叶寘：《爱日斋丛抄》卷三，孔凡礼点校，中华书局，2010，第68—70页。
③叶寘：《爱日斋丛抄》卷一，孔凡礼点校，中华书局，2010，第26页。

于排斥道家，并列举了其诗作《谢自然》《桃源图》《谁氏子》《记梦》为证。然而，以上作品皆作于韩愈未贬潮州时，谈不上因为大颠影响而亲佛排老。

2. 党争之祸对文学与文人的禁锢

《爱日斋丛抄》记载了宋代党争的发展历程。

宋朝建立时，统治者下大力气分权制衡，使官员个人的权力范围缩小，官员人数增多，导致了“冗官”；强行征兵，使兵与平民分离，造成军队臃肿不堪，经费庞大，出现“冗兵”；为了保证国家机器的运转和国土安全，统治者投入大量税收，形成“冗费”。庞大的费用全部从人民身上征取，而土地兼并、边境战争等又影响了国家税收，于是政府不得不增加税收项目，加紧盘剥平民。

在宋仁宗时期，短暂的治世还没结束时，范仲淹就已看到危及政权的种种乱象，率先站出来改革，史称“庆历新政”。范仲淹力图从根本上解决“三冗”问题，吸引了一大批锐意进取的官员，如欧阳修、滕宗谅、富弼等，形成了所谓的“改革派”。但“庆历新政”直接触动了官僚阶层的利益，由恩荫得官的贵族子弟首当其冲，成为改革的重点对象，引起许多人的不满，形成了以吕夷简为首的“保守派”。两股政治势力不相上下，展开激烈斗争，最终范仲淹被贬，其余臣子皆遭贬谪，改革失败。在斗争过程中，吕夷简警示仁宗范仲淹有结党之罪，欧阳修遂撰写了著名的《朋党论》予以反击。这一做法不仅没能缓和党争，反而为党争“正名”，党争各方无不标榜自己才是“君子”，贬斥他人是小人，助长了党争气焰。

“庆历新政”的失败，使“三冗”问题像滚雪球一样越来越严重，到宋神宗登基时已经成为迫在眉睫的危机。此时，王安石提出改革的主张，并以“天变不足畏，祖宗不足法，人言不足恤”的言论获得了皇帝的支持。王安石之所以“口出狂言”，是因为他对国家疲敝、人民困苦的现实有着深入的了解：“荆公《兼并》一诗。其议设青苗法敚富民之利，实本于此。其诗云：‘三代子百姓，公私无异财。人主擅操柄，如天之斗魁。赋予皆自我，兼并乃奸回。奸回法有诛，势亦无自来。俗吏不知方，掊克乃为材。俗儒不知变，兼并可无摧。利孔至百出，小人私阖开。有司与之争，民愈可怜哉。’是其意虽主抑兼并，而又不欲官争民利。如《寓言》诗：‘婚丧孰不供，贷钱免尔萦。耕收孰不给，倾粟助之生。物赢我收之，物窘出使营。后世不务此，区区挫兼并。’此正公所主新法，而乃以挫兼并为非。二篇首尾已似异。又《发廪》诗云：‘先王有经制，颁赉上所行。后世不复古，贫穷兼主并。非民独如此，为国赖以成。筑台尊寡妇，入粟至公卿。我尝不忍此，愿见井地平。’要其立法岂乐于病民，特欲自上制其贫富，使之稍均，豪强无以擅威福耳。古制甚难复而易敝，徒为感世变者深訾也。又如《酬王詹叔奉使江南访茶法利害诗》：‘岂尝摧其子，而为民父母。’《收盐》诗：‘一民之生重天下，君子忍与争秋毫。’意尤恻然者。”[①]

本着“经世致用”的原则，王安石改革力图达成政府和平民的双赢局面。然而，在具体改革过程中，王安石的激进态度和强硬立场使他没能争取到多数官员的支持，也难以正确接受变法过程中来自不同角度的意见。在强大的反对声浪中，王安石领导的新党从关注变法方案本身迅速转向了党派争斗，北宋再次陷入党争旋涡。王安石罢相，变法近于停滞，终于在高太后“元祐更化”的政策中消散。然而，“元祐更化”并未理性反思变法的得与失，变成了旧党对新党的全面清算，旧党内部也分裂为蜀、洛、朔三党，彼此敌视；哲宗亲政的绍圣时期，新党复宠，旧党遭受了更为极端的打击报复，党争环境极度恶化；徽宗时期，蔡京再开“崇宁党禁”，立元祐党人碑，禁毁苏轼、黄庭坚等元祐党人的诗文，剪除异己。新法和改革沦为了党争的幌子，政治党派的互相倾轧呈现白热化，个人报复意味明显，士人多成为牺牲品。“苏子由责雷州，不许占官舍，遂僦民屋，而章子厚以为强夺民居，下郡按治。及子厚责雷州，亦问舍于民，民曰：‘前苏公来，为章丞相几破我家，今不可也。’……东坡云：‘及其出亡而无所舍，然后知为法之弊。夫岂独鞅悔之，秦亦悔矣。’予谓鞅无及也，章子厚事尤似刘毅，独不传其悔与否尔。”[②]

到南宋，高宗登基初始，主战派与主和派水火不容，秦桧一党异军突起，成为权相政治的开始。自此，统治者内部开始“国是”之争，进一步助推党争。隆兴元年（1163），张浚发动北伐，在符离（今安徽省宿州市）遭遇金人的反攻，由于将领不和，大量将领逃跑，宋军大败，不得不与金议和，史称“隆兴和议”。“国是”之争暂时退烧，但党争并未停止，庆元党争

①叶寘：《爱日斋丛抄》卷三，孔凡礼点校，中华书局，2010，第62—63页。
②叶寘：《爱日斋丛抄》卷二，孔凡礼点校，中华书局，2010，第33—34页。

又开始了，理学被冠上“伪学”的污名，“经世致用”的社会责任被士人束之高阁，维护民众利益的政治理想被对个人荣华的追求腐蚀殆尽。此后，南宋江河日下，史弥远、贾似道等权相利用理学为自己赚取政治资本，控制全国舆论，间接成为国家的主人，直到南宋被蒙古铁骑所灭。

两宋党争不断，由政见之争逐渐演变为针对个人的攻讦、抹黑。文学作为表达心声的载体，也被用于党争。叶寘记载：“东坡《松醪赋》。李仁甫侍郎举赋中语，谓东坡盖知之矣。又云：东坡既再责，亲旧或劝益自儆戒，坡笑曰：‘得非赐自尽乎？何至是。’顾谓叔党曰：‘吾甚喜《松醪赋》，盍秉烛，吾为汝书此，倘一字误，吾将死海上，不然，吾必生还。’叔党苦谏，恐偏傍（旁）点画，偶有差讹，或兆忧耳。坡不听，径伸纸落笔，终篇无秋毫脱谬，父子相与粲然。《松醪赋》之谶渡海人知之，而未知其以验生还也。”[①] 语谶之说属于迷信，但反映出士人对党争普遍的恐惧心理，说明党争中的文字狱对于士人精神的压迫非常严重。由于党争重在攻击个人，又使出文字狱的手段，党争中的士人不敢轻易表露心迹，或昧心攀附，或沉默不语，许多人被迫转向佛老的虚无淡泊以求宁静，在审美上转向晋宋山水的悠远闲逸以求慰藉。文字狱随着党争进一步发展，终于发展到蔡京劈毁元祐党人著作之板，全面禁毁元祐党人文字的地步。

此后，党争中的文字狱越发多了。比如，宝庆年间发生“江湖诗案”，将矛头直指平民书商陈起个人刊刻的《江湖集》，其中“秋雨梧桐王子府，春风杨柳相公桥”及“东风谬掌花权柄，却忌孤高不主张”两联诗被指为讥讽宰相史弥远，暗讽其废立皇帝之事，结果是“劈《江湖集》板。二人皆坐罪，而宗之流配。于是诏禁士夫作诗。如孙花翁季蕃之徒改业为长短句。弥远死，诗禁始开”。叶寘对此事评价道：“《侯鲭录》记郑侠上书事作，悉治平时往还厚善者。侠家搜得晏叔原与侠诗云：‘春风自是人间客，主张繁华得几时。’裕陵称之，即令释出。余闻刘潜夫端明少年《落梅》诗云：‘东风谬掌花权柄，却忌孤高不主张。’遂得罪。比兴似不相远，所遭乃自两途也。”[②]

---

①叶寘：《爱日斋丛抄》卷二，孔凡礼点校，中华书局，2010，第49页。
②叶寘：《爱日斋丛抄》卷三，孔凡礼点校，中华书局，2010，第56页。

为了躲避文字狱，讽喻逐渐被温柔敦厚的“雅正”代替，含蓄成为宋诗的一大特点。在含蓄、典雅的总要求下，士人的内心趋向于自我修复与释怀，一方面修炼出旷达的心态，另一方面因压抑政治理想而流露出深沉幽微的悲伤。儒释道三家融合的思潮又将老庄的闲适和禅宗的虚无注入士人内心，使宋诗向平淡乃至枯槁、老硬发展，并影响到其他文体的创作。士人的审美逐渐转向推崇陶渊明，和陶诗、拟陶诗大量出现，体现出士人审美趣味的变化。正是党争这一残酷的政治环境逼迫士人逃向山水，漂泊江湖，陶渊明飘然世外、悠然自得的平和心态成为士人普遍的追求：

> 东坡《和陶诗》：“吾琴岂得已，昭氏有成亏。”涉历之久，固有所悔矣。晚从海上还，《赋瓶笙》云：“瓶中宫商相自赓，昭文无亏亦无成。”及此而谓无亏成，由其在我者莫之加损也。[①]

苏轼远贬海南，在恶劣的生存环境和政治环境的双重压迫中选择用佛老疗伤，产生了达观、超脱的人生观，得以跳出理想受挫的痛苦。他由陶渊明的无弦琴和庄子对昭文鼓琴的批评反思自己的仕途沉浮，得出了有声不如无声的结论，了悟了“无为”的含义，锻造出不以物喜、不以己悲的旷达人格。这种观念不仅体现在士人自己身上，也体现于他们对于后代的期望当中。

> 渊明五子俨、俟、份、佚、佟。《责子诗》曰：“白发被两鬓，肌肤不复实。虽有五男儿，总不好纸笔。阿舒已二八，懒惰故无匹。阿宣行志学，而不好文术。雍端年十三，不识六与七。通子垂九龄，但觅梨与栗。天运苟如此，且进杯中物。”黄鲁直云：“观渊明此诗，想见其人慈祥戏谑可观也。俗人便谓渊明诸子皆不肖，而愁叹见于诗尔。”又云：“杜子美诗‘有子贤与愚，何其挂怀抱’。子美困顿于三川，盖为不知者诟病，又往往讥议宗文、宗武失学，故聊解嘲，其

---

①叶寘：《爱日斋丛抄》卷四，孔凡礼点校，中华书局，2010，第85页。

诗名曰《遣兴》，可解也。俗人便为讥病渊明，所谓痴人前不得说梦也。”按东坡诗云：“我笑陶渊明，种秫二顷半。妇言既不用，还有责子叹。”苏公肯亦效痴人说梦耶。予谓渊明《和郭主簿》诗：“弱子戏我前，学语未成音。此事真复乐，聊用忘华簪。”时当初有俚也。……责子诗，聊洗人间誉子癖。少陵、东坡亦戏言之，非不知渊明也。[①]

责子诗其实是诗人借责子来责己，时时提醒自己不要违背初心，而是要建立强大的内心，坚守自己的志向。正如苏轼的《洗儿》诗“惟愿我儿愚且鲁，无灾无难到公卿”，其中充满了对世人汲汲于名利的反讽，表达出淡泊名利、追求自由的思想。

3. 理学与士人身份的多样化

自科举制实行后，士人逐步打破了世家高门对官场的垄断，主动参与政治。宋代士人，尤其是南宋士人往往还拥有学术主体这一身份，构成了“参政、文学、学术”三位一体的复合型主体。[②]其中，学术主要就是指以理学为代表的宋学。理学在发展中渗入政治、文学之中。

宋代士人致力于振兴儒学，通过师徒传授的传统方式，将自己对经典的理解传给学生，启发他们学习和重释经典。胡瑗、孙复首开儒学复兴之门，专门讲授儒家经典，培养了如石介、徐积等一批学生，推动了儒学在宋代的“回暖”。与此同时，范仲淹从士人的社会责任出发，欧阳修从士人的历史使命出发，推举出“经世致用”的思想，唤醒了士人入世的积极性。经过他们的努力，士人的儒学修养有了明显的提升，为理学的产生奠定了基础。

北宋中期，王安石本着“经世致用”的初衷进行变法，注重制度，他对于儒家传统的“仁”“义”有自己的见解，他提出了“王之与霸，其所以用者则同，而其所以名者则异……盖以其心异而已矣”的主张，立论于人的三观，将辩王霸转化为辩义利。通过学术立论，王安石的新法思想基础更牢固、推行得更有力了，“新学”成为士人学习的宠儿。然而，“新学”激起了

①叶寘：《爱日斋丛抄》卷三，孔凡礼点校，中华书局，2010，第73—74页。

②参见沈松勤：《南宋文人与党争》，人民出版社，2005，第1页。

学术界的持续讨论，王安石援法入儒的倾向引起了儒学家的不满。在儒家文化传统复兴的背景下，宋代士人表现出对上古盛世的向往，以上追“三代”为目标，主张法古用贤，通过德行使国家安定强盛。理学的理论重点在个人心性方面，辅以儒家传统的正名思想，形成了一套大到社会、小到个人的道德理论。在理学家看来，汉、唐虽然辉煌，但君王德行多有亏，其功绩只能说是与“天理”偶然相合的结果，不能作为国家复兴的榜样。随着理学的发展，名分之争与心性之争成为“王霸义利”争论的风眼。

南宋时期，浙东事功学派崛起，陈亮即其中代表人物。陈亮在王安石的基础上，大胆指出“谓之杂霸者，其道本固于王也”，希望通过消解王道与霸道在本质上的不同，从而推动国家综合国力的发展，恢复中原。

然而，朱熹站在理学的角度，对陈亮的思想不以为然。自理学诞生，心性就一直是理学家们讨论的中心。在理学家看来，心性涵养是人的根本，只要每个人都能够格物致知，提高自己的修养，天下就会大治。

绍熙五年（1194）宋宁宗即位，任命朱熹为焕章阁待制兼侍讲，标志着理学受到统治者的关注和肯定，也使理学的政治气息越来越浓厚。正因通过格物致知达到“内圣外王”的模式适应统治者的需要，理学在政治上迎来了发展期，统治者越来越重视理学，不仅对理学家的后代多有照顾，还将理学家放入孔庙祭祀，事实上已经承认了理学作为儒家正统的地位，理学终于打败了新学、苏学，成为南宋时期的官方学术。“茂陵诏求伊川程氏后。池州申直下两房子孙，曰观之，曰源。于是观之补不理选限登仕郎，充池州州学学宾，月廪给以奉祀。源赴吏部铨量，补迪功郎，渐迁二令监丞。时又命陆文安九渊之子特之、沈端宪焕之子省曾俱读书密省，实嘉定十六七年间。”① “端平间，李公之子季允枢密在从班奏卓然为学者所宗宜在从祀之列者十人，胡翼之、孙明复与邵、周、张、二程氏，而司马、欧、苏预焉，请下经筵秘书省国子监议，未详后孰可否。迨淳祐，而周、张、程皆从祀。又咸淳，而司马、邵氏始亦从祀。”②理学的官方化实际上代表着儒家文化传统在宋代的完全建立。

当儒家文化传统逐渐回到士人心中，士人的文学创作自然也深受其

①叶寘：《爱日斋丛抄》卷二，孔凡礼点校，中华书局，2010，第46—47页。

②同①，第46页。

影响。如果说黄庭坚重视诗歌的含蓄，带有躲避党争的意图，在理学笼罩下的南宋文人对含蓄之风的偏好，已经内化为“雅正”的文学创作要求了。理学家们崇尚雅正，“程子云：‘未须愁日暮，天际是轻阴。’悠然无尽之味，诗家未能及”[①]。

然而，在理学家心中，文学始终不能与宗经格物相比。理学家的诗多以直接说教代替用意象和意境营造陌生化的体验，削弱了诗歌的情感层次，也消减了读者内心瞬息万变的情感呼应，使文学性让位于哲理，故读之枯槁、无味，对文学的均衡发展造成极为不利的影响。

六、《爱日斋丛抄》的文学思想价值与评价

叶寘在《爱日斋丛抄》中展现出对文学发展的思考。叶寘非常善于从文体和技巧上切入，一方面对六言诗、上梁文等已经雅化的实用文体追本溯源，探寻文学源流；另一方面对用典、化句、造语等文学技巧加以考证，力图阐明技巧对文学发展的推动作用。在他看来，宋代文人长于创新是不争的事实，他在强调创新的同时更不忘探寻背后的继承关系。南宋中后期文坛虽然有江西诗派在前，但创作上却远不能做到学习历代大家，集合众长，推陈出新。据此，杨万里提出要学晚唐诗人意臻于工。叶寘进一步认为，学习晚唐诗适用于有诗学基础者，而理学家向经典学习的方法更实用，“正为学诗者设”，有利于纠正时人“规规于近局，故其所就皆不满人意”的现状。这反映了理学思想普及后宋代文人重新抬高经典的地位，也说明叶寘本人赞同“雅正”的审美观。可以说，文学的继承与发展是叶寘反复提及的内容，他对文体、诗句、典故都加以考据，通过对大量诗句的对比得出结论，显示出他本人深厚的文学积累和敏锐、细致的求实态度。在此基础上，他总结出“静中置心”这一创作论，要求创作者澄心凝思，集中注意力去感受外界，获得直观的情感体验，感知事物的理趣，激发自己的诗兴和诗思，创作出令人耳目一新的佳作。这与他赞同杨万里的诗歌创作理论相呼应，表现出他开放、创新的文学创作理念。

叶寘在书中记录、点评了大量的诗文，他以“以意逆志”为理论基础，提出了“静中见动”这一鉴赏论，主张作品与作者生平要结合起来看，通过

---

①叶寘：《爱日斋丛抄》卷三，孔凡礼点校，中华书局，2010，第67页。

了解作者生平来感知作品背后的深沉情感。他认同含蓄的诗风，但同时也欣赏雄壮的气势。

《爱日斋丛抄》中记录苏轼诗文事迹最多，有23条；记录杜甫、韩愈、黄庭坚、欧阳修、柳宗元的也有不少条目。关于苏轼，叶寘不仅对他的作品加以鉴赏，还对他的人格、生平做了考察，例如研究苏轼对白居易的崇敬与模仿等。叶寘很喜欢用对比的方式研究苏轼与其他作家的异同。此外，叶寘对黄庭坚“点铁成金”的观念尤为认同，在诗评中非常重视新意。叶寘对杜甫、韩愈这两位唐代著名文学家也非常喜爱，对杜诗、韩诗或整篇分段详解，或抓住重点意象、词句点评，或从技巧入手来谈，对二人诗作有着较为全面、深刻的认识。叶寘对南宋文人记录不多，涉及高续古、陈与义、杨万里、朱熹、陈亮、叶适、真德秀、刘克庄、林希逸等，既有文学家也有思想家。叶寘一方面继承了苏轼等文学家对文学本质的热忱，另一方面也认同朱熹等思想家对文学功用的强调，展现出包容、开放的态度。

《爱日斋丛抄》中反映出的文学思想贯穿两宋文学的发展演变，上承北宋古文运动的核心精神，总结了宋代文学朝“文道并重”方向发展、波动的情况，有利于研究者系统了解宋代文学嬗变的轨迹。同时，《爱日斋丛抄》中的史料记载也部分还原了两宋的历史背景，内容翔实，考据严密，有利于研究者更好地搭建对宋代文学生态的认识。

然而，《爱日斋丛抄》也有一些不足与缺憾。首先，其中包含的文学思想驳杂，大部分条目是引文，点评只有寥寥数字，难以让人深入、准确地把握其中蕴含的文学思想。例如，叶寘在点评杜甫结语好用“安得”二字时，列举了杜甫十二首诗作为例证，点评只有“多壮语也”四字。他认为杜甫作诗学习了《大风歌》，但具体是怎样学习却未做解析。

其次，叶寘本人大部分时间在家乡的九华山隐居，距离临安这一政治、经济、文化中心较远，被排除在热闹多彩的城市生活之外。因此，他的文学思想并没有关注到蓬勃发展的民间文学，词这一文体很少在《爱日斋丛抄》中出现。

尽管并不完美，但《爱日斋丛抄》中包含的文学思想内容广博、论见精到，对文学生态有比较详尽、全面的记录，价值是较高的。

黄震《黄氏日抄》

黄震（1213—1280），字东发，人称于越先生，著有《黄氏日抄》九十七卷。黄震是南宋后期著名学者、思想家、史学家。他既不亦步亦趋于程朱之学，更不完全附和当时十分盛行的陆九渊的学说，而是善于独立思考，常有自见。

黄震的文学观与北宋以来理学家的文学思想一脉相承，强调文章有为而作，关注民生。《黄氏日抄》卷六十二载，“东坡之文，如长江大河一泻千里，至其混浩流转，曲折变化之妙，则无复可以名状。盖能文之士莫之能尚也。而尤长于指陈世事，述叙民生疾苦。方其年少气锐，尚欲汛扫宿弊，更张百度，有贾太傅流涕汉庭之风。及既惩创王氏，一意忠厚，思于天下休息，其言切中民隐，发越恳到，使岩廊崇高之地如亲见闾阎哀痛之情，有不能不恻然感动者，真可垂训万世矣”①，充分肯定了苏轼反映民生疾苦与揭露社会黑暗的诗歌。

黄震推崇富有开创性的诗文，不拘泥于成见，对于韩愈奇崛险怪的诗歌，能从鼓励创新的角度出发，充分肯定其价值，如评《南山》诗“险语层出，合看其布置处”②。此书提倡风格多样化，不赞成诗文一个模式、一种腔调。赞扬欧阳修创作的赋云，“《蝉声赋》《秋声赋》之脱丽，《病暑赋》《憎苍蝇赋》之布置，皆当成诵。《山中之乐》一首，赠慧勤者，模写变化亦一大奇”③。此书不厚古薄今，既肯定韩愈尽扫八代之衰，又充满对宋朝文化发展的信心，“故求义、理者，必于伊、洛，言文章者必于欧、苏。甚哉我朝，诸儒辈出，学者惟其所之焉。特不必指此为彼尔”④。

黄震推崇自然高妙、随物赋形，反对雕琢，称赞苏轼散文：“东坡写景、咏物、论说天下事，无一不曲尽其妙，如化工之赋形万物。”⑤

此书注重文学的继承关系，善于追根溯源，如评王安石云：“惟律诗出于自然，追踪老杜。记志极其精彩，仿佛昌黎。虽有作者，莫之能及。”⑥评

①黄震：《黄氏日抄》卷六十二，载《全宋笔记》第十编第10册，大象出版社，2018，第328页。
②黄震：《黄氏日抄》卷五十九，载《全宋笔记》第十编第10册，大象出版社，2018，第204页。
③黄震：《黄氏日抄》卷六十一，载《全宋笔记》第十编第10册，大象出版社，2018，第268页。
④同③，第304页。
⑤同①，第306页。
⑥黄震：《黄氏日抄》卷六十四，载《全宋笔记》第十编第10册，大象出版社，2018，第372页。

范成大云:“公喜佛、老,善文章,踪迹遍天下,审知四方风俗。所至登览啸咏,为世歆慕,往往似东坡。”①

黄震继承了中国传统文学批评知人论世的方法,善于深入作家的精神世界去探究其作品的内涵。他评价苏轼的《超然台记》云:“《超然台记》谓物皆可乐,人之所欲无穷,而物之所以足吾欲者有尽。无往而不乐者,盖游于物之外也。”②真可谓东坡知音。他还评价王安石的《商鞅》诗云:“《商鞅诗》‘自古驱民在信诚,一言为重百金轻。今人未可非商鞅,商鞅能令政必行’。荆公平生心事尽见此诗矣。”③从此书可以看出,黄震重视义理,重视文学的社会功用、教化作用,但也承认文学自身具有独特的规律。

当然,作为理学家的黄震,其文学思想明显打上了理学家的道统色彩。卷六十八载:“水心能力排老、庄,正矣。乃并讥程伊川,则异论也;能力主恢复,正矣,乃反斥张巍公,则大言也。”④他在维护儒家道统时不遗余力,对庄子在中国文化史上的意义全面否定,还赞扬叶适力排庄学之举:“谓庄周知圣人最深,而玩圣人最甚。不得志于当世而放意狂言,其怨愤之切,异于屈原者鲜矣。然而人道之伦颠错而不叙,事物之情遗落而不理,以养生送死,饥食渴饮之大节,而付之傥荡不羁之人,小足以亡身,大足以亡天下,流患盖未已也。愚谓此论理义之精到,文辞之警切,前无古人后无作者。自古明天下之正道,无出于晦翁《大学》《中庸》章句序,斥天下之非道,无出于韩文公《原道》。今而此论又足为《原道》之配。但谓其知圣人,及以屈原为比,未然尔。”⑤他评价文章,最后的落脚点仍然是儒家的统序。

佚名《东南纪闻》

此书主要记载宋代的传闻逸事、山川景色。全书有近一半的内容(42条左右)转引自他书,但都做了加工,与他书字句内容不完全一致。书中包含一些文学思想。

此书包含对唐宋诗人事迹、诗歌的评述。如卷一载:“叶少蕴早年贵

①黄震:《黄氏日抄》卷六十七,载《全宋笔记》第十编第10册,大象出版社,2018,第446页。
②黄震:《黄氏日抄》卷六十二,载《全宋笔记》第十编第10册,大象出版社,2018,第312页。
③黄震:《黄氏日抄》卷六十四,载《全宋笔记》第十编第10册,大象出版社,2018,第356页。
④黄震:《黄氏日抄》卷六十八,载《全宋笔记》第十编第10册,大象出版社,2018,第466页。
⑤同④,第478页。

显，退居石林累年，尝以吟咏自娱。每遇风和日暖，辄以数婢子肩小车，且携酒樽、食奁自随，遇其意适处，即下车酌酒赋诗。有小吏稍慧，每使之检书，薰染既久，亦能诗词。”①卷一又载：“刘龙洲过，太和人。嘉定间，客京师，因争竞到府。赵尹师素不喜士，将杖之。其侪辈扣橐使王方岩居间，王不得已，折简于赵云：‘刘过生平违越事不止此，要当使俗子治之，勿出吾曹手也。’赵忻然，即释其罪。”②卷三载：“柳耆卿风流俊迈，闻于一时。既死，葬枣阳县之花山。远近之人每遇清明日，多载酒肴饮于耆卿墓侧，谓之‘吊柳会’。”③

宋人的诗歌题材比唐人更加生活化，意象更加细腻，这部笔记对此有十分生动的描述。例如，卷二载：

> 涧谷罗椅之远顷由乙科登显仕，庐陵大儒也。江南革命，归隐故乡。尝作《瞌睡诗》，曲尽其妙，末意尤有味，云：“瞌睡从何来，譬若风雨至。曲几不待凭，虚枨那暇寄。应人眉强撑，伸手扇已坠。径游华胥国，欲见混沌帝。齁齁自成腔，兀兀更有味。息疏疑暂醒，气窒还扶醉。儿童欲恼翁，摇膝问某字。吻间仅一答，言下已复寐。杂然拍手笑，欲嗔嗔不遂。何曾参佛祖，先会点头意。何曾逢麹车，流涎已沾袂。不省较短长，谁能问兴替。阴天百怪舞，开口辄差异。三百六十日，何似长瞌睡。”④
>
> 昔有诗客朱少游者，在街市间立卓卖诗，以精敏得名。一日，有士人命以“掬水月在手”一句为题，客应声云：“十指纤纤弄碧波，分明掌上见姮娥。不知李白当年醉，曾向江边捉得么。”又有持芭蕉一茎俾赋之，即书云：“剪得西园一片青，故将来此恼诗情。怪来昨夜窗前雨，减却潇潇数点声。”诚可谓精矣。⑤

此书对南宋后期贾似道等奸臣当权时，民间童谣对权奸的讽刺指斥多

---

①佚名：《东南纪闻》卷一，载《全宋笔记》第八编第6册，大象出版社，2017，第278页。
②同①，第281页。
③佚名：《东南纪闻》卷三，载《全宋笔记》第八编第6册，大象出版社，2017，第301页。
④佚名：《东南纪闻》卷二，载《全宋笔记》第八编第6册，大象出版社，2017，第296页。
⑤同④，第296—297页。

有记载。这类材料说明，最生动、与时事关联最紧密的文学作品往往出自民间。卷一载：

何执中居相位，时京师童谣曰："杀了穜蒿割了菜，吃了羔儿荷叶在。"说者谓指童贯、蔡京、高俅及执中也。贾似道当国，京师亦有童谣云："满头青，都是假，这回来，不作耍。"盖时京妆竞尚假玉，以假为贾，喻似道之专权。而丙子之事，非复庚申之役矣。因记似道贬时，有人题壁："去年秋、今年秋，湖上人家乐复愁，西湖依旧流。吴循州（履斋之贬，似道挤之）、贾循州，十五年间一转头，人生放下休。"比之雷州寇司户之句，劝儆尤多。①

理宗朝史嵩之当国，往往以深刻得罪公论。鹾之商运，自昔而然。嵩之悉从官鬻，价直低昂，听贩官自定。其各州县别有提领，考其殿最，以办多为优。于是他盐尽绝，官擅其饶，每一千钱重有卖至三千足钱者。深山穷谷数百里之钱，无不辐辏。收到见钱，就充籴本。顺流而下，拨赴边州。庙堂会计籴运到边，每一军斛止计本钱十七界会一道。时江西十七界百五十钱，可不谓之深刻乎？有无名子以诗嘲之曰："万舸千艘满运河，人人尽道相公鹾。相公虽是调羹手，传说何曾用许多。"②

第三节　次重要笔记的文学思想

周必大《二老堂杂志》

周必大（1126—1204），字子充，一字洪道，庐陵（今江西吉安）人，有《二老堂杂志》《乾道庚寅奏事录》《淳熙玉堂杂记》。

周必大的《二老堂杂志》，记载了不少作者在游历中身临其境感受诗歌魅力的事例。

卷五《记昆山登览》载："绍兴戊寅正月一日，予在平江府昆山县，挈家同邑宰程沂咏之游山寺，寺名'慧聚'，负山为屋，小院星列，而气象粗

①佚名：《东南纪闻》卷一，载《全宋笔记》第八编第6册，大象出版社，2017，第284页。
②同①，第282页。

宏丽。唐朝塑像间有存者，旧传陆探微壁画，今漫灭不可辨。寺有山王堂，土人奉事甚至，故岁时游者辐辏，而僧辈亦有所赖云。上月华阁，陟中峰访古，上方下视陂田漫漫，盖其佳处也。张祐尝题诗云：‘宝殿依山险，凌虚势欲吞。画檐齐木末，香砌压云根。远景窗中岫，孤烟竹里村。凭高聊一望，归思隔吴门。’王荆公安石通判舒州日，被檄来视水涝，游览竟日。夜读此诗，至‘凌虚势欲吞’，大喜曰‘好与一“吞”！’遂次祐韵：‘峰岭互出没，江湖相吐吞。园林浮海角，台殿拥山根。百里见渔艇，万家藏水村。地偏来客少，游兴只关门。’孟郊也有诗云：‘昨日到上方，片霞封石床。锡杖莓苔青，袈裟松柏香。晴磬无短韵，昼灯含永光。有时乞鹤归，远放逍遥场。’安石次韵：‘僧溪蟠青苍，莓苔上秋床。露翰饥更清，风花远亦香。扫石出古色，洗松纳室光。久游不忍归，迫迮冠盖场。’昆山在苏为大邑，求一亩之园乃不可得，所谓行乐之地惟此。尔后遭火，焚爇一空。”[①]作者将诗与景对照欣赏，对人世沧桑感慨万千。

卷五《记金陵登览》载：“绍兴戊寅春，予赴金陵教官。古迹虽载图志，然不能尽考，姑记二年间足迹所至者。赏心、白鹭亭，在城上。元丰中，东坡留题云：‘江山之乐想，平生天庆观。吴冶城故基，卞壶墓在焉。’……保宁寺在城中，初，开宝中，王师下金陵，升元、瓦棺皆随飞烟，保宁独存。建炎间遂不能免。土人云‘高宗移跸之初，以为行宫’。寺后旧有览辉亭、凤凰台，台亡，亭已重立。登临豁然，李太白所谓‘山落水分’，刘梦得‘周遭故国’之句，皆在目中。下瞰城邑，历历可数。老兵指寺在营寨中堆阜，云此凌虚台也。其右营寨，云瓦棺阁故基也。虽皆道听途说，然参考升元寺，要在城内西南隅云。”[②]作者亲临金陵胜地，体味唐诗名篇，实地对照，感受真切，对于山川变化，也考证了个大概。

卷五《记太平州牛渚矶》载：“己卯九月甲申，自宣城考试回，过太平州，回至采石镇，渡夹登牛渚矶。凡有石临水曰矶，俯见大江，闵燃犀之取祸；旁顾荒台，痛捉月之陨身……天门山即东梁山，西梁山在太平州之南，太白诗云‘两岸青山相对起’，谓此也。望夫山，在镇之下十里，太白《姑熟

①周必大：《二老堂杂志》卷五，载《全宋笔记》第五编第8册，大象出版社，2012，第373—374页。

②同①，第374页。

十咏》之一也。世传太白因醉溺江，故有捉月台。而梅圣俞诗云：‘醉中爱月江底悬，以手弄月身翻然。下应暴落饥蛟涎，便当骑鲸上青天。’盖信此而为之说也。《旧唐书》本传乃云：‘白饮酒过度，死于宣城。’《新唐书》云：‘李阳冰为当涂令，白依之而卒。’是时，当涂未为州，隶宣城。而阳冰序白集亦谓：‘白疾亟，枕上授简，俾余为集序。’初无捉月之说，岂古不吊溺，故史氏为白讳。抑小说多妄，而诗老好奇，故假以发新意耶？不者，白诚不幸，兴极而忘生，亦哀之而已，何以讳为哉？”[①]这是一段关于李白的重要资料。

李心传《建炎以来朝野杂记》（甲集）（乙集）、《旧闻证误》

李心传（1166—1243），字微之，又字伯微，号秀岩，晚年自号雪滨病叟，世称秀岩先生，隆州井研（今属四川）人，有《建炎以来朝野杂记》甲乙集、《旧闻证误》。据作者自序，《建炎以来朝野杂记》甲集完成于嘉泰二年（1202），“嘉泰二年冬十月晦，秀岩野人李心传伯微甫序”；《建炎以来朝野杂记》乙集完成于嘉定九年（1216），“嘉定九年岁次丙子七月哉生明，秀岩野人李心传序”。《建炎以来朝野杂记》甲乙集共四十卷，专记宋室南渡以后高宗、孝宗、光宗、宁宗四朝的史事及典章制度。《旧闻证误》则为考据类笔记。这两种笔记都包含部分文学思想。

首先，笔记中包含一些关于文学与党争的内容。《建炎以来朝野杂记》甲集卷五《褒录元祐党籍》载：“绍兴初，朝廷褒录元祐党人，且擢用其子弟。”[②]高宗采用范直方的建议，对元祐党人的后代逐步甄别，加以录用，以此收揽人心，巩固其政治地位，苏轼及其门人的文学自然也因此又一次大流行。

其次，此书包含大量科举取士的相关材料，可以从中推演科举与文学的微妙关系。《建炎以来朝野杂记》甲集卷十三详述了制科的设立过程，说明了制科考试在《九经》《十七史》《七书》《国语》《荀》《扬》《管子》《文中子》正文范围内出题，由宰相选题，皇帝亲试。此外，李心传的笔记

---

①周必大：《二老堂杂志》卷五，载《全宋笔记》第五编第8册，大象出版社，2012，第379页。

②李心传：《建炎以来朝野杂记》甲集卷五，载《全宋笔记》第六编第7册，大象出版社，2013，第95页。

中有关科举的内容还有以下几条。第一，“博学鸿词科，绍兴三年七月始置。绍圣间，既废制科不用，乃创宏词科。大观中，改为词学兼茂”[①]，说明了制科名称的变化过程。第二，对于殿试不避亲，三年一试制度的确立过程，此书记载甚详。第三，对于新进士的期集和互相切磋诗文，此书有所记载，这些活动无疑对文学繁荣有一定的促进作用。第四，此书中有对恩科的记载，从中也可以看出科举制度的逐步完善与其调节社会矛盾的作用。第五，对于宋代科举特有的现象——女子参加童子试，此书有记载。乙集卷十五《女神童》载：“自置童子科以来，未有女童应试者。淳熙元年夏，女童林幼玉求试，中书后省挑试所诵经书四十三件，并通。四月辛酉，诏特封孺人。”[②]在宋代理学进一步禁锢妇女的同时，也有敢立潮头、对抗世俗的女子，但即便才华高如李清照，也只能“学词谩有惊人句”，走不进社会政治活动中。

最后，宋高宗在位三十六年，十分重视文化建设。甲集卷三记录了宋高宗在绍兴十四年春秋两次去往秘阁之事。此书还记载，宋高宗十分重视读书，《建炎以来朝野杂记》甲集卷一《高宗圣学》载：“绍兴末，上尝作损斋，屏去玩好，置经史古书其中，以为燕坐之所。上早年谓辅臣曰：‘朕据宫中，自有日课，早阅章疏，午后读《春秋》《史记》，夜读《尚书》，率以二鼓罢，尤好《左氏春秋》，每二十四日而读一过。’胡康侯进《春秋解》，上置之坐侧，甚爱重之。又悉书《六经》，刻石置首善阁下。及作损斋，上亦老矣，因自为之记，刻石以赐近臣焉。”[③]这对南宋士大夫有示范作用。

萧参《希通录》

萧参，自号通岩居士，生平事迹不详。生活于宋宁宗前后，著有《希通录》一卷。据作者自序，此书完成于嘉定十六年（1223），“嘉定癸未，通岩

①李心传：《建炎以来朝野杂记》甲集卷十三，载《全宋笔记》第六编第7册，大象出版社，2013，第209页。

②李心传：《建炎以来朝野杂记》乙集卷十五，载《全宋笔记》第六编第8册，大象出版社，2013，第235页。

③李心传：《建炎以来朝野杂记》甲集卷一，载《全宋笔记》第六编第7册，大象出版社，2013，第23页。

居士识”。书名取自晋代范宁之语，意为读书得理不易，希望能够通达。书中包含部分文学思想。

例如，此书中有追溯苏轼诗歌源流的内容：“东坡诗：‘三郎官爵如泥土，争唱弘农得宝歌。’注皆不载出处。《懒真子录》尝记开元中有刘朝霞献俳文于明皇，云：‘遮莫你古来五帝，怎如我今代三郎。’明皇兄弟六人，一人早亡，故明皇太子时，号五王宅。宁王、薛王，明皇兄也。申王、岐王，明皇弟也。”①

此书记载，苏轼在接受前人诗词时，能有自己独特的感悟。“项羽夜闻汉军，四面皆楚歌，泣数行下，歌曰：‘力拔山兮气盖世，时不利兮骓不逝。骓不逝兮可奈何，虞兮虞兮奈若何。’又《东坡志林》载：李后主去国之词云‘三十余年家国，数千里地山河，几曾惯干戈。一旦归为臣虏，沈腰潘鬓消磨。最是仓皇辞庙日，教坊犹奏别离歌，挥泪对宫娥’。东坡谓后主当恸哭于九庙之下，谢其民而后行，顾乃挥泪对宫娥。其词凄怆，同出一揆。然羽为差胜，其悲歌慷慨，犹有喑呜叱咤之气，后主浑是养成儿女之态耳。如梁武帝稔侯景之祸，毒流江左，乃曰：‘自我得之，自我失之，亦复何恨？’此说虽与二者不同，如穷儿呼卢，骤胜骤负，无所爱惜，特付之一攘耳。呜呼！安得此亡国之言哉！”②

魏了翁《经外杂钞》《读书杂钞》《古今考》

魏了翁（1178—1237），邛州蒲江（今属四川）人，字华父，号鹤山。有《经外杂钞》二卷、《读书杂钞》二卷、《古今考》一卷。这三种笔记均为作者读书时随手记录，涉及先秦经典、宋以前的诗文、历代典章制度，有一定的史料价值。笔记中包含部分文学思想。

魏了翁重视考察文学创作源头，虽然不直接做评说，仅仅用摘句的方法来表达，但是对于研究古代诗文的传承流变有意义。《经外杂钞》卷一载：“柳子厚《答元饶州论陆先生〈春秋〉》曰：‘若吾生距此数十年，则不得学矣。今适后之，不为不遇也。’陈诗：‘生世何用早，我已后此

---

①萧参：《希通录》，载《全宋笔记》第七编第2册，大象出版社，2016，第79页。

②同①，第82—83页。

翁。'"[①]"李太白《枯鱼过河泣》曰：'作书报鲸鲵，勿恃风涛势。'又《古乐府》：'枯鱼过河泣，何时复还入。作书与鲂鲔，相教谨出入。'"[②]"白乐天诗：'性将时共背，病与老俱来。'后山：'老将衰疾去，人与岁时迁。'"[③]魏了翁摘录的这些诗句之间，不仅有语言上的继承关系，也有构思上的学习。

释道融《丛林盛事》

释道融是临济宗黄龙派第六代传人。此书创作完成于宋宁宗庆元三年（1197），"岁丁巳庆元三年仲秋日道融序"，主要记载北宋初到南宋中叶禅宗各派禅师与士大夫的嘉言善行。此书有比较丰富的文学思想。

苏轼在禅林朋友多，自己的禅学修养也很高，所作偈子既有禅味，文学性也很强。此书卷上载："佛印一日入室次，忽东坡至。印云：'此间无榻座，不及奉陪居士。'坡云：'暂借和尚四大为榻座。'印曰：'山僧有一问，居士若道得即请坐；若道不得即输却玉带。'坡欣然曰：'便请。'印曰：'居士适来道，借山僧四大为榻座，只如山僧四大本空，五阴非有，居士向什么处坐？'坡拟议，不能加答，遂解玉带，大笑而出，印却以云山衲衣赠之。坡有偈云：'百千灯作一灯光，尽是恒沙妙法王。是故东坡不敢惜，借君四大作禅床。'又云：'病骨难堪玉带围，钝根仍落箭锋机。会当乞食歌姬院，换得云山旧衲衣。'又云：'此带阅人如传舍，流传到此亦悠哉。锦袍错落浑相称，乞与佯狂老万回。'印以二偈谢云：'石霜夺得裴休笏，三百年来众口夸。争似苏公留玉带，长和明月共无瑕。'又云：'荆山卞氏三朝献，赵国相如万死回。至宝只应天子用，因何留在小蓬莱。'"[④]

此书还记载了苏轼与其弟苏辙创作禅诗之事。卷下载："颍滨先生苏子由，尝谪筠阳，与真净道契。尝有颂寄香城顺和尚曰：'融却无穷事，都成一片心。此心仍不有，从古至如今。'又曰：'如见复如亡，相逢笑几场。此间无首尾，尺寸不须量。欲识东坡老，堂堂一丈夫。近来知此事，也不读

---

①魏了翁：《经外杂钞》卷一，载《全宋笔记》第六编第10册，大象出版社，2013，第154页。
②同①，第155页。
③同①，第155页。
④释道融：《丛林盛事》卷上，载《全宋笔记》第七编第1册，大象出版社，2016，第107页。

文书。’东坡亦在贬所，闻公深向此道，榜其所居曰‘东轩’，以诗戏之，有‘盛取东轩长老来’之句。子由答之曰：‘纵使盛来无用处，雪堂自有老师兄。’又尝和渊明一诗云：‘佛法行中原，儒者耻论兹。功施冥冥中，而何负当时。此方旧染杂，浑浑无名缁。治生守家室，坐使斯人疑。未知酒肉非，宁与生死辞。炽然吾闽中，佛事不可思。生子多颖悟，得报不汝欺。时有正法眼，一出照曜之。谁谓邑中豪，请诵我此诗。’”①

此书记载了陆游与僧人交往之事。卷下载：“涂毒老人居鉴湖日，与放翁最厚，绍兴壬午七月二十七日示寂。放翁以诗哭之曰：‘岌岌龙门万仞倾，翩翩只影又西行。尘侵白拂绳床冷，露滴青松卵塔成。遥想再来非四大，应当相见是三生。放翁大欠修行在，未免人间怆别情。’又赞其真云：‘骨格清奇，精神潇洒。貌肃而和，语尽而简。画得者，英气逼人。画不得者，顶门上一只眼。’”②

此书记载，宋仁宗、宋孝宗创作过偈子。卷上载：“仁宗皇帝，因大觉禅师入内论心法，有御制赐之曰：‘初祖安禅在少林，不传经教但传心。后人若悟真如性，密印由来妙理深。’”③卷上又载：“孝宗皇帝，因诏径山潜禅师入内，亦有颂赐之曰：‘信手拈来说，宗乘数百句。僧归寺寂寥，一字无着处。’”④此外，南宋高宗、孝宗创作过赞文，且曾奖赏能和其赞文的僧人，卷下载：“高宗、孝宗皆有《弥勒大士赞》，丛林有道之士无不和之者，少有惬二帝意者。赞曰：‘碧落片云，长天孤月。能栖物外，妙兮幽绝。惯隐市廛，奇哉英杰。随行兮惟有拄杖布袋，充饥兮何妨酒肉腥血。别！别！玉殿琼楼更加雪。’又云：‘袋贮乾坤，杖挑日月。磊磊苴苴圣中绝，憨憨痴痴僧中杰。令行兮一棒一条痕，逗机兮一掴一掌血。别！别！恰似红炉一点雪。’乾道间，直道者住保宁，尝和之曰：‘量包太虚，眼悬日月。往天宫兮天中之绝，居人间兮人中之杰。放下布袋兮坐断四大部洲，拈起拄杖兮直得大地流血。别！别！明明有理难分雪。’范使李公为奏上，孝宗大喜之，赐钱五百万、米五百斛以助供众。”⑤

---

①释道融：《丛林盛事》卷下，载《全宋笔记》第七编第1册，大象出版社，2016，第140页。
②同①，第145页。
③释道融：《丛林盛事》卷上，载《全宋笔记》第七编第1册，大象出版社，2016，第137页。
④同③。
⑤同①，第144页。

宋代不少禅师诗学修养很深，创作水平也较高，此书保存了许多这方面的珍贵资料。卷上载："绍兴间，有一仕宦至焦山，题风月亭曰：'风来松顶清难立，月到波心淡欲沉。会得松风元物外，始知江月似吾心。'前后观者，莫不称赏。唯月庵果行脚到此，观之曰：'诗好则好，只是无眼目。'同坐者曰：'那里是无眼目处？'果曰：'小僧与伊改两字，即见眼目。'同坐曰：'改甚字？'果曰：'何不道"会得松风非物外，始知江月即吾心"。'坐者大服，信之。做工夫眼开底人，见处自是别，况月庵平昔不曾习诗，而能点化如此，岂非龙王得一滴水，能兴云起雾者耶？兄弟家行脚，当辨衣单下本分事，不在攻外学。久久眼开，自然点出诸佛眼睛，况世间文字乎？"①虽然一首七绝只改了两个字，但诗歌的境界得到升华，情景浑然融为一体，展现了物我两忘的意境。卷上又载："懒庵枢和尚，黄龙下尊宿，承嗣道场慧。初，孝宗皇帝虽向佛乘，未知有宗门下奇特事，皆是此老引进，故瞎堂、拙庵然后印可之。要知其来历，皆枢之力也。枢谢事灵隐，后居于明教永安兰若，逍遥自适，有绝句题于壁曰：'雪里梅华春信息，池中月色夜精神。年来不是无嘉趣，莫把家风举似人。'可见其胸次也。"②此诗平淡中不失构思精巧，又含理趣。此书卷上还记载："自得晖顷在长芦祖照会中，众寮栽竹，晖忽成一颂云：'高节深云藏不得，幽人移向矮窗前。灵根瑞叶惊群目，将着清风动碧天。'一时之作，出自偶然，人已争诵之。迨晚年，居乳窦已八十余。忽奉旨住净慈，人皆以为语谶。及辞众上堂云：'一住山中四十年，老来无日不思闲。今朝误被君王诏，珍重禅流出故关。云无心而出岫，鸟倦飞而知还。他年得意归来也，宾主相忘松石间。'及来南屏，大兴曹洞之道。后归雪窦双塔，作终焉计。果应去时之语，所谓在心为志也。"③卷下载："佛印示众云：'莫挂袈裟便要闲，七条中有铁围山。几多放逸纵横者，失却人身瞬息间。'"④

禅宗偈子常常能因难见巧，既出人意料，又能自圆其说。卷下载："东坡到京口，佛印渡江谒见。坡云：'赵州昔日不下禅床，金山因甚今日渡江。'佛印以颂答曰：'赵州昔日欠谦光，不下禅床接二王。争似金山无量

①释道融：《丛林盛事》卷上，载《全宋笔记》第七编第1册，大象出版社，2016，第118页。
②同①，第131—132页。
③同①，第134页。
④释道融：《丛林盛事》卷下，载《全宋笔记》第七编第1册，大象出版社，2016，第162页。

相，大千沙界是禅床。’”[①]

偈子虽语言平淡，但常常能令人感到理趣，这种文体对苏轼、黄庭坚等人的理趣诗很可能有影响。其影响也许是在潜移默化中产生的。卷上载：“西禅净此庵，参妙喜有大发明，宗眼明白。尝示众云：‘善斗者不顾其首，善战者必获其功。其功既获，坐致太平；太平既致，高枕无忧。罢拈三尺剑，休弄一张弓。归马于华山之阳，放牛于桃林之野。风以时，雨以时；渔人歌，樵人舞。然虽与么，尧舜之君犹有化在，争似乾坤收不得。尧、舜不知名，浑家不管兴亡事，偏解和云占洞庭。’又曰：‘闭却口，时时说，截断舌，无间歇，最奇绝，眼中屑，既是奇绝，为什么却成眼中屑。了了了时无可了，玄玄玄处亦须呵。”[②]卷上又载：“佛性泰颂龙牙，参翠微、临济公案曰：‘子卿不下单于拜，始末常遵汉帝仪。雪后始知松柏操，事难方见丈夫儿。’可谓亲切明白。余顷在玉几，尝见佛照举此，必再三称赏曰：‘此乃颂古样子也。’后观其语录，又爱其颂婆子偷赵州笋话云：‘樱桃初熟笋穿篱，林下相逢老古锥。忍俊不禁行正令，得便宜是落便宜。’”[③]

吴宏《独醒杂志》

吴宏，字季刚，江州德安（今江西九江）人，撰《独醒杂志》一卷。此书仅二百多字，却包含两条重要的文学思想材料。

黄庭坚虽然以追求奇崛的诗风著称，但对于寒山的诗歌推崇有加，认为仅在陶渊明下，不可多得。“山谷喜书寒山诗，曰：‘此渊明之德亚也。’”[④]寒山诗清新自然，通俗流畅，又善于表现日常生活，黄庭坚对其的推崇自有其道理。

此书记载，苏轼论文，运用生动的比喻，将抽象问题具体化：“东坡教葛延之云：‘作文如店肆诸物，无种不有，却有一物可以摄得，曰钱而已。’”[⑤]苏轼认为，作文可以左右逢源，大开大合，但必须有统摄全篇的

---

①释道融：《丛林盛事》卷下，载《全宋笔记》第七编第1册，大象出版社，2016，第164页。

②释道融：《丛林盛事》卷上，载《全宋笔记》第七编第1册，大象出版社，2016，第125—126页。

③同②，第135页。

④吴宏：《独醒杂志》，载《全宋笔记》第四编第5册，大象出版社，2008，第208页。

⑤同④。

中心，做到散而不乱。

传庞元英撰《谈薮》

庞元英为元丰中人，其《谈薮》记宁宗、理宗朝事，相距百载。

此书考证红叶题诗的作者及其本事的影响，很有价值。《谈薮》载："唐小说记红叶事凡四：其一，《本事诗》：顾况在洛，乘闲于一二诗友游苑中，流水上得大梧叶题诗云：'一入深宫里，年年不见春。聊题一片叶，寄予有情人。'况明日于上流，亦题云：'愁见莺啼柳絮飞，上阳宫女断肠时。君恩不禁东流水，叶上题诗寄与谁？'后十余日，有客来苑中，又于叶上得诗以与况，曰：'一叶题诗出禁城，谁人酬和独含情。自嗟不及波中叶，荡漾乘春取次行。'又明皇代，以杨妃、虢国宠盛，宫娥皆衰悴，不愿备掖庭，尝书落叶随御沟水流出，云：'旧宠悲秋扇，新恩寄早春。聊题一片叶，将寄接流人。'顾况闻而和之。既达圣听，遣出禁内人不少，或有五使之号。况所和，即前四句也。其二，《云溪友议》：卢渥舍人应举之岁，偶临御沟，见红叶上诗云'流水何太急，深宫尽日闲。殷勤谢红叶，好去到人间'。其三，《北梦琐言》：进士李茵，尝游苑中，见红叶自御沟出，上有题诗曰（与卢渥诗同）。其四，《玉溪编事》：侯继图秋日于大慈寺倚阑楼上，忽木叶飘坠，上有诗曰'拭翠敛愁蛾，为郁心中事。搦笔下庭除，书作相思字。此字不书石，此字不书纸。书向秋叶上，愿逐秋风起。天下有心人，尽解相思死'。余意前三则本只一事，而传记者各异耳。刘斧《青琐》中有御沟流红叶记，最为鄙妄，盖窃取前说，而易其名为于祐云。本朝词人罕用此事，惟周清真乐府两用之。《扫花游》云'随流去。想一叶怨题，今到何处'；《六丑·咏落花》云'漂流处，莫趁潮汐。恐断红尚有相思字，何由见得'。脱胎换骨之妙极矣。清真名邦彦，字美成，徽宗时为待制、提举大晟乐府。"①

倪思《经钼堂杂志》

倪思（1147—1220），字正甫，号齐斋，又号景迂老人，湖州归安（今浙江湖州）人，有《重明节馆伴语录》《经钼堂杂志》八卷。

其中，《经钼堂杂志》内容涉及朝事、家政、山川、事态，但里面很少有

①传庞元英：《谈薮》，载《全宋笔记》第二编第4册，大象出版社，2006，第201—202页。

自己的新见，大多是重复前人陈说。书中包含少量文学思想，但有不少张冠李戴之处，甚至有常识错误。

此书对苏轼的诗文发掘源流，作者从中生发出关于人生价值的思考和感慨："李太白诗'清风明月不用一钱买'，东坡《赤壁赋》云：'天下之物，物各有主，苟非吾之所有，虽一毫而莫取，唯江上之清风，与山间之明月，耳得之而成声，目遇之而成色，取之无禁，用之不竭，是造物者之无尽藏也。'东坡之意，盖自太白诗句中来。夫不用一钱买，取之无禁，太白、东坡之言信矣。然而能知清风明月之可乐者，世无几人。清风明月之间，亦无几日。就使人知此乐，就使良景频遇，或为俗务牵夺，或为病苦妨障，虽欲享之，有不能者。然则居闲无事，遇此清风明月，诚未易得。既不用一钱买，又取之无禁，而不知以为乐，是自生障碍耳。"① "中秋月色。多为风雨所防，幸而有之，或以疾病，或以丧制，或以意外事妨夺，计一生能赏此月者，殆无几年；计天下能赏此月者，殆无几人，可叹哉！东坡诗云：'此生此夜不长好，明月明年何处看。'达哉此言。"②

程卓《使金录》

程卓，字从元，生平事迹不详，休宁（今属安徽）人，著有《使金录》一卷。嘉定四年（1211），程卓以刑部员外郎假工部尚书充贺金国正旦国信使，往返百余里，详细记述了途中的山川、地理、风俗等。此书篇幅不长。书中记载了苏轼诗文在金国文人圈中的流传情况，有一定价值。

陈录《善诱文》

陈录，号丹穴老人，生平事迹不详，生活于宋孝宗、光宗、宁宗时期，著有《善诱文》一卷。此书辑录前人座右铭、格言等，包含部分文学思想。

此书记载宋代文学家的一些事迹，对研究其生平与人格有参考价值。《范文正公义田记》载："范文正公，苏人也。平生好施与，择其亲而贫、疏而贤者，咸施之。方贵显时，于其里中买负郭常稔之田千亩，号曰'义田'，以养群族之人。日有食，岁有衣，嫁娶凶葬，皆有赡。择族之长

①倪思：《经钽堂杂志》卷六，载《全宋笔记》第六编第4册，大象出版社，2013，第436页。
②同①，第438页。

而贤者一人主其计，而时其出纳焉。日食人米一升，岁衣人二缣，嫁女者钱五十千，娶妇者钱二十千，再嫁者钱三十千，再娶者十五千，葬者如再嫁之数，葬幼者十千。族之聚者九十口，岁入粳稻八百斛，以其所出，给其所聚，霈然有余，而无穷。仕而家居俟代者预焉，仕而之官者罢其给。此其大较也。初公之未贵显时，尝有志于是矣，而力之未逮者二十年。既而西帅，以至于参大政，于是始有禄赐之入终其志。公既没，后世子孙至今修其业，承其志，如公存也。公虽位充禄厚，而贫终其身。既没之日，身无以为敛，子无以为丧，唯以施贫活族之人遗其子而已。公之忠义满朝廷，事业满边鄙，功名满天下，后必有良史者书之，予可无书也。独书其义田，以警于世云。公讳仲淹，字希文。嘉祐四年八月十日晋陵钱公辅记。”[①]从中不难看出，《岳阳楼记》中表现出的高尚思想境界不是一时的，而是范仲淹一生的追求。

苏轼在乌台诗案后下狱，自感命运难测，此书对此有十分生动的记载。《子瞻以已谕鸡》载：“苏子瞻在元丰间，赴诏下狱，嘱其长子迈送食，惟菜与肉，设有不测，当送以鱼，以此为候。迈谨守。逾月后，委亲戚代送，误以肥鲊送之。子瞻大骇，忧不免于死，乃就狱中作二诗，有‘魂飞汤火命如鸡’之句。神宗闻而怜之，事从宽释。继而南行，子瞻犹有慊意，乃以阿弥陀佛一轴随行。人问其故，答曰：‘此余投西方见佛公据也。’乃赦罪放免，还家，每见庖厨有活物，即令人放之。尝有言曰：‘吾得罪，处囹圄，何异鸡鸭之在庖厨。我今岂忍复杀彼之生命耶？’丹穴老人曰：杨子言，狴犴使人多礼。又岂知囹圄使人戒杀乎？以东坡之大才，一旦遇难，辄以已谕鸡，自后轸戒杀之念弥笃。况我等无才之人，未及于难，遽然有戒杀之念兴，岂不善哉！”[②]

对于虫鱼鸟兽，在经历过人生的磨难后，苏轼也多了一分细腻的情怀。《黄鲁直谓子瞻语》载：“黄鲁直谓子瞻曰：‘鸟之将死，其鸣也哀。某适到市桥，见生鹅系足在地，鸣叫不已，得非哀祈于我耶？’子瞻曰：‘某昨日买十鸠，中有四活，即放之，余者幸作一杯羹。今日吾家常膳，买鱼数斤，以水养之。活者放而救渠命，殪者烹而悦我口。虽腥膻之欲，未能尽断，且

①陈录：《善诱文》，载《全宋笔记》第七编第2册，大象出版社，2016，第61—62页。
②同①，第72页。

一时从权尔。’鲁直曰：‘吾兄从权之说，善哉！’鲁直因作颂曰：‘我肉众生肉，名殊体不殊。元同一种性，只是别形躯。苦恼从他受，肥甘为我须。莫教阎老到，自揣看何如。’子瞻问斯语，愀然叹曰：‘我犹未免食肉，安知不逃阎老之责乎？’”[①]

赵葵《行营杂录》

赵葵（1186—1266），字南仲，号信庵，衡山（今湖南衡阳）人。他与父兄均为南宋著名儒将，历孝、光、宁、理、度五朝，著有《行营杂录》一卷。此书记宋太祖至南宋孝宗时事，所记多为鬼怪之事，其中包含少量文学思想。

刘克庄《后村杂记》

刘克庄（1187—1269），字潜夫，号后村，莆田（今属福建）人，著有《后村杂记》一卷。此书记载作者任职国史编修官兼内制侍讲期间见证的一些逸闻。书中有一些文学思想。

此书记载了叶适、真德秀的文学观点及其奖掖后进之士的事迹，颇有价值。“西山四六高处不可摹拟，为江东曹，与广德守魏岘争赈济谢表，惟欧公能道，他人莫及也。然书与余云：‘某四六从龙溪入，兄与履常由半山入，故标致不及二公。’其谦下如此。”[②]南宋理学家重视文学创作，态度认真，可见一斑。

许棐《樵谈》

许棐，字忱父，海盐（今属浙江）人，是南宋江湖诗派成员之一[③]，著有《樵谈》一卷。此书只有一千多字，所发杂感，大多为老生常谈。书中有一些文学思想。

释圆悟《枯崖漫录》

圆悟，俗姓刘，号枯崖，福清渔溪（今福建福清）人，是南宋江湖派成

---

①陈录：《善诱文》，载《全宋笔记》第七编第2册，大象出版社，2016，第73页。

②刘克庄：《后村杂记》，载《全宋笔记》第七编第7册，大象出版社，2016，第160—161页。

③张瑞君：《南宋江湖派研究》，中国文联出版社，1999，第82—84页。

员之一[①]，有《枯崖漫录》（《枯崖和尚漫录》）三卷。

此书记载禅师事迹、格言，旁及禅师与时人的交往，有少量内容与文学思想有关。

江万里《宣政杂录》

江万里（1198—1275），字子远，号古心，南康军都昌（今江西都昌）人，有《宣政杂录》。此书抄自他书，汇集宋徽宗政和、宣和年间的异闻，书中有一些文学思想。

此书记载了一些诗谶、词谶，对了解宋代此类文化现象有价值。此书记载："徽宗逊位前一年，中秋后，在苑中赋晚间景物，一联云：'日射晚霞金世界，月临天宇玉乾坤。'写示臣下，谓甚得意。臣下称赞：'取对精切，韵格高胜。圣学非从臣可及。'然次年戎马犯顺，后国号金，亦先兆'金世界'也。"[②]此书又载："宣和初，收复燕山，以归于朝。金民来居京师，其俗有《臻蓬蓬歌》，每扣鼓和'臻蓬蓬'之音为节而舞，人无不喜闻其声而效之者。其歌曰：'臻蓬蓬，外头花花里头空，但看明年正二月，满城不见主人翁。'词本虏谶，故京师不禁。然次年正月，徽宗南幸。次年，二圣北狩。又其伎有以数丈长竿系椅子杪，伎者坐椅上，少顷，下投于尖刀所围小棘坑中，无偏颇之失。未投时，念诗曰：'百尺竿头望九州，前人田地后人收。后人收得休欢喜，更有收人在后头。'此亦虏谶，而召祸可怪。"[③]

邢凯《坦斋通编》

邢凯，生平事迹不详，著有《坦斋通编》一卷，杂论历史、风俗、地理、物产，有一定参考价值，其中包含一些文学思想。

此书认为，山川形胜、地理风物是诗人起兴的媒介，不会限制大诗人的思维，诗人会在自己的创作中生发出奇思妙想。"诗人好改易地名，以就句法。如大孤山旁有女儿港，小孤山对面有彭浪矶，韩子苍诗：'小姑已嫁彭郎去，大姑常随女儿住。'四者之中，所不改者女儿港也耳。蜀大散关有

---

①张瑞君：《南宋江湖派研究》，中国文联出版社，1999，第24页。

②江万里：《宣政杂录》，载《全宋笔记》第七编第8册，大象出版社，2016，第10页。

③同②，第5—6页。

喜欢铺，东坡《入赣诗》：‘山忆喜欢劳远梦，地名惶恐泣孤臣。’自下而上第一滩在万安县，前名‘黄公滩’，坡乃更为‘惶恐’，以对‘喜欢’。《庐陵志》二十四滩，坡诗乃云：‘十八滩头一叶身’，亦非也。”[①]一些地名经过伟大诗人的改写，竟然比原来的地名更流行，有的甚至取而代之。这是一个值得研究的课题。

在论析风俗物产时，此书善于以诗文为证。“茶取其味以爽神思，山谷云：‘或济以盐，钩贼破家，滑窍走水。又况鸡苏之与胡麻。’言不容杂以他物也。坡诗：‘脂麻白玉须盆研，一半已入姜盐煎。’故陈后山诗：‘愧无一缕破双团，惯下姜盐枉肺肝。’俗尚不同如此。夔门有曲鳝瘴，以茱萸煎茶饮之，良愈，谓之辣茶，又一异也。”[②]

张仲文《白獭髓》

张仲文，生卒年及生平事迹不详，有《白獭髓》一卷。此书记述当时社会上的奇闻趣事，其中包含一些文学思想。

姜夔在南宋为词学名家，自度曲几十首，然而此书却记载姜夔不识乐器，可资参考。

> 庆元间，有士人姜夔上书乞正奉常雅乐。京仲远承祖主此议，送斯人赴太常，同寺官校正。斯人诣寺，与寺官列坐，召乐师赍出大乐。首见锦瑟，姜君问曰：“此是何乐？”众官已有谩文之叹：“正乐不识乐器。”斯人又令乐师曰：“语云‘鼓瑟希’，未闻弹之。”众官咸笑而散去，其议遂寝。至今其书流行于世，但据文而言耳。[③]

此书记载了范成大风趣幽默的故事：“石湖范参政初官到任参州，在客位。其同参者闻为吴郡人，即云‘呆子’，石湖先生闻之在怀。后因聚会，目子请呆子，石湖先生书口号曰：‘我是苏州监本呆，与爷上寿献棺材。宗室元来是皇族，雨下水从屋上来。’石湖入参大政，其人尚在选坑老参军。

①邢凯：《坦斋通编》，载《全宋笔记》第七编第8册，大象出版社，2016，第195页。
②同①，第194页。
③张仲文：《白獭髓》，载《全宋笔记》第八编第3册，大象出版社，2017，第15页。

其人来下呼召，参政接见，颜温，讲同官之好。谦和‘某老呆无用’。”①

此书对文学与政治的关系也十分关注，记载了一些饱含爱国精神或讥讽奸臣的诗歌。

> 嘉定间，鞑虏交攻。廷臣有以和、战、守三策为言者，谓战为上策，守为中策，和为下策。是时，胡矩侍郎专主和议，会入朝，四时明袁燮侍郎与胡公廷争，专主战守议，仍以笏击胡公额，遂下侍从台谏集议。后袁君以此辞归。太学诸生三百五十四人，作诗以送袁君曰：“天眷频年惜挂冠，谁令今日远长安。举幡莫遂诸生愿，祖帐应多行路难。去草岂知因害稼，弹乌何事却惊鸾。韩非老子还同传，凭仗时人品藻看。”今江东仓使状元公甫，即其子也。②
>
> 秦桧师垣故第，即今之德寿宫。西有忘仙桥，东有升仙桥。后绍兴末年，师垣薨，适值天府开浚运河，人夫取泥尽堆积府墙及门。有无名人题诗于门曰：“格天阁在人何在？偃月堂深恨已深。不向洛阳图白发，却于郿坞贮黄金。笑谈便欲兴罗织，咫尺那知有照临。寂寞九原今已矣，空余泥泞积墙阴。”韩侂胄平原甲第，即瑞石北阜为第。从开禧末，罪逐，后改为寺监。斋舍生有题二绝于壁曰：“掀天声势柢冰山，广厦空余十万间。若使早知明哲计，肯将富贵博清闲。”“花柳依然弄晓风，才郎袖手去无踪。不知郿坞金多少，争似卢门席不重。”两诗皆用董卓郿坞事，然权势所归之地，古今皆然也。③

赵崇绚《鸡肋》

赵崇绚，字元素，赵汝适之子。生卒年不详，咸淳二年（1266）二月为运判，十二月除淮东总领，著有《鸡肋》一卷。《鸡肋》内容涉及史实、名物、逸闻等，书中包含部分文学思想。

作者善于对一些文学典故进行纵向梳理，例如，《梦笔》载：“江淹梦五色笔。王珣梦人与大笔如椽。纪少瑜尝梦陆倕以一束青缕笔授之。唐李

①张仲文：《白獭髓》，载《全宋笔记》第八编第3册，大象出版社，2017，第19页。
②同①，第16页。
③同①，第16页。

峤梦人遗之双笔。李白梦笔生花。”①

李之彦《东谷所见》

李之彦，号东谷，温州永嘉（今属浙江）人，著有《东谷所见》一卷。据作者自序，此书完成于咸淳四年（1268），“咸淳戊辰小春，永嘉东谷李之彦自序”。此书篇幅不长，涉及教育、科举、理学等方面内容，有一定的史料价值，书中包含部分文学思想。

例如，《劝学文》载：“《劝学文》曰：‘书中自有黄金屋。’又曰：‘卖金买书读，读书买金易。’自斯言一入于胸中，未得志之时，已萌贪饕；既得志之后，恣其掊克，惟以金多为荣，不以行秽为辱。屡玷白简，恬然自如；虽有清议，置之不恤。然司白简持清议者，又未必非若而人也。毋怪乎玩视典宪为具文，一切置廉耻于扫地。气习日胜，若根天真，惟知肥家庇族而已，亦不知其为蠹国害民也。得非蔽锢于《劝学文》而然耶？是固不可不深责贪饕之徒，亦不可不归咎于《劝学文》，有以误之也。”②在分析劝学文的得失利弊上，此书有一定的价值。

《理学》载：“我朝孝宗皇帝一日与崔敦诗论文章关世变，敦诗曰：‘臣观建炎诏文义理明而气势壮，便知天下必能中兴。’遂诵一篇。孝庙谛听，天颜喜甚。又问曰：‘六朝五代之文如何？’敦诗曰：‘六朝之文破碎，遂有土地分裂之象；五代之文粗悍，遂有草茅崛起之象。’上嘉叹曰：‘卿论得此甚好。’今日之文义理斫丧，其象当如何？有识者可以观矣。”③此条分析国家风气与文章之间的关系，可以看出作者推重义理。

戴埴《鼠璞》

戴埴，字仲培，著有《鼠璞》。此书取名《鼠璞》，意为以鼠为璞，以假乱真，是自谦之辞。全书不分卷，凡九十八条，每条标目，主要内容为考证经史疑义及名物典故，持论大多精审，有较大参考价值。

第一，戴埴对《诗经》的见解有独特之处。

---

①赵崇绚：《鸡肋》，载《全宋笔记》第八编第3册，大象出版社，2017，第33页。

②李之彦：《东谷所见》，载《全宋笔记》第八编第4册，大象出版社，2017，第10—11页。

③同②，第16—17页。

《诗书篇名》载："《书》篇名所谓分《大禹》《皋陶》《益稷》为三，特竹简不能多载，不得不分。……《诗》篇名之例不一。《关雎》《葛覃》之类，取其首章；《权舆》《驺虞》之类，取其末章；《召旻》《韩奕》之类，取一章之义合而成文；《氓》与《丰》、《荡》与《绵》之类，取章中一字；《维天之命》《昊天有成命》，则取章中一句。惟《雨无正》《酌》《赉》于诗无所取，毛氏强为之辞，曰雨自上下，曰赉予也，曰酌先祖之道，中心不安。虽支辞强辨，与《诗》绝不类。亦有例同而名异者，'绵绵瓜瓞'与'绵绵葛藟'同，一取'绵绵'之义，一以'葛藟'为名。'绵蛮黄鸟'与'交交黄鸟'同，一取'绵蛮'之义，一以'黄鸟'为名。意编《诗》者谩取以为名耳。"[1]戴埴关于《诗经》篇名确定方式的观点，可备一说。

《十五国风二雅三颂》载："风雅之正变，以治言，自邶至曹，治固多变；鄘、卫、郑、秦，有美有刺；太王治豳，风化所基，何皆言变风？《节南山》至《鱼藻》，治固变矣；《六月》《车攻》《斯干》诸诗，何以言变小雅？《民劳》至《桑柔》，治固变矣；《崧高》《韩奕》《烝民》《江汉》诸诗，何以言变大雅？或曰：卫、郑与秦，皆国人私美其君，不合于治之正。豳以周公遭变，宣王功业不终，悉难曰正风、正雅，然《六月》序言：'小雅尽废，四夷交侵，中国微矣。'宣王出而周道粲然复兴，变雅不始于厉王而始于宣王，何也？若专以治言，则溢美其君，岂得为诗？夫子安得存之？《周礼·籥章》歌豳诗、豳雅、豳颂，豳治未纯于正，胡用之于乐章？况《七月》陈王业与《公刘》戒民事无以异，一系正雅，一系变风，何也？《诗》大、小雅以治言，则受命作。周代商继伐，为政之大，燕群臣嘉宾、燕兄弟朋友，为政之小。《嘉鱼》《山台》《菁我》《卷阿》《棫朴》，均为养才、用才之诗，何以分政之小大？《六月》《才芑》《车攻》《江汉》《常武》，均为宣王中兴之诗，何以分政之小大？周、鲁、商三颂以盛德成功为主，则周颂之荐宗庙、告神明、称述祖宗功业，极其形容。自称曰惟予小子、闵予小子、曾孙笃之，皆谦冲退托。而商颂言假祖之孝曰'汤孙奏假'，言赫赫之功，曰'于赫汤孙'，言奉祀之诚，曰'汤孙之将'，言天命之久，曰'在武丁孙子'，不过颂美主祭之君。周颂简严，商颂敷畅，已非一体。鲁颂称美之辞益侈，以衰微不振之鲁，奔走于霸主之号令，惴惴自

①戴埴：《鼠璞》，载《全宋笔记》第八编第4册，大象出版社，2017，第62—63页。

保不暇，乃谓其惩荆舒、服戎狄、修复伯禽之法度，与经传大率相戾。圣人合商、周与鲁，并以颂称，又何也？谓言天下之事，形四方之风，则豳何以有雅？谓美盛德、告成功，则豳何以有颂？予谓求诗于诗，不若求诗于乐。父子自卫反鲁，然后乐正，雅、颂各得其所。及言《关雎》之乱，洋洋盈耳。以乐正《诗》，则风、雅与颂以声而别。古者诗存于乐。延陵季子观乐于鲁，使工为之歌，乃于五声和，八风平，节有度，守有常。《礼记》言郑、宋、卫、齐之音，与声淫及商，知非武音，歌颂、大小雅以为声歌，各有所宜。《书》：'诗言志，歌永言，声依永，律和声。'《周礼》：教六诗以六律为之音。《左传》：晋得楚囚，问其族，曰伶人也。与之琴、操南音。文子曰：乐操土风，不忘旧也。有娀之北音、涂山之南音、夏之东音、周之西音，专以音乐为主，声相形，故生变。五音，乐之正也。应钟为变宫，蕤宾为变祉，乐之变也。后之言乐，有三宫、二十一变。乐有正声，必有变声。夫子正《诗》于乐，岂独风、雅有正声而无变声哉？故国风，十五国之土歌。土歌之正为正风，土歌之变为变风，采诸者以声别之。列国非无正音，散而不传耳。《豳风》《王风》，周之变音，《周南》《召南》，周之正音。其雅乐之正变也亦然。瞽诵工歌，既别其声之正变，复析为小雅、大雅，亦不过雅音之大者为大乐章，大燕享用之，雅音之小者为小乐章，小燕享用之。《春秋》、穆子如晋，晋侯享之，金奏《肆夏》，歌《文王》，俱不拜，歌《鹿鸣》而后拜。韩子以舍其大拜其细为问，对曰：《三夏》，天子所以享元侯，《文王》，两君相见之乐，皆不敢当。《鹿鸣》，所以嘉寡君，敢不拜嘉？足见雅音小大，即乐章之小大也。以言于颂，周颂虽简，商、鲁之颂虽繁，周颂虽敬惧而谦恭，商、鲁之颂虽侈丽而夸大，其音苟合，何往非颂。人不以言求《诗》而以乐求《诗》，始知风雅之正变、小大与三颂之殊途同归矣。孔颖达云：取大雅之音，歌其政事之变者，谓之变；小雅言政而参以音。其论得之矣。盖乐与政通，谓无关于政固不可，悉以政事解之，则有不可解者。今之乐章至不足道，犹有正调、转调、大曲、小曲之异，风、雅、颂既欲被之弦歌，播之金石，安得不别其声之小大、正变哉？"[1]

在解释正风、变风、大雅、小雅之名，以及《诗经》中不少篇目的含义

---

①戴埴：《鼠璞》，载《全宋笔记》第八编第4册，大象出版社，2017，第73—75页。

时，戴埴虽不免有深文周纳之嫌，但也绝不是人云亦云，而是有自己的独立思考。

第二，书中有关苏轼的内容颇有价值。例如，《橄榄诗》载："东坡《橄榄》诗云：'待得微甘回齿颊，已输崖蜜十分甜。'注引杜诗'崖蜜松花落'。《本草》'崖蜜蜂，黑色，作房于岩崖高峻处'。然坡诗与橄榄对说，非真蜜也。鬼谷子曰：崖蜜，樱桃也。它无经见。予读《南海志》：崖蜜子小而黄，壳薄味甘。增城、惠阳山间有之。虽不知与樱桃为一物与否，要其类也。……山谷《咏橄榄》云：'想共余甘有瓜葛，苦中真味晚方回。'坡公取其味相反，山谷取其味相投。李义山《蜂》诗'红壁寂寥崖蜜尽'。此但作蜜用，非是。"①此书的解释接近苏轼的本意。

第三，书中对唐代诗人的评论，大多言之成理，如《柳子厚文》载："柳子厚文坛之雄狮，世谓以作《河间传》不入馆阁，然亦有所本。《汉书·原涉传》涉曰：'子独不见家人寡妇耶？始自约敕之时，意乃慕宋伯姬及陈孝妇，不幸壹为盗贼所污，遂行淫行。知其非礼，然不能自还。吾犹此矣。'其意正相类。"②《傲骨》载："唐人言李白不能屈身，以腰间有傲骨。予观世俗如脂如韦之人，亦本气质之自然。《诗》曰：蘧篨，口柔也，不能俯；戚施，面柔也，不能仰；夸毗，体柔也，卑屈以柔顺人。天苟赋以此质，望其刚毅自立，可乎？"③

赵溍《养疴漫笔》

赵溍，字元晋，号冰壶，潭州衡山（今湖南衡阳）人，有《养疴漫笔》一卷。此书杂记宋代朝野琐事，包含部分文学思想。

此书记载了陈亮与辛弃疾交往的逸事："陈同甫名亮，号龙川。始闻辛稼轩名，访之，将至门，遇小桥，三跃而马三却。同甫怒，拔剑挥马首，推马仆地，徒步而进。稼轩适倚楼，望见之，大惊异，遣人询之，则已及门，遂定交。稼轩帅淮时，同甫与时落落，家甚贫。访稼轩于治所，相与谈天下事。酒酣，稼轩言南北之利害，南之可以并北者，如此；北之可以并南者，如此。

---

①戴埴：《鼠璞》，载《全宋笔记》第八编第4册，大象出版社，2017，第69—70页。
②同①，第104页。
③同①，第60页。

且言钱塘非帝王居，断牛头之山，天下无援兵，决西湖之水，满城皆龟鳖。饮罢，宿同甫于齐中。同甫夜思：稼轩沉重寡言，醒必思其误，将杀我以灭口。遂盗其骏马而逃。月余，同甫致书稼轩，假十万缗以济贫。稼轩如数与之。”[①]此事虽然荒诞，却也表现了辛弃疾的豪情壮志和陈亮的谨慎小心。

施清臣《东洲几上语》《东洲枕上语》

施清臣，生平不详，著有《东洲几上语》一卷、《东洲枕上语》一卷。据作者自序，《东洲几上语》创作完成在淳祐四年（1244），“时淳祐甲辰十月，且题之曰《几上语》”；《东洲枕上语》完成在淳祐五年（1245），“时淳祐乙巳人日”。书中多格言警句，文学思想较少。

据此书记载，白居易、苏轼等人关于人生哲理的诗文，在南宋成为文人在表达人生哲学时不断引用的格言、警语。这种文学接受现象值得关注。《东洲几上语》载：“东坡论修养，寄子由书尾云：‘任性逍遥，随缘放旷，但尽凡心，别无胜解。以我观之，凡心尽处，胜解卓然。但此胜解不属有无，不通言语，故祖师教人到此便住。’余谓此段亦甚简明。”[②]“柳子厚书：‘悠悠人世，越不过三十年为客耳，前过三十年，与瞬息无异。后所得者，不足把玩，亦足审矣。’读此良有动于余怀。”[③]“有心避数，数岂能逃，心常戚戚；无心任理，理所从之，心常休休。亦曰尽其在我者，以听在彼者。《滕王阁记》云：‘天高地迥，觉宇宙之无穷；乐极悲来，识尽虚之有数。’《赤壁赋》云：‘哀吾生之须臾，羡长江之无穷。’合二者而观之，人间世不满一叹！”[④]《东洲枕上语》载：“乐天诗：‘眼前际断处，一念不生时。’又‘未悟病时须去病，已知空后莫依空’。‘一蓑一笠一孤舟，万里江山独自游。有人问我红尘事，笑入芦花不点头。’”[⑤]

---

①赵溍：《养疴漫笔》，载《全宋笔记》第八编第4册，大象出版社，2017，第116页。
②施清臣：《东洲几上语》，载《全宋笔记》第八编第4册，大象出版社，2017，第128页。
③同②。
④同②，第132页。
⑤施清臣：《东洲枕上语》，载《全宋笔记》第八编第4册，大象出版社，2017，第145页。

陈昉《颍川语小》

陈昉，字叔方，号节斋，温州平阳（今属浙江）人，有《颍川语小》一卷，其内容多辨别经史句法，有一定的学术价值，亦包含部分文学思想。

此书重视描写上的准确，卷下载："善状事物者，读之如亲见。韩昌黎作《薛公达墓志》：'君执弓，腰二矢，指一矢以兴，揖其帅曰："请以为君欢。"遂适射所，一座起随之，三发连三中，的坏不可复射，中辄一军呼以笑，连三大呼笑。'前辈固评之矣。然又有甚善于此者：'仲尼居，曾子侍'，'曾子避席复坐'，'吾语汝'，此一段分明是画出一时气象，岂后世文笔所能形容者。"①

此书特别重视助词在文学作品中的独特作用。卷下载："文之隐显起伏皆有语助，虽西方之书犹或用之。盖非假此以成声，则不能尽意。其精微杳眇，惟在所用之确，而不问乎少多也。《毛诗》有一篇全用'兮'字者，如《猗嗟》是也。有全用'矣'字者，如《桑中》是也。亦有全用'也'字者，如《墙有茨》《君子偕老》是也。然'也'字用多最难，韩文公《祭潮州大湖神文》一篇，全用'也'字，亦不过有韵脚而缀'也'字，若《毛诗》然。至欧阳文忠公作《醉翁亭记》，乃散文尔，首尾数百言，悉用'也'字，前此所未有。因见《论语》云：'吾见其居于位也，见其与先生并行也。非求益也。'又云：'井有仁焉。其从之也？子曰："何为其然也？君子可逝也，不可陷也；可欺也，不可罔也。"'此已有逐句用'也'字之体矣。至荀、孟最盛，如云：'我非爱其财而易之以羊也。宜乎百姓之谓我爱也。'曰：'无伤也，是乃仁术也，见牛未见羊也？君子之于禽兽也，见其生，不忍见其死；闻其声，不忍食其肉。是以君子远庖厨也。'王说，曰：'《诗》云：他人有心，予忖度之。夫子之谓也。'《荀子·荣辱篇》全用'也'字，余篇亦多，不若孔、孟之萃尔。"②

作者认为文学体裁无所谓高下，无所谓好坏，关键在于如何运用。卷下载："世以散语为古文，四六为今文，所以《唐书》不载诏令，以其多四六对偶不古也。宋景文公《摘粹》云：'予修唐史，未尝得一诏一令可

---

①陈昉：《颍川语小》卷下，载《全宋笔记》第八编第4册，大象出版社，2017，第170—171页。

②同①，第171页。

录于传，唯拾对偶之文近高古者，乃可著于篇。’愚谓宋公之说固是，但唐人制作自不古耳。若谓四六非古文则不可，文辞之起莫先于《尚书》，简册号令，论议之宗也。自《尧典》至《咸有一德》，率用四六语。如《尧典》‘平章百姓’，对以‘协和万邦’，此四字语也。‘历象日月星辰，敬授人时’，‘汤汤洪水方割，荡荡怀山襄陵，浩浩滔天，下民其咨’，此四六语也。《舜典》‘纳于大麓，烈风雷雨弗迷’，‘三载考绩，三考黜陟幽明’，此四六语也。‘敷奏以言，明试以功’，‘刚而无虐，简而无傲’，此四字对也。‘流共工于幽州，放驩兜于崇山’，此六字对也。《大禹谟》以后如云‘罔违道以干百姓之誉，罔咈百姓以从己之欲’，‘德惟善政，政在养民。水火金木土谷惟修，正德利用厚生惟和’，‘人心惟危，道心惟微’。‘无稽之言勿听，弗询之谋勿庸。可爱非君，可畏非民’，‘肆予以尔众士，奉辞罚罪，尔尚一乃心力，其克有勋’，‘日宣三德，夙夜浚明有家，日严祗敬六德，亮采有邦’，‘兢兢业业，一日二日万几。无旷庶官，天工人其代之’，‘皋陶方祗厥叙，方施象刑，惟明’，‘于予击石拊石，百兽率舞’，‘圣有谟训，明征定保。先王克谨天戒，臣人克有常宪’，‘威克厥爱允济，爱克厥威允罔功’，‘天乃锡王勇智，表正万邦’，‘惟皇上帝，降衷于下民。若有恒性，克绥厥猷惟后’，‘栗栗危惧，若将陨于深渊’，似此之类，皆用四六而成章者也。至如‘立爱惟亲，立敬惟长’，‘奉先思孝，接下思恭，视远惟明，听德惟聪’，‘无轻民事惟难，无安厥位惟危’，‘有言逆于汝心，必求诸道；有言逊于汝志，必求诸非道’，‘克绥先王之禄，永底烝民之生’，‘七世之庙，可以观德；万夫之长，可以观政’，则又谐协通畅，渐有今体，古之四六语，至是稍坦平矣。《盘庚》一变而为诘屈聱牙，几不可读。此今之所谓古文者也。韩昌黎以此作唐人之气，柳仲涂以此传本朝之脉，文艺家遂指四六为应用之学，愈习愈下，蠹蚀腐烂，非惟不可复古，而又并近世之体失之。掌辞命之官，若能以《典》《谟》为法，岂病四六之不古哉！”①

①陈昉：《颍川语小》卷下，载《全宋笔记》第八编第4册，大象出版社，2017，第171—172页。

俞德邻《佩韦斋辑闻》

俞德邻（1232—1293），字宗大，自号太玉山人，著有《佩韦斋辑闻》四卷。此书多考论经史，兼及当代典籍等。书中包含部分文学思想。

酒与中国文学有不解之缘，唐宋诗人对酒的味道有何偏好，可由此书略为管窥。卷一载："杜子美诗曰：'人生几何春又夏，不放香醪如蜜甜。'退之亦曰：'一尊春酒甘若饴，丈人此乐无人知。'后世遂以唐人好饮甜酒。然考退之诗，又自有'酒味冷洌'之语，而乐天曰：'甘露太甜非正味，醴泉虽洁不芳馨。'又曰：'户大嫌酒甜，才高笑小诗。'又曰：'揭瓮开时香酷烈，封瓶贮后味甘辛。'则甘辛苦烈乃酒味之至佳者，唐贤与今人之好大抵相类。所谓至于口，天下期于易牙者，蜜饧之喻，不过取其醇酽而已。"[①]陶渊明与酒的关系十分密切，有《饮酒》二十首组诗，也有《止酒诗》。卷二记载："陶渊明《止酒诗》，盖不得已而欲止于酒，正犹'绵蛮黄鸟，止于丘隅'之止，非禁止之止也。居止城邑，坐止高荫，步止荜门，味止园葵，欢止稚子，皆止其所止也。而平生乃不能止于酒焉，暮止则寝不安，晨止则起不能，日日欲止之，则营卫不理，是岂溷世全身之道哉。今觉止酒为善，虽止扶桑涘可也，又何独止扶桑涘哉。虽千万祀亦可也。其旨如此。东坡追和乃云'微痾坐杯酌，止酒则瘳矣'，'从今东坡室，不立杜康祀'。是果渊明之意邪。"[②]

解释《论语》《诗经》等经典时，此书敢于自陈己说，不受时论左右。卷四载："宰予昼寝，夫子譬之朽木，譬之粪墙。疑其责之太过。昼而假寐，亦人情有所不能免，若寝则不可也。《语》曰'寝不尸'，曰'寝不言'，又曰'必有寝衣'。盖寝非假寐也。君子以向晦入宴息，昼居于内，问其疾可也。正昼之时，乃弛然自放于床笫之上，神昏气惰，其不足进于道明矣。此圣人所以深责之也。况禹惜寸阴，周公坐以待旦，圣人之汲汲如此，昼寝其可乎？"[③]卷三载："用事之误，前辈所不免。若寻常诗文，亦未为深害。至若告君，理宜谨审。唐太宗问孔颖达曰：'孔子称以能问于不能，以多问于寡，有若无，实若虚，何谓也？'对曰：'此圣人教人谦耳。'帝称善，除

---

①俞德邻：《佩韦斋辑闻》卷一，载《全宋笔记》第八编第4册，大象出版社，2017，第194—195页。

②俞德邻：《佩韦斋辑闻》卷二，载《全宋笔记》第八编第4册，大象出版社，2017，第198页。

③俞德邻：《佩韦斋辑闻》卷四，载《全宋笔记》第八编第4册，大象出版社，2017，第222页。

国子司业。太宗虽误以曾子为孔子，颖达八岁就学，诵记日千余言，暗记三礼义宗，及长，明服氏《春秋传》，郑氏《尚书》《诗》《礼记》，王氏《易》，能属文，兼善算历，一时老师宿儒皆出其下。质疑辨难，人畏服之，乃不省《论语》所载曾子之言，直以圣人教人为对，何也？苏文忠公博学强记，又尝注《论语》。其上皇帝书有云：'未信而谏，圣人不与。'此《论语》载子夏之言，乃谓之圣人，何也？其再上皇帝书云：'孔子曰：君子之过，如日月之食焉，过也。人皆见之。更也，人皆仰之。圣贤举动，明白正直，不当如是。'《论语》所载乃子贡之言，今直指为孔子，书之再上，又非颖达仓卒间答比，何为多误如此。绍兴间，中书舍人张嵲代秦会之《请先至江上谕诸帅招讨札子》云：'臣闻德无常师，主善为师；善无常主，协于克一。此伊尹相汤，《咸有一德》之言也。'又其末云：'臣言如不可行，即乞罢免，以明孔圣陈力就列不能者止之义。'误以告太甲为相汤，孔子引周任之言又误指以为孔圣。当时朝士作诗讥之。事见《周益公诗话》。夫以颖达、文忠公之才犹如此，于张嵲何责焉。要之，告君之际，须谨之又谨可也。石建奏事，下惊马字不足，恐获谴。建父子虽无文学，其谨重殆可法也。"[①]

在此书中，对于名家诗词用语不够精准处，作者详加考释，多有自见。卷二载："东坡先生文章妙一世，《韩文公庙碑》尤奇伟。但先辈以诗中作书诋佛、讥君王之语，谓君王非可讥者。沔水规宣王，不如易以规字为善。予谓山谷《病起》十诗，似不愧少陵。至曰'颍川狂士邢尚书，本意扶日上天衢。敦夫若在镌此老，不令平地生崎岖'。镌之一字，虽为崎岖发，然父亦岂可镌乎？父慈子箴，则有之矣。"[②]卷二又载："《黍离》一诗，元城刘氏曰：'人之情，于忧乐之事，初遇之则其心变焉，次则微变，久则安之矣。'至于君子忠厚之情则不然，其行役往来，固非一见也。初见稷之苗矣，又见稷之穗矣，又见稷之实矣，感慨之意终始如一，不少变而愈深，此则诗人所以为忠厚也。噫，予于是而重有感矣，然《黍离》王国之诗，降而为风，自季札观乐已然，非夫子删诗而降之也。"[③]

---

①俞德邻：《佩韦斋辑闻》卷三，载《全宋笔记》第八编第4册，大象出版社，2017，第214—215页。

②俞德邻：《佩韦斋辑闻》卷二，载《全宋笔记》第八编第4册，大象出版社，2017，第206页。

③同②，第201页。

对于一些诗歌体裁，作者能推溯源流，言之有理。卷二载：“柏梁体诗起于汉武帝。元鼎元年，起柏梁台。《三辅旧事》云‘以香柏为之，香闻数十里’，《郊祀志》曰‘铸铜为柱’，《三秦记》曰‘上有铜凤，名凤阙台’。武帝诏群臣二千石能为七言者赋之，句各七言，句末皆谐韵，仍各述所职，如丞相则曰‘总领天下诚难治’，大司农则曰‘陈粟万斛扬以箕’，他皆类此，后世遂为诗体云。”①

对诗歌中的一些特殊语词，作者考证翔实。例如，“世谓大笑为绝倒。山谷诗：‘渊明醉握远公手，大笑绝倒人不嗔。’然《晋书》：王澄字平子，有高名，少所推服，及闻卫玠言，辄叹息绝倒。则绝倒因叹息也。北齐崔瞻使臣过彭城，读道旁碑，绝倒，从者以为中恶。史谓是碑瞻父为徐州时所立，故哀感焉。则又因哀感而绝倒矣。要之，绝倒者，形体欹倾不自支持之貌。笑而绝倒，叹而绝倒，哀而绝倒，皆以形体言，不专谓大笑也”②。

释昙秀《人天宝鉴》

释昙秀，生平不详，有《人天宝鉴》。据作者自序，此书完成于绍定三年（1230），“绍定三年结制日四明沙门昙秀序”。《人天宝鉴》汇集古代先贤嘉言善行一百多条，其中包含部分文学思想。例如，“东坡曰：先妣放娠，梦僧至门，瘠而眇。轼十余岁，时时梦身是僧。又子由与真净文寿、圣聪二师在高安，夜间同叙见戒禅师之梦，则戒之后身无疑。坡与真净书曰：‘前生既是法契，愿痛加磨励，使还旧观。’坡往金山，值佛印入室。印云：‘者里无端明坐处。’坡云：‘借师四大作禅床。’印云：‘老僧有一问，若答得即与四大为禅床，若答不得请留下玉带。’坡即解腰间玉带置案上，云请师问。印云：‘老僧四大本空，五阴非有，端明向甚处坐？’坡无语。印召侍者留下玉带永镇山门。印以衲裙酬之。坡赋二绝句云：‘病骨难堪玉带围，钝根仍落箭锋机。会当乞食歌姬院，换得云山旧衲衣。’又曰：‘此带阅人如传舍，流传到我亦悠哉。锦袍错落浑相称，乞与佯狂老万回。’”③

①俞德邻：《佩韦斋辑闻》卷二，载《全宋笔记》第八编第4册，大象出版社，2017，第203页。
②俞德邻：《佩韦斋辑闻》卷三，载《全宋笔记》第八编第4册，大象出版社，2017，第216页。
③释昙秀：《人天宝鉴》，载《全宋笔记》第八编第10册，大象出版社，2017，第202—203页。

此书记载，宋代的不少高僧，文化修养很高，诗文水平很高，得当朝君王赏识，得到文坛大家的认可：“明教嵩禅师，滕州人。得度后尝戴观音像，诵其号日十万声，于是世间经书不学而能，得法洞山聪公。庆历间，至钱塘，乐湖山，税驾焉。所居一室，翛然无长物，清坐终日，非修洁行谊者不可造也。师之道妙，学者器近不能晓悟，师亦不少低其韵，抚徇其机，叹曰：‘安能员凿，以就方枘。闻之圣贤所为，得志则行其道，否则言而已。言之行由，是为万世法。使天下学者识度修明，远邪林游正涂。奚必目击受之，谓己之出邪？’即闭关著书。书成携之京，因内翰王公素献之仁宗。又为书先焉。上读至‘臣为道不为名，为法不为身’，叹爱其诚，旌以明教大师，赐其书入藏。既送中书，时韩魏公琦览之，示欧阳文忠公，公方以文章自任，以师表天下，又以护宗不喜吾道，见其文谓魏公曰：‘不意僧中有此郎，黎明当一识之。’魏公同往见，文忠与语终日，遂大喜。自韩丞相而下，莫不延见尊重之，由是名振海内。遂买舟东下，大觉琏公赋《白云谣》以将师之行：‘白云人间来，不染飞埃色。遥烁太阳辉，万态情可极。嗟嗟轻肥子，见拟垂天翼。图南诚有机，去当六月息。宁知氤缊采，无心任吾适。天宇一何寥，舒卷非留迹。’归老于永安精舍，示化荼毗得六根不坏者三，顶骨出舍利，红白晶洁，状若大菽。呜呼！使其与夺之不公，辩说之不契乎道，则何以臻于是矣。”①

西湖老人《繁盛录》

西湖老人，姓名与生平事迹不详，著有《繁盛录》一卷。《繁盛录》原书已佚，从《永乐大典》“杭”字韵中辑出。此书记载了南宋临安宫廷和百姓的日常活动，如四时节令、宗教信仰、饮食、娱乐、风俗人情等，对研究南宋城市与民俗文化有重要参考价值。书中包含少量文学思想。

此书十分可贵之处，在于保存了当时说书、演杂剧、相扑、说经、小说、合生、踢瓶弄碗、杖头傀儡、使棒作场、打硬、杂班、背商谜、教飞禽、装神龟、舞番乐、水傀儡、说唱诸宫调、乔相扑、踢弄、谈诨话、散耍、学乡谈等文艺活动中代表人物的姓名。关于临安城外二十座娱乐表演场所——“瓦子”的记载也很有价值。

---

①释昙秀：《人天宝鉴》，载《全宋笔记》第八编第10册，大象出版社，2017，第208—209页。

瓦市。南瓦、中瓦、大瓦、北瓦、蒲桥瓦。惟北瓦大有构栏一十三座，常是两座构栏专说史书，乔万卷、许贡士、张解元。背做蓬花棚，常是御前杂剧，赵泰、王葵喜、宋邦宁、河宴清、锄头段子贵。弟子散乐作场相扑，王侥大、撞到山、刘子路、铁板踏、宋金刚、倒提山、赛板踏、金重旺、曹铁凛，人人好汉。说经，长啸和尚、彭道安、陆妙慧、陆妙净。小说，蔡和、李公佐。女流，史惠英。小张四郎，一世只在北瓦占一座构栏说话，不曾去别瓦作场，人叫做小张四郎构栏。合生，双秀才。覆射，女郎中。踢瓶弄碗，张宝歌。杖头傀儡，陈中喜。悬丝傀儡，炉金线。使棒作场，朱来儿。打硬，孙七郎。杂班，铁刷汤、江鱼头、兔儿头、菖蒲头。背商谜，胡六郎。教飞禽，赵十七郎。装神龟，谢兴歌。舞蕃（番）乐，张遇喜。水傀儡，刘小仆射。影戏，尚保仪、贾椎。卖嘌唱，樊华。唱赚，濮三郎、扇李二郎、郭四郎。说唱诸宫调，高郎妇、黄淑卿。乔相扑，鼋鱼头、鹤儿头、鸳鸯头、一条黑、斗门桥、白条儿。踢弄，吴全脚、耍大头。谈诨话，蛮张四郎。散耍，杨宝兴、陆行、小关西。装秀才，陈斋郎。学乡谈，方斋郎。分数甚多，十三应构栏不闲，终日团圆。内有起店，数家大店，每日使猪十口，只不用头蹄血脏。遇晚烧晃灯，拨刀饶皮骨。壮汉只吃得三十八钱。起吃不了，皮骨饶，荷叶裹归。缘物贱之故。起每袋七十省二斤二两，肉卖九十省一斤，城内诸店皆如此，饶皮骨。大酒店用银器，楼上用台盘、洗子、银箸，菉菜糟藏甚多。三盏后换菜，有三十般，支分不少。两人入店买五十二钱酒，也用两只银盏，亦有数般菜。①

城外有二十座瓦子，钱湖门里构栏门外瓦子、嘉会门外瓦、候朝门瓦、小堰门瓦、四通馆瓦、新门瓦、荐桥门瓦、菜市门瓦、艮山门瓦、朱市瓦、旧瓦、北关门新瓦、钱塘门外洋坊桥瓦、王家桥行春桥瓦、赤山瓦、龙山瓦，余外尚有独构栏瓦市，稍远于茶，中作夜场。②

---

①西湖老人：《繁盛录》，载《全宋笔记》第八编第5册，大象出版社，2017，第327页。
②同①，第328页。

叶适《习学记言》

叶适（1150—1223），字正则，自号水心居士，人称水心先生，永嘉（今浙江温州）人，著有《习学记言》五十卷，又名《习学记言序目》。

此书是叶适的读书札记，评说儒家经典、历史著作、诸子著作等。书中包含一些文学思想。叶适是南宋著名理学家，其文学思想也打上其特有的烙印。郑慧《叶适的理学观念与文学思想》对此书有论析；刘园园《叶适的思想学术与文学》第五章对《习学记言序目》中的文学思想也有论述。本书不再详述。

真德秀《西山读书记》

真德秀（1178—1235），字景元，号西山，福州蒲城（今福建浦城）人。真德秀为朱熹再传弟子，人称“小朱子”。《西山读书记》是其读书笔记，内容多，但大部分是摘自他书，尤其是朱熹著作，不过在摘录选择中，也能体现真德秀的文学思想。

阅读《西山读书记》，不难发现，真德秀的文学思想大致与朱熹相近，但在对文学自身规律、价值的考量上，比老师朱熹走得更远。朱熹虽然用公而忘私等道德来规范文学，但是并不否认义理的修养深，文学的成就未必就高。朱熹认为“二程”理学成就高，但是文学成就难以与韩柳相比，也难以与欧阳修、苏轼等量齐观，可见文与道虽有联系，但是也有区别。真德秀则不太重视文学自身的规律及文学的相对独立性。他引用朱熹的观点时，更多的是以理学视角来论文学，对朱熹关于《诗经》《楚辞》，以及唐宋名家散文文学性的评价从不关注，读《诗经》只关注可以用于阐发自己理学观念的，尽管他的这种阐发已不再是“我”注《诗经》，而成了《诗经》注“我”。对于《诗经》中许多文学性很强的优秀诗篇，他视而不见。《西山读书记》论文学时最重要的特点，是对儒家经典文献的义理阐发十分周详，引证很丰富，但在文学上见识不高。

佚名《咸淳遗事》

《咸淳遗事》主要记载度宗朝的朝廷大事，起于理宗景定五年（1264）春二月，止于度宗咸淳八年（1272）。书中包含部分文学思想。

据此书记载，尽管宋末江河日下、风雨飘摇，但朝廷仍然十分重视科举。咸淳四年（1268），度宗亲自策试进士，此书对这件事记载得十分详尽，对于了解南宋末年的科举与文学生态有重要参考价值。

诏行科举曰：国家用儒之效，与三代比隆。朕绍休圣绪，于今五年。粤若恭默之时，亦既选士，未遑亲策，兹将进于庭而问焉。恭惟仁祖临轩之初，太史奏云瑞，名臣辈出，施之事业，硕大光明，朕甚慕之。先帝道久仁洽，凡今宗工献臣，莫非丰芑。涵濡之责，燕贻我后。顾惟天下之才无穷，长育而新美之，亦有无穷之用。思昔敷纳以言，明庶以功，兴贤举能，出长入治，所取皆有用之实。爰自以文设科，视古浸异，然经术词章所以觇济时之蕴，徒文乎哉！学问粹而器识宏，其文浑厚雅正，实用于是乎见。朕既临雍，表章儒先，首崇善化，以风四方。矧景运维新，叶于五纬聚奎之岁，尔多士其必跃然兴起矣。盍饬操履以培其本，明理义以浚其源，勿事穿凿，以称作人之实意。群有司尚亦公尔考择，明尔鉴裁，俾抱负器能之士，惟朕时举。庶得贤立太平之基，式克迪前人之光。其率朕志无斁。[①]

这一次殿试的时间，此书记载为咸淳四年（1268）冬十月，《宋史》卷四六《度宗纪》记载为五月“壬申，赐陈文龙以下六百六十四人进士及第出身”。录取人数，此书记载为503人，而宋史为664人。

度宗咸淳七年（1271），度宗在五月殿试进士，此书卷下载：

是岁，贾似道为大礼使，胡美人之兄胡显祖带御器械为太常理直，驾宿太庙之翌日壬戌，质明，上将升玉辂，大雨如注。显祖检讨开禧登辂遇雨乘逍遥子典故上闻，上于是冒雨乘逍遥子直入和宁门，百官愕然莫知所以。礼成，肆赦。似道奏：臣充大礼使，而陛下举动不得预闻，乞罢政。即出嘉会门，待罪于浙江亭。上遣中使降御笔勉留之曰：乃者用辛大报，款原庙，祼大室，气景晏温，神祇祖考之安乐，于此可验。暨将事于总章，质明而雨，俄即开霁。至躬执圭

①佚名：《咸淳遗事》卷下，载《全宋笔记》第八编第6册，大象出版社，2017，第334—335页。

币，以展孝思，星月明洁，天宇肃清。神既介享，端闱昕御，泽霈雱流。朕方归福东朝，以奉怡愉之乐。忽览奏牍，师相乃以遇雨引咎，翩然出关。骇愕彷徨，罔知所措。乃若避法驾而不御，此朕所以尽寅畏之实，而不害其为熙成矣。师相岂可借此以言去耶！其勉为朕留。似道乞去不已。三降御笔挽留，仍镌罢胡显祖官，及出其妹胡美人付妙净寺为尼，似道乃还朝，次日，群臣称贺。上曰："合宫蒇事，上天孚佑，此皆二三大臣显相之功。"似道奏曰："熙事告成，兹盖陛下圣德格天所致。臣使领失职，礼合引去。陛下不惟赦之，复使之留。"上曰："朕为小人所误，今幸师相肯留。"似道复奏曰："臣深虑累犯天威之不可贷，又以恩眷有加，强颜就列，糜捐以报，实惟素心。保全末路，更祈勿替……臣以为怀奸罔上之诛正于一时，去谗远色之德垂于万世。有君若此，谁忍负之。"上亦再三逊谢而罢。①

佚名《昭忠录》

此书详细记载南宋末年忠节之士的事迹，自理宗绍定四年（1231）起至至元二十六年（1289）止。

对照《宋史·文天祥传》，此书记载文天祥被捕及死节事迹，记载得具体详尽。

明年二月六日，崖山师溃，国亡，送天祥如燕。十月朔，至燕，械系千户所。十一月二日，以疾脱械。初九日，召诣枢密院，长揖不跪。丞相博罗命译者问有何言，天祥曰："我为宋宰相，国亡，职当死。今日被擒，法当死，复何言。"博罗曰："有人臣将宗庙社稷、城郭土地付与别国，复有逃者否？"天祥曰："谓我曾为宰相，奉国与人而复去之邪？我前除宰相，不拜，奉使伯颜军前，即被拘执，别有贼臣献国，国亡，我本当死。所以不死者，以度宗皇帝二子在浙东，老母在广，故图去耳。"博罗曰："德祐幼主非尔君耶？弃嗣君，别立二王，岂是忠臣？"天祥曰："德祐不幸失国，当此时，社稷为重，君为轻，吾别立

①佚名：《咸淳遗事》卷下，载《全宋笔记》第八编第6册，大象出版社，2017，第352—353页。

君，为社稷计，何谓不忠？从怀、愍而北者非忠，从元帝为忠；从徽、钦而北者非忠，从高宗者为忠。”博罗曰：“晋元帝、宋高宗俱有来历，二王从何受命？”张平章曰：“二王逃走，其立不正，是篡也。”天祥曰：“景炎皇帝是度宗皇帝之长子，德祐皇帝之亲兄，何谓不正？启位于德祐已去，何谓篡？陈丞相奉王出宫时，具有太皇太后分付言语，何谓无所受命？”博罗曰：“汝为宰相，若将二王同走，方是忠臣。”天祥曰：“此说可以责陈丞相，不可责我，我不曾当国也。”博罗曰：“汝立二王有何功劳？”天祥曰：“家国不幸丧亡，立君以存宗庙，宗庙存一日，则臣子尽一日之责，何功劳之有？”曰：“既知不可为，何必为？”天祥曰：“人臣事君，如子事父，父不幸有疾，虽明知不可为，岂有不用药之理？尽吾心焉，不可救则天命尔，今日天祥至此，有死而已，何必多言。”堂上怒，令吏引去，复入狱，狱中集杜句为诗，备载所历，皆忠愤凄激意。壬午春，自狱中寄书所亲曰：“吾终之时，惟书一赞于衣带间，云吾位居将相，不能救社稷，正天下，军败国亡，至为囚掳，其当死久矣。顷被执以来，欲引决而无间，今天与之机，谨南向而后，庶几无愧。宋丞相文天祥绝笔。”冬，因狂人薛宝住妄书告变，指天祥为内应。十二月初八日，元世祖召天祥于殿中，天祥长揖不拜，左右强之拜跪，不可。或以金挝捶其膝，膝伤，天祥坚立不动。乃降旨曰：“汝在此久，如能改心易虑，以事亡宋者事我，当令汝中书省之任坐者。”对曰：“天祥受宋朝三帝厚恩，号称状元宰相，今事二姓，实负此心，非我所愿也。”世祖云：“然，则汝何所愿？”对曰：“愿与之死足矣。”世祖犹不忍，遽麾之退。初九日，宰相奏曰：“天祥既不归附，不若如其请，赐之死。”可其奏。是日，宣使以金鼓迎之诣市，天祥闻之，欣然曰：“吾事了矣。”左右去其巾，戴黄冠，荷械出，颜色扬扬不少变。时燕市观者如堵，宣使遍谕曰：“文丞相南朝忠臣，皇帝使为宰相，不可，故随其愿，赐之一死，非他人比也。”宣使问天祥曰：“丞相今有甚言语回奏，尚可免死。”天祥曰：“死则死尔，尚何言。”天祥问市人孰为东南西北，趋而向南，再拜就死，燕人凡有闻者，莫不叹息流涕。天祥死后，大风忽起，扬沙石，昼晦，咫尺不见人，守卫者皆惊。吉州士人张弘道，字毅夫，号千载心，与天祥善，随至燕，负其颅骨归葬庐陵。天祥少有大志，明锐忠壮，当世鲜俪。其自赣勤王也，绣其战袍曰“拼命文天祥”。崎岖万里，归翊行朝，赤心益坚，卒死臣节，芳名壮概，与宇宙同不朽云。[①]

这一段记载，对深入研究文天祥高尚的爱国主义精神极具价值。此书又载谢枋得殉节之事，细节丰富。

谢枋得，字君直，信州弋阳人。左目重瞳，脑若伏犀，口可容拳，髯疏而长，身不满五尺。幼览群书，五行俱下，终身记忆。及长，隽伟有大志，好直言，以名节自任，洞究治体，为文章有奇气，单词片语，识者传诵。嘉熙戊午，年十三，领乡荐。宝祐乙卯，再荐。丙辰，廷对以治道策士，枋得直以丞相丁大全为答，考官佳之，欲俾魁天下，颇忤上意，胪传出文天祥榜下第二甲第二人。以言不用，遂挂冠，赋诗曰：“玉皇殿下卸恩袍，羞见冥鸿惜羽毛……次第秋风到兰菊，归家痛饮读《离骚》。”扁读书堂曰“叠山”，取重艮时止之义，学者尊称曰“叠山先生”。明年丁巳，试中教官科，除建宁府学教授，以大全柄国，不赴。开庆己未，除礼、兵部架阁文字，又不赴。景定辛酉，以选为宁国府考试官，发策尤精惬，有《江东十问》行于世。似道怒，讽言者劾之，贬兴国军。咸淳丁卯放还，除史馆，不赴。元兵渡江，似道仍改合入官，差主管官诰院，不拜。江州降，枋得与吕师夔有旧，乃上封事……言者劾其狂妄，罢其官。未几，除江东提刑，捍御饶、信，即安仁县置司，招集溃军张忠孝隶麾下。俄兼江西招谕使。是年冬十二月也，师夔檄信州取衣粮，枋得榜云：信州米留供太皇太后皇帝御膳，信州绢留供太皇太后皇帝御衣，平生朋友，遂尔暌离，一旦相逢，惟有厮杀。师夔怒。明年，两浙下，枋得寓弋阳，北使王世英、萧郁诱降，信州知州郑畴降，遣人为枋得索提刑司印，枋得避于信之云砌岭。景炎帝立，以枋得为江东制置使，即弋阳起义兵。七月二十二日，攻铅山县，破其隘，俄而前军溃，枋得以兵付江东招谕使传卓，隐于江闽之境。王世英、萧郁以枋得不降，遣兵袭之，执其妻李氏，子熙之、定之，二弟三侄及一女二婢，枋得窜入闽，隐建阳，自

①佚名：《昭忠录》，载《全宋笔记》第八编第6册，大象出版社，2017，第375—377页。

以国亡痛苦，麻衣草履终身。……久之，硕人讣至，夜间道归治丧，葬毕复隐闽。丙子岁，行台侍御史程文海荐江南贤才三十二人，以枋得为首，特旨唤至，谕言为：以公灭私，明达治体，可胜大任谢枋得。故相留梦炎为吏部尚书，贻书促行，枋得复书云：吾母年九十五死，殡浅土，妻女霿妾以仆连累，死囹圄者四人，弟侄死国者五人，游魂难招，往痛莫赎，伏闻太母在北上仙久矣，惟北响长号，不能寄一帛书，如任元受故事，又不能匍匐一洒麦饭，孤臣何面目应聘耶？且亡国之大夫不可以图存，忠臣不事二君，烈女不更二夫，南八男儿死尔不可为不义屈，岂敢曰将以有为也。辞严气直，累千百言。……明年，近臣同法师林樵谷奉旨江淮搜贤，仍以枋得称首，枋得抗颜谢之。又明年，行省丞忙古台奉旨驿召，亲临访问，执手相勉，枋得曰："上有尧、舜，下有巢、由；上有成汤，下有随、光；上有周武，下有夷、齐。今存一谢枋得，听其食西山之薇，又何损于国家？枋得母丧未葬，姓名不详，不敢赴召。"丞相义之。未几，江西省管左丞奉旨宣召，复谢之，乃深隐于建阳之后山堂。至元二十五年九月，福建省参政魏天祐赍特旨：宣唤不觑面皮正当底人谢枋得，就交魏天上大都，来的时分就省裹索气力，一同带将来者。……复以母丧，辞弗获。翌日，强登舟，至路遇崇真道院，赋诗别友云："雪中松柏愈青青，扶植纲常在此行。天下久无龚胜洁，人间岂独伯夷清。义高便觉生堪舍，礼重方知死甚轻。南八男儿终不屈，皇天上帝眼分明。"遂却粒不食七日，馆伴者强进膳。九月二十日，又不食而神气清爽，时绝粒九日矣。十月十二日，赋诗云："西汉有臣龚胜卒，闭口不食十四日。我今半月忍饥渴，求死不死更无术。精神时与天往来，不知饮食为何物，若非功行积未成，便是业债偿未毕。太清群仙宴会多，凤箫龙笛鸣瑶瑟。安得神灵羽翼生，骑云直上寥天一。"……十八日启行，十二月十日抵龙兴，左丞吕师夔夙相厚，遗寒衣一袭，力却之，有"身不系绵二十年，后山冻杀分宜然"之句。二月十四日至采石，赋诗绝粒，日啖五枣。至元三十六年己丑四月五日至京，问太后攒所洎德祐主所在，各向其方恸哭再拜，馆伴者曰："此是文丞相斫头处。"以胁之。枋得曰："当年集英殿下赐进士第，幸同榜，今复得从吾同年游地下，岂非幸耶？"越四日，迁悯忠寺，壁间见《曹娥碑》，洒泪读之曰："汝小女子且能死，吾岂不汝若哉！"是夕卒。[1]

谢枋得是宋末遗民诗人的代表，他的诗歌典型地表现了中国古代仁人志士崇高的志节。此书对谢枋得的事迹有比较详尽的记载，对于研究其诗歌具有重要的参考价值。

①佚名：《昭忠录》，载《全宋笔记》第八编第6册，大象出版社，2017，第391—395页。

后　记

这部书是国家社科基金一般项目（10BZW046）“宋代笔记中的文学思想”的成果。在2010年申报国家社科基金项目时，主要的出发点是填补研究空白。项目批准后才知道困难之大。当时大部分笔记没有标点本，我开始收集善本标点。在这过程中，中华书局又陆续出版了部分重要笔记，大象出版社陆续出版了《全宋笔记》，使工作中少了许多处理文本的困难。由于宋代笔记不被文学研究者重视，对其文学思想的研究很少，所以我从阅读原始文献出发，细读了《全宋笔记》，力求归纳其中的文学思想，有时读完一本，找不到一条材料，而找到材料后，从杂乱无章的材料中归纳提升，又几乎没有可参考的研究成果，费时费力，加之自己才疏学浅，如果这本草创的著作对文史研究有一点参考价值的话，也算是值得的。

冯溢华在南宋后期部分笔记的资料收集中出力不少，韩凯在北宋部分笔记的资料收集中也出了不少力，夏东锋、孙健、边裕媛、李莎莎、张楠、景梦、韩梦琪、郝若阳、郑旭、郑夏泉、要婷也做过一些资料收集整理工作。

感谢《清华大学学报》《西南大学学报》《山西大学学报》《河北大学学报》《重庆师范大学学报》《太原师范学院学报》《太原学院学报》发表书中的部分成果，感谢诸多好友对我研究的关心，感谢华文出版社对拙作出版的关心。

张瑞君
2023年春